唐宋花间廿四家词赏析

林兆祥 编撰

中州古籍出版社

图书在版编目(CIP)数据

唐宋花间廿四家词赏析/林兆祥编撰. —郑州：
中州古籍出版社，2011.6(2012.3 重印)
ISBN 978-7-5348-3577-3

Ⅰ. ①唐… Ⅱ. ①林… Ⅲ. ①花间词派—词(文学)
—文学欣赏—中国—唐宋时期 Ⅳ. ①I207.23

中国版本图书馆 CIP 数据核字(2011)第 097131 号

唐宋花间廿四家词赏析
林兆祥 编撰

出版社：中州古籍出版社
(地址：郑州市经五路 66 号 邮政编码：450002)
发行单位：新华书店
承印单位：山东齐鲁古籍印务有限公司
(地址：广州市滨江东路 500 号)
开本：787mm×1092mm 1/16 印张：58.25
字数：1446 千字 印数：3001—4000 册
版次：2011 年 6 月第 1 版 印次：2012 年 3 月第 2 次印刷

定价：188.00 元

历劫过后大器成

——序林兆祥君《唐宋花间廿四家词赏析》

刘谷城

兆祥君读中学时，我就知道他，印象是一位好学而富有创研精神的“读书仔”。可惜，他与同龄的年轻人，遇上了那个“史无前例”，命运将他从城镇推向广阔的天地，高中未毕业就到“九州穷处”山沟里的生产建设兵团当“战士”，“终日竟年堪困苦，栉风沐雨何艰辛”（兆祥君诗句）。不过这对他却也是一种难得的磨练，使他看到了当时社会的贫困，体验到了生活的不易。他十分珍惜有限的空暇时间，在挖山修渠、种橡胶割橡胶的工余，不顾困苦劳累，仍孜孜有味地阅读着几本磨损不堪的古典文学书籍。他生性乐观放达，繁工求读中很少愁苦之言。“星月常伴拂晓歌”（兆祥君诗句）可以说是他兵团时期生活的生动写照，从20世纪70年代开始，他在团部政治处搞新闻通讯报道，“文化大革命”结束后一恢复高考，他便很轻松地考上了大学。他读的是中文专业，更是如鱼得水一般，遨游在古典文学的海洋里，常常跟同学们谈诗论文，向老师请教一些老师也不易或在那时还不敢贸然回答的学术问题，俨然成一位学者型学生，使得老师同学们都不能不对他另眼相看，至少我和许多同学是这样的。

大学毕业后，他分配到地区的中等师范学校当语文教员，讲的是《文选与写作》课。他一边教学，一边继续打基础，写了近三十万字的古汉语同义词辨析及文言实词活用的笔记，在内地高校的语文杂志发表唐诗绝句赏析的文章。后来，他调县教育局当秘书、到县委当新闻秘书，主持县委调研室工作，不久调往广州。他从事机关文字工作几十年，仍一直把对中国古典文学的研读，当作为一种业余的爱好，并用它来充实自己的生活，从中获得丰富的精神乐趣，亦为研读中国古典文学作品积淀了基础。

兆祥君编撰的《唐宋花间廿四家词赏析》与过去的许多花间词集注释很不相同，有着自己的明显特色。

首先，本书的编撰出自一位机关文职工作人员之手，比较特别。兆祥君早在1983年就藏有华钟彦撰的《花间集注》一书，二十多年来，断断续续地浏览，日渐积累起素材。《唐宋花间廿四家词赏析》初稿终于在2008年10月完成；第二次修改成书于2009年2月；2009年5月是书第三次修改稿完成；2010年1月是书又作重大修改补充。作者能合理有条地构建本书的体例，一个人利用业余时间，从浩瀚的文献中搜集、组织材料，精心撰写评述，个中滋味可以想象得到。编撰者的文字水平、古汉语基础知识、文学批评鉴赏能力、社会人生阅历四者结合,成就了本书。

其次,它充分吸收了前人的优秀成果,疏题、析意境、集各家之言,把一千多年来词学家们对花间词的大部注释,都有条不紊地引用到相关的词目下,并且尽可能探究出典故的最早出处,使得这本"赏析"既富有史料的价值,又积累着学术的研究成果,让读者能从中窥视到古今学者对廿四家词解说与评判的不同观点。

第三,本书不仅对词作的词、句、段作了详细的解释和分析,还对词作者的生平及创作思想作充分介绍。它对读者了解词作的创作背景、并联系词作者的思想感情美学观念来深入理解词作内容和艺术特色,是有着十分重要帮助的。

第四,本书每一首词后都写有"赏析",或长或短,或详或简,或赞肯或批贬,都能做到观点鲜明、雅俗共赏,既有对全词的思想意蕴和艺术特色作归纳概括,也有对某一景某一情境某一细节作深入细致的剖析。读罢原词,再读此词之"赏析",不仅加深了理解原词的意蕴和情境,也能获得一种美学的享受,升华了对中国古典文学艺术魅力的感知。

第五,本书还附录《词谱辑录》,绝大多数为花间词人所用词牌的词谱,基本上以集中的词为例说明平仄韵律。它对今天有志于写作"词"的朋友来说,无疑是一个很好的学习教材和填词范本。

第六,附录四《读〈花间集〉》是一篇颇有见地的文章。花间词自古以来被视作"艳词"的代表,当作男女之间谈情说爱的香软之作,并受到不公正的批判。本书作者拨开道学迷雾,还"花间词"的真正面貌,肯定其谈情说爱含蓄朦胧的妙处,艳而不秽,并且从人性的本原出发,对其中许多健康的情词大加赞赏,是需要一定的勇气和胆色的。兆祥君做到了,令人十分高兴。

兆祥君在《知青聚会》的诗中写道:"能啃一代不吃亏,历劫过后大器成。"我问他,"能啃"作何解?他告诉我,知青是特殊时期特殊的一族,什么苦头未啃过?我明白了,这两句诗不仅表明了他积极的人生态度和做事百折不挠的毅力,也是他做学问的思想根基,"能啃一代不吃亏,历劫过后大器成",说得多好啊! 我把"历劫过后大器成"拿过来做本序文的题目,并愿与之共勉。

2010 年 3 月 8 日　湛江师范学院

目录

目 录

唐宋花间廿四家词赏析

目录

目录

发凡

唐五代至宋初，是令词发展的高峰期。后蜀广政年间，我国第一部诸家文人词选集《花间集》刊行，集中地展示了“诗客曲子词”的艺术成就，“遂构成以柔靡婉丽为主要风格的花间派”（华钟彦《花间集注·前言》），鲜明地树立起流派旗帜。《花间集》“当为长短句之宗”（陈善《扪虱新话》）、“此近世倚声填词之祖也”（陈振孙《直斋书录解题》）。南唐与西蜀并称为词的创作中心，被花间派词风所笼罩，冯延巳“正中虽不乏寄意深远之作，选声设色，犹不尽脱花间词习气”（詹安泰《读词偶记》）；南唐后主李煜前期作品富艳缠绵，后期作品，抒发亡国之痛，可从《花间集》鹿虔扆借《临江仙》寄托对孟氏亡国的感慨，找到影子。“西蜀、南唐的词风可以说同属于花间一派”（《唐宋词鉴赏辞典宛敏灏序》）。至宋初的令词作家，作词以花间词为准（豪放派之苏、辛亦学习仿效《花间集》作品），沿袭和延伸着花间词风，晏殊、晏几道父子及欧阳修犹被推重。“词之为体，大略有四，风流华美浑然天成，如美人临妆，却扇一顾，花间诸人是也。晏元献、欧阳永叔诸人继之”（郭麐《灵芬馆词话》）。“冯延巳词，晏同叔得其俊，欧阳永叔得其深”（刘熙载《艺概》）。晏几道“叔原在诸名胜集中独近逼花间，高处或过之”（陈振孙《直斋书录解题》），“独《小山集》直逼花间”（毛晋《小山词跋》）。因此，研读唐五代、宋初的花间词，应是唐宋词流变史的“必修课”。

本书所选唐宋花间廿四家词，计有《花间集》十八家（采用王国维先生辑本之卷名；王辑本对其中十一家补遗之词作，分列于词人入录《花间集》作品之后，以“※”符号分隔之）：温庭筠《金荃词》七十首、皇甫松《檀栾子词》二十二首、韦庄《浣花词》五十四首、薛昭蕴《薛侍郎词》一十九首、牛峤《牛给事词》三十二首、张泌《张舍人词》二十七首、毛文锡《毛司徒词》三十二首、牛希济《牛中丞词》一十四首、欧阳炯《欧阳平章词》四十四首、和凝《红叶稿词》二十二首、顾敻《顾太尉词》四十五首、孙光宪《孙中丞词》八十五首、魏承班《魏太尉词》二十一首、鹿虔扆《鹿太保词》六首、阎选《阎处士词》十首、尹鹗《尹参卿词》十五首、毛熙震《毛秘书词》二十九首、李珣《琼瑶集》五十四首。南唐三家：《南唐二主词李璟词》四首、《南唐二主词李煜词》四十首、冯延巳《阳春集》一百一十首。宋初三家：晏殊《珠玉词》一百二十七首、欧阳修《六一词》二百二十九首，晏几道《小山词》二百五十八首。共收词作一千二百三十二首。

为廿四家词人撰《小传》，并辑集历代部分词评家对词人的总评评语。

本书采先哲时贤、权威辞书的解释，未一一列明出处。在此，一并向诸作者致以谢忱！己之愚见偶而有之，力求“有故”、“有证”。

一篇一赏析，赏析以导读为目的，着重梳题旨、析意境。对词意浅薄之词作，只作点评，不以深入；对同一词作者之同调、同旨者，一并浅析。以集评方式，列历代部分词评家对该词所作的评语于赏析之后。

附录有：一、《〈花间集叙〉注析》，二、《〈小山词自序〉注析》。三、《词谱辑录》。四、《读〈花间集〉》。

温庭筠《金荃词》

【小传】

温庭筠(多音字,用于人名读 yún)(约 812—866),初名岐,又名庭云,字飞卿。太原人。官终国子助教。《旧唐书》、《新唐书》有传。温庭筠诗词兼工,诗与李商隐齐名,世称"温李",后人辑有《温庭筠诗集》。词作名声盖过诗作,侧艳之词秾艳华丽,为花间词派鼻祖,开五代、宋词之盛。著有《握兰集》、《金荃集》,均失散。

《花间集》称温助教,收其词 66 首;近人王国维辑《金荃词》一卷,辑录词 70 首。

◉集评

《旧唐书》:"(温)然士行尘杂,不修边幅,能逐弦吹之音,为侧艳之词。"

《新唐书》:"彦博裔孙庭筠,少敏司。工为辞章,与李商隐皆有名,号温李。然薄于行,无检幅,又多作侧艳辞曲。"

孙光宪《北梦琐言》:温庭筠"才思艳丽,工于小赋,每入试,押官韵作赋,凡八叉手而八韵成"。

黄昇《唐宋诸贤绝妙词选》:"飞卿词极流丽,宜为《花间集》之冠。"

张炎《词源》:"词之难于令曲,如诗之难于绝句。不过十数句,一句一字闲不得。末句最当留意,有有余不尽之意始佳。当以唐《花间集》中韦庄、温飞卿为则。"

胡仔《苕溪渔隐丛话后集》:"庭筠工于造语,极为绮靡,《花间集》可见矣。《更漏子》一词尤佳。"

汤显祖《玉茗堂评花间集》:"李如藐姑仙子,已脱尽人间烟火气。温如芙蓉浴碧,杨柳挹青,意中之意,言外之言,无不巧隽而妙入。珠璧相耀,正是不妨并美。"

张惠言《词选序》:"自唐之词人,李白为首,……而温庭筠最高。其言深美闳约。"

陈廷焯《云韶集》:"唐代词人,自以飞卿为冠。"《白雨斋词话》:"飞卿大半托词房帷,极其婉雅。而规模自觉宏远。周秦苏辛姜史辈,虽姿态百变,亦不能越其范围。本源所在,不容以形迹求也。"

周济《介存斋论词杂著》:"词有高下之别,有轻重之别。飞卿下语镇纸,端己揭响入云,可谓极两者之能事。""备刚柔之气,针缕之密,南宋人始露痕迹,《花间》极有浑厚气象。如飞卿则神理超越,不复可以迹象求矣。然细绎之,正字字有脉络。"

刘熙载《艺概》:"温飞卿词,精妙绝人,然类不出乎绮怨。"

王国维《人间词话》:"温飞卿之词,句秀也。"

李冰若《栩庄漫记》:"少日诵温尉词,爱其丽词绮思,正如王、谢子弟,吐属风流。嗣见张、陈评语,推许过当,直以上接灵均,千古独绝,殊不谓然也。飞卿为人,具详旧史,综观其诗词,亦不过一失意文人而已,宁有悲天悯人之怀抱? 昔朱子谓《离骚》不都是怨君,尝叹为知言。以无行之飞卿,何足以仰企屈子。其词之艳丽处,正是晚唐诗风,故但觉镂金错彩,炫人眼目,而乏深情远韵。然亦有绝佳而不为词藻所累,近于自然之词,如《梦江南》、《更漏子》诸阕是也。"

菩萨蛮

小山重叠金明灭①,鬓云欲度香腮雪②。懒起画蛾眉③,弄妆梳洗迟④。　照花前后镜⑤,花面交相映⑥。新帖绣罗襦⑦,双双金鹧鸪⑧。

【注释】

①小山:屏风上绘画的山景。许昂霄《词综偶评》:"小山,盖指屏山。"　重叠:重叠、连绵。梁简文帝《芳树》:"众花纷重叠,重叠不可思。"或解云髻高耸如小山;金钿钼之类的饰

物。或解，女子的眉额，《夏盛选本》，唐代女子画眉之式有“小山眉”，隔夜，眉黛显出深浅，如山峰重迭；额上涂黄之“额黄”，亦有明有暗，故云金明灭。或解发饰，发间金背小梳。或解枕山。 金：晨光。 明灭：晨光斜照屏山，有照到、有没照到，显得明暗有别。李白《梦游天姥吟留别》：“越人语天姥，云霞明灭或可睹。”

②鬓云：鬓丝散乱如云，《词综偶评》：“犹言鬓丝撩乱也。”秦观《河传·恨眉醉眼》：“鬓云松，罗袜刬。” 欲度：言飘过来、差点儿要遮盖住了。欲，想要，将要。此指就快要，差点要。度，度过，此指飘过来遮掩住。 香腮雪：因敷粉而显见白如雪，因粉香与体香相混而闻其馨香。李煜《捣练子·云鬓乱》：“斜托香腮春笋懒。”

③懒：本义与勤相对，此解懒怠，懒洋洋。 娥：扬雄《方言》：“娥，好也，秦晋之间好而轻者谓之娥。” 蛾眉：像蚕蛾触须状弯曲而细长的眉毛，特指女性眉毛。费昶《行路难二首》之二：“蛾眉偃月徒自妍，傅粉施朱欲谁为。”沈约《三妇艳》：“小妇独无事，对镜画蛾眉。”

④弄妆：打扮、妆饰。 迟：与速相对，缓慢，引申为晚，此用引申义。晁公湖《偶成》：“纤纤春笋弄妆迟。”

⑤“照花”句：用前镜、后镜对照以瞻顾后影，簪插头饰。

⑥“花面”句：头饰与人面相互映衬，容貌姣好。 花面：头饰与人面。 交相映：互相映衬、烘托。王僧孺《月夜咏陈南康新有所纳诗》：“开帘一种色，当户两相映。”

⑦绣罗襦(rú)：绣有文饰之丝罗质地短上衣，白居易《秦中吟十首·议婚》：“红楼富家女，金缕绣罗襦。” 襦：上衣，《说文解字》：“短衣曰襦，自膝以上。按襦若今之短者。”

⑧双双金鹧鸪：罗襦上用金线绣成之成双成对的鹧鸪鸟；反衬主人公孤独。 鹧鸪：《本草纲目·禽部》：“鹧鸪性畏霜露，夜栖以木叶蔽身，多对啼，今俗谓其鸣曰‘行不得也哥哥’。”形似鸠，紫红头顶，灰背，红嘴，黄腹，红脚。

【赏析】

是词录入《花间集》，列为第一首，开篇即把读者带进“花间”境界，侧艳耀眼，香风扑面。

前阕首句先状早晨室内的景物，金色晨光游动于屏风上重重迭迭的小山，忽明忽暗。“明灭”，写出动态，金色的晨光是和暖的，照耀屏风的画面，忽明忽暗，时而华丽、时而温馨，时而暗淡、时而阴冷，正如主人公的心态一般。第二句状妇人卧态，描画肖像。晨光明灭，妇人形象亦是“明灭”，“明”时，则见妇人鬓发乌黑浓密，散乱如云般飘动，将雪白香腮遮掩得恰到好处；“灭”时，或许隐约可见“香腮雪”。“明灭”，两者一明一暗；“鬓云”，乌黑；“香腮雪”，雪白肤色，两者一黑一白，塑造了两组强烈的反差具象。“香”字，写脂粉香与肌肤香，嗅觉效果。起首两句，以环境衬托人物，静态与动态结合，勾勒了生活在温馨环境中眠过晓的美人形象，为下文铺垫。歇拍二句，连写起床、画眉、打扮、梳洗四个动作，以“懒”和“迟”两字连贯起来，生动、鲜明地表现了妇人的懒怠性格。

后阕连着三个细节描写：一是前后镜簪花，“照花前后镜”，表现细致、认真的性格；二是陶醉美容，“花面交相映”，表现爱美惜美的心境；三是新帖“双双金鹧鸪”的绣罗襦，表现追求美满幸福的理想；三者和谐统一塑造了一个艳丽、认真、有理想追求的妇女形象。然而，那个年代的她，只不过是被人玩弄的尤物，现实与理想的矛盾冲突，形成了懒怠的另一面性格。温词刻画复杂性格的妇女形象，如流水行云，但又婉约不露。

词作善用对比，亦为特色。明——灭，鬓云（黑）——雪腮（白），懒怠——认真，前——后，新——“旧”（词作不明说，将其隐去），双双——“孤独”，理想——现实，以上为“反比”；懒——迟，花——面，此为“正比”。

◉集评

汤显祖《玉茗堂评花间集》："芟花间者，额以飞卿《菩萨蛮》十四首，而李翰林一首为词家鼻祖，以生不同时，不得列入。今读之，李如藐姑仙子，已脱尽人间烟火气。温如芙蓉浴碧，杨柳挹青，意中之意，言外之言，无不巧隽而妙入。珠璧相耀，正自不妨并美。"

张惠言《词选》："此感士不遇也。篇法仿佛《长门赋》，而用节节逆叙。此章从梦晓后，领起'懒起'二字，含后文情事；'照花'四句，《离骚》'初服'之意。"

陈廷焯《白雨斋词话》："飞卿词如'懒起画蛾眉，弄妆梳洗迟'，无限伤心，溢于言表。此种词，第自写性情，不必求胜人，已成绝响。后人刻意争奇，愈趋愈下。安得一二豪杰之士，与之挽回风气哉！"《云韶集》："温丽芊绵，已是宋、元人门径。"《词则·大雅集》："飞卿短古，深得屈子之妙，《菩萨蛮》诸阕亦全是楚骚变相。徒赏其芊丽，误矣。"

李冰若《栩庄漫记》："'小山'当即屏山，犹言屏山之金碧晃灵也。此种雕缕太过之句，已开吴梦窗堆砌晦涩之径。'新帖绣罗襦'二句，用十字止说得襦上绣鹧鸪而已。统观全词意，谀之则为盛年独处，顾影自怜；抑之则侈陈服饰，搔首弄姿，'初服'之意，蒙所不解。"

俞平伯《读词偶得》："本篇旨在写艳，而只说'妆'，手段高绝。写妆太多似有宾主倒置之弊，故于结句曰：'双双金鹧鸪。'此乃暗点艳情，就表面看总是妆耳。"

菩萨蛮

水精帘里玻璃枕①，暖香惹梦鸳鸯锦②。江上柳如烟，雁飞残月天③。　藕丝秋色浅④，人胜参差剪⑤。双鬓隔香红⑥，玉钗头上风⑦。

【注释】

①水精：即水晶，制作首饰的原材料。以水晶饰帘，言其精美。李白《玉阶怨》："却下水精帘，玲珑望秋月"　玻璃：《本草》："玻璃本作颇黎，其莹如水，其坚如玉，故名水玉。"

②"暖香"句：倒装，绣有鸳鸯花纹图案的锦被，既暖且香，最易引人进入梦境。　惹：逗引，撩起，引起，因被触动引起某种反应。　鸳鸯锦：绣有鸳鸯图案的锦被。古时以鸳鸯图案喻男女恩爱，诗文常以鸳鸯为男女情爱的语象。

③"江上"二句：写初春拂晓时分景色，江堤细柳如烟，鸿雁飞过残月朦胧的天空。李世民《秋日敩庾信体》："晨浦鸣飞雁，夕渚集栖鸿。"　残月：天将晓，月色昏暗。

④藕丝秋色浅：衣裙颜色像藕丝、秋季天空那样浅浅的蓝。元稹《白衣裳二首》："藕丝衫子柳花裙。"李贺《天上谣》："粉霞红绶藕丝裙。"　秋色：秋天时空的青白色。

⑤人胜：梁宗懔《荆楚岁时记》："人日剪彩为胜，故称人胜"，"或镂金箔为人以贴屏风，亦戴之头鬓。"指女子头上妆饰品。　参差（cēncī）：长短、高低、大小不齐、不一致。董思恭《咏云》："参差过层阁。"

⑥隔：间开。　香红：以花香指代鲜花，齐已《辞主人绝句四首·放猿》："野桃山杏摘香红。"

⑦玉钗：玉制的妇女首饰。杨衡《春梦》："傍人不知梦中事，唯见玉钗时坠枕。"　风：颤动，走动而生"风"，温庭筠《春幡诗》："玉钗风不定，香步独徘徊"。

【赏析】

前阕由闺妇梦醒入笔，头枕玻璃枕躺睡在水晶帘旁，回想盖着弥漫幽香和暖的鸳鸯锦被所作的春梦。环境清丽，意象华丽，梦境甜蜜。然而，眼前正暮春晨晓，抬头望向窗外：江面、江堤、柳树、烟霞、晨空、残月、飞雁等等景象，或清晰或朦胧、或飘动或静止、或旷阔或幽远，这幅多层次的清丽晨景，构成了景与情交融的艺术氛围。后阕写闺妇晨妆。穿着浅如秋色的衣裙，剪好人胜头饰，参差地插上发髻，间隔着对插鬓花，走动起来，玉钗一步一颤。“人胜”，正月初七——人日，人们剪彩为头饰戴上去踏春。主人公如此精心打扮，正所谓“女为悦己者容”，或许是盼望在踏春时与心上人相遇吧。

初看全词，一切的一切，形如堆砌、闲笔缛文，相互关系似无踪迹可寻，景物、人物与意景似无痕迹可联。然而，细忖之，其中个味顿然觉到，词人善用衬托，达到寓情的目的：“鸳鸯”反衬闺妇只身，只能以沉浸于追忆春梦相解，形成鲜明对照，悲愁情绪显而易见；闺妇所处环境、所用物品，乃至服饰、头饰、举止均浓丽无比，恰好比照她无奈的凄寂情绪；词作窗外景色描写，与闺妇怀人情思也相衬相融，开阔、清丽的自然境界，透出闺妇空荡茫然的人物心境；精心打扮的人物动作细节，写出闺妇心中的希冀。

◉集评

杨慎《升庵诗话》：“王右丞诗‘杨花惹暮春’，李长吉诗‘古竹老梢惹碧云’，温庭筠词‘暖香惹梦鸳鸯锦’，孙光宪词‘六宫眉黛惹春愁’。用‘惹’字凡四，皆绝妙。”

卓人月汇选、徐士俊参评《古今词统》：“‘藕丝秋色染’……‘染’、‘浅’二字皆精。”

张惠言《词选》：“‘梦’字提，‘江上’以下略叙梦境，‘人胜参差’、‘玉钗香隔’，言梦亦不得到也。‘江上柳如烟’，是关络。”

吴衡照《莲子居词话》：“飞卿《菩萨蛮》云：‘江上柳如烟，雁飞残月天。’《更漏子》云：‘银烛背，绣帘垂，梦长君不知。’《酒泉子》云：‘月孤明，风又起，杏花稀。’小令不以此着色取致，便觉寡味。”

陈廷焯《白雨斋词话》：“‘江上柳如烟，雁飞残月天。’飞卿佳句也。好在是梦中情况，便觉绵邈无际。若空写两句景物，意味便减。悟此方许为词。”《云韶集》：“‘杨柳岸晓风残月’，以此脱胎。‘红字韵，押得妙。”《词则·大雅集》：“梦境凄凉。”

孙麟趾《词径》：“何谓浑？如‘泪眼看花花不语，乱红飞过秋千去。’‘江上柳如烟，雁飞残月天。’‘西风残照，汉家陵阙。’皆以浑厚见长者也。词至浑，功候十分矣。”

李冰若《栩庄漫记》：“‘暖香惹梦’四句与‘江上’二句均佳。但下阕又雕缋满纸，羌无情趣。所谓梦境，有柳烟残月之中，美人盛服之幻，而四句晦涩已甚。韦相便无此种笨笔也。”

俞平伯《读词偶得》：“通篇如缛绣繁弦，惑人耳目，悲秋深隐，几似无迹可求。”“飞卿之词，每截取可以调和诸物象，而杂置一处，听其自然融合，在读者心眼中，仁者见仁，智者见智。”

菩萨蛮

蕊黄无限当山额①，宿妆隐笑纱窗隔②。相见牡丹时③，暂来还别离④。　翠钗金作股⑤，钗上蝶双舞⑥。心事竟谁知？月明花满枝⑦。

【注释】

①蕊(ruǐ)黄：涂额的黄色饰粉，六朝以来妇女涂黄于额间作面饰。李商隐《蝶三首》之二：“寿阳公主嫁时妆，八字宫眉捧额黄”。皮日休《木兰后池三咏·白莲》：“静婉临溪照额黄。”　无限：无界，蕊黄饰粉颜色模糊不清。　山额：额间的高处。

②宿妆：隔夜妆。岑参《醉戏窦子》：“宿妆娇羞偏髻鬟。”王建《宫词一百首》：“宿妆残粉未明天”。　隐笑：此指笑容暗暗消失。或解浅笑。何逊《拟轻薄篇》：“相看独隐笑。”纱窗隔：倒装，隔纱窗。贾岛《题郑常侍厅前竹》：“疏影纱窗外，清音宝瑟中。”

③牡丹时：牡丹开花时节，三月下旬。白居易《秦中吟十首·买花》：“共道牡丹时，相随

买花去。”

④暂：短暂，指时间短。

⑤股：头饰钗类的组成部分，羽翅状。白居易《长恨歌》：“钗留一股合一扇，钗擘黄金合分钿。”

⑥蝶：钗头上蝴蝶形饰物。

⑦“心事”二句：面对明月下的花枝，心中的思念又有谁人知晓呢。 心事，心中所想念、思念的。杜甫《秋兴八首》之四：“刘向传经心事违。”

【赏析】

是词抒写相见恨迟，别离怨速的情感。前阕起首二句，写晨起时的闺人形象。额间点黄已斑驳模糊得没有界限，隔夜的妆面，没有一点儿笑容；外面看过去，隔着纱窗朦胧可见。“隔”字，阻隔也，暗寓离别。歇拍二句，“相见牡丹时，暂来还别离”，两人苦苦期盼，直至牡丹花开时，才遂心愿，得以相见，这本来是好事，但是相见却短；“暂”字，点明共处时间短，令人心酸。相见何其难，别离何其匆。回想起来，只有“隐笑”，收敛起笑容。温助教用欢语“笑”去表现愁绪，合于典型环境——相见与离别时的人物心理活动。想到久等而能“相见”，值得“笑”，但是她“笑”不了，转眼间又别离，所以没有了笑容。

过片二句写头饰，步摇双蝶舞动，衬托别离后女子的孤独。以典型具象，寓特定情感，乃温助教“惯技”。结拍二句，水到渠成，直抒胸臆，依此时此刻之心中隐曲，谁会知道，谁会理解？“月明花满枝”，你们行吗？晴空明月和满树繁花，又怎能体味得到？又怎能言语对答呢！月花无言对答，或许是对人性的无声呼唤。

◉集评

李渔《窥词管见》：“有以淡语收浓词者，别是一法。”

菩萨蛮

翠翘金缕双鸂鶒①，水纹细起春池碧。池上海棠梨②，雨晴红满枝③。 绣衫遮笑靥④，烟草粘飞蝶⑤。青琐对芳菲⑥，玉关音信稀⑦。

【注释】

①翠翘（qiào）：翡翠鸟的长尾羽毛，《楚辞·招魂》：“砥室翠翘，挂曲琼些。”这里指鸂鶒的长尾。白居易《长恨歌》：“翠翘金雀玉搔头。” 鸂鶒（xīchì）：水鸟，又名紫鸳鸯。刘兼《莲塘霁望》：“万叠水纹罗乍展，一双鸂鶒乡初成。”

②海棠梨：果树之一种，二月开红花，八月果成熟。《荆楚岁时记》：“惊蛰后花信风，一候桃花，二候棠梨。”王建《宫词一百首》：“海棠花下打流莺”。

③红满枝：红色花儿开满枝头。以花的红颜色指代花。

④靥（yè）：酒窝。杨慎《丹铅录》：“唐韦固妻少为盗所刃，伤靥，以翠掩之。女妆遂有靥饰。” 笑靥：笑时现出的酒窝。梁简文帝《拟古诗》：“眼语笑靥近来情。”

⑤“烟草”句：形容蝴蝶紧贴轻烟细草而飞。 烟草：草色如烟。形容春草茂盛的样子。李商隐《细雨》：“故园烟草色，仍近五门青。” 粘：附着，贴着。

⑥青琐：周祈《名义考》：“青琐，即今之门有亮隔者，刻镂为连琐文也。以青涂之，故曰青琐。”指代富贵人家。吴均《行路难五首》之五：“经过青琐历紫房，已入中山吴后帐。”沈约《登台望秋月》：“散朱庭之奕奕，入青琐而玲珑。” 芳菲：美好时节，李从善《蔷薇诗一首十八韵，呈东海侍郎徐铉》：“绿影覆幽池，芳菲四月时。”又解作花草芬芳繁茂。萧子显

《春别诗四首》之二:"幽宫积草自芳菲,黄鸟芳树情相依。"

⑦玉关:玉门关。故址在今甘肃省敦煌西北。此处指代边关,征人所在的地方。吴孜《春闺怨》:"玉关信使断,借问不相谙。" 音信稀:往来之书信和信息少。雍陶《送裴璋还蜀因亦怀归》:"客在剑门外,新年音信稀。"

【赏析】

是词写征眷怨。前阕写闺妇头饰与衣衫上的花纹图案。"翠翘",翠色的翘形头饰。金线绣成的衣衫纹饰:一池春水,碧波荡漾,一双鸂鶒戏水;岸边的海棠绕池,经雨滋润,花红如火。可以说图美、情美、意美,衣衫的图案寓意和谐美满,反衬闺妇的孤独。当然,歇拍两句,亦可作景物描写看。过片,写闺妇投情欣赏春景的举止"绣衫遮笑靥",展现体态和行为的优美,以华丽的绣衫衣袖遮住她的笑靥;"遮"字,颇传神,写出欢乐瞬间即逝、反生愁怨的心态。结拍抓住春天典型的景色着笔,色彩绚丽的蝴蝶,比翼飞翔于烟草之上,这是"遮"的原因,飞蝶成双,自己孤身,触及了离愁。"青琐对芳菲",语带双关,字面上是写青琐对着大好春光;实际上是以此比喻处于"青琐"的闺妇,以鲜丽的景色衬托她的凄凉。面对春天这一美好时节,她想起夫君远在玉关边塞,书信和消息来得太少了,"青琐"只剩她孤独一人。词作到此戛然而止,结得颇有余味。全词无一议论,怀念征人的幽怨,自然流露,情景交融,天衣无缝。是词可看作是对年年征战的指责。

◉集评

俞平伯《读词偶得》:"上两首皆以妆为结束,此则以妆为起笔,可悟文格变化之方。"

菩萨蛮

杏花含露团香雪[①],绿杨陌上多离别[②]。灯在月胧明[③],觉来闻晓莺[④]。 玉钩褰翠幕[⑤],妆浅旧眉薄[⑥]。春梦正关情[⑦],镜中蝉鬓轻[⑧]。

【注释】

①团:凝聚。 香雪:比喻白杏花色花香。刘兼《春夜》:"杏花满地堆香雪。"

②陌(mò):东西走向的田间小路。白居易《听歌六绝句·离别难》:"绿杨陌上送行人,马去车回一望尘。"此指街道,《后汉书·袁绍传》:"辎軿柴毂,填接街陌。"

③月胧明:月色朦胧。白居易《人定》:"人定月胧明,香消枕簟清。"

④觉(jiào)来:睡醒过来。贾岛《投庞少尹》:"病起望山台上立,觉来听雨烛前吟。"

⑤褰(qì):提起,《诗·郑风·褰裳》:"褰裳涉溱,褰裳涉洧。"揭起,撩起。甄固《奉和世子春情诗》:"昨晚褰帘望,初逢双燕归。" 幕:指垂挂着之帘帐类物品,鲍照《拟行路难十八首》:"文窗绣户垂罗幕"。

⑥"妆浅"句:描述早晨妇人宿妆的情状,粉色浅淡,眉色淡薄。

⑦春梦:春天的梦,万齐融《送陈七还广陵》:"海潮与春梦,朝夕广陵江。"雍陶《春怀旧游》:"别来长似见,春梦入关多。" 关情:涉及、牵连之情思。梁简文帝《美女篇》:"佳丽尽关情,风流最有名。"

⑧蝉鬓:形容鬓如蝉翼一般。崔豹《古今注》:"魏文帝宫人莫琼树,制蝉鬓,缥缈台蝉。"顾况《瑶草春》:"蝉鬓蛾眉明井底,燕裙赵袂萦辘轳。" 轻:缥缈。

【赏析】

前阕写闺妇入梦、醒梦。入梦:两人别离在杏花怒放如漫天香雪的春天,分手在绿杨掩映的大道，景美时佳却别离，对比强烈，离情忒残忍；终于有日相聚在月色朦胧的夜晚，兰灯相伴，爱人相偎。醒梦：晨晓觉醒，梦境依稀，眼前仍是梦中见到的兰灯，睹物思人；正当深感孤寂之时，窗外的晓莺不止啼叫，更添几分烦恼。

过片，主人公无奈起身，挂起帷幕。接着一个特写：残留的昨日眉色经已淡薄，神态迷离恍惚，透露因梦而非真的失落惆怅心境。结拍，以响亮声韵，写出难言苦衷。主人公关情的，在于留连、回味梦境，她对着镜子，呆呆地看着缥缈如蝉翼一般的鬓发。是词以特写作结，颇具匠心，将因昨宵春梦，更频添相思、怀人至极的闺妇形象，定格人前，具强烈的艺术感染力。

◉**集评**

汤显祖《玉茗堂评花间集》："碧纱如烟隔语，得画家三昧，此更觉微远。"

陈廷焯《白雨斋词话》末二句："凄凉哀怨，真有欲言难言之苦。"《词则·大雅集》："梦境迷离。"

俞平伯《读词偶得》："对镜妆梳，关情断梦，'轻'字无理得妙。"

唐圭璋《唐宋词简释》："张皋文云：'飞卿之词，深美闳约。'观此词可信。末两句，十字皆阳声字，可见温词声韵之响亮。"

菩萨蛮

玉楼明月长相忆①，柳丝袅娜春无力②。门外草萋萋③，送君闻马嘶。 画罗金翡翠④，香烛销成泪⑤。花落子规啼⑥，绿窗残梦迷⑦。

【注释】

①玉楼：美称闺楼。杨汉公《明月楼》："溪上玉楼楼上月，清光合作水晶宫。" 长相忆：长时间陷入思念之中。古诗《饮马长城窟行》："上言加餐食，下言长相忆。"

②袅娜（nīaonuó）：轻柔细长的样子，《抱朴子·君道》："甘露淋漉以霄坠，嘉穗袅娜而盈箱。" 无力：温柔轻软。白居易《酬元九对新栽竹有怀见寄》："不爱杨柳枝，春来软无力。"

③草萋萋：春草茂盛状。《楚辞·招隐士》："王孙游兮不悔，春草生兮萋萋。"白居易《草》："又送王孙去，萋萋满别情。"

④画罗：《旧五代史·王衍传》："时宫人皆衣道服，顶金莲花冠，衣画云霞，望之若神仙。"可见当时的衣饰，有绣有画。 金翡翠：上画金色翡翠鸟花纹；或作头饰图案。章孝标《贻美人》："宝髻巧梳金翡翠，罗裙宜著绣鸳鸯。" 翡翠：《埤雅》："翠鸟或谓翡翠，雄赤曰翡，雌青曰翠。"刘希夷《江南曲八首》之二："春洲惊翡翠，朱服弄芳菲。"

⑤香烛：古时蜡烛多搀香料，称香烛。温庭筠《池塘七夕》："香烛有花妨宿燕。" 销成泪：蜡烛燃烧流下的蜡脂如泪。

⑥子规：杜鹃鸟，其叫声如"不如归去"。《埤雅》："杜鹃一曰子规，苦啼，啼血不止。一名怨鸟，夜啼达旦，血渍草木。凡始鸣皆北向，啼苦则倒悬于树枝。"王建《夜闻子规》："子规啼不歇，到晓口应穿。"

⑦绿窗：华丽的窗户。冯贽《南部烟花记》："隋文帝为蔡容华作潇湘绿绮窗。上饰黄金芙蓉花，琉璃网户，文杏为梁，雕刻飞禽走兽，动值千金。"此处代指闺人居室。张佑《杨花》："惊杀绿窗红粉人"。 残梦：不完整，断断续续的梦境。梁锽《七夕泛舟》："片欢秋始展，残梦晓翻催。" 残：有缺陷，不完整，引申为残余、剩余。此指不完整，断断续续。 迷：沉醉，迷恋，此指沉迷在回忆梦境之中。刘沧《对残春》："鬓发近来生处白，家园几向梦中

迷。"

【赏析】

是词写离情。前阕，回忆送别。首句如美人玉楼月夜思忆图，明月高悬照闺楼，姣好妇人伫立窗前，陷入深沉的相忆之中。第二句写春景，点明分别的时间背景，千万柳丝婀娜摇曳，春风好像显得徐缓无力，春风吹拂，柳条微动，说明春天近暮，即将过去。歇拍是送别图。妇人相送到门外，只见芳草萋萋，送别心上人远行，他乘良驱、踏芳草，于远处回过头来挥手；妇人神情专注，倚门而立，似在聆听那马儿凄切的嘶叫。图画二幅，意思一个：离限绵绵。

后阕，写妇人在夜深时分的所见、所闻、所感。过片，先写服饰，"画罗金翡翠"，罗衣上的纹饰寓团聚、美满，而今她却孤身；再特写"烛泪"，弥漫着芳香的蜡烛一边燃烧，一边融流下蜡脂好像在垂泪，孤独的闺妇，正是流泪的蜡烛。结拍，窗外落花有声，与杜鹃啼咽相和。"落"、"啼"二字，将两个凄凉的具象连结在一起，花落，春之将去，人却不聚，杜鹃哀啼，景象凄然。唯有沉浸在相思残梦之中，去自我慰藉。

词作为了表达妇人春天彻夜相忆的情节，用字造景，甚为讲究："长"，直抒久远的怀念；"闻"，既为当时别离所听，亦是如今犹听；"烛泪"，既是写妇人长时间相思，亦是比喻妇人情深意切地苦恋的痛楚；花落鸟啼，沉迷残梦，美人迟暮，均是突出"长相忆"这一情境。

◉**集评**

张惠言《词选》："'玉楼明月长相忆'，又提。'柳丝袅娜'，送君之时。故'江上柳如烟'，梦中情景亦尔。七章'阑外垂丝柳'……皆本此"柳丝袅娜"言之，明相忆之久也。"

陈廷焯《白雨斋词话》："此种词，第自写性情，不必求胜人，已成绝响。"《云韶集》："音节凄清。字字哀艳，读之魂销。"《词则·大雅集》："低回欲绝。"

李冰若《栩庄漫记》："前数章时有佳句而通体不称，此较清绮有味。"

唐圭璋《唐宋词简释》："通体景真情真，浑厚流转。"

菩萨蛮

凤凰相对盘金缕①，牡丹一夜经微雨②。明镜照新妆③，鬓轻双脸长④。　画楼相望久⑤，栏外垂丝柳。音信不归来，社前双燕回⑥。

【注释】

①"凤凰"句：衣上盘绣着金线锈成的双双相对凤凰。　金缕(lǚ)：金色的麻线、丝线，这里指金色丝线。刘孝威《拟古应教》："琼筵玉笥金缕衣。"

②"牡丹"句：牡丹经雨即败，闺妇对此而憔悴。元稹《清都春霁，寄胡三、吴十一》："蕊珠宫殿经微雨，草树无尘耀眼光。"

③明镜：这里指妆镜。沈约《会圃临春风》："拂明镜之冬尘，解罗衣之秋襞。"　新妆：刚刚梳洗弄好的面妆。徐坚《棹歌行》："棹女饰银钩，新妆下翠楼。"

④鬓轻：指鬓薄。　双脸：即左右腮。徐伯阳《日出东南隅行》："五马停珂遣借问，双脸含娇特好羞。"　双脸长：人瘦而显得双脸长。

⑤画楼：闺楼。万齐融《三日绿潭篇》："绿水残霞催席散，画楼初月待人归。"　相望：对所思之人的想望，《玉台新咏·焦仲卿妻》："怅然遥相望，知是故人来。"　相：表示一方对另一方有所动作。

⑥社前双燕回：立春后的春社日未到之时，燕子双双归来。社日，古代祭神日。《荆楚岁时记》："社日，四邻并结宗会社，牲醪，为屋于树下，先祭神，然后享其胙。" 燕：《格物总论》"燕，春社来，秋社去，故谓之社燕"，又名社客，杨备《乌衣巷》："旧时帘幕无从觅，只有年年社燕归。"章孝标《归燕词辞工部侍郎》："旧垒危巢泥已落，今年故向社前归。"

【赏析】

词作起首二句，刻画思妇娇艳形象。她衣着华丽，衣袍上用金色丝线绣成凤凰相对飞翔的图案。第二句写实景，牡丹是经不住雨的，遇雨即残。此比喻，主人公丽质玉润，就像牡丹经过一夜的春雨，大不如前了。歇拍写晨妆，对着镜子刻意"新妆"，即使将鬓角尽量梳薄，弄来弄去仍然觉得"双脸长"。词作形象地以"雨后牡丹"比喻主人公的容貌，任凭"新妆"亦遮掩不住，突出主人公饱受离愁别绪煎熬而面容消瘦，即便是铁木心肠，也会为她动容。过片，刻画妇人行为，登楼眺望，一个"久"字，耐人寻味，令人心酸。她的视线只是紧紧锁住一个景物，门外那轻轻扬拂的丝丝垂柳，为什么？杨柳，是别离赠物，她观景思远人，睹物怨离别。结拍，人不归来，连音信也全无。你看，那双双春燕，都按时在社日之前归来了。这好像是妇人的内心独白，在希望落空之际，她感到惆怅，失望：人不如燕呀。

是词情节曲折，从妇人因长时间离别，积郁消瘦；从因春至而登楼望归、直至久等不期，一波三折，委婉跌宕，丝丝入扣，关系哀怨。

◉集评

汤显祖《玉茗堂评花间集》："'牡丹'句，眼前语，非会心人不知。"

李冰若《栩庄漫记》："飞卿惯用金鹧鸪、金鸂鶒、金凤凰、金翡翠诸字以表富丽，其实无非绣金耳。十四首中既累见之，何才俭若此？本欲假以形容艳丽，乃徒彰其俗劣，正如小家碧玉初入绮罗丛中，只能识此数事，便矜羡不已也。此词"双脸长"之'长'字，尤为丑恶，明镜莹然，一双长脸，思之令人发笑。故此字点金成铁，纯为凑韵而已。"

菩萨蛮

牡丹花谢莺声歇①，绿杨满院中庭月②。相忆梦难成，背窗灯半明③。 翠钿金压脸④，寂寞香闺掩⑤。人远泪阑干⑥，燕飞春又残⑦。

【注释】

①牡丹花谢：指代春天已过。 歇：停息。蔡琰《胡笳十八拍》："城头烽火不曾灭，疆场征战何时歇。"

②中庭：庭院。王建《雨过山村》："闲看中庭栀子花。"

③背：指北方。《诗·卫风·伯兮》："焉得谖草，言树之背。"毛传："背，北堂也。"杜甫《堂成》："背郭堂成荫白茅。"刘沧《题马太尉华山庄》："别开池馆背山阴，近得幽奇物外心。"

④翠钿：以翠玉镶嵌的首饰。皮日休《木兰后池三咏·浮萍》："明朝拟附南风信，寄与湘妃作翠钿。" 金压脸：首饰金属亮光与脸上容光相互辉映。

⑤寂寞：孤单冷清。无声安静。陈子昂《月夜有怀》："寂寞夜何久。" 香闺：指闺房。掩：关上，合着。

⑥人远：身处远方的人、心中思念的人，《诗·郑风·东门之墠》："其室则迩，其人甚远。" 泪阑干：泪流纵横交错状。白居易《长恨歌》："玉容寂寞泪阑干，梨花一枝春带雨。"

⑦残：此处作将尽解。

【赏析】

前阕写妇人独眠，忆怀远人。辗转反侧，索性起身，只见牡丹花凋谢了，青青杨柳绿满庭园，月儿高挂半空，黄莺儿亦止了歌唱。妇人的视觉、听觉感受，何其冷寂深沉，此种氛围委实叫人无可奈何，睡不入眠，何来成梦？一筹莫展唯有独对半明半暗的灯光，寄托对远人的思念，独坐怀人或许彻夜通宵。词人通过暮春月夜深宵的时间与万籁俱寂的空间构造成幽怨的氛围场景，表达情感，个中滋味，全在景中。

过片进层，挖掘妇人内心幽怨，即便拥有华贵的物质，头戴镶金缀翠的首饰把脸都遮掩了，又有何用？它只不过恰好掩住寂寞的香闺罢了。怀想爱人，愈觉其远；觉其远，而更感自身孤独、寂寥。妇人忍不住泪如雨下，留在脸上的泪痕纵横交错。苦闷之中，瞥见燕子飞去，知道春天将过，与爱人相会的美好时节，也会很快过去。词人将空闺独守、凄凉孤寂的情感推至极处，时光易逝，自己连这稍纵即逝的机遇亦未能抓住，这般痛楚叫人又怎忍受得住？

◉集评

张惠言《词选》："'相忆梦难成'，正是残梦迷情事。"

陈廷焯《云韶集》："领略孤眠滋味，逐句逐字，凄凄恻恻，飞卿大是有心人。"《词则·大雅集》："三章云'相见牡丹时'，五章云'觉来闻晓莺'，此云'牡丹花谢莺声歇'，言良辰已过，故下云'燕飞春又残'也。"

菩萨蛮

满宫明月梨花白①，故人万里关山隔②。金雁一双飞③，泪痕沾绣衣④。　小园芳草绿，家住越溪曲⑤。杨柳色依依，燕归君不归⑥。

【注释】

①宫：《尔雅·释宫》："宫谓之室，室谓之宫。"《释文》："古者贵贱同称宫，秦汉以来，惟王者所居称宫焉。"此当为古义，非指王者居所的尊称。　满宫：犹言满室、满院。汪遵《瑶台》："仙梦香魂不久留，满川云雨满宫愁。"

②故人：指所思之人。《玉台新咏·焦仲卿妻》："怅然遥相望，知是故人来。"　关山：原指关塞与山岳，此泛指边塞之地。江总《闺怨篇》："愿君关山及早度，念妾桃李片时妍。"刘沧《秋日夜怀》："关山云尽九秋月，门柳叶凋三径霜。近日每思归少室，故人遥忆隔潇湘。"　隔：阻隔，被分离隔开。岑参《春梦》："洞房昨夜春风起，故人尚隔湘江水。"

③金雁：华钟彦《花间集注》认为，雁，当指远人书信；金，言其贵重，杜甫诗"家书抵万金。"或解首饰，亦可通，"珠襦玉匣化为土，金雁银凫亦飞去。"或解筝柱。刘贡父《中山诗话》："金雁，筝柱也。"

④"泪痕"句：绣衣上沾满泪水浸湿过的渍痕。李元纮《绿墀怨》："绿苔行迹少，红粉泪痕多。"

⑤"小园"两句：以西施自况。家住在越溪河湾之滨，小园里春草绿油油。　越溪：相传为越国美女西施浣纱之溪。　曲：指河湾。

⑥依依：轻柔的样子，陶潜《归园田居》："暧暧远人村，依依墟里烟。"此特指杨柳柔弱摇曳。《诗·小雅·采薇》："昔我往矣，杨柳依依。"牟融《送罗约》："雨晴江馆柳依依。"

【赏析】

是词写征眷怨。写闺妇收到征人书信，反而倍加思念的心情。

前阕以远近结合的手法，写闺妇看到的近景和远景。闺妇伫立窗前，俯见近处——满院的梨花在明月辉映下洁白如雪；眺望远方，故人正是被隔在相距万里的关山。无论近景、远景的描写，词人都注入了情感。“白”字，以颜色暗喻主人公心情凄清；“隔”字，写出主人公的内心感觉。歇拍，“金雁”，华钟彦《花间集注》云“窃疑雁：当指书信；金：言其贵重。杜甫诗‘家书抵万金’是也。”闺妇收到如金贵重的远方来信，欢喜与苦涩的情绪交织在一起，不禁泪流湿绣衣，激动的心情，久久难以平复。过片，补述征眷居所，家住在越溪的河湾畔，小园里的芳草绿了，突出春天的环境。结拍，征眷自表，抒发胸臆。她好像在对远方的爱人说：杨柳又似当时夫君别离时那样依依含情。你看，燕子又再飞回了，但是，君你怎还不返来？全词语言朴实，犹见情深。

◉**集评**

汤显祖《玉茗堂评花间集》：“兴语似李贺，结语似李白，中间平调而已。”

陈廷焯《云韶集》：“凄艳是飞卿本色。从摩诘‘春草年年绿’化出。”《词则·大雅集》：“结句即七章‘音信不归来’二语意，重言以申明之。音更促，语更婉。”

菩萨蛮

宝函钿雀金鸂鶒[①]，沉香阁上吴山碧[②]。杨柳又如丝[③]，驿桥春雨时[④]。　画楼音信断[⑤]，芳草江南岸。鸾镜与花枝，此情谁得知[⑥]？

【注释】

①函：匣、套，如镜匣、枕匣，这里作枕头解。句意是，晨起金钗放在枕头旁边。

②沉香阁：泛指精美亭阁。　吴山：又名胥山，在浙江杭州市西湖东南。白居易《长相思》：“流到瓜洲古渡头，吴山点点愁。”王建《扬州寻张籍不见》：“西江水阔吴山远，却打船头向北行。”

③“杨柳”句：喻分别已经周年，一“又”字可见。

④驿：古代供传递公文之人和来往官员住宿换马之所，又称“驿站”。

⑤“画楼”句：深处画楼，遥想友人，既不得见，亦无书信。　断：断绝，中止。白居易《郡中》：“乡路音信断，山城日月迟。”

⑥“鸾镜”两句：描写闺人独对鸾镜照花枝，辜负芳春，顾影自怜，这种心情无人知道，唯有叹息“谁得知？”　鸾镜：饰有鸾鸟图案之妆镜。刘敬叔《异苑》：“罽宾王有鸾，三年不鸣。夫人曰，闻鸾见影则鸣，乃悬镜照之，中宵一奋而绝。故后世称为鸾镜。”鸾镜与花枝：贾岛《友人婚杨氏催妆》：“谁道芙蓉水中种，青铜镜里一枝开”，可与其参照看。

【赏析】

是词写相思。前阕首二句写贵妇人晓起，登楼远望。妇人住在沉香阁上，枕边放着贵重首饰；她倚栏外望，只见吴山碧透。三四两句既是写眼前景色，又是追忆去年初春时节的离别：微雨纷飞，杨柳丝丝，与相公于驿站桥边相别。后阕写妇人满腹怨言。我深锁画楼，连丁点儿的音讯也全无收到。你看，江岸上的春草已经繁茂萋萋了。你可知道，每天，我只是对着鸾镜，看着如花容貌。可是时光易逝，花容易残，对君的相思，更感到深切了，这样的心情又有谁能知道呢？情节平直，但情感迂回，深蕴荡气。

◉**集评**

谭献《谭评词辨》：“‘宝函钿雀’句，追叙。‘画楼’句，指点今情；‘鸾镜’句，顿。”

汤显祖《玉茗堂评花间集》:"'沉香'、'芳草'句,皆诗中画。"

张惠言《词选》:"'鸾镜'二句,结。与'心事竟谁知'相应。"

陈廷焯《云韶集》:"只一'又'字,有多少眼泪,音节凄缓。凡作香奁词,音节愈缓愈妙。"《词则·大雅集》:"只'又'一字含多少眼泪。沉郁。"

菩萨蛮

南园满地堆轻絮①,愁闻一霎清明雨②。雨后却斜阳③,杏花零落香④。　无言匀睡脸⑤,枕上屏山掩⑥。时节欲黄昏⑦,无聊独倚门⑧。

【注释】

①轻絮:指柳絮、柳棉。

②霎(shà):一阵子。冯延巳《蝶恋花》:"红杏开时,一霎清明雨"。

③却:又,再。斜阳:夕阳。张祜《晚夏归别业》:"斜阳照竹扉。"李商隐《乐游原》:"羲和自趁虞泉宿,不放斜阳更向东。"

④"杏花"句:杏花被雨打风吹而显零落疏稀。零落:此指稀疏,不密聚。白居易《别元九后咏所怀》:"零落桐叶雨,萧条槿花风。"贾岛《和韩吏部泛南溪》:"木兰船共山人上,月映渡头零落云。"

⑤匀睡脸:睡眠初醒,故脸色均匀而显血气调和,泛起微红。

⑥"枕上"句:枕前屏风山景已身物影遮掩。枕上:岑参《春梦》:"枕上片时春梦中,行尽江南数千里。"杨衡《长门怨》:"万遍凝愁枕上听,千回候命花间立。"

⑦时节:时候。杜甫《江南逢李龟年》:"正是江南好风景,落花时节又逢君。"欲黄昏:将近黄昏。薛奇童《楚宫词二首》之二:"不堪深殿里,帘外欲黄昏。"

⑧无聊:因闲暇而烦闷。牟融《客中作》:"几度无聊倍惆怅,临风搔首独兴哀。"

【赏析】

是词写春愁。先写暮春景物:南园满地堆着柳絮柳棉,她带着愁情,听着霎时而过的清明雨。雨过天晴,斜阳相照,杏花凋零脱落,散发出阵阵香气。"愁"字是前阕的总领,眼前的景色萧条冷落,所以主人公"愁"。后阕以"无言"过片,她无言无语地擦抹脂粉,为午睡初醒的双脸补妆,坐着的身影掩住了枕头旁边的屏山风景。主人公睡起而又无聊的情态,与前文"愁闻"、"零落"相呼应,共同表达她的孤寂。末二句,时至黄昏,她更为空虚,独倚闺门。这一姿态举止,是内心迷茫、百无聊赖的外表流露。

◉集评

沈际飞《草堂诗余》:"隽逸之致,追步太白。"

张惠言《词选》:"此下乃叙梦,此章言黄昏。"

谭献《谭评词辨》:"'雨后却斜阳'句,余韵。'无聊独倚门'句,收束。"

王国维《人间词话·附录》:"温庭筠《菩萨蛮》'雨后却斜阳,杏花零落香',少游之'雨余芳草斜阳,杏花零落燕泥香',虽自此脱胎,而实有出蓝之妙。"

菩萨蛮

夜来皓月才当午①,重帘悄悄无人语②。深处麝烟长,卧时留薄妆③。　当年还自惜④,往事那堪忆⑤。花落月明残,锦衾知晓寒⑥。

【注释】

①皓月：皎洁明亮的月儿。 才：刚好。 午：《六书·分类》："午，上象天体半复，下象中直，明午时应天之中也。" 当午：月在中天，《隋书·律历志》："月兆日光，当午更耀"。

②重帘：帘幕重重。

③薄妆：相对浓妆而言，妆容淡雅。

④自惜：自我爱惜。刘沧《对残春》："唯有年光堪自惜，不胜烟草日萋萋。"

⑤那(nùo)堪：怎么经得起。李商隐《寒食行次冷泉驿》："自怯春寒苦，那堪禁火赊。" 那(nùo)：语气助词，表示反诘。 堪：胜任，禁当。《论语》："人不堪其忧，回也不改其乐。"

⑥衾(qīn)：被子。 锦衾：华丽的丝锦被。岑参《白雪歌送武判官归京》："散入珠帘湿罗幕，狐裘不暖锦衾薄"。

【赏析】

是词起首二句，交待时间与环境。从入夜开始，直至皓月当空，深闺中静悄悄，寂无人声。这里隐藏着一明一暗的对比，明月中天，本来明丽；然则，重帘深处一片死寂，对比强烈，使人透不过气来。一个"才"字，道出闺妇主观感受，时间过得这样慢，深怕彻夜难熬。至此，词人寓情于景，初点题旨。"深处"呼应，"重帘"接上，她寂寞得懒慵，连灯也无心去点燃，任凭那麝香亮着星星之火、冒着缕缕青烟，相伴着未彻底卸妆的主人公卧睡，她似睡非睡。

过片顺接，女主人公在自言自语：当年还知道珍惜自己的丽质，后来如何？"那堪忆"，说来轻巧，其实不得不忆。结尾二句，她好像杜鹃啼血那样诉说："花露月明残，锦衾知晓寒。"衾被独盖，到了拂晓，它的冷暖，唯有自知。何止是"锦衾"，她的处境，她的一切，都只有自知自悟。千丝万缕的哀愁，理不清，理还乱。

◉集评

张惠言《词选》："此自卧时至晓，所谓'相忆梦难成'也。"

陈廷焯《词则·大雅集》："'知'字凄警，与'愁人知夜长'同妙。"

菩萨蛮

雨晴夜合玲珑日①，万枝香袅红丝拂②。闲梦忆金堂③，满庭萱草长④。 绣帘垂箓簌⑤，眉黛远山绿⑥。春水渡溪桥⑦，凭栏魂欲消⑧。

【注释】

①夜合：又名合欢。古时赠人，以消怨合好。《本草》："夜合，即合昏也。"周处《风土记》："合昏，槿也，华晨舒而昏合。" 玲珑：此指花开正盛时。亦解精美灵巧，梁简文帝《和湘东王阳云台檐柳》："潭沲青帷闭，玲珑朱扇开。"

②"万枝"句：红色夜合绽开溢出的香气袭人。 香袅：花之香气缭绕上升。董嗣杲《菊花》："红香袅独傲霜" 红丝拂：花朵缀枝成串，如红丝低垂飘拂。

③"闲梦"句：心静时，梦到了华丽的金堂。 闲：古时写作"閒"，清闲、空闲义，引申为静，安静。嵇康《赠秀才入军》之五："闲夜肃清，明月照轩。" 金堂：指华丽居所。

④萱草：草本植物，又名忘忧，亦作藼草、谖草。传说能使人忘忧。《毛传》："谖草令人忘忧。"朱熹注："谖草合欢，食之令人忘忧者。"梁简文帝《听夜妓诗》："萱草忘忧条。"

⑤箓簌(lùsù)：此处指帘穗，流苏。

⑥"眉黛"句：用黛画眉，秀丽如远山。白居易《新柳》："须教碧玉羞眉黛。"据《西京杂

记》载司马相如妻卓文君姣好，脸际常若芙蓉，眉黛如望远山，时人效画“远山眉”。后谓女子眉美为“远山眉”。

⑦“春水”句：桃花水涨起，漫到桥边。 春水：指桃花水、桃花汛。《汉书·沟洫志》：“来春桃花水盛，必羡溢，有填淤反壤之害。”注“盖桃方华时，既有雨水，川谷冰泮，众流猥集，波澜盛长，故谓之桃花水耳。”庾信《对酒歌》：“春水望桃花，春洲藉芳杜。”

⑧“凭栏”句：伫立栏杆旁远望，令人神情恍惚，不能自主，魂魄似离体一般。 许棠《登渭南县楼》：“闲来时甚少，欲下重凭栏。”

【赏析】

以“兴”起头：雨后月初上，红合欢花盛开，微风拂过，香气飘动、花瓣溢红。浓艳美景，兴起男女爱情，做着美梦，入得华丽之所，见到满庭园萱草繁茂。前阕至此而止，词人将合欢花与忘忧草比联、呼应、关合，隐去细节，委实高明。过片，主人公从梦中回到现实，一会，无聊立于绣帘垂幔流苏旁，那一抹远山般的美眉，从碧绿中透露出淡淡的愁意；一会，不由自主凭栏眺望，目睹溪桥下的一江春水缓缓淌流。主人公触景生情，侬的年华，亦如春水。“魂欲消”作结，直接抒发心中情感。

◉**集评**

张惠言《词选》：“此章正写梦。‘绣帘’、‘凭栏’，皆梦中情事，正应‘人胜参差’三句。”

陈廷焯《词则·大雅集》：“‘绣帘’四语婉雅。叔原‘梦中惯得无拘检，又踏杨花过谢桥’，聪明语，然近于轻薄矣。”

菩萨蛮

竹风轻动庭除冷①，珠帘月上玲珑影②。山枕隐浓妆③，绿檀金凤凰④。 两蛾愁黛浅⑤，故国吴宫远⑥。春恨正关情⑦，画楼残点声⑧。

【注释】

①“竹风”句：竹丛吹来轻风，使庭阶更为清冷。 庭除：庭前台阶。刘兼《对镜》：“月移花影过庭除。”

②珠帘：用珍珠镶缀的帘，此指精美的帘。《初学记·器物部》：“戴明宝历朝宠幸，家累千金，大儿骄淫，为五彩珠帘，明宝不能禁。”《汉武帝故事》：“上起神屋，以白珠为帘箔，玳瑁押之，象牙为篾。”李世民《冬宵各为四韵》：“珠帘烛焰动，绣柱水光浮。”

③山枕：形状如山样的枕头。王山《笑盈盈》：“一缕未消山枕红。” 隐：倚。《孟子》“隐几而卧”，赵注“隐倚其几而卧也。” 浓妆：色彩浓重艳丽的妆容。

④绿檀：指檀枕。 金凤凰：金凤钗。

⑤两蛾愁黛浅：双眉紧锁，愁眉不展，更显眉色淡薄。吴融《玉女庙》：“愁黛不开山浅浅。” 两蛾：双眉。

⑥故国：故乡。李隆基《送赵法师还蜀因名山奠简》：“江山寻故国，城郭信依然。” 吴宫：吴地宫阙。此处暗用西施入吴典故。指怀念家乡。

⑦春恨：因情欲而引发的怨恨、不如意。白居易《酬刘和州戏赠》：“不似刘郎天景行，长抛春恨在天台。”

⑧点声：指更漏击点之声。据《演繁露》载，古壶滴漏计时，一夜分为五更，一更分为五点，击点或击钟报时。 残点声：即残漏更点之声，天将明。

【赏析】

细读是词，寓意确有几处：第一处，首二句以冷清萧条景色，寓繁华不再。词人遣情写来，翠竹扶疏，凉风吹过，庭前台阶徒添几分寒意，“冷”字既写出居者感受，亦点明此处已无以往的热闹；因此，居者亦无心去欣赏明月透射珠帘、投到屋内的玲珑光影。第二处，以居者遭冷落，寓繁华不再。如此冷清的月夜，主人公虽浓妆，却凭枕闲卧，与其相伴者只有镌刻金凤凰纹饰的绿檀枕。从词中所写居者的环境及用品，读者或许可猜到，主人公是宫女。果然，过片两句便点明了。第三处，以西施幽禁吴宫思越，寄寓宫怨。先看肖像特写，两眉紧锁，黛色浅薄，一个“愁”字，给予点破，为甚？宫女的故国家园，离此遥远，因其“远”而有所思，有所怨。第四处，以宫女独居画楼，通宵不眠，寓其愁怨。综观全词，其实词人的匠心，亦即真正的寓意应是：通过宫女怨，寄寓其对现实处境的不满。

◉集评

汤显祖《玉茗堂评花间集》：“十四调中，如‘团’字、‘留’字、‘冷’字，皆一字法；如‘惹梦’、如‘香雪’，皆二字法；如‘当山额’、如‘金靥脸’，皆三字法；四五六字皆有法，解人当自知之。不能悉记。”

张惠言《词选》：“此言梦醒。‘春恨正关情’与五章‘春梦正关情’，相对双锁。‘青锁’、‘金堂’、‘故国吴宫’，略露寓意”

陈廷焯《白雨斋词话》：“飞卿《菩萨蛮》十四章，全是楚骚变相，古今之极轨也。徒赏其芊丽，误矣！”《云韶集》：“‘春恨’二语是两层，言春恨正自关情，况又独居画楼而闻残点之声乎？”《词则·大雅集》：“缠绵无尽。”

陈匪石《旧时月色斋词谭》：“词固言情之作，然但以情言，薄矣。必须融情入景，由景见情。温飞卿之《菩萨蛮》，语语是景，语语即是情，冯正中《蝶恋花》亦然，此其味所以醇厚也。”

李冰若《栩庄漫记》：“《菩萨蛮》十四首中，全首无生硬字句而复饶绮怨者当推‘南园满地’、‘夜来皓月’二阕。余有佳句而无章，非全璧也。”

俞平伯《读词偶得》：“末两句不但结束本章，且为十四首之总结，韵味悠然无尽，画楼残点，天将明矣。”

更漏子

柳丝长，春雨细，花外漏声迢递①。惊塞雁，起城乌，画屏金鹧鸪②。　香雾薄，透帘幕，惆怅谢家池阁③。红烛背④，绣帘垂，梦长君不知⑤。

【注释】

①“花外”句：从花外遥远的地方传来更漏声。　漏声：漏壶滴水声。　迢递（tiáodì）：遥远，又解连续不断。李商隐《落花》：“参差连曲陌，迢递送斜晖。”

②“惊塞雁”三句：塞雁与城乌互对，漏声令边塞雁惊飞，城头乌惧起，只有画屏之金鹧鸪不为所动。　塞雁：边塞之雁，杜甫《登舟将适汉阳》：“塞雁与时集，樯乌终岁飞。”城乌：城头上栖息的乌鸦。刘孝威《侍宴赋得龙沙宵月明》：“枥马悲羌吹，城乌啼塞寒。”

③惆怅：伤感失意。张衡《四愁诗》：“路远莫致倚惆怅，何为怀忧心烦纡？”　谢家池阁：原指唐李德裕之妾谢秋娘居所。后泛指佳人所居的豪华池阁。据《唐音癸签》载，李太尉德裕有美妾谢秋娘，太尉以华屋贮之，眷之甚隆。德裕后镇浙江，为悼亡妓谢秋娘，用炀帝所作《望江南》词，撰《谢秋娘曲》。尔后，诗词多用“谢娘”，“谢家”，“秋娘”，泛指妓女、美妾。

④红烛背：背对着红蜡烛。

⑤梦长：梦远。

【赏析】

起首三句，以柳、雨、花构成的暮春景色为基调，突出写漏声连续不断，传递开去。柳条如长丝般低垂，春雨绵绵地下着，花树外边的更漏声音从远处传来。四五句极度夸张漏声的震撼力，惊动了边塞的鸿雁，城头乌鸦被震醒飞起；第六句却极度夸张它的软弱无力，画屏上的金鹧鸪却无事一样，安然不动。这两处用夸张手法，看似信手拈来、平静道来，却饱含主人公对远人的怀念以及对远人不为春夜所动的恼懊。

后阕，写薄薄香雾袅袅升腾，穿透帘幕，华贵池阁里的女主人不禁萌生独守空房的惆怅。红蜡烛慢慢熄了，绣花帘幕低垂，她并没有入睡，心里想，能做个长梦，兴许能梦见他，转而又想，即便如此，"君不知"。结尾三字，表达了怀念情人的复杂心理，怨不得，恨不得，无可奈何至极。

◉集评

张惠言《词选》："'惊塞雁'三句，言欢戚不同，兴下'梦长君不知'也。"

陈廷焯《白雨斋词话》："'惊塞雁，起城乌，画屏金鹧鸪。'此言苦者自苦，乐者自乐。"《词则·大雅集》："思君之词托于弃妇，以自写哀怨，品最工，味最厚。"

李冰若《栩庄漫记》："全词意境尚佳，惜'画屏金鹧鸪'一句强植其间，文理均因而扞格矣！"

王国维《人间词话》："'画屏金鹧鸪'飞卿语也，其词品似之。"

华钟彦《花间集注》："按'塞雁'、'城乌'，对文。此言漏声迢递，非但感人，即征塞之雁，闻之则惊；宿城之乌，闻之则起，其不为感动者，惟画屏上之金鹧鸪耳。以真鸟与假鸟对比，衬出胸中难言之痛，此法惟飞卿能之。"

更漏子

星斗稀，钟鼓歇，帘外晓莺残月。兰露重，柳风斜，满庭堆落花①。　虚阁上②，倚栏望，还似去年惆怅③。春欲暮，思无穷，旧欢如梦中④。

【注释】

①上阕写春残景色，点明时节为暮春。

②虚阁：空阁。韩偓《意绪》："银线千条度<u>虚阁</u>。"

③"还似"句：惆怅心境仍然像去年一样。

④旧欢：指曾经有过的欢乐经历。

【赏析】

少妇晨起登阁、望远怀人，是词题旨。前阕描写残春晨晓景色，以晨空、星斗、钟、鼓、窗帘、黄莺、残月、兰花、露珠、柳树、晨风、庭院、落花等等十三种意象，构建冷寂的人物活动氛围。清晨景色是这样的：暮春拂晓，夜空上星斗稀少，报时的钟鼓声刚停，窗外的黄莺在对着残月唱鸣；窗台上的兰花沾满密集的露珠，晨风吹过、柳条斜向飘动，庭园里堆满了落花。词人并非单纯写景，旨在以清晨景物，为下文作铺垫。

后阕，顺叙女主人公登阁凭栏远望。空空的楼阁上，她凭栏远望，心情还像去年一样惆怅。"还似"，令人失望，"去年"非实指，泛指其每每如此，得到者均为惆怅，可见离别甚久，思念甚深。她叹息着：春天即将过去，相思就更无穷无尽，追忆起旧日团聚的欢娱，就像在梦境之中。主人公好像得到了解脱，其实闺怨更深更重。

◉**集评**

汤显祖《玉茗堂评花间集》："'帘外晓莺残月'，妙矣。而'杨柳岸、晓风残月'更过之。宋诗远不及唐，而词多不识，其故殆不可解。"

张惠言《词选》："'兰露重'三句，与'塞雁''城乌'义同。"

陈廷焯《白雨斋词话》："'兰露重，柳风斜，满庭堆落花'，此又言盛者自盛，衰者自衰，亦即上章苦乐之意。颠倒言之，纯是风人章法，特改换面目，人自不觉耳。"《词则·大雅集》："'兰露'三句，即上章意，略将欢戚颠倒为变换。'还是去年惆怅'，欲语复咽，中含无限情事，是为沉郁。'旧欢'五字，结出不堪回首意。"

更漏子

金雀钗[①]，红粉面[②]，花里暂时相见[③]。如我意[④]，感君怜[⑤]，此情须问天[⑥]。香作穗，蜡成泪[⑦]，还似两人心意。山枕腻[⑧]，锦衾寒，觉来更漏残。

【注释】

①金雀钗：贵重而华丽的首饰。何逊《咏倡妇诗》："罗帷雀钗影，宝瑟凤雏声。"

②红粉面：面施胭脂铅粉。《说文》徐谐注"古时傅面以米粉。又红染之为红粉。"《古诗十九首·青青河畔草》："蛾嫦红粉妆。"刘商《铜雀妓》："红粉泪纵横，调弦向空屋。"

③花里：花丛之中。王融《琵琶》："花里寄春情。"

④如我：说对方应该像我一样。

⑤感君：说我自己感觉得到对方的感受。怜：爱。

⑥"此情"句：写两情依依，天知道，所以要问天。白居易《效陶潜体诗十六首之七》："举头仰问天，天色但苍苍。"

⑦"香作"两句：以香烬比对方，以烛泪比自己。穗：香之烬。韩偓《懒卸头》："时复见残灯，和烟坠金穗。"

⑧腻(nì)：泪污。

【赏析】

是词以女主人公自述方式，抨击负心男子。前阕女主人公回忆花里相见。那时，女主人公为见情人，悉心打扮一番，戴上金雀钗头饰，擦红施粉妆成，花丛中俩人短暂相会。他就像她一样，情至心悦，她也领悟到他的爱怜。俩人深情依依，可以问苍天，它知道的。过片，急转写男子已负心。"香作穗"，他的心就像燃着的香慢慢成为灰烬残穗。而她的心依然不变，为此而悲伤，好像红烛在流泪。"香穗"、"蜡泪"对举，指责负心人的可恨，同情痴情的可怜。结尾三句，写主人公的痛苦，泪迹污垢了枕头，连锦衾也不能给她带来温暖，每每醒来，更是辗转反侧，忍痛听着更漏滴滴，直至天明。词章刻画心理，细腻入微，委婉动人。

◉**集评**

华钟彦《花间集注》："此以香穗比君，以蜡泪比我，故云'还似两人心意'也。"

更漏子

相见稀，相忆久，眉浅淡烟如柳[1]。垂翠幕[2]，结同心[3]，待郎熏绣衾[4]。　城上月，白如雪，蝉鬓美人愁绝[5]。宫树暗[6]，鹊桥横[7]，玉签初报明[8]。

【注释】

①"眉浅"句：形容眉薄如淡烟、形如柳叶。

②垂翠幕：指入夜时分。

③结同心：用锦带制成之菱形连环回文结，表示恩爱同心。傅玄《青青河边草篇》："梦君结同心，比翼游北林。"　张祜《题苏小小墓》："不知谁共穴，徒愿结同心。"　同心：心心相印，指夫妻恩爱。《易·系辞》："二人同心，其利断金。"

④绣衾：绣有花纹图案之大被，一般为夫妇共用。杜牧《八六子》："龙烟细飘绣衾。"　熏：以香料熏焗，使被香或暖。

⑤"蝉鬓"句：美梦醒来，原是空一场，唯见雪白之明月高挂城头，不见如意之郎君今在何处，使人愁绝。　愁绝：愁绪难受到了极点。

⑥暗：拂晓月落时分，天色自暗。

⑦鹊桥横：天将晓。　鹊桥：指银河。

⑧玉签：报更所用的竹签。《陈书·世祖记》："每鸡人伺漏传更签于殿中，乃敕送者必投签于阶石之上，令枪然有声云：'吾虽眠，亦令惊觉也。'"梁元帝《秋兴赋》："听夜签之响殿，闻悬鱼之扣扉。"

【赏析】

是词以思妇怀人的憔悴形象开篇。别后相见日少，相思与日俱增，"稀"、"久"，词眼。思妇容颜没了光彩，眉色浅淡如青烟，身段孱弱如柳枝（唐人以胖为美）。接写久忆成梦，翠幕遮掩，鸳鸯比翼，两情融融，"待郎熏绣衾"一个心理描写，表达她渴望恩爱之迫切。梦愈美，醒后更伤情。梦醒仅能见到的，只是城头上如雪的明月，好失望、好失落，蝉鬓美人发愁到极点：无限愁悲扰人难眠，眼睁睁看着皓月移、宫树暗、鹊桥横，耳边回旋报更夜签响殿声音，一直捱至天明。词作以梦境的前后对比，入微臻细地刻画思妇的内心世界。

◉**集评**

汤显祖《玉茗堂评花间集》："口头语，平衍不俗，亦是填词当家。"

王士禛《花草蒙拾》："'蝉鬓美人愁绝'果是妙语。飞卿《更漏子》、《河渎神》，凡两见之，李空同所谓：'自家物，终久还来耶。'"

李冰若《栩庄漫记》："飞卿词中重句重意，屡见《花间集》中，由于意境无多，造句过求妍丽，故有此弊，不仅'蝉鬓美人'一句已也。"

更漏子

背江楼[1]，临海月[2]，城上角声呜咽[3]。堤柳动，岛烟昏，两行征雁分。　京口路[4]，归帆渡[5]，正是芳菲欲度[6]。银烛尽，玉绳低[7]，一声村落鸡[8]。

【注释】

①背江楼：背对江楼。

②临海月：面临海月。李白《出自蓟北门行》："画角悲海月。"

③角：古代乐器。多用作军号，以司号令、整军容。《弦管记》："胡角有双角，即今画角。"角上绘五彩，有长鸣（双角）中鸣之别，长鸣慢声激昂，中鸣尤其悲切。李贺《雁门太守行》："角声满天秋色里，塞上燕脂凝夜紫。" 呜咽：低音哭泣，形容凄切之声。许棠《过分水岭》："云势崩腾时向背，水声呜咽若东西。"

④京口路：或作"西陵路"。

⑤归帆：指归船。王维《送晁补阙还日本》："归帆但信风。"

⑥"正是"句：意为大好春光将逝。

⑦玉绳：星名。共两星，在玉衡北面。张衡："上飞闼而仰眺，正睹瑶光与玉绳。" 玉绳低：指天将晓时分。

⑧"一声"句：天将明，仍在旅途。顾非熊《秋日陕州道中作》："孤客秋风里，驱车入陕西。关河午时路，村落一声鸡。"

【赏析】

前阕写晨起佳人登楼的所见、所闻、所思。将江、海、楼、月、城、堤、柳、岛、雁、画角、声音、烟、风、人等十四种意象，组合成浑然一体的晨景。主人公的身后是临江高楼，眼前是浩瀚大海，耳闻城头号角咽声；再远眺晨雾中江堤隐约、柳树烟笼、江岛蒙蒙，两行边塞大雁向南分飞。景色使人怆然，不禁更加怀远思人。南飞之雁分行而去，寓自己与远方故人，同此。词人只写眼前景而不予抒情，但其情尽在景中。后阕倒叙，写佳人于春夜思念远人，忖度其归心迫切，正趁着大好春光，日夜兼程，然而，天色快亮，听得村落鸡啼，身处羁旅。闺妇的想象，透出悲怆之情。

◉集评

汤显祖《玉茗堂评花间集》："'两行征雁分'，句好。"

更漏子

玉炉香，红蜡泪，偏照画堂秋思①。眉翠薄②，鬓云残③，夜长衾枕寒。　梧桐树，三更雨④，不道离情正苦⑤。一叶叶，一声声，空阶滴到明⑥。

【注释】

①偏：单单、偏偏。 照，向着……照影。 画堂：装饰华丽的厅堂，此指代画堂居者。思（sì）：心情，心绪。 秋思：悲秋的情绪。

②眉翠薄：眉画深青色，《事文类聚》："汉宫人扫青黛娥眉。"白行简《望夫石赋》："杂霜华于脸粉，说苔点于眉翠。"

③残：此言散乱状。

④三更：子夜，为零时。韩偓《懒起》："昨夜三更雨，今朝一阵寒。"

⑤不道：不管，不顾。王昌龄《送姚司法归吴》："但令意远扁舟近，不道沧江百丈深。"离情：离别相思的情感。 正：进行、持续之中。 苦：难受痛苦。

⑥明：天亮。

【赏析】

秋思离情，是巨匠常咏的主题。是词抓住思妇长夜不眠这一典型事件，表达题旨，可谓另辟蹊径。

前阕，“秋思”直迫主题，思妇眼内，炉子吐香、蜡烛垂泪、烛光照堂，蕴含情感，无一不使人愁苦，这是环境烘托。思妇形象“眉薄”、“鬓残”，表达苦状；辗转反侧，锦衾不暖、更感夜长，表达内心感受。内外结合，恰好点出秋思因孤独而来。淡淡写来，情景凄冷，哀怨深沉。

后阕如流水琮琮，诉说思妇心中苦楚。夜雨梧桐，秋天特写情景。“不道”，不管不顾及，天意弄人，如泣如诉，离情正苦，触动了隐痛。连桐叶飘零落地的微音与秋雨淅沥的响声，主人公都听得真切、分明，声声入耳，滴滴揪心，其时甚久，一直滴到天明；寂寥的秋思，深沉得裂人心扉。

此录万俟雅言的《长相思》，其意正与此同。“一声声，一更更。窗外芭蕉窗里灯。此时无限情！ 梦难成，恨难平。不道愁人不喜听。空阶滴到天明。”

◉**集评**

谭献《谭评词辨》：“似直下语，正从夜长逗出。亦书家无垂不缩之法。”

陈廷焯《白雨斋词话》：“飞卿《更漏子》三章，自是绝唱。而后人独赏其末章‘梧桐树’数语。胡元任云‘庭筠工于造语，极为绮丽。此词尤佳。’即指‘梧桐树’数语也。不知‘梧桐树’数语，用笔较快，而意味无上二章之厚。胡氏不知词，故以奇丽目飞卿。且以此章为飞卿之冠，浅视飞卿者也。后人从而和之，何耶？”《云韶集》：“遣词凄艳，是飞卿本色。结三句开北宋先声。”《词则·大雅集》：“后半阕无一字不妙，沉郁不及上二章，而凄警特绝。”

谢章铤《赌棋山庄词话》：“太白如姑射仙人，温尉是王谢子弟。温词当看其清真，不当看其繁缛。胡元任谓庭筠工于造语，极为绮丽。然如《菩萨蛮》（应为《更漏子》）云……语弥淡，情弥苦，非奇丽为佳者矣。”

谭莹《论词绝句》：“温李诗名旧日齐，樊南绮语说无题。金荃不谱梧桐树，恐非《花间集》也低。”

李冰若《栩庄漫记》：“飞卿此词，自是集中之冠，寻常情景，写来凄婉动人，全由秋思离情为其骨干。宋人‘枕前泪共窗前雨，隔个窗儿滴到明’，本此而转成淡薄。温词如此凄丽有情致不为设色所累者，寥寥可数也。温韦并称，颇有此耳。”

归国遥

香玉①，翠凤宝钗垂𬙋𦅻②。钿筐交胜金粟③，越罗春水绿④。 画堂照帘残烛⑤，梦余更漏促⑥。谢娘无限心曲⑦，晓屏山断续⑧。

【注释】

①香玉：玉饰戴在女人头上，感觉其香。

②翠凤：头饰图案纹样。

③“钿筐”句：钿筐、金粟等饰物交互相映，更觉美丽。刘禹锡《武陵书怀五十韵》：“披沙金见。”

④“越罗”句：用越罗制成的衣服，颜色像春水那样清绿。

⑤残烛：快燃尽的蜡烛。

⑥梦余：梦醒之后。 余：以后。

⑦谢娘：泛指闺中女子。 无限：没有穷尽。 心曲：内心深处，后常指心中委曲之事或难言之情。《诗·秦风·小戎》：“在其板屋，乱我心曲。”

⑧“晓屏”句：拂晓分时，屏风上的山水景色不甚分明，更显得山连绵不断。以此喻前句的“无限心曲”。

【赏析】

前阕描写美女肖像。"香玉"，语带双关，既说首饰的贵重，亦喻美女的丽质。翠玉宝钗垂着长长的流苏，钿筐、金粟等饰物交相辉映，更加富丽华贵；越罗缝制的衣服轻薄柔软得像春天碧绿的桃花水。用贵重的首饰、华丽的衣服，烘托女子艳美。过片首句，写环境，画堂里快燃尽的蜡烛昏暗地照着帘子，春夜将尽，拂晓临近。此时，美人梦醒，听到更漏声声逼切。结尾两句，以晨晓微光中屏风所画山川，明灭断续，比喻美人无限心曲，亦妥帖，美人孤独无偶的忧怨，得以形象表现。

◉集评

李冰若《栩庄漫记》："此词及下一首，除堆积丽字外，情境俱属下劣。"

归国遥

双脸，小凤战篦金飐艳①。舞衣无力风敛②，藕丝秋色染③。　锦帐绣帷斜掩④，露珠清晓簟⑤。粉心黄蕊花靥⑥，黛眉山两点。

【注释】

①小凤：篦上的凤凰纹小饰物。 战：通"颤"，颤动。 篦：梳发用具。 金飐(zhǎn)艳：金光闪动，显得格外华丽。

②敛：收敛，引申为停歇。

③"藕丝"句：形容舞衣浅黄淡绿色。

④锦帐：以彩色花纹制作的帐幔。沈佺期《安乐公主移入新宅》："绵帐迎风移。" 帷：《初学记》引《释名》："帷，围也，以自障也。"

⑤"露珠"句：清晨露珠湿席。 簟(diàn)：竹席，岑参《送永寿王赞府径归县(得蝉字)》："夜深露湿簟，月出风惊蝉"。亦有一说，古时用珠玉为簟，《洞冥记》"金匣，象席，琥珀镇，杂玉为簟"，谢朓《在郡卧病呈沈尚书诗》："珍簟清夏室，转扇动凉飔"。如此，露珠，可解为珠簟如露。

⑥花靥：面部妆饰。段成式《酉阳杂俎》："今妇人面饰用花子，起自上官昭容，所制以掩黥迹。""妇人妆如月形，名黄星靥。"段公成《北户录》："余访花子事，如面光，眉翠月，黄星靥，其平尚矣。"戎昱《苦哉行》："强笔无笑容，须妆旧花靥。"《花间集》的"翠靥"、"花靥"、"金靥"、"金靥子"、"星靥"都指此类妆饰。

【赏析】

是词刻画舞女美态。美丽的双脸，与金彩闪耀的小凤纹饰战篦相衬，更显得华贵美艳；风儿停了，那浅绿如秋色的舞衣无力地张显出她那凹凸玲珑的身段，楚楚动人。后阕写美人的美居、美品：锦帐、绣帷、珠簟；写美人的艳妆，她精心打扮起来：粉心黄蕊花靥、黛眉山两点，表达出其对美好事物之追求，这是积极的取向。

酒泉子

花映柳条，闲向绿萍池上①。凭栏干，窥细浪，雨萧萧②。　近来音信两疏索③，洞房空寂寞④。掩银屏，垂翠箔⑤，度春宵⑥。

【注释】

①"花映"两句：堤岸的鲜花与柳条相互辉映，落花静静地飘向长着绿萍的池塘水面。

②“凭栏干”三句：她在萧萧雨中，凭栏看池上细浪。白居易《春词》：“斜倚栏干背鹦鹉，思量何事不回头。”刘商《绿珠怨》：“从来上台榭，不敢倚栏干。” 萧萧：形容小雨连绵地下着，柳中庸《河阳桥送别》：“北风驱马雨萧萧。”

③疏索：稀疏，沉寂。白居易《酒熟忆皇甫十》：“疏索柳花碗，寂寥荷叶杯。”

④洞房：此指幽深的居室。张祜《墙头花二首》：“蟋蟀鸣洞房，梧桐落金井。”

⑤箔(bó)：帘。《新唐书·卢怀慎传》：“门不施箔。”《初学记》引《西京杂记》：“汉诸陵寝，皆以竹为帘，为水文及龙凤象。”雍陶《秋露》：“痕沾珠箔重。” 翠铂：青翠色的帘子。王镃《深春》：“翠箔桑空蚕又眠。”

⑥春宵：春夜。刘孝绰《春宵》：“春宵犹自长，春心非一伤。”李商隐《为有》：“凤城寒尽怕春宵。”

【赏析】

温词善将情感融入景物，开头两句：春花与春柳相互辉映，共同描画春色美景；可惜瞬间，经风儿一吹，各自散落堕入绿池，春景伤感。景物前后变化，由辉映之合到飘落之离，既为景迁，亦为情悟，寓人的悲欢离合。歇拍，再进一层：主人公趁雨凭栏远眺，春雨下个不停，池上涟漪波动。表面写景，实质是比喻主人公心中伤感的波澜。伤感因何？过片作回答：远人的音信疏索，更无相合作伴，空房寂寞。接着描写主人公行动，掩屏垂帘，独身苦度春宵。“掩”、“垂”、“度”三个动词一气联用，突出主人公空虚寂寞、无限惆怅心境。

◉集评

汤显祖《玉茗堂评花间集》：“《酒泉子》强半用三字句最易。”

李冰若《栩庄漫记》：“‘银屏’、‘翠箔’，丽矣。奈何洞房寂寞度春宵何！”

酒泉子

日映纱窗，金鸭小屏山碧①。故乡春②，烟霭隔③，背兰釭④。 宿妆惆怅倚高阁，千里云影薄。草初齐⑤，花又落，燕双双。

【注释】

①金鸭：金属制成的鸭形香炉。戴叔伦《春怨》：“金鸭香消欲断魂，梨花春雨掩重门。”

②故乡春：故乡的春色、春光。杜甫《赠别何邕》：“传语故乡春。”

③烟霭：云气，此指代山水。李适《重阳日即事》：“令节晓澄霁，四郊烟霭空。”

④背：犹剔、熄。 兰釭(gāng)：用兰膏点灯。《楚辞·招魂》：“兰膏明灯，华灯错些。”注，“五臣云，以兰渍膏，取其香也。”王融《咏幔诗》：“俱愿置尊酒，兰釭当夜明。”银釭、金釭、星釭、兰釭，都是指灯盏。

⑤草初齐：春草萌长，齐整到一定高度。

【赏析】

是词由思乡而思人。前阕，思乡者从晨光映透纱窗，照见金鸭香炉与屏风碧山，联想起故乡春色，自然得体、合情合理。此情乍到，还处于朦胧之中：兰灯已熄，香炉在熏，烟霭缭绕，屏风碧山如隔雾霭，故乡之春亦看不真切，深感迷茫。

过片由思乡转入思人。她思人之心更切，清晨起来，不整宿妆，惆怅地直上高阁远望，这个细节描写，质朴生动。她仿佛透过淡薄的千里云彩，瞧见了庭园里的春草初萌发绿，长得齐整整的一般儿高，可是春花却凋零了，归燕在双双飞翔。好一句“燕双双”，是词结得耐人寻味，思乡思人巧妙地结合在一起，个中感受可想而知：望乡而思人，暮春已至，归燕双飞，而我异乡独处，不见故人，对比强烈，令人凄怵。

读是词，使人联想起《古诗涉江采芙蓉》："涉江采芙蓉，兰泽多芳草。采之欲遗谁？所思在远道。还愿望乡归，长路漫浩浩。同心而离居，忧伤以终老。"两者"殊途同归"，都是抒发身处异乡而思念"同心"的感情。

酒泉子

楚女不归①，楼枕小河春水②。月孤明③，风又起，杏花稀。　玉钗斜簪云鬟髻④，裙上金缕凤⑤。八行书⑥，千里梦，雁南飞⑦。

【注释】

①楚女：楚地女子。李商隐《细雨》："楚女当时意，萧萧发彩凉。"

②枕：引申为临近、靠近，坐落。《汉书·严助传》："北枕大江。"

③月孤明：天上本一月，说孤明，带感情色彩。姚鹄《送费炼师供赴上都》："雪坛月孤明。"

④簪(zān)：古时男女别住髻发或将帽子别牢发上之针状饰物，以金属、骨料、玉石制成。在发上插戴，如"簪花"，即"插花"。　斜簪：斜别，斜插。沈约《携手曲》："斜簪映秋水，开镜比春妆。"　云鬟髻：云鬟髻发。韩琮《题商山店》："红锦机头抛皓腕，绿云鬟下送横波。"

⑤"玉钗"两句：描述楚女头饰、服饰，暗抒眷恋、怀念、相思之苦。

⑥八行书：马融《与窦伯向书》："孟陵奴来，赐书，见手迹，欢喜何量，次于面也。书虽两纸，纸八行，行七字。"后以"八行书"代指书信。《寰宇记》："益州旧贡薛涛十色笺，短狭才容八行。"孟浩然《登万岁楼》："今朝偶见同袍友，却喜家书寄八行。"

⑦"雁南飞"句：思情唯托南飞雁寄书、带梦去。此指所思念之女子。

【赏析】

是词的特点：写男子怀念女子，以男子作为抒情的主体。这种表达方式，在温词中少见。

前阕首句"楚女不归"，哽咽吐诉苦水，直点主题。男子居所坐落河滨，目睹春水急涨，引起怀人情绪。这种思念深沉、迫切，一切景致，对他来说，都是伤感：明月孤悬、风摧杏残，春天令人心灰意冷。温助教的纤词丽语，饱含情感写景，主观感受自如流露，"枕"字，既实写居所方位，又虚拟、暗喻男主人公枕梦忆人；"孤"字，修饰明月，突现对楚人不归而单身独处的感触；"又"字，进而表现这种情状，不止一次，而是反复不断。过片两句，写男主人公追忆楚女形象，暗含眷恋、怀念、相思苦痛。结尾三句，浪漫之中亦为无可奈何，艺术感染力倍增：男主人公要托南飞鸿雁，给楚女带去八行情书、千里美梦。行耶？否也。

◉集评

陈廷焯《云韶集》："'月孤明'三句中有多少层折，情词凄楚。"《词则·别调集》："情词凄怨。'月孤明'三句中有多少层愁。"

华钟彦《花间集注》："'八行书，千里梦，雁南飞'，言相思既甚，乃欲借八行之书，抒千里之念，恰好鸿雁南飞，可达其意也。李义山诗'玉珰缄扎何由达，万里云罗一雁飞'，意正相合。"

酒泉子

罗带惹香，犹系别时红豆[①]。泪痕新[②]，金缕旧[③]，断离肠[④]。　一双娇燕语雕梁[⑤]，还是去年时节。绿阴浓，芳草歇[⑥]，柳花狂。

【注释】

①红豆：又名相思子。《古今诗话》："相思子圆而红。昔有人殁于边，其妻思之，哭于树下而卒，因以名之。"王维《相思》："红豆生南国，春来发几枝？愿君多采撷，此物最相思。"

②泪痕新：别情颇深，念及又洒泪，故言"新"。

③金缕：金丝绣线。　旧：别后久，想来当时之金缕衣已旧。

④断离肠：相思至极、深切。

⑤雕梁：雕刻纹饰的房梁。戴叔伦《独不见》："雕梁数飞燕。"皮日休《襄州汉阳王故宅》："戟户野蒿生翠瓦，舞楼栖鸽污雕梁。"

⑥歇：消歇。芳草生长已达茂盛，故言歇。谢灵运《游赤石进帆海诗》："首夏犹清和，芳草亦未歇"。杜牧《池州春送前进士蒯希逸》："芳草复芳草，断肠还断肠。"

【赏析】

是词从别离赠物说起，罗带系着别时相赠的红豆，似乎还可闻到它的馨香。红豆，表示爱情的物品，主人公系之罗带，如果如此表述，则平淡无味，这里用"惹"字，融进主观意念，"犹"字说明受者对它的珍惜，矢志不忘。起首十字，刻画了忠于爱情的人物形象。接下三句，以泪痕、金镂，写述相思，"新"字，绝，因常常思念至深处，不禁凄然泪下，抹之再流，时时皆新；"旧"与之对应，身上的金镂衣或许正是相聚那时穿的，而今已显得旧了，表达别离时间长久。如此别情使人心伤断肠。后阕写景言情。主人公看见一双娇燕在雕梁上卿卿我我，恰似去年自己与相爱之人幽会，反衬出现时孤寂。结尾处，借景抒情，要趁草歇花狂的暮春，尽遣别恨离愁。

◉集评

汤显祖《玉茗堂评花间集》："纤词丽语，转折自如，能品也。"

李冰若《栩庄漫记》："离情别恨，触绪纷来。"

定西番

汉使昔年离别[①]。攀弱柳[②]，折寒梅[③]，上高台。　千里玉关春雪，雁来人不来。羌笛一声愁绝[④]，月徘徊[⑤]。

【注释】

①汉使：《汉书·张骞传》："骞以郎应募，使月氏，出陇西，凡西域之大宛、康居、月氏、大夏、乌孙诸国，先后皆定。"此代指出使西番官吏。

②攀弱柳：攀折柳枝，表示赠别。《三辅黄图》："灞桥在东，跨水作桥，汉人送客至此桥，折柳赠别。"，梁简帝诗"杨柳乱成丝，攀折上春时。"　弱柳：言柳树初长成绿色条枝。王筠《春月二首》之一："游尘随影人，弱柳带风垂。"

③折寒梅：折梅寄远，表达思念之情。《荆州记》："宋陆凯与范晔相善，自江南寄梅一枝，并赠诗曰：'折梅逢驿使，寄与陇头人。江南无所有，聊赠一枝春。'"　寒梅：严寒中开

放的梅花。

④羌笛：笛名。羌笛出于羌族，今甘肃一带，始为三孔、后有五孔，可吹五音。《初学记·乐部》："《风俗通》曰，笛，汉武帝时丘仲所作也。按，宋玉有《笛赋》，玉在汉前，恐此说非也。又马融《长笛赋》云，近代双笛从羌起。"沈宇《武阳送别》："菊黄芦白雁初飞，羌笛胡笳泪满衣。"

⑤徘徊：往返回旋。《玉台新咏·焦仲卿妻》："孔雀东南飞，五里一徘徊。"张若虚《春江花月夜》："何处相思明月楼，可怜楼上月徘徊。"

【赏析】

是词写西域人对张骞的怀念。前阕抓住折柳、赠梅、一直将他送至高台的典型情节，追述张骞离别西域情景，表达对张骞的怀念。后阕以玉关、春雪、雁飞、笛声、月色等西域特有的景物，指代当地人民的深情。"雁来人不来"，羌笛悠悠与月影徘徊，形象而真切地表达出思念的深沉。

◉集评

汤显祖《玉茗堂评花间集》："'月徘徊'是'香稻啄残鹦鹉粒'句法。"

董其昌《评注便读草堂诗余》："攀柳折梅，皆所以写离别之思。末二句闻笛见月，伤之也。"

定西番

海燕欲飞调羽①。萱草绿，杏花红，隔帘栊②。　双鬓翠霞金缕③，一枝春艳浓④。楼上月明三五⑤，琐窗中⑥。

【注释】

①海燕：燕子的别称，古人认为燕子产于南方，渡海而至，故称海燕。沈佺期《古意》："卢家少妇郁金堂，海燕双栖玳瑁梁。" 调羽：以喙梳理羽毛。

②帘栊：帘与窗。鲍君徽《东亭茶宴》："闲朝向晓出帘栊，茗宴东亭四望通。" 隔：犹言人在帘栊之中也。

③翠：钗的颜色。 金：钗穗的颜色。 翠霞金缕：指华丽首饰。

④"一枝"句：帘中人新妆初成，艳浓得像一朵春花。

⑤三五：农历每月的十五日夜晚。《古诗十九首·孟冬寒气至》："三五明月满，四五蟾兔缺。"李如璧《明月》："三五月华流炯光，可怜怀归郢路长。"

⑥琐窗：雕刻有花纹窗户。指富贵人家。

【赏析】

是词写春思。春天来了，春燕调羽欲飞、萱草泛绿、红杏盛开，春色如此美。"隔帘栊"，一个"隔"字，状写三者：春燕、春景、美女，春燕被隔，所以调羽，欲飞不得；美女被隔，所以对春景可即而不可及；春景被隔，所以美女去不得，令人惋惜，无春燕、美人介入，只是死寂的景，徒得亮丽罢了。后阕具体描写帘栊中美人形象。先写艳丽妆饰，"双鬓翠霞金缕"，接着写如花形象，"一枝春艳浓"，比喻恰切形象；结尾写主人公婷婷玉立于高楼琐窗旁，更有皎洁皓月为伴。词人颇似在客观地作画，不带一点议论，却将美女春思自然而然地表达出来。

◉**集评**

汤显祖《玉茗堂评花间集》："'楼上月明三五，琐窗中'，不知秋思在谁家。"

定西番

细雨晓莺春晚[①]。人似玉，柳如眉[②]，正相思[③]。　罗幕翠帘初卷，镜中花一枝[④]。肠断塞门消息[⑤]，雁来稀。

【注释】

①"细雨"句：暮春早晨，下着小雨，黄莺在鸣叫。

②"人似玉"两句：比喻女子容貌美丽。张祐《庚子岁游扬州赠崔荆四十韵》："每思人似玉。"白居易《长恨歌》："芙蓉如面柳如眉。"

③相思：想念，后多指男女互相爱慕。贾岛《酬朱侍御望月见寄》："相思唯有霜台月，望尽孤光见却生。"

④"镜中"句：美人初起晓妆，对镜自照，花样的容颜。

⑤肠断：形容极度思念。《世说新语·黜免》："桓公入蜀，至三峡中，部伍中有得猿子者，其母缘岸哀号，行百余里，不去，遂跳上船，至便即绝。破视其腹中，肠皆寸寸断。"　塞门：陶翰《晚出伊阙寄河南裴中丞》："前登阙塞门。"

【赏析】

是词写证眷怀念征人。起句以暮春晨早的细雨绵绵、黄莺唱鸣，构成愁人场景，铺垫下文。人如美玉、眉如柳叶的闺妇，目睹此般景象，不禁相思起来。后阕写她卷起幕帘，对镜晓妆"镜中花一枝"，既是比喻美丽，亦是她自赏自评的结论。然而，令她关注的，不只是自己的天生丽质是否能永葆。令她肠断的，是"塞门消息"。有消息吗？"雁来稀。"结句，何其情深意笃。全词景色、人物、情绪结合自然，构筑词境。

杨柳枝

宜春苑外最长条[①]，闲袅春风伴舞腰[②]。正是玉人肠绝处[③]，一渠春水赤栏桥[④]。

【注释】

①宜春苑：秦宫苑名，《史记·秦始皇本纪》："以黔首葬二世杜南宜春苑中。"《三辅黄图》："宜春苑本秦离宫，在长安城东南，杜县东。"王翰《古蛾眉怨》："君不见宜春苑中九华殿。"唐代改建为曲江，今陕西长安县南。　长条：柳条。沈佺期《折杨柳》："拭泪攀杨柳，长条宛地垂。"李商隐《及第东归次灞上，却寄同年》："灞陵柳色无离恨，莫枉长条赠所思。"杜甫《绝句漫兴九首》："狂风挽断最长条。"

②舞腰：舞蹈时扭动之腰肢姿态。徐贤妃《赋得北方有佳人》："悬知一顾重，别觉舞腰轻。"郑愔《折杨柳》："舞腰愁欲断。"

③玉人：佳人，指宫女。贾岛《登田中丞高亭》："玉兔玉人歌里出，白云难似莫相和。"

④一渠春水：指香积渠河水。《通典》："隋开皇三年，筑京城，引香积渠水，自赤栏桥经第五桥西北入城。"白居易《板桥路》："一渠春水柳千条。"　赤栏桥，跨越香积渠的一座桥梁。顾况《题叶道士山房》"水边垂柳赤栏桥"。

【赏析】

玉人见杨柳新萌而感叹自己的腰姿已失，皇宠已失，所以肠绝，一曲春水绕桥而过，感叹青春易逝，是词作的借咏柳、感物自伤题旨；章法流利晓畅、情致缠绵，是词作的咏物寓意风格。首两句，词人描写柳条，引人注目，春风轻拂，细腰舞动，以柳比人，写被遣出宫禁的宫女，“外”、“闲”两字可证。“外”，指宫女已离宫宛；“闲”，指明她已不复在宜春苑内了。结束两句，被弃宫女触景生情，以泄对被弃的愤慨，感叹青春易逝。

◉集评

郑文焯《大鹤山人词论》：“飞卿《杨柳枝》八首，终为宋诗中振绝之境，苏、黄不能到也。唐人以余力为词，而骨气奇高，文藻温丽。”

李冰若《栩庄漫记》：“风神旖旎，得题之神。”

华钟彦《花间集注》：“言柳条虽新，而舞腰不在。玉人感物自伤，不觉一沟春水，已过赤栏桥边。而桥边杨柳，更觉依依可怜也。”

杨柳枝

南内墙东御路旁①，须知春色柳丝黄。杏花未肯无情思②，何事行人最断肠③。

【注释】

①南内：唐时兴庆宫。《旧唐书·玄宗记》：“兴庆宫，在隆庆坊，本蕴塞不在藩时故宅，西南隅有花萼相辉勤政务本之楼，在东内之南，故名南内。” 御：封建社会与皇帝有关的事物。御路：此指皇宫内外的道路。

②情思：情意，心思。韦应物《酬张协律》：“幽居情思绵。”

③何事：何用、何须。陶潜《饮酒诗》之三：“善恶苟不应，何事空立言？” 断肠：义同“肠断”。白居易《晓别》：“请君断肠歌，送我和泪酒。”

【赏析】

春天枉予杨柳艳色，而其乃无情之物，杏花虽不肯学其无情，但行人好像不解于斯，仍在最断肠，为何事？词人不下结论，让读者联想。

杨柳枝

苏小门前柳万条①，毵毵金线拂平桥②。黄莺不语东风起③，深闭朱门伴舞腰④。

【注释】

①苏小：指苏小小。南齐时钱塘名妓，其家门前多柳。白居易诗“涛声夜入伍员庙，柳色春藏苏小家”。 李商隐《汴上送李郢之苏州》：“苏小小坟今在否，紫兰香径与招魂。”

②毵毵（sānsān）：毛发、枝条等物件之细长样。刘商《柳条歌送客》：“毵毵拂人行不进，依依送君无远近。” 金线：比喻柳条。冯延巳《金错刀》：“柳条袅袅拖金线。”

③“黄莺”句：黄莺也为春天来临而伤感到不再欢唱。

④朱门：豪贵家大门。据《晋书·麹允传》载，允，金城人，与游氏世为豪族，西洲为之语曰：“麹与游，牛羊不数头，南开朱门，北望青楼。”贾岛《上杜驸马》：“玉山突兀压乾坤，出得朱门入戟门。”

【赏析】

是词着重写柳丝动态，带出闺妇春怨。前两句写万条柳丝细长如金线，轻轻地抚拂桥栏；春风微吹，婀娜多姿，好像是伴随着美人的身腰一起舞动。“万条”，写多；“金线”，写耀眼颜色、写纤细形状；“拂”，写轻摆动态。结尾两句，笔锋一转，“黄莺不语东风起”，春风吹拂，杨柳依依，黄莺却“不语”，因为“深闭朱门伴柳腰”。黄莺与闺妇的情形何其相似啊，它是被闭朱门豪户深处闺妇的写照。词作借黄莺拟闺妇，表达出深深的春怨。

杨柳枝

金缕毵毵碧瓦沟①，六宫眉黛惹香愁②。晚来更带龙池雨③，半拂栏干半入楼。

【注释】

①瓦沟：戴侗《六书故》：“仰瓦受复瓦之流，所谓瓦沟也。”白居易《岁暮寄微之三首》：“池冰晓合胶船底，楼雪晴销露瓦沟。”

②六宫：《周礼》：“皇后正寝一，燕寝五，是为六宫。夫人以下分居焉。”白居易《长恨歌》：“回眸一笑百媚生，六宫粉黛无颜色。” 眉黛：同粉黛，代指皇帝的嫔妃。 香愁：“香”，指代宫女，犹言宫女怨恨。

③龙池：在兴庆宫内。据《长安志》：“常有云气，或见黄龙出其中，谓之龙池。”钱起《赠阙下裴舍人》：“长乐钟声花外尽，龙池柳色雨中深。” 龙池雨：喻帝王宠幸。

【赏析】

是词以柳入题，写宫女忧怨。宫柳伟岸，金黄柳丝与碧瓦沟齐高，交相辉映，烘托柳条高贵，带出下句，引起六宫眉黛之愁，暗说她们自觉不自觉地将己与柳丝相比，愁思无限。末两句，写柳丝经雨夜滋润，仿如沐浴皇恩一般，拂栏入楼。结句两个“半”字，应怎样看？窃以为，是宫女怨恨的所在，龙池雨好像普天而降，其中受宠者不过“半”矣，其余一“半”，与长被幽禁有何不同？深宫少女们能不伤心、不愁怨？

◉集评

李冰若《栩庄漫记》：“新丽词句，令人想起张绪风流。”

杨柳枝

馆娃宫外邺城西①，远映征帆近拂堤②。系得王孙归意切③，不关芳草绿萋萋④。

【注释】

①馆娃：据《越绝书》载，吴王于研石山置馆娃宫。故址在今江苏省吴县市西南灵岩山上。传说西施至吴，吴王夫差筑此宫以住西施。《吴郡志·研石山一》曰灵岩山，上有吴馆娃宫、琴台等。白居易《代诸妓赠送周判官》：“兰亭月破能回否，馆娃秋凉却到无。” 邺(yè)城：三国时魏都，曹操曾筑铜雀台于此。故址在今河北临漳县西南。两地皆多杨柳。

②征：出征，远行。此指远行。 帆：指代船只。元稹《送王十一南行》：“解袂方瞬息，征帆已翩翻。”沈颂《送人还吴》：“征帆暮风急，望望空延首。”

③系：连结，拴着。 王孙：贵胄公子，古时亦示敬称青年人，此指游子。《楚辞·招隐

士》:“王孙游兮不归,春草生兮萋萋。”

④“不关”句:与芳草萋萋引起王孙思归无关。

【赏析】

词中主人公之情,两个字可以概括:“春思”。词人笔调含蓄,“馆娃官殿邺城西”,由表及里地剖析,表面看来是写美人居所的柳树,暗地里是写主人公自比宫柳,表明高贵而华丽,这是自信的本钱、春思的本能、情感的根基。因此,主人公大胆联想,夸张春思的威力:远者,达江上风帆;近者,及江边堤柳。主人公这种遐想,通过结尾两句直白说出,王孙思归,本因芳草,而今见柳条,亦经不住,要急着归去。词作选字讲究。“远”、“近”粘接,写空间的广;“系”,写程度的深,紧紧拴住;“切”,写效力的强;“绿”,写归者不因芳草,却因杨柳。

◉集评

李冰若《栩庄漫记》:“声情绵邈,‘系’字甚佳。与白传永丰一首,可谓异曲同工。”

杨柳枝

两两黄鹂色似金[①],袅枝啼露动芳音[②]。春来幸自长如线[③],可惜牵缠荡子心[④]。

【注释】

①两两:双双。王勃《临高台》:“鸳鸯池上两飞,凤凰楼下双双度。” 黄鹂:黄莺,色黄而艳,嘴淡红,鸣声悦耳。《诗·周南·葛覃》陆玑疏:“黄鸟,幽州人谓之黄莺……”杜甫《绝句四首》之三:“两个黄鹂鸣翠柳。”

②袅枝:柳枝袅娜多姿。 芳音:言黄鹂唱声动听。

③幸自:本自。韩愈《楸树》:“幸自枝条能树立,可烦萝蔓作交加。”

④可惜:可爱、可喜,赞叹之辞。 牵缠:牵挂缠绕。 荡子:久行在外、流荡忘返之人。《古诗十九首·青青河畔草》:“荡子行不归,空床虽独守。”

【赏析】

是词以少妇见春柳而联想开去,抒发思念丈夫的情感。头两句白描,双双黄鹂在凝结露珠的柳枝间跳跃欢鸣。少妇因景生情,春天来了,幸好将条条长线般的柳枝变成丝带一般,兴许能牵扯缠住丈夫那游荡忘返的心,把他带回家中。

杨柳枝

御柳如丝映九重[①],凤凰窗映绣芙蓉[②]。景阳楼畔千条路[③],一面新妆待晓风[④]。

【注释】

①御柳:宫禁内的柳树。 柳如丝:柳条长细如丝缕。《梁州曲》:“汉家宫里柳如丝,上苑桃花连碧池。” 九重:天子居处之九门。白居易《岁暮寄微之三首》之二:“若不九重中掌事,即须千里外抛身。”

②凤凰窗:宫内雕窗。 芙蓉:荷花。 绣芙蓉:绣有芙蓉花纹的帘帐之类。崔颢《卢姬

篇》:“水晶帘箔绣芙蓉。”

③景阳楼:据《南齐书》载,齐武帝以宫内深隐,不闻端门鼓漏声,置钟于景阳楼上,宫人闻钟声早起妆饰。张祐《杨柳枝》:“凝碧池边敛翠眉,景阳楼下绾青丝。”李商隐《深宫》:“斑竹岭边无限泪,景阳宫里及时钟。”

④新妆:指楼中宫女晓妆。王训《应令咏舞诗》:“新妆本绝世,妙舞亦如仙。”刘遵《繁华应令诗》:“蛾眉讵须嫉,新妆迎入宫。” 晓风:晨风。

【赏析】

宫女眼中所见,如窗、如帐、如路;所为,如妆、如观景,皆因宫柳而生色,一切皆美好,似乎无忧无虑。此以反衬法,写宫女隐痛。末句,“待”字,写来何其深沉,真是望穿秋水之“待”也。

杨柳枝

织锦机边莺语频,停梭垂泪忆征人①。塞门三月犹萧索②,纵有垂杨未觉春③。

【注释】

①停梭:指停机织。李白《乌夜啼》:“停梭怅然忆远人,独宿孤房泪如雨。” 杜牧《赠别二首》之二:“蜡烛有心还惜别,替人垂泪到天明。”白居易《赋得边城角》:“战马头皆举,征人手尽垂。”裴次元《并州路》:“征人正垂泪,烽火起云间。”

②萧索:无生气,萧条。

③“纵有”句:边塞虽有杨,因其苦寒春迟而未青,不知春天来临。孙逖《同洛阳李少府观永乐公主入蕃》:“边地莺花少,年来未觉新”。

【赏析】

是词写织女怀念征人。首句抓住织锦劳动场面与春景典型物象、织机声与黄莺唱语的组合,巧妙地构造成织女怀念征人的环境氛围。机声唧唧和着悦耳莺语,织女感到春天来临的信息,不禁想到远在边塞的夫君;第二句,描写织女神态:停机罢织,呆呆思想;特写面部表情:垂泪;剖白心理:忆征人。此连贯不断的描述,细致地表现了织女深切怀念远人。织女,劳作之人,自有怀念爱人的表达方式,温助教正好抓住特点,以两地物候的差异对比,准确表达劳动妇女忆征人的个性特征,织女由当地阳春三月的盎然生机,联想到丈夫所在的塞门,还是万象萧索,连知春最早的杨柳都未曾会感到春天的来临。其中当然饱含了劳动妇女对丈夫温饱的关心体贴,然而更深层之意在于:我已知春天来啦,你知道吗?恐怕你也跟那杨柳一般迟钝,不知道罢。结句一语双关,含蓄深沉,耐人寻味。

◉集评

汤显祖《玉茗堂评花间集》:“《杨柳枝》,唐自刘禹锡、白乐天而下,凡数十首。然惟咏史咏物,比讽隐含,方能各极其妙。如‘飞入宫墙不见人’、‘随风好去入谁家’、‘万树千条各自垂’等什,皆感物写怀,言不尽意,真托咏之名匠也。此中三五卒章,真堪方驾刘、白。”

李冰若《栩庄漫记》:“‘塞门’二句,亦犹‘春风不度玉门关’之意,而翻用之。亦复绮怨撩人。”

南歌子

手里金鹦鹉，胸前绣凤凰①。偷眼暗形相②，不如从嫁与③，作鸳鸯④。

【注释】

①“手里”两句：描述贵介公子的衣着举止，描画富贵公子形象。

②偷眼：暗地偷看。元稹《舞腰》：“一时偷眼为回腰。” 形相：端详，打量。罗隐《堠子》：“君知不识字，第一莫形相。”曹唐《小游仙诗九十八首》：“万树琪花千圃药，心知不敢辄形相。”

③从：任从，随意。 从嫁与：任从嫁给他。顾况《梁广画花歌》：“心相许，为白阿娘从嫁与。”

④“不如”两句：闺人愿词，喻结为夫妇。

【赏析】

词作平白如话，却韵味隽永。首句写富家子弟手里托承着金色的鹦鹉鸟，穿着胸前绣有凤凰图案的上衣，暗喻这是少女追求的理想对象。末三句写少女的动作与心理，“形相”即相形，写出她大方与直率、大胆与细致的性格特征；“偷”、“暗”，写出羞涩，刻画入微。“不如从嫁与，作鸳鸯”，少女大胆直言道出心声，从中可见温助教的直快并不逊于婉转。

◉集评

汤显祖《玉茗堂评花间集》：“短词中能尖新而转折，自觉隽永可喜。”

谭献《谭评词辨》：“尽头语，单调中重笔，五代后绝响。”“源出古乐府。”

陈廷焯《云韶集》：“‘偷眼暗相形’五字，开后人多少香奁佳话。”《词则·闲情集》：“‘手里金鹦鹉’五字摹神，‘鸳鸯’二字与上‘鹦鹉’、‘凤凰’映射成趣。”

李冰若《栩庄漫记》：“《花间集》词多婉丽，然亦有以直快见长者，如‘不如从嫁与，作鸳鸯’、‘此时还恨薄情无’等词，盖有乐府遗风也。”

华钟彦《花间集注》：“金鹦鹉，手里所携者；绣凤凰，衣上之花也。此指贵介公子言。以真鸟与假鸟对举。引起下文抽象之鸟。其意境较前《更漏子》第一首，尤为显明。”

南歌子

似带如丝柳①，团酥握雪花②。帘卷玉钩斜③，九衢尘欲暮④，逐香车⑤。

【注释】

①“似带”句：比喻美人腰细，如丝带、柳条般苗条。

②团酥：喻写女人凝脂，一般指酥胸，此指粉面。“雪花”，玉人扑面的脂粉。故用握系之。

③玉钩斜：玉钩斜挂卷帘。指香车的帘。

④九衢：四通八达之交通要道。《尔雅》：“四达谓之衢。” 尘：道路之上尘土飞扬。

⑤逐：追随。 香车：装饰豪华的车辆。刘沧《及第后宴曲江》：“绮陌香车似水流。”

【赏析】

是词写男子追慕女子。抓住腰段、肌肤的特点，刻画美女形象，身段如柳轻盈婀娜，肤色如雪滋润洁白。末三句似《乐府·日出东南隅》侧面描写的手法，女子乘坐华丽车子，玉钩卷起车帘，车子驶过繁华道路，尘土飞扬，虽看不见美人花容，仍使人不能忘怀；时至黄昏，男子的心，仍在跟随着香车而去，对女子倾慕的情，缠绵不绝。

南歌子

倭堕低梳髻①，连娟细扫眉②。终日两相思，为君憔悴尽③，百花时④。

【注释】

①据《全唐诗》作"倭堕"。《乐府诗集·陌上桑》："头上倭堕髻，耳中明月珠。"

②连娟：又作"联娟"，弯曲细长的样子。宋玉《神女赋》："眉联娟以娥扬兮，朱唇的其若丹。"李善注："联娟，微曲貌。" 细扫眉：状眉毛画得娟秀弯曲细长。

③憔悴尽：忧愁不堪。王维《送别》："为报故人憔悴尽。"

④百花时：春花烂漫时节。苏颋《山鹧鸪词二首》之二："人坐青楼晚，莺语百花时。"

【赏析】

首二句写梳妆，突出女子娟美形象，云鬓贴面，梳就倭堕发髻，细心描画联娟微曲黛眉。末三句，写相思情感，"两相思"，说明两心相悦；"终日"说明爱慕已深，所以思君而憔悴不堪，"憔悴尽"与首两句形象对举。"百花时"，忧人相思的时节，点出环境、物候因素。

◉集评

谭献《谭评词辨》："'百花时'三字加语法，亦重笔也。"

陈廷焯《白雨斋词话》："低徊欲绝。"

南歌子

脸上金霞细①，眉间翠钿深②。攲枕覆鸳衾③，隔帘莺百啭，感君心④。

【注释】

①金霞：指额黄，梁简文帝诗"同心鬟里拨，异作额间黄"。金霞或指帐中妆饰物放射的光彩，《赵飞燕外传》："真腊夷献万年蛤，帝以赐后，后以蛤装玉成金霞，帐中常苦满月。"

②"眉间"句：头上翠钿深插垂至眉间。

③攲枕：斜靠枕上。贾岛《题郑常侍厅前竹》："卷帘终日看，攲枕几秋同。"孟昶《避暑摩诃池上作》："帘开明月独窥人，攲枕钗横云鬓乱。" 覆：盖。 鸳衾：《辍耕录·鸳衾》："孟蜀主一绵被，其阔犹今之三幅帛，面一梭织成，被头作二穴，若云板样，盖以扣于项下，如盘领状，两侧余绵，则拥覆于肩，比之谓鸳衾也。"

④"隔帘"句：玉人感春天将尽，思君情绪难平复。 白居易《上阳白发人——愍怨旷也》："宫莺百啭愁厌闻，梁燕双栖老休妒。"

【赏析】

是词沿前几首写法，先写女子姣美，脸带金霞微光，容光满面；接着写佩饰，翠钿低到眉心，显得打扮不同凡响；写坐姿，斜靠山枕，盖着鸳鸯锦被，非睡，含蓄表达寂寞无聊；写所听，隔帘听得黄莺百啭，勾起怀春；写所想，远人此时心思，感念情人的深情厚意，相思甚苦。

◉集评

李冰若《栩庄漫记》:"婉娈缠绵。"

南歌子

扑蕊添黄子①,呵花满翠鬟②。鸳枕映屏山③,月明三五夜,对芳颜④。

【注释】

①"扑蕊"句:取花蕊以饰额黄。黄子:额黄。李商隐《宫中曲》:"赚得羊车来,低扇遮黄子。"

②呵花:用口中暖气吹去花上露珠,使其绽开,而后簪。韩偓《密意》:"呵花贴鬓粘寒发。" 满:簪满。

③"鸳枕"句:鸳鸯绣枕与枕前屏风上山色相辉映。

④对芳颜:欣赏美丽容颜。

【赏析】

是词正面描写幽会。起首二句写女子仔细妆扮,为悦己者容。"扑蕊",轻轻点扑,读之,让人仿佛亲见动作的轻盈、听到节奏的协调、扑粉声音的悦耳;"呵花",樱桃嘴对着艳丽鲜花,小心翼翼地呵气,读之,仿佛感到暖气在流动,花儿在慢慢绽开。以上两个细节,传神生动,表现女子喜悦心情,认真性格。"满"字,更把女子愉悦心情全然披露,她竟然忘掉了梳妆要点,翠鬟哪能簪满鲜花呢。尔后三句,描写相会。圆月中天之夜,鸳鸯绣枕与山水画屏相互映衬,情人对视……信手拈来,写得含而不露,见香艳而无淫相。

◉集评

汤显祖《玉茗堂评花间集》:"'扑蕊'、'呵花'四字,未经人道过。"

南歌子

转盼如波眼①,娉婷似柳腰②,花里暗相招③。忆君肠欲断,恨春宵。

【注释】

①盼(miàn):同盼,看。辛德源《东飞伯劳歌》:"含娇转盼驰风流。" 波眼:目光如波。白居易《魏堤有怀》:"荡风波眼急,翻雪浪心寒。"

②娉婷:窈窕婀娜。《乐府诗集·春歌二十首》之十五:"娉婷扬袖舞,阿那曲身轻。"

③暗:偷偷地。 相招:约会。李白《酬崔十五见招》:"尔有鸟迹书,相招琴溪饮。"

【赏析】

是词写聚后分别引发的相思。前三句男子追忆幽会:两人暗中相约,表明情笃心肯;会于花里,更添几分浪漫情调;如波的目光对视,相互顾盼;眼前是娉婷美人,柳腰轻柔……后二句直抒相思,"忆",相思的具体表现;"肠欲断",相思的苦味凄切;"恨",相思的感叹,春宵过得如此快,难以挽留。

◉集评

陈廷焯《云昭集》:"'恨春宵'三字,有多少宛折。"

李冰若《栩庄漫记》:"末两句率致无余味。"

南歌子

懒拂鸳鸯枕,休缝翡翠裙[①],罗帐罢炉熏[②]。近来心更切,为思君。

【注释】

①"懒拂"三句:即状写思深情懒之形象。枕上尘不想拂,裙绽了不想缝,罗帐垂不想挂,香薰炉不想生。

②罢:停止。

【赏析】

是词写相思。缝衣裙罗帐,本是女红;拭抹枕具、燃熏香炉也是当时女子份内事。但是,她"懒"、"休"、"罢"。为什么如此反常?后二句以主人公的对答,揭示因由:"近来心更切,为思君"。"近来",表达相思不是现在才萌动,已有好长一段时日了;"更",相思越来越烦人,陷入不能自拔的境地。

◉集评

陆游《放翁题跋》:"飞卿《南歌子》诸阕,语意工妙,可追配刘梦得《竹枝》。信一时杰作也。"

汤显祖《玉茗堂评花间集》:"短调中能尖新而转换,自觉隽永可思。腐句腐字一毫用不着。"

陈廷焯《词则·闲情集》:"上三句三层,下接'近来'五字甚紧,真是一往情深。"

李冰若《栩庄漫记》:"'懒''休''罢'三字皆为思君之故,用'近来'二字,更进一层,于此可悟用字之法。"

胡国瑞《论温庭筠词的艺术风格》:"《南歌子》七首,前后一贯,写一对青年男女从追慕而相思而欢合而又相思,辞藻仍极艳丽,但仍使读者感到新鲜活泼,乃是其中表现的男女感情非常坦率鲜明。"

河渎神

河上望丛祠[①],庙前春雨来时。楚山无限鸟飞迟[②],兰棹空伤别离[③]。　何处杜鹃啼不歇?艳红开尽如血[④]。蝉鬓美人愁绝,百花芳草佳节[⑤]。

【注释】

①丛祠:乡野林间的神祠。《史记·陈涉世家》:"又间令吴广之次近所旁丛祠中,夜篝火,孤鸣呼曰:'大楚兴,陈胜王。'"柳宗元《韦使君黄溪祈雨见召从行至祠下口号》:"谷口寒流净,丛祠古木疏"。

②楚山:古楚地的山岭。贾岛《冬夜送人》:"日短天寒愁送客,楚山无限路迢迢。"

③兰棹:船的美称。张正见《后湖泛舟》:"泛荷分兰棹,沉槎触桂舟。"

④"艳红"句:杜鹃花开得灿烂。

⑤佳节:美好的节日。王维《九月九日忆山东兄弟》:"独在异乡为异客,每逢佳节倍思亲。"

【赏析】

是调专用以咏鬼神祠庙事，咏他事者少，而温词就题发挥，写女子伤别的情感。前阕以“望”带出“别”。主人公踏上江船，举目望见春雨飘落丛祠神庙，彩船离岸逐渐远去。楚山连绵不绝，飞鸟徘徊其上而迟飞，听见兰棹划水声音，空灵入耳，如同诉说别离伤心一般，曲折、婉转地表达了离人的情怀。过片，承“伤”进层，借杜鹃鸟啼叫声与杜鹃花盛开如血，以“不歇”状其声、“如血”喻其色，从听觉、视觉两个层面，寓写痛楚离情。结尾以美人蝉鬓更薄、愁绪至极与百花簇拥、春草繁茂，反衬主人公的伤感。全词思路回旋曲折，笔情跳跃激越。

◉集评

陈廷焯《词则·别调集》：“《河渎神》三章寄哀怨于迎神曲中，得《九歌》之遗意。”

河渎神

孤庙对寒潮①，西陵风雨萧萧②。谢娘惆怅倚兰桡③，泪流玉箸千条④。暮天愁听思归乐⑤，早梅香满山郭⑥。回首两情萧索⑦，离魂何处飘泊⑧？

【注释】

①寒潮：清冷的潮湿水气。

②西陵：西陵峡。长江三峡之一。《水经注》：“江水又东，径西陵峡，山水纡曲，绝壁或千丈许，林木高茂，猿鸣至清，山谷传响，泠泠不绝。”

③谢娘：指船娘。兰桡：船楫。《淮南子·主术》：“夫七尺之桡而制船之左右者，以水为资。”朱庆馀《送吴秀才之山西》：“泽潞西边路，兰桡北去人。”

④玉箸：眼泪。冯贽《记事珠》：“鲛人之泪，圆者成明珠，长者成玉箸。”李白《闺情》：“玉箸夜垂流，双双落朱颜。” 贺朝《从军行》：“金河未转青丝骑，玉箸应啼红粉颜。”

⑤思归乐：杜鹃鸟别名，鸣声似“不如归去”。元稹《思归乐》：“山中思归乐，尽作思归鸣。”一说，曲调名，又称《思归引》，谢娘听之，更为愁也。《文选·石季伦思归引序》：“困于人间烦黩，常思归而永叹，寻览乐篇有《思归引》，傥古人之情，有同于今，故制此曲。”

⑥郭：本为外城。此指山边缘。《汉书·食货志下》：“卒铸大钱，文曰‘宝货’，肉好皆有周郭。”杜牧《江南春绝句》：“水村山郭酒旗风。”

⑦回首：回头，回头看。牟融《客中作》：“怅望频回首，西风忆故丘。”引申指回想、回忆。杜甫《将赴剑南寄别李剑州》：“戎马相逢更何日，春风回首仲宣楼。” 两情：相互间的情感。指爱情。 萧索：缺乏生气，此言冷淡。高适《别王八》：“时候何萧索，乡心正郁陶。”

⑧离魂：离别人之魂魄。张九龄《通化门外送别》：“离魂今夕梦，先绕旧林飞。” 飘泊：同漂泊，比喻东奔西走，行止无定。

【赏析】

是词写伤别。开头，设定一孤独凄清的环境气氛：西陵峡原本就是凄凉之地，“山水纡曲，绝壁或千丈许，林木高茂，猿鸣至清，山谷传响，泠泠不绝”，这里的孤庙，不仅地辟，而且孤独，加上凛冽的寒潮与潇潇的风雨，遇上气候恶劣，更使人悲凉。“谢娘”——船娘自然凄怆、泪流满面。

后阕更将离情推向深层。黄昏到了，充耳所闻，皆是杜鹃啼归，寓盼远人早归；注目所见，皆是早开梅花；扑鼻所嗅，皆是溢满山郭的梅香。梅，象征赠别、寄托思念，而今远人未归，又见梅开，相赠，哪有对象？词人以回忆、设问作结。回想起来，久别两情虽冷淡。然而，敢问一句：你的离魂，如今飘泊去到了哪里？这一问，既有思念的逼切，也有茫然的无计。

◉集评

汤显祖《玉茗堂评花间集》："二词颇无深致，亦复千古并传。柏梁、金谷、兰亭，带挈中乘人不少，上驷之冤，亦下驷之幸耶。"

陈廷焯《云韶集》："起笔苍莽中有神韵，音节凑合。"《词则·放歌集》："苍莽中有神韵。"

河渎神

铜鼓赛神来[①]，满庭幡盖徘徊[②]。水村江浦过风雷[③]，楚山如画烟开。　离别橹声空萧索[④]，玉容惆怅妆薄。青麦燕飞落落[⑤]，卷帘愁对珠阁[⑥]。

【注释】

①铜鼓：古代南边少数民族的乐器，如坐墩，中空，满鼓皆有细花纹，四角有小蟾蜍，两人抬着走，击之声如奢鼓。《后汉书·马援传》马援在交趾（今越南一带）得骆越铜鼓。旧俗酬神活动鸣铜鼓以迎神。

②幡盖：幢幡华盖之类。

③"水村"句：写迎神铜鼓声与车子辗声，好像风雷行过般轰响。

④橹声：船桨划水响声。白居易《河亭晴望（九月八日）》："晴虹桥影出，秋雁橹声来。"牟融《闽中回》："帆影随风过富阳，橹声摇月下钱塘。"

⑤青麦：麦青时节，约在三月。钱昭度《春阴诗》："语燕初飞陇麦青，春云将雨滞人行。"　落落：众多。《老子》："碌碌如玉，落落如石。"又解，悠然自在的样子。

⑥珠阁：华美的楼阁。李白《双燕离》："玉楼珠阁不独栖。"

【赏析】

是词写赛神盛事与女子的伤别。前阕先写赛神。铜鼓擂响，幡盖铺设，迎神彩车风驰雷动般疾驶于水村江浦之间，楚山上的烟雾消散，更显清丽，简直如画一般，这是就题写实。发挥者，人与神不常往来，只有每年一度的赛神会，才可以实现，用这个意境，比拟人与人之间相聚困难，而离别容易。后阕以"离别"总起：咿吱的橹声，渐渐失频无力；美人姣姣的玉容，露出惆怅，表情失神无韵。结束二句，先讲述所见，暮春麦青，紫燕双飞；再写所感，此时此景，不是为她设造的，自己只能卷帘空对珠阁。触景伤怀，自然流露出对别易会难的怨艾。

◉集评

李冰若《栩庄漫记》："上半阕颇有《楚辞·九歌》风味，'楚山'一语最妙。"《词则·放歌集》："上二章待来未来，此章言神至也。下半阕神玄致思慕之情。"

女冠子

含娇含笑，宿翠残红窈窕[①]，鬓如蝉。寒玉簪秋水[②]，轻纱卷碧烟。　雪胸鸾镜里[③]，琪树凤楼前[④]。寄语青娥伴[⑤]，早求仙。

◉集评

汤显祖《玉茗堂评花间集》:"'宿翠残红窈窕',新妆初试,当更妩媚撩人,情语不当为登徒子见也。"

沈际飞《草堂诗余别集》:"宿翠残妆尚窈窕,新妆又当何如?""'寒玉'二句,仙乎!幽闲之情。郎子风流,艳词发之。"

女冠子

霞帔云发[⑥],钿镜仙容似雪,画愁眉[⑦]。遮语回轻扇[⑧],含羞下绣帷。 玉楼相望久,花洞恨来迟[⑨]。早晚乘鸾去[⑩],莫相遗。

【注释】

①"含娇"两句:写女子隔夜残妆。 窈窕:形容女子文静而美丽。《方言》:"秦晋之间,美心为窈,美状为窕。"《诗·周南·关雎》:"窈窕淑女,君子好逑。"《古诗为焦仲卿妻作》:"云有第三郎,窈窕世无双;年始十八九,便言多令才。"

②寒玉簪秋水:玉簪清凉如秋水。

③雪胸:古女妆微露胸,韩偓《余作操使以缭绫手帛寄贺因而有诗》:"帝台春尽还东去,却系裙腰伴雪胸"。

④琪树:仙家玉树。白居易《牡丹芳——美天子忧农也》:"仙人琪树白无色,王母桃花小不香。" 凤楼:泛指华丽楼阁,指仙家的居楼。鲍照《代陈思王京洛篇》:"凤楼十二重,四户八绮窗。"

⑤青娥:美女。韦应物《拟古诗十二首》之二:"娟娟双青娥。微微启玉齿"。

⑥霞帔:有花纹的彩色披肩。徐氏《题金华宫》:"好把身心清净处,角冠霞帔事希夷。"

⑦愁眉:《后汉书·五行志》:"桓帝元嘉中,京都妇女作愁眉、啼妆、堕马髻、折腰步、龋齿笑。"《风俗通》:"愁眉者,细而曲折。"

⑧回轻扇:回转轻扇遮着面。

⑨玉楼、花洞:女冠居地。女冠怀念女伴,恨其来迟。裴夷直《春色满皇州》:"思妇开香阁,王孙上玉楼。"

⑩鸾:仙人所乘的鸾凤。据《集仙录》载,天使降时,鸾鹤千万,众仙毕集,高者乘鸾,次乘麒麟,次乘龙。 乘鸾去:指成仙。

【赏析】

两词皆就题,写女道士,虽无甚深意,但亦有可赏之处。

"含娇含笑"章,将女道士比喻为琪树,妥帖。她娇美而带笑,宿妆残红,鬓发如蝉翼,玉簪似秋水,轻纱像碧烟,胸臆若白雪。她有美好的心愿,希望青娥同伴能一起早日成仙。

"霞帔云发"章,抓住动作描写和心理表白,写出新入女道士的特点。"遮语回轻扇,含羞下绣帷",说话也用扇子遮住脸,下帷亦含着羞态,突出一副羞艳形象。但她还是有志气者,恨自己来得太迟了,要努把力,争取早日乘鸾成仙去,不能被同伴抛在后头。

◉集评

陈廷焯《云韶集》:"绮语撩人,丽而秀,秀而清,故佳。"《词则·闲情集》:"仙骨珊珊,知非凡才。后半无味。"

玉蝴蝶

秋风凄切伤离，行客未归时。塞外草先衰，江南雁到迟[①]。　芙蓉凋嫩脸[②]，杨柳堕新眉[③]。摇落使人悲[④]，断肠谁得知？

【注释】

①"江南"句：语义双关，既指远人，又指书信，两者都到迟。

②芙蓉：荷花。《说文》："芙蓉华未发为菡，已发为芙蓉。"

③"杨柳"句：新眉懒画如柳叶脱落。

④摇落：凋谢，零落。宋玉《九辩》："悲哉，秋之为气也！萧瑟兮，草木摇落而变衰。"杜甫《兼葭》："江湖后摇落，亦恐岁蹉跎。"

【赏析】

开头点明时间——秋日。秋风萧萧又吹，使主人公想起那年也是这个季节，人们凄凉伤心离别；而今又是这样的秋风，但远人仍无确切的归期。平淡之语，吟读起来，为之一震，感悟悲凄离情，心中酸楚。歇拍又从主人公自忖角度去写：你身处的塞外，青草已经衰黄了吧，可是，飞雁来江南却迟迟未到。边塞与江南，地远天遥，人面难见、音信难达。词人以思远情感为线索，作时空转换，脉络清晰，关联密切。过片两句，描写女主人公形象，美艳嫩脸如荷花凋落般憔悴，自己精心画好的"新眉"却像堕地的杨柳黄叶。于是，结句发出"摇落使人悲，断肠谁得知"的悲叹，字字悲切，句句沉重。

◉集评

陈廷焯《词则·大雅集》："塞外十字，抵多少《秋声赋》。""括多少《秋思赋》。'凋嫩脸'、'堕新眉'，微落俗调。结语怨，却有含蓄。"

清平乐

上阳春晚[①]，宫女愁蛾浅[②]。新岁清平思同辇[③]，争那长安路远[④]。　凤帐鸳被徒熏[⑤]，寂寞花锁千门[⑥]。竟把黄金买赋[⑦]，为妾将上明君[⑧]。

【注释】

①上阳：唐代宫殿名。在今河南洛阳。《新唐书·地理志》："东都上阳宫，在禁苑之东，东接皇城之西南隅，上元中置。"张说《奉和圣制初入秦川路寒食应制》："上阳柳色唤春归。"

②愁蛾浅：宫女蛾眉黛色已淡薄，更显愁容满面。寇准《点绛唇·水陌轻寒》："愁蛾浅。飞红零乱。"

③新岁：新的一年。宋之问《新年作》："乡心新岁切，天畔独潸然。"刘禹锡《元日乐天见过因举酒为贺》："渐入有年数，喜逢新岁来。"　清平：太平。白居易《赠梦得》："一愿世清平，二愿身强健。"沈彬《结客少年场行》："片心惆怅清平世，酒市无人问布衣。"　思：盼望、希望。　辇(niǎn)：古时人力车，后专指皇帝乘坐之车。《通典·礼典》："夏后氏末代制辇，秦为人君之乘，汉因之。"《一切经音义》："古者卿大夫亦乘辇，自汉以来，天子乘之。"同辇：与皇帝同车，指望得宠。沈炯《名都一何绮诗》："昭仪同辇出，高安连骑归。"

④争那：同怎奈，无可奈何。李隆基《题梅妃画真》："霜绡虽似当时态，争奈娇波不顾人。"崔涂《续纪汉武》："争那白头方士到。"

⑤凤帐：凤凰纹饰罗帐。杜牧《八六子》："凤帐萧疏。" 鸳被：同"鸳衾"，指夫妻共用的盖被。河北士人《寄内诗》："惯从鸳被暖。" 徒：枉然，空，白白地。 熏：以香熏，使被暖。庾丹《秋闺有望》："罗襦晓长襞，翠被夜徒熏。"

⑥锁：此指堵住、封住。 千门：宫禁重门。薛存诚《观南郊回仗》："传警千门寂，南郊彩仗回。"杜牧《过华清宫绝句三首》之一："长安回望绣成堆，山顶千门次第开。"

⑦竞：争逐，为己利与人争斗角逐。 黄金买赋：司马相如《长门赋序》："汉武皇帝陈皇后，时得幸颇妒，别在长门宫，愁闷悲思，闻蜀郡司马相如天下工为文，奉黄金百斤，为相如文君取酒，因于解悲愁之辞，而相如为文以悟主上，陈皇后复得幸。"用此典故，表宫女愁苦及愿望。

⑧上：进上，呈送。 明君：圣明之君王。薛存诚《东都父老望幸》："众愿其难阻，明君早勒功。"

【赏析】

是词写宫女怨，被近几十年来的评论家所推崇，称许其有积极的社会意义。上阳宫女苦捱一天，等到傍晚，娥眉黛色浅淡，虽愁容满面，仍希望趁着新年世道清平能亲近皇上得宠，但长安路远令人无奈。入夜，宫女的怨更甚：熏得香暖的凤帐鸳被，徒然一场，只盖独身。重重宫门深锁，寂寞感觉更烦人。忽然，宫女萌发奇想：何不学陈皇后，不惜用重金去买赋，呈给英明的皇上？宫女孤独、寂寞，在希望与失望的更迭中苦苦挣扎。

清平乐

洛阳愁绝①，杨柳花飘雪②。终日行人恣攀折③，桥下流水呜咽④。 上马争劝离觞⑤，南浦莺声断肠⑥。愁杀平原年少⑦，回首挥泪千行⑧。

【注释】

①洛阳：地名，属河南省。隋唐五代的梁晋汉周和北宋以此为陪都。

②"杨柳"句：指暮春三月。

③"终日"句：整天遭到行人竞相爬拉摘折。 攀：抓住物件爬，拉，牵。汪遵《杨柳》："攀折赠君还有意，翠眉轻嫩怕春风。"

④"桥下"句：流水声让人听来凄切。

⑤离觞(shāng)：饯别所用之酒器，引申为饯别之酒。卢仝《送邵兵曹归江南》："春风杨柳陌，连骑醉离觞。"王昌龄《送十五舅》："夕浦离觞意何已，草根寒露悲鸣虫。"

⑥南浦(pǔ)：指代送别地。《新唐书·地理志》："万州南浦郡，本南浦州。武德二年析信州置。"《豫章记》："南浦亭在广润门外，往来舣舟之所。"屈原《河伯》："子交手兮东行，送美人兮南浦。"谢朓《送远曲》："北梁辞欢宴，南浦送佳人。"

⑦愁杀：忧愁至极。李商隐《赠荷花》："此花此叶常相映，翠减红衰愁杀人。"《古诗十九首·去者日以疏》："白杨多悲风，萧萧愁杀人。" 平原，战国赵邑，今山东平原县。燕赵古时多慷慨悲歌之士故常挥泪惜别。钱起《逢侠者》："燕赵悲歌士，相逢剧孟家。寸心言不尽，前路日将斜。" 年少：少年。

⑧挥：甩出，散出。《战国策·齐策一》："举袂成幕，挥汗如雨。"此指流出。 韦应物《寄诸弟》："还信忽从天上落，唯知彼此泪千行。"卢纶《赠别李纷》："头白乘驴悬布囊，一回言别泪千行。"

【赏析】

自古平原多豪气，是词写惜别，可见证。开头，点明地点洛阳，直奔主题：愁绝，愁绪到无可复加的地步。第二句，暮春时节，"杨柳花飘雪"，纷纷扬扬，漫天飘落，观景萌情，惹起惆怅，寓情于景。第三四句，写所见、所闻、所感：终日都有离别远去的行客，随手折柳送别；目睹驿道桥下的流水，耳听潺潺淙淙的水声，好像流水也在为送别而呜咽诉说离情。过片，少年临别劝酒，"争"字，写豪气，情深意厚。词人在这里间上一句"南浦莺声断肠"，巧妙比对"争劝"激越昂扬的送别声浪，烘托痛楚离情。末二句，点明主人公身份——平原少年，"愁杀"，回应开头；"回首"，不忍离去；"挥泪千行"，愁杀的具体描写。

◉集评

陈廷焯《云韶集》："上半阕最见风骨，下半阕微逊。"《词则·放歌集》："'桥下'句从离人眼中看得，耳中听得。"

丁寿田、丁亦飞《唐五代四大名家词》："此词悲切而有风骨，不类儿女惜别之作。"

遐方怨

凭绣槛，解罗帷①。未得君书，肠断，潇湘春雁飞②。不知征马几时归③？海棠花谢也④，雨霏霏⑤。

【注释】

①绣槛：绮丽的栏槛。吴文英《花心动·郭清华新轩》："绣槛展春，金屋宽花，谁管采菱波狭。" 罗帷：越罗质地的帐幕。梁武帝萧衍《东飞伯劳歌》："南窗北牖挂明光。罗帷绮帐脂粉香。"

②肠断：一作断肠，比喻非常悲痛。刘孝威《塘上行苦辛篇》："妾歌已肠断，君心终未亲。"张祜《夕次竟陵》："肠断巴江月，夜蝉何处声。" 潇湘：潇水和湘水之总称。此泛指湖南湘江流域。

③征马：军用或行旅之马，此指征人。《杂曲歌辞·凉州歌第二》："征马长思青海北，胡笳夜听陇山头。"李元纮《绿墀怨》："征马噪金珂，嫖姚向北河。"

④"海棠"句：比喻春天即将过去。罗隐《送人赴职任褒中》："海棠花谢东风老，应念京都共苦辛。"周邦彦《少年游·黄钟》："一夕东风，海棠花谢，楼上卷帘看。"

⑤霏霏：雨雪密集的样子。《诗·小雅·采薇》："今我来思，雨雪霏霏。"《楚辞·九思·怨上》："雷霆兮硠盖，雹霰兮霏霏。"郑世翼《巫山高》："霏霏暮雨合，霭霭朝云生。"

【赏析】

是词写征眷怨。起首，连用"凭"、"解"两字写女子怀人烦躁，所作出的两个聊解动作，突出心绪不宁的形象。接着三句，女主人公未见征人音信，伤心凭栏远望，这是断肠一。接着，见潇湘春雁如期飞回，自然问道，不知道征人什么时候能够归来？这是断肠二。结句，写女主人公心中的希望，远人赶不上早春归来，或许能在暮春，海棠花谢、细雨蒙蒙之中归来，能否实现？渺茫莫测，这是断肠三。词作语句朴质，一波三折地写出怀人的情结，表达对征战的不满。

◉集评

陈廷焯《词则·别调集》："神味宛然。"

遐方怨

花半坼①,雨初晴。未卷珠帘,梦残,惆怅闻晓莺。宿妆眉浅粉山横②,约鬓鸾镜里③,绣罗轻④。

【注释】

①坼(chè):绽裂。 半坼:花或叶初放。白居易《邓州路中作》:"萧萧谁家村,秋梨叶半坼。"

②"宿妆"句:宿妆的画眉粉色浅薄、斑驳,如粉山横陈。

③约:束。曹植《美女篇》:"攘袖风素手,皓腕约金环"。 约鬓:环发为饰。

④绣罗:绣彩的罗衣。李白《宫中行乐词八首》之一:"山花插宝髻,石竹绣罗衣。"白居易《绣妇叹》:"连枝花样绣罗襦,本拟新年饷小姑。"

【赏析】

是词写思妇惆怅心情。春天来了,花儿初开,雨刚刚停。暗寓妇人春梦美好;她梦醒过来,才发现自己未卷珠,听闻黄莺唱晓,怨其破了好梦,不免惆怅。过夜的粉妆颜色斑斑驳驳,好像粉山横亘,"宿妆"句中以"浅"字写眉色,以"横"字状眉形,准确抓住了人物早起惆怅的心情。词以妇人起床对镜梳妆作结,写出妇人企图通过耐心妆扮,将烦恼驱赶,即便是独处无偶,她仍敢于面对"鸾镜",在约鬓、在试妆,然后穿上轻盈的绣罗衣,一个"轻"字,写"绣罗",装束是"轻"了,但主人公的惆怅心情"轻"了吗?

◉集评

卓人月汇选、徐士俊参评《古今词统》:"'断肠'、'梦残'二语,音节殊妙。"

李冰若《栩庄漫记》:"'残梦'句妙,'宿妆'句又太雕矣。'粉山横'意指额上粉而字句甚生硬。"

诉衷情

莺语花舞春昼午①,雨霏微②。金带枕③,宫锦④,凤凰帷。柳弱蝶交飞⑤,依依⑥。辽阳音信稀⑦,梦中归。

【注释】

①莺语:黄莺啼语。苏颋《山鹧鸪词二首》之二:"人坐青楼晚,莺语百花时。"杜牧《为人题赠二首》之二:"绿树莺莺语,平江燕燕飞。"

②雨霏微:蒙蒙细雨。徐铉《九日雨中》:"茱萸房重雨霏微,去国逢秋此恨稀。"

③金带枕:曹植《洛神赋》李善注,曹植见到甄后的玉缕金带枕。睹物流泪。此用其典。陆龟蒙《自遣诗三十首》之三:"座上不遗金带枕,陈王词赋为谁伤。"

④宫锦:宫庭用锦。岑参《胡歌》:"黑姓蕃王貂鼠裘,葡萄宫锦醉缠头。"齐己《谢欧阳侍郎寄示新集》:"宫锦三十段,金梭新织来。"

⑤柳弱:柳条初长成。 交飞:并飞。卢纶《慈恩寺石磬歌》:"群仙下云龙出水,鸾鹤交飞半空里。"吴融《蛱蝶》:"住时须并住,飞处要交飞。"

⑥依依:流连惜别。《楚辞·九思·伤时》:"志恋恋兮依依。"曹昶《和萧记室春旦有所思》:"杨柳何时归,袅袅复依依。"

⑦辽阳：县名。故址在今辽宁省辽阳西北。此处泛指边塞。皎然《横吹曲辞·陇头水》之二："旅魂声搅乱，无梦到辽阳。"

【赏析】

是词写征眷怨。词人善用一组典型景物，塑造环境气氛；善用一组典型用具陈设，表达人物感情。起首的春午、莺语、花舞、雨霏，组成春光妩媚的环境；金带枕、宫锦、凤凰帷一组卧具，暗表思妇怀念。后以蝴蝶依依双飞于杨柳，比兴思妇孤独，征夫身处辽阳，音信稀少，思妇要将思念带到梦中，盼其归来团聚。

◉集评

陈廷焯《词则·别调集》："节愈促，词倒愈婉。结三字凄绝。"

思帝乡

花花，满枝红似霞①。罗袖画帘肠断②，卓香车③。回面共人闲语④，战篦金凤斜⑤。惟有阮郎春尽⑥，不归家。

【注释】

①"满枝"句：红花开得繁茂美丽，灿烂如云霞。成彦雄《惜花》："忘餐为恋满枝红，锦障频移护晚风。"李觏《学北堂有海棠一株颜色至佳凋落稍速忆而为诗》："来时初见满枝红，璧碎珠沉几日中。"

②罗袖：代指闺人。张祜《上巳乐》："却是内人争意切，六宫罗袖一时招。"

③卓：立，站立。 卓香车：美人立于车而眺望。

④"回面"句：回过头来与人低声话语。李白《采莲曲》："若耶溪边采莲女，笑隔荷花共人语。"李山甫《陪郑先辈华山罗谷访张隐者》："好鸟共人语，异花迎客香。"

⑤金凤：头饰。李贺《河南府试十二月乐词·十月》："珠帷怨卧不成眠，金凤刺衣著体寒。"何扶《送阆州妓人归老》："玉蟾露冷梁尘暗，金凤花开云鬓秋。"

⑥阮郎：阮肇，东汉人。这里借指不归者。《搜神记》："汉刘晨阮肇入天台山采药，溪边有二女子，圻然如旧相识。乃留刘阮止焉。居数月，而人间已隔数世，遂复入天台，迷不知其处矣。" 春：本义，四季之第一季，泛指年。此指男女情欲。《诗·召南·野有死麕》："有女怀春。" 春尽：指恋情到了尽处。刘沧《对残春》："春尽人愁鸟又啼。"

【赏析】

是词写春怨。"花花"，名词叠音，合于音乐节拍演唱，形象写出春天来临，百花怒放，"满枝红似霞"，实写春花繁密，绚丽迷人，为下文妇人举动作反衬。"罗袖"，物质享受；"画屏"，空寂闺困，令其肠断。于是，她步出闺阁，乘上香车，伫立其上，还不时回头与人闲聊几句。"战篦金凤斜"，盛装丽饰。妇人虽伤怀已极，仍强打精神，保持平静姿态、贵妇仪态。末二句，以妇人对话作结，将心上人比作阮郎，指责他对己的眷恋春情已尽，至今还未回家。春怨情绪，冲口而出。

梦江南

千万恨①，恨极在天涯②。山月不知心里事③，水风空落眼前花④，摇曳碧云斜⑤。

【注释】

①"千万"句:以数目之多言怨恨之深切。白居易《云和》:"欲散白头千万恨。"

②恨极:怨恨极深。吴融《戏》:"恨极同填海,情长抵导江。"宋祁《西征道中寄友人》:"鲛盘恨极无馀涕,鹍瑟悲多有剩弦。" 天涯:天之尽头,远人所处的地方。张九龄《望月怀远》:"海上生明月,天涯共此时。"李商隐《天涯》:"春日在天涯,天涯日又斜。"

③山月:青山上的月照。李白《下终南山过斛斯山人宿置酒》:"暮从碧山下,山月随人归。"宋之问《端州别袁侍郎》:"客醉山月静。"

④水风:绿水上的清风。白居易《浦中夜泊》:"水风霜气夜棱棱。"

⑤摇曳:飘荡、摇动。李白《荆门浮舟望蜀江》:"逶迤巴山尽,摇曳楚云行。" 碧云:碧空上的云彩。李忱《百丈山》:"暮钟朝磬碧云端。"

【赏析】

是词开头说思妇有千种万般的怨恨,而最恨的是天涯。词人一下子就将思妇的恨,推至高远的绝处。因此,思妇对一切事物都以抱怨,发泄恼恨之情:月亮一点儿不知侬心事,还在朗朗高挂,洒下满山清辉;水风压根儿不理会侬的怨情,竟将落花飘于眼前;碧云全然不察侬的别绪,竟然还在侬面前悠然飘荡而去,斜向天边。一组连续的排比,结束词作,将思妇无休无止的离恨,淋漓尽致表达。

◉集评

汤显祖《玉茗堂评花间集》:"风华情致,六朝人之长短句也。"

卓人月汇选、徐士俊参评《古今词统》:"(山月句)幽凉殆似鬼作。"

沈际飞《草堂诗余别集》:"'山月'二句,惨境何可言。"

陈廷焯《云韶集》:"低细深婉,情韵无穷。"《词则·别调集》:"低回宛转。"

李冰若《栩庄漫记》:"'摇曳'一句,情景交融。"

胡国瑞《论温庭筠词的艺术风格》:"似清淡的水墨画,避去其所惯用的一切浓丽辞藻,只轻轻勾画几笔,而人物的神情状态宛然纸上。"

梦江南

梳洗罢,独倚望江楼①。过尽千帆皆不是,斜晖脉脉水悠悠②,肠断白蘋洲③!

【注释】

①"梳洗"两句:写主人公因怀远人而上楼远望。

②"斜晖"句:言直至傍晚,还在凝视江面,不禁忧愁。 斜晖:太阳快要西下之光照,一直"望"到傍晚。白居易《西风》:"浅渠销慢水,疏竹漏斜晖。" 脉脉:聚精会神地凝视的样子。《古诗十九首·迢迢牵牛星》:"盈盈一水间,脉脉不得语。" 悠悠:忧思的样子。《诗·小雅·终风》:"悠悠我思。"

③白蘋洲:洲渚名。指代分手地点。赵微明《思归》:"犹疑望可见,日日上高楼。惟见分手处,白蘋满芳洲"《唐宋词选注》以"蘋"为"浮蘋",《诗·召南·采蘋》:"于以采蘋,南涧之滨。"朱熹注:"蘋,水上浮蘋也,江东人谓之苹。"洲:江中的小陆地,白蘋洲本有实地。《白香山诗集》补遗卷上《送刘郎中赴任苏州》诗,汪立名注引《太平寰宇记》:"白蘋洲在湖州苹溪之东南,去洲一里。洲上有鲁公颜真卿芳菲亭,内有梁太守柳恽诗《江南曲》云:'汀洲采白蘋,日暮江南春。'因以为名。"白居易《履道新居二十韵》:"疑连紫阳洞,似到白蘋

洲。”

【赏析】

是词写女子盼郎归的痴情。起首二句，细节描写，一表其情痴：匆忙梳洗，独自跑上望江高楼。接着两句，以细心、忍耐，二表其情痴：帆船，归人回来要乘坐的交通工具，希冀其中的帆船能靠岸，她从朝到晚，细心看帆、忍着性子久等，真痴。“过尽千帆皆不是”，她等船甚多、认船甚细、盼归甚切、望时甚久，寄托的期望与结局的失望，交替互织，跌宕转折，离不了一个“痴”字。日下西斜，余辉照水，她还在凝视江面，希望有奇迹出现……但最终越来越失望，勾起阵阵忧伤，“肠断白蘋洲！”发自腑脏的哀怨，思妇的思绪，集中到了当年分手的地方，尽显痴情。

◉集评

汤显祖《玉茗堂评花间集》：“‘朝朝江口望，错认几人船’，同一结想。”

沈际飞《草堂诗余别集》：“痴迷，摇荡，惊悸，惑溺，尽此二十余字。”

谭献《谭评词辨》：“犹是唐人绝句。”

陈廷焯《云韶集》：“绝不着力而款款深深，低徊不尽，是亦谪仙才也。吾安得不服古人？”

俞陛云《唐五代两宋词选释》：“‘千帆’二句，窈窕善怀，如江文通之‘黯然消魂’也。”

李冰若《栩庄漫记》：“《楚辞》‘望夫君兮未来，吹参差兮谁思？’‘袅袅兮秋风，洞庭波兮木叶下。’幽情远韵，令人至不可聊。飞卿此词‘过尽千帆皆不是，斜阳脉脉水悠悠’，意境酷似《楚辞》，而声情绵渺，亦使人徒唤奈何也。……‘过尽’二语，既极怊怅之情，‘肠断白蘋洲’一语点实，便无余韵。惜哉，惜哉！”

华钟彦《花间集注》：“自晓妆罢，至日晡时，数尽千帆，皆非其人，其苦可知矣。所望见者，非所欲见，故断肠也。”

河传

江畔，相唤，晓妆鲜①。仙景个女采莲②，请君莫向那岸边③。少年，好花新满船④。　红袖摇曳逐风暖⑤，垂玉腕，肠向柳丝断⑥。浦南归，浦北归？莫知，晚来人已稀。

【注释】

①“江畔”三句：清晨，采莲女理好晓妆，相互叫唤来到江边。　相唤：相互邀约。王建《雨过山村》：“妇姑相唤浴蚕去。”　鲜：好，漂亮。阴铿《侯司空宅咏妓诗》：“翠柳将斜日，俱照晚妆鲜。”

②个女：那个或那些女子。

③“请君”句：船夫对采莲女说的话。

④“少年”两句：采莲女所见。

⑤“红袖”三句：采莲女举臂捋袖，红袖迎暖风飘曳；弯腰垂玉臂采莲。其实，她的心早就挂记着柳荫里的那个少年了。　红袖：又泛指女子，白居易《对酒吟》：“今夜还先醉，应烦红袖扶。”此指代采莲女，杜牧《书情》：“摘莲红袖湿。”

⑥玉腕：比喻女子腕臂白皙而细嫩。王建《宫词一百首》：“收却投壶玉腕劳。”

【赏析】

是词写采莲女，刻画了天真烂漫的采莲女艺术形象。前阕开头，一群梳妆鲜丽的采莲女相唤相招聚集到江边，“相唤”天真无邪、嬉笑相招，情态可亲。船夫两语，一为侧面写采莲女美丽的同时，二为暗示采莲女向岸边去。果然，采莲女看见少年在那满插鲜花船上。过片，描写和煦暖风吹拂，采莲女“红袖摇曳”、“垂玉腕”，一边采莲，一边惦记少年，心中暗问自己：“肠向柳丝断”，到柳丛中去，幽会消魂？“浦南归，浦北归？”一语双关，一是采莲女要探知少年归去路径，知其居所；二是采莲女因未与少年相会，竟失意到忘却归途。结尾二句写采蓬女鼓起勇气，要去问路，天色已晚，行人稀少，无人可问，采蓬女的情感表达跌宕起伏，曲折回肠。

河传

湖上，闲望，雨萧萧。烟浦花桥路遥[①]，谢娘翠蛾愁不销[②]。终朝[③]，梦魂迷晚潮[④]。 荡子天涯归棹远[⑤]，春已晚，莺语空肠断[⑥]。若耶溪[⑦]，溪水西，柳堤[⑧]，不闻郎马嘶[⑨]。

【注释】

①“烟浦”句：望着烟雾笼罩的湖边花桥，更觉路途遥远。 烟浦：云气霭雾笼罩之水岸。王建《泛水曲》：“载酒入烟浦，方舟泛绿波。”

②谢娘：指游春女子。 翠蛾：翠眉。李讷《命妓盛小丛歌饯崔侍御还阙》：“绣衣奔命去情多，南国佳人敛翠娥。” 愁不消：一路游来，不禁有所怀念。

③终朝：整整一个上午。《诗·小雅·采绿》“终朝采绿，不盈一掬”《毛传》：“自量及食时为终朝。”任昉《厉史人讲学诗》：“旰食愿横经，终朝思拥帚。”

④“梦魂”句：于梦中，心情如晚潮般起伏。邵谒《送友人江行》：“梦魂如月明，相送秋江里。”张若虚《代答闺梦还》：“梦魂何处人，寂寂掩重扉。”贾岛《莲峰歌》：“阳崖一梦伴云根，仙菌灵芝梦魂里。”

⑤“荡子”句：夫君远在天涯，归程遥远。 归棹：以棹指代船，归棹即归船。岑参《送严维下第还江东》：“敝裘沾暮雪，归棹带流澌。”

⑥杨衡《春日偶题》：“更无人劝饮，莺语渐叮咛。”徐夤《忆牡丹》：“沧州暮色空肠断。”

⑦若耶溪：西子浣纱的地方，这里是女子自比西子之美丽。白居易《答微之见寄》：“禹庙未胜天竺寺，钱湖不羡若耶溪。”

⑧柳堤：郎君驰马来去的路径。

⑨“不闻”句：而今不见郎来，无马嘶声，美人自不爽，觉得肠断。

【赏析】

是词写相思。前阕一开头，点出游春地——“湖上”；女子行动“闲望”，不经意、不在意远望，望着春雨萧萧烟雾笼罩的湖边花桥，更觉路途遥远，此乃带着情感写景。歇拍两句，言谢娘因景伤情，愁绪萦绕于整日春游，翠眉紧蹙遣不散愁绪；晚上美梦伴随着晚潮涌动。过片言情人远在天涯，“归棹远”，一时半刻亦难以归来，大好春光已近尾，莺语扰人，更加断肠。于是，女主人公临窗外望，昔日与情人分别的地方，静悄悄，听不到情人来去的马嘶声。

◉集评

卓人月汇选、徐士俊参评《古今词统》：“或两字断，或三字断，而笔致宽舒，语气联属，斯为妙手。”

陈廷焯《词则·大雅集》:“凄怨而深厚最是高境。此调最不易合拍,五代而后,几成绝响。”

河传

同伴,相唤,杏花稀。梦里每愁依违[1],仙客一去燕已飞[2],不归,泪痕空满衣。 天际云鸟引晴远[3],春已晚,烟霭渡南苑[4]。雪梅香,柳带长,小娘[5],转令人意伤[6]。

【注释】

①每:常常。 依违:声音忽离忽合,曹植《七启》:“飞声激尘,依违厉响。”此借指人的离合,侧重在离。董嗣杲《客中拟游庐山》:“依违春梦破,悲壮晓鸡鸣。”

②仙客:鹤的别名。《谈苑》:“李昉畜五禽,白鹇曰闲客,鹭曰雪客,鹤曰仙客,孔雀曰南客,鹦鹉曰西客。为五客图,自为诗五章。”或指仙人,此指所思之人。郎君远行若此,如鹤燕远飞。

③天际:天边。《易·丰》:“丰其屋,天际翔也。”

④南苑:泛指苑囿。白居易《长恨歌》:“西宫南苑多秋草,宫叶满阶红不扫。”此两句言从早春至暮春盼郎归。

⑤小娘:《正字通》:“今俗称幼女曰小娘。”指少女。元稹《筝》:“慢逐歌词弄小娘。”

⑥转令:犹更令、更使。

【赏析】

是词以女子对话形式,写少女怀恋。前阕开头,同伴相邀聊谈。眼前杏花已凋谢,梦里偶尔相见,然而散多聚少,情人就像仙鹤一经离去,燕子亦飞走,音讯不来、远人不归,她只是将泪痕空留沾渍衣衫。后阕驰骋想象,妇人要变成天上的云鸟,带着深情,飞翔到远处,相会情人!烟霞飘度缭绕着令人愁怨的苑囿,雪梅飘香尽了,柳丝抽长成绿带了,一直在等着,小娘子呀,一个春天都快过去了,情人还不回来,令人神伤咧!

◉集评

汤显祖《玉茗堂评花间集》:“三词俱少轻倩,似不宜于十七八女孩儿之红牙拍歌,又无关西大汉执铁板气概。”

陈廷焯《白雨斋词话》:“《河传》一调,最难合拍。飞卿振其蒙,五代而后,便成绝响。”

蕃女怨

万枝香雪开已遍[1],细雨双燕。钿蝉筝[2]、金雀扇[3],画梁相见[4]。雁门消息不归来[5],又飞回。

【注释】

①香雪:指杏花,或梨花。

②钿蝉筝:饰以金蝉形的筝。

③金雀扇:画以金雀的扇子。

④画梁:彩绘的屋梁。指燕栖之处。

⑤雁门：关名，在今山西代县西北。此处泛指边塞。《山海经》："雁门，雁飞出于其间。"张衡《四愁诗》："我所思兮在雁门，欲往从之雪雰雰。"

【赏析】

是词征眷怨。杏花梨花开放的春日，女子于细雨中见旧时双燕，又相见于雕梁之间，其十分珍惜燕归来，认为钿蝉筝、金雀扇，不能与之相比，她希望燕归来自有音信，可惜丈夫远征边塞的消息，一点全无，女子不免怨恨燕子飞回作甚。"又飞回"三字，裂人心肺。

◉集评

卓人月汇选、徐士俊参评《古今词统》："字字古绝。"

陈廷焯《云韶集》："'又飞回'三字，更进一层。令人叫绝。开两宋先声。"

蕃女怨

碛南沙上惊雁起[①]，飞雪千里[②]。玉连环[③]、金镞箭[④]，年年征战[⑤]。画楼离恨锦屏空[⑥]，杏花红。

【注释】

①碛（qì）：原指浅水中的沙石。左思《吴都赋》："玩其碛砾而不窥玉渊者，未知骊龙之所蟠也。"引申为沙漠。杜甫《送人从军》："今君渡沙碛，累月断人烟。"

②玉连环：征人服饰物品。《战国策·齐策》："秦昭王尝遣使者，遗君王后以玉连环。"

③金镞箭：饰以金矢头的箭。

④年年征战：一言点破离别的因由。

⑤王涣《惆怅诗十二首》："梦里分明入汉宫，觉来灯背锦屏空。"

【赏析】

是词写征人思家。沙漠浩瀚，鸿雁惊飞，大雪飘千里，征人就在此等恶劣环境守边征战。每天身穿玉连环，手拿金镞箭在守边，有什么法子，"年年征战"。征战长期连续不间断，征人思家亦年年、日日。"画楼离恨锦屏空，杏花红"，征人的想象：家里人因离恨而感画楼寂寞、锦屏冷空。春天重返大地，杏花已再度开放，而征人却未归来，人各一方。征人的思念，何其凄切。

◉集评

陈廷焯《词则·别调集》："起二句，有力如虎。"

俞陛云《唐五代两宋词选释》："唐人每作征人、思妇之诗，此词意亦犹人，其擅胜处在节奏之哀以促，如闻急管幺弦。此词借燕雁以寄怀。"

荷叶杯

一点露珠凝冷，波影。满池塘，绿茎红艳两相乱。肠断，水风凉。

【注释】

绿茎：荷茎。张籍《采莲曲》："试牵绿茎下寻藕"。 红艳：红色荷花。

【赏析】

是词一开头，就实写，一个特写，碧绿荷叶上露珠滚动凝聚，透出几分晓寒冷意，“冷”字，含情之笔。接着，镜头推出，波光潋滟，荷影倒照，实写二。满池荷塘上，荷茎、荷叶、荷花穿插、交叉，红绿色彩相衬其间，将线条、形态、色彩融为一体，实写三。“肠断”，见景所生。

◉集评

李冰若《栩庄漫记》："全词实写处多，而以肠断二字融景入情，是以俱化空灵。"

荷叶杯

镜水夜来秋月[1]，如雪。采莲时，小娘红粉对寒浪[2]，惆怅。正思惟[3]。

【注释】

①镜水：镜湖水。在今浙江省绍兴市内。又一说，实写湖水平静如镜。

②小娘：此处指采莲少女。 红粉：红润之粉面。 寒浪：湖水清冷明澈。

③思惟：思想，思量。

【赏析】

是词写惆怅。头两句八字缀时间景物：秋水、秋夜，秋月，水平如镜，月光如雪，好一幅秋夜月色雪景图。清晨，采莲时候，采莲少女红润的粉面，影照在清冷明彻的镜水之上。忽然，她面对寒浪，心感惆怅。为甚？“正思维”，思维什么？词人不回答，留给读者驰骋想象的余地，言尽而意未尽。

◉集评

陈廷焯《云韶集》："飞卿‘镜水夜来秋月’一作，押韵嫌苦。此作节奏天然，故录此遗彼。"

李冰若《栩庄漫记》："飞卿所为词，正如《唐书》所谓侧辞艳曲，别无寄托之可言。其淫思古艳在此，词之初体亦如此也。如此词若依皋文之解《菩萨蛮》例，又何尝不可以‘波起隔西风’作‘玉钗头上风’同意？然此词实极宛转可爱。"

荷叶杯

楚女欲归南浦[1]，朝雨。湿愁红[2]。小船摇漾入花里[3]，波起。隔西风。

【注释】

①楚女：泛指南国女子。

②红：以颜色指荷花。 湿愁红：雨湿带愁的荷花。

③摇漾：摆动飘荡貌。

【赏析】

从欲归入笔，楚女就要回到南浦去了，早晨正下着雨，表现归心急切、坚决；春雨滋湿红花，见之使人愁。小船摇着，漾入花丛，“漾”，表面是写船行，但实际上是写人的心境，表现送别美人的惆怅心情。然则，行程中风起浪涌，又且西风，而其要归南浦，原先的惆怅，忽而更加深了，就像那西风吹荡腾起的江波。词作写送别，一波几折，委实高明。

◉**集评**

汤显祖《玉茗堂评花间集》:"唐人多缘题起词,如《荷叶杯》,佳题也。此公按题矣,词短而无深味;韦相尽多佳句,而又与题茫然,令人不无遗恨。"

陈廷焯《韶云集》:"飞卿'镜水夜来秋月'一作,押韵嫌苦;此作节奏天然,故录此遗彼。"《词则·别调集》:"节短韵长。"

李冰若《栩庄漫记》:"飞卿所为词,正如《唐书》所谓侧辞艳曲,别无寄托之可言。其淫思古艳在此,词之初体亦如此也。如此词若依皋文之解《菩萨蛮》例,又何尝不可以'波起隔西风'作'玉钗头上风'同意?然此词实极宛转可爱。"

胡国瑞《论温庭筠词的艺术风格》:"曲调节拍短促,而韵律转换频数,这类词调形式与五、七言诗大异其趣,确足令人一新耳目。""虽整体如此短小,作者却能以少许断续的线条,绘成一幅饶有情趣的人物小景。"

※ ※ ※ ※ ※ ※ ※ ※

菩萨蛮

玉纤弹处真珠落[①],流多暗湿铅华薄[②]。春露浥朝花[③],秋波浸晚霞。　风流心上物[④],本为风流出。看取薄情人[⑤],罗衣无此痕。

【注释】

①玉纤:比喻美人手指。韩偓《咏柳》:"玉纤折得遥相赠,便似观音手里持。"　真珠:通作珍珠,蚌类所生的真珠,又名蚌珠、蠙珠。此比喻眼泪。

②铅华:古代女子化妆所用的粉。李隆荃《题梅妃画真》:"铅华不御得天真。"

③浥(yì):湿润。亦作"裛"。王维《送元二使安西》:"渭城朝雨浥轻尘,客舍青青柳色新。"

④"风流"句:男女情爱本是人们心中的追求。　风流:此指男女关系。

⑤"看取"句:观察薄情的人。　取:语气助词,无义。

【赏析】

是词咏泪。前阕首两句实写弹泪、流泪。纤纤玉指轻抹弹匀,落下珍珠般的泪珠;泪水垂流不断,将铅粉冲薄。三四句比喻,泪水如"春露"、"秋波";美女容颜如"朝华"、"晚霞"。后阕则写女子流泪的原因,男女情爱心中的追求,眼泪本来就是为情而流。不信,请看那些薄情人,他的罗衣上绝对没有这些泪痕。全词写泪,却没有着一"泪"字,而将相思之情表达。

杨柳枝

一尺深红蒙曲尘[①],天生旧物不如新[②]。合欢桃核终堪恨,里许元来别有人[③]。

【注释】

①深红:指代红布,此指新娘"盖头"。　曲尘:本指酒曲发酵时滋生的菌丝,因其色微黄似尘,故称。亦常指初春时微黄泛绿的嫩柳枝,此处则又以柳喻人,借指新嫁娘。

②旧物:陈旧的物件。　不如新:窦玄妻《古怨歌》句:"衣不如新,人不如故。"

③"合欢"两句:合欢胡桃真叫人憎恨,核心里面原来另外有"仁"。　里许:里面,里

头。元来：本来。

【赏析】

是词运用比喻、歇后、谐音、双关等手法，写相思。起句写新嫁娘出嫁时，头上蒙着红布盖头。次句用隐括及歇后的修辞手法，窦玄妻《古怨歌》云："衣不如新，人不如故。"以前句代替后句的意思。桃核仁为两瓣，故名合欢桃核。结二句以此作比喻，以"人"双关"仁"，表示新嫁娘的心里"元来别有人"。

◉集评

贺裳《皱水轩词筌》："温飞卿小诗云：'合欢核桃真堪恨，里许元来别有仁。'山谷演之曰：'你有我，我无你分，似合欢核桃，真堪人恨。心儿里有两个人人。'拙矣。"

杨柳枝

井底点灯深烛伊①，共郎长行莫围棋②。玲珑骰子安红豆③，入骨相思知不知。

【注释】

①"井底"句：像在井底里点燃的深烛照着你。实指"深烛"，即谐音"深嘱"。

②围棋：棋类之一种。相传为尧作。春秋战国时即有关于围棋的记载。古时17道，交点289个，黑白子各150个；唐以后，19道，交点361个，双方以黑白子对弈，围困对方，吃子多少定胜负，故称围棋。

③玲珑：精美灵巧。韦应物《横塘行》："玉盘的历双白鱼，宝簟玲珑透象床。" 骰(tóu)子：亦称"色子"，赌博时用以投掷。本作"投子"，后改为骨制作，故称骰子。 红豆：相思木所结的果籽，实成荚，子如豌豆，微扁，色鲜红或半红半黑。古人常以比喻爱情或相思。王维《相思》："红豆生南国，春来发几枝。劝君多采撷，此物最相思。"

【赏析】

是词写女子叮嘱情人。首句便以谐音手法，"深烛"，即"深嘱"，深情地叮嘱。"长行"，以赌博方式，双关长途旅行；"围棋"，双关"违期"。次句是叮嘱话：字面说，可以跟你玩长行的游戏，但不跟你玩围棋；实际意思是，你可以外出远行，但不要违期归来。以嵌入红豆的骰子比喻入骨之相思，表达出深深的情意。

◉集评

王灼《碧鸡漫志》："温飞卿号多作侧辞艳曲，其甚者：'合欢欲桃叶(核)终堪恨，里许元来别有人。''玲珑骰子安红豆，入骨相思知不知？'亦止此耳。"

木兰花

家临长信往来道①，乳燕双双拂烟草。油壁车轻金犊肥②，流苏帐晓春鸡早。 笼中娇鸟暖犹睡，帘外落花闲不扫。衰桃一树近前池，似惜红颜镜中老③。

【注释】

①长信:汉宫名,太后所居。《三辅黄图·长乐宫》:"长信宫,汉太后常居之后宫在西,秋之象也。秋主信,故宫殿皆以长信、长秋为名。"

②金犊:美称牛犊。

③红颜:妇女艳丽的容颜。亦指美丽女子。白居易《后宫词》:"红颜未老恩先断,斜倚熏笼坐到明。"

【赏析】

是词写被弃之贵妇。住处近"长信",暗示主人公像汉代班婕伃那样失宠,失去了夫爱。虽然其拥有优厚的物质生活,而精神世界却是十分的空虚,只是"笼中娇鸟"、"衰桃一树"。

◉集评

沈际飞《草堂诗余正集》:"实是唐诗,而柔艳近情,词而非诗矣,晚唐之所以为晚唐也。"

皇甫松《檀栾子词》

【小传】

皇甫松，松，一作嵩，字子奇，自号檀栾子。睦州(今浙江建德)人。生卒年不详。中唐古文作家、工部侍郎皇甫湜(shí)之子，牛僧儒之甥。工诗善词，《新唐书·艺文志》著录皇甫松《醉乡日月》三卷。

《花间集》称皇甫先辈，录其词12首；近人王国维辑《檀栾子词》一卷，辑录词22首。

◉集评

元好问："皇甫松以作竹枝采莲排调擅长，而才名远逊诸人。《花间集》所载，亦只小令短歌耳。"

陈廷焯《白雨斋词话》："皇甫子奇词，宏丽不及飞卿，而措词闲雅，犹存古诗遗意。唐词于飞卿而外，出其右者鲜矣。五代而后，更不复见此笔墨。""唐代词人，自以飞卿为冠。太白《菩萨蛮》《忆秦娥》两阕，自是高调，未臻无上妙谛。皇甫子奇《梦江南》、《竹枝》诸篇，合者可寄飞卿庑下，亦不能为之亚也。"《云韶集》："子奇词琢句奇妙，绮丽不及飞卿，而后决过之。"

李冰若《栩庄漫记》："子奇词不多见，而秀雅在骨，初日芙蓉春月柳，庶几与韦相同工。至其词浅意深饶有寄托处，尤非温尉所能企及。鹿太保差近之耳。"

华钟彦《花间集注》："其词如初日芙蓉春月柳，与韦相同工。"

龙榆生《唐宋名家词选》："(子奇)含思哀婉，凄清入骨，视温氏作风，故自不同。"

天仙子

晴野鹭鸶飞一只①，水葓花发秋江碧②。刘郎此日别天仙③，登绮席④。泪珠滴，十二晚峰高历历⑤。

【注释】

①晴野：晴天下的郊野。白居易《叙德书情四十韵，上宣歙翟中丞》："晴野霞飞绮，春郊柳宛丝"。 鹭鸶：鸟名，体长尺许，羽色纯白，嘴长而尖，颈细长，头后端有白长羽毛，背胸部有蓑毛饰羽，捕食鱼类，又称"白鹭"。

②水葓(hǒng)：水草，粤闽以之为菜，其茎中空，曰通心菜，秋开白花。

③"刘郎"句：用刘晨与阮肇入天台山采药遇仙女事。李远《赠友人》："凤城烟霭思偏多，曾向刘郎住处过。" 天仙：指天台神女。

④登：此作离，离开解。 绮席：古人席地而坐，指席位。沈约《会圃临春风》："鸣珠帘于绣户，散芳尘于绮席。"

⑤十二晚峰：巫山十二峰，明陈耀文《天中记》曰"巫山十二峰为望霞、翠屏、朝云、松峦、集仙、聚鹤、净坛、上升、起云、飞凤、登龙、圣泉"。 古对十二峰名称说法不一，元刘埙《隐居通议》据《蜀江图》所列名，多独秀、笔峰、盘龙、仙人，而无朝云、净坛、上升、圣泉。李商隐《楚宫》："十二峰前落照微，高唐宫暗坐迷归。"李端《巫山高》："巫山十二峰，皆在碧虚中。" 历历：清楚。张祜《观宋州于使君家乐琵琶》："历历四弦分，重来上界闻。"

【赏析】

是词写刘郎天台山遇神女后离别的情事。晴空旷野上，鹭鸶飞走了一只，水葓盛开白花映着秋天碧绿的江水。首二句，以"晴野"、"江碧"、"花发"写离别环境，用"鹭鸶飞一只"比喻刘郎别天仙。刘郎今天告别天仙回人间，离开绮席，忍不止泪流。眼前的巫山十二峰在晚霞辉映下显得清清楚楚。以景结词，融情于景，凄寂无限。

◉集评

沈雄《古今词话·词评》引黄昇评："皇甫松为牛僧儒甥，以《天仙子》词著名。终不若摘得新不有达观之见。"

汤显祖《玉茗堂评花间集》："'推窗历历数清峰'。恍屯此同。"

陈廷焯《白雨斋词话》："'飞一只'便妙，结笔得远韵。亦是从'曲终人不见，江上数峰青'化出。"《词则·别调集》："'一只'妙。结有远韵，是从江上数峰青化出。"

郑文焯《花间集评注》："其声挥绰。"

天仙子

踯躅花开红照水①，鹧鸪飞绕青山嘴。行人经岁始归来②，千万里。错相倚③，懊恼天仙应有以④。

【注释】

①踯躅(zhízhú)花：又名杜鹃花，暮春开，有红黄两种色。

②行人：此指刘晨、阮肇。 经岁：经年，相隔一年。刘沧《秋日山寺怀友人》："相思不见又经岁，坐向松窗弹玉琴。" 归来：归来到人间。

③倚：依靠。 错相倚：天仙错依靠了刘晨，不能白头偕老。

④"懊恼"句：天仙心中烦恼是有原因的。 懊恼：心中烦恼。 以：因由、缘由。《诗·邶风·旄丘》："何其久也，其有以也。"

【赏析】

是词写刘阮别仙回人间，引起天仙的烦恼，乃前首的续篇。首两句写景，杜鹃花开，映红了水面。鹧鸪围绕着青山嘴飞去飞来，比喻依依惜别，不忍离去。刘阮他们一年后才开始踏上归来之路，走了千万里路。结句，写天仙，错依靠他们了，不能白头到老，懊恨的缘由正是这个吧。

◉集评

陈廷焯《云韶集》："无一字不警快可喜。"《词则·别调集》："字字警快可喜。"

浪淘沙

滩头细草接疏林，浪恶罾船半欲沉①。宿鹭眠鸥飞旧浦，去年沙嘴是江心②。

【注释】

①罾(zēng)：捕鱼用的一种网。白居易《松江亭携乐观渔宴宿》："水面排罾网，船头簇绮罗。"

②"去年"句：去年旧浦的沙嘴今已变成江心。 沙嘴：高起而伸入水中之崖岸。钱弘叙《过江望》："沙嘴牛眼草，波心鸟触烟。"

【赏析】

是词咏怀，感叹时事盛衰。开头两句，实写滩头景、江中景，为下文作铺垫。河滩上的细草蔓生开去，连接着疏疏的树木。江上浪大将罾船颠得半浮半沉。白鹭江鸥盘旋江面，找寻以往宿眠过的旧浦，去年的沙嘴现在变成了江心。结句形象地表达了沧海桑田、倏忽变迁的道理。

◉**集评**

汤显祖《玉茗堂评花间集》："桑田沧海，一语道破，红颜变为白发，美少年化为鸡皮老翁，感慨系之矣！"

卓人月汇选、徐士俊参评《古今词统》："蓬莱水浅，东海扬尘，岂是诞语。"

黄叔灿《唐诗笺注》："不庄不俗，别有风情。"

吴世昌《词林新语》："末句点题，正是咏《浪淘沙》情况。"

浪淘沙

蛮歌豆蔻北人愁①，蒲雨杉风野艇秋②。浪起䴔䴖眠不得③，寒沙细细入江流④。

【注释】

①蛮歌：南方的民歌。杜荀鹤《送人南归》："花洞响蛮歌"。豆蔻：产于南方，多年生草木，高丈许，夏开花，黄白色，果实芳香。入中药材，有草肉白三种类。豆蔻花含苞待放，称含胎花，古人常以此指代美丽少女。杜牧《赠别二首》之一："娉娉袅袅十三余，豆蔻梢头二月初。"指南方边人以咏豆蔻为歌。北人：指来自北方的游子。王建《送迁客》："天涯莫道无回日，上岭还逢向北人。"

②蒲：多年生草本，生池沼中，高五六尺，叶可作席扇，又称香蒲。杉：常绿乔木，树干高而直，叶子细小针状，果实球形。艇：小舟。《释名·释船》："二百斛以下曰艇，艇，挺也，其形径挺，一人二人所乘行者也。"

③䴔䴖(jīaojīng)：水鸟，大如凫，高脚长喙，头有红毛之冠，身披文彩，俗称䴔鸡。

④寒沙：秋天江河的沙。庾信《上益州上柱国赵王诗》："寒沙两岸白，猎火一灯红。"

【赏析】

南方人唱起豆蔻民歌，会惹起北方游子的乡愁；秋雨飘过香蒲，劲风吹过杉林，小艇仍在风雨中行驶；江上起浪了，䴔䴖安眠不得，秋日寒天的沙尘细细都汇入了江流之中。词作通过意象的组合，似乎在慨叹：文化背景不同，但愁情是共同的；遇上恶劣环境，更会增添愁情，正像细沙微尘归于江流一样，这是共同的规律。

◉**集评**

黄叔灿《唐诗笺注》："风雨扁舟，浪惊沙鸟，煞是有情，景色亦妙。"

陈廷焯《词则·别调集》："唐人《浪淘沙》，本是可歌绝句，措语亦紧切调名。自后主'帘外雨潺潺'二阕后，竞相沿袭古调，不复弹矣。"

李冰若《栩庄漫记》："此首亦有受谗畏讥之意，寄托遥深，庶几风人之旨。"

杨柳枝

春入行宫映翠微①，玄宗侍女舞烟丝②。如今柳向空城绿，玉笛何人更把吹③？

【注释】

①行宫：皇帝出行所宿的处所。白居易《长恨歌》："行宫见月伤心色，夜雨闻铃断肠声。" 翠微：淡青山色，指山。李白《下终南山过斛斯山人宿置酒》："却顾所来径，苍苍横翠微。"杜牧《九日齐安登高》："江涵秋影雁初飞，与客提壶上翠微"。

②玄宗侍女：唐玄宗命宫中女子数百人，为梨园弟子。 舞烟丝：舞姿如烟柳柔条。

③更把：再把。梨园歌舞时，唐玄宗亲把玉笛，吹《杨柳枝》调和。张佑《杨柳枝》："莫折宫前杨柳枝，玄宗曾向笛中吹。"

【赏析】

是词吊古。春到行宫，一派葱翠辉映青山；唐玄宗的梨园弟子，个个的袅娜舞腰如烟柳柔条。现在杨柳逢春又绿，但只是对着空城一座。结句更是大胆，笔锋直指唐明皇。当年他把笛吹奏的《杨柳枝》调，应该又是何人来吹呢？讽喻的意味颇深。

杨柳枝

烂熳春归水国时①，吴王宫殿柳丝垂②。黄莺长叫空闺畔，西子无因更得知③。

【注释】

①烂熳：万紫千红景象。 水国：水乡，水网湖泊地区，此指吴越一带江南水乡。宋之问《秋莲赋》："有芳意兮何成，长无艳兮水国。"

②吴王宫殿：此指吴王夫差修筑的宫殿。杜牧《悲吴王城》："吴王宫殿柳含翠。"

③西子：西施。春秋时越国美女。据《吴越春秋》载，西施是苎萝山卖薪者之女，越王勾践为吴国所败，退守会稽，知吴王夫差好色，欲献美女以乱其政，得西施与郑旦二人。于是饰以罗縠，教以容步，习于土城，临于都巷，三年学服，乃令范蠡献之。吴王大悦，果迷惑忘政，后被越所灭。《越绝书》："吴亡后，西施复归范蠡，同泛五湖而去。" 无因：无缘，没有缘由。沈约《少年新婚为之咏》："无因达往意，欲寄双飞凫。"许棠《过中条山》："孤竹人藏处，无因认本峰。"

【赏析】

是词吊古，深切同情西施。春天回到江南水乡，满目烂漫，吴王宫殿的杨柳碧绿垂条。前二句以明丽的笔调写春色重现，饱含怀念情感。后二句从眼前景展开联想，黄莺在空闺楼阁的四周悠扬地啼叫，但很是可惜，西施已无法再能听闻了。词人的感触全在结句。

摘得新

酌一卮①，须教玉笛吹②。锦筵红蜡烛③，莫来迟。繁红一夜经风雨④，是空枝⑤。

摘得新

摘得新⑥，枝枝叶叶春。管弦兼美酒⑦，最关人⑧。平生都得几十度，展香茵⑨。

【注释】

①卮(zhī):古代饮酒器皿。梁元帝《长歌行》:"当垆擅旨酒,一卮堪十千。"

②玉笛吹:指代声乐,古人娱宾,常声乐侑酒。

③锦筵:丰盛的酒宴。

④繁红:各种鲜花烂熳盛开。

⑤是空枝:比喻花落尽。王建《山中惜花》:"宿叶守空枝。"

⑥摘得新:比拟摘得鲜花、好花。

⑦管弦:指音乐,李白《雉朝飞操》:"雉子班奏急管弦,心倾美酒尽玉碗。"白居易《西湖留别》:"征途行色惨风烟,祖帐离声咽管弦。"

⑧最关人:最牵动人情。

⑨香茵:香褥。段成式《酉阳杂记》:"有从者具香茵,列坐庭中。"

【赏析】

是调两词,均就题而咏,抒发好景不常,好花不长,莫待空折枝的情感。

"酌一卮"章,起首四句,以声乐佐酒,以佳肴度宵,"莫来迟",亦即行乐要及时。结束二句,繁花易凋,经不住一夜风雨,可就成为空枝。

"摘得新"章,以鲜花、好花、管弦、美酒比喻美好事物,这是最能牵动人情的。人生一世几十年,赶快铺展香褥,邀朋举觞,在管弦声浪中痛饮一番。

◉集评

汤显祖《玉茗堂评花间集》:"'自是寻春去较迟',情痴之感,亦负心之痛也。《摘得新》者,自不落风雨之后。""敲醒世人蕉梦,急当着眼。"

卓人月汇选、徐士俊参评《古今词统》:"'繁红一夜经风雨,是空枝',比杜秋娘'莫待无花空折枝'更有含蓄。"

周珽《删补唐诗选脉笺释会通评林》:"见得破,说得到,熟读古乐府来。"

陈廷焯《词则·别调集》:"及时勿失,感慨系之。"

况周颐《餐樱庑词话》:"词以含蓄为佳,并有不妨说尽者。皇甫子奇《摘得新》云'繁红一夜经风雨,是空枝',语淡而沉痛欲绝。"

李冰若《栩庄漫记》:"语浅意深而不病其直者,格高故也。""'未知平生当着几两屐',昔诵此语,辄为怊怅。子奇《摘得新》,盖窃限此意也。然其源皆出于《唐风·蟋蟀》之什。"

梦江南

兰烬落[①],屏上暗红蕉[②]。闲梦江南梅熟日[③],夜船吹笛雨萧萧,人语驿边桥[④]。

【注释】

①兰烬落:兰膏灯燃料已尽。或指烛之余烬(jìn)状若兰心。

②"屏上"句:暗得连屏上所画也分辨不清。

③闲梦:悠然入梦境。 梅熟日:初夏梅熟季节,俗称"黄梅天"。

④"夜船"两句:由眼前景,忆入欢悦的旧梦。

【赏析】

是词抒发留恋江南的感情。起笔,渲染昏暗夜景,釭里的兰膏烧光了,画屏上的红蕉因昏暗而辨认不清。人儿悠闲入梦:江南初夏,黄梅熟,夜船鸣笛趁着微风细雨缓缓而去;驿道路边的桥上隐约传来人语声。词人将风声、雨声、笛声、行船声、窃窃私语声融为一体,意境独特,留恋江南的情感,真挚自然地流露出来。

◉**集评**

汤显祖《玉茗堂评花间集》:"好景多在闲时,风雨潇潇何害。"

卓人月汇选、徐士俊参评《古今词统》:"末二句是中唐警句。"

陈廷焯《云韶集》:"梦境、画境,词虽盛于宋,实唐人开其先路也。"

俞平伯《唐宋词选释》:"用'惆怅事'一语点明梦境,又可包括其他情事,明了而又含蓄。"

唐圭璋《唐宋词简释》:"此首写梦境,情味深长……然今日空梦当年之乐事,则今日之凄苦,自在言外矣。"

梦江南

楼上寝,残月下帘旌①。梦见秣陵惆怅事②,桃花柳絮满江城,双髻坐吹笙③。

【注释】

①"楼上"两句:言天将破晓,人上高楼,残月相照,下帘就寝。 旌(jīng):旗子,特指用羽毛装饰的旗子。此指帘布。

②秣(mò)陵:古金陵别名。故址在今江苏省南京市。

③"桃花"两句:细述"惆怅事",大好春光幽会髫龄。 双髻:少女发型。此指少女。

【赏析】

是词以梦境追忆江南往事。拂晓时分,主人公才上高楼,残月相照,放下帘旌就寝入梦。梦见当年在金陵的惆怅事,桃花怒放,柳絮纷飞,春满江城,与那姑娘对坐,听其吹笙。美景欢幽,令人难以忘怀。

◉**集评**

陈廷焯《白雨斋词话》:"皇甫子奇《梦江南》、《竹枝》诸篇,合者可寄飞卿庑下,亦不能为之亚也。"《云韶集》:"凄艳似飞卿,爽快似香山。"《词则·大雅集》:"梦境,画境,婉转凄清,亦飞卿之流亚也。"

俞陛云《五代两宋词选释》:"调倚《忆江南》。两词皆其本体。江头暮雨,画船闻桃叶清歌;楼上清寒,笙管擪刘妃玉指。语语带六朝烟水气也。"

王国维《檀栾子词》后记:"黄叔旸称其《摘得新》二首有达观之见。余谓不若《忆江南》二阕,情味深长。在乐天、梦得上也。"

唐圭璋《唐宋词简释》:"两首《梦江南》,纯以赋体铺叙,一往俊爽。"

采莲子

菡萏香莲十顷陂①举棹②,小姑贪戏采莲迟③年少。晚来弄水船头湿④举棹,更脱红裙裹鸭儿年少。

【注释】

①菡萏:《诗·陈风·泽陂》“彼泽之陂,有蒲菡萏。”毛传:“菡萏,荷华也。” 陂(bēi):池塘。《说文解字》“陂”字下段玉裁注曰:“陂得训池者,陂言其外之障,池言其中所蓄之水,故曰‘叔度汪汪,若千顷陂’。”皮日休《陈先辈故居》:“千株橘树唯沽酒,十顷莲塘不买鱼。”

②举棹:唱词时众人相和之声。下文“年少”同此。

③小姑:未嫁的少女。

④弄:玩。 弄水:玩水。

【赏析】

是词塑造了采莲女活泼可爱的形象。首两句写“贪戏”,满陂十顷荷花飘香,美丽场景,令采莲女只顾嬉戏而忘记采莲,词中无具体描写嬉戏行为,着一个“迟”字,足矣。第三句具体描写,天色晚了,其仍在玩水,竟将船头弄湿了;这还不算,还脱下红裙裹着鸭儿。形象活泼,可爱动人。

◉集评

钟惺《唐诗归》:“写出憨情便奇。”

刘永济《唐五代两宋词简析》:“采莲女子之生活片段,非常生动,读之如见电影镜头,将当日采莲情景摄入,有非画笔所能描绘者。盖唐时礼教为如宋以后之严,妇女尚较自由活泼也。”

李冰若《栩庄漫记》:“‘更脱红裙裹鸭儿’,写儿女憨态可掬。”

采莲子

船动湖光滟滟秋①举棹,贪看年少信船流②年少。无端隔水抛莲子③举棹,遥被人知半日羞年少。

【注释】

①滟滟:形容水波动荡。张若虚《春江花月夜》:“滟滟随波千万里。”

②任:听任自由。 信船流:听任船随水而流。

③无端:无故、无由。

【赏析】

是词刻画采莲女大胆而娇羞的神态。首句写一群采莲女划船秋湖,船儿划动,荡起滟滟波光;接着,一个特写,她们停止划船,聚精会神地看着少年,听任那船儿随水而流。一个“贪”字,将采莲女爱慕少年的心态直接表露。第三句承上而来,描写采莲女的细节动作,隔着水面向少年抛掷莲子,行动是感情的具象流露,以此行动表白爱慕之情。末句写采莲女心理活动,害怕此举被人知晓,羞涩了大半天。

◉集评

汤显祖《玉茗堂评花间集》:“人情中语,体贴工致,不减觌面见之。”

陈廷焯《词则·别调集》:“诸篇情余言外,得古乐府神理。诸词纯用比兴体,意味最深。”

况周颐《餐樱庑词话》:“写出闺娃稚憨情态,匪夷所思,是何笔妙乃尔!”

※ ※ ※ ※ ※ ※ ※ ※

竹枝

槟榔花发[1]竹枝鹧鸪啼[2]女儿，雄飞烟嶂[3]竹枝雌亦飞女儿。

竹枝

木棉花尽[4]竹枝荔枝垂女儿，千花万花竹枝待郎归女儿。

竹枝

芙蓉并蒂竹枝一心连女儿，花满格子竹枝眼应穿女儿。

竹枝

筵中蜡烛竹枝泪珠红女儿，合欢桃核[5]竹枝两人同女儿。

竹枝

斜江风起竹枝动横波女儿，劈开莲子竹枝苦心多女儿。

竹枝

山头桃花竹枝谷底杏女儿，两花窈窕竹枝遥相映女儿。

【注释】

①槟榔：木名。果椭圆，橙红色，可入药。左思《吴都都赋》："槟榔无柯，椰叶无阴。"

②鹧鸪：《本草纲目·禽部》："鹧鸪性畏霜露，夜栖以木叶蔽身，多对啼，今俗谓其鸣曰'行不得也哥哥'。"形似鸠，紫红头顶，灰背，红嘴，黄腹，红脚。

③烟障：烟景画轴。障，通"幛"，画轴，杜甫《题李尊师松树障子歌》："手提新画青松障。"

④木棉：落叶乔木，亦作"木绵"。亦称攀枝花、英雄树。花先于叶，大而红。

⑤合欢：植物名，古代以合欢赠人，以消怨合好。

【赏析】

此六首词乃一组南方情歌。

"槟榔花发"章，以槟榔花开、鹧鸪啼鸣比兴男女相爱，不管男的飞到那，女的都相随而去。

"木棉花尽"章，写女子待郎归。南方初夏，红棉花落尽，荔枝果熟，女子思念情郎，表白心声：不管千花万花都开尽了，都着情郎归来，可见其心之坚。

"芙蓉并蒂"章，则从并蒂芙蓉心连心，而联想两人的情爱，盼望心上人早归，就像看着满眼的花格子，把眼都望穿了。

"筵中蜡烛"章，女子见筵中蜡烛而心伤，希望情人赠以合欢排除愁怨。

"斜江风起"章，女子见江风掀横波，表白自己爱慕情人的一片苦心。

"山头桃花"章，女子害怕情变，以桃、杏两样窈窕之花作比喻，要情人作出选择。

抛球乐

红拨一声飘①，轻裘坠越绡②，坠越绡。带翻金孔雀③，香满绣蜂腰④。少少抛分数⑤，花枝正索饶⑥。

【注释】

①红拨：红色的拨弦之具。

②轻裘：轻盈而柔软的皮衣。《论语·雍也》："子曰：'赤之适齐也，乘肥马，衣轻裘。" 越绡：越地所产的绡。此绡手帕。

③"带翻"句：罗带上的金色孔雀在翻飞。

④"香满"句：裹着蜂腰的绣衣散发出阵阵熏衣香气。

⑤"少少"句：犹言刚刚抛出酒令。 分数：原指规则，此指酒令。

⑥花枝：比喻美女。 索饶：求饶。 索：寻求。 饶：让，饶恕。《西溪丛语》："尝有一道人，善棋，凡对局，辄饶人一先。"

【赏析】

"《抛球乐》，酒筵中抛球为令，其所唱之词也。"是词就题，描写酒筵情景。首先写演奏，以乐助兴。女弦乐手轻轻一拨红色的拨子，美妙的乐声便随之飘扬而起。贵重的轻裘衣袖上系着越地生产的绡手帕，垂坠的手帕动进来，只见金色的绣孔雀在翻飞，阵阵的熏衣香气，从那裹着绣花衣的蜂腰飘散而出。结尾两句正面写抛令，酒令刚刚抛出，艳丽如花枝的美女就赶快求饶。

抛球乐

金蹙花球小①，珍珠绣带垂，绣带垂。几回冲凤烛，千度入香怀。上客终须醉②，觥盂且乱排③。

【注释】

①金蹙(cù)：似为"蹙金"，又名"拈金"。用拈紧的金线刺绣，使所绣纹饰的纹路绉缩，富于凹凸感。 球：酒筵上所抛的球。

②上客：尊贵的客人。 终须：毕竟，终究。

③"觥盂"句：盛酒和盛汤的器皿错乱排列摆放。 觥：盛酒器皿。 盂：盛汤器皿。

【赏析】

是词写酒筵抛球。抛球华美，"金蹙"、"珍珠彩带"。抛起来，多少回冲到了凤烛，而更多的是抛入了美女的怀中。末两句，上客们终须醉了，将喝酒的与喝汤的器皿都弄错了。

怨回纥

白首南朝女①，愁听异域歌②。收兵颉利国③，饮马胡卢河④。 毳布腥膻久⑤，穹庐岁月多⑥。雕窠城上宿⑦，吹笛泪滂沱⑧。

【注释】

①白首：人老白发。江洪《胡笳曲》："红颜征戍儿，白首边城将。" 南朝：我国历史上

南北朝时期，先后在江南建立政权的宋、齐、梁、陈四个朝代，史称南朝。后亦以南朝泛指江南。

②异域：异国。

③颉(jiè)利国：指东突厥。颉利，名咄苾，东突厥可汗，在位时屡扰唐，太宗贞观四年(630)被唐将俘虏。

④胡卢河：即蔚茹川，在今宁夏固原县境内。

⑤毳(cuì)布：以羊毛织制的衣服。

⑥穹庐：毡帐。《史记·匈奴列传》："匈奴父子乃同穹庐而卧。"

⑦雕窠：大雕栖息之所，此指如大雕窠穴般大小的房子。"窠"引申为矮小的住房。

⑧滂沱：大雨。也指流泪或流血之多。《诗·陈风·泽陂》："寤寐无为，涕泗滂沱。"

【赏析】

是词写边塞。以江南征人为主人公，首两句，是征人怀想妻子在家白了头，害怕听异国歌曲。点明出征之久，怨恨之深。"收兵"、"饮马"两句，点明守边的地点。后阕正面描写征人生活，"腥膻"，边塞之特有的气味，"久"、"多"，流露厌战情绪。结句，与开头呼应，抒发思乡之情。

怨回纥

祖席驻征桡①，开帆候信潮②。隔筵桃叶泣③，吹管杏花飘④。 船去鸥飞阁，人归尘上桥。别离惆怅泪，江路湿红蕉⑤。

【注释】

①祖席：送别的宴席。 驻：停泊。 征桡：远行的船只。

②信期：潮汐。

③桃叶：晋王子敬之妾名桃叶。"《桃叶歌》，晋王子敬之所作也。桃叶，子敬妾名，缘于笃爱，所以歌之。"(《乐府诗集·桃叶歌三首》解题引《古今乐录》)后以"桃叶"代指所爱女子。

④吹管：吹奏管乐。 杏花：指曲调《杏花天》。

⑤红蕉：美人蕉，又称甘蕉。《本草纲目·草四·甘蕉》集解，引苏颂曰："渐大则花出瓣中，极繁盛。红者如火炬，谓之红蕉。"

【赏析】

是词写饯别筵席。前阕写祖席，停泊的征船上开设饯别筵席，等潮汐到来就起航。所爱的女子隔着筵席哭泣，管乐吹奏起《杏花天》曲调。后阕写临行的依依惜别。别离的惆怅泪，就像江边上美人蕉上沾着的露水。比喻贴切，寄寓无限的感伤。

韦庄《浣花词》

【小传】

韦庄(836–910),字端己。京兆杜陵(今陕西西安)人。唐宰相见素之孙,乾宁元年进士,官左辅阙。昭宗命同西川节度使王建入蜀,留掌书记,寻召为起居舍人,建表留之。后为蜀主王建散骑常侍,判中书门下事;王建称帝,韦庄为相,累官吏部尚书,卒谥文靖。韦庄年青时屡试不第,至五十九岁才中进士。其前半生可谓浪迹江南,于干戈骚屑之中渡过。

韦庄与温庭筠之词作总体风格一致,其所异者,乃属个性特色也。韦庄善以清新明白之语言,婉娈细腻之文笔,以真实诚挚之情感,抒发离愁别绪,艺术形象格外感人。将花间派门庭昌大,开清丽隽逸、温馥可喜之词风,启迪当时蜀中词人,促进花间派词创作隆盛,与温并称"温韦",属花间派成就最高者。

《花间集》称韦相,收其词48首;近人王国维辑《浣花词》一卷,辑录词54首。

◉集评

张炎《词源》:"词之难于令曲,如诗之难于绝句。不过十数句,一句一字闲不得。末句最当留意,有有余之尽之意始佳。当以唐《花间集》中韦庄、温飞卿为则。"

况周颐《历代词人考略》:"韦文靖词,与温方城齐名,熏香掬艳,眩目醉心。尤能运密入疏,寓浓于淡,《花间》群贤,殆鲜其匹。"

吴衡照《莲子居词话》:"韦相清空善转,殆与温尉异曲同工。"

陈廷焯《白雨斋词话》:"韦端己词似直而纡,似达而郁,最为词中胜境。"《云韶集》:"端己词凄艳入骨髓,飞卿之流亚也。"《词则·大雅集》:"词至端己,语渐疏,情意却深厚,虽不及飞卿之沉郁,亦古今绝构也。"

周济《介存斋论词杂著》:"端己词清艳绝伦。初日芙蓉春月柳,使人想见风度。"

王国维《人间词话》:"'弦上黄莺语',端己语也。其词品亦似之。""韦端己词骨秀也。"《浣花词跋》:"端己词情深语秀,虽规模不及后主正中,要在飞卿之上。观昔人颜谢优劣论可知矣。"

浣溪沙

清晓妆成寒食天①,柳球斜袅间花钿②。卷帘直出画堂前。　指点牡丹初绽朵③,日高犹自凭朱栏④。含颦不语恨春残⑤。

【注释】

①清晓:天刚刚亮。孟浩然《登鹿门山》:"清晓因兴来。"　寒食:节令名。在农历清明前一日或二日。《荆楚岁时记》:"去冬节一百五日,即有疾风甚雨,谓之寒食,禁火三日,造饧大麦粥。"

②柳球:弯曲柳枝成球形。清明日妇女有带柳风俗。童谣:"清明不带柳,必死黄巢手。"相传有妇德于巢,巢后起兵,暗示妇人带柳。《荆楚岁时记》:"江淮间寒食日。家家折柳插门。"　花钿:女子头上饰物。王睐《咏舞诗》:"从风回绮袖,映日转花钿。"

③指点:指明,点示。杜甫《少年行》:"指点银瓶索酒尝"。王建《田侍郎归镇》:"旧交省得当时别,指点如今却少年。"　绽:裂开,指开放。

④朱栏:红色栏干。于德晦《歙郡有黄山楼……》:"闲倚朱栏频北望"。

⑤颦(pín):含着愁意,皱眉忧愁之貌。温庭筠《湘宫人歌》:"娟娟照棋烛,不语两含颦。"

【赏析】

是词写少妇怀春。前阕写少妇清晨妆成直出画堂。寒食节到了，她一大早就起来梳妆，斜簪上的柳球被花钿间开，在袅袅颤动。她急急地卷起帘幕，径直来到画堂前边。“卷帘直出”，写出心情之急，动作之快。过片句，逐一指点着刚刚绽放的牡丹花朵。“指点”二字，传神，表现了赏花的兴致很高、心情很好。太阳升起来了，一个人还在倚凭着红色栏干观赏。结句，笔峰逆转。皱着眉一声不哼，心里抱怨春天这么快就过尽了。词作通过“妆成”、“斜袅间”、“卷帘”、“直出”、“指点”、“凭栏”、“含颦”、“不语”、“恨”等动作和心理活动，表现主人公对春天的热爱与珍惜。“卷帘”、“直出”，写心切；“指点”，写喜爱；“凭栏”、“不语”，写情深，“含颦”、“恨”，写惜春。

浣溪沙

欲上秋千四体慵①，拟教人送又心忪②。画堂帘幕月明风。　此夜有情谁不极③？隔墙梨雪又玲珑④。玉容憔悴惹微红⑤。

【注释】

①“欲上”句：惆怅闺人感乏力，连秋千亦荡之无力。秋千：一种游戏器具，以彩绳系索悬于架上，女子坐板用手推送于空处，来回荡摇。据《古今艺术图》载，秋千本山戎之戏，齐桓公北伐，始传中国。楚俗称“施钩”，苏轼《春夜》“歌管楼台声细细，秋千院落夜沉沉”。慵：倦怠。

②心忪（zhōng）：惊惧，惶恐。此指怕被人取笑自己春困无力。

③不极：不尽。下阕写闺人联想，好天良夜，有情人自然极尽其情。

④“隔墙”句，看似写景，实为比喻，闺人抬头见此，心中更是憔悴。

⑤憔悴：言人面瘦弱，精神不振。沈约《团扇歌二首》之二：“憔悴无复理，羞与郎相见。”惹微红：前辈曾解为因感伤憔悴而面潮泛红。窃以为：闺人在良夜不偶而憔悴之玉容，见“隔墙”之状，不免为之激动而面容微起淡淡红晕也。一“惹”字可见端倪。

【赏析】

是词写春思。前阕开头两句，写女主人公傍晚伫立庭院，想荡秋千，但觉四肢无力，体乏倦怠；打算让人推送，将千秋荡高，但又害怕别人发现自己“四体慵”的秘密。“慵”字，形象表达春困与烦恼；“忪”字，形象表达少妇既想排解“慵”而又怕泄露内心秘密的矛盾心理。歇拍，她回到画堂，呆呆地站立在帘幕前面对着明月清风。过片，“此夜”顶承“月明风”，女主人公情不自禁地感叹，如此良辰美景，有情人谁不在尽情地享受呢？言外之意，唯独她不能。接着她看到，隔墙的雪白梨花又开得玲珑灿烂了。词作忽然写梨花，好像与上句脱节，其实词意是相连不断的。邻家的梨花盛开，分明是暗喻他们在行“不极”之事。此时，原本显得憔悴的脸庞，泛起了淡淡的红晕。含蓄地表现出主人公在明月清风之夜，看到隔墙梨雪而惹起的春思。

集评

汤显祖《玉茗堂评花间集》：“‘忪’字亦凑韵。”

浣溪沙

惆怅梦余山月斜，孤灯照壁背窗纱①，小楼高阁谢娘家。　暗想玉容何所似？一枝春雪冻梅花，满身香雾簇朝霞②。

【注释】

①背窗纱：人面壁望灯，背向纱窗。

②“一枝”两句：新妆初成，好像傲雪而绽放的梅花，在朝霞辉映下，益增容光。周弘正《看新婚诗》：“带啼疑暮雨，含笑似朝霞。”

【赏析】

是词以男子作为抒情主体，写相思。前阕，起笔写男子从梦境醒来，心里不禁惆怅起来，只见山上明月斜照，背向纱窗的一盏孤灯照亮四壁。“孤灯”者，亦是比喻孤独的男子。歇拍，他此时想起居住在小楼高阁的情人，点出相思。过片，暗自想象她的容貌什么最像呢？“暗”字，表述他在极力回忆。她就是一枝凝满春雪的腊梅花，满身笼罩着香雾、簇拥着朝霞。“簇朝霞”，虚实结合，“虚”者，衬托女子形象之美，“实”者，表明男子由“月斜”至天亮一直都在“暗想”，表示时间之持久，相思之深切。如此鲜丽高洁的女子形象，孤独只身的男子在梦余，能不达旦相思？能不惆怅吗？

◉集评

汤显祖《玉茗堂评花间集》：“以‘暗想’句问起，越见下二句形容快绝。”

沈际飞《草堂诗余别集》：“为花锡宠。”“美人洵花真身，花洵美人小影。”

李冰若《栩庄漫记》：“‘一枝春雪冻梅花’，皆善于拟人，妙于形容，视滴粉搓脂为美者，何啻仙凡。”

浣溪沙

绿树藏莺莺正啼①，柳丝斜拂白铜堤②，弄珠江上草萋萋③。　日暮饮归何处客？绣鞍骢马一声嘶④，满身兰麝醉如泥⑤。

【注释】

①绿树：春天树木发牙长叶而泛绿色。王维《闺人赠远》：“啼莺绿树深。”

②白铜堤：地名。也指曲名。《乐府·解题》：“乡邑二十四曲，有曰白铜堤，亦曰襄阳白铜堤”，李白《襄阳曲》：“襄阳行乐处，歌舞白铜堤。”李白《襄阳歌》：“襄阳小儿齐拍手，拦街争唱白铜堤”。

③弄珠：《韩诗外传》：“郑交甫将南适楚，遵彼汉皋台下，遇二女，佩两珠，交甫目而挑之，二女解佩赠之。”张子容《春江花月夜二首》之二：“初逢花上月，言是弄珠时。”

④骢马：青白杂色的马匹。《玉台新咏·焦仲卿妻》：“踯躅青骢马，流苏金镂鞍。”

⑤兰麝：兰草和麝香两种香料。此指香气。白居易《太行路——借夫妇以讽君臣之不终也》：“为君熏衣裳，君闻兰麝不馨香。”　李白《赠内》：“三百六十日，日日醉如泥。”

【赏析】

前阕写春景烂漫，暗寓游乐正是好时节。绿树丛中藏掩着黄莺，它们一个劲地欢唱；青绿杨柳枝条下垂，拂抚着白铜堤；弄珠江上，芳草萋萋。如此美景，当然令游人陶醉。过片，黄昏日斜，有个不知来自何处的客人饮酒归来，绣鞍骢马一声长嘶飞驰而去，马儿快跑带起的风儿，送过来他满身的兰麝香气，他已经烂醉如泥了。那个“何处客”身上的兰麝芬香，应该来自他刚才告别的饮乐处所，再从前阕描写的春景以及点到的“白铜堤”、“弄珠江”,可以窥见词作写的是游冶题材。

◉集评

汤显祖《玉茗堂评花间集》:“‘满身兰麝醉如泥’句,痛饮真吾师。”

浣溪沙

夜夜相思更漏残[1],伤心明月凭栏干。想君思我锦衾寒[2]。　咫尺画堂深似海[3],忆来唯把旧书看[4],几时携手入长安[5]?

【注释】

①更漏残:夜已将尽。朱庆馀《与贾岛、顾非熊、无可上人宿万年姚少府宅》:“堂虚雪气入,灯在漏声残。”

②“伤心”两句:相思由我及君,我每夜思念至五更、月明时凭栏,而君或许担心我的“锦衾”是否够厚。

③咫:古代称八寸为咫,折合今六寸二分二厘。张祜《题王右丞山水障二首》之一:“精华在笔端,咫尺匠心难。”咫尺指距离很近。但却似远在天涯,不得相见。

④旧书:以往的来信。

⑤“几时”句:期盼能双双返回长安,共度旧日欢愉。《古诗十九首·明月皎夜光》:“不念携手好,弃我如遗迹。”李白《赠崔侍御》:“长安复携手。”

【赏析】

是词写相思。前阕开头直奔主题——相思,“夜夜”,形容频繁;“更漏残”,每次都是彻夜达旦。特别是伤心之时、月圆之夜,禁不住起身凭栏,思绪起伏。想起来,你也一样在惦挂着我,五更拂晓时候能耐得住独睡锦被的凉寒吗。后阕,写相思及期望。本来只是相隔咫尺之距的画堂,却像大海那样将人分隔,不得相见,情愫难通。相思苦时,只有去看哪旧日来往的书信,聊以安慰。什么时候才能携手回到长安?你我共同的期盼,何时才能实现?结尾句,问得情深意切。

◉集评

汤显祖《玉茗堂评花间集》:“‘想君’、‘忆来’二句,皆意中意,言外言也。水中着盐,甘苦自知。”

沈际飞《草堂诗余别集》:“替他思,妙。”

陈廷焯《云韶集》:“对面着笔妙甚。好声情。”《词则·大雅集》:“从对面设想,便深厚。”

李冰若《栩庄漫记》:“‘想君思我锦衾寒’句,由己推人,代人念己,语弥淡而情弥深矣。”

郑文焯《花间集评注》:“善为淡语,气古使然。”

菩萨蛮

红楼别夜堪惆怅[1],香灯半卷流苏帐[2]。残月出门时[3],美人和泪辞[4]。　琵琶金翠羽[5],弦上黄莺语[6]。劝我早归家,绿窗人似花[7]。

【注释】

①红楼：指富家楼阁。白居易《秦中吟》："红楼富家女。"

②流苏：本指女人发式，伊世贞《娜嬛记》："轻云鬓发甚长，每梳头立于榻上，犹拂地。已绾髻，左右余发，各粗一指，结束作同心带，垂于两肩，以珠翠饰之，谓之流苏。"此指帐之穗。 流苏帐：妆饰着彩须花缕之帐子，王维《扶南曲歌词五首》之一："翠羽流苏帐。"

③残月：破晓时分的月亮。

④"美人"句：黎明送别，洒泪泣别告辞。曹邺《姑苏台》："美人和泪去。"白居易《晓别》："请君断肠歌，送我和泪酒。"

⑤"琵琶"句：写美人用首饰拨弄琵琶，为君奏一曲赠别离。 琵琶：《释名·释器》："琵琶本胡中马上所鼓，推手前曰琵，引手却曰琶，因以为名。" 金翠羽：嵌金点翠的首饰。

⑥"弦上"句：形容琵琶弹奏声如黄莺语。李复《乐章五曲》："神在琵琶弦上语。"

⑦"劝我"两句：美人赠语，不可久居，返家去，自有佳人如花者相伴。

【赏析】

是词写惜别。前阕回忆和泪辞别。红楼那回的深夜别离，很是叫人惆怅。香灯明亮，照着半卷的流苏帐幔。歇拍，残月挂在半空，美人双眼含着泪水告辞。过片，写相会，美人摘下翠羽首饰作拨子，弹奏琵琶，弦上奏出的曲调好像黄莺婉语泣诉，声情俱悲。结拍，写话别，劝我早点归家，绿窗里美丽如花的人儿等待着你。劝我早归的情节，点明这是非婚恋情。

◉集评

汤显祖《玉茗堂评花间集》："词本《菩萨蛮》，而语近《江南弄》、《梦江南》，亦作者之变风也。"

周珽《删补唐诗选脉笺释会能评林》："《菩萨蛮》一词，倡自青莲。嗣后温飞卿辈，辄多佳句。然高艳涵养有情，觉端己此首在饶奇想。"

许昂霄《词综偶评》："语意自然，无刻画之痕。"

谭献《谭评词辨》："亦填词中《古诗十九首》，即以读十九首心眼读之。"

陈廷焯《云韶集》："情词凄绝，柳耆卿之祖。婉约。"《词则·大雅集》："深情苦调，意婉词直，屈子《九章》之遗。词至端己，语渐疏快，情意却深厚，虽不及飞卿之沉郁，亦古今绝构也。"

李冰若《栩庄漫记》："此词盖留蜀后寄意之作。一章言奉使之志，本欲速回。"

王国维《人间词话》："'弦上黄莺语'，端己语也，其品亦似之。"

唐圭璋《唐宋词简释》："前事历历，思之惨痛，而欲归之心，亦愈迫切。"

菩萨蛮

人人尽说江南好，游人只合江南老[①]。春水碧于天，画船听雨眠。 垆边人似月[②]，皓腕凝双雪[③]。未老莫还乡，还乡须断肠。

【注释】

①只合：只应，只当。

②"垆边"句：暗用汉代卓文君当垆卖酒事，写女子美丽多情。《史记·司马相如列传》："而令文君当炉。"卓文君，西汉临邛人，卓王孙之女，有文学修养，司马相如饮于卓氏家，文君新寡，相如以琴挑之，文君夜奔相如。相如尽卖己车骑，开设酒店，文君当垆沽酒，相

如则做杂务。 垆:酒店安放酒坛的土台子。 垆边人:代指美女。

③皓腕:雪白的双腕。白居易《盐商妇——恶幸人也》:“绿鬟富去金钗多,皓腕肥来银钏窄。”

【赏析】

是词写行旅。被认定为词人避乱江南时,写初到江南的心情。开头两句,以议论入题,人人都说江南美好,但在我看来,游人只应在江南长住到老;“尽说”、“只合”二字词,既含赞美,亦寓凄怆,感慨颇为复杂。但从下二句看,还是前者居多:一江春水,比蓝天还要碧绿;华丽彩船穿梭漫游江河,沥沥雨声催人入睡,景色太美了,令人流连忘返。过片,写江南女子,垆边卖酒少女多像卓文君,人儿似明月,白白的双腕好像凝结着霜雪一般。结尾两句,抒发议论,人未到老不要还乡,还乡会使你更肠断。真是有家归不得,太无奈,太凄凉了。

◉集评

曾季狸《艇斋诗话》:“元献‘春水碧于天’,盖全用唐韦庄词中五字。”

汤显祖《玉茗堂评花间集》:“江南好,只如此耶?”

谭献《谭评词辨》:“强颜作愉快语,怕断肠,肠亦断矣。”

陈廷焯《云韶集》:“一幅春江画图,意中是思乡,笔下却说江南风景好,真是泪溢中肠,无人省得。结言风尘辛苦,不到暮年,不得回乡,预知他日还乡必断肠也,与第二语口气合。”《词则·大雅集》:“讳蜀为江南,是其良心不殁处。端己人品未为高,然其情亦可哀矣。”

李冰若《栩庄漫记》:“此章述蜀人劝留之辞,即下章云‘满楼红袖招’也。江南即指蜀。中原沸乱,故曰‘还乡须断肠’。”

俞平伯《读词偶得》:“此作清丽婉畅,真天生好言语,为人人所共见。”

唐圭璋《唐宋词简释》:“此首写江南之佳丽,但有思归之意……情意宛转,哀伤之至。”

菩萨蛮

如今却忆江南乐①,当时年少春衫薄②。骑马倚斜桥,满楼红袖招③。 翠屏金屈曲④,醉入花丛宿⑤。此度见花枝⑥,白头誓不归⑦。

【注释】

①却忆:回忆。

②年少:此作者自称。

③红袖:指少女,白居易《人定》:“翠屏遮烛影,红袖下帘声。”此指青楼中妓女之类。

④金屈曲:屏风折迭曲折而泛出耀眼金光。

⑤花丛:梁简文帝《和湘东王名士悦倾城》:“美人称绝世,丽色譬花丛。”此指美人聚集处,比喻歌楼。

⑥此度:这次。 花枝:代指美女,或指宠姬。

⑦白头:白头发,多指老年。白居易《重题》:“不能成一事,赢得白头归。”

【赏析】

是词虽写年少游乐情事,但亦含悲苦。如今回忆起在江南的乐事,那时是年少青春,虽然穿着薄薄的春衫，骑着马游历，当下马靠倚斜桥观光时，旁边的满楼红袖都在召唤他。过片，写“年少”穿行于翠屏屈曲间、沉醉于花丛歌舞场。结尾发出感慨，现在如果能遇上“花枝”美人，直到白头也坚决不归故乡了。江南美事，只是留在记忆之中，如今人已老，“花枝”还未见到，家乡也未能归得，心里充满无边的凄楚。

◉**集评**

张惠言《词选》：“上云‘未老莫还乡’，犹冀老而还乡也。其后朱温篡成，中原愈乱，遂决劝进之志。故曰‘如今却忆江南乐’，又曰‘白头誓不归’，则此词之作，其在相蜀时乎？”

谭献《谭评词辨》：“‘如今却忆江南乐’，是半面语。后半阕意不尽而语尽。‘却忆’、‘此度’四字，度人金针。”

陈廷焯《云韶集》：“风流自赏，决绝语，正是凄楚。”《词则·大雅集》：“决绝语，正自凄楚。”

李冰若《栩庄漫记》：“端己此二首自是佳词，其妙处如芙蓉出水，自然秀艳。按韦曾二度至江南，此或在中和时作，与入蜀后无关，张氏《词选》好为附会，其言不足据也。”

俞平伯《读词偶得》：“‘此度’两句，一章之主意。谭献曰：‘意不尽而语尽。’此评极精。把话说得斩钉截铁，似无余味，而意却深长，愈坚决则愈缠绵，愈忍心则愈温厚。”

唐圭璋《唐宋词简释》：“语虽决绝，而意实伤痛。”

菩萨蛮

劝君今夜须沉醉[1]，樽前莫话明朝事[2]。珍重主人心[3]，酒深情亦深。　须愁春漏短[4]，莫诉金杯满。遇酒且呵呵[5]，人生能几何！

【注释】

①沉醉：大醉。

②樽前：酒席前。樽古代盛酒器具。杜牧《赠别二首》之二：“多情却似总无情，唯觉樽前笑不成。”

③珍重：珍重爱惜。　主人：作者自称。

④春漏短：春夜短。

⑤呵呵：笑声。此处指强作欢笑。

【赏析】

是词写劝酒，表达人生如梦、及时行乐的情绪。议论过于直白，缺乏典型形象作支撑，缺乏环境氛围作陪衬，而显得苍白无力。

◉**集评**

汤显祖《玉茗堂评花间集》：“一起一结，直写旷达之思，与郭璞《游仙》、阮籍《咏怀》，将毋同调？”

丁寿田等《唐五代四大名家词》：“‘珍重’二句，以风流蕴藏之笔调，写沉郁潦倒之心情，真绝妙好词也。”

李冰若《栩庄漫记》：“端己身经离乱，富于感伤，此词意实沉痛，谓近阮公《咏怀》，庶几近之，但非旷达语也，其源泉盖出于《唐风·蟋蟀》之什。”

俞平伯《读词偶得》：“此章写得恰好，自己之无聊与他人对己这恩遇，俱曲曲传神。”

菩萨蛮

洛阳城里春光好,洛阳才子他乡老[1]。柳暗魏王堤[2],此时心转迷。　桃花春水绿[3],水上鸳鸯浴。凝恨对残晖[4],忆君君不知。

【注释】

①洛阳才子:本指西汉洛阳人贾谊,此处作者自称。

②魏王堤:在洛阳洛水之滨。为唐代都城名胜。魏王堤多柳。白居易《魏王堤》:"何处未春先有思,柳条无力魏王堤"。

③桃花春水:《礼记·月令》:"促春之月,始雨水,桃始华。盖桃方华时,既有雨水,川谷冰泮,众流猥集,波澜盛长,故谓之桃花水耳。"

④凝恨:恨之不已,犹言积恨。高观国《独影摇红·别浦潮平》:"寥落年华将尽,误玉人、高楼凝恨。"　残辉:夕阳余辉。

【赏析】

是词写行旅,通过回忆来表达,据考,韦庄曾二游洛阳,写下长诗《秦妇吟》,名噪一时,故自比"洛阳才子"。洛阳城的春光无限好,"洛阳才子"我客老他乡。魏王堤上柳色深深,心境茫然迷离,积满了愁绪。碧绿的桃花汛水之上,对对鸳鸯欢快地游来游去。满腹恨怨对着残阳余晖,想念远方的你,但你却不知道。《越人歌》有句,"心悦君兮君不知",说的是心里喜欢你,你却不知道。韦词由此派生,说"相思君兮君不知",用意深了一层。白居易《老热》诗亦吟道:"悠悠君不知,此味深且幽。"或许"洛阳才子"之情"深且幽",真可悲,却无人知晓。"君"者,既是心上人儿,亦可理解为故国家乡。

◉集评

汤显祖《玉茗堂评花间集》:"'洛阳才子他乡老'句云:可怜可怜,使我心恻。"

张惠言《词选》:"此章致思唐之意。"

谭献《谭评词辨》:"'洛阳才子他乡老'至此揭出。项庄舞剑,怨而不怒之义。"

陈廷焯《白雨斋词话》:"端己《菩萨蛮》四章,惓惓故国之思,而意惋词直,一变飞卿面目,然消息正自相通。"《词则·大雅集》:"中有难言之隐。"

李冰若《栩庄漫记》:"此首以词意按之,似是客洛阳时作。与前诸首无可联系处,亦无从推断这入蜀暮年之词也。"

丁寿田等《唐五代四大名家词》:"结尾二语,怨而不怒,无限低徊,可谓语重心长矣。"

唐圭璋《唐宋词简释》:"末句,对景怀人,朴厚沉郁。"

归国遥

春欲暮,满地落花红带雨[1]。惆怅玉笼鹦鹉,单栖无伴侣[2]。　南望去程何许[3]?问花花不语[4]。早晚得同归去[5],恨无双翠羽[6]。

【注释】

①红带雨:红,指代桃花,凋谢的桃花夹杂着雨点。

②无伴侣:美人已去,只身一人。韩愈《把酒诗》:"我来无伴侣。"

③何许:何处。李白《杨叛儿》:"何许最关人?乌啼白门柳。"

④严恽《落花》:“尽日问花花不语,为谁零落为谁开?”

⑤早晚:何时,哪一天。令狐楚《远别离》:“春来消息断,早晚是归时。”

⑥双翠羽:双翅。又解:翠羽指“青鸟”。《艺文类聚》卷九十一引《汉武故事》曰:“七月七日,上于承华殿斋,正中,忽有一青鸟从西方来,集殿前,上问东方朔,朔曰:‘此西王母欲来也。’有顷,王母至,有二青鸟如乌,挟侍王母旁。”兹后,诗文中常以“青鸟”来作为传信之鸟。

【赏析】

是词写孤苦。首二句描写暮春将至的景色,春雨夹带着落花漫天飞舞,满地铺红,此景令人凄凉。在此氛围衬托之下,以玉笼里的鹦鹉,孤独地栖息,没有伴侣,比喻思妇孤苦生活,心情惆怅。过片,以思妇问句接上。向南望去,何处是归程?自己不知,便问花,花儿不回答。“问花”,身边无人可问,只有问花;“花不语”,花不解人意,不作回答,无法沟通,只能自个郁闷。结拍,不管怎样,早晚都得与心爱人一同归去,只是恨自己身无双翅,不能立即就可以飞归。词作以笼中鹦鹉比喻思妇,贴切准确,即便是有“双翠羽”,又如何呢,能冲出笼子高飞,一同归去吗?

◉集评

汤显祖《玉茗堂评花间集》“还不是解语花,不问也得。”

归国遥

金翡翠[①],为我南飞传我意[②]。罨画桥边春水[③],几年花下醉? 别后只知相愧,泪珠难远寄。罗幕绣帷鸳被,旧欢如梦里。

【注释】

①金翡翠:金色翡翠鸟。

②“为我”句:希望翠鸟往南飞去传情达意。李白《望汉阳柳色,寄王宰》:“春风传我意,草木度前知。”

③罨(yǎn)画:杂色的彩画。这里用来形容美丽如画的桥畔。

【赏析】

是词写思远。以想象开头,主人公要令金色翡翠鸟往南飞去,传达心意。歇拍两句,写回忆,曾几何时,两人在如诗似画的桥边春水滨的花丛里,赏春醉酒。后阕写离别的后悔与悲痛交迭。后悔的是,不应与她分别;别后终日以泪洗脸,“泪珠难远寄”,相思之情唯有自知。泪珠能寄吗?用语奇特,情意笃深。结尾,写睹见罗幕绣帷鸳鸯衾被,更加悔恨,旧时的欢愉只能到梦里才能找到了。

◉集评

陈廷焯《云韶集》评:“别后只知相愧,真有此情。”《词则·大雅集》:“此亦《菩萨蛮》之意。”

吴梅《词学通论》:“端己《菩萨蛮》四章,惓惓故国之思,最耐寻味。而此词南飞传意,别后知愧,其意更为明显。陈亦峰论其词,谓似直而纡,似达而郁,洵然。”

李冰若《栩庄漫记》:“五代词有语极朴拙而情致极深者,如韦庄‘别后只知相愧,泪珠难远寄’,是也。”

归国遥

春欲晚①，戏蝶游蜂花烂熳。日落谢家池馆②，柳丝金缕断③。　睡觉绿鬓风乱，画屏云雨散④。闲倚博山长叹⑤，泪流沾皓腕。

【注释】

①春欲晚：春将尽，暮春时节，刘方平《春怨》："寂寞空庭春欲晚。"

②王涣《惆怅诗》："谢家池馆花笼月，萧寺房廊竹飐风。"

③"柳丝"句：指远人别离，折柳相送。

④云雨：本意是山中云雾之气。宋玉《高唐赋序》："昔者楚襄王与宋玉游于云梦之台，望高唐之观。其上独有云气，崒兮直上，忽兮改容，须臾之间，变化无穷。王问玉曰：'此何气也？'玉对曰：'所谓朝云者也。'王曰：'何谓朝云？'玉曰：'昔者先王游于高唐，怠而昼寝。梦见一妇人曰：妾巫山之女也，为高唐之客，闻君游高唐，愿荐枕席。王因而幸之。去而辞曰：妾在巫山之阳，高丘之岨，旦为朝云，暮为行雨，朝朝暮暮，阳台之下。'"故此，后人常以"云雨"表男女欢合，亦有以"高唐"、"巫山"、"阳台"等表此意思。

⑤博山：古香炉名，表面雕刻有重迭山形的装饰。《邺中记》："石季龙冬月为复帐，四角安纯金银凿镂香炉。"《西京杂记》："丁谖作九层博山香炉，镂以奇禽怪兽，皆自然能动。"此处代指香炉。吴均《行路难》："博山炉中百和香，郁金苏合及都梁。"

【赏析】

是词写伤离。前阕写分别：春天将尽的时候，戏蝶游蜂忙碌在烂漫的花间，时间与环境，反衬离别的难堪。日落、谢家池馆、柳下，说明分别于黄昏幽会处。"柳丝金缕断"，折断如金色丝缕的柳条相赠，分别的举止；"断"字，含着悲憾，既言折柳赠别，亦言送别人的心理感受，今后相会的机缘暂时隔断了。后阕写别后女主人公的情状。她刚刚睡醒过来，鬓髻好像被风吹过似的显得得乱蓬蓬，画屏旁边的云雨欢情已经散去。结拍，她失落地闲靠博山炉，长久叹息，泪水流湿了白雪样的双腕。"闲倚"、"长叹"、"泪流"、"沾皓腕（抹泪）"，将动作、表情、神态糅合在一起，细致入微地揭示了出主人公内心的伤感。

◉集评

汤显祖《玉茗堂评花间集》："（"睡觉绿鬓风乱"句）好光景。"

李冰若《栩庄漫记》："'柳丝金缕断'，'断'字极劣。"

应天长

绿槐阴里黄莺语，深院无人春昼午。画帘垂，金凤舞①，寂寞绣屏香一炷。　碧天云②，无定处③，空有梦魂来去。夜夜绿窗风雨，断肠君信否？

【注释】

①金凤舞：帘上画金凤，风吹而舞。

②碧云天：比喻所怀远人。

③无定处：远人行踪飘忽不定。

【赏析】

前阕，以移步换景的手法描写景物，室外景有二：一是，黄莺欢跃唱鸣于绿槐叶荫，有动有静，有声有色；二是，暮春中午，庭院深深，无人走动，一片宁静。因其静而闻莺鸣，两景有机交融。室内景，突出主体：画帘、绣屏、香烛；静中有动，动中有静，更显幽静；"垂"，近乎静态，"舞"，因风过而金凤饰纹动，屏前燃香一炷，袅袅香烟显出绣屏寂寞。词人写景的目的，在于以室内室外景物的静，衬托女子孤独。过片，女子怀人之情喷涌而出：远人好像碧天云彩一样，随风而飘，没有定所，跟随梦魂来去的相思也徒有虚名。末二句，写主人公夜夜独自听着风摇绿窗和雨敲绿窗的响声，声声入耳，声声揪心。断肠呀，"君信否？"何等哀伤凄切的问语。

◉集评

陈廷焯《云韶集》："端己《菩萨蛮》词'凝限对斜辉，忆君君不知'，未尝不妙，然不及'断肠君信否'。"《词则·大雅集》："亦'忆君君不知'意。"

应天长

别来半岁音书绝，一寸离肠千万结。难相见，易相别，又是玉楼花似雪。　暗相思，无处说，惆怅夜来烟月[①]。想得此时情切，泪沾红袖黦[②]。

【注释】

①"惆怅"句：云雾蔽月，此种夜景，或是追忆旧时欢，或是见月色昏暗，一言概之，只有惆怅。温庭筠《惜春词》："秦女含嚬向烟月。"

②黦(yuè)：污迹。此处指泪痕。

【赏析】

是词写相思。开头就说离别半年且无音信，思念使人寸肠万结，将抽象的思念，表现得具体可感。"难相见，易相别"，对比鲜明，真切急促。又见玉楼白花似雪，触景生情；"又"字，回应开头的"半岁"，感慨分别时间的长久，伤怀尽抒。过片，承上而发，一气呵成，暗自在相思，没有地方可以诉说，唯有到了夜里，独对烟雾笼住的月儿惆怅。暗藏的相思，无需说，亦无处说；即便要说，又无聆听诉说的对象，将相思、烦恼、零乱的心情和盘托出。结拍，回想到这个时候，相思情绪更加激切，不由得眼泪夺眶而出，红袖上沾满了泪痕污迹。词作不加掩饰，语言浅白如话，直吐真情，读之凄苦郁结。

◉集评

卓人月汇选、徐士俊参评《古今词统》："以末一字而生一首之色。"

王士禛《花草蒙拾》："《花间》字法，最着意设色，异纹细艳，非后人纂组所及。如'泪沾红袖黦'，'画梁尘黦'……山谷所谓古蕃绵者，其殆是耶？"

陈廷焯《云韶集》："押韵须如此，信笔直书，方无痕迹。"

荷叶杯

绝代佳人难得，倾国[①]，花下见无期。一双愁黛远山眉[②]，不忍更思惟[③]。闲掩翠屏金凤，残梦，罗幕画堂空。碧天无路信难通[④]，惆怅旧房栊[⑤]。

【注释】

①绝代佳人：指容貌绝美，举国仅其一。言女子容颜绝美，国人为之倾倒。白居易《长

恨歌》:"汉王重色思倾国,御宇多年求不得。"

②杜牧《少年行》:"豪持出塞节,笑别远山眉。"

③思惟:《说文》:"惟,凡思也。"思念。

④碧天:碧空晴天。

⑤栊:窗户。

【赏析】

是词写相思。主人公是男子。首句直言所思者乃绝代佳人。"难得"二字,倾慕之情溢于言表。"倾国"二字,含情赞美,令国人为之倾倒的美色。第二句,写出想念之情,希望与她花下相见,如今却没有机会与她相约。歇拍,回想她的美丽多情,含愁的远山双眉……"不忍更思维",断肠语,内心的痛楚溢于言表;痛苦的相思,使他不忍心再回想下去。过片,闲得无聊,掩好金凤纹饰的屏风,一梦醒来,只见罗幕垂地、画堂空寂无人。结拍,欲上青天去寻觅,却无路可通;要传达音信,也难以通达。睹物思人,见了旧房栊,令人惆怅、凄然。

◉集评

陈廷焯《词则·别调集》:"'不忍更思惟'五字,凄然欲绝。姬独何心能勿肠断耶。"

许昂霄《词综偶评》:"语淡而悲,不堪多读。"

华钟彦《花间集注》:"韦相二首,皆怀念宠姬之作。"

荷叶杯

记得那年花下,深夜,初识谢娘时。水堂西面画帘垂,携手暗相期①。惆怅晓莺残月,相别,从此隔音尘②。如今俱是异乡人,相见更无因③。

【注释】

①相期:相约。李白《月下独酌》:"永结无情游,相期邈云汉。"

②隔音尘:音信、踪迹均隔绝。江总《折杨柳》:"万里音尘绝。"

③"相见"句:无缘再见。孔氏《赠夫诗三首》之一:"死生今有隔,相见永无因。"

【赏析】

是词写相思。主人公是男子。"记得"开头,追忆与情人初见。时间,深夜。地点,水堂西面的"花下"。环境,画帘垂落。情状,携手。方式,暗相期。后阕写别后的痛苦。清晨黄莺叫、残月照,与情人分别,从此音信断绝,没了踪影。结尾两句,字字泣、声声泪,如今大家都身处异乡,再也没有相见的机缘了。

◉集评

汤显祖《玉茗堂评花间集》:"情景逼真,自与寻常艳语不同。"

吴衡照《莲子居词话》:"真能据摽擗之忧,发踟蹰之爱。"

《花间集评注》引郑文焯:"钟仲伟云'观古今胜语,多非补假,皆由直寻。'于韦词益惊其言。"

唐圭璋《唐宋词简释》:"此首伤今怀昔。'记得'以下,直至'相别',皆回忆当年初识时及相别时之情景。'从此'以下三句,言别后之思念,语浅情深。"

清平乐

春愁南陌①，故国音书隔。细雨霏霏梨花白，燕拂画帘金额②。　尽日相望王孙，尘满衣上泪痕。谁向桥边吹笛？驻马西望销魂③。

【注释】

①南陌：南郊，思乡时所在地。

②金额：以金线装饰的帘额。

③驻马：停马。 销魂：谓感触深沉如灵魂将要离体。宋之问《渡吴江别王长史》："销魂独黯然。"

【赏析】

是词写怀乡。以"春愁"领起，主人公由南边的小路，想起故乡的音书被隔，心中萌生愁绪。歇拍补述春景：淫雨霏霏，白梨花盛开，春燕归来，欢拂画帘。过片，挖掘开去，王孙飘泊在外，整日遥望故乡，怀念故国，泪水和着尘土沾满衣衫。这时，他听闻从远处传来的笛声，自言自语问道："谁向桥边吹笛？"他不由自主地勒马向西望去，表情黯然，魂魄像离了体以的。结尾两句，勾画出一幅"游子驻马桥边听笛图"，以三维效果，淋漓尽致地表达了无限的思乡之情。

◉集评

李冰若《栩庄漫记》："下半阕，笔极灵婉。"

清平乐

野花芳草，寂寞关山道①。柳吐金丝莺语早，惆怅香闺暗老②。　罗带悔结同心③，独凭朱栏思深。梦觉半床斜月④，小窗风触鸣琴。

【注释】

①"寂寞"句：代指远人所行处。音信无而寂寞。

②暗老：不知不觉人已衰老。白居易《上阳白发人——愍怨旷也》："上阳人，红颜暗老白发新。"

③同心：指用锦带打成连环回文结。表示男女相爱。梁武帝《欢闻歌二首》之二："南有相思木，合影复同心。"

④梦觉：梦醒。

【赏析】

是词写征眷怨。起首句，以花草状暮春景色，野花盛开，芳草萋萋。二句写思妇面对此时此景，想到征人行进在关山道上寂寞孤单。三四两句，进层写思妇目睹春光易逝：杨柳这般快吐金丝、黄莺这般早就啼唱，感慨自己正在渐渐暗老。过片深掘一层，她凭栏沉思：难道真的要后悔当初，罗带结同心，嫁给征人？结尾，词人高明地以梦作答，将思妇梦境略去，只写梦后，只见斜月照亮了半个床，人听见小窗被风吹触响好像弹琴的乐韵。梦境自然美好，留有余地，让人遐想。

◉**集评**

汤显祖《玉茗堂评花间集》:"坡老咏琴,已脱风播之案。风触鸣琴,是风?是琴?须更转一解。"

陈廷焯《云韶集》评:"起笔冷,清绝孤绝。"

李冰若《栩庄漫记》:"其声情绵邈,设色隽美,抑又过之。"

清平乐

何处游女①?蜀国多云雨②。云解有情花解语③,窣地绣罗金缕④。妆成不整金钿,含羞待月秋千⑤。住在绿槐阴里,门临春水桥边。

【注释】

①游女:好女子,《诗·汉广》"汉有游女,不可求思。"笺:"贤女虽出游流水之上,人无欲求犯体者。"朱熹注:"江汉之俗,其女好游,汉魏以后犹然,如大堤之曲可见也。"梁武帝《欢闻歌二首》之二"游女不可求,谁能息空阴。"

②蜀国:指王氏前蜀。

③云:指上文所说的游女,望之如云。 花:指游女。 花解语:《开元开宝遗事》:"帝与妃子共赏太液池千叶莲,指妃子左右曰'争之如我解语花?'"

④窣地:拂地。 倒装句,绣罗下垂的金缕拂地。毛文锡《恋情深》:"罗裙窣地缕黄金"。

【赏析】

是词以问句领起:何方好女子?蜀国乃多情之地,她们像云儿那样善解人意,像花儿那样领悟人语;穿着华美的罗裙,金缕裙带直垂下来拂地;举止含情脉脉,妆成了,却不戴头饰,娇羞地依傍着秋千。结尾两句,道出居所,回应开头。住在高大的绿槐树下、碧江岸边,门前正对着春水桥,居所环境优美。词作通过衣着、举止、神情、居所等等方面刻画蜀地女子的美丽多情。

◉**集评**

李冰若《栩庄漫记》:"末二句写景如画。"

清平乐

莺啼残月,绣阁香灯灭。门外马嘶郎欲别,正是落花时节。 妆成不画蛾眉①,含愁独倚金扉②。去路香尘莫扫③,扫即郎去归迟。

【注释】

①"妆成"句:愁而无心妆扮。

②金扉:饰金的门。

③香尘:陆游《老学庵笔记》:"京师承平时,宗室戚里岁时入禁中,妇女上犊车皆用二小鬟持香球在旁,而袖中又自持两小球。车驰过,香烟如云,数里不绝,尘土皆香。"此句言,沾着香气之尘土纷扬,使景物时隐时现。香气遗落在尘土中。邵谒《长安寒食》:"万骑出都门,拥在香尘里。" 莫扫:离去路上之香尘不必扫掉,扫掉了就意味着郎走后将迟迟不归。

【赏析】

是词写惜别。以女子送丈夫远行为情节，抒发依依惜别的恋情。前阕陈述清晨送别，曲折婉转、生动感人。“莺啼残月”，既写出离别的具体时间，也营造了烘托离别的环境氛围；“绣阁香灯灭”，补述离别前夜，两人终宵不眠，难舍难分；丈夫终于要起行了，“正是落花时节”，表面写离别季节，实际写女子心中的怨，暮春落花缤纷，本就够烦人了，如今丈夫却在此时远行。后阕描写女子在丈夫离后的肖像、心理、行动，表达依恋与忠贞的爱情，极具生活的真实。“愁”字总领“不画蛾眉”无心打扮、独倚扉门两个动作；顾盼去路“香尘”，为的是相思；“莫扫”，为的是盼夫早归。

◉集评

汤显祖《玉茗堂评花间集》：“（‘门外’二句）情与时会，倍觉其惨。（‘去路’二句）如此想头，几转法华。”

许昂霄《词综偶评》：“三四句与飞卿‘门外草萋萋’二语，意正相似。”

望远行

欲别无言倚画屏，含恨暗伤情①。谢家庭树锦鸡鸣②，残月落边城。　人欲别，马频嘶，绿槐千里长堤。出门芳草绿萋萋，云雨别来易东西。不忍别君后，却入旧香闺。

【注释】

①含恨：抱恨心中。梁简文帝《拟古》：“忆人不忍语，含恨独吞声。”

②绵鸡：《禽谱》：“绵鸡，一名鳖鸡，一名山鸡。爱其羽毛，照水则舞。”此为对啼鸡的美称。

【赏析】

是词写送别。写清晨送别引起的凄怆悱恻情感。前阕写临别时两人的心理、动作，“欲”字，写心理状态；“倚”字，写动作，斜靠；“暗”字，写心理，勾勒出临别伤情的画图。接着，又以晨景衬托，锦鸡鸣，残月落，天将明，不得不离别了，以时景催人离别，将离愁情结引向深层。过片，渲染离人要走，马儿不绝嘶叫，更使人心伤。人儿渐渐驰骋在绿槐长堤之上。主人公由门前芳草绿萋萋的春色，联想到，光阴易过，景物易变，感叹眼前的云飞雨散，离别容易，相会艰难。结尾，语浅意深，主人公伤情至极，不忍心他刚刚离去，就立即回到闺房里去。

谒金门

春漏促①，金烬暗挑残烛②。一夜帘前风撼竹，梦魂相断续。　有个娇娆如玉③，夜夜绣屏孤宿。闲抱琵琶寻旧曲④，远山眉黛绿。

【注释】

①春漏促：春夜滴漏声急促。韦应物《听莺曲》：“春漏方残一声晓。”

②金烬：灯火残余灰烬。李商隐《无题》：“曾是寂寥金烬暗。”

③娇娆：妍媚、美丽。指代美人。元稹《哭女樊四十韵》：“为占娇娆分，良多眷恋诚。”

④寻旧曲：寻求往日共赏之曲。楼钥《题汪季路太傅所藏龙眠阳关图》：“不用阳关寻

旧曲。”

【赏析】

是词写孤怨。前阕首二句写女子春宵不眠，听闻漏壶急促的滴声，起身挑灯，暗了又挑，挑了又暗，直到烛残火烬。女子孤独，时睡时醒，梦魂亦时断时续，就像那夜风撼动窗外竹树的响声。后阕写娇饶如玉的女子，夜夜晚晚一个人在绣屏内孤独眠宿。她寂寞无聊，抱起琵琶弹奏旧曲，那远山眉，现出深深的墨绿。结尾，形神具备，孤怨尽见。

◉集评

汤显祖《玉茗堂评花间集》："情不知所起，一往而深。'闲抱琵琶寻旧曲'，真是无聊之思。"

谒金门

空相忆，无计得传消息①。天上嫦娥人不识②，寄书何处觅③？　新睡觉来无力④，不忍把伊书迹。满院落花春寂寂⑤，断肠芳草碧。

【注释】

①无计：无法。

②嫦娥：汉时因讳文帝刘恒，将姮娥改嫦娥。《淮南子·览冥训》姮娥，后羿妻，"羿请不死之药于西王母，姮娥窃之奔月宫"。

③范云《赠张徐州谡诗》："寄书云间雁，为我西北飞。"刘商《随阳雁歌送兄南游》："春雁归时早寄书。"

④睡觉：古汉语为两个词，非双音词。睡：指睡眠，入睡。觉：睡醒。

⑤韩偓《浣溪沙》："深院不关春寂寂，落花和雨夜迢迢。"

【赏析】

是词写相思。起头直吐衷肠，"空相忆"言怀想已久，无可奈何。"无计"乃承前的"空"字，更进一层。歇拍，发挥想象，欲托天上嫦娥寄书，但连人也不认识，此有两层含义：一是，我不识，无法寄；二是，投递者与她不识，书信就难送到。过片二句，写主人公刚睡醒过来，百无聊赖，因相思而无精打采，连书信也不忍心去看；看了，会更增相思。词作以景抒情，融情于景结尾，落花满院，芳草凄碧，春光将尽，伊人不见，相思不绝。

◉集评

况周颐《餐樱庑词话》："韦端己《浣溪沙》云：'咫尺画堂深似海，忆来却把旧书看。'《谒金门》云：'新睡觉来无力，不忍把君书迹。'一意化两，并皆佳妙。"

沈际飞《草堂诗余正集》："'天上'句粗恶。'把伊书迹'四字颇秀。'落花'寂寂，淡语之有情者。"

江城子

恩重娇多情易伤，漏更长，解鸳鸯①。朱唇未动，先觉口脂香②。缓揭绣衾抽皓腕，移凤枕，枕潘郎③。

【注释】

①解鸳鸯:解开绣有鸳鸯的衣裳。

②口脂:唇膏。白居易《江南喜逢萧九彻因话长安旧游戏赠五十韵》:"暗娇妆靥笑,私语口脂香"。

③潘郎:指潘岳,其小名檀奴。据《晋书·潘岳传》载,潘岳字安仁,荥阳中牟人。岳美姿仪,辞藻绝丽,尤善为哀诔之文。后以"檀郎"、"檀奴"称美男子、所爱慕的男子。此处指代情人。李商隐《王十二兄与畏之员外相访……》:"谢傅门庭旧末行,今朝歌管属檀郎。"

【赏析】

是词可称艳科代表作,写男女的欢合之情。通过女子口吻,以议论起首,情人的恩深宠爱以及我的娇情太多,最易伤害情感的了,点明两人情笃到"重"、"多"的份上。然后叙事,更漏声声作响,在告诉人们夜晚是那样的漫长。"解",写主人公的主动;"未动"、"先觉",写主人公的香气宜人,具有挑逗性;"缓揭",慢慢地揭,平常心态,回应开头;"移"、"枕",渐入情境,到此为止,词作结束。词作通过以上一系列的动词,言简义达,道来流畅自然,抒情真切。

◉集评

汤显祖《玉茗堂评花间集》:"全篇摹画境,而咏赏其流连狼藉,言简而旨远矣。"

况周颐《历代词人考略》:"'恩重娇多情易伤',此语非于情中极有阅历者不能道。"

江城子

髻鬟狼藉黛眉长①,出兰房②,别檀郎③。角声呜咽,星斗渐微茫④。露冷月残人未起,留不住⑤,泪千行。

【注释】

①狼藉:形容散乱不整。《史记·滑稽列传》:"履舄错,杯盘狼藉。"《通俗编》引《苏氏演义》:"狼藉草而卧,去则灭乱,故凡物之纵横散乱者谓之狼藉。"

②兰房:指闺房。宋玉《讽赋》:"女欲臣堂上,太高;堂下,太卑;乃更于兰房芝室。"

③檀郎:即潘郎。李贺《牡丹种曲》:"檀郎谢女眠何处,楼台月明燕夜语。"

④微茫:稀疏而模糊。

⑤留不住:言人终要离开,强留不住。

【赏析】

是词写欢后离别。起手三句写来,便觉狼藉,陈述欢会离别,女主人公鬟鬓不整,愁眉不展,步出兰房与檀郎告别。接着两句,衬以环境描写,渲染离别的伤痛,呜咽的角声,微茫的星斗,离别何凄凉,离别何仓促。女主人公似乎在边送、边回忆刚才人未起的情景,词作着"冷"字写露、着"残"字写月,感情色彩强烈,暗说两人终须一别,她已意识到,留不住,忍不住流下热泪千行,词作将景与情,融为一体。

◉集评

李冰若《栩庄漫记》:"韦相《江城子》二首,描写顽艳,情事如绘,其殆作于江南客游时乎?"

河传

何处，烟雨[①]，隋堤春暮[②]，柳色葱茏[③]。画桡金缕[④]，翠旗高飐香风，水光融。　青娥殿脚春妆媚[⑤]，轻云里，绰约司花妓[⑥]。江都宫阙[⑦]，清淮月映迷楼[⑧]，古今愁。

【注释】

①烟雨：细雨、微雨。鲍照《赠故人马子乔诗六首》之六："烟雨交将夕，从此遂分形。"

②隋堤：隋炀帝开运河时沿河道所筑之堤。据韩偓《开河记》载：隋大业年间，开汴河，筑堤自大梁至灌口，龙舟所过，香闻百里。炀帝诏造大船，泛江沿淮而下，于吴越间取十五六岁民女五百人，谓之殿脚女，每船用彩缆十条，每条用殿脚女十人、嫩羊十口，令殿脚女与羊相间而行牵之。王彦威《宣武军镇作》："汴水波澜喧鼓角，隋堤杨柳拂旌旗。"

③葱茏：形容草木茂盛青翠。

④画桡：彩绘的船桨，代指船。　金缕：船上的饰物。

⑤殿脚：隋炀帝乘龙舟游江都，强征民间十五六岁的子女五百人，为其牵挽彩缆，称为殿脚女。

⑥绰约：美丽轻盈的状态。《庄子·逍遥游》："肌肤若冰雪，绰约若处子。"　司：主管。管花的姑娘，隋炀帝曾命袁宝儿作司花女。

⑦江都：隋炀帝行宫所在地。故址在今江苏省扬州市。

⑧迷楼：隋宫名。据韩偓《迷楼记》载：炀帝诏有司，供具材木，凡役夫数万，经岁而成。楼阁高下，轩窗掩映；幽房曲室，玉栏朱楯；互相连属，回环四合，曲屋自通。千门万户，上下金碧。人误入者，虽终日不能出。帝幸之，大喜，顾左右曰："使真仙游其中，亦当自迷也。可目之曰迷楼。"旧址在今江都县西北。

【赏析】

词作写吊古。以讽喻的笔调，写隋炀帝乘船沿运河南游史事。前阕开头，点出隋炀帝出游的时间、物候：暮春烟雨蒙蒙；接着写出游盛况：在水光交融、柳色葱茏相衬下，金柳画桡，翠旗迎风。后阕中段重点揭其荒淫。后三句以江都繁华已逝的现实作对比。"古今愁"三字露出贬义。

◉集评

汤显祖《玉茗堂评花间集》："'清淮月映'句，感慨一时，涕泪千古。"

陈廷焯《云韶集》："苍凉。《浣花集》中，此词最有骨。"

李冰若《栩庄漫记》："全词以'何处'领起，中段词藻极其富丽，而以'古今愁'三字结之，化实为空，以盛映衰，笔极宕动空灵。"

河传

春晚，风暖，锦城花满[①]，狂杀游人[②]。玉鞭金勒[③]，寻胜驰骤轻尘[④]，惜良晨[⑤]。　翠娥争劝临邛酒[⑥]，纤纤手[⑦]，拂面垂丝柳。归时烟里，钟鼓正是黄昏，暗销魂[⑧]。

【注释】

①锦城：又称锦官城，因织锦出名，旧址在四川成都市南。李白《蜀道难》："锦城虽云乐，不如早还家"。

②狂杀游人：意为春景使游人喜极若狂。

③勒：马络头。

④寻胜：踏春。 驰骤：骑马奔驰。 轻尘：马驰快跑扬起细尘。

⑤良晨：即良辰，美好时光。

⑥翠娥：美女。张祜《观杨瑗柘枝》："微动翠蛾抛旧态，缓遮檀口唱新词。"此处指当垆卖酒女。 临邛酒：汉代卓文君在临邛卖过酒，后代指美酒。汪遵《升仙桥》："应讶临邛沽酒客，逢时还作汉公卿。"

⑦纤纤(xiānxiān)：形容细长。《古诗十九首·青青河畔草》："蛾蛾红粉妆，纤纤出素手。"张九龄《折杨柳》："纤纤折杨柳，持此寄情人。"

⑧销魂：暗然伤神。汪遵《斑竹祠》："九处烟霞九处昏，一回延首一销魂。"

【赏析】

是词写游赏。抒发春游欢快带来的淡淡伤感。前阕开头描写锦城暮春，风暖花开，满城灿烂，游人们心情舒畅，喜极惹狂，"狂杀游人"四字总揽。玉鞭指胜，金勒驰尘，"狂"的举动；珍惜这良辰美景，"狂"的原因。后阕，具体描述痛饮的典型情节。卖酒美女主动上前争着劝说游人畅饮临邛美酒，那纤纤素手在频频招挥，就好像垂柳拂面般的撩人。结尾三句，游人倦归，听昏鼓阵阵，看暮烟漫漫，热闹换来了凄清，倩影又惹人怀想，一种无名的伤感暗自萌生。

河传

锦浦，春女①，绣衣金缕，雾薄云轻②。花深柳暗③，时节正是清明，雨初晴。 玉鞭魂断烟霞路④，莺莺语，一望巫山雨。香尘隐映，遥见翠槛红楼，黛眉愁。

【注释】

①锦浦：锦江之滨。 春女：怀春女子。王德《春词》："春风复荡漾，春女亦多情。"

②云轻：形容绣衣。

③"花深"句：阳春时节，花繁柳绿。王维《早朝》："柳暗百花明。"

④玉鞭：借代骑马的人。 烟霞：烟雾与云霞。 烟霞路：指游山玩水、行旅之路途。李白《早秋赠裴十七仲堪》："明主倘见收，烟霞路非赊。"

【赏析】

是词写主人公郊游遇锦江春女，抒发忆旧而愁的感情。前阕交待时间、地点、人物和场景。时间，正是清明雨后初晴；地点，锦江之滨；人物，春女，穿着金缕绣衣，服饰美丽华贵；场景，烟淡雾薄，天低云轻，花艳柳浓。过片承一"晴(情)"字展开忆旧，手执玉鞭的他愁得魂儿快要断绝，看那行旅"烟霞路"，双双黄莺欢语，而他一人望着"巫山雨"，感到寂寞孤独。他透过香尘约隐约现，仿佛看见远方那身居翠槛红楼的情人，也会像他一样，愁上眉梢。词作表达了对心上人的思念之情。

天仙子

怅望前回梦里期[1]，看花不语苦寻思[2]，露桃花里小腰肢[3]。眉眼细，鬓云垂，唯有多情宋玉知[4]。

【注释】

①怅望：怅然想望。元稹《和乐天别弟后月夜作》："怅望天澹澹，因思路漫漫。" 期：相会。李白《月下独酌四首》之四："永结无情游，相期邈云汉"。

②寻(xín)思：思索，考虑。 苦寻思：沉浸在思考之中。

③露桃：蜜桃，承雨露而生。李商隐《汴上送李郢之苏州》："露桃涂颊依苔井，风柳夸腰住水村。"又解：露桃，生长在露井边的桃树。

④宋玉：战国时期楚国文学家，著有《神女赋》和《登徒子好色赋》，描写美女。此以宋玉自喻，意思是自己和宋玉一样能识别和怜爱美女。郑史《永州送侄归宜春》："宋玉正秋悲，那堪更别离。"

【赏析】

是词从男子角度写情思。首句直写心境："怅望"，怅然想望，回想起"前回"，说明时间相隔很久了，况且又是"梦里"约定相见，但是还没有忘怀。第二句切入行动——"看花"，神态——"不语"，心理——"苦寻思"。至此，一个单相思病态的男子形象初显出来。接下来三句，写男子在梦中见到的女子形象，如"露挑"的丽质，小腰身段，细细蛾眉，鬓发如云飘垂。结句，自比多情的宋玉，自然懂得欣赏、怜爱美女的风韵。

天仙子

深夜归来长酩酊[1]，扶入流苏犹未醒[2]。醺醺酒气麝兰和[3]，惊睡觉[4]。笑呵呵，长道人生能几何？

【注释】

①酩酊(mǐngdǐng)：大醉。李白《九日登山》："扬袂挥四座，酩酊安所知。"

②犹：还，仍然。

③"醺醺(xūnxūn)"句：沉醉得酒气与麝兰的香气相混、融合。 醺醺：酣醉。岑参《送羽林长孙将军赴歙州》："青门酒楼上，欲别醉醺醺"。

④惊睡觉：将入睡之人惊醒。

【赏析】

是词通过对公子终日酒醉形象的描写，抒发人生几何、及时行乐的主题。前三句具体描写公子醉态，深夜归来，表明饮酒时间很长；酩酊，不是一般的醉，大醉。要人搀扶才进得流苏帐内的床上，睡下后，酒还没有醒过来。酒气与麝兰香气混在一起，够呛人的，把身旁入睡人都惊醒了。他呵呵大笑，慢条斯理地说，为人一世能有多少次呢？词作以公子醉态形象为抒情议论的基础，使主题的表达"脚踏实地"，而无空洞说教之弊。

◉集评

汤显祖《玉茗堂评花间集》："'酒气麝兰和'，有此种和法，便不觉其酒气。虽烂醉如泥，受用也。"

李冰若《栩庄漫记》:"此词写醉公子憨态可掬,与'门外猧儿吠'一词可合看也。"

天仙子

蟾彩霜华夜不分①,天外鸿声枕上闻②,绣衾香冷懒重熏。人寂寂,叶纷纷③,才睡依前梦见君④。

【注释】

①"蟾彩"句:天上的月光与地上的霜花融为一体,难以分得清楚。 蟾彩:月光。俗传月中有蟾蜍,故称月为蟾。 霜华:霜色。霜露凝结如雪花状。白居易《长恨歌》:"鸳鸯瓦冷霜华重,翡翠衾寒谁与共?"

②天外:极言相距高远。

③纷纷:紊乱而多。刘长卿《夏日送长宁杨明府归荆南,因寄幕府诸公》:"向烟帆杳杳,临水叶纷纷"。

④依前:跟以往一样,依旧。

【赏析】

是词写秋思。开头写秋夜景色,皎洁月光与雪白霜花交融在一起,分不清彼此。第二句转入写主人公深夜所闻,枕边仿佛传来过雁的阵阵叫声,划破夜寂,可想见她的孤独寂寞。以上两句,词作运用空间移位,由天空到地面,由天外到枕上,罗织月光、霜花、雁声、人物等物象,使词作意景笼罩着清冷空寂的氛围。第三句直接写人物由"见"、"闻",而有所"感":绣衾虽香却冷,其实主人公的心更冷,冷冷秋夜人独眠,能不冷吗?即便如是,她懒得起身去重新将被熏暖——因为只有一人,熏之何用。一"冷"一"懒",从肢体感觉深入到内心剖析、意识判断,层层刻画入微。"人寂寂"、"叶纷纷"这是人物与环境的融合,微动与寂静的互生,怀人的气氛及情结浑然。结句,"才睡依前梦见君",余味无穷。辗转反侧,终于要入睡,刚合上双眼,仍如从前一样,梦见了情人……

◉集评

陈廷焯《词则·别调集》:"端己词时露故君之思。读者当会意于言外。"

李冰若《栩庄漫记》:"清婉。"

天仙子

梦觉云屏依旧空①,杜鹃声咽隔帘栊,玉郎薄幸去无踪②。一日日,恨重重,泪界莲腮两线红③。

【注释】

①云屏:画屏。李商隐《为有》:"为有云屏无限娇,凤城寒尽怕春宵。"

②玉郎:女子对丈夫或情人的昵称。裴思谦《赠妓》:"银釭斜背解鸣铛,小语低声唤玉郎。" 薄倖:薄情、负心。杜牧《遣怀》:"十年一觉扬州梦,赢得青楼薄倖名"。

③泪界:泪水双流所成的两条线界。张草《生查子·秋怨》:"泪界脸波红,梦怪巫山杳。"

【赏析】

是词写离恨。以梦破题,摒去梦境,单言梦醒:眼前云屏依旧空置一旁,衬托只身孤影空寂;杜鹃凄厉的啼叫声隔着帘栊传过来,更添伤情。薄情玉郎一别而去,音信全无,踪迹无影。前三句由眼前所见到帘外所听,再到心内所想,剥茧抽丝,可谓深入。后三句将怨恨情绪推向纵深。主人公之怨恨非一时一日,相思累积成怨恨,与日俱增,日重一日,终日以泪洗面。词作以平实的语言道出人物内心的深情。

◉**集评**

李调元《雨村词话》:"词用'界'字,始于韦端己。《天仙子》'泪界莲腮两线红'。宋子京《蝶恋花》效之云'泪落燕支,界破蜂黄浅',遂成名句。"

况周颐《餐樱庑词话》:"韦词运密入疏,寓浓于淡,如《天仙子》'蟾彩霜华'、'梦觉云屏'二首及《浣溪沙》、《谒金门》、《清平乐》诸词,非徒以丽句擅长也。"

天仙子

金似衣裳玉似身,眼如秋水鬓如云[①],霞裙月帔一群群[②]。来洞口,望烟分,刘阮不归春日曛[③]。

【注释】

①眼如秋水:眼光清亮如秋天之水明澈。李贺《唐儿歌》:"一双瞳人剪秋水"。

②霞裙月帔(pèi):古时妇女服装。古时后妃、贵妇穿的帔肩,绣花卉,长及膝,色彩鲜艳。这里用霞、月形容裙、帔之美丽,明洁。又解:裙、帔上面分别织着朝霞、月华样之图绘。此指代仙子。

③"刘阮"句:用刘晨、阮肇入天台山遇仙事。 曛(xūn):落日余光。此指日光暗淡。

【赏析】

是词叙述天仙与刘郎故事。词作一连六个比喻,描写天仙美丽多情。衣裳似金,肌体如玉,目光如秋水,鬓发如云,裙如霞,帔如月。如此美丽的天仙还不止一个,"一群群",她们来到仙山洞口,遥望烟霞开处……结果,刘阮没有归来,她们失望了,眼前春日顿时昏暗。

◉**集评**

汤显祖《玉茗堂评花间集》认为韦庄五首《天仙子》:以上四首均佳,"卒章何率意乃尔,岂强弩之末,江淹才尽耶?""若无此结句,确乎当删。"

李冰若《栩庄漫记》:"此首正合题目,唐五代词词意即用本题者多有之,似非强弩之末也。"

喜迁莺

人汹汹[①],鼓冬冬[②],襟袖五更风[③]。大罗天上月朦胧[④],骑马上虚空[⑤]。香满衣,云满路,鸾凤绕身飞舞[⑥]。霓旌绛节一群群[⑦],引见玉华君[⑧]。

喜迁莺

街鼓动[⑨],禁城开,天上探人回[⑩]。凤衔金榜出云来[⑪],平地一声雷。 莺已迁[⑫],龙已化[⑬],一夜满城车马。家家楼上簇神仙[⑭],争看鹤冲天[⑮]。

【注释】

①人汹汹：声音喧闹。声势盛大。

②鼓冬冬：鼓乐齐鸣。张籍《洛阳行》："六街朝暮鼓冬冬。"

③五更：候朝时辰。徐昌图《临江仙》："残灯孤枕梦，轻浪五更风。"

④大罗：道家所说最高一层天的简称。据《酉阳杂俎》卷二载，道家三界诸天数，三界外曰四人境，为常融、玉隆、梵度、贾奕四天；四人天外曰三清，即大赤、禹余、清微；三清上曰大罗。王维《送王尊师归蜀中拜扫》："大罗天上神仙客，濯锦江头花柳春。"此指代朝廷。 朦胧：模糊不清。

⑤上虚空：指进宫。

⑥鸾凤：绣有鸾凤花纹的朝服。

⑦节：仪仗的一种。张守节《正义》曰："旄节者，编旄为之，以像竹节。"

⑧玉华君：指皇帝。李康成《玉华仙子歌》："紫阳仙子名玉华，珠盘承露饵丹砂。"

⑨街鼓：《旧唐书·马周传》："先是，京城诸街，第至晨暮，遣人传呼以警众。周遂奏诸街置鼓，每击以警众，令罢传呼，时人便之，太宗亦加赏劳。"

⑩天上：指朝廷。 探人：疑作探春。《天宝遗事》："都人士女，正月半，乘车跨马，于郊野之中，开探春之宴。"探春指应科举考试。

⑪凤衔：《隋书·乐志》"凤凰衔书使"，散曲名也，朝庭授受之乐。又，谓传达皇帝诏令。 金榜：科举应试考中者名单。据《太平广记》载，崔绍病，梦到冥司，见金银铁三榜，金榜悉列将相名；其次银榜；州县小官，并是铁榜。郑谷《赠杨夔》："看取年年金榜上，几人才气似扬雄。"

⑫莺已迁：比喻中举。《诗·小雅·伐木》："伐木丁丁，鸟鸣嘤嘤。出自幽谷，迁于乔木。"其中无"莺"字，后《禽经》中有"莺鸣嘤嘤"之语，唐人省试亦有莺出谷诗，于是后人谓由困而亨、由卑而高为"莺迁"。李君行《沁园春·刘山春新居》："道今日山春莺已迁。"

⑬龙已化：比喻中第者如鱼化为龙。《三秦记》："江海鱼集龙门下，登者化龙，不登点额暴腮。"龙门，在山西河津县西北，陕西韩城东北，分跨黄河两岸。俗说中举为"鲤鱼跳龙门"。

⑭神仙：指佳人。韩偓《偶见背面是夕兼梦》："秦楼鸾凤有神仙"。

⑮鹤冲天：比喻登第。

【赏析】

此调两首词皆为就题发挥。写科举殿试高中者之殊荣。"人汹汹"章，写朝君王、拜皇后的盛况。"街鼓动"章，写发榜盛况入中者得意神态。可作民情风俗画看，亦可作考证之佐。

◉集评

汤显祖《玉茗堂评花间集》："读《张道陵传》，每恨白日鬼话，便头痛欲睡，二词亦复类此。"

李冰若《栩庄漫记》："《艺林伐山》云，世传大罗天发榜于蕊珠宫。韦相此词所咏，虽涉神仙，究指及第而言，未得以鬼话目之。"

思帝乡

云髻坠，凤钗垂①，髻坠钗垂无力，枕函欹②。翡翠屏深月落，漏依依③。说尽人间天上④，两心知⑤。

【注释】

①凤钗：马缟《中华古今注》："始皇又以金银作凤头，以玳瑁为脚，号曰凤钗。"

②枕函：中间可以放置物体的匣状枕头。　攲(yǐ)：或作"倚"，倾斜。

③漏依依：刻漏声慢悠悠而有节奏。

④"说尽"句：将天地人间那样广阔范围说遍。白居易《长恨歌》："但教心似金钿坚，天上人间会相见。"齐己《答禅者》："天上人间更问谁。"

⑤"两心"句：已说尽誓约的词辞，双方心中都能理解。　白居易《长恨歌》："临别殷勤重寄词，词中有誓两心知"。

【赏析】

是词刻画痴情女子形象。首先从装扮、体征、神情、动作四方面，描写具病态的相思女：髻坠、钗垂，体乏无力、呆滞凭枕。然后从室内到夜空，由近及远，抓住静止物体、运动物体以及声音传递，描绘相思女怀念情人的环境氛围：屏深月落、漏慢更深，衬托出辗转难眠的苦况。结尾，揭示相思女的内心世界，两人相爱，两心相知，可谓情痴。

思帝乡

春日游，杏花吹满头。陌上谁家年少①，足风流②？妾拟将身嫁与，一生休③。纵被无情弃，不能羞！

【注释】

①陌：田间东西方向的路径，此泛指道路。　年少：年青人。

②足风流：够气派、潇洒。长孙氏《春游曲》："林下何须远借问，出众风流旧有名。"

③"一生"句：这一辈子也就算了，意为一生就满足了。

【赏析】

是词分三层，塑造热情奔放、勇于追求幸福之少女艺术形象。第一层，美丽邂逅于春游。以定格手法，摄取少女少男之动态形象："杏花吹满头"，春光何其明丽，少女少男何其欢快、活力、奔放。第二层，爱慕追求。"足风流"三字，尽表无限爱慕；"将身嫁与，一生休"，尽表满足心态。第三层，矢心不变。"无情弃，不能羞"，其爱可谓深矣。天真烂熳、活泼大胆、勇于追求爱情与幸福之艺术形象，鲜明生动，逗人喜爱。

◉**集评**

卓人月汇选、徐士俊参评《古今词统》："(妾拟将身嫁与，一生休)死心塌地。"

贺裳《皱水轩词筌》："小词以含蓄为佳，亦有作决绝语而妙者。韦庄'陌上谁家年少，足风流，妾拟将身嫁与，一生休。纵被无情弃，不能羞'之类是也。牛峤'须作一生拚，尽君今日欢'，抑亦其次。"

李冰若《栩庄漫记》："爽隽如读北朝乐府'阿婆不嫁女，那得孙儿抱'诸作。"

诉衷情

烛烬香残帘半卷①，梦初惊。花欲谢，深夜，月胧明。何处按歌声②？轻轻。舞衣尘暗生③，负春情④。

【注释】

①烛烬香残：烛和香都已经燃尽成灰，说明夜色已深。

②按歌声：依节拍弹奏击乐唱歌。白居易《宫词》："夜深前殿按歌声。"

③"舞衣"句：喻意舞女久未作舞，未能见得心上人。

④春情：春心。　负春情：有负舞女春心。李群玉《感春》："春情不可状，艳艳令人醉。"王融《听琵琶》："丝中传意绪，花里寄春情。"

【赏析】

是词写孤寂。以深夜笙歌的热闹反比被弃舞女的孤寂，抒发哀怨感情。舞女，夜生活的活跃分子，以"烛尽香残"隐喻她已经"过气"，"帘半卷"，她连帘也不落就早早睡了。至深夜，"梦初惊"，趁着朦胧的月光，看见户外的春花快要凋谢了，此亦暗喻她舞女生涯快要结束。这时，她听到轻轻的按歌声。"轻轻"，绝妙，职业习惯养成的敏感，丁点儿的歌声乐声，她都能闻到。结尾是她的自叹，墙上的舞衣积满了灰尘，白白辜负了怀春的情思。词中无一怨字，却全篇充满怨恨。

◉集评

李冰若《栩庄漫记》："音节极谐婉。"

诉衷情

碧沼红芳烟雨静①，倚兰桡。垂玉佩，交带②，袅纤腰③。鸳梦隔星桥④，迢迢⑤。越罗香暗销，坠花翘⑥。

【注释】

①碧池：碧水池。李適《帝幸兴庆池戏竟渡应制》："凌晨黼帐碧池开。"　红芳：红花。元稹《赋得雨后花》："红芳怜静色，深与雨相宜。"

②交带：相交的锦带。梁武帝《玉龟曲》："交带要分影，大华冠晨缨。"

③纤腰：纤细柔美之腰姿。陆云《为颜彦先赠妇往返诗四首》之二："雅步袅纤腰，巧笑发皓齿。"

④鸳梦：鸳鸯梦，指男女眷恋之梦。曹唐《汉武帝思李夫人》："白玉帐寒鸳梦绝。"　星桥：银河上的鹊桥。李商隐《七夕》："鸾扇斜分凤幄开，星桥横过鹊飞回。"

⑤迢迢：遥远。高适《秋胡行》："况复迢迢千里外。"

⑥花翘：头饰。

【赏析】

是词写苦恋。首二句写女子春日倚桡思人，春雨停歇、红花怒放、绿池涟漪，丽人凭栏、春心在荡漾。三四句描画女子形象，"袅纤腰"突出她因思人而瘦损。五六句进层，诉说心灵苦衷：两人距离千里迢迢，好像隔着星桥似的，连鸳梦都难以做成。结尾再写女子服饰，罗衣香消、花翘斜坠，比拟主人公的苦恋深切，不能自拔。

◉集评

汤显祖《玉茗堂评花间集》："此词在成都作。蜀之妓女，至今有花翘之饰，名曰'翘花儿'云。"

陈廷焯《词则·别调集》："'鸳梦隔星桥'五字，有仙气，亦有鬼气。"

上行杯

芳草灞陵春岸[①]。柳烟深，满楼弦管[②]。一曲离歌肠寸断。　今日送君千万[③]，红缕玉盘金镂盏[④]，须劝珍重意，莫辞满[⑤]。

【注释】

①灞陵：地名。故址在今陕西西安市东。附近有灞桥，汉唐人送客远行，常在此处折柳道别。李白《忆秦娥》："年年柳色，灞陵伤别。"

②弦管：借代音乐。白居易《西湖留别》："征途行色惨风烟，祖帐离声咽管弦。"

③千万：指去程远在千里万里外。崔致远《海边春望》："此时千里万里意，目极暮云翻自送。"又解，"千万"指情深意厚，千番嘱咐，万般叮咛。

④金镂盏：刻有花纹的金杯。盏，小杯。《方言》："盏，杯也，自关而东，赵、魏之间或曰盏。"雍陶《秋露》："痕沾珠箔重，点落玉盘空。"

⑤"须劝"两句：意为极力劝酒，珍惜送别情意，不必推辞，酒满杯。苏颂《即席分韵送李才元学士守临邛》："杯行莫辞满，分携只明晨。"

【赏析】

是词写送别。前阕以景寓情、以声寄情。"芳草"、"柳烟"，典型春景，平日观之，已使人迷茫；相别观之，更为凄切。满楼弦管，在相别的人听来，浑然离声一曲，肝肠寸断。后阕描写送别。送君千万里之外，自有千万言语相嘱。然则，金杯满上，一切珍重的离别赠言，尽在其中，不必推辞。词作将凄怵送别，注入几分豪气。

◉集评

陈廷焯《云韶集》："'劝君更尽一杯酒，西出阳关无故人'，同此凄艳。"《词则·闲情集》："殷勤悃款，令人情醉。"

上行杯

白马玉鞭金辔[①]，少年郎，离别容易[②]。迢递去程千万里[③]。　惆怅异乡云水，满酌一杯劝和泪[④]。须愧珍重意，莫辞醉[⑤]。

【注释】

①白马玉鞭金辔：言马鞭辔鞍精美。辔，驾驭牲口用的嚼子和缰绳。

②容易：轻易，不在乎。江淹《池上酬刘记室诗》："为此久伫立，容易光阴度。"

③迢递：这里指路途遥远。吴均《与柳恽相赠答六首》之五："佳人今何在，迢递江之沂。"

④劝和泪：含泪而劝酒，为押韵而"和泪"后置，意为"和泪劝"。江妃《谢赐珍珠》："桂叶双眉久不描，残妆和泪污红绡。"

⑤"须愧"两句：受到如此深情相送而内心应有愧，为珍重情意，不必怕喝醉。

【赏析】

是词写送别。马上饯行，女子相送；少年郎别离容易，此一去有千万里之遥。后阕，送行人此时的思想活动，异乡云水令她担心，她不免惆怅；与前阕"离别容易"呼应。于是，她满满地斟上一杯酒，“劝和泪”，这个细节委实感人。少年郎为之感动，结尾是少年郎的答话。

女冠子

四月十七，正是去年今日。别君时，忍泪佯低面[①]，含羞半敛眉。　不知魂已断，空有梦相随。除却天边月，没人知[②]。

【注释】

①佯：装作。

②“除却”二句：相思的情意，除了天上月儿外，无人能知晓。

【赏析】

一开头即点明分别已经年，接着追忆离时情景：“忍”、“佯”，将痛苦深埋心底；“含”、“半”，惜别内心的外露；“君”能将此看得如此真切，其亦性情中人。后阕写别后相思，魂断梦绕、月儿可证。

◉集评

汤显祖《玉茗堂评花间集》：“直书情绪，怨而不怒，骚雅之遗也。但嫌与题意稍远，类今日之博士家言。”

卓人月汇选、徐士俊参评《古今词统》：“冲口而出，不假妆砌。”

沈际飞《草堂诗余》：“月知不知都妙。”

陈廷焯《云韶集》：“起得洒落，‘忍泪’十字，真写得出来。”《词则·闲情集》：“一往情深，不着力而自胜。”

王闿运《湘绮词选》：“‘不知’得妙。梦随乃知耳。若先知，那得有梦？惟有月知，则常语耳。”

女冠子

昨夜夜半[①]，枕上分明梦见[②]，语多时，依旧桃花面[③]，频低柳叶眉[④]。　半羞还半喜，欲去又依依。觉来知是梦，不胜悲[⑤]。

【注释】

①夜半：子夜。张继《枫桥夜泊》：“夜半钟声到客船。”

②梦见：梦中相见。蔡邕《饮马长城窟》：“梦见在我傍，忽觉在他乡。”

③桃花面：据孟棨《本事诗·情感》载：唐诗人崔护尝于清明独游长安城南，见一庄居，有女子独倚小桃柯伫立，而意殊厚。来岁清明，崔又往寻之，刚门扃无人，因题诗于左扉曰：“去年今日此门中，人面桃花相映红。人面不知何处去，桃花依旧笑春风。”后遂以“桃花面”来指代所思美女。

④柳叶眉：如柳叶的细眉，此以“眉”借代“面”，即“低面”。王瑳《长相思》：“柳叶眉上销，菱花镜中灭。”徐贤妃《赋得北方有佳人》：“柳叶眉间发，桃花脸上生。”

⑤胜：禁。刘希夷《捣衣篇》：“谁怜登陇不胜悲。”

【赏析】

前阕写昨夜梦境，“分明”，形容梦的真实；“语多时”，做的是长梦；“依旧”，写对情人的印象深刻,如初之见,历历在目。后阕进而写神态、心理、动作,羞喜参半、欲去还依,矛盾交迭,复杂迂回,情意缠绵。结尾照应开头,给以点破:"知是梦",三字千钧重,悲情万分沉重。

◉**集评**

李冰若《栩庄漫记》:"韦相《女冠子》'四月十七'一首,描摹情景,使人怊怅。而'昨夜夜半'一首,稍为不及,此结句意尽故也。"

唐圭璋《唐宋词简释》:"着末句一翻腾,将梦境点明,凝重而沉痛。"

更漏子

钟鼓寒,楼阁暝①,月照古桐金井②。深院闭,小庭空,落花香露红。　烟柳重,春雾薄,灯背水窗高阁③。闲倚户,暗沾衣,待郎郎不归。

【注释】

①暝:晦暗。

②金井:有雕栏的井。李白《赠别舍人弟台卿之江南》:"梧桐落金井,一叶飞银床"。

③水窗:临水边的窗户。

【赏析】

前阕以孤凄为主调,用带感情色彩的"寒"、"暝"、"照"、"闭"、"空"、"落"、"香"、"红"等字,将"钟鼓"、"楼阁"、"月光"、"古桐"、"水井"、"庭院"、"花"、"露"八个意象糅合起来,描绘庭楼春夜景色。过片承上,续写春晓景色:春雾弥漫,烟柳低垂,高阁临水,窗前透出微光。结尾明言情节:"待郎郎不归",思妇足足苦等一夜。全词不着意刻画人物,而是以夜景、晨景的交接,将人物行动交待,将思想情感抒发,含而不露。

◉**集评**

陈廷焯《云韶集》:"'落花'五字,凄绝秀绝。结笔楚楚可怜。"

酒泉子

月落星沉①,楼上美人春睡。绿云倾②,金枕腻,画屏深。　子规啼破相思梦,曙色东方才动。柳烟轻,花露重,思难任③。

【注释】

①"月落"句:描写拂晓时分景色。张继《枫桥夜泊》:"月落乌啼霜满天。"　星沉:星没,即拂晓时分。许棠《冬夜与友人会宿》:"禁风吹漏出,原树映星沉。"

②绿云:美人发髻。杜牧《阿房宫赋》:"绿云扰扰,梳晓鬟也。"

③任:担负、承受。曹植《杂诗七首》之一:"方舟安可极,离思故难任。"

【赏析】

是词描画美人春睡图。春日天将晓,月落星沉,美人还在甜蜜入睡,鬓云不正,金枕上沾浸泪水污渍,分明是做着相思梦。过片,杜鹃啼叫,惊醒其梦。东方泛白现曙色,原来天亮了。柳条在如烟晨雾掩遮中显得轻盈,春花承露显得色彩更加凝重。"轻"字衬托愁绪缥缈,"重"字衬托心绪沉重。春晨景色,使她难以承受相思苦。词作语言流畅,意景清丽。

◉**集评**

汤显祖《玉茗堂评花间集》:“不做美的子规,故当夜半啼血。”

木兰花

独上小楼春欲暮,愁望玉关芳草路。消息断,不逢人,欲敛细眉归绣户①。　坐看落花空叹息,罗袂湿斑红泪滴②。千山万水不曾行③,魂梦欲教何处觅?

【注释】

①敛细眉:皱着细而弯之眉。　绣户:闺房。

②红泪:泪从涂胭脂粉饰的脸上流下,泪水呈现红色。又解,指血泪。据王嘉《拾遗记》载:薛灵芸是魏文帝所爱的美人,原为良家女子,被文帝选入六宫。灵芸升车就路之时,以玉唾壶承泪。壶则红色,及至京师,泪凝为血。以后,文学作品常称女子悲哭之泪水为“红泪”。李商隐《板桥晓别》:“水仙欲上鲤鱼去,一夜芙蓉红泪多。”

③不曾行:不曾去过。

【赏析】

是词写征眷怨。前阕写思妇暮春登楼望远。“独上”与“愁望”、“小楼”与“玉关”相对,一下子将思妇与征人的距离拉近了,“芳草路”,她的眼内,征人已踏上归途。但是,消息断绝,“不逢人”——征人未归。思妇此时无限伤感,不忍亦不敢再接着远望,真想紧锁双眉回到闺房去,不等算了。过片,从另一角度写,“坐看落花”,由落花想自我的悲,叹息过后,红泪如雨下,湿透罗衣。结尾,进一步写思妇因思念的无可奈何:征人在千山万水之外,自己未曾去过,教我如何在梦中寻找呢?词作结得妙,结得叫人与她同洒“红泪”。

◉**集评**

汤显祖《玉茗堂评花间集》:“与‘梦中不识路’,‘打起黄莺儿’,可并不朽。”

李冰若《栩庄漫记》:“‘千山’、‘魂梦’二语,荡气回肠,声哀情苦。”

小重山

一闭昭阳春又春①,夜寒宫漏永②,梦君恩。卧思陈事暗消魂③,罗衣湿,红袂有啼痕④。　歌吹隔重阍⑤,绕庭芳草绿,倚长门⑥。万般惆怅向谁论?凝情立⑦,宫殿欲黄昏。

【注释】

①昭阳:汉代昭阳殿。杨衡《长门怨》:“望望昭阳信不来,回眸独掩红巾泣。”《仙女词》:“仙宫一闭无消息,遥结芳心向碧云。”

②宫漏:古时宫中铜壶滴漏定时器。李远《赠弘文杜校书》:“漠漠禁烟笼远树,泠泠宫漏响前除。”永:长,慢悠悠。

③陈事:旧事,往事。

④红袂:红色的衣袖。白居易《五弦诗》:“清歌且罢唱,红袂亦停舞。”

⑤歌吹:歌唱弹吹。《汉书·霍光传》:“引内昌邑乐人,击鼓歌吹作俳倡。”徐悱妻刘氏《和婕妤怨》:“况复昭阳近,风传歌吹声。”　阍(hūn):守门人。宫门。屈原《离骚》:“吾令

帝阍开关兮,倚阊阖而望予。"杜甫《塞芦子》:"谁能叫帝阍。" 重阍:宫门多层,难以入内。

⑥倚:随着,此言沿着。 长门:汉代长门宫。用汉武帝时陈皇后因失宠,别居长门宫事。李益《宫怨》:"似将海水添宫漏,共滴长门一夜长。"

⑦凝情:痴情。李煜《送邓王二十弟从益牧宣城》:"浩浪侵愁光荡漾,乱山凝恨色高低。"

【赏析】

是词写宫女怨。宫女回忆起,自入深宫,一个春天又一个春天,寒夜里静听漏声,唯有在梦中才得到恩宠,追想昔日旧事令人消魂,泪滴罗衣,红袂留痕。过片,笔调一转,描写重阍外的歌舞欢乐与美好春光,反衬宫女失宠的凄苦。宫女无奈之际,惟有哀叹:"万般惆怅向谁论?"宫女深情伫立,宫殿的黄昏快到了,今夜又将如何?词人不下结论,让读者自己去联想。

◉集评

杨慎《评点草堂诗余》:"'长门一步地,不肯暂回车。'此词可谓善于翻案。"

汤显祖《玉茗堂评花间集》:"'宫殿欲黄昏',何等凄绝!宫词中妙句也。"

陈廷焯《词则·别调集》:"凄警。"

李冰若《栩庄漫记》:"犹是唐人宫怨绝句,而杨湜乃附会穿凿,谓因建夺其宠姬而作矣。"

※ ※ ※ ※ ※ ※ ※ ※

定西蕃

挑尽金灯红烬[①],人灼灼[②],漏迟迟,未眠时。斜倚银屏无语。闲愁上翠眉。闷杀梧桐残雨,滴相思。

【注释】

①金灯:精美的灯盏。 红烬:灯火熄灭。

②灼灼:形容美人光彩照人。《诗·周南·桃夭》:"桃之夭夭,灼灼其华。"

【赏析】

是词写相思。"斜倚",写动作;"无语"写神态;"闷杀",写心理感受;"梧桐秋雨",比喻流动状态的相思。

◉集评

况周颐《餐樱庑词话》:"韦端己《定西番》云:'挑尽金灯红烬,人灼灼,漏迟迟,未眠时。'韦有《伤灼灼诗序》云:'灼灼,蜀之丽人也。近闻贫且老,殂落于成都酒市中,因以四韵吊之:尝闻灼灼丽于花,云髻盘时未破瓜。桃脸漫长横绿水,玉肌香腻透红纱。多情不住神仙界,薄命曾嫌富贵家。流落锦江无处问,断魂飞作碧天霞。'《定西番》所云'灼灼',疑指其人盛时。其又一阕云:'塞远久无音问,愁消镜里红。'是时玉容消息,即已不堪回首矣。"

俞陛云《唐五代两宋词选释》:"佳处亦在结句,情景兼到,与飞卿《更漏子》词'空阶滴到明'句相似。"

定西蕃

芳草丛生结缕①,花艳艳,雨濛濛,晓庭中。塞远久无音问②,愁销镜里红③。紫燕黄鹂犹生④,恨无穷。

【注释】

①结缕:小草。茎细长,在地面随处生细根,互相结连,广被地面。

②音问:音讯。

③镜里红:镜中红颜。

④紫燕:即越燕。

【赏析】

是词写征眷怨。前三句写清晨春景,芳草碧绿蔓生,鲜花美艳,细雨蒙蒙。征眷相依边塞征人已经好久没有音讯了,不禁愁绪萌生,镜里映出憔悴的红颜,心中充满怨恨。

◉集评

万树《词律》:"韦相作与此(孙光宪《定西番》)同,但不分段,合作一调耳。"

清平乐

琐窗春暮,满地梨花雨①。君不归来情又去,红泪散沾金缕。　梦魂飞断烟波②,伤心不奈春何。空把金针独坐,鸳鸯愁绣双窠③。

【注释】

①梨花雨:梨花开放时节的春雨。

②烟波:烟雾之中的水波。

③窠:同"棵",此指只。

【赏析】

是词写春愁。暮春时节,梨花雨下个不停。闺妇埋怨夫君不归来,伤心落泪湿金缕。伤心又有何用,奈何不了春天。把针独坐,带着愁情去刺绣双双鸳鸯。

清平乐

绿杨春雨,金线飘千缕①。花折香枝黄鹂语,玉勒雕鞍何处②?　碧窗望断燕鸿,翠帘睡眼溟濛③。宝瑟谁家弹罢,含悲斜倚屏风。

【注释】

①金线:比喻柳条。

②玉勒雕鞍:以马具指代马,再以马代人。

③溟濛:模糊看不清。

【赏析】

是词写春思。春雨潇潇，杨柳青青，鲜花绽放，黄鹂鸣叫，郎君你在何处？一个问句，深含怀念。后阕，写凭窗眺望，燕鸿远去，睡眼模糊。谁家瑟音传来，含着悲伤斜倚屏风。

谒金门

春雨促，染就一溪新绿。柳外飞来双羽玉[①]，弄晴相对浴。　楼外翠帘高轴[②]，倚遍栏干几曲。云淡水平烟树簇，寸心千里目[③]。

【注释】

①羽玉：羽翼像玉，此指白鹭鸥鸟之类。

②轴：用作动词，卷起。

③寸心：指心。

【赏析】

是词写春思。前阕写春意盎然景象：春雨、碧溪、玉鸥弄晴对浴。“染”，传神；“晴”字一语双关，即情也。后阕写闺妇望远，“寸心千里目”，她的心随着目光，由近及远，要看到远在千里之外的心上人。其春思何其深远。

◉**集评**

沈际飞《草堂诗余正集》：“‘染就’句丽，说得双羽有情。《鱼游春水》词‘云山万重，寸心千里’亦自妙。此以上文布景找一‘目’字，意思完全，韵脚警策。”

董其昌《新锓订正评注便读草堂诗余》：“‘倚遍阑干’，无由消千里之恨。”

周珽《删补唐诗选脉笺释会通评林》：“卷帘倚阑，睹溪鸟双飞对浴，因起闺人之想，心目之间，何能自堪，写情委婉。”

黄蓼园《蓼园词选》：“韦端己以才名入蜀，值王建割据，遂被羁留，为蜀散骑常侍，判中书门下事。《谒金门》云：‘柳外飞来双羽玉，弄晴相对浴。’……歇拍云：‘寸心千里目。’可以悲其志矣。”

河传

锦里[①]，茧市[②]。满街珠翠[③]，千万红妆[④]。玉蝉金雀，宝髻花簇鸣珰，绣花裳。　日斜归去人难见，青楼远，队队行云散[⑤]。不知今夜，何处深锁兰房，隔仙乡[⑥]。

【注释】

①锦里：锦宫城，成都。

②茧市：每年春季，蜀地州城及属县循环一十五处办蚕市，此指锦城蚕市。

③珠翠：妇女饰物，指代美女。

④红妆：突出红艳的妆容，指代美人。

⑤行云：此指美女。

⑥仙乡：神仙境界。

【赏析】

是词写古代成都蚕市。前阕描写趁市的妇女，反映蚕市的热闹："满街"、"千万"，写规模盛大；"珠翠"、"红妆"、"玉蝉"、"金雀"、"宝髻"、"花簇"、"花裳"，写瑰丽、繁华。后阕写散市，日暮市散，佳人归去，深锁兰房，仿如远隔仙乡。

薛昭蕴《薛侍郎词》

【小传】

薛昭蕴，或当是薛昭纬，新、旧《唐书》有《薛昭纬传》，乾宁中为礼部侍郎。孙光宪《北梦琐言》："薛澄州昭纬，即保逊之子也。恃才傲物，亦有父风。每入朝，弄笏而行，旁若无人，好唱《浣溪沙》词。"生卒年不详。华钟彦先生说："至于入蜀与否，不见记载，未可定也。"

《花间集》称薛侍郎，收其词19首，近人王国维辑《薛侍郎词》一卷，辑录词19首。

◉集评

李冰若《栩庄漫记》："雅近韦相，清绮精艳，亦足出人头地，远在毛文锡上。"

浣溪沙

红蓼渡头秋正雨①，印沙鸥迹自成行。整鬟飘袖野风香②。　不语含颦深浦里，几回愁煞棹船郎③。燕归帆尽水茫茫④。

【注释】

①红蓼：一年生草本植物，多生于水中，味苦，入药。

②野风：郊野吹拂的风。鲍照《代东门行》："野风吹秋木，行子心肠断。"

③棹船郎：驾船郎。陆龟蒙《江南曲》："寄语棹船郎，莫夸风浪好。"

④帆尽：以"帆"指代船。船已远去，不见帆影。茫茫：浩瀚淼茫。韩偓《病中初闻复官二首》之二："属车何在水茫茫。"

【赏析】

是词写少女渡头盼归。前阕首二句写秋色丽景：红蓼漫生的渡头，下起沥沥秋雨，隐隐约约可见印在沙滩上的行行鸥迹。歇拍写人物，站立渡头的少妇理弄云鬟，郊野晨风吹动她的长袖，飘散出阵阵芳香。过片写少妇，她在深浦里蹙着眉头，若有所思、一声不响地看着水面远处。接着以侧面描写手法，通过来往于江上的棹船郎目睹少妇情状，为之愁煞的感慨来作烘托。"几回"，说明次数之多、时间之久。结句"燕归帆尽水茫茫"，写少妇等到的结果，燕子归来，帆影在天边消失，江水茫茫依然流淌，好像在诉说少妇心中的伤感。是词景情交融，抒情委婉动人。

◉集评

汤显祖《玉茗堂评花间集》："天空鸟飞，水落石出，凡景皆然。"

沈际飞《草堂诗余别集》："何物棹船郎，解愁杀耶？意在言外。"

况周颐《餐樱庑词话》："清与艳皆词境也。此词清中之艳，其艳在神。"

浣溪沙

钿匣菱花锦带垂①，静临栏槛卸头时②，约鬟低珥算归期③。　茂苑草青湘渚阔④，梦余空有漏依依，二年终日损芳菲⑤。

【注释】

①菱花：菱花镜。据《赵飞燕外传》载：飞燕婕妤，奏上三十六物以贺，有七尺菱花镜一奁。后世故谓镜为"菱花"。

②卸头：卸妆。司空图《灯花三首》之二：“姊妹教人且抱儿，逐他女伴卸头迟。”

③珥(ěr)：耳环之类的饰物。 算：估计，预计。

④“茂苑”句：写梦境，形容梦中的欢愉。白居易《登阊门闲望》：“曾赏钱唐嫌茂苑，今来未敢苦夸张。” 湘渚：湘水中小洲。皮日休《鸳鸯二首》之二：“无日不来湘渚上，有时还在镜湖中。”

⑤芳菲：此指青春年华。刘长卿《长门怨》：“芳菲自恩幸，看却被风吹。”

【赏析】

是词写怀远盼归。前阕描写女子临睡卸妆，暗地里预测情人归期的细节，平实感人。过片，略写“花苑”梦境、青青的芳草、广阔的湘水小洲……表意含蓄。梦醒过来，耳边空有远处传来的依稀更漏声音。“空有”，暗寓孤单一人，夜里只能与漏声为伴，暗写相思愁怨。结句，分手两年，终日想念，枉度时日，芳容日渐损瘦，青春日渐逝去，表达了闺妇相思凄苦，长年盼归的深情。

浣溪沙

粉上依稀有泪痕①，郡庭花落欲黄昏②，远情深恨与谁论③？ 记得去年寒食日，延秋门外卓金轮④，日斜人散暗消魂。

【注释】

①依稀：隐隐约约，仿佛。郭良《早行》：“渐至重门外，依稀见洛城。”

②郡庭：泛指富贵人家的庭院。张九龄《临泛东湖》：“郡庭日休暇，湖曲邀胜践”。

③深恨：恨甚。罗虬《比红儿诗》：“低眉深恨嫁牵牛。”

④延秋门：唐代宫廷之门名。据《长安志》载：禁苑中宫廷凡二十四所，西面二门，南曰“延秋门”，北曰“元武门”。杜甫《哀王孙》：“长安城头头白乌，夜飞延秋门上呼。” 金轮：车轮，指代车辆。武则天《从驾幸少林寺》：“金轮转金地，香阁曳香衣。” 卓：站立，此引申为停。

【赏析】

是词写离恨。前阕首二句写女子痛苦情状，表达离恨。她伤心落泪刚过，粉脸上依稀可见泪水流过渍成的痕迹；呆呆地看着庭院里落花纷纷，好容易才到了快黄昏时候。歇拍，怀远情感与深切怨恨交织在一起，不禁发出跟谁去理论呢的感慨。“远”字，从空间角度写怀念之情；“深”字，从程度角度写离别愁怨之恨；“与谁论？”欲诉无人，只有自知，好可怜。后阕回忆离别。记得去年寒食那天，在延秋门外停车告别；夕阳西下，情人启程，渐渐去远，背影渐渐融在落日之中，她孤单一人暗地里痛苦得像魂儿离了体一样。离别伤感的心情，含蓄婉转，深远凝重。

◉集评

陈廷焯《云韶集》：“日斜人散，对此者谁不消魂？”《词则·闲情集》：“尝《溪沙》数阕，委婉沉至，音调亦闲雅可歌。”

俞陛云《唐五代两宋词选释》：“纪初别。泪痕界粉，起句更从对面着笔，则‘日斜人散’，消魂者不独一人也。”

浣溪沙

握手河桥柳似金，蜂须轻惹百花心①，蕙风兰思寄清琴②。　意满便同春水满③，情深还似酒杯深④，楚烟湘月两沉沉⑤。

【注释】

①蜂须：《埤雅·释虫》："蜂蝶丑，皆以须嗅。须，盖其鼻也。"杜甫《徐步》："芹泥随燕嘴，蕊粉上蜂须。"　花心：花蕊。

②蕙风：春风。谢朓《和王中丞闻琴》："蕙风入怀抱，闻君此夜琴。"　兰思：《易·系辞》："同心之言，其臭如兰。"蕙、兰，香草，此喻女子纯美的情思。屈原《离骚》："岂维纫夫蕙茝"、"纫秋兰以为佩"。　寄清琴：情思寄予于清越的琴声之中。

③"意满"句：离愁别绪如同满江春水涨。

④"情深"句：深情厚意像满杯的送别酒。

⑤"楚烟"句：指饯别时幽静、凄迷的意境。　沉沉：寂静无声。

【赏析】

是词写离别，字面无愁怨，只有情深意笃，颇感深沉。前阕回忆相聚。"握手"开头，表现恋情炽热，俩人手牵着手，漫步在河桥之上观赏两岸的春光，柳条吐出金色的嫩芽，蜜蜂落在花朵上、触须轻轻地接触着百花花蕊。歇拍，女子拨动琴弦，奏起清曲，将心中的春风兰意倾诉。"蕙风兰思"，比喻爱意；"寄"字，含蕴表达爱意。后阕写饯别。过片，总括两人情深。爱意充盈，就像春水涨满河道似的；恋情深切，就像美酒盛满杯盏似的。结句，以楚烟湘月的平静淡定，比喻情感厚挚，无须言语表达，个中滋味自在各人心中。

◉集评

汤显祖《玉茗堂评花间集》："俗笔。"

俞陛云《唐五代两宋词选释》："纪重逢。'蜂须'句，取譬微婉。下阕'水满''杯深'，词笔亦笔酣墨饱。结句'楚烟湘月'，以荡漾之笔作结，非特语极含蓄，且引起下首楚江送别之意。"

李冰若《栩庄漫记》："'蜂须轻惹百花心'，巧丽极矣，未经人道语，然只合入词，入诗则流于纤矣。"

华钟彦《花间集注》："由别时说起，写出蜂惹花心，以兴离怀别苦。"

浣溪沙

帘下三间出寺墙①，满街垂柳绿阴长。嫩红轻翠间浓妆②。　瞥地见时犹可可③，却来闲处暗思量④。如今情事隔仙乡⑤。

【注释】

①寺墙：从汉代以来，三公所居称府，九卿所居称寺。古时，凡府庭所在皆称"寺"，此指庭院。寺墙，即院墙。齐己《寄孙鲂秀才》："郡楼东面寺墙西，颜子生涯竹屋低。"

②浓妆：指打扮入时之女子。

③瞥：过目。　可可：不在意。又解，赞许之辞，可以，不错。

④却来：回过来。

⑤仙乡:缥缈之境。此意谓再也无缘相会,仿佛仙境与人间相隔。李咸用《春日题陈正字林亭》:“周回胜异似仙乡,稍减愁人日月长。”

【赏析】

是词写公子哥儿偶遇靓女后无缘再见的懊恼。首句,以指代修辞手法交代主人公是贵胄公子。他穿过重重垂帘,步出府第的院墙,在街道上散步,路两旁满布垂杨,绿浓荫深。歇拍,“嫩红轻翠间浓妆”,“红”、“翠”两字,既是写环境,红花绿树;又可理解为美人衣着艳丽,穿红着绿;写出了忽然所见,惊奇心态下产生的不太真切的视觉成像。过片,公子哥儿瞥了一眼,觉得还可以,但到了空闲之时,回想起来,却暗暗地思念着。结句,现在情事已经像人间与仙乡隔着似的,无缘再见了。后阕描写男主人公在三个时段的三种心理变化:瞥地——犹可可,却来——暗思量,如今——情事隔仙乡,后悔了,惆怅了。

◉集评

汤显祖《玉茗堂评花间集》:“瞥见都易错过,耐得思量,定不折本。”

李冰若《栩庄漫记》:“‘嫩红轻碧浓妆’,设色艳冶,如一幅画。”

浣溪沙

江馆清秋缆客船[①],故人相送夜开筵。麝烟兰焰簇花钿[②]。　正是断魂迷楚雨,不堪离恨咽湘弦[③]。月高霜白水连天。

【注释】

①缆客船:系缆待发的客船。

②簇花钿:聚集着盛妆女子。 花钿:指代女子。

③湘弦:传说湘水女神善于鼓瑟,此借喻悲思。韩愈《送灵师》:“四座咸寂默,杳如奏湘弦。”

【赏析】

是词写江馆宴别,抒发怊怅情感。清凉的秋天,江滨的酒馆,江上缆系的客船,交替了时间、地点,“缆客船”,暗说朋友就要乘船出发了。送别老朋友,准备了歌筵饯别。歇拍写歌筵盛况,宴厅里香烟缭绕,兰焰跳跃,聚焦了盛妆的丽人相陪,送别的夜筵盛大而隆重。过片,笔触一转,主人公触景生情,心中离别之苦,犹如断了魂一样难受,恰似那楚江上迷蒙的烟雨;凄切的离恨本来就叫人经受不住了,而筵席上又弹奏起悲情的湘弦之音。词作结尾,将离情别绪融进了秋夜江月的景色之中,皓月高挂,月光与霜雾相映,眼前的一切笼罩着白色,银白的江水与皓白的夜空连在一起,远望开去水像天、天似水,意境深邃、幽远、空阔,离恨充满天地之间。

◉集评

周珽《删补唐诗选脉笺释会通评林》:“依依别情,流为销魂之语,自觉香艳。”

俞陛云《唐五代两宋词选释》:“此言‘湘弦’、‘离恨’,当是远行者雅善鼓琴。月高霜白之宵,七条弦上,宜其离心凄咽也。”

李冰若《栩庄漫记》:“一结便有怊怅不尽之意,可谓善于融情入景。”

浣溪沙

倾国倾城恨有余①，几多红泪泣姑苏②，倚风凝睇雪肌肤③。　吴主山河空落日④，越王宫殿半平芜⑤，藕花菱蔓满重湖。

【注释】

①倾国倾城：此指西施美貌。张祜《吴宫曲》：“可怜倾国艳，谁信女为戎。”《昭君怨二首》之二：“莫羡倾城色，昭君恨最多。”

②姑苏：姑苏台。相传吴王夫差修筑，在今江苏省苏州市。《吴越春秋》：“越进西施于吴，请退师。吴得之，筑姑苏台，游宴其上。”

③凝睇：注视。　雪肌肤：肌肤白嫩、细腻而润滑。《庄子》“肌肤若冰雪。”郭象注：“冰，古凝字，肌肤若冰雪，即诗所谓肤如凝脂也。”

④吴主：指吴王夫差。　落日：比喻亡国。《国语·越语》：勾践“败吴于囿，又败之于没，又郊败之。夫差请成，不可，遂灭吴。”

⑤越王：越王勾践。　平芜：荒芜，亦成陈迹。白居易《秋暮西归途中书情》：“九月草木落，平芜连远山。”

【赏析】

是词咏史。西施具有“倾国倾城”的艳丽，却饱受了怨恨的折磨，她在姑苏台上流下了多少悲切的眼泪。迎风伫立凝神远眺故国的身姿、如雪肌肤的美艳……前阕写西施心灵深处饱受的凌辱，“几多红泪泣”，是悲剧的高度概括。过片承上而写，往昔的吴国江山空余落日，越王的宫殿也已荒芜变成陈迹，那湖面上满是重叠的藕花菱蔓。词作以西施入吴的个人悲剧，比兴吴越的兴衰，暗喻世事变故、朝代兴衰、沧海桑田。

◉集评

汤显祖《玉茗堂评花间集》：“与‘只今唯有西江月’诸篇同一凄惋。”

李冰若《栩庄漫记》：“伯主雄图，美人韵事，世异时移，都成陈迹。三句写尽无限苍凉感喟。此种深厚之笔，非飞卿辈所企及者。”

浣溪沙

越女淘金春水上，步摇云鬓佩鸣珰①，渚风江草又清香。　不为远山凝翠黛，只应含恨向斜阳，碧桃花谢忆刘郎②。

【注释】

①步摇：妇女首饰，以银丝宛转屈曲作花枝，插于髻后，随步辄摇，故称步摇。《释名·释首饰》：“步摇，上有垂珠，步则摇也。”白居易《长恨歌》：“云鬓花颜金步摇，芙蓉帐暖度春宵”。　鸣珰：金玉制的耳珠。《玉台新咏·焦仲卿妻》：“腰若流纨素，耳着明月珰”。

②刘郎：本指东汉人刘晨，指代情郎。

【赏析】

是词写淘金女思念情郎。首句直接入题，越女淘金在桃花春水上，劳动环境清丽，劳作之人亦美丽，跟着淘金动作的变换，头上的步摇在轻晃、云鬓耳边的佩玉在鸣响。清风徐徐吹过江面，带来阵阵芳草芬香。前阕从三个方面描写淘金女：一，环境场景烘托，春水、渚风；二，象征比喻，江草、清香；三，肖像描写，步摇、云鬓、佩玉。后阕写淘金女的内心表白。她朴实不事妆，没有将双眉画成远山样，只是蹙眉、含恨地向着斜阳沉思，碧桃花开过了，人的青春岁月亦会慢慢过去，想起了心上人，“忆刘郎”，这个三字，剖白心境，直率陈述，劳动妇女形象鲜明感人。

◉集评

陈廷焯《词则·闲情集》“遣词大雅。”“《浣溪沙》数阕，委婉沉至，音调亦闲雅可歌。”

喜迁莺

残蟾落①，晓钟鸣，羽化觉身轻②。乍无春睡有余酲③，杏苑雪初晴④。　紫陌长⑤，襟袖冷，不是人间风景。回看尘土似前生，休羡谷中莺⑥。

【注释】

①残蟾：残月。

②“羽化”句：成仙后身体飞升上天。此喻应试得中。《南史·褚伯玉传》：“常思遂其高志，成其羽化。”

③余酲（chèng）：余醉。韩偓《寄湖南从事地》：“索寞襟怀酒半醉，无人一为解余酲。”

④杏苑：杏园。唐人举进士，在杏园聚会。张礼《游城南记》：“杏园与慈恩寺南相值，唐新进士多游宴于此，与芙蓉园皆为秦宜春下苑之地。”

⑤紫陌：禁城中大道。岑参《和贾至舍人早朝大明宫之作》：“鸡鸣紫陌曙光寒，莺啭皇州春色阑。”

⑥谷中莺：比喻隐居未仕者。罗隐《送友人归夷门》：“不须惆怅谷中莺。”

◉集评

汤显祖《玉茗堂评花间集》：“‘杏苑’句不呆。”

喜迁莺

金门晓①，玉京春②，骏马骤轻尘。桦烟深处白衫新③，认得化龙身④。　九陌喧⑤，千户启，满袖桂香风细⑥。杏园欢宴曲江滨⑦，自此占芳辰⑧。

【注释】

①金门：汉代金马门，代称官署。扬雄《解嘲》：“历金门，上玉堂，有日矣。”

②玉京：京城。骆宾王《咏怀古意上裴侍郎》：“若不犯霜雪，虚掷玉京春。”

③桦烟：桦树皮卷蜡作烛，燃烧形成的烟。据《国史补》载：正旦晓漏以前，三司使大金吾以桦烛拥，谓之火城。　桦烟深处：指朝廷考场。　白衫：唐时士子穿的便服。皮日休《江南书情二十韵》：“病久新乌帽，闲多着白衫”。

④化龙身：指登第。

⑤九陌：京城大道。《三辅黄图》：“长安八街九陌。”

⑥桂香：古代以折桂比喻登第。

⑦曲江滨，曲江池，在今陕西西安市东南曲江镇一带。《太平寰宇记·长安》载，汉为乐游原，汉武帝因秦宜春苑故址，凿而广之，其水曲折，有似广陵之江，故称“曲江”。隋改为

芙蓉园，唐更疏凿，周七里，南有紫云楼、芙蓉苑，西有杏园、慈恩寺，北有乐游原。都人游赏，中和时最盛。秀才每年登科，皇帝赐宴于曲江之滨。刘沧《及第后宴曲江》："及第新春选胜游，杏园初宴曲江头。"

⑧芳辰：良辰。李峤《立春日侍宴内殿出剪彩花应制》："早闻年欲至，剪采学芳辰。"

喜迁莺

清明节，雨晴天，得意正当年。马骄泥软绵连乾①，香袖半笼鞭。花色融，人竞赏，尽是绣鞍朱鞅②。日斜无计更留连③，归路草和烟。

【注释】

①连乾：乾即靬，又作"连钱"，马匹的妆饰物。《晋书·王济传》："尝乘一马，着连乾鄣泥。"顾况《露青竹杖歌》："金鞍玉勒锦连靬。"

②鞅：套于马颈上的皮带。

③留连：不愿、不忍离去。梁元帝《长歌行》："人生行乐尔，何处不留连。"

【赏析】

是调三首皆就题发挥，从不同角度描述了当时科举制度下的社会生活："残蟾落"章，写应试得中之欣喜得意，"觉身轻"。"金门晓"章，写特殊厚遇，游金街，宴杏园曲江。"清明节"章，写得意行动，正所谓"春风得意马蹄疾"。其前二首俗不可耐，惟第三首有点儿脱俗。

◉集评

汤显祖《玉茗堂评花间集》："此首独脱套，觉腐气俱消。"按，此首，指"清明节"章。

小重山

春到长门春草青，玉阶华露滴，月胧明。东风吹断紫箫声①，宫漏促，帘外晓啼莺。　愁极梦难成，红妆流宿泪②，不胜情。手挼裙带绕阶行③。思君切，罗幌暗尘生④。

【注释】

①紫箫：紫竹所做成的箫。杜牧《杜秋娘》："金阶露新重，闲捻紫箫吹。"

②宿泪：隔夜的眼泪。　江总《和衡阳王殿下高楼看妓诗》："起楼侵碧汉，初日照红妆。"

③挼(ruó)：揉搓。

④罗幌：丝罗帷帐。

【赏析】

是词写宫女怨。前阕写长门春晓景物：春天来到长门，春草青青，华露湿阶，月明风轻，箫管奏鸣，宫漏依依，莺啼柳间，这并不是堆砌，而是集合意象，以景寓情，绘声绘色地着力描写清凄的环境氛围，为后阕作好铺垫。过片，以"愁极"二字，总概宫女形象，具体表现：一、"梦难成"，彻夜未眠，连怀人之梦也作不成；二、浓艳的宿妆上残留昨夜的泪痕；三、"不胜情"，经受不了情思的痛苦折磨；四、手挼裙带绕阶行，百无聊赖之极。从行动、容貌等四个方面刻画怨态。结拍，她急切地渴望君王的宠幸，可是“罗幌暗尘生”，华贵的越罗帷幔渐渐积上了灰尘，比喻君皇对她冷落，准确、妥帖。

◉集评

沈际飞《草堂诗余别集》：“比古曲‘老女不嫁，蹋地唤天’隐些，然亦急矣。三月无君则吊，士何异此。”

茅暎《词的》：“怨女弃才，千古同恨。”

卓人月汇选、徐士俊参评《古今词统》：“不为诡奇，却是古雅。”

陈廷焯《词则·别调集》：“尚有古意。”

李冰若《栩庄漫记》：“词无新意，笔却流折自如。”

小重山

秋到长门秋草黄，画梁双燕去，出宫墙。玉箫无复理霓裳①，金蝉坠②，鸾镜掩休妆③。 忆昔在昭阳④，舞衣红绶带⑤，绣鸳鸯。至今犹惹御炉香。魂梦断，愁听漏更长。

【注释】

①玉箫：洞箫。古人称精美物常以“玉”比喻，如“玉笛”、“玉容”、“玉楼”、“玉食”等。李隆基《同玉真公主过大哥山池》：“凤楼遥可见，仿佛玉箫声。” 理：治，引申为演奏。 霓裳：《霓裳羽衣曲》。《乐府诗集》载，《唐逸史》：“罗公远多秘术，尝与玄宗至月宫，仙女数百，皆素练霓衣，舞于广庭，问其曲，曰《霓裳羽衣》，帝默记其音调而还，明日召乐工，依其音调作《霓裳羽衣曲》。”一说，“开元二十九年中秋夜，帝与叶法善游月宫，听诸仙奏曲，遂以玉笛接之，曲名《霓裳羽衣》，后传于乐部。”《乐苑》：“《霓裳羽衣曲》，开元中西凉府节度杨敬述进。”郑愚曰：“玄宗至月宫，闻仙乐，及归，但记其半，会敬述进《婆罗门曲》，声调相符，遂以月中所闻为散序，敬述所进为曲，而名《霓裳羽衣》也。”白居易《长恨歌》：“风吹仙袂飘飖举，犹似霓裳羽衣舞。”

②金蝉：金制蝉形头饰。韩偓《春闷偶成十二韵》：“醉后金蝉重，欢余玉燕欹”。

③休：善、美。休妆，美丽的妆束。

④昭阳：昭阳殿。据《三辅黄图》载：汉武帝后宫八区，有昭阳殿。汉成帝时，皇后赵飞燕及其妹昭仪，曾居于昭阳舍，即昭阳殿。

⑤绶带：丝带。

【赏析】

是词写宫女怨。长门宫是陈皇后失宠之后的居所，词作将它移为宫女居所，点明是失宠宫女。秋天来到长门宫内，秋草枯黄了，在画梁栖宿的一对对燕子也相继离去，早就飞出了宫墙。宫女们再也不把玉箫，吹奏那《霓裳羽衣曲》了；头上的金蝉首饰掉了，也不去拾起；掩闭上鸾镜，不再打扮美艳妆。一连三个举动，形象地描写了宫女被遗弃的哀怨。后阕回忆得宠时情景与前阕作对比。回忆起在昭阳宫的那段日子，舞衣系着红色的丝带，上面绣着鸳鸯。现在还能闻到当时熏染上的御炉香。思念君王宠幸的魂梦早就断绝了，长夜里只是孤身愁听更漏声。得宠与失宠，对比强烈，命运凄惨。

离别难

宝马晓鞴雕鞍①，罗帷乍别情难②。那堪春景媚，送君千万里。半妆珠翠落[3]，露华寒。红蜡烛，青丝曲[4]，偏能钩引泪阑干[5]。　良夜促，香尘绿[6]，魂欲迷，檀眉半敛愁低[7]。未别心先咽，欲语情难说。出芳草，路东西。摇袖立，春风急，樱花杨柳雨凄凄[8]。

【注释】

①宝马：良马。鲍溶《羽木行》："宝马雕玉鞍。"　鞴（bèi）：为马备鞍辔，即将鞍辔套在马身上。

②罗帷：指闺阁之中。

③半妆：半面妆。梁元帝瞎了一只眼睛，徐妃故意为半面妆。

④青丝曲：弦歌曲。

⑤钩引：此指招惹、引起。　泪阑干：喻泪水如阑干状纵横流淌。

⑥香尘绿：言月光照，大地一派浅绿色。

⑦檀眉：香眉。

⑧樱花：花名。况周颐《蕙风词话》："中国樱花不繁而实，日本樱花繁而不实。薛昭蕴《离别难》云，'樱花杨柳雨凄凄'，此中国樱花也，入词殆自此始。此花以不繁，故益见娟倩。日本樱花惟绿者最佳。其红者或繁密至八重，清气反为折掩。惟是气象华贵，宜彼都花王奉之。"李商隐《无题四首》之四："樱花永巷垂杨岸。"

【赏析】

是词写离别。词作的情节从别离前的备马说起，抒情由"难"字兴起。拂晓了，已经为宝马准备好了雕鞍，别离在即，俩人在罗帐内依依不舍。春光美，君远行，"那堪"二字冠句前，读之，悲痛难忍。女的妆饰零落、珠环不佩，踏着寒露送行；再看那红烛泪垂，听那青丝别曲，似在故意弄人，惹引双泪滂沱。过片紧接，良宵何其短，"促"字，表露主观感觉，叹息时光快过，与上文"乍"呼应。相处短促，离别急速，使人梦魂迷离，愁眉低垂；还未告别，心已在哭泣，伤感涌动，要说亦不能开口。真挚之情，淋漓尽致。"未别心先咽，欲语情难说"，二句写尽分别一瞬间的内心世界。行者，"出芳草路东西"；送者，"摇袖立，春风急"。采用分镜头来表述，共同构成一幅清晨送别图。结尾景，粗看似多余，其实自有词人用意：悲切的离情别意，能感天撼物，樱花、杨柳、老天爷亦被感动了。

◉集评

汤显祖《玉茗堂评花间集》："咽心之别愈惨，难说之情转迫；'平生无泪落，不洒别离间'，应是好话。"

相见欢

罗襦绣袂香红[1]，画堂中。细草平沙蕃马[2]，小屏风。　卷罗幕，凭妆阁，思无穷。暮雨轻烟魂断，隔帘栊。

【注释】

①香：指气味。　红：状颜色。　香红：即罗裙绣袂芳香而红艳。

②蕃马：吐蕃之马，三者皆屏风上所画之景也。杜牧《边上晚秋》："马放平沙夜不收"。

【赏析】

是词写征眷怨。起头从视觉、嗅觉写闺妇，红艳的罗襦绣袂透出淡淡的芳香，伫立在画堂中间，可谓香艳。她凝视着小屏风上的图景：纤纤细草、缓缓沙碛、矫健蕃马。画面的景致，正是边塞特征，点出主人公所思念的人，远在边关。过片，速写闺妇的动作，表达怀念征人的情感。她卷起帘幔，凭倚妆阁远望，思绪无穷。结尾，黄昏时分，隔在帘栊外面的微雨轻烟，遮挡了视线，她感到魂断。“隔”字，表两人不得相聚，隔之千里，隔之烟雨，所以“思无穷”、“魂断”。

◉集评

陈廷焯《云韶集》：“即端己所云‘断肠君信否？’”

醉公子

慢绾青丝发[①]，光研吴绫袜[②]。床上小熏笼[③]，韶州新退红[④]。　叵耐无端处[⑤]，捻得从头污。恼得眼慵开，问人闲事来。

【注释】

①绾(wǎn)：盘。绕束成结。李涉诗“芙蓉头上绾青丝”。　青丝发，如青丝般的长发。

②研(yà)：用石块打磨，去刺眼浮光，称为“研光”。《开元天宝遗事》载：汝阳王琎戴研光帽打曲，明皇自摘槿花，置之帽上，帽极滑，久而方安。《玉篇》：“今之布匹及纸，用石碾研光滑者，俗名研光布，研光纸。”王建《宫词一百首》：“青楼小妇研裙长。”　吴绫：丝织品名。

③熏笼：罩在熏炉上的笼子。

④韶州：地名，今属广东省。　退红：韶州所产红色颜料。王建《宫词一百首》：“缣罗不著索轻容，对面教人染退红。”

⑤叵(pǒ)耐：无可奈何，引申为可恶，讨厌。崔橹《有酒失于虔州陆郎中赆，以诗谢之》：“叵耐一双穷相眼。”

【赏析】

是词，就题发挥，描述当时贵族公子的寄生生活。他慢条斯理地盘绾起青丝般的长发为髻，穿上研光的吴绫丝袜。床上的熏炉罩着精致的小笼子，被褥都是用韶州退红染的。前阕为人们刻画出一位富家公子的形象。后阕，写他的恶行德性。可恶的是，常常无端发“恶”，搞到满身脏兮兮。有时喝醉了，恼怒地张开醉眼，好像要查问什么，却说起其他的闲事来。一副恶少形象。

◉集评

汤显祖《玉茗堂评花间集》：“昔西王母宴群仙，戴研光帽，簪花舞，‘光研’二字本此。”
李冰若《栩庄漫记》：“此词甚劣。末二句略有风味。”

女冠子

求仙去也，翠钿金篦尽舍，入岩峦[①]。雾卷黄罗帔[②]，云雕白玉冠。　野烟溪洞冷，林月石桥寒。静夜松风下，礼天坛[③]。

◉集评

汤显祖《玉茗堂评花间集》：“隽雅不及韦相，而直叙道情，翻觉当行，次首恨有俗句。”

沈际飞《草堂诗余别集》:“直叙道情,可续景纯《游仙诗》。”

卓人月汇选、徐士俊参评《古今词统》:“我欲置身其中。”

陈廷焯《云韶集》:“‘野烟’十字,颇似中唐五律。语有仙气。”

女冠子

云罗雾縠④,新授明威法箓⑤,降真函。髻绾青丝发,冠抽碧玉篸。 往来云过五⑥。去住岛经三⑦。正遇刘郎使,启瑶缄⑧。

【注释】

①岩峦:此指道观。

②黄罗披:黄色丝罗披肩。女冠子的衣服。

③礼天坛:登坛拜天。此为道家仪式。

④云罗雾縠:以云雾比拟丝罗织物。

⑤明威:同“明畏”,表彰善良,惩罚邪恶。《尚书·皋陶谟》:“天明畏,自我民明畏。”法箓:道家图籍。

⑥“往来”句:往来五云之间。白居易《长恨歌》:“楼阁玲珑五云起,其中绰约多仙子。”

⑦岛经三:经三座仙岛。

⑧启瑶缄:开启使者所投的书缄。 瑶缄:对来信的美称。

【赏析】

此调二词,皆写女道士,描述得有点儿仙骨道风。

“求仙去也”章,写“求仙”。她将翠钿、金篦等身上物品全部抛弃,去到岩峦道观,心意何其坚定。她穿上轻如薄雾的黄色罗帔,头上戴着白如云彩的玉雕冠帽。烟雾缭绕山野的溪洞透出阵阵冷气,月儿照着林间的石桥吹来阵阵寒风。深夜了,还迎着松风,苦练“礼天坛”的功课。

“云罗雾縠”章,写“成仙”。那罗帔穿在身上显得更为轻盈,若云似雾一般,新进传授了明威法箓,得到真传,黑发盘卷成高髻,碧玉篸将冠帽与髻牢牢连住。可以轻易地驾五云,自由往来于三岛之间。遇上刘郎使者,收到邀请……

◉集评

汤显祖《玉茗堂评花间集》:“历祖中数目句子。”

谒金门

春满院,叠损罗衣金线①。睡觉水精帘未卷,檐前双语燕。 斜掩金铺一扇②,满地落花千片。早是相思肠欲断③,忍教频梦见④。

【注释】

①叠损:卧压而叠坏。刘叔似《菩萨蛮·怨别》:“叠损缕金衣,是他浑不知。”罗衣未脱而睡,折叠而损坏金线。

②金铺:门上兽面形铜制环钮,用以衔环。沈约《会圃临春风》:“曲房开兮金铺响,金铺响兮妾思惊。”

③早是:已是。

④教:叫,使。

【赏析】

是词写女子相思而不能自拔。词之开头，就塑造了困慵、散懒的女子形象。在融融春光里，主人公和衣而睡，罗衣被压得皱巴巴，绣上去的金线，有的已经叠损坏了。她睡觉醒来，发现没有卷起翠帘，屋檐下双燕呢语。她似乎看不下去了，起来斜掩好房门，又看见落花千万片、铺满了一地。本来她就已经是相思断肠的了，此时，思索着怎么忍心叫我无休止地频频梦见他？“频”字，点出相思甚深。

◉集评

陈廷焯《词则·闲情集》：“曰‘相思’、曰‘肠断’、曰‘梦见’，皆成语也。看他分作二层，便令人爱不忍释手。遣词用意当如此。”“意态使浓，斯谓翻陈出新。”

牛峤《牛给事词》

【小传】

牛峤(多音字,此读 qiáo)(850—920),字松卿,一字延峰,陇西(今甘肃陇西南)人。唐宰相牛僧孺后裔,乾符五年(878)登进士。历官拾遗、补阙、校书郎。王建镇西川,辟为判官。王建称帝,拜为给事中。在花间派词人中,他与韦庄一样,由他处入仕进蜀。牛峤博学有文,以歌诗著名,著有《歌诗集》三卷。其词多描写闺情,大都情感真挚;亦有如淡雅浅近民间之情歌。尝自言窃慕李贺长歌,举笔辄效之,尤喜制小词。

《花间集》称牛给事,收其词 32 首;近人王国维辑《牛给事词》一卷,辑录词 32 首。

◉集评

陆游《陆放翁题跋》:"牛峤《定西蕃》为塞下曲,《望江怨》为闺中曲,是盛唐遗音。及读其'翠娥愁,不抬头'、'莫信彩笺书里,赚人断肠字',又刻画似晚唐矣。"

况周颐《惠风词话》:"五代词切忌但学表面,所患除表面无可学。松卿词盖有内心者。"

李冰若《栩庄漫记》:"松卿词集不可见,今存《花间集》尚有三十二首,大体皆莹艳缛丽,近于飞卿,微不及希济耳。"

柳枝

解冻风来末上青[②],解垂罗袖拜卿卿[③]。无端袅娜临官路[④],舞送行人过一生[⑤]。

【注释】

①解冻风:春风,东风。《礼记·月令》:"孟春之月,东风解冻,蛰虫始振。" 末上青:杨柳末梢抽青条。

②"解垂"句:写柳枝飘荡,如曳开舞袖揖拜相迎心上人。拟人写法。 卿卿:古代爱称。《世说新语·惑溺》,王安丰妇常卿安丰,安丰曰:"妇人卿婿,于礼不敬,后勿复尔。"妇曰:"亲卿爱卿,是以卿卿,我不卿卿,谁当卿卿?""卿卿"迭用,前作动词用,以"卿"相称,后为代词,"你",即王安丰。后人变其义,以"卿卿"为亲昵称呼。韩偓《偶见》:"小叠红笺书恨字,与奴方便寄卿卿。"是处"卿卿"为亲昵之称。

③官路:官府修的路,可理解为驿道、大道。

④"舞送"句:舞送行人以终一生。

【赏析】

词作咏柳喻风尘女子。前二句,将柳条拟人化。春风浩荡吹拂大地,柳树枝条的末梢吐出青绿,好像解开垂下罗袖的美人在揖拜、相迎卿卿。末二句,以柳树临官路比喻女子落入风尘。无端端的让婀娜多姿的柳树挺立在官路旁边,以那动人的舞蹈送别着行人,默默无闻地度过自己的一生。"无端"二字,无缘无故,寄寓了词人的同情;"过一生",写出了当时风尘女子的不幸际遇。

◉集评

李调元《全五代词》引姜夔评:"峤有《杨柳枝》词,见称于时。"

汤显祖《玉茗堂评花间集》:"《杨枝》、《柳枝》、《杨柳枝》,总以物托兴;前人无甚分析,但极咏物之致,而能抒作者怀,能下读者泪,斯其至矣。'舞送行人'等句,正是使人悲惋。"

李冰若《栩庄漫记》:"咏物多以比兴取长,然描写寄托之中,要有作者骨格在焉。'舞送行人过一生’，又何其托体之卑而无骨也。”

柳枝

吴王宫里色偏深，一簇纤条万缕金。不愤钱塘苏小小，引郎松下结同心①。

【注释】

①结同心：结为夫妇。

【赏析】

古乐府《苏小小歌》云：“妾乘油壁车，郎骑青骢马。何处结同心，西陵松柏下。”白居易作《杨柳枝》词十首，其中二首咏苏小小，其一“苏州杨柳任君夸，更有钱塘胜馆娃。若解多情寻小小，绿杨深处是苏家。”其二“苏家小女旧知名，杨柳风前别有情。剥条盘作银环样，卷叶吹为玉笛声。”古乐府说苏小小与郎定情于松下，白诗人直接将其改为杨柳，喻杨柳与松树同样高洁。牛给事却另辟角度，咏柳而抑松。首二句写柳色妩媚而富有朝气，簇簇丛丛，条条密密，如缕如金。三四句直抒议论，柳树“不愤”，不怨苏小小与情人松下结同心，称赞柳树的宽厚温柔情操。

◉集评

杨慎《升庵诗话》：“牛峤《杨柳枝》词。按古乐府《小小歌》有云：‘妾乘油壁车，郎骑青骢马。何处结同心，西陵松柏下。’牛诗有此意咏柳而贬松，唐人所谓‘尊题格’也。后人改‘松下’作‘枝下’，语意索然矣。”

徐𤊹《徐氏笔精》：“古人咏柳必比美人，咏美人必比柳，不独以其态相似，亦柔曼两相宜也。若松桧竹柏，用之于美人，则乏婉媚耳。唐牛峤《杨柳枝》词，亦谓美人不宜松下也。誉柳贬松，殊有深兴。”

沈雄《古今词话·词评》：“牛峤字松卿，乾符进士，事蜀为给事中。其《杨柳枝》词‘不愤钱塘苏小小，引郎松下结同心’，见推于时。”

柳枝

桥北桥南千万条，恨伊张绪不相饶①。金羁白马临风望②，认得杨家静婉腰③。

【注释】

①张绪：南朝齐吴郡人，字思曼，齐武帝时，官至国子祭酒。据《南齐书·张绪传》载，绪美风姿，清简寡欲……吐纳风流，听者忘倦。益州献柳数株于武帝，时芳林苑始成，帝以之植于灵和殿前，常玩赏咨嗟曰：“此杨柳风流可爱，似张绪当年时。” 不相饶：不相让。

②金羁(jī)：饰金的华丽贵重马络头。 临风：当风，迎风。牟融《秋夜醉归，有感而赋》：“多少客怀消不得，临风搔首浩漫漫。”

③杨家：当为羊侃家。羊侃，梁甫人，好《春秋左传》和孙吴兵法，性豪侈，姬妾侍列，家巨富。《南史·羊侃传》载：“舞人张净婉围一尺六寸，时人咸推能掌上舞。”

【赏析】

首句写柳树逢春，充满勃勃生机，“桥南桥北”极言漫野遍布，气势恢宏；“千万条”极言数量之多，繁茂向荣。二句将柳树拟人化，抱怨南齐武帝竟将自己的婀娜风流比着张绪的吐纳风流，总由赞美柳树的风流可爱而念及张绪，不得独受其宠。三四两句，亦从柳树角度下笔，风流倜傥少年立马临风深情而望，认定袅娜柳条就是羊家静婉细腰。细揣是词，窃以为其主题仍是宫怨，宫中之柳偶尔能得帝之青睐，而此种宠爱亦往往会涉至他人。因此，希望得到常人的常爱，"金羁白马"是也。

◉集评

卓人月汇选、徐士俊参评《古今词统》："不怕白家小蛮生嗔耶？"

胡应麟《诗薮》："亦尚有唐乐府遗韵。"

柳枝

狂雪随风扑马飞①，惹烟无力被春欺②。莫教移入灵和殿③，宫女三千又妒伊④。

【注释】

①"狂雪"句：比喻柳絮纷飞如雪。

②"惹烟"句：柳枝缠绕着烟雾，显得娇柔无力，被春风吹得摇曳不定。沈彬《秋日》："薜荔惹烟笼蟋蟀，芰荷翻雨泼鸳鸯。"

③"莫教"句：用齐武帝在灵和殿前植柳事。

④妒(dù)：忌妒。 伊：指柳树。

【赏析】

是词乃前首的补述。如果说前首柳树形象的侧重点在于其气势、生机，那么这首，柳树形象的侧重点即在其轻盈含情。柳絮如雪花随风追逐着奔马飞舞，烟雾缭绕着柳枝，任由春风吹摆摇曳，显得格外娇柔风流。结尾两句，与前首同用齐武帝灵和殿植柳典故，表达对宫女的同情，亦带着对世人的劝告，莫入"灵和殿"是非地。

柳枝

袅翠笼烟拂暖波，舞裙新染曲尘罗①。章华台畔隋堤上②，傍得春风尔许多③。

【注释】

①舞裙：代指柳条。 曲尘：酒曲所生细菌，色淡黄如尘，故称淡黄色为"曲尘"。《周礼·天官·内司服》鞠衣，注："黄桑服也，色如鞠尘，像桑叶始生。"古代"鞠" 与"曲"通。刘禹锡《杨柳枝》："凤阙轻遮翡翠帏，龙墀遥望曲尘丝。"

②章华台：楚灵王所筑的台名。《左传·昭公七年》："楚子城章华之台，愿以诸侯落之。"旧址于湖北监利县西北，此地多柳。李商隐《临发崇让宅紫薇》："柳绵相忆隔章台。" 隋堤：隋炀帝开通济渠，沿渠筑堤，堤上植柳。冯贽《南部烟花记》："炀帝树堤，诏民间有柳一株，赏一缣。"

③许多：如此多。

【赏析】

是词以春柳形象比喻宫女得宠，表达其暂欢的一面。词开头即写柳树的得意，婀娜多姿、翠绿娇黄的柳条笼着烟雾，低垂拂抚暖暖春水，宛如新染的淡黄微绿罗裙，在轻盈曳动。三四两句，暗喻柳树得地利、人和、天时。地利者，章华台、隋堤；人和者，隋炀帝鼓励植柳；天时者，春风。三者“傍得”，岂有不风光的道理。然而，一旦失宠，其怨“尔许多”？

女冠子

绿云高髻①，点翠匀红时世②。月如眉。浅笑含双靥③，低声唱小词。　眼看唯恐化④，魂荡欲相随。玉趾回娇步⑤，约佳期。

【注释】

①绿云高髻：女子发髻。

②点翠匀红：化妆打扮。梁简文帝《东风白劳歌二首》之一：“栽红点翠愁人心。”华岳《白面渡》：“浣纱时节懒匀红。”　时世：此指时髦，入时。

③含：犹言藏着。

④唯恐化：担心羽化成仙而去。

⑤玉趾：女子精美之足履。沈约《少年新婚为之咏诗》：“裾开见玉趾，衫薄映凝肤。”

【赏析】

牛给事的四首《女冠子》皆就题发挥，有别于集中其他词人的《女冠子》就题而写，可作为联章来读。

是词写赴约。前阕描写女冠子形象：先作肖像描写，墨绿头发束成高髻；蛾眉点翠、樱红匀檀，妆扮入时；细眉弯如初月。再作动作描写，浅浅一笑，双靥含情；轻轻一哼，词曲动人。眼看着而内心却担心她化仙而去；即便化仙而去，魂魄亦相随。可见其爱慕情深。结尾是特写，女子留恋不舍，回步顾盼，约定佳期。好一场含蓄不露的幽会。

◉集评

卓人月汇选、徐士俊参评《古今词统》：“此等女冠，非鱼玄机、李冶辈乎？”

况周颐《餐樱庑词话》：“‘眼看唯恐化，魂荡欲相随’，别是一种说得尽，与‘须作一生拚’云云不同。”

李冰若《栩庄漫记》：“‘眼看’、‘魂荡’二语，较‘胡天’‘胡帝’更进一层。”

女冠子

锦江烟水①，卓女烧春浓美②。小檀霞③。绣带芙蓉帐④，金钗芍药花⑤。　额黄侵腻发⑥，臂钏透红纱。柳暗莺啼处，认郎家⑦。

【注释】

①锦江：又名浊锦江，四川境内，岷江支流。杜甫《登楼》：“锦江春色来天地，玉垒浮云变古今。”　烟水：犹烟波。元稹《寄赠薛涛》：“别后相思隔烟水，菖蒲花发五云高。”

②卓女：本指卓文君，此处指代当垆美女。　烧春：酒名。李肇《国史补》：“酒则有剑南之烧春。”

③小檀霞：喻酒的香浓醇美。

④芙蓉帐：《成都县志》：“蜀后主于成都城上遍种芙蓉，每至秋，四十里如锦绣，高下相照因名锦城；以花染缯为帐，名芙蓉帐。”白居易《长恨歌》：“云鬓花颜金步摇，芙蓉帐暖

度春宵。”

⑤芍药花:男女相聚,别时送芍药定情。《诗·郑风·溱洧》“维士与女,伊其相谑,赠之以芍药。”笺:“仕女往观,因相与戏谑,行夫妇之事;其别,则送与芍药,结恩情也。”许景先《阳春怨》:“芍药花初吐,菖蒲叶正齐。”

⑥钏:镯子。

⑦“柳暗”两句:指认得郎家的所处。

【赏析】

是词写相会。起首两句以两个层次,侧面刻画女冠子形象,首句说明地点,隐说女子柔美如水,此一层;二句将美女比卓文君,言女子浓美如酒,此二层。接下二句,写约会的环境气氛。歇拍,写赠以的芍药花与金钗相辉映,表示情笃。过片,写男子不忍她离去,含情凝视女子,实质是从正面描写女子形象。最后二句,女子见如此状,对男子所作的回话。

◉集评

杨慎《词品》:“‘卓女烧春浓美。小檀霞’,则言酒色似檀色。”

汤显祖《玉茗堂评花间集》:“‘绣带芙蓉帐’、‘金钗芍药花’,六朝丽句。好结构。”

沈际飞《草堂诗余别集》:“情到至处,勿含蓄。”

女冠子

星冠霞帔[①],住在蕊珠宫里[②]。佩玎珰。明翠摇蝉翼[③],纤珪理宿妆[④]。　醮坛春草绿,药院杏花香[⑤]。青鸟传心事,寄刘郎[⑥]。

【注释】

①星冠霞帔:华美的头冠与披肩。

②蕊珠宫:神仙宫阙名,指女冠子住所。元稹《清都春霁,寄胡三、吴十一》:“蕊珠宫殿经微雨,草树无尘耀眼光。”

③明翠:钗钿类饰物。

④珪(guī):《说文》:“珪,瑞玉也。”专指帝王诸侯祭典时所执玉器,其形上尖下方。纤珪:纤玉,此喻手指。

⑤醮坛:道士所祀坛场。　药院:种植花草药材的庭院。常健《宿王昌龄隐居》:“茅亭宿花影,药院滋苔纹。”

⑥“寄刘郎”句:以刘郎比心上人。

【赏析】

是词写相思。她住在象蕊珠宫般居所,头戴星冠,身披霞衣,怀佩美玉,移动玉步,丁当作响。早上起来,纤纤玉指理宿妆,明丽的钗钿头饰像蝉翼颤动。词作描写的是一个美若天仙的女道士形象。过片二句,描写居所周围的春景,醮坛上的春草碧绿,药院的杏花芳香,她不禁春心萌动。词以奇特的想象结尾,她要青鸟把自己的这番心思传达给心上人——刘郎。

◉集评

汤显祖《玉茗堂评花间集》:“前后丽景,多属玉台艳体,忽插入道家语,岂为题目张本耶?”

女冠子

双飞双舞，春昼后园莺语。卷罗帷。锦字书封了①，银河雁过迟。　鸳鸯排宝帐，豆蔻绣连枝②。不语匀珠泪，落花时。

【注释】

①锦字书：用五彩丝织成的书信，泛指妻子给丈夫的书信。《晋书·窦滔妻苏氏传》："窦滔妻苏氏，始平人也。名蕙，字若兰。善属文。滔，苻坚时为秦州刺史，被徙流沙。苏氏思之，织锦为回文旋图诗以赠滔，宛转循环以读之，词甚凄惋，凡八百四十字。"又：据武则天《璇玑图序》说，前秦苻坚时，窦滔镇守襄阳，把宠姬赵阳台带到任上，和妻子苏蕙断绝了音讯。蕙织锦为回文，五色交错，纵横八寸，题诗二百多首，计八百余言。纵横反复，都成文章，名为《璇玑图》寄给窦滔。后滔览锦字，感其妙绝，乃具车迎苏。袁晖《七月闺情》："锦字沾愁泪。"

②豆蔻：植物名，喻少女。　连枝：连理枝，喻男女爱情。

【赏析】

是词写相思，特色是妙用反衬手法。首句"双"字重复使用，描写黄莺，比衬主人公的孤单。黄莺成双结对，翻飞起舞，在明媚春光的晴天，栖于后园欢歌言语。卷起罗帷。或许，她目睹了此景，不由给远人修书，信已封缄，忽然又觉得天上银河，河宽水深，鸿雁飞个来回，会不会迟？过片写入夜，她见宝帐上所绣的结对鸳鸯、连理豆蔻，叹息孤身独眠，怎能眠睡？唯有无言饮泣抹泪，时序正好落花季节。相思怀人之情，由表及里，层层剖见。

◉集评

李冰若《栩庄漫记》："唐自武后度女尼始，女冠甚众，其中不乏艳迹，如鱼玄机辈，多与文士往来。故唐人诗词咏女冠者类以情事入辞。薛（应为"牛"）氏四词虽题《女冠子》，亦情词也。插入道家语，以为点缀，盖流风若是，岂可与咏高僧同格耶？"

梦江南

含泥燕①，飞到画堂前。占得杏梁安稳处②，体轻唯有主人怜，堪羡好因缘③。

【注释】

①刘禹锡《浪淘沙》："含泥燕子争归舍。"

②占得：择得，占据。　杏梁：用杏树所做的屋梁，泛指优质木材梁栋。

③因缘：同姻缘，婚姻结合的机缘。此指双燕美好的结合。

【赏析】

是词以羡春燕安巢，表达追求美满姻缘的理想。嘴含春泥的燕子选择巢位，它飞到画堂前面。占据了杏木雕梁的安稳处，用"占"字，拟人化。"体轻"，表面写燕飞，既赞燕的轻盈，又暗言巢位已选好的欢快。所以，主人怜爱它，十分羡慕它追求得手的美好姻缘。词作用语平白如话，咏怀直截了当，给人明快之感。

梦江南

红绣被，两两间鸳鸯①。不是鸟中偏爱尔，为缘交颈睡南塘，全胜薄情郎。

【注释】

①间：隔开，此有对称的意思。 鸳鸯：被上所绣纹饰。

【赏析】

是词以人不如鸟的慨叹，表达了对负心人的怨恨。先写主人公目睹床上的红色鸳衾，绣满了成双成对的鸳鸯图纹。她不禁自语对着"鸳鸯"说，不是鸟类中偏偏就喜欢你，只因为你们交颈睡南塘表现出的恩爱之情，要比那薄情郎胜多多了。结句，直指负心人的薄情，愤怨溢于言表。

◉集评

王奕清《历代诗话》引姜夔评："牛松卿《望江南》词，一咏燕，一咏鸳鸯，是咏物而不滞于物也。词家当法此。"

沈雄《古今词话·词话》："对句易于言景，难于言情。且放开则中多迂滥，收整则结无意绪，对句要宜活句也。牛峤之《望江南》：'不是鸟中偏爱尔，为缘交颈睡南塘'，其下直接'全胜薄情郎'，此即救尾对也。"

感恩多

两条红粉泪①，多少香闺意。强攀桃李枝②，敛愁眉。 陌上莺啼蝶舞，柳花飞。柳花飞，愿得郎心，忆家还早归。

【注释】

①红粉泪：融和脂粉流淌的红色泪水。

②"强攀"句：勉强去攀折些桃李花枝把玩，以消遣时光。

【赏析】

词由"泪"及"意"，以有形析无形，泪虽两行，意却无限。陈廷焯《白雨斋词话》点评曰"不必着力，只任意写来，自臻妙境"。意切而有行，"攀"一动作，"强"而为之；"敛"一表情，"愁"而露之，其内心无奈，尽然显见。后阕写主人公耳闻莺啼，眼见彩蝶、柳絮飞舞，万感交集，汇成一个心愿：郎君莫学柳絮随风飘荡，要想家并且早日归来。结句真可谓和泪的诉求。

◉集评

汤显祖《玉茗堂评花间集》："起语一问一答，便有无限委婉。"

陈廷焯《云韶集》："'强攀'，妙，中有伤心处，借此消遣耳。"《词则·闲情集》："自然而然，绝不着力。"

感恩多

自从南浦别，愁见丁香结①。近来情转深，忆鸳衾。 几度将书托烟雁②，泪盈襟。泪盈襟，礼月求天[3]，愿君知我心。

【注释】

①丁香结：紫丁香之花蕾。喻凝结不解。李商隐《代赠二首》之一："芭蕉不展丁香结，同向春风各自愁。"

②郎士元《送麹司直》："朔风烟雁不堪闻"。

③礼月：拜月。　礼：拜。古时闺中人欲有所诉，常拜月求神，司空图《偶书五首》之三："晚妆留拜月，卷上水精帘"。

【赏析】

是词以层进手法写女子怀人。情人分别，怀念便生，"自从"二字，表达怀念之情与日俱增，愁苦得怕见丁香结。最近呢，"转深"，只能以"忆鸳衾"排解了。"几度"，多次或无数次，泪满襟地"将书托烟雁"。"泪盈襟"连用，读之怆然。只有礼拜月神求助于天了，愿君你知道我的深情笃意。

◉集评

李冰若《栩庄漫记》：此调"二词情韵谐婉，纯以白描见长。"

应天长

玉楼春望晴烟灭，舞衫斜卷金条脱[1]。黄鹂娇啭声初歇，杏花飘尽龙山雪[2]。　凤钗低赴节[3]，筵上王孙愁绝。鸳鸯对含罗结[4]，两情深夜月。

【注释】

①条脱：或作"调脱"、"跳脱"、"条达"，手腕上钏饰。繁钦《定情诗》："何以致契阔，绕腕双跳脱。"

②龙山：山名，位于今辽宁省朝阳县东甫，又称和龙山或凤凰山。此处泛指朔方。又解：龙山在今湖北江陵县西北，山势蜿蜒如龙，故名，即晋孟嘉重九登高落帽之处。

③赴节：此似解按节拍而舞动为贴。

④鸳鸯：罗结上的鸳鸯花纹。　罗结：罗带上编的同心结。此句喻两情深厚。

【赏析】

是词刻画舞女形象。首句渲染气氛，玉楼春月明、烟霞晴。二句写舞女上场，斜卷衣襟，手钏金光闪闪。歇拍二句，字面看似写景，窃以为，是用"黄鹂娇啭声"比喻舞女的歌唱，用"杏花飘尽龙山雪"比喻舞女的舞舞蹈美姿。过片写舞女为讨贵介公子欢心，"赴节"而舞，王孙们的情绪被调动起来了。结拍，王孙与舞女缔结鸳鸯结，去共赏"深夜月"。

◉集评

汤显祖《玉茗堂评花间集》："峭壁孤松，寒潭秋月，庶足比二词之高。"

应天长

双眉淡薄藏心事，清夜背灯娇又醉。玉钗横，山枕腻，宝帐鸳鸯春睡美。　别经时[1]，无限意，虚道相思憔悴[2]。莫信彩笺书里[3]，赚人肠断字[4]。

【注释】

①别经时：别后所经过的这段时日

②道：说。 虚道：虚说，说谎话。

③彩笺：彩色的丝质信笺。此美称信笺。梁简文帝《春宵》："彩笺徒自襞，无信往云中。"

④赚：诳骗。

【赏析】

是词写女子因情所困醉酒，而以怨恨口吻表达相思情深。前阕叙述女主人公醉归而眠。看上去双眉淡淡却隐藏着重重的心事，清夜轻寒，她熄掉兰灯，娇美的她却又醉了。玉钗歪了横斜在发髻边上，山枕上沾浸着泪渍，睡房里宝帐上绣成的鸳鸯正在春睡。后阕写别后。离别以来的这段日子，无穷无尽的思念，谎称相思弄得憔悴了。不要相信彩笺上写的那些话儿，这是狂骗别人伤心的字眼。主人公的怨恨，正反映了深深的相思情绪。

◉集评

陆游《陆放翁题跋》："牛峤《定西蕃》为塞下曲，《望江怨》为闺中曲，是盛唐遗音。及读其'翠娥愁，不抬头'，'莫信彩笺书里，赚人肠断字'，又刻细似晚唐矣。"

沈际飞《草堂诗余别集》："后人翻出'说情说意，说盟说誓，动便春愁满纸。多应念得脱空经，是那个先生教底？'"

更漏子

星渐稀，漏频转，何处轮台声怨①？香阁掩，杏花红，月明杨柳风。 挑锦字②，记情事，惟愿两心相似。收泪语，背灯眠，玉钗横枕边。

【注释】

①轮台：地名，今新疆维吾尔自治区米泉县。唐代属北庭都护府管辖。《新唐书·地理志》："北庭大都护府有轮台县，大历六年置。"岑参《轮台歌奉送封大夫出师西征》："轮台城头夜吹角，轮台城北旄头落。" 轮台声怨：久戍轮台边塞的怨歌。

②挑锦字：织锦为书信，用前秦安南将军窦滔之妻苏蕙织锦回文的典故。杜甫《江月》："谁家挑绵字，灭烛翠眉颦。"

【赏析】

是词写闺妇思念征人。前阕写闺妇独守香阁的遐想。夜空上星星渐渐稀疏，更漏声频频传递过来，闺妇不由问道："何处轮台声怨？"这是从哪里传过来的边塞轮台怨歌？将漏声误听为轮台怨声，她的思念何其深沉。词人移情入"声"，一个"怨"字，既系征人怨，亦系闺妇怨，联结成俩人共同的"怨"。她掩上香闺房门，门外杏花红艳，月明照耀、轻风抚弄杨柳。春夜的美景，反衬出她的孤寂。后阕描写闺妇"挑锦字"，修书一封，记载情事，希望俩人的心是一样的，都在相思着。她擦干眼泪，"背灯眠"，玉钗横置山枕旁边。她虽然有意识抑制住了伤心情绪，强制自己去睡，但能睡得着吗？只有她自己才知道。

◉集评

李冰若《栩庄漫记》："'月明杨柳风'五字，秀韵独绝。"

更漏子

春夜阑，更漏促①，金烬暗挑残烛②。惊梦断，锦屏深，两乡明月心③。　闺草碧，望归客，还是不知消息。辜负我，悔怜君，告天天不闻。

【注释】

①“春夜”两句：春夜将尽，更漏声急促。蔡琰《胡笳十八拍》：“更深夜阑兮，梦汝来斯。”

②金烬：兰釭的膏尽了。

③两乡：两厢，两边，两处。韦庄《寓言》：“故人三载别，明月两乡悲。”

【赏析】

是词以嗔语写妇人春宵怀人。前阕写妇人夜深梦断怀人。春夜即将过去，更漏声阵阵急促，兰釭里的兰膏快然尽了，挑亮残烛。她梦中惊醒过来，锦屏幽深，两边人儿的心像明月一样明亮。过片，时间已到天亮，她眺见闺房外面的春草碧绿，心里盼望郎归，但是，还是没有他归来的消息。“辜负”三句，郎辜负我，我后悔自己太怜爱他，这种心情，向天倾诉，而天何尝有知？可谓爱深怨切，“悔”是假，“怜”是真。

◉集评

汤显祖《玉茗堂评花间集》：“女娲补不到，天有离恨天。世间缺陷事不少，天也管不得许多。”

李冰若《栩庄漫记》：“松卿善为闺情，儿女情多，时流于荡，下开柳屯田一派，特笔力不至沓赘，为可诵耳。”

更漏子

南浦情①，红粉泪，争那两人深意。低翠黛，卷征衣，马嘶霜叶飞。　招手别②，寸肠结③，还是去年时节。书托雁④，梦归家，觉来江月斜。

【注释】

①南浦：泛指离别地。　南浦情：离别情。

②招手别：征人已远行，招手相送。

③寸肠结：言悲伤、柔肠百结。

④书托雁：将书信托给鸿雁。《汉书·苏武传》：“昭帝即位数年，匈奴与汉和亲，汉求武等，匈奴诡言武死。后汉使复至匈奴，常惠请其守者与俱，得夜见汉使，具自陈道。教使者谓单于，言天子射上林中，得雁，足有丝帛书，言武等在某泽中。使者大喜，如惠言以让单于，单于视左右而惊，谢汉使者曰：‘武等实在。’”

【赏析】

是词脉络清晰，前阕回忆当年南浦红泪送别夫君应征。去年，南浦离别，情深款款，她流着眼泪，怎么也忍受不了两人因离别而伤心的情意。她皱着眉头，准备征人行装，马儿嘶鸣，红叶翻飞。后阕写送别。她挥手送别，却柔肠百结，正是去年的这个季节。将书信托与鸿雁，梦见夫君归家，醒来，眼前只有“江月斜”。词将人物动作、表情以及环境场景融为一体，贴切地表现闺妇对征人的思念。

◉集评

李冰若《栩庄漫记》："'马嘶霜叶飞'五字，足抵一幅秋闺晓别图。"

望江怨

东风急，惜别花时手频执①，罗帷愁独入。马嘶残雨春芜湿②。倚门立，寄语薄情郎，粉香和泪泣。

【注释】

①手频执：频频执手，表示惜别依依之情。

②春芜：草名。《洞冥记》："波祇国献神精香草，一名春芜，妇人带之，弥月芬馥。"杜甫《大历三年春白帝城放船……》："雨露洗春芜。"

【赏析】

是词写惜别。开头即注入情感，"急"字，表达了送人的主观情感，春风劲吹，好像是急着催促人们赶快告别。"惜别"二字点题。两人频频执手好长时间。女主人公目睹闺房罗帷，面带愁容不愿独自入去。马儿嘶叫，春雨滴沥、香芜滋湿，她伫立门旁，望着远去的人儿，忽然觉得好像还有许多心里话要说与"薄情郎"，她抽泣落泪，脂粉和着泪水流注。凄苦愁情，感人肺腑。

◉集评

汤显祖《玉茗堂评花间集》："'疏雨湿春愁'，'马嘶残雨春芜湿'，皆集中名句。'湿'字俱下得天然。"

许昂霄《词综偶评》："有急弦促柱之妙。"

陈廷焯《云韶集》："结得凄苦，可怜。"

况周颐《餐樱庑词话》："昔人情语艳语，都靡曼为工。牛松卿《西溪子》词，《望江怨》词，繁弦促柱间，有劲气暗转，愈转愈深。此等佳处，南宋名作中，间一见之。北宋人虽绵博如柳屯田，顾未克办。"

郑文焯《花间集评注》："文情往复，杂写景中，致足讽味。"

俞陛云《唐五代两宋词选释》："三十五字中次第写来，情调凄恻。"

菩萨蛮

舞裙香暖金泥凤①，画梁语燕惊残梦②。门外柳花飞，玉郎犹未归。　愁匀红粉泪，眉剪春山翠。何处是辽阳③？锦屏春昼长。

【注释】

①金泥凤：用金粉涂饰的凤凰彩绣。"金泥"，即"泥金"，以金粉、胶汁制成之金色颜料，用以书画、衣裳、衾帐。《开元天宝遗事》："新进士才及第，以泥金书帖子。附家书中，用报登科之喜。"

②语燕：呢喃欢语的燕子。徐彦伯《春闺》："暗梁闻语燕。"

③辽阳：地名，今辽宁省辽阳市南。此代指远人所在地。崔道融《春闺二首》之二："辽

阳在何处？莫望寄征袍。”

【赏析】

是词写思妇春日怀念征夫。前阕首句写思妇服饰，她舞动着裙服，飘散出暖暖的芳香、展现出金泥工艺的凤凰纹图案，侧面写其美，这是第一层。第二句，“画梁语燕惊残梦”，“画梁语燕”双关，暗寓她的梦境。后两句，门外柳絮飘舞，春天回来了，可是自己的心上人却还未归来。过片，思妇愁闷地擦抹去脸上的红粉泪迹，蹙眉好像春山般翠绿。“何处”一问句，写出曲折复杂的心态：只知他在辽阳，辽阳远乎近乎？去还是不去？结句从心内发出“锦屏春画长”的慨叹，含蓄地表达词境。

◉集评

张惠言《词选》：“‘惊残梦’一点，以下纯是梦境，章法似《西洲曲》。”

陈廷焯《云韶集》：“通首章节天然合拍，‘剪’字妙。”《词则·大雅集》：“温丽芊绵，飞卿流亚。”

李冰若《栩庄漫记》：“松卿《菩萨蛮·舞裙香暖》一首，词意明晰，层次井然。盖首句形容服饰之丽，次句燕语惊梦。以下由梦醒凝望而见柳花，次联忆远人之未归，因而念及远人所在之地，愈增相思，信觉春昼之长也。全词流丽动人，而皋文《词选》云‘惊残梦一点，以下纯是梦境。’不知其如何推测为此语也。”

唐圭璋《唐宋词简释》：“写来声情顿挫，自臻妙境。”

菩萨蛮

柳花飞处莺声急，晴街春色香车立。金凤小帘开①，脸波和恨来②。　今宵求梦想，难到青楼上③。赢得一场愁，鸳衾谁并头？

【注释】

①金凤：香车帘上的纹饰。

②脸波：眼波、眼色。白居易《天津桥》：“眉月晚生神女浦，脸波春傍窈娘堤。”

③青楼：此指车中女子所居的楼房。青楼其义有三：一指帝王居。《齐书》：“武帝兴光楼，是施青漆，谓之青楼。”二指豪华楼房。曹植《美女篇》：“青楼临大路，高门结重关。”屈同仙《燕歌行》：“金戈玉剑十年征，红粉青楼多怨情。”三指倡居、妓院。刘邈《万山见采桑人诗》：“倡妾不胜愁，结束下青楼。”杜牧《遣怀》：“十年一觉扬州梦，赢得青楼薄幸名。”

【赏析】

是词写男子瞥艳的思慕。前阕开头写氛围，柳花翻飞、莺声啼急。晴街上满眼春色，一辆香车停那儿。车上的凤凰帘儿掀起，露出眼波和恨的丽人面。后阕写瞥见美人的男子，他想，今夜追求到“梦想”就好了，但又难得往她的住处。结果得到的却是满腹的愁绪，“鸳衾谁并头？”直截了当地写出他的爱慕。

◉集评

李冰若《栩庄漫记》：“‘眼波和恨来’，传神栩栩欲活。”

菩萨蛮

玉钗风动春幡急①，交枝红杏笼烟泣②。楼上望卿卿③，窗寒新雨晴④。

熏炉蒙翠被[5]，绣帐鸳鸯睡。何处有相知？羡他初画眉[6]。

【注释】

①春幡(fān)：《岁时风土记》载，立春当日，士大夫家，剪彩为小幡，谓春幡，或悬于家人头上，或缀于花枝下。《文昌杂记》："唐制，立春日，赐三省官彩胜有差。"春幡，又解彩胜，幡胜。 急：急速飘动。

②交枝：枝条交错。 笼烟泣：言雨初晴，枝叶沾水露如泣。

③卿卿：男女间昵称。此指情人。

④新雨：刚刚下的雨。江总《侍宴玄武观》："新雨百花朝。"

⑤翠被：以翠羽饰被，后来用作对被的美称。

⑥他：指张敞。张敞汉代河东平阳人，字子高。《汉书·张敞传》载："敞无威仪，时罢朝会，走马过章台街，使御吏驱，自以便面拊马。又为妇画眉，长安中传张京兆眉怃，有司以奏敞。上问之，对曰：'臣闻闺房之内，夫妇之私，有甚于画眉者。'上爱其能，弗备责也。"

【赏析】

是词写少女对美好姻缘的渴望。前阕首二句将春色与少女融为一体，描绘一幅春雨少女窗前图。春风徐徐，玉钗微微颤动，春幡急急飘动，写少女头饰；春雨纷纷，交枝红杏笼烟凝露开放，将少女比喻为带露怒放的红杏。接着二句写少女所见，雨后情人亲昵卿我，为后阕铺垫。后阕写春夜，少女由翠被上的鸳鸯纹饰引起联想，萌发心愿：不知何时能遇到张敞那样的相知人呢？少女对美满婚姻的追求溢于言表。

◉集评

汤显祖《玉茗堂评花间集》："填词白描须有微致。若全篇平衍，几同嚼蜡矣。"

菩萨蛮

画屏重叠巫阳翠[1]，楚神尚有行云意。朝暮几般心，向他情漫深[2]。 风流今古隔[3]，虚作瞿塘客[4]。山月照山花，梦回灯影斜。

【注释】

①巫阳：巫山的南面阳坡。用楚王梦神女事。

②漫：作"徒"解，杜甫《宾至》："岂有文章惊海内，漫劳车马驻江干。"作"空"解。罗隐《始皇陵》诗"六国英雄漫多事，到头徐福是男儿。"

③风流古今隔：往事遥远。 风流：王仁裕《开元天宝遗事》："长安有平康坊，妓女所居之地。京师侠少，萃集于此。兼每年新进士以红笺名纸，游谒其中，时人谓此坊为风流薮泽。"

④瞿塘：居长江三峡之首。李益《江南曲》："嫁得瞿塘客，朝朝误妾期。"

【赏析】

是词反映妇女对屡被薄情所欺的不满。以巫山神女的典故开头，屋里画屏上重叠的巫山阳坡青翠欲滴，神女对巫山还常怀爱慕情意。朝朝暮暮几番痴心，对他的情白给了。词作用典之意，是要表达出主人公的深情与眷恋。过片，"风流古今隔"接前而来，巫山神女的风流韵事已经成为陈事，而她自己要算是瞿塘客的妻子，那就也是虚作之名。山上的月儿照着山边的鲜花，梦醒过来，只有孤灯斜照的光影与自己为伴。清冷空寂的场景与主人公凄凉孤苦的心情交融在一起。

◉**集评**

贺裳《皱水轩词筌》:"'风流古今隔,虚作瞿塘客',未免太涉于淫。"

菩萨蛮

风帘燕舞莺啼柳,妆台约鬓低纤手。钗重髻盘珊[①],一枝红牡丹[②]。 门前行乐客[③],白马嘶春色。故故坠金鞭[④],回头应眼穿[⑤]。

【注释】

①盘珊:盘桓。发髻盘曲,髻状如盘,称盘桓髻,又称"盘髻"。崔豹《古今注》:"长安妇人好为盘桓髻。"一说,盘珊,很长的样子。李贺《瑶华乐》:"舞霞垂尾长盘珊。"

②"一枝"句:妆成后如牡丹一枝。李白《清平调词三首》之二:"一枝秾艳露凝香,云雨巫山枉断肠。"

③行乐客:指游冶男子。

④故故:特特,故意、偏偏。薛能《春日使府寓怀》:"青春背我堂堂去,白发欺人故故生。"此说男子故意将鞭丢落,以得多睹艳容之机。又,故故,义近屡屡。杜甫《月》诗"时时开暗室,故故满青天。"仇注:"故故犹言屡屡。"白居易《人定》:"谁家教鹦鹉,故故语相惊。"

⑤眼穿:相望迫切。韩愈《酒中留上襄阳李相公》:"眼穿长讶双鱼断。"

【赏析】

是词写美女形象。前阕正面描写,在春柳萌芽、燕舞莺歌的早晨,她临台梳妆,玉纤巧手梳理云鬓、约束盘髻,斜插头钗,装束得宛如一枝红艳的牡丹花,可谓景色靓丽、人貌姣美、举止斯文。后阕侧面描写,她的门前客人络绎不绝,有一个俊男骑马游春,经过美女居所,一连三个细节:教马嘶叫、故甩金鞭、回头反顾。以"客"的举动衬托女子的美丽。一正一侧,以正为主、以侧衬正,深得《古诗十九首》手法的精妙。

◉**集评**

沈际飞《草堂诗余续集》:"《绣襦记》开场好词。"

李冰若《栩庄漫记》:"情景如在目前。"

菩萨蛮

绿云鬓上飞金雀[①],愁眉敛翠春烟薄。香阁掩芙蓉[②],画屏山几重。 窗寒天欲曙,犹结同心苣[③]。啼粉污罗衣[④],问郎何日归?

【注释】

①飞金雀:金雀头钗在头上颤动如飞。

②芙蓉:本为莲花,此喻闺人。

③苣:蔬菜,吴地称为莴笋。以其为原型,创作图案织于绸锦之上,称同心苣,段成式《嘲飞卿七首》:"愁机懒织同心苣,闷绣先描连理枝。"

④啼粉:泪水夹着脂粉流下。

【赏析】

是词突出“愁”，先从发髻、头饰、蹙眉构写女子愁态。墨绿发黑的云髻上簪着飐动若飞的金雀首饰，一双愁眉紧紧敛聚青翠得像蒙上了春天薄薄的烟雾。她掩上香阁，无心欣赏芙蓉，只独自发呆注视着屏风上重重青山。后阕写寒天欲曙，她还在编结着“同心苣”，一边编结，一边流泪，泪水夹着脂粉流下，滴湿弄污了罗衫，她自言自语地问君：“什么时候回来呢？”思念便问，愁闷也会问，痴情更得问。

◉集评

汤显祖《玉茗堂评花间集》：“芳草生兮萋萋，王孙归兮不归，问他何益？”

陈廷焯《云韶集》：“秾至。结二句写得又娇痴，又苦恼。”

菩萨蛮

玉楼冰簟鸳鸯锦，粉融香汗流山枕①。帘外辘轳声②，敛眉含笑惊。　柳阴烟漠漠，低鬓蝉钗落。须作一生拚③，尽君今日欢。

【注释】

①粉融香汗：粉脂与汗水融在一起。张孜《雪诗》：“醉唱玉尘飞，困融香汗滴。”

②辘轳：井上汲水装置。邵谒《汉宫井》：“辘轳声绝离宫静。”

③一生拚：舍弃一生。

【赏析】

是词“艳”。运用直接与间接结合的手法写男女欢会，有点儿显山露水。前阕起首句，七字写了地点和两样卧具，玉楼里冰簟席上鸳鸯锦被。第二句是直接描写，妆粉被香汗融化流淌到山枕上。帘外传进来辘轳声，猛的敛紧眉头，忽地却笑了，原来是虚惊一场。后阕写天亮离别，柳阴里轻烟蒙蒙，鬓发低堕，玉蝉头钗也掉落了，她愿付出一生，为君像今日这样尽情欢愉。

◉集评

王士禛《花草蒙拾》：“牛给事‘须作一生拚，尽君今日欢’。狎昵已极。南唐‘奴为出来难，教君姿意怜’，本此。至‘檀口微微，靠人紧把腰儿贴’，风斯下矣。”

彭孙遹《金粟词话》：“牛峤‘须作一生拚，尽君今日欢’，是尽头语，作艳词者，无以复加。”

陈廷焯《白雨斋词话足本校注》：“闲情之作，虽属词中下乘，然亦不易工。……即‘须作一生拚，尽君今日欢’、‘奴为出来难，教郎恣意怜’，亦失之流荡忘返。”

况周颐《餐樱庑词话》：“牛松卿‘敛眉含笑惊’，五字三层意，别是一种密法。”

李冰若《栩庄漫记》：“全词情事，冶艳极矣。《疑雨》《疑云》诸集，盖导源于是。宋人如柳、黄俳倜，无此古拙之笔也。”

酒泉子

记得去年，烟暖杏园。花正发，雪飘香，江草绿，柳丝长。　钿车纤手卷帘望①，眉学春山样②。凤钗低袅翠鬟上，落梅妆③。

【注释】

①钿车：金玉装饰的华贵车辆。

②学：仿照。照着春山之样画眉。

③落梅妆：《太平御览》载：南朝宋武帝之女寿阳公主，人日卧含章殿檐下，梅花飘落着其额，成五出之花，拂之不去，因仿之为梅花妆。

【赏析】

是词男子为抒情主体，以回忆方式，怀想美人。前阕写记忆中的杏园春景。春天来临，烟霞暖氲满杏园。花刚刚绽放，雪纷纷飘香，江岸芳草转绿，柳树抽出长丝。大好春光呈现眼前。后阕描画香车美女卷帘图。钿车驶过，纤纤玉指卷起帘儿往外望，他看见美人的双眉照着春山的样式描画，凤凰头钗低低，袅袅颤动在翠鬓之上，好一个入时的落梅妆。事隔一年，美人形象仍然如初，可见他怀人情深。

◉集评

汤显祖《玉茗堂评花间集》："远山眉、落梅妆、石华袖，古语裁新，令人远想。"

定西番

紫塞月明千里①，金甲冷②，戍楼寒，梦长安。　乡思望中天阔，漏残星亦残。画角数声呜咽③，雪漫漫。

【注释】

①紫塞：边塞。卢照邻《战城南》："将军出紫塞。"又解作长城。崔豹《古今注·都邑》："秦筑长城，土色皆紫，汉塞亦然，故称紫塞焉。"

②金甲：征人的铠甲。王昌龄《从军行》："黄沙百战穿金甲，不破楼兰终不还。"

③画角：古乐器，出自西羌。口细尾大，形如牛角，以竹木或皮革制成，外加彩绘，故称"画角"。杜甫《奉送王信州崟北归》："壤歌唯海甸，画角自山楼。"

【赏析】

是词乃紫塞雪夜守边图。边塞夜空明月高挂照千里，征人身穿的金属铠甲反射出冷光。戍楼上寒气迫人，征人梦想着建功返长安登丹墀，思乡的思潮亦在起伏，举目仰望中天朗月，更觉边塞的空阔。漏更声渐渐微弱，星星渐渐稀疏。画角吹响，几声呜咽，征人睁开眼，只见白雪茫茫铺满大地。词作将边塞的典型环境与征人的心理活动有机结合，苍凉之中蕴含激扬、高昂向上的意境。

◉集评

卓人月汇选、徐士俊参评《古今词统》："是盛唐诸公塞下曲。"

俞陛云《唐五代两宋词选释》："唐五代时，边患迄无宁岁。诗人边塞之作，辄为思妇、征夫写其哀怨……此词之'紫塞月明'、'角声呜咽'，亦同此意也。"

李冰若《栩庄漫记》："塞外荒寒，征人梦苦，跃然纸上。"

玉楼春

春入横塘摇浅浪①，花落小园空惆怅。此情谁信为狂夫②？恨翠愁红流枕上[③]。　小玉窗前嗔燕语[④]，红泪滴穿金线缕。雁归不见报郎归，织成锦字封过与[⑤]。

【注释】

①横塘：古时地名，六朝吴大帝时，自江口沿淮筑堤，谓之横塘，在今江苏南京市西南。此指大水池。

②狂夫：指感情狂放、不拘礼法的人士。此应解：古代妇人称自己丈夫的谦词。何思澄《南苑逢美人诗》："自有狂夫在。"

③愁红：借代泪水。

④小玉：唐传奇中的人物霍小玉。此处泛指思妇。　嗔燕语：对燕子欢叫而生气。嗔，怒、生气。沈约《六忆诗四首》之二："笑时应无比，嗔时更可怜。"

⑤封过与：封好寄与他。

【赏析】

是词写闺怨。"此情谁信为狂夫"，隽句；"狂夫"，隽字。因爱得深而怨得也深，将夫君称作"狂夫"，一谦，二怨，似恨怨他像"狂夫"那般，不重感情。此解一通，便百通。其余之处，读者不难体会其深意。

◉集评

汤显祖《玉茗堂评花间集》："隽调中时下隽句，隽句中时下隽字，读之甘芳浃齿。"

西溪子

捍拨双盘金凤[①]，蝉鬓玉钗摇动。画堂前，人不语，弦解语。弹到昭君怨处[②]，翠蛾愁[③]，不抬头。

【注释】

①捍拨：弹拨乐器上用以防护琴身的物件，以防弹拨时磨坏。《新唐书·礼乐志》："高丽伎琵琶以蛇皮为槽，厚寸余，有鳞甲，楸木为面，象牙为捍拨。"宋叶廷珪《海录碎事》："金捍拨在琵琶面上当弦，或以金涂为饰，所以捍护其拨也。"张籍《宫词》："黄金捍拨紫檀槽，弦索初张调更高。"　双盘金凤：捍拨作成一双盘飞状的金凤形状。

②昭君：王昭君，晋代为避司马昭讳，改称明君。昭君姓王名嫱，汉元帝宫女，后赐给呼韩单于，出塞和番，临行时令琵琶马上作乐，以慰其道路之思。古乐府辞中有《王昭君》，或名《昭君辞》、《昭君叹》，描写昭君出塞事。词调有《昭君怨》。

③翠蛾：黛眉。郑史《秋日零陵与幕下诸宾游河夜饮》："辇下翠蛾须强展，尊中绿蚁且徐斟。"张祜《观杨瑗柘枝》："微动翠蛾抛旧态，缓遮檀口唱新词。"

【赏析】

是词写琵琶女。她抱着非同一般的琵琶，那捍拨是用金作成的双双盘对凤凰。鬓角梳理得薄如蝉翼、玉钗摇动于高髻之上。坐在画堂前，她不用言语自我介绍，却用弄弦声来解释心语。当她弹奏《昭君怨》那个曲子时，翠眉紧锁，不抬头。词作表现出琵琶女的技艺达到人与乐器合一、人与曲子合一的境界。

◉**集评**

陈廷焯《云韶集》:"短句颇不易作。此作字字的当,有意有笔,能品也。"《词则·闲情集》:"意在言外。"

江城子

鵁鶄飞起郡城东①,碧江空,半滩风。越王宫殿,蘋叶藕花中。帘卷水楼鱼浪起,千片雪②,雨蒙蒙。

【**注释**】

①鵁鶄(jiānjīng):水鸟名,鹭鸶一个物种,头细身长,身披花纹,颈有白毛,头有红冠,能入水捕鱼,又名"鱼鵁",俗称茭鸡。

②千片雪:言浪花白如雪。

【**赏析**】

是词咏古的特别之处,在于不伤感。明丽中富有生气,不怨天,不尤人,一切皆在自然发展变化之中。词作从动态入手,郡城东边,飞过来鵁鶄;碧绿江水映衬蓝天,河滩上吹起一阵阵轻风。接着转入静态,那越王宫殿旧址寂静地没在蘋草荷花丛中,水边楼台帘幕卷起。再由静入动,水面上白浪层层,好像片片白雪,与天上的蒙蒙细雨交织在一起。词作由远而近,又由近而远,由上而下,由下而上,变换空间;由动转静,由静转动,变换情态,多角度、多层面地,恰到好处地与咏古题材吻合,表达出怀古之情。

◉**集评**

汤显祖《玉茗堂评花间集》:"起句率意。"

陈廷焯《云韶集》:"'越王'九字,风流悲壮。"《词则·大雅集》:"感慨苍凉。"

俞陛云《唐五代两宋词选释》:"此词兼咏越溪风物,风吹雪浪,在空蒙烟雨中,诗情与画意兼之。"

李冰若《栩庄漫记》:"'越王宫殿,蘋叶藕花中',九字风流悲壮。""松卿词笔在《花间》亦属中流,但时有隽语,如此词'越王宫殿'一语,不悲而神伤,且饶名贵。"

江城子

极浦烟消水鸟飞①,离筵分首时,送金卮②。渡口杨花,狂雪任风吹。日暮天空波浪急③,芳草岸,雨如丝。

【**注释**】

①极浦:极为遥远的水边。《楚辞·九歌·湘君》:"望涔阳兮极浦。"刘商《题山寺》:"云烟横极浦,花木拥回廊。"

②金卮:金酒杯。古代盛酒器皿。《史记·项羽本纪》:"樊哙曰:'臣死且不避,卮酒安足辞。'"此以"金卮"借代酒。

③日暮:傍晚。《升庵词话》:"南史王晞诗'日蓦当归去,鱼鸟见流连。'俗本改蓦作暮,浅矣。孟蜀牛峤词云,'日蓦天空波浪急',正用晞语也。"李冰若《栩庄漫记》云"升庵词品谓暮应为蓦,不知所据何本?今传各本则均作日暮矣。愚谓暮字自佳,若作日蓦,便不成语。"

【赏析】

是词写饯行叙情。前阕，动词用得精到："飞"，含分别义；"离"，动词活用若形容词，点明筵席性质；"送"，以酒饯行展出豪气；"吹"，比喻朋友如杨花飘零，又饱含对朋友际遇的同情，一语双效。结尾处，以景叙情，日暮送别，天空旷远，江河浪急，岸草萋萋，烟雨迷迷，比喻朋友旅途的艰难，蕴藏深情，祝福与祈祷、寄语与劝勉，尽在其中。

张泌《张舍人词》

【小传】

张泌(bì),字子澄,里籍生卒无考。《花间集》不录南唐人词作,并将其排序于牛峤之后、毛文锡之前,当为前蜀时人。其词用字工炼,章法巧妙,描绘细腻,用语流便。

《花间集》称张舍人,收其词27首;近人王国维辑《张舍人词》一卷,辑录词27首。

◉集评

况周颐《餐樱庑词话》:"张泌词,其佳者能蕴藉有韵致,如《浣溪沙》诸阕。又《河传》云'夕阳芳草,千里万里,雁声无限起',又云'斜阳似共春光语',只是不尽之情,目前之景,却未经人道。"

李冰若《栩庄漫记》:"《花间》词十八家约可分为三派,缕金错彩,缛丽擅长,而意在闺纬,语无寄托者,飞卿一派也。清绮明委,婉约为高,言情之外,兼书感兴者,端己一派也。抱朴守质,自然近俗,而词亦疏朗,杂记风土者,德润一派也。张泌词介乎温、韦之间,而与韦最近。"

浣溪沙

钿毂香车过柳堤①,桦烟分处马频嘶,为他沉醉不成泥②。　花满驿亭香露细,杜鹃声断玉蟾低③,含情无语倚楼西。

【注释】

①毂(gǔ):车轮中心的圆木,此泛指车。 钿毂,金属的车轴承。此指车轮。

②沉醉:大醉。 泥(nì):软求,缠住不放。元稹《遣悲怀三首》之一:"泥他沽酒拔金钗。"

③玉蟾:月亮。何扶《送阆州妓人归老》:"玉蟾露冷梁尘暗,金凤花开云鬓秋。"

【赏析】

是词写别后离绪。前阕写送别。豪华的香车已经驶过了柳堤,晚炊的桦烟袅袅而起,马儿在长嘶,该是别的时候了,"为他沉醉不成泥",主人公矛盾复杂心情的流露,自己已沉醉在两情之中,舍不得他走,可以"成泥",然而,他又不得不走,唯有忍痛让他走,只好"不成泥"。后阕写别后。过片写氛围,鲜花盛开在驿亭四周,花朵瓣儿凝聚小珠香露;杜鹃啼声断断续续,月亮渐向西沉。词作将两个截然不同的情景:一是欢快、二是悲伤,放在一起形成鲜明的对比,突出凄凉的情调。结句,"含情无语倚楼西",主人公送别归来,彻夜未眠,直至清晨,她依然含情地、一声不响地伫立倚靠楼西之上。全词戛然而止,留有余韵。

◉集评

卓人月汇选、徐士俊参评《古今词统》:"'桦烟'字奇。"

浣溪沙

马上凝情忆旧游①,照花淹竹小溪流,钿筝罗幕玉搔头②。　早是出门长带月③,可堪分袂又经秋④,晚风斜日不胜愁。

【注释】

①凝情:凝聚感情,集中思绪。 忆旧游,追想旧游所遇之人。

②钿筝：金饰之筝。筝，弹拨乐器，战国时已流行秦地，故称秦筝，状如琴。 玉搔头：玉钗的一种。《西京杂记》卷二："武帝过李夫人，就取玉簪搔头。自此后宫人搔头皆用玉，玉价倍贵焉。"白居易《长恨歌》："花钿委地无人收，翠翘金雀玉搔头。"

③长带月：经常戴月出门。

④可堪：那堪。 分袂（mèi）：离别，分手。谢惠连《西陵遇风康乐诗》："饮饯野亭馆，分袂澄湖阴"。 又经秋：又经过一个秋天，即一年。

【赏析】

是词写相思。前阕回忆旧游。首句入题，策马春游却深情地回忆起旧游，"凝情"，写出对旧游之地、怀念之人的眷恋。旧游到过的地方：影照鲜花，簇拥青竹的小溪流水旁边；旧游遇到的美人：美得别有韵味，怀抱秦筝演奏幕前，玉搔头随着旋律而颤动。真是非同一般的旧游，值得忆，值得"凝情忆"。过片，"早是"一句，道出他游历所到之多，出游之常，言下之意是，比较前面所说的旧游，就不值得提了。即使是离开胜地、分别美人已经过了一年，仍然难以忘怀，秋天又到了，那堪离别的痛苦。结句，眼前日暮斜阳，晚风萧瑟，更经不住愁绪的困扰了。

◉集评

卓人月汇选、徐士俊参评《古今词统》："'早是出门'一联与葆光'早是消魂'一联，皆似香山律句。"

谭献《谭评词辨》："开北宋疏宕之派。"

陈廷焯《云韶集》："流水对。工丽芊绵，深深疑疑。"

李冰若《栩庄漫记》："以'忆旧游'领起全词，实处皆化空灵，章法极妙。"

俞平伯《唐宋词选释》："'钿筝'句叠有三名词：玉骚头，玉簪，指妆饰；罗幕，帷帐，指所在地；钿筝，乐器，指技艺。只七字，写人、境、情事都有了。"

浣溪沙

独立寒阶望月华①，露浓香泛小庭花。绣屏愁背一灯斜。 云雨自从分散后，人间无路到仙家。但凭魂梦访天涯②。

【注释】

①月华：月光，月色。张若虚《春江花月夜》："此时相望不相闻，愿逐月华流照君。"

②"人间"二句：暗用刘晨、阮肇事。

【赏析】

是词写欢情别后，男子的愁。前阕描画的是痴情男子形象。夜深了，他独自站立在冰凉的庭阶，望着月光，小庭里的花儿经露打湿，发出阵阵幽香。绣锦屏风背遮着孤灯斜影，使人发愁。过片，"云雨"欢情，自从分散离别后，俩人好像分隔天上人间，无路可以到达那"仙家"居处。结句，只好凭借魂梦追访到天涯。

◉集评

沈雄《古今词话词评》："子澄时有艳语，'露浓香泛小庭花'是也。"

张宗橚《词林纪事》："《花间集》子澄时有幽艳语，'露浓香冷小庭花'是也。"

王国维《张舍人词跋》："昔沈文悫深赏泌'绿杨花扑一溪烟'，为晚唐名句。然其词如

'露浓香泛小庭花',较前语更幽艳也。"

浣溪沙

依约残眉理旧黄①,翠鬟抛掷一簪长②,暖风晴日罢朝妆③。　闲折海棠看又捻④,玉纤无力惹余香⑤,此情谁会倚斜阳⑥?

【注释】

①依约:隐约。 旧黄:残留的额黄。

②"翠鬟"句:翠鬟散乱,玉簪下坠,挂于发际,故说"一簪长"。又解,翠鬟下堕,约一簪长。又解,其抛之簪横放,犹一长簪。

③罢朝妆:停止晨妆打扮。面对良辰好景而懒于梳妆。与《诗·卫风·伯兮》"自伯之东,首如飞蓬。岂无膏沐,谁适为容?"意相似。

④"闲折"句:闲懈无聊,折下海棠花看了又捻,捻了又看。捻(niǎn):以手指搓转。

⑤玉纤:玉指。韩偓《咏柳诗》:"玉纤折得遥相赠,便是观音手里时。" 李白《寄远》:"床中绣被卷不寝,至今三载闻余香。"

⑥会:理解、理会。

【赏析】

是词有两处特别精彩:一,"翠鬟抛掷一簪长",束盘鬟髻必须扎实,才能盘出高而挺之靓髻,才有紧束力,插挠得住头饰。蓬松散乱,没了紧束的抓力,玉簪自然滑落出来;鬟越蓬松,滑出得越长。在词人看来,这是"弹力"作用,故用"抛掷",拟人、夸张写法,差点儿就将玉簪整个弹出。透过女主人公懒散、倦慵的情状,显见其内心。二,"闲折海棠看又捻",折海棠,本应是好心情;但着一个"闲"字,则全然不同了,心情全无,才闲懈无聊去摘。"看",表示程度一般,正是其当时心境的具体表现;"捻",更无心观赏的举动;"看又捻",看——捻,捻——看,反复不断,细致入微。有以上二处精彩的描写支撑,再加上朝罢梳妆、残眉懒画,纤手惹香、暮倚斜阳,活脱脱地表达了女主人因情所困的闲愁怨绪。

◉集评

李冰若《栩庄漫记》:"写春困情态,入木三分。"

浣溪沙

翡翠屏开绣幄红①,谢娥无力晓妆慵②,锦帏鸳被宿香浓③。　微雨小庭春寂寞,燕飞莺语隔帘栊,杏花凝恨倚东风④。

【注释】

①幄(wò):篷帐,帐幕。

②谢娥:谢娘。此处为女子泛称。

③宿香浓:经夜香味尚浓。

④杏花:比拟女子。以花拟人,拟人写法。

【赏析】

是词比之前首,逊色许多。惟结句有可嚼处,杏花凝结愁怨斜靠东风,"杏花",女主人公的化身。

◉**集评**

况周颐《餐樱庑词话》："张子澄句'杏花凝恨倚东风'，又'断香轻碧锁愁深'，妙在'凝'字'碧'字，若换用他字，便无如此神韵。'碧'字尤为人所易忽。"

浣溪沙

枕障熏炉隔绣帷①，二年终日两相思。杏花明月始应知②。　天上人间何处去③？旧欢新梦觉来时。黄昏微雨画帘垂。

【注释】

①枕障：古人用屏风围枕，称为"枕屏"，又称"枕障"。

②始应知：才能知，或正可知。

③"天上"句：意思是天上与人间，乃生死之异域，今不知何处去？白居易《长恨歌》："但教心似金钿坚，天上人间会相见。"

【赏析】

是词悼念之作。前阕往日她用的屏风围枕、熏炉已用绣帷隔着放置妥当，二年来，他整日的相思。杏花和明月是知道的。过片，一句问句接起"天上人间何处去？"她去了天上，他仍在人间，应该往天上去，还是往人间去？两者都问到了，情伤至极。旧时欢乐刚刚进入新梦，觉醒之时，这是补述上句发问的时段。结句，黄昏时候，细雨飘洒，将画帘低垂。梦中情境与眼前冷寂，形成强烈对比，凄苦再增几分，唯凭画帘低垂，免使春风微雨打扰，但悲情更是暗暗萌发。

◉**集评**

汤显祖《玉茗堂评花间集》："第三个年头，自有知者。杏花明月，知我怜我，未必实我。"

沈际飞《草堂诗余别集》："到末句自然掉下泪来。""不言而神伤。"

陈廷焯《云韶集》："'始应知'三字想有所指，非空语也。对法活泼，导人先路。结句尤佳。"《词则·别调集》："婉约。对法活泼。"

俞陛云《唐五代两宋词选释》："与玉溪生'更无人处帘垂地'句相似，殆有帷屏之悼也。"

李冰若《栩庄漫记》："凄宛之调，下开小晏。全词布置之佳，正如冯正中之《蝶恋花》愈婉愈深，愈淡愈哀，盖不惜以金针度尽世人者也。"

浣溪沙

花月香寒悄夜尘①，绮筵幽会暗伤神②，婵娟依约画屏人③。　人不见时还暂语，令才抛后爱微颦④，越罗巴锦不胜春⑤。

【注释】

①悄夜：静夜。

②绮筵：华美之筵席。　幽会：暗中约会。

③婵娟：泛指美貌女子。孟郊《婵娟篇》："花婵娟，泛春泉；竹婵娟，笼晓烟；妓婵娟，不长妍；月婵娟，真可怜。"　何扶《送阆州妓人归老》："竹翠婵娟草径幽，佳人归老傍汀洲。"

④令：即词曲中的令、引、慢、近之类。古时宴会常以歌舞助兴。又解，酒令；强制使令。 抛：抛掷、丢弃。 颦：皱眉。

⑤越罗巴锦：越地之罗，巴蜀之锦，古时著名衣料。《初学记·宝器部》："《丹阳记》曰，历代尚未有锦，而成都独称妙。故三国时，魏则市于蜀，吴亦资西蜀。至是始有之。" 不胜春：不尽春。

【赏析】

是词写绮筵幽会。庭花在月亮清辉照映下，散发出清冷的芳香，入夜静悄悄，气爽尘净。"绮筵幽会暗伤神"，绮筵者，盛筵也，自请歌伎舞女助兴，男女便得幽会，他等待她的出现，焦急得令其不安。赴约的婵娟，在他心中就好像画屏上所画的美人。过片，写她来了，"人不见时还暂语"，人儿都未见着，就闻到她的说话声了；酒令刚刚抛掷过，她就颦起眉头，拒绝受罚。她身上的越罗巴锦包裹着无限春色。词作虽结，而幽会未结。

浣溪沙

偏戴花冠白玉簪①，睡容新起意沉吟②。翠钿金缕镇眉心③。 小槛日斜风悄悄④，隔帘零落杏花阴。断香轻碧锁愁深⑤。

【注释】

①花冠：以花作冠。白居易《长恨歌》："云鬟半偏新睡觉，花冠不整下堂来。"

②沉吟：犹豫不决。《后汉书·隗嚣传》："邯得书，沉吟十余日。"

③"翠钿"句：金缕束绕翠钿，插于眉上发际中。 镇：压、安插。

④小槛：窗外栏杆。

⑤断香：言花香阵阵，断断续续散发而出。王勃《对酒春园作》："狭水牵长镜，高花送断香。" 轻碧：言花树绿叶泛起淡淡碧光。

【赏析】

是词抓住女子午间小睡醒来的神态和动作描写，表现妇人愁情。"偏"字开头，偏，歪斜不正，传神，形象全见；睡容姿态，头上花冠歪了，白玉簪也斜了。这种睡容她全然不觉，刚刚醒来起身，精神恍惚，束绕翠钿的金缕低垂压着了眉心，可见人醒心未醒。过片，描写景物，日光斜照小槛，风悄悄轻吹，窗帘下的杏花零落凋谢，坠落花阴下。断断续续的花香，轻描淡抹的碧绿，使她忽然发觉春天即将过去，愁情怨结好像全被牢牢锁作一团，冲涌上心头。主人公此时好像是清醒了，但如此痛苦，不醒更比醒好。结句用字讲究，"断"修饰香，一阵一阵的、忽有忽无的；"轻"修饰碧，淡淡的、刚刚显现的；"锁"字，乃以上的"香"与"碧"，使人发愁，以"锁"言之，完全被笼罩、困扰着了。

◉集评

汤显祖《玉茗堂评花间集》："锁得住的，还不是愁。人言愁，我始欲愁，只为锁他不住。"

李调元《雨村诗话》："张舍人泌词如其诗，《花间集》所载，皆可入选。更工于用字，如《浣溪沙》云'翠钿金缕镇眉心'，又'断香轻碧锁愁深'，'镇'、'锁'二字，开后人无限法门。"

浣溪沙

晚逐香车入凤城[①]，东风斜揭绣帘轻[②]。慢回娇眼笑盈盈[③]。　消息未通何计是[④]？便须佯醉且随行。依稀闻道太狂生[⑤]。

【注释】

①凤城：京城。仇兆鳌注引赵次公曰："秦穆公女吹箫，凤降其城，因号丹凤城。其后言京城曰凤城。"沈佺期《奉和乐游苑迎春诗》："歌吹衔恩归路晚，栖乌半下凤城来。"

②"东风"句：东风轻轻揭开帘帷。

③"慢回"句：香车中闺人漫不经心回眼相顾，含羞带笑。　娇：娇媚。　盈盈：女子轻盈貌。《古诗十九首·青青河畔草》："盈盈楼上女，皎皎当窗牖。"

④消息：音讯。此指对车中美人的情意。

⑤"依稀"句：好像听到车中女子责怪说："太狂了！"　太狂生：太狂妄了。生，语尾助词，乃唐宋口语，诗词中常用。《六一诗话》："唐人语辞，好用'生'字，如太瘦生、什么生、何似生是也。"李白《戏杜甫》："借问别来太瘦生，总为从前作诗苦。"

【赏析】

是词写"追艳"。傍晚，他追逐着香车进了京城，忽然，春风吹过，轻轻揭起绣锦车帘，车子里的女子回过头来，含羞带笑看着他。过片，写他的心理活动，自己对她倾爱慕情的消息还没有传达出去，有什么办法？他心生一计，佯醉且随着香车徐行，好像听到车上美人责怪骂他："太狂生！"

◉集评

卓人月汇选、徐士俊参评《古今词统》："（'依稀'句）闻此语，当更狂矣。"

李冰若《栩庄漫记》："子澄笔下无难达之情，无不尽之境，信手描写，情状如生，所谓冰雪聪明者也。如此词活画出一个狂少年举动来。"

浣溪沙

小市东门欲雪天[①]，众中依约见神仙[②]，蕊黄香画贴金蝉[③]。　饮散黄昏人草草[④]，醉容无语立门前，马嘶尘烘一街烟[⑤]。

【注释】

①小市：泛指小城。　白居易《岁除夜对酒》："草白经霜地，云横欲雪天。"

②神仙：代指娇美女子。郑远古《赠柳氏妓》："冶艳出神仙，歌声胜管弦。"

③画：点画。　贴金蝉：佩带金色蝉形钗。

④草草：忙忙碌碌貌。《诗·小雅·巷伯》"骄人好好，劳人草草。"朱熹注："草草，忧也。"范云《赠张徐州谡诗》："得与故人挥，怀情徒草草。"此有匆匆忙忙之意。

⑤尘烘：灰尘飞扬。　烘：此指尘土一哄而起。

【赏析】

是词透过小市镇的场面描写，反映繁华。起首入题，点明小市东门，"欲雪天"的初冬时节，以气候反衬。"众"，一个字就概括了市场的热闹。人群之中依稀见到貌美如天仙的时妆女子，蕊黄妆粉透出香气，鬓发贴着金色的蝉饰。过片，饮酒宴乐散时，正是黄昏，人们匆忙离去。街上剩下一人脸上带着醉容,无语倚立门旁,何其惆怅也。马儿嘶鸣而驰过,扬起一溜尘烟。

◉集评

李调元《雨村词话》:"'烘'字宋词多用,如《烘堂词》及'一烘人烟'之类。唐张泌有'马嘶尘烘一街烟'之句,'烘'字始此。"

李冰若《栩庄漫记》:"一'烘'字形容闹市极似,再以他字可代。此之谓工于练字。"

临江仙

烟收湘渚秋江静,蕉花露泣愁红。五云双鹤去无踪①,几回魂断,凝望向长空。　翠竹暗留珠泪怨②,闲调宝瑟波中③,花鬟月鬓绿云重。古祠深殿,香冷雨和风。

【注释】

①五云双鹤:皆仙人所御。　五云:青、白、赤、黑、黄五色瑞云。汪遵《严陵台》:"终将宠辱轻轩冕,高卧五云为客星。"

②"翠竹"句:翠竹上留下带怨珠泪。刘向《列女传》:"尧之二女,舜之二妃,曰湘夫人。舜崩,二妃啼,以涕挥湘竹,尽斑。"《述异记》载,舜南巡,葬于苍梧,尧二女娥皇、女英泪下沾竹,竹文全成为斑。故称为"斑竹"或"湘妃竹"。

③"闲调"句:在湘江波浪中,湘灵弹起了宝瑟。　调:弹奏。

【赏析】

是词吊古,咏湘妃事。以冷秋景色带出,烟雾收敛起来,湘水洲头显得格外寂静,红色蕉花聚结冷露,好似湘妃在流着忧愁的红泪。舜帝乘着五云仙鹤逝去,湘妃多少回魂断,凝情地望着长空。翠竹上留下的斑斑珠泪就是她心中的怨,波涛里响起的宝瑟韵声就是她"闲调"的恨,如花似月的鬟鬓就是她墨绿色的重重云发。古祠深殿,风和雨将香气驱散,一片清冷。词作寓情于景作结,呼应开头。

◉集评

汤显祖《玉茗堂评花间集》:"词气委婉,不即不离,水仙之雅调也。"

《删补唐诗选脉笺释会通评林》引周启琦评:"帆影落时,绿芜涨岸,可方此词。"

李冰若《栩庄漫记》:"'蕉花露泣愁红',凄艳之句。全词亦极缥缈之思,不落凡俗。"

华钟彦《花间集注》:"此词咏湘妃也。"

女冠子

露花烟草,寂寞五云三岛①,正春深。貌减潜消玉,香残尚惹襟。　竹疏虚槛静,松密醮坛阴。何事刘郎去?信沉沉。

【注释】

①三岛:仙家居处。《史记·封禅书》:"蓬莱、方丈、瀛洲,此三神山者在渤海中,诸仙人及不死药在焉,而黄金白银为宫阙。"

【赏析】

“寂寞”，词眼。女道士居处“五云三岛”，正当春光明媚，露花烟草，思凡之心令其容貌失色，眼看余香更使人泪沾衣襟。后阕承接，进一层写庵堂清冷阴森，竹“疏”人气更稀，倍感“静”；松“密”道坛肃穆，倍感“森”。结尾，以主人公发自内心的问话，道出深切怀念情人之意。

河传

渺莽云水①，惆怅暮帆，去程迢递。夕阳芳草，千里万里，雁声无限起。梦魂悄断烟波里②，心如醉。相见何处是？锦屏香冷无睡，被头多少泪。

【注释】

①渺莽：辽阔且迷茫。

②悄断：暗暗结束。

【赏析】

“渺莽”，同渺茫。辽阔迷茫，水天浑然，如此广旷背景之上一帆远去，最后消失在云水尽头。面对傍晚的白帆，惆怅感慨，旅途何其遥远。夕阳之下，芳草连天接水，一望无际，或许千里万里，雁群叫声不绝而起。前阕遣情写景，将行旅之惆怅，尽然表达。过片，接“渺莽”气脉，“烟波里”既是暮帆所去，亦为铭记送别此刻而随着梦魂到归处，心神如同酒醉。相见在何处？人于旅途，何日归家自不知，一句设问，吐出心中多少苦水。结拍二句，感情涌喷，情绪到达高潮，别后孤苦，自己如同银屏香冷，夜夜无心睡眠，被头被多少泪水浸湿。

◉集评

汤显祖《玉茗堂评花间集》：“可怜。《河传》高调。”

李冰若《栩庄漫记》：“起句飒然而来，不亚《别》、《恨》二赋首语，可谓工于发端。而承以‘夕阳’、‘千里’三句，苍凉悲咽，惊心动魄矣。”

河传

红杏，交枝相映，密密蒙蒙①。一庭浓艳倚东风②，香融③，透帘栊。　斜阳似共春光语，蝶争舞，更引流莺妒④。魂销千片玉樽前，神仙，瑶池醉暮天⑤。

【注释】

①密密蒙蒙：密布、纷杂。

②浓艳：花儿繁茂。杨凭《海榴》：“便将浓艳斗繁红。”　艳：美丽，此指花朵。

③香融：香气融入风中。

④妒：忌妒。

⑤瑶池：仙境。宋之问《龙门应制》：“吾皇不事瑶池乐”。

【赏析】

是词以大好春光为引，抒发惜时沉醉的感慨。前阕篇幅皆描写春光：红杏缀满枝头争奇斗艳；花繁蕊密。整个庭院里浓重的艳丽，倚借春风，花香浓郁，直透帘栊。过片三句，拟人手法，极言斜阳春光之灿烂，夕阳与春光窃窃私语、蝴蝶争相竞赛翩翩起舞，惹得黄莺生发妒忌之心。结句，多么消魂啊，在千钟万盏的酒筵上，就好像神仙般快乐，共聚瑶池一直畅饮到夕阳西下。

◉集评

况周颐《历代词人考略》："张子澄词，其佳者能蕴藉，有韵致。其《河传》云'夕阳芳草，千里万里，雁声无限起。'又云'斜阳似共春光语'。只是不尽之情，目前之景，却未经人道过。"

李冰若《栩庄漫记》："'斜阳似共春光语'，隽语也。"

酒泉子

春雨打窗，惊梦觉来天气晓。画堂深，红焰小，背兰釭①。　酒香喷鼻懒开缸②，惆怅更无人共醉。旧巢中，新燕子，语双双。

【注释】

①背：背部对着。

②喷鼻：香气喷入鼻中。刘禹锡《西山兰若试茶歌》："悠扬喷鼻宿酲散"。

【赏析】

"如慕"，乃结尾九字三句，羡慕燕子恋旧惜情，终有欢乐之家；羡慕其出双入对，与主人公的孤身只影，对比强烈。其余字句皆"如怨"，一怨春雨不识趣，扰其春梦；二怨晨晓环境清冷，令人凄凉；三怨美酒无人共醉，枉得"香喷鼻"。其实还暗藏第四怨，亦是"如慕"，埋怨春燕亦不识趣。

◉集评

汤显祖《玉茗堂评花间集》："抚景怀人，如怨如慕，何减《摽梅》诸什。"

酒泉子

紫陌青门①，三十六宫春色②。御沟辇路暗相通③，杏园风。　咸阳沽酒宝钗空④，笑指未央归去⑤。插花走马落残红⑥，月明中。

【注释】

①紫陌：京都中道路。刘禹锡《元和十年戏赠看花诸君子》："紫陌红尘拂面来，无人不道看花回。"　青门：汉长安城东南门。泛指京城城门。

②三十六宫：言宫殿之多。骆宾王《帝京篇》："秦塞重关一百二，汉家离宫三十六。"

③御沟：亦称"禁沟"，皇城外护城河。崔颢《相逢行》："玉户临驰道，朱门近御沟。"又解，皇宫内的沟渠。《古今注》："长安城引终南山水从宫内过，谓之御沟。"　辇路：帝王车驾的路。

④咸阳：秦孝公所都，地处九嵕之南，渭水之北，山水皆阳，故名。　空：花光，用尽。

⑤未央：指未央宫，汉代宫名。《汉书·高帝纪》："至长安，萧何治未央宫，立东阙、北阙、前殿、武库、大仓。上见其壮丽，甚怒。"《括地志》："未央宫在雍长安县西北十里长安故城中。"王昌龄《春宫曲》："昨夜风开露　桃，未央前殿月轮高"。

⑥走马:驰马。喻疾驰。

【赏析】

是词写京都市民生活之一个侧面。前阕写京城宏构:紫陌青门,御沟辇路,宫殿杏园沐浴在无限春色之中,反映都市繁华。后阕即抓住典型人物,从细节上写出一部分人醉生梦死之生活。其人到得京城,“潇洒走一回”,不惜用光花光财物,沽酒沉醉,寻花作乐。

生查子

相见稀,喜相见,相见还相远。檀画荔枝红①,金蔓蜻蜓软。　鱼雁疏②,芳信断,花落庭阴晚。可惜玉肌肤,消瘦成慵懒。

【注释】

①檀画荔枝红:衣上用檀色所绘绣图案如荔枝般红。

②鱼雁:借代书信。借鱼、借雁而传书信,有秘密情书的意义。《文选·乐府古辞》:“客从远方来,遗我双鲤鱼。呼儿烹鲤鱼,中有尺素书。”权德舆《祗役江西路上以诗代寄内》:“春江足鱼雁,彼此勤尺素。”

【赏析】

是词写相思刻骨成病之苦。前阕起首用三个“相见”表现相思迫切,第一个相见,“稀”,见得少,自然有所思;第二个“相见”,“喜”,能见是喜,盼见亦是喜;第三个“相见”,最烦人,相见了“还”离别,离别了要相见,远着咧,呼应前头“稀”字。主人公的复杂心理刻画得入木三分。过片进层,人见不到,书信亦“疏”,简直是“断”,春天早已归去,花信早已断。傍晚,花儿坠落在庭院绿树之荫。结拍,只是惋惜自己的玉肌日渐消瘦,心态亦变得慵懒起来,相思成疾。

◉集评

汤显祖《玉茗堂评花间集》:“信笔而往,无一浮蔓,非只止头禅也。”

思越人

燕双飞,莺百啭,越波堤下长桥①。斗钿花筐金匣②,恰舞衣罗薄纤腰。　东风淡荡慵无力③,黛眉愁聚春碧。满地落花无消息,月明肠断空忆。

【注释】

①越波堤:即“月波堤”,王钦若等《册府元龟》:“后唐同光二年,雒京奏朱殷修筑月波堤,毕工,引水入新开河。”此指河堤。

②斗钿花筐:皆妇女头饰。　金匣:熨斗。　恰:贴切。

③淡荡:形容和舒的样子。

【赏析】

是词写相思。前阕两层,第一层为前三句,写越波堤旁的长桥附近,或许主人公就住那儿,燕子双飞,莺语婉转,交代地点——月波堤下的长桥、时间——春天,以燕莺衬托人物心境。第二层为后面两句,罗列首饰,衣着及身段,交代主人公身份——舞女。过片,描写她的慵倦体乏,愁聚神态。结尾两句,带出相思,看着落花满地,感慨春将去而心上人一点消息也没有，自己空对明月、空相思忆，肠断痛苦。

满宫花

花正芳，楼似绮，寂寞上阳宫里①。钿笼金锁睡鸳鸯②，帘冷露华珠翠。娇艳轻盈香雪腻③，细雨黄莺双起。东风惆怅欲清明，公子桥边沉醉。

【注释】

①上阳宫：唐宫名。遗址在今河南洛阳市。

②“钿笼”句：以贵金属嵌镶成睡鸳鸯图案的锁形饰物。

③腻：细腻光润。

【赏析】

是词言宫怨。前阕三句写春到上阳宫，花吐芬芳，将楼宇掩映得像宫锦似的，然而春日的上阳宫里却是一片寂寞。接着推出两个特写镜头：一是嵌金镶银的睡鸳鸯图案，二是珍珠帘上冷露凝成的霜花，进一层烘托宫女的寂寞。过片，宫女与黄莺相比，羡慕黄莺的自由自在。面容娇艳、体态轻盈、肌肤细腻如香雪的宫女，眼看着春风细雨中的黄莺双双飞起。结拍，大胆之笔：“东风惆怅欲清明，公子桥边沉醉。”宫女见又到了清明时节，惆怅、寂寞难耐，渴望能像黄莺一样双飞，趁踏青之机，去找寻浪荡公子，桥边沉醉！颇有叛逆性格。

柳枝

腻粉琼妆透碧纱①，雪休夸②。金凤搔头堕鬓斜，发交加。　倚着云屏新睡觉，思梦笑。红腮隐出枕函花③，有些些④。

【注释】

①腻粉：滑润的脂粉。方干《牡丹》：“花分浅浅燕支脸，叶堕殷殷腻粉腮。”

②雪休夸：言白雪不要自夸，你不如“腻粉琼妆”洁白。

③白居易《盐商妇——恶幸人也》：“饱食浓妆倚柁楼，两朵红腮花欲绽。”　枕函：枕套。

④有些些：有些许、有少许。些些，少许，一点点。白居易《自题新昌居止，因招杨郎中小饮》：“能到南园同醉否？笙歌随分有些些。”

【赏析】

是词若美睡图。腻粉琼妆透过碧纱帐隐约可见，白雪也不敢在此自夸。金凤头钗玉搔头斜堕髻旁，与头发交加在一起。后阕，她刚刚梦醒过来，倚着屏风，回想梦境，笑了出来。“梦笑”，让人遐想。一个“笑”字，传神至极，经得住细嚼。红腮上隐约压出枕套花纹印，有一些儿的。花间词含蓄见浓艳、浓艳倚含蓄的风格，可见一斑。

◉集评

汤显祖《玉茗堂评花间集》：“此《柳枝》之变体也。‘红腮’一语，自见巧思。”

李冰若《栩庄漫记》：“‘思梦笑’三字，一篇之骨。”

南歌子

柳色遮楼暗，桐花落砌香①。画堂开处远风凉。高卷水精帘额②，衬斜阳。

【注释】

①桐花落砌：指暮春时节。刘氏云《有所思》："玉井苍苔春院深，桐花落地无人扫。"

②帘额：帘之高处。李贺《宫娃歌》："寒入罘罳殿影昏，彩鸾帘额着霜痕"。

【赏析】

是词以幽雅的环境描写，抒发追求恬静生活的感情。浓重柳色掩映着楼舍，遮荫着暗绿的幽静；桐花飘落堆积，庭阶仿佛在发出阵阵幽香；画堂敞开，引来远处好风吹拂，清凉神爽；窗帘高高卷起，斜阳一抹，透过柳隙投射进来，心情豁然开朗。

◉集评

汤显祖《玉茗堂评花间集》："（'柳色'二句）有韵致。"

卓人月汇选、徐士俊参评《古今词统》："泌之'衬斜阳'，宪之'背斜阳'，争妍一字。"

许昂霄《词综偶评》："此初日芙蓉，非镂金错彩也。"

俞陛云《唐五代两宋词选释》："写明丽之韶光。'帘额'、'斜阳'，尤推秀句。"

南歌子

岸柳拖烟绿①，庭花照日红。数声蜀魄入帘栊②。惊断碧窗残梦，画屏空。

【注释】

①拖：曳引。

②蜀魄：杜鹃。《华阳国志·蜀志》载，周失纲纪，蜀王杜宇称帝，曰"望帝"，为蜀除水患有功，后禅位，升西山隐焉。时适二月，子规鸣，因名子规为杜宇，又为望帝。又传说，望帝因悲亡国之痛，死后魂魄化为杜鹃鸟，鸣声悲切动人。李商隐《哀筝》："湘波无眼泪，蜀魄有余冤。"

【赏析】

是词写景抒情，虽无前首韵味浓厚，但亦有可读之处。首两句写景颇精致，用语亦工整，"岸柳拖烟绿，庭花映日红。"江岸杨柳被轻烟拖曳更加葱绿，庭院鲜花经春阳映照更加红艳。"数声"两句，写午间静寂被杜鹃啼叫，惊醒残梦，眼前却是空空而也的画屏，淡淡的愁思忽然而生。

◉集评

俞陛云《唐五代两宋词选释》："结句云'残梦'、'屏空'，则花明柳暗，皆春色恼人耳。"

李冰若《栩庄漫记》："意亦犹人，词特清疏。"

南歌子

锦荐红㶉鶒①，罗衣绣凤凰②。绮疏飘雪北风狂③，帘幕尽垂无事，郁金香④。

【注释】

①锦荐：锦垫，华美的垫。

②绮疏：纵横交错，状大雪飞扬情景。

③郁金香：草名。《唐会要》："贞观二十一年，伽国献郁金香。"据说此草可以制酒，也可作染料。李白《客中行》："兰陵美酒郁金香，玉碗盛来琥珀光。"此指美酒。

【赏析】

是词写冬天闺妇怨。宫锦垫席上，是红色鸂鶒的图案；身上的罗衣，刺绣着一双双凤凰。锦荐、罗衣的图案，与主人公的处境形成反衬。凛冽的北风狂吹，雪花纵横交错地漫天飘飞。将所有的帘幕全部放下，更使人感到百无聊赖，只有痛饮郁金香。读者或许从酒香中闻到淡淡的孤寂。

江城子

碧栏干外小中庭①，雨初晴，晓莺声。飞絮落花，时节近清明。睡起卷帘无一事，匀面了②，没心情。

【注释】

①中庭：庭院之中。白居易《宿杨家》："夜深不语中庭立，月照藤花影上阶。"

②匀面了：画妆罢了。

【赏析】

是词先写环境，碧色的栏干外、小小的庭院之中，雨止了，天刚放晴，传来晨莺的啼声。柳絮飞扬，春花零落，时节将近清明。暮春景色在词人笔下，明丽中带着几分清冽，为下文铺垫。她早晨起来卷好帘子，无事可做，匀面妆扮过后，没有一点好心情。"没心情"三字，是心理表白，流露出伤春怀人情绪。

◉集评

汤显祖《玉茗堂评花间集》："无一事，不消匀面。匀面了，没心情，连匀面也是多的。"

李冰若《栩庄漫记》："'飞絮落花，时节近清明'，流丽之句，却寓伤春之感。"

江城子

浣花溪上见卿卿①，脸波明②，黛眉轻。绿云高绾③，金簇小蜻蜓④。好是问他来得么⑤？和笑道：莫多情⑥。

【注释】

①浣花溪：在四川成都，一名濯锦江，又称百花潭，杜甫故宅在此。每年四月十九日，蜀人多游宴于此，谓之浣花日，唐名妓薛涛，亦家于溪旁，以溪水造笺，号"浣花笺"。

②脸波：眼波。

③高绾：将头发盘绕起来打成高髻。

④金簇小蜻蜓：金制蜻蜓形状头饰。

⑤好是：最好是。

⑥和笑：含笑。

【赏析】

是词写相会。起首点明地点，"浣花溪上"。"卿卿"，表明两人已非一般的关系。"脸波明，黛眉轻"，眉飞色舞，欢愉相见。"来得么？"这一问，表达了男子对女子的爱慕臻于炽热；女子带笑回答说："莫多情。"这一答，没有直说可否，含蓄中又带暗示，能使悦己者明了，表现了少女的矜持，和笑而答，是对男子问题作出的肯定回答。一问一答，颇像戏剧对白演示，淋漓表现了少男少女的纯情，形象天真可爱。

◉集评

卓人月汇选、徐士俊参评《古今词统》："二词风流调笑，类李易安。"

茅暎《词的》："更觉多情。"

陈廷焯《云韶集》："结六字写得可人。"《词则·闲情集》："妙在若会意若不会意之间，惜语近俚。"

刘永济《唐五代两宋词简析》："此词相传有实事。盖泌少时与邻浣衣女相爱，后女嫁别人，泌寄以一诗云：'别梦依依到谢家，小廊回合曲阑斜。多情唯有春庭月，犹为离人照落花。'浣衣女得诗，流泪而已……'莫多情'三字，含意甚深而天真可爱。"

河渎神

古树噪寒鸦①，满庭枫叶芦花。昼灯当午隔轻纱，画阁珠帘影斜。　门外往来祈赛客②，翩翩帆落天涯③。回首隔江烟火，渡头三两人家。

【注释】

①噪：虫禽鸣叫。

②祈赛客：祈，求也。赛，报答。先求神而后酬神佑已之人。《旧唐书·张嘉贞传》："先是岳庙有远近祈赛，有钱数百万。嘉贞自以为颂文之功，纳其数万。"《史记·封禅书》"冬赛祷词"，唐司马贞《索引》："赛，谓报神福也。"

③翩翩：往来不断。《诗·小雅·苍伯》："缉缉翩翩。"

【赏析】

是词写寺庙祈祀，可作为当时社会风俗画读。词作所写的祈祀，大约是在初秋，南方水乡江边的寺庙前，古树苍劲，乌鸦巢集噪鸣，庙庭里初霜的枫叶与雪白的芦花相辉映。宝殿内白天中午亦灯火不灭，斜照着画屏珠幔，一派神秘色彩。过片转写庙外祈客云集场面，连远道的香客亦慕名而来。结尾二句，从香客离庙登船而去，回首眺望寺庙，点出水乡特色，渡口上的三二人家，与热闹的祈祀烟火形成了鲜明对照。

◉集评

李冰若《栩庄漫记》："'回首隔江烟火，渡头三两人家'，可作画景，与首二句同一萧然，其为秋也。"

蝴蝶儿

蝴蝶儿，晚春时。阿娇初着淡黄衣①，倚窗学画伊。　还似花间见②，双双对对飞。无端和泪拭燕脂③，惹教双翅垂④。

【注释】

①阿娇:《汉武帝故事》载,汉陈婴曾孙女名阿娇,其母为武帝姑馆陶长公主。武帝幼时,长公主抱帝于膝上问曰:“儿欲得妇否?”曰:“欲得。”又指女曰:“阿娇好否?”曰:“若得阿娇,当以金屋贮之。”公主大悦,帝即位,阿娇果立为皇后。后因事废居长门宫,数年卒。李商隐《茂陵》:“玉桃偷得怜方朔,金屋妆成贮阿娇。”梁锽《名姝咏》:“阿娇年未多,弱体性能和。”此指春女。

②花间:花丛之中。李白《月下独酌四首》之一:“花间一壶酒,独酌无相亲。”

③燕脂:胭脂。

④“惹教”句:弄得画上蝴蝶画像模糊不清。

【赏析】

是词写春女“阿娇”画蝶。词作设计了四个情节:一是观蝶,晚春到了,蝴蝶飞舞,阿娇勾起写生动机。二是画蝶,她穿着淡黄衣,倚在窗前观蝶写生,一个“伊”字,表示她与蝴蝶亲近。三是赏画,画作成,她欣赏着自己的作品,“还似”,画得逼真,构图花间所见双双对对翩翩起舞。四是观后,她作画写生,画蝶双飞,自有寓意,反复端详,不禁伤感。词作将蝴蝶拟人化,结束二句,好像是蝶语:你为什么无端端落泪,弄得我形象模糊,双翅低垂,飞不起来了。

◉集评

汤显祖《玉茗堂评花间集》:“(“阿娇”二句)娇媚。”

陈廷焯《云韶集》:“妮妮之态,一一绘出。”《词则·闲情集》:“如许钟情,干卿甚事?”

俞平伯《唐宋词选释》:“这词不写真的蝴蝶,而写画的蝴蝶;画上的蝴蝶,却处处当作真蝴蝶去写,又关合作画美人的情感。”

毛文锡《毛司徒词》

【小传】

名文锡，字平珪(guī)，南阳(今属河南)人。生卒年不详。唐进士，仕蜀为翰林学士。前蜀永平四年(914)迁内枢密使，进文思殿大学士，通正元年(916)拜司徒。随王衍降后唐复仕，与欧阳炯等五人以小词为孟昶所赏。所著有《前蜀记事》二卷、《茶谱》一卷。其词浅率庸腐居多，或颂圣，或敷衍题意；像《醉花间》那样疏朗深婉者少。

《花间集》称毛司徒，收其词31首；近人王国维辑《毛司徒词》一卷，辑录词32首。

◉集评

沈雄《古今词话》："文锡词大旨匀净，不及熙震。"

李冰若《栩庄漫记》："文锡词在《花间》旧评均列入下品。然亦时有秀句，如'红纱一点灯'、'夕阳低映小窗明'，非不琢饰求工，特情致终欠深厚。又多供奉之作，其庸率也固宜。"

虞美人

鸳鸯对浴银塘暖①，水面蒲梢短。垂杨低拂曲尘波②，蛛丝结网露珠多，滴圆荷。　遥思桃叶吴江碧③，便是天河隔。锦鳞红鬣影沉沉④，相思空有梦相寻，意难任。

【注释】

①银塘：谓塘水清澈明净。李德林《夏日诗》："桐枝覆玉槛，荷叶满银塘"。杜牧《齐安郡后池绝句》："尽日无人看微雨，鸳鸯相对浴红衣。"

②曲尘：酒曲菌，淡黄色。白居易《春江闲步赠张山人》："晴沙金屑色，春水曲尘波。"

③桃叶：指所怀念的人。《古今乐录》："桃叶，子敬妾名，缘于笃爱，所以歌之。"王献之，字子敬，其妾名桃叶，妾妹名桃根。王献之在今江苏南京市秦淮河畔，曾送其妾而作歌曰："桃叶复桃叶，渡江不用楫。但渡无所苦，我自迎接汝。"后来，人称此渡口为"桃叶渡"，称此歌为《桃叶歌》。桃叶渡在古吴地秦淮河畔。用此典之意乃遥思故人旧地。白居易《府酒五绝·谕妓》："烛泪夜粘桃叶袖，酒痕春污石榴裙。"

④鬣(liè)：通"鱲(liè)"，淡水鱼类，亦名桃花鱼，雄鱼带红色，生殖季节色越鲜艳，故称红鱲。锦鳞红鬣：此处指代书信。

【赏析】

花间词作之艳，多用曲笔，含蓄表达。是词可证。前阕写鸳鸯对浴，不作具体描述，只从环境去烘托：暖暖春水、短短蒲草、垂杨拂波、丝网聚露，珠滴圆荷，景物组合与对浴融洽，场景转移增加对浴的运动效果。鸳鸯，爱情的象征，对浴，即幽会。词人以前阕的篇幅去描写，其寓意不言自明。过片，以"遥思"带起回忆，引出议论。故人旧地遥思碧江的桃叶渡口，如天河所隔，难得相见。鱼书不达，相思只能在梦中相寻，相思悲苦，实在令人承受不起。

虞美人

宝檀金缕鸳鸯枕①，绶带盘宫锦②。夕阳低映小窗明，南园绿树语莺莺，梦难成。　玉炉香暖频添炷，满地飘轻絮。珠帘不卷度沉烟③，庭前闲立画秋千，艳阳天④。

【注释】

①"宝檀"句:以檀木做成、饰以金丝细纹鸳鸯图案的枕头。

②绶带:古代系帷幕或印纽的带子。《周礼·天官·幕人》:"掌帷幕幄帟之事。"郑司农注:"绶,组绶,所以系帷也。"贾公彦疏:"绶者,条也,以此条系连帷幕。"

③沉烟:沉香木所燃而成的烟,味香。

④艳阳天:明媚的春天。鲍照《学刘公幹体》:"兹晨自为美,当避艳阳天。"

【赏析】

是词写闺阁女子闲而无聊。前阕写午睡,檀木质地饰着金色鸳鸯纹的枕头,衣服绶带盘结宫锦。直至夕阳西下,映照着小窗,明亮耀眼,南园里绿树间黄莺在欢叫跳跃,她仍然梦不成。后阕写遣闲的举动,频频地往玉炉里添炷燃香,闲看庭院见满地飘落的柳絮。珠帘不卷沉香木香烟袅袅升腾其间,而庭院里的秋千静静地立着,沐浴在艳阳天下。"闲立画秋千"正是闺阁女子的贴切比喻。"闲"字,词眼。

◉集评

汤显祖《玉茗堂评花间集》:"富丽。又唐人旧曲云'帐中草草军情变',宋黄载亦云'楚歌声起霸图休',似专为虞姬发论,二词虽芬芳袭人,何以命意迥隔?"

王士禛《花草蒙拾》:"词中佳语,多从诗出,如毛司徒'夕阳低映小窗明',顾太尉'蝉吟人静,斜日傍,晚窗明'。皆本黄奴'夕阳如有意,偏傍小窗明'。皆文人偶然游戏,非向《樊川集》中作贼。"

酒泉子

绿树春深,燕语莺啼声断续①。蕙风飘荡入芳丛②,惹残红③。　柳丝无力袅烟空。金盏不辞须满酌,海棠花下思朦胧④,醉香风。

【注释】

①断续:断断续续,此起彼伏。

②芳丛:花丛也。鲍泉《咏蔷薇诗》:"佳丽新妆罢,含笑折芳丛。"

③残红:落花。邵谒《古乐府》:"良时无可留,残红谢池水。"

④朦胧:将入睡或刚醒时,眼睛半开半闭,观物模糊的样子。

【赏析】

是词劝人趁大好春光将逝之际,金盏满酌,沉醉香风。前阕以浓重的笔调,描写暮春景色,绿树成荫了,燕子与黄莺在树间跃跳,唱声此起彼伏,接连不绝;和暖的春风在花丛中飘来荡去,带落残花朵朵。过片,以柳树承接,柳树绿条繁茂,显得更加袅娜无力,低垂在烟雾笼罩的空中。后三句,词作入题,将酒斟满金盏,不要推辞,喝多了正好醉眠海棠花下,沉醉香风之中,去朦胧观世。

喜迁莺

芳春景①,暧晴烟②,乔木见莺迁。传枝偎叶语关关③,飞过绮丛间。　锦翼鲜,金毳软④,百啭千娇相唤。碧纱窗晓怕闻声,惊破鸳鸯暖。

【注释】

①芳春:《初学记》:"春曰青阳,亦曰发生、芳春、青春、阳春、三春、九春。"李峤《三月奉教作》:"芳春随意晚。"

②暧:晦暗。

③传枝:穿飞树枝间。 偎叶:依偎树叶栖息。 关关:鸟鸣声,此指莺叫的和声。《诗·周南·关雎》:"关关雎鸠,在河之洲。"

④毳(cuì):鸟金色的腹毛。《汉书·晁错传》:"鸟兽毳毛,其性能寒。"

【赏析】

前阕写林间黄莺飞舞啼鸣。芳菲春景,暖风晴日轻烟,黄莺喜迁来高大的乔木之上。它们一会儿欢快地在枝条间跳跃,一会儿在绿叶丛中安逸地偎依,发出关关叫声,忽然,又飞到妍丽的花丛。织锦一般的羽翼鲜丽夺目,金色的腹毛柔软细长,百啭千娇的啼叫声,似在互相叫唤着。词末在以上欢乐热烈的反衬之下,写孤寂的闺妇,用"怕闻"、"惊破",点出她思人的春怨。

赞成功

海棠未坼,万点深红,香包缄结一重重①,似含羞态,邀勒春风②。蜂来蝶去,任绕芳丛。 昨夜微雨,飘洒庭中。忽闻声滴井边桐,美人惊起,坐听晨钟。快教折取,戴玉珑璁③。

【注释】

①香包:花苞。 缄结:封闭。

②邀勒:邀引。 勒:本义套住马不让其行。此引申为"牵住"、"引来"。

③珑璁(cōng):金属或玉石碰击响声。

【赏析】

毛词往往富丽而少情,浓艳而卒直,是词为典型代表。所咏海棠,铺陈美态:枝头上成千上万的花骨儿未绽放,深红耀眼,香包紧裹重重叠叠的瓣儿,好像在含羞带涩地逗惹春风。接着,以蜂来蝶去于花间,间接写海棠美。过片,似乎跳脱,离开上阕所写的海棠,忽然写夜雨滴梧桐,沥沥之声,将美人惊醒,独坐到天明,由晨钟而联想,戴玉珑璁。毛词少情,非真少,而是其情的抒发,无物象以托承,必然卒直、苍白,能不少乎?

◉集评

沈雄《古今词话》:"掌公曰:董文友,殆仿毛文锡之《赞成功》而不及者也,颖异居然第一。"

王国维《人间词话》:"毛词比牛、薛诸人,殊为不及。叶梦得谓文锡词以质直为情致,殊不知流于率露。诸人评庸陋者,必曰,此仿毛之《赞成功》而不及者,其言是也。"

西溪子

昨日西溪游赏,芳树奇花千样,锁春光①。金樽满,听弦管,娇妓舞衫香暖②。不觉到斜晖,马驮归③。

【注释】

①锁春光：比喻将春光留下。

②娇妓：娇美的舞女、歌妓。

③驮：马负物。李白《对酒》："葡萄酒，金叵罗，吴姬十五细马驮。"

【赏析】

是词写富贵公子春日西溪游赏。起首总概时间、地点、事件，语虽白而有韵味。第二句以六字写春日，平平庸庸。中段写酒宴、歌宴、舞宴，不知不觉地到了黄昏。"马驮归"三字，颇有点儿生气，醉得路也行不得，马驮而归，可见沉醉程度之深，形象具体。

◉集评

汤显祖《玉茗堂评花间集》："有兴。"

中兴乐

豆蔻花繁烟艳深①，丁香软结同心②。翠鬟女，相与共淘金③。　红蕉叶里猩猩语④，鸳鸯浦⑤，镜中鸾舞。丝雨隔⑥，荔枝阴⑦。

【注释】

①烟艳深：指花的艳光与雾相混。齐己《题南平后园牡丹》："暖披烟艳照西园，翠幄朱栏护列仙。"

②"丁香"句：以丁香结喻同心结。陆龟蒙《丁香》："殷勤解却丁香结，纵放繁枝散诞春。"

③淘金：用水冲刷含金沙子，选出沙金。

④猩猩：猩猩叫声如小儿啼，古人传其能说话。《尔雅·释兽》："猩猩小而好啼。"据《山海经》载，猩猩人面豕身能言语，今交址封溪县出猩猩……声似小儿啼。此处猩猩指小猴一类，非现代所说之猩猩，古或写作"狌狌"。

⑤鸳鸯浦：泛指水滨。

⑥丝雨：如丝的细雨。周彦晖《晦日宴高氏林亭》："丝雨带风斜。"

⑦荔枝阴：荔枝林树荫之中。卢纶《送从舅成都县丞广归蜀》："晚程椒瘴热，野饭荔枝阴。"

【赏析】

是词塑造了青春、活泼的淘金女形象。前阕首二句以豆蔻花、丁香结比喻少女的亮丽、纯洁。她们相约好，一起去淘金。后阕不着墨淘金，而是写雨前雨后。芭蕉丛中猩猩啼叫，突出了南方景致个性；鸳鸯洲头，水平如镜，影照淘金女活动倩影，如鸾凤起舞。忽然间，天空下起细雨，她们急忙躲进荔枝树下。

◉集评

李调元《雨村词话》："古淘金多妇女，大约出于两粤土俗。毛文锡《中兴乐》词云'豆蔻花繁烟艳深'皆粤中俗也。今楚蜀多有之，然皆用男子矣。"

李冰若《栩庄漫记》："全首写风土，如入炎方所见，不嫌其质朴也。惟'镜中鸾舞'句凭空插入，殊为减色。"

更漏子

春夜阑①，春恨切②，花外子规啼月。人不见，梦难凭，红纱一点灯③。　偏怨别，是芳节④，庭下丁香千结。宵雾散⑤，晓霞辉，梁间双燕飞。

【注释】

①春夜阑：春夜将尽。李商隐《偶成转韵七十二句赠四同舍》："我时颌额在书阁，卧枕芸香春夜阑。"

②春恨切：春恨深切。王昌龄《西宫春怨》："西宫夜静百花香，欲卷珠帘春恨长。"

③一点灯：一盏灯。欧阳炯《清平乐》："春闺一点灯。"

④芳节：芳春时节。李世民《帝京篇》："鸣笳凝乐馆，眺听欢芳节。"

⑤宵雾：夜雾。

【赏析】

是词写春恨。前阕第一句，点明时间，春夜就要尽了；第二句，直抒胸臆，"春恨切"，因春天引发的怨恨显得更为逼切。她听到远处杜鹃鸟对着月亮啼叫。闺阁所怀想的心上人未见归，梦中所见是难以为凭的。室内红纱孤灯独照，更加重了愁怨。"一点灯"，暗喻闺妇孤独，将场景与心景交融一处。过片，以"偏怨别"回应开头，她的恨在"别"，特别是在春天时节，那怨别情绪又加几分，就像庭院中的丁香千结。晨雾散去了，朝霞出现了，她的心境并未见晴朗起来，倒是羡慕起画梁上的双双飞燕，燕双而人独也。词作从夜阑起至清晨时段，逐层展开闺妇的心理变化过程，缠绕感人。

◉集评

陈廷焯《云韶集》："'红纱一点灯'真妙，我读之不知何故，只是瞠目呆望，不觉失声一哭。我知普天下世人读之，亦无不瞠目呆望失声一哭也！""'红纱一点灯'五字五点血。"

李冰若《栩庄漫记》："文锡词质直寡味，如此首之婉而多怨，绝不概见，应为其压卷之作。"

接贤宾

香鞯镂襜五花骢①，值春景初融。流珠喷沫躞蹀②，汗血流红③。　少年公子能乘驭，金镳玉辔珑璁④。为惜珊瑚鞭不下⑤，骄生百步千踪⑥。信穿花⑦，从拂柳⑧，向九陌追风⑨。

【注释】

①鞯(jiān)：马鞍具。《木兰辞》："东市买骏马，西市买鞍鞯。"　襜(chān)：原指短衣或车的帷幕，此通"韂"，即"鞍韂"，与"鞯"同义，指鞍垫类物品。　五花骢：青白色花马，又称"菊花青"马。

②流珠喷沫：马喷涌唾沫。　躞蹀(xièdié)：来回走动貌。古乐府《白头吟》："躞蹀御沟上，沟水东西流。"亦作"蹀躞"。

③汗血流红：马汗颜色如血。据《汉书·武帝纪》载，太初四年春，贰师将军广利斩大宛王首，获汗血马来，作《西极天马之歌》。颜师古引应劭注曰："大宛旧有天马种，蹋石汗血，汗从肩髆出，如血，号一日千里。"杜甫《忆昔二首》之一："阴山骄子汗血马，长驱东胡胡走

藏。”

④金镳(biāo):饰金的马嚼子。《隋书·礼志》:“缀马勒两金镳之上。” 珑璁:光洁的样子。

⑤珊瑚鞭:华贵的马鞭。梁元帝《紫骝马》:“宛转青丝鞚,照耀珊瑚鞭。”

⑥百步千踪:高扬行走。 踪:大步跳行。

⑦信穿花:在花丛中随意穿过。

⑧从拂柳:在柳枝下从容掠过。

⑨追风:指马飞般奔跑。

【赏析】

是词咏马。青白色的五花骢,配上精美的鞍垫,踏着融融春光的美景,慢步来回溜达,喷吐出珍珠唾沫,流出血红的汗液。少年公子骑驾乘着它,给戴上光洁的饰金马嚼子,正要挥动珊瑚鞭子策骑,可是,那鞭子下不了,还是让它高扬着马头,迈开骄健步伐奔跑,一会儿穿过花丛,一会儿掠过柳下,跑呀跑的,飞也似的向九陌疾驰而去。

◉集评

李冰若《栩庄漫记》:“着意刻画而缺生气。”

赞浦子

锦帐添香睡,金炉换夕熏。懒结芙蓉带,慵拖翡翠裙。 正是桃夭柳媚①,那堪暮雨朝云②。宋玉高唐意③,裁琼欲赠君④。

【注释】

①桃夭柳媚:桃花艳丽、杨柳妩媚。比喻妙龄女子。《诗·周南·桃夭》“桃之夭夭,灼灼其华。”《疏》:“少壮之桃夭夭然,复有灼灼然。此桃之盛华比兴十五至十九少壮之女,亦夭夭然,夏有灼灼之美色,正于秋冬行嫁然。”

②怎堪:哪能加上,表反诘语气。张相《诗词曲语辞汇释》:“那堪,犹云兼之也。与本义之解作不堪者异。”王建《凉州行》:“养蚕缫茧成匹帛,那堪绕帐作旌旗。” 暮雨朝云:用宋玉《高唐赋》“旦为朝云,暮为行雨”句意。

③宋玉高唐:指宋玉的《高唐赋序》。

④“裁琼”句:取下所佩的玉,赠以情人。裁,裁下,取下来。 琼,美玉。《诗·卫风·木瓜》:“投我以木桃,报之以琼瑶,匪报也,永以为好也。”后以“赠琼”来表示爱情。一说,裁琼,寄以书信。江淹《谢法曹赠别》“未响寄琼瑶。”李善《注》:“琼瑶,谓玉音也。报之琼瑶,谓书也。”刘禹锡《酬太原令狐相公见寄》:“书信来天外,琼瑶满匣中。”

【赏析】

是词写欢会。往炉中加了新的香料,进到锦帐里睡下,博山金炉的亮光,明过夕照。芙蓉带也懒得系结,任由翡翠裙慵拖地板。正是桃夭柳艳的妙龄少女,怎会负了暮雨朝云。宋玉高唐情意缠绵,要取出佩玉赠给情人。

◉集评

李冰若《栩庄漫记》:“繁丽颇似飞卿。”

甘州遍

春光好，公子爱闲游，足风流。金鞍白马，雕弓宝剑，红缨锦襜出长鞦[①]。　花蔽膝[②]，玉衔头[③]。寻芳逐胜欢宴，丝竹不曾休[④]。美人唱，揭调是甘州[⑤]。醉红楼。尧年舜日[⑥]，乐圣永无忧[⑦]。

【注释】

①红缨：马缰绳。　长鞦：或作楸、秋，泛指游乐地。屈原《涉江》"望长楸而太息兮，涕淫淫其若霰。"朱熹集注："长楸，所谓故国之乔木，使人顾望徘徊，不忍去也。"汉代以"长秋"命为宫名。《后汉书·皇后纪》："永平三年春，有司奏立长秋宫。"又汉代长安有"长秋门"。沈炯《赋得边马有归心诗》："弥忆长楸道，金鞭背落晖。"

②花蔽膝：护膝围裙。

③玉衔头：玉饰马嚼子。

④丝竹：古代统称乐器为八音，指金、石、土、革、丝、木、匏、竹八类，钟铃属金类，磬属石类，埙属土类，鼓属革类，琴瑟属丝类，笙竽属匏类，管箫属竹类。"丝竹"，此指代弹奏音乐。江淹《无锡县历山集诗》："况乃客子念，直置丝竹间。"

⑤揭调：开腔歌唱。　甘州：唐教坊曲名。《新唐书·礼乐志》："天宝间乐曲，皆以边地为 名，若凉州、甘州、伊州之类。"薛逢《醉中闻甘州》："老听笙歌亦解愁，醉中因遣合甘州。"

⑥尧年舜日：比喻太平盛世。《初学记·帝王部》："尧年二十而登帝位，以火承木，都平阳。景星耀于天，甘露降于地，朱草生于郊，凤凰止于庭，厨中自生肉脯，其薄如翣形，摇鼓则生风，使食物寒而不臭。"又"瞽叟妻，曰握登，见大虹，意感而生舜于姚墟，故姓姚氏，字都君，家本冀州。其母早死，瞽叟更娶，生象傲，而父顽母嚚，皆欲杀舜。舜能和谐，大杖则避，小杖则受，年二十始以孝闻，尧以二女娥皇女英妻之。耕于历山之阳，耕者让畔；渔于雷泽，渔者让渊；陶于河滨，陶者器不窳。尧于是乃命舜为司徒太尉，试以五典，举八凯八元，四恶除而天下咸服。遂纳于大麓，烈风雪雨弗迷，尧乃命舜代己摄政。"

⑦乐圣：古时言天子在位。又解，古人称嗜酒为乐圣。此处指饮酒。

【赏析】

是词写公子游春寻芳。公子衣着华贵，锦襜、花蔽膝；佩器不凡，雕弓、宝剑、红缨；坐骑盛装，白马配金鞍、玉衔头。他们逐胜欢宴、丝竹听歌、红楼痛饮，享尽所谓太平盛世的乐事，从一个侧面反映了当时统治阶级的奢华生活。

◉集评

汤显祖《玉茗堂评花间集》："丽藻沿于六朝，然一种霸气，已开宋元间九宫三调门户。"

甘州遍

秋风紧，平碛雁行低[①]，阵云齐。萧萧飒飒[②]，边声四起，愁闻戍角与征鼙[③]。　青冢北[④]，黑山西[⑤]。沙飞聚散无定，往往路人迷。铁衣冷[⑥]，战马血沾蹄，破蕃奚[⑦]。凤凰诏下[⑧]，步步蹑丹梯[⑨]。

【注释】

①平碛:一望无际的沙漠。

②萧萧飒飒:语出屈原《山鬼》:"风飒飒兮木萧萧。"萧萧,摇动貌。飒飒,风声。

③鼙(pí):古代军中小鼓,亦称"骑鼓"。白居易《长恨歌》:"渔阳鼙鼓动地来,惊破《霓裳羽衣曲》。"

④青冢(zhǒng):王昭君墓。相传冢上草色常青,故名。在今内蒙古呼和浩特市南。杜甫《咏怀古迹》:"一去紫台连朔漠,独留青冢向黄昏。"

⑤黑山:在今内蒙古包头市西北。雍陶《僧金河戍客》:"射雕青冢北,走马黑山西。"

⑥铁衣:征人铠甲。岑参《白雪歌送武判官归京》:"都护铁衣冷难着。"

⑦蕃奚:多指西北方少数民族。奚,古代少数民族之一,匈奴别种,南北朝称"库莫奚",分布于西拉木伦河流域,从事游牧。《旧唐书·北狄列传》:"其国胜兵三万余人,分为五部,好射猎,逐水草,无常居。"

⑧凤凰诏:天子文告。古代皇帝诏书由中书省发,中书省在禁苑中凤凰池处,故称"凤凰诏",亦称"凤诏"。

⑨丹梯:亦称"丹墀",古代宫殿前石阶以红色涂饰,故称"丹梯"。许浑《送上元王明府赴任》:"九重霄汉有丹梯。"

【赏析】

是词写边塞,歌颂守边将士。前阕写征战环境,深秋,沙漠一展平畴,天上浓云密布,雁群低飞而过;凛冽寒风呼啸声与号角声、战鼓声交织着,形成四起的边声,听闻让人发愁。李陵《答苏武书》云:"胡笳互动,牧马悲鸣,吟啸成群,边声四起,晨坐听之,不觉泪下。"蔡琰《胡笳十八拍》有句,"日暮风悲兮边声四起,不知愁心兮说向谁是"。说的都是闻边声而发愁。过片,写边地的辽阔,"沙飞"二句,具体写险恶;"铁衣"三句,写征人艰苦奋战赢得胜利。最后写凯旋而归。

◉集评

陈廷焯《词则·放歌集》:"结以功名,鼓战士之气。"

李冰若《栩庄漫记》:"描写边塞荒寒,景象颇佳,词亦无死声,佳作也。"

纱窗恨

新春燕子还来至,一双飞。垒巢泥湿时时坠①,涴人衣②。后园里看百花发,香风拂,绣户金扉。月照纱窗,恨依依。

【注释】

①垒巢:筑窝。薛涛《十离诗·燕离巢》:"不得梁间更垒巢。"

②涴(wò):弄脏。

【赏析】

是词写春怨。春天刚刚归来,燕子也跟着回来,一双双的飞。垒巢的泥未干,不时地往下掉,将人的衣服弄脏。前阕写春回燕筑巢、湿泥涴人衣,流露出主人的"反感",其实,主人见燕双飞而愁自己孤身,"反感"燕子惹起离恨。后阕,进层写春景,后园里百花齐放,香风吹拂,绣户与金屏显得更加美丽。月光透照纱窗,心里的怨恨悠悠。以大好春光反衬闺妇的怨恨,是词作的特色。

◉集评

李冰若《栩庄漫记》:"意浅词支。"

纱窗恨

双双蝶翅涂铅粉①,咂花心②。绮窗绣户飞来稳。画堂阴。　二三月爱随飘絮,伴落花,来拂衣襟。更剪轻罗片③,傅黄金④。

【注释】

①铅粉:铅华,脂粉之属。

②咂(zā)花心:吮花蕊,指蝴蝶采蜜。

③轻罗片:形容蝶翅轻薄。

④傅黄金:形容蝶翅颜色。

【赏析】

是词咏蝶。前阕写粉蝶。双双,写其多,粉白翅膀翩翩起舞,吮蕊采蜜,一会儿飞往绮窗,一会儿稳停绣户,有的更飞到画堂深处。后阕写黄蝶。春二三月,它喜欢追随杨花柳絮而飞,伴随着落花来轻拂人们的衣襟,好像在向人们展示它那金色炫目的翅膀。蝶与人的和谐,使人联想到人与自然的和谐,这确是件能做得到的事情。

◉集评

汤显祖《玉茗堂评花间集》:"'咂'字尖,'稳'字妥,他无可喜句。"

沈雄《古今词话·词评》:"毛文锡词,大致匀净,不及熙震,其所撰《纱窗恨》,可歌也。"

柳含烟

隋堤柳,汴河旁①。夹岸绿阴千里,龙舟凤舸木兰香②,锦帆张③。　因梦江南春景好,一路流苏羽葆④。笙歌未尽起横流⑤,锁春愁。

【注释】

①汴(biàn)河:即汴水,又名通济渠。隋炀帝游江都经此道,今久废。《隋遗录》:"炀帝幸江都,至汴,帝御龙舟,萧妃乘凤舸。"

②木兰:树名。谓炀帝的龙凤舸,用木兰制成。

③锦帆:锦制船帆。阴铿《渡青草湖诗》:"洞庭春溜满,平湖锦帆张。"

④流苏羽葆:皇帝仪仗中车马的装饰。　流苏:五彩羽毛制成穗子。　羽葆:盖。车上以鸟羽连缀作为装饰之华盖。

⑤横流:水不由道。《孟子·滕文公》:"洪水横流,泛滥于天下。"此喻隋覆亡。

【赏析】

是词咏柳讽史。词作起首一"隋"字,直指隋炀帝,隋堤柳树沿着汴河延伸,两岸绿阴连绵千里,隋炀帝的龙舟凤舸散发出浓烈的木兰香气,锦帆高悬向着江南进发。过片,以"因梦"接上,因为梦见江南春天景色好,而一路流苏羽葆地游幸,直揭隋炀帝之荒唐。"笙歌"一句,写其荒淫失国,那一路笙歌还未唱尽,就惹起了天下横流,令堤上的柳树笼罩着浓重春愁。

柳含烟

河桥柳，占芳春。映水含烟拂路，几回攀折赠行人，暗伤神！　乐府吹为横笛曲[①]，能使离肠断续。不如移植在金门[②]，近天恩[③]。

【注释】

①"乐府"二句：意为将乐府中《折杨柳》诗作为乐曲歌唱，人们听了，能时时泛起别情离绪。 乐府：《文心雕龙·乐府》："乐府者，声依永，律和声也。"又黄侃《文心雕龙杂记》："盖诗与乐府者，自其本言之，竟无区别，凡诗无不可歌，则统谓之乐府可也。" 横笛曲：指乐府横吹曲辞中的《折杨柳》曲。《太平御览》："梁胡歌云：'快马不须鞭，拗折杨柳枝。下马吹横笛，愁杀路傍儿。'" 横笛：笛子横吹。张正见《赋得垂柳映斜溪诗》："不分梅花落，还同横笛吹。"

②"不如"句：用唐宣宗取永丰坊垂柳植于禁中事。 金门：金马门，代指皇宫。

③天恩：皇恩。

【赏析】

是词咏柳抒怀。前阕咏河边柳，河边桥头的柳树独占春光，袅娜的枝条倒映水面、含着轻烟、抚拂道路，经过了无数的被人攀折相赠告别，暗自地伤神。过片，从送别折柳，联想到杨柳曲，乐府诗里的横吹曲常以杨柳吟咏离情，将人们的离别情谊延续下来。结句，笔锋一转，不如将它移植到金门去，或许能得到皇帝的宠爱，流露出有怀才不遇之感，希冀像金门柳树那样得到知遇，反映了当时知识分子求荣心态。

柳含烟

章台柳[①]，近垂旒[②]。低拂往来冠盖[③]，朦胧春色满皇州[④]，瑞烟浮[⑤]。　直与路边江畔别，免被离人攀折。最怜京兆画蛾眉[⑥]，叶纤时。

【注释】

①章台柳：汉代长安章台街所植柳树。唐代诗人韩偓与妓柳氏恋爱，后将柳氏置于都下，三年不见。李商隐《临发崇让宅紫薇》："柳绵相忆隔章台。"

②垂旒(liú)：帝王冠冕上装饰，用丝绳系玉下垂。

③冠盖：官吏服饰和车乘，借指官吏。

④皇州：京城。

⑤瑞烟：祥瑞烟。

⑥画蛾眉：用汉京兆尹张敞为其妻画眉事。

【赏析】

是词咏柳，以章台柳比喻风尘女子。前阕描写柳姿及其为京城增添春色，塑造可爱形象。那柳枝似冠冕上的垂旒，低垂下来，轻轻拂抚行人的帽顶；柳色给京城布满祥云瑞气，增添朦胧的春色。后阕，将柳树拟人化，写它的愿望。早就想离开这路边和江滨，避开人们告别时攀折相赠。最令人怜爱的是那京兆尹张敞给妻子画的细长蛾眉，多像柳叶儿啊。结尾二句，写风尘女子对爱情婚姻的理想追求，多少寄托了作者对她们的同情。

柳含烟

御沟柳，占春多。半出宫墙婀娜[1]，有时倒影蘸轻罗[2]，曲尘波。昨日金銮巡上苑[3]，风亚舞腰纤软[4]。栽培得地近皇宫，瑞烟浓。

【注释】

①婀娜(ēnuó)：摇曳柔美貌。《古诗十九首·焦仲卿妻》："四角龙子幡，婀娜随风转。"

②蘸(zhàn)：浸入。 轻罗：形容柳条。

③金銮：金銮殿之省称。此处代指皇帝。 上苑：皇帝庭苑。鲍泉《落日看还诗》："沃姬竞早春，上苑逐名辰。"

④亚：压。 风亚：风压。 舞腰：此处形容柳条。梁锽《狷氏子》："含声歌扇举，顾影舞腰回。"

【赏析】

是词以御沟柳讽得宠者。词一开头，就直点御沟柳占春多，接着展开描述：大半枝条伸出宫墙外面，有时倒影于轻罗碧纱般的水面，荡起淡淡的黄色水纹。后阕进一层，抓住君王巡游的典型事件，写它的得宠，结尾两句，点题，"瑞烟浓"，暗喻受尽恩宠。

◉集评

汤显祖《玉茗堂评花间集》："咏柳之种类极多，今南词中亦尽有佳句。若追先进，当从始音。"

醉花间

休相问，怕相问，相问还添恨[1]。春水满塘生，鸂鶒还相趁[2]。 昨夜雨霏霏，临明寒一阵。偏忆戍楼人，久绝边庭信[3]。

【注释】

①添恨：增加愁怨情绪。杜牧《为人题赠二首》："的的新添恨。"

②相趁：相互追逐嬉戏。

③边庭：边塞。朱琳《开城怨》："夫婿边庭久，幽闺恨几重。"

【赏析】

起首三句排比，句句皆怨，不要问，最怕问，问了更增加怨恨，凄苦情，溢言表。眼前，池塘春水涨，鸂鶒在水面上来回追逐嬉戏，好像故意演给满腹忧怨的人看。后阕，写夜雨下个不停，闺妇由五更晓寒，想到住在边塞戍楼的征人，许久得不到那边过来的信息了。

◉集评

陈廷焯《云韶集》："此种起笔合下章自成章法自是一时兴到之作，婉约无比，后人屡屡效之，反觉数见不鲜矣。"

况周颐《餐樱庑词话》："《花间集》毛文锡三十一首，余只喜其《醉花间》后段，'昨夜雨霏霏……久绝边庭信'，情景不奇，写出正复不易。语淡而真，亦轻清，亦沉着。"

醉花间

深相忆，莫相忆，相忆情难极。银汉是红墙[1]，一带遥相隔[2]。 金盘珠露滴[3]，两岸榆花白。风摇玉佩清[4]，今夕为何夕？

【注释】

①银汉：银河。李商隐《代应》："本来银汉是红墙，隔得庐家白玉堂。"

②"一带"句：银河如一衣带水，隔断鹊桥路。

③金盘：承露盘。传说汉武帝作柏梁台，建铜柱，高二十丈，大十围，上有仙人掌金盘承露，和玉屑饮之以求仙。

④玉佩：玉佩环。《诗·秦风·渭阳》："我送舅氏，悠悠我思；何以赠之？琼瑰玉佩。"

【赏析】

是词起首句法与前首同，接着，以红墙比作银河，咫尺之距却遥遥相隔。后阕，写梦中相见得欢愉。"今夕为何夕"，梦中见，亦令人忘却时日，如果真能相见呢，可见思人之切。

◉集评

汤显祖《玉茗堂评花间集》："创语奇耸，不嫌高调。"

陈廷焯《云韶集》："与上章起笔合拍，结笔尤胜上章。"《词则·闲情集》："笔意古雅。"

浣沙溪

春水轻波浸绿苔，枇杷洲上紫檀开[1]。晴天眠沙鸂鶒稳，暖相偎。 罗袜生尘游女过[2]，有人逢着弄珠回[3]。兰麝飘香初解佩[4]，忘归来。

【注释】

①枇杷洲：《一统志》："琵琶洲在饶州余干县治南水中，拥沙成洲，状如琵琶。"旧址在今江西省余干县南边信江中。

②"罗袜"句：游女过时罗袜上带着水雾。 尘，尘雾。凌波仙子脚踩尘雾茫茫，如尘烟滚滚，故说"生尘"。

③弄珠：即玉珠。源出鲛人泣珠故事。

④解佩：《列仙传》："江妃二女者，不知何所人也。出游于江汉之湄，逢郑交甫。见而悦之，不知其神人也。谓其仆曰：'我欲下请其佩。'仆曰：'此间之人皆习于辞，不得，恐罹悔焉。'交甫不听，遂下，与之言曰：'二女劳矣。'二女曰：'客子有劳，妾何劳之有。'交甫曰：'桔是柚也，我盛之以笥，令浮汉水，将流而下，我遵其傍，采其芝而茹之，以知吾为不逊也，愿请子之佩。'二女曰：'桔是柚也，我盛之以筥，令浮汉水，将流而下，我遵其傍，采其芝而茹之。'遂手解佩与交甫。悦受而怀之中当心，趋走数十步视佩，空怀无佩，顾二女，忽然不见。"佩同珮。白居易《酬刘和州戏赠》："双蛾解珮啼相送，五马鸣珂笑却回。"

【赏析】

是词写幽会。写女子主动向心上人示爱。前阕写两人春天会见于琵琶洲，环境优美：清清江水泛碧波，绿苔与紫檀相映成趣。晴日下一对对鸂鶒安稳地依偎着躺睡在沙滩上。琵琶洲上美如凌波仙子之游女过往匆匆。有人"弄珠"、"兰麝"、"解佩"，少女对其一见钟情，解下玉佩相赠，忘却归来。反映了女子对自由恋爱之追求，在当时，难能可贵。

浣溪沙

七夕年年信不违①，银河清浅白云微，蟾光鹊影伯劳飞②。　每恨蟪蛄怜婺女③，几回娇妒下鸳机，今宵嘉会两依依。

【注释】

①七夕：农历七月初七夜。《荆楚岁时记》："天河之东有织女，天帝之子也，年年织杼劳役，织成云锦天衣。天帝怜其独处，许嫁河西牵牛郎。嫁后，遂废织纴。天帝怒，责令归河东，唯每年七月七日夜渡河一会。"崔涂《七夕》："年年七夕渡瑶轩，谁道秋期有泪痕。"

②蟾光：月光。朱庆馀《自述》："后夜蟾光满，邻家树影来。"　鹊影：鹊为桥，故言鹊影。　伯劳：鸟名。《乐府诗集》无名氏《西洲曲》："日暮伯劳飞，风吹乌臼树。"

③蟪蛄：蝉之一种，秋日悲鸣。　婺（wù）女：星名，二十八宿之一，代指织女。

【赏析】

是词三个情节，一是写每年七夕牛郎与织女相会故事，由此表达对男女相会的渴求；二是将"蟪蛄"、"婺女"人格化，表达妒人多欢而己少欢的幽恨；三是幽会，时机难得，两情依依。词意颇含蓄耐思。

◉集评

李冰若《栩庄漫记》："意浅辞庸，味如嚼蜡。"

月宫春

水精宫里桂花开①，神仙探几回。红芳金蕊绣重台②，低倾玛瑙杯。　玉兔银蟾争守护③，姮娥姹女戏相偎④。遥听钧天九奏⑤，玉皇亲看来⑥。

【注释】

①据《酉阳杂俎》载：月中有桂，高五百丈，下有一人常砍之，树创随合，其人姓吴名刚，河西人，学仙有过，谪伐桂。

②重台：花的复瓣。

③玉兔银蟾：传说月宫中有玉兔和蟾蜍。白居易《中秋月》："玉兔银蟾远不知。"

④姮娥姹女：指月中美女。

⑤钧天：中天。《吕氏春秋·有始》："中央曰钧天。"钧，平，为四方主，故曰"钧天"。　牟融《题竹》："柯亭丁相遇，惊听奏钧天。"　九奏：指"九成乐"。《周礼·春官》："九奏乃终，谓之九成。"意为遥听中天奏起极隆重乐曲。

⑥玉皇：玉皇大帝，道教中最大的神。

【赏析】

是词借咏月宫事，隐含对功名之追求。月亮水精宫中桂花开了，那红的金的复瓣花骨朵像锦绣重台待开。神仙们曾经多次来聚会了，如今，正举起玛瑙杯痛饮。玉兔和银蟾争着当起守护，嫦娥和美女相互依偎着嬉戏。忽然，听闻从天中央远处传来九成乐，啊，原来是玉皇大帝亦亲临拜望众神仙。

恋情深

滴滴铜壶寒漏咽，醉红楼月①。宴余香殿会鸳衾②，荡春心。　真珠帘下晓光侵③，莺语隔琼林④。宝帐欲开慵起，恋情深。

◉集评

沈雄《古今词话·词评》："'宝帐欲开慵起，恋情深。'毛文锡以调名结句。"

恋情深

玉殿春浓花烂熳，簇神仙伴⑤。罗裙窣地缕黄金，奏清音。　酒阑歌罢两沉沉⑥，一笑动君心⑦。永愿作鸳鸯伴，恋情深。

【注释】

①醉红楼月：醉于月夜之下、红楼之中。

②香殿：贵人的住处。杜审言《岁夜安乐公主满月应制》："画楼初满月，香殿早迎春。"会鸳衾：睡于鸳鸯被中。

③真珠帘：珍珠穿成的帘子。　侵：透过，迫进。

④琼林：树木的美称。

⑤簇神仙伴：聚集一群神仙般美女为伴。

⑥酒阑：酒残。《史记·高祖本纪》："酒阑，吕公因目固留高祖。"《集解》："阑，言希也。谓饮酒者半罢半在，谓之阑。"刘言史《王中丞宅夜观舞胡腾》："酒阑舞罢丝管绝，木槿花西见残月。"

⑦李白《白纻辞三首》之二："动君心，冀君赏，愿作天池双鸳鸯。"

【赏析】

"滴滴铜壶寒漏咽"章，写恋情。前阕写女子醉后春心荡。滴滴作响的铜壶漏声凄然寒咽，她醉倒在明月之下、红楼之中。宴会散去回到住所，躺在鸳被里，春心荡漾。过片，时间到了天亮，晨光透过珍珠帘斜照进来，黄莺的啼叫声隔着树木传过来。她想挂起宝帐却又懒得起身，沉浸在那深深的恋情之中。

"玉殿春浓花烂熳"章，写男女宴饮钟情。前阕写宴饮，华丽的殿堂春意盎然，花儿烂漫，神仙般的美人一群群前来作伴。金缕罗裙曳地，奏着清亮的曲儿。后阕写钟情。酒残歌罢，两人情感渐深，她那微微一笑，已经使他倾心。两人暗暗相许，永远愿作鸳鸯侣伴，恋情爱意沉沉。

◉集评

李冰若《栩庄漫记》评此调两首词："缘题敷衍，味若尘羹。"

诉衷情

桃花流水漾纵横①，春昼彩霞明。刘郎去，阮郎行②，惆怅恨难平。　愁坐对云屏，算归程。何时携手洞边迎？诉衷情。

【注释】

①桃花流水：指桃花水。《礼记·月令》："仲春之月，始雨水，桃始华。盖桃方华时，既有雨水，川谷冰泮，众流猥集，波澜盛长，故谓之桃华水耳。"华同花。王维《桃源行》："春来遍是桃花水，不辨仙源何处寻。" 纵横：水流盘纡貌。一说，指桃花。

②"刘郎"两句：用刘晨、阮肇在天台山遇仙女之桃源洞事。

【赏析】

是词咏天台神女事，抒发对情人之怀恋。前阕写桃花春水，碧波荡漾，春日彩霞满天，多么绚丽之春天啊。可就在这时，心上人刘阮告诉归去，那怨恨久久不能平复。后阕写思念。天台神女天天发呆似的对着屏风愁坐，预测估算他们的归程。心里在嘀咕：什么时候在洞口迎到，两两携手而入，把衷情尽诉？

诉衷情

鸳鸯交颈绣衣轻[①]，碧沼藕花馨[②]。偎藻荇[③]，映兰汀[④]。和雨浴浮萍。 思妇对心惊，想边庭。何时解佩掩云屏[⑤]？诉衷情。

【注释】

①绣衣轻：形容鸳鸯羽翼。

②沼，池塘。李商隐《偶成转韵七十句赠四同舍》："碧沼红莲倾倒开"。

③荇(xìng)：水生植物。《诗·周南·关雎》："参差荇菜，左右流之。"《埤雅·释草》："藻，水草。生水底，横陈于水，若自澡濯然。"又《释名·释草》："荇，接余也。花黄，六出，浮水上。"

④兰汀：长有兰花之水边平地。

⑤解佩：此处指征人解佩，比喻征人回归。

【赏析】

是词征眷怨，抒发对征人的思念。前阕描写妇人衣饰，鸳鸯交颈图作衣服纹饰，寓意显见。后阕直入，妇人睹之，自然感触，"对心惊，想边庭"。盼望其早日归家团聚。唐代诗人陈陶《陇西行》诗："誓扫匈奴不顾身，五千貂锦丧胡尘。可怜无定河边骨，犹是春闺梦里人。"此乃唐代征眷怨诗的代表。汤显祖《玉茗堂评花间集》评是词"无定河边，春闺梦里，不止寻常闺怨。"意思为其意境与唐诗一脉相承，然而，远不及唐诗尖锐、深刻。

◉集评

汤显祖《玉茗堂评花间集》："无定河边，春闺梦里，不止寻常闺怨。"

李冰若《栩庄漫记》："此二词亦如《恋情深》之嵌字格，虽较匀净，终为庸滥之音。"

应天长

平江波暖鸳鸯语，两两钓船归极浦[①]。芦洲一夜风和雨[②]，飞起浅沙翘雪鹭[③]。 渔灯明远渚，兰棹今宵何处？罗袂从风轻举[④]，愁杀采莲女[⑤]。

【注释】

①两两钓船：言非孤舟。林逋《易从师山亭》："坐见渔舟两两归"。 极浦：目光望不到

之水边。王维《双黄鹄送别》:“几往返兮极浦,尚徘徊兮落晖。”

②芦洲:此泛指有芦苇之洲。李白《江上答崔宣城》:“树绕芦洲月,山鸣鹊镇钟。”

③翘:高起突出貌。翘雪鹭:言白鹭之长颈高举。韦庄《虢州涧东村居作》:“清涧涨时翘鹭喜,绿桑疏处哺牛鸣。”

④罗袂:罗袖。

⑤愁杀:愁煞。李商隐《赠荷花》:“此花此叶常相映,翠减红衰愁杀人。”

【赏析】

是词塑造多情采莲女形象。前阕以江平波暖,兴起直写采莲女与渔郎欢会,“鸳鸯语”、“两两”比喻俩人相爱。阕末两句,应是他们经过所见,芦洲经过一夜风雨,忽然突起了浅浅的沙洲,上面还有白鹭咧。芦洲,很可能就是他们幽会的地方。后阕从采莲女角度去写。渔灯明亮在远处的洲渚上就能见到,“兰棹今宵何处?”她既问自己,更问渔郎。末二句写采莲女轻举罗袂搭成凉棚远望,寻找幽会之处,真把她急死了。“轻举”二字,形象传神。

◉集评

况周颐《餐樱庑词话》:“毛文锡《应天长》云:‘渔灯明远渚,兰棹今宵何处?’柳屯田《雨霖铃》:‘今宵酒醒何处?杨柳岸,晓风残月。’毛词简质而情景俱足。后人但能柳词耳。‘知者亦不易’,诚哉是言。”

何满子

红粉楼前月照,碧纱窗外莺啼。梦断辽阳音信,那堪独守空闺!恨对百花时节,王孙绿草萋萋。

【赏析】

是词征妇怨。以对偶句起首,写出春天清晨景色,三四句写征妇梦中得到征人音信,醒来独守空房,怎么经受得住?末两句,征妇“恨对”春景伤怀,心境已由幽怨转入“恨”,程度至极端。

巫山一段云

雨霁巫山上,云轻映碧天。远风吹散又相连,十二晚峰前。　暗湿啼猿树,高笼过客船。朝朝暮暮楚江边,几度降神仙?

【赏析】

是词咏巫山神女事,寄托闺人幽怨。前阕写变幻莫测之巫山十二峰景色,给人扑朔迷离的感觉,似暗喻远人行踪之飘忽不定。后阕写巫峡,“暗湿”突出幽深、水雾重,“高笼”突出峡谷内的挤压感;猿树、客船互对,增添苦愁感。结尾两句,寄托期望。

◉集评

王奕清《历代词话》引叶梦得评:“文锡词以质直为情致,殊不知流于率露。诸人评庸陋词者,必曰此仿毛文锡之《赞成功》而不及者。逮览其全集有《巫山一段云》词,细心微诣,直造蓬莱顶上。”

汤显祖《玉茗堂评花间集》:“一自《高唐赋》成后,楚天云雨尽堪疑。信然。”

卓人月汇选、徐士俊参评《古今词统》:“画云第一手。”

陈廷焯《云韶集》:“神光离合,高唐神女之流亚也。”

李冰若《栩庄漫记》:“‘远峰吹散’二句,甚有烟云缥缈之致,可称佳句,惜下半阕又过于着实耳。”

临江仙

暮蝉声尽落斜阳①,银蟾影挂潇湘②。黄陵庙侧水茫茫③。楚山红树,烟雨隔高唐。　岸泊渔灯风飐碎,白蘋远散浓香。灵娥鼓瑟韵清商④,朱弦凄切⑤,云散碧天长。

【注释】

①暮蝉:日暮的鸣蝉。杜甫《哭韦之晋大夫》:“帟幕疑风燕,笳箫急暮蝉。”

②潇湘:潇水与湘水合称。

③黄陵庙:在今湖南湘阴县北湘水入洞庭湖处。《黄陵庙碑》:“湘旁有庙曰黄陵,自前古立以祠尧之二女,舜之二妃者。”

④灵娥:即湘灵、湘水女神。 清商:古五音之一。商声。韵清商,音调哀怨,是清商怨曲。《词谱》:“古乐府有《清商曲辞》,其音多哀怨,故取以为名。”曹丕《燕歌行》:“不觉泪下沾衣裳,援瑟鸣弦发清商。”

⑤“朱弦”句:喻灵娥怨深。

【赏析】

是词咏湘灵。开头写夜景,接着将潇湘水色与楚山烟雨对比,结束前阕,赞美湘灵之高洁。后阕饱含感情写湘灵。环境美丽,渔火灯影被微风细浪捣乱,泛起叠叠金光;白蘋花被远送开去,传来阵阵幽香。灵娥情不自禁地奏响鼓瑟,拨动朱弦,那凄切的清商怨曲,将浓云驱散,夜空上碧云飘荡。词作洗掉花间派脂粉,格调古扑。

◉集评

陈廷焯《词则·别调集》:“就调名使事,古法本如此。结超远。”

俞陛云《唐五代两宋词选释》:“五代词多哀感顽艳之作。此调则清商弹湘瑟哀弦,夜月访黄陵遗庙,扬舲楚泽,泠然有疏越之音,与谪仙之‘白云明月吊湘娥’同其逸兴。”

※ ※ ※ ※ ※ ※ ※ ※

巫山一段云

貌掩巫山色,才过濯锦波①。阿谁提笔上银河,月里写嫦娥。　薄薄施铅粉,盈盈挂绮罗。菖蒲花役梦魂多,年代属元和②。

【注释】

①濯锦:濯锦江,亦称锦江,在四川成都附近。

②元和:唐宪宗年号。指元稹生活年代。

【赏析】

是词咏薛涛。薛涛(？—约834),唐代女诗人。字洪度。长安(今属陕西)人。幼时随父入蜀。后为乐妓。能诗,时称女校书。曾居浣花溪,创制深红小笺写诗,人称“薛涛笺”。《全唐诗》录其诗89首,明代人辑有《薛涛诗》。毛词以艳丽的笔调描写薛涛的风姿。结拍,写元稹与薛涛唱和事。在中唐,与薛涛唱和的人很多,有元稹、白居易、张籍、杜牧、刘禹锡等。她的唱和诗,情调伤感。薛涛有首《寄旧诗与元微之》:“诗篇调态人皆有,细腻风光我独知。月下咏花怜暗淡,雨朝题柳为攲垂。长教碧玉藏深处,总向红笺写自随。老大不能收拾得,与君开似好男儿。”元微之,即元稹。元稹有《寄赠薛涛》:“锦江滑腻蛾眉秀,幻出文君与薛涛。言语巧偷鹦鹉舌,文章分得凤凰毛。纷纷辞客多停笔,个个公卿欲梦刀。别后相思隔烟水,菖蒲花发五云高。”

牛希济《牛中丞词》

【小传】

牛希济，生卒不详。陇西（今甘肃省陇西南）人，前蜀牛峤之侄。仕蜀曾官翰林学士、御史中丞。同光三年（925）随王衍降于后唐，明宗拜为雍州节度副使。牛希济词风清新，写景写情，无雕琢痕，能真切表达深厚的感情。

《花间集》称其学士，收其词 11 首；近人王国维辑《牛中丞词》一卷，辑录词 14 首。

◉集评

吴任臣《十国春秋》："希济素以诗辞擅名。所撰"临江"二阕，有云'月斜江上，征棹动晨钟'。又云'风流皆道胜人间。须知狂客，拚死为红颜。'特为词家之隽。又次牛峤《女冠子》四阕，时辈啧啧称道。"

李冰若《栩庄漫记》："希济词笔清俊，胜于乃叔，雅近韦庄，尤善白描。"

临江仙

峭碧参差十二峰，冷烟寒树重重。瑶姬宫殿是仙踪①。金炉珠帐，香霭昼偏浓。　一自楚王惊梦断②，人间无路相逢。至今云雨带愁容，月斜江上，征棹动晨钟。

【注释】

①瑶姬：美女，此指巫山神女。

②"一自"句：用宋玉《高唐赋》中楚王梦神女事。

【赏析】

是词咏巫山神女。前阕描写十二峰、神女庙前景色。峭壁碧青的十二高峰，冷烟寒气笼罩着重重大树。瑶姬宫曾经留下神女的踪迹。金炉旁的珠幔被烟气缠绕着，香霭在大白天也显得浓重。后阕写楚怀王梦神女之事。自从楚王惊梦，难得在人间相见，直到今日那云雨还带着愁容。月光斜照江面，晨钟响，远帆动。"带愁容"，三字总揽结尾，既为慨叹神女难逢，亦流露出凭吊之意。

◉集评

王奕清《历代词话》引仇远评："牛希济《临江仙》，芊绵温丽极矣。自有凭吊凄怆之意，得咏史体裁。"

李冰若《栩庄漫记》："全词咏巫山女事，妙在结二句，使实处俱化空灵矣。"

临江仙

谢家仙观寄云岑①，崖萝拂地成阴。洞房不闭白云深②，当时丹灶，一粒化黄金。　石壁霞衣犹半挂，松风长似鸣琴。时闻唳鹤起前林。十洲高会③，何处许相寻？

【注释】

①谢家仙观：谢女峡，一名谢女澳。在今广东省中山县境海中，相传为谢女得道之所。观：读去声，祠宇。　云岑：高峰。

②洞房：仙家以洞为居地。

③十洲高会:指仙人在十洲会聚。《十洲记》:“汉武帝闻西王母说巨海之中有祖洲、瀛洲、玄洲、炎洲、长洲、元洲、流洲、生洲、凤麟洲、聚窟洲。此十洲乃人迹稀绝处。”后以十洲为仙人居所。李商隐《牡丹》:“鸾凤戏三岛,神仙居十洲。”

【赏析】

是词咏谢真人,流露失意、怅惘之情。谢家仙观坐落在云端之上,山崖上的青萝直垂,拂摸遮阴地面。洞天开启,白云层层深深,当年炼成的仙丹变成粒粒黄金。石壁之上的云霞多像道袍依然悬挂半空;松风吹过林涛呼啸多像真人在弹鸣琴瑟。不时传来前边树林里仙鹤的唤叫声。好像在告诉人们,真人已往十洲赴会了,到哪里去寻找呢?词作造语工细,“石壁霞衣犹半挂,松风长似琴鸣”工整,比喻贴切。

◉集评

李冰若《栩庄漫记》:“用一‘犹’字,一‘似’字,便觉虚无缥渺,不落板滞矣。”

临江仙

渭阙宫城秦树凋①,玉楼独上无聊。含情不语自吹箫,调清和恨②,天路逐风飘③。　何事乘龙人忽降,似知深意相招④?三清携手路非遥⑤。世间屏障,彩笔画娇娆⑥。

【注释】

①渭阙宫城:秦时宫城,因地近渭水,故称。秦咸阳在渭泾二水交合处。《史记·秦始皇本纪》:“诸庙及章台、上林,皆在渭南。秦每破诸侯,写放其宫室,作之咸阳北陂上,南临渭,自雍门,以东至泾渭,殿屋复道,周阁相属。”

②调清和恨:曲调清凄,含着怨意。　和:含着。

③天路逐风飘:随风飘天际。指箫声缭绕云天。　天路:天际。

④“何事”二句:因何事而乘龙以降,怀着深情相约而去。《列仙传》载,周宣王史官萧史,善吹箫作凤鸣,秦穆公以女弄玉妻之,日教弄玉吹箫,数年而似凤鸣。有凤来止,公为筑凤台,后萧史乘龙,弄玉乘凤,俱飞升去。

⑤三清:道家所谓玉清、上清、太清。

⑥娇娆:美人。此指弄玉。

【赏析】

是词咏萧史与弄玉爱情故事。前阕写弄玉,起首写环境,渭水秦宫城阙树木凋谢,暗寓凄凉。此时,无聊的弄玉登上玉楼。沉默不语地独自吹起笛子,曲调凄清混合着离别怨气,随风飘荡在天际。过片,弄玉发问:什么事情让你忽然降临,似乎是晓知那箫声的深意在相招?三清境界,携手双去之路近在咫尺。世上之人已经将他们的传说画在屏风上面,绚丽彩笔描绘妖娆风姿。

◉集评

汤显祖《玉茗堂评花间集》:“七调独此不称。”

临江仙

江绕黄陵春庙闲，娇莺独语关关。满庭重叠绿苔斑，阴云无事，四散自归山。　箫鼓声稀香烬冷，月娥敛尽弯环[①]。风流皆道胜人间。须知狂客，判死为红颜[②]。

【注释】

①月娥：以月拟人的美丽。　弯环：月弯如环形般。李远《过马嵬山》："唯馀坡上弯环月，时送残蛾入帝台。"

②判：通"拚。"

【赏析】

是词咏湘妃。前阕写黄陵庙四围景色——"闲"：大江围绕庙前，娇美动听的莺语在关关独鸣，满庭重重叠叠的绿色苔斑，阴云无事飘浮、四下自散归山。过片，以声音接上，箫声鼓声稀微，香烟已烬、逐渐冷却，月亮也慢慢收敛成了弯环形状。都说风流逸事胜过人世间。但亦须知道，有些狂客，会判死为红颜的。

◉集评

贺裳《皱水轩词筌》："抑何狂惑也，然词则妙矣。"

李冰若《栩庄漫记》："'须知狂客，判死为红颜'，可谓说得出，妙在语拙而情深，然以咏二妃庙，又颇觉其不伦。"

临江仙

素洛春光潋滟平，千重媚脸初生[①]。凌波罗袜势轻轻[②]，烟笼日照，珠翠半分明。　风引宝衣疑欲舞，鸾回凤翥堪惊[③]。也知心许恐无成，陈王辞赋[④]，千载有声名。

【注释】

①"素洛"两句：写洛神千娇百媚的美丽面容。　素洛：清澄的洛水。　潋滟(liàn yàn)：水波摇荡。

②"凌波"句：写洛神步履轻盈。

③"风引"两句：以鸾凤飞翔喻洛神。　鸾回凤翥：鸾鸟回旋，凤凰飞翔。　翥(zhù)：向上飞。

④陈王：指陈思王，即曹植。《三国志·陈思王植传》："植字子建，善属文。黄初六年，以陈四县封植为陈王。"谥曰思，故又称陈思王。　辞赋：指《洛神赋》。《洛神赋》是曹植入朝回封地途中经洛水时有感而作。写与洛神相遇，两相爱慕，但隔于人神之道，未能交接，不禁情怀怅怨。

【赏析】

是词咏洛神与曹植的爱情。清澈的洛水沐浴春光，波光潋滟，生化成洛神千娇百媚的美貌。她的罗袜踩踏着波涛，步伐轻盈，那仙姿美态在烟霞阳光之中约隐约现。风儿牵动宝衣仿佛在舞蹈，忽而鸾回、忽而凤翥，令人惊叹。自知心中的许愿是难成之事。陈王便写下《洛神赋》,得以千载有声名。

◉集评

汤显祖《玉茗堂评花间集》:"洛神写照,正在阿堵中,惊鸿游龙数语,已为描尽。"

临江仙

柳带摇风汉水滨,平芜两岸争匀。鸳鸯对浴浪痕新。弄珠游女[1],微笑自含春。　轻步暗移蝉鬓动,罗裙风惹轻尘。水精宫殿岂无因[2],空劳纤手,解佩赠情人[3]。

【注释】

①"弄珠"句用《列仙传》中江妃二女逢郑交甫,解佩玉赠送交甫事。

②水晶宫殿:神女所居处。

③情人:指郑交甫。

【赏析】

是词咏弄珠神女。柳条低垂,摇曳微风在汉水之滨,平展的春草绿满两岸好像要将春色平分。鸳鸯成双成对在欢快在戏水,荡起崭新的层层波纹。弄珠女在这大好春光之中出场,微微一笑自有春色无限。后阕写行动。随着轻盈步履的移动,头上的蝉髻亦微微颤动、罗裙飘动带起轻尘。水晶宫殿里难道没有令她爱慕的缘由?而空自劳烦她的纤纤玉手,解下玉佩赠予情人。词作所写人神相恋,风流动人。

临江仙

洞庭波浪飐晴天[1],君山一点凝烟[2]。此中真境属神仙[3],玉楼珠殿,相映月轮边。　万里平湖秋色冷,星辰垂影参然[4]。橘林霜重更红鲜,罗浮山下[5],有路暗相连。

【注释】

①洞庭:洞庭湖。　飐:此指波光荡漾,将晴空倒影颤动。

②君山:洞庭山,在洞庭湖中。李白《陪侍郎叔游洞庭醉后三首》之三:"划却君山好,平铺湘水流。"

③真境:神仙境界。《拾遗记》卷十《洞庭山》:"洞庭山浮于水上,其下有金堂数百间,帝女居之。"

④参然:星光闪烁,时隐时现貌。

⑤罗浮山:传说中仙山。在广东省增城、博罗、河源等县间。《元和志》载:罗山之西有浮山,盖蓬莱之一阜,浮海而至,与罗山并体,故曰罗浮。据唐河东先生所撰《龙城录》载:隋赵师雄迁罗浮,一日,天寒日暮,憩于松林间酒肆旁舍,见一女人,淡妆素服,师雄与语,芳香袭人。因与扣酒家门饮,少顷,有一绿衣童来,笑歌戏舞,师雄醉寝。久之,东方已白。起视,乃在大梅树下。月落参横,惆怅而已。

【赏析】

是词咏罗浮仙子。洞庭湖波光荡漾将晴天倒影颤动,远处的君山只有一点儿好像凝结在水雾当中。这就是人们常说的神仙境界吧。还有那玉楼珠殿映照着一轮明月。万里平湖之上秋色清冷，星辰留下参差的倒影。橘林经霜层林红艳。罗浮山下，有路暗相通。此说见谢灵运《罗浮赋序》："客夜梦见延陵茅山，在京之东南，明旦得洞，经所载罗浮事云。茅山是洞庭口，南通罗浮，正与梦中意相会。遂感而作《罗浮赋》。"词作写洞庭罗浮仙境，不从正面下笔，使神话传说更为缥缈。

牛学士此调7首，皆咏神仙事，共同之处在，语言芊绵温丽，写景抒情，融为一体，蕴含凭吊，合咏史体裁格调。

◉集评

汤显祖《玉茗堂评花间集》："'冷'字下得妙，便觉全句有神。"

李冰若《栩庄漫记》："'贴'字'冷'字均妙绝。"

酒泉子

枕转簟凉，清晓远钟残梦。月光斜，帘影动，旧炉香。　梦中说尽相思事，纤手匀双泪。去年书，今日意，断离肠。

【赏析】

是词描写梦醒所感、所闻、所见、所思、所为，抒发怀人情绪。前阕写所感、所见。"枕转"，梦醒矣；"簟凉"，其第一感觉，"凉"亦与"清晓"相合，天快亮了；"远钟"，所闻。所见者，月光、帘影、旧炉，以"斜"、"动"、"香"写，含感情在内。过片二句，回想梦中情事。结尾三句，写动作行为。"断离肠"三字，结得深沉。

◉集评

李冰若《栩庄漫记》："罗罗清疏。"

生查子

春山烟欲收，天淡稀星小。残月脸边明，别泪临清晓。　语已多，情未了，回首犹重道：记得绿罗裙，处处怜芳草。

【赏析】

是词写晨别。笼罩充满春意小山的烟雾就要收敛起来了，天色淡淡的，晨星稀少，残月照进来分明看清双脸，离别的泪在清晨流淌。后阕以女主人公的口吻劝慰，该说的也说了，情分没有尽头，再一次回过头来叮嘱，我的罗裙与芳草同色，你只要看到芳草，怜爱它，也就是怜爱我了。女主人公的别语看似豁达，其实心曲无限幽怨。

◉集评

陈廷焯《云韶集》评："'春山'十字，别后神理，'晓风残月'，不是过也。结笔尤佳。"

李冰若《栩庄漫记》："词旨悱恻温厚，而造句近乎自然。岂飞卿辈所可企及。'语已多，情未了，回首犹重道'，将人人共有之情和盘托出，是为善于言情。"

唐圭璋《唐宋词简释》："以处处芳草之绿，而联想人罗裙之绿，设想似痴，而情则极挚。"

中兴乐

池塘暖碧浸晴晖，蒙蒙柳絮轻飞。红蕊凋来，醉梦还稀。　春云空有雁归[①]，珠帘垂。东风寂寞，恨郎抛掷，泪湿罗衣。

【注释】

①“春云”句：春天云际中时见群群飞雁。因未得“雁书”，故言“空有雁归”。

【赏析】

是词写春闺怀人。前阕起首抓住春日特点，写池水返暖，春光明媚，柳絮轻飘。阕末两句，充满惆怅，“红蕊凋来，醉梦还稀”。原本春来多幽梦，而她却稀，什么缘由？后阕揭示。春天碧云徒有飞雁归来，将珠帘垂闭。“东风寂寞，恨郎抛掷，泪湿罗衣”，她的怨情正在于此，能醉梦吗。

◉集评

汤显祖《玉茗堂评花间集》：“‘池塘暖碧浸晴晖’，又有‘春云’‘柳絮’，已具四难之半，那得更生他想。”

谒金门

秋已暮，重叠关山岐路。嘶马摇鞭何处去？晓禽霜满树。　梦断禁城钟鼓，泪滴枕檀无数[①]。一点凝红和薄雾[②]，翠蛾愁不语[③]。

【注释】

①枕檀：檀木枕，香枕。

②凝红：谓红泪。泪珠无数，而凝红者一点足矣。

③翠蛾：美人眉毛。此处代指思妇。

【赏析】

是词写征眷怨，思妇怀念征夫。前阕写征夫秋晨离别。深秋清晨，鸟禽卷宿在霜树上，丈夫要离家踏上前往关山之路，“嘶马长鞭何处去？”此句多余的问话，表达出思妇心中的怨恨。后阕写思妇别后愁情。“梦断”言其常思念而有梦，京城钟鼓亦常将梦打断，真是梦也做不长；她留下“无数”泪珠浸檀枕，其中的“一点”红泪就能将薄雾融和，她唯有发愁“不语”，思妇形象得以逐一展开。

◉集评

李冰若《栩庄漫记》：“‘嘶马’二句，好一幅秋林晓行图。”

※ ※ ※ ※ ※ ※ ※ ※

生查子

新月曲如眉，未有团圆意[①]。红豆不堪看，满眼相思泪。　终日劈桃穰[②]，人在心儿里。两朵隔墙花，早晚成连理[3]。

【注释】

①团圆：指团聚。杜甫《又示两儿》："团圆思弟妹，行坐白头吟。"

②桃穰：核桃。

③早晚：犹言何日。

【赏析】

是词写相思。"新月"喻眉，又喻两人分离、未得团圆；"红豆"比喻相思；"桃穰"比喻情人常挂念；"隔墙花"，比喻正处热恋中之情人；"成连理"，比喻成亲。这一系列比喻，生动妥帖，表现了女子相思深切。

◉集评

茅暎《词的》："全是子夜体。"

陈廷焯《词则·闲情集》："淋漓沉至，后半近纤巧。"

许昂霄《词综偶评》："借物寓意，诗家谓之风人体。又名吴歌格，以下句释上句，古乐府类然。"

俞陛云《唐五代两宋词选释》："妍词妙喻，深得六朝短歌遗意。五代词中希见之品。"

生查子

裙拖安石榴[1]，鬓蝉偏荷叶[2]。一对短金钗，轻重都相惬[3]。　轻颦月入眉[4]，浅笑花生频[5]。夫婿不风流，取次看承妾[6]。

【注释】

①"裙拖安石榴"句：裙子上绣着安石榴图案，即指石榴裙。

②蝉：摇晃。　偏荷叶：状鬓形状。

③惬：适宜。

④月入眉：眉弯如新月。

⑤"浅笑"句：微微一笑，脸颊上现出酒窝。

⑥取次看承：任意看待，意即不怎么在意、宠爱。

【赏析】

是词写闺妇为得到丈夫的宠爱，而穿上艳丽的石榴裙，刻意妆扮、轻颦浅笑；而不谙风流的丈夫，只是"取次看承"，有点儿戏剧性。

生查子

轻轻制舞衣，小小裁歌扇。三月柳浓时，又向津亭见[1]。　泪送行人，湿破红妆面。玉指袖中弹，一曲清商怨。

【注释】

①津亭：渡口的亭子。

【赏析】

是词写歌女。前阕写歌女身穿轻盈的舞衣，手持小小的团扇，阳春三月，再次来到律亭。过片以“垂泪送行人，湿破红妆面”，写歌女的凄苦，“一曲清商怨”，正是歌女在倾诉内心之苦。

欧阳炯《欧阳平章词》

【小传】

欧阳炯(896–971),《宋史》作欧阳迥。字号不详。益州华阳(今四川省成都)人,少事前蜀后主王衍,为中书舍人。又事后蜀,为门下侍郎,兼户部尚书同平章事。后随孟昶归宋,历翰林学士,转左散骑常侍。性坦率,无检操,善长笛,作艳词。

《花间集》称欧阳舍人,为《花间集》作叙,收其词 17 首;近人王国维辑《欧阳平章词》一卷,辑录词 47 首。

◉集评

吴任臣《十国春秋》:"欧阳炯善文章,尤工诗辞。唐张素卿常绘十二真人像,世称其妙,安思谦得素卿本,乃于明庆节上献。后主命炯为之赞,装潢成帙,其见重多此类也。炯著有《武信军术记》、《花间集序》,传世。又小词十七章,人亦时时称道之。《渔父歌》尤为词家所倡和。"

况周颐《历代词人考略》:"欧阳炯词艳而质,质而愈艳,行间句里,却有清气往来。大概词家如炯,求之晚唐五代,亦不多觏。"

张宗橚《词林纪事》:"《蓉城集》欧阳炯,即首叙《花间集》者,每言愁苦之音易好,欢愉之语难工。其词大抵婉约轻和,不欲强作愁思者也。"

浣溪沙

落絮残莺半日天,玉柔花醉只思眠①,惹窗映竹满炉烟。 独掩画屏愁不语,斜倚瑶枕髻鬟偏②,此时心在阿谁边③?

【注释】

①"玉柔"句:写美人倦怠形象。

②瑶枕:指以贵重材质做的枕头。王翰《蛾眉怨》:"灯前含笑更罗衣,帐里承恩荐瑶枕。"

③阿谁边:谁那边?阿谁,谁,哪个。"阿",名词词头。白居易《杨柳枝词》:"永丰西角荒园里,近日无人属阿谁。"开元宫人《袍中诗》:"战袍经手作,知落阿谁边?"

【赏析】

是词描写妇人慵倦形象。柳絮飞舞、黄莺啼稀,日升中天照,似玉柔如花醉的闺妇只是想着要睡觉。窗前掩映青竹,熏炉四周缭绕香烟。后阕写她入闺房的慵倦举动、神态和姿态,"独掩",举动,独自掩上(画屏),"愁不语",神态,默默无语地发愁;"斜倚",睡姿,斜靠着(华贵的枕头);"髻鬟偏",体姿,髻鬟偏歪一边。结句"此时心在阿谁边?"反诘,这时她的心向着谁呢?实际上,她的心已去到了心上人那边。

◉集评

沈际飞《草堂诗余别集》:"炯又云'有情无力泥人时',可注'玉柔'句。"又评末句:"一问跃然。"

卓人月汇选、徐士俊参评《古今词统》:"炯又云'有情无力泥人时',是惯领略'柔'、'醉'二字者。"

李冰若《栩庄漫记》:"'玉柔花醉',用字妍丽。"

浣溪沙

天碧罗衣拂地垂[1]，美人初着更相宜，宛风如舞透香肌[2]。　独坐含颦吹凤竹[3]，园中缓步折花枝，有情无力泥人时[4]。

【注释】

①天碧罗衣：天蓝色罗绸衣裙。《宋史·南唐李煜世家》："煜温之妓妾尝染碧，经夕未收，会露下，其色愈鲜明，煜爱之。自是宫中竞收露水，染碧以衣之，谓之天水碧。"罗虬《比红儿诗》："天碧轻纱只六铢，宛如含露透肌肤。"

②宛风：柔风。

③凤竹：泛指笙箫一类管乐。古代将笙箫一类乐器饰以凤形。《宋史·乐志》："列其管为箫，聚其管为笙，凤皇于飞，箫则象之，凤凰戾止，笙则象之。"世称笙为"凤笙"，称排箫为"凤箫"。

④"有情"句：写闺人纤弱娇媚的情态。

【赏析】

是词塑造仕女形象。前阕写其衣妆：天蓝色的越罗衣刚好拂地轻垂，美人一穿上去就感觉适合她，真是人与衣相宜益彰，多像柔风、酷似曼舞，微微透显出香雪肤肌。后阕从各个侧面展开描写。坐姿：独个儿坐着；神态：带愁含颦；动作：吹凤箫；步态：园中缓缓漫步；动作：折花枝。结句，总述："有情无力泥人。"可谓柔美至极。

浣溪沙

相见休言有泪珠，酒阑重得叙欢娱，凤屏鸳枕宿金铺[1]。　兰麝细香闻喘息，绮罗纤缕见肌肤，此时还恨薄情无[2]？

【注释】

①"凤屏"句：意为宿于屋里的凤屏之旁、鸳枕之上。

②无：否，表示疑问。唐人诗中，"无"字用于句末时，多表疑问语气。朱庆馀《近试上张水部》："妆罢低声问夫婿，画眉深浅入时无？"王驾《古意》："一行书信千行泪，寒到君边衣到无？"

【赏析】

是词写男女欢会。相见的时候就不要说有泪珠了，痛酒过后得与情人重新欢聚愉悦，凤凰屏风后、鸳鸯枕上，同宿金铺。透过兰麝细香听闻轻微的喘息，薄罗绮衣看见雪白肌肤，到这个时候，还怨恨他薄情不？

◉集评

沈际飞《草堂诗余别集》："尝谓美人一日有嗔怪时方有趣，一年有病苦时方有韵，一生有别离时方有情，欧阳早会之。"

陈廷焯《云韶集》："结语情致可想。"

况周颐《蕙风词话》："自有艳词以来，殆莫艳于此矣。半塘僧惊曰：'奚翅艳而已，真是大且重，苟无《花间》词笔，孰敢为斯语者。'"

李冰若《栩庄漫记》："欧阳炯《浣溪沙·相见休言有泪珠》一首，叙事层次井然，叙情淋漓尽态。而着语尚有分寸，以视柳七、黄九之粗俗不堪，自有上下床之别。"

三字令

春欲尽，日迟迟[①]，牡丹时。罗幌卷[②]，翠帘垂。彩笺书，红粉泪，两心知。　人不在，燕空归，负佳期。香烬落，枕函攲[③]。月分明，花淡薄，惹相思。

【注释】

①日迟迟：《诗·豳风·七月》"春日迟迟，采蘩祁祁。"朱熹注："迟迟，日长而暄也。"

②罗幌：丝织帷幌。

③枕函攲：枕着枕头，向一边倾斜。　攲：倾斜。

【赏析】

是词写相思。起首三句，点明春日迟迟，牡丹花开，寓美人迟暮。"罗幌卷"二句妇人居所室内景物。"彩笺书"三句，写思念而读情书，"两心知"，言双方情笃也。"人不在"三句，言分别已久，直至春回而人不回。"香烬落"二句，含怀念之情。结尾三句照应开头，明月高照，花儿淡薄，更勾起相思。

◉集评

汤显祖《玉茗堂评花间集》："逐句三字，转而不窘，不坌，不崛头，亦是老手。"

陈廷焯《云韶集》："'两心知'三字温厚，较'忆君君不知'更深。好在'分明'、'淡薄'四字。"

俞陛云《唐五代两宋词选释》："十六句皆三字，短兵相接，一句一意。如以线贯珠，粒粒分明，仍一丝萦曳。"

唐圭璋《唐宋词简释》："此首每句三字，笔随意转，一气呵成。"

南乡子

嫩草如烟，石榴花发海南天[①]。日暮江亭春影绿[②]，鸳鸯浴。水远山长看不足[③]。

【注释】

①石榴：落叶灌木，叶子长圆形，花多为鲜红色，果实内红色粒可食，亦称"安石榴"。陆机《与弟书》："张骞为汉使外国十八年，得涂林安石榴也。"《初学记》引《博物志》："张骞使西域还得安石榴。"李贺《绿章封事》："石榴花发满溪津，溪女洗染白云。"　发：原指打开，开掘。《韩非子·难一》："使桓公发仓囷。"引申为花开。李商隐《无题四首》之二："春心莫共花争发，一寸相思一寸灰。"　海南：泛指我国南方。

②春影：春光映照。　绿：水碧清冽。

③看不足：看不够。苏轼《书林和靖诗后》："妙篇遗字处处有，步绕西湖看不足。"

【赏析】

是词描绘江南春景。"嫩草如烟"，远景，"嫩"字，写出春草初萌特征，质嫩绿鲜；嫩草铺展开去，远望如烟霞。"石榴花发"，近镜特写。"海南天"，指明地点。开头两句，远近结合，色彩相衬，时地糅合，情景融和、景色艳丽。“日暮江亭”、“鸳鸯浴”，好一幅“春影绿”画图。结句，赞叹南方江天“看不足”，平白如话，教人向往。

南乡子

画舸亭桡[①]，槿花篱外竹横桥[②]。水上游人沙上女，回顾，笑指芭蕉林里住。

【注释】

①画舸(gě)：彩饰大船。舸，大船。陈后主叔宝《三洲歌》：“沙汀时起伏，画舸屡淹留。”亭桡(náo)：船边之栏杆。桡：亦解作船桨。《淮南子·主术》：“而七尺之桡而制船之左右者，以水为资。”

②槿(jǐn)花：木槿花，夏秋之间开花，红白色，人多植之以为篱。

【赏析】

是词仿如南方水乡的水彩画。画面上突出江中彩绘大船，画之中远景乃水岸的木槿篱笆、绿竹婆娑，斜枝傍桥、小桥平沙、芭蕉树丛，共同构成典型场景——南方水乡。画中有人物活动：“水上游人”可以想见为男士，立于画舸舷边栏杆，与“沙上女”即水乡村姑娘问对话；“回顾”，应为游人与村女共同的动作描述；“笑指”，神态与动作结合，生动表现村姑活泼可爱，大方热情的人物性格；“芭蕉林里住”，只说大概方位，不说具体住处，更添几分情趣。

◉集评

卓人月汇选、徐士俊参评《古今词统》：“隐隐闻村落中娇女声。”

李冰若《栩庄漫记》：“俨然一幅画图。”

俞陛云《唐五代两宋词选释》：“写蛮乡新异景物，以妍雅之笔出之，较李珣《南乡子》词尤佳。”

南乡子

岸近沙平，日斜归路晚霞明。孔雀自怜金翠尾，临水，认得行人惊不起。

【赏析】

是词若南方水乡晚照图。开头“近”、“平”二字，描述水乡的开阔深远；“斜”、“明”二字描述夕阳西下，晚霞映照，水乡沐浴着金辉。“归路”为下文作铺垫，从村内引出、弯弯曲曲地伸延开去，连着远方。词人换转近镜特写，南方特有的孔雀，徐徐向水边走过来，临水照影、欣赏漂亮翠毛，归路上“行人”经过，亦全然不察，好像是认得似的，其自怜得意之状，跃然纸上。全词以明快绚丽之笔触，重彩描画孔雀，生动再现人与自然生态之间融洽相处。

◉集评

卓人月汇选、徐士俊参评《古今词统》：“说惊起者，浅矣。”

谭献《词辨》：“未起意先改，直下语似顿挫。‘认得行人惊不起’，顿挫语似直下，‘惊’字倒装。”

陈廷焯《云韶集》：“遣词用意，俱有别致。”

南乡子

洞口谁家[1]？木兰船系木兰花[2]。红袖女郎相引去[3]，游南浦，笑倚春风相对语[4]。

【注释】

①洞：南方民族将居住地称为“洞”。

②“木兰船”句：木兰船上系挂着木兰花。贾岛《和韩吏部泛南溪》：“木兰船共山人上，月映渡头零落云。” 木兰：乔木，又名杜兰、林兰，晚春开花，可作造船材料。《述异记》“木兰洲在浔阳江中，多木兰树。昔吴王阖闾植木兰于此，用构宫殿也。七里洲中，有鲁般刻木兰为舟，舟至今在洲。诗家云木兰舟，出于此。”

③相引去：相互邀约而去。杜甫《陪李金吾花下饮》：“胜地初相引，徐行得自娱。”

④笑倚春风：犹笑立于春风之中。 相对语：相互对话。

【赏析】

是词反映南方少女欢乐无忧的生活。词以问句开头，实际上是说南方水乡哪家都是这样的，“木兰船系木兰花”，抓住了南方水乡的特征，家家种植木兰花树，家家拥有木兰船，以此暗寓水乡风景美丽，乡人生活殷实。“红袖”，水乡少女衣着艳丽，活泼可爱；“相引去”，集体行动，邀约同行一起去；“游”，非劳作，生活无忧才做到；“笑倚”，神态动作描写，踏着大好春光，欢笑迎着春风，欢快地相依相偎，尽情地相互说着开心的事儿。

南乡子

二八花钿[1]，胸前如雪脸如莲。耳坠金环穿瑟瑟[2]，霞衣窄[3]，笑倚江头招远客。

【注释】

①二八花钿：指代少女。 二八：十六岁。陆瑜《艳歌行》：“二八秦楼妇。”李世民《帝京篇十首》之五：“建章欢赏夕，二八尽妖妍。” 花钿：古代妇女首饰，即花钗，钮头用金片镶嵌成花形。此代指女子。刘遵《应令咏舞》：“鬟转匝花钿。”

②瑟瑟：珠玉的一种。《新唐书·于阗国传》：“德宗遣内给事朱如玉之安西，求玉于于阗，得……瑟瑟百斤。”《迭雅》：“瑟瑟，碧珠也。”《新唐书·明皇贵妃杨氏传》：“帝幸清华宫，五宅车骑皆从，遗钿坠舄，瑟瑟、玑琲，狼藉于道，香闻数十里。”《本草纲目》：“采石，即宝石也。碧者，唐人谓之瑟瑟；红者，宋人谓之靺鞨。”

③霞衣：泛指美人的衣服。江淹《惜晚春应刘秘书诗》：“霞衣已具带，仙冠不持簪。”李峤《舞》：“霞衣席上转，花袖雪前明。”

【赏析】

是词刻画了南方少女热情豪放性格。“二八”言其芳龄，豆蔻年华。肌肤白如雪、面容美如莲，穿金戴银，衣着紧身、靓丽如霞。结句“笑倚江头招远客”一句，形象勾勒出人物性格特征。

南乡子

路入南中[1]，桄榔叶暗蓼花红[2]。两岸人家微雨后，收红豆，树底纤纤抬素手[3]。

【注释】

①南中：泛指我国南方。王勃《蜀中九日》："人情已厌南中苦，鸿雁那从北地来。"

②桄榔：南方常绿乔木，树干高大。《述异记》："西蜀石门山，有树曰桄榔，皮里出屑如面，用作饼，食之，与面相似。因谓之桄榔面焉。"

③"树底"句：描述收红豆时，妇女们在树下抬起纤细双手。

【赏析】

是词描写南方水乡收获红豆的劳动场面。首二句，走进南国水乡，只见桄榔枝繁叶茂，与红艳蓼花相辉映，环境何其优美。一场细雨过后，河岸两边各家各户正忙着收获红豆。"树底纤纤抬素手"，收红豆者皆村姑，"纤纤"二字，特征俱现。

◉集评

卓人月汇选、徐士俊参评《古今词统》："致极清丽，入宋不可复得。"

陈廷焯《云韶集》："好在'收红豆'三字，触物生情，有如此境。"

刘永济《唐五代两宋词简析》："此亦咏南峤风土者。"

南乡子

袖敛鲛绡[1]，采香深洞笑相邀[2]。藤杖枝头芦酒滴[3]，铺葵席，豆蔻花间趖晚日[4]。

【注释】

①鲛绡：《述异记》："南海出鲛绡，泉室潜织，一名龙纱。其价百余金。以为服，入水不濡。"李商隐《七月二十八日夜与王郑二秀才听雨后梦作》："鲛绡休卖海为田。"

②采香：洪刍《香谱》引《述异记》："南梅郡有采香户。"又《佩文韵府》引《水经注》："朱吾以南有文狼人，野居无室宅，依树止宿，采香为业，与人交市，若上皇之民矣。"

③芦酒：浊酒。庄绰《鸡肋篇》："夷人造酒，以芦管吸于瓶中。老杜(甫)《送从弟亚赴河西判官》诗云'黄羊饫不膻，芦酒多还醉'，盖谓此也。"

④趖(suō)：快走，犹言健步走。 晚日：指太阳落下。

【赏析】

是词写南方水乡老者悠然欢乐生活。词人选择三个典型细节入词，第一，开头二句写老人衣着珍贵的鲛绡服，上山采香料，相逢洞中，"笑相邀"，可见收获不少，相约来日再来，暗寓老人对生活充满自信。第二，劳作之余，拄着藤杖，携酒席地而饮，生活恬然。第三，闲时健步豆蔻之间，乐而忘归，直至夕阳西堕。

南乡子

翡翠鵁鶄，白蘋香里小沙汀。岛上阴阴秋雨色，芦花扑[1]，数只渔船何处宿？

【注释】

①芦花扑：芦苇花白，如柳絮，风吹四散，所以用"扑"形容。

【赏析】

是词宛如南方水乡秋雨图。雨前，毛色青翠的鸡鹕栖宿于白蘋丛生的小沙洲水滨，秋日一派清爽景象。忽然，天气变化，小岛上空浓云密布，阴阴沉沉，起风了，下雨了，迷迷茫茫，朦朦胧胧，秋风秋雨夹着芦花，飞扑四散。几只渔船在风雨中行驶，他们会在那里停泊呢。

◉集评

汤显祖《玉茗堂评花间集》："短词之难，难于起得不自然，结得不悠远。诸词起句无一重复，而结语皆有余思，尤称合作。"

李冰若《栩庄漫记》："欧阳炯《南乡子》八首，多写炎方风物，不知其以何因缘而注意及此？炯蜀人，岂曾南游耶？然其词写物真切，朴而不俚，一洗绮罗香泽之态，而为写景纪俗之词，与李珣可谓笙磬同音者矣。"

献衷心

见好花颜色，争笑东风[①]。双脸上，晚妆同[②]，闭小楼深阁，春景重重[③]。三五夜，偏有恨，月明中[④]。　情未已，信曾通，满衣犹自染檀红[⑤]。恨不如双燕，飞舞帘栊。春欲暮，残絮尽，柳条空。

【注释】

①"见好花"两句：言春来花发争妍斗艳，笑迎东风。

②晚妆同：晚妆艳丽与花色一样。

③"闭小楼"两句：佳人于闺中与室外的春天共同营造了无限春景。

④"三五夜"三句：十五月圆之夜，目睹明月，感单身，心中有怨恨。袁晖《二月闺情》："有恨离琴瑟，无情著绮罗。"

⑤"满衣"句：言信通而喜悦激动得流泪，衣服染上檀红色。

【赏析】

读是词，迎面而来的是一派春光，鲜花盛开，笑迎东风。女子双脸晚妆艳丽如同"好花颜色"，正所谓春风满面。即使深居小楼，亦是"春景重重"，美丽，锁不住。然而，美人"偏有恨"，三五月明夜，丽人独守小楼，不恨才怪。前阕如堆彩，逐层添色，烘托出女子春怨。过片，写其因"情未已"，"信曾通"，而欣喜落泪，弄得一双衣袖都染上了檀红色。接着进一层，"恨不如双燕，飞舞帘栊"，光是音信有何用？人不如燕，不能像它们那样出双入对，自由自在地享受爱情生活；结尾再层进，"春欲暮"，春天即过，春色将退，自己虚度春光。

◉集评

汤显祖《玉茗堂评花间集》："画家七十二色中有檀色，浅赭所合，妇女晕眉色似之。唐人诗词惯喜用此。此其一也。"

郑文焯《花间集评注》："起首超忽而来，毫端神妙，不可思议。"

李冰若《栩庄漫记》:"'三五夜','明月中',忽加入'偏有恨'三字,奇绝。"

贺明朝

忆昔花间初识面,红袖半遮妆脸,轻转石榴裙带①,故将纤纤玉指,偷撚双凤金线②。　碧梧桐锁深深院③。谁料得④,两情何日教缱绻⑤?羡春来双燕,飞到玉楼,朝暮相见。

【注释】

①石榴裙带:石榴花色裙带,即鲜红色。郑愔《采莲曲》:"罗带石榴裙。"

②偷:暗地、暗中。　双凤金线:裙带上金绣就之双凤。

③碧梧桐锁深深院:碧梧桐,一种皮青碧而滑泽的梧桐树。李煜"寂寞梧桐深院,锁清秋"与此意近。

④料得:预料得到。

⑤缱绻(qiǎnquǎn):比喻感情融洽,难分难舍。白居易《寄元九》:"岂是贪衣食,感君心缱绻。"　韩愈《赠别元十八协律六首》之一:"临当背面时,裁诗示缱绻。"

【赏析】

是词抒发对美好爱情的追求。前阕追忆花间初见,以动作描写,刻画女子形象:"红袖半掩"、"妆脸轻转",其娇羞可见;第三个动作细节更传神,故意将玉指偷偷地拈捻着石榴裙带上的双凤金线,此处表达她含羞之余,暗示愿与君好,"故将"二字透出了信息。过片从回忆返入现实,碧梧桐被困深深大院,暗比美人与己相隔,很难估计两人感情,何时才能达到融洽境界。结尾三句,借物议论,抒发感情,希望俩人能像春来双燕一般,双双对对,朝朝暮暮。

◉集评

茅暎《词的》:"寒鸦日影,千古相思。"

李冰若《栩庄漫记》:"欧阳炯词《南歌子》外另一种,极为浓丽,兼有俳偶风味,如《贺明朝》诸词,后启柳屯田,上承温飞卿,艳而近于靡矣。"

贺明朝

忆昔花间相见后,只凭纤手,暗抛红豆①。人前不解,巧传心事。别来依旧,辜负春昼。　碧罗衣上蹙金绣②,睹对对鸳鸯,空裛泪痕透③。想韶颜非久④,终是为伊,只恁偷瘦⑤。

【注释】

①暗抛红豆:暗中抛掷红豆,表相思情。

②蹙(cù):收缩,此指折迭后出现皱纹。　蹙金绣:用金丝银线刺绣成绉纹状。

③裛(yì):沾湿,浸染之意。

④韶颜:美好容颜。鲍照《发后渚》:"华志分驰年,韶颜惨惊节。"

⑤只恁(nèn):竟然如此。　恁:如此。　偷:此指慢慢地、逐渐地。

【赏析】

是词刻画女子对爱情的忠贞。如前首一样,以回忆开头,女子大胆地向心上人示爱,纤纤玉手赠予红豆,“巧传心事”,花间定情,别后依然,不为辜负了春光而后悔。过片由整理罗衣,目睹衣上纹饰的对对鸳鸯,引起怀人,泪湿衣襟。结尾处,是女子对爱情的誓言,自己虽然青春不能常驻,但为了他,可以任凭憔悴消瘦。出语坚定,真挚感人。

◉集评

汤显祖《玉茗堂评花间集》:“无甚雕巧,只是铺排妥当,自无村妆羞涩态。”

茅暎《词的》:“下语俊。”

江城子

晚日金陵岸草平①,落霞明②,水无情。六代繁华③,暗逐逝波声④。空有姑苏台上月⑤,如西子镜,照江城⑥。

【注释】

①晚日:傍晚的日光。 金陵:古地名,今南京市。战国时楚威王灭越置金陵邑,秦改为秣陵,两汉仍用此称,三国时孙权建都于此,更名建业,晋更为建康,唐武德八年,又名金陵,位于长江南岸。谢朓《入朝曲》:“江南佳丽地,金陵帝王州。”

②落霞:晚霞,王勃《滕王阁序》:“落霞与孤鹜齐飞,秋水共长天一色。”

③六代:此指三国之吴、东晋,南朝之宋、齐、梁、陈六代。李白《留别金陵诸公》:“六代更霸王,遗迹见都城。”刘禹锡《金陵五题·台城》:“台城六代竞豪华,结绮临春事最奢。”

④逝波:流逝的江水,比喻时光流逝,不可追及。《论语·子罕》:“逝者如斯夫,不舍昼夜。”杜甫《少年行二首》之一:“黄衫年少宜来数,不见堂前东逝波。”

⑤姑苏台:在今江苏苏州市西南姑苏山上,春秋时吴国修筑。张籍《吴宫怨》:“姑苏台上夕燕罢,他人侍寝还独归。”

⑥“如西子”两句:宛如昔年西施的妆镜,照映江城。

【赏析】

是词怀古,抒发沧桑情感。全词以情系景,描写金陵晚景,由视觉到听觉,岸草、落霞乃视觉所见具体景物,水声乃听觉所闻,由此而联想“无情”:毫不留情、毫不含糊地将六代繁华暗暗带走、付之东流。最后,词人将姑苏台上的明月比作西子镜,在恍然无声地照映江城,而世态变矣。

◉集评

卓人月汇选、徐士俊参评《古今词统》:“取‘只今唯有西江月’之句,略衬数字,便另换一意。”

陈廷焯《云韶集》:“较越王宫殿,蘋叶藕花中,更胜一着。”

李冰若《栩庄漫记》:“此词妙处在‘如西子镜’一句,横空牵入,遂尔推陈出新。”

凤楼春

凤髻绿云丛①,深掩房栊②。锦书通,梦中相见觉来慵③,匀面泪脸珠融。因想玉郎何处去,对淑景谁同④? 小楼中,春思无穷。倚栏颙望⑤,暗牵愁绪,柳花飞起东风。斜日照帘，罗幌香冷粉屏空⑦。海棠零落，莺语残红。

【注释】

①凤髻绿云丛：女子束发的形状。 髻：高髻。杜牧《为人题照》："和簪抛凤髻。"

②房栊：窗户。

③锦书：锦字书的简称。

④觉来：醒来。 慵：神情倦怠。

⑤淑景：春日美景。柳宗元《迎长日赋》："淑景初延，幽阳潜起。"杜牧《酬王秀才桃花园见寄》："桃满西国淑景催，岁多红艳浅深开。"

⑥颙(yóng)：《广韵》："颙，仰也。"昂头，不转头。 颙望：昂头翘望。柳永《八声甘州》："想佳人、妆楼颙望。"

⑦粉屏：以白色涂刷的屏风。张祐《观杭州柘枝》："看着遍头香袖褶，粉屏香帕又重隈。"

【赏析】

是词写春思。前阕起首即给人欣慰，主人公凤髻绿云，深掩房栊，她收到了锦书，这是值得高兴的事情，加上梦中相见，她不感到满足，梦醒过来，觉得"慵"，泪流满面而任之；埋怨玉郎大好春光之时跑哪去了，无人共赏淑景。后阕写春思无穷。人物动作，倚栏颙望；人物心理，牵起愁绪；人物所见，东风舞柳花、斜日照帘、幌冷屏空、海棠零落、莺语残红，皆伤情的景物，恰似主人公的无穷春思。

◉集评

汤显祖《玉茗堂评花间集》："'海棠零落，莺语残红'，好景真良易过风雨忧愁各半，念之使人惘然。"

陈廷焯《云韶集》："'因想'者，因梦而有想也。泪痕血点。"

※ ※ ※ ※ ※ ※ ※ ※

南歌子

锦帐银灯影①，纱窗玉漏声②。迢迢永夜梦难成③。愁对小庭秋色，月空明。

【注释】

①锦帐：以彩色丝织物制成的帐，此美称帷帐。 银灯：以白银制作的灯盏。亦美称也。

②玉漏：滴漏美称。

③迢迢：此指时间漫长。 永夜：长夜。

【赏析】

是词写闺妇永夜难眠。开头两句写夜深人静，主人公在锦帐里对着银灯，又听到了更漏声穿透纱窗而来。接受写感受，漫长夜晚难入眠，梦难成，愁怨地对着小小庭院的秋夜景色，明月徒有白白地照耀。词作语言，近乎口语，朴实自然。词作于短小的篇幅间，变换场景，由内及外、由近及远、由下及上，使主人公的愁怨在更为广袤的空间里得到抒发。

渔父

摆脱尘机上钓船①，免教荣辱有流年②。无系绊③，没愁煎④，始信船中有散仙⑤。

【注释】

①"摆脱"句：辞官归隐，过上渔父生活。 尘机：尘世间的情事。白居易《好听琴》："本性好丝桐，尘机闻即空。"

②"免教"句：免除荣辱是非的困扰，才有属于自己的年华。 流年：时光如流水易逝。指光阴、年华。

③系绊：比喻俗事如绳索缠身。

④愁煎：心中受到忧愁烦恼煎熬。

⑤散仙：道教中未授职务的仙人。此指逍遥自在、不受羁束之人。

【赏析】

是词抒发向往渔父生活的情感。首句就发出强烈的呼吁："摆脱尘机"，"上钓船"，要真的当渔父了。免除荣辱困扰，过上年华属于自己的日子。"无"、"没"、"始信"，抒写对渔父生活的理解，表现对自由自在生活的追求。

渔父

风浩寒溪照胆明①，小君山上玉蟾生②。荷露坠，翠烟轻，拨剌游鱼几处惊③。

【注释】

①"风浩"句：凉风浩荡吹拂着寒冷的溪水，月光辉映下一片惨白。

②小君山：疑当指湖南洞庭湖中的君山，又名湘山，相传为舜妃湘君游处。 玉蟾：月亮。神话传说，月中有蟾蜍，以之代月。

③拨剌：鱼儿翻身跃水发出的响音。胡仲参《枕上偶成》："念脚动如鱼拨剌，吟身寒似鹭联拳。"

【赏析】

是词写渔父秋夜晚钓。首句写秋夜月色，晚风浩荡，吹过寒冷的小溪，小君山上升起月儿，将山野照得雪白。一连道出风、溪、山、月等四种景物，既动静结合地客观写景，也融入主观感受，使景中有情，情中有景。"荷露坠，翠烟轻。"近与远结合，荷叶上滚动着露珠，时而往下坠落；青翠的烟霞轻轻地笼罩着湖面。结尾，一笔动态描写，游鱼不时跃出水面，发出拨剌拨剌的响声，给人不少的惊喜。词作以恬静的笔触描画了一幅秋夜月夜垂钓图，充满宁静、清闲、淡远的气息。

◉集评

吴任臣《十国春秋》："欧阳炯小辞十七章，人亦时时称道之。《渔父》歌尤为辞家所唱和。"

赤枣子

夜悄悄，烛荧荧[①]，金炉香烬酒初醒。春睡起来回雪面[②]，含羞不语倚云屏。

【注释】

①荧荧：形容亮光微弱而闪烁的样子。

②雪面：如雪一般白的脸庞。

【赏析】

是词写女子回味梦境。夜已经很深，四周静悄悄的。蜡烛的火焰如豆，微弱得忽闪忽闪的。金属香炉的香料已经燃尽。这时，主人公昨晚喝醉的酒刚刚醒过来。她既是醉卧亦是春睡，醒了起来，回过头，只见如雪的白皙的脸庞含着娇羞，一言不发地靠倚绘画屏风。"含羞不语"，人物定格特写，表明她是回味着"春睡"中的甜蜜梦境。

赤枣子

莲脸薄[①]，柳眉长[②]，等闲无事莫思量[③]。每一见时明月夜，损人情思断人肠[④]。

【注释】

①莲脸：如莲花般美丽的脸庞。　薄：指薄妆，薄施脂粉。

②柳眉：如柳叶般细长的眉毛。

③等闲：平常。　思量：想念。

④"损人"句：犹言精神上受到折磨，令人悲伤难受。

【赏析】

是词写女子相思。首两句写其貌美，莲花般的脸庞，薄施脂粉，柳叶般的双眉，细长秀美。第三句写心理活动，平常不要去想念情人颇为洒脱超然。结尾两句，写其挥之不去的眷恋，可是到了月明之夜，那思念就涌上心头来折磨人，好断肠的。词作表现女子的相思，曲折有致，反映出对爱情的真挚。

春光好

天初暖，日初长，好春光。万汇此时皆得意[①]，竞芬芳[②]。　笋迸苔钱嫩绿[③]，花偎雪坞浓香。谁把金丝裁翦却[④]，挂斜阳。

【注释】

①万汇：万物。

②竞芬芳：竞逐媲美艳丽芳香。

③"笋迸"句：竹笋拱裂如钱的苔藓破土而出，鲜嫩可人。

④金丝：此比喻初长出来的娇黄细长的柳枝垂条。　翦：同"剪"。　却：助词，表语气，无实际意义。

【赏析】

是词就题,写早春美景。前阕总述春光,天气刚刚转暖,日子渐渐延长,一派好春光。起首三句发自胸臆,充满赞美。万物处于这个时节都是如此得意,现出勃勃生机,竞美争艳、斗香赛丽。后阕选取春笋破苔藓、香花偎雪、柳丝黄金、斜阳夕照等典型景物,分述春光之美丽。结尾两句以拟人手法,将春天比喻为裁剪师,虽然有化用贺知章《咏柳》之痕,却也点拨出新意。

春光好

花滴露,柳摇烟,艳阳天①。雨霁山樱红欲烂②,谷莺迁③。 饮处交飞玉斝④,游时倒把金鞭⑤。风飐九衢榆叶动⑥,簇青钱⑦。

【注释】

①艳阳天:阳光灿烂、景色艳丽的春天。

②雨霁:雨过天晴。

③谷莺迁:山谷里的黄莺飞迁。

④交飞:犹如频频碰杯。 玉斝:美称酒杯。

⑤倒把金鞭:形容骑马潇洒自如的样子。 金鞭:指马鞭。

⑥"风飐"句:策马驰骋在四通八达的大道上,好像旋起阵风,吹动两旁的榆叶。 风飐:风吹使物动。 九衢:四通八达的道路。

⑦青钱:榆树果荚亦称青钱。

【赏析】

是词写春游。前阕写春光,为春游作铺垫。花儿凝滴露珠,柳树恍如轻烟;雨过天晴,山樱花红艳艳灿烂夺目,山里的黄莺正忙着乔迁。动静配合、声色俱备、情景交融,描绘出生机勃勃的春景画图。后阕写春游。略写畅饮,详写驰马,将游人意气风发的朝气与欢快愉悦的心情,淋漓尽致地表达出来。

春光好

胸铺雪①,脸分莲②,理繁弦。纤指飞翻金凤语③,转婵娟④。 嘈嘈如敲玉佩⑤,清冷似滴香泉。曲罢问郎名个甚⑥,想夫怜⑦。

【注释】

①胸铺雪:形容女子胸脯白皙、酥软如铺展的雪。

②脸分莲:双脸像分列着的莲花。

③"纤指"句:纤细的手指翻飞在琴弦之上,演奏出金凤话语般动听的乐曲。 金凤:琴上绘雕的凤凰纹饰。

④转:更加。 婵娟:美好的样子。

⑤嘈嗺(cáozàn):喧闹、繁杂的响声。 玉佩:玉制佩饰。

⑥甚:啥,什么。 名个甚:曲子叫什么名。

⑦想夫怜:当是曲调"相府莲"之谐音,双关语。

【赏析】

是词刻画琴女。前阕起首写肖像,雪白酥软的胸脯,艳如莲花的双脸,将美艳的琴女形象呈现人前。接着，具体描写弹琴动作与演奏效果，表现其高超之琴艺。“理繁弦”，深谙琴理乐韵；“纤指飞翻”，技巧精到娴熟；“转婵娟”，演奏越来越投入，臻于完美。后阕接处两句，以“敲玉佩”、“滴香泉”比喻复杂纷繁、清爽美妙的韵律美。结束处更是趣味横生，琴女演奏结束，问曲名，答曰“想夫怜”，一语双关，将演奏的曲目内容及对情人的追求爱慕，有机巧妙地结合起来，富有生活情调。

春光好

碛香散①，渚冰融②，暖空濛。飞絮悠扬遍远空，惹轻风。　柳眼烟来点绿③，花心日与妆红④。黄雀锦鸾相对舞⑤，近帘栊。

【注释】

①碛(qì)：浅水中的沙石。

②渚(zhǔ)：水中的小洲。

③柳眼：柳树初萌的叶芽，像人的眼睛，故言。元稹《遣春三首》之二：“柳眼开浑尽，梅心动动已阑。”

④“花心”句：花蕊好像女子的妆脸，一日一日地红艳起来。

⑤锦弯：五彩描画的凤鸾纹饰。此指帘上绣图。

【赏析】

是词就题写早春，观赏者为美女。前阕由近及远、由下向上地展开画面，浅水中的沙石芳香散去，河中小洲的结冰消融，暖和的天空弥漫着朦胧的水气。角度转为全视觉，景物由静止转为活动，柳絮飞扬充塞天际之间，好像在引诱牵动着轻风。后阕三个特写镜头：柳树新抽的嫩芽仿佛是美人的媚目，点染着淡绿；花蕊逐渐绽开，显露的红色仿佛美人的妆脸，一日红似一日；黄鹂飞临帘栊，仿佛正在与凤鸾共舞蹈。早春的景色，其实在主人公的心中“惹轻风”，可从结尾处“黄雀凤鸾相对舞，近帘栊”窥见，她多么希望这一情景变成现实，让自己的生活也像早春那样充满活力生机。

春光好

鸡树绿①，凤池清②，满神京③。玉兔宫前金榜出④，列仙名。　叠雪罗袍接武⑤，团花骏马娇行⑥，开宴曲江游烂漫⑦，柳烟轻。

【注释】

①鸡树：《三国志·魏志·刘放传》裴松之注：中书监刘放、中书令孙资两人久任要职，且关系亲近。夏侯献及曹肇心内不平，见殿中有鸡栖树，二人便互道：“此亦久矣，其能复几？”后人因谓中书省官署为鸡树。

②凤池：即凤凰池。本指禁苑中池沼。魏晋南北朝设中书省于禁苑，掌管机要，接近皇帝，故称中书省为凤凰池。

③神京：京城。

④玉兔宫：月宫。神话传说月中有白兔，故称。　金榜：科举殿试揭晓的榜。

⑤“叠雪”句：穿着雪白绉纱袍，一直垂到脚跟。

⑥团花：指马身上的旋毛或人工剪烙而成的圆形花纹。

⑦“开宴”句：皇帝在锦江之滨设宴招待新科进士，并游览风光。

【赏析】

是词写春试放榜，新科进士受到的礼遇。

春光好

芳丛秀，绿筵张①，两心狂，空遣横波传意绪②，对笙簧③。　虽似安仁掷果④，未闻韩寿分香⑤，流水桃花情不已⑥，待刘郎　。

【注释】

①绿筵：奢华的宴席。

②"空遣"句：白白地用眼波传达自己的情意心绪，而对方全不理会。

③笙簧：代指音乐。

④"虽似"句：曾经像向安仁投果那样，向对方传达自己的爱慕之情。　安仁掷果：《晋书·潘岳传》载："少时常挟弹出洛阳道，妇人遇之者，皆连手萦绕，投之以果，遂满车而归。"安仁，晋人潘岳之字。

⑤"未闻"句：不见韩寿分香那样的男子来相会。此用晋人韩寿"窃香"典故。《世说新语·惑溺》："韩寿美姿容，贾充辟以为掾。充每聚会，贾女于青琐中看，见寿，悦之。恒怀存想，发于吟咏。后婢往寿家，具述如此，并言女光丽。寿闻之心动，遂请婢潜修音问。及期往宿。寿跻捷绝人，逾墙而入，家中莫知。自是充觉女盛自拂拭，悦畅有异于常。后会诸吏，闻寿有奇香之气，是外国所贡，一著人则历月不歇。充计武帝唯赐己及陈骞，余家无此香，疑与女通……充乃取女左右婢考问，即以状对。充秘之，以女妻寿。"唐人《咏蝶》："傅粉何郎全缟素，窃香韩掾自轻狂。"《晋书·贾充传》亦载此事。后以窃香指代男女偷情事。

⑥流水桃花：比喻似水流年、青春不再。

【赏析】

是词写相思。主人公或许是一位歌姬。前阕回忆相识，两人相会在华筵，而情有所动，主人公曾送横波、借助音乐传情，却未被理会。后阕写现在，虽然像向安仁投果，没有得到韩寿分香，并且桃花流水般时光逝去、青春不再，自己还是等待着意中人刘郎，真是痴情女一个。

春光好

垂绣幔①，掩云屏，思盈盈②。双枕珊瑚无限情③，翠钗横④。　几见纤纤动处，时闻款款娇声⑤。却出锦屏妆面了⑥，理秦筝⑦。

【注释】

①绣幔：绣花帷帐。

②盈盈：此指情思无限的样子。

③双枕珊瑚：美称枕头。

④翠钗：翠鸟尾羽形状的头钗。

⑤款款：徐缓、舒缓的样子。杜甫《曲江二首》之二："穿花蛱蝶深深见，点水蜻蜓款款飞。"

⑥锦屏：绘画彩图的屏风。　妆面了：面部化妆完毕。

⑦秦筝：似瑟弦乐。最早五弦，传说秦朝蒙恬增为十二弦，故称秦筝。音色沉伏，长表"怨调慢声"。

【赏析】

是词写孤寂。前阕先状主人公所处环境，"垂"、"掩"两字，透出空寂景象。"思盈盈"，愁绪满腹。"无限情，翠钗横"，对双枕的依赖，睡眠程度之深，写其贪睡懒慵之百无聊赖。后阕写妆成理秦筝，企图摆脱愁怨。"盈盈"、"纤纤"、"款款"三组叠字，加强了对主人公寂寞惆怅心境的艺术效果。

春光好

金辔响①，玉鞭长②，映垂杨。堤上采花筵上醉，满衣香。　无处不携弦管③，直须占断春光④，年少王孙何处好，竞寻芳⑤。

【注释】

①金辔：黄铜做的马辔头。

②玉鞭：美称马鞭。

③弦管：弦乐与管乐。此泛指乐器。

④占断：完全占有，此指尽情享受。

⑤竞寻：竞相寻找。杜审言《赠崔融二十韵》："雀罗争去翟，鹤氅竞寻王。"　芳：香草鲜花，喻美女。

【赏析】

是词刻画贵族公子。通过"采花"、"寻芳"暗喻游冶生活，为后人提供了认识贵族公子腐朽生活的材料。

女冠子

薄妆桃脸，满面纵横花靥①。艳情多，绶带盘金缕，轻裙透碧罗②。　含羞眉乍敛，微语笑相和。不会频偷眼③，意如何？

【注释】

①纵横：此指分散，散布。

②碧罗：青绿罗衣。

③偷眼：偷偷地看。

【赏析】

是词刻画美女，通过男主人公来叙述。前阕通过面妆、衣装，写美女"艳情多"。后阕通过"含羞"、"笑相和"等表情以及"眉乍敛"、"微语"、"不会频偷眼"等动作，写其娇羞温柔。"意如何"，男子发问，既是男子的疑问，亦表美女的含蓄多情。

女冠子

秋宵秋月，一朵荷花初发①。照前池，摇曳熏香夜②，婵娟对镜时。　蕊中千点泪，心里万条丝。恰似轻盈女③，好风姿④。

【注释】

①初发：刚刚绽放。

②摇曳：摇动不定的样子。
③轻盈：窈窕美妙。
④风姿：饶有风韵的姿态。

【赏析】

是词咏荷花。秋夜皎洁的明月照耀，一朵刚刚绽放的荷花。倒影池沼，摇曳多姿，暗香浮动，熏染夜空，活像美女临池照镜。后阕续写，花蕊上沾满露珠，宛如凝聚着千点泪；花茎里的纤丝，好像心里的万千情思。结尾两句，发出赞美，正是轻盈少女的好风姿，点破以美女喻荷花的题意。

巫山一段云

绛阙登真子①，飘飘御彩鸾②。碧虚风雨佩光寒③，敛袂下云端④。　月帐朝霞薄，星冠玉蕊攒。远游蓬岛降人间⑤，特别拜龙颜⑥。

【注释】

①绛阙：皇宫门溯。　真子：即真人，道家称得道之人。
②"飘飘"句：飘飘然驾驭着彩凤而来。
③碧虚：天空。
④敛袂：整理衣袖。
⑤蓬岛：即蓬莱山，古代传说仙人所居之处。《史记·秦始皇本纪》："齐人徐市等上书言，海中有三神山，名曰蓬莱、方丈、瀛洲。"
⑥龙颜：本谓眉骨圆起。《史记·高祖本纪》："高祖为人，降准而龙颜。"后因之称皇帝的颜貌为龙额。

【赏析】

是词写真人。真人如仙，飘飘然驾乘着彩鸾，天空中风雨寒光，却从容地整理衣袖从云端而下。真人生活写意，住在蓬莱仙岛，月帐伴朝霞，星冠玉花攒。能够谨见皇帝。

巫山一段云

春去秋来也，愁心似醉醺①。去时邀约早还轮②，及去又何曾③？　歌扇花光黦④，衣珠滴泪新⑤。恨身翻不作车尘⑥，万里得随君。

【注释】

①醉醺（xūn）：大醉的样子。
②邀约：约定。　回轮：车轮回转过来，代指行人归来。
③何曾：犹言哪里是这样的呢。
④"歌扇"句：歌扇上的彩色花纹光泽暗淡。扇到秋凉便弃置闲搁。　黦（yuè）：黄黑色，此指暗淡无光。
⑤衣珠：衣服的宝珠饰物。
⑥翻：反。　车尘：车辆行驶时扬起的尘埃。

【赏析】

是词闺妇秋日怀念远人。前阕，主人公在抱怨，秋天到来，不免愁怨得酒醉一样。离家的时候,相互约定要早些归来,等到离去之后却又不是这样子了。过片以扇子遇秋被冷落,比喻孤寂,每日以泪洗面。结尾处,主人公顿生奇想:恨不得将身躯化作车尘,万里路途好伴君。

菩萨蛮

晓来中酒和春睡[1],四肢无力云鬟坠。斜卧脸波春[2],玉郎休恼人[3]。　日高犹未起,为恋鸳鸯被[4]。鹦鹉语金笼[5],道儿还是慵[6]。

【注释】

①中酒:醉酒。

②脸波春:眼波里流露出无限春意。

③恼:引逗,撩逗。

④鸳鸯被:绣有鸳鸯纹饰的被子。

⑤金笼:美称鸟笼。

⑥儿:人,此为女子自称。

【赏析】

是词写春慵。前阕写主人公拂晓喝醉酒春睡。“四肢无力云鬟坠”,可见酒醉不浅。斜着身子而卧,眼波里流露出无限的春意。此时,好像清醒了不少,玉郎不要挑逗撩拨了。后阕写迟起,“犹”、“为恋”,写其娇懒贪睡,沉浸于春宵幸福的心境。词作以鹦鹉学舌作结,“还是慵”点题,更添几分生活情趣。

菩萨蛮

红炉暖阁佳人睡,隔帘飞雪添寒气。小院奏笙歌[1],香风簇绮罗[2]。　酒倾金盏满[3],兰烛重开宴[4],公子醉如泥。天街闻马嘶[5]。

【注释】

①奏笙歌:吹笙奏曲。

②绮罗:华贵丝织品,此指华丽的衣衫。

③金盏:美称酒杯。

④兰烛:兰花香味的蜡烛。

⑤天街:京城街道。

【赏析】

是词写闺妇怨。起首两句写闺妇雪夜独眠。以室内室外的暖寒作对比,写闺妇心中“添寒气”。接着写闺妇想象中公子的青楼夜生活,笙歌、香风、酒倾、开宴、醉酒。夜深了,闺妇在寂寞之中,静听着京城街道上传来的马嘶声……

菩萨蛮

翠眉双脸新妆薄,幽闺斜卷青罗幕。寒食百花时,红繁香满枝[1]。　双双梁燕语[2],蝶舞相随去。肠断正思君,闲眠冷绣茵[3]。

【注释】

①“红繁”句：红艳、繁密、幽香的鲜花缀满枝头。

②梁燕：指燕子，其筑巢栖息于屋梁，故称。

③闲：指无聊空虚。 绣茵：绣花垫褥。

【赏析】

是词闺妇怀人。特色在对比手法的运用。前阕以新妆女子居于幽闺，对比寒食节百花盛开的繁盛景色，反衬主人公的寂寞；后阕以双双燕语、对对蝶舞，对比女子独处闲眠冷茵，反衬主人公的肠断。这些鲜明的对比，强烈地表现了主人公怀念心上人的相思之情。

菩萨蛮

画屏绣阁三秋雨，香唇腻脸偎人语①。语罢欲天明，娇多梦不成②。 晓街钟鼓绝③，嗔道如今别④。特地气长吁⑤，倚屏弹泪珠。

【注释】

①绣阁：美称女子居室。

②腻脸：指女子妆成后的脸庞。

③娇多：此指过分的亲昵。

④“院街”句：街道上报晓的钟鼓响过，天已大亮。

⑤嗔：生气，嗔怒。

⑥特地：突然，忽然。 气长吁：长声叹气。

【赏析】

是词写幽会。前阕写秋夜两人相会，女主人公娇多缠绵，淅淅夜雨，绣阁画屏之后，香唇与腻脸紧贴着爱人私语。甜言蜜语一直说到天将亮，过分的亲昵，使人做梦不成。后阕写天亮告别，女主人公显得很生气，突然长吁短叹起来，斜靠着画屏流泪。幽会柔情似蜜，分手倚屏弹泪，欢愉与悲伤，前后对比，更见深情，而无见淫态。

更漏子

玉栏干，金甃井①，月照碧梧桐影。独自个，立多时，露华浓湿衣②。 一向凝情望③，待得不成模样。虽叵耐④，又寻思，争生嗔得伊⑤。

【注释】

①金甃(zhòu)井：以金属装饰的井。

②露华：露珠反射的亮光，此指露水。

③一向：一直，言时间长。 凝情：情思集中于一处，形容充满感情地。

④叵耐：不可耐。唐末俗语，意为自己无可奈何，对方太可恶、可恨。

⑤怎生：怎么，怎能。

【赏析】

是词写女子赴约待人。前阕首三句写主人公来到约会地点，环境是那样清幽宜人：玉雕的栏杆旁，金饰的甃井边；月儿照着青绿梧桐，投下的树影底下。接着三句写等待多时，独自一人，站立了许久，露水浓重，湿了罗衣。耐心的久等，露湿衣也不愿离去，可见期盼心切、爱慕情深，能够容忍久等的焦急与痛苦。后阕写等人的神态与心情。一直在凝神企望，等得她焦躁烦闷，苦痛不成常人之模样。结尾三句，刻画内心活动，她内心为心上人爽约的可恶行为，感到无可奈何，于是由爱生怨，由怨生嗔。但是，她再寻思，觉得怎么能怨恨他呢。这一微妙的心理变化，表现了主人公对心上人的纯情。

更漏子

三十六宫秋夜永[①]，露华点滴高梧。丁丁玉漏咽铜壶[②]，明月上金铺[③]。红线毡，博山炉[④]，香风暗触流苏。羊车一去长青芜[⑤]，镜尘鸾影孤[⑥]。

【注释】

①三十六宫：三十六，并非实有之数，只是虚指，形容宫殿之多。

②丁丁：象声，摹拟玉漏滴声。

③金铺：铜制的嵌于门上的衔环底座，多铸成兽面形。

④博山炉：香炉名，表面雕刻或作成重叠山形，故称。

⑤"羊车"句：皇帝乘坐的羊车一去就再也不来，院子里长满了青草。 羊车：《晋书·胡贵嫔传》："（武帝）并宠者甚众，帝莫知所适.常乘羊车，恣其所之，至便宴寝。宫人乃取竹叶插户，以盐汁洒地而引帝车。" 青芜：丛生的青草。

⑥镜尘：镜子上积满灰尘。 鸾影孤：比喻宫女形单影只，失宠后寂寞孤苦之极。鸾影：比喻好身影。元戴表元《浴蚕沙溪水为上饶陈烈妇作》："烈妇何所言，弦中意缠绵。一说鸾影孤，二诉雏巢穿。"

【赏析】

是词写宫女怨。前阕写宫女空对明月，寂寞度过秋夜。这是具有典型意义的细节，秋夜月明，应是团聚良宵，但是在三十六宫中，宫女却不能像普通人那样享受团聚之乐。后阕回忆往日得宠，羊车一来，"红线毡，博山炉，香风暗触流苏。"而今呢，"羊车一去长青芜"，宫女失宠而心灰意冷，无心对镜梳妆，致使镜面积满灰尘，剩下鸾凤只影孤单。前后对比，反映出宫女人性被摧残的悲剧。

◉集评

陈廷焯《词则·别调集》："亦系宫怨词，措语闲雅。"

清平乐

春来阶砌，春雨如丝细。春地满飘红杏蒂，春燕舞随风势。 春幡细缕春缯[①]，春闺一点春灯。自是春心撩乱[②]，非干春梦无凭[③]。

【注释】

①缯（zēng）：丝织品的总称。 春缯：专用以做春幡的丝织品。

②春心：男女爱恋、相思之情。 撩乱：缠绕纷乱。

③非干：并不是因为……；与……无关。

【赏析】

是词写闺怨。前阕写春回大地，而夫君不归。所以，闺妇目睹每一春景都是伤情的，

“春来阶砌”，而夫未归；“春雨如丝细”，春雨润物无声，自己独一人，春雨润物何来对象；“满飘红杏蒂”，红杏，一般情况是比喻妇人，春天撩起春心；春燕双双，而自己孤单……这些都在暗寓大好的春光就这样白白而逝，内心闷恼。过片，写主人公春夜对春灯，以春缯制春幡，自然引起春心撩乱。结句，似乎是主人公的辩解之辞，既然是“非于春梦无凭”，那么应是关乎盼归吧，主人公思念丈夫的深情溢于言表。词作一共用了十个“春”字，既修饰景物，亦修饰人物心理活动，颇为新颖别致。

西江月

月映长江秋水，分明冷浸星河①。浅沙汀上白云多②，雪散几丛芦苇。　扁舟倒影寒潭里，烟光远罩轻波。笛声何处响渔歌，两岸蘋香暗起。

【注释】

①分明：此指反射出光辉。

②白云：此比喻芦花。

【赏析】

是词写长江秋夜景色。明月照耀长江碧水，反射出寒光到天河。浅浅的沙洲之上芦花白茫茫，宛如天上的白云一样多，宛如雪散开去的丛丛芦苇。上船倒影在寒潭水面，轻烟月光融为一体，将远天的波光笼罩。不知那里传来的横笛乐曲和应着渔歌，两岸蘋草芳香在暗暗地飘起散发。词境旷阔深远，逍遥优悠。

西江月

水上鸳鸯比翼，巧将绣作罗衣①。镜中重画远山眉，春睡起来无力。　钿雀稳簪云髻绿②，含羞时想佳期③。脸边红艳对花枝④，犹占凤楼春色⑤。

【注释】

①“水上”两句：将水上成双的比翼鸳鸯，巧妙地刺绣在罗衣上。言其穿着绣有鸳鸯戏水图案的罗衣。

②“钿雀”句：黑绿浓密的发髻稳稳地簪住雀形的金钗。

③“含羞”句：不时想起与情人相会的佳期，而现出娇羞的神态。

④“脸边”句：妆成的脸庞红润艳丽，可媲美花枝。

⑤凤楼：美称妇女居处。　春色：此代指妇女的美姿。

【赏析】

是词写闺妇妆成之美姿。身着鸳鸯戏水图案罗衣，头梳云髻簪钿雀，双眉画作远山，脸色红润如花。春睡起来无力，一副娇慵美态。时想佳期含羞，一颗多情种。词作勾勒出一位娇艳而懒慵、为情所困的美人形象。

木兰花

儿家夫婿心容易①，身又不来书不寄。闲庭独立鸟关关②，争忍抛奴深院里。　闷向绿纱窗下睡，睡又不成愁已至。今年却忆去年春，同在木兰花下醉。

【注释】

①儿家:女子自称。 心容易:指粗心大意,不在乎。

②闲庭:清净的庭院。 关关:《诗·周南·关雎》"关关雎鸠,在河之洲。"《毛传》:"关关,和鸣声。"

【赏析】

是词以第一人称,口语化的语言诉说思念丈夫的心声。我的夫君,你好不在乎呀,人不回来就算了,可书信也没有一封。寂静的庭院里只鸟儿在关关的啼叫,怎就这么忍心将奴抛在幽深的院子里。烦闷了就倒头在绿窗下睡,可睡不着愁怨又来了。今年春天又到了,不由使我回忆起去年这个时候,一起在木兰花下同醉的情景。闺妇感情流露自然、真挚、感人。

木兰花

日照玉楼花似锦①,楼上醉和春色寝。绿杨风送小莺声,残梦不成离玉枕②。 堪爱晚来韶景甚③,宝柱秦筝方再品④。青娥红脸笑来迎⑤,又向海棠花下饮⑥。

【注释】

①玉楼:原指华丽的楼阁,此指歌姬居处。

②残梦:未做完的梦。

③韶景:美景。李忱《幸华严寺》:"林光入户低韶景,岭气通宵展霁风。"

④宝柱秦筝:代指美妙的音乐。

⑤品:品味,欣赏。

⑥青娥红脸:此指歌姬。

【赏析】

是词写冶游。可作为认识唐末五代官妓制度下文人仕大夫生活的批判材料去读。

◉集评

沈际飞《草堂诗余正集》:"把人惊觉,直而有致;残梦不成,婉而多风。"

木兰花

春早玉楼烟雨夜,帘外樱桃花半谢。锦屏香冷绣衾寒①,怊怅忆君无计舍②。 侵晓鹊声来砌下③,鸾镜残妆红粉罢。黛眉双点不成描,待得玉郎归日画。

【注释】

①锦屏:绣锦屏风。

②怊(chāo)怅:失意伤感的样子。梅尧臣《至第四辅二首》之二:"怊怅杜公行底急,白醪何处得同倾。"

③侵晓:破晓。

【赏析】

是词写闺怨。前阕写早春烟雨夜，独处的闺妇看见窗外的樱桃花大半凋谢，暗示春天亦也过半。锦屏旁的香烟已冷，盖在身上的绣衾使人感到一阵阵的寒凉。“冷”、“寒”既写氛围，亦是主人公的心理感受，“怊惆”一句正是。想念夫君而产生失意惆怅的伤感情绪，是没有办法抛掉得了的。后阕写闺妇早晨“罢妆”。伤心到双眉点画不成，还是留待玉郎归来的时候让他代画算了，活用张敞画眉典故，暗寓盼夫心切。

定风波

暖日闲窗映碧纱[①]，小池春水浸晴霞。数树海棠红欲尽，争忍，玉闺深掩过年华[②]。　独凭绣床方寸乱[③]，肠断，泪珠穿破脸边花[④]。邻舍女郎相借问，音信，教人羞道未还家。

【注释】

①闲窗：寂静的窗户。

②玉闺：华美的闺房。　年华：美好的青春时光。

③绣床：妇女刺绣时用的形如小桌的绣架。

④脸边花：指女子的靥饰。

【赏析】

是词写闺怨。前阕写暮春感怀，和暖的太阳照到寂静的窗户，映亮碧绿的纱帘，小池涨起春水，倒影天上的云霞。几棵海棠树开放的花儿红艳将要褪去。怎么忍心，自己就这样深处闺房度过青春年华。阕结，以景物的铺垫作势，抒发了主人公的青春将逝、孤寂难耐的伤情。过片，写主人公绣花不行，寸心烦乱，柔肠欲断，泪流不止破靥花。结尾以回答邻女的发问，道出丈夫未归的愁怨，其中亦含企盼早归的希冀。

◉集评

况周颐《历代词人考略》：“欧阳炯词艳而质，质而愈艳，行间句里，却有清气往来。大概词家如炯，求之晚唐五代，亦不多觏。其《定风波》词如淡妆西子，肌骨倾城。”

和凝《红叶稿词》

【小传】

和凝(898—955),字成绩,郓州须昌(今山东东平)人。《旧五代史》说其"幼而聪敏,姿状秀拔,神采射人。少好学,书一览者,咸达其大义。年十七举明经……十九登进士第"。历事梁、唐、晋、汉、周五朝。后唐时官至中书舍人,工部侍郎。后晋天福五年(940)拜中书侍郎同中书门下平章事。入后汉,封鲁国公。后周时,赠侍中。事迹见新、旧《五代史》本传。和学士少好为曲子,布于汴洛,时号为"曲子相公",所作诗文甚富,曾有集百余卷,其中词集名《红叶稿》,已失传。

《花间集》称和学士,收其词20首;近人王国维辑《红叶稿词》一卷,辑录词27首。

◉集评

李冰若《栩庄漫记》:"和成绩自是花间一大家,其词有清秀处,有富丽处,盖介乎温韦之间也。"

小重山

春入神京万木芳①。禁林莺语滑②,蝶飞狂。晓花擎露妒啼妆③。红日永,风和百花香。　烟锁柳丝长,御沟澄碧水④,转池塘。时时微雨洗风光⑤,天衢远⑥,到处引笙篁⑦。

【注释】

①神京:帝都。白居易《江上对酒二首》之一:"家乡安处是,那独在神京。"

②禁林:禁苑园林。王涯《思君恩》:"鸡鸣天汉晓,莺语禁林春。"　莺语滑:莺声流利。滑,滑口,口语流利。白居易《琵琶行》:"间关莺语花底滑。"

③擎:撑起、举起。司空图《风荷》:"欲待秋塘擎露看。"　啼妆:古代妇女以粉拭目下,有似啼痕,故称为啼妆。《后汉书·五行志》:"桓帝元嘉中,京都妇女作愁眉、啼妆……啼妆者,薄拭目下若啼处。"又《太平御览》引华峤《后汉书》:"梁冀妻孙寿,色美而善为妖态,作愁眉、啼妆……以为媚惑。"

④澄碧水:清沏碧绿之水。杜甫《寄薛三郎中》:"风池日澄碧。"

⑤风光:风景,景色。李益《行舟》:"闻道风光满扬子,天晴北上望乡楼。"

⑥天衢:京师的大路。杜甫《别张十三建封》:"高义在云台,嘶鸣望天衢。"

⑦笙篁:乐器。《诗·王风·君子阳阳》"君子阳阳,左执簧。"《笺》:"簧,笙也。"《疏》:"左手执其笙簧。"杜甫《成都府》:"喧然名都会,吹箫间笙簧。"

【赏析】

是词写春景,寄托对美好事物的追求。"春入神京",起首便显出气势。春天归来京城万木欣欣向荣,禁林里一片流利动听的莺歌,蝴蝶在狂飞。清早,百花擎挺着露珠好像忌妒妇人的啼妆,拟人手法写出带露春花与啼妆女子媲美。歇拍,红日高照,轻风和煦,百花芳香。前阕写春日晨景,有静有动,动静结合,富有生气。过片,烟霞缭绕,柳条如长长丝带,御沟春水澄碧,婉转地注入池塘。适时微雨涤尘土,洗出无限风光。一晴一雨,相互映衬,京城春色婀娜多姿。结尾总结,京城的大路通向四方远处,到处都是笙歌飞扬。"时时"、"到处"对应,从时空角度写京城的繁华。

◉集评

杨慎《词品》:"藻丽有富贵气。"

沈际飞《草堂诗余正集》:"凝为石晋宰相,词载《花间》者多。《花间》以小语致巧,全首观之,或伤促碎,此政不免。"

李廷机《新刻朱批注释草堂诗余评林》:"此词颇尽宫中幽怨之意,且妒啼妆,天衢远上见之。"

俞陛云《唐五代两宋词选释》:"和凝当石晋全盛之时,身居相位,此作乃承平《雅》、《颂声》也。"

小重山

正是神京烂熳时①。群仙初折得②,郄诜枝。乌犀白纻最相宜③,精神出④,御陌袖鞭垂。　柳色展愁眉,管弦分响亮,探花期⑤。光阴占断曲江池⑥,新榜上,名姓彻丹墀⑦。

【注释】

①正是:正当、正逢。　烂熳:指春光明媚。谢朓诗"烂漫已万条,连绵复一色。"

②群仙:指新及第进士。　折得:《晋书·郄诜传》:"武帝于东堂会送,问诜曰:'卿自以为如何?'诜对曰:'臣举贤良对策,为天下第一,犹桂林之一枝,昆山之片玉。'"后以折桂喻科举及第。白居易《和春深》:"折桂名惭郄,收萤志慕车。"

③乌犀:犀的一种,《本草纲目》:"川犀、南犀纹细,乌犀有纹显露。"此处系指以乌犀角为饰之腰带。　白纻:白纻麻织的衣服。李商隐《汴上送李郢之苏州》:"烟幌自应怜白纻,月楼谁伴咏黄昏。"

④精神出:生气充溢而光华外露。郑仁表《赠妓命洛真》:"巧制新章拍拍新,金罍巡举助精神。"刘禹锡《酬乐天扬州初逢席上见赠》:"今日听君歌一曲,暂凭杯酒长精神。"

⑤探花期:及第之后在曲江上宴饮。据《陔余丛考》载,唐代殿试及第曲江宴,以榜中最年少者二人为探花使,遍游名园,若他人先得名花,则二人受罚。一说,指进士及第后之集期。魏泰《车轩笔录》:"进士及第后,例期集一月……又选最年少者二人为探花,使赋诗,世谓之探花郎。自唐以来,榜榜有之。宋初犹然,非指及第第三人。"

⑥占断:被占尽。罗虬《比红儿诗》:"姓氏看侵尺五天,芳菲占断百花鲜。"

⑦"新榜上"两句:言及第新进士之姓名达于皇宫。　彻:达。　丹墀:殿前石阶漆成红色,此指代皇宫。杜甫《送班司马入京》:"黄阁长司谏,丹墀有故人。"

【赏析】

是词写及第之荣耀。正是京城春光明媚时候,刚刚折得桂枝的新科进士如群仙一般,君王赏识他们。白纻衣配上乌犀带,衣着相宜;在御陌上行走,袖鞭可随意挥垂,够精神的咧;柳色新展好像他们展开愁眉,管弦听起来也格外的响亮;探花期间,占尽了曲江池边的风光,名姓登上了皇宫的新榜上。

临江仙

海棠香老春江晚①,小楼雾縠涳濛②。翠鬟初出绣帘中,麝烟鸾佩惹蘋风③。碾玉钗摇鸂鶒战④,雪肌云鬓将融。含情遥指碧波东,越王台殿蓼花红。

【注释】

①香老:香尽花残。

②雾縠(hú):原指如薄雾之轻纱,此处指薄如轻纱之云雾。《汉书·礼乐志》"被华文,厕雾縠。"《注》:"雾縠,言其轻细若云雾也。"皮日休《奉和鲁望渔具十五咏·网》:"晚挂溪上网,映空如雾縠。" 涳濛(kōngméng):细雨。谢朓《观朝雨诗》:"空濛如薄雾,散漫似轻埃"。

③蘋风:微风。宋玉《风赋》:"夫风生于地,起于青蘋之末。"后青蘋为微风之代称。李隆基《同玉真公主过大哥山池》:"蘋风向晚清。"

④鸟形首饰在头上颤动。 战:通"颤"。

【赏析】

是词写闺思。开头铺垫春残花老、晚雾笼罩小楼的幽静环境。"翠鬟初出",闺妇傍晚出帘,陪伴者只有袅袅香烟,徐徐晚风。后阕接着描写其头饰、步履、肌肤、髻鬟。结尾颇出人意料,或许有人问她要到哪里去,她"含情遥指"作答,地点是虚指,还是实指?是怀人之所,还是追古之慨?问者及读者可自忖。

◉集评

卓人月汇选、徐士俊参评《古今词统》:"是采珠拾翠一辈人。"

李冰若《栩庄漫记》:"结句设想,出人意表。"

临江仙

披袍窣地红宫锦,莺语时啭轻音。碧罗冠子稳犀簪①,凤凰双飐步摇金②。 肌骨细匀红玉软③,脸波微送春心。娇羞不肯入鸳衾,兰膏光里两情深④。

【注释】

①冠子:妇人冠。《中华古今注》:"冠子者,秦姑皇之制也。今三妃九摈,当暑戴芙蓉冠子,以碧罗为之,插五色通草苏朵子。"王涯《宫词》:"白人宜着紫衣裳,冠子梳头双眼长。" 犀簪:犀角制成之发簪。吴融《和韩致光侍郎无题三首十四韵》之一:"珠佩元消暑,犀簪自辟尘。"

②步摇金:黄金制成的步摇首饰。《后汉书·舆服志》:"步摇以黄金为山题,贯白珠为桂枝相缪。"

③红玉软:肤色柔美。《西京杂记》:"赵飞燕与女弟昭仪,皆色如红玉,为当时第一,并宠后宫。"施肩吾《夜宴曲》:"被郎嗔罚琉璃盏,酒人四肢红玉软。"

④兰膏:指代兰灯。梁武帝《七夕诗》:"玉壶承夜急,兰膏依晓煎。"

【赏析】

是词写幽会。前阕写女子穿着华丽,红色宫锦缝成的披肩长袍曳地,青色角做成的簪将丝罗碧冠稳稳地簪住;妆饰奢华,凤凰形的步摇金光闪闪;娇声滴气,莺语时啭轻音。过片两句,刻画容颜如玉,秋波含情。结尾写其由娇羞转为"情深"。

◉集评

汤显祖《玉茗堂评花间集》:"精工宕丽,足分温、韦半席。"

茅暎《词的》:"娇怯可思。"

况周颐《历代词人考略》:"'娇羞'二句,尤能状难状之情景。"

李冰若《栩庄漫记》："上半阕极写服饰之盛丽，温词所有者也。下半阕则飞卿所不逮矣。"

菩萨蛮

越梅半坼轻寒里①，冰清淡薄笼蓝水②。暖觉杏梢红，游丝狂惹风③。　闲阶莎径碧④，远梦犹堪惜。离恨又迎春，相思难重陈⑤。

【注释】

①越：发语辞，无义。《书·大诰》"越予小子"，即予小子。

②蓝水：一名蓝谷水、蓝溪，又称牧护关水，源出陕西蓝田东蓝田谷，西经蓝天、蓝桥，入灞水。杜甫《九日蓝田崔氏庄》："蓝水远从千涧落，玉山高并两峰寒。"

③游丝：蜘蛛等虫类吐的丝缕，随风在空中飘游，游丝多出现在春天晴日。　狂惹：轻狂样逗引。　狂：轻狂。　惹：逗引。

④莎径碧：长着莎草小径呈现更显青绿。

⑤难重陈：难具陈或难尽述。白居易《太行路——借夫妇以讽君臣之不终也》："行路难，难重陈。"

【赏析】

前阕以寒梅暖杏作冷暖的感觉对比，以白梅红杏作强烈的视觉对比，以薄冰笼碧水、游丝惹狂风作比兴，写春回大地，为下文铺垫。过片，闲阶之上莎草长，庭院小径碧苔生，那思念远人之梦，还很令人惋惜。结句"离恨"连"相思"，心中本有离恨，却又遇早春到，相思之苦，难再度说起。"又"、"重"二字犹妥帖。

◉集评

况周颐《蕙风词话》："《菩萨蛮》及《望梅花》，则近于清言玉屑矣。"

山花子

莺锦蝉縠馥麝脐①，轻裾花早晓烟迷。鸂鶒战金红掌坠，翠云低。　星靥笑偎霞脸畔②，蹙金开襜衬银泥③。春思半和芳草嫩，碧萋萋。

【注释】

①莺锦蝉縠：薄如莺羽、蝉翼的轻纱。　麝脐：一称麝脐香，即麝香。《本草纲目》引杨亿《谈苑》："商汝山中多麝，遗粪常在一处不移。人以是获之。其性绝爱其脐，为人逐急，即投岩，举爪剔裂其香，就絷而死，犹拱四足保其脐。"　皮日休《奉和鲁望玩金鸂鶒戏赠》："镂羽雕毛迥出群，温馨飘出麝脐熏。"

②星靥：即黄星靥，一种面妆。

③"蹙金"句：指蹙金刺绣并衬有纹饰的衣裙。　开襜：敞开前蔽的衣服款式。《尔雅·释器》："衣蔽前谓之襜"。　银泥：服饰。

【赏析】

是词写春思。前阕写女主人公豪华衣着妆束。锦官质地的衣裳像黄莺毛羽、像蝉翼轻而薄，散发出麝香熏过的浓馥香气，绣花衣袖薄如早晨迷蒙的轻烟。鸂鶒形头钗晃动着发出耀眼的金光，红掌坠子与低垂的翠云秀发相映衬。过片接写，星靥面妆好像笑着偎依在灿若云霞的脸旁，开襟的上衣与蹙金刺绣工艺的短裙是最好的搭配了。结尾，翻出奇句，有些儿意味："春思半和芳草嫩，碧萋萋。"她的春思仿如嫩嫩的芳草，碧绿繁茂。

◉**集评**

汤显祖《玉茗堂评花间集》："唐韦固妻为盗刃所刺，以翠靥之，女妆遂有靥饰。集中亦不一而足。然温飞卿'绣衫遮笑靥'，音'叶'，此则音'琰'。"

李冰若《栩庄漫记》："'星靥'二句，置之温尉词中，可乱楮叶。"

山花子

银字笙寒调正长[①]，水纹簟冷画屏凉。玉腕重因金扼臂[②]，淡梳妆。　几度试香纤手暖[③]，一回尝酒绛唇光[④]。佯弄红丝蝇拂子[⑤]，打檀郎[⑥]。

【注释】

①银字笙：乐器。用银作字，标明音色高低。《新唐书·礼乐志》："本属清乐，形类雅音，有银字之名，中管之格，皆前代应律之器也。"《古今词话·词品》："银字制笙，以银作字，饰其音节。'银字笙调'，蒋捷句也；'银字吹笙'，毛滂句也。"据此，银字是笙管上音阶的标记之类。

②"玉腕"句：《花间集》原文无"因"字，依《词谱》作"玉腕重因金扼臂"。

③绛（jiàng）：深红色。

④几度：几回。刘长卿《题灵祐上人法华院木兰花》："年华几度新。"牟融《客中作》："几度无聊倍惆怅，临风搔首独兴哀。"

⑤蝇拂子：拂蝇用具。

⑥檀郎：代称美男子。

【赏析】

是词写年轻夫妇嬉戏细节，颇有生活气息。前阕以悠扬的银字笙曲调入词，再写水纹簟席和画屏的清凉，少妇在这种氛围下出场，玉腕上戴着贵重的镯子，脸上是淡的晚妆。少妇几次试香，纤纤玉手暖和起来，一回尝酒，脸颊上泛起跟红唇一样的光泽。她假装拿起红丝蝇拂，顺势追打着夫君，少妇的形象跃然纸上。后阕的"香"、"暖"、"绛"、"红"对应前阕的"寒"、"冷"、"凉"、"淡"，暖色调与冷色调对比，更添生活情趣。

◉**集评**

茅暎《词的》："'寒'、'冷'、'凉'三字叠用。"

贺裳《皱水轩词筌》："词家须使读者身履其地，亲见其人，方为蓬山顶上，如和鲁公（凝）'几度试香纤手暖，一回尝酒绛唇光'……真觉俨然如在目前，疑于化工之笔。"

沈雄《古今词话》引江尚质评："《花间》词状物描情，每多意态，直如身履其地，眼见其人。和凝之'几度试香纤手暖，一回尝酒绛唇光'……是也。"

何满子

正是破瓜年纪[①]，含情惯得人饶[②]。桃李精神鹦鹉舌[③]，可堪虚度良宵。却爱蓝罗裙子，羡他长束纤腰。

【注释】

①破瓜年纪：十六岁少女，旧说“瓜”字可分剖成二个八字，二八即为十六。孙绰《情人歌碧玉》：“碧玉破瓜时，相为情颠倒。”《通俗编·妇女》：“宋谢幼盘词‘破瓜年纪小腰身’，按俗以女子破身为破瓜，非也。瓜字破之为二八字，言其二八十六岁耳。”罗虬《比红儿》：“明媚何曾让玉环，破瓜年纪百花颜。”

②饶：得人相让或宽容，此指怜爱。姚宽《西溪丛话》：“蔡州有一道人，善棋，凡对局，辄饶人一先，有诗云：‘自出洞来无敌手，得饶人处且饶人。’”

③精神：此指风韵。 鹦鹉舌：言语灵巧。《山海经》：“黄山……有鸟焉，其状如鸮，青羽赤喙人舌，能言，名曰鹦鹉。”

【赏析】

是词描写美少女形象。词分三层，第一层，开头两句，正值青春年少的女子，含情脉脉的神态举止，常常会得到人们怜爱，“惯”字，道出爱美，人人有之。第二层，三四两句，其风韵美态处处表现出“桃李精神”，其口齿伶俐、语言灵巧如“鹦鹉舌”，常常会令许多人觉得没有认识她而惋惜青春虚度。第三层，从男子角度，侧面描写，偏偏喜欢她身着罗蓝长裙、爱慕她紧束细腰的美姿。

◉集评

李冰若《栩庄漫记》：“‘却爱蓝罗裙子，羡他长束纤腰’，为和词名句，其源盖出于张子平之《定情诗》，陶公《闲情赋》尚在其后。”

何满子

写得鱼笺无限①，其如花锁春晖②。目断巫山云雨③，空教残梦依依。却爱熏香小鸭，羡他长在屏帷④。

【注释】

①鱼笺：蜀地生产的彩笺，此指情书。

②锁春晖：笼罩在春光之中。

③目断：极目、望穿。丘为《登润州城》：“乡山何处是？目断广陵西。”

④“羡他”句：羡慕小鸭香炉长在屏风帷幕之侧，同所思念女子为伴。

【赏析】

是词塑造大胆追求幸福的少男形象。首句，情书写了无数，男子形象突现，对爱情追求不懈。第二句补笔，描写他追求的女子如春光缭绕的鲜花那样美丽。第三句写渴望，表现出向往爱情生活的热切。第四句写愿望久久不能实现，常常记住梦境发生的一切。结尾两句，联想奇特，他情愿去作形如鸭状的香炉，长守屏帷之侧，与她为伴，以实现理想的爱情追求。

薄命女

天欲晓，宫漏穿花声缭绕①，窗里星光少。冷雾寒侵帐额②，残月光沉树杪③。梦断锦帷空悄悄，强起愁眉小④。

【注释】

①缭绕:形容漏声回荡。

②帐额:帐门上面横条形的装饰。

③树杪(miǎo):树梢。王维《送梓州李使君》:"山中一夜雨,树杪百重泉"。

④眉小:因皱眉而显得短小。

【赏析】

词调虽分两阕,但读起来,却有一气呵成的感觉。前半篇幅只作场景描写,天欲晓,寂静得连残漏点点穿过花间、绕室穿堂的微弱响声,都听得真切;窗口里只见星光稀少,冷雾寒气,浸入帐帘,残月低沉树梢下,好一幅沉寂清凄的春晓图。思妇春梦乍醒,锦帐里空空悄悄,唯独一人,只有强打精神,但抹不去那愁容,眉头好像忽然变得小了许多。

◉集评

汤显祖《玉茗堂评花间集》:"刘改之别妾赴试作《天仙子》,语俗而情真,世多传之,遇此不免小巫。"

沈际飞《草堂诗余正集》:"冲寂自妍,末只一句尽却怨意。"

李冰若《栩庄漫记》:"明艳似飞卿,佳词也。"

俞陛云《唐五代两宋词选释》:"词写天曙之状。先言窗内,次言窗外,皆描写景物。至'愁眉'句始表明闺怨。小令中于末句本意甚多,《草堂诗余》云:'此词颇尽宫中幽怨之意。'"

望梅花

春草全无消息,腊雪犹余踪迹①。越岭寒枝香自折②,冷艳奇芳堪惜。何事寿阳无处觅③,吹入谁家横笛④?

【注释】

①腊雪:《本草纲目》:"冬至后第三戊为腊。腊前三雪,大宜菜麦,又杀虫蝗。腊雪密封阴处,数十年亦不坏。"刘禹锡《送陆侍御归淮南使府》:"泰山呈腊雪,隋柳布新年。"

②越岭:指梅岭,位于广东、江西交界处,相传汉武帝时,有姓庾将军筑城岭下,故又名大庾岭。唐代为通粤要道,张九龄督所属部开凿新路,多植梅树。杜甫《哭李常侍峄二首》之一:"短日行梅岭,寒山落桂林。"

③"何事"句:为何寿阳公主无处可寻?有"物是人非"的感慨。 何事:何为,表疑问。杜甫《上水遣怀》:"古来经济才,何事独罕有?"

④"吹入"句:谁家横笛吹奏《梅花落》曲。乐府横吹曲中有《梅花落》之类,唐大角曲亦有《大梅花》、《小梅花》等曲。李白《与史郎中钦听黄鹤楼上吹笛》:"黄鹤楼中吹玉笛,江城五月落梅花。"

【赏析】

是词咏梅。开头点明腊月寒冬,青草沉睡未醒,白雪堆积未融,表现梅花不惧严寒、早于春草而怒放。三四句正面描写梅岭的梅花,"寒枝",经寒的枝条,经受住寒冷考验的梅枝;"香",从嗅觉角度写,梅花的味,融入感情色彩,饱含赞誉;"折",原指裂开,"自折",形容梅花在百花凋零、青草酣睡之际,独自绽放,慢慢散发出醉人幽香,写出了动感;"冷艳"对"寒枝",工整,写色彩及质感,所写的是白梅,其花色白,与冰雪抗争;"冷"——冰清玉洁，更胜“腊雪”，更显艳丽；“奇芳”，奇妙的花，奇异的花；“堪惜”，多么令人喜爱。结尾两句，词人由梅花而联想，寿阳公主的梅花妆，成为当时妇人争学的梳妆楷模，可是，到了如今为何无处可以寻找得到呢？词人再联想到，乐府横吹曲中《梅花落》之类的咏梅词曲，却能经久不衰，一直流传至今。梅花妆与梅花落的不同际遇，为一种比较，词人未说白，让读者自解。或许可以如此理解：时尚是短暂的流行，隽永才是久远的流传。全词仅六句，环境描写、状物抒情、联想用典、怀古议论，一气呵成，浑如天成。

天仙子

柳色披衫金缕凤[①]，纤手轻拈红豆弄[②]。翠蛾双脸正含情。桃花洞，瑶台梦[③]，一片春愁谁与共？

天仙子

洞口春红飞蔌蔌[④]，仙子含愁眉黛绿。阮郎何事不归来？懒烧金[⑤]，慵篆玉[⑥]。流水桃花空断续。

【注释】

①“柳色”句：比喻衣衫染上柳色，金线绣上凤凰鸟。

②拈：用拇指、食指和中指夹住。

③瑶台梦：指仙女思凡之梦。瑶台，泛指仙人居处。李商隐《无题》：“如何雪月交光夜，更在瑶台十二层。”

④春红：春花。以花色借代花。 蔌蔌（sùsù）：纷纷下落貌。元稹《连昌宫词》：“又有墙头千叶桃，风动落花红蔌蔌。”又解，象声，指风吹落花之声。

⑤懒烧金：懒得燃金炉。

⑥慵篆玉：懒得烧盘香。篆玉，指用以熏香之材料，盘香之类。篆，用若动词，与上句“烧金”互文，意思相近。

【赏析】

此调两词，就题发挥，借天台山神女事，抒发凡间人的常情。

“柳色披衫金缕凤”章，写“含情”的仙女形象，穿着华丽，“纤手轻拈红豆弄”，人物动作刻画细致入微，仙女有梦，春愁思凡，无人与共，寂寞孤独。

“洞口春红飞蔌蔌”章，续写。春天来了，花开花落，仙女含愁“眉黛绿”，阮郎为何一去不归？一问句，写出仙女心中的思念与责怪。“懒烧金，慵篆玉”，仙女因此而变得慵懒。“流水落花空断续”写残春，比喻仙女空度良辰。

◉集评

俞陛云《唐五代两宋词选释》：“写闺思而托之仙子，不作喁喁尔汝语，乃词格之高。”

春光好

纱窗暖，画屏闲，亸云鬟[①]。睡起四肢无力，半春闲。 玉指剪裁罗胜[②]，金盘点缀酥山[③]。窥宋深心无限事[④]，小眉弯。

【注释】

①亸(duò):下垂。

②罗胜:花胜,首饰的一种。

③金盘中,点缀着小山样之酥山诸观赏物品。

④"窥宋"句:窥探宋玉一片深情。 窥宋:窥视宋玉,意为追求爱情。吴融《即席十韵》:"住处方窥宋,平生未嫁卢"。宋玉《登徒子好色赋》:"玉为人体貌闲丽,口多微辞,又性好色,愿王勿与出入后宫……宋玉曰:'……臣东家之子,增之一分则太长,减之一分则太短;着粉则太白,施朱则太赤……然此女登墙三年窥臣,臣至今未许。'"

【赏析】

是词以春闺人物行动描写,深刻剖析心理活动。前阕由春闺春眠睡态开头,云鬟下垂着,睡态美、睡得香,含蓄地表达出春闺的美,梦中的美。笔锋一转,春闺又另一番情形,睡觉初起,四肢无力,"半春闲",好一副倦懒的神态。过片,先描写两个动作细节:剪花胜,制供物,一早起来,别无他事,孤寂无聊。结尾处,词人提示其内心世界,"窥宋深心无限事",一个"窥"字,用得准确,暗言春闺追求爱慕人的心切、心细、心怕。因为迫切企求而窥,因为挂记入微而窥,因为担心失去而窥。复杂的心理活动又往往从外部表情上流露出来,"小眉弯",突现了愁态。

春光好

蘋叶软,杏花明,画船轻。双浴鸳鸯出绿汀①,棹歌声②。 春水无风无浪,春天半雨半晴。红粉相随南浦晚,几含情③。

【注释】

①绿汀:绿色水汀。崔日用《奉和圣制日幸望春宫应制》:"素浐凫鹭戏绿汀"。

②棹歌声:船家所唱之歌。张正见《与钱玄智泛舟诗》:"欲奏江南曲,聊习棹歌行。"张志和《渔父歌》:"青草湖中月正圆,巴陵渔父棹歌连。"

③几含情:屡次含着深情。梁武帝《襄阳蹋铜蹄歌三首》之一:"含情不能言,送别沾罗衣。"

【赏析】

是词写江上春游。前阕开头抓住春色景物特点,蘋叶嫩绿,杏花明丽;"画船轻",乘船江上游,"轻"字,写船行轻快,也是写游人心情轻松、欢快。"双浴"句,所见,暗示此游有红粉相伴。歇拍写所闻,艄公的歌声飘荡江上。过片二句,用虚笔,"春水无风无浪,春天半雨半晴",两个"春"字,两个"无"字,两个"半"字,侧面描写春游过程的天气变化,更为春游添了几分意想不到的情趣。"红粉相随",可以说艳游。"南浦晚",地点、时间,"晚"字,写出乐而忘返。"几含情":含天公作美之情、含主人公游乐之情、含红粉相随之情、含渔棹歌声之情、含追求鸳鸯生活之情……

◉集评

俞陛云《唐五代两宋词选释》:"后言浪静风微,乍晴乍雨,确是江南风景,绝好惠崇之图画也。"

李冰若《栩庄漫记》:"'春水''春天'二语,写出春光骀宕之状。"

采桑子

蛴蛴领上诃梨子[①],绣带双垂。椒户闲时[②],竞学樗蒲赌荔枝[③]。　从头鞋子红编细[④],裙窣金丝。无事颦眉,春思翻教阿母疑[⑤]。

【注释】

①蛴蛴(qiúqí):天牛一类的昆虫幼虫,体白而长。《诗·卫风·硕人》"手如柔荑,肤如凝脂。领如蝤蛴,齿如瓠犀。"毛传:"蝤蛴,蝎虫也。"孔颖达疏:"蝤蛴在木中,白而长,故以此喻颈。"　诃梨子:又名河梨勒、诃子。常绿乔木,生于我国南方,果实像橄榄,古代妇女依其形绣作衣领花饰。

②椒户:香房。椒为香料,以其末和泥涂室,取其香暖。

③"竞学"句:写少女闲而无事,竞学赌博游戏,并以荔枝作赌注。　樗(chū)蒲:古代一种游戏,如现代掷骰子(色子)。李肇《国史补》载樗蒲法,三分其子三百六十,限以二关,人执六马,其骰五枚,分上黑下白,黑者刻二为犊,白者刻二为雉。掷之,全黑为卢,其采十六;二雉二黑为雉,其采十四;二犊三白为犊,其采十;全白为白,其采八;四者贵采也,六者杂采也。贵采得连掷,打马过关,余采则否。

④从头鞋子:鞋子头作花丛状。

⑤翻教:反使。　阿母:犹母亲。白居易《玉真张观主下小女冠阿容》:"回眸虽欲语,阿母在旁边"。

【赏析】

是词塑造了天真烂漫少女形象。词作前后两阕分述衣着,共同刻画少女天真无邪的性格。前阕起首写其脖子白嫩而稍长,衣领上锈着诃梨子图案花纹,上襦系作长长的绣带;过片,着重写鞋子、裙子。词作通过细节描写,塑造人物性格:一为学赌博,此举非女子特别是少女不应沾的行为。"竞"字用活了,意想不到,超出人们意料。以荔枝作赌资论输赢,合于少女人物性格特点。二为开始学习打扮。三乃无事戚皱眉头。结句,"春思翻教阿母疑",佳句。母亲观察花季少女特别细心,往往从一个细微的举止、神态便会敏感地起猜疑;其实词人此处非写阿母,主人公是少女,意在侧面写少女情窦初开,春思萌动。

◉集评

汤显祖《玉茗堂评花间集》评前后阕末句:"二语翻空出奇。"

陈廷焯《云韶集》:"描写娇憨之态,袭用者屡矣。"《词则·闲情集》:"以婉雅之笔绘秾丽之词,耐人寻味。"

刘永济《唐五代两宋词简析》:"此写才动春情之少女也。……此词体会少女生活,极其细致,而用语不多,故是能手。"

柳枝

软碧摇烟似送人[①],映花时把翠蛾颦[②]。青青自是风流主,慢飐金丝待洛神。

【注释】

①软碧摇烟:柔软碧色的枝条,摇荡着绿色烟雾。

②翠蛾颦:将柳枝拟人化,翠叶如蛾眉常皱。

【赏析】

是词首二句描写柳树,“软碧摇烟似送人”,柳枝轻盈柔软,乘驾春风,摇曳着烟霭,好像在送别友人;柳叶细长碧绿,与鲜花相映时,自感不如,雏起了眉头,赋柳枝柳叶予生命、情感,比喻妥帖、生动、感人。末二句,言柳枝多情,称得上“风流主”,它慢慢地摇摆、颤动着金色丝条,仿佛等待洛神到来;风流主待洛神,好奇想,天设地造的一对。

柳枝

瑟瑟罗裙金缕腰[①],黛眉偎破未重描[②]。醉来咬损新花子[③],拽住仙郎尽放娇[④]。

【注释】

①瑟瑟:碧绿闪光。白居易《暮江吟》:“一道残阳铺水中,半江瑟瑟半江红。” 金缕腰:裙腰用金丝绣花。

②偎破:因紧贴、拥抱而将所画黛眉擦损。

③花子:古时妇女面部妆饰物的一种。《古今注》:“秦始皇好神仙,令宫人梳仙髻,贴五色花子,画为云凤。”《酉阳杂俎》:“今妇人面饰用花子,起自上官氏所制。”

④拽:拖扯。 仙郎:唐代称尚书省各部郎中、员外郎为“仙郎”。李白《江夏使君叔席上赠史郎中》:“仙郎久为别,客舍问何如。”此处是爱称。

【赏析】

是词描绘热情奔放的妇女形象。首句写妇女穿着腰姿,为表现妖娆大方性格铺垫。第二句动作描写,“偎破”,艳,与情人依偎亲热,将黛眉弄乱了,亦不再重新去描画。第三句“醉来咬损新花子”,醉后娇态,意境妙不可言。李煜《一斛珠》“烂嚼红绒,笑向檀郎唾”句或由此出。结句,“拽住仙郎尽放娇”,娇状生动,如在目前。

◉集评

汤显祖《玉茗堂评花间集》:“‘醉来’句但觉其妙,诗词中此类极多,如李白‘两鬓入秋浦’等,若一一索解,几同说梦。”

柳枝

鹊桥初就咽银河[①],今夜仙郎自姓和[②]。不是昔年攀桂树[③],岂能月里索姮娥[④]?

【注释】

①鹊桥:七夕织女渡河,使鹊为桥,谓之“鹊桥”,或作“雀桥”。 初就:刚刚搭成。

②自姓和:和凝自称,意思是吾非牛郎,而是和郎。

③攀桂树:即折桂,比喻科举中第。

④月里:喻中举后游冶之处。 姮娥:即嫦娥。

【赏析】

是词以自述形式描述游冶。首二句,言此次游冶可以牛郎织女鹊桥相会相比,“初就”,首次与之,“咽”说相会不容易。今夜相会者非牛郎,而是姓和的仙郎,指作者本人,属自述形式。结尾二句，可以窥见古代官妓制度下仕大夫们游冶生活的一个侧面，具有一定的批判价值。

◉集评

李冰若《栩庄漫记》："前二首不脱柳枝窠，远不及温尉之作。此诗则非咏柳枝矣。唐进士及第多冶游，如《北里志》所载可考。和词盖夫子自道也。"

渔父

白芷汀寒立鹭鸶①，蘋风轻剪浪花时②。烟幂幂③，日迟迟。香引芙蓉惹钓丝④。

【注释】

①白芷：香草，亦作茝。屈原《离骚》："杂杜衡与芳芷。"

②蘋风：微风。《宋王·风赋》："夫风生于地，起于青蘋之末。"

③幂（mì）：复盖器物的大巾。 幂幂（mìmì）：连用，形容烟雾笼罩、迷迷茫茫。刘禹锡《游桃源一百韵》："醮坛烟幂幂。"

④香：白芷香气。 钓丝：钓鱼线。杜甫《中丞严公雨中垂寄见忆一绝，奉答二绝》："江边老病虽无力，强拟晴天理钓丝"。

【赏析】

是词描写渔父生活。江中的小洲上长着白芷，清凉的浅水处鹭鸶停立，微风轻巧地"剪"出层层浪花。江面上飘起幂幂的轻烟，天上洒落融融的日光，白芷发的馨香仿佛引过来的荷花香，忽而又引到了钓丝之上。"白芷"是词眼，直贯至结尾，白芷的香而既引荷花，又袅钓丝，渔父生活如白芷，自由自在。

◉集评

卓人月汇选、徐士俊参评《古今词统》："与'钓丝袅袅立蜻蜓'之句，皆善宠钓丝者。"

陈廷焯《云韶集》："较志和作自远不逮，而遣词琢句，清秀绝伦，亦佳构也。"《词则·别调集》："竟体清朗。"

俞陛云《唐五代两宋词选释》："凡赋《渔父》词者，多作高隐之语。此词专赋本题，鹭立寒汀，蘋风翦浪，写水天风景，而扁舟蓑笠翁，宛在其间。结句袅袅竿丝，摇曳于芙蓉香里，颇堪入画也。"

※ ※ ※ ※ ※ ※ ※ ※

江城子

初夜含娇入洞房①，理残妆，柳眉长。翡翠屏中，亲爇平炉香②。整顿金钿呼小玉③，排红烛，待潘郎。

【注释】

①初夜：初更。

②爇（ruò 又读 rè）：点燃。

③小玉神话中仙人侍女名，此指侍女。

江城子

竹里风生月上门，理秦筝，对云屏。轻拨朱弦，恐乱马嘶声。含恨含娇独自语，今夜约，太迟生[①]。

【注释】

①生：语助词，用于尾句。《正字通》："生，语余声。《六一居士诗话》："李白戏杜甫诗：'借问别来太瘦生，总为从前作诗苦。'太瘦生，庸人语也。至今犹以生为语助。如作么生之类是也。"

江城子

斗转星移玉漏频，已三更，对栖莺。历历花间[①]，似有马声。含笑整衣开绣户[②]，斜敛手[③]，下阶迎。

【注释】

①历历：清晰分明貌。崔颢《黄鹤楼》："晴川历历汉阳树，芳草萋萋鹦鹉洲。"

②绣户：指妇女所居。

③斜敛手：当指女子礼仪之举也。双手相向敛拢，斜收身体一侧。

江城子

迎得郎来入绣帏[①]，语相思，连理枝。鬓乱钗垂，梳堕印山眉[②]。娅姹含情娇不语[③]，纤玉手，抚郎衣。

【注释】

①绣闱：女子居住的房屋。

②印山眉：即美人眉，又称"小山眉"。

③娅(yà)姹：娇娆的样子。

江城子

帐里鸳鸯交颈情[①]，恨鸡声，已天明。愁见街前，还是说归程。临上马时期后会[②]，待梅绽，月初生。

【注释】

①鸳鸯交颈：比喻男女情事。

②期：约会。《诗·鄘风·桑中》："期我于桑中。"

【赏析】

是调五首，当为组词，写女主人公与情人幽会的全过程。

"初夜含娇入洞房"章，理妆待郎。入夜时分，主人公带着娇羞入了洞房，整理残妆，画好细长双眉。在翡翠屏风旁边，亲手点燃"玉炉"。一边穿戴首饰，一边吩咐侍女小玉，摆放好“红烛”，等待情郎到来。

“竹里风生月上门”章，弄筝解闷。风儿起了，竹林沙沙作响，月上了门，而情人未见。焦急而烦闷，只好“理秦筝，对云屏”来排解。轻轻拨着红色的弦线，恐怕奏出的是乱马的嘶声。主人公心中有点怨气，带着恨带着娇，独自对话，今夜约会，你来得太迟了。

“斗转星移玉漏频”章，开户阶迎。斗转星移，漏声频传，已是三更，主人公目视熟睡的黄莺。情人不来，莺亦眠去，洞房里只孤单一人，格外的寂静，但她仍在等，可见痴情一片。忽然间，“历历花间，似有马蹄声”，打破了死寂的氛围。主人公由怨生喜，“含笑整衣开绣户，斜敛手，下阶迎”，一连五个动作细节，将见到情人的喜悦之情，淋漓尽致表现出来。

“迎得郎来入绣帏”章，语至不语。入得绣闱之中，主人公倾诉心中的相思，表白“连理”的希望。一番语话之后，词境归于寂静，主人公含情使娇地不言不语，纤纤玉指抚摸情郎的衣服。“语”与“不语”，一动一静的动作行为，成为鲜明对比，细腻地写出幽会情感的渐进变化。

“帐里鸳鸯交颈情”章，临别期后。情节发展至高潮，归于结局。主人公与情郎欢愉过后，天色向明。两人依依不舍，“还是说归程”。临别时，约好梅花开月初上时再相会。

五首词以曲折顿挫的事件情节，表现跌宕起伏的感情变化，正如陈廷焯所说：“五词不少俚浅处，取其章法清晰，为后人联章之祖。”

◉集评

况周颐《餐樱庑词话》：“和鲁公《江城子》云：‘轻拨朱弦，恐乱马嘶声。’二语熨贴入微，似乎人人意中所有，却未经前人道过，写出柔情蜜意，真质而不涉尖纤。又一阕云：‘历历花间，似有马蹄声。’尤为浑雅，进乎高诣。”

李冰若《栩庄漫记》：“此五阕介在清与艳之间，《餐樱庑词话》摘其《江城子》‘轻拨朱弦’二语，以谓熨贴入微。余喜其‘娅姹含情娇不语，纤玉手，抚郎衣’，清中含艳，愈艳愈清。”

麦秀两歧

凉簟铺斑竹①，鸳枕并红玉②。脸莲红眉柳绿，胸雪宜新浴。淡黄衫子裁春縠③，异香芬馥。　羞道交回烛④，未惯双双宿。树连枝，鱼比目。掌上腰如束，娇娆不争人拳跼⑤，黛眉微蹙。

【注释】

①斑竹：亦名湘纪竹，有紫黑色斑纹。

②并(bàng)：依傍，依偎。

③春縠(hú)：丝纱织品。

④回烛：回避灯烛。

⑤拳跼(jú)：蜷跼不自由。

【赏析】

是词写幽会。前阕刻画女主人公躺在斑竹凉席的美艳形象，以斑竹做成的凉席上绘画鸳鸯图案，红玉般肌肤的女主人公躺在上面。接着写脸、眉、胸、衣着、体香。后阕正面描写欢会，但不显淫相。

◉集评

毛先舒《填词名解》:“东汉张堪为渔阳太守,百姓歌曰:‘桑无附枝,麦穗两歧,张君为政,乐不可支。’词名取其语曰《麦秀两歧》。”

冯金伯《词苑萃编》引《乐府杂录》:“《麦秀两歧》,《文酒清话》云:‘唐封舜臣,性轻佻,德宗时,使湖南。道经金州,守张乐燕之,执杯索《麦秀两歧》曲。乐工不能,封谓乐工曰:‘汝山民,亦合闻大朝音律。’守为仗乐工。复行酒,封又索此曲。乐工前乞:‘侍郎举一遍。’封为唱彻。众已尽记,于是终席歌此曲。封既行,守密写曲谱,言封燕席事,邮筒中,送与潭州牧。封至潭,牧亦张乐燕之。倡优作褴褛数人,抱男女筐,歌《麦秀两歧》之曲,叙其拾麦勤苦之由,封面如死灰,归过金州,不复言矣。’今世所传《麦秀两歧》,在黄钟宫,唐《尊前集》载和凝一曲,与今曲不类。”

解红

百戏罢[①],五音清[②],解红一曲新[③]。教成,两个瑶池小仙子,此时夺却,柘枝名[④]。

【注释】

①百戏:古代对各种杂技节目的总称。《事物纪原·博奕嬉戏部·百戏》:“《汉元帝纂要》曰,百戏起于秦汉曼衍之戏,后乃有高絙吞刀、履火、寻橦等也。”

②五音:亦名五声,即宫、商、角、徵、羽。此以泛称音乐。

③解红:毛先舒《填词名解》:“解红,石晋和凝歌童也。”

④拓枝;唐代西北少数民族舞蹈。出自怛罗斯(唐代属安西大都护府管辖)。怛罗斯汉时命郅文。最初为女子独舞,舞姿矫健,节奏多变,大多以鼓伴奏。后有双人舞,名《双柘技》。又有一女童藏于莲花中,花开后相对舞蹈的形式。

【赏析】

是词写柘枝舞表演。开头三句写柘枝舞排训成功。最后两句以“瑶池小仙子”赞美歌童解红与另一舞童演出柘枝舞蹈的超群技艺,词作没有正面的描述,却留下空间让人去联想柘枝舞蹈的美妙神奇,正符合人们对西北少数民族舞蹈的欣赏心理与欣赏定势。

◉集评

毛先舒《填词名解》:“解红,石晋和凝歌童也。凝为制《解红》一曲,初止五句,后乃衍为《解红儿慢》。”又据《乐书》云:“优童解红,舞衣紫绯绣襦银带,花凤冠。”盖五代时人也。此和凝所制《解红》令词,与相传吕洞宾所作《解红慢》长调者不同。

顾敻《顾太尉词》

【小传】

顾敻(xiòng),生卒未详,字里无可考。前蜀时给事内庭,通正时,曾官茂州刺史;后蜀时,又事孟知祥为太尉。能诗善词。其词皆以艳为主,风格间似温庭筠。存词五十五首。

《花间集》称顾太尉,收其词55首;近人王国维辑《顾太尉词》一卷,辑录55首。

◉集评

况周颐《餐樱庑词话》:"顾敻词《全唐诗》五十五首,皆艳词也。浓淡疏密。一归于艳,五代艳词之上驷矣。""顾敻艳词,多质朴语,妙在分际恰当……工致丽密,时复清疏。以艳之神与骨为清,其艳乃入神入骨。其体格如宋画院工笔折枝小帧,非元人设色所及。"

王国维《顾太尉词跋》:"顾敻词在牛给事、毛司徒之间。"

李冰若《栩庄漫记》:"顾词浓丽,实近温尉,其《荷叶杯》诸词,以质朴之句写入骨之情,虽云艳词,乃为别调,要之其大体固以飞卿为宗也。"

虞美人

晓莺啼破相思梦,帘卷金泥凤①。宿妆犹在酒初醒,翠翘慵整倚云屏,转娉婷②。　香檀细画侵桃脸③,罗袂轻轻敛。佳期堪恨再难寻④,绿芜满院柳成阴⑤,负春心⑥。

【注释】

①金泥凤:用金粉绘画的凤凰花饰。

②转:反而。

③香檀:浅红色化妆品。

④佳期:相恋男女幽会的时日。谢朓《晚登三山还望京邑》:"佳期怅何许,泪下如流霰。"

⑤绿芜:绿色杂草。

⑥负春心:辜负了女子对男子爱慕之情。

【赏析】

是词写春怨。前阕从慵怠入手刻画。清晨,黄莺啼叫,骚扰打破了主人公正在做着的相思梦;卷帘上绘画的金泥彩凤凰图案,特别引人注目,与主人公刚被打破相思梦而孤身独处形成反比。她起来了,昨日晚上的妆扮还在,只是还带着几分酒意;"酒初醒",昨夜借酒消愁而饮醉,经夜才刚刚醒过来。头上的玉钗歪了也懒得整理,斜靠在云屏前。"转娉婷",得意地认为,如此这般,自己反而变得更加娇美可爱。以心理活动,揭示春怨。

过片,续写主人公晓妆,用香檀细心地描画,妆扮桃花嫩脸,将罗袂轻轻地收敛卷紧;一个"细"字,两个"轻轻"叠用,准确描写打扮的专注、精心,与前阕的懒慵形成对比,恰到好处地表现了她矛盾的内心世界。她一边妆扮,一边在寻思,自己与情人的佳期想来再也难寻,真令人怨恨;草坪的绿色又铺满了庭院,柳树也成荫了,眼看着春天就快要过去了,情人辜负了自己的一片春心。春景惹人情思,怨恨发自肺腑。

◉集评

汤显祖《玉茗堂评花间集》:"虞美人草,一出褒斜谷中,状如鸡冠花,叶相对,一出雅州名山县,唱《虞美人》,应拍而舞,故《酉阳杂俎》云'舞草',盖谓此。"

虞美人

触帘风送景阳钟，鸳被绣花重。晓帷初卷冷烟浓，翠匀粉黛好仪容①，思娇慵②。　起来无语理朝妆③，宝匣镜凝光。绿荷相倚满池塘，露清枕簟藕花香，恨悠扬④。

【注释】

①仪容：仪态容貌。元稹《崔徽歌》："善写仪容得恣把。"

②娇慵：娇羞无力的样子。

③朝妆：晓妆。

④悠扬：形容飘荡起伏的情状，此指久久不能平伏。

【赏析】

是词写秋怨，比较前首，构思、情节、写法都无多大变化。唯结尾三句，倒是颇有特色。绿荷婷婷立，相互倚靠、相互依偎，布满池塘；晨露清爽，轻风吹送，枕簟也熏染上淡淡的藕花幽香。主人公此时心境却与环境很不协调，"恨悠扬"，恨深沉，久久不能遏止。可见，词人驾驭"反衬"技巧娴熟到出神入化的境地。

◉集评

李冰若《栩庄漫记》："全词与陈宫无涉，而嵌入'景阳钟'三字，是为堆砌。'绿荷'以下接以'相倚'二字，便有情致，于此可悟用字呆活之别。"

虞美人

翠屏闲掩垂珠箔，丝雨笼池阁，露沾红藕咽清香①。谢娘娇极不成狂，罢朝妆②。　小金鸂鶒沉烟细，腻枕堆云髻，浅眉微敛注檀轻③。旧欢时有梦魂惊④，悔多情。

【注释】

①咽清香：含着清香。

②"谢娘"二句：美丽姑娘撒娇至极，几乎发狂，连晨妆打扮亦罢了。　不成：有几乎、将要的意思。

③注檀轻：轻点唇、涂口红。

④"旧欢"句：即时有梦魂惊旧欢，常于梦中因享受旧日欢乐而惊喜。

【赏析】

是词刻画了娇极近狂的闺妇形象。前阕先写闺房环境景致，暗喻闺妇空守。翠屏被闲搁一边，收掩起来，低垂着珠帘。如丝的细雨笼罩着池边的香阁。露珠沾在红藕花上吸吮芳香，谢娘撒娇到了近乎疯狂，罢去朝妆。这是心理的外露，美人不为朝妆，与正常妇女相比，真有点儿"狂"了。过片，接写她仍卧在床上，镌刻鸂鶒纹饰的小金炉飘散出沉香细烟，渍满泪腻的枕上堆着云髻。色泽变浅淡的双眉轻轻收紧，轻轻地抹上一层薄薄的檀色口红。结尾处，揭示心理状态，旧日幽会的欢乐时常呈现在梦中，虽然让人惊喜，但是为何不能变成现实？真后悔自己太多情了。

◉**集评**

汤显祖《玉茗堂评花间集》:"情多为累,悔之晚矣。情宜有,不宜多,多情自然多悔。"

李冰若《栩庄漫记》:"露沾红藕,以藕代花,殊嫌生硬。"

华钟彦《花间集注》:"末二句前,总写旧欢,亦静亦穆,亦骄亦腻,觉来亦悔。"

虞美人

碧梧桐映纱窗晚,花谢莺声懒。小屏屈曲掩青山,翠帷香粉玉炉寒,两蛾攒①。　颠狂年少轻离别②,辜负春时节。画罗红袂有啼痕,魂销无语倚闺门,欲黄昏。

【注释】

①攒(cuán):聚集在一起。

②颠狂年少:轻浮的少年人。

【赏析】

是词写别恨。前阕以大量篇幅做室内外的景物描写,目的是带出"两蛾攒"。碧绿的梧桐树掩映着纱窗上的晚霞,花儿凋谢了、黄莺啼叫也懒了。小屏风屈曲展开遮掩了画面上连绵的青山,青翠帷帐上沾着香粉,玉炉里香料燃尽显得冷冰冰的,她双眉目紧聚在一起。后阕写她心中的苦水。那个颠狂少年就这样轻易地离别了,辜负了春天大好时节。一语双关,辜负了大好自然春光,辜负了主人公的一片深情。红色画罗衣袖上渍印着啼泪的痕迹,她心伤魂销地无语斜靠闺门,不知不觉就到了黄昏时候。

虞美人

深闺春色劳思想①,恨共春芜长②。黄莺娇啭泥芳妍③,杏枝如画倚轻烟,琐窗前。　凭栏愁立双蛾细,柳影斜摇砌。玉郎还是不还家,教人魂梦逐杨花,绕天涯④。

【注释】

①劳思想:使思绪忧愁。　劳:忧愁,使动用法。《诗·邶风·燕燕》:"瞻望弗及,实劳我心。"

②"恨共"句:春愁同春草一起生长。　芜:杂草。　长:生长。

③泥:停滞不通,亦有缠绕、萦回的意思。　芳妍:美丽花丛。

④"教人"两句:使人魂魄似在梦中追逐杨花,绕缠到天涯。

【赏析】

是词写春思。起首便破题,明媚的春色使"深闺"产生忧愁的思绪,怨恨与春天的杂草一起生长,全词的精华在"恨共春芜长"句,比喻生动形象。黄莺娇啭着萦回芳妍丛中,杏花枝头如画倚偎着轻烟,琐窗前美景尽在眼前,反衬怨恨。她凭着栏干发愁地伫立,细长的双眉紧锁,柳树影子斜斜地留在庭阶上,都是黄昏时候了。玉郎没有回家,"还是",透露出女主人公的期望终成泡影,使她梦魂追逐杨花,缭绕到天尽头,去找寻他。

◉集评

沈际飞《草堂诗余别集》:"味深隽,诗词转关之际。"

卓人月汇选、徐士俊参评《古今词统》:"调佳则词易美,如此数阕,皆人听能言,然曲折之妙,有在诗句外者。"

潘游龙《古今诗余醉》:"读一过,空翠摇滴。"

李冰若《栩庄漫记》:"'恨共春芜长',佳。顾夐《虞美人》六首中,此词较为清丽。"

虞美人

少年艳质胜琼英[①],早晚别三清[②]。莲冠稳簪钿篦横[③],飘飘罗袖碧云轻,画难成[④]。 迟迟少转腰身袅,翠靥眉心小。醮坛风急杏花香,此时恨不驾鸾凰,访刘郎。

【注释】

①琼英:玉样的花朵。柳宗元《新植海石榴》:"莓苔插琼英。"

②早晚:何日。白居易《忆江南》:"吴娃双舞醉芙蓉,早晚复相逢。"

③莲冠:莲花状的帽冠。白居易《和殷协律琴思》:"秋水莲冠春草裙"。

④画难成:意思是女道的丰姿比画还美,谁想画也画不好。

【赏析】

是词写女道士追求爱情。少年艳质的女道士比琼花还美丽,何日才得告别三清之地?莲花冠上稳稳地横簪着钿篦,飘飘曳曳的罗裙好像碧云般的轻盈,她的美艳,你要画也难画成。后阕写女道士要驾鸾凤访刘郎。她缓缓地转动身腰好像轻烟袅袅,脸靥轻点青翠衬托着小小的眉心。醮坛上春风劲吹送来阵阵杏花香。这时,她真恨不得驾乘鸾凤,去探访刘郎。是词塑造的女道士形象,对人世间有普遍意义,她对爱情的追求,恰似常人对美好事物的追求。

◉集评

汤显祖《玉茗堂评花间集》:"杂出别调,绝非本情。今人作有韵之文,全用散法,而收以韵脚数语,为本文张本,大都类是。"

李冰若《栩庄漫记》:"《花间》词不尽舒写词调原意,顾夐此词,乃写女冠耳。若士以为不合词调义讥之,未免拗执。惟顾词实非佳制,如'醮坛风急杏花香'一语中,忽用一'急'字,便为粗率是也。"

河传

燕飏[①],晴景,小窗屏暖,鸳鸯交颈。菱花掩却翠鬟欹[②],慵整。海棠帘外影。 绣帏香断金鸂鶒[③],无消息,心事空相忆。倚东风,春正浓。愁红[④],泪痕衣上重。

【注释】

①飏:飘扬,燕飞轻盈姿态。

②菱花:菱花镜。

③香断:停止燃香料。

④愁红：见红花而引起愁绪。

【赏析】

是词描写春恨满怀的闺妇。春燕轻盈双飞，春晴丽景，小窗旁的屏风仿佛也暖了起来，画屏的鸳鸯交颈亲热。春色太恼人了。掩上菱花妆镜，翠鬟偏倚着，懒得梳理。海棠从帘外透映进来花影。过片，进一层描写，绣帷旁边的鸂鶒纹饰金炉子断了沉香，情人没有消息，心事只是徒然相忆。倚伏春风，春色正浓。看着这大好春光，更是使人发愁，衣服上留下重重叠叠的泪痕。“重”字，斑斑驳驳，叠叠层层，春恨何其深。

河传

曲槛[①]，春晚，碧流纹细，绿杨丝软。露花鲜，杏枝繁，莺啭。野芜平似剪。　直是人间到天上，堪游赏，醉眼疑屏障。对池塘，惜韶光[②]。断肠，为花须尽狂[③]。

【注释】

①曲槛：曲折的栏槛。罗隐《寄前宣州窦常侍》：“曲槛柳浓莺未老，小园花暖蝶初飞”。

②韶光：双关，美好春光，又指美好青春年华。李世民《春日玄武门宴群臣》：“韶光开令序，淑气动芳年。”袁晖《二月闺情》：“二月韶光好，春风香气多。”

③尽狂：尽情放荡。

【赏析】

是词写春景。前阕由近及远，逐层描写。雕栏弯弯曲曲延伸开去，春天即将过去，青碧的流水荡漾细微的波纹，绿杨枝条柔软如丝，鲜花凝聚露珠儿更为鲜艳，杏花繁密开满枝头，黄莺娇啭欢唱，嫩绿野草一展平畴，如同剪裁过一般。过片，承上抒情议论，春景从人间直至天上亦应如此，值得好好欣赏、游览。美景醉人，观赏起来，仿如醉眼朦胧，春景忽然幻变成绚丽多彩的屏障。面对池塘，珍惜韶光。“韶光”，双关语，指美好春光，又指青春年华，均要好好珍惜。不要为春光易逝而伤心断肠，要为“花”而必须尽情地狂。“花”字，承上而出，亦是指韶光吧。

河传

棹举，舟去，波光渺渺[①]，不知何处。岸花汀草共依依[②]，雨微，鹧鸪相逐飞。　天涯离恨江声咽，啼猿切，此意向谁说？倚兰桡，独无聊。魂销，小炉香欲焦[③]。

【注释】

①渺渺：远阔貌。

②汀草：江中沙洲上长的草。杜甫《渡江》：“汀草乱青袍”。

③欲焦：将要烧成灰烬。

【赏析】

是词写旅思。前阕写旅途。挥动船桨，航船起行了，远望江面，波光滟潋，浩浩荡荡，“不知何处”，既写水面的淼淼无际，亦寓旅途的遥远，寄情于景。近看两岸，花儿连着水草，沿岸蔓生；和风细雨中，双双鹧鸪相互追逐飞翔，这是反衬自己只身而行。过片，以"天涯离恨"接起，像天涯那样旷远的离恨，使得江河水声也呜咽起来，猿声啼叫就更为凄切，这样的离恨别绪向谁诉说呢？倚着船桡，独自无聊，黯然神伤，小炉里的香料就要燃尽了。

◉**集评**

汤显祖《玉茗堂评花间集》："凡属《河传》题，高华秀美，良不易得。此三调，真绝唱也。"

卓人月汇选、徐士俊参评《古今词统》评末句："将无如赵献之云'愁心心字两俱焦'耶？"

陈廷焯《云韶集》："好起笔，'天涯'十字，笔力精健。"《词则·别调集》："起四语，一步紧一步，冲口而出，绝不费力。"

况周颐《餐樱庑词话》："顾太尉《河传》云'棹举，舟去。波光渺渺，不知何处。岸花汀草共依依，雨微，鹧鸪相逐飞'，孙光宪之'两桨不知消息，远汀时起鸂鶒'。确足櫽括顾词。两家并饶简劲之趣。顾尤毫不着力，自然清远。"

俞陛云《唐五代两宋词选释》："此词之用笔，如短兵再接，音节如促柱么弦，须在急拍中以词心一缕萦之。两调(指'燕飏'、'棹举'两词)之收笔三句，皆情景双得。'愁红'、'魂销'固为押韵句，即连下句诵之，亦殊有致。"

李冰若《栩庄漫记》："顾敻《河传》三首，末阕上半首不愧'简劲'二字，若士概誉之为绝唱，何也？"

甘州子

一炉龙麝锦帷旁①，屏掩映，烛荧煌②。禁楼刁斗喜初长③，罗荐绣鸳鸯④。山枕上，私语口脂香。

【注释】

①龙麝：龙脑香与麝香。龙涎香，一种鲸鱼肠内的分泌物。麝，麝香，极贵重香料。

②荧煌(yínghuáng)：闪烁、忽明忽暗。

③禁楼：宫中之楼。 刁斗：古有二说，一曰："以铜作鐎器，受一斗，昼炊饭食，夜击持行，名曰刁斗。"《史记·李将军列传》："不击刁斗以自卫"。二曰："刁斗，小铃，如宫中传夜铃也。"

④罗荐：罗纱质地织成的席子。

【赏析】

是词写男女幽会。前头三句，先写闺房摆设，营造幽会氛围。龙麝般之炉香缭绕锦帷，画屏掩映，烛光明灭。接写禁楼刁斗之声令他们情绪渐长，展开绘有鸳鸯图案的罗席……结句，香艳中泛着俗气。

◉**集评**

汤显祖《玉茗堂评花间集》："'刁斗'句，无聊之思。"

李冰若《栩庄漫记》："读辽后《十香词》，则知顾敻《甘州子》之疏淡也。"

甘州子

每逢清夜与良晨，多怅望，足伤神。云迷水隔意中人，寂寞绣罗茵①。山枕上，几点泪痕新。

【注释】

①罗茵：华美的垫席、褥子。

【赏析】

是词写闺思。词句平易近人，明白如话，闺思深沉，感人至深。每逢到了深夜和早晨，心情是那样的惆怅，够伤感的了。云儿低迷笼罩江水，将意中人相隔，孤身寂寞的轻罗绣花席。山枕上面，又印上斑斑点点的新鲜泪痕。“几点泪痕新”，传神之笔，“新”字，道出闺妇多少回的思念，夜夜相思不断，泪痕却日日见新。

甘州子

曾如刘阮访仙踪，深洞客，此时逢。绮筵散后绣衾同，款曲见韶容①。山枕上，长是怯晨钟。

【注释】

①款曲：殷勤、缠绵。秦嘉《留郡赠妇三首》之二：诗“念当远离别，思念叙款曲。”

【赏析】

是词表现男女幽会。起首以刘阮故事兴起。曾经像刘阮那样去寻访天仙的踪迹，深入仙洞之客，终于在此时得以相逢。盛筵散后，绣衾同宿，“款曲”，含蓄表达幽会。“长是怯晨钟”，“怯”，害怕，恰如其分写出心理状态。

◉集评

李冰若《栩庄漫记》：“春宵苦短之意，鸡鸣戒旦之义，则已微矣。”

甘州子

露桃花里小楼深，持玉盏，听瑶琴①。醉归青琐入鸳衾，月色照衣襟。山枕上，翠钿镇眉心②。

甘州子

红炉深夜醉调笙③，敲拍处，玉纤轻。小屏古画岸低平，烟月满闲庭。山枕上，灯背脸波横。

【注释】

①瑶琴：用玉装饰的琴，泛指华美的琴。丘为《竹下残雪》：“终不傍瑶琴。”

②镇：紧贴、压着。

③红炉：正燃着的香炉。 调笙：吹奏笙。

【赏析】

是调两首，皆写美人醉态。

“露桃花里小楼深”章，描述了美人欢饮至醉后的情节。露桃繁花掩映的小楼显得幽深雅致，她手把玉盏，边欣赏美妙的瑶琴演奏，边开怀畅饮。终于醉了，回到闺房，盖着鸳衾而眠，朦胧的月色斜照着衣襟。山枕上，只见翠色的首饰紧贴着眉心。

“红炉深夜醉调笙”章，写醉后美人调笙。夜色深沉，炉火正旺，沉香料燃烧吐着红红的火焰。她带着醉意吹奏银笙，随着曲调的节奏，玉指纤纤，轻轻揠放音孔。小屏风描摹的是古画意境，江岸低平延伸开去，薄雾轻烟似的珑明月色洒满庭院。山枕上，她背向灯火，那目光如波横漾，一个“横”字用得妙，娇美妩媚尽显。

◉集评

汤显祖《玉茗堂评花间集》：“首章与此结隽名也，小语致巧，此其一斑。”

李冰若《栩庄漫记》评后二首：“顾敻才力不富，其词尝有气不能举笔之处，故虽繁缛而不耐回味，其清淡处亦复不能深秀。《甘州子》第五首云‘小屏古画岸低平’，纯是才俭凑韵之句。”

玉楼春

月照玉楼春漏促，飒飒风摇庭砌竹。梦惊鸳被觉来时，何处管弦声断续。　惆怅少年游冶去，枕上两蛾攒细绿①。晓莺帘外语花枝，背帐犹残红蜡烛②。

◉集评

卓人月汇选、徐士俊参评《古今词统》：“《玉楼春》得名，以首句故。”

许昂霄《词综偶评》：“‘残’字作‘余’字解，唐诗类然。”

陈廷焯《词则·闲情集》：“此犹是词，若飞卿《木兰花》直是绝妙古乐府矣。”

俞陛云《唐五代两宋词选释》：“其佳处在结句：已莺啼破晓，而残烛犹明，锦衾待旦，其独眠人起可知。”

玉楼春

柳映玉楼春日晚，雨细风轻烟草软。画堂鹦鹉语雕笼，金粉小屏犹半掩。　香灭绣帷人寂寂，倚槛无言愁思远。恨郎何处纵疏狂③，长使含啼眉不展。

玉楼春

月皎露华窗影细，风送菊香粘绣袂。博山炉冷水沉微④，惆怅金闺终日闭。　懒展罗衾垂玉箸，羞对菱花簪宝髻。良宵好事枉教休，无计留他狂耍婿⑤。

【注释】

①细绿：描写眉毛的形状、颜色。

②“背帐”句：掩帐之后，还有残余红烛燃着。

③纵疏狂：纵情游乐。

④水沉：即水沉香，沉香木的珍贵品种。

⑤狂要婿：狂放无羁的丈夫。

【赏析】

是调三首，可作组词读，以闺妇的幽怨，控诉当时游冶风气。游冶，指声色娱乐。

“月照玉楼春漏促”章，写少妇整夜未眠，控诉“少年游冶去”。春夜明月照玉楼，更漏声急切短促，飒飒劲风摇曳着庭阶的绿竹。梦中鸳被的她惊醒时，不知那里传来了断断续续的管弦乐声。过片转入写怨，心中惆怅夫君游冶去，留下自己独眠，枕上那双蛾眉细长细长的，显得更绿了。拂晓时分，黄莺在帘外花枝间欢叫言语，而背对幛帷的残烛红焰还在发出亮光，她也还在等待他的归来。

“柳映玉楼春日晚”章，写少妇春日傍晚倚槛。“恨郎何处纵疏狂？”亦直指游冶。绿柳掩映着玉楼，春日傍晚，微风细雨之中如烟的嫩草分外轻软。画堂里雕笼鹦鹉学着人语，金色描画的屏风依旧半遮掩。前阕以明媚春景、室内陈设，衬托主人公的寂寞。后阕描写少妇。沉香料熄灭了，绣帷旁，她寂寂寞寞，斜靠着槛栏呆呆无言，发起愁来思念那远行人，同时也怨恨他，不知到哪里纵情游冶了，常常令她啼泪，双眉不展。

“月皎露华窗影细”章，写少妇月夜晚惆怅，“无计留他狂要婿”，说出心中的无可奈何。月色皎洁，露花映窗，可见细细投影；夜风轻吹，送来的阵阵菊香竟然熏粘了绣花衣袖。博山炉冷冷的，水沉香料烧剩点点，惆怅的她整日闭门不出。后阕，接写“懒”、“羞”。她懒得去展开罗纱衾被，流下玉箸似的行行眼泪，害羞得不敢到菱花镜前去梳髻、簪头饰。良宵好事都枉枉白白地让它休止了，没有办法将他——狂放无羁之人留下。

◉集评

汤显祖《玉茗堂评花间集》：“后二章调尤秀媚可人，而合之足称全璧。”

玉楼春

拂水双飞来去燕，曲槛小屏山六扇。春愁凝思结眉心，绿绮懒调红锦荐①。　话别情多声欲战②，玉箸痕留红粉面。镇长独立到黄昏③，却怕良宵频梦见。

【注释】

①绿绮：古琴名。傅玄《琴赋序》：“楚庄王有鸣琴曰绕梁，司马相如有琴曰绿绮，蔡邕有琴曰焦尾，皆名器也。”李白《听蜀僧浚弹琴》：“蜀僧抱绿绮，西下峨眉峰。”卢仝《有所思》：“含愁更奏绿绮琴，调高弦绝无知音。”

②战：通颤，声音颤动。

③镇长：常常、很久。

【赏析】

是词写春愁。其愁由屏风上所画的双燕拂水而起。愁得凝思苦想、眉心打结、对绿绮名琴也失去了兴致。过片两句，回忆与意中人话别情景。结尾写她长时间一个人呆呆伫立，直至黄昏。她盼梦见，而又怕频频梦见，这是因愁而产生的矛盾心态，更表达出她的相思情深。

◉集评

卓人月汇选、徐士俊参评《古今词统》："'为郎憔悴却羞郎'，真见且不愿，况'梦见'乎？"

李冰若《栩庄漫记》："别愁无俚，赖梦见以慰相思，而反云'却怕良宵频梦见'，是更进一层写法。"

浣溪沙

春色迷人恨正赊①，可堪荡子不还家②。细风轻露着梨花。　帘外有情双燕飏，槛前无力绿杨斜，小屏狂梦极天涯③。

【注释】

①赊：长、远。杨衡《送人流雷州》："逐客指天涯，人间此路赊。"

②荡子：久游不归的男子。《古诗十九首·青青河畔草》："昔为倡家女，今为荡子妇。荡子行不归，空床难独守。"

③"小屏"句：小屏掩映下，正做着浪漫春梦，梦魂到天涯。狂梦：痴梦。晁补之《和王仲甫病暑》："何生狂梦涸归墟，喉吞汤汤未劳泻。"

【赏析】

是词写春恨。春色迷人而怨恨却正长着，点明春恨长。第二句，点明春恨原因，经受不住荡子不还家。细微和暖的春风吹拂，轻柔的雨露滋润，梨花盛开，以美好的春光反衬怨恨。过片，以双燕反比孤独，帘外有情的双双燕子轻快地飞翔；以绿杨正比分离的无奈，槛前的绿杨树无力地斜向一边。小屏风后的狂梦直飞到了天的尽头。她大胆的奇想，其实是聊以自解的无可奈何之想。

◉集评

王国维《顾太尉词跋》："与《河传》、《诉衷情》数阕，当为顾夐最佳之作。"

李冰若《栩庄漫记》："'细风轻露着梨花'，巧致可咏。结句振起全阕。"

浣溪沙

红藕香寒翠渚平①，月笼虚阁夜蛩清②。塞鸿惊梦两牵情③。　宝帐玉炉残麝冷，罗衣金缕暗尘生，小窗孤烛泪纵横。

【注释】

①翠渚：翠色小洲。渚，水中小块陆地。《诗·召南·江有汜》"江有渚，之子归，不我与。"毛传："渚，小洲也。"　水边亦可称渚。

②蛩：蟋蟀，又称"吟蛩"。

③两牵情：两厢牵挂怀念的情感，这里侧重闺人怀念远人。

【赏析】

是词写秋思。俗语"藕断丝连"，词以红藕入句，亦是写主人公的相思。秋天藕香带着寒味，翠渚也觉平淡了许多，秋月笼罩下的虚阁与夜蛩相伴，一片清冷。飞雁与惊梦常常又牵扯在一起，这也算是情分吧。后阕，描写室内的帷帐、玉炉、兰麝、罗衣，表现思妇情感。结句“小窗孤烛泪纵横”,形容闺妇秋思的苦。词作用字准确,“寒”、“虚”、“清”、“残”、“冷”、“孤”、“独”等字,带着强烈的感情色彩,为秋思,营造了氛围。

◉集评

汤显祖《玉茗堂评花间集》:“前作‘天际鸣,枕上梦,两牵情’,后作‘小窗深,孤烛背,泪纵横’。语亦简至。”

陈廷焯《词则·闲情集》:“婉雅芊丽,不背于古。”

浣溪沙

荷芰风轻帘幕香①,绣衣鸂鶒泳回塘,小屏闲掩旧潇湘②。　恨入空帷鸾影独③,泪凝双脸渚莲光④,薄情年少每思量。

【注释】

①芰:生水中,叶浮水面,夏日开花,白色,果实为菱角。

②潇湘:指屏风上的画景。

③“恨入”句:张华《情诗五首》之二:“幽人守静夜,回身入空帷”。鸾影:鸾镜中人影。

④渚莲光:言面如荷花,光彩诱人。

【赏析】

是词写秋思。前阕以一系列意象衬托主人公独处。风儿轻轻吹动帘幕,送阵阵荷芰;绣衣上鸂鶒双泳池塘的图案,小屏风闲掩,绘画的是旧时的潇湘景色。过片,以“恨入”接上,她目睹这一切,不禁心生怨恨,躲进空帷,就像那鸾影孤独似的,泪珠凝聚双脸,就像那莲花之上聚集着露珠一样。刻画人物表情,细致入神。结句,爱恨交织在一起。

◉集评

卓人月汇选、徐士俊参评《古今词统》:“‘悔偷灵药’、‘悔教夫婿’,不如此‘悔’深。”

浣溪沙

惆怅经年别谢娘①,月窗花院好风光,此时相望最情伤。　青鸟不来传锦字,瑶姬何处锁兰房?忍教魂梦两茫茫②。

【注释】

①经年:经过一年或数年。王维《送平澹然判官》:“瀚海经年到,交河出塞流”。贾岛《咏怀》:“经年抱疾谁来问,野鸟相过啄木频。”

②忍:怎能,岂可。反诘句,忍,亦即是不忍。杜甫《奉送崔都水翁下峡》:“别离终不久,宗族忍相遗?”《登牛头山亭子》:“犹残数行泪,忍对百花丛?”皆反诘句。

【赏析】

是词写相思。主人公为男子。起首即说分别心爱人已一年了。他对着窗外庭院的明月靓花,眺望远方,思念情人,倍感伤情。后阕,写心理活动,青鸟为什么不传递音信,美丽的人儿现在何处的兰房?怎能让俩人长期在梦中相寻两个茫茫的踪影呢!

浣溪沙

庭菊飘黄玉露浓[1]，冷莎偎砌隐鸣蛩[2]，何期良夜得相逢？　背帐风摇红蜡滴，惹香暖梦绣衾重。觉来枕上怯晨钟。

【注释】

①飘黄：泛起金黄色光彩。杜甫《秋兴八首》之一："玉露凋伤枫树林，巫山巫峡气萧森。"

②莎：莎草，多生于潮湿地带。

【赏析】

是词写秋梦。前阕勾勒清凉秋夜，菊花开、露水浓、莎草萎（因其萎，才觉"偎砌"）、蛩鸣叫，是秋天的物候特征，主人公面对秋景，似乎在问天："何期良夜得相逢？"过片，以迷离的室内环境烘托梦境，背对帐帷，寒风吹动烛焰，流滴下融蜡，带着薰香的绣衾将她引入深沉的暖梦……"觉来枕上怯晨钟"，晨钟打破了甜梦，令人对它生怯。

◉集评

李冰若《栩庄漫记》："写梦境极婉转。"

浣溪沙

云淡风高叶乱飞，小庭寒雨绿苔微[1]，深闺人静掩屏帷。　粉黛暗愁金带枕[2]，鸳鸯空绕画罗衣，那堪辜负不思归。

【注释】

①绿苔微：绿色苔藓稀微。

②粉黛：以妇女妆饰借代妇女。白居易《长恨歌》："六宫粉黛无颜色。"　金带枕：甄后留给曹植玉镂金带枕，后人以此表男女爱情悲剧。李善《文选·洛神赋》注："黄初中入朝，帝示植甄后玉缕金带枕，植见之不觉泣。"

【赏析】

是词写闺情。前阕意境在"静"字。天高云淡，风劲扫叶，寒雨绿苔，小庭深闺，掩屏垂帷，一切都归于"人静"。后阕意境在"愁"字。暗愁金带枕、鸳鸯空绕罗衣、情郎不思归，都使她发愁。

◉集评

陈廷焯《词则·别调集》："婉约。"

浣溪沙

雁响遥天玉漏清[1]，小纱窗外月胧明。翠帷金鸭炷香平[2]。　何处不归音信断？良宵空使梦魂惊，簟凉枕冷不胜情[3]。

【注释】

①雁响：犹雁鸣。杜甫《重简王明府》："君听鸿雁响，恐致稻粱难。"

②金鸭：如鸭形之香炉。 炷香平：燃香料所出之烟缓缓弥漫。

③不胜情：情思不尽。王昌龄《长信秋词五首》之五："白露堂中细草迹，红罗帐里不胜情"。

【赏析】

是词写秋思。前阕写秋夜景色，"雁"、"漏"、"月"秋夜典型物象；"帷"、"炉"、"香"居室之典型物品，"响"、"清"、"明"、"翠"、"平"，从情状、色彩、质感等方面，构成秋夜幽静图画。后阕直抒对情人之怀念，"不胜情"作结，表达秋思永无尽止。

◉集评

李冰若《栩庄漫记》："'炷香平'，其幽静可想。"

浣溪沙

露白蟾明又到秋，佳期幽会两悠悠①，梦牵情役几时休？ 记得泥人微敛黛②，无言斜倚小书楼，暗思前事不胜愁。

【注释】

①"佳期"句：佳期已过，幽会难逢，二者均茫然无望。 悠悠：漫长，此指欲相见遥遥无期。

②泥：怜爱、留恋，用若动词。 敛黛：皱眉。

【赏析】

是词写相思。主人公为男子。前阕由秋天到来，想及幽会之遥遥无期，此种梦牵情役之日子何时才能休止？后阕回想分别情景，女子极力挽留，微皱黛眉，一话未说斜靠书楼。每每忆起，使人萌生不尽愁绪。

◉集评

汤显祖《玉茗堂评花间集》：评顾太尉此调八首："此公遣调，动必数章。虽中间铺叙成文，不如人之字雕句琢，而了无穷措大酸气。即使瑜瑕不掩，自是大家。"

酒泉子

杨柳舞风，轻惹春烟残雨。杏花愁，莺正语，画楼东。 锦屏寂寞思无穷，还是不知消息。镜尘生①，珠泪滴，损仪容②。

【注释】

①镜尘生：久未对镜梳妆，所以镜生尘。

②损仪容：相思苦摧残了美丽容颜。

【赏析】

是词写春思。前阕春景，赋予杨柳、杏花、黄莺、春风、轻烟、残雨等动植物、自然现象以情性，"舞"、"惹"、"愁"、"语"等字，动静结合，绘声绘色，组成春色图画。过片，转到室内人物描写，"寂寞思无穷"，还是不知道情人的消息。"镜尘生"，无心妆扮对镜所致，相思情绪的反常行为；"珠泪滴"，相思情绪的生理反应；"损仪容"，心理与肌体皆受折磨所致。三句排比，从多个角度，刻画了主人公的春思。

酒泉子

罗带缕金，兰麝烟凝魂断。画屏欹，云鬓乱，恨难任①。　几回垂泪滴鸳衾，薄情何处去？月临窗，花满树，信沉沉②。

【注释】

①恨难任：怨恨难以忍受。任，经受、承受。

②信沉沉：消息杳然。

【赏析】

是词写春恨。前阕描写"恨难任"的闺妇形象。金丝缕绣花的罗带低垂，兰香麝烟凝集在一起，魂儿仿佛游离了肉体般痛苦。倚靠着云屏，如云的发鬓紊乱乱的，由恨而慵，不整妆、不修仪；心中的怨恨令人难以承受。过片，转到夜晚，多少次眼泪滴湿鸳鸯锦被，薄情的人儿哪里去了？月亮又照临窗前，鲜花开满了树木，但是，你的消息却杳然不见。

酒泉子

小槛日斜，风度绿窗人悄悄①，翠帷闲掩舞双鸾，旧香寒②。　别来情绪转难判③，韶颜看却老。依稀粉上有啼痕，暗销魂。

【注释】

①风度：风吹过。

②旧香：香炉内之陈料，亦称"宿香"。

③判：舍弃不顾，此处有忘却之意。

【赏析】

是词写离恨。前阕写悄静、旧香，道出主人公与情郎分别时间很久了。过片，女主人公的自叹：别后始终没有放弃，虽然自己的韶颜日渐衰老。结拍，写离别的凄凉，粉脸上隐隐约约留有啼哭的泪痕，伤心只有暗自默然承受。

酒泉子

黛薄红深①，约掠绿鬟云腻②。小鸳鸯，金翡翠，称人心③。　锦鳞无处传幽意④，海燕兰堂春又去。隔年书，千点泪，恨难任。

【注释】

①黛薄：眉黛色淡，胭脂红深，言面部妆扮。

②约掠：犹言粗略梳理。　腻：油光。此指头发细柔而光润。

③"小鸳鸯"三句：鸳鸯形金钗，翡翠形花钿，实在称心如意：妆饰品精美，且图形皆雌雄成对。

④“锦鳞”句：锦鳞可传书，但传达不了书信的幽意。

【赏析】

是词写春恨。前阕美少妇形象，华丽衣装，“约掠”梳妆，佩上鸳鸯翡翠首饰，容貌更光彩照人，一切都“称人心”。后阕从所想、所见、所为、所感写春恨。所想，打从心上人别后，心中幽意一直无法传递出来；所见，而今春回大地，燕子双双归来，自己孤独一人；所为，重读去年无法寄出去的书信；所感，“千点泪，恨难任”。

酒泉子

掩却菱花，收拾翠钿休上面①。金虫玉燕锁香奁②，恨厌厌③。 云鬟半坠懒重簪④，泪侵山枕湿。银灯背帐梦方酣，雁飞南。

【注释】

①休上面：停止打扮。 上面：进行面妆。

②金虫：又名绿金蝉，制成金蝉形之妇女首饰。吴均《古意》：“莲花衔青雀，宝粟钿金虫。” 玉燕：燕形玉首饰。《洞冥记》：“元鼎元年，起昭灵阁，有神女留玉钗以赠汉武帝。帝以赠赵婕妤。至昭帝元凤中，宫人犹见此钗，共谋欲碎之，明日示之，既发匣，有白燕飞升天。后宫人学作此钗，因名玉燕钗。”

③厌厌：精神不振的样子。

④重簪：重新再梳理、戴上。

【赏析】

是词写闺怨。前阕通过女子收拾起菱花镜、锁香奁、休打扮、懒梳妆的行动描写，表现“恨厌厌”心境。过片以“云鬟半堕懒重簪”承上，将恹恹病态形象突现。“泪侵”句，独卧初寝，泪湿山枕。末二句由“恨”字贯串，甜蜜美梦犹酣，却被南飞雁声惊破。

酒泉子

水碧风清①，入槛细香红藕腻②。谢娘敛翠恨无涯，小屏斜。 堪憎荡子不还家③，谩留罗带结④。帐深枕腻炷沉烟⑤，负当年。

【注释】

①首句言水之静、风之清。裴说《汉南邮亭》：“高阁水风清，开门日送迎。”

②“入槛”句：莲花的淡淡清香穿透栏杆而来，觉分外滑腻。杜甫《严郑公宅同咏竹》“风吹细细香。”

③堪憎：可恨。

④谩留：空留、虚有。谩，虚假，引申为空。罗带虽结同心，人却浪荡不归。

⑤枕腻：枕头的垢渍，此指泪渍。许浑《闲居孟夏即事》：“枕腻乍经梅。”

【赏析】

是词写妇怨。前阕开头写秋景，“入槛细香红藕腻”，秋景的确艳丽。此时此景，少妇表情“敛翠”，心情“恨无涯”。“堪憎”回应上文，她恨丈夫久游不归；特别在她见到罗带结时，更恨他辜负了当年。

酒泉子

黛怨红羞[1]，掩映画堂春欲暮。残花微雨隔青楼[2]，思悠悠[3]。　芳菲时节看将度[4]，寂寞无人还独语[5]。画罗襦，香粉污，不胜愁。

【注释】

①眉带怨，面含羞。

②青楼：富贵之居，倡妇之居。何扶《送阆州妓人归老》："十亩稻香新绿野，一声歌断旧青楼。"此指前者。

③思悠悠：无尽无止也。白居易《长相思》："思悠悠，恨悠悠。"

④看将度：眼看将要过去了。度：过去。

⑤独语：犹自言自语。张籍《蓟北旅思》："失意还独语，多愁只自知"。

【赏析】

是词写惜春。以"黛怨红羞"起，勾勒少妇惜春神态。由"春欲暮"、"残花微雨"，引起思绪悠悠。后阕写少妇的感受与动作。眼看春天就要过去，心内寂寞；"无人还独语"，将人物写活了，好一副痴痴呆呆情状。结句"不胜愁"，照应"思悠悠"，写出惜春情绪由浅入深的变化过程。

◉集评

陈廷焯《白雨斋词语》："填词平仄断句自是定数，而词人语意所到，时有参差。古诗亦有此法，而词中尤多。即此词中字之多少，句之长短，便不一，岂专恃歌者上下纵横取协耶。此本无关大数，然亦不可不知，故为拈出。"

李冰若《栩庄漫记》："顾夐《酒泉子》七首，意少词多，似温飞卿。"

杨柳枝

秋夜香闺思寂寥[1]，漏迢迢。鸳帷罗幌麝烟销[2]，烛光摇。　正忆玉郎游荡去，无寻处。更闻帘外雨潇潇，滴芭蕉。

【注释】

①寂寥：寂寞，空虚。刘沧《题龙门僧房》："静室遥临伊水东，寂寥谁与此身同。"

②幌：同帷，杜甫《月夜》："何时倚虚幌，双照泪痕干。"

【赏析】

是词写秋思。起首入题，秋天夜深，香闺人儿心情寂寞空虚，远处传来漏声。绣有鸳鸯图案的帷幌，因为罢了麝香烟熏而没了芬芳香气，唯有烛光在摇晃。过片，"正忆"带起，正在想起玉郎已游荡去了，无法能够寻找的地方。"更闻"对应上文"正忆"，帘外冷雨潇潇洒洒地下着，雨点滴打芭蕉树叶。词作结尾处移情于景，写出她的秋思更乱、更烦，艺术效果强烈。

◉集评

陈廷焯《云韶集》："凄凉情况，即香山'暮雨潇潇郎不归'意也。"

遐方怨

帘影细，簟纹平。象纱笼玉指①，缕金罗扇轻②。嫩红双脸似花明，两条眉黛远山横。　凤箫歇③，镜尘生。辽塞音书绝④，梦魂长暗惊。玉郎经岁负娉婷⑤，教人怎不恨无情？

【注释】

①象纱：纱名，薄而略透明。

②镂金罗扇：金丝装饰罗绸扇子。

③凤箫：《风俗通》："舜作箫，其形参差，以象凤翼。"

④辽塞：辽阳，泛指边塞。

⑤娉婷：此指美女。

【赏析】

是词写征眷怨。前阕侧重刻画女主人公的美貌：象纱手套、轻罗团扇、如花双脸、远山美眉。后阕写怨。"凤箫歇，镜尘生"，以表达怨情；征人音信断，靠着梦里长长的相见而暗自惊喜，"惊"字，怨情的表现；一年来辜负了芳心，怎么不叫人恨"无情"呢？反诘语，更能表怨情，不是他"无情"，而是征战造成的"无情"。

◉集评

汤显祖《玉茗堂评花间集》："'辽塞音书绝'二句云：亦选体诗中句法。"

李冰若《栩庄漫记》："铺饰丽字，羌无情致。"

献衷心

绣鸳鸯枕暖，画孔雀屏欹①，人悄悄，月明时。想昔年欢笑，恨今日分离。银釭背，铜漏永，阻佳期。　小炉烟细，虚阁帘垂，几多心事，暗地思惟。被娇娥牵役②，魂梦如痴。金闺里，山枕上，始应知。

【注释】

①"绣鸳鸯"二句：《雨村词话》认为此二句为"词中折腰句法"，即将"绣枕"之"绣"、"画屏"之"画"二字置于该句之前。欹：侧放、斜摆。

②牵役：牵动……使受劳役。此指被思念美人而受到相思的折磨。白居易《昭国闲居》："勿嫌坊曲远，近即多牵役。"

【赏析】

是词写男女相思，这是《花间集》仅有的一首男女分阕的词作。前阕写女子相思。绣着鸳鸯纹饰的枕头暖烘烘的，孔雀画屏斜斜的，房子里人寂寂，夜空上月明明。思念当年的欢笑，怨恨今日的离别。银釭渐渐的昏暗，更漏声更长，耽误了佳期怎能再有？后阕写男子相思。小炉子飘荡细细的香烟，空寂的阁楼帘子低垂。暗地里思索多少心事。最牵役精神、折磨人的是挂记着娇娥，魂魄梦思是那样的如痴如醉。结尾，点明"金闺里"，是女子；"山枕上"是男子，分别在静夜里相思，也暗示两者的相思，相互间应该是知晓的。构想奇特，情意绵绵。

◉集评

汤显祖《玉茗堂评花间集》:"颇无佳句,但开曲藻滥觞耳。昔人谓诗情不似曲情多,末流之弊,唐人先已作俑。"

李调元《雨村词话》:"顾夐《献衷心》词'绣鸳鸯帐暖,画孔雀屏欹',此词中折腰法也。今《词谱》并断为句,非。"

应天长

瑟瑟罗裙金线缕①,轻透鹅黄香画袴②。垂交带③,盘鹦鹉④,袅袅翠翘移玉步⑤。　背人匀檀注⑥,慢转横波偷觑⑦。敛黛春情暗许⑧,倚屏慵不语。

【注释】

①瑟瑟:象声词。因罗裙是金线绣成,动则有丝丝声。

②画袴:犹彩袴。王建《宫词》:"画袴朱衣四队行。"

③交带:交结的裙带。

④盘鹦鹉:带上绣着鹦鹉。　盘:盘绣。

⑤袅袅:金钗头饰因走动而颤抖。

⑥匀檀注:点口红。　匀:涂。

⑦"慢转"句:慢慢地转过眼波偷看。　横波:眼波,即眼神,眼光。元稹《酬乐天劝醉》:"美人醉灯下,左右流横波。"郑仁表《赠妓命洛真》:"时时欲得横波眄,又怕回筹错指人。"　觑(qù):窥看。

⑧春情:男女悦慕之情。翁承赞《柳》:"缠绕春情卒未休,秦娥萧史两相求。"　暗许:偷偷表达。

【赏析】

是词塑造了多情貌美的女子形象。前阕将衣着和步姿柔合在一起来描写,金线缝制的罗裙瑟瑟作响、鹅黄芳香的画袴薄薄微透,盘绣鹦鹉图案的裙带低垂,头上的翠翘随着玉步袅袅颤动,一一铺陈,围绕"貌美"而展开。后阕则围绕"多情"来描写。"背人",给人矜持的印象;"匀",表现出精心细致,或许这是交际场"老手"的惯技吧。"慢转横波",生动传神,因为"慢",眼波才有磁力;因为"慢",磁场作用才持久;因为"慢",才可以准确地相中猎物。"偷觑",她多情才会偷偷看望。"敛黛"亦是一种调情手法,"春情暗许"暗许春心;斜靠着屏风,娇态懒慵,不言不语。从"背人"至"倚屏",一一展现出人物的系列动作,表现了女子多情的性格。

诉衷情

香灭帘垂春漏永①,整鸳衾。罗带重,双凤缕黄金。窗外月光临,沉沉。断肠无处寻,负春心②。

【注释】

①春漏永:春夜更漏长。　永:长。

②春心:在古典诗、词、曲、小说中常指男女性爱。郑愔《折杨柳》:"春心望不还。"

【赏析】

是词写春怨。其怨之根由,在"负春心";其怨之表现,在彻夜不眠。灭掉香烟,放下帘幕，她要就寝了，但老是传来更漏声，不时整整鸳衾，不时就着月光瞥望罗带，纹饰双凤金光耀眼，窗外月光临照到床前，月儿沉沉要去了。她还在想来想去，自己断肠的原因是什么？“负春心。”答案找到了，她能安稳入睡吗？

诉衷情

永夜抛人何处去[1]？绝来音。香阁掩，眉敛，月将沉。争忍不相寻？怨孤衾[2]。换我心为你心，始知相忆深。

【注释】

①永夜：漫漫长夜。李如璧《明月》：“逾江越汉津无梁，遥遥永夜思茫茫。” 抛人：抛弃我的负心人。

②鸳孤衾：喻独眠。柳恽《捣衣诗》：“孤衾引思绪，独枕怆忧端”。

【赏析】

是词写妇怨。漫漫长夜抛下我，你到哪去？绝无音信过来。这是怨根。香阁掩闭，敛眉苦思，一直到月将西沉。怎忍心不追寻下去？抱怨自个孤枕独眠。不是吗？你试想下，“换我心，为你心”，才知得道相思的深沉。可见香阁的情深。

◉集评

汤显祖《玉茗堂评花间集》：“要到换心田地，换与他也未必好。”

茅暎《词的》：“到底是单相思。”

陈廷焯《云韶集》：“元人小曲，往往脱胎于此。”

王士禛《花草拾蒙》：“自是透骨情语。徐山民‘妾心移得在君心，方知人恨深’，全袭此，然已为柳七一派滥觞。”

刘永济《唐五代两宋词简析》：“‘换我心’三句，乃人人意中语，却能说出，所以可贵。”

俞平伯《唐宋词选释》：“本篇白描，作情极的说法，仍有含蓄。”

荷叶杯

春尽小庭花落，寂寞。凭槛敛双眉，忍教成病忆佳期[1]。知摩知，知摩知？

【注释】

①“忍教”句：怎忍心使我因忆佳期而成病呢？杜甫《丹青引，赠曹将军霸》：“忍使骅骝气凋丧？将军画善盖有神。”

【赏析】

是词写盼佳期。春天过去了，庭院里，见花落，人寂寞，凭槛望，蹙双眉，盼佳期，成心病。如此这般，你呀，知不知，知不知？

◉集评

汤显祖《玉茗堂评花间集》：“《荷叶杯》又一变法，终是作者负题。”

荷叶杯

歌发谁家筵上？寥亮[1]。别恨正悠悠，兰釭背帐月当楼。愁摩愁，愁摩愁？

【注释】

①寥亮：声音清越高远。高适《送别》："曙钟寥亮三四声。"

【赏析】

是词写别恨。主人公听到远处歌声辽亮，萌发悠悠别恨，兰釭熄灭了，帐前明月照高楼。你说，愁不愁，愁不愁？

荷叶杯

弱柳好花尽坼[1]，晴陌。陌上少年郎，满身兰麝扑人香。狂摩狂，狂摩狂？

【注释】

①尽坼：全都开放了。 坼：裂开。

【赏析】

是词写春情。柳树好绿呀，花儿都开了，阳光照耀着小路。路上的少年郎，满身兰麝香气扑面而来，令其倾心。你说，发狂不发狂，发狂不发狂？

荷叶杯

记得那时相见，胆战[1]。鬓乱四肢柔，泥人无语不抬头[2]。羞摩羞，羞摩羞？

【注释】

①胆战：因惊喜激动而战栗。

②泥人：粘贴着人、软缠着人。卢仝《示添丁》："不知四体正困惫，泥人啼哭声呀呀"。

【赏析】

是词写女子初会男子的情景。记起那时初次相见，我胆战心惊，四肢无力发软，两人相互泥缠，一句话儿不说来亦不抬头。你说，羞不羞，羞不羞？

◉**集评**

汤显祖《玉茗堂评花间集》："好形容。"

卓人月汇选、徐士俊参评《古今词统》："调佳则词易美，如此数阕皆人所能言，然曲折之妙，有在诗句外者。"

李冰若《栩庄漫记》："'柔'字入木三分。"

荷叶杯

夜久歌声怨咽[1]，残月。菊冷露微微，看看湿透缕金衣。归摩归，归摩归？

【注释】

①怨咽：歌声含怨而时高时低、断断续续，即如泣如诉之意。梁武帝《七夕诗》："怨咽双断念，凄悼两情悬。"

【赏析】

是词写幽会。"夜久"、"残月"，远处的歌声听来有点忧怨，身旁菊花冷冷的、露水霏微飘来，缕金的衣裳都要湿透了。你说，归来不归来，归来不归来？

荷叶杯

我忆君诗最苦，知否？字字尽关心，红笺写寄表情深①。吟摩吟，吟摩吟？

【注释】

①红笺：古时一种精美小幅红纸，多作名片、请柬、题诗词用。王仁裕《开元天宝遗事·风流薮泽》："长安有平康坊，妓女所居之地，京都侠少，萃集于此。兼每年新进士以红笺名纸，游谒其中，时人谓此坊为风流薮泽。"白居易《江楼夜吟元九律诗成三十韵》："斜行题粉壁，短卷写红笺。"

【赏析】

是词写和诗寄情。我忆诵你的赠诗太苦了，知道吗？一字一句都说到心里去了，而今用红笺写上寄给你，表达我的深情。你说，吟唱不吟唱，吟唱不吟唱？

荷叶杯

金鸭香浓鸳被，枕腻。小髻簇花钿，腰如细柳脸如莲。怜摩怜，怜摩怜？

【赏析】

是词写再会。点燃香料将鸳被薰暖，枕儿腻腻的。小髻上簪着头饰，腰肢似细柳，脸儿像红莲。你说，怜爱不怜爱，怜爱不怜爱？

荷叶杯

曲砌蝶飞烟暖，春半。花发柳垂条，花如双脸柳如腰。娇摩娇，娇摩娇？

【赏析】

是词刻画美人形象。春天过去一大半，风暖烟熏，庭院里彩蝶飞舞，花开柳条绿，花儿就是我的双脸，柳条就是我的身腰。你说，娇美不娇美，娇美不娇美？

荷叶杯

一去又乖期信①，春尽。满院长莓苔②，手挼裙带独徘徊③。来摩来，来摩来？

【注释】

①乖：违背。　期信：所约定之相见期。

②莓苔：隐花植物之一种，绿色丝状体，多生于潮湿地带。地钱、角苔、鳞苔等属此类。

③挼(ruó):揉搓。韩愈《读东方朔杂事诗》:“两挼手自相。”

【赏析】

是词写春怨。春天已经过去,你一去又爽了约。现在满院子都长起了莓苔,我无聊得手撚裙带独自徘徊。你回答我,回来不回来,回来不回来?

◉集评

汤显祖《玉茗堂评花间集》:“‘手挼裙带独徘徊’,尽得娇痴。”

李冰若《栩庄漫记》:“顾夐以艳词擅长,有浓有淡,均极形容之妙。其淋漓真率处,前无古人。如《荷叶杯》九首,已为后代曲中《一半儿》张本。”

唐圭璋《唐宋词简释》:“末两句,重叠问之,含思凄悲,想见泪随声落之概。”

渔歌子

晓风清,幽沼绿,倚栏凝望珍禽浴。画帘垂,翠屏曲,满袖荷香馥郁①。好摅怀②,堪寓目③,身闲心静平生足。酒杯深,光影促④,名利无心较逐。

【注释】

①馥郁:香味浓烈。

②好摅(shū)怀:便于抒发感情。李世民《秋日翠微宫》:“摅怀俗尘外,高眺白云中。”

③堪寓目:很值得观赏。寓目,过目。

④光影促:光阴短促,此指人生短促。

【赏析】

是词语调与张志和《渔歌子》相近。前阕,着力表现“幽”。“清”字言晨风,“绿”字言池沼,这是静态描写;更有雕栏可倚,凝望观赏珍禽戏水,这是动态描写。“垂”字言画帘,“曲”字言翠屏,静态描写;更有馥郁荷香、袅袅入堂,袭人熏衣,动态描写。过片,以“好摅怀,堪寓目”带起,如此幽静悦目的环境,多么容易引发情感啊。“身闲心静平生足”,“名利无心较逐”,恬静、达观的情怀,正是由“幽”而生发。

◉集评

李冰若《栩庄漫记》:“身闲心静,自不较句逐利矣。词有汲汲顾景之感。”

华钟彦《花间集注》:“就题发挥,与张志和《渔歌子》语调近似。”

临江仙

碧染长空池似镜,倚楼闲望凝情①。满衣红藕细香清②。象床珍簟③,山障掩,玉琴横。　暗想昔时欢笑事,如今赢得愁生。博山炉暖淡烟轻。蝉吟人静,残日傍,小窗明。

【注释】

①凝情:感情凝聚。

②“满衣”句:满衣透出红莲花的微微清香。

③象牙珍簟:象牙为饰的床、以珍珠编就的垫席。

【赏析】

是词写述怀。前阕构建了一个宜居之所。长空澄碧，屋前池塘平静如镜，登上小楼举目闲望陶冶性情。有荷藕清香袭衣，加上象牙珍簟、屏山掩遮，玉琴横桌，这样的居所，非富贵人家不能拥有之。过片，忆昔"欢笑事"，不禁叹息，而今得到的却是"愁生"。主人公带着这种情感，环视室内外环境，炉暖烟轻、蝉鸣人静、夕阳照窗，一切都归于清冷幽静。综观全词，主人公过着闲适生活，为何发愁？或许是因为无昔日欢笑的事可为，不免失落、怅然。

◉集评

李冰若《栩庄漫记》："下阕与'今日鬓丝蝉榻畔，茶烟轻扬落花风'，一般怊怅。"

临江仙

幽闺小槛春光晚[①]，柳浓花淡莺稀[②]。旧欢思想尚依依[③]，翠颦红敛[④]，终日损芳菲。　何事狂夫音信断[⑤]？不如梁燕犹归。画堂深处麝烟微，屏虚枕冷，风细雨霏霏[⑥]。

【注释】

①幽闺：深闺。

②莺稀：莺啼声稀。

③"旧欢"句：想起旧欢情景还依依难舍。　思想：思念。

④翠颦：眉皱。　红敛：脸上红色消失。

⑤何事：为什么。　狂夫：此乃对自己丈夫称呼，带怨意。

⑥霏霏：雨细貌。

【赏析】

是词写妇怨。幽静的香闺小槛，春天好像要比别处来得晚，柳叶虽然绿浓，但是花色淡淡、莺声稀少。想起旧欢情景，还依依不舍，翠眉紧紧的，脸上红润光泽也退了，整日损折着芳容。过片紧接，责问狂夫为何无音信，你还不如燕子，它们还知道春来了要归回。词作结尾，将堂内幽寂与室外风雨融合，作为衬托，表达妇怨，情景交融。

◉集评

汤显祖《玉茗堂评花间集》："颂酒赓色，务裁艳语，毋取乎儒冠而胡服也。"

李冰若《栩庄漫记》："设色蒨丽，意亦微婉。"

临江仙

月色穿帘风入竹，倚屏双黛愁时。砌花含露两三枝[①]。如啼恨脸[②]，魂断损容仪[③]。　香烬暗销金鸭冷，可堪辜负前期。绣襦不整鬓鬟攲。几多惆怅，情绪在天涯。

【注释】

①砌花：植于庭阶之花。

②如啼恨脸：如美女带怨而泪流脸庞。

③损容仪：摧残美丽容颜仪态。

【赏析】

是词写春怨。前阕写春宵“愁时”，月光穿透帘栊入房，夜风敲竹声响传达过来，主人公倚着屏风，双眉颦蹙。她再看庭园阶花稀稀疏疏，凝露而放，联想它正是自己的落泪恨脸，越想越愁，魂儿都要离体了，伤损容仪啊。后阕，写香烬已消，暗喻夜深了，金鸭“冷”，她的心更“冷”——经受不了心上人违约误了佳期。时间过得也快，或许天亮了，她不整衣衫，不理髫鬟，罢了晨妆。“几多惆怅，情绪在天涯”，结尾有不尽意，将春怨情绪延向天尽头。

◉集评

李冰若《栩庄漫记》：“此阕过于率露，不及前作多矣。”

醉公子

漠漠秋云淡①，红藕香侵槛。枕倚小山屏，金铺向晚扃②。　睡起横波慢③，独望情何限。衰柳数声蝉，魂消似去年。

【注释】

①漠漠：云雨迷茫貌。杜甫《秦州杂诗二十首》之十一：“漠漠秋云低”。王维《积雨辋川庄作》：“漠漠水田飞白鹭，阴阴树木啭黄鹂。”

②向晚：近晚，傍晚。　扃(jiōng)：从外边关门之闩。

③横波：眼波。即眼神，眼光。李白《长相思》：“昔时横波目，今作流泪泉。”

【赏析】

是词写秋思。前阕以秋色起，云淡、红藕、荷香袭人。三四句写闺妇傍晚闩门，独入闺房，倚枕冥想。过片接写睡起，“横波慢”，“慢”传神，懈怠而近乎呆滞；“独望情何限”，“独望”孤身一人，怎能不“慢”？蝉鸣黄柳，在她听来，凄凄切切，伤心之情，跟去年一样。

◉集评

汤显祖《玉茗堂评花间集》：“《醉公子》即公子醉也。其词意四换，又称《四换头》，尔后变风，渐与题远。”

陈廷焯《云韶集》评其结尾：“字字呜咽。”

李冰若《栩庄漫记》：“‘衰柳’二句，语淡而味永，韵远而神伤。”

醉公子

岸柳垂金线，雨晴莺百啭。家在绿杨边，往来多少年①。　马嘶芳草远，高楼帘半卷。敛袖翠蛾攒②，相逢尔许难③。

【注释】

①“往来”句：与风流少年来往。

②攒：聚在一起。此指皱眉。

③尔许：如许，这样。杜荀鹤《醉书僧壁》：“九华山色真堪爱，留得高僧尔许年。”

【赏析】

是词写伤别，前阕起首描写女主人公居所周围的春景。“家住”二句，以古拙之笔、高淡之调，写出女主人公在绿杨掩映下，与悦己少年相好多年。后阕追忆离别。她目送马儿嘶叫而去，好像芳草亦跟着远去似的；她又登上楼、卷帘远望……她越忆越伤感，敛双眉，袖抹泪。心里想，相会竟然如此艰难吗？

◉集评

陈廷焯《词则·闲情集》：“丽而有则。”《云韶集》：“较后主‘奴为出来难，教君恣意怜’稍逊一着，而清致亦复不泛。”

郑文焯《花间集评注》：“极古拙，极高淡，非五代不能有此词境。”

更漏子

旧欢娱[①]，新帐望，拥鼻含颦楼上[②]。浓柳翠，晚霞微，江鸥接翼飞。　帘半卷，屏斜掩，远岫参差迷眼[③]。歌满耳，酒盈樽，前非不要论[④]。

【注释】

①欢娱：犹欢乐。乔知之《定情篇》：“何用重欢娱，欢娱俄戚戚。”

②掩鼻皱眉：形容心酸难过、愁苦。

③岫（xiù）：山谷。此指山峰。陶潜《归去来兮辞》：“云无心以出岫，鸟倦飞而知还。”参差：此指山高低不齐。

④“前非”句：以前之是非就勿去谈论了。

【赏析】

是词抒怀。以新旧对比开头，直抒惆怅。第三句，“拥鼻含颦”，极度愁苦。主人公登楼，只见浓密绿柳碧翠，晚霞落日辉映，江鸥比翼翱翔。后阕，转入写室内景物。结尾三句抒怀，听歌酌酒，“前非不要论”，大概是要忘掉一切吧。

孙光宪《孙中丞词》

【小传】

孙光宪(约900—968),字孟文,自号葆光子,贵平(今四川省仁寿县附近)人。出生农家,好读书,聚书凡数千卷,或手自抄写,孜孜校雠,老而不废。唐时为陵州判官,后避地荆南,得高从诲知遇,事南平三代君王,历官荆南节度副使,检校秘书少监,兼御史大夫。后归宋,为黄州刺史。

孙光宪乃继温韦之后一大词家,词作常显独特韵致,其绮靡秾艳处似温庭筠,清秀疏淡处似韦庄。另撰有《荆台笔佣》、《橘齐集》、《北梦琐言》等。

《花间集》称孙少监,收词61首;近人王国维辑《孙中丞词》一卷,辑录词85首。

◉集评

吴任臣《十国春秋》:"光宪素以文学自负,处荆南怏怏不得志,常慕史氏之作,恨居诸侯幕府,不足展其才力。每谓知交曰:'宁知获麟之笔,反为倚马之用。'又雅善小词。蜀人辑《花间集》,采其辞至六十余篇。"

胡应麟《诗薮·杂编》:"按《三楚新录》云:'光宪蜀人,高氏辟为书记,表章文檄,皆出其手。最好聚书,以兵革难致,每发使诸道,必重价募得之,蓄书至万余卷。然自负史才,以藩服恒郁郁,每吟昔人诗曰:'一生不得文章力,百口空为饱暖家。''"

陈廷焯《白雨斋词话》:"孙孟文词气甚道,辞亦多警练,然不及温韦处亦在此,坐少闲逸之致。"《云韶集》:"孟文词在五代时最见气格,风致亦复不泛,出韦端己之上。"

李冰若《栩庄漫记》:"葆光子词婉约精丽处,神似韦庄,其《浣溪沙》最有名,孙洙评谓其绝无含蓄,而自然入妙。"

浣溪沙

蓼岸风多橘柚香①,江边一望楚天长②,片帆烟际闪孤光③。　目送征鸿飞杳杳④,思随流水去茫茫,兰红波碧忆潇湘⑤。

【注释】

①蓼:草本植物,又名水蓼,花淡绿色或淡红色,多生岸边。李商隐《越燕二首》之二:"将泥红蓼岸,得草绿杨树。"

②楚天长:指江汉一带天空辽阔无际。

③片帆:犹孤舟。罗隐《三衢哭孙员外》:"红蜡有时还入梦,片帆何处独销魂。"　烟际:遥远云烟处。　孤光:远照独明之光也。沈约《咏湖中雁》:"群浮动轻浪,单泛逐孤光。"

④杳杳:远貌。屈原《哀郢》:"尧舜之抗行兮,了杳杳而薄天。"杜甫《发同谷县》:"忡忡去绝境,杳杳更远适。"

⑤兰红:植物名,即红兰,秋日开红花而香。贯休《读离骚经》:"兰红芷白波如银。"

【赏析】

是词写送别。前阕首句写秋江岸边景色,江岸蓼草丛生,秋风飒飒,送来阵阵橘柚清香。送别的地点在江边,淡红的岸蓼沿江而长,色彩热烈,从视觉上表达送别者与远行人的深情热怀;"风多",秋风劲吹,不免之感,从知觉上表达送别者与远行人的凄凉心境;"橘柚香",王昌龄《送别魏三》亦以此言送别,"醉别江楼桔柚香,江风引雨入船凉",从嗅觉上表达送别氛围。第二三句,写送别。站在江边看着航船离岸而去,极目而送,楚天一望无际,一片白帆驶向水边天际,闪耀着点点的孤独亮光。"一望",依依不舍的动作,"长",暗寓关系密切,虽然离别,而情谊亦如楚天一般。

过片接写，目送征鸿远飞，直至看不见；思随流水东去，淼淼茫茫，缠绵不绝。三四两句对仗工整，遣情写景，借景抒情，情融景中，意境深远。结句，等到明秋，红兰盛开、江波碧绿的时候，大家都会情不自禁地想起潇湘。“兰红波碧”，应该是写秋天。“兰红”，即红兰，秋天开红花且香，江淹《别赋》“见红兰之受露，望青楸之罹霜”可证；“波碧”，亦是秋天江水之特征。词作写秋天送别，到了明年相同的季节，自然而然会联想起离别时的季节，合于情理。而说春天，好像不太合情。“忆潇湘”，又岂止送别者忆呢，应该是两地人共同相忆。

◉**集评**

汤显祖《玉茗堂评花间集》：“王弇州称：‘归来休放烛花红’、‘问君还有几多愁’直是词手，假如此等调，亦仅隔一黍耳。”

王奕清《历代词话》引孙洙评：“小词有绝无含蓄自尔入妙者，孙葆光之《浣溪沙》也。”

陈廷焯《云韶集》：“‘片帆’七字，压遍古今词人。”“‘闪孤光’三字警绝，无一字不秀炼，绝唱也。”

王国维《孙中丞词跋》：“昔黄玉林赏其‘一庭花雨湿春愁’为古今佳句，余以为不若‘片帆烟际闪孤光’，尤有境界也。”

李冰若《栩庄漫记》：“‘片帆’句妙矣，‘兰红波碧’四字，惟潇湘足以当之，他处移用不得，可谓善于设色。”

浣溪沙

桃杏风香帘幕闲，谢家门户约花关①。画梁幽语燕初还。　绣阁数行题了壁，晓屏一枕酒醒山②。却疑身是梦魂间。

【注释】

①约花关：将花关闭于门内。 约，收束，引申为关闭。

②“绣阁”二句：意为在绣阁壁上已题下数行词句，清晨，屏风掩遮，在山枕上，醉后已醒来了。 山，山枕。

【赏析】

是词写游冶。前阕含蓄写来，春风送来桃花杏花的芳香，帘幕闲垂，谢家的门户将春花关着，画梁上初还的燕子在幽语。过片，即兴题诗，屏后一觉，直至拂晓才酒醒过来。结句，抒写心情，还怀疑自己是在梦境里。

浣溪沙

花渐凋疏不耐风①，画帘垂地晚堂空，堕阶萦藓舞愁红②。　腻粉半沾金靥子③，残香犹暖绣熏笼④，蕙心无处与人同⑤。

【注释】

①不耐风：经不住风吹。

②“堕阶”句：落花片片，似含愁飘舞，飘落于阶前苔藓之上。 愁红：此指落花。

③“腻粉”句，言粘贴于脂粉之上的黄星靥快要脱落的情状。 腻粉：原比喻落花的花粉或花瓣。白居易《木兰花》：“素艳风吹腻粉开。”此指美人面上的脂粉。

④残香:落花的余香。孟迟《长信春词》:"君恩已尽欲何归?犹有残香在舞衣。" 熏笼:用来罩住熏炉的像笼子的器具。李煜《谢新恩》:"象床愁倚熏笼。"

⑤蕙心:双关。既指落花的心,又指闺人纯美的心。张说《杂诗四首》之一:"抱蕙心常焦。"

【赏析】

是词写春怨。前阕描写落花情景,花儿快凋谢了,经不起风吹。画帘低垂至地,感觉傍晚的堂室更为空寂。红花堕落,聚集庭阶,缠住苔藓,好像含着愁怨在到处飞舞。"空"、"愁"与景融为一体。过片,写观花者形象。原先粘贴于脂粉之上的金黄色星靥,半粘半脱,就要掉落下来似的。接着一句,插入环境描写,衬托人物,残留的熏香绣笼还剩下一点余暖。结句,写观花者心境,纯美的内心,"无处与人同",与人家不一样,别有一番滋味在心头。

◉集评

汤显祖《玉茗堂评花间集》:"'不耐风',为创新之语句。"

俞陛云《唐五代两宋词选释》:"'愁红'句,字字搥炼。'蕙心'句,甘孤秀之自馨,溯流风而独写,其寄慨深矣。"

李冰若《栩庄漫记》:"'蕙心无处与人同',非深于情者不能道。"

华钟彦《花间集注》:"此时闺人之蕙心,'别是一番滋味在心头'。"

浣溪沙

揽镜无言泪欲流①,凝情半日懒梳头。一庭疏雨湿春愁②。 杨柳只知伤怨别,杏花应信损娇羞,泪沾魂断轸离忧③。

【注释】

①揽:持。

②湿春愁:雨使春愁更浓,自然景物与人之感情联写。

③轸(zhěn):悲痛。屈原《哀郢》"出国门而轸怀兮,甲之朝吾以行。"王逸注"轸,痛也。" 离忧:遭遇到忧伤。《史记·屈原贾生列传》"故忧愁忧思而作离骚,离骚者,犹离忧也。"洪兴祖补注:"班孟坚曰:离犹,遭也。明己遭忧作辞。"

【赏析】

是词写春愁。起首二句,动作与神态结合,写多愁善感的女子形象,揽镜无言强忍泪,表情痴呆半天不动,连头也懒得梳理。第三句"一庭疏雨湿春愁","湿"字好形象,愁因雨而更浓。后阕似女子自言,杨柳知道伤别离,杏花应知道我因相思,使得娇颜渐损。泪满衣襟,魂系相思,皆在遭遇忧伤悲痛。

◉集评

杨慎《词品》:"'一庭疏雨湿春愁',秀句也。"

汤显祖《玉茗堂评花间集》:"'不耐风'、'湿春愁',皆集中创语之秀句也。"

李冰若《栩庄漫记》:"'一庭疏雨湿春愁'诸句,含思绵渺,使人读之,徒唤奈何。"

浣溪沙

半踏长裾宛约行[①],晚帘疏处见分明,此时堪恨昧平生[②]。　早是消魂残烛影,更愁闻着品弦声[③],杳无消息若为情[④]。

【注释】

①半踏:小步走。 裾:衣服前襟,亦称"大襟"。 宛约:婉约,柔美之貌。

②昧平生:素不相识,无法向所爱的人表示情怀。李商隐《赠田叟》:"鸥鸟忘机翻浃洽,交亲得路昧平生。"

③品弦:雅乐曲调之一。李之仪《南乡子·春后雨馀天》:"娅姹黄鹂胜品弦。"

④若:犹谁,何,怎。 若为情,如何能动情,或难以为情。若为,何为、怎为。崔日用《饯唐永昌》:"春来花鸟若为情。"

【赏析】

是词写男子倾心美丽而多才的女子。傍晚,透过垂帘疏处,见到姗姗美步。"此时堪恨昧平生",相见恨晚,从男子角度,侧面描写。过片从男子幻觉去写:如果同她烛影共照,就更怕管弦乐声来骚扰了。结尾,感叹自己爱慕的消息无法传递过去,让其知道。

◉集评

李冰若《栩庄漫记》:"会少情多,缠绵乃尔。"

浣溪沙

兰沐初休曲槛前[①],暖风迟日洗头天[②],湿云新敛未梳蝉[③]。　翠袂半将遮粉臆[④],宝钗长欲坠香肩[⑤],此时模样不禁怜[⑥]。

【注释】

①兰沐:以兰香融水洗发。 初休:刚洗完。

②迟日:太阳缓缓移动。一说,暖风迟日,指春天。《初学记》:"迟日,春日也。《诗》'春日迟迟。'"

③云:喻头发。 梳蝉:梳发。蝉,蝉鬓,古时妇女发型之一,挽发如蝉翼。

④翠袂:绿色衣袖,袭霖《拟古》:"凉风摇翠袂。" 粉臆:如涂了白粉的雪胸。 臆:胸部。

⑤坠香肩:下垂至肩头。

⑥不禁怜:禁不住怜爱之情。

【赏析】

是词写女子洗发后的美态,塑造美女形象。"湿云"、"翠袂"、"粉臆"、"宝钗"、"香肩",共同绘画妩媚娇丽形象,"此时模样",使人禁不住萌生怜爱。

◉集评

沈际飞《草堂诗余别集》:"《清商曲》:'宿昔不梳头,丝发被两肩。婉伸郎膝下,何处不可怜。'竟不必读,'不禁怜'妙。"

卓人月汇选、徐士俊参评《古今词统》:"'此时模样不禁怜'句,本于《子夜歌》'何处不可怜'。"

贺裳《皱水轩词筌》:"词家须使读者如身履其地,亲见其人,方为蓬山顶上。如孙光宪'翠袂半将遮粉臆,宝钗长坠香肩',直觉俨然如在目前,疑于化工之笔。"

陈廷焯《云韶集》:"'不禁怜'三字真乃娇绝,飞燕玉环,无此情态,真欲与丽娟并驱矣!""情态可想,风流窈窕,我见犹怜。"

李冰若《栩庄漫记》:"翠袂半遮,宝钗欲堕,形容兰沐初休之娇态。词笔细腻,想亦忍俊不禁矣。"

浣溪沙

风递残香出绣帘①,团窠金凤舞襜襜②,落花微雨恨相兼。　何处去来狂太甚,空推宿酒睡无厌③,怎教人不别猜嫌?

【注释】

①风递:风送传递。

②团窠:锦缎名。《宋史·舆服志》:"景祐元年诏禁锦背、绣背、遍地密花透背采段,其稀花、团窠、斜窠、杂花不相连者非。"　襜襜:摇动、摆动貌。《楚辞·九叹·逢纷》:"裳襜襜以含风兮。"

③空推:以假言相推脱。　宿酒:前时或隔夜所饮之酒。　睡无厌:贪睡不止。

【赏析】

是词写闺怨。前阕由内至外,由景物及人物心理,写闺妇恨怨。头两句写室内绣帘的华美。第三句以室外落花、细雨作垫,写闺妇内心"恨相兼"。后阕,写对男人的责怨,他游冶"狂太甚",归来太晚;又推说昨夜喝醉了酒,贪睡不止……怎不使她猜疑呢!

◉集评

汤显祖《玉茗堂评花间集》:"乐府遗音,词坛丽藻。'好书不厌百回读',如此数词,亦应尔尔。"

沈际飞《草堂诗余别集》:"真情在'猜嫌'上。"

卓人月汇选、徐士俊参评《古今词统》:"末句妙在全不使性。"

刘永济《唐五代两宋词简析》:"上半阕写风雨中景,景中衬出恨情,故曰'相兼'。下半阕写人虽回家,却推酒醉,沉睡不醒,似此情况,安得不令人生疑。盖写妒情也。"

浣溪沙

轻打银筝坠燕泥①,断丝高罥画楼西②,花冠闲上午墙啼③。　粉箨半开新竹径④,红苞尽落旧桃蹊⑤,不堪终日闭深闺。

【注释】

①银筝:乐器。刘禹锡《伤秦姝行》:"长安二月花满城,插花女儿弹银筝。"　坠燕泥:弹筝之声激越动听,震坠燕泥。

②罥(juàn):挂。杜甫《茅屋为秋风所破歌》:"高者挂罥长林稍,下者飘转沉塘坳。"

③花冠:公鸡,以冠借代鸡。温庭筠《晓别》:"翠羽花冠碧树鸡,未明先上短墙啼。"

午墙：中墙、正面墙。

④“粉箨”句：小道新竹丛生，竹笋子一只只皮壳裂开。 箨：竹笋外衣。

⑤红苞：红色花苞。来鹄《卖花谣》：“紫艳红苞价不同，匝街罗列起香风。” 桃蹊：桃树下之道路。《史记·李将军传赞》“谚曰：桃李不言，下自成蹊。”司马贞索隐：“按姚氏云：桃李本不能言，但以华实感物，故人不期而往，其下自成蹊径也。”

【赏析】

是词写闺情。前阕起首写女主人公弹筝，弹到情起，筝声震落燕泥，弹到高潮，筝弦断开，高高挂在画楼西边。弹筝不行了，却听到午墙上雄鸡啼叫。后阕似乎写她屋边闲步，看见春天万物复苏景象，径蹊两旁竹林内，竹笋破土，笋皮半开，红苞尽落，新竹挺挺。她闺情萌动，下决心冲破终日深闺日寂寞。

◉集评

沈际飞《草堂诗余别集》评末句：“一句情却装裹得正。”

俞陛云《唐五代两宋词选释》：“五句虽皆写景而字句妍炼，兼含凄寂。至结句言终日闭闺，则所见景物，徒为愁人供资料耳。”

浣溪沙

乌帽斜欹倒佩鱼①，静街偷步访仙居②。隔墙应认打门初③。 将见客时微掩敛④，得人怜处且生疏⑤，低头羞问壁边书⑥。

【注释】

①乌帽：隋唐富贵者所戴的帽子，初为官员所戴乌纱帽，后闲居之士亦可戴。杜甫《相从行赠严二别驾时方经崔旰之乱》：“乌帽拂尘青螺粟，紫衣将至绯衣走。”又解乌帽为隐者所戴。《宋史·杜衍传》：“既退居南都，出入从者十许人，乌帽皂履，绨袍革带。” 佩鱼：唐代五品以的服饰，按品级不同，分别佩带金、银、铜所制成的鱼。《新唐书·车服志》：“中宗初罢龟袋，后给以鱼，郡王嗣王，亦佩金鱼袋。景龙中，令特进佩鱼。散官佩鱼，自此始也。”

②仙居：仙人居所。此特指娼妓居处。

③“隔墙”句：隔着墙敲门，初初几下，便能识别出谁到来。

④掩敛：掩面敛容，微含羞态。

⑤怜：怜爱。 且：暂且也，此含故作之意。

⑥“得人”二句：得到人怜爱时，仍是怯声怯气；低着头，含着羞，而借故去问壁上题字。

【赏析】

是词写游冶，从侧面反映当时官妓制度之腐败。后阕女子接客情态，先“微敛”，再“生疏”，后“羞问”，娇羞可掬而不感猥亵淫荡。

◉集评

沈际飞《草堂诗余别集》：“‘且生疏’，乖人偶然看得，俗眼则失之矣。”

卓人月汇选、徐士俊参评《古今词统》：“‘千呼万唤始出来，犹抱琵琶半遮面’，与‘将见客时微掩敛，得人怜处且生疏’，可谓曲尽娇憨之态矣。”

陈廷焯《云韶集》："迤逦写来，描写女儿心性，情态无不逼真。"《词则·闲情集》："情态毕传。"

河传

太平天子①，等闲游戏②，疏河千里③。柳如丝，偎倚绿波春水，长淮风不起④。　如花殿脚三千女⑤，争云雨⑥，何处留人住⑦？锦帆风，烟际红，烧空⑧，魂迷大业中⑨。

【注释】

①太平天子：此指隋炀帝。

②等闲：寻常。钱起《归雁》："潇湘何事等闲回，水碧沙明两岸苔。"

③疏河千里：据《开河记》载：大业十二年开邗沟成，长二千余里。

④长淮：淮河。杜甫《乾元中寓居同谷县，作歌七首》之四："长淮浪高蛟龙怒。"

⑤"如花"句：炀帝乘龙舟游江都，强征吴越民女十五六岁者五百人，为之牵挽，曰"殿脚女"。

⑥争云雨：争风流，以得帝王宠爱。

⑦"何处"句：炀帝骄淫无度，不知何处能将他留住。

⑧"锦帆风"三句：风吹锦帆，云烟映红，如火燃空。　烧空：双关语，既写红光弥漫如火燎天际，又指炀帝繁华一炬而空。

⑨大业：隋炀帝年号。

【赏析】

是词怀古。全词以隋炀帝开凿运河、巡游江都史实，刺其侈淫无度。"太平天子"，即含讥讽；"疏河千里"看作"等闲游戏"，巡游要"如花殿脚三千"，真无度。结果，是被"烧空"。

◉集评

汤显祖《玉茗堂评花间集》："索性咏古，感慨之下，自有无限烟波。"

李冰若《栩庄漫记》："词写炀帝开河南游事，妙在'烧空'二字一转，使上文花团锦簇，顿形消灭。此法盖出自太白'越王勾践破吴归'一诗。"

河传

柳拖金缕，着烟笼雾，蒙蒙落絮①。凤凰舟上楚女，妙舞②，雷喧波上鼓③。　龙争虎战分中土④，人无主⑤，桃叶江南渡⑥。襞花笺，艳思牵。成篇，宫娥相与传。

【注释】

①蒙蒙：形容雨、云密布。

②妙舞：美妙的舞蹈。谢朓《永明乐》："清歌留上客，妙舞送将归。"

③"雷喧"句：波上鼓声如雷轰鸣。

④龙争虎战：指诸侯王混战。　中土：泛指中原。《淮南子·地形》："正中冀州曰中土。"

⑤人无主：指隋末，天下无人主宰。

⑥"桃叶"句：指士大夫们纷纷南渡。此处用晋王献之送其爱妾桃叶渡江典故，以讽时

事。 襞花笺:折迭彩笺。 襞:褶子,衣上折迭线条。此用若动词,折叠。

【赏析】

是词怀古。前阕以秦淮河歌舞升平作全词的铺垫。后阕以中原战乱作反衬,导出王献之送爱妾渡江典故,借此讽刺东晋偏安江左,不图统一的腐败;道出作者希冀统一的愿望。

河传

花落,烟薄,谢家池阁。寂寞春深,翠蛾轻敛意沉吟。沾襟,无人知此心。 玉炉香断霜灰冷①,帘铺影,梁燕归红杏。晚来天,空悄然②。孤眠,枕檀云髻偏。

【注释】

①霜灰:谓香灰如霜。

②悄然:忧愁貌。白居易《长恨歌》:"夕殿萤惮思悄然,孤灯挑尽未成眠。"

【赏析】

是词写闺怨。前阕写春闺凄凉苦况,无人了解。"花落"、"烟薄",暮春寂寞的景色,比喻闺妇的寂寞。她的寂寞,由眉轻敛到"意沉吟",再到泪"沾襟",程度日深一日,就像春天一日深似一日。后阕写春闺孤寂空虚。炉香断、霜灰冷,她也不添料,让其再燃;她只是凝视着,春燕飞过留在帘铺和红杏上的影子。傍晚了,更加发愁,索性自个儿就去睡觉,躺在床上姿势歪歪的,云髻也偏到一边去了。

河传

风飐,波敛。团荷闪闪,珠倾露点。木兰舟上①,何处吴娃越艳②,藕花红照脸。 大堤狂杀襄阳客③,烟波隔,渺渺湖光白。身已归,心不归。斜晖,远汀鸂鶒飞。

【注释】

①木兰舟:用木兰树造成的船。任昉《述异记》下卷:"木兰洲在浔阳江中,多木兰树。昔吴王阖闾植木兰于此,用构宫殿也。七里洲中,有鲁班刻木为舟,舟至今在洲。诗家云木兰舟,出于此。"柳宗元《酬曹侍御过象县见寄》:"破额山前碧玉流,骚人遥驻木兰舟。"

②吴娃越艳:指吴越一带美丽姑娘。李白《忆旧游书怀赠韦太守》:"吴娃与越艳,窈窕夸铅红。"屈同仙《乌江女》:"越艳谁家女,朝游江岸傍。"

③大堤:指襄阳沿江大堤。宋齐梁时,常以大堤为题作曲,故称《大堤曲》。如《续玉台新咏》中所载王容《大堤女》:"宝髻耀明珰,香罗鸣玉佩。大堤诸女儿,一一皆春态。入花花不见,穿柳柳阴碎。东风拂面来,由来亦相爱。"乃描写大堤美女诗。 狂杀:狂极,感情难以节制。

【赏析】

是词写行旅。前阕描写湖光景色。湖面,微风荡起细浪;湖边,绿荷接碧天,团团荷叶微微颤动,点点凝露如珍珠滚动闪闪发光。湖中彩船上,众多吴娃越艳,与红莲媲美。过片，以“大堤”赞美女，“狂杀”表倾慕。彩船逐渐远去，他目送行舟，“烟波隔”，直至看不见为止，“渺渺湖光白”。“身已归，心不归”，她们已经归去，但他心还未归去。结尾二句，借景抒情，表白与美女偕眷的心迹。

◉**集评**

李冰若《栩庄漫记》：“‘身已归，心不归’。情至语不嫌其直率。”

菩萨蛮

月华如水笼香砌①，金环碎撼门初闭②。寒影堕高檐，钩垂一面帘③。 碧烟轻袅袅，红战灯花笑④。即此是高唐，掩屏秋梦长。

【注释】

①月华：月光。沈约《应王中丞思远咏月诗》：“月华临静夜，夜静灭氛埃。”

②金环：门上贯锁的镮扣。

③“钩垂”句：帘钩空垂，帘幕放下。 一面：一幅。

④红战：红火闪动。 红战灯花笑：古人以为爆出红色灯花，是喜兆，预兆有好梦。杜甫《独酌成诗》：“灯花何太喜？酒绿正相亲。”

【赏析】

是词写幽会。词作以艳丽场景开头，月光如水，笼罩着花阶香砌。趁着这大好春光夜晚，“金环碎撼门初闭”，如闻其声；参差树影落在高高的屋檐之上，玉钩垂着，帘幕放下。过片以袅袅香烟，喻俩人的缠绵，以“红战灯花笑”喻俩人的愉悦。结尾两句，才道出“即此是高唐”，掩屏秋夜的美梦何其长啊。

◉**集评**

陈廷焯《云韶集》：“‘战’‘笑’字新”。

俞陛云《唐五代两宋词选释》：“纪相逢，丽不伤雅，仅以淡笔写之。”

菩萨蛮

花冠频鼓墙头翼，东方淡白连窗色①。门外早莺声，背楼残月明②。 薄寒笼醉态，依旧铅华在③。握手送人归，半拖金缕衣④。

【注释】

①“花冠”两句：言天将晓，点明时间。 鼓：扇动。中间“墙头”，翼于其后，为叶韵。意为鼓翼墙头。 连窗色：从室内外望，东方发白，天色与窗色无异。

②“门外”两句：早莺唱对残月，写室外拂晓景色。

③“薄寒”两句：写主人公早起姿态神情。 铅华：指脂粉之类。

④“握手”两句：状主人公之行动及服装，半拖金丝绣之衣裙，言送别时衣着不修状。

【赏析】

是词写送别。前阕写晨晓景色，铺垫送别。报晓鸡立在墙头频频鼓扇翅膀鸣叫，东方亮起鱼肚白，照亮了窗户。门外的黄莺亦在啼叫，楼后边的残月明亮。后阕着重描写女子送别的情态。寒露薄薄笼罩着沉醉的姿态，写沉浸欢情；昨晚的铅华还依然留下，写美色依然；握着手，写依依不舍，"半拖"，写离别时仓促，稍现狼狈。

◉**集评**

李冰若《栩庄漫记》："情事历历如绘。"

菩萨蛮

小庭花落无人扫，疏香满地东风老[①]。春晚信沉沉，天涯何处寻？　晓堂屏六扇，眉共湘山远[②]。争那别离心，近来尤不禁[③]。

【注释】

①疏香：残花。又解作清淡之芳香，李元膺《洞仙歌·雪云散尽》："一年春好处，不在浓芳。小艳疏香最娇软。"　东风老：言暮春时节。

②湘山：即君山，在洞庭湖中，传说为湘君所游处，上有湘妃庙。此指屏风上所绘湘山远景，黛如眉色秀丽。

③不禁：受不住，经不起。

【赏析】

是词写闺思。前阕首二句勾画暮春人懒，烘托闺妇思人心境。春天信息亦包括爱人信息在内，已经消沉逝去，即使寻往天涯亦无法得到。过片写闺妇目睹室内陈设，晓堂画屏上的潇水湘山景色，深深地触动了相思怀人的神经，双眉紧锁，与画上的湘山一样长，此肖像描写深刻入木。结尾两句，无奈的叹息，深感再也经不起思念离人的情绪困扰、折磨了。

◉**集评**

汤显祖《玉茗堂评花间集》："'老'字、'抬'字(下首)、'晓'字俱下得妙，词本佳，而得此三字更觉生色。"

沈际飞《草堂诗余别集》："气幽情快。"

菩萨蛮

青岩碧洞经朝雨，隔花相唤南溪去。一只木兰船，波平远浸天[①]。　扣舷惊翡翠[②]，嫩玉抬香臂[③]。红日欲沉西，烟中遥解觿[④]。

【注释】

①浸天：与天相接，即水天一片。

②扣舷：渔人唱歌时或打鱼时常有节奏敲打船舷。扣：敲打。徐坚《棹歌行》："扣舷过曲浦，飞帆越回流。"

③嫩玉：喻美人双臂，娇嫩如玉。

④解觿(xī)：解下佩觿以赠。觿，骨制形如锥用以解绳之工具。《诗·卫风·芄兰》"艺兰之支，童子佩觿。"朱熹注："觿，锥也，以象骨为之，所以解结，成人之佩，非童子之饰也。"

【赏析】

是词写定情。前阕写一对青年男女,清晨相约往南溪,青岩、碧洞各人的住处,“经朝雨”,可想见青山绿水经朝雨后的清凉爽快。隔着花丛呼唤出发去南溪。木兰船驶向波平浪静的水天远处。后阕先着墨女子,敲打拍击船舷唱着渔歌,惊飞水鸟;娴熟摇橹玉臂动作协调,刻画了一位活泼、能干的青年渔女形象。红日西下,江上腾升起薄薄水雾,俩人解下佩觿相赠定情。词作无脂粉味,一股乡土气息扑面而来。

◉集评

况周颐《历代词人考略》:“孙孟文词,《全唐诗》附八十首,甄录最多,并皆秾至绵丽,语不涉俗。断句如‘一只木兰船,波平远浸天’……遥情深致,便似北宋人佳句。”

菩萨蛮

木棉花映丛祠小①,越禽声里春光晓②。铜鼓与蛮歌③,南人祈赛多④。客帆风正急,茜袖偎樯立⑤。极浦几回头,烟波无限愁。

【注释】

①木棉:或作木绵,热带落叶乔木,初春开花,大而红。结实长椭圆形,中有白棉,可絮茵褥。元稹《送岭南崔侍御》:“火布垢尘须火浣,木绵温软当绵衣。”

②越禽:泛指南方飞禽,越通粤。又解,《本草·释名》:“孔雀一名越禽。”

③铜鼓:赛神所击祭器也。许浑《送客南归有怀》:“瓦尊迎海客,铜鼓赛江神。” 蛮歌:南方的民歌。杜甫《夜二首》:“蛮歌犯星起,空觉在天边。”

④南人:指荆楚一带之居民。

⑤茜:绛色。 茜袖:红袖,代指女子。

【赏析】

是词写南方风光。前阕描写南方水乡祈神场面,“祈赛多”,乡民所祈很多,此乃伏笔。后阕抓住红袖姑娘作典型,表达担心所祈落空而产生之“无限愁”。“客帆”言红袖乘坐之船,或许她是为自己祈求姻缘而来参加祈神活动,“偎樯立”、“几回头”,惆怅满腔,那浩瀚烟波恰似她心中“无限愁”。为甚愁?也许她害怕所祈不能实现吧。

◉集评

李冰若《栩庄漫记》:“南国风光,跃然纸上。”

河渎神

汾水碧依依①,黄云落叶初飞。翠华一去不言归②,庙门空掩斜晖。 四壁阴森排古画③,依旧琼轮羽驾④。小殿沉沉清夜,银灯飘落香灺⑤。

【注释】

①汾水:水名,汾河,今山西境内,流入黄河。

②翠华:用翠羽饰于旗杆顶上之旗,仪仗之一种。此指代执仪仗之神仙们。或特指君王,杜甫《韦讽录事宅观曹将军马图歌》:“忆昔巡幸新丰宫,翠华拂天来向东。”汪遵《越女》:“苏台日夜唯歌舞,不觉干戈犯翠华。”

③阴森：幽暗貌。岑参《登嘉州凌云寺作》："迥旷烟景豁，阴森棕楠稠"。
④琼轮羽驾：玉做之车轮，翠羽饰之车盖。
⑤灺(xiè)：《说文》："灺，烛烬也"。灯烛烧后之余灰。

【赏析】
是词描写神庙荒芜，抚昔伤今。开头两句，就见神庙的萧条，汾水河碧绿，静静地流淌，天上黄云与落叶齐飞。祈神时翠华簇拥的隆重场面一去不复返，庙门虚掩对着残阳。后阕写庙堂内，四壁上的古画虽然"琼轮羽驾"，但却添了几分阴森。小殿里如黑夜深沉，只见银灯还飘落着余灰。全词写景物，却注入了主观感情因素，或许作者要告诉人们，事物总是由无到有，由盛转衰，由衰转盛地循环反复的。

◉集评
汤显祖《玉茗堂评花间集》："原题本旨，直书祠庙中事，自无借拨空影习气。"
陈廷焯《词则·别调集》："'袅袅兮秋风，洞庭波兮木叶下'，起笔仿佛似之。"

河渎神

江上草芊芊①，春晚湘妃庙前②。一方柳色楚南天，数行斜雁联翩③。　独倚朱栏情不极，魂断终朝相忆。两桨不知消息④，远汀时起鸂鶒。

【注释】
①芊芊：言草木茂盛。《广雅·释训》："芊芊，茂也。"《列子·力命》："美哉国乎！郁郁芊芊。"
②湘妃庙：尧之两女，后为舜之二妃，舜涉方死于苍梧，二妃死于江湘之间。立庙于洞庭君山之上，曰湘妃庙。
③联翩：鸟飞翔貌。李峤《檄》："联翩至汉国，迢递入燕营。"
④两桨：借代为舟，舟又借代为乘舟之人。

【赏析】
是词前阕写湘妃庙春晚景色。大江岸边长满繁茂的芳草，春天晚景呈现在湘妃庙前。一片淡青的楚地南天上，几行征雁相伴而飞。后阕想象，写湘妃独自倚阑，怅情无限，魂兮终日相思，得不到任何消息，只有看着远处水汀，不时飞起的双双鸂鶒而发呆。词作通过写景，抒发了怀人之情。

虞美人

红窗寂寂无人语，暗淡梨花雨①。绣罗纹地粉新描②，博山香炷旋抽条③，暗魂销。　天涯一去无消息，终日长相忆。教人相忆几时休？不堪枨触别离愁④，泪还流。

【注释】
①梨花雨：梨树花开时节下的雨。
②"绣罗"句：于绣罗帐花底子上再以彩粉新描图案。
③旋抽条：言喷烟之状。

④枨(chéng)触:《广韵》:"枨,枨触。"接触。

【赏析】

是词写怀远。前阕写室内外景物,红窗里静寂得没有一点人声,窗外下着细细的梨花雨。绣罗帐上又再涂画上新描的花纹,博山炉里喷出条条回旋的香烟,暗自里魂销。后阕写离别。情人自从远行一去,再也没有消息,她整日地长久思忆。叫人什么时候才能休止?经不起接受离别带来的痛苦,眼泪还在流淌着,自然而然地抒发出怀远的感情。

◉集评

汤显祖《玉茗堂评花间集》:"《益州方物图赞》'虞'作'娱',集中诸调,都不及虞姬事,想以此故。"

虞美人

好风微揭帘旌起,金翼鸾相倚[①]。翠檐愁听乳禽声[②],此时春态暗关情[③],独难平。　画堂流水空相翳[④],一穗香摇曳[⑤]。教人无处寄相思,落花芳草过前期[⑥],没人知。

【注释】

①金翼鸾:帘上所绣的图案。

②翠檐:翠色屋檐。宋无名氏《宫词》:"迎春燕子尾纤纤,拂柳穿花掠翠檐。"

③春态:美好容态。

④翳(yì):《集韵》:"翳,蔽也。"遮蔽。

⑤摇曳:香穗形状的烟随风飘荡。

⑥过前期:过了约定会面期限。

【赏析】

是词写春思。前阕触"景"生情,"好风微揭",引起闺人注意,看见帘上鸾鸟相偎、乳禽盼母嘶叫绘画;"春态暗关情",惟独相思更难平。过片,描写她相思至极,有点儿精神恍惚,将堂上挂画当作真景看待;山山水水,隐隐约约,香烟袅袅,飘忽浮动……不禁发出"教人无处寄相思"之感叹。如今,春暮花落、草长,冀期亦过,却无人知晓。

后庭花

景阳钟动宫莺啭,露凉金殿。轻飙吹起琼花旋[①],玉叶如剪。　晚来高阁上,珠帘卷,见坠香千片,修蛾慢脸陪雕辇[②],后庭新宴[③]。

后庭花

石城依旧空江国[④],故宫春色[⑤]。七尺青丝芳草碧,绝世难得[⑥]。　玉英凋落尽[⑦],更何人识。野棠如织[⑧],只是教人添怨忆,怅望无极。

【注释】

①轻飙(biāo):微风。罗隐《轻飙》:"轻飙掠晚莎,秋物惨关河。"　琼花:此泛指色泽鲜丽如玉之花。琼花,花木之一种。李白《秦女休行》:"西门秦氏女,秀色如琼花。"

②修蛾慢脸：长眉娇脸。修，细长。慢，娇美。白居易《忆旧游》："修蛾慢脸灯下醉，急管繁弦头上催。"

③后庭新宴：在后宫摆设新宴。据《南史·后妃列传下》载，陈后主每引宾客，对张贵妃等游宴，使诸贵人及女学士与狎客共赋新诗，互相赠答。采其尤艳丽者，以为曲调，被以新声。其曲有《玉树后庭花》、《临春乐》等。内容多赞张贵妃、孔贵嫔之容色。如"壁月夜夜满，琼树朝朝新"之类。《南史·陈本纪下》："陈后主愈骄，不虞外难，荒于酒色，不恤政事。左右嬖佞珥貂者五十人，妇人美貌丽服巧态以从者千余人。常使张贵妃、孔贵人等八人夹坐，江总、孔范等十人预宴，号曰'狎客'。先令八妇人襞采笺，制五言诗，十客一时继和，迟则罚酒。君臣酣饮，从夕达旦，以此为常。"

④石城：石头城，亦称石首城。战国楚威王灭越，置金陵邑。汉建安十六年，孙权徙治秣陵，改名石头。故址在今南京西石头山后。

⑤故宫春色：陈后主宫殿之春色依然如故。

⑥"七尺"二句：七尺长发如春草碧色，这样的美人世上难得。据《南史·后妃列传下》载：张贵妃（丽华）发长七尺，鬒黑如漆，其光可鉴；特聪慧，有神采，进止闲华，容色端丽，每瞻视眄睐，光彩溢目，照映左右；尝于阁上靓妆，临于轩槛，宫中遥望，飘若神仙。

⑦玉英：此指张贵妃如玉英般美色。 英：花。

⑧野棠：野棠梨。丘迟《早发定山诗》："野棠开未落，山樱发欲然。"

【赏析】

是调两首吊古，皆咏陈后主事。

"景阳钟动宫莺啭"章，讽刺陈后主忱于酒色。景阳宫响起了钟声、黄莺鸟亦在啭啭歌唱，入夜的秋露笼罩金殿。轻风吹动琼花起舞，玉叶好像剪裁过一样。晚上登上高阁，珠帘卷起，只见落花千片。那些修眉慢脸陪着雕花龙辇而来，正赶着往后庭，享用新宴。

"石城依旧空江国"章，描述陈后主迷色亡国。石头城依然空自立于江国，故宫里仍旧春色烂漫。张贵妃的七尺青丝虽然绝世难得，却亦未能见得，只有芳草碧碧蔓长着。如玉英般的容颜已经凋谢殆尽，还有谁人识得？野海棠梨如织开放。只是使人增添上无限的怨言恨忆，远望中惆怅至极。

◉集评

陈廷焯《云韶集》："起笔挺。触景生情，有不期然而然者。'只是教人'四字，真乃达得出。"《词则·大雅集》："胸有所郁，独处伤怀，妙在不说破，说破则浅矣。"

李冰若《栩庄漫记》："孙孟文词疏朗婉丽，近于韦相。其《后庭花》二首吊张丽华，词意蕴藉凄怨，读之使人意消。"

生查子

寂寞掩朱门，正是天将暮。暗淡小庭中，滴滴梧桐雨。　绣工夫①，牵心绪，配尽鸳鸯缕②。待得没人时，偎倚论私语③。

【注释】

①绣工夫：刺绣。欧阳修《南柯子》："等闲妨了绣工夫，双鸳鸯字怎生书。"

②配尽鸳鸯缕：喻绣女用情的深。

③私语：低声小语。白居易《长恨歌》："七月七日长生殿，夜半无人私语时。"

【赏析】

是词写幽怨。前阕描写豪门天暮景色。天快黑了，豪门好寂寞，暗淡小庭院，秋雨沥沥，轻轻敲打着梧桐树叶。后阕描写闺妇绣花。绣鸳鸯，牵动情绪，精心挑选，配尽合色之线。结尾二句，惟妙惟肖刻画闺妇思念这情，看见没旁人，便偎倚着绣图之鸳鸯窃窃私语。

◉集评

李冰若《栩庄漫记》："上半阕极写寂静，下半阕写幽怨。怨而不怒，足耐回味。"

生查子

暖日策花骢，鞸鞚垂杨陌①。芳草惹烟青，落絮随风白。 谁家绣毂动香尘？隐映神仙客②。狂杀玉鞭郎，咫尺音容隔③。

【注释】

①鞸鞚(kòng)：让马慢慢地走。 鞸：下垂。 鞚：马勒。

②"隐映"句：隐约现出美丽如仙之佳人。

③"咫尺"句：虽相隔极近，仍未能接交。

【赏析】

是词写一男子遇艳。前阕描写倜傥风流公子骑马春游。后阕情节发展，他透过绣车扬起的尘烟，若隐若现地看见车里美如神仙的女子。"狂杀"，他爱慕的情喷涌而出，真可惜近在咫尺，不能与她倾诉。

◉集评

汤显祖《玉茗堂评花间集》："六朝风华而稍参差之，即是词也。唐词间出选诗体，去古犹未河汉。"

生查子

金井坠高梧①，玉殿笼斜月。永巷寂无人②，敛态愁堪绝③。 玉炉寒，香烬灭，还似君恩歇。翠辇不归来，幽恨将谁说？

【注释】

①金井：饰以雕栏的井。王昌龄《长信秋词五首》之一："金井梧桐秋叶黄。"

②永巷：皇宫中长巷，幽闭宫女之有过错者。李商隐《泪》："永巷长年怨绮罗，离情终日思风波。"

③"敛态"句：收敛了笑容，心中愁悲欲绝。

【赏析】

是词写宫女怨。前阕三句写宫中寂寞景色，为"敛态愁堪绝"作铺垫，宫怨的第一层。过片，以"玉炉寒"、"香烬灭"比喻君恩停歇，宫怨的第二层。"寒"、"灭"二字用得贴切。结尾两句，君皇不再归来，自己的幽怨，向谁倾吐？宫怨的第三层。

临江仙

霜拍井梧干叶堕[1]，翠帏雕槛初寒。薄铅残黛称花冠[2]。含情无语，延伫倚栏干[3]。　杳杳征轮何处去[4]？离愁别恨千般。不堪心绪正多端，镜奁长掩，无意对孤鸾[5]。

【注释】

①拍：《广雅·释诂》："拍，击也。"　井梧：井侧之梧桐。杜甫《宿府》："清秋幕府井梧寒。"

②称花冠：人面与花冠相称，配得合适。

③延伫：长时间站立。屈原《离骚》"延伫乎吾将反。"《注》："延，度也；伫，立貌。"陶潜《停云诗》："搔首延伫。"　江淹《张司空华离情》："延伫整绫绮，万里赠所思。"

④征轮：借代乘车远行。

⑤孤鸾：镜中孤影。　鸾：镜子。

【赏析】

是词写怀人。前阕开头二句写秋寒，梧桐经霜，枯叶坠地，翠帷雕栏皆染上寒气。在此清冷的环境中，只见一闺妇，薄施铅粉、稍整残黛，随意戴上花冠，正好配得上她那美丽面容。她含情脉脉，一言不发，久久地倚栏而望。过片承上启下，由望而想：遥远的情人不知到了哪里？经不起离愁许多困扰。将镜奁长锁，无心对镜看着孤单只影。

临江仙

暮雨凄凄深院闭[1]，灯前凝坐初更。玉钗低压鬓云横，半垂罗幕，相映烛光明。　终是有心投汉佩[2]，低头但理秦筝[3]。燕双鸾偶不胜情[4]，只愁明发[5]，将逐楚云行[6]。

【注释】

①凄凄：《诗·郑风·风雨》"风雨凄凄，鸡鸣喈喈。"《传》："风且雨凄凄然。"《疏》："凄凄，寒凉之意。"

②汉佩：汉皋游女佩珠，投汉佩，表示爱情。

③秦筝：古时传说筝为秦蒙恬所造，属秦声。《风俗通·声音》："筝，五弦筑身也。"王暕《观乐应诏诗》："赵瑟含清音，秦筝凝逸响。"

④燕双鸾偶：燕成双，鸾成对。指室内所见彩饰图形。

⑤明发：天明。《诗·小雅·小宛》"明发不寐，有怀二人。"朱熹注："明发，谓将旦而光明开发也。"

⑥楚云：楚天行云，略露闺人担心之意，唯恐所念之人另有所欢。

【赏析】

是词写闺妇之忧。前阕描写深院大家的闺妇雨夜独坐。傍晚，淫淫春雨下个不停，幽深大院早已关门；闺妇端坐灯前，凝情有所思直至初更时分。玉钗低垂下来，压在绿云横亘样的髻鬟之上，从发妆松散的情态，可窥见闺妇内心的寂寞。"半垂"二句，罗帷不下、灯烛明亮，写出闺妇仍无睡意。后阕分三层：一层，回忆定情，他"有心投汉佩"，自己喜中带羞，只好以“低头但理秦筝”来遮掩。二层，闺妇凝视闺房内的“燕双鸾偶”画图，按捺不住心中情绪起伏。三层，词旨，她心中亦不免想到——“只愁”，说不定等到天明，他又追逐楚天行云去了。闺妇的隐忧，反映了当时妇女社会地位低下，即便是贵妇，才艺声色者亦难逃随时遭人抛弃的厄运。

酒泉子

空碛无边①，万里阳关道路②。马萧萧③，人去去④，陇云愁⑤。　香貂旧制戎衣窄⑥，胡霜千里白。绮罗心⑦，魂梦隔，上高楼。

【注释】

①空碛：广阔的沙漠。师颜诗“空碛昼苍茫，沙腥古战场”。

②阳关：古代关名，在今甘肃省敦煌西南古董滩附近，因在玉门关之南，故称阳关。它与玉门关同为古时对西域交通的门户，出玉门关者为北道，出阳关者为南道。王维《渭城曲》：“劝君更尽一杯酒，西出阳关无故人。”

③马萧萧：杜甫《兵车行》：“车辚辚，马萧萧。”

④去去：走了又走，越离越远。曹植《杂诗七首》之二：“去去莫复道，沉忧令人老。”

⑤陇：陇山，跨陕西陇县甘肃清水县。

⑥“香貂”句：征人旧日所穿所制貂皮军服已不合身，因天寒必穿多，故外衣嫌窄。貂：像狐的动物。

⑦绮罗心：昔日欢娱与美愿。

【赏析】

是词写征眷怨。前阕描写闺妇想象中征夫的生活。一望无垠的沙漠，何其空旷辽阔；万里遥遥的阳关道路，“马萧萧”、“人去去”，来回反复出战，连塞上云彩亦发了愁。后阕接“愁”字展开，闺妇担心，冬天来了，旧日貂皮制作的征衣，着在外面会不会窄小了些，能抵得住边塞千里霜雪寒冷吗？词人以此入章，可见其观察生活的细微。闺妇叹息，往日的欢娱及美好愿望，如今皆成梦境；只有登高楼远望消愁。

◉集评

汤显祖《玉茗堂评花间集》：“‘三叠’文之《出塞曲》，而长短句之《吊古战场文》也，再读不禁鼻酸。”

酒泉子

曲槛小楼，正是莺花二月。思无聊，愁欲绝，郁离襟①。　展屏空对潇湘水②，眼前千万里。泪掩红③，眉敛翠，恨沉沉。

【注释】

①郁离襟：离愁郁结在胸中。　襟：借代为胸怀。

②潇湘水：屏上所画景也。

③泪掩红：泪水浸透、冲掉了脸上胭脂，言泪水甚多。

【赏析】

是词写春怨。起句言闺妇住所。以“莺花二月”时景衬其怨：“思”、“愁”、“郁”交织满胸襟。后阕写闺妇展示屏风，看见千里潇湘山水图，想象所思的人或许就在其中，忍不住泪如雨注，翠眉紧蹙，怨恨久久未平。

酒泉子

敛态窗前，袅袅雀钗抛颈①。燕成双，鸾对影，耦新知②。　玉纤淡拂眉山小，镜中嗔共照③。翠连娟④，红缥渺⑤，早妆时。

【注释】

①雀钗：头饰。

②耦新知：遇到新知己。

③“镜中”句：对着镜子自照自觉娇羞。嗔：生气、怪怨，此含撒娇之意。共照：相照，自照。

④翠连娟：眉细长而弯。翠：翠眉。

⑤红缥渺：脸泛着红光。缥缈，飘浮貌，此指脸因胭脂相衬而红光隐约可见。一说“红缥渺”，指首饰。

【赏析】

是词写女子早妆。前阕首二句刻画晨起宿妆闺妇形象，头上雀钗歪斜袅袅、略带愁容呆立窗前。后三句，写其所见所想，燕双、鸾对欢飞，想到自己最近遇着了新知已。后阕写晨妆，表现其欢喜而又娇羞的心情。玉指轻轻点上粉彩，淡淡扫拂蛾眉，临镜照看，不自觉地责怪，“翠连娟”，太过分了，脸上煞时红了。“早妆时”，点题。是词选材典型，以小见大，曲折道来，人物心理过程起伏，颇有韵味。

清平乐

愁肠欲断，正是青春半①。连理分枝鸾失伴②，又是一场离散③。　掩镜无语眉低，思随芳草萋萋。凭仗东风吹梦，与郎终日东西。

【注释】

①春半：仲春二月。张若虚《春江花月夜》：“昨夜闲潭梦落花，可怜春半不还家。”

②连理：《孝经·援神契》：“德于草木，则木连理。”连理枝，比喻夫妻相爱。白居易《长恨歌》：“在天愿作比翼鸟，在地愿为连理枝。”

③一场：犹一度，一回。

【赏析】

是词女子伤别。“愁肠欲断”挈领全词，两人仲春又遇别离。“连理分枝鸾失伴”比喻别离。“又是”言不只一次。后阕，大胆联想写别后思念：“思随芳草萋萋”，思情如春草盎然疯长；“凭使东风吹梦”，愁绪为梦任凭东风吹拂；“与郎终日东西”，结句真情直陈表白。

◉集评

陈廷焯《云韶集》：“柔情蜜意，思路凄然。”《词则·闲情集》：“痴情幻想，说得温厚，便有风骚遗意。”

李冰若《栩庄漫记》：“东风吹梦，与郎东西，语极缠绵沉挚。”

清平乐

等闲无语，春恨如何去！终是疏狂留不住[①]，花暗柳浓何处[②]？　尽日目断魂飞[③]，晚窗斜界残晖[④]。长恨朱门薄暮，绣鞍骢马空归。

【注释】

①疏狂：放荡任性。

②花暗柳浓：指游冶之地。

③目断：望断，眼睛所能看到之最远处。杜甫《祠南夕望》："兴来犹杖屦，目断更云沙。"

④斜界：斜射。又指，斜晖的光线。

【赏析】

是词写春恨。起首就写恨，"等闲无语"，好一个冷若冰霜的男人，无法与其沟通。"春恨如何去！"自己心中的春恨何以能解？三四句写男人放荡不羁，任意狂为；要留他在家，留不住。今天寻花问柳不知去了何处。前阕从闺妇角度写男人，对其指控，发泄春恨。后阕写闺妇感受，饱受其害。她终日丧魂落魄，从早到晚希望他能改正。等到的，是男人烂醉如泥归来，岂不与无归一般。"更恨朱门薄暮"，直接抨击官宦人家、富贵公子沉湎于官妓制度保护下的游冶。

◉集评

汤显祖《玉茗堂评花间集》："徘徊不忘思婉，恋而不激，填词中之有风雅者。"

李冰若《栩庄漫记》："'终是疏狂留不住'，无限伤怨。不嫌其说得尽。"

更漏子

听寒更[①]，闻远雁，半夜萧娘深院[②]。扃绣户，下珠帘，满庭喷玉蟾。　人语静，香闺冷，红幕半垂清影。云雨态，蕙兰心[③]，此情江海深。

【注释】

①寒更：寒夜之更声。骆宾王《别李峤》："寒更承夜永，凉景向秋澄。"

②萧娘：泛指少女。杨巨源《崔娘诗》："风流才子多春思，肠断萧娘一纸书。"

③蕙兰心：喻女子贤淑的品格。

【赏析】

是词写夜思。前阕以"听"、"闻"相对，突出写少女在深院闺房，由入夜至天亮前的动作，孤寂一人静听寒更漏声、秋雁南飞鸣叫。后三句，补笔写少女闭户垂帘，空对满庭月光待人归。后阕再以"静"、"冷"渲染，反衬少女心中燃烧的春心。她为何如此望人归？结尾三句给予说出："云雨态，蕙兰心，此情江海深。"好一个感情炽热的女郎。

◉集评

汤显祖《玉茗堂评花间集》："得情深江海，自不至断肠西东。其不然者，命也、数也。人非木石，那得无情，世间负心人，木石之不若也。"

更漏子

今夜期，来日别，相对只堪愁绝。偎粉面，捻瑶簪[①]，无言泪满襟。　银箭落[②]，霜华薄，墙外晓鸡咿喔[③]。听咐嘱，恶情悰[④]，断肠西复东。

【注释】

①捻瑶簪：用手指搓弄玉簪。

②银箭落：刻漏上标箭已降下，黑夜将尽。

③咿喔：象声，此指鸡啼声。储光羲《射雉词》："遥闻伊喔声，时见双飞起。"

④恶情悰：厌欢情。恶，厌烦，此有悔恨之意。　悰(cóng)：欢乐心情。李商隐《乐游原》："无悰托诗遣，吟罢更无悰。"

【赏析】

是词写幽别。全词写幽会不同一般，基调是相会"愁绝"，离别"断肠"。今夜虽然如期相见，明天却又要离别，俩人相对只有难忍的发愁到了极点。偎依着粉面，撚弄着玉簪，默默无言地流泪沾满了衣襟。后阕，时间去到了拂晓。刻漏上的银落下，月光也淡了，墙外的雄鸡咿喔地啼叫，听临别之言，好像后悔用情太深，分别各西东，令人断肠。

女冠子

蕙风芝露[①]，坛际残香轻度。蕊珠宫，苔点分圆碧[②]，桃花践破红。　品流巫峡外[③]，名籍紫微中[④]。真侣墉城会[⑤]，梦魂通。

女冠子

淡花瘦玉，依约神仙妆束。佩琼文[⑥]，瑞露通宵贮，幽香尽日焚[⑦]。　碧纱笼绛节[⑧]，黄藕冠浓云[⑨]。勿以吹箫伴[⑩]，不同群。

【注释】

①芝露：花上凝聚之露珠。

②苔点：苔藓长状如点布。白居易《游悟真寺诗》："冷滑无人迹，苔点如花笺。"　"苔点"二句：一丛丛青苔分布为碧色圆影，一片片坠落桃花 被踏成碎块。

③品流：等级辈份。郑谷《鹧鸪》："品流应得近山鸡。"

④名籍：名册。　紫微：星座。泛指仙宫。岑参《西掖省即事》："千门柳色连青琐，三殿花香入紫微。"

⑤真侣：得道成仙之伙伴。　墉城：神仙所居之地。《水经注·河水》："承渊山又有墉城，金台玉楼，相似如一，西王母之所治，真官仙灵之所宗。"

⑥琼文：以美丽纹饰装饰。

⑦"瑞露"二句：通宵贮藏露水，整日焚烧香料，此两项乃炼丹事。

⑧绛节：作法术时所用道具。

⑨"黄藕"句：黄藕色帽子戴在头上。黄藕，道士帽子之色。浓云，喻头发。

⑩吹箫伴：指萧史、弄玉。

【赏析】

是调两首，皆描写女道士形象。

“蕙风芝露”章，前阕写场景。蕙风吹拂芝露，道坛上残香袅袅飘度。蕊珠宫，青苔分布成碧绿的圆形，桃花凋零飘落其上。后阕直接写女冠，她的道行扬名到了巫峡之外，名籍列入了紫微宫中。真侣相会墉城，常常是梦魂相通。“苔点分圆碧，桃花践破红”二句写景可取。

“淡花瘦玉”章，先写女冠子体态美，她貌如淡雅鲜花，身段修长、肌肤如玉，简直是神仙一般的装束。佩带宝纹美玉，瑞露通宵贮藏，幽香终日焚烧。青绿的纱巾裹着红色的节符，藕黄的冠帽约束着浓黑的秀发。她不用吹箫去求得同伴，不与凡人为群。

风流子

茅舍槿篱溪曲[1]，鸡犬自南自北。菰叶长[2]，水葓开，门外春波涨绿。听织，声促，轧轧鸣梭穿屋[3]。

【注释】

①槿篱：以木槿树作成的篱笆。 槿：落叶灌木，高达六八尺，花有白、红、紫色，叶缘锯齿形，农家多种以为篱笆。

②菰：多生南方水泽中，高五六尺，多年生草本植物，嫩茎即茭白，可作蔬菜；至秋结实，称为菰米，可以煮食。储光羲《田家杂兴八首》之八：“夏来菰米饭，秋至菊花酒。”

③轧轧：织机声。

【赏析】

是词写织布女。先勾勒中景，茅舍前后缭绕槿树篱笆，小溪弯弯曲曲流过屋前；特写鸡犬悠然来往，忽南忽北。视野移向水面，近岸茨菰挺着修长绿叶，水葓蔓枝伸展开去。门前春水碧澄，泛起绿波。忽然间，织促机声穿透茅屋，传递过来，划破了田园宁静。听闻织布声，我们看到了她在辛勤劳动着。

◉集评

汤显祖《玉茗堂评花间集》：“田家乐耶？丽人行耶？青楼曲耶？词人藻，美人容，都在尺幅中矣。”

李冰若《栩庄漫记》：“《花间集》中忽有此淡朴咏田家耕织之词，诚为异采。盖词境至此，已扩放多矣。”

风流子

楼倚长衢欲暮[1]，瞥见神仙伴侣[2]。微傅粉[3]，拢梳头[4]，隐映画帘开处。无语，无绪[5]，慢曳罗裙归去。

【注释】

①长衢：长街。左思《咏史》：“冠盖荫四术，朱轮竞长衢。”

②瞥：目一掠而过。李商隐《七月二十八日夜与王郑二秀才听雨后梦作》：“瞥见冯夷殊怅望。” 神仙伴侣：指所欢之人。

③傅粉：搽粉。李端《赠郭驸马》：“熏香荀令偏怜少，傅粉何郎不解愁。”

④拢:《通俗编·杂字》:“小理发曰拢。”

⑤无绪:犹情绪低落。冯延《蝶恋花》:“香印成灰,坐起浑无绪”。

【赏析】

是词写瞥艳。头二句直写:暮色之中、长街楼上,瞥见貌如神仙女美女。“微傅粉,拢梳头”寥寥六字概写素淡妆束,美丽倩影隐约掩映。忽然,她来到画帘卷起揭开之处,只见她“无语,无绪”;一会儿,她慢步而行,拖曳着长裙走了进去。

◉集评

陈廷焯《云韶集》:“情态逼真,令人如见。结三语有无限惋惜。”

风流子

金络玉衔嘶马[①],系向绿杨荫下。朱户掩,绣帘垂,曲院水流花谢。欢罢,归也,犹在九衢深夜[②]。

【注释】

①金络:金色络头。刘孝威《寄妇行》:“行驱金络骑,归就城南端。” 玉衔,饰玉马衔。李山甫《公子家》:“锦袖妒姬争巧笑,玉衔骄马索闲游。”

②九衢:四通八达大路口。沈约《岁暮愍衰草》:“凋芳卉之九衢,宝灵茅之三脊。”邵谒《自叹》:“白日九衢中,幽独暗如漆。”刘邺《翰林作》:“曾是江波垂钓人,自怜深厌九衢尘。”

【赏析】

是词写游冶。以叙事笔调,写过程。骑上金络玉衔的马儿奔跑过去,一路上骏马嘶叫不停。马儿拴在绿杨树下。敲开掩闭的大门进去,过了垂帘,走进曲院,只见水流花榭。欢娱之后,深夜回去走在大街上。词作含而不露,无猥亵之感。

定西番

鸡禄山前游骑[①],边草白[②],朔天明[③],马蹄轻。 鹊面弓离短韔[④],弯来月欲成[⑤]。一只鸣髇云外[⑥],晓鸿惊。

【注释】

①鸡禄山:山名,在今内蒙古自治区杭锦后旗西北部。东汉时,窦宪出鸡鹿塞,与北匈奴战于稽落山(即鸡禄山),得胜后,登燕然山刻石记功而凯旋。 游骑:流动之骑兵。

②边草白:边塞上的草,经霜后一派白色。杜牧《游边》:“黄沙连海路无尘,边草常枯不见春。”

③朔:北向方位、北方。

④鹊面弓:弓名,弓背上饰有鹊形。 韔(chàng):弓衣、弓袋子。《诗·秦风·小戎》“虎韔镂膺,交二弓。”毛传:“交二弓于中也。”

⑤“弯来”句:拉开弓来如圆月一般。 弯:拉开,用若动词。 月欲成:将成满月形。

⑥髇(xiāo):响箭。《新唐书·地理志》:“妫州土贡髇矢。”

【赏析】

是词写边塞。全词描写巡骑形象,骑士巡逻鸡绿山,冬天来了,边塞草原上霜雪白茫茫,天空显得格外明亮,骑士骑着骏马飞快驰骋。后阕,细节描写,只见他从弓袋里拿出鹊面弓,搭上髀箭,拉弓如满月,一箭惊晓鸿。边塞骑士形象英武善战。

◉集评

李冰若《栩庄漫记》:"随题敷衍,了无佳处。"

定西番

帝子枕前秋夜①,霜幄冷,月华明,正三更。　何处戍楼寒笛?梦残闻一声。遥想汉关万里,泪纵横。

【注释】

①帝子:原指帝王的子女。屈原《湘夫人》"帝子降兮北渚,目眇眇兮愁予。"朱熹集注:"帝子,谓湘夫人,尧之次女女英,舜次妃也。"江淹《秋至怀归诗》:"秋至帝子降,客人伤婵娟。"

【赏析】

是词咏史。前阕写乌孙公主秋夜三更未眠,霜侵幄冷,如水月光照临床前。后阕以寒笛惊梦为引,写出思汉情绪。"何处",朦胧之中,分辨不清。"闻一声"与"想万里"相对,烘托出无限怀乡盼归的深情。

◉集评

汤显祖《玉茗堂评花间集》:"吴子华云:'无人知道外边寒。'谢叠山云:'玉人歌吹未曾归。'可见深宫之暖,不知边塞之寒;玉人之娱,不知蚕妇之苦。至裴交泰下第词云:'南宫漏短北宫长。'真一字一血矣。"

何满子

冠剑不随君去①,江河还共恩深。歌袖半遮眉黛惨②,泪珠旋滴衣襟③。惆怅云愁雨怨,断魂何处相寻?

【注释】

①冠剑:指士之服饰佩物。

②歌袖:歌者之衣袖。杜甫《数陪李梓州泛江……》之二:诗"白日移歌袖,青宵近笛床"。黛惨:白居易《六年春赠分司东都诸公》:"黛惨歌思深,腰凝舞拍密。"

③旋:随即。

【赏析】

是词怀人。词由"冠剑"起,睹物思人。"歌袖半遮眉黛惨,泪珠旋滴衣襟",此由内及表的流露。"云愁雨怨",所有一切,在她看来皆为愁怨,此由表及内的意感。

玉蝴蝶

春欲尽,景仍长①。满园花正黄。粉翅两悠飏②,翩翩过短墙。　鲜飙暖③,牵游伴,飞去立残芳。无语对萧娘,舞衫沉麝香。

【注释】

①长:善,美好。

②粉翅:蝴蝶之薄翅也。李商隐《蝶》:"孤蝶小徘徊,翩翾粉翅开。"

③鲜飙:好风。 鲜:好也。

【赏析】

是词咏物,写蝴蝶。前阕铺垫美景,春天虽然快要过去,美景日子仍然长着,那满园黄花正开着呀。歇拍两句,正面描写蝴蝶,粉翅双双扇动,悠然写意,翩翩而飞,追逐着过了短墙。过片续写,乘着熏暖的好风,蝴蝶相邀成双结对,齐齐飞去,停在花儿上;少女们走过来,它无语以对,却让她们尽情欣赏它那舞衣般、飐动着的双翅,嗅着散发出来的沉香浓味。

八拍蛮

孔雀尾拖金线长,怕人飞起入丁香①。越女沙头争拾翠②,相呼归去背斜阳。

【注释】

①丁香:常绿乔木,高二丈余,花淡红色,花蕾芳香。

②拾翠:拾取翠鸟羽毛作妆饰品;亦指妇女春日嬉游。此指前者。杜甫《秋兴八首》之八:"佳人拾翠春相问,仙侣同舟晚更移。"

【赏析】

是词写南方水乡风情,按南方山歌格式,不拘平仄。孔雀拖曳着金色长尾巴,慢条斯理地踱步,行人来了,机警飞入丁香林中。写此,用意在说明水乡偏远,外人少至,表其僻静。后二句写越女,她们在沙洲上全神贯注,拾取翠羽,直到夕阳西下才相呼唤归去。

竹枝

门前春水竹枝白蘋花女儿,岸上无人竹枝小艇斜女儿。商女经过①竹枝江欲暮女儿,散抛残食竹枝饲神鸦②女儿③。

【注释】

①商女:歌女。杜牧《泊秦淮》:"商女不知亡国恨,隔江犹唱后庭花。"

②饲神鸦:喂乌鸦。因乌鸦栖息于神祠之上,故称神鸦。杜甫《过洞庭湖》:"护江盘古木,迎棹舞神鸦。"辛弃疾《京口北固亭怀古》"可堪回首,佛狸祠下,一片神鸦社鼓。"《岳阳风土记》载,巴陵鸦甚多,土人谓之神鸦,无敢弋者。穿堂人庖略不畏,园林果实未熟,耗啄已半。

③"竹枝"、"女儿":是词的和声字眼,"枝"与"儿"相押,和声字眼处句中句尾位置。

【赏析】

是词描写南方水乡风土人情。头二句以空灵笔调描画水乡，村前春水衬着白蘋花，“岸上无人小艇斜”，“斜”字与“野渡无人舟自横”之“横”字有同工异曲之妙。歌女傍晚乘船经过，或许被水乡晚景打动了，将剩残食物散抛喂饲神鸦。

竹枝

乱绳千结竹枝绊人深①女儿，越罗万丈竹枝表长寻②女儿。杨柳在身竹枝垂意绪③女儿，藕花落尽竹枝见莲心④女儿。

【注释】

①“乱绳”句：比喻情网陷人之深。绊，纠缠。

②“越罗”句：越罗虽长万丈，但制成衣物也只不过八尺。比喻女子无限深情，而其表露乃有限。　表：外衣。　寻：古时长度单位，八尺为一寻。

③在身：自身、本身。　意绪：思绪，情绪，心绪也。王融《咏琵琶诗》：“丝中传意绪，花里寄春情。”

④“藕花”句：荷花凋落，即见莲子。喻女儿真心，终究会见到。　莲心，莲子，此双关，也指女子芳心。

【赏析】

这是首情歌。“乱绳千结”比喻陷入情网，“越罗万丈表长寻”比喻情长，“杨柳垂意绪”比拟脉脉含情，“藕花落尽见莲心”暗示真情终能为情人所知。

◉集评

李冰若《栩庄漫记》：“谐声和歌，《读曲》、《子夜》之遗响也。”

思帝乡

如何？遣情情更多①。永日水堂帘下②，敛羞蛾。六幅罗裙窣地③，微行曳碧波④。看尽满池疏雨，打团荷。

【注释】

①遣情：此指排除怨情。句意是，越想消愁，而愁越多。与“举杯销愁愁更愁”意近。

②永日：整日。李骘《慧山寺肄业送怀坦上人》：“惊泉有馀哀，永日谁与度。”

③六幅罗裙：罗裙样式。　六幅：六褶。

④微行：小径。《诗·豳风·七月》“遵彼微行，爰求柔桑。”《传》：“微行，墙下小径也。”曳碧波：微步而行，罗裙拂地飐动，宛如荡起碧波。

【赏析】

是词写闺怨。开头叹息，“如何”，怎么办呢！要将怨情排除，而怨情却越排越多，斩不断理还乱也。整日蹙着眉徘徊于水堂帘下，碎步微行，罗裙曳动好像碧波愁水翻动；天下起细雨，她呆立堂前注目那雨点圆圈。

◉集评

王闿运《湘绮楼词选》：“常语常景，自然丰采。”

上行杯

草草离亭鞍马[①],从远道此地分襟[②],燕宋秦吴千万里[③]。　无辞一醉。野棠开,江草湿。伫立,沾泣[④]。征骑骎骎[⑤]。

【注释】

①草草:匆匆。

②分襟:分别。

③燕宋秦吴:春秋时国名,此表北东西南各方。燕,大部在今河北北部;宋,大部在今河南东部;秦,大部在今陕西一带;吴,大部在今江苏南部。

④沾泣:泣泪沾衣。

⑤骎骎(qīnqīn):马快跑貌。《诗·小雅·四牡》"驾彼四骆,载骤骎骎。"朱熹注:"骎骎,骤貌。"

【赏析】

是词写送别。前阕平白如话,道出送别于离亭,所去千万里之遥。过片承上,"无辞一醉",赠别无语,惟有一醉,此豪别也。野棠不解人意,却在此盛开;江草经雨湿,仿佛为行者掉泪。大家静静地伫立着,泣泪沾衣,目送着征骑飞驰而去。

上行杯

离棹逡巡欲动[①],临极浦故人相送,去住心情知不共[②]。　金船满捧[③],绮罗愁[④],丝管咽。回别[⑤],帆影灭,江浪如雪。

【注释】

①离棹:将要离别开船。　棹:指代船。逡(qūn)巡:徘徊不前。贾谊《过秦论》上篇:"秦人开关延敌,九国之师,逡巡而不敢进。"白居易《秦中吟十首·重赋》:"里胥迫我纳,不许暂逡巡。"

②去住:离去与留下。　住:此解留下。　共:共同,相同。

③金船:大酒杯,又称"金斗",《海录碎事》:"金船,酒器中大者。"张祜《少年乐》:"醉把金船掷,闲敲玉镫游。"

④绮罗:此指代参与宴别之侍女歌女。

⑤回别:回首告别,依依不舍貌。

【赏析】

是词写送别。前阕开头即言"离棹逡巡欲动",实景,行者乘坐的船就要开行了,而在送者看来,因它载着依恋之情,不忍心起航。此次相送,或许去者前途光明,所以"去住心情知不共"。过片接上写宴别,大杯酒满上,歌女侍女们也感动难过,奏起如泣如诉的管弦音乐。行人回首,依依惜别。帆影消失于茫茫烟波之中,只见江浪滔滔如同皑皑白雪一般。

◉集评

汤显祖《玉茗堂评花间集》:"'黯然消魂者,惟离别而已'。江淹赋所未畅,尚思广之。此词殊觉潦草。"

谒金门

留不得，留得也应无益。白纻春衫如雪色[①]，扬州初去日。　轻别离[②]，甘抛掷，江上满帆风疾。却羡彩鸳三十六，孤鸾还一只[③]。

【注释】

①白纻：白细麻布。《乐府诗集·白纻舞歌诗》："质如轻云色如银，爱之遗谁赠佳人。制以为袍馀作巾，袍以光躯巾拂尘。"此说白纻春衫色美。

②轻别离：白居易《琵琶行》："商人重利轻别离。"

③"却羡"二句：羡慕鸳鸯鸟皆成双成对，而已乃是孤单一人。沈颂《春旦歌》："欲登此地销归恨，却羡双飞去不回。"　彩鸳三十六：鸳鸯三十六对。《文选补遗·鸡鸣高树巅》："舍后有方池，池中双鸳鸯。鸳鸯七十二，罗列自成行。"

【赏析】

是词写别怨。前阕以怨言起，"留不得，留得也应无益"。话虽如此，但其情深，初见他时那倜傥形象历历在目，"白纻春衫如雪色，扬州初去日"。愤怨与深爱紧紧相连，矛盾着、折磨着她。过片接上补笔，"轻别离，甘抛掷。江上满帆风疾"，心上人弃她而，走得如此快疾。结尾二句叹息，她特别羡慕那双双对对的鸳鸯，而今自己竟落得孤鸾一只。刘永济评说："此写别情而特为强烈。"

◉集评

汤显祖《玉茗堂评花间集》："'满帆风，吹不上离人小舡。'今南调中最脍炙人口。只此数语，已足该括之矣。"

贺裳《皱水轩词筌》："词虽以险丽为工，实不及本色语之妙。如……孙光宪'留不得，留得也应无益'。"

陈廷焯《云韶集》："起笔超脱，结笔妙，一'还'字，可知孤栖非一日矣。"《词则·大雅集》："不遇之感，自叹语，亦是自负语。'还'字妙，落拓非一日矣。"

吴梅《词学通论》："余谓孟文之沉郁处，可与李后主并美。即如此词，已足见其不事侧媚，甘处穷寂矣。"

李冰若《栩庄漫记》："字字呜咽，相思之苦，飘泊之感，使人荡气回肠，百读不厌。其清新哀惋处，盖神似端己。"

唐圭璋《唐宋词简释》："此首写飘泊之感与相思之苦。起两句，即懊恨百端，沉哀入骨。'白纻'两句，记去扬州时之衣服，颇见潇洒豪迈之风度。下片换头，自写江上流浪，语亦沉痛。末两句，更说明孤栖天涯之悲感。通篇入声韵，故觉词气遒警，情景沉郁。"

思越人

古台平[①]，芳草远，馆娃宫外春深。翠黛空留千载恨[②]，教人何处相寻？绮罗无复当时事，露花点滴香泪。惆怅遥天横绿水，鸳鸯对对飞起。

【注释】

①古台：此指姑苏台。

②鲍照《代东武咏》："徒结千载恨，空负百年怨。"

【赏析】

是词吊古，咏西施事。前阕描写现时馆娃宫的春色。“古台平，芳草远”，坍塌的姑苏台被繁茂芳草所掩，此就是当年馆娃宫外的春色？西施留下的千古恨怨，教人往那里去找寻？写景、议论、抒情有机结合。后阕，感慨历史无法复制，只有那花露珠儿仿佛还似西施点滴香泪。结尾二句，词人面对遥在天际的一衣带水，目睹偶尔飞起的对对鸳鸯，只有满腹惆怅。

思越人

渚莲枯①，宫树老，长洲废苑萧条②。想象玉人空处所③，月明独上溪桥。　经春初败秋风起，红兰绿蕙愁死④。一片风流伤心地，魂销目断西子。

【注释】

①渚莲：靠近渚畔的莲花。赵嘏《长安晚秋》：“紫艳半开篱菊静，红衣落尽渚莲愁。”

②长洲废苑：在姑苏南，太湖北。

③玉人：此指西施。

③红兰：兰花的一种，刘方平《班婕妤》：“露浥红兰湿，秋凋碧树伤。”　绿蕙：绿色花瓣的夏兰。白居易《齐物二首》之一：“绿蕙低数寸。”

【赏析】

是词吊古，咏西施事。前阕开头便写吴宫，莲枯、树老、苑废，一片萧条景象。词人驰骋想象，写西施“月明独上溪桥”，诗情画意之中，该含多少恨怨呢？过片接着以春去秋来、兰开蕙死，暗喻吴国兴亡的不可抗拒。结尾二句，议论抒情，眼前这片当年风流、而今教人伤心的地方，已经找不到西子的踪影了。

◉集评

陈廷焯《云韶集》：“笔致疏冷，‘经春’二语，凄艳而笔力甚遒。”《词则·放歌集》：“笔力甚遒。‘经春’两语特凄咽。”

吴梅《词学通论》：“至闲婉之处，亦复尽多……《思越人》云：‘渚莲枯，宫树老，长洲废苑萧条。想象玉人空处所，月明独上溪桥。’此等俊逸语，亦孟文所独有。”

李冰若《栩庄漫记》：“月明独上溪桥，所谓伤心人别有怀抱也。”

杨柳枝

阊门风暖落花干①，飞遍江城雪不寒②。独有晚来临水驿③，闲人多凭赤栏干。

【注释】

①阊门：苏州西北城门。白居易《早发赴洞庭舟中作》：“阊门曙色欲苍苍，星月高低宿水光。”

②不寒：柳絮飘飞如雪，而不觉天寒。

③水驿：舟船停泊之所。杜甫《过南岳入洞庭湖》：“欹侧风帆满，微冥水驿孤。”

【赏析】

是词咏柳。开头二句描写春风送暖，柳树繁茂，白色柳絮飞遍江城，仿佛飘雪漫天而不觉寒冷，"暖"与"寒"对，带着感情色彩，景中有情。结尾二句，镜头调为中近景，傍晚，临水驿馆，游人偏爱选择凭倚那红色栏干，"赤"与柳色——绿相衬，赏心悦目。

◉集评

李冰若《栩庄漫记》："'飞过江城雪不寒'，得咏絮之妙。"

杨柳枝

有池有榭即蒙蒙[①]，浸润翻成长养功[②]。恰似有人长点检，着行排立向春风[③]。

【注释】

①蒙蒙：微雨、雾薄貌，此指柳絮纷飞如细雨飘洒。

②长养：长期养育而成。

③着行：成行成列挺立。杜甫《郪城西原送李判官兄、武判官弟赴成都府》："野花随处发，官柳着行新。"

【赏析】

是词咏柳。柳絮蒙蒙、柳林繁茂，皆因有助："有池有榭"、有人长检点、有春风，真可谓天时、地利、人和。由此给人哲理思考。

◉集评

李冰若《栩庄漫记》："'浸润'句，拙而蠢。"

杨柳枝

根柢虽然傍浊河[①]，无妨终日近笙歌。毵毵金带谁堪比[②]？还共黄莺不校多[③]。

【注释】

①根柢：此指杨柳的根。 浊河：此比喻生长环境较差。杨炯《送郑州周司空》："汉国临清渭，京城枕浊河"。

②毵毵（cāncān）：华本作"毿毿"，确。枝条细长貌。

③不校多：差不多。柳恽《牡丹》："近来无奈牡丹何，数十千钱买一颗。今朝始得分明见，也共戎葵不校多。"

【赏析】

是词咏柳。柳树扎根于浊河的滨土，因接近笙歌，亦可长成美如金带，无人可比，似乎只有黄鹂才差不多相配。似有荷花出污泥而不染之意，亦有出身虽微而后天环境及自己努力可以改变命运之意。此亦寓生活哲理。

杨柳枝

万株枯槁怨亡隋[1]，似吊吴台各自垂[2]。好是淮阴明月里[3]，酒楼横笛不胜吹[4]。

【注释】

①枯槁：干枯，萎谢。因隋亡柳亦随之枯槁。

②吴台：吴公台，今江苏扬州市北，南朝宋沈庆之攻竟陵王诞时所筑弩台。吴台上多柳树。

③淮阴：地名，今江苏省淮阴西南，隋唐时设郡。

④"酒楼"句：指酒楼中，横笛吹不尽《杨柳枝》曲调。不胜吹：吹不尽。《杨柳枝》为乐府《近代曲》名。白居易《杨柳枝二十韵》题下自注："《杨柳枝》，洛下新声也。洛之小妓有善歌之者，词章音韵，听可动人。"因曲调于古乐府《折杨柳》或《折柳枝》基础而改编，又称"新翻杨柳枝"。白居易《杨柳枝》曰："六幺水调家家唱，白雪梅花处处吹。古歌旧曲君休听，听取新翻杨柳枝。"

【赏析】

是词咏柳。第一句不落春柳向荣的俗套，而写它"万枝枯槁"，并与隋亡联系起来；第二句再写春柳垂枝，与吴台联系起来。综观首两句，词人之意，说明朝代兴衰自有天数，与柳树枯荣无关。后二句作答，明月夜里，以杨柳为题的杨柳枝乐曲多少年来一直吹之不尽。

望梅花

数枝开与短墙平，见雪萼红跗相映[1]，引起谁人边塞情？　帘外欲三更，吹断离愁月正明，空听隔江声。

【注释】

①雪萼红跗（fū）：雪样的花萼，鲜红的花房。跗：通"柎"，花萼房。《管子·地员》："朱跗黄实。"沈约《会圃临春风》："青跗含素萼。"鲍照《代白纻歌辞二首》之二："桃含红萼兰紫芽，朝日灼烁发园花。"

【赏析】

是词咏梅。前阕以梅花俏引出"边塞情"。"数枝"，梅疏枝横压短墙，红色花瓣与白雪相辉映，色彩对比强烈。它引起了谁人怀念边塞的感情？设问而不作答，让读者去联想。后阕意境更深一层。雪夜月亮高挂，天空显得更加明亮，三更时分，隔江传来梅花小曲乐声，时断时续……以乐声比喻离愁——边塞情，意境深沉。

渔歌子

草芊芊，波漾漾[1]，湖边草色连波涨。沿蓼岸，泊枫汀[2]，天际玉轮初上。　扣舷歌，联极望[3]，桨声伊轧知何向[4]？黄鹄叫，白鸥眠，谁似侬家疏旷[5]。

【注释】

①漾漾：水波动荡貌。张籍《城南》："漾漾南涧水，来作曲池流。"

②泊枫汀：船停泊于水汀边旁枫树下。

③联极望：联向四边远望。

④伊轧：象声，摇桨之声，同"咿呀"。

⑤侬家：自称，吾家。李璟《保大五年元日大雪，同太弟景遂汪王景逖齐王景達进士李建勋中书徐铉勤政殿学士登楼赋》："坐有宾朋尊有酒，可怜清味属侬家。" 疏旷：自由自在，旷达放纵。

【赏析】

是词写田园景色。前阕若月夜明湖图。芳草茂盛，碧波荡漾，波浪涌动，水草飘浮；沿着蓼岸，舟船停泊在长满枫树的小洲；月儿刚刚升起，湖面银光闪烁。后阕若渔乐图。渔人扣舷而歌，极目远望，渔歌声与伊伊轧轧的桨声共鸣，回响明湖四周，哪知道具体是什么方向？黄鹤在欢叫，白鸥在睡眠，有谁能像我们渔家这样自由自在？结句"谁似侬家疏旷"，既满足又自豪，充满灵空韵味。

渔歌子

泛流萤①，明又灭，夜凉水冷东湾阔。风浩浩②，笛寥寥③，万顷金波澄澈④。 杜若洲⑤，香郁烈，一声宿雁霜时节。经霅水⑥，过松江⑦，尽属侬家日月。

【注释】

①流萤：飞翔的萤火虫。杜牧《秋夕》："红银烛秋光冷画屏，轻罗小扇扑流萤。"

②风浩浩：风大且烈。

③寥寥：若虚若有的飘渺。

④金波：月光遍洒如金波。《汉书·郊祀志》："月穆穆兮金波。"

⑤杜若：香草名，又称杜蘅。屈原《湘君》："采芳洲兮杜若，将以遗兮下女。"

⑥霅(zhà)水：即霅溪，水名，在今浙江省吴兴县一带，东北流入太湖。

⑦松江：即吴松江，今江苏吴县一带，入太湖之最大河流。

【赏析】

是词写田园夜景。前阕秋夜澄湖景色。入夜，湖面上流萤飞过，忽明忽暗，东湾宽阔，秋夜凉，湖水冷。月出，江风浩荡，笛声寥寥，明月照湖面，万顷金光，东湾澄澈无比。后阕秋夜行舟。渔家趁着月色起航，经过杜若水洲，满船浓馥芳香；霜天寂寥，偶尔听到一声雁叫。秋清气爽，渔家轻舟飞渡，过霅水，达松江，此朗朗江月、冉冉朝阳，皆是我渔家所拥有。

◉集评

汤显祖《玉茗堂评花间集》："竞夺了张志和、张季鹰坐席，忒觉狠些。"

※ ※ ※ ※ ※ ※ ※ ※

生查子

春病与春愁，何事年年有。半为枕前人[1]，半如花间酒[2]。　醉金尊，携玉手[3]，共作鸳鸯偶[4]。倒载卧云屏，雪面腰如柳[5]。

【注释】

①枕前人：同床共枕的情侣。

②花间酒：指狎妓饮酒。

③玉手：指女子如玉的手指。

④鸳鸯偶：比喻形影不离如鸳鸯的情侣。

⑤雪面：形容女子白腻的脸庞。

【赏析】

是词写游冶。"春病与春愁"，道出男主人公病愁交加的心态。前阕是概写，后阕正面描写狎妓。词作对官妓制度以及当时文人的消极颓废意识有一定的批判认识价值。

生查子

为惜美人娇，长有如花笑。半醉倚红妆[1]，转语传青鸟。　眷方深[2]，怜恰好，唯恐相逢少。似这一般情，肯信春光老。

【注释】

①红妆：妇女盛妆，以鲜红为主色调，故称。此代指美女。

②眷：眷恋。

【赏析】

是词写情爱。男子为主人公，为珍惜得到美人的娇爱，常常笑脸如花。趁着半醉半醒偎倚美人，通过青鸟以婉转动听的言语传递信息。眷恋到深情，爱得也恰到好处，唯有害怕与她相会得太少。如果像这般光景，真情愿青春年华快老。词作直抒胸臆，没有委曲含蓄之语，反映出当时文人及时行乐的意识。

生查子

清晓牡丹芳，红艳凝金蕊。乍占锦江春，永认笙歌地。　感人心，为物瑞，烂漫烟光里[1]。戴上玉钗时，迥与凡花异[2]。

【注释】

①烟光：烟雾水气。

②迥：远。

【赏析】

是词咏牡丹。清晨牡丹散发着醉人的芳香，红艳凝聚着花蕊。刚刚独占了锦江的春光，却永久扎根在笙歌舞场。它的艳丽感动人心，因为富贵祥瑞的缘故，烂漫地开放在烟霞薄雾之中。如果像美人那样戴上玉钗，就更与凡花远远不同。当然词咏物只是外表的，或许实际上是以牡丹喻歌姬,寄托一份情思。

生查子

密雨阻佳期[①],尽日颙然坐[②]。帘外正淋漓[③],不觉愁如锁[④]。　梦难裁[⑤],心欲破,泪逐檐声堕。想得玉人情,也合思量我。

【注释】

①佳期:男女约会的日期时间。

②颙(yóng)然:企盼、企望的样子。

③淋漓:雨水下个不停的样子。

④不觉:处于没意识之中。

⑤裁:做。

【赏析】

是词写雨阻佳期带来的愁闷。起首句便将背景交待,“密雨阻佳期”,这对主人公来说,是件伤情之事。她整天企望着雨快点停。但是,帘子外面的雨还在淋漓地下,没有要停止的意思。不觉那愁闷之情就像被牢牢锁住了似的。后阕寓情于景,写主人公思念心上人而产生的愁苦,梦也做不成,睡不着,心都快要破碎了,泪水像追逐屋檐雨滴声似的不断地垂流。结尾两句,主人公猜测心上人也会像自己一样情深,应该思念我。

浣溪沙

碧玉衣裳白玉人[①],翠眉红脸小腰身,瑞云飞雨逐行云[②]。　除却弄珠兼解佩[③],便随西子与东邻[④],是谁容易比真真[⑤]。

【注释】

①碧玉:青色美玉。

②“瑞云”句:此用巫山神女典故。

③除却:除了。　弄珠兼解佩:解下佩玉送异性,表爱慕和定情。用郑交甫典故。

④西子:即西施,泛指美女。　东邻:亦指美女,用宋玉《登徒子好色赋》曲。

⑤真真:指绝美逼真的女子画像。于逖《闻奇录》:“唐进士赵颜于画工处得一软障,图一妇人甚丽。颜曰:‘如何令生,某愿纳为妻。’工曰:‘余神画也。此亦有名曰真真,呼其名百日,昼夜不歇,即必应。应则以百家彩灰酒灌之必活。’颜如其言,遂下步言语饮食如常,终岁生一儿。友人曰:‘此妖也,必与君为患’,真真乃泣曰:‘妾南岳地仙也。君今疑妾,妾不可住。’言讫,携其子却上软障,呕出先所饮百家彩灰酒。睹其障帷添一孩子,皆是画焉。”

【赏析】

是词咏画中人。前阕从衣着、眉目、腰身及画上的背景等方面,叙述画上的美人图像。后阕再将弄珠女、西施、东邻女与之作对比,言画像的美艳。最后以议论作结,是谁就那么轻易地将她作画中人真真看呢。

◉集评

陈廷焯《词则·闲情集》:“起二句纤小。”

浣溪沙

何事相逢不展眉，苦将情分恶猜疑[1]，眼前行止想应知[2]。　半恨半嗔回面处[3]，和娇和泪泥人时[4]，万般饶得为怜伊[5]。

【注释】

①情分：指男女双方的情感。　恶猜疑：往坏的方面去猜测怀疑。

②行止：行为举止。

③半恨半嗔：半怨恨与恼怒参半。

④"和娇"句：以娇情和眼泪软磨缠绕。

⑤"万般"句：不管什么情况都要原谅，这是因为爱她。　饶：迁就，原谅。

【赏析】

是词写恋人的矛盾化解过程。词作撮取男女恋爱中出现的矛盾化解，活灵活现了女子心理活动的转变过程。叙述人是男子。什么事情，令她在相逢的时候紧锁眉头。她之所以痛苦，原来是将两人的情份往坏处去猜测怀疑了。"眼前行止想应知"，男子赶快作解释。后阕写矛盾化解后女子的神态、举动，颇为传神、生动："半恨半嗔回面处，和娇和泪泥人时"，撒娇缠人，终归于和好。

◉集评

陈廷焯《词则·闲情集》："描绘逼真，惜语近俚。"

浣溪沙

落絮飞花满帝城[1]，看看春尽又伤情，岁华频度想堪惊[2]。　风月岂唯今日恨，烟霄终待此身荣[3]，未甘虚老负平生。

【注释】

①帝城：京城。

②岁华：美好的年华，美好的时光。

③"烟霄"句：凌霄阁里绘画像，才算是此生值得荣耀的事情。　烟霄：此指凌霄阁。皇朝为表彰功臣而建的阁，阁上绘画被表彰的功臣人像。

【赏析】

是词言志。前阕写目睹京城的落絮飞花，觉春之将尽，自己虚度年华而伤感、悔恨。后阕写决心，要建功立业，名登凌霄阁，不枉此生。

浣溪沙

静想离愁暗泪零[1]，欲栖云雨计难成。少年多是薄情人。　万种保持图永远[2]，一般模样负神明[3]。到头何处问平生[4]。

【注释】

①泪零：犹落泪。

②“万种”句：甘愿做出千种万种的努力，希望换取永远的相好。

③“一般”句：而他却像薄情少年那样背弃了神圣的誓言。 神明：犹神圣。

④“到头”句：到头来，去哪里寄托自己的一生？

【赏析】

是词乃妓女自述。每当静下心来，惹引起离愁的时候，不禁暗暗地流泪，本想继续那云雨却难以实现，少年大多都是薄情之人。自己总是千方百计地保持执着的追求，希望能够得到永远的相好，但是人家却像那些薄情少年那样背弃了当初发下的神圣誓言，如此下去，到头来，真不知道往哪去寄托自己的一生。作为生活于社会底层的烟花女子，在“投怀送抱”的交换之中，或许会遇上悦己者，而去执着地追求；然而，也会因此被薄情人玩弄、欺骗。词作所写正是如此。可是主人公又能如何呢，只有对薄情人表示指责，只能发泄哀怨。

浣溪沙

试问与谁分最多①？便随人意转横波，缕金衣上小双鹅②。 醉后爱称娇姐姐，夜来留得好哥哥，不知情事久长么？

【注释】

①分：情分，情意。

②缕金衣：即金缕衣。唐宋时，妇女时兴用金线在衣服上盘押花鸟图案，称之为金缕衣。

【赏析】

是词通过回答问话，反映妓女的生活和感情。首句是一个设问，请问与那一个人情分最多？妓女以转横波、看双鹅的动作，以及称娇姐、留哥哥的假设作回答，合于人物的身份，也写出了其对情事难以长久的担心与忧愁。

浣溪沙

叶坠空阶折早秋，细烟轻雾锁妆楼①，寸心双泪惨娇羞。 风月但牵魂梦苦，岁华偏感别离愁，恨和相忆两难酬②。

【注释】

①妆楼：女子所居的楼房。

②酬：应酬，对付。

【赏析】

是词写秋思。前阕开头两句妆楼秋景，黄叶坠阶前，折射出初秋的到来，与“一叶知秋”意同。薄烟轻雾缭绕着妆楼。主人公面对萧瑟的秋景，伤心怀人，双泪横流娇羞的脸庞。后阕抒情，感叹美好景色牵梦会惹起回忆的痛苦，美好时光的流逝会感觉到别离的愁怨，怨恨与相思这两者真难以对付。

浣溪沙

月淡风和画阁深[①],露桃烟柳影相侵,敛眉凝绪夜沉沉[②]。　长有梦魂迷别浦[③],岂无春病入愁心[④],少年何处恋虚襟[⑤]。

【注释】

①画阁:美称女子所居楼阁。

②凝绪:凝思,出神地陷入深度思维。　沉沉:形容夜色渺茫无际。

③别浦:指水边送别之处。

④春病:伤春引发之病症。

⑤虚襟:比喻不能使感情得到永久归依的人们。

【赏析】

是词写闺怨。月淡风和之秋夜,露桃与烟柳对影成趣,如此之良辰美景,主人公却一人呆在幽深的画阁里,皱着眉头,陷入深沉的思索,一直到夜沉沉。通过环境与人物神态动作的组合,表现了主人公的愁苦。后阕写主人公对情人的思念,经受春病与心病的双重折磨。结句发出对情人的怨艾,不知哪里依恋虚襟去了。这怨恨正对冶游的无声抗议。

浣溪沙

自入春来月夜稀,今宵蟾影倍凝晖[①]。强开襟抱出帘帷[②]。　啮指暗思花下约[③],凭栏羞睹泪痕衣,薄情狂荡几时归[④]。

【注释】

①蟾影:指月光。　倍凝晖:月光格外明亮。

②襟抱:胸怀,心境。

③啮(niè)指:沉思时,不自觉地将手指靠向嘴里,衔而不咬的动作。

④狂荡:放荡无拘。

【赏析】

是词写春思。前阕写女主人公强打精神出帘赏月。"月夜稀"、"倍凝晖",真是难得的好景色,她走出闺房,希望通过欣赏春夜月色,将愁苦排解。后阕"啮指暗思花下约,凭阑羞睹泪痕衣"两个动作细节描写,形象生动,细腻深刻地表现了女主人公的相思怀人愁绪。

浣溪沙

十五年来锦岸游[①],未曾行处不风流。好花长与万金酬[②]。　满眼利名浑信运[③],一生狂荡恐难休,且陪烟月醉红楼[④]。

【注释】

①锦岸:指锦江两岸。

②长:通"常"。　万金酬:极言酬金之高。

③浑:全。　信:靠,凭。

④烟月：这里指代妓子。古称妓院为“烟月作坊”。

【赏析】

是词刻画狂荡公子。前阕从如下方面刻画主人公的狂荡：“十五年来”，言其时间之长；“未曾行处不风流”，双重否定的句式，言其沉沦之深；“好花长与万金酬”，言其冶游之豪。后阕虽然交代主人公放纵狂荡的行为，是自己对运气不佳、难逐名利的现状不满，但终归逃脱不了及时行乐的诱惑。

浣溪沙

风撼芳菲满院香①，四帘慵卷日初长②，鬓云垂枕向微锽③。　春梦未成愁寂寂④，佳期难会信茫茫。万般心，千点泪，泣兰堂。

【注释】

①撼：吹动，摇动。　芳菲：香花芳草。

②日初长：初春季节，白昼逐渐延长。

③锽(huáng)：象声，常叠用，摹拟钟鼓声。

④寂寂：冷落寂寞。

【赏析】

是词写闺妇春愁。前阕写早春贪睡之慵态。春风吹动香花芳草，庭院里溢满芬芳香气。闺房四周的帘子懒得卷起，去欣赏那日初长的春光。如云的乌发垂掩枕头，环佩与头钗时而碰在一起，发出低微的锽锽声响。后阕写春梦不成之愁态。春梦不成、佳期难会、音信渺茫，千愁百感涌上心头，汇成千滴泪，洒落兰堂。

◉集评

沈雄《古今词话·词辨》引孙巨源评：“小词有绝无含蓄，自然入妙者，孙葆光之《浣溪沙》也。”

李冰若《栩庄漫记》：“葆光子词婉约精丽处，神似韦庄。其《浣溪沙》最有名，孙洙评谓其绝无含蓄而自然入妙。如：‘半恨半嗔回面处，和娇和泪泥人时，万般饶得为怜伊。’又‘醉后爱称娇姐姐，夜来留得好哥哥，不知情事久长么？’又：‘将见客时微敛黛，得人怜处且生疏，低头羞问壁边书。’皆足当之无愧。”

更漏子

烛荧煌①，香旖旎②，闲放一堆鸳被。慵就寝，独无聊，相思魂欲销。　不会得③，这心力④，判了依前还忆⑤。空自怨，奈伊何⑥，别为情更多。

【注释】

①烛荧煌：烛焰忽闪忽闪像萤火似的。

②香旖旎(yǐnǐ)：燃香散发出浓郁的芬芳。

③不会得：没使用上。

④心力：心思。

⑤“判了”句：原本已经下决心不再思念了，但还是像以往那样去回想。

⑥奈伊何:对他奈何不得。

【赏析】

是词写闺怨。前阕写独处相思。闺房里蜡烛火焰如萤,忽闪忽闪的;香炉的燃料发出阵阵浓郁的芬芳;床上空放着一堆鸯被。这昏暗、香呛、紊乱的室内环境,正好烘托主人公寂寞惆怅的心境。主人公无心睡眠,独自一人处于无聊之中,相思之情令人魂魄快要消散。后阕写主人公的内心表白,不懂得下定铁心,判了就判了,却还像从前那样去思念。只有白白地自怨自艾,又怎么奈何得了他呢。分别以来,思念之情就更多了。可见主人公已经陷入了情网,欲罢不能,唯有苦思愁想。

更漏子

掌中珠,心上气[①],爱惜岂将容易[②]。花下月,枕前人,此生谁更亲[③]。　交颈语,合欢身,便同比目金鳞[④]。连绣枕,卧红茵[⑤],霜天似暖春。

【注释】

①心上气:心中的理气,指精神支撑。

②岂将:岂能。　容易:随便,粗心大意。

③"花下月"三句:花前月下、同床共枕之人,这一生谁人更亲呢。

④比目金鳞:即比目鱼。此比喻男女形影不离。

⑤红茵:红色的褥垫。

【赏析】

是词写男女恋情。前阕写爱人的重要,所爱之人是掌上珠,是心中气,比亲人还要新,不能等闲视之。后阕铺陈两人相爱的行动细节与感受,确也情深意笃。

更漏子

对秋深,离恨苦,数夜满庭风雨。凝想坐[①],敛愁眉,孤心似有违[②]。　红窗静,画帘垂,魂销地角天涯。和泪听,断肠窥,漏移灯暗时。

【注释】

①凝想:凝神苦想。

②违:违怨,怀恨。

【赏析】

是词写闺妇深秋雨夜怀人。前阕首三句,写闺妇深秋离恨苦,却偏逢连夜秋雨,而苦上加苦。接着写主人公在夜里"坐"而不睡,这一行为就反常,"凝想"、"敛眉",神情凄楚,孤寂的心真真是有怨恨。后阕写身在寂静的居所,而魂儿已经去到天涯海角。流着眼泪独听,忍着心痛窥视,希望深夜里、漏声中、灯暗时,真的有奇迹出现,爱人归来了。其情之痴,尽在"听"、"窥"二字,读之,亦令人与之同和泪、共断肠。

更漏子

求君心,风韵别[①],浑似一团烟月。歌皓齿,舞红筹[②],花时醉上楼。　能婉媚③,解娇羞④,王孙争不攀留。惟我恨,未绸缪⑤,相思魂梦愁。

【注释】

①风韵:风情、韵致。

②红筹:行酒令所用之筹子。

③婉媚:温柔悦人。

④娇羞:妩媚羞态。

⑤绸缪:此指夫妻情意缠绵。《诗·唐风·绸缪》:"绸缪束薪,三星在天。"

【赏析】

是词写妓女追求心上人。首句"求君心",大胆表白心声,希望得到你的心。他表现得风韵别致,但是却又像是一团烟月,令人捉摸不透。所以主人公使出浑身解数去追求:"歌皓齿"、"舞红筹"、"醉上楼"、"能婉媚"、"解娇羞",强"攀留",这些好像都奏效了。主人公还满腹怨恨,原因是未能成为夫妻,所以更加相思成梦而愁苦。

应天长

翠凝仙艳非凡有①,窈窕年华方十九。鬓如云,腰似柳,妙对绮筵歌醁酒②。　醉瑶台③,携玉手,共宴此宵相偶④。魂断晚窗分首⑤,泪沾金缕袖⑥。

【注释】

①翠凝:化妆深绿色的眉色。 仙艳:天仙般艳丽。

②醁酒:美酒。

③瑶台:此指玉砌的台。美称女子住所。

④相偶:相伴。

⑤分首:别离。李嘉祐《送寄游荆州》:"青门一分首。"

⑥金缕袖:用金线盘押花纹的衣袖。

【赏析】

是词写艳遇。男子为主人公,在绮筵席上认识了一位女子了,前阕写她的美艳,首句便发出"仙艳非凡有"的赞叹。其鬓如云、腰似柳,能歌善舞,饮酒更有海量。后阕写男女两人一见钟情,"醉瑶台"、"携玉手",相偶共宴良宵。结尾写晚窗分首,泪沾衣袖,女子表现出伤感之情。

南歌子

艳冶青楼女①,风流似楚真②。骊珠美玉未为珍③,窈窕一枝芳柳入腰身。　舞袖频回雪④,歌声几动尘。慢凝秋水顾情人,只缘倾国著处觉生春⑤。

【注释】

①艳冶:盛装华饰,打扮妖艳。

②风流:指女子姿态优美,风情无限。 楚真:即指巫山神女。

③"骊珠"句:宝珠美玉与之比,也未算珍贵。 骊珠:宝珠,传说出自骊龙额下,故名。

④回雪:雪花飞舞。张子容《九日陪润州邵使君登北固山》:"回雪舞人娇。"

⑤著处：到处，处处。

【赏析】

是词写青楼女。起首以“艳冶”形容，颇为准确。“似楚真”，言其行当，亦合；以骊珠美玉比之，似有过誉之嫌。舞姿优美、歌声动尘，眼波秋水“电人”，因为有她而令处处呈现春色无边。

南歌子

映月论心处①，偎花见面时，倚郎和袖抚香肌②，遥指画堂深处许相期③。　解佩君非晚④，虚襟我未迟⑤。愿如连理合欢枝，不似五陵狂荡薄情儿。

【注释】

①映月：月光映照之下。　论心：谈心，此指窃窃私语。

②倚：通“依”，让。　和袖：顺着袖子。

③许相期：定下相会的时间。

④解佩：解下佩玉相赠以定情。

⑤虚襟：犹襟怀，此指诚意。

【赏析】

是词写男女定情。前阕写月下花前幽会，“许相期”。后阕写男子解佩定情，女子表白心意，结为夫妻，希望郎君不要学五陵少年薄情。末句写出了封建社会女子受压迫的心怯与忧虑。

遐方怨

红绶带，锦香囊。为表花前意，殷勤赠玉郎①。此时更自役心肠②，转添秋夜梦魂狂。　思艳质③，想娇妆④。愿早传金盏⑤，同欢卧醉乡。任人情妒恶猜防⑥，到头须使似鸳鸯。

【注释】

①殷勤：恳切深厚的情意。

②役心肠：牵惹情思。

③艳质：美艳姿容。

④娇妆：娇美妆饰。

⑤传金盏：婚礼上新婚夫妇互换酒杯饮酒。此代指完婚。

⑥“任人”句：任人以常情去互相嫉妒、憎恶、猜疑、提防。

【赏析】

是词写男子向未婚妻的表白。前阕写男子时常抚看未婚妻的赠物，而引起相思之情，说明对她的感情真挚。后阕写男子要早日与女子完婚，表示要像鸳鸯般爱到永远。封建社会里，男子对爱情如此忠贞，真是难能可贵。

定风波

帘拂疏香断碧丝，泪衫还滴绣黄鹂。上国献书人不在[①]，凝黛，晚庭又是落红时。　春日自长心自促[②]，翻覆[③]，年来年去负前期。应是秦云兼楚雨[④]，留住，向花夸说月中枝[⑤]。

【注释】

①上国：指京城，国都。　献书：给皇帝上书献策。此指游学求仕。

②心自促：心里不知不觉地紧迫、着急起来。

③翻覆：心情烦乱不安，难以平复。

④秦云兼楚雨：此脱自巫山神女典故，指男子有外遇。

⑤“向花”句：不要向情人夸耀登科及第，犹言莫以此诳骗情人。　花：指男子在外的情人。　月中枝：即月中桂，比喻登科及第。

【赏析】

是词写闺怨。以夫君赴京应试多年未归为情节，写在家妻子倍加思念，产生怨恨，甚至猜疑丈夫经已及第并与京城女子“外遇”，而回不来。反映了词人对封建社会妇女在夫荣之后往往被抛弃之悲惨命运的同情。

调笑令

柳岸水清浅，笑折荷花呼女伴。盈盈日照新妆面[①]，水调空传幽怨[②]。扁舟日暮笑声远，对此令人肠断。

【注释】

①盈盈：仪态美好的样子。《古诗十九首·青青河畔草》：“盈盈楼上女，皎皎当窗牖。”　新妆面：刚化妆好的脸面。

②水调：曲调名。相传为隋炀帝开汴河成而自作，曲调怨切动人。杜牧《扬州三首》之一：“谁家唱水调，明月满扬州。”

【赏析】

是词刻画江南水乡少女群像。首句写环境，柳树夹岸，江水清澈见底。开怀朗笑地折摘荷花，高声招唤着女同伴。仪态盈盈，丽日照耀着新妆的脸面。唱起水调传递出深深的幽怨。一叶轻舟迎着夕阳，一路笑声渐渐远去，对此，令人心中无限惆怅。

魏承班《魏太尉词》

【小传】

魏承班，生卒未详，字里无考。《十国春秋》载，父宏，为王建养子，赐姓名王宗弼，封齐王。承班仕蜀为驸马都尉，官至太尉。

《花间集》称魏太尉，收其词15首；近人王国维辑《魏太尉词》一卷，辑录词21首。

◉集评

沈雄《古今词话·词评》引元遗山："魏承班词，俱为言情之作，大旨明净，不更苦心刻意以意境者。"

况周颐《历代词人考略》："按魏承班词，沈偶僧言其有故意求尽之病。余谓不妨说尽，只是少味耳。""五代词自是词流之词，余谓承班可云驸马之词，世有知音，容不以为过当。"

沈雄《柳塘词话》："魏承班词，较南唐诸公更浅而近，更宽而尽，尽人喜效为之，愚按'相见绮筵时，深情暗共知'、'难话此时心，梁燕双来去'，亦为弄姿无限，只是一腔摹出。"

王国维《魏太尉词跋》："其词逊于薛昭蕴、牛峤而高于毛文锡。然皆不如王衍五代词以帝王为最工，岂不以无意于求工欤。"

李冰若《栩庄漫记》："魏承班词浓艳处近飞卿，间有清朗之作，特不多耳。"

菩萨蛮

罗裙薄薄秋波染①，眉间画得山两点②。相见绮筵时，深情暗共知。　翠翘云鬓动，敛态弹金凤③。宴罢入兰房④，邀人解佩珰。

【注释】

①秋波染：如碧波之色染成，即深蓝色。

②山两点：眉画得如远山两点，眉色美丽。

③金凤：饰有金凤图形之琴筝。

④兰房：芳香华丽房舍。

【赏析】

是词刻画情女形象。前阕写女子赴宴。首两句，盛妆赴约，身着薄薄罗裙，色如秋水染成；黛眉秀丽，美如远山两点；美女。第三四句，宴间传情，"深情暗共知"，情女。过片紧接，激情弄弦，"翠翘云鬓动"随曲调抑扬，鬓发摆动；敛态弹琴，妩媚故作敛态；才女。结尾，写宴罢，请人解下佩戴在头耳上的饰物……

菩萨蛮

罗衣隐约金泥画，玳筵一曲当秋夜①。声战觑人娇，云鬓袅翠翘。　酒醺红玉软②，眉翠秋山远。绣幌麝烟沉，谁人知两心？

【注释】

①玳筵：盛筵。李白《咏山樽》："惭君垂拂拭，遂忝玳筵居。"

②红玉：指女子肤色。《西京杂记》："赵后（飞燕）体轻腰弱，善行步进退，女弟昭仪不能及也；但昭仪弱骨丰肌，尤工笑语，二人并色如红玉。"

【赏析】

是词写人，塑造歌伎形象。首句写其衣妆，第二句，秋夜盛筵唱曲。三四句，筵上清歌颤音娇艳，唱姿妩媚迷人。后阕写陪酒。酒至醺时，双脸如红玉娇滴，双眉如秋山远黛。"绣幌麝烟沉"，情节含蓄。最后以歌伎心理活动结尾，"谁人知两心？"是对绮筵公子真心的疑问，也是对追求自由恋爱的内心表白。

◉集评

李冰若《栩庄漫记》："艳丽。"

满宫花

雪霏霏，风凛凛[1]，玉郎何处狂饮？醉时想得纵风流，罗帐香帷鸳寝。春朝秋夜思君甚[2]，愁见绣屏孤枕。少年何事负初心[3]，泪滴缕金双衽[4]。

【注释】

①凛凛：凛冽，寒冷。李峤《宝剑篇》："风霜凛凛匣上清。"

②春朝秋夜：自春至秋，犹言长年累月。

③初心：初时心愿。吴融《和杨侍郎》："烟霄渐暮齿，麋鹿愧初心。"

④衽(rèn)：《广雅·释器》："衽，袖也。"

【赏析】

是词写妇怨。前阕首二句写风雪，大雪下个不停，北风凛冽劲吹，为下文作铺垫。这种天气，玉郎又到哪里疯狂喝酒去了？喝醉了酒就要去纵情风流，罗帐香帷里鸳鸯同寝。后阕直抒闺妇怨情。自春到秋，长年累月都在深深地思念着你，见到绣屏孤枕就令人发愁。少年为什么事违背了当初的心愿，泪水禁不住，滴湿金缕双袖。词作直指玉郎游冶纵情社会现象，表达闺妇空守的怨恨。

◉集评

汤显祖《玉茗堂评花间集》："好个《满宫花》，只此平调，殊未快人心目。"

木兰花

小芙蓉，香旖旎[1]，碧玉堂深情似水。闭宝匣，掩金铺，倚屏拖袖愁如醉。　迟迟好景烟花媚[2]，曲渚鸳鸯眠锦翅。凝然愁望静相思[3]，一双笑靥颦香蕊[4]。

【注释】

①旖旎(yǐnǐ)：娇柔美艳。宋玉《九辩》："窃悲夫蕙华之曾敷兮，纷旖旎乎都房。"

②烟花媚：烟气雾霭下的花朵更显妩媚。韦应物《因省风俗与从侄成绪游山水中道先归寄示》："阴壑云松埋，阳崖烟花媚。"

③凝然：凝神思索貌。

④"一双"句：一对酒窝含着愁意。　颦：原义皱眉。此指微笑作态示娇憨。向子諲《相见欢·腰肢一缕纤长》："微笑微颦相恼，过回廊。"　香蕊：酒窝上的妆饰。

【赏析】

是词写相思。前阕以荷花比喻相思美人，娇小的芙蓉，香艳柔美；身居深深的碧玉堂，柔情似水。接着通过系列动作描写：关上梳妆宝匣、掩闭金铺关上门、倚靠着屏风、拖曳着长袖；神态，发愁的样子就像醉了一样，生动表现了美人的相思病态。后阕，写美人见花媚、鸳眠，迟迟春景里烟霭笼着百花更见妩媚，曲折池边的鸳鸯贴着锦翅而眠。她木呆而忧愁地注视着，默默地相思，一对涂饰黄蕊的笑靥凄然含愁。

◉集评

李冰若《栩庄漫记》："庸调。"

玉楼春

寂寂画堂梁上燕，高卷翠帘横数扇。一庭春色恼人来，满地落花红几片。　愁倚锦屏低雪面，泪滴绣罗金缕线。好天凉月尽伤心①，为是玉郎长不见②。

【注释】

①好天：指春天。　凉月：月光清凉。杜甫《陪郑广文游何将军山林十首》之九："凉月白纷纷。"

②为是：因是。刘禹锡《踏歌行》："为是襄王故宫地，至今犹自细腰多。"

【赏析】

是词写闺怨。前阕闺妇所见：梁上双燕、地上落花；所感，"恼人"。过片以"愁倚"、"泪滴"写动作、神情。结尾，闺妇眼内，一切好景皆伤心，全因为"玉郎长不见"。

◉集评

汤显祖《玉茗堂评花间集》："此题集中凡三见，皆无一败笔，才故相匹。抑亦此题之足恣其挥洒也。"

陈廷焯《词则·别调集》："凄警。""语意爽朗。"

李冰若《栩庄漫记》："结语说到尽头，了无余味。魏氏此等词，与毛文锡不相上下。"

玉楼春

轻敛翠蛾呈皓齿①，莺啭一枝花影里②。声声清迥遏行云③，寂寂画梁尘暗起④。　玉斝满斟情未已⑤，促坐王孙公子醉⑥。春风筵上贯珠匀⑦，艳色韶颜娇旖旎。

【注释】

①皓齿：洁白整齐的牙齿，武平一《妾薄命》："瓠犀发皓齿。"　杜甫《哀江头》："明眸皓齿今何在，血污游魂归不得。"

②莺啭：喻歌声。

③清迥：清脆悦耳，高亢激越。　遏行云：游云被遏止住。《列子·汤问》："秦青善歌，送薛谭之时，饯于郊衢，抚节悲歌，声振林木，响遏行云。"

④尘暗起：欧阳修《减字木兰花》："缭绕雕梁尘暗起。"

⑤玉斝:古代盛酒器皿,圆口,三足。

⑥促坐:接近而坐。

⑦贯珠匀:如串珠般圆润连续,喻歌声圆润。

【赏析】

是词写人,刻画歌女形象。前阕描写歌声:首句即写启齿起唱,“莺啭”句,歌声如流莺啼啭月下花影;“声声”句,歌声辽亮响遏行云;“寂寂”句,歌声震落梁尘。过片二句,侧面描写歌声美妙,令“王孙公子”如痴如醉。“春风”句,歌声圆润动听。最后一句补笔,写仪容。

诉衷情

高歌宴罢月初盈,诗情引恨情。烟露冷,水流轻,思想梦难成。 罗帐袅香平,恨频生。思君无计睡还醒,隔层城①。

【注释】

①层城:天庭别称,此代指遥远之地。刘沧《题王母庙》:“拂曙紫霞生古壁,何年绛节下层城。”

【赏析】

是词写伎怨。首二句刻画了歌伎形象,能歌会诗更含情;月初上而宴罢归家,萌生恨情。“冷”、“轻”的环境凄清,更使人思念,梦境难成。“恨频生”,“睡还醒”。最后哀叹、埋怨“隔层城”,可见怨恨深。

诉衷情

春深花簇小楼台,风飘锦绣开①。新睡觉,步香阶,山枕印红腮。 鬓乱坠金钗,语檀偎②。临行执手重重嘱,几千回。

【注释】

①锦绣:此指绵帐之类。

②语檀偎:状依偎低语。 檀:檀口。

【赏析】

是词写幽会分别。两人幽会在暮春,微风吹拂,相会在花儿簇拥的小楼。第三句起,连续四句,写刚刚睡醒,俩人起身离别的情状,双双步上花径香阶,微红腮脸上还印着山枕的形儿。鬓发散乱金钗斜横,偎依贴着檀口私语。临行了,她执着他的手,嘱咐再嘱咐,好像说上几千回也不够似的,真够情长的了。

◉集评

汤显祖《玉茗堂评花间集》:“‘山枕印红腮’句,得意之情景可思。”

李冰若《栩庄漫记》:“‘语檀偎’三字殊拙。”

诉衷情

银汉云晴玉漏长，蛩声悄画堂。筠簟冷，碧窗凉。红蜡泪飘香。 皓月泻寒光，割人肠。那堪独自步池塘，对鸳鸯。

【赏析】

是词写闺怨。全词以环境衬“怨”。银河上晴云飘浮，玉漏更声悠长，蛩声低低的鸣响画堂。竹席冷冷的、碧窗凉凉的，红蜡烛融流下带香的泪。明月泻下清冷的光辉，好像在割人肠。又怎禁得住独自漫步池塘，对着那双双鸳鸯。词作中的“长”、“悄”、“冷”、“凉”、“寒”、“独”等字，准确地表达了闺怨；“烛泪”比喻闺怨，“皓月”、“鸳鸯”反衬闺怨。

◉集评

卓人月汇选、徐士俊参评《古今词统》：“‘蝉噪林愈静’，借以咏蛩；‘群峰似剑割愁肠’，借以咏月。”

李调元《雨村词话》：“词非诗比。诗忌尖刻，词则不然。魏承班《诉衷情》云‘皓月泻寒光，割人肠。’尖刻而不伤巧。词至唐末初盛，已有此体。若东坡‘割愁还有剑铓山，’巧矣。以之入诗，终嫌尖削。”

李冰若《栩庄漫记》：“用相对写法，较有情味。‘皓月泻寒光’，佳句。”

诉衷情

金风轻透碧窗纱①，银釭焰影斜。倚枕卧，恨何赊②，山掩小屏霞。 云雨别吴娃，想容华。梦成几度绕天涯，到君家。

【注释】

①金风：秋风。古时以阴阳五行来配季节演变，秋属金，故称秋风为金风。戎昱《宿湘江》：“金风浦上吹黄叶，一夜纷纷满客舟。”

②赊：悠远无尽之意。韩愈《赠译经僧》：“万里休言道路赊。”李中《旅夜闻笛》：“长笛起谁家，秋凉夜漏赊。”

【赏析】

是词写相思。主人公为男子。前阕以男子室内环境，带出“倚枕卧，恨何赊”。后阕，别后思念情深。相思成梦，“几度”，不止一二次，梦境缠绕至天边，“到君家”。

诉衷情

春情满眼脸红绡①，娇妒索人饶②。星靥小，玉珰摇，几共醉春朝③。 别后忆纤腰，梦魂劳。如今风叶又萧萧，恨迢迢。

【注释】

①红消：面色红润细腻。

②娇妒：娇美、妩媚。 索人饶：得到人怜爱。饶，怜爱。白居易《喜小楼西新柳抽条》：“为报金堤千万树，饶伊未敢苦争春。”

③几共：屡次相共。 几：屡次。李颀《采莲曲》：“时逢岛屿泊，几伴鸳鸯眠。”白居易

《东南行一百韵……》："几见林抽笋，频惊燕引雏。"

【赏析】

是词相思。主人公为男子。前阕回忆"几共醉春朝"。过片以"别后"领起，"梦魂劳"是相思的具体表现。

◉集评

汤显祖《玉茗堂评花间集》："'杨柳索春饶'，黄山谷词也。'一汀烟柳索春饶'，张小山词也。古人惯用'饶'字。"

卓人月汇选、徐士俊参评《古今词统》："'索人饶'比'索春饶'尤妙。"

李冰若《栩庄漫记》："'春情满眼脸红销'，描写细腻。《片玉词》云：'拂拂面红如着酒。'同此深刻而艳丽也。"

生查子

烟雨晚晴天，零落花无语。难话此时心，梁燕双来去。琴韵对薰风①，有恨和情抚。肠断断弦频②，泪滴黄金缕。

【注释】

①琴韵：比喻情操的高洁。许浑《重游飞泉观题故梁道士宿龙池》："松叶正秋琴韵响"。薰风：东南风。

②断弦频：因心情痛苦而使琴弦连连折断。

【赏析】

是词写幽怨。前阕正反烘托主人公心境，"烟雨晚晴"、"零落"，以暮春景色衬托"此时心"；以"梁燕双来去"，反衬孤独。后阕写她"有恨和情抚"琴，人已断肠，而"断弦频"，更添愁怨，只有"泪滴"衣衫。

◉集评

沈际飞《草堂诗余别集》："远近含吐，精魂生怯。"

卓人月汇选、徐士俊参评《古今词统》："魏夫人'肠断泪痕流不断'，永叔'望欲断时肠已断'，两'断'字相袭。"

俞陛云《唐五代两宋词选释》："上阕花落燕飞句，有《珠玉词》'无可奈何'，'似曾相识'之意。下阕怀旧而兼悼逝，殆有凤尾留香之感耶！"

李冰若《栩庄漫记》："魏词浅易，此却蕴藉可诵。"

华钟彦《花间集注》："'难话此时心'二句，隽语也，隽在不言，而有不尽之意。"

生查子

寂寞画堂空，深夜垂罗幕。灯暗锦屏欹，月冷珠帘薄。愁恨梦难成，何处贪欢乐？看看又春来，还是长萧索①。

【注释】

①长萧索：久凄凉。此指心情孤凄。元稹《和李校书新题乐府十二首·法曲》："春莺啭

罢长萧索。”

【赏析】

是词写春思。首二句以“寂寞”二字总括室内景。三四句，写室内与室外的夜景，深一层写“寂寞”。后阕写“愁恨”。结尾二句写相思苦等，春天又来了，“还是长萧索”，令人久感凄凉。

黄钟乐

池塘烟暖草萋萋，惆怅闲宵，含恨愁坐，思堪迷。遥想玉人情事远，音容浑似隔桃溪[①]。 偏记同欢秋月低，帘外论心[②]，花畔和醉，暗相携。何事春来君不见？梦魂长在锦江西。

【注释】

①浑似：仿佛。 浑：全然、简直。杜甫《春望》：“白头搔更短，浑欲不胜簪。”

②论心：交心、谈心。

【赏析】

是词写男子怀人。前阕写主人公面对池塘烟暖草萋环境，惆怅，含恨，满腹愁怨独坐，思绪迷茫。回想以往与玉人相聚的情事，音容笑貌如同隔着桃溪般依稀恍惚。后阕，突出“同欢”、“论心”、“和醉”、“相携”细节，“偏记”，惟此真切。“何事”问句，饱含痴情。结句，梦魂常常去到锦江西岸，刻画恋情的深切，怀人情绪萦绕、缠绵。

渔歌子

柳如眉，云似发，蛟绡雾縠笼香雪[①]。梦魂惊，钟漏歇，窗外晓莺残月。 几多情，无处说，落花飞絮清明节。少年郎，容易别，一去音书断绝。

【注释】

①蛟绡：即鲛绡。 香雪：喻肌肤细腻白净、有香气。

【赏析】

是词写闺情。前阕以“柳”、“云”、“雪”分别比喻眉、发、肌肤，形容少妇美丽。“梦魂惊”三句，写少妇梦境被惊醒，所见所闻，漏声停、晓莺叫、残月照。后阕写分别，带出少妇怨。

◉集评

汤显祖《玉茗堂评花间集》：“只此容易别时，常种人毕世莫解之恨，那得草草。”

俞彦《爰园词话》：“使屯田此际操觚，果可以‘杨柳外晓风残月’命句否？且柳词亦只此佳句，余皆未称。而亦有本，祖魏承班《渔歌子》‘窗外晓莺残月’，第改二字增一字耳。”

李冰若《栩庄漫记》：“‘窗外晓莺残月’，正是怀人境地。故上半阕设色殊美，恨结句一语道尽，又无余韵矣。”

※ ※ ※ ※ ※ ※ ※ ※

生查子

离别又经年，独对芳菲景。嫁得薄情夫，长抱相思病。　花红柳绿间，蝶舞双双影。羞看绣罗衣，为有金鸾并。

【赏析】

是词写闺怨。前阕直抒怨恨。首两句点出离别已经一年，主人公独对芳菲美景。自己嫁了个薄情夫，只常常犯着相思病。后阕进层写相思愁怨。春天又来了，花红柳绿，晴空万里，彩蝶双双飞舞。"晴空"或许是双关，谐"情空"；"双双影"与上文的"独"对应。含羞观看绣罗衣，这是因为上面绣有金鸾纹饰。真是，伤心独处之人怕见双双鸾凤，暗示对夫君的"薄情"，含寓切骨的相思之痛苦。

◉集评

况周颐《餐樱庑词话》："魏承班词'羞看绣罗衣，为有金鸾并'，是刷色鲜艳耳。"

菩萨蛮

玉容光照菱花影[1]，沉沉脸上秋波冷，白雪一声新[2]，雕梁起暗尘[3]。　宝钗摇翡翠，香惹芙蓉醉。携手入鸳衾，谁人知此心。

【注释】

①菱花：菱花镜。

②白雪：古琴曲名，传为春秋晋国师旷所作。

③"雕梁"句：用鲁人虞公声动梁尘典故。

【赏析】

是词写歌伎。写容颜、秋波、弹唱、歌舞、服饰，意在刻画一位貌美技高的美人形象。结尾两句，乃道中之作业。

满宫花

寒夜长，更漏永，愁见透帘月影。王孙何处不归来？应在倡楼酩酊。　金鸭无香罗帐冷，羞更鸳鸯交颈。梦中几度见儿夫，不忍骂伊薄幸。

【赏析】

是词写妇怨。寒夜漫长，更漏频频，见透穿帘子的月影就发愁。那王孙到了何处还不归来？应该是到倡楼喝酒求醉，更有令人羞惭的是鸳鸯交颈。在梦中就见过几次了，但是我不忍心骂他薄幸。刻画了一个逆来顺受、善良软弱的闺妇形象。

谒金门

烟水阔[1]，人值清明时节。雨细花零鹦语切，愁肠千万结。　雁去音徽断绝[2]，有恨欲凭难说。无事伤心犹不彻[3]，春时容易别。

谒金门

春欲半，堆砌落花千片。早是潘郎长不见，忍听双语燕。　飞絮晴空飏远，风送谁家弦管。愁倚画屏凡事懒④，泪沾金缕线。

谒金门

长思忆，思忆佳人轻掷。窗月透帘澄夜色，小屏山凝碧。　恨恨君何太极，记得娇娆无力。独坐思量愁似织，断肠烟水隔。

【注释】

①烟水阔：形容两地相距遥远。

②音徽：音信。

③不彻：不尽。

④凡事：犹事事。

【赏析】

是调三首词皆写离愁别绪。

"海水阔"章，着重写音信断绝带来的思念。前阕写清明时节景色。"烟水阔"，点明分别两地之空间遥远，正是清明时节。突出三种景物：细雨、落花、莺啼。歇拍，写感受，愁怨情绪郁结胸臆。过片，音信断绝，心中的愁苦无人可诉。百无聊赖之中，伤心起来，无法到达尽止之处。结句，将愁恨指向春天，这个季节怎么使人如此容易离别。

"春欲半"章，着重写因愁怨而变成慵懒。前阕夹叙夹议，春天已经过去一大半了，地上堆积起落花千万片。早就与潘郎长时间不相见了，忍着痛苦在聆听成双结对的燕语。"双语燕"，反衬自己的独处。过片写飞絮远飘，风儿送来幽咽的弦管乐声。或许，更引起她的怀人思绪。带着愁怨倚靠屏风，对一切事情都无心去做，慵懒处很，止不住泪水流淌，湿了金缕衣。

"长思忆"章，着重写被轻掷的痛苦。起首便写被人轻率地抛弃。歇拍，写景衬托痛苦心情，春夜里，冷月透帘幕，床上小屏风显得更加青碧，景色景物是如此凄清。过片。连着两个"恨"字，强调了悲痛的心境。"记得妖娆无力"，回忆起分手的时候，尽管利已使尽了法子，用尽了妖娆，也无力挽回。"独"字，写现状。孤身一人坐着想念，愁绪交织在一起，断肠般的痛苦难受，这种情状被烟水所隔，对方一点儿也不知晓。

◉集评

况周颐《餐樱庑词话》："如右三阕，尚觉行间句里饶有清气。"

鹿虔扆《鹿太保词》

【小传】

鹿虔扆(yǐ),生卒籍贯皆不详,后蜀进士,在孟昶时仕后蜀,累官学士、永泰军节度使,进检校太尉、加太保。与欧阳炯、韩琮、阎选、毛文锡五人工小词,为后主赏识,时人称"五鬼",蜀亡不仕。鹿虔扆词作近于韦庄,较少浮艳之气。有沉痛苍凉者,有秀美疏朗者。《花间集》称鹿太保,收其词6首;近人王国维辑《鹿太保词》一卷,辑录词6首。

◉集评

张宗橚《词林记事》引倪瓒评:"鹿公高节,偶尔寄情倚声,而曲折尽变,有无限感慨淋漓处。"

李冰若《栩庄漫记》:"鹿太保词不多见,其在《花间集》中者约有二种风格:一为沉痛苍凉之词,一为秀美疏朗之词。不惟人品之高,其词格亦高。由此可知虽处变乱之世,人格高尚者终有以自立。词虽小道,亦可表现之也。"

临江仙

金锁重门荒苑静,绮窗愁对秋空①。翠华一去寂无踪,玉楼歌吹②,声断已随风。　烟月不知人事改,夜阑还照深宫。藕花相向野塘中,暗伤亡国,清露泣香红③。

【注释】

①绮窗:华美的窗户。王维《扶南曲歌词》:"朝日照<u>绮窗</u>,佳人坐临镜。"

②歌吹:歌唱声与吹乐声。白居易《寄答周协律》:"暗想楼台万馀里,不闻<u>歌吹</u>一周年。"

③香红:借代荷花。

【赏析】

是词吊古,伤蜀之亡国。金锁一重又一重宫门,已经荒芜的禁苑一片死寂,华丽的雕花窗好像睁开的愁眼望着秋日的长空。翠华一经逝去便无声无息,当年玉楼的歌舞升平、歌吹管弦之声统统随风而去。前阕写出了后蜀亡国之后的悲凄。后阕,词人带着伤情写景。唯有那烟霞缭绕的天上明月好像还知道朝代人事的更迭,直到夜深沉还照着深宫。野塘里的藕花在争相竞放,只为暗自伤心亡国之事。不是吗?你看那鲜红花瓣上的晶莹露珠仿佛是人们在啼泣。

◉集评

郑文焯《花间集评注》引杨慎评:"故宫禾黍之思,令人黯然。此词比李后主《浪淘沙》词更胜。"

汤显祖《玉茗堂评花间集》:"'曲终人不见,江上数峰青',似有神助,以此方之,可谓劲敌。"

李廷机《新刻注释草堂诗余评林》:"周美成《西河》词云'燕子不知何世,入寻常巷陌人家,如说兴亡,斜阳里。'亦就是'烟月不知人事改'一段变化出来。"

沈际飞《草堂诗余正集》:"结引藕花泣露,伤感复伤感。"

茅暎《词的》:"寄慨长杨、汾水,又是宫词一变。"

卓人月汇选、徐士俊参评《古今词统》:"花有叹声,史识之矣。"

许昂霄《词综偶评》:"曰'不知',曰'暗伤',无情有恨,各极其妙。"

陈廷焯《云韶集》:"'一声河满子,双泪落君前。'深情苦调,有《黍离》、《麦秀》之悲。"

谭献《谭评词辨》:"哀悼感愤。"

况周颐《餐樱庑词话》:"鹿太保,孟蜀遗臣,坚持雅操。其'临江仙'……含思凄惋。不减李重光'晚凉天净月华开,想得玉楼瑶殿影,空照秦淮'之句。"

俞陛云《唐五代两宋词选释》:"周道《黍离》之感,唐宋以来,多见于诗歌。在词中,惟南唐后主,亡国失家,语最沉痛,虔扆词亦善感乃尔。诵'露泣红香'句,与'独与铜人相对泣,凄凉残月下金盘',其音皆哀以思也。"

李冰若《栩庄漫记》:"太白词'只今唯有西江月,曾照吴王宫里人',已开鹿词先路。此阕之妙,妙在以暗伤亡国托之藕花,无知之物,尚且泣露啼红,与上句'烟月还照深宫'相衬,而愈加悲惋。其全词布置之密,感喟之深,实出后主'晚凉天净'一词之上。"

唐圭璋《唐宋词简释》:"此首暗伤亡国之词。全篇摹写亡国后境界,有《黍离》《麦秀》之悲。"

华钟彦《花间集注前言》:"后蜀鹿虔扆,本自'周公辅成王'明志,后孟氏亡国之痛,决意不仕,曾借《临江仙》以寄慨……这与南唐李后主词相比,可以说品格较高,问世较早,为词学开拓境界之功较大。"

临江仙

无赖晓莺惊梦断①,起来残醉初醒。映窗丝柳袅烟青,翠帘慵卷,约砌杏花零②。 一自玉郎游冶去,莲凋月惨仪形③。暮天微雨洒闲庭,手挼裙带,无语倚云屏。

【注释】

①无赖:放刁,无道理,无奈。徐陵《乌栖曲》:"唯憎<u>无赖</u>汝南鸡,天河未落犹争啼。"

②约砌:曲折之阶台。

③莲凋月惨:言女子仪容憔悴。 莲、月,喻女子形貌。

【赏析】

是词写闺怨。起首"无赖"二字,足见主人公的怨深,连黄莺也骂了。晓莺、丝柳、青烟,杏花凋零、残梦初醒,烘托慵倦情态。过片,直指"游冶",怨恨日深,形容憔悴。结尾三句,以细节描写,表现终日相思之苦。

女冠子

凤楼琪树①,惆怅刘郎一去,正春深。洞里愁空结,人间信莫寻②。 竹疏斋殿迥,松密醮坛阴。倚云低首望,可知心。

女冠子

步虚坛上③,绛节霓旌相向④,引真仙。玉佩摇蟾影,金炉袅麝烟。 露浓霜简湿⑤,风紧羽衣偏⑥。欲留难得住,却归天。

【注释】

①凤楼:女冠子的居所。顾野王《长安道》:"<u>凤楼</u>临广路,仙掌入烟霞。"

②"人间"句:言料想无法寻找。

③步虚：道士诵读的声音。刘敬叔《异苑》卷五："陈思王（曹植）游山，忽闻空里诵经声，清远遒亮。解音者则而写之，为神仙声；道士效之，作步虚声。"

④绛节霓旌：道士祭神所用的符节、旗帜。

⑤霜简：白色竹简，道士做法事时所用的手版。

⑥羽衣：道教法衣。白居易《梦仙》："坐乘一白鹤，前引双红旌。羽衣忽飘飘，玉鸾俄铮铮。"《汉书·郊祀志上》"五利将军亦衣羽衣。"颜师古注："羽衣，以鸟羽为衣，取其神仙飞翔之意也。"

【赏析】

是调两首词，就题写女道士。

"凤楼琪树"章，写女道士思念心上人——刘郎。在凤楼旁琪树下，她惆怅地思念着刘郎的归去，时节正是春深。洞天里愁绪郁结，那人间的信息哪里去寻觅呢？青竹疏落绕着斋殿，松树繁茂遮盖醮坛。她好像倚靠着云儿低头俯视人间，刘郎呀，你知道吗。

"步虚坛上"章，写女道士修道。步虚诵经之声环绕醮坛，绛节彩旗相向立着，招引神仙的降临。玉佩摇动辉映着月光，金炉子吐出袅袅的兰麝香烟。露水浓重弄湿了霜简，风儿劲吹曳动她的羽衣。很难将神仙留下，却匆忙离去了。

◉集评

李冰若《栩庄漫记》："'竹疏''松密'二句，写道院风光宛然。"

思越人

翠屏欹，银烛背，漏残清夜迢迢。双带绣窠盘锦荐[①]，泪侵花暗香消。珊瑚枕腻鸦鬟乱[②]，玉纤慵整云散。苦是适来新梦见，离肠争不千断[③]？

【注释】

①双带：带之两端下垂者。　绣窠：带之花团。

②鸦鬟：黑色鬟发。

③"苦是"两句：令人痛苦者，乃方才刚梦见，醒来却不见，怎么不教人离肠千断。　适来：方才来。　争：同"怎"。

【赏析】

是词写别绪。前阕通过室内景物描写以及听闻远处传来的残漏声，烘托人物夜长难熬的心情。结句"泪浸花暗香销"，以花暗香销比喻泪浸的神态，写出别绪深切。过片，"枕腻"，流泪而使枕变腻；"鸦鬟乱"，醒来的疲态；"慵整云散"，慵懒的神态。结尾二句，好像方才见到心上人，做着新梦，现时怎就不见了呢，好不教人离肠千断。

◉集评

汤显祖《玉茗堂评花间集》："结句酸楚，江文通、潘安仁悼亡诗不过如此。"

卓人月汇选、徐士祯参评《古今词统》："'双带'二句，即'泪沾红袖黦'之意。"

张德瀛《词徵》："《十国春秋》云：鹿虔扆《思越人》词有'双带绣窠盘锦荐，泪侵花暗香消'之句，词家推为绝唱。今考鹿词不多见，固非如冯正中诸人，日从事于声歌者。零玑碎锦，尤足贵矣。"

李冰若《栩庄漫记》："余谓此词虽凄丽，尚非《临江仙》之比也。"

虞美人

卷荷香淡浮烟渚[1]，绿嫩擎新雨[2]。琐窗疏透晓风清，象床珍簟冷光轻，水纹平[3]。　九疑黛色屏斜掩，枕上眉心敛。不堪相望病将成，钿昏檀粉泪纵横[4]，不胜情。

【注释】

①卷荷：含苞待放的荷花。

②绿嫩：荷叶。张说《四月十三日诏宴宁王亭子赋得好字》："绿嫩鸣鹤洲"。

③水纹：簟也。李商隐《偶题二首》之一："水纹簟上琥珀枕，傍有堕钗双翠翘。"

④钿昏：首饰钗钿久未修饰而光泽暗淡。　檀粉泪纵横：香粉面上常常啼泪纵横。

【赏析】

是词写相思。前阕写初夏晨景的清冷。含苞待放的荷花、清淡飘浮而来的幽香、新近长成的鲜嫩荷叶擎着晨雨，景色清丽可赏；晨风将荷塘的风情吹进闺房，闺妇内心凄凉，只觉得居所的物品"冷光轻"，巧妙地将情与景融合在一起。后阕，写闺妇皱着眉头不忍心去看屏风上的九疑山图画，因为她相思快要成病，就像钗钿之类的饰物久已不修饰而失去光泽，檀粉面上泪流纵横，经不住相思良苦的煎熬苦啊。

阎选《阎处士词》

【小传】

阎选，字里、生平均不详，后蜀时布衣。一曰前蜀人。善令词，与欧阳炯、鹿虔扆、毛文锡、韩琮被称为“五鬼”。其词与毛文锡相伯仲。

《花间集》称阎处士，收其词8首；近人王国维辑《阎处士词》一卷，辑录词10首。

◉集评

吴任臣《十国春秋》：“阎选，故布衣也，酷善小词，有《临江仙》词云：‘画帘深殿，香雾冷风残。’又云：‘猿啼明月照空滩。’时人目为阎处士。”

李冰若《栩庄漫记》：“阎处士多侧艳语，颇近温尉一派，然意多平衍，盖与毛文锡伯仲耳。”

虞美人

粉融红腻莲房绽①，脸动双波慢②，小鱼衔玉鬓钗横。石榴裙染象纱轻③，转娉婷。　偷期锦浪荷深处④，一梦云兼雨，臂留檀印齿痕香⑤。深秋不寐漏初长，尽思量。

【注释】

①莲房：莲蓬，内有莲子，各子分隔，故称莲房。杜甫《秋兴》：“露冷莲房坠粉红。”此以莲花比喻美人面容。

②双波慢：两眼凝神美貌。

③石榴裙：朱红色裙子。梁元帝《乌栖曲》：“交龙成锦斗凤纹，芙蓉为带石榴裙。”

④偷期：暗地约会。　锦浪：如锦之浪花。李白《鹦鹉洲》：“烟开兰叶香风暖，岸夹桃花锦浪生。”

⑤檀印：口红印迹。

【赏析】

是词以男子作为抒情主体，回忆幽会梦境。前阕回忆美丽多情的女子形象。容貌，粉红的双脸笑起来，像绽开的莲房灿烂；眼神，双眼闪烁光彩，像碧波慢慢荡漾开去。头饰，小鱼衔玉头钗横插云髻；衣着，薄而轻的像纱石榴裙；身姿，(穿着石榴裙)转动时更加轻盈妩媚。后阕，回忆幽会，俩人偷偷地相约在锦浪荷花丛深处幽会，共同进入梦乡，翻云覆雨。手臂上留下檀色口红印、牙齿痕，还沾上香气。深秋的漫漫长夜他久久不能入睡，他随着更漏初长，反复地回忆这段欢愉。

◉集评

汤显祖《玉茗堂评花间集》：“‘尽’字一作‘侭’，‘侭’字更有深会。”

况周颐《历代词人考略》：“‘偷期锦浪荷深处，一梦云兼雨，臂留檀印齿痕香。深秋不寐漏初长，尽思量。’虽质语，词家所许，然分际太过，不免伤雅伤格。”

虞美人

楚腰蛴领团香玉①，鬓叠深深绿②，月蛾星眼笑微频③。柳夭桃艳不胜春④，晚妆匀。　水纹簟映青纱帐，雾罩秋波上，一枝娇卧醉芙蓉⑤。良宵不得与君同，恨忡忡⑥。

【注释】

①楚腰：泛指女子细腰。《韩非子·二柄》："楚灵王好细腰，而国中多饿人。"杜牧《遣怀》："落魄江湖载酒行，楚腰纤细掌中轻。" 蛴领：领项白而颀长。蛴，蝤蛴，木中蝎虫，体白而长，比喻女人颈项。

②鬓叠：鬓发重叠，言其厚密。

③月蛾：眉如初月。 星眼：如星的明眸。 笑微频：笑而略带愁意。 频：通颦，皱眉头。

④柳夭桃艳：容态如柳枝妖娆，如桃花艳丽。

⑤醉芙蓉：《瓯江逸志》："温州芙蓉，最妙者名醉芙蓉，晨起白色，午后淡红，晚则变为深红。"

⑥忡忡：忧愁的样子。《诗·召南·草虫》："未见君子，忧心忡忡。"

【赏析】

是词写美女春宵的恨怨与忧愁。纤细的楚腰，蝤蛴般白皙的颈项，整个身段活像团香玉，鬓髻重叠高耸泛着黛绿乌亮的光泽，初月蛾眉、明星眼眸，微笑起来稍带愁意。妖娆如杨柳、美艳似桃花，晚妆匀成，那春情叫人经禁不住。过片，从卧具写起，水纹簟席与青纱帐很匹配，就像轻雾笼罩在秋波之上。如果她躺在哪，简直就是一枝娇艳卧态的醉芙蓉。结尾两句，写她的心理，在如此良宵之夜，不可以和心上人在一起，真是恨怨之上加忧愁。

◉集评

汤显祖《玉茗堂评花间集》："'笑微颦'，一作'笑和颦'，反觉复而无情。"

沈际飞《草堂诗余别集》："诸相具足。"又评末二句："好句，同人也好。"

况周颐《历代词人考略》："此以绝胜者。"

临江仙

雨停荷芰逗浓香，岸边蝉噪垂杨。物华空有旧池塘①，不逢仙子，何处梦襄王②？ 珍簟对欹鸳枕冷，此来尘暗凄凉。欲凭危槛恨偏长③，藕花珠缀，犹似汗凝妆④。

【注释】

①物华：美好景物。杜甫《曲江陪郑南史饮》："自知白发非春事，且尽芳尊恋物华。"

②此句用楚襄王神女事。

③危槛：高楼上的栏杆。危，高耸貌。《庄子·田子方》："尝与汝登高山，履危石。"

④"藕花"两句：荷花上点缀露水，如美人红面上凝聚汗珠。 珠缀：露珠连缀。卢纶《早秋望华清宫中树因以成咏》"翠屏更隐见，珠缀共玲珑。" 缀：点缀。 犹似：好似。犹：与若、似意同，同义迭用。孔欣《置酒高楼上》："生犹悬水溜，死若波澜停。"

【赏析】

是词写相思。前阕首二句写初夏雨后景色。聚雨过后，荷花散发着浓香，岸边杨柳绿荫间蝉儿噪唱。池塘上空有美丽景致，没能遇上仙子，楚襄王向何处梦？后阕，珍贵的簟席加之清凉的鸳枕，此次所见已经是暗尘生，显得更为凄凉。本想凭着高栏派遣愁绪，但反而使相思之恨徒增。藕花上的点点露珠，更似她红面上凝聚的香汗。

临江仙

十二高峰天外寒，竹梢轻拂仙坛。宝衣行雨在云端。画帘深殿，香雾冷风残。　欲问楚王何处去？翠屏犹掩金鸾。猿啼明月照空滩，孤舟行客，惊梦亦艰难。

【赏析】

是词写神女庙。前阕写神女庙景色，先写高处远处，十二峰及天外，"寒"字带主观感受；再写低处近处，竹林仙坛，"拂"字写出动感。展开联想写巫山神女穿着宝衣飘于雨中云端。歇拍写庙内，"深"、"冷"、"残"三字与"画"、"香"形成强烈反差，营造了凄清的氛围。过片，以"欲问"带起，感叹神女的孤苦。"猿啼"等三句抒情凄楚，以行役艰苦，感怀人生的坎坷。

◉集评

汤显祖《玉茗堂评花间集》："非深于行役者，不能为此言。即以《水仙调》当作《行路难》可也。"

况周颐《餐樱庑词话》："阎选《临江仙》云：'猿啼明月照空滩，孤舟行客，惊梦亦艰难。'佳处在下二句。《十国春秋》只称引上一句，可云买椟还珠。"

王国维《阎处士词跋》："阎选词惟《临江仙》第二首有轩翥之意，余尚未足与于作者也。"

浣溪沙

寂寞流苏冷绣茵，倚屏山枕惹香尘。小庭花露泣浓春。　刘阮信非仙洞客，嫦娥终是月中人。此生无路访东邻①。

【注释】

①东邻：借代美女。宋玉《登徒子好色赋》："臣里之美者，莫若臣东家之子。"司马相如《美人赋》："臣之东邻，有一女子，玄发丰艳，蛾眉皓齿。"

【赏析】

是词写相思。主人公为男子。前阕首句，以"寂寞"二字总起，写男子家居用品，流苏低低垂，绣茵冰冰冷。二句写动作，紧靠屏风的山枕上，引惹起香尘。歇拍写庭院春景，"泣浓春"，写景中已带强烈的感情色彩。后阕，抒发相思情绪，以己不及"刘阮"幸运、"嫦娥"不可遇，引出"东邻女"无路访寻的遗憾慨叹。

◉集评

陈廷焯《词则·闲情集》："'小庭'七字凄 ，下半阕已是元明一派。"

况周颐《历代词人考略》："界在清艳之间者也。"

八拍蛮

云锁嫩黄烟柳细，风吹红蒂雪梅残①。光景不胜闺阁恨②，行行坐坐黛眉攒③。

【注释】

①红蒂：红色的花蒂。贯休《落花》："蝶醉蜂痴一簇香，绣葩红蒂堕残芳。"

②"光景"句：风光明秀，引起无限闺阁怨情。 光景：风光景色。李白《越女词》之五："新妆荡新波，光景两奇绝。"又解，"光景" 作"光影"，时光。时光渐逝，而闺怨无穷。

③行行坐坐：空虚无聊，行坐不安。

【赏析】

是词写春怨无聊的闺阁女子。起首二句以初春景色暗喻闺阁形象，"云锁"、"梅残"，表明主人公心中有怨。末二句，春光越美，闺阁的怨恨越深。行行坐坐，空虚无聊，黛眉紧锁，行动与神情，都带着无限的怨情。

◉集评

汤显祖《玉茗堂评花间集》："仄声七言绝句，唐人以入乐府，谓之《阿那曲》，宋人谓之《鸡叫子》。平声绝句以入乐府者，非《杨柳枝》、《竹枝》即《八拍蛮》也。"

八拍蛮

愁锁黛眉烟易惨①，泪飘红脸粉难匀②。憔悴不知缘底事③，遇人推道不宜春④。

【注释】

①烟易惨：面上胭脂易于显出惨淡色泽。 烟：通胭，即胭脂，或写作"烟支"。《史记·匈奴列传》司马贞索隐引习凿齿《与燕王书》："山下有红蓝，足下先知不？北方人采取其花，染绯黄，挼取其上英鲜者，作烟支，妇人采将用为颜色。"

②粉难匀：因泪洒脸上，故难匀。

③缘底事：因何事。 底：何，疑问代词。杜甫《解闷十二首》之七："陶冶性灵在底物？新诗改罢自长吟。熟知二谢将能事，颇学阴何苦用心。"

④推道：推说。韦应物《发广陵留上家兄兼寄上长沙》："推道固当遣，及情岂所忘。"不宜春：适应不了春天气候环境。

【赏析】

是词写满腔春怨的闺妇形象。"愁锁"领起全词，总括闺妇形象，眉头紧皱，胭脂粉面惨淡，泪水流过双脸，难将粉匀。"憔悴"，闺妇春怨至深的表现，"缘底事"正是相思，但她遇到有人问起，却托词说"不宜春"。

◉集评

卓人月汇选、徐士俊参评《古今词统》："却不道四时天气总愁人。"

况周颐《历代词人考略》："《八拍蛮》之'憔悴不知缘底事，遇人推道不胜春。'……则其秀在骨，其艳入神，卷中最佳之句也。"

河传

秋雨，秋雨，无昼无夜，滴滴霏霏。暗灯凉簟怨分离，妖姬①，不胜悲。西风稍急喧窗竹，停又续，腻脸悬双玉②。几回邀约雁来时，违期，雁归人不归。

【注释】

①妖姬：美丽姑娘。 姬：美女。《吴越春秋》卷三："于是庄王弃其秦姬越女，罢钟鼓之乐。"

②双玉：比喻脸上的两行眼泪。

【赏析】

是词写怨妇。选用"秋雨"起头，连绵不断，没日没夜地下个不停，选用"滴霏"写雨势，四句语气急促，适用烘托怨妇心情。室内景物也与之相贴，"暗灯凉簟"、"怨分离"，怨妇由眼前景象，触动怨根神经；因怨而经不起悲伤。过片，再从秋天的典型气象现象落笔，怨妇见西风渐渐急吹，摇动窗户、敲响绿竹，时停时续，使她更添凄凉。"腻脸悬双玉"粉脸垂双泪。她想起，他几次说好随雁而归，却次次爽约，"雁归人不归"，由盼切而生怨。

◉集评

汤显祖《玉茗堂评花间集》："三句皆重叠字，大奇大奇。宋李易安《声声慢》，用十叠字起，而以'点点滴滴'四字结之，盖用其法，而青于蓝。"

陈廷焯《云韶集》："起笔胜，结笔缓。"《词则·别调集》："起，疏爽。结，凄婉。"

※ ※ ※ ※ ※ ※ ※ ※

谒金门

美人浴，碧沼莲开芬馥①。双髻绾云颜似玉②，素蛾辉淡绿。 雅态芳姿闲淑③，雪映钿装金斛④。水溅青丝珠断续，酥融香透肉。

【注释】

①碧沼：碧绿的水池。

②绾云：盘结旋绕的云彩。

③雅态：烟雅的神态。 芳姿：美丽的姿容。 闲淑：闲静淑惠。

④雪映：指肌肤雪白。 钿装：以钿花为饰的衣装。 金斛(hú)：金属斛形首饰。 斛：量器。

【赏析】

是词写美人浴。美人洗浴，碧池里莲花绽开芳香馥郁，天上明月光辉照入而变成淡淡的绿色。后阕虽是正面描写，却不见俗气，不显淫秽，此为花间词的精妙处。

◉集评

况周颐《餐樱庑词话》："李德润《临江仙》云：'强整娇姿临宝镜，小池一朵芙蓉。'阎选《谒金门》云：'美人浴，碧沼莲开芬馥。'并皆形容绝妙，尤觉落落大方。是人是花，一而二，二而一，不必用'如'、'似'等字，是词中暗字诀之一种。"《历代词人考略》："《谒金门》之'双髻绾云颜似玉，素娥辉淡绿。'……则秀在骨，其艳入神，卷中最佳之句也。"

定风波

江水沉沉帆影过[①],游鱼到晓透寒波[②],渡口双双飞白鸟,烟袅[③],芦花深处隐渔歌。 扁舟短棹归兰浦[④],人去,萧萧竹径透青莎[⑤],深夜无风新雨歇,凉月,露凝珠颗入圆荷。

【注释】

①沉沉:形容水势浩渺苍茫。

②透:犹跳跃。

③烟袅:水雾迷蒙,烟气缭绕升腾。

④兰浦:长有兰草的水滨。

⑤萧萧:象声,此指草木摇落的声音。杜甫《登高》:"无边落木萧萧下。" 透:此指布满。 青莎:青色的莎草。

【赏析】

是词写江景。以时间顺序展开,先写黄昏江景:江水浩浩荡荡,帆影飘过,这是远景、大景;游鱼时而跃跳水面,渡口时而飞起双双白鹭,这是近景、特写;烟雾迷蒙,白汽袅袅,这是中景,黄昏江面的典型景色;芦花深处传出隐隐约约的渔人棹歌唱晚,这是运用视听、虚实结合的手法写景。这些景物的描写并没有脱离人物的活动,当是以渔人晚归为线索,沿途所见之景,营造出人在景中、景中有人的生动景象。后阕写扁舟回到兰浦,人去离舟,而归家之路,也是那么的优美,耳边听着萧萧的竹树摇曳响声,脚下踏着布满青莎的小径。夜深了,风停雨止,月儿升起,露珠凝聚成珠的圆圆的荷叶上打滚。

◉集评

俞陛云《唐五代两宋词选释》:"纯是写景,惟'人去'二字见本意。在陆则莎满径荒,在水则露寒月冷,一片萧寥之状。殆有感于王根、樊重之家,一朝零落,人去堂空,作者如燕子归来凭吊耶!"

尹鹗《尹参卿词》

【小传】

尹鹗，生卒年不详，四川成都人。仕前蜀后主王衍为翰林院校书郎，累官至参卿。工诗词，风格似韦而浅，似温而繁，开柳屯田俳调之风。

《花间集》称尹参卿，收其词6首；近人王国维辑《尹参卿词》一卷，辑录词17首。

◉集评

张炎《词源》："参卿词以明浅动人，以简净成句者也。"

沈雄《柳塘词话》："尹鹗《杏园芳》词，'交人见了关情'末句'何时休遗梦相萦'，遂开柳屯田俳调。至其《临江仙》云云，流递于后。令读者不能为怀，岂必《花间》、《尊前》句皆婉丽也。"《古今词话》："尹鹗《秋夜月》颇觉遒古，然非赏之音。《杏园芳》更多颓唐之句。"

李冰若《栩庄漫记》："尹鹗词在《花间集》中似韦而浅俗，似温而繁琐，盖独成一格者也。其写冶游，写情思均分明如画，不避详琐。柳塘以为开屯田俳调，询为知音。要其清绮灵活，实在阎选等之上，差可与牛济希、孙光宪等齐肩也。"

张德瀛《词徵》："尹参卿词多艳冶态，张叔夏称其以明浅动人，特讥之耳。必如张直夫所云靡靡不失为国风之正，而后可哉？"

临江仙

一番荷芰生池沼①，槛前风送馨香②。昔年于此伴萧娘，相偎伫立，牵惹叙衷肠。　时逞笑容无限态③，还如菡萏争芳。别来虚遣思悠飏，慵窥往事④，金锁小兰房⑤。

【注释】

①一番：《岁时广记》载："江南自初春初夏五日一番风候，谓之花信风。"

②馨香：远处散布来之香气。　馨：香气自远来而闻及。《诗·大雅·凫鹥》："尔酒既清，尔肴既馨。"毛传："馨，香之远闻也。"

③逞笑容：展露笑容。

④慵窥：懒于回顾。

⑤"金锁"句：兰房锁住，比喻萧娘不知所踪。

【赏析】

是词写怀人，主人公是男子。一番风候才过，莲塘碧荷长得更为蓬勃，曲槛前面的清风送来阵阵荷香。主人公来到旧地回忆，当年就是在这里幽会萧娘，两人相偎伫立，手牵手激情涌动，开怀畅谈，诉说衷情。她不时开心地展露灿烂的笑容，美态无限，好似在与荷花争妍斗艳。离别以后，徒有通过追忆去排遣悠悠的思念，有时懒得去回顾往事的细节，她居住的那小兰房早就锁了起来。兰房已锁，而相思怀人的情绪"锁"不住。

◉集评

茅暎《词的》："托幽芳于芰荷。"

沈雄《柳塘词话》：尹鹗"'昔年于此伴萧娘，相偎伫立，牵惹叙衷肠'。流连于后。令读者不能为怀，岂必曰《花间》、《尊前》句皆婉丽也。"

临江仙

深秋寒夜银河静，月明深院中庭。西窗幽梦等闲成[①]，逡巡觉后[②]，特地恨难平[③]。 红烛半条焰短，依稀暗背银屏。枕前何事最伤情？梧桐叶上，点点露珠零。

【注释】

①等闲：平常。白居易《重答刘和州》："随分笙歌聊自乐，等闲篇咏被人知。"

②"逡巡"句：醒来之后，感到彷徨、犹豫。

③特地：特别，特意、特为。罗隐《汴河》："当时天子是闲游，今日行人特地愁。"

【赏析】

是词抒发伤秋怨情。深秋寒夜，银河寂静，明月照着深院中庭。西窗闺妇像往常一样做着相思美梦。梦醒了，她感到彷徨，特别难将怨恨排解。她眼前的红蜡烛烧得只剩下半截，火焰逐渐短着短着，暗淡地照着后面的银屏。环境的凄寂，使"恨"更难平。主人公不禁问自己，枕前是什么事情使自己最伤情的呢？以比喻作答，那屋外的梧桐叶上凝聚的点点露珠，在一滴一滴地掉到地上的响声。主人公的伤秋怨恨就是在如此凄清的景物烘托之下，深沉地抒发出来。

满宫花

月沉沉，人悄悄，一炷后庭香袅。风流帝子不归来，满地禁花慵扫。 离恨多，相见少，何处醉迷三岛？漏清宫树子规啼，愁锁碧窗春晓。

【赏析】

是词写宫女怨。前阕起首，月沉人静，一炷香烟在宫中后庭袅袅升腾。风流帝子不归来，禁苑的满地落花，宫女懒扫。后阕直诉宫女心事。离别的怨太多了，相见的机缘太少了，如今他在哪里沉醉迷三岛？宫女彻夜不眠，听着漏声更更响，听见宫树上的子规啼声，愁眉紧锁地等来的，却是碧窗外的春晓。

◉集评

吴任臣《十国春秋》："疑亦有所寄慨而作。"

李调元《全五代诗》注："盖伤蜀之亡也。"

陈廷焯《云韶集》："绮丽风华，仿佛仲初宫词。"

杏园芳

严妆嫩脸花明[①]，教人见了关情。含羞举步越罗轻[②]，称娉婷。 终朝咫尺窥香阁，迢遥似隔层城。何时休遣梦相萦[③]？入云屏[④]。

【注释】

①严妆：认真妆扮，妆束整齐。《玉台新咏·焦仲卿妻》："鸡鸣外欲曙，新妇起严妆。"

②越罗轻：越地产之罗衣薄而轻，刘禹锡《酬乐天衫酒见寄》："舞衣偏尚越罗轻。"

③休遣：不让。

④入云屏：进入爱人所居云屏之后。

【赏析】

是词写男子追求娉婷女子。前阕描写女子，她认真打扮起来，娇嫩姣好的容貌像花般明丽，见了使人怜爱生情。带着娇羞举步，曳动越罗长裙，那轻盈的姿态才真美丽咧。后阕，写男子倾慕。他整日望着她的闺阁，虽然近在咫尺，但是遥远得就像隔着昆仑山上的层城。什么时候才能摆脱梦魂的困扰，入到她居所的云屏之后呢。

◉集评

沈雄《柳塘词话》："尹鹗《杏园芳》第二句'教人见了关情'，末句'何时休遣梦相萦'，遂开屯田俳调。"

醉公子

暮烟笼藓切，戟门犹未闭[①]。尽日醉寻春，归来月满身。　离鞍偎绣袂[②]，坠巾花乱缀[③]。何处恼佳人[④]？檀痕衣上新[⑤]。

【注释】

①戟门：显贵人家门户。唐制，官、阶、勋俱三品得立戟于门。白居易《重到城七绝句·裴五》："莫怪相逢无笑语，感今思旧戟门前。"　戟：古时武器，合戈矛为一体，可以直穿横击。

②绣袂：指代女子。

③"离鞍"二句：下马后，紧靠搀扶者之绣腕，头巾垂下的花片散乱点缀。

④恼：逗引、撩拨。杜甫《奉陪郑驸马韦曲二首》之一："韦曲花无赖，家家恼杀人。"王安石《夜直》："春色恼人眠不得，月移花影上栏干。"唐人常用"恼"，表戏谑之意思。

⑤"何处"二句：不知在何处又引逗过貌美姑娘，那衣衫上还留印着脂粉痕迹。

【赏析】

是词抓住贵公子纵酒寻春，戴月醉归的典型情节，表现主妇怨。词作开头直指：傍晚戟门，月光初照，公子归来了。后阕描写醉态。一下马鞍，就栽倒在闺妇怀里，"坠巾花乱缀"，好不狼狈，坠巾却将怀中的鲜花散落一地，露了"馅"。结尾处，却出人意料，主妇对此不恼，最令她恼的，是公子衣衫上还留着脂粉痕迹。

◉集评

汤显祖《玉茗堂评花间集》："一年几见月当头，'归来月满身'，良非易事。世上也有会得醉的公子。"

贺裳《皱水轩词筌》："写景之工者，如尹鹗'尽日醉寻春，归来月满身。'李重光'酒恶时拈花蕊嗅。'……皆入神之句。"

沈雄《古今词话》："词有写景入神者，尹鹗云：'尽日醉寻春，归来月满身。'"

李冰若《栩庄漫记》："'何处恼佳人，檀痕衣上新。'似怨似怜，娇嗔之态可想，而含意亦不轻薄。"

菩萨蛮

陇云暗合秋天白①，俯窗独坐窥烟陌②。楼际角重吹③，黄昏方醉归。　荒唐难共语④，明日还应去。上马出门时，金鞭莫与伊。

【注释】

①陇：泛指今甘肃一带，因有陇山而得名。

②窥烟陌：望着尘雾弥漫之道路。

③角：号角。

④荒唐：行为放荡。

【赏析】

是词写主妇怨。前阕写闺妇秋日俯窗独坐，凝神尘路，直至黄昏，等到公子醉归。此行动无声胜有声，表怨情极沉重。过片承上，"荒唐难共语"，他行为放荡，很难谈到一块儿，劝说他，他却执意"明日还应去"。闺妇无奈，只好设想，等明日他上马时，不把马鞭予他。结尾耐人寻味。

◉集评

陈廷焯《云韶集》："慧心密意，令人叫绝，娇旖之情可掬。"《词则·闲情集》："摹写娇宠只此已足，稍不自持，即流为'一面发娇嗔醉揉花打人'之恶习矣，不可不防其渐。"

况周颐《历代词人考略》："由未归说到醉归，由'荒唐难共语'，想到明日出门时，层层转折，与无名氏《醉公子》略同。'金鞭莫与伊'，尤有不尽之情，痴绝，昵绝。《全唐诗》附鹗词十六阕，此阕最为佳胜。"

※※※※※※※※

江城子

裙拖碧步飘香①，纤腰束素长②，鬓云光，拂面珑璁③，腻玉碎凝妆④。宝柱秦筝弹向晚，弦促雁，更思量。

【注释】

①裙拖碧：裙带上系挂碧玉佩件。

②束素：一束帛的形状。

③珑璁：亦作璁珑。明洁的样子。苏轼《予昔作〈壶中九华〉诗……》："赖有铜盆修石供，仇池玉色自璁珑。"

④腻玉碎凝妆：细腻光润的面容化出盛妆。

【赏析】

是词写歌妓。围绕美艳两字，从裙带、步履、衣香、纤腰、鬓发、面容、妆扮等多角度去描写肖像。最后再详写弹琴动作细节。结尾三字"更思量"从心理世界去刻画多情，使其成为有血有肉有情的人物形象。

女冠子

双成伴侣①,去去不知何处,有佳期。霞帔金丝薄,花冠玉叶危②。　懒乘丹凤子③,学跨小龙儿④。叵耐天风紧⑤,挫腰肢⑥。

【注释】

①双成:神话中西王母的侍女董双成。此指心上人。

②玉叶:美称花木之叶。

③懒乘:不愿乘。　丹凤子:即小丹凤。

④小龙儿:小的龙。

⑤天风:即风,风行天上,故称。

⑥挫:损折。

【赏析】

是词写逃婚学道。与双成那样的仙女成了伴侣,忽然去呀去了不知何处。原本是定了佳期成亲的,她却穿上女冠的道服。不想乘丹凤,要学跨小龙。无奈风儿太猛,却损折了腰肢。

◉集评

况周颐《餐樱庑词话》:"尹鹗《女冠子》云:'霞帔金丝薄,花冠玉叶危。'押'危'字甚安。'金丝薄'之'薄'字改'弱'对'危'更称。"

菩萨蛮

呜呜晓角调如语①,画楼三会喧雷鼓②。枕上梦方残,月光铺水寒。　蛾眉应敛翠,咫尺同千里③。宿酒未全消,满怀离恨饶。

【注释】

①晓角:指边塞的报晓号角。

②三会:犹三遍,三通。

③咫尺同千里:比喻情愫难通。

【赏析】

是词写征眷怨。前阕开头两句,将边塞与画楼联系起来,边塞的晓角呜咽,如泣如诉,凄怆悲凉。画楼响过三通晨鼓。主人公枕上的梦刚刚尽,只见窗外的月光铺天盖地,如水般寒冷。后阕过片写主人公愁态,双眉紧锁,与征人难通情愫。昨晚的酒醉还没有全部消退,满腹的离愁别恨只会越积越多。

菩萨蛮

锦茵闲衬丁香枕①,银釭烬落犹慵寝。颙坐遍红炉,谁知情绪孤。　少年狂荡惯,花曲常牵绊②。去便不归来,空教骏马回。

【注释】

①锦茵:绣锦褥垫。 丁香枕:丁香木制作的枕头。

②花曲:游冶之处。

【赏析】

是词写闺怨。前阕首句以"锦茵闲衬丁香枕",比拟闺妇独守空房,直至银灯尽了也不愿睡觉,端坐在红炉旁边,有谁知道自己孤独的心境。后阕直指少年夫君的狂荡,游冶之处常常牵绊住,一去就不归来。"惯"、"常"两字,点明不是偶尔为之。这是怨恨的根由。

清平乐

低红敛翠①,尽日思闲事。髻滑凤凰钗欲坠,雨打梨花满地。 绣衣独倚阑干,玉容似怯春寒。应待少年公子,鸳帏深处同欢。

【注释】

①低红敛翠:犹言低首锁眉,提不起精神。

【赏析】

是词写青楼女。前阕写其不事妆扮,无精打采,整日百无聊赖。"低红"、"敛翠"、"髻滑"、"钗欲坠"均为传神的描摹,"雨打梨花"恰到好处的比喻。后阕写行动、心理。独倚栏,孤独无伴,漫无目的望远;"怯春寒",害怕春天的乍暖还寒,因为有着心病。"应待少年公子,鸳帷深处同欢",职业所盼也。

清平乐

芳年妙妓,淡拂铅华翠,轻笑自然生百媚,争那樽前人意。 酒倾琥珀杯时,更堪能唱新词。赚得王孙狂处①,断肠一搦腰肢②。

【注释】

①赚得:赢得,哄得。

②一搦(nuò):一把,一握。腰细只有一搦。

【赏析】

是词写卖笑。主人公是一位芳华妙妓,却要去卖笑,妆成去见客,"轻笑"展现百媚,以迎合宴席上人们的所好。要陪酒,要唱新词。结尾两句赋予了词人同情,"赚得王孙狂处,断肠一搦腰肢。"其苦苦挣扎,客笑已断肠。

◉集评

李冰若《栩庄漫记》:"尹鹗《清平乐》云:'赚得王孙狂处,断肠一搦腰肢。'又云:'应待少年公子,鸳帏深处同欢。'则流于狎昵,几如柳三变俳调也。"

拨棹子

风切切,深秋月,十朵芙蓉繁艳歇①。小槛细腰无力,空赢得,目断魂飞何处说。 寸心恰似丁香结②,看看瘦尽胸前雪。偏挂恨,少年抛掷,羞觑见,绣被堆红闲不彻③。

【注释】

①繁艳：繁盛艳丽。李德裕《忆平泉杂咏·忆新藤》："清香凝岛屿，繁艳映莓苔。"

②丁香结：丁香花蕾，此用以喻愁怀之郁结。

③"绣被"句：起床时掀开的被子堆在那里也不去叠好。彻：犹搬，撤除。

【赏析】

是词写少女被抛掷的悲伤。前阕写深秋之夜，荷塘临槛远眺。秋风切切地吹，月光照在荷塘上，十朵荷花昔日的繁盛艳丽都不复有了，一片萧条景象。小槛前的"细腰"显得更加无力。白白地赚得，极目远眺魂飞魄散，不知道往哪里去诉说。后阕写相思成疾，日渐消瘦，挂恨少年抛掷。心里怀着像丁香结般的愁怨郁结，眼看着胸前雪白的肌肤快要瘦尽了。好挂恨啊，少年将自己抛掷。羞愧觑见，睡起来连被子也懒得收拾。

拨棹子

丹脸腻①，双靥媚②，冠子缕金装翡翠。将一朵琼花堪比③，窠窠绣④，鸾凤衣裳香窣地。　银台蜡烛滴红泪，渌酒劝人教半醉。帘幕外，月华如水。特地向⑤，宝帐颠狂不肯睡。

【注释】

①丹脸腻：红润的脸庞，细滑润泽。

②双靥媚：双颊的酒窝，显得妩媚。

③琼花：花木名，叶柔而莹泽，花色微黄而香。古时以洛阳、扬州所产最佳。李白《秦女休行》："西门秦氏女，秀色如琼花。"此比喻美人。

④窠窠：一簇簇，一团团。

⑤特地：犹特意。

【赏析】

是词写青楼女。前阕对主人公作肖像描写，写脸、靥，写衣装服饰，比作"琼花"一朵。后阕描写陪酒、颠狂。词作为认识唐末五代的青楼生活有一定的批判价值。

◉集评

李冰若《栩庄漫记》："'特地向，宝帐颠狂不肯睡'，则流于狎昵，几如柳三变俳调也。"

河满子

云雨常陪胜会①，笙歌惯逐闲游。锦里风光应占②，玉鞭金勒骅骝③。戴月潜穿深曲④，和香醉脱轻裘。　方喜正同鸳帐，又言将往皇州。每忆良宵公子伴，梦魂长挂红楼⑤。欲表将离情味，丁香结在心头。

【注释】

①胜会：盛会。

②锦里：成都别称。

③骅骝：周穆王八骏之一，后泛指骏马。
④深曲：犹深巷，此指妓院所在之地。
⑤红楼：此指妓楼。

【赏析】

是词写青楼私见。以“云雨”开头，可见词作的基调。少年骑着骏马戴月潜穿而至深巷。妓女“方喜”之时，得知少年要往京城，不由丁香结心头。

秋夜月

三秋佳节①，罩晴空，凝碎露，茱萸千结，菊蕊和烟轻撚，酒浮金屑。征云雨调丝竹②，此时难辍③。欢极一片，艳歌声揭④。　黄昏慵别，炷沈烟，熏绣被，翠帷同歇。醉并鸳鸯双枕，暖偎春雪⑤。语叮咛，情委曲⑥，论心正切。夜深窗透，数条斜月。

【注释】

①三秋佳节：即重阳节。　三秋：此指秋季的第三个月，即农历的九月。
②云雨：此指欢情。
③难辍：难以停止。
④艳歌声揭：艳情之歌，声音激越高亢。
⑤春雪：比喻女子肌肤。
⑥委曲：此指情意殷勤周至。

【赏析】

是词写重阳佳节狂欢。重阳节，我国的一大节日，古时之庆祝活动颇为隆重，从词作之描写，称之“狂欢”似不为过。三秋佳节，天清日丽，人们一早就踏着露珠出发，遍插茱萸，和烟采菊，畅饮菊酒，云雨欢心，丝竹悦耳。兴头难歇，“欢极一片”，艳歌高唱，激越高昂。人们一直“欢极”至黄昏，仍然不愿意离开，燃香熏被，男女同歇，暖偎春雪，软语叮咛，谈心亲切，遣情委曲。结尾二句“深夜窗透，数条斜月。”将“狂欢”之热烈气氛，归于深沉的幽静。

◉集评

沈雄《古今词话·词话》：“尹鹗《秋夜月》颇觉道古，然非正赏之音。”

况周颐《餐樱庑词话》：“尹鹗《秋夜月》歇拍云：‘心正切，夜深窗透，数条斜月。’能于旖旎中得幽静之趣。所谓开屯田词派者也。”

金浮图

繁华地，王孙富贵，玳瑁筵开①，下朝无事②。压红茵，凤舞黄金翅③。玉立纤腰④，一片揭天歌吹⑤，满目绮罗珠翠。和风淡荡⑥，偷散沉檀气⑦。　堪判醉，韶光正媚。圻尽牡丹，艳迷人意。金张许史应难比⑧。贪恋欢娱，不觉金乌坠⑨。还惜会难别易，金船更劝，勒住花骢辔⑩。

【注释】

①玳瑁筵：珍贵的盛筵。

②下朝：犹言不在朝，在家中。

③“凤舞”句：红色垫褥上的绘绣的纹饰。

④玉立：比喻女子站立姿态之优美。

⑤揭天歌吹：言唱歌与音乐之声响入天际云霄。

⑥和风淡荡：春风和舒。

⑦偷：暗中。 沉檀：檀木质重而没于水，故称。

⑧金张许史：指汉代显宦金日磾、张安世，皇亲国戚许广汉、史恭。后以金、张、许、史四姓并称，代指权门贵族。

⑨金乌：太阳。传说太阳中有三足乌，故称。

⑩花骢：五花马。

【赏析】

是词写显贵家筵。繁华地的王孙富贵之家，“下朝无事”，大排筵席，更有家蓄之歌姬助筵遣兴，其之奢华，连金张许史亦难与攀比。“贪恋欢娱，不觉金乌坠”、“还惜会难别易”三句，道出了天下没有不散之筵席，该离别时终要离别，发人深思。

◉集评

毛先舒《填词名解》：“《金浮图》，汉桓帝于宫中铸黄金浮图，词取以名。”

王国维《尹参卿词跋》：“其词《花间集》仅载六首，兹从《尊前集》录为一卷。其《金浮图》一阕，至九十四字，五代词，除唐庄宗歌头外，以此为最长。然颇疑是柳耆卿康伯可手笔也。”

毛熙震《毛秘书词》

【小传】

毛熙震，生卒未详，蜀(今四川)人，官后蜀秘书监。词作以闺情绪语为多，浓艳如飞卿然，偶尔也有感慨悲凉语，较为清淡。

《花间集》称毛秘书，收其词29首；近人王国维辑《毛秘书词》一卷，辑录词29首。

◉集评

沈雄《柳塘词话》："毛秘监，'象梳欹鬓月胜云，玉纤时急绣裙腰，晓花微敛轻呵展，袅钗金燕软'，不止以艳见长也。其《后庭花》云'伤心一片如珪月，闲锁宫阙'、《清平乐》云'正是消魂时候，东风满树花飞'、《南歌子》云'娇羞爱问曲中名，杨柳杏花时节，几多情'，试问今人弄笔，能出一头地否？"

周密《齐东野语》："蜀人毛熙震集止二十余调。中多新警，不为儇薄。"

陈廷焯《白雨斋词话》："闲情之作，虽属词中下乘，然亦不易工。盖摹色绘声，碍难着笔，第言姚冶，易近纤佻；兼写幽贞，又病迂腐，然则何为而可？曰根底于风骚，涵泳于温韦，以之作正声也可，以之作艳体亦无不可。古人词若毛熙震之'暗思闲梦，何处逐云行'，似此则婉转缠绵，情深一往，丽而有则，耐人玩味。"

李冰若《栩庄漫记》："毛熙震词，《花间集》录存二十九首，与周密所言之数相符。其词浓丽处似学飞卿，然亦有清淡者，要当在毛文锡上，欧阳炯、牛松卿间耳。"

浣溪沙

春暮黄莺下砌前，水精帘影露珠悬。绮霞低映晚晴天①。　弱柳万条垂翠带，残红落地碎香钿②。蕙风飘荡散轻烟。

【注释】

①绮霞：绮丽云霞。王循《晨风行》："日傍绮霞低。"

②碎：《玉篇》："碎，散也。"

【赏析】

是词写暮春晚景。暮春了，黄莺低飞落在阶前，水晶帘湿润润像影露的珍珠悬挂，绚丽的云霞低低，辉映着傍晚的晴空。柳丝密密轻垂像翠带，落花坠地像香钿飘散，香风轻吹好像在追逐那飘来荡去的袅袅轻烟。词作摄典型景物，写出明丽清爽景色。

浣溪沙

花榭香红烟景迷①，满庭芳草绿萋萋。金铺闲掩绣帘低。　紫燕一双娇语碎②，翠屏十二晚峰齐。梦魂消散醉空闺③。

【注释】

①烟景：春日佳景。李白《春夜宴诸从弟桃李园序》："况阳春召我以烟景，大块假我以文章，会桃李之芳园，序天伦之乐事。"

②紫燕：又称越燕，燕的一种。《尔雅翼·释鸟》："越燕小而多声，颔下紫，巢于门楣上，谓之紫燕，亦谓之汉燕。"娇语碎：言燕语呢喃之声细密而清脆。

③"梦魂"句：幽梦醒来，仍然沉醉在空闺之中。

【赏析】

是词写春情。前阕开头两句写春日佳景迷人，百花红艳飘香，芳草萋萋绿满庭。春光大好，却有金铺闲锁闺门，帘幕低垂。“闲”、“低”二字，含寓寂寞。过片，转写居所景物，一双紫燕在梁间娇语呢喃，翠屏上的巫山十二高峰耸立。点出翠屏所画，以寓其梦，末句便通，那有不成语之理。“巫山”梦里的魂儿虽然消散了、空闺里的她，还在沉醉之中。

◉集评

李冰若《栩庄漫记》：“末句不成话。”

浣溪沙

晚起红房醉欲消[①]，绿鬟云散袅金翘。雪香花语不胜娇[②]。　好是向人柔弱处，玉纤时急绣裙腰[③]。春心牵惹转无聊。

【注释】

①红房：华丽房间。

②雪香花语：女子娇态。　雪香：肌肤白而香。　花语：言语柔美。

③“好是”二句：常常向人表现出娇美顺柔的样子，玉指不时地紧紧绣裙腰。　好：常、多。　玉纤：玉指，手指。　急：紧一紧。

【赏析】

是词写慵妇。前阕以“晚起”开头，即见慵；“醉欲消”，昏沉沉，似醒未醒。二三句细致描写，油黑泛绿的云发散乱蓬松，好像已盘不住金翘钗，险些儿要垂坠掉下，雪白肌肤透出幽香，语音如花语般柔美，她太艳丽娇美了。过片，再写细节“好是向人柔弱处，玉纤时急绣裙腰”，生动表现柔美形象。结句，写其春心未酬而感百无聊赖。

◉集评

李冰若《栩庄漫记》：“平淡之状而出于秾丽，使人之意也消。”

浣溪沙

一只横钗坠髻丛[①]，静眠珍簟起来慵。绣罗红嫩抹酥胸[②]。　羞敛细蛾魂暗断，困迷无语思犹浓。小屏香霭碧山重。

【注释】

①坠髻丛：髻发松散，簪着的物件好像要坠落下来似的。

②“绣罗”句：红色绣罗紧贴着丰腴胸脯。　抹：掩住、贴住。

【赏析】

是词描写美少妇的形象。前阕首二句写睡姿、起姿。那只原本横着的玉钗已经坠落在散乱的鬓发丛中，她在珍贵的簟席睡得香甜：“静眠”。一觉醒来体乏无力觉得懒慵，红绣罗衣紧贴丰腴雪白的胸脯。过片，接之以“羞”字，她带羞涩描画蛾眉，原来是沉醉于梦境之中，那魂儿还未回来，困惑沉迷而默默无语，思念正在情深处。小屏风被香烟缭绕，遮掩住画中的重重青山。此时的主人公的心情多像那小屏风上青山。

◉集评

李冰若《栩庄漫记》："细腻风光。"

浣溪沙

云薄罗裙绶带长，满身新裛瑞龙香。翠钿斜映艳梅妆。　佯不觑人空婉约[①]，笑和娇语太猖狂[②]。忍教牵恨暗形相[③]。

【注释】

①佯不觑人：假装不看人。　觑：眯着眼睛看。　婉约：娇羞貌。

②猖狂：放任而无拘束，此含撒娇之意。

③暗形相：偷偷地仔细观看。

【赏析】

是词刻画美人的娇狂性格。前阕描写装束扮妆：如云罗裙轻轻飘动、丝带长垂曳，满身透出瑞龙幽香，翠绿头饰斜插，映衬着艳梅时妆。后阕描写娇狂：双眼假装不看人，表现出娇羞样子；笑着说话时放任无拘束。结束句，侧面描写，令男子只能偷偷观看、欣赏她。

◉集评

沈际飞《草堂诗余别集》："说风骚，千真万确，可敌光宪。"

浣溪沙

碧玉冠轻袅燕钗，捧心无语步香阶[①]。缓移弓底绣罗鞋[②]。　暗想欢娱何计好？岂堪期约有时乖[③]。日高深院正忘怀。

【注释】

①捧心：扪心，两手敛袖抱胸，表示病态或娇态。《庄子·天运》："故西施病心而膑其里，其里之丑人，见而美之，归亦捧心而膑其里。"　步香阶：女子敛袖沉静之容态。

②弓底绣鞋：古时妇女所穿弓形鞋子。又解，古代缠足妇女所穿鞋子。

③乖：背离。

【赏析】

是词刻画美人怀春。前阕从头饰写起，碧玉色的冠上燕钗轻轻颤动，学西施"捧心"模样，沉默无语地在香阶上散步，缓慢移动绣花罗丝弓底鞋。这两个动作，表现了她的柔媚。后阕写心理活动：暗自想与情人欢娱有什么好办法呢，约会他？怎么受得住他答应下来了，却有时又爽约。太阳渐渐升高照耀着深深的庭院，她没有发觉，正在忘怀地思考那事。结尾一句，"忘怀"的怀春形象，活灵活现。

◉集评

李冰若《栩庄漫记》："毛熙震词'缓移弓底绣罗鞋'，当以弓鞋入词之始。着一'缓'字，神态具足。"

浣溪沙

半醉凝情卧绣茵，睡容无力卸罗裙，玉笼鹦鹉厌听闻。　慵整落钗金翡翠，象梳欹鬓月生云。锦屏绡幌麝烟熏。

【赏析】

是词刻画美人凝情而慵倦的性格。前阕写睡姿，"半醉"却"凝情"地躺在绣花锦席上面，昏昏欲睡四肢软乏，无力脱去罗裙，玉笼里的鹦鹉要跟她学人语，她感到厌烦。过片，"慵"字总说，早上起来，她懒得整理脱落的金翡翠头钗，象牙月梳偏歪簪在鬓发上好像乌云生月边一样，锦屏绡帐被兰麝香烟熏焐着。

临江仙

南齐天子宠婵娟[1]，六宫罗绮三千[2]。潘妃娇艳独芳妍。椒房兰洞，云雨降神仙。　纵态迷欢心不足，风流可惜当年。纤腰婉约步金莲，妖君倾国[3]，犹自至今传。

【注释】

①天子：此指南朝齐东昏侯。宠婵娟：宠爱美女。婵娟，此特指潘妃。《南史·齐东昏侯纪》："东昏侯之潘妃，名玉儿，侯宠之甚，尝凿地为金莲花，令妃行其上，曰：'此步步生莲花也。'后梁武帝入建康，见潘妃色美，欲纳之，王茂谏曰，'此尤物也，不可留。'将以赠田安启，玉儿不从，自缢死。"

②罗绮：此借代为宫女。

③妖君倾国：媚惑国君，使国家倾覆。

【赏析】

是词吊古，咏南朝齐东昏侯宠潘妃事。南齐天子宠爱美女，六宫粉黛罗绮三千。潘妃娇艳独占美妍风光，天子幸临椒房兰洞，云雨快活好像神仙降临一样。纵情沉迷仍然觉得不满足，当年的风流让人感叹。纤纤细腰婉约动人，步步踏着金莲，媚惑国君、使国家倾覆的恶名，至今流传。结句将责任推给潘妃，应看作是词作者的时代局限。

◉集评

李冰若《栩庄漫记》："敷衍史实，味如土饭尘羹。"

临江仙

幽闺欲曙闻莺啭，红窗月影微明。好风频谢落花声，隔帷残烛，犹照绮屏筝。　绣被锦茵眠玉暖[1]，炷香斜袅烟轻。淡蛾羞敛不胜情，暗思闲梦，何处逐云行？

【注释】

①眠玉：比喻睡眠中的女子。

【赏析】

是词写闺怨。前阕写闺房清晓室外内景色。词句中的“月影微明”、风送落花声、残烛、犹照等字眼，均带怨气。后阕写轻怨。她在绣衾暖被做着美梦，但觉来却“淡蛾羞敛不胜情”，暗思梦境，心想，到那里去追逐彩云啊。

◉集评

许昂霄《词综偶评》：“‘好风频谢落花声’三句，与顾夐《玉楼春》后段同意”。

陈廷焯《白雨斋词话》：“古人词若毛熙震之‘暗思闲梦，何处逐云行’，似此则婉转缠绵，情深一往，丽而有则，耐人寻味。《词则·别调集》：“风流凄婉，晏欧先声。”

俞陛云《唐五代两宋词选释》：“上下阕之结句，皆善用纡回之笔。”

更漏子

秋色清，河影淡，深户烛寒光暗。绡幌碧，锦衾红，博山香炷融[①]。　更漏咽，蛩鸣切，满院霜华如雪。新月上，薄云收，映帘悬玉钩[②]。

【注释】

①香炷融：香料已销融，即已燃尽。

②玉钩：弯月。

【赏析】

是词写秋夜景色。前阕由远而近、由外而内展开描写。“秋色清”，总概秋夜景色；银河上云影淡薄，这是远景；深闺里蜡烛发出的寒光令人感到昏暗，这是室内近景；绡帐青碧、绵衾鲜红，博山炉炷香融烟升腾缭绕，这是近镜特写。过片，写秋声，“更漏咽”、“蛩鸣切”。再写庭院霜华如雪、夜空晴朗无云，明月映照着帘幔上悬挂的玉钩。词作用字讲究，如“清、淡、寒、暗、碧、红、咽、切”等等，注入情感形象、细腻地描画秋夜；词作所写秋夜景物是“表”，结尾一句比喻，含蓄地揭见其“里”，抒发了闺怨。

更漏子

烟月寒，秋夜静，漏转金壶初永[①]。罗幕下，绣屏空，灯花结碎红[②]。　人悄悄，愁无了，思梦不成难晓。长忆得，与郎期，窃香私语时[③]。

【注释】

①漏转金壶：金壶里盛水转流入接水之壶。　初永：永，指长夜，初，刚刚。初永，刚刚入夜不久。

②碎红：言灯花散开之状。

③窃香：指男女偷情。

【赏析】

是词写怀人。前阕写秋夜，薄薄烟霞笼罩天上月，徒增几分寒意，夜色转深更为寂静，漏壶刚刚响过滴漏，听起来却像响了很久很久。室内罗幕低垂，绣屏空寂，灯花碎红，共同组成“寒”、“静”、“空”的秋夜景色。过片以思妇心境接上，人觉静悄悄，“愁无了”，追忆旧日欢会的梦亦难做成，怎样才能到天明？她老在想起与情人幽会的情景。词作到此，闺妇的怀人情绪充分抒发出来。

◉集评

卓人月汇选、徐士俊参评《古今词统》:"词尾余情几许?"

女冠子

碧桃红杏,迟日媚笼光影①,彩霞深。香暖熏莺语,风清引鹤音②。　翠鬟冠玉叶,霓袖捧瑶琴。应共吹箫侣③,暗相寻。

◉集评

沈际飞《草堂诗余别集》:"神清气肃。"

女冠子

修蛾慢脸④,不语檀心一点⑤,小山妆⑥。蝉鬓低含绿,罗衣淡拂黄⑦。　闷来深院里,闲步落花傍。纤手轻轻整,玉炉香。

【注释】

①迟日:指春日。

②引鹤音:传送仙鹤之声。

③吹箫侣:指萧史和弄玉。

④修蛾:眉毛细长。 慢脸:瘦长脸。 慢:长,此有清秀之意。

⑤檀心一点:唇上涂檀红一点。

⑥小山妆:妇女的一种发型,发髻高耸如小山形。

⑦"蝉鬓"二句:碧绿色蝉鬓低垂,穿着淡黄色罗衣。

【赏析】

是调两首词,均咏女道士。

"碧桃红杏"章,前阕铺陈春光,碧桃红杏盛开,阳光明媚普照,天上彩霞层叠。花香之中黄莺啼语,清风送来仙鹤鸣声。后阕正面写女道士。翠髻上别簪玉叶,裳衣袖托着瑶琴。词作以弄玉和萧史的故事作结,写出女道士的春思。

"修蛾慢脸"章,写女道士的愁。通过"不语"、"闷来"、"闲步"等字词,写出女道士的愁态。

◉集评

汤显祖《玉茗堂评花间集》:"'香暖'、'蝉鬓',四语俱绝对。而'熏'字、'引'字,'低含'、'淡拂'字,尤见精工。"

清平乐

春光欲暮,寂寞闲庭户。粉蝶双双穿槛舞,帘卷晚天疏雨。　含愁独倚闺帏,玉炉烟断香微。正是消魂时节,东风满树花飞。

【赏析】

是词写春怨。前阕以暮春疏雨、粉蝶双飞景象,写出寂寞氛围,铺垫后阕。"含愁独倚闺帏"主人公的动作描写,最后以东风吹落树花纷飞作结,其怨在美人迟暮。

◉集评

陈廷焯《云韶集》:"'东风'六字精湛。"《词则·别调集》:"情味宛然。"

俞陛云《唐五代两宋词选释》:"仅为清稳之作,结意含蓄,自是正轨。"

李冰若《栩庄漫记》:"毛熙震词如《清平乐》之蕴藉,《后庭花》之凄婉,岂与夫丰艳曼睩竞丽者比?《菩萨蛮》亦妙。"

南歌子

远山愁黛碧,横波慢脸明①,腻香红玉茜罗轻②。深院晚堂人静,理银筝。　鬓动行云影,裙遮点屐声③,娇羞爱问曲中名。杨柳杏花时节,几多情?

【注释】

①横波:眼波。梁锽《观王美人海图障子》:"仍怜转娇眼,别恨一横波。"

②红玉:喻肌肤。 茜罗,绛红色丝罗。

③点屐声:步行屐着地声音。 点:用若动词,以屐点地。 屐:木屐,底有二齿,以行泥地。

【赏析】

是词写少女。前阕"远山"三句描写少女眉目、眼神、脸庞、肌肤、衣着,刻画美女形象。"深院"二句,写少女弹筝。过片二句,间接写弹筝"鬓动行云影,裙遮点屐声",此种写法亦有创意。"娇羞"一句,暗喻多情。结尾,词作直抒议论,以杨柳杏花逢春,比喻其多情。

◉集评

沈雄《柳塘词话》:"毛熙震词《南歌子》云:'娇羞爱问曲中名。杨柳杏花时节,几多情。'试问今人弄笔,能出一头地否?"

陈廷焯《云韶集》:"风流蕴藉,妖而不妖。"

南歌子

惹恨还添恨,牵肠即断肠。凝情不语一枝芳①,独映画帘闲立,绣衣香。　暗想为云女②,应怜傅粉郎③。晚来轻步出闺房。髻慢钗横无力④,纵猖狂。

【注释】

①一枝芳:指女子沉静不语,如一枝鲜花。 白居易《晚秋歌》:"凝情不语空所思,风吹白露衣裳冷。"

②为云女:原指巫山神女,此泛指多情美女。

③傅粉郎:施粉于面之美少年,此指情郎。

④髻慢:发髻乱。

【赏析】

是词写春情。起首两对句,点出女子春怨,春天惹起的怨绪,真是恨上加恨;引起的愁怨,简直令人断肠。第三四两句,写她的"愁美",专注含情、一言不说的样子真是一枝鲜花,画帘单单映出她闲立的身影,绣衣隐约透出袅袅清香。后阕直写女子怀春。回想起当初,自己像"云女"那样多情,与"傅粉郎"相恋,黄昏时分就轻步出闺房,与他幽会,弄得髻鬟散乱、玉钗横斜、体乏无力，“纵猖狂”，她敢爱敢为的形象，活灵活现。

何满子

寂寞芳菲暗度①，岁华如箭堪惊。缅想旧欢多少事②，转添春思难平。曲槛丝垂金柳，小窗弦断银筝。　深院空闻燕语，满园闲落花轻。一片相思休不得③，忍教长日愁生④，谁见夕阳孤梦⑤？觉来无限伤情⑥。

【注释】

①暗度：暗暗过去。

②缅想：缅怀、追想。

③休不得：停止不了。《说文》：“休，息止也。”

④永日：整日。

⑤夕阳孤梦：傍晚夕阳西下，孤独凄迷如梦境。

⑥觉来：清醒过来。

【赏析】

是词写春思。开头直抒感慨，青春年华伴随着寂寞不知不觉地消逝，岁月光阴像箭似的一晃即过，令人感到惊惶。三四两句进一层，缅怀回顾旧时多少欢愉事情，更加增添了春思，心潮久久难以平静。对着曲槛旁的金丝垂柳，看着小窗边的断弦银筝，听着深院里的娇啭燕语，瞅着满园子的落花轻絮……一片相思怎么停止得了，怎么忍受得了终日愁怨满胸。又有谁看得见，傍晚之时独自一人的相思梦境，醒来更使人“无限伤情”。词作以景物烘托春思，委婉道来，情随景生，颇为动人。

◉集评

李冰若《栩庄漫记》：“‘谁见夕阳孤梦’二句，稍有情味。”

何满子

无语残妆淡薄，含羞亸袂轻盈①。几度香闺眠过晓，绮窗疏日微明②。云母帐中偷惜，水精枕上初惊。　笑靥嫩疑花坼③，愁眉翠敛山横。相望只教添怅恨，整鬟时见纤琼④。独倚朱扉闲立，谁知别有深情？

【注释】

①亸(duó)袂：垂袖。

②疏日：稀疏的阳光。阳光被浮云或树木所遮，时隐时见。

③“笑靥”句：笑时娇嫩得如初绽的花。

④纤琼：玉纤，女性手指。

【赏析】

是词塑造怨妇形象。前阕开头二句，将衣着与神态糅合在一起，描写主人公晨起。她无言无语地起来，面妆残缺显得淡薄，带着娇羞低垂衣袖，却有几分轻盈。三四句点明迟起已不是第一回，“几度”，她多少回是这样在香闺里睡过了清晨，绮窗里映照着微亮的日光。五六句，揭示她此种“反常”的原因，她躺在云母帐里偷偷地回想并暗暗地叹惜，水晶枕上的幽梦刚刚被惊醒。过片，写她美态愁容，“笑靨”娇滴如花漂亮，“愁眉”蹙敛似山横陈。她走到镜前“相望”，直感到给自己添增怅恨；举手“整鬟”，不时注视那纤细的玉指；倚扉、闲立，却是另有深情，而又有谁知道，能理解？

词作巧妙地将人物表情对举，“无语”、“含羞”，“笑靨”、“愁眉”，艳丽之中见温文，颇具韵味。

◉集评

汤显祖《玉茗堂评花间集》：“艳丽亦复温文，更不易得。”

沈际飞《草堂诗余别集》评此词前半阕：“端丽。”又评后半阕末句：“不解其所以，而逻渊冲妙。”

小重山

梁燕双飞画阁前，寂寥多少恨，懒孤眠。晓来闲处想君怜，红罗帐，金鸭冷沉烟[①]。　谁信损婵娟[②]？倚屏啼玉箸[③]，湿香钿。四肢无力上秋千，群花谢，愁对艳阳天。

【注释】

①金鸭冷沉烟：金鸭香炉内沉香烟已熄灭，变冷了。

②损婵娟：损坏美好姿态。

③玉箸：晶莹如玉的泪行。

【赏析】

是词写春愁。前阕以“梁燕双飞”起，道出“恨”、“懒”。主人公目睹雕梁上的燕子出巢，双双飞过画堂前边，寂寞的她，心中泛起许多怨恨，懒得一个人再独自睡了。一大清早，她百无聊赖，想念着他对自己的怜爱。红罗帐里，金鸭沉香已熄，炉子好冷。其实何至炉冷，人心更“冷”。过片，以问句起，“谁信损婵娟？”有谁相信，春思会伤损容颜的呢。她靠到屏风边哭泣起来，眼泪像玉箸似的流淌，把香钿都弄湿透了。她忽然想起，要到外面活动活动，排解愁绪，但四肢无力，怎么上得了秋千。眼看群花都要谢了，自己惟有心怀愁绪，面对这艳阳天。

◉集评

李冰若《栩庄漫记》：“春思无限，而以‘愁对艳阳天’点出，故是有致。”

定西番

苍翠浓阴满院，莺对语，蝶交飞，戏蔷薇[①]。　斜日倚栏风好，余香出绣衣。未得玉郎消息[②]，几时归？

【注释】

①戏蔷薇：嘲弄蔷薇。此以花喻美人孤独。　蔷薇：花名。落叶灌木，茎细长，花白色或淡红色，有芳香。

②玉郎：丈夫的爱称。

【赏析】

是词写闺妇怀远。眼前一片大好春光，苍翠满院、莺对语、蝶交飞、戏蔷薇。她趁着傍晚斜日，倚栏闲望，享受春风，体香穿透绣衣散发而出。她不禁怀念丈夫，还未收到他什么时候归来的消息。结尾两句，是思妇所思，承上文大好春光而来，人物心理活动以厚实的铺垫为基础，其思想感情的抒发，自然真切感人。

木兰花

掩朱扉，钩翠箔[①]，满院莺声春寂寞。匀粉泪，恨檀郎[②]，一去不归花又落。　对斜晖，临小阁，前事岂堪重想着。金带冷，画屏幽，宝帐慵熏兰麝薄。

【注释】

①翠箔：翠色帘幕。

②檀郎：美称郎君。

【赏析】

是词写怨妇思夫。前阕开头写怨妇的行动：关起大门，挂起翠帘，因为她听闻那满院的黄莺啼叫，更觉得春天好寂寞。她一边擦抹脸上的泪迹，一边怨恨自己的郎君，你一去这么久不归来，现在花儿开过又要落了。后阕，她登上小楼，对着夕阳，以往的欢乐情事又怎经得起去重想呢。象征爱情的金带枕冷冰冰，风景迷人的画屏静幽幽，宝帐也懒得去熏，就让那兰麝香气慢慢的淡薄吧。全词以情系景、以物寄情，以行动细节表达怨妇内心的忆念情意，具有较强的艺术感染力。

后庭花

莺啼燕语芳菲节[①]，瑞庭花发[②]。昔时欢宴歌声揭，管弦清越。　自从陵谷追游歇[③]，画梁尘黦。伤心一片如珪月，闲锁宫阙。

【注释】

①芳菲节：春光明媚时节。

②瑞庭：庭院。瑞，吉祥之意。

③陵谷：暗喻变迁，改变。《诗·小雅·十月之交》："高岸为谷，深谷为陵。"

【赏析】

是词吊古。前阕描写过去春光明媚时节，莺啼燕语、瑞庭花发，欢宴歌声、管弦清越。后阕"自从陵谷"，点出时过境迁，沧海桑田，令人伤心，就似那圭月闲锁宫阙一般。

◉**集评**

王灼《碧鸡漫志》："伪蜀时，孙光宪、毛熙震、李有《后庭花》曲，皆赋后主故事，不着宫调，两段各四句，似令也。"

王士禛《花草蒙拾》："花间字法，最著意设色，异纹细绝，非后人纂组所及。如'画梁尘黦'，山谷所谓古蕃绵者，其殆是耶。"

王国维《毛秘书词跋》："周密《齐东野语》称毛词新警而不为儇薄，余尤爱其《后庭花》，不独意胜，即以调论，亦有隽上清越之致，视文锡蔑如也。"

后庭花

轻盈舞妓含芳艳①,竞妆新脸。步摇珠翠修蛾敛②,腻鬟云染。 歌声慢发开檀点③,绣衫斜掩。时将纤手匀红脸,笑拈金靥④。

【注释】

①舞妓:舞姬。郑谷《贫女吟》:"东邻舞妓多金翠,笑剪灯花学画眉。"

②步摇:古时妇女首饰之一种。《释名·释首饰》:"步摇,上有垂珠,步则摇动也。"多为贵妇所戴。傅玄《有女篇》:"头安金步摇,耳系明月珰。"

③檀点:涂抹檀色口红,又称"檀口"。

④笑拈金靥:含笑而以手指弄靥饰。金靥,女子酒窝处之黄色妆饰品。

【赏析】

是词塑造歌舞妓形象。容貌,身材轻盈、宛如含苞欲放的鲜花一样艳丽,新整时妆,容光满面。舞姿,舞动起来,首饰、眼神、云鬟与动作协调一致。歌态,唱声慢慢从檀口而出,不时以绣衣遮掩,轻抹妆脸、笑拈金靥,何其娴熟、淡定。

◉集评

李冰若《栩庄漫记》:"堆缀丽字,羌无情致。"

后庭花

越罗小袖新香蒨①,薄笼金钏②。倚栏无语摇轻扇,半遮匀面③。 春残日暖莺娇懒,满庭花片。争不教人长相见?画堂深院。

【注释】

①蒨(qiàn):大红色,同"茜"。《尔雅·释草》"茹藘。"郭璞注:"今之蒨也,可以染绛。"杜牧《村行》:"篓唱牧牛儿,篱窥蒨裙女。"

②薄笼金钏:薄纱笼着手腕上所带金钏。

③匀面:面上匀涂脂粉。

【赏析】

是词写少男对少女的爱慕之情。前阕写少女娇姿媚态,红色越罗衣袖透出新熏的香气、映出金色的手镯。那倚栏不说话、轻摇团扇半遮面脸的娇态,更使人觉其柔美。后阕写主人公在暮春丽日,看到黄莺娇懒,满庭落花情景,不禁感慨"怎不教人长相见?"迁怨于那深深的画堂大院将俩人阻隔,表现出对少女的眷恋之情和难得一会的愁怨。

酒泉子

闲卧绣帷,慵想万般情宠①。锦檀偏②,翘股重③。翠云欹④。 暮天屏上春山碧,映香烟雾隔。蕙兰心⑤,魂梦役⑥,敛蛾眉。

【注释】

①"慵想"句:懒得回想往日万般受宠爱的深情。

②锦檀：套以锦织物的檀枕。
③翘股：金钗之类的首饰。
④翠云欹：鬟髻偏斜。
⑤蕙兰心：指女子芳心。
⑥魂梦役：被梦魂中情感所牵役。

【赏析】

是词写女子怨恨。闺妇在绣帷闲卧，无聊而慵怠地回想旧日得到的万般情宠。后面三句，写其闲卧姿态，头儿歪斜偏落檀枕，首饰被挤到一起重叠着，云髻偏过一旁。傍晚的余晖照耀屏风画面的碧绿春山，映射着熏炉的香烟好像隔了薄薄的轻雾。她的芳心常常被梦魂所牵役，就这样绉着双眉在沉思。

◉集评

汤显祖《玉茗堂评花间集》："'手抵着牙腮，慢慢的想'，知从此外翻案，觉两两尖新。"

酒泉子

钿匣舞鸾①，隐映艳红修碧②。月梳斜③，云鬓腻，粉香寒。　晓花微敛轻呵展④，袅钗金燕软。日初升，帘半卷，对残妆⑤。

【注释】

①钿匣：梳妆盒。　舞鸾：鸾镜照见的孤影。
②艳红修碧：红润美脸，黛色长眉。
③月梳：月形梳子，可别于发上。
④"晓花"句：早晨鲜花微闭，轻轻呵口气就绽开了。
⑤对残妆：对镜梳理宿妆。

【赏析】

是词以女子晨妆动作，刻画形象。梳妆盒打开，鸾镜里是她的孤影，隐隐约约照见红润脸庞和黛色长眉。月型梳子斜簪发鬟，云髻乌黑油亮，妆粉香气透出轻寒。她对早晨摘来而微敛未开的鲜花，轻轻的呵着口气让它展开瓣儿，再簪上那袅娜颤动的金色双燕头饰。后三句再补述她在早晨整理宿妆。"呵花"细节尤为生动、可爱，人物性格跃然纸上。

◉集评

沈雄《柳塘词话》："毛震熙词'象梳欹鬓月生云'、'玉纤时急绣裙腰'、'晓花微敛轻呵展，袅钗金燕软'，不止以浓艳见长也，卒章情致尤为可爱。"

菩萨蛮

梨花满院飘香雪，高楼夜静风筝咽①。斜月照帘帷，忆君和梦稀②。　小窗灯影背，燕语惊愁态③。屏掩断香飞，行云山外归④。

【注释】

①风筝：悬挂在屋檐下的金属片，风起作声，又称铁马、风铃。李商隐《燕台四首·秋》：

"西楼一夜风筝急。"

②和梦稀：连梦中相见也稀少了。

③"燕语"句：燕子叫声，将愁思惊醒。

④"行云"句：夜间梦中与君相会，如同巫山行云，醒时，又如云归去。

【赏析】

是词写女子怀人。前阕写春夜景色，梨花像芳香的雪儿满院子飘落，高楼被春夜的寂静围掩，风儿吹动檐角的金筝呜呜作响。斜洒过来的月光照着帘子帷幕，思念的人儿，就连做梦也难以梦到。后阕写晨晓。窗前背着昏暗的灯光，一阵阵燕语，惊动了她愁怨心境。屏风上的青山被飘拂不定的香烟隔断，那行云就像从山外飘过来似的。全词写得飘渺，怀人如梦般幽妙。

◉集评

陈廷焯《词则·别调集》："幽艳得飞卿之意。"

俞陛云《唐五代两宋词选释》："《菩萨蛮》词，宜以风华之笔，运幽丽之思。此作颇似飞卿。香断云归句，尤为俊逸。"

李冰若《栩庄漫记》："凄清怨抑。"

菩萨蛮

绣帘高轴临塘看①，雨翻荷芰真珠散。残暑晚初凉，轻风渡水香。　无聊悲往事，争那牵情思？光景暗相催，等闲秋又来。

【注释】

①高轴：高卷。　轴：帘子卷轴，此用若动词，解作卷。

【赏析】

是词写夏秋之交的景致。前阕夏末景，一场骤雨，荷塘清爽，荷叶上雨水如珠滚动，一洗残夏暑气，傍晚变得凉快起来，轻风缓缓送来阵阵清香。过片跳转，以"无聊悲往事，争那牵情思？"问句，过渡到"光景暗相催，等闲秋又来"的议论，不免几分悲秋、叹息时光易逝的愁绪。

◉集评

李冰若《栩庄漫记》："'等闲秋又来'，无限怊怅。"

菩萨蛮

天含残碧融春色，五陵薄幸无消息①。尽日掩朱门，离愁暗断魂。　莺啼芳树暖，燕拂回塘满。寂寞对屏山，相思醉梦间。

【注释】

①五陵：汉高帝长陵、惠帝安陵、景帝阳陵、武帝茂陵、昭帝平陵。均在渭水北岸今咸阳附近，因地近都城长安，附近迁来很多富豪，风俗奢纵，多纨绔子弟，特富贵家所居之地。

【赏析】

是词写春怨。前阕起句写春光好特别，天空将残余的碧蓝融进春色之中，"残"字亦融入了作者的主观感情。而薄情的纨绔子弟，至今仍然没有归家的消息。她整天关闭大门，离愁别绪让她暗自伤神断魂。后阕再以美好春景反衬愁情。黄鹂啼叫在花树间，尽情享受春天的温暖；燕子双飞，掠过涨满春水的池塘。而她只能寂寞对着屏风上的山水，相思，唯有沉醉在梦中了。

李珣《琼瑶集》

【小传】

李珣(xún)(约855—约930),珣,一作洵、询,字德润。先世波斯人,家于梓州(今四川三台)。其妹舜絃为前蜀后主王衍昭仪。蜀亡,不仕。李词尤其能用清婉笔调,真切地描绘南方风物,别具一格。有《琼瑶集》,失佚。

《花间集》称李秀才,收其词37首;近人王国维辑《琼瑶集》一卷,辑录词54首。

◉集评

吴任臣《十国春秋》:"珣以小词为后主所赏,尝制《浣溪沙》词,'有早为不逢巫峡梦,那堪虚度锦江春',词家互相传诵。所作有《琼瑶集》若干卷。"

黄休复《茅亭客话》:"梓州(今四川省三台附近)李珣,其先波斯人。珣有诗名,以秀才豫资贡,事蜀主衍,国亡不仕。有《琼瑶集》,多感慨之音。"

况周颐《餐樱庑词话》:"李秀才词清疏之笔,下开北宋人体格。宋人《茅亭客话》称李德润国亡不仕,词多感慨之音。"《历代词人考略》:"五代词人,大都奇艳如古蕃锦;李德润词,有以清胜者。如《酒泉子》云:'秋雨联绵,声散败荷丛里。那堪深夜枕前听,酒初醒'前调云:'秋月婵娟,皎洁碧纱窗外。照花穿竹冷沉沉,印池心。'《浣溪沙》云:'翠屏山……蝉新。'所云下开北宋体格者也。有以质胜者,《西溪子》云'归去想……已暗消魂。'《中兴乐》云:'忍孤前约……虚老风光。'宋人唯吴梦窗能为此等质句,愈质愈厚,盖五代词已开其先矣。"

李冰若《栩庄漫记》:"陈垣《回回教进中国源流》云:《旧唐书·李汉传》谓敬宗好治宫室,波斯贾人李苏沙献沉香亭子材,其后人有李珣及珣兄玹。而《茅亭客话》云:李四郎名玹,字廷仪,其先波斯国人,著《琼瑶集》今不存,惟李时珍《本草纲目》称引其所作《海药本草》,是珣兼通医药也。《客话》又称其所吟诗,往往动人。国亡不仕,词多感慨之音,是珣之人品亦佼佼者也。尹鹗尝以诗嘲之云:'异域从来不乱常,李波斯强学文章。假饶折得东堂桂,胡臭薰来也不香。'嗟呼!五代十国之际,士人风骨扫地,有愧李波斯者多矣。珣妹舜絃亦能诗,《随驾游青城》诗曰:'因随八马上仙山,顿隔尘埃物象间。只恐西追王母宴,却尤难得到人间。'正复琅琅可诵。又云:李德润词大抵清婉近端己,其与南越风物,尤极真切可爱,在《花间》词人中自当比肩和凝,而深秀处且似过之。"

浣溪沙

入夏偏宜淡薄妆,越罗衣褪郁金黄①,翠钿檀注助容光②。　相见无言还有恨,几回拚却又思量③,月窗香径梦悠飏④。

【注释】

①郁金:草名,可制黄色染料,多年生草本,高二三尺,与百合科郁金香不同。梁武帝《河中之水歌》:"卢家兰室桂为梁,中有郁金苏合香。"

②"翠钿"句:翠色钗钿,红色胭脂,更加增添美艳容光。　檀注:涂口红。韩偓《倒押前韵》:"檀注惹风尘。"

③拚却:抛弃。赌气要与之断绝之意思。

④梦悠飏:梦境迷离,有飘飘然之感。

【赏析】

是词刻画女子对恋情的矛盾心理。前阕描写女子容貌,着重写女子初夏的淡妆及容光。越地产的罗纱染上郁金香样的黄色,青翠的头饰配上檀色红唇,更显得容光青春焕发。后阕通过女子自述，表现矛盾心理：见了情人，原本满腔欲说之言，不知甚的又觉得无话说了，而且心里还有恨怨；几次想赌气与他分手，但再三考虑又作罢。每当月光洒照窗边的香花小径，她又在做着迷梦，与他享受飘飘然的欢乐。

◉**集评**

李调元《雨村词话》："李珣工于《浣溪沙》词，其词类七言，须于一句中含无限远神方妙。如'入夏偏宜浅淡妆'，又'暗思何事立残阳'，又'断魂何处一蝉新'，皆有不尽之意。"

李冰若《栩庄漫记》："李德润词大抵清婉近端己……皆词浅意深，耐人涵咏。"

浣溪沙

晚出闲庭看海棠，风流学得内家妆①，小钗横戴一枝芳②。　镂玉梳斜云鬓腻③，缕金衣透雪肌香，暗思何事立残阳？

【注释】

①风流：风韵。　内家妆：皇宫内之妆束，即宫女们妆扮模样。封建时代，皇宫为"大内"，也称"内家"。王建《宫词一百首》："尽送春来出内家，记巡传把一枝花。"

②一枝芳：一支鲜花。

③镂玉梳：雕花玉梳子。

【赏析】

是词刻画艳丽的女子形象。前阕首句双关，既写女子晚出看海棠，亦比喻她如晚天的海棠般美艳。二三两句再作妆扮、头饰描写，入时的内家妆，更显风韵；小小金钗上横戴鲜花一朵，更见妩媚，此亦喻其"一枝芳"。过片二句，写妆扮的奇特，镂金梳斜插云髻；薄而轻的镂金衣衫衬出雪白清香的肌肤。结尾呼应开头"晚出"，发一问句"暗思何事立残阳？"如此艳丽女子因为什么事情，要伫立面对残阳暗自思量？将人物的内心世界与人物外露的具体情像结合，人物便有骨有肉有血，成为"活人"。

◉**集评**

沈际飞《草堂诗余别集》："清深无际。"

陈廷焯《云韶集》："'暗思何事立残阳'，其妙在说不出处。""如画。"

李冰若《栩庄漫记》："前五句实写，而结句一笔提醒，遂觉全词俱化空灵，实者亦虚矣。此谓之笔妙。"

浣溪沙

访旧伤离欲断魂，无因重见玉楼人①，六街微雨镂香尘②。　早为不逢巫峡梦，那堪虚度锦江春③，遇花倾酒莫辞频。

【注释】

①无因：没有机缘。　玉楼人：华丽楼阁中美人。

②六街：泛指繁华闹市。唐代长安城中左右有六条大街。司空图《省试》："闲系长安千匹马，今朝似灭六街尘。"

③"早为"二句：本来就因没有逢到巫山神女之艳事而遗憾，更兼目前又虚度了锦江

春色。 锦江：在今四川省成都平原，传说古人织锦濯其中，较他水鲜明。因此江经成都，三国蜀汉时管理织锦之官驻此，故成都又名“锦官城”，简称“锦城”。 锦城、锦江，春景格外娇媚。杜甫《登楼》：“锦江春色来天地，玉垒浮云变古今。”

【赏析】

是词写思旧。起首句“访旧伤离”统领全词，“访旧”者，意念之访，非实访，即思念的旧情人。“无因重见玉楼人”，正如“六街微雨缕香尘”一样，影不可吹，尘不可缕，吹之缕之，皆无功也。后阕首二句以“早为”、“那堪”对应，怀想玉楼美人。结句，言无可奈何之中只有借酒消愁了。

◉集评

吴任臣《十国春秋》：“珣以小词为后主所赏，尝制《浣溪沙》词，有：‘早为不逢巫峡梦，那堪虚度锦江春。’词家互相传诵。”

汤显祖《玉茗堂评花间集》：“‘缕香尘’句妙。然‘缕尘’二字出《关尹子》，李易安‘清露晨流，新桐初引。’乃《世说》全文，词虽小技，亦须多读书者方许为之。”

李调元《雨村词话》：“‘六街微雨镂香尘’，‘镂’字则尖新，少意味矣。”

俞陛云(《唐五代两宋词选释》：“微雨缕尘，琢句殊新。‘频’字韵，相思无益，不如沉醉消愁。《珠玉词》‘酒筵歌席莫辞频’，亦即此意。”

李冰若《栩庄漫记》：“‘无因重见玉楼人’，故‘遇花倾酒莫辞频’，非曰及时行乐，实乃以酒浇愁。故其词温厚而不儇薄。”

浣溪沙

红藕花香到槛频，可堪闲忆似花人。旧欢如梦绝音尘①。 翠叠画屏山隐隐②，冷铺纹簟水潾潾③。断魂何处一蝉新？

【注释】

①绝音尘：断绝了音信。

②“翠叠”句：画屏上翠山重叠，隐约可见。

③“冷铺”句：铺上冰凉的簟席，簟纹如水波潾潾。

【赏析】

是词写思旧。主人公目睹曲槛水滨之莲花，忆起似花美丽之情人；再回到目前，旧欢已如梦，音信早断绝，只剩下“闲忆”了。后阕写居所内清冷静寂，衬托主人公内心之孤寂，表现思念对似花人之一往情深。结尾句乃是词之亮点，“断魂何处一蝉新”本来就够烦人，不知那里传来一声新秋蝉鸣，真是声情并具，情因声而越凄。

◉集评

俞陛云《唐五代两宋词选释》：“‘屏山’、‘纹簟’句，虽眼前景物，如隔山水万重；小桥南畔，不异天涯也。作者言情之词，尚有《酒泉子》、《西溪子》、《河传》、《巫山一段云》诸首，皆意境易尽，不若此词之蕴藉。”

渔歌子

楚山青，湘水渌。春风淡荡看不足[1]。草芊芊，花簇簇，渔艇棹歌相续。信浮沉[2]，无管束，钓回乘月归湾曲[3]。酒盈樽，云满屋[4]，不见人间荣辱。

【注释】

①淡荡：水动荡貌，此指风吹不动。

②信浮沉：听任渔舟自在地起落。喻己于世，听其自然。

③"钓回"句：钓得鱼回，已是月色满江，舟歇于河弯曲处。

④云满屋：月光和江雾笼罩，如云满屋。

【赏析】

是词写山水景致。前阕描画楚山湘水图，山清水秀，春风吹拂，水面扬波更令人看不够；水草繁茂，花团簇拥；渔家忙碌，棹歌不绝。意境开阔，色彩明丽，见人见物，动静搭配；后阕描写渔家生活，自由自在、无拘无束。钓得鱼回，乘月而归，泊于河弯。大碗喝酒，满屋云集，简直不知人间荣辱为何物。"不见人间荣辱"作结，乃词人心迹。全词格式乃四句排比，颇有气势；句式长短结合，朗朗上口，艺术感染力很强。

◉集评

李冰若《栩庄漫记》："楚山三句，淡秀可爱。"

渔歌子

荻花秋[1]，潇湘夜，橘洲佳景如屏画[2]。碧烟中，明月下，小艇垂纶初罢[3]。　水为乡，篷作舍，鱼羹稻饭常餐也。酒盈杯，书满架，名利不将心挂。

【注释】

①荻：植物名，多年生草本，秋季抽生草黄色扇形圆锥花序，生长在路边和水旁。

②橘洲：在长沙市境内湘江中，又名下洲，旧时多橘，故又称"橘子洲"，或名"水鹭洲"、"水陆洲"、"长岛"。《水经注·湘水》："湘水又北 经南津城西，西对橘洲。"杜甫《酬郭十五判官》："乔口橘洲风浪促，系帆何惜片时程。"

③垂纶：垂钓。纶，较粗丝线，常指钓鱼线。嵇康《赠秀才入军·其二》："流磻平皋，垂纶长川。"

【赏析】

是词写处士隐居生活。前阕首三句写潇湘秋夜景色。草黄色的荻花在秋天盛开，潇湘之夜，橘洲的美景如同屏风图画一般。夜景的清幽，烘托出渔家生活的平静悠逸。在碧烟之中，明月之下，驾艇垂钓。后阕以水喻乡、篷喻舍，鱼羹、稻饭、酒、书等具像，象征渔家生活虽然平淡，但是亦自得其乐，可以"名利不将心挂"，摆脱追名逐得的困扰。词作对渔家生活的描写，流露出当时知识分子对隐居生活的憧憬。

渔歌子

柳垂丝，花满树，莺啼楚岸春山暮[1]。棹轻舟，出深浦[2]，缓唱渔歌归去。　罢垂纶，还酌醑[3]，孤村遥指云遮处，下长汀[4]，临浅渡，惊起一行沙鹭。

【注释】

①楚岸：长着丛树的河岸。或解，楚江之岸。长江西陵峡到濡须口一段，古称楚江。

②浦：通大河的水渠。又解，浦为水滨，因水滨多蒲苇之类，故曰深浦。

③酌醑(xǔ)：饮美酒。王炎《临湘县崇惠庙词》："老农酌醑兮起舞。"

④长汀：水中长形洲地。

【赏析】

是词写山水景色。柳树如丝的枝条低垂，花儿开满树，黄莺啼唱，楚岸春山一抹暮色。驾着轻舟，驶出深浦，唱着渔歌慢慢归去。停下安放钓丝，酌满美酒，要问孤村？就在手指方向彩云遮掩的远处。轻舟划过长长的汀洲，靠向浅浅的渡头，惊动吓飞起一行白鹭。结句颇有诗意韵味。

◉集评

汤显祖《玉茗堂评花间集》："《渔歌子》即《渔家傲》也，老不如渔，良愧其言。"

李调元《雨村词话》："世皆推张志和《渔父》词以'西塞山前'一首为第一，余独爱李珣词'柳垂丝，花满树'云云，不减'斜风细雨不须归'也。"

李冰若《栩庄漫记》："词虽缘饰题意，而风趣洒然，此首不作说明语，尤佳也。"

渔歌子

九疑山，三湘水[1]，芦花时节秋风起[2]。水云间，山月里，棹月穿云游戏[3]。　鼓清琴，倾绿蚁[4]，扁舟自得逍遥志。任东西，无定止，不议人间醒醉。

【注释】

①三湘水：湘水与漓水合流后称漓湘，中游与潇水合流后称潇湘，下游与蒸水合流后称蒸湘，总名三湘，此指湘江流域。

②芦花时节：芦秋后开花，此指秋天。

③棹月穿云：月和云倒映水中，舟行其上，棹点水中月，舟穿水中云。

④绿蚁：酒。浊酒有滓，初热时如蚁浮于酒面，呈淡绿色。谢朓《在郡卧病呈沈尚书》："嘉鲂聊可荐，绿蚁方独持。"

【赏析】

描写秋景、行舟、鼓琴、对酒。最后一句"不议人间醒醉"，意境与其一结句相近，似在避世循世。

巫山一段云

有客经巫峡，停桡向水湄[1]。楚王曾此梦瑶姬，一梦杳无期[2]。　尘暗珠帘卷[3]，香销翠幄垂。西风回首不胜悲，暮雨洒空祠[4]。

【注释】

①水湄：岸边，水与草相结合处。《诗·秦风·蒹葭》"所谓伊人，在水之湄。"毛传："湄，

水岸也。”

②一梦杳无期：梦后再无相会之期。

③“尘暗”二句：天色暗淡，珠帘空卷；香气已消，翠幕低垂。

④“西风”二句：西风萧瑟，回首楚王梦神女之旧事，心中惆怅不尽；只见暮雨晚风，吹打着空祠。 空祠：楚王曾为神女立庙于巫山，号曰朝云。

【赏析】

是词吊古，就题咏巫山神女事。前阕头两句，客经巫峡，停舟水边眺望。三四两句述楚王梦神女，再无相见之期。后阕写神女庙。结句，暮雨乘着西风飘洒落于空无一人的祠庙，景中含情，境亦凄清。

巫山一段云

古庙依青嶂①，行宫枕碧流②。水声山色锁妆楼③，往事思悠悠。 云雨朝还暮，烟花春复秋。啼猿何必近孤舟，行客自多愁④。

【注释】

①古庙：指楚王为巫山神女所立的庙。 青嶂：葱翠的山峰，如屏障高耸横空。

②行宫：帝王出游临时所住宫室，此指楚王云梦泽畔高唐观旧址。 枕：行宫靠水而筑，如枕水上。 碧流：指池水。

③妆楼：昔日行宫里嫔妃宫女们居住、梳妆的楼阁。

④“行客”句：不闻猿啼，飘泊旅客本就已有许多愁，更何况又闻猿啼呢！《水经注·江水》：“每至晴初霜旦，林寒涧肃，常有高猿长啸，属引凄异，空谷传响，哀转久绝。故渔歌曰：‘巴东三峡巫峡长，猿鸣三声泪沾裳！’”

【赏析】

是词吊古。前阕首二句实景，神女庙、高唐宫依山傍水，景色美丽。第三四句，言水声山色令人联想，追古逐往；“水声山色锁妆楼”亦比喻楚王将如水声山色之嫔妃宫女幽禁于此，其荒淫之极。后阕就题发挥。云雨、烟花等等世事，随着时光流逝，反复循环不绝。结尾处，回到现实，猿啼之悲声越来越迫近孤舟，行客闻之自然愁绪满腹。

◉集评

朱彝尊《词综》引黄昇评：“唐词多缘题所赋。《临江仙》则言仙事。《女冠子》则述道情，《河渎神》则咏祠庙，大概不失本题之意。尔后渐变，失题远矣。如珣此作实唐人本来词体如此。”

汤显祖《玉茗堂评花间集》：“客子常畏人，酸语不减楚些。”

沈际飞《草堂诗余别集》：“宛行湘川庙竹之下。”

陈廷焯《云韶集》：“‘啼猿’二语，语浅情深。不必猿啼，行客已自多愁，又况闻猿啼乎。”

临江仙

帘卷池心小阁虚，暂凉闲步徐徐①。芰荷经雨半凋疏。拂堤垂柳，蝉噪夕阳余。 不语低鬟幽思远②，玉钗斜坠双鱼③。几回偷看寄来书④，离情别恨，相隔欲何如。

【注释】

①徐徐:缓步而行。

②低鬟:低头。

③双鱼:钗上花饰。

④偷看:思之越深,越不忍看,但又不能不看。

【赏析】

是词写妇思。前阕写妇人夏天傍晚闲步荷池,将景物与人物活动结合一起,景色凄凉,人物寂聊。过片由妇人低头沉思,转入偷看情书。结尾二句,直陈离情别恨,难以忍耐。

◉集评

汤显祖《玉茗堂评花间集》:"不了语作结,亦自有法。"

茅暎《词的》:"幽恨如新。"

临江仙

莺报帘前暖日红①,玉炉残麝犹浓。起来闺思尚疏慵②。别愁春梦,谁解此情悰③? 强整娇姿临宝镜,小池一朵芙蓉④。旧欢无处再寻踪。更堪回顾,屏画九疑峰。

【注释】

①莺报:莺啼报晓。

②疏慵:疏慢懒散,精神不振。

③情悰:欢乐之情。 悰:欢乐。谢朓《游东田诗》:"戚戚苦无悰,携手共行乐。"

④芙蓉:比喻佳人。

【赏析】

是词写闺妇思夫。前阕写闺妇迟起,"闺思疏慵",别愁而有春梦,谁能知道内中的欢愉呢。过片句,主人公心中有怨,行为疏慵,但总不能自弃,因此,她"强整娇姿",恰似出水芙蓉般美艳,形象由疏慵变成艳丽。越是如此,她心中越是思念,旧欢无处可以寻觅,仿佛就在那屏风上所画的九疑山峰。

◉集评

况周颐《惠风词话》:"李德润《临江仙》云:'强整娇姿临宝镜,小池一朵芙蓉。'是人是花,一而二,二而一。句中绝无曲折,却极形容之妙。昔人名作,此等佳处,读者每易忽之。"

李冰若《栩庄漫记》:德润"'强起娇临镜,小池一朵芙蓉',工于形容,语妙天下。世之笨词,当以此为换骨金丹。"

南乡子

烟漠漠①,雨凄凄,岸花零落鹧鸪啼②。远客扁舟临野渡③,思乡处,潮退水平春色暮。

【注释】

①漠漠：烟雾迷蒙貌。杜甫《茅屋为秋风所破歌》："秋天漠漠向昏黑。"

②鹧鸪啼：李涉《鹧鸪词二首》之一："惟有鹧鸪啼，独伤行客心。"

③临野渡：靠近荒野渡口。韦应物《滁州西涧》："春潮带雨晚来急，野渡无人舟横。"

【赏析】

是词写思乡。首三句抓住江南水乡特征：烟雨、岸花、鹧鸪，写出暮春景色。后三句远客、扁舟、野渡、潮退、水平、思乡有机结合，带出乡愁如烟。

南乡子

兰棹举，水纹开，竞携藤笼采莲来①。回塘深处遥相见，邀同宴，绿酒一卮红上面②。

【注释】

①藤笼：采莲时用具藤筐。

②"绿酒"句：卮中绿酒被红荷映衬泛起红色，以喻采莲女听罢"邀同宴"的面部表情。梁武帝《碧玉歌》有"绿酒助花色"之句。白居易《认春戏呈冯少尹、李郎中、陈主簿》："暗助醉欢寻绿酒，潜添睡兴著红楼。"

【赏析】

是词塑造了勤劳能干、情窦初开而羞涩的之采莲女形象。开头三句，描写采莲女划船娴熟有力，携笼轻盈敏捷，表现其勤劳能干的性格；后三句描写她与情人相见于回塘深处，听到"邀同宴"。她脸上如同"绿酒一卮红上面"，生动刻画出娇姿中含着的羞涩。

◉集评

汤显祖《玉茗堂评花间集》："这般染法，亦画家之七十二色之最上乘也。墨子当此，定无素丝之悲。"

陈廷焯《云韶集》："娇态如见。"

南乡子

归路近，扣舷歌，采真珠处水风多①。曲岸小桥山月过，烟深锁。豆蔻花垂千万朵②。

【注释】

①真珠：珍珠。古时珠崖郡和浦郡均是著名的产地。

②豆蔻：多年生草本植物，初夏开淡黄花，密集成穗状，秋结实，多生于我国南方。

【赏析】

是词刻画采珠女的形象。开头给人明快、轻松的感觉，"归路近，扣舷歌"，一天劳作，收获颇丰，快到家了，情不自禁唱起歌儿；后三句以美丽晚景相衬：曲岸烟水、山月小桥，水乡景美，人更美："豆蔻花垂千万朵"。情景历历如绘。

南乡子

乘彩舫[1]，过莲塘，棹歌惊起睡鸳鸯[2]。带香游女偎伴笑[3]，争窈窕[4]！竞折团荷遮晚照。

【注释】

①彩舫：彩绘小船。

②棹歌：少女们所唱的船歌。

③偎伴：伴侣们相互依偎着。

④争窈窕：各自都有美好姿态。

【赏析】

是词塑造游女群像。叙述游女们驶舟莲塘，唱响棹歌，惊起鸳鸯，忽然间，她们不约而同地笑起来，带着荷香相互依在一起，媲美争靓，其中有人赶快折来荷叶，慌说遮住西晒，生动而有情趣。

◉集评

茅暎《词的》："景真意趣。"

李冰若《栩庄漫记》："'竞折团荷遮晚照'，生动入画。"

南乡子

倾绿蚁，泛红螺[1]，闲邀女伴簇笙歌。避暑信船轻浪里[2]，闲游戏，夹岸荔枝红蘸水[3]。

【注释】

①红螺：刘恂《岭表录异》："红螺，大小亦类鹦鹉螺，壳薄而红，亦堪为酒器。刳小螺为足，缀以胶漆，尤可佳尚。"故以红螺代称酒器。陆龟蒙《袭美醉中寄一壶并一绝……》："酒痕衣上杂莓苔，犹忆红螺一两杯。"

②信船：纵任小舟飘荡。

③夹岸：两岸。

【赏析】

是词描写南方水乡泛舟游乐。开头写闲邀女子游乐，泛舟饮酒、奏乐歌唱。后三句写避暑信船游浪嬉戏，"夹岸荔枝红蘸水"，点出岭南特色。

◉集评

卓人月汇选、徐士俊参评《古今词统》："为闽粤诸村传谱。"

李冰若《栩庄漫记》："'夹岸荔枝红蘸水'，设色明蒨，非熟于南方景物不能道。"

南乡子

云带雨，浪迎风，钓翁回棹碧湾中。春酒香熟鲈鱼美[1]，谁同醉？缆却扁舟篷底睡[2]。

【注释】

①春酒：张衡《东京赋》"因休力以息勤，致欢忻于春酒。"李善《注》："春酒，谓春时作至冬始熟也。"《诗·豳风·七月》："为此春酒，以介眉寿。"华钟彦注："春酒句，与前词'带香游女偎伴笑'，同属拗句，《词律》以为'伴'字是平声之讹；'春酒香熟'，是酒香春熟之误。不知李秀才本调词十首，此句拗者二，平起句格者 三，仄起句格者五，恶得有其三，以漫其五哉？故此句句格，平仄不拘。"

②缆却：以绳系住船。

【赏析】

是词塑造自由自在的渔翁形象。开头三句，写渔翁生活环境的险恶，穿云沐雨，顶风踏浪，总能回棹碧湾；后面三句，酒香鱼美，自给自足，乐在其中，生活无忧。酒足饭饱，他系好一叶扁舟，安然睡在乌篷之下。

◉集评

汤显祖《玉茗堂评花间集》："帆底一樽，马头千里。亦自有荣辱。如此睡，仿佛希夷千日矣。"

南乡子

沙月静，水烟轻，芰荷香里夜船行。绿鬟红脸谁家女？遥相顾，缓唱棹歌极浦去。

【赏析】

是词以水乡夜行舟，刻画水乡少女的形象。水乡夜色美如画：月儿静静照耀沙洲、烟雾轻轻笼罩江岸、荷花菱花暗暗吐放清香。"夜船行"，驾船者谁？"绿鬟红脸"少女。她在远处，遥遥招手，轻缓地唱着歌儿，向着远浦而去。

南乡子

渔市散，渡船稀，越南云树望中微①。行客待潮天欲暮，送春浦，愁听猩猩啼瘴雨②。

【注释】

①越南：亦作粤南，古时百越之地。《文献通考·舆地考·古越南》："处岭而南，当唐虞三代为蛮夷之国，是百越之地，自交趾至会稽七八千里，百越杂处，各有种姓。"

②瘴雨：瘴气凝聚成雨。瘴，南方山林间湿热蒸气，古人认为使人致病。陈陶《番禺道中作》："瘴雨出虹蝀，蛮江渡山急。"

【赏析】

是词抓住行客待潮细节，反映岭南沿海生活的一个侧面。岭南日暮，渔市散去，人少船稀，烟树迷茫。行客们在等潮待船过江，直到傍晚时分，不免心情愁闷，不时还听见猩猩啼叫与瘴雨滴滴混合而成的凄声。

◉**集评**

陈廷焯《云韶集》："'啼瘴雨'三字，笔力精湛，仿佛古诗。"

南乡子

拢云髻，背犀梳①，焦红衫映绿罗裾。越王台下春风暖②，花盈岸，游赏每邀邻女伴。

【**注释**】

①犀梳：《岭表录异》："有辟尘犀，为簪梳带胯，尘不近身。"唐彦谦《无题十首》之二："醉倚阑干花下月，犀梳斜亸鬓云边"。

②越王台：遗址在今广东省广州市北越秀山上。窦巩《南游感兴》："日暮东风春草绿，鹧鸪飞上越王台。"

【**赏析**】

是词写春游。开头三句写邻女伴形象。第四五句，春游越王台，景色春风暖、花盈岸。最后一句补叙邀邻女结伴而游，大概已不是一次。

南乡子

相见处，晚晴天，刺桐花下越台前①。暗里回眸深属意②，遗双翠③，骑象背人先过水④。

【**注释**】

①刺桐：又名"海桐"，落叶乔木，枝上有黑色棘刺，花有橙红、紫红等色。李郢《送友人之岭南》："回望长安五千里，刺桐花下莫淹留。"

②属意：心有所属，刘琨《答卢谌诗序》："不复属意于文，二十余年矣。"

③遗双翠：故意丢失头上双翠羽（首饰）。

④背人：弃其同伴。句犹言先于其同伴过水而去。

【**赏析**】

是词塑造岭南少女的形象。晴天傍晚，越王台前、刺桐花下，岭南少女与情人相见。少女向他示爱：暗里回眸、遗双翠、骑象抢先过河。

◉**集评**

陈廷焯《词则·闲情集》："有心耶，无心耶？""情态可想。"

李冰若《栩庄漫记》：评是调十首"均以浅语写景，而极生动可爱，不下刘禹锡巴渝竹枝，亦《花间集》中之新境也"。

女冠子

星高月午①，丹桂青松深处②。醮坛开，金磬敲清露，珠幢立翠苔③。　步虚声缥缈，想象思徘徊。晓天归去路，指蓬莱④。

女冠子

春山夜静，愁闻洞天疏磬[⑤]。玉堂虚[⑥]，细雾垂珠佩，轻烟曳翠裙[⑦]。对花情脉脉[⑧]，望月步徐徐。刘阮今何处？绝来书[⑨]。

【注释】

①月午：月挂中天，即午夜。

②丹桂：桂树一种，叶如桂，皮赤色。江禄《津渚败船诗》："可爱木兰资，可怜丹桂质。"

③"金磬"二句：金磬在清凉晨露中响起，珠旗在翠阶上树立。珠幢：以珠为饰之幡。元稹《琵琶歌》："一弹既罢又一弹，珠幢夜静风珊珊。" 幢：仪仗旗帜。磬：古代打击乐器，形如钵，铜制成。

④蓬莱：此指海上仙岛。

⑤洞天：仙人所处，多于山洞，道家称为洞天。

⑥玉堂：仙人所居之堂。庾阐《游仙诗十首》之一："神岳竦丹霄，玉堂临雪岭。"

⑦"细雾"二句：云雾轻烟中，见到仙女珠佩闪烁，翠裾飘曳。

⑧情脉脉：含情不语。

⑨绝：断绝。

【赏析】

是调两首词，咏女道士。

"星高月午"章，描写女道士醮坛法事。星星高挂，明月中天，丹桂青松林间深处，醮坛法事正在开始。金磬之声穿透清露，旌旗树立青苔地面。步虚声缥缈远传，想象思绪在徘徊。天亮了，正指着蓬莱之路。颇有点儿仙气。

"春山夜静"章，写女道士的情思，简直与常人无异。"对花情脉脉，望月步徐徐。"其情态可爱。

酒泉子

寂寞青楼，风触绣帘珠翠撼[①]。月朦胧，花暗淡，锁春愁。 寻思往事依稀梦，泪脸露桃红色重。鬓欹蝉，钗坠凤[②]，思悠悠[③]。

【注释】

①珠碎撼：帘上珠翠零乱地摇动。

②欹蝉：蝉鬓倾斜。

③思悠悠：愁思缠绵不尽。

【赏析】

是词写春愁。居所寂寞，风触帘、月胧朦、花暗淡，居者更着春愁。回想起往事，皆成依稀梦境，泪脸因伤情而红得发涨，头饰也都倾斜要坠了。"思悠悠"照应"锁春愁"。

酒泉子

雨渍花零[①]，红散香凋池两岸。别情遥，春歌断，掩银屏。 孤帆早晚离三楚[②]，闲理钿筝愁几许。曲中情，弦上语，不堪听。

【注释】

①渍:《一切经音义》:"水浸曰渍。"浸泡、淋湿。 零:飘零、零落。

②三楚:秦汉时分战国楚地为三楚。《史记·货殖列传》以淮北沛、陈、汝南、南郡为西楚;彭城以东东海、吴、广陵为东楚;衡山、九江、江南豫章、长沙为南楚。《太平寰宇记》以郢(江陵)为西楚,彭城为东楚,广陵为南楚。此泛指江陵一带。阮籍《咏怀诗》:"三楚多秀士,朝云进荒淫。"

【赏析】

是词写别愁。前阕以"红散香凋池两岸",比喻别离,隐喻女子凄楚;歌断、屏掩乃别后的行为,表达心中愁苦。后阕,写她想到他早晚得离去,心情似乎平静了少许,于是理筝遣愁,无奈伤感的情声,反增愁怨,听不下去。

酒泉子

秋雨联绵,声散败荷丛里①。那堪深夜枕前听,酒初醒。 牵愁惹思更无停,烛暗香凝天欲曙。细和烟,冷和雨,透帘旌。

【注释】

①败荷:荷叶枯萎。李商隐《夜冷》:"西亭翠被余香薄,一夜将愁向败荷。"

【赏析】

是词写秋愁。前阕倒叙,酒醒后,夜深所见所闻,秋雨不断,声散败荷。后阕,写在此环境中萌发愁思,好似联绵秋雨,一刻不停,直到天将晓。细和烟,冷和雨,"透帘旌",亦透心扉。

酒泉子

秋月婵娟①,皎洁碧纱窗外。照花穿竹冷沉沉,印池心。 凝露滴,砌蛩吟。惊觉谢娘残梦,夜深斜傍枕前来,影徘徊。

【注释】

①秋月婵娟:秋月娇媚秀丽。 婵娟:形容形态美好。《文选·西京赋》:"嚼清商而却转,增婵娟以此豸。"王適《江上有怀》:"蛾眉婵娟断人肠。"

【赏析】

是词写秋寂。"惊觉谢娘残梦"句,词眼。前阕为梦醒所见所感,秋月皎洁,照花穿竹,倒影池心;"冷沉沉"主人公对客观景物的感受。后阕,写所闻所感,露滴与蛩吟声,月影与其相伴、徘徊,一切皆孤寂。

◉集评

汤显祖《玉茗堂评花间集》:"一意空翻到底。而点缀古雅,殊不强人意。似富于才而贫于学者。"

况周颐《历代词人考略》:"五代人小词,大都奇艳如古蕃锦,惟李词有以清胜者。如《酒泉子》:'秋雨联绵,声散败荷丛里。那堪深夜枕前听,酒初醒。'又:'秋月婵娟,皎洁碧纱窗外。照花穿竹冷沉沉,印池心。'《浣溪沙》云:'翠叠画屏山隐隐,冷铺纹簟水潾潾,断魂何处一蝉新。'下开北宋体格者也。有以质胜者,《西溪子》云:'归去想娇娆,暗魂销。'《中兴乐》云:'忍孤前约,教人花貌,虚老风光。'宋人惟吴梦窗能有此等丽句,愈质愈厚。盖五代人已开其先矣。"

华钟彦《花间集注》:"此咏秋月词也。自首至尾,无处无月。古人为文,用心苦此。"

望远行

春日迟迟思寂寥①,行客关山路遥。琼窗时听语莺娇,柳丝牵恨一条条。　休晕绣②,罢吹箫,貌逐残花暗凋。同心犹结旧裙腰,忍辜风月度良宵。

【注释】

①迟迟:舒缓,此指日长。《诗·豳风·七月》:"春日迟迟,采蘩祁祁。"

②休晕绣:停止彩绣。晕:晕气,日光所发彩色光气,此指用彩线绣花,使其色柔美如晕。

【赏析】

是词写闺妇念远。前阕首句点明春日闺妇"思寂寥",眼见之柳丝牵动怨情一条条。后阕,描写"休晕锈,罢吹箫",容颜好像同步追随残花凋谢一样,日渐憔悴。同心结还系腰间,忍耐着虚度风月良宵。

◉集评

况卜娱《织余续述》:"蜀李珣《望远行》云'休晕绣,罢吹箫',闺人刺绣,颜色浓淡之间,细意熨贴。务令化尽针线痕迹,与画家设色无异,谓之晕绣。此二字入词绝新。又《临江仙》云'强整娇姿临镜,小池一朵芙蓉',妙绝形容之迹,即是晕绣工夫。"

望远行

露滴幽庭落叶时,愁聚萧娘柳眉。玉郎一去负佳期,水云迢递雁书迟。　屏半掩,枕斜欹,蜡泪无言对垂①。吟蛩断续漏频移,入窗明月鉴空帷。

【注释】

①"蜡泪"句:双蜡默默,相对垂泪,人与烛相对,亦垂泪。

【赏析】

是词写怀人。前阕首句写秋天早晨,寒露凝聚、落叶散布,清幽庭院,以景牵情。第二句的"愁聚",是本词之旨,写少妇愁容。第三、四两句,写愁聚因由,玉郎一去,负了佳期,路途遥远,书信难递。过片描写居所内景,"蜡泪无言对垂",一语双关,比喻愁聚心境。最后二句,以蛩吟、漏声,明月、空帷组成秋夜凄清氛围,烘托怀人愁绪。结句表达闺妇的孤贞。

◉集评

李冰若《栩庄漫记》:"'明月鉴空帷',自表孤贞,意在言外。"

菩萨蛮

回塘风起波纹细，刺桐花里门斜闭。残日照平芜，双双飞鹧鸪。　征帆何处客？相见还相隔。不语欲魂消，望中烟水遥。

【赏析】

是词写离别。前阕表面写景，其实暗寓女子相思。微风吹过池塘水面，牵扯起细细波纹，刺桐花簇拥的居所屋门斜斜地打开。“起”、“闭”，把春景，抹上了鲜活气息。傍晚，夕阳照耀平芜，双双鹧鸪比翼齐飞。“绿水本无忧，因风绉面；青山原不老，唯雪白头。”女子情绪变化，或因“双双飞鹧鸪”而起。过片，一个设问句，“征帆何处客？”或许，女子已经把爱人送上了客船，惜别情绪喷涌而出：船儿呀，你要将我的心上人带去哪里作客呢？船儿慢慢驶去，还能看见他的身影，但是已被江水所隔。她只能无声地望着——望着，魂魄好像也随着船影一起渐渐消失，望中只是烟水遥遥。

◉集评

陈廷焯《云韶集》：“‘残日照平芜’五字，精绝秀绝。”

菩萨蛮

等闲将度三春景①，帘垂碧砌参差影。曲槛日初斜，杜鹃啼落花。　恨君容易处②，又话潇湘去。凝思倚屏山，泪流红脸斑。

【注释】

①等闲：平常，随便。元稹《忆杨十二》：“只为情深偏怆别，等闲相见莫相亲。”　三春：孟、仲、季三春，即整个春季。或指春季最后一月为三春。

②容易：古时，非双音词，约在唐宋时，渐连读而成词，有轻易，不在乎之意。邵雍《秋日饮后晚归》：“水竹园林秋更好，忍把芳樽容易倒。”

【赏析】

是词写恨别。前阕先交代两人在一起，快要度过整个春天了。“等闲”，说来平常平淡，但正因为“和谐”，才会有平常的感受。幕帘庭阶留下的俩人参差迷离的身影，就是见证。现在春天就又结束了，太阳冉冉升起，斜照曲槛，杜鹃鸟啼叫，鲜花飘落。词作描写的暮春景象，为下文创造了一种环境氛围。过片，一个“恨”字承接，恨什么？“恨君容易处，又话潇湘云”，恨你如此不在乎地作出选择，又说要到潇湘去。“容易”对应开头的“等闲”，可见匠心。对此，她只能作出这样的反应：凝神思索，想着想着，不禁泪流，脸上留下斑驳的粉红泪斑。结尾采用“定格”特写，更具艺术感染力。

菩萨蛮

隔帘微雨双飞燕，砌花零落红深浅。捻得宝筝调，心随征棹遥①。　楚天云外路②，动便经年去③。香断画屏深，旧欢何处寻？

【注释】

①“捻得”二句：弹筝的曲调，要随征棹飘往至遥远之地。　捻：乐器弹奏指法之一种。

白居易《琵琶行》:"轻拢慢捻抹复挑,初为霓裳后六幺。" 宝筝:精美之筝。 征棹:借代远人所乘之舟。

②"楚天"句:表示路程遥远。

③"动便"句:动不动就一去经年。 动:常常、每每。崔涂《春夕》:"故园书动经年绝,华发春唯两鬓生。" 便:即、就。 经年:经过一年以上。

【赏析】

是词写思妇怀远。前阕先写思妇眺望:隔着帘栊看见,微微春雨中,双双燕子飞翔;庭阶春花凋谢零落,色彩已深浅不一;"双飞燕",反衬她只身;"砌花零落"烘托心境。再写抚筝:精准调教曲调,使它合于那思念远在边塞的心上人的情调——"心随征棹遥",寄托自己的怀远情感。过片紧承,围绕"遥"、"久"落笔。夫君离家,楚天云外之遥,动辄经年之久。于是,她的目光又投射到屋内的画屏,希望从中找到夫君行踪,可是,"香断画屏深",怎样也找不着,只好叹息"旧欢何处寻?"沉重的怀远深情,有力扣动了读者的心弦。

◉集评

汤显祖《玉茗堂评花间集》:"《菩萨蛮》集中最多,而佳者亦不少。以此殿之,不为貂续。"

李冰若《栩庄漫记》:"'隔帘'二句,即是'落花人独立,微雨燕双飞'蓝本。"

西溪子

金缕翠钿浮动,妆罢小窗圆梦①。日高时,春已老②,人来到。满地落花慵扫。无语倚屏风,泣残红。

【注释】

①圆梦:推断梦中事,以定凶吉。

②春已老:暮春矣。岑参《喜韩樽相过》:"三月灞陵春已老,故人相逢耐醉倒。"

【赏析】

是词怀人。妇人早起晨妆,金缕衣穿上,翡翠钿簪上,满身珠光宝气浮动。梳妆好了,她想起昨夜春梦,靠在小窗旁,猜梦吉凶。"圆梦"结果使她满意:"日高时,春已老,人来到。"应该正是此时,然而,期盼了一个春天,远人还是未归。"圆梦"与期盼不能兑现,弄得她没了心情,面对满地落花,她"慵扫"。她默默无语地倚靠画屏,对着残花饮泣。

虞美人

金笼莺报天将曙,惊起分飞处①。夜来潜与玉郎期②,多情不觉酒醒迟,失归期③。 映花避月遥相送④,腻髻偏垂凤。却回娇步入香闺⑤,倚屏无语捻云篦⑥,翠眉低。

【注释】

①分飞处:此指分别时候到了。

②潜:暗地里。

③失归期:耽搁了回去之时间。

④“映花”句：穿过花丛，避开月光，依依不舍地相送。

⑤却回：返回。

⑥捻云篦：玩弄着云篦，表现空虚无聊之意。 云篦：云母所饰篦梳。白居易《琵琶行》：“钿头云篦击节碎，血色罗裙酒翻污。”

【赏析】

是词写妇人幽会别后的失落感受。前阕头两句，金光笼罩大地，黄莺儿唱啼，在报告天快亮了的信息，“惊起分飞处”，字面是写黄莺分飞，其实是写一对情侣被惊醒，马上意识到该是分别的时候了。其实“莺报”即比喻妇人，她在清晨忽然醒过来，便将心上人叫醒……“惊”字下得好，婉转含蓄。歇拍交代“惊”的原由有三：昨夜幽会，暗地里应约的；“多情”，太沉迷了；酒也喝多了。这些凑在一起，一觉睡到天将曙，“失归期”。过片二句，写情侣“狼狈”相送，择花间小道、避开月光，将玉郎送得远远的；慌乱、劳累，使得她的发髻偏斜，凤凰头饰歪垂。结尾三句写女子“却回”的动作表情，“娇步”，恢复了常态，入得闺房，斜靠屏风，一句话儿也说不出来，眼睛低垂，手里反复地把弄着篦子……词作不直写她的心境，但读者却目睹了一尊失落心态的妇人塑像。

河传

去去，何处？迢迢巴楚，山水相连。朝云暮雨，依旧十二峰前，猿声到客船。　愁肠岂异丁香结①，因离别，故国音书绝。想佳人花下，对明月春风，恨应同②。

【注释】

①岂异：哪里有什么区别的地方。

②“想佳人”三句：遥想美人在花下，迎春风，对明月，其离愁别绪，同我一样。

【赏析】

是词写行旅。前阕以问句起首，“去去，何处？”去呀去，去那里呢？问得深沉、问得忧伤。“去去”，连缀叠用，节拍急促，蕴着深情。答案是，迢迢巴山楚水。山水相连、恋情相连，朝云暮雨，那里应是纵情之地。想不到，依然是十二峰前，只有猿啼哀声由远而近，传递到客船。过片三句，由眼前景物舒展开去，直书胸臆：愁肠就跟丁香结一般，因为自己身在旅途，与亲朋离别，故国音书隔绝。于是联想到妻子在花前月下、春风之中，那离恨应该与自己一样。将心比心，自然豁达，亦恰到好处表达对佳人的眷恋。

◉集评

陈廷焯《词则·别调集》：“一气卷舒，有水流花放之致。结六字温厚。”

况周颐《餐樱庑词话》：“李德润《河传》云：‘想佳人花下，对明月春风，恨应同。’高竹屋《齐天乐》‘中秋夜怀梅溪’云：‘古驿烟零，幽垣梦冷，应念秦楼十二。’两家用意略同。高词伤格，不可学。李词则否，其故当细审之。”

河传

春暮，微雨。送君南浦，愁敛双蛾①。落花深处，啼鸟似逐离歌，粉檀珠泪和②。　临流更把同心结③，情哽咽④，后会何时节？不堪回首，相望已隔汀洲，橹声幽[5]。

【注释】

①愁敛双蛾：因送君而带愁，皱着双眉。

②"粉檀"句：珠泪流，融化檀红粉脂，混合在一起而流下。 檀：檀红色，指胭脂化妆品之类。

③临流：临近河边流水。汪遵《箕山》："薄世临流洗耳尘，便归云洞任天真。" 更(gèng)：再。 把：握着，攥着。

④情哽咽：情绪凄切，哭而不能出声，泣无声。刘琨《扶风歌》："挥手长相谢，哽咽不能言。"

⑤"橹声"句：摇橹声已渐幽微，舟已远去。

【赏析】

是词乃《花间集》之末篇，写惜别。有四层：第一层，暮春雨中送别：在暮春微雨之中，她一直送君到路的尽头——南浦，此时不得不别，愁绪涌上心头，双眉紧锁。第二层，踏花啼鸟泪别：两人在花丛深处话别，春鸟啼鸣飞来，好像也在为他们的离散而来，她伤心更进一层，泪水洗掉铅粉，在脸上流淌。前阕写此二层，移情入景，调动了视觉、听觉、感觉功能，勾画一幅情人雨中泪别图。第三层，临流把结话别。这是送别的高潮，船就要起锚了，他们来到水边，手把着同心结，离情上心头，哽不成语，后会在什么时候？"更把"一个细节描写、"哽咽"一个表情、"后会"一句问语，将两人对爱情的忠贞、对离情的凄怆、对相聚的期盼，有机融为一体，表达了离别时复杂的心境。第四层，听橹望远痛别。看着船儿渐去，她"不堪回首"，将时空糅在一起，以往的欢聚、现时的痛别、将来的苦恋，交织一处，这是心理表白；她举目远眺，船儿已过了水中的长洲；屏息细听，橹声越来越微弱。这是送别的尾声，写得声情皆怆，凄音袅袅不绝于耳。是词乃《花间集》的压轴篇，与首篇遥遥呼应，见编者匠心。

◉集评

李冰若《栩庄漫记》："昔阅片玉《兰陵王》词云'回首迢递便数驿，望人在天北'。爱其能描摹别绪，入木三分，使人诵之黯然魂消。及阅李德润'不堪回首，相望已隔汀洲，橹声幽'，正是一般写法，乃知阅词本此也。""声情绵渺。以此结束《花间》，可谓珪璧相映。"

※ ※ ※ ※ ※ ※ ※ ※

渔父

水接衡门十里余[1]，信船归去卧看书。轻爵禄，慕玄虚[2]。莫道渔人只为鱼。

渔父

避世垂纶不计年，官高争得似君闲[3]。倾白酒，对青山，笑指柴门待月还。

渔父

棹惊鸥飞水溅袍，影随潭面柳垂绦[4]。终日醉，绝尘劳[5]，会见钱塘八月涛[6]。

【注释】

①衡门:横着一杆木当作门。与“其二”的柴门近义,皆指简陋的房舍。

②玄虚:恬静的生活。

③争得:怎能。“争”同怎。

④绦:丝带,此比喻柳条。

⑤绝尘劳:隔绝世俗事务的烦恼。

⑥钱塘八月涛:钱塘江八月的大潮奇观。

【赏析】

是调三首词写渔父生活。渔父所居极为简陋:衡木柴木为门;惬意的垂钓劳作:“垂纶不计年”,“棹惊鸥飞水溅袍”;逍遥的生活:“信船归去卧看书”,“倾白酒,对青山”,“终日醉,绝尘劳”;高洁的情操:“轻爵禄,慕玄虚”,“莫道渔人只为鱼”,“会见钱塘八月涛”。词作的字里行间反映出词人对渔父生活与情怀的羡慕和敬慕,折射出当时部分知识分子的心态。

◉集评

况周颐《餐樱庑词话》:“如右数阕,具见襟情高澹,故能晚节坚贞。‘曾见钱塘八月涛’,殆所谓感慨之音乎?”

南乡子

携笼去,采菱归,碧波风起雨霏霏。趁岸小船齐棹急[1],罗衣湿,出向桄榔树下立。

【注释】

①趁岸:向岸靠近。 齐棹急:齐齐使劲,急速划桨。

【赏析】

是词写采菱女。采菱归来途中,碧波里风乍起,大雨密密。采菱少女们齐心协力急速地划动船桨,向岸边靠去。罗衣湿透了,跑向桄榔树下站。“齐棹急”,写出团结一致的精神。

南乡子

云髻重,葛衣轻[1],见人微笑亦多情。拾翠采珠能几许,来还去,争及村居织机女[2]。

【注释】

①葛衣:葛布缝制的衣服。

②争及:怎及。

【赏析】

是词写采珠拾翠女。云髻高耸,葛衣轻盈,见人微笑又多情。采珠拾翠能有多少次,而且来去不定,怎么比得上在村里定居的织机女呢。短小的篇幅却刻画了一群勤劳、勇敢、开朗、豁达的少女形象。

南乡子

登画舸,泛清波,采莲时唱采莲歌。拦棹声齐罗袖敛①,池光飐②,惊起沙鸥八九点。

【注释】

①拦棹:划桨的动作,使船改变方向行驶。

②池光飐:搅动水面,泛起波光。

【赏析】

是词写采莲女。采莲女们乘上画船,踏着清波,一边采莲,一边唱歌。划动船桨,改变换行船方向,搅响池水,荡起水波,被惊扰而飞起的沙鸥在天上现出八九个白点。采莲女的青春活力、江南水乡的迷人风情,活灵活现。

南乡子

双髻坠,小眉弯,笑随女伴下春山。玉纤遥指花深处,争回顾,孔雀双双迎日舞。

【赏析】

是词写南方姑娘。主人公盘着双髻鬟,画着弯弯的细眉,笑着说着跟随女伴下山。忽然间,她抬起纤纤玉指,招呼同伴望向远处的花丛。争相回顾,只见一对孔雀正迎着朝阳起舞,意境颇美。

南乡子

红豆蔻,紫玫瑰,谢娘家接越王台。一曲乡歌齐抚掌①,堪游赏,酒酌螺杯流水上②。

【注释】

①乡歌:乡村歌谣。 抚掌:鼓掌。

②螺杯:用螺壳制成的酒杯。

【赏析】

是词写南国乡情。红豆蔻与紫玫瑰齐放艳彩,年轻的谢娘站在越王台旁,高唱一曲乡歌,游人齐齐鼓掌,乡民将酒酌满螺杯,让游客像流水一样地上前畅饮。景色优美、民风敦厚、乡情纯朴的南国,令游人感到“堪游赏”,流连忘返。

南乡子

山果熟，水花香，家家风景有池塘。木兰舟上珠帘卷，歌声远，椰子酒倾鹦鹉戋①。

【注释】

①椰子酒：用椰子汁酿制的酒。 鹦鹉戋：用鹦鹉螺壳制成的酒杯。戋，同盏。

【赏析】

是词写南国水乡风情。各式各样的山果成熟了，河滨水边的花儿绽放了，家家户户有池塘是一道奇特的风景线。木兰船上卷起珠帘，歌声由远处飘来，眼前是酌满鹦鹉戋的椰子酒。

南乡子

新月上，远烟开，惯随潮水采珠来。棹穿花过归溪口，沽春酒，小艇缆牵垂岸柳。

【赏析】

是词写采珠人家生活。新月上来了，弥漫的烟雾散开了，习惯了追赶潮汐去采珠。艇儿穿花过溪而回，卖一壶春酒，将小艇系好在垂岸的柳树下。月夜赶潮水，勇斗风浪；穿花而归，沽酒小饮，构成了采珠人的独特生活。

◉集评

陈廷焯《词则·闲情集》："李珣《南乡子》诸词，语极本色，于唐人《竹枝》外，另辟一境矣。"

况周颐《餐樱庑词话》："周草窗云：'李珣、欧阳炯辈俱蜀人，各制《南乡子》数首，以志风土，亦《竹枝》体也。'顾夐蜀人，所咏皆东粤景物，何邪？至《浣溪沙》、《巫山一段云》，则诚蜀人之言矣。"

俞陛云《唐五代两宋词选释》："咏南荒风景，唐人诗中，以柳子厚为多。五代词如欧阳之《南乡子》、孙光宪之《菩萨蛮》，亦咏及之。惟李词有十七首之多。荔子轻红，桄榔深碧，猩啼暮雨，象渡瘴溪，更萦以艳情，为词家特开新采。"

李冰若《栩庄漫记》："李珣《南乡子》均写广南风土，欧阳炯作此调亦然。珣波斯人，或曾至粤中，岂炯亦曾入粤？不然，则《南乡子》一调，或专为咏南粤风土而制，故作者一本调意为之也。词如'骑象背人先过水'、'竞折圆荷庶晚照'、'愁听猩猩啼瘴雨'、'夹岸荔枝红醮水'诸句，均以浅语写景而极生动可爱，不下刘禹锡巴渝《竹枝》，亦《花间集》中之新境也。"

西溪子

马上见时如梦，认得脸波相送。柳堤长，无限意，夕阳里，醉把金鞭欲坠。归去，想娇娆，暗魂销。

【赏析】

是词写艳遇。主人公是男子。夕阳西下，他骑马路过看见美女的时候仿佛是梦里，送过来多么熟悉的眼波。柳堤长，就像无限的情意，如痴似醉的差点把金鞭坠掉了。归家后，还在想着妖娆的佳人，暗暗地感到消魂。

定风波

志在烟霞慕隐沦①，功成归看五湖春②。一叶舟中吟复醉，云水，此时方认自由身。　花鸟为邻鸥作侣，深处，经年不见市朝人③。已得希夷微妙旨④，潜喜，荷衣蕙带绝纤尘⑤。

【注释】

①隐沦：指隐居者。

②"功成"句：用春秋越大夫范蠡功成弃官归隐、游历江湖的典故。

③市朝人：朝庭或官场中人。市朝：偏义复词，指朝堂。

④希夷：无声为希、无色为夷，犹言虚寂微妙。

⑤荷衣蕙带：语出屈原《九歌》，荷叶制成的衣服，香草制成的带子。代称隐士衣服。纤尘：微尘。

【赏析】

是词抒发"志烟霞"、"慕隐沦"的志趣。首句点明题旨。志在烟霞游历，羡慕隐居之人。学那范蠡功成归隐，泛游江湖。一叶轻舟之中，吟诗复酒醉，在云水之间，才知道是自由之身。与花鸟为邻，沙鸥作伴，不见市朝人而绝纤尘；以荷叶为衣，香草为带，得到希夷的奥妙而沾沾自喜。

定风波

十载逍遥物外居①，白云流水似相於②。乘兴有时携短棹，江岛，谁知求道不求鱼。　到处等闲邀鹤伴，春岸，野花香气扑琴书。更饮一杯红霞酒，回首，半钩新月贴清虚③。

【注释】

①物外：世外。

②相於：相亲近。

③清虚：指天空。

【赏析】

是词写隐居生活。十年隐居，逍遥于世外，与白云流水相亲相厚，乘着雅兴携棹游岛，到处是仙鹤，可以为伴，随处是野花香扑琴书。更有一杯红霞酒，半钩新月悬清虚。

定风波

又见新巢燕子归，阮郎何事绝音徽①。帘外西风黄叶落，池阁，隐莎蛩叫雨霏霏。　愁坐算程千万里，频跂②，等闲经岁两心违③。听鹊凭龟无定处④，不知，泪痕流在画罗衣。

【注释】

①音徽:音信。

②跂:踮脚。

③等闲:无端。

④凭龟:依据龟卜占吉凶。

【赏析】

是词写怀念夫君。主人公看见新巢的燕子归来,想到夫君为何没有音信。西风劲黄叶落,池阁里隐在草丛的蛩啼叫不休,细雨密密不停。情景交融在一起。后阕,写惦念猜想。主人公计算行程,该有千万里远,频频地企盼,无端地过了一年,两心不能如愿。只好听鹊凭龟,还是无从确定住处。泪痕渍在罗衣上。

定风波

雁过秋空夜未央①,隔窗烟月锁莲塘。往事岂堪容易想,惆怅,故人迢递在潇湘②。　纵有回文重叠意,谁寄?解鬟临镜泣残妆。沉水香销金鸭冷③,愁永,候虫声接杵声长④。

【注释】

①夜未央:夜未尽。

②故人:指思念的夫君。

③沉水:即沉香木,木质重沉没水下,故称。

④候虫:依季节而生或鸣叫的昆虫,如蝉、蛩之类。　杵声:捶衣声。

【赏析】

是词写怀念旧情人。大雁飞过秋空,夜未尽,隔窗的烟月笼罩莲塘。主人公惆怅地怀想起故人在遥远的潇湘。即便有回文书信重重叠叠的情意,谁寄呢?松开鬟发对镜,哭泣地打理残妆。沉水香消炉子冷,愁长怨深,候虫鸣声接捶衣声,久久萦绕于耳。

◉集评

况周颐《餐樱庑词话》:“李秀才《定风波》云:‘往事岂堪容易想,惆怅,故人迢递在潇湘。纵有回文重叠意,谁寄?解鬟临镜泣残妆。’盖寓故国故君之思,非寻常情语也。”

定风波

帘外烟和月满庭,此时闲坐若为情①。小阁拥炉残酒醒②,愁听,寒风落叶一声声。　惟恨玉人芳信阻,云雨,屏帏寂寞梦难成。斗转更阑心杳杳③,将晓,银釭斜照绮琴横。

【注释】

①若为情:如此为情。

②残酒:残存的酒醉。

③斗转更阑:北斗星移,更深夜尽。

【赏析】

是词写女子相思。主人公在烟霭笼月的秋夜，带着酒醉，拥炉独坐，发愁地听寒风吹落叶，一声声。怨恨情郎的音信被阻隔。云雨欢情，屏帷寂寂梦亦能成。北斗星移，更深夜尽，心绪渺茫，天快亮了，银灯斜照着横摆的绮琴。

◉集评

李冰若《栩庄漫记》："《定风波》诸词，缘题自抒胸境，洒然高逸，均可诵也。《花间》词人能如李氏多面抒写者甚鲜。故余谓德润词在《花间》可成一派而介立温韦之间也。"

中兴乐

后庭寂寂日初长，翩翩蝶舞红芳。绣帘垂地，金鸭无香。谁知春思如狂①，忆萧郎②。等闲一去，程遥信断，五岭三湘③。　休开鸾镜学宫妆，可能更理笙簧④。倚屏凝睇⑤，泪落成行。手寻裙带鸳鸯，暗思量。忍孤前约⑥，教人花貌，虚老风光。

【注释】

①春思：春日的情思。

②萧郎：梁武帝萧衍，后泛指情郎。

③五岭：指大庾岭、越城岭、骑田岭、萌渚岭、都庞岭，位于赣、湘、粤、桂之间。三湘：湘江流域汇沅湘、潇湘、资湘三条支流，故合称三湘。

④可能：岂能。

⑤凝睇：注目斜视。

⑥孤：辜负。

【赏析】

是词写春思。前阕写春回后庭，蝴蝶翩翩飞舞红花，闺房绣帘垂地，炉子不燃，主人公的春思如狂。想念情郎随便一去，路程遥远，书信断绝，隔着五岭三湘。后阕写相思的苦状。停止打开鸾镜模仿宫妆，岂能去演奏笙簧。倚靠屏风专注，泪流双行，手指不知不觉去找寻裙带上的鸳鸯纹饰，暗地里思念。忍心辜负了前约，使如花的容颜，虚度了春光。

《南唐二主词》李璟词

【小传】

李璟(916–961),初名景通,字伯玉,后避周讳改名“璟”。徐州人。唐宗室之裔,李昪长子,在位19年,史称中主。迁南都死。平生所作词大部分失传,今仅存词四首,后人将他和李煜的词合为《南唐二主词》。

◉集评

王世贞《弇州山人词评》:“之诗而词,非词也;之词而诗,非诗也。言其业,李氏晏氏父子、耆卿、子野、美成、少游、易安,至也。词之正宗也。”“花间犹伤促碎,至南唐李王父子而妙矣。”

谭尔进《题<南唐二主词>》:“南唐二主词,读之皆凄怆悲恸,亦复幽闲跌宕,如多态女子,如少年书生,落笔纤华,吐心婉挚。”

卓人月江选、徐士俊参评《古今词统》:“(二主词)髀里肉,鬓边毛,千秋同慨。”

黄河清《草堂诗余续集序》:“词固乐府铙歌之滥,李供奉、王右丞开其美,南唐李氏父子实弘其业。”

董其昌《评注便读<草堂诗余>》:“(中主词)布景生思,因思得句,可人处不在多言。”

江顺诒《词学集成》:“比词于诗,原可以初、盛、中晚论,而不可以时之后、先分,如南唐二主,似唐之初,秦、柳之琐屑,周张之纤靡,已近于晚。”

黄蓼园《蓼园词选》:“(中主词)清和宛转,词旨秀颖。”

俞陛云《唐五代两宋词选释》:“五代之词尚矣,传李唐之薪火,为赵宋之先河。南唐中主李璟、后主李煜,以国君而擅词手,秀压江东,与薛、顾、韦、冯方美……二主于社屋之后,借长短歌词,得垂声于后世,文字之寿,县于国祚矣。”

吴梅《词学通论》:“二主词,中主能哀而不伤,后主则近于伤矣。然其用赋体不用比兴,后人亦无能学者也。此二者之异处也。”

唐圭璋《南唐二主词总评》:“自来论南唐二主词者,无不赏其艺术高奇,秀逸绝伦,既超过西蜀《花间》,又为宋人一代开山。”

应天长

一钩初月临妆镜①,蝉鬓凤钗慵不整②。重帘静,层楼迥③,惆怅落花风不定④。　柳堤芳草径,梦断辘轳金井⑤。昨夜更阑酒醒⑥,春愁过却病。

【注释】

①钩:钩取、钩连、悬挂器物的弯状用具,名词,此用作量词。 初:夏历指每月的开头几天或开头十天,初一至初十,称月头。 初月:初头夜晚的月亮,亦称新月。一说,指愁眉。 临:近。此指照映。

②蝉鬓:古代妇女的一种发式。温庭筠《菩萨蛮》:“春梦正关情,镜中蝉鬓轻。” 凤钗:凤凰形状的头钗。古代妇女的一种头饰。韦庄《思帝乡》:“云髻坠,凤钗垂。” 慵(yōng):懒。薛昭蕴《醉公子》:“恼得眼慵开,问人闲事来。”

③迥(jiǒng):远。此指幽深。

④惆怅(chóuchàng):伤感失意。温庭筠《河渎神》:“谢娘惆怅倚兰桡,泪流玉箸千条。”

⑤辘轳(lùlú):一种汲取井水的起重装置,即打水用的滑车。 金井:井栏上有雕饰的井,一般指宫庭园林中的井。梁费昶《行路难》:“唯闻哑哑城上乌,玉栏金井牵辘轳。”

⑥更:古时夜晚的计时单位,约由当夜8时至次日早晨6点,分为五更,每更大约两

个小时。 阑：尽。 更阑：更尽，指即将天亮的时候。

【赏析】

是词写女子春愁。词作从肖像入手，“一钩新月”，以新月比喻女子的愁眉，画眉如双蛾弯月，古时流行的妇女眉妆。清晨起来，隔夜的眉妆薄淡，朦胧不清，就像那天边的一弯新月。“临妆镜”，她对着梳妆镜，关注点正是这宿妆眉样，好像折射出自己心中的愁怨。“蝉鬓凤钗”，怎么样呢，可以想象得到，一定是蝉鬓乱乱的，凤钗歪歪的，正好与“新月”愁眉，共同构成浓重的愁云，笼罩着美人艳丽的容颜。按照常理，她此时应当好好地梳洗一番，重画眉妆，重整鬓发，重簪凤钗。通过晨妆，遮掩起愁绪，令容颜焕然一新，美上加美，将更加美丽的一面展现人前。但是，她很反常：“慵不整”，懒散到了不事朝妆的地步。“士为知己者死，女为悦己者容”，一个女子罢妆，可以想见其心中之隐痛。这种美人形象，《花间集》中也有刻画，如顾夐的《酒泉子》之五：“掩却菱花，收拾翠钿休上面。金虫玉燕锁香奁，恨厌厌。云鬓半坠懒重簪，泪浸山枕湿。”两个人物，真有异曲同工之妙。本词开头两句，描写美人慵妆，铺垫了词作的基调。“重帘静，层楼迥”，转到环境描写。帘幔静静，高楼幽远。“重帘”、“层楼”，将其与外界阻隔；“静”、“迥”，是阻隔的结果，写出了孤寂无伴。“惆怅落花风不定”，伤感失意的情绪，就像落花随着乱刮的风儿在翻飞。惆怅因环境、因落花，而更因“风不定”而生，气候环境的变化，处境的变化，世事的变化，感情生活的变化，正如这风一样是“不定”的。前阕从容貌到环境、又从环境到心境，层层刻画了主人公的心理活动。

过片，“柳堤芳草径”五字，虚实结合写昨夜梦境。杨柳堤边，绿水滨岸，芳草香径；或许，梦中正是在这种环境之中与情人相会，而梦中的虚景竟然与眼前的实景是如此的吻合。“梦断辘轳金井”，金井旁的辘轳声打断了美梦，由甜蜜的梦境回到冷寂的现实，杨柳青青，芳草凄凄，春天即将过去，而心上人不归，自己的青春也会如春天那样逝去。“昨夜更阑酒醒，春愁过却病。”昨夜以酒浇愁，沉醉而独眠；到了更深时分，酒醒过来，心中的惆怅情绪涌动，那种春愁的痛苦远比患病更为难受。这种心情支配，主人公还可以平心静气地去精心梳洗妆扮吗？

此调原注有“后主云：先皇御制歌词，墨迹在晁留家。”身为南唐中主的作者，写女子春愁之作，是一种“曲”，“识曲得真方是在逆志。”（谢章铤《赌棋山庄词话》）其“真”是处境艰难，语多讳忌，故以春愁，去表达孤苦无援的彷徨不安心境。

◉集评

沈际飞《草堂诗余续集》：“流便。”

陈廷焯《云韶集》：“‘风不定’三字中有多少愁怨，不禁触目伤心也。结笔凄婉，元人小曲有此凄凉，无此温婉。古人所以为高。”

俞陛云《唐五代两宋词选释》：“词写春夜之愁怀……通首由黄昏至晓起回忆，次第写来，柔情宛转，与周清真之《蝶恋花》词由破晓而睡起、而送别，亦次第写来，同一格局。其结句点睛处，周词云：‘露寒人远鸡相应。’从行者着想，此言春愁兼病，从居者着想，词句异而言情写怨同也。”

望远行

玉砌花光锦绣明①，朱扉长日镇长扃②。余寒不去梦难成，炉香烟冷自亭亭③。 辽阳月④，秣陵砧⑤，不传消息但传情。黄金窗下忽然惊，征人归日二毛生⑥。

【注释】

①玉砌：以玉石砌成的台阶，此为美称台阶。 花光：花之色彩光泽。 锦绣：精美华丽的丝织物。张衡《四愁诗》："美人赠我锦绣段，何以报之青玉案。"

②扉(fēi)：门扇。陶潜《癸卯十二月作与从弟敬远》："荆扉昼常闭。" 长日：整日。扃(jiōng)：从外面关门的门闩。此用若动词，解作"关闭"。

③亭亭：曹丕《杂诗》"西北有浮云，亭亭如车盖。"注："亭亭，迥远无依之貌。"耸立，孤独而立。

④辽阳：今辽宁省辽河下游以东一带。

⑤秣(mò)陵：在今江苏省南京市。 砧(zhēn)：捣衣石。

⑥征人：远行之人。此指远征戍边的士兵。 二毛：斑白二色的头发。江总《诒孔中丞奂诗》："徒然泣二毛。"

【赏析】

是词写征眷怨。前阕写征眷日夜思念征人。首两句写日思，"玉砌花光锦绣明，朱扉长日镇长扃"。日光照耀华美的台阶，花儿折射出耀眼的色彩光泽，如同锦绣般明丽。红色的门户常常整日关闭。户外秋光艳阳，花光锦绣；主人公却无心欣赏，将自己关于深闺，怀想那远在边塞的征人。景美而人忧，形成对比。歇拍两句写夜想："余寒不去梦难成，炉香烟冷自亭亭。"白天的思念一起延续至夜里，独宿的孤单，秋夜的凉寒，都挥之不去，辗转反侧，难以入睡，连梦也难以做成，原本希望在梦中相见，也是一种安慰，如今……目睹那香炉，仿佛觉得熏烟也是冷冷的，在孤独地袅袅升腾。

后阕写征眷的所想、所闻、所见、所感。"辽阳月，秣陵砧，不传消息但传情。"她在不眠的深夜，遥想着辽阳那边的月儿，或许征人也在望月思乡；忽然，远处传来捣衣的砧声，秋天到了，自己亦该为征人捣衣了，但希望自己的捣衣砧声如果不能传递消息的话，就将思念之情传达过去。想着想着，天亮了。"黄金窗下忽然惊，征人归日二毛生。"黄金般的阳光照到窗前，忽然惊异起来：等到征人归来之日，鬓边增添了白发。"二毛生"者，又岂止征人呢？"惊"，写出了征眷心灵的颤动，自己朝思暮想的盼归，一日一日的过去，岁月如流水，等不到是痛苦，等到了也未必是欢乐。

◉集评

卓人月汇选、徐士俊参评《古今词统》："髀里肉，鬓边毛，千秋同慨。"

俞陛云《唐五代两宋词选释》："'传情'二字见闻砧对月，两地同怀。"

山花子

菡萏香销翠叶残①，西风愁起绿波间。还与韶光共憔悴②，不堪看！ 细雨梦回鸡塞远③，小楼吹彻玉笙寒④。多少泪珠无限恨，倚阑干。

【注释】

①菡萏(hàndàn)：荷花。《尔雅》："荷芙蕖，其花菡萏。"皇甫松《采莲子》："菡萏香莲十顷陂。"

②韶光：美好时光，常指春光。温庭筠《春洲曲》："韶光染色如蛾翠，绿湿红鲜水容媚。"

③鸡塞：鸡鹿塞之简称，古塞名。在今内蒙古哈隆格乃峡谷口。是贯通阴山南北交通的要冲。汉筑塞城于此。《汉书·地理志》："有道西北出鸡鹿塞。"

④吹彻：吹奏到了曲终。彻：犹久也、止也。玉笙：美称笙。玉笙寒：意为吹奏久而笙冷，音有所变调。

【赏析】

是词写怀人伤感。起首一联，"菡萏香销翠叶残，西风愁起绿波间"，运用实虚结合手法，描写秋日荷塘景色。荷花的幽香已经消失，青绿的荷叶残败，这是实写，以荷"香"、荷"叶"作为典型代表，临摹写实；而写其"销"、写其"残"，亦含虚笔，带有主观感觉的成分，给人伤感。秋风泄愁似的吹拂在绿波之间。秋风劲吹，绿波荡漾，这是实写；而"愁起"二字，拟人化、感情化、虚幻化。秋风愁，人更愁。此联句，营造了凄凉、落寞的氛围，为下文造势。

"还与韶光共憔悴，不堪看！"这两句顺势而发，荷塘里的秋景不是孤立地存在的，它受到时间的制约、受到自然力量的制约，随着时光的消逝，季节的转换，而更为憔悴，变得"不堪看"。"还与"、"共"，道出了景物与自然的联系，人与自然、人与景物的联系，流露出对秋季萧瑟的伤情，对秋天景凄凉的惆怅。

"细雨梦回鸡塞远，小楼吹彻玉笙寒。"夜深的秋雨微微响声，打断了梦境，醒来更觉鸡塞遥远。雨声里夹着玉笙乐声，那人好像长时间地吹奏玉笙，使得玉笙发寒而凝水，连音调也变了。"多少泪珠无限恨"，泪珠扑扑而下，有多少，数不清；愁怨有多少，说不尽。"倚阑干"，依靠着小楼的栏干。凭栏，又能解脱吗？恐怕亦未必。

◉集评

马令《南唐书》："元宗乐府云：'小楼吹彻玉笙寒。'延巳有'风乍起，吹皱一池春水'之句，皆为警策。元宗尝戏延巳曰：'吹皱一池春水'，干卿何事？'延巳对曰：'未如陛下小楼吹彻玉笙寒。'元宗悦。"

沈际飞《草堂诗余正集》："'塞远'、'笙寒'二句，字字秋矣。""少游'指冷玉笙寒，吹彻小梅春透'，翻入春词，不相上下。"

许昂霄《词综偶评》："'细雨'二句合看，乃愈见其妙。"

徐釚《词苑丛谈》："《南唐书》载元宗手写《摊破浣溪沙》二词赐乐部王感化(词略)。情致如许，当是叔宝后身。"

陈廷焯《白雨斋词话》："'还与韶光共憔悴，不堪看'，沉之至，郁之至，凄然欲绝。后主虽善言情，卒不能出其右也。"

李廷机《草堂诗余评林》："字字佳，含秋思极妙。"

王闿运《湘绮楼词选》："选声配色，恰是词语。"

俞陛云《唐五代两宋词选释》："冯延巳对中主语，极推重'小楼'七字，谓胜于己作。今就词境论，'小楼'句，固极绮思清愁，而冯之'风乍起，吹皱一池春水'，托思空灵，胜于中主。冯语殆媚兹一人耶？"

王国维《人间词话》："南唐中主'菡萏香销翠叶残，西风愁起绿波间'，大有众芳芜秽，美人迟暮之感。乃古今独赏其'细雨梦回鸡远，小楼吹彻玉笙寒'，故知解人正不易得。"

唐圭璋《唐宋词简释》："此首秋思词……'倚阑干'三字结束，含蓄不尽。"

山花子

手卷真珠上玉钩①，依前春恨锁重楼②。风里落花谁是主？思悠悠。　青鸟不传云外信③，丁香空结雨中愁④。回首绿波三楚暮⑤，接天流。

【注释】

①真珠：即珍珠，此指珍珠编织而成的帘。 玉钩：玉制之帘钩。此亦美称。

②春恨：因情欲而引发的怨恨。裴夷直《唁人丧侍儿》："夜情河耿耿，春情草绵绵。"

③青鸟：诗文常以"青鸟"来作为传信之鸟。李晔《巫山一段云》："青鸟不来愁绝，忍看鸳鸯双结。"

④丁香：我国所产木犀科灌木紫丁香花蕾。比喻固结解不开。毛文锡《中兴乐》："丁香软结同心。"

⑤三楚：古时西楚、东楚、南楚之总称。此非实指，只言于金陵而目光所及之处。

【赏析】

是词写怀念远人。前阕写卷帘见落花惹春恨。"手卷真珠上玉钩"，以平淡之笔，描绘一位闺妇晨起的寻常动作，似乎没有什么特别的。但是，词句却留下想象的余地，只要仔细咀嚼，便觉得颇有味道。她起身慢慢地走向窗前，缓缓地卷起珍珠帘，挂上玉钩。珠帘轻卷，仿佛打开了闺房的深锁，打开了与外界的通道，或许可以解脱郁闷的困扰。但是，映入她眼帘的，却是满眼的暮春景色。"依前春恨锁重楼"，这是"卷帘"引发的感受。满腔的春恨一点儿也没有减弱，依前一样深沉；被锁重楼的感觉一点儿也没有消失，依前一样深刻。"风里落花谁是主？思悠悠。"两句补述，眼中所见、心中所思。春风里的落花翻卷，一派凋零衰败，暮春了。自然界的春天将要过去，她的青春白白地伴随着春之将尽。谁是摧残百花之风的主人？谁是落花的主人？谁为落花呼吁？谁为身处暮春之中的她去冲破"锁重楼"？……万般的思绪，一齐汇到一处，茫茫然不知所为。

过片，承接而写，"青鸟不传云外信"，"云外信"，远在云外的来信、消息，主人公心中所念是远人，时时盼望能够收到音信。但是，青鸟没有给她带来云外远处的音信。心上人在远方，便盼其归；远人不归，便思盼其音信；音信不传，反而更加思念远人，这似乎是人之常情。"丁香空结雨中愁"，她那悠悠的思绪，仿佛丁香花蕾一般，重重交叠，缭结一处。"空"，空空如也，没有依托，没有边际；绵绵春雨不停、悠悠春恨不绝，"雨"即是"愁"，"愁"即是"雨"，"雨"、"愁"难分。"回首绿波三楚暮，接天流"，回头看着一江春水绿波，广袤的三楚大地在暮色的笼罩之中，西来之水接天连地的东流而去。春雨霏微之中、暮色苍茫之中，大江东去，飘渺而幽远、空灵而冥濛，暗喻主人公怀远的悠悠思绪。

词作以景作结，抒发了拓展延伸、阔远无涯的愁恨。南唐国力孱弱，国运危机，作为一国之主的李璟，其之忧患意识，亦应"思悠悠"吧。

◉集评

胡仔《苕溪渔隐丛话》前集引《漫叟诗话》："前人评杜甫云：'红豆啄残鹦鹉粒，碧梧栖老凤凰枝'，若云'鹦鹉啄残红豆粒，凤凰栖老碧梧枝'，便不是好句。余谓词曲亦然，李璟有曲'手卷真珠上玉钩'，或改为'珠帘'；舒信道有曲云'十年马上春如梦'，或改云'如春梦'，非所谓遇知音。"

沈际飞《草堂诗余正集》："落花一事而用意各别，亦各妙。"

王世贞《艺苑卮言》："'细雨梦回鸡塞远，小楼吹彻玉笙寒'、'青鸟不传云外信，丁香空结雨中愁'……非律诗俊语乎？然是天成一段词也，著诗不得。"

黄蓼园《蓼园词选》："'手卷珠帘'，似可旷目舒怀矣，谁知依然'恨锁重楼'。 所以恨者何也？见落花无主，不觉心共悠悠耳。且远信不来，幽愁空结。第见三峡波接天流，此恨何能自已乎！清和婉转，侧旨秀颖。然以帝王为之，则非治世之音矣。"

俞陛云《唐五代两宋词选释》："此调为唐教坊曲，有数名。《词谱》名《山花子》，《梅苑》

名《添字浣溪沙》,《乐府雅词》名《摊破浣溪沙》,《高丽乐史》名《感恩多》,因中主有此词,又名《南唐浣溪沙》。即每句七字《浣溪沙》之别体。其结句加'思悠悠'、'接天流'三字句,申足上句之意,以荡漾出之,较七字结句,别有神味。"

俞平伯《读词偶得》:"'锁'字,半虚半实,锤炼精当,可以体玩。……结句三字,有愈想愈远,轻轻放下之妙。掩卷瞑想,欲易此三字,其可得乎。"

唐圭璋《唐宋词简释》:"此首直抒胸臆,清俊宛转。其中情景融成一片,已不能显分痕迹。……通首一气蝉联,刀挥不断,而清空舒卷,跌宕昭彰,洵可称词中神品。"

《南唐二主词》李煜词

【小传】

李煜(937—978),南唐中主李璟第六子,初名从嘉,即位更名煜,字重光,号钟隐、莲峰居士等。宋太祖建隆二年(961)嗣位,史称后主。宋太祖开宝八年(975)宋将曹彬攻破金陵(今南京市),国亡煜出降,被俘至汴京,封违命侯,实际上被软禁。太平兴国三年(978),被逼服毒而死。后主李煜后期词作,抒发亡国之痛与故国之思,"眼界始大,感慨遂深"(王国维《人间词话》),"乐府为宋人一代开山祖"(胡应麟《诗薮·杂编》)。而就其大者言,词风同属花间一派。后人将他的词和李璟的词合为《南唐二主词》。本书录词编排,大致以亡国前后为序。

◉集评

苏轼《东坡全集》:"李主好书神仙腾遁之词,岂非遭罹多故,欲脱世网而不得者耶?"《耆旧续闻》:"(后主词)凄凉怨慕,真亡国之声也。"

陆游《避暑漫钞》:"李煜归朝后,郁郁不乐,见于词语。在赐第,七夕命故妓作乐,闻于外。又传'小楼昨夜又东风'。并坐之,遂被祸。"

黄昇《花庵词选》:"(后主词)最偿惋,所谓亡国之音哀以思。"

蔡絛《西清诗话》引赵匡胤语:"李煜若以作诗功夫治国事,岂为吾虏也。"《西清诗话》:"南唐李后主归朝后,每怀江国……(其词)含思凄惋,未几下世。"

胡应麟《诗薮·杂编》:"后主目重瞳子,乐府为宋人一代开山。盖温、韦虽藻丽,而气颇伤促,意不胜辞。至此君方为行当作家,清便宛转,词家王、孟。"

王世贞《弇州山人词评》:"花间犹伤促碎,至南唐李王父子而妙矣。"

纳兰性德《渌水亭杂识》:"花间之词如古玉器,贵重而不适用;宋词适用,而少质重。李后主兼有其美,更饶烟水迷离之致。"

周济《介存斋论词杂著》:"李后主词如生马驹,不受控捉。毛嫱、西施,天下美妇人也。严妆佳,淡妆亦佳,粗服乱头,不掩国色。飞卿,严妆也;端己,淡妆也;后主则粗服乱头矣。"

冯煦《蒿庵论词》:"词至南唐,二主作于上,正中和于下,诣微造极,得未曾有。宋初诸家,靡不祖述二主,宪章正中,譬之欧唐褚薛之书,皆出逸少。"

陈廷焯《白雨斋词话》:"李后主、晏叔原,皆非词中正声,而其词无人不爱,以其情胜也。情不胜而为词,虽雅不韵,何足感人。""后主词思路凄惋,词场本色,不及飞卿之厚,自胜牛松卿辈。"

王鹏运《半塘老人遗稿》:"莲峰居士(后主别号)词,超逸绝伦,虚灵在骨。芝兰空谷,未足比其芳华;笙鹤瑶天,讵能方兹清怨?后起之秀,格调气韵之间,或月日至,得十一于千百。若小晏、若徽庙,其殆庶几。断代南渡,嗣音阒然,盖间气所钟,以谓词中之帝,当之无愧色矣。"

王国维《人间词话》:"词至李后主,而眼界始大,感慨遂深,遂变伶工之词而为士大夫之词。周介存置诸温韦之下,可谓颠倒黑白矣。""词人者,不失其赤子之心者也。故生于深宫之中,长于妇人之手,是后主为人君所短处,亦即为词人所长处。""主观之诗人,不必多阅世,阅世愈浅,则性情愈真,李后主是也。""尼采谓'一切文字,余爱以血书者',后主之词,真所谓以血书者也。宋道君皇帝《燕山亭》词,亦略似之。然道君不过自道身世之感,后主则俨有释迦、基督担荷人类罪恶之意,其大小固不同矣。""唐五代之词,有句而无篇;南宋名家之词,有篇而无句。有篇有句,唯李后主之作及永叔、子瞻、少游、美成、稼轩数人而已。"

浣溪沙

红日已高三丈透，金炉次第添香兽[①]。红锦地衣随步皱[②]。　佳人舞点金钗溜[③]，酒恶时拈花蕊嗅[④]。别殿遥闻箫鼓奏[⑤]。

【注释】

①金炉：美称炉子。　次第：按照次序、顺序。　香兽：香料和制的兽形火炭。《晋书·羊琇传》："羊琇性豪侈，炭屑和作兽形以温酒。洛下豪贵，咸竞效之。"时人称之为"兽炭"。

②"红锦"句：红色锦绣地毯随着舞步的踩踏而起了绉纹，状舞蹈之繁。

③舞点：一作舞彻，舞至极点，犹狂舞。　溜：溜滑。

④酒恶：方言，赵德峨《侯䴖录》："金陵人谓中酒曰酒恶，则知后主词曰'酒恶时拈花蕊嗅'用乡人语也。"　时拈（niān）：时时拈取。　花蕊嗅：以花蕊之香驱除恶味。

⑤别殿：正殿之外的宫殿。泛指宫中之宫殿。

【赏析】

是词写宫廷之声色。词作从早晨写起，"红日已高三丈透"，通红的太阳已经升高三丈过了。这个时间段，宫中的人们在忙些什么？是早朝吗？不是。二句"金炉次第添香兽"，金炉子被逐个依次添加进兽炭。三句"红锦地衣随步皱"，锦帛质地的红地毯已经被舞步踩踏得起了皱纹。前阕先交待时间，然后写侍者的动作"添香"，再特写"地衣随步皱"，形象而具体地刻画了宫殿通宵达旦纵情声色的情景，而"金炉次第添香兽"在暗示，歌舞将要继续下去。

过片，"佳人舞点金钗溜"写佳人舞姿，舞姬们经一夜的舞蹈，想也体乏难支了，但她们不得不强作精神，再次狂舞起来，舞到了极点之时，却见头上的镏金钗仿佛要滑落而下。舞者疯狂，观者呢？"酒恶时拈花蕊嗅"，观者边欣赏跳舞，边饮酒，直至醉醺醺的，时时拈取花蕊来闻，去除酒气，以振作精神。结尾句"别殿遥闻箫鼓奏"，正殿之外的其他宫殿亦传来了隐约的箫管之音、钟鼓之声。这是对宫殿里夜以继日声色生活的扩展描述，从而由点到面地反映了宫廷生活的一个侧面。

后主陶醉于声色，自为得意地将宫中生活入词，艺术技巧高超；其格调虽然不高，但是从认识价值角度看，词作反映封建帝皇生活的荒淫腐朽，亦为人们提供了一个参考。

◉集评

赵德麟《侯鲭录》："金陵人谓中酒曰酒恶，则知李后主诗云：'酒恶时拈花蕊嗅。'用乡人语也。"

陈善《扪虱新话》："予观李氏据江南，全盛时宫中词曰：'帘日已高三丈透（略）'，议者谓与'时挑野菜和根煮，旋斫生柴带叶烧'者异矣。然此尽是寻常说富贵语，非万乘天子体。予盖闻太祖一日与朝臣议论不合，叹曰：'安得如桑维翰者，与之谋事乎？'左右曰：'纵维翰在，陛下亦不能用之。盖维翰爱钱。'太祖曰：'措大家眼孔小，赐与十万贯，则塞破屋子矣。'以此言之，不知彼所谓金炉、红锦地衣，当费得几万贯？此语得无是措大家眼孔乎？"

贺裳《皱水轩词筌》："写景之工者……李重光'酒恶时拈花蕊嗅'……皆入神之句。"

俞陛云《唐五代两宋词选释》："作者自写其得意，如穆天子之为乐未央，适示人以荒宴无度，宁止杨升庵讥其忒富贵耶？但论其词，固极豪华妍丽之致。"

玉楼春

晚妆初了明肌雪[①],春殿嫔娥鱼贯列[②]。笙箫声断水云闲[③],重按霓裳歌遍彻[④]。　临风谁更飘香屑[⑤],醉拍阑干情味切[⑥]。归时休照烛花红,待踏马蹄清夜月[⑦]。

【注释】

①初了:刚好完成。 明肌雪:肌肤白如雪,光彩照人。

②春殿:泛指宫殿。李白《越中览古》:"宫女如花满春殿。" 嫔:纷纭众多的样子。娥:美女。陆机《拟今日良宴会诗》:"齐僮梁甫吟,秦娥张女弹。" 鱼贯:像鱼游一样先后相续。沈佺期《塞北二首》之一:"形影随鱼贯。"

③"笙箫"句:笙箫停止吹奏,而仍觉水云闲然。

④"重按"句:再奏起整个霓裳羽衣曲而歌舞。 霓裳:霓裳羽衣曲之简称。 遍:曲调的段落。霓裳曲共三十六段。 彻:终。奏完三十六段。

⑤香屑:犹言衣熏之香气。

⑥切:迫切。

⑦踏马蹄:策马舒缓而行。

【赏析】

是词写宫廷春夜宴乐。

前阕首句写宫娥美人宴前妆成,"晚妆初了明肌雪","晚"字点出时间,"初了",梳妆刚刚结束,词作没有展开描写晚妆的美艳,却暗示妆时的认真,因为认真,晚妆恰到好处地与"明肌雪"相配,从整体上突现了宫娥美:本来生就的明丽肌肤如雪白,经晚妆一衬,美上加美,更加光彩夺目。以美艳的宫娥晚妆待发开头,体现皇家宴乐的华美,为宴乐作了铺垫。

"春殿嫔娥鱼贯列",宫殿里人数众多的宫娥美人列队鱼贯行进。"春"字,点明宴乐在春夜,正所谓春宵良辰也。"嫔"言宫娥之众,暗示宴乐规模之大;"鱼贯列",比喻宫娥队列的有序与活跃,她们不是呆呆的而出,而是像水中的鱼儿漫游,步履轻快而体态优美地登场。

歇拍两句写奏乐,"笙箫声断水云闲",笙篁箫管演奏停止,其余音缭绕,仿佛觉得江上的春水在闲适流淌,天上的白云在悠然飘动,何等美妙的旋律,这是极言演奏的音乐美感。"重按霓裳歌遍彻",因为"声断",听未够,所以"重按",一再按奏,而且要"歌遍彻"。正如许昂霄《词综偶评》所云:"'重按霓裳歌遍彻',《霓裳曲》十二遍而终,见香山诗自注。"要重新从头至尾奏完《霓裳羽衣曲》的十二遍全曲。相传,李煜曾与小周后有新谱之《霓裳羽衣曲》,或许可见其兴极高,其意欣然。

过片两句写"陶醉"。主人公在宴乐中本已有两"醉"一是因酒而醉,二是因歌舞而醉。此时,再加上一个醉,因香风而醉,"临风谁更飘香屑",在沉醉之中,迎风扑面而来是阵阵熏衣香气。词作用语是从醉者角度来写,殿内是众多的宫娥,舞姬们在舞动,会带起阵风,飘散出阵阵香气,但是却用"临风",好像从殿外回春之大地吹来之风,"谁更",这是明知故问,分明是宫娥美人身上散发之香。这三种"醉",可以总括为"心醉"。 "醉拍阑干情味彻",主人公"醉"得不由自主的拍打阑干,手舞足蹈;欢愉之情达到高潮。

结拍两句写余兴。"归时休照烛花红",宴散乐终,主人公要归去了,却吩咐不要拿着红灯笼为其照路,真有点儿沉醉未醒,细致而传神地刻画了因宴乐而余兴未尽的心态。

“休照”含命令口吻，显示出主人公的尊贵地位。“待踏马蹄清夜月”因为有“清夜月”，所以“休照”，要趁着朦胧的月色，带着宴乐之欢愉的余兴，走进月夜的清幽境界之中。“踏马蹄”，骑着马，放松缰绳，让马儿随意悠然而行。结尾一句，可谓空灵，这既是一幅“醉人月夜踏马蹄”的图画，也是一曲“醉人月夜踏马蹄”的乐曲，图文俱佳，声情并茂。

◉集评

王世贞《弇州山人词评》：“‘归时休照烛花红，待踏马蹄清夜月’致语也。”

杨慎《点评草堂诗余》：“何等富丽侈纵。观此，那得不失江山。”

沈际飞《草堂诗余正集》：“此驾幸之词，不同于宫人自叙。‘莫教踏碎琼瑶’、‘待踏清夜月’，总是爱月，可谓生瑜生亮。”“侈纵已极，那得不失江山？《浪淘沙》词即极凄楚，何足赎也。”

谭献《词评》：“豪宕。”

陈廷焯《云韶集》：“风雅疏狂，失人君之度矣。”

俞陛云《唐五代两宋词选释》：“此在南唐全盛时所作。按霓羽之清歌，爇沉香之甲煎，归时复踏月清游，洵风雅自喜者；唐元宗后，李主亦无愁天子也。此词极富贵，而《浪淘沙令》：‘流水落花春去也，天上人间。’又极凄惋，则富贵亦一场春梦耳。《霓裳曲》，天宝后散失。南唐昭惠后善歌舞，得其残谱，审定缺坠，以琵琶奏之，遗曲复传。”

一斛珠

晓妆初过，沉檀轻注些儿个①。向人微露丁香颗②，一曲清歌③，暂引樱桃破④。　罗袖裛残殷色可⑤，杯深旋被香醪涴⑥。绣床斜凭娇无那⑦，烂嚼红茸⑧，笑向檀郎唾⑨。

【注释】

①沉檀：妇女妆饰用的深绛色口红。尹鹗《醉公子》：“何处恼佳人？檀痕衣上新。”注：擦抹。　些儿个：当时方言，一点点。

②丁香：桃金娘科，常绿乔木，产热带。其种仁由两片如鸡舌的子叶抱合而成，故又名鸡舌香，颇贵重。　丁香颗：丁香之花蕾。

③清歌：不用乐器伴奏的歌唱。

④樱桃：旧时比喻女子的口唇。苏轼《蝶恋花·佳人》：“一颗樱桃樊素口。”

⑤裛(yì)：通“浥”，沾湿。欧阳炯《贺明朝》：“睹对对鸳鸯，空裛泪痕透。”　可：满不在乎。

⑥香醪(láo)：醇香的浊酒。　涴(wò)：污染。韩愈《合江亭》：“愿书岩上石，勿使泥尘涴。”

⑦凭：凭靠。　无那：犹无限。

⑧茸：通“绒”，刺绣用的丝线。高启《效香奁》：“绣茸留得唾痕香。”

⑨檀郎：指潘岳，其小名檀奴。后以“檀郎”、“檀奴”称美男子、所爱慕的男子。此处指代情人。和凝《山花子》：“佯弄红丝蝇拂子，打檀郎。”

【赏析】

是词刻画娇憨可掬的美人。

前阕分二层描写美人，第一层写晓妆。“晓妆初过，沉檀轻注些儿个”，早晨的梳妆刚刚结束，再将红檀轻轻的涂抹一点点。“轻注”，写点唇动作的娴熟与轻巧，好像全不在意的点注一些些，更显妩媚。第二层，写唱歌。“向人微露丁香颗，一曲清歌，暂引樱桃破。”她登场了，对着听众笑笑，如丁香颗的皓齿似启未启，婉转动人的清唱放歌一曲，樱桃小口随着歌唱的韵律而开启。这一层写了牙美、歌甜、口媚美。“微露”，笑态合于妇道礼节；“清歌”，演唱技能精湛；“引”、“破”，表情合着歌韵。

后阕写美人娇憨，也分二层。第一层写畅饮，以罗袖作典型，间接写饮酒，“罗袖裛残殷色可，杯深旋被香醪涴。”她的薄罗衣袖沾湿染上了酒的红色亦满不在乎，杯满了酒溢出来，旋即被香醇的美酒弄得更脏了。“杯深旋被”，写出几分醉意，倒酒的动作已不能自控，猛的一倒，酒杯旋即满了而溢出。第二层，写憨。“绣床斜凭娇无那，烂嚼红茸，笑向檀郎唾。”她斜倚在透床上，那娇态无限的美。口里嚼烂了红丝绒，笑着向檀郎唾过去。这一层，“斜凭”、“烂嚼”、“笑”、“唾”一连四个动作，生动鲜活地刻画了娇憨人物形象。

◉集评

潘游龙《古今诗余醉》：“描画精细，绝是一篇上好小题文章。”“后主、炀帝辈，除却天子不为，使之作文士荡子，前无古，后无今。”

李渔《窥词管见》：“李后主《一斛珠》之结句云：‘绣床斜倚娇无那，烂嚼红绒，笑向檀郎唾。’此词亦为人所竞赏。予曰：此倡楼妇倚门腔、梨园献丑态也。嚼红绒以唾郎，与倚市门面大嚼，唾枣核瓜子以调路人者，其间不能以寸。优人演剧，每作此状，以发笑端，是深知其丑，而故意为之者也。不料填词之家，竟以此事谤美人，而后之读词者，又止重情趣，不问妍媸，复相传为韵事，谬乎不谬乎？”

贺裳《皱水轩词筌》：“词家多翻诗意入词，虽名家不免。吾常爱李后主《一斛珠》末句云：‘绣床斜凭娇无那，烂嚼红绒，笑向檀郎唾。’杨孟载《春绣》绝句云：‘闲情正在停针处，笑嚼红绒唾碧窗。’此却翻词入诗，弥子瑕竟效颦于南子。”

李佳《左庵词话》：“李后主词‘烂嚼红茸，笑向檀郎唾’，李易安词‘倚门回首，却把青梅嗅’，汪肇麟词‘待他重与画眉时，细数郎轻薄’，皆酷肖小儿女情态。”

陈廷焯《云韶集》：“画所不到，风流秀曼，失人君之度矣。”

唐圭璋《唐宋词简析》：“通首自佳人之颜色服饰，以及声音笑貌，无不描画精细，如见如闻。”

龙榆生《南唐二主词叙论》：“后主在位十五年，保境安民，颇在小康之象。因得寄情声乐，荡侈不羁。……此时宁复知世间有苦恼事？故在前期作品，类极风流蕴藉，堂皇富艳之观，描写美人娇憨情态者，如《一斛珠》……温馨艳丽，荡人心魂。”

菩萨蛮

花明月暗笼轻雾，今宵好向郎边去。刬袜步香阶①，手提金缕鞋。　画堂南畔见，一向偎人颤②。奴为出来难③，教郎恣意怜④。

【注释】

①刬（chǎn）：只。《诗词曲语辞汇释》：“刬，犹只也。……李后主《菩萨蛮》词‘刬袜步香阶，手提金缕鞋。’惟其提鞋于手中，则着袜而行，故曰刬袜也，言只有袜也。《醉翁琴趣外篇》《南乡子》词：‘花下相逢，忙走怕人猜，遗下弓弓小绣鞋。’下片接云：‘刬袜重来，半亸乌云金凤钗’。义同上。盖惟其遗下弓鞋，故为刬袜也。《花草粹编》三，刘知几《出塞》词：‘刬踏袜儿垂手处，隔溪莺对语。’曰刬踏，益可证刬袜之义。”

②一向：一味，一意。　偎：紧靠在一起。和凝《山花子》：“星靥笑偎霞脸畔，蹙金开襜衬银泥。”　颤：此指身体颤动。

③奴：古时女子自谦词。

④恣意：犹言纵情。柳永《迎春乐》："怎得依前灯下，恣意怜娇态。" 怜：爱怜、疼爱。孙光宪《浣溪沙》："翠袂半将遮粉臆，宝钗长欲坠香肩，此时模样不禁怜。"

【赏析】

是词写幽会。前阕与女子赴约，"花明月暗笼轻雾"，花儿明丽的夜晚，月光暗淡，轻雾笼罩，这是环境氛围的描写。"今宵好向郎边去"，今晚正好向郎君那边约会去，这句心理独白，主动、热情而又直率。"刬袜步香阶，手提金缕鞋。"典型的细节描写，传神生动。只穿着袜子蹑脚行走，一步一级香阶，手里提着金线绣花鞋。从这一细节，可透见女子赴约是暗期，心里焦急而又害怕被人发觉，但是，为追求爱情，她又不顾一切。

后阕正面写幽会。"画堂南畔见，一向偎人颤"，两人终于在画堂南边池畔相会了，尽情地偎依相拥，身体打着颤抖。"一向"，写两人相见欲望的热切，"偎"、"颤"写动作与心理感受，动作是炽热的，心理是异常的激动，而觉得心灵在颤动。因此，女子说出心里话："奴为出来难，教郎恣意怜。"人为了出来相会，好难呀，就让你尽情地爱吧。"为出来难"，字字情深，她追求爱情矢志不渝，冲破障碍、排除困难，决意与情人相会。

据马令《南唐书·女宪传》记载，此词写后主与小周后爱情生活。即便是实有其事，但此词当是后主生活体验的反映，并不是直接写实事，"画堂南畔见"，两人相会之地并不是宫里；女主人公的大胆表白，如此直率，完全不像宫中之人。再者，作为文学作品，在鉴赏之时，就将其当作一首爱情诗去读就够了，因为有时太拘谨于"本事"的考证，反而失去了作品的韵味。

◉集评

马令《南唐书·继室周后传》："后主继室周氏，昭惠之母弟也，警敏有才思，神彩端静。昭惠感疾，后常出入卧内，而昭惠未之知也。一日，因立帐前，昭惠惊曰：'妹在此耶？'后幼，未识嫌疑。即以实告曰：'既数日矣。'昭惠恶之，返卧不复顾。昭惠殂，后未胜礼服，待字宫中。明年，钟太后殂，后主服丧，故中宫位号久而未正。至开宝元年，始议立后为国后。……后自昭惠殂，常在禁中，后主乐府词有'衩袜步香阶，手提金缕鞋'之类，多传于外。至纳后，乃成礼而已。翌日，大宴群臣，韩熙载以下皆为诗以讽焉，而后主不之谴。"

卓人月汇选、徐士俊参评《古今词统》："'花明月暗'一语，珠声玉价。"

潘游龙《古今诗余醉》："结语极俚极真。"

茅暎《词的》："竟不是作词，恍如对话矣。如此等，《词的》中亦不多得。"

陈廷焯《云韶集》："'刬袜'二语，细丽。'一晌'妙，香奁有此，真乃工绝。后人着力描写，细按之总不逮古人。"

刘永济《唐五代两宋词简析》："'偎人颤'者，又惊又喜之态也。"

菩萨蛮

蓬莱院闭天台女①，画堂昼寝人无语。抛枕翠云光②，绣衣闻异香。 潜来珠琐动③，惊觉银屏梦。脸慢笑盈盈④，相看无限情。

【注释】

①蓬莱：蓬莱宫，唐高宗时宫名。本名大明宫，故址在陕西西安市。一说指古代传说中的三神山之一。《史记·封禅书》："蓬莱、方丈、瀛州，此三神山者，其传在渤海中，去人不远；患且至，则船风引而去。盖尝有至者，诸仙人及不死之药皆在焉。其物禽兽尽白，而黄

金银为宫阙。未至,望之如云,及到,三神山反居水下。临之,风辄引去,终莫能至云。" 天台女:《搜神记》:"汉刘晨、阮肇入天台山采药,溪边有二女子,圻然如旧相识。乃留刘阮止焉。居数月,而人间已隔数世,遂复入天台,迷不知其处矣。"

②翠云:比喻秀发。

③潜:偷偷地,暗地里。 珠琐:缀珠的琐。琐,镂玉为连环曰琐,后以金属为之。

④慢:娇美。孙光宪《后庭花》:"修蛾慢脸陪雕辇,后庭新宴。" 盈盈:美好的样子,此有心满意足之义。

【赏析】

是词写幽会,与《菩萨蛮·花明月暗笼轻雾》(其一)是姊妹篇。其一写少女潜见情郎,而是词写情郎潜见少女。

前阕,写情郎想象少女的情状。开头第一句,即以蓬莱天台女比喻少女。蓬莱仙境里庭院紧闭,里面有貌如天台仙子的少女。"画堂昼寝人无语",她独自一人,无人与之诉说,大白天却在画堂中寝眠。这两句以反衬手法,写出情郎对少女寂寞的关心。她虽然住在蓬莱般的仙境,有仙女的美貌,但是却孤独无人共语,无聊到大白天要睡觉。"闭"字,除写环境幽僻、生活的宁静之外,其真意是写少女的孤寂。"画堂昼寝无人语"正是"闭"的具体化描述。接着两句,"抛枕翠云光,绣衣闻异香",写睡态。睡得颈项偏离了枕头,乌黑如云的长发闪闪发光,锦绣罗衣散发出奇异的香气。词作正是以第三人称的角度去写,通过想象,写出了情郎对少女的思念之情,为潜去偷会埋下伏笔。

过片写潜来偷会。"潜来珠锁动",偷偷地来到,触动了珠锁,或许是弄出响声。"潜"字,道明是暗中,正好与前阕顺接。珠锁动,发出声音,"惊觉银屏梦"。惊醒了少女的银屏美梦。她或许睁开睡眼,发现情郎就在眼前。结拍,"脸慢笑盈盈,相看无限情。"写少女的表情。脸庞显得更加娇美,堆满盈盈笑容。两人相互视,流露出无限的深情。

菩萨蛮

铜簧韵脆锵寒竹①,新声慢奏移纤玉②。眼色暗相钩,秋波横欲流③。 雨云深绣户④,来便谐衷素⑤。宴罢又成空,魂迷春梦中。

【注释】

①铜簧:乐器中铜制的薄片,吹奏时受振动而发出声音。 韵脆:合于韵律并乐声清亮动听。 锵:铿锵。 寒竹:箫笛之类的乐器,经吹奏时间过长而湿润,故曰寒竹。刘禹锡《送郑十二还庐山别业》:"旧笋成寒竹,空斋向暮山。"

②纤玉:比喻美女的手指。

③秋波:比喻美女的眼睛。

④雨云:即云雨,用宋玉《高唐赋》典。

⑤来便:有志得意满之趣。 谐衷素:指两心相印,两情相投,男女好合。 谐:谐合。衷素:犹言内心真情。

【赏析】

是词写欢情。前阕写乐女奏曲。"铜簧韵脆锵寒竹",女子吹奏箫笛,铜簧震动发出清脆悦耳的乐声,"脆"、"锵",写演奏乐声,从音效言其美。"新声慢奏移纤玉",新谱乐章以舒缓的节奏吹奏,雪白纤细的手指在移动。综观首两句,一位乐女的形象跃然纸上,"纤玉",纤纤玉指,以部分指代整体,表现容颜美;以慢奏新声的动作及产生的效果,反映才艺造诣，表现内涵美。“眼色暗相钩，秋波横欲流”，两句特写乐女演奏时的眼神，眼色与乐韵暗暗配合，秋波荡漾流溢。乐女的眼神与“新声”共同构成了一种特殊的声色境界。眼睛是心灵的窗口，乐女的秋波，自然也是一种献媚取悦于听众的暗示。

后阕写欢情。“雨云深绣户，来便谐衷素”，幽深的绣户之中，尽情的云雨，志得意满地两情相投。“宴罢又成空，魂迷春梦中”，然而这种欢愉是短暂的，宴罢之后即要离别，眼前的一切又成空，唯有寄托梦魂沉迷在春梦之中。结句无可奈何的叹惜，更加表达出一种依依不舍的恋情。

◉集评

卓人月汇选、徐士俊参评《古今词统》：“后主词率意都妙，即如‘衷素’二字，出他人口便村。”

沈际飞《草堂诗余续集》：“精切。”“后叠弱，可移赠妓。”

俞陛云《唐五代两宋词选释》：“《古今词话》云‘词为继立周后作也。’幽情丽句，固为侧艳之词，赖次首末句以迷梦结之，尚未违贞则。”

子夜歌

寻春须是先春早①，看花莫待花枝老。缥色玉柔擎②，醅浮盏面清③。　何妨频笑粲④，禁苑春归晚⑤。同醉与闲评，诗随羯鼓成⑥。

【注释】

①寻春：探赏春景。陈子昂《晦日宴高氏林亭》：“寻春游上路，追宴入山家。”

②缥色：淡青色。　玉柔：比喻女子白嫩双手。　擎：往上托举。和凝《小重山》：“晓花擎露妒啼妆。”

③醅（pēi）：本指未滤糟的酒，此泛指酒。

④粲：笑样。

⑤禁苑：皇家园囿。

⑥“诗随”句：赋诗从羯鼓一响开始，羯鼓一停，就要作成。当是一种作乐之游戏。羯（jié）鼓：古羯族乐器。《通曲·乐曲》：“正如漆桶，两头俱击。以出羯中，故号羯鼓，亦谓之两杖鼓。”

【赏析】

是词描写南唐宫庭生活的一个侧面。前阕首两句议论：寻春赏花要及时、适时。皇松甫《摘得新》两首：“酌一卮，须教玉笛吹，锦筵红蜡烛，莫来迟。繁红一夜经风雨，是空枝。”“摘得新，枝枝叶叶春。管弦兼美酒，最关人。平生都得几十度，展香茵。”抒发的正是及时行乐的思想感情，而其以声情酒色作为行乐的典型内容。后主词的行乐内容是什么呢？“缥色玉柔擎，醅浮盏面清。”美色、酒色是具体内容。“缥色”，美人之衣装颜色，指代美人姿色美；“玉柔”，美人之手臂如玉，比喻美人肤色美；“擎”，美人之举止，这是行为美，多角度多层面地展现行乐的内容——美色。“醅浮盏面清”，未去糟的原酒浮悬上杯盏面上，更见清醇明澈，这是酒色。

过片先状调笑，“何妨频笑粲，禁苑春归晚。”一美人无拘无束地频频地笑得粲然，让人觉得宫禁里的春天归去特别的迟晚。“何妨”，道出调笑的开放纵情；“频”，道出次数的多，时间的久；“春归晚”是主观感受，道出心中的欢愉，行乐的欢快。结尾两句，状同醉之雅兴，“同醉与闲评，诗随羯鼓成。”一齐喝个酩酊大醉，一齐漫无边际的议时论事，一齐玩要羯鼓赋诗游戏。

渔父词

浪花有意千重雪，桃李无言一队春①。一壶酒，一竿身，快活如侬有几人？

【注释】

①桃李无言：桃花红李花白不张扬地开放着。窦庠《段都尉别业》："桃李无言鸟自啼。" 一队春：言桃树李树由近而远一字排列开去，言其众多、壮观。

【赏析】

是词题画之作。据刘道醇《五代名画补遗》载："卫贤，京兆人，仕南唐为内供奉。初师尹继昭，后刻苦不倦，执学吴生。长于楼观殿宇、盘车水磨，于时见称。予尝于富商高氏家观贤画《盘车水磨图》，及故大丞相文懿张公第有《春江钓叟图》，上有南唐李后主金索书《渔父词》二首（词略）。"

开头的七言对，描写了一幅绚丽多彩的春光图画。"浪花有意千重雪，桃李无言一队春。"江流湍急，拍打江岸，浪花飞溅，仿佛卷起了千重白雪。桃花李花盛开，红白相间，组成了一列壮观的春色。将浪花、桃花、李花拟人化，"有意"，好像是经过巧妙构思幻化而成的。"无言"，不声不响地，为装扮春天的艳丽而默默地盛开着；"有意"与"无言"，工整的对仗，从两个角度，总括了不管是有意，或者是无言，春天都是如此之美丽。寓景物以情感、以灵性，表达出词人对美好春光的热爱与赞美。

"一壶酒，一竿身"，这里写钓叟形象，身上带着一壶酒、一枝竿，面对着秀美的春水垂钓；当然，读者还可以想象得到，钓叟一边钓鱼，一边品尝着美酒，这是多么优闲写意、逍遥自在的生活。这或许是对张志和所描绘的"青箬笠，绿蓑衣，斜风细雨不须归"的具体化。

"快活如侬有几人？"结句设问，可以理解成自问，或者反问。"快活"二字，自满自足之情，溢于言表。"如侬"，像我这样的。这个"侬"，如果理解为指作者自己的话，亦有依据，《南唐书·后主本纪》："后主为人仁惠，有慧性，雅善属文，工书画，知音律。广额丰颊，骈齿，一目重瞳子。文献太子恶其有奇表，从嘉避祸，惟覃思经籍。"文献太子嫉恨李煜。因此，后主为情势所迫，沉潜避祸，隐遁世尘，表面上装出一副与世无争、轻松悠闲的样子，或许这首词正是此种心境的写照。但是，词作写景写人能抓住精确的典型具象，表现春色的秀美浓烈，表现钓者的豁达快活，创造飘然洒脱的意境，达到画境与意境统一的艺术效果，更能振动读者的心弦，从中得到一种恬静的美学享受。

渔父词

一棹春风一叶舟①，一纶茧缕一轻钩②。花满渚③，酒满瓯④，万顷波中得自由⑤。

【注释】

①棹（zhào）：划船的工具。短的叫楫，长的叫棹。

②纶：钓鱼用的粗丝线。 茧缕：茧丝线。 轻钩：形容钓钩小。

③渚（zhǔ）：水中间的小块陆地。

④瓯（ōu）：一种平底深碗，即盅。

⑤自由：言钓时整个过程中的怡然自得的感受。

【赏析】

是词同前一首题《春江钓叟图》之作，不同的是，明确钓叟是处在船上，驾舟垂钓。

首两句"一棹春风一叶舟，一纶茧线一轻钩。"乘着习习的春风，钓叟摇着长棹驾驶一叶扁舟，在江流中安然垂钓；一根茧丝线，系着一弯小小的钓钩。连用四个"一"字，不仅是从数量上去说，而且是运用"收缩"法，言其细小，与浩瀚的春江形成对比，钓叟面对浩瀚的江流，只身融入空旷辽阔的世界，什么都可以不要，只要"一纶茧线一轻钩" 就足够了，一切都是这样的悠闲自由，多么恬适的境界，多么豁达的心境。

"花满渚"，这是眼前的景色，钓叟将船靠向开满鲜花的水中小洲。"酒盈瓯"，打开盛满美酒的酒罂，畅快地痛饮起来。"满""盈"二字，运用夸张手法，与四个"一"字形成对比。

"万顷波中得自由。"在这无边无际的碧波里，得到了自由。这直抒的胸臆，是在赞叹自然的美景，钦羡普通人的自由生活，充满了洒脱飘逸、轻松悠然的情趣。

◉**集评**

俞成《萤雪丛说》："杜诗'丹霞一缕轻'，李后主《渔父词》'茧缕一钩轻'，胡少汲诗'隋堤烟雨一帆轻'，至若骚人于渔父则曰'一蓑烟雨'，于农夫则曰'一犁春雨'，于舟子则曰'一篙春水'，皆曲尽形容之妙也。"

王国维《南唐二主词跋》："右二阕见《全唐诗》、《历代诗余》，笔意凡近，疑非李后主作也。彭文勤《五代史》注引《翰府名谈》张文懿家有《春江钓叟图》，卫贤画，上有李后主《渔父词》二首云云。此即《全唐诗》、《历代诗余》之所本，但字句小有不同，兹从《五代史》注所引改正。"

望江南

闲梦远，南国正芳春①。船上管弦江面渌②，满城飞絮辊轻尘③。忙杀看花人④。

【注释】

①南国：泛指江南水乡，此指南唐故土。 芳春：犹言美好的春天。陈子昂《送东莱王学士无竞》："孤松宜晚岁，众木爱芳春。"

②管弦：管乐与弦乐，泛指乐器或音乐。

③辊(gǔn)：滚动，转动。

④杀：同"煞"，言极之辞。

【赏析】

是词写江南春景。

"闲梦远"，轻松优闲的心境，"闲"字可以窥见；"远"字，梦境或许在千里之外。

"南国正芳春"，江南正好是美好的春天。"正"字，透露出轻快恬适，满带眷恋之情。

"船上管弦江面渌，满城飞絮辊轻尘。"正面描写南国景象。游船优悠，管弦齐奏，乐声回荡在碧绿的江面。满城飞舞着柳絮，驾车骑马的人群络绎不绝，轻尘翻滚飘扬。两句远近呼应、动静结合，赞美明媚清丽、繁华热闹的江南芳景。

"忙杀看花人。"结句写人。春光大好，百花盛开，忙坏了观赏鲜花的人们。"忙杀"，写出芳春引人入胜，都忙着赶去赏花；写出芳春绚丽多彩，看之不尽，赏之不够；写出对芳春的陶醉心态，尽情享受，欲罢不能。

词作以闲梦起笔，虚构梦中的江南芳春，充满赞美之词，可见词人对南国之情是何等的深沉。

◉**集评**

陈廷焯《词则·别调集》:"寥寥数语,括多少景物在内。"

望江南

闲梦远,南国正清秋①。千里江山寒色远②,芦花深处泊孤舟。笛在月明楼。

【注释】

①清秋:晴朗清爽的秋天。杜甫《宿府》:"清秋幕府井梧寒,独宿江城蜡炬残。"

②寒色:自然界景物经秋天初霜而产生的颜色。宋之问《题张老松树》:"日落西山阴,众草起寒色。"

【赏析】

是词写江南秋景。仍以"闲梦远"开头,带出"南国正清秋"。江南已经是深秋。以"清"代替"深",抹上凄清的色调,可见淡淡的哀愁,寓含幽怨。而上首则是对南国芳春的赞美。两首词从不同的角度、不同的季节,共同抒发寄托了对江南的热爱之情。

"千里江山寒色暮,芦花深处泊孤舟。"放眼千里江山笼罩在暮色当中,使人感到深秋的萧条而心寒。白茫茫的芦花深处,漂泊着一叶孤舟。江总《赠贺左远萧舍人》有句:"芦花霜外白,枫叶水前丹。"给霜白的秋景抹了浓浓的红色,比之后主词于"寒色"里,飘散着热气。所以,词作凄清的基调,正是词人心中哀愁的表现。"笛在月明楼",入夜了,横笛在明月下、高楼里吹奏起来。横笛吹奏之幽怨乐声如泣如诉……言尽而韵味未尽。

词作以"江山"、"寒色"、"暮"、"芦花"、"孤舟"、"笛"、"月明""楼"等意象,描写清秋的凄凉氛围,抒发情感,艺术效果感人至深。

捣练子令

云鬓乱①,晚妆残,带恨眉儿远岫攒②。斜托香腮春笋嫩③,为谁和泪倚阑干?

【注释】

①云鬓:形容妇女的鬓发。

②远岫(xiù):犹远山。形容妇女眉毛。攒(cuán):簇聚。此指皱眉头。蔡琰《胡笳十八拍》:"攒眉向月兮抚雅琴。"

③香腮:美人的腮颊。温庭筠《菩萨蛮》:"小山重叠金明灭,鬓云欲度香腮雪。" 春笋:春天所抽的竹笋,喻女子手指纤细。《十香词》:"归来便携手,纤纤春笋香。"再加嫩字,形容手指柔美。

【赏析】

是词写幽怨。前三句写闺妇肖像,"云鬓乱,晚妆残,带恨眉儿远岫攒。"美人鬓发蓬乱,晚妆损残,带着愁恨的远山眉紧紧地皱攒。"乱"、"残"二字,点明美人梳妆打扮,暗示其心中的哀怨。

结尾两句写美人动作表情。“斜托香腮春笋嫩，为谁和泪倚阑干？”那白嫩的小手斜斜的托着腮颊，为了谁在倚靠着干伤心落泪？

词作以“云鬟”、“晚妆”、“远岫”、“香腮”、“春笋”等具象，表现闺妇形态的美艳；以“乱”、“残”、“带恨”、“攒”、“和泪”等神态表情，“斜托”、“倚阑干”等动作，表现闺妇的愁怨，活现了一位美艳绝伦又怨恨极深的闺妇形象。

◉**集评**

况周颐《蕙风词话》：“尤能以画家白描法，形容一极贞静之思妇，绫罗之暖寒，非深闺弱质，工愁善感者，体会不到。”

唐圭璋《词学论丛·李后主评传》：“这首所写的美人，不是严妆，也不是淡妆，是一个乱头粗服的美人，有‘天寒翠袖薄，日暮倚修竹’的矜贵，而加上了愁恨的态度。”

捣练子令

深院静，小庭空，断续寒砧断续风①。无奈夜长人不寐，数声和月到帘栊②。

【注释】

①砧：捣衣石。加寒字，表面修饰“砧”字，实际一说明气候，二映衬心情。沈佺期《独不见》：“九月寒砧催木叶，十年征戍忆辽阳。”

②和月：伴随月光。

【赏析】

是词写闺妇离怀愁绪。“深院静，小庭空”，秋夜深沉，格外寂静；幽深的庭院到处空寂。“深”、“小”二字，写出闺妇居所空间布局的特征，幽深与闭塞；“静”、“空”二字，一语双关，既言庭院的幽静与空荡，亦言闺妇的孤寂。两句孤清的环境描写，人在景中，情在景中，衬托出闺妇的幽怨。“断续寒砧断续风”，断断续续的夜风送来断断续续的捣衣之声。两个“断续”连用，形象准确地写出主人公深夜失眠，卧听砧声的心情，秋夜寒风忽紧忽徐、时狂时缓，声大声小；寒夜捣衣，忽重忽轻、时急时慢，声大声小。两者都是时断时续的、反反复复的听着寒砧之声，这就更加使闺妇怀念远人，相思怀人的思潮起伏，断断续续，似断而续。“无奈夜长人不寐”，无可奈何，秋夜漫长，天寒砧声，远人未归，空房独守，辗转反侧，越是睡不着，越显得孤寂。“无奈”二字，传出愁苦的心声。“数声和月到帘栊”，这是“人不寐”之所听所见。忽然之间，再次听到寒砧之声，而窗户格子充满了月光。闺妇觉得这砧声是伴和着月光一起传递过来的。主人公的听觉视觉，流露出为相思而困苦的情思。

◉**集评**

徐釚《词苑丛谈》：“李重光‘深院静’小令一阕，升庵曰词名《捣练子》，即咏捣练也。复有‘云鬟乱’一篇，其词亦同，众刻无异。尝见一旧本，则俱系《鹧鸪天》，二词之前，各有半阕。其‘云鬟乱’一阕云：‘节候虽佳景渐阑，吴绫已暖越罗寒。朱扉日暮随风掩，一树滕花独自看。云鬟乱，晚妆残，带恨眉儿远岫攒。斜托香腮春笋嫩，为谁和泪倚阑干。’其‘深院静’一阕云：‘塘水初澄似玉容，所思远在别离中。可怜知九月初三夜，露似珍珠月似弓。深院静，小庭空，断续寒砧断续风。无奈夜长人不寐，数声和月到帘栊。’”

王国维《南唐二主词跋》：“‘可怜九月初三夜，露似珍珠月似弓。’此乐天《暮江吟》后二句，见《白氏长庆集》卷十九。后主不应全袭之。且《鹧鸪天》下半阕，平仄亦与《捣练子》不合，显系明人赝作，徐氏信之，误矣。”

俞陛云《唐五代两宋词选释》：“通首赋捣练，而独夜怀人情味，摇漾于寒砧断续之中，可谓极此题之能事。”

唐圭璋《唐宋词简释》：“此首闻砧而作。起两句，叙夜间庭院之寂静。‘断续’句叙风送砧声，庭愈空，砧愈响，长夜迢迢，人自难眠。其心中之悲哀，亦可揣知。‘无奈’二字，曲笔径转，贯下十二字，四层含意。夜既长，人又不寐。而砧声、月影，复并赴目前，此境凄迷，此情难堪矣。”

采桑子

庭前春逐红英尽①，舞态徘徊②。细雨霏微③，不放双眉时暂开。　绿窗冷静芳音断④，香印成灰⑤。可奈情怀，欲睡朦胧入梦来。

【注释】

①“庭前”句：庭院里的春天随着红花的凋谢而结束。

②徘徊：回旋飞舞的样子。

③霏微：迷蒙的样子。李端《巫山高》：“回合云藏日，霏微雨带风。”

④绿窗：华丽窗户。此处代指闺人居室。温庭筠《菩萨蛮》：“花落子规啼，绿窗残梦迷。”　芳音：犹佳音，好消息。

⑤香印：即印香，印有刻度的香。元稹《和友封题开善寺二十韵》：“灯笼青焰短，香印白灰销。”

【赏析】

是词写春愁。前阕写室外春景，以景言情。“庭前春逐红英尽，舞态徘徊”，写眼前之落花，庭院之中春天仿佛追逐着红艳艳的落花走到尽头，飘飞如舞姿般回旋翻转。“春逐”，拟人手法，也是主人公的联想。“红英尽”，暮春时节的物候，“尽”字透出了对春将暮的感慨，落花飘零，虽有美妙之舞姿，然而，留不住花，亦留不住春，一切好像都是这样的飘泊无依，这样的一触即逝。“细雨霏微”，绵绵细雨在下个不停，那些花儿原本就快要凋谢的了，经这雨一摧，岂不加快了花的飘落。“不放双眉时暂开”，不让双眉能够有暂时的一点儿展开，即言没有一时的开颜。双眉不展的特写，可以窥见满腹的愁绪。前阕围绕一个愁字展开，由红英飘落的舞态到细雨摧落残花等物候，感受到春天将尽，感慨青春亦自然易老，于是，主人公终日愁眉不展。

过片移步换景，进到室内。“绿窗冷静芳音断，香印成灰。”华美的窗户显得格外的清冷寂静，情人的好消息已经断绝，香印也燃烧尽，成了灰烬。室内的凄清寂寞的情景，好像是室外春天景色的延续，“春逐红英尽”与“芳音断”、“香印成灰”竟是如此的巧合，都走到一起来了，折磨着主人公。“可奈情怀，欲睡朦胧入梦来。”多么无可奈何的百无聊赖的心情，昏昏欲睡的，在朦胧之中进入了梦乡。结句，透露出主人公的春情只有在梦中才能得以宣泄。

◉集评

陈廷焯《词则·别调集》：“幽怨。”

采桑子

辘轳金井梧桐晚①，几树惊秋②。昼雨新愁，百尺虾须在玉钩③。　琼窗春断双蛾皱④，回首边头⑤。欲寄鳞游⑥，九曲寒波不溯流⑦。

【注释】

①“辘轳”句：言时序正晚秋。 梧桐：落叶乔木。叶大，叶柄长，木质轻而韧。

②惊秋：吃惊秋天的来临。

③百尺虾须：长长的帘子。 百尺：言长。 虾须：帘子的别称。王之道《燕春台》：“帘卷虾须，清风时自南来。”

④春断：春情断。 春：春情，指男女相爱之情。

⑤边头：边远的那头，即边远的地方。姚合《送僧游边》：“师向边头去，边人业障轻。”

⑥“欲寄”句：想寄书信。 鳞游：鳞，代称鱼类。此用“鱼传尺素”之说，指书信往来。

⑦九曲：指黄河。卢纶《送郭判官赴振武》：“黄河九曲流，缭绕古边洲。” 溯（sù）：逆流而上。

【赏析】

是词写宫女怀念远人。

前阕写晚秋新愁。“辘轳金井梧桐晚”，以梧桐典型景物象征时入晚秋，金井，宫苑中有雕栏的水井，由此可见，主人公是宫中之人。“几树惊秋”，多少树木吃惊秋天的到来，当然，主人公或许在金井旁摇动辘轳汲水时，见梧桐落叶、秋风惊树，一片萧瑟的景象，惊秋者又岂止“几树”，人更有惊秋的感觉。正因为秋，主人公才有愁。

“昼雨新愁，百尺虾须上玉钩。”一场秋雨，沥沥淅淅，徒增新愁。“新愁”，言愁上愁，秋雨年年有，秋愁年年生，旧愁未去，新愁又至。因新愁而感百无聊赖，而将长长的帘子卷起，挂在玉钩之上……

过片，紧接主人公凭窗眺望的动作，“琼窗春断双蛾皱，回首边头”，倚在华丽的窗前，想起春情已断绝，回望边远之地，一双蛾眉紧皱。“回首”，写出了主人公的情深，“春断”而更为盼望爱人能归，重归于好，即便是在边头那么遥远。

结尾，“欲寄鳞游，九曲寒波不溯流。”主人公要将心中的春情托鳞游寄达，但是那九曲黄河的寒波又怎么能够叫它逆流呢？其情难寄，其愁无穷，主人公更加悲伤。

◉集评

沈际飞《草堂诗余正集》：“何关鱼雁山水，而词人一往寄情，煞甚相关，秦、李诸人，多用此诀。”

卓人月汇选、徐士俊参评《古今词统》：“后主、易安直是词中之妖。恨二李不相遇。”

俞陛云《唐五代两宋词选释》：“上阕宫树惊秋，卷帘凝望，寓怀远之思。故下阕云回首边头，音书不到，当是忆弟郑王北去而作。与《阮郎归》调同意。

喜迁莺

晓月坠①，宿云微②，无语枕频欹③。梦回芳草思依依④，天远雁声稀。　啼莺散，馀花乱，寂寞画堂深院。片红休扫尽从伊⑤，留待舞人归。

【注释】

①晓月坠:清晨的月亮从天空落没。

②宿云微:夜间布在天上的云彩稀薄了。 宿云:夜云。

③频欹:频频反复地变换斜靠的姿势。言其心情烦乱。 欹:斜,斜靠。

④梦回:梦醒。 芳草思依依:依恋地怀念着情人。

⑤“片红”句:那落花不要扫掉,任凭其飘落堆积。

【赏析】

是词写相思。前阕写清晨梦醒。开头两句写景,“晓月坠,宿云微”,月亮已经向着天边沉落了,夜里的云彩稀薄了。窗外的晨空,正好与室内的主人公相衬,她“无语频枕欹”。“无语”,这一表情,和寂静的晨空形成正面的衬托,写出其内心沉思苦想,而懒于言语的郁闷情状。“频枕欹”,频频反复地挪移变换斜靠枕头的姿势,这一动作是主人公内心烦乱的外在表现。“梦回芳草思依依,天远雁声稀”,原来如此,主人公刚刚梦醒过来,梦境的回忆,更勾起相思,这“思”非同一般,“依依”,程度很深。天远之人的音信稀少,更令人失望。

后阕写望归。“啼莺散,余花乱”,啼莺飞散而去,仅剩未落的花纷纷乱乱。这是暮春景色,一个大好的春天就要过去,见到情人归来,心中不免惆怅,“散”、“乱”二字,表面写春景,实质是写“心景”,所以主人公觉得自己就如同身处的“寂寞画堂深院”一样。 “片红休扫尽从伊,留待舞人归。”眼前的落花残红不要去打扫,任凭它飘落堆积,留下来等待舞人归来吧。结尾之处,联想奇特,不扫残红,铺就红路,以迎人归。颇具诗意的盼归,相思情深,落在“迎归”之上。

长相思

云一緺[①],玉一梭[②]。淡淡衫儿薄薄罗,轻颦双黛螺[③]。 秋风多,雨相和。帘外芭蕉三两窠[④]。夜长人奈何?

【注释】

①緺:读(wō),作量词用,束。

②玉一梭:一只玉簪。梭,本指织布梭子,用作量词,当“只”讲。

③黛螺:妇女用以画眉的螺形墨。此指代妇女眉毛。

④窠(kē):通“棵”。

【赏析】

是词写闺妇秋思。

“云一緺,玉一梭”, 如云的乌黑头发一束,上面别着玉簪一梭。“緺”、“梭”两个名词活用作量词,颇为鲜活。“淡淡衫儿薄薄罗”,薄薄的罗料裁制的淡淡颜色的上衣,“淡淡”写出衣色的素雅,“薄薄”写出衣料的精美,两组叠字,不仅突出了人物的形象特质,而且也增强了词作的音乐节奏感。三句从整体上刻画了一位妆饰平平、衣着淡雅的闺妇形象,正因为她的平常无奇,才使人物形象具有更为普遍的意义。

“轻颦双黛螺”,轻轻地绉着一双黛眉。这一神态描写,道出她原来是一位幽怨之闺妇。前阕通过正面、侧面的描写,勾勒了一位美丽怨妇形象。

过片转到写秋景,“秋风多,雨相和”,秋天到了,劲风频吹,夜雨相和。“多”字写出秋风频频而至;“和”字写出雨势非小,其声方可与风互相和应,交织在一起。

在这风雨交加的夜晚,主人公看着“帘外芭蕉三两窠”。芭蕉,本是热带亚热带植物,寒冷的秋夜已够它受的了，再加上风雨相摧，委实令人心痛。以芭蕉入词，给予特定的风雨秋夜环境，正好与主人公的处境相似，将其比作闺妇，非常恰当妥帖。然而，芭蕉有三两棵相依为伴，而闺妇呢，恐怕只有一人独处。风声、雨声、芭蕉被风雨吹打之声，响作一团，闺妇发出“夜长人奈何”的感叹，秋夜是如此的漫长，人奈何得了吗？这一长叹，正是闺妇心中愁怨的喷涌。

◉集评

沈际飞《草堂诗余续集》：“‘多’字、‘和’字妙；‘三两窠’，亦嫌其多也。”

卓人月汇选、徐士俊参评《古今词统》：“‘云一緺，玉一梭’，缘饰先佳。”

陈廷焯《云韶集》：“字字绮丽。结五字婉曲。”《词则·闲情集》：“情词凄婉。”

唐圭璋《词学论丛·李后主评传》：“上叠写出美人的颜色服饰，轻盈袅娜，正是一个‘梨花一枝春带雨’的美人。而后叠拿风雨的愁境，衬出人的心情，浓淡相间，深刻无匹。”

长相思

一重山[①]，两重山，山远天高烟水寒[②]。相思枫叶丹[③]。　菊花开，菊花残，塞雁高飞人未还[④]。一帘风月闲[⑤]。

【注释】

①重：量词层、道。

②烟水：雾气笼罩的水面。孟浩然《送袁十岭南寻弟》：“苍梧白云远，烟水洞庭深。”

③枫叶丹：枫树经秋而叶子变红，比喻秋色浓烈。谢灵运《晚出西射堂》：“晓霜枫叶丹，夕曛岚气阴。”

④塞雁：亦称“塞鸿”，塞外的鸿雁。

⑤风月：指男女情爱的事。

【赏析】

是词写闺妇秋怨。

前阕首三句，“一重山，两重山，山远天高烟水寒”，写闺妇登高远眺所见的秋景。极目而望，一层是山，两层还是山，重重叠叠的关山逶迤遥远。秋天的碧空高旷，雾气笼罩的水面寒气袭人。山远、水长，山水将人们阻隔；秋寒，令人们产生愁绪。“相思枫叶丹”，枫叶经秋红了，登高而不见人归，相思情绪如同红枫叶一样炽热、强烈。以红枫叶比喻相思，正是抓住了秋天景物的特色，“丹”，红色，如火般热烈的颜色，形象地写出了相思感情的迫切、深沉。

“菊花开，菊花残”，又是紧紧抓住秋天的典型景物，菊花开了，菊花也残败飘落了。以花开花落，象征时间一天一天地过去，暗示盼归的时日非短，从花开一直盼到花落。“塞雁高飞人不归。”塞外的鸿雁都往南高飞而去了，却不见人归来。这正是闺妇心中怨恨的根由。“一帘风月闲”，闺妇所思之人不归，只是空守闺房，独对风月，了无情趣。

词作通过“重山”、“烟水”、“枫叶”、“菊花”、“塞雁”、“风月”等意象的组合，突出深秋的特色，隐而不显，含而不露，寓怀念远人的深情于字里行间。词作用字讲究，“一重山，二重山”，通过反复，强调了“山远”的艺术效果；“菊花开，菊花落”，写同一形象的两种不同结果，说明延续不断地相思、时间持久。

◉集评

沈际飞《草堂诗余正集》:"冷艳。"

李廷机《新刻注释草堂诗余评林》:"句句有怨字意,但不露圭角,可谓善形容者。"

俞陛云《唐五代两宋词选释》:"此词以轻淡之笔,写深秋风物,而兼葭怀远之思,低回不尽,节短而格高,五代词之本色也。"

蝶恋花

遥夜亭皋闲信步①。乍过清明,早觉伤春暮。数点雨声风约住②,朦胧淡月云来去。　桃李依依春暗度③。谁在秋千,笑里低低语?一片芳心千万绪④,人间没个安排处。

【注释】

①遥夜:长夜,深夜。 亭皋:水边的亭子。皋,水边。 闲:安闲。 信步:漫步。随意散步。

②约:约束。此指遮盖,掩盖。

③依依:此指盛开。

④芳心:女子之心。

【赏析】

是词写伤春。

前阕写春景,"伤春"二字点题。"遥夜亭皋闲信步",夜已深沉,主人公独自一人在水边的亭子四周安闲地漫步。"闲",并非悠闲之闲,而百无聊赖,漫无目的闲散地以散步来排遣时光。首句便制造了悬念,为什么,深夜了主人公还要如此行动?"乍过清明,早觉伤春暮",刚刚才过了清明节,春天正进入大好风光的时段,而主人公却产生了春将暮的伤感。这里通过交待时间,融入情感。"数点雨声风约住.朦胧淡月云来去。"这里写春夜景色,突然下起稀雨,点点雨声却就被风吹走了。朦胧的淡淡月色中,云彩飘来飘去,游离不定。"约"字,写出风的灵性,风雨配合得如此默契;"来去",自来自去,不受约束,既有月穿云,亦有云穿月,将云月写活了,夜空写活了。

过片,"桃李依依春暗度",桃花李花盛开,美好的春光却不声不响地随之消逝。这里或许亦在比喻美人容颜的易衰吧!《诗·召南》:"何彼秾矣,华如桃李。"比喻美人的容颜如同桃花李花般美丽。主人公感到春光留不住,自己姣好的容颜也如春光一样留不住,流露出依恋之情。"谁在秋千,笑里低低语。"苏轼词云:"墙里秋千墙外道,墙外行人,墙里佳人笑。"与此相似。远处传来荡秋千的嬉戏声,欢笑声中带着低低的私语。这正好与主人公的孤单漫步形成鲜明的对比,更增添了伤感。"一片芳心千万绪,人间没个安排处。"荡秋千的人们芳心尽欢,而主人公的心中千万思绪充塞着,恐怕整个人世间都没有一个安排的地方。伤春之情,一发不可收拾。

◉集评

沈际飞《草堂诗余正集》评"数点雨声"二句:"片时佳景,两语留之。"

沈谦《填词杂说》:"'红杏枝头春意闹'、'云破月来花弄影',俱不及'数点雨声风约住,朦胧淡月云来去'。"

俞陛云《唐五代两宋词选释》:"上半首工于写景,风收残雨,以'约住'二字状之,殊妙。雨后残云,惟映以淡月,始见其长空来往,写风景宛然。结句言寸心之愁,而宇宙虽宽,竟无容处。其愁宁有际耶?唐人诗‘此心方寸地,容得许多愁’,愁之为物,可谓放之则弥六合,卷之则退藏于密,惟能手得写出之。”

柳枝词

风情渐老见春羞①,到处芳魂感旧游②。多谢长条似相识③,强垂烟穗拂人头④。

【注释】

①风情:旧指男女相爱的情怀。

②芳魂:美人之魂。

③长条:指柳条。温庭筠《杨柳枝》:“宜春苑外最长条,闲袅春风伴舞姿。”

④烟穗:繁茂的如穗般的柳枝。

【赏析】

据传是词为后主代宫女庆奴所写,抒发伤感幽怨。张邦基《墨庄漫录》卷二载:“江南李后主尝于黄罗扇上,书赐官人庆奴云:……(原词略。)想见其风流也。扇至今传在贵人家。”《西溪丛话》、《六砚斋三笔》等也都有类似的记载。宫人庆奴曾受过宠爱,然而青春不再,强勉求宠,令人厌烦,因而感昔伤今。

“风情渐老见春羞”,自己美好年华已过,再也没有了当年的风情,并且渐渐衰老,一见到春天就感到害羞。春天正是一年中最好的季节,百花盛开,充满活力与妩媚。感春天良时美景,自伤自艾,羞不如春。这是对青春年华不再的哀叹,说明青春易逝。“到处芳魂感旧游”,再回到旧地重游,处处令美人之魂伤感。此以“旧游”指代昔日自己受到的宠爱,对比今日的“渐老”,今非昔比,于是徒增忧伤。“多谢长条似相识,强垂烟穗拂人头”,自喻柳条,表达怨恨。还得感谢柳条好像似曾相识,勉强以“烟穗”垂地招拂人头。明明知道现在已经不是初初长成的娇嫩柳条,已不讨人喜爱了,但为求宠爱,却学柳条那样故作相识,强拂人头,形象地描绘出主人公失宠之后,变本加厉地求宠的心态。

◉集评

顾起元《客座赘语》:“江南李后主尝于黄罗扇上书以赐宫人庆奴云云‘风情渐老见春羞,到处芳魂感旧游。多谢长条似相识,强垂烟穗拂人头。’,宋时犹传诸贵人家。‘见春羞’三字,新而警。”

谢新恩

金窗力困起还慵①。(余缺)

【注释】

①金窗:亦称黄金窗,装饰华贵的窗户。 力困:乏力。 慵:懒。

【赏析】

是词只存一句,意思是:坐在华贵的窗前,全身乏力,困得懒动。

◉**集评**

按此句"慵"字下旧注"余阙"二字。刘继增:"此调起句七字,诸家无作评注者,《词谱》此句在第四阕中。"

王国维《南唐二主词》校勘记:"'金窗力困起还慵'七字,据《全唐诗》、《历代诗余》,当在第三十四阕'新愁往恨何穷'句之下,误脱于此。"

谢新恩

秦楼不见吹箫女①,空余上苑风光②。粉英金蕊自低昂③。东风恼我,才发一衿香。　琼窗梦□留残日④,当年得恨何长⑤。碧阑干外映垂杨。暂时相见,如梦懒思量。

【注释】

①秦楼:秦台。亦指凤凰台,相传为秦穆公之女弄玉居所。旧址在今陕西宝鸡市。 吹箫女:指秦穆公之女弄玉。此指怀念之美人。

②空余:只剩下。 上苑:指帝王游赏、狩猎的园林。

③低昂:高低起伏。

④琼窗:精美华美的窗子。

⑤得恨:犹抱恨。

【赏析】

是词怀想旧好。

前阕直奔主题,写爱人的离去,睹物观景皆伤情。首句"秦楼不见吹箫女",运用秦穆公之女弄玉吹箫,随凤凰而去的典故,暗寓旧好离别,主人公成了"空余"之人。所爱之人经已离去,所以引起主人公的怀想与思念,因为思念,所以愁苦。

"空余上苑风光",承上而来,"凤去楼空",上苑风光虽然美丽仍在,"空余"的主人公身处"空余"的风光之中,感到的只是惆怅与寂寞。"粉英金蕊自低昂",那粉红、金黄的花朵高低参差错落地仍旧盛开,并不理会人们的离愁别绪。"自"字,在埋怨花不懂人事,只管展现自己的艳丽,不管人间的悲苦,道出了主人公的心中的愁苦。"东风恼我,才发一衿香。"春风因为恼我,才故意地不断送过来一衿又一衿的幽香,勾起一阵又一阵的思念情绪。两句写花香,却满带感情,嗅香而引发深沉的思念。"恼"字,赋东风以情感,将其拟人化,"东风恼我",我更恼东风,心中的苦恼因"衿香"而越积越沉,无法排解,能不恼吗?

后阕写梦醒增添无限愁绪。"琼窗梦□留残日,当年得恨何长。"华丽居所里梦醒过来,天边只留下残阳夕照,当年欢愉之情仅是萦绕在朦胧的梦里,叫人抱恨久远。"恨"来自爱,爱得深而恨得也深;"恨"得长久,怀恋也长久,恨得也长久。"碧阑干外映垂杨",再看窗外,青绿的栏干映衬着垂杨,这是两人当年热恋相爱之处,而今却是空荡荡的。"垂杨",比喻怀念之情,如同杨柳依依,如缕不绝。"暂时相见,如梦懒思量",两人暂时相会只是在梦中,像梦这一类的东西,还是不要去想念的为好。结尾是反说,不是"懒",而是更加勤,勤在终日的思念,勤在长久的怀念,含蓄地表现情深爱笃,深切地表达眷恋之情,增强了艺术感染力。

谢新恩

樱花落尽阶前月,象床愁倚熏笼①。远似去年今日恨还同。　双鬟不整云憔悴[②]，泪沾红抹胸[③]。何处相思苦？纱窗醉梦中。

【注释】

①象床：即象牙床。 薰笼：同熏笼。罩在炉子上的笼子。

②云：比喻妇女的黑发。 憔悴：本指精神不振，此指发鬟如乌云低垂。

③抹胸：妇女的服饰，以方尺之布作小衣，紧束胸前，犹当今之文胸。

【赏析】

是词写相思。刘继增《南唐二主词笺》："此阕字句敚误。无别本可校。"前阕开头二句"樱花落尽阶前月，象床愁倚熏笼。"顾况诗曰："美人扶踏阶前月"，意境基本一样，说的都是夜深了，阶前月下之人难以成眠；顾诗写美人动作，但李词却以"花"、"月"比兴，描写暮春凄婉的环境氛围的同时，亦是比喻美人红颜如樱花凋落一样，正在衰老，为相思之苦作铺垫。白居易《后宫岗》诗云："斜倚熏笼坐到明。"写美人深夜斜靠着熏笼，苦苦沉思直到天明；李词加一"愁"字，比白诗加重了主观意识成分，在"象床"之上，精美华贵的象床，独坐一人，更加寂寞。"远似去年今日，恨还同。"怀念远人的思情，跟去年今日相似，离恨别愁正相同。或许去年的今日，两人离别，多少个日日夜夜的相思，堆积成怨恨。

过片二句，"双鬟不整云憔悴，泪沾红抹胸。"通过肖像描写，表现美人的"恨"。对头上的双鬟，没有心情去梳整，活像乱云一般蓬松，面容憔悴，与《诗》之"自伯之东，首如飞蓬。岂无膏沐？谁适为容。"何其相似。美人成天如泪人一般，常常将红色的抹胸湿透。结尾两句直抒相思苦情，"何处相思苦？纱窗醉梦中。"写了五层意思：一是因思而苦，二是因苦而愁，三是因愁而酒，四是因酒而醉，五是因醉而梦。人于醉梦之中，思念心上人，这种滋味确实"苦"不堪言。

谢新恩

庭空客散人归后，画堂半掩珠帘。林风淅淅夜厌厌[①]，小楼新月，回首自纤纤[②]。 春光镇在人空老[③]，新愁往恨何穷[④]！□□□□□□□[⑤]，一声羌笛，惊起醉怡容[⑥]。

【注释】

①淅淅：风声。 厌厌：寂静、绵长的样子。《诗·小雅·湛露》："厌厌夜饮，不醉无归。"

②纤纤：小巧、尖细。此形容新月的纤巧。

③镇：长久。

④何穷：犹无穷。

⑤缺七字。《花草粹编》、《历代诗余》、《全唐诗》、《词谱》作"金窗力困起还慵"。

⑥醉怡容：酒醉之后现出和悦的容颜。

【赏析】

是词残缺不全，有持一首观点的，有持两首观点的，此只作大概之说明。前阕写孤寂。或许是歌歌筵刚过，庭院里空空如也，客人告辞归去，只剩主人公一人。厅堂上珠帘卷起一半。树林里风儿淅淅作响，小楼前升起新月，回头望过去，纤细别巧。夜晚显得更加孤寂与漫长。后阕写春困。春光虽然长在，而人却渐渐显衰老。新愁与旧怨交织，好像没有尽头。一声笛幽怨乐曲传来，将主人公从梦中惊醒。

◉**集评**

王国维《南唐二主词》校勘记："此亦《临江仙》调。"此首"春光"以下应作另一首。

谢新恩

樱花落尽春将困，秋千架下归时[①]。漏暗斜月迟迟，花在枝。（缺十二字）彻晓纱窗下[②]，待来君不知。

【注释】

①秋千：运动和游戏用具。在木架或铁架上系两根长绳，下面拴一块板子。人在板上利用脚蹬板的力量在空中前后摆动，叫荡秋千。

②彻晓：直到天明。

【赏析】

是词缺文甚多，据残文，当写男子爽约，女子苦等。

前阕写女子提前到了约会地。"樱花落尽春将困"，她在樱花树等待情郎，发现樱花已经落光了，春意将尽。于是，又走到秋千下，一直等到月斜星移，漏迟迟，还是不见他来。她只有回家去。后阕写女子到家仍在等待，独自坐在碧窗前，直等到快要天亮。结句"待来君不知"，这是女子的心里独白，道出整夜苦等的痛苦，以及对情郎的一片痴情。

◉**集评**

刘继增《南唐二主词笺》："此阕并原注阙缪误不可考。"

谢新恩

冉冉秋光留不住[①]，满阶红叶暮[②]。又是过重阳，台榭登临处[③]。茱萸香坠[④]，紫菊气，飘庭户。晚烟笼细雨，嗈嗈新雁咽寒声[⑤]，愁恨年年长相似。

【注释】

①冉冉：形容时光渐渐流逝。

②红叶：枫、槭等树的叶子秋天经霜变成红色，统称红叶。韩愈《游青龙寺赠崔大补阙》："友生招我佛寺行，正值万株红叶满。"

③台榭：泛指供游观的建筑物。台：高而平的方型建筑。榭：建高台上的木屋。杜甫《滕王亭子》："君王台榭枕巴山，万丈丹梯尚可攀。"

④茱萸：植物名，香气辛烈，可入药，古俗农历九月九日重阳节，佩茱萸能祛邪辟恶。

⑤嗈嗈：鸟类和鸣声。

【赏析】

是词写悲秋。

"冉冉秋光留不住，满阶红叶暮。"两句写暮秋景色，叹惜秋光留不住，又是红叶铺满庭阶的晚秋。主人公在感受时光冉冉之际，也在体现到自己年华亦同秋光一样在渐渐的流逝而去。"秋光"、"红叶"或许是比喻象征主人公已到秋之年岁、已是经霜之红叶。

"又是过重阳，台榭登临处"，又到重阳登高。"又"字，回应上文，再一次觉得时间真的过得如此之快，又过了一年，"又"白等了一年，不见离人归来。"茱萸香坠"，一个特写，这里使读者联想到王维的《九月九日忆山东兄弟》诗："独在异乡为异客，每逢佳节倍思亲。遥知兄弟登高处，遍插茱萸少一人。"思亲之情正与此相同。

"紫菊气，飘庭户"，是近景，紫色的菊花香气飘散庭院门户；"晚烟笼细雨"，是远景，傍晚的烟气岚晚笼着细雨，一片朦胧。这三句分别通过三种距离的景色，从地面到天空、从室内到室外，动静结合地写秋天烟雨晚景，营造了寂静的氛围，暗示主人公孤独的境地，表达愁苦的心情。结尾"嘒嘒新雁咽寒声，愁恨年年长相似"两句，又运用听觉效果，写南飞大雁的和鸣之声，在主人公听来，简直就是人在痛苦时饮泣呜咽的凄凉呻吟。秋天的凄苦，年年都是如此相似，只有愁恨长与自己为伴。

词作一连使用"红叶"满阶、"重阳"登临、"茱萸"香坠、"紫菊"飘庭户、"晚烟"、"细雨"、"新雁"咽声等七种具象，描绘"冉冉秋光"景色，为结尾的议论抒情铺垫，以景衬情，以景寓情，结句点破题旨，创造了情意自然真率的艺术效果。

刘继增《南唐二主词笺》说："此阕既不分段，亦不类本调，而他调亦无有似此填者。按以上六词，原注谓出孟郡王家墨迹，疑当时纸幅断烂，录者谨依，错简如此。"

阮郎归

东风吹水日衔山①，春来长是闲②。落花狼籍酒阑珊③，笙歌醉梦间。　佩声悄④，晚妆残，凭谁整翠鬟？留连光景惜春颜⑤，黄昏独倚阑。

【注释】

①"东风"句：春风吹拂着水面，远山衔接着落日。

②长：总。

③狼籍：此形容散乱无序的样子。

④悄：悄然无声。

⑤留连：依恋不愿离去。

【赏析】

是词写暮春怀人。明朝吴讷《南唐二主词》此调题下有"呈郑王十二弟"。郑王十二弟，即李煜弟从善。俞陛云《唐五代两宋词选释》说："词为十二弟郑王作。开宝四年，令郑王从善入朝，太祖拘留之。后主疏请放归，不允。每凭高北望，泣下沾襟。此词春暮怀人，倚阑极目，黯然有令鸟原之思。煜虽孱主，亦性情中人也。"

前阕写主人公"春闲"沉醉。首句"东风吹水山衔日"，春风和煦吹拂着水面泛起涟漪，远山衔接着落日。春天晚景是开阔、辽远、明丽的。然而，在主人公看来，"春来长是闲"，春天虽然归来了，总是让人觉得闲。"闲"，写出主人公面对春意盎然的生机已经没有激情了，整日无所事事，生活是空虚的。

"落花狼籍酒阑珊，笙歌醉梦间。"落花散乱无序的到处飘飞，美酒也喝得残尽了，笙歌一片酒醉仿佛是在梦中一般。对着落花，饮酒弹唱，醉生梦死，典型的空虚烦恼、借酒浇愁的生活。

后阕写醉梦醒来。"珮声悄，晚妆残"，主人公似乎是躺着，一动不动，佩玉悄然无声，晚妆早已弄残，好一副狼狈相。

"凭谁整翠鬟？"凭着什么去为谁整理翠鬟梳妆打扮呢？这是主人公孤寂无聊而懒得弄粉抹香的心理剖白。

"留连光景惜春颜，黄昏独倚阑"，留恋不忍离开那日影的移动，爱惜自己的青春年华，直到黄昏还独自倚栏，希望能将夕阳斜辉留住。结句写主人公的动作，表达出一线希望，光景能留住、青春能留住，春颜能永驻。但是，这一切都是不可能的奢望，其悲哀是深切的。

◉**集评**

沈际飞《草堂诗余集》："意绪亦似归宋后作。"

卓人月汇选、徐士俊参评《古今词统》："后主归宋后，词常用'闲'字，总之闲不过耳，可怜。"

清平乐

别来春半①，触目柔肠断②。砌下落梅如雪乱③，拂了一身还满④。　雁来音信无凭⑤，路遥归梦难成。离恨恰如春草，更行更远还生⑥。

【注释】

①春半：即半春，春天已经过去一半的时日。柳宗元《柳州二日榕叶落尽偶题》："宦情羁思共凄凄，春半如秋意转迷。"

②砌下：台阶下。

③还(xuàn)：同旋。快速。

④无凭：没有凭证，此指没有书信。

⑤归梦难成：归去之梦难作成，比喻有家不能归。

⑥更：越。

【赏析】

是词写离恨。

词作以"别"字领起。"别来春半"，分别之后已经到了春半时，即仲春时节，时间过得如此的快，心中不免伤感。"触目柔肠断"，春天过半，暮春将至，别离亦久，触景生情，离愁使人柔肠千结欲断。高度概括题旨，深情道出伤别，总领全篇。

"砌下落梅如雪乱"，台阶下的落梅像雪片紊乱地翻飞。梅，古人喻之三友之一，见梅落而念及友人、亲人，回应了前面的"触目"。"乱"字，形象写出落梅之状以及主人公的烦乱心境。"拂了一身还满"，运用夸张手法，极言站立梅树丛中时间之久，身上积满落梅，拂抖掉了，很快却又积满了。梅花落不尽、拂不完，正如主人公的离愁，驱之不走、赶之不去。这是前面"柔肠断"的形象化、具体化，通过眼前落梅的实景，抒写满腹愁绪。

过片，"音信无凭"，离恨更生。"雁行音信无凭"，离别家乡远行，自然会时刻盼望友人、亲人的信息，但是盼到鸿雁飞来，却没有音信，令人失望至极，这是第一层愁。"路遥归梦难成"，身处异乡，遥在天涯，亦会常常梦中归乡，但是，现在是因为路途太遥远了，恐怕梦魂也难以回到家乡了；"遥"字，指路途遥远、离家时间长，造成空间的阻隔，想家的心情迫切，而归家的难度很大，这是第二层愁。

结拍，将离愁别恨形象托出："离恨恰如春草，更行更远还生"，春草逢春而疯长，难以抑制，满山遍野，一望无际，连绵不绝；春草簇拥而长，盘根错节，理不清；愁恨本是一种心理状态，一旦出现便难以抑制、难以消除、难以理清，与春草何其相似耳，因此以春草喻之，愁恨形象化了、具体化了，明了易懂而又独具韵味。"更行更远还生"，突出表现动态的愁恨，愈往前行，路途愈加遥远，春草愈见愈多，还在生长，愁恨也正是这样，愈生愈多，无法消除。两个"更"字与一个"还"字连在一起，可见炼字之工。

是词为李煜的代表作之一，因对词作的写作时间所断不同，而产生对离愁别恨具体内容的不同解释。一说为纪念其弟从善去宋不返之离恨词;一说为后主亡国被俘后所作,则是亡国之痛、亡国之恨也。

◉**集评**

谭献《词辨》:"泪眼问花花不语,乱红飞过秋千去",与此同妙。"

俞平伯《读词偶得》:"于愁则喻春水,于恨则喻春草,颇似重复,而'恰似一江春水向东流',以长句一气直下,'更行更远还生',以短语一波三折,句法之变换,直与春水春草之姿态韵味融成一片,外体物情,内抒心象,岂独妙肖,谓之入神也。虽同一无尽,而千里长江,滔滔一往,绵绵芳草,寸接天涯,其所以无尽则不尽同也。词情调情之吻合,词之至者也。"

唐圭璋《唐宋词简析》:"此首即景生情,妙在无一字一句之雕琢,纯是自然流露,丰神秀绝。"

临江仙

樱桃落尽春归去①,蝶翻金粉双飞②。子规啼月小楼西③。画帘珠箔,惆怅卷金泥④。　门巷寂寥人去后,望残烟草低迷。炉香闲袅凤凰儿⑤。空持罗带,回首恨依依。

【注释】

①樱桃:樱桃初夏结实,古代有帝王以樱桃献宗庙的传统。《礼记·月令》:"仲夏之月,天子以含桃(樱桃)先荐寝庙。"《汉书》:"惠帝尝书游离宫,取樱桃献宗庙。"如今作者宗庙不保,樱桃难献。所以说落尽春归去。

②金粉:此指蝴蝶翅膀。

③子规:即杜鹃鸟。

④金泥:用以饰物的金屑。

⑤闲袅:细长柔软的物件随风摆动的样子。温庭筠《杨柳枝》:"宜春苑外最长条,闲袅春风伴舞腰。"

【赏析】

是词抒写亡国的哀伤。陈鹄《耆旧续闻》:"蔡絛作《西清诗话》,载江南后主《临江仙》云:'围城中书,其尾不全。'以余考之,殆不然。余家藏李后主《七佛戒经》及《杂书》二本,皆作梵叶,中有《临江仙》,涂注数字,未尝不全。其后则书太白诗(《词林纪事》引作词)数章,似平日学书也。本江南中书舍人王克正家物,后归陈魏公之孙世功君懋。余,陈氏婿也。其词云云(从略)。后有苏子由题云:'凄凉怨慕,真亡国之声也。'"

据《十国春秋》"乙亥岁春二月壬戌,宋师拔金陵阙城。三月丁巳吴越兵攻常州,权知州事禹万诚以城降。诛神卫都指挥使皇甫继勋。"下注:"宋师伏城下,后主犹不知。一日,登城,见列栅于外,旌旗遭野,始大惧。知为近习所蔽,遂杀继勋。""吴越遂会宋师围金陵。"此或许可作是词的背景。

"樱桃落尽春归去",从自然物候说,樱桃,初夏而果熟,春归已多时,"落尽",更是归去久矣。如从传统看,樱桃乃献于宗庙的供品,如今,樱桃已落尽,拿什么去供奉宗庙呢?言下之意,说正处于围城之中,国之将亡,江山之春天尽矣,主人公的心痛极。"蝶翻金粉双飞",正当痛心疾首之时,蝴蝶却舞动着金色的翅膀,成双结对地飞来飞去。睹物思量,自己形只影单,又添一分愁恨。

“子规啼月小楼西”，杜鹃夜里趁着月光啼叫，声声哀怨，缭绕着小楼西边不绝于耳。传说蜀帝杜宇被人所害，死后其魂化为杜鹃，常在春末夜间啼叫，声音分外凄厉。此用蜀帝杜宇魂化杜鹃啼月之典故，似乎是喻国之将亡，充满恐惧氛围。

“画帘珠箔，惆怅卷金泥。”华丽的帘子，珍贵的珠箔，美人惆怅地卷起金泥饰画的帷帘。前阕用樱桃及杜鹃两个典故，目睹蝴蝶双飞、美人卷帘，写国之将破，以“惆怅”之情结之。

“门巷寂寥人散后，望残烟草低迷。”城池里一片寂冷，人已经走光了；久久地凝望远处的烟草，模糊不清。两句写眼前的凄凉景象。“炉香闲袅凤凰儿，空持罗带，回首恨依依。”炉子里的香料还在燃烧着，袅袅升起的烟雾，形如凤凰。美人满脸愁容地手捻罗带。江山危在旦夕，美人惆怅憔悴，回头望去，愁恨依依。

◉集评

陈廷焯《词则·别调集》：“低徊留恋，宛转可怜，伤心语，不忍卒读。”

朱彝尊《词综》注：“相传后主在围城中，赋未就而城破，阙后三句，刘延仲补之云：‘何时重听玉骢嘶，扑帘柳絮，依约梦回时。’而《耆旧续闻》所载，故是全作，当从之。”

梁启勋《词学》下编：“真可谓亡国之音，然又极含蓄蕴藉之致。”

乌夜啼

昨夜风兼雨，帘帏飒飒秋声①。烛残漏滴频欹枕，起坐不能平②。　世事漫随流水③，算来一梦浮生④。醉乡路稳宜频到⑤，此外不堪行⑥。

【注释】

①帘帷：窗帘与帏帐。　飒飒：风声。此指秋风吹动帘帷的响声。

②不能平：心情久久不能平静。

③“世事”句：人间世事枉同流水一样白白地流逝而去。

④浮生：世事变化莫测，人生短暂。

⑤醉乡：寄情于酒，醉至昏沉程度。　宜：应当。

⑥不堪行：不能行。

【赏析】

是词写秋夜抒怀。

“昨夜风兼雨，帘帷飒飒秋声。”“昨夜”，当指入夜以来，窗户外面传来的风声兼雨声，更有秋风吹动窗帘帐帏的响声，混合在一起，组成特殊的“秋声”，延续到午夜。自然物候的秋声，本来就是愁苦人最怕听到的声音，屈原《山鬼》有句“风飒飒兮木萧萧”，这是写风雨交加的自然物候秋声，使人添愁。这里的“秋声”是特别的，主人公被囚禁，囚房的帘帷重重，与外界阻隔，没得自由，帘帷为秋风所吹发出飒飒声响，与秋风秋雨之声共作一处，其处境险恶，其心情愁苦。

“烛残漏滴频欹枕，起坐不能平”，蜡烛快烧完了，漏滴声从远处传递过来，一次次地变换斜靠枕头的姿势，忽而起来、忽而坐下，心情老是不能平静。“烛残”，与前文的“风雨”，共同构成一种悲凉的环境气氛。“欹枕”、“起坐”等动作，写主人公内心忧郁至极。李煜的《喜迁莺·晓月坠》有句“无语枕频欹”与“烛残漏断频欹枕”相近，前者写怀想佳人，此处是怀念故国；前者是帝王嫔妃之爱，此处是阶下囚之感。

前阕通过环境和人物动作的描写，刻画了忧苦的形象。后阕写心理活动为主，进层抒写囚俘生活的感受。

“世事漫随流水，算来一梦浮生。”主人公在苦想：人间世事枉如流水白白而流逝，算来算去，变化莫测的人生如同一场大梦。李白《春夜宴从弟桃花园序》：“浮生若梦，为欢几何。”“世事”，歌舞升平是世事，国破家亡更是世事，这一切都如流水。

“醉乡路稳宜频到，此外不堪行。”醉乡道路看起来安稳，应当常常前往，而其他的地方就不能去了。饮酒浇愁，麻醉自己，才是最好的办法，其他的办法不可取。结尾两句沉痛、凄凉，是对痛苦经历的哀叹。主人公选择的这种自我宽解愁怀的办法，是在囚牢的险恶环境中面对欲死不能、欲活不成的一种无可奈何的抉择。

◉集评

俞陛云《唐五代两宋词选释》：“论其词句，固能写牢愁之极致也。”

唐圭璋《唐宋词简析》：“此首由景入情，写出人生之烦闷。……后主词气象开朗，堂庑广大，悲天悯人之怀，随处流露，王静安谓：‘道君不过自道身世之戚，后主则俨有释迦、基督担荷人类罪恶之意。’其言良然。”

子夜歌

人生愁恨何能免？销魂独我情何限①。故国梦重归②，觉来双泪垂。　高楼谁与上③，长记秋晴望④。往事已成空，还如一梦中⑤。

【注释】

①销魂：魂魄仿佛离开了形体。形容愁怨到了极点。　何限：无限。

②“故国”句：梦里重返故国。

③“高楼”句：谁与自己一道登上高楼。

④长记：永久地记住。

⑤还（hái）如：仍然如同。

【赏析】

是词写怀念故国。前阕写身为囚虏，故国难归的愁恨。首句“人生愁恨何能免？”直抒胸臆，从感慨自己的一生进层拓展到感慨整个人世间，人一生一世的愁恨何时才能免除净尽？主人公曾是南唐国君，而今国亡家破，才真正知道人世间原来是有愁有恨的，而且这种愁恨总是难免的。“愁恨”是两个字，愁：指词人饱受囚虏生活折磨以及想念故国河山的煎熬，而产生的愁苦之情；恨：主要是悔恨，对自己导致亡国的悔恨。

“销魂独我情何限”，对首句作了深层的开挖，虽然愁恨何能免，但是为什么唯独只有我，痛苦到极，魂儿快要离体那样的哀情没有尽止呢。说明他的愁恨不但不能免，而且非比寻常。“独我”，要一个人来担承；“销魂”，痛苦到了极点的程度；“何限”，到了没有时空界限的地步。“故国梦重归，觉来双泪垂。”两句承上而来，具体说明愁恨。自己日思暮想的故国，归不得，只有在梦中才能重新归去。曾为一国之君的词人，面对这种残酷的现实，一定是痛心疾首的。所以，每每睡醒，两行热泪扑扑直落。

后阕，写面对囚居生活发出的哀叹。“高楼谁与上”，现在谁同自己一道登上高楼呢？词人身在囚房，有可能登楼吗？这只不过是借此比喻自己身为囚虏，没有自由；处境孤独，无人为伴，如此的无奈，如此的失望。“长记秋晴望”，这是对目前处境所作的一种无可奈何的选择，只能长久永远地记取那晴朗秋日的远望了。过往的“秋晴望”是赏心悦目的、欢愉无比的，与眼前的处境真是天壤之别，强烈的反差对比，词人除了留恋过去的醉生梦死之外,或许也包含了更为深沉的愁恨。

“往事已成空,还如一梦中”,一切都过去了,昔日之事已经成为空的了。仍然如同在梦中一样,回到往事里去。结尾的哀叹,愁恨的抒发到了高潮,体现出作者词作所抒发的“愁”,由过去的闲愁,发展成为真愁;其境界得以开朗,真情得以流露,艺术感染力得以提升。

◉集评

马令《南唐书·后主书第五》注:“后主乐府词云:‘故国梦初归,觉来双泪垂。’又云:‘小园昨夜又东风,故国不堪回首明月中。’皆思故国者也。”

陈廷焯《云韶集》:“回首可怜歌舞地。”“悠悠苍天,此何人哉!”

俞陛云《唐五代两宋词选释》:“起句用翻笔,明知难免,而自我消魂愈觉埋愁之无地。”

唐圭璋《唐宋词简析》:“此首思故国,不假采饰,纯用白描。但句句重大,一往情深……上下两‘梦’字亦幻,上言梦似真,下言真似梦也。”

相见欢

林花谢了春红[①],太匆匆!无奈朝来寒雨晚来风。　胭脂泪[②],留人醉,几时重[③]?自是人生长恨水长东[④]!

【注释】

①“林花”句:树木子里的繁花褪掉子春天的红色。指繁花凋谢。谢:辞别,此指褪掉。春红:春天里鲜艳的红色。

②胭脂泪:红泪,女子流的泪水融化妆粉而带红色,亦称血泪。

③几时重:几时再有。“重”,读 chóng。

④自是:本来是。

【赏析】

是词乃后主入宋后所作,通过写残春之景,抒发国破家亡的怅恨。

前阕写寒雨急风摧春花,以象征比喻手法抒发情感。“林花谢了春红,太匆匆。”树木子里的繁花褪尽了春红,零落凋谢了,来得太快太匆忙了。字面上在叹息春天好景快逝,隐指亡国之速,兴起伤感怀抱,领起全词,引发追怀春天盛景,描绘暮春衰颓气氛,激发伤时叹世之情。“太匆匆”三字,含有无限语意。“无奈朝来寒雨晚来风”,无可奈何呀,早上袭来寒雨,夜晚吹来冷风。寒风苦雨的摧残,加速了林花的凋谢。赵宋大军的入侵正像“寒雨晚风”,加速了家国的灭亡。

后阕抒情。过片,“胭脂泪,留人醉,几时重?”宫娥们流着胭脂泪,留下了令人沉醉的记忆。什么时候再有相逢?“胭脂泪”,当有三层,一是指眼前春残花败,林花与人告别的惨态;二是回忆国亡北迁时与宫女们告别的情态;三是希望日后能重逢,欢喜而流之泪。结句,“自是人生长恨水长东!”人生就如同东逝的长江水,流去了就再也回不来了。主人公将个人的愁恨扩展,高度概括为所有人的普遍共性,境界大开。

◉集评

谭献《谭评词辨》:“前半阕濡染大笔。”

陈廷焯《词则·大雅集》:“后主词,凄婉出飞卿之右,而骚意不及。”

王国维《人间词话》:“词至李后主而眼界始大,感慨遂深,变伶工之词而为士大夫之词。周介存置诸温韦之下,可谓颠倒黑白矣。‘自是人生长恨水长东’、‘流水落花春去也,天上人间’,《金荃》、《浣花》,能有此气象耶?”

俞平伯《读词偶得》:“结句转为重大之笔,与‘一江春水’意同,而此特沉著。后主之词,兼有阳刚阴柔之美。”

唐圭璋《唐宋词简析》:“此首伤别,从惜花写起……以水之必然长东,喻人之必然长恨,语最深刻。”

乌夜啼

无言独上西楼,月如钩。寂寞梧桐深院,锁清秋[①]。　剪不断,理还乱,是离愁,别是一般滋味[②],在心头。

【注释】

①锁清秋:冷清的秋色被锁在深院之中。

②别是:另是。 一般:一种。 滋味:味道,比喻因遭际变异而感悟到的苦乐。

【赏析】

是词乃后主亡国囚俘时所作。写秋夜离愁,抒发沉痛的亡国之恨。

前阕写秋夜登楼,抒写无限寂寞的心景。“无言独上西楼”,没有言语地独自一人登上西楼。一副令人凄清的愁人形象,人除了哑巴,总要说话,与人沟通,“无言”,主人公不是哑巴,很想说话,有很多话要说,又不知从那里说起;身为囚俘被禁,不能说,不许说;客观现状,也是无对象可以相互倾诉;其实也是一种无声的反抗,可见主人公内心的感情复杂。“独上”,处境孤独,心境孤寂,无与为伴,亡国的结果,已非过去的“独自莫凭栏”了,现在是独自上楼,独自凭栏,独自伤神了。“月如钩”,是景,也是情。深秋之夜,残月如钩,月之缺,人亦离,国破家亡,望月之人何等的凄凉。写景与抒情浑然一体,景语即情语,情语即景语。

“寂寞梧桐深院,锁清秋。”寂寞而立的梧桐树处在深深的庭院之中,好像将要秋色笼罩、锁闭似的。主人公所处的环境与气氛是寂寞的,所以,梧桐树也是寂寞的,深院里甚至整个世界都是寂寞的,全都被锁禁在清秋的死寂里面。“锁”字,正是主人公目前处境的写照。

后阕,重点写“离愁”。“剪不断,理还乱,是离愁。”离愁好像一大团丝缕,剪也剪不断,整理嘛,越整越乱。“别是一番滋味,在心头”,主人公的离愁不同一般,不是儿女之间的离愁,而是亡国之恨,可能是永远离别故国的离愁,这是无法从根本上去排解的,只有深深地将它埋藏在心底。

◉集评

黄昇《唐宋诸贤绝妙词选》:“此词最凄惋,所谓亡国之音哀以思。”

卓人月汇选、徐士俊参评《古今词统》:“七情所至,浅尝者说破,深尝说不破。‘别是’句甚深。”

茅暎《词的》:“绝无皇帝气,可人,可人。”

徐釚《词苑丛谈》引《词苑》:“南唐后主李重光名煜,作《乌夜啼》一词,最为凄惋。词曰(略),所谓亡国之音哀以思也。”

陈廷焯《云韶集》:“凄凉况味,欲言难言,滴滴是泪。”《词则·大雅集》:“哀感顽艳。妙。

只说不出。”

王闿运《湘绮楼词选》:“词之妙处,亦别是一般滋味。”

愈陛云《唐五代两宋词选释》:“后阕仅十八字,而肠回心倒,一片凄异之音,伤心人固别有怀抱。”

望江南

多少恨,昨夜梦魂中①。还似旧时游上苑②,车如流水马如龙③,花月正春风④。

【注释】

①梦魂:古人以为人在睡梦时,灵魂会离开肉体。温庭筠《河传》:“终朝,梦魂迷晚潮。”

②上苑:古代帝王游赏打猎的园囿。《新唐书·苏良嗣传》:“高宗遣宦者采怪竹江南,将莳上苑。”

③车如流水马如龙:言车马之盛。车子像流水似的不断地驶去,马匹像游龙似的走动。《后汉书·马后纪》:“濯龙门外家问起居者,车如流水,马如游龙。”

④花月:鲜花与月亮,比喻美好的景色。王勃《山扉夜坐》:“林塘花月下,别似一家春。”

【赏析】

是词乃李后主入宋后所作,通过追忆江南生活,抒发故国之思和亡国之痛。词作开门见山,直抒胸臆:“多少恨,昨夜梦魂中。”不管有多少忧愁怨恨,皆在昨夜的梦里发泄够了。主人公身为囚徒,失去自由,有苦难言,有恨难泄。只有在夜里的梦中,自己才是自由的;而梦魂就更加自由,它是人在睡梦中离开了肉体的灵魂,囚房岂能禁锢得了。刘希夷《巫山怀古》诗曰:“颓想卧瑶席,梦魂何翩翩。”主人公的翩翩梦魂,不仅将满腔怨恨排解了,或许也回到了故国——

“还似旧时游上苑,车如流水马如龙。”主人公梦回故国,自然有许多地方要去,而只选择了一个典型。“还似”,强调了最令其不忘的是。当年游览皇家园林上苑,尽显车如流水马如龙的奢华。昔日赏春求奢,而不图治,致使国亡,这是最为悔恨的事情。主人公以《后汉书·孝章皇帝纪》的典故,检讨当年生活的奢华。“建初二年太后诏曰:吾万乘主,身服大练,食不求甘,左右旁人无香熏之饰,衣但布帛,如是者欲以身率服众也。前过濯龙门上,见外家车如流水马如龙,吾亦不谴怒之,但绝其岁用,冀以默愧其心。”马太后为国母而节衣缩食,其外家皇戚出入车水马龙,生活奢侈,马太后断了他们的岁俸,希望能使其觉悟。主人公在此,亦有“默愧其心”之意,流露出悔恨。

“花月正春风”,现在又到了鲜花盛开、皎洁明月的春天。“正”字,用得含蓄,写出同是花春季节,处境却大不相同,以往之春,主人公尊为皇帝,现在却是囚徒,回应了前头的“多少恨”。

词作运用对比手法,将过去与现实,兴与亡、盛与衰,形成的强烈反差,写心中“多少恨”,蒙受亡国之耻。

◉集评

俞陛云《唐五代两宋词选释》评结句:“为时传诵,当年之繁盛,今日之孤凄,欣戚之怀,相形而益见。”

唐圭璋《唐宋词简析》:"此类小词,纯任性灵,无迹可寻,后人亦不能规摹其万一。"

望江南

多少泪,断脸复横颐[①]。心事莫将和泪说[②],凤笙休向泪时吹[③],肠断更无疑[④]。

【注释】

①断脸横颐(yí):此言抹泪虽擦断了脸上的泪水,但余下的却横流面颊。颐,面颊。

②和泪说:一边流泪一边诉说。

③凤笙:用萧史吹笙典故。一说笙形像凤,故名。

④肠断:形容过分伤感。张泌《思越人》:"满地落花无消息,月明肠断空忆。"

【赏析】

是词写被囚禁的愁苦和幽恨。

"多少泪",开头设问,既自问,亦自叹。"断脸复横颐",怎么会有这样多的泪水,昼夜不停地流,刚刚擦过,转眼又横流满面。这与李煜被俘后对旧臣所说的"此中日月,只是日夕以泪洗面"的情形吻合。"复"字生动形象地表现了泪盈盈、流不尽的情景。

"心事莫将和泪说",心事不能边流着泪,边向人述说。"凤笙休向泪时吹",凤笙不能在流泪时吹奏,伤心透了,越吹凤笙,泪流越多。这两句的"莫将"、"休吹"相对,写出了主人公难以忍受的痛楚,监禁生活,孤寂无伴,"说"不得。"吹"不能,完全没有人身自由,只好将怨恨深埋心底,默默承受。

"肠断更无疑。"长此下去,肝肠寸断是没有疑问的了。

王国维在《人间词话》中说:"词至李后主而眼界始大,感慨遂深。遂变伶工之词而为士大夫之词。"从两首《忆江南》来看,王说不无道理。李煜因亡国而为俘虏,抒情主体由代言变为作者自己,直抒国破家亡的哀伤,使词境变得开阔,主题变得深邃。

据史书载,旧臣徐铉看望李煜时,"后主相持大哭,长吁叹曰:当时悔杀了潘佑、李平"。另《江南录》说:"李国主小周后随后主归朝,封郑国夫人。例随命妇人宫,每一入,辄数日。出必大泣,骂后主,声闻于外。后主多宛转避之。""后主归朝后与金陵旧宫人书云:此中日夕,只以眼泪洗面。"此二则,可作李煜词的创伤背景来看。

◉集评

陈廷焯《词则·别调集》:"后主词一片忧思,当领会于声调之外。君人而为此词,欲不亡国得乎?"

刘永济《唐五代两宋词简析》:"昔人谓后主亡国后之词,乃以血写成者,言其语语真切,出自肺腑也。"

唐圭璋《唐宋词简析》:"此首直揭哀音,凄厉已极。诚有类夫春夜空山,杜鹃啼血也。"

浪淘沙

往事只堪哀[①],对景难排。秋风庭院藓侵阶。一任珠帘闲不卷[②],终日谁来? 金锁已沉埋[③],壮气蒿莱[④]。晚凉天净月华开。想得玉楼瑶殿影[⑤],空照秦淮[⑥]。

【注释】

①只堪:只能。

②一任:任凭。

③“金锁”句:金锁已经被深埋,比喻南唐灭国。此用晋伐吴之典故。

④“壮气”句:王气没于野草丛中,亦比喻南唐灭国。

⑤玉楼瑶殿:装饰华丽、结构精巧的楼台殿堂,此指南唐的宫殿。

⑥秦淮:秦淮河,流经南京市区的一条长江下游的支流。

【赏析】

是词写亡国后,哀伤怀念故国。

前阕写景忆往事。“往事只堪哀,对景难排。”两句领起全词。回想往事只能痛苦悲哀,面对眼前景物,更加难以排解。“往事”,概括所经历之事,作为亡国之君并过着囚俘生活的主人公,深感痛心疾首的往事,当然是在位时犯错而致使国家灭亡,心中那种由悔恨派生的忧愁,越想抑制住,就越是萌生,忧上加忧,愁上添愁。“秋风庭院藓侵阶”,秋风萧瑟的庭院,台阶上长满了苔藓。“秋风”点出时间,古人一般是悲秋的,从时序角度说明主人公情感的基调。“侵”字,突现出庭院的荒芜,台阶无人踏踩,苔藓才有可能在上面生长,所处环境十分的荒凉。“一任珠帘闲不卷,终日谁来?”任凭珠帘闲挂不卷,整日有哪个再来看望?眼前孤独、寂寞、凄凉、冷清的囚俘生活,与昔日君主的奢华、热闹相比,天壤之别。

前阕描写凄清、孤寂的被囚禁生活,“庭院藓侵阶”、“珠帘闲不卷”、“终日谁来”。宋代王铚的《默记》记述了李煜被俘后的生活:“徐铉归朝,为左散骑常侍,迁给事中。太宗一日问曾见李煜否,铉对以臣安敢私见之。上曰卿第往,但言朕令卿往相见,可矣。铉遂径往其居,望门下马。但一老卒守门。徐言愿见太尉。卒言有旨不得与人接,岂可见也。铉曰我乃奉旨来见。老卒往见。徐入,立庭下。久之,老卒遂入,取旧椅子相对。铉遥望见,谓卒曰但正衙一椅足矣。顷间,李主纱帽道服而出。铉方拜,而李主遽下阶,引其手以上。铉告辞宾主之礼,李主曰今日岂有此礼。徐引椅少偏,乃敢坐。后主相持大哭,乃坐,默不言。”此记载可与词互参。

过片以亡国接上,“金锁已沉埋”,《晋书·王濬传》:“吴人于江碛要害之处.并以铁锁横截之。”《北史·王轨传》:“陈将吴明彻入寇吕梁,轨潜于清水入淮口,多树大木,以铁锁贯车轮断水流.以断其船路。”金锁,即铁锁,比喻军事防御工事。金锁已被深深埋没,比喻国家已经灭亡。“壮气蒿莱。”壮气,指王气。王气已经没于野草从中,亦比喻国家灭亡。主人公敢于面对亡国的事实,其中含有悔恨之意。

“晚凉天净月华开”,秋夜凉爽,天空明净,皎洁的月光投射大地。这句对秋夜月色的描写,带着几分凄凉,国已亡,眼前只剩下惨白的月光相伴,不禁勾起对故国皇都月明之夜的回想。

“想得玉楼瑶殿影,空照秦淮。”回想起月华下的皇宫玉楼瑶殿的参差投影,即使是同样美丽的月光,只能空空地照耀着秦淮河。故国明月这一意象,成为诗词作品里对痛惜国家灭亡感情的象征,比如南宋文天祥《西江月》:“伴人无寐,秦惟应是孤月。”刘辰翁《柳梢青》:“那堪独坐青灯。想故国,高台月明,辇下风光,山中岁月,海上心情。”都是以故国明月这一意象,抒写南宋灭亡后的痛苦心情。

◉集评

沈际飞《草堂诗余续集》:“此在汴京念秣陵事作,读不忍竟。”“‘终日谁来’四字惨。”

陈廷焯《云韶集》:“起五字凄婉,却来得突兀,故妙。凄恻之词而笔力精健,古今词人谁不低首。”

俞陛云《唐五代两宋词选释》："藓阶帘静，凄寂等于长门。'金锁'二句，有铁锁沉江，王气黯然之慨。回首秦淮，宜其凄咽。唐人《浪淘沙》本七言断句，至后主始制二段，每段尚存七言诗二句，盖因旧曲名而别创新声也。"

浪淘沙

帘外雨潺潺[①]，春意阑珊[②]。罗衾不耐五更寒[③]。梦里不知身是客[④]，一晌贪欢[⑤]。　独自莫凭栏，无限关山[⑥]。别时容易见时难[⑦]。流水落花春去也[⑧]，天上人间[⑨]。

【注释】

①潺潺：雨水的声音，溪水缓缓流动的样子。柳宗元《雨中赠仙人山贾山人》："寒江夜雨声潺潺，晓云遮尽仙人山。"

②阑珊：衰败、凋零。

③不耐：经不住，经受不了。　五更寒：天快亮时的寒冷，一夜里最寒冷的时段。

④身是客：此指自己已成俘虏。　客：远离家乡寄居他乡的人。

⑤一晌：一会儿，片刻。戎昱《苦辛行》："一晌令人堪白头。"

⑥关山：泛指关隘山川。　无限关山：指原来属于南唐的国土。

⑦"别时"句：此言离开故国却这么容易，要再回去见到就难了。

⑧"流水"句：春天如同流水、落花那样过去了。此比喻国亡。

⑨天上人间：升至天上，还是回到人间，迷茫而不知归处。一说，比喻前后变化之大，如同天上人间一样，霄壤之别。

【赏析】

是词写失国之恨与故国之思。《草堂诗余》在此词下题"怀旧"《西清诗话》云："南唐李后主归朝后，每怀江国，且念嫔妾散落，郁郁不自聊。尝作长短句'帘外雨潺潺'云云，含思凄婉，未几下世。"近人唐圭璋认为："此词殆后主绝笔。"此词的具体写作时间虽难以确定。但可以确定是亡国后的作品，抒写故国之思和失国之根。

"帘外雨潺潺，春意阑珊。"帘子外面雨水缓缓，飘洒潺潺，仿佛告诉人们春天将要残尽了。淅淅的春雨，下个不停，孤身独处在囚禁之中，雨水的声音、流态使人愁上愁。"阑珊"二字，正是此种心情的写照，不仅是对春天将尽的叹息，也是对亡国的叹息，无限悲伤萦系心头。此句通过交待时间、地点，描写环境，初步揭示主人公的心态情绪。

"罗衾不耐五更寒。""五更"将时间具体化，从下文看，此当是梦觉醒来的时间，这是一夜里最冷的时段，加之下着雨，又添几分寒意。主人公感到身上盖着的被子，经不住了。"寒"字，既是写对寒冷的体感，又是写心态；不仅仅是身上感到寒，心里更感到寒。

"梦里不知身是客，一晌贪欢。"五更寒惊破残梦，回想刚才在梦里并不知道自己是被禁锢在他乡囚俘，依然像以往一样去贪婪地追逐暂时的欢乐。"一晌贪欢"，寓含着对失国的悔恨，正因为过去如此这般，所以酿成今天的"身是客"，使主人公心如刀割，痛不欲生。

前阕从梦醒听雨起，到回想梦境结。将梦境的欢乐与现状的囚禁对比，表现了主人公心中的恨怨与痛苦。后阕直抒感慨，词境乘势而显。

"独自莫凭栏"，承上而来，引出感慨。主人公嘱咐自己，独自一个人可不能倚栏远眺。"凭栏"，可见"无限关山"，故国千里江山，索魂系梦，"别时容易见时难"，离别容易，再见就难，既然如此，独自凭栏又有何益？

"流水落花春去也，天上人间。"流水不能复返，落花无从再开，春天亦然如此过去，其归于天上还是人间？春归无处，主人公归于何处？悲愤与绝望交织，真乃历史之悲剧。

◉**集评**

胡仔《苕溪渔隐丛话》引蔡絛《西清诗话》："南唐李后主归朝后，每怀江国，且念嫔妾散落，郁郁不自聊。尝作长短句'帘外雨潺潺'云云，含思凄惋，未几下世。"

沈际飞《草堂诗余正集》："'梦觉'语妙，那知半生富贵，醒亦是梦耶？末句，可言不可言，伤哉。"

李攀龙《草堂诗余隽》："结句'春去也'，悲悼万状。"

卓人月汇选、徐士俊参评《古今词统》："花归而人不归，寓感良深，若作'春去也'便犯春意句。"

郭麐《灵芬馆词话》："绵邈飘忽之音，最为感人深至。李后主之'梦里不知身是客，一晌贪欢'，所以独绝也。"

贺裳《皱水轩词筌》："南唐主《浪淘沙》曰：'梦里不知身是客，一晌贪欢。'至宣和帝《燕山亭》则曰：'无据，和梦也有时不做。'情更惨矣。此犹《麦秀》之后，有《黍离》也。"

谭献《谭评词辨》："雄奇幽怨，乃兼二难，后起稼轩，稍伧父矣。"

陈廷焯《词则·大雅集》："结得怨惋，尤妙在神不外散，而有流动之致。"

张德瀛《词徵》："李后主词：'梦里不知身是客，一晌贪欢。'张蜕岩词：'客里不知身是梦，只在吴山。'行役之情，见于言外，足以知畦径之所自。"

陈锐《褒碧斋词话》："李后主词'帘外雨潺潺'，寻常白话耳。金元人词亦说白话，能有此缠绵否？"

吴瑞荣《唐诗笺要》："此词略摹失路焚巢之象，令人欲碎唾壶。此间甚乐，较蜀主似为有情。"

王闿运《湘绮楼词选》："高妙超脱，一往情深。"

破阵子

四十年来家国①，三千里地山河②。凤阁龙楼连霄汉③，玉树琼枝作烟萝④，几曾识干戈⑤？　一旦归为臣虏⑥，沈腰潘鬓销磨⑦。最是仓皇辞庙日⑧，教坊犹奏别离歌⑨，垂泪对宫娥。

【**注释**】

①"四十年"句：此指约数。南唐建于公元937年，亡于公元975年，为38年。

②三千里地：概说南唐地域之广，时辖今之苏、皖、赣、闽等省之部分地区。

③霄汉：高空。霄，云霄；汉，河汉，天河。

④萝：即女萝，一种花卉。

⑤"几曾"句：未曾经历过战争。几曾：何曾。干戈：古代兵器总称，此代称战争。

⑥"一旦"句：一天归顺成为北宋的臣下和俘虏。据史载，宋太祖开宝八年(975)冬，宋将曹彬攻破南唐都城金陵，后主肉袒而降，成为俘虏。

⑦沈腰：用南朝沈约言己年老多病，腰肢日瘦的典故。潘鬓：用西晋潘岳三十鬓白之典故。销磨：渐渐消耗、消除、毁灭。此指消磨时日。

⑧"最是"句：特别是匆忙慌张地辞别宗庙的那天。史载李煜离开金陵北行，于公元976年正月至汴京。

⑨教坊：古代掌管宫廷音乐的机构。

【赏析】

是词追忆辞别金陵往事。前阕写建国历史、故国地广繁华,却战败亡国。

“四十年来家国,三千里地山河。”写故国历史与疆域。南唐自公元937年开国,至公元975年灭亡,历时38年,拥有三千里江山。两句对仗工整,“四十年”,建国历史较长;“三千里”,国土疆域较广。“家国”、“山河”,言故国,寓含深深的眷恋;而今故国已亡,主人公对家破国亡、山河沦陷的现状,充满无限的哀痛与悔恨。

“凤阁龙楼连霄汉,玉树琼枝作烟萝。”描写故国宫廷美景,表达赞美与依恋之情。凤阁龙楼宏伟华丽,高耸连接九天银河。据陆游《南唐书》载:“元帝于宫中作大楼。”《景定建康志》载:“南唐宫中是有百尺楼、绮霞阁。”广种美玉般的珍稀树木,那琼玉枝条繁密;还有珍贵女萝花枝纷繁,笼罩在烟雾之中。对故国皇宫宏伟壮观、豪华瑰丽的赞美,交织着依恋不舍的热爱之情与因失去而痛心疾首之情。

“几曾识干戈。”主人公直吐心里话,未曾懂得战争的事情,暗含沉痛的反思。“生于深宫之中,长于妇人之手”,沉浸在美酒美人、吟诗填词之中,统治期间既无文治,亦无武功;内不图治,外不谋强,何来“识干戈”,何来抵御入侵之实力,能不家破国亡?

后阕写亡国之恨。“一旦归为臣虏,沈腰潘鬓消磨。”一旦自己当了俘虏,由君王降为臣人,就像沈约那样腰肢逐渐消瘦、就像潘岳那样鬓发逐渐斑白,在消磨时日。沈腰,《梁书·沈约传》载,沈约致书好友徐勉说:“老病百日数旬,革带常应移孔,以手握臂,率计月小半分。以此换算,岂能支久?”言下之意是,他一天天消瘦,行将死亡。后人遂以沈腰代指消瘦。潘鬓,西晋潘岳是美男子,其《秋兴赋》说“斑鬓发以承弁兮。”后人以潘鬓代指衰老。主人公以沈腰潘鬓自喻,说自当了俘虏后,度日如年,肉体与精神受到折磨,痛苦难挨。

“最是仓皇辞庙日,教坊犹奏别离歌,垂泪对宫娥。”特别是匆忙慌乱地辞别皇家宗庙的那天,教坊还要演奏那别离的乐曲,流着眼泪向宫娥们一一告别。“最是”,强调伤心的程度;“仓皇”,突出亡国之速与狼狈;“犹”,迫于无奈,不得已。

是词当作于南唐亡国,李煜当俘虏之时,如实描写了当时的情状。据史载,公元976年正月,他和小周后一起被押解至宋都城汴京。在被押解北上的渡口,回首故国,他口吟七律一首:“江南江北旧家乡,四十年来梦一场。吴苑宫闱今冷落,广陵台殿已荒凉。云笼远岫愁千片,雨打归舟泪万行。兄弟四人三百口,不堪回首细思量。”可见此诗乃《破阵子》词境之发端,但悔恨之意则是词作才见。“几曾识干戈”是反思的表现。陆游《南唐书·后主本纪》载:“后主以军旅委皇甫继勋,机事委陈乔、张洎,又以徐元瑀等为内殿传诏。而遽书警奏日夜狎至,元瑀则屏不以闻。王师屯城南十里,闭门守陴,后主犹不知也。”亡国在即,李煜却昏庸至此,焉能不亡?

结句“垂泪对宫娥”,苏轼《东坡志林》批评道:“后主既为樊若水所卖,举国与人,故当恸哭于九庙之外,谢其民而后行,顾乃挥泪宫娥,听教坊离曲哉!”苏学士也太苛刻了,词作绝非是现实生活的复印品,与宫娥相对无语,深情泣别,表面是对声色之迷恋,实质是默默不语地表示悔恨。

◉**集评**

洪迈《容斋随笔》:“东坡书李后主去国之词云:‘最是仓皇辞庙日,教坊犹奏别离歌,挥泪对宫娥。’以为后主失国,当恸哭于庙门之外,谢其民而后行,乃对宫娥听乐,形于词句。予观梁武帝启侯景之祸,涂炭江左,以至覆亡,乃曰:‘自我得之,自我失之,亦复何恨?’其不知罪己,亦甚矣。窦婴救灌夫,其夫人谏止之,婴曰:‘侯自我得之,自我捐之,无所恨。’梁武用此言而非也。”

袁文《瓮牖闲评》:"余谓此(指《破阵子》)决非后主词也,特后人附会为之耳。观曹彬下江南时,后主预令宫中积薪,誓言若社稷失守,当携血肉以赴火,其厉志如此。后虽不免归朝,然当是时更有甚教坊,何暇对宫娥也?"

梁晋竹《两般秋雨庵随笔》:"南唐李后主词:'最是仓皇辞庙日,不堪重听教坊歌,挥泪对宫娥。'讥之者曰仓皇辞庙,不挥泪于宗社而挥泪于宫娥,其失业也宜矣。不知以为君之道责后主,则当责之于垂泪之日,不当责之于亡国之时。若以填词之法绳后主,则此泪对宫娥挥为有情,对宗社挥为乏味也。此与宋蓉塘讥白香山诗谓忆妓多于忆民,同一腐论。"

虞美人

风回小院庭芜绿[①],柳眼春相续[②]。凭栏半日独无言,依旧竹声新月似当年。　笙歌未散尊罍在,池面冰初解。烛明香暗画楼深,满鬓清霜残雪思难任[③]。

【注释】

①"风回"句:春风重回小庭院,丛生的草泛起了绿色。　芜:丛生之草。

②柳眼:柳树早春初生的叶子,犹如人的睡眼初展。李商隐《二月二日》:"花须柳眼各无赖,紫蝶黄蜂俱有情。"　相续:相继而至。

③清霜残雪:以霜、雪形容鬓发斑白;以清、残加强白发的色调。　思难禁:忧愁之思难以让人忍受。

【赏析】

是词当为李煜俘后所作,乃刚当俘虏后到汴京的生活写照,抒发往事不堪回首的情感。

前阕所写事件的时间由清晨到入夜。首两句"风回小院庭芜绿,柳眼春相续。"写清晨起来,眼前景使主人公感觉到春天重回。东风又回来了,小小庭院里的草丛开始泛绿了,柳树新抽的叶子好像人的睡眼,今年春天是去年春天的继续。"风回"、"庭芜"、"柳眼"是"春相续"的典型物候,"绿"是典型色彩。"小院",点明地点,亡国之君被囚禁的地方,与昔日的"凤阁龙楼"相差了十万八千里,春天相续,旖旎风光,并不属于主人公,目睹此景,心里自是别一番滋味。

"凭阑半日独无言。"这是写动作神态,凭靠栏干半天,独自一人没有说话。词人曾有"独自莫凭栏"之句,人到伤心时不要一个人凭靠栏干,而今凭栏半天,一句话也没说,这另是一种悲痛心情。"半日",点明凭栏与无言时间长久,久久发呆;"独",沦为囚徒,无人作伴,处境孤独;"无言",心里有话要说,但不想说、不便说、不能说,只好不说,内心痛苦愁恨无限,既有对现实的思考,亦有对往昔的追忆,引出下文。

"依旧竹声新月似当年。"凭栏久,直至新月初上,神志不免迷离恍惚,或许听到了远处传来的丝竹乐声。忽然间,主人公陷入回忆之中,出现幻景:自己依旧像当年那样在皇宫里欣赏这乐声、这新月,巧妙地将现在与过去联系在一起,将回忆过去的欢愉与发泄现时的愁恨交织在一起。

"笙歌未散尊罍在,池面冰初解。"两句接"竹声新月"而来,继续写回忆。当年的欢宴好像还没有散去,那盛酒的尊罍都还摆在那里,天气虽然还寒冷,但池面的冰已经开始融化。主人公这时回忆的故国皇宫里歌宴的情景,跟回忆故国皇宫的建筑物"想得玉楼瑶殿影"、"雕栏玉砌应犹在"等等一样,都体现了眷恋故国的深情。

"烛明香暗画楼深，满鬓清霜残雪思难任。""烛明香暗"，说明时间到了夜深人静时分，主人公对镜照看，只见满头白发如秋霜冬雪。从容颜的改变，写出因家破国亡的痛苦与囚禁境遇的凄惨。"思难任"，无限的哀怨，极度的悲愤，怎能让人忍受得了。

词作善用对比：春色与主人公"满鬓清霜残雪"、过去与现状，构成强烈的反差，突出表现了亡国之恨，故国之思。

◉**集评**

沈际飞《草堂诗余续集》："此亦在汴京忆旧乎？"又云："华疏采会，哀音断绝。"

卓人月汇选、徐士俊参评《古今词统》："此君'花明月暗'之外，复有'烛明香暗'。"

谭献《谭评词辨》："二词（指此阕及'春花秋月'）终当以神品目之。""后主之词，足当太白诗篇，高奇无匹。"

俞陛云《唐五代两宋词选释》："五代词句多高浑，而次句'柳眼春相续'及《采桑子》之'九曲寒波不溯流'，琢句工练略似南宋慢体。此词上、下段结句，情文悱恻，凄韵欲流，如方干诗之佳句，乘风欲去也。"

虞美人

春花秋月何时了[1]？往事知多少[2]！小楼昨夜又东风[3]，故国不堪回首月明中[4]。　雕栏玉砌应犹在，只是朱颜改。问君能有几多愁？恰似一江春水向东流。

【注释】

①春花秋月：春之花，秋之月。一年当中最美好的时光。　何时：什么时候。　了：了结，完结。

②往事：指亡国前的令人依恋的事情。　知多少：犹多少都知道，一一记得。孟浩然《春晓》："夜来风雨声，花落知多少？"

③又东风：又是春风浩荡，言又一个春天到了。

④"故国"句：月光之下，痛苦不堪地回想故国往事。

【赏析】

是词抒发对故国的依恋之情。

"春花秋月何时了？"问句开头，春之花，秋之月，这么美好的光景，什么时候才能完结？春花，年年开；秋月，年年有，是谁也改变不了、完结得了的规律，是妇孺皆知的常识。主人公却偏偏要问"何时了"，因为"春花秋月"，压根儿就不属于一个囚俘，这美好的光景只能刺痛其心，徒添愁怨，所以见"春花秋月"而厌恶犯愁，不想见、不愿见。无奈之时，唯有发出"何时了"的诘问发泄，总比无声的反抗要感到好些。

"往事知多少！"故国未亡时的往事，不管多少，都记得清清楚楚。主人公不忘往事，表明心中犹记故国，只是因为失去了才痛苦悔恨。

"小楼昨夜又东风，故国不堪回首月明中。""小楼"，是主人公拘留之处，与故国皇宫的"凤阁龙楼"相比，不可同日而语，真是"天上人间"的霄壤之别。昨天夜里又回旋起春风吹拂的淅淅响音，春天又来到了人间。但是，主人公却觉得，痛苦的一年才刚刚开始，囚居生活"何时了"。月光如水，夜色算美好的了，怀念故国，委实令人难以忍受。

"东风"与"春花"，"月明"与"秋月"前后相照应，使前阕一气呵成，景景相应，情情相连，将对囚禁的憎恨与亡国的悔恨，淋漓尽致地抒发出来。

“雕栏玉砌应犹在，只是朱颜改。”故国皇宫的雕栏玉砌应当还存在吧，只是我的容颜发生了变化。前句的推测忖度心态，表明对故国牵肠挂肚般的惦念。雕栏玉砌是皇宫的经典，皇宫是故国的象征，主人公言其“在”，是希望能重返；可是这个“在”并非自己拥有的“在”，是已经失去的、或许永远不能再拥为己有的“在”。“改”，是精神摧残造成的肉体伤害。

“问君能有几多愁？恰似一江春水向东流。”自问自答，承首句而来。你问我能有几多的愁恨？就像满江的春水，滔滔不绝地向东流去。词作“愁”的喻体，是一个整体，并非是一般之“春水”，“一江”言其规模之宏大，“春水”从四面八方汇入江河，“一”字，犹“满”，满江满河的；“流”言其势头之持续，源源不断地汇入，滔滔不绝地流去；“向东”言其方向之稳定，故国在主人公被囚处的东方，“春水”流向东，即流向故国，暗示身在囚地而心系东方之故国，盼望能早归去。由此可见，结尾两句被誉为千古绝唱是不无道理的。

李煜这首词，历来被视为绝命之词，其据有宋代王铚的《默记》所载：“后主在赐第，因七夕，命故伎作乐，声闻于外。太宗闻之，大怒。又传‘小楼昨夜又东风’及‘一江春水向东流’之句，并坐之，遂被祸云。”有陆游的《避暑漫抄》：“李煜归期后，郁郁不乐，见于词语。在赐第，七夕命故伎作乐，闻于外。又传‘小楼昨夜又东风’，并坐之，遂被祸。”这些记载说明，这首词很有可能导致了杀身之祸害。

◉集评

王楙《野客丛书》：“《后山诗话》载王平甫子斿谓秦少游‘愁如海’之句，出于江南李后主‘问君还有几多愁，恰似一江春水向东流’之意。仆谓李后主之意，又有所自。白乐天诗曰：‘欲识愁多少，高于滟滪堆。’刘禹锡诗曰：‘蜀江春水拍天流’，‘水流无限似侬愁。’得非祖此乎？则知好处前人皆已道过，后人但翻而用之耳。”

罗大经《鹤林玉露》：“诗家有以山喻愁者，杜少陵云‘忧端如山来，澒洞不可掇。’赵嘏云‘夕阳楼上山重叠，未抵春愁一倍多’是也。有以水喻愁者，李颀云‘请量东海水，看取浅深愁。’李后主云‘问君能有几多愁，恰似一江春水向东流。’秦少游‘落红万点愁如海’是也。贺方回云‘试问闲愁知几许，一川烟草，满城风絮，梅了黄时雨。’盖以三者比愁之多也，尤为新奇，兼兴中有比，意味更长。”

陈郁《藏一话腴》：“太白云：‘请君试问东流水，别意与之谁短长？’江南李后主曰：‘问君还有几多愁，却似一江春水向东流。’略加融点，已觉精采。至寇莱公则谓：‘愁情不断如春水。’少游云：‘落红万点愁如海。’青出于蓝，而胜于蓝矣。”

卓人月汇选、徐士俊参评《古今词统》：“只一‘又’字，宋元以来抄者无数，终不厌烦。”

董其昌《评注便读草堂诗余》：“山谷羡后主此词，荆公云未若‘细雨梦回鸡塞远，小楼吹彻玉笙寒’尤为高妙。”

谭献《谭评词辨》：“终当以神品目之。”

陈廷焯《云韶集》：“一声恸歌，如闻哀猿，呜咽缠绵。满纸血泪。”

王闿运《湘绮楼词选》：“常语耳，以初见故佳，再学便滥矣。‘朱颜’本是山河，因归宋不敢言耳。若直说‘山河改’，反又浅也。结亦恰到好处。”

俞陛云《唐五代两宋词选释》：“就词而论，李、刘、秦诸家之以水喻愁，不若后主之‘春江’九字，真伤心人语也。”

俞平伯《读词偶得》：“人曰李后主是大天才，此无征不信，似是而非之说也。情一往而深，其春愁秋怨如之，其词笔复宛转哀伤，随其孤往，则谓为千古之句可，谓为绝代之才亦可。凡后主一切词皆当如是观，不但此阕也，特于此发其凡耳。”

冯延巳《阳春集》

【小传】

冯延巳(903—960),字正中,一名延嗣,又作延己,南唐广陵人。有辞学,多伎艺,烈祖李昇以为秘书郎,便与元宗李璟游处,累迁驾部郎中,元帅府掌书记。保大四年自中书侍郎拜平章事,出镇抚州。及再入相,元宗悉以庶政委之,后罢为太子少傅。著有词作百余,号《阳春集》。

◉集评

沈雄《古今词话·词评》引《乐府纪闻》:“词最富,有《阳春集》。”引《蓉城集》:“《阳春》词尚饶蕴藉,堪与李氏齐驱。”《柳塘词话》:“陈世修云:冯正中乐府思深语丽,韵逸调新,有杂入《六一集》中者,余谓其多百首。黄山谷、陈后山犹以庸滥目之,然诸家骈金俪玉,而《阳春》词为言情之作。”

刘熙载《艺概》:“韦端己、冯正中诸家词,留连光景,惆怅自怜,盖亦易飘飏于风雨者。若第论其吐属之美,又何加焉。”“冯延巳词,晏同叔得其俊,欧阳永叔得其深。”

冯煦《唐五代词选序》:“吾家正中翁,鼓吹南唐,上翼二主,下启欧、晏,实正变之枢纽,短长之流别也。”

缪荃孙《宋元词四十家序》:“《阳春》领袖于南唐。”

陈廷焯《白雨斋词话》:“冯正中词,极沉郁之致,穷顿挫之妙,缠绵忠厚,与温韦相伯仲也。”《词坛丛话》:“终五代之际,当以冯正中为巨擘。”

况周颐《历代词人考略》:“《阳春》一集,为临川、《珠玉》所宗,愈瑰丽,愈醇朴。南渡名家,沾丐膏馥,辄臻上乘。冯词如古蕃锦,如周秦宝鼎,琳琅满目,美不胜收。词之境诣至此,不易学,并不易知,未容漫加选择,与后主词实异曲同工也。”

俞陛云《唐五代两宋词选释》:“《阳春集》为五代词中之圣,犹《清真集》之在北宋也。”

王国维《人间词话》:“正中词虽不失五代风格,而堂庑特大,开北宋一代风气。”“词之最工者,实推后主、正中、永叔、少游、美成,而后此南宋诸公不与焉。”

刘永济《唐五代两宋词简析》:“其词却极佳,词中表达之情极复杂,有猜疑者,有希冀者,有留恋者,有怨恨者,有放荡者,而皆能随意写出,艺术甚高。宋初词人,皆受其影响。”

龙榆生《唐宋名家词选》:“延巳在五代为一大作家,与温、韦分鼎三足,影响北宋诸家者尤巨。南唐歌词种子,向江西发展,辙迹可寻,冯氏实其中心人物,治词史者所不容忽也。”

鹊踏枝①

梅落繁枝千万片,犹自多情②,学雪随风转。昨夜笙歌容易散③,酒醒添得愁无限④。　楼上春山寒四面⑤,过尽征鸿⑥,暮景烟深浅。一晌凭阑人不见⑦,鲛绡掩泪思量遍⑧。

【注释】

①鹊踏枝:一名《蝶恋花》。

②犹自:还自。窦弘余《广谪仙怨·胡尘犯阙冲关》:“独望天边初月,蛾眉犹自弯弯。”

③笙歌:借指音乐歌舞。毛文锡《柳含烟》:“笙歌未尽起横流,锁春愁。” 笙:一种吹奏乐器。

④“酒醒”句,醉酒醒过来之后,反而增添了无尽的忧愁。徐图昌《临江仙·饮散离亭西去》:“酒醒人静奈愁浓。”

⑤“楼上”句:登上高楼远眺群山,令人感到早春寒气笼罩四周。

⑥征鸿：征，远行，此指远飞；鸿，指大雁。征鸿，远飞的大雁。李白《感兴六首》之三："征鸿务随阳。"

⑦一晌：一阵子、一会儿。李煜《浪淘沙·帘外雨潺潺》："梦里不知身是客，一晌贪欢。" 凭阑：靠着栏干站着。阑，同栏，栏干。李煜《浪淘沙·帘外雨潺潺》："独自莫凭栏，无限江山。"

⑧鲛绡(xiāo)：相传为鲛人织的纱。欧阳炯《南乡子》："袖敛鲛绡，采香深洞笑相邀。"此指薄如鲛绡的巾帕之类。 思量：想念、思考。此指带着悲情伤感的情思。

【赏析】

是词抒发因早春而萌发的忧患感慨。前阕起首，描写梅花。繁密的枝头上虽然抖落梅花花瓣千朵万朵，"犹自多情"，抹上感情色彩，梅花拟人化了，她并不因此而伤怀，还依然那样多情。"学雪随风转"，模仿着漫天大雪，伴随着凛风飘扬打转。词人的视觉由近及远、由点到面，镜头由特写推摇开去，定格全景，紧紧抓住梅花傲雪怒放这一典型物候，写出了倒春寒天气的凌厉，为抒怀铺垫环境氛围。"昨夜笙歌容易散，酒醒添得愁无限。"眼前的寒流冽风，令人感怀，刚刚过去的一夜笙歌带来的欢快，仿佛亦"随风转"去，很容易就失散得清光了，"散"字，用得活，原先的欢乐愉快就这样没了。因为"散"，所以"酒醒"；因为"酒醒"，所以"添得"——"愁无限"。前阕以此歇拍，初步抒发了感慨。

过片，时间转入黄昏，以登楼远眺承接。登临高楼，四望群山，被春寒笼罩，那远去的大雁飞过，暮色之中只剩下迷茫遍野的烟气。结拍，倚凭栏干站立一阵子也受不住那不见人影儿的孤寂，赶快要拿出薄纱巾来抹泪，悲情伤感充塞心胸。

通观全词，词人对早春的"愁"与"思"，皆由"容易散"而生。一场倒春寒来得那么快，眼前的大好春光，"一晌"就"不见"了，开满繁枝的绚丽梅花落了，学得飞雪飘扬，只见"春山寒四面"、"暮景烟深浅"；使人感到一切都"容易散"、"愁无限"、"思量遍"，真是好花不常、好景不长，生命有限呀！词作没有一句议论，通过寓情于景，情景交融地将感慨抒发出来。

◉集评

陈廷焯《白雨斋词话》："词有貌不深而意深者，韦端己《菩萨蛮》、冯正中《蝶恋花》是也。若厉樊榭诸词，造语虽极幽深，而命意未厚，不耐久讽，所以去古人终远。"

王鹏运《半塘丁稿·鹜翁集》："冯正中《鹊踏枝》十四阕，郁伊惝恍，义兼比兴。"

吴梅《词学通论》："正中词缠绵忠厚，与温、韦相伯仲。其《蝶恋花》诸作，情词悱恻，可群可怨。张皋文云：'忠爱缠绵，宛然《骚》、《辨》之义。'余最爱诵之。如'日日花前常病酒。不辞镜里朱颜瘦。''泪眼倚楼频独语。双燕来时，陌上相逢否？''浓睡觉来莺乱语，惊残好梦无寻处。'思深意苦，又复忠厚恻怛。词至此则一切叫嚣纤冶之失，自无从犯其笔端矣。"

陈秋帆《阳春集笺》："愁苦哀伤之致动于中，蒿庵所谓'危苦烦乱，郁不自达，发于诗余'者。"

鹊踏枝

谁道闲情抛掷久[①]，每到春来，惆怅还依旧[②]。日日花前常病酒[③]，不辞镜里朱颜瘦[④]。　河畔青芜堤上柳[⑤]，为问新愁[⑥]，何事年年有？独立小桥风满袖，平林新月人归后[⑦]。

【注释】

①闲情：清闲雅逸的情思与兴趣。 抛掷：抛却、忘却。牛希济《中兴乐》："东风寂寞，恨郎抛掷，泪湿罗衣。"

②惆怅：因失意而伤感、懊恼。宋玉《九辨》："廓落兮羁旅而无友生，惆怅兮而私自怜。" 依旧：仍然如故。白居易《长恨歌》："归来池苑皆依旧。"崔护诗："人面只今何处去，桃花依旧笑春风。"

③病酒：因喝酒过度而感觉身体不适。

④不辞：不予爱惜。 朱颜：红润的面容。此指少时美好的面容。李煜《虞美人》："雕栏玉砌应犹在，只是朱颜改。"

⑤芜：杂草。

⑥为问：请问。

⑦"平林"句：众人散去后，只有一弯清月静静地悬挂在丛林的上空。此句借凄清的景色写自己落寞的情怀。 平林：平原上的树林。《诗·小雅·车》："依彼平林。" 新月：农历每月初三初四夜晚的月亮。

【赏析】

是词抒发惆怅情绪。前阕以反诘句总起，谁说我已经将闲情抛弃许久了呢？每逢春天来到的时候，那失意而伤感的情思就依然如故呀。这一诘一答，自然而然地将词作的惆怅之绪表达出来，并且，明白地说出惆怅已经是超出了"闲情"的范畴。接下写其"依旧"的表现。

"日日花前常病酒，不辞镜里朱颜瘦。"为了摆脱惆怅的困扰，天天在那花前饮酒，一饮就要酩酊大醉，经常因饮过了度而感觉不适。即便如此，任由镜里的朱颜日渐消瘦。"日日"，从时间上言其连续不断地"依旧"；"常"，从程度上言其"依旧"行为，简直到了病态而不可停歇。这样的结果是"朱颜瘦"，而"依旧"不惜。

过片以"河畔青芜堤上柳"这一实景呼应开头之"每逢春来"，并将"惆怅"推向深一层。河边两岸的杂草转青了，堤上的柳树抽条了，春意盎然，然而，芳草萋萋，最能牵动人们的归思；柳条依依，人们别离时必然攀折的相赠之物。词人心中的惆怅，或许是思归，或许是离愁别绪，或许是失意而伤感之总和。但是，有一点是可以肯定的：他的惆怅，是超越了常人的儿女之情。"为问新愁，何事年年有？"问得好，愁不仅每逢春来会有、年年会有，这愁并非年年重复之愁，而是"新愁"。好一个"新"字，词作抒情议论掘到了深处，他的惆怅跨越了花前月下之相思，告诉人们，惆怅，逢春而依旧有；惆怅，逢春而又新增；更有甚者，也许会永无休止地重叠相加，理不清，理还乱。不是吗？"独立小桥风满袖，平林新月人归后。"他与友人相会，众人散去了，一弯新月初照原野树林之上。这里不用明月、朗月，而用"新月"，颇具匠心，时间上暗中回应上边的"日日"、"年年"，补笔隐藏"月月"，其二是回应"新愁"，不仅是春来，而且是每月一开始便如此。可见，这一"新月"之"新"不是笨笔之重复。他此时并不归去，自个儿伫立小桥之上，任由夜风吹拂，鼓涨起衣袖。一个满腹惆怅的人物形象，跃然纸上，词作的抒情，在感人艺术形象的基础上升华。

◉集评

谭献《复堂词话》："此阕叙事。"

陈廷焯《白雨斋词话》："正中《蝶恋花》：'谁道闲情抛弃久？每到春来，惆怅还依旧。日日花前常病酒，不辞镜里朱颜瘦。'始终不渝其志，亦可谓自信而不疑，果毅而有守矣。""可谓沉着痛快之极，然却是从沉郁顿挫来，浅人何足知之？"《云韶集》："起得风流跌宕。'为何'二句映起笔。'独立'二语，仙境、凡境？断非凡笔。"

俞陛云《唐五代两宋词选释》："词家每先言景，后言情，此词先情后景。结末二句寓情于景，弥觉风致夷犹。"

梁启超《艺蘅馆词选》："稼轩《摸鱼儿》起处，从此脱胎，文前有文，如黄河伏流，莫穷其源。"

唐圭璋《唐宋词简释》："此首写闺情，如行云流水，不染纤尘。"

鹊踏枝

秋入蛮蕉风半裂①，狼籍池塘②，雨打疏荷折。绕砌蛩声芳草歇③，愁肠学尽丁香结④。　回首西南看晚月，孤雁来时，塞管声呜咽⑤。历历前欢无处说⑥，关山何日休离别⑦。

【注释】

①"蛮蕉"句：秋天来了，南方露地的芭蕉叶子大多都被寒风吹裂了。蛮：南方民族，此指南方。蕉：即芭蕉，原产日本琉球群岛及我国台湾，后传入中国大陆，秦岭淮河以南，可露地栽种供观赏。半：大半，大部分。

②狼籍：同狼藉，散乱不整齐的样子。

③蛩(qióng)：蟋蟀。白居易《禁中闻蛩》："西窗独暗坐，满耳新蛩声。"歇：停止，此言芳草停止生长。

④"愁肠"句：愁肠百转恰似丁香结，比喻痛苦的心境。

⑤塞(sài)管：又称"羌笛"，我国西部地区少数民族的一种竖吹乐器，两汉之际，传入中原。

⑥"历历"句：记忆犹新的往日恋情，却没有地方去诉说。历历：清清楚楚、分明可数。前欢：以往的愉快欢乐。

⑦关山：原指关塞与山岳，又泛指边塞之地，此指遥远之地。休：停止，不再出现。

【赏析】

是词写念远怀人。词作以"秋"字开头，直截了当写秋天景色。秋天到了，万物萧索，种植在露地供观赏的芭蕉，被干燥的秋风吹得大半的叶子开了裂。那池塘上，更是一片狼藉，秋雨洒落，拍打稀疏的荷叶，荷蔓折断了。这两句抓住芭蕉、荷花被摧残作典型，从视觉上，写出了秋风秋雨对自然万物的恣虐。"入"、"裂"、"打"、"折"准确而形象地写出了秋风之劲、秋雨之猛。"狼籍"是对秋景的总括。接着两句，词人从听觉、视觉、感觉三方面结合，进一层写秋景：蟋蟀鸣声缭绕着阶砌不停地传送出来，芳草停止了生长，渐渐显得枯萎了。这肃杀的秋天，令人愁肠千结，仿佛丁香花结一般。

前阕，词人使用意象组合：秋风劲吹、芭蕉裂叶、秋雨摧打、荷塘残蔓、绕砌蛩声、芳草枯黄，来铺陈秋天景物，水到渠成地将愁怨情愫比作丁香花结来结束前阕。歇拍，乃满含感情而抒发的叹息。词人为何而"愁"，仅仅是秋天的自然景色吗？如果只是停留在这个层面，词的意境就浅了。

过片以"回首"接上，气脉相连，时间转换成晚上。回过头来，眺望西南方向，无言含情地看着朗朗秋月，夜空之上孤雁飞过，远处传来呜咽的羌笛声。词人以万籁俱寂的、明月朗照的秋夜作为静止的背景，以孤雁飞过、羌笛鸣声为动态的前景，勾勒出秋夜情景。全词至此，一幅萧瑟的秋景图已经呈现在读者面前。"历历前欢何处说，关山何日休离别。"词人满腹的愁怨如潮水般涌动，终于奔突而来。那深藏胸中而又历历在目的过往的欢愉快乐到哪里、向谁人诉说呀，关山啊关山，你什么时候才会停止世人的离别呢？原来，词人的愁怨,在于离别;词人的心境,在于念远怀人。

◉集评

陈秋帆《阳春集笺》:"玩味其意,多凭吊凄怆之慨。"

鹊踏枝

花外寒鸡天欲曙①,香印成灰②,起坐浑无绪③。檐际高桐凝宿雾④,卷帘双鹊惊飞去。　屏上罗衣闲绣缕⑤,一晌关情⑥,忆遍江南路。夜夜梦魂休谩语⑦,已知前事无寻处。

【注释】

①寒鸡:五更时分、晓寒之中,雄鸡啼鸣。

②香印:香烛上用以计时的刻记。

③浑:简直、几乎。杜甫《春望》:"白头搔更短,浑欲不胜簪。"　无绪:没有情绪、心情。

④宿:隔夜。　宿雾:昨夜的雾。

⑤"屏上"句:屏风上挂着没有绣完的罗衣,闲垂下长长的绣线。　绣缕:刺绣用彩色的丝线。

⑥关情:涉及、牵连到的情思。温庭筠《菩萨蛮》:"春梦正关情,镜中蝉鬓轻。"

⑦谩(mán):欺骗。

【赏析】

是词写闺怨。词作选择拂晓,作为时间起点,展开情节。五更晓寒,花外空间,传来雄鸡的啼唱,天快要亮了。一个"寒"字,带着主观感情,既明写清晨的天气温度,又暗写闺中主人公心中的凄凉感觉,似乎在告诉人们,早晨天气清寒,而她的心比天气更清寒,充满着悲凉。刻着计时度数的香烛已经烧尽,聚集起残灰堆儿,那么,闺妇心中燃烧着的爱情火焰,又会如何?词作大概在用"香印成灰"来比喻吧。窗外的寒气与室内的香灰,营造了一种凄寂、清冷的环境,从而为刻画闺妇形象作好了铺垫。接着,写她的动作表情。她起身坐着,简直一点心情也没有。本来,人经过一夜的睡眠休息,早上起来,应该是精神饱满的,但是,她却如此反常,"浑无绪",好像有点不合情理。她为什么有悖常理?词作接下来,抽丝剥茧,一一展现。

"檐际高桐凝宿露",写她望外所见,屋檐旁高大的梧桐树繁密的绿叶凝聚着昨夜的露水。这亦使她伤感,梧桐树象征筑巢引凤,"檐际高桐"本应是她爱情的温馨之家,但是,宿夜过去,得到的只是露水,等到太阳出来,露水就要消散尽净,啥也没有了。

"卷帘双鹊惊飞去",她卷起帘儿,一双喜鹊被惊动而飞向远方。喜鹊双双飞落帘旁,可能是喜事将临,她心里自然感到少许的安慰。但是,她"卷帘"的举动,惊扰了它们,结果双双飞去。她该有多么的后悔。

过片,将场景转向屏风:"屏上罗衣闲绣缕",屏风上挂着没有完成绣工的罗衣,色彩鲜艳的缕线被随便地低垂着。这一特写,是词人精心设计的。刺绣衣裳,是闺妇份内的女红,"闲绣缕",表明她已罢女红多时了,补述细节,回应"浑无绪"。"一晌关情,忆遍江南路。"一霎间的情感牵动,都会令她将在江南时的欢愉全部回想起来,一点儿不剩。可见,她的爱情经历是何等的刻骨铭心。正因为如此,所以,"夜夜梦魂休谩语,已知前事无寻处。"结尾这两句,真是字字如泣如泪,读之令人哽咽。一夜复一夜的梦里相见,不要再说那些骗人的谩语了。以往的爱情海誓,再也没有地方可以寻找回来了。闺妇心中的忧伤,好像在结句中得到了解脱,其实是无可奈何的哀叹。

◉集评

俞陛云《唐五代两宋词选释》:"芬芳悱恻之音。"

俞平伯《读词偶得》:"写天明光景(指'卷帘'句),笔意跳脱。"

鹊踏枝

叵耐为人情太薄①。几度思量,真拟浑抛却②。新结同心香未落③,怎生负得当初约④。　休向尊前情索莫⑤,手举金罍⑥,凭仗深深酌⑦。莫作等闲相斗作⑧,与君保取长欢乐。

【注释】

①叵(pǒ)耐:同"叵奈",不可耐,可恨。　情太薄:犹言薄情太甚,负心。

②拟:计划,打算。杜甫《丈人山》:"丈人祠西佳气浓,缘云拟住最高峰。"　浑:全部。

③"新结"句:新编扎的同心结带着的香气还没有挥发掉。　结同心:用锦带编织成的菱形连环回文结,表示男女恩爱同心。

④怎生:如何、怎样。陆淞《瑞鹤仙》:"问因循、过了青春,怎生意稳。"

⑤尊前:在酒尊之前。指宴饮时。　索莫:沮丧、寂寥,缺乏生气的样子。鲍照《拟行路难》之九:"今日见我颜色衰,意中索莫与先异。"

⑥金罍(léi):古代盛酒或水的金属容器。

⑦凭仗:依靠、依赖。孙光宪《清平乐》:"凭仗东风吹梦,与郎终日东西。"

⑧莫作:不要当作。　等闲:寻常、随便。白居易《琵琶行》:"今年欢笑复明年,秋月春风等闲度。"　斗作:逗耍。"斗"通"逗",引逗。

【赏析】

是词写遭遇薄情后,寻求自我解脱。

前阕开头即谴责"薄情"。真是太可恨了,做人这么薄情,要变心就变心。面对情人的负心,主人公痛苦过后,几经考虑,也真的想将此事忘却掉。但又想到那刚刚编织好的表示恩爱的同心结还带着余香,怎能像薄情人那样背弃了当初的盟约了呢?前阕叙述了被薄情人抛弃后的矛盾心理。一"太"字,指责对方薄情已是非同一般。"几度",一而再,再而三的考虑,"真",这回动真的算了;"浑",毫不保留,全部忘掉。"新"、"香未落",回应"情太薄",变故太快,令人意料不及。但是,自己不能像对方那样"负得当初约"。

后阕写主人公对薄情所采取的一种解脱方式。主人公或许是与薄情人一起,或许是与朋友一起喝酒。主人公告诫自己不要在宴饮的时候表现出一副沮丧的神情,手举金杯,尽情地喝吧。结尾两句,是主人公的答话:"莫作等闲相斗作,与君保取长欢乐。"大家不要随便把这当作游戏看待,当着大家的面保证,我会得到长久快乐的。这看似沉着,其实是多么无奈的一种自我安慰,其中也难以看到是信誓旦旦。

◉集评

丁寿田等《唐五代四大名家词》:"词前半首责人薄情,后半首乃转作强颜欢笑。'手举金罍,凭仗深深酌。'一种沉郁潦倒之神态可想见也。韦庄《菩萨蛮》:'尊重主人心,酒深情亦深。'情绪与此相似,最后'与君保取长安乐'一语,悲在言外,尤为沉着。"

鹊踏枝

萧索清秋珠泪坠①,枕簟微凉②,展转浑无寐③。残酒欲醒中夜起④,月明如练天如水⑤。 阶下寒声啼络纬⑥。庭树金风,悄悄重门闭。可惜旧欢携手地⑦,思量一夕成憔悴⑧。

【注释】

①萧索:萧条、冷落。王维《奉寄韦太守陟》:"荒城自萧索,万里山河空。"

②簟(diàn):竹席。温庭筠《归国遥》:"绵帐绣帷斜掩,露珠清晓簟。"

③"展转"句:辗转反侧,完全没有睡意。

④残酒:快要退尽的酒醉。 中夜:半夜时分。

⑤练:白色的熟绢。谢朓《晚登三山还望京邑》:"余霞散成绮,澄江静如练。"

⑥络纬:虫名,崔豹《古今注·鱼虫》:"莎鸡,一名络纬,一名蟋蟀,谓期鸣如纺纬也。"李贺《秋来》:"桐风惊心壮士苦,衰灯络纬啼寒素。"

⑦旧欢:旧时的欢愉。温庭筠《更漏子》:"思无穷,旧欢如梦中。"

⑧"思量"句:相思一夜就将人折磨得萎靡不振。 思量:想念,此指相思。 憔悴:瘦弱萎靡的样子,泛指折磨困苦。屈原《渔父》:"颜色憔悴,形容枯槁。"

【赏析】

是词写秋夜相思。到了萧索的清秋之夜,不禁珠泪坠落。悲秋之情尽露。躺在竹席上感到阵阵的凉意,辗转反侧一点睡意全无。"清"、"凉",是萧索的具象,人物的心理感受;"珠泪坠",是悲秋的情感外露,"浑无寐",是悲秋的情感外溢为具体的行为动作,是"珠泪坠"的延续。

"残酒欲醒中夜起,月明如练天如水。"这是深一层的刻画,主人公悲秋而借酒浇愁,一直醉到夜深,在酒醉醒与未醒之间起来,抬头见到的是如白练般的明月,如水样的天空;明净的秋夜,明月相照,恰似主人公相思怀人的情感一般清澈、纯净;澄澈的夜空,如水平静,而主人公的心境却怎能平静得了,这是以平静衬心中的情感涌动。

过片接以室外近景,转换为视觉、听觉,"阶下寒声啼络纬",庭阶传来冷冷的纺织娘的啼叫声,"寒"带感情色彩。秋夜劲风,庭树瑟瑟,静悄悄的重门关闭着,"悄悄",言其静谧,衬托主人公心境的凄清。这时,主人公的残酒大概已经大醒,面对清秋之夜,踱于庭中,相思之情荡漾心中,想起了与情人相处的那段甜蜜日子,是多么令人难忘。"可惜旧欢携手地,思量一夕成憔悴。"主人公认为值得自己珍惜的是旧时欢愉的携手之地,想念一个夜晚,人变得如此的憔悴,真可谓相思成病。

词作蘸情写主人公的神态、动作,以泪坠、无寐、夜起、踱园、回忆作为情节,融情于秋景,构造词境,营造抒情氛围,至结尾处,相思怀人之情,自然而然地表达出来,感人至深。

鹊踏枝

烦恼韶光能几许①?肠断魂销②,看却春还去③。只喜墙头灵鹊语,不知青鸟全相误④。 心若垂杨千万缕。水阔花飞,梦断巫山路⑤。开眼新愁无问处,珠帘锦帐相思否?

【注释】

①烦恼：佛教指身心为贪欲所困惑而产生的精神状态。后用来指愁苦、心绪不宁。韶光：美好的时光，常指春光。温庭筠《春州曲》："韶光染色如蛾翠，绿湿红鲜水容媚。"亦比喻美好的青年时期。

②魂：古人想象人的精神离开形体而存在，这种精神叫做魂。 魂销：魂魄离体，神思彷佛，形容愁苦悲伤。

③却：尽，了。

④"只喜"两句：心中只盼望墙头会飞落喜鹊鸣叫，可是一直没等到，不知道是不是被带讯青鸟耽误了。 灵鹊：有灵性的喜鹊。

⑤断：尽。 巫山：用宋玉《高唐赋序》典故以云雨表男女欢合，亦以高唐、巫山、阳台等表此意思。和凝《何满子》："目断巫山云雨，空教残梦依依。"

【赏析】

是词写相思。起首问句"烦恼韶光能几许？"令人心烦意乱的所谓大好时光还要维持多久？以"烦恼"冠于"韶光"之前，看似互相矛盾，既言"韶光"，大好的美艳春光，怎就"烦恼"呢，而且希望它早点儿过去，"能几许？"还要持续多长时间。因为主人公"肠断销魂"，痛苦愁闷简直到了断肠、魂魄消散的地步，要看尽春天一天天的过去。开头三句写"恼春"，有三层意思：一是春光虽然好，却惹人烦恼；二是人已烦恼，希望春光早去，但是春天依然悠长，使烦恼与春光，两者都挥之不去；三是日渐积累的烦恼，使人肠断销魂，却要"看却"春尽。歇拍二句，写主人公于烦恼之中，希冀与失望的冲突，将烦恼之感更向深沉。"只喜墙头灵鹊语"，喜鹊临门，好事将至。主人公虽然烦恼，但心中有着希望——"只喜"，带着喜悦的心情期盼，有灵性的喜鹊会飞落自家墙头，欢快的啼唱，"灵"、"语"，生动传神地写出"喜"，因为"灵"，它与主人公可能心灵相通，所以能"语"，带来情人的消息。真可谓希望越大失望越大，等来待去，终于没有等到。为什么会出现这样的结果？"不知青鸟全相误"，心里的忖度，不知道是不是被青鸟耽误了。主人公并没有责怪心上人，而是迁怨于青鸟，说明对爱情的坚信，对情人怀念之深。

"心若垂杨千万缕，水阔花飞，梦断巫山路。"两个人的心就像杨柳垂丝千万条相互牵挂，但是相隔浩淼宽阔的春水，遇上杨柳飞絮，更使人相思不断，梦魂相逐会于巫山之路。"开眼新愁无问处，珠帘锦帐相思否？"睁开眼来，新添的愁绪却无处询问、互诉。主人公只好问珠帘、绵帐："相思否？"——你们相思不？你们知道相思不？你们懂得我们的相思之苦吗？结句直抒相思。

◉集评

俞陛云《唐五代两宋词选释》："写景句含宛转之情。言情句带凄清之景，可谓情景两得。"

鹊踏枝

霜落小园瑶草短①。瘦叶和风，惆怅芳时换②。懊恨年年秋不管③，朦胧如梦空肠断④。 独立荒池斜日岸。墙外遥山，隐隐连天汉⑤。忽忆当年歌舞伴，晚来双脸啼痕满。

【注释】

①瑶草：仙草。泛指珍异之草，此美称"小园"青草。

②芳时：花盛时节，颜延之《北使洛诗》："游役去芳时，归来屡徂愆。" 换：换季，季节、时节更迭。

③懊恨：悔恨。

④朦胧：模糊不清，可言形状、梦境，亦指声音，指酒醉神志不清。此指梦境。白居易《卧听法曲霓裳》："朦胧闲梦初成后，宛转柔声入破时。"

⑤隐隐：隐约，不分明。张旭《桃花溪》："隐隐飞桥隔野烟，石矶西畔问渔船。" 天汉：即银河。《诗·小雅·大东》"维天有汉，监亦有光。"传："汉，天河也。"曹丕《杂诗》："天汉回西流，三五正纵横。"

【赏析】

是词写秋日怀念歌舞伴。"霜"，突出秋天自然物候，霜冻了，深秋了。秋霜降在小园，园中的瑶草忽然好像短了许多。主人公的感受，从霜降、草短，感受到了深秋的寒意。细长的叶子随着秋风吹拂的节拍在摆动，人们惆怅地目睹花繁季节将被更迭。这种懊恨情绪年复一年的到来，而秋天是不会顾及的，由此而产生的朦胧梦境实在叫人徒有肠断罢了。前阕抓住霜降草短、秋风拂叶两个典型的秋景起兴，季节更换，引发情绪，带出惆怅；展开议论，道明懊恨；触生梦境，愁肠空断，为后面铺垫造势。

"独立荒池斜日岸"，场景转换荒池之滨，主人公伫立其涯，黄昏斜阳照着对岸，这是近景描写。"独立"，写其孤身只影无伴；"斜日"，写时近黄昏，正是惹人愁的时分。"墙外遥山，隐隐连天汉"，主人公举目望去，园墙外遥远的青山，隐隐约约地一起连接到银河上面，此时，应该已经入夜。可见主人公徘徊园中时间之久。"连"字用得妙，墙外遥山连天汉，主人公思念之人，亦如此之遥远，触动了主人公的神经，由秋夜"连"到当年歌舞夜、由园中"连"到当年歌舞场、由遥山"连"到当年歌舞伴："忽忆当年歌舞伴"，好一个"忽忆"，说出了主人公心中对当年歌舞伴的依依悠情，他的"忽忆"，应该从"惆怅芳时换"而来，从"懊恨年年"而来，从"朦胧如梦"而来，从"空肠断"而来。"晚来双脸啼痕满"，一语写双方，表面上是主人公在猜测歌舞伴每到夜晚来临，双脸之上满是泪痕，实质上也写主人公因相思而常常如此。

◉集评

陈秋帆《阳春集笺》："诸阕含思凄惋，似别有怀抱者。"

鹊踏枝

芳草满园花满目，帘外微微，细雨笼庭竹①。杨柳千条珠𦈓䍡②，碧池波皱鸳鸯浴。　窈窕人家颜似玉③，弦管泠泠④，齐奏云和曲⑤。公子欢筵犹未足，斜阳不用相催促。

【注释】

①笼：笼罩。杜牧《泊秦淮》："烟笼寒水月笼沙。"

②𦈓䍡（lùsū）：穗子样的流苏。

③窈窕：美好貌。《诗·周南·关雎》："窈窕淑女，君子好逑。"此为美女代称。陆龟蒙《婕妤怨》："后宫多窈窕，日日学新声。" 颜似玉：容颜像玉一样。

④弦管：丝竹乐器。李白《九日》："地远松石古，风扬弦管清。" 泠泠（línglíng）：象声词，形容声音清脆，此指声律音调协和动听。李峤《石淙》："石床寒水夜泠泠。"

⑤云和：古时琴瑟等乐器的代称。王昌龄《西宫春怨》："斜抱云和深见月，朦胧树色隐

昭阳。"

【赏析】

唐末五代是一个动荡的年代，贵族们普遍奉行及时行乐。是词写欢筵，反映了当时贵族生活的一个侧面，具一定批判认识价值。

前阕描绘了春光明媚的欢筵环境。满园芳草萋萋，满目鲜花斗妍，透过帘子外望，微雨霏霏，轻烟雨雾笼罩庭园的翠竹，杨柳绿枝千万条沾着雨水如珍珠流苏彩穗低垂，碧水池塘扬起涟漪，双双鸳鸯在欢情戏水。词人好像高明的摄影师，从近到远、从内到外、从上到下，叠印出庭园、花圃、帘外、碧池不同地点的景物，芳草、鲜花、细雨、竹子、杨柳、鸳鸯，有动有静，有疏有密，有景有情。"满园"、"满目"，写出春色沉郁；"微微"叠词，写出春雨之轻盈如雾，"笼"字，春雨的动感全出；"皱"，突出春水荡漾，"鸳鸯浴"一个近镜特写，言及两面，一为春光平添了几分生气，二寓欢筵中的游冶性质。

"窈窕人家颜如玉，弦管泠泠，齐奏云和曲。"这三句明显是紧接上面而来，词人撇开酒肴，选取弦管奏乐，突出一个"欢"字。容颜如玉的窈窕艺伎，拨弄云和琴瑟，齐齐演奏，韵律节奏协和，乐声清脆悦耳。结尾处"公子欢筵犹未足，斜阳不用相催促"，公子哥儿们完全沉醉在欢筵之中，直至傍晚了还不愿意散去。对贵族公子醉生梦死般"欢筵"生活的反映。牛峤《应天长》写道："玉楼春望晴烟灭，舞衫斜卷金条脱。黄鹂娇啭声初歇，杏花飘尽龙山雪。 凤钗低赴节，筵上王孙愁绝。鸳鸯对含罗结，两情深夜月。"牛词的不同之处是以许多篇幅来描写歌舞女的形象，结尾两句，直接写"欢筵"的下半场，比之此词要外露许多。

◉集评

沈雄《古今词话·词品》："'碧池波绉鸳鸯浴'，冯延巳《蝶恋花》语也，唐元宗极爱此一句，可当'细雨梦回'两句。"

鹊踏枝

几度凤楼同欢宴①，此夕相逢，却胜当时见。低语前欢频转面，双眉敛恨春山远②。 蜡烛泪流羌笛怨，偷整罗衣，欲唱情犹懒。醉里不辞金盏满③，阳关一曲肠千断④。

【注释】

①凤楼：原指宫阙内的楼阁，马怀索《夜宴安东公主宅》："凤楼窈窕凌三袭。"此指女子的居室。

②"双眉"句：双眉紧敛、带着忧怨，就像远处的春山。

③不辞：不推辞。

④阳关一曲：王维《送元二使安西》被谱入乐府，成为当时流行歌曲、别筵离席绝唱。故称阳关一曲。 阳关：此指汉置之关名，在今甘肃省敦煌市西南，因在玉门关之南，故名阳关。

【赏析】

是词写伤别。主人公是一位歌女。"几度凤楼同欢宴"，主人公曾经在居所好几回与情人一同欢宴，字面上是写相逢，实质上暗寓分离，两人常常是逢了别，别了逢，循环往复，饱受离愁别绪的煎熬。"此夕相逢，却胜当时见。"今晚的聚首，却胜过以往的"几度"相见，恋情愈深，别恨亦愈深，期盼相见之情愈切，因此，她觉得每一次相见都是最好的。“低语前欢频转面”，她低声细语、娓娓动听地诉说着以往相见的欢愉，边说边频频转过脸去。“低语”，道出柔情、道出喜悦、道出心灵的颤动；两人见面诉衷情，应是面对面，然而，她“频转面”，生怕脸上的表情被人察觉出伤感、察觉出愁怨、察觉出心头的创伤，一个“频”字，传递出相见难、分别易的忧伤。“双眉敛恨春山远”，正是这一忧伤的表情写照，那双眉紧蹙含着怨恨，就像是远处的春山一样。前阕通过交待几度同欢，今夕相逢的感受与表情神态，写出了歌女喜忧参半的心情。

后阕凭借前阕的蓄势，刻画临别分手的凄怆。“蜡烛流泪羌笛怨”，红烛烈焰蜡流凝脂，在她看来是为即将的分别而流泪；羌笛宛转悠扬，在她听来是为即将的分别而发出的怨声。词作的比喻准确、贴切，剖析了特定情景、特定人物的心理特征。

“偷整罗衣，欲唱情犹懒”，两句将行为动作与心理活动结合一块，刻画她的悲伤。暗中整了整罗衣，准备要高唱一曲，却开不了口，心情不佳，犹觉慵怠，懒于启齿。唱歌，对于歌女来说，乃举手之劳，如今变得欲唱犹懒，可见其心中之不快。

“醉里不辞金盏满”，她不唱歌，却借酒消愁，醉了也不推辞，要满盏满盏的喝……“阳关一曲肠千断”，她终于开口了，唱一曲《阳关三叠》，教人肠断。词作戛然而止，但凄声未止。

◉**集评**

陈秋帆《阳春集笺》：“宛转绸缪，与温庭筠《菩萨蛮》、《更漏子》同一情致。”

丁寿田等《唐五代四大名家词》：“‘醉里不辞金盏满’及前‘偷整’二句，试想其神态如何，不可等闲读过也。”

刘永济《唐五代两宋词简析》：“冯延巳曾两度作宰相，此词表面以欢会与惜别为言，其中实有得失之心，但一托之闺情，便缠绵宛转。”

鹊踏枝

几日行云何处去①，忘却归来，不道春将暮②。百草千花寒食路③，香车系在谁家树？　泪眼倚楼频独语。双燕飞来时，陌上相逢否④？撩乱春愁如柳絮⑤，悠悠梦里无寻处。

【注释】

①云：“云雨”之简，指男女欢合情事。 行云：此指男子在外游冶。

②不道：不顾、不管。温庭筠《更漏子》：“梧桐树，三更雨，不道离情正苦。”

③寒食：节日名，在清明节之前一天或两天。

④陌(mò)：东西走向的田间小道，此指道路。

⑤“撩乱”两句：纷乱的春愁就像柳絮似的飘飞，即使是在那悠长的梦里也没有地方相寻。 撩乱：同“缭乱”，纷乱。韦应物《答重阳》：“坐使惊霜鬓，撩乱已如蓬。” 悠悠：没有穷尽。崔颢《黄鹤楼》：“黄鹤一去不复返，白云千载空悠悠。”此形容梦长。

【赏析】

是词写主妇怨与痴。前阕以怨为主，兼顾痴。开头三句，以主人公的猜想，突出写怨。几天过去了，他游冶到了哪里？忘记了归家，也不管现在春天已经快要过去。她的怨有三：一是夫君对游冶过于沉迷，“忘却归来”；二是游冶几日未归，超出了可容忍的程度；三是“不道春将暮”，语带双关，夫君趁着大好春光去游冶，留下她一人独守闺中；“春将暮”，她的春光也会像自然界的春光一样"将暮",而夫君却不顾及,让她白白虚度。主人公怨中亦含着"痴",因为"痴",才会生怨,她对夫君游冶行踪的猜想,本身就是痴的表现,"几日"、忘归,字里行间都带着关心之情,"不道春将暮",就更是怨、痴共存。阕尾两句,她的怨恨与痴情交着了,"百草千花寒食路,香车系在谁家树?"百草千花,既写暮春景色,又暗言游冶处所的妓女;寒食,节气正在暮春,古人过此节,或扫墓或郊游。主人公在想,夫君在百草千花的游冶路上情形怎样,他华丽的车辆在谁人家里停靠呢?她的心里充满了关心,焦急着要找到答案。前阕,主人公的心理是矛盾的,怨恨与痴情这一对矛盾的心理状态此生彼消,由原先占主导的怨恨逐步让位给痴情,词人以前阕短小的篇幅,写出复杂的心理变化,令人折服。

后阕以奇特的独语、联想,突出描述主人公的痴情。"泪眼倚楼频独语",眼里含悲切的泪水,靠倚楼台,不断地自言自语。"双燕飞来时,陌上相逢否?"是独语,想象奇特:燕子呀燕子,你在飞回家中的路上,有没有看见他呢?这一问,将燕子人格化,将她的内心世界昭示、将她的痴情表露无遗,多么希望夫君能早日归来,这里亦回应了"春将暮",可以不急切吗。她由此而产生的"撩乱春愁"就像漫天翻舞的柳絮,即使悠悠梦里没有寻找得到的地方,她也要去将他找到。结拍已经全然不见了怨恨,痴情充塞着她的胸臆。

也许,当今的读者,不好理解主人公的感情变化,夫君都如此沉醉于游冶了,为什么还这么痴情呢?词作所表达的主人公性格和心理正是封建社会主妇们的典型,这是时代的产物,妇女的命运就是这样的悲惨。

◉**集评**

张惠言《词选》:"忠爱缠绵,宛然《骚》《辨》之义,延巳为人,专蔽嫉妒,又敢为大言,此词盖以排间异己者,其君之所以信而弗疑也。"

谭献《复堂词话》:"'行云'、'百草'、'千花'、'香车'、'双燕',必有所托。"

况周颐《蕙风词话》:"元好问《清平乐》云:'飞去飞来双飞燕,消息知郎近远',用冯延巳'双燕来时,陌上相逢否'句意。彼未定其逢否,此则直以为知,唯消息近远未定耳,妙在能变化。"

王国维《人间词话》:"'终日驰车走,不见所问津。'诗人之忧世也。'百草千花寒食路,香车系在谁家树'似之。"

陈秋帆《阳春集笺》:"此词牢郁抵之气,溢于言外,当作于周师南侵,江北失地,民怨丛生,避贤罢相之日。不然,何忧思之深也。后主之'一寸相思千万缕,人间没个安排处'与之同慨。身世之悲,先后一辙。永叔之'双燕归来细雨中、梦断何处'、'江天雪意云撩乱',元献之'凭栏总是销魂处'、'垂杨只解惹春风,何曾系得行人住'等句,均由此脱化。北宋词人得《阳春》神,如此之类不胜觇举。"

刘永济《唐五代两宋词简析》:"此词因心中所思之人久出不归,遂疑其别有所欢,故曰'香车系在谁家树?'后半阕前三句,言消息不知;后二句,言愁思甚苦也。其中既有猜忌,又有留恋与希冀之意。其情感极其曲折,此张惠言所谓'忠爱缠绵',能使其君信而弗疑也。"

鹊踏枝

庭院深深深几许[①]?杨柳堆烟,帘幕无重数。玉勒雕鞍游冶处[②],楼高不见章台路[③]。　雨横风狂三月暮。门掩黄昏,无计留春住。泪眼问花花不语,乱红飞过秋千去[④]。

【注释】

①深深：深而又深，犹言极深。此指庭院幽深。 几许：几何，多少。《古诗十九首·迢迢牵牛星》："河汉清且浅，相去复几许？"

②玉勒雕鞍：镶玉的马笼头、雕花的马鞍。 游冶：出游寻乐。李白《采莲曲》："岸上谁家游冶郎，三三五五映垂杨。"此特指狎妓；此义亦写作"冶游"。

③"楼高"句：高楼之上也望不见章台那寻欢作乐的路向。

④乱红：落花。

【赏析】

是词写闺妇怨。前阕以一问一答的形式起首，首句问："庭院深深深几许？"这里带着忧怨发问，叹息自己所处环境，困于幽深而独处，不禁要自问，庭院极度之幽深，究竟幽深到什么样子，"深几许？"说不清楚，深锁闺房，又怎能去考究得清楚呢。因此，主人公只能这样自答："杨柳堆烟，帘幕无重数。"以所见的景物，形象的描述去忖度、推算庭院的幽深，给人联想的余地，更能表现庭院的幽深。杨柳被烟雾笼罩着，庭院更为幽远；帘幕重重无数，数也数不清，真可谓"深深深"，一气连三字，不增加了节拍乐感，更增加了音律美感，写出了主人公的迷惘心境，为词境的营造蓄势。阕末结拍，"玉勒雕鞍游冶处，楼高不见章台路"，写闺妇怨的原因，亦与闺妇独处幽深的庭院形成对比，夫君骑着华丽鞍具的骏马游冶去了，自己登上那高高的妆楼，仍然看不到游冶处章台的往返之路途。所言之意极明，自己盼其早归，要去找，连地点也搞不清，何处去找？盼归心切，不见人归，其怨在此。

"雨横风狂三月暮。"春风春雨，本是悦人的，但其对主人公来说，却是另一种感受，以"横"形容"春雨"，以"狂"形容"春风"，含着愁怨情绪，一怨风雨交加，令游冶之人归不得；二怨游冶之兴若横雨狂风，令自己独守幽深庭院。"三月暮"，春天将逝，或许主人公的整个春天都是如此度过的，能不怨吗。"门掩黄昏，无计留春住"，主人公直等至傍晚，只好掩上闺门。黄昏容易引发惆怅，心中无限感慨，自然季节变换，自己无法将春天留住；青春年华也像春天一样会逝去。留不住者有：夫君游冶，他的"春"，主人公留不住；主人公独守深院，自己的"春"在虚度，到头来亦留不住。

"泪眼问花花不语，乱红飞过秋千去。"承上而发，自己感到无计留春住，痛苦落泪，无计摆脱愁怨的困境，想通过向花诉说，求得解决的办法，但是，"花不语"，花没有说什么。花——"乱红"不仅不语，反而飞舞着越过秋千而去……毛稚黄《古今词论》引《鸾情词话》说："'泪眼问花花不语，乱红飞过秋千去。'此可谓层深而浑成，何也？因花而有泪，此一层意也；因泪而问花，此一层意也；花竟不语，此一层意也；不但不语，且又乱落、飞过秋千，此一层意也。人愈伤心，花愈恼人，语愈浅而意愈入，又绝无刻画费力之迹，谓非层深而浑成耶？"

王国维《人间词话》分析词境时指出："有有我之境，有无我之境。'泪眼问花花不语，乱红飞过秋千去。''可堪孤馆闭春寒，杜鹃声里斜阳暮。'有我之境也。'采菊东篱下，悠然见南山。''寒波淡淡起，白鸟悠悠下。'无我之境也。有我之境，以我观物，故物皆着我之色彩。无我之境，以物观物，故不知何者为我，何者为物。古人为词，写有我之境者多，然未始不能写无我之境，此在豪杰之士能自树立耳。"窃以为，其"有我之境"是贯穿于全篇词作的，一开头之"深几许？"，就带有强烈的"以我观物"于其中，"不见章台路"——"雨横风狂"——"无计留春住"，层层展开，结尾两句是以上蓄蕴之迸发，将"有我之境"更加鲜明现示出来。此处以指代手法，"乱红"指代花，"花"指代春；用拟人手法，花与春都被主观意志拟人化了，"有我"意象明显。主人公感到自己无力留住春，所以想问花——春天，你到底肯不肯留下，这或许是主人公最后的希望所在。但是春天不说话，却飞越秋千远离主人公而去。

◉集评

沈际飞《草堂诗余正集》:"末句参之'点点飞红雨'句,一若关情,一若不关情,而情思俱荡漾无边。"

张惠言《词选》:"庭院深深,闺中既以邃远也;'楼高不见',哲王又不悟也;'章台''游冶',小人之径;'雨横风狂',政令暴急也;'乱红飞去',斥逐者非一人而已。殆为韩、范作乎?"

陈廷焯《白雨斋词话》:"'泪眼问花花不语,乱红飞过秋千去。'词意殊怨,然怨之深,亦厚之至。盖三章犹望其离而复合,四章则绝望矣。作词解如此用笔,一切叫嚣纤冶之失,自无从犯其笔端。"

黄蓼园《蓼园词选》:"首阕因杨柳烟多若帘幕之重重者,庭院之深深以此,即下句章台不见,亦以此。总以见柳絮之迷人,加之雨横风狂,即拟闭门,而春已去矣。不见乱红之尽飞乎?语意如此。通首诋斥,看来必有所指。第词旨浓丽,即不明所指,自是一首好词。"

丁寿田等《唐五代四大名家词》:"冯公词忠爱缠绵,最喜作痴顽语。如'河畔青芜堤上柳,为问新愁,何事年年有'、'工眼新愁无问处,珠簾锦帐相思否'、'懊恨年年秋不管'及本词之'泪眼问花花不语,乱红飞过秋千去',均此之类。"

鹊踏枝

粉映墙头寒欲尽[①],宫漏长时[②],酒醒人独犹困。一点春心无限恨[③],罗衣印满啼妆粉[④]。　柳岸花飞寒食近,陌上行人,杳不传芳信。楼上重檐山隐隐,东风尽日吹蝉鬓[⑤]。

【注释】

①粉:以颜色指代花,指粉红色的花朵。

②"宫漏"句:比喻春夜漫长。 宫漏:以漏壶原理制作的宫中计时器。韦庄《小重山》:"一闭昭阳春又春,夜寒宫漏永。"

③春心:因情事而萌发的情思,此指怀人相思的情绪。毛文锡《恋情深》:"宴余香殿会鸳衾,荡春心。"

④啼妆:东汉时妇女以粉拭目下有如啼痕,称为啼妆。《后汉书·五行志一》:"桓帝元嘉中,京都妇女作愁眉、啼妆……啼妆者,薄拭目下若啼处。" "罗衣"句:以罗衣拭掩流泪而沾满了啼妆脂粉。

⑤蝉鬓;古代妇女的一种发式。温庭筠《菩萨蛮》:"春梦正关情,镜中蝉鬓轻。"

【赏析】

是词写相思。首句"粉映墙头寒欲尽",粉色的花儿掩映墙头,晓寒就要过去了,写的是暮春拂晓景色,"寒欲尽",清冷并未完全消退,暗寓主人公的尽情并没有因天亮而好起来,仍被凄苦困扰着。"宫漏长时,酒醒独犹困",一整夜听着宫漏声声,感到春夜是如此的漫长难捱,特别是当酒醒过来,发觉一个人孤独空守,就更加困惑迷惘,寥寥九个字,总括了主人公在春夜,由酒醉至酒醒,独听宫漏,至清晨未寐;写出了主人公相思痛苦而日日借酒浇愁、常常沉醉不醒、往往彻夜不眠。"寒欲尽"与"独犹困"呼应、互为解读,因独处怀人而被情所困,因被情所困而感到天亮仍然是余寒未退,天寒与心苦交织一起,"独犹困"。"一点春心无限恨,罗衣印满啼妆粉。"词意、情绪脉络顺接,自己的那一点点儿春心使人产生无限的怨恨，罗衣拭泪印满了啼妆脂粉。“一点”句以夸张手法，将“春心”缩小，将“恨”放大，极言其心中的怨恨在无休止地萌生、蔓延，达到无限的程度。主人公扮以“啼妆”，为悦己者容，而悦己者不得睹，却被罗衣拭破，悲慽又添几分。

过片将场景移到柳岸、陌上，“柳岸花飞寒食近”，夹岸柳色碧绿，落花飞舞，时节接近寒食，正是郊游的良辰，主人公期盼情人归来。“陌上行人”，路上行人熙熙攘攘。“杳不传芳信”，就是没有人给传递音信。盼人不归，得个芳信亦好，总可以安慰安慰，希冀又落空了。词作以主人公的行动描写为结拍，“楼上重檐山隐隐，东风尽日吹蝉鬓”，主人公还是苦苦等候、继续期盼，登临高楼，凝视重檐之外的隐约远山，让春风整日吹动拂着蝉鬓，好一幅“倚楼望远，春风吹鬓”图画。

◉集评

俞陛云《唐五代两宋词选释》：“风吹鬓影，含蕴不尽，词家妙诀也。”

陈秋帆《阳春集笺》：“此阕多从温词中‘青锁对芳菲，玉关音信稀’、‘金雁一双飞，泪痕沾绣衣’、‘音信不归来，社前双燕回’等句夺胎。”

鹊踏枝

六曲阑干偎碧树[①]，杨柳风轻，展尽黄金缕[②]。谁把钿筝移玉柱？穿帘海燕惊飞去[③]。　满眼游丝兼落絮[④]，红杏开时，一霎清明雨。浓睡觉来莺乱语[⑤]，惊残好梦无寻处。

【注释】

①偎（wēi）：紧靠，挨傍，贴近。　碧树：葱茏的树木。

②“杨柳”两句：杨柳柔软枝条被春风吹动，轻盈飘曳，好像抖开尽展黄金缕似的。黄金缕（lǚ）：金黄色的丝线。

③“谁把”两句：谁个弹筝，将燕子惊动穿帘飞走。　钿筝：镶嵌着金银翠宝的筝。玉柱：筝面上用以调音的玉制的码子。

④游丝：蜘蛛等昆虫所吐、飘荡于空中的丝，故称游丝。　落絮：飘落的柳絮。

⑤觉来：醒来。温庭筠《菩萨蛮》：“灯在月胧明，觉来闻晓莺。”

【赏析】

是词写孤寂苦闷。前阕首三句写春光。曲曲折折的雕栏紧紧靠着葱茏的树林子，春风轻轻吹动杨柳婀娜的枝条，就像是抖开尽现的黄金丝线那样耀眼。“六曲”，迂回曲折，富动态的曲线美；“风轻”，轻盈拂抚，富温柔美；“展尽黄金缕”，杨柳尽显婀娜如黄金缕，富华丽美。同时，雕栏之红色、碧树之青绿与杨柳之黄嫩绿相配。“偎”、“轻”、“尽”等字，富含情感写景、写风、写物，共同描绘了动感十足、色彩明丽又带情感色彩的妩媚春光，无疑是为后面铺垫，以作反衬之用。

“谁把钿筝移玉柱？穿帘海燕惊飞走。”前句写远处传来的钿筝弹奏乐章，也许，这乐曲正是耳熟之音，有着强烈的震撼力，引起了对友人的怀念。筝声同样惊动了双燕，穿过帘幕飞走了。筝声惹情、惊燕，其环境应是清静的，主人公却是孤寂的，目睹双双飞燕，心中更加惆怅。

“满眼游丝兼落絮，红杏开时，一霎清明雨。”写春景将逝，游丝软软、落絮纷纷，满眼零落；红杏开放，恰遇暮春清明雨，满眼凋零败落，春天易去，青春亦会易逝，红颜更易老，闺妇的苦闷油然而生。此与温庭筠《菩萨蛮·南园满地堆轻絮》前阕：“南园满地堆轻絮，悉闻一霎清明雨。雨后却斜阳，杏花零落香。"何其相似。"浓睡觉来莺乱语，惊残好梦无寻处。""浓睡"，春困也，"春眠不觉晓"，浓睡的注释。温庭筠《菩萨蛮·杏花含露团香雪》有句"觉来闻晓莺"，写的也是莺语，只是一种客观的陈述罢了。而正中词"觉来莺乱语"，就明显地融入主观感情，"乱语"，不是一般的啼叫，而是杂乱无章的乱叫、语无伦次的乱叫、恼人烦人的乱叫、不解人意的乱叫……因为它的啼叫，干扰了人家的美梦，无法再将梦境寻觅，抒发出孤寂苦闷的幽情。

◉**集评**

谭献《复堂词话》："此正周氏所谓'有寄托入，无寄托出'也。"

陈廷焯《白雨斋词话》："正中《蝶恋花》四阕，情调悱恻，可君可怨。"正中《蝶恋花》首章云：'浓睡觉来莺乱语，惊残好梦无寻处。'忧谗畏讥，思深意苦。次章云：'谁道闲情抛掷久？每到春来，惆怅还依旧。日日花前常病酒，不辞镜里朱颜瘦。'始终不渝其志，亦可谓自信而不疑，果毅而有守矣。三章云：'泪眼倚楼频独语，双燕来时，陌上相逢否？'忠厚恻怛，蔼然动人。四章云：'泪眼问花花不语，乱红飞过秋千去。'词意殊怨，然怨之深，亦厚之至。盖三章犹望其离而复合，四章则绝望矣。作词解如此用笔，一切叫嚣纤冶之失，自无从犯其笔端。"

唐圭璋《唐宋词简释》："镇日凄清，原无欢意，方期睡浓梦好，一晌贪欢，偏是莺语残梦，其惆怅为何如耶？谭复堂评此词如'金碧山水，一片空濛'，可谓善会消息矣。"

采桑子

中庭雨过春将尽[①]，片片花飞。独折残枝，无语凭栏只自知。　玉堂香暖珠帘卷[②]，双燕来归。后约难期[③]，肯信韶华得几时[④]。

【注释】

①中庭：中国古典庭院建筑结构体式中，阶前的空地称为院子，分前庭、中庭、后庭三部分，中间部分称为中庭。温庭筠《菩萨蛮》："牡丹花谢莺声歇，绿杨满院中庭月。"

②堂：正房。　玉堂：美称正房。古诗词中的玉堂、画堂，皆泛指华美的房子。

③期：约定。

④肯：本义，贴附在骨上的肌肉，此为愿意，不拒绝。《诗·邶风·终风》："终风且霾，惠然肯来。"　韶华：美好的时光。引申指青春年华。

【赏析】

是词写惜春。"中庭雨过春将尽，片片花飞。"中庭一场雨过，春天将在过去，一片片落花翻卷飞舞。雨过花落，触景生情，惜春之感油然而生。"独折残枝，无语凭栏只自知。"孤独一人把残枝摘下，默默无言地倚靠栏干，那种滋味只有自己才知晓。前阕从目睹春雨摧落花之所见、"春将尽"之所感入手，转入描写"独折残枝"、"无语凭栏"两个动作，以"只自知"心理活动结阕，用暮春花落作比起兴，逐层展现主人公的惜春之情。"过"、"尽"，写出叹息春天过得快、去得彻底的主观感受。"片片花飞"，春去也，去得令人触目惊心。"独折残枝"，饱含对春花的怜爱之情，企图通过独整残枝将春留住，或许此时主人公已经意识到自己青春也像春天一样易逝，"独"，孤独只身失伴"残"，象征比喻主人公青春逝得快。

过片变换手法，用反衬。"玉堂香暖珠帘卷，双燕来归。"华丽的屋子里香气浓烈、暖暖的，镶珠的帘儿卷起，双双燕子归巢。"玉堂"与"中庭"，外里反衬；"香暖"与"雨过"，暖冷反衬、有情无情反衬；"燕"与"花"，双双片片反衬、飘落归巢反衬，多角度、多层面地烘托了主人公的失意惆怅。

"后约难期,肯信韶华得几时"。以后的相会虽然难以约定,但是会愿意再度同过那剩余下没多久的大好春光吧。

◉**集评**

俞陛云《唐五代两宋选释》:"上阕花枝已残而独折取,其云自知者,当别有思存;下阕知韶华之易逝,则君宜早归,警告之切,正相忆之深。"

采桑子

马嘶人语春风岸,芳草绵绵①。杨柳桥边,落日高楼酒旆悬②。 旧愁新恨知多少?目断遥天③。独立花前,更听笙歌满画船④。

【注释】

①绵绵:连绵不断的样子。《诗·王风·葛藟》"绵绵葛荔。"毛传:"绵绵,长不绝之貌。"

②酒旆(pèi):酒旗。

③目断:极目远望。

④画船:装饰华丽的游船。韦庄《菩萨蛮》:"春水碧于天,画船听雨眠。"

【赏析】

是词写春愁。前阕描写春景。郊游路上,马嘶声、人语声与春风呼啸声交织在一起,回荡江边两岸,芳草萋萋,连绵不断。桥边的杨柳树绿垂条,夕阳映照高楼,酒旗悬挂。短短几句,汇集了马嘶、人语、春风、江岸、芳草、杨柳、桥边、落日、高楼、酒旆等十个意象,从时节、地点、物候,从声、色、形,从听觉、视觉、感觉,从远、近、上、下,从虚、实等等方面,共同组成了一幅生机勃勃、热气腾腾的阳春风景。词作一开头,马嘶人语风声响作一片,声浪迎面袭来,缭绕江岸。第二句,芳草绵绵,犹如绿浪翻腾,沿江延绵。第三四两句,夕阳西下,大地沐浴金光,杨柳、曲桥、高楼、酒旗披着金光,错落有序、仿佛是金浪起伏。

过片的色调忽而急变,由热转冷。主人公面对黄昏春景,一句发问:"旧愁新恨知多少?"转折并不觉得唐突,目睹热烈场景,反而勾起伤感,于情于理,是可以理解的。主人公过往有着愁怨,现在恼人的春光使其增添了"新恨",所以"旧愁新恨"加在一起,那能计算得清楚,总量是多少?愁恨将其压抑得喘不过气,沉郁寡乐,无计解脱,词作接下来写的正是此情状。

"目断遥天,独立花前,更听笙歌满画船。"遥天应是清朗的,花前、画船应是美好迷人的,笙歌应是娓娓动听、遣情娱兴的,但是这一切欢愉热闹之地、之事、之兴,好像全都与其无关,只能"目断",只能"独立",只能"更听",提不起介入、参与的兴趣,形成鲜明的对比,字里行间,透露出对笙歌美酒依恋不舍的矛盾心理。

◉**集评**

愈陛云《唐五代两宋词选释》:"酒旆催日下城头",人称佳句。此词'落日高楼'句尤为浑成,下阕'笙歌'句在新愁旧恨中闻之,只增怮怛耳。"

采桑子

西风半夜帘栊冷①，远梦初归。梦过金扉②，花谢窗前夜合枝③。　昭阳殿里新翻曲④，未有人知，偷取笙吹，惊觉寒蛩到晓啼⑤。

【注释】

①帘栊：帘子和窗子。温庭筠《定西蕃》："萱草绿，杏花红，隔帘栊。"

②此句句首缺一字，依四印斋本植作"梦"。　扉：门扇。杜甫《草阁》："柴扉永不关。"

③夜合：又名合欢。温庭筠《菩萨蛮》："雨晴夜合玲珑日，万枝香袅红丝拂。"

④昭阳殿：汉代宫殿名。此指宫女居处。韦庄《小重山》："一闭昭阳春又春，夜寒宫漏永，梦君恩。"

⑤寒蛩(qióng)：即寒蛩，亦称蟋蟀。

【赏析】

是词写宫女怨。萧瑟西风在深秋的半夜里劲吹，敲打着帘栊，寒冷入骨，悠悠长梦刚刚醒来。梦中走过金门，花儿谢了那窗前的夜合只剩下枝叶。词作通过西风夜半吹打帘栊、远梦初醒见花谢两个细节，勾画出冷寂、萧索的秋夜景色。"冷"字，既客观反映深秋半夜的天气特点，也挖掘了主人公此时的主观感受：天寒而觉体冷，独处而觉心冷，提前交代秋风破远梦更觉得冷。"远梦"，主人公只能通过发梦得到自我安慰，梦自然会"远"，然而，远梦却为西风所破，"初归"，刚刚醒过来，连回味也来不及，只觉得"冷"；所以整个"远梦"，只记得"过金扉"，而最令她"冷"的，是窗前的夜合花凋谢了。古时赠人夜合花象征消怨合好，窗前供养，无非是寄希望于它，带来好运，得到宠幸。夜合被秋风摧残了，能不痛心吗。

过片句，"昭阳宫殿翻新曲"，交代了主人公的宫女身份，"翻新曲"新谱成的乐曲，她能，应是音乐歌舞才女；宫女"冷"，想到"翻新曲"，或许可以遣愁。"未有人知"，她顾不了那么多的禁忌了，于是"偷取笙吹"，一个"偷"字极为传神。她吹笙演奏，惊醒了沉睡的蟋蟀，和笙而叫鸣，一直到拂晓时分。

《花间集》有10首是写宫女怨的，除温庭筠的《清平乐·上阳宫晚》写宫女"黄金买赋"求宠幸，张泌的《满宫花·花正芳》写宫女"东风惆怅欲清明，公子桥边沉醉"，刻画的宫女形象和反映宫女怨较有深度之外，其余八首平庸而概念化，批判认识价值不大高。《全唐五代词释注》评论说："本词把内心的感触诉诸触觉、视觉、听觉意象，创造出一种冷清、萧索的氛围，令读者感同身受。"所言准确。可见冯正中在承传"花间"风格的基础上，艺术造诣达到了一个新的高度，谓之"花间词派翻新曲"大概亦不为过吧。

采桑子

酒阑睡觉天香暖①，绣户慵开，香印成灰，独背寒屏理旧眉②。　朦胧却向灯前卧，窗月徘徊③，晓梦初回，一夜东风绽早梅④。

【注释】

①"酒阑"句：意为酒意醉态逐渐消去而沉睡，一觉醒来，敬天香炷仍然暖暖的。　阑：残尽。《史记·高祖本纪》："酒阑，吕公因目固留高祖。"　天香：祭神的香。旧时迷信，于年节朔望，点香敬天，也叫天香。庾信《奉和同泰寺浮屠》："天香下桂殿，仙梦入伊笙。"

②旧眉：隔夜的残眉。

③徘(pái)徊:来回走动。温庭筠《定西蕃》:"羌笛一声愁绝,月徘徊。"

④东风:春风。绽(zhàn):原指衣服裂开,此指花儿开放。

【赏析】

是词写春思。前阕写女主人公觉醒理旧眉。"酒阑睡觉天香暖",主人公昨夜喝酒,带着醉意而沉睡,拂晓一觉醒来,见敬天香炷还未燃尽,让人觉得暖暖的。夜晚饮酒,不是应酬的话,应该心情不爽,借酒排遣,直至沉醉才罢休而睡,其愁不同一般;点燃香火敬天,除了遵循风俗之外,当是心中有事而向天祈祷,而且这炷香能燃到拂晓,可谓是大香,其之希冀意义重大。这两件事情做过之后,主人公或许得到了一种安慰,所以能沉睡到拂晓才醒过来。"绣户慵开",写其行为懒散,不打开窗户;"香印成灰",刻着计时度数的天香燃成了灰烬,经一夜的香熏烟焗,闺房的空气一定是够呛的了,但她懒得开窗,通通风换下气。补述环境而进一步反映其慵懒。"独背寒屏理旧眉","独"字,回应上面的"酒阑睡",主人公是独自一人,处身孤寂;"寒"字,以上面的"暖"字相对,写出其凄凉的心情,逐渐沉重。她就是在这种环境和心境之中,整理着宿夜的残旧眉妆。

过片,先写主人公回忆晓梦。昨夜,她带着醉意,朦胧之中就在灯前卧睡,明月在窗前来回移动,"徘徊"是酒醉睹物的感觉。"晓梦初回","初"刚刚,临天亮才做成美梦,自己才从梦中醒来,自然惆怅万分。"一夜东风绽早梅",被誉为"神来之笔",窃以为,此评言过了。一夜东风吹开了早春的梅花,看起来好像一扫萧索之气,带来了少许亮色,但其实是反衬主人公的寂寞心境,将春思之情借助具象去表现,增强抒情的形象性,使意境含蓄表达。

◉集评

俞陛云《唐五代两宋词选释》:"下阕在孤灯映月,低徊不尽之时,而以东风梅绽,空灵之笔作结。非特含蓄,且风度嫣然,自是词手。"

采桑子

小堂深静无人到,满院春风。惆怅墙东,一树樱桃带雨红①。 愁心似醉兼如病②,欲语还慵。日暮疏钟③,双燕归栖画阁中④。

【注释】

①樱桃:又名莺桃,蔷薇科,落叶灌木或小乔木。总状花序,花三至五朵,花蕾红色,开后花冠白色或略带红色。

②愁心似醉:心里忧愁,像喝醉酒那么难受。或从《诗·秦风·晨风》"忧心如醉"脱胎而来。

③疏钟:稀疏钟声。

④画阁:美称阁楼。泛指华丽的楼阁。

【赏析】

是词写愁情。由静入手,"小堂深静无人到",小堂幽深静谧没有人来这里。用"深"修饰"静",小堂的静是幽深沉寂的静,加上人也不到,就更没了生气,近乎死寂。首句就定下了全词的基调寂静而发愁。"满院春风",春天降临,东风吹遍庭院的每一个角落,这能改变小堂里的寂静氛围吗?主人公的情绪会因此好起来吗?"惆怅墙东,一树樱桃带雨红"。心中更加惆怅,也就是说,这春光太令人容易犯愁了,院墙东边的一树樱桃花趁着春雨滋润、承着雨点开得红艳夺目。满院春风、一树红花，如此明媚的春色，主人公心中却惆怅着。看来，主人公的愁根是"无人到"，小堂本静，无人到则更静，所以更盼人到；结果，等到的不是所希望见到的"人"，却是多事的春风夹着细雨绽开了樱桃红。前阕写主人公因"静"思人，人不到，春光扰，樱桃红，心惆怅。

"愁心似醉兼如病，欲语还慵。"愁绪把人折磨得像喝醉了酒似的，甚至好像发病那样难受，想说话却懒得开口，愁心病态尽露。两句表白主人公的内心世界，承前启后，接前阕"移情入景、以景达情"所蕴蓄的惆怅，进层写"愁心"摧人成疾，为结拍的以景物抒情张目。"日暮疏钟，双燕归栖画阁中"，远处传来稀疏隐约的暮钟声，燕子双双飞回画阁归巢栖宿。黄昏暮钟，本来是催人归的，人不归，燕却双归了，暗合开头的"无人到"，点明愁因，抒发愁情。

采桑子

画堂灯暖帘栊卷①。禁漏丁丁②，雨罢寒生，一夜西窗梦不成。　玉娥重起添香印③，回倚孤屏。不语含情，水调何人吹笛声④？

【注释】

①画堂：指华美的居室。韦庄《浣溪沙》："画堂帘幕月明风。"

②禁漏：即宫漏。禁：宫殿.宫殿门户皆设禁，故称禁。 丁丁：象声词。

③玉娥：指女子。

④水调：曲调名。杜牧《扬州》："谁家唱水调，明月满扬州。"注："炀帝开汴渠成，自作《水调》。"

【赏析】

是词写闺情。前阕首句写秋夜室内近景，"画堂灯暖帘栊卷"，入夜，画堂之上灯火通明，暖和和的，窗帘高卷起。"暖"字，遣情写景，道出主人公自我感觉良好、稍带满足的心理。尔后接着写禁漏："禁漏丁丁"，宫禁内传出丁丁的更漏声。环境寂静、人心孤寂，方可听得清楚到漏声之"丁丁"滴响，听清"丁丁"滴响，才觉其拨动心弦之震撼力量。再写雨罢："雨罢寒生"，一场秋夜雨过，寒冷陡然添增。"寒"既是天气之寒，亦是主人公心中之"寒"，与上面的"暖"，形成鲜明对比，主人公的思想情感变化由"暖"转入"寒"的过程。阕结"一夜西窗梦不成"，闺妇的心理活动没有因"雨罢"而"罢"，"寒生"之心境转入高潮，整夜未眠，直至天亮了，连梦也没有做成。现实中找不到安慰，常常希望在梦中得到慰藉，梦不成，寻找自我安慰便无所托了，主人公处于深沉的迷惘之中。

玉娥起身添上香烛，"重"字，回应"一夜"，表现出其一夜之中，不知"重"了多少回，添了多少次香。"回倚孤屏"，然后回到床上斜靠着孤屏。"倚"，写坐姿，表现其百无聊赖的精神状态；"孤"字，既写屏，亦写主人公，点明其孤宿独眠。结尾两句"无语含情，水调何人吹笛声？"描画了一幅"玉娥含情听水调"图画，主人公默默无言地聆听着远处传来的《水调》乐声，越听感情越投入，含情脉脉地思索着：这是谁人吹笛演奏的乐章呢？巧妙地将主人公的怅惘之情由实变虚，蒙上空灵缥缈的色彩，词的意境添了几分灵气。

◉**集评**

俞陛云《唐五代两宋词选释》："怅谁家之吹笛，仅寓孤闷之怀。"

采桑子

笙歌放散归人去，独宿江楼。月上云收，一半珠帘挂玉钩[①]。　起来点检经由地[②]，处处新愁。凭仗东流[③]，将取离心过橘洲[④]。

【注释】

①玉钩：玉制的钩。此指弯月。李贺《七夕》："天上分金镜，人间望玉钩。"

②点检：检查、查察，此指回顾。　经由：犹经过。王褒《墙上难为趋》："卿相尽经由。"

③东流：水向东流。泛指流水，此比喻时光消逝，事物废弃。李白《金陵歌，送别范宣》："四十余帝三百秋，功名事迹随东流。"

④将：携带。元结《将牛何处去》："将牛何处去，耕彼故城东。"　取：助词，相当"着"表示动作正在进行之中。白居易《短歌行》："歌声苦，词亦苦，四座少年君听取。"　将取：带着。　离：分开、分别。如悲欢离合。　心：思想、意念、感情的通称，此指情绪。　离心：离别引起的愁绪。　橘洲：地名，在湖南省长沙市湘江中，自古以产橘著名，又名水鹭洲、水陆洲、橘子洲、长岛。杜甫《酬郭十五判官》："乔口橘洲风浪促，系帆何惜片时程。"

【赏析】

是词写伤感。主人公的伤感由聚散而起，首两句"笙歌放散归人去，独宿江楼。"声色歌舞放纵散后，人们一一归去；一时的豪放欢愉结束了，一切又都回复原来之常状。剩下主人公一人独宿江楼之上，这与"笙歌"场面相比，何其孤寂。一个"独"字，浑然包括进去；"江楼"之类的环境，亦是令人添愁之地，岂不更为伤感。词作以对比手法，将凄凉情调积蓄成势，汇入后两句所写之月夜景色："月上云收，一半珠帘挂玉钩。"月儿升上了夜空，云儿消散了；那卷起的一半珠帘恰好能悬挂住月亮。这景色与"笙歌放散归人去，独宿江楼"，何其相似耳！只不过，一是自然景象，一是人际经遇罢了。

过片，承前之"笙歌放散"而深入，"起来点检经由地，处处新愁"，将伤感之情由一般意义上的"曲终人散"感怀，放大到感悟人生际遇。主人公在难眠之月夜，起来一一回顾自己所到之处、所遇之事，不免感到处处都萌生新愁、事事都萌生新愁，又岂独是"笙歌放散"才会伤感呢。好一句"处处新愁"，人生处处愁，而且处处新愁，往往是旧愁未了，新愁又至，旧愁新愁，永无休止地愁。既然如此，那该如何排解？主人公说："凭仗东流，将取离心过橘洲。"借着时光消逝、事物废弃，携带着离情过橘洲而去吧。看起来，主人公何等洒脱，其实是无可奈何，那"离心"就是愁咧。

◉集评

陈廷焯《白雨斋词话》："正中《菩萨蛮》、《罗敷艳歌》(即《采桑子》)诸篇，温厚不逮飞卿，然如'凭仗东流，将取离心过橘州。'又'残日尚弯环，玉筝和泪弹。'又'玉露不成圆，宝筝悲断弦。'又'红烛泪阑干，翠屏烟浪寒。'又'云雨已荒凉，江南春草长。'亦极凄婉之致。"《云韶集》："字正音雅，情味不求深而自深。"

采桑子

昭阳记得神仙侣[①]，独自承恩[②]。水殿灯昏[③]，罗幕轻寒夜正春。　如今别馆添萧索[④]，满面啼痕。旧约犹存，忍把金环别与人[⑤]。

【注释】

①神仙侣:神采清朗、气概不凡的伴侣。

②承恩:蒙受恩泽。此指蒙受君皇恩宠。

③水殿:建在水上的殿宇。庾信《咏画屏风诗》:"荷香薰水殿。"

④别馆:此指古代帝王正宫外的宫室。《史记·李斯列传》:"(秦始皇)治离宫别馆,周遍天下。"

⑤金环:金制指环,乃定情之物。《太平御览·服用部》引《外国杂俗》云:"诸问妇许婚下金同心指环。保同志不改。"欧阳炯《南乡子》:"耳坠金环穿瑟瑟。" 别:另,另外。李煜《相见欢》:"别是一般滋味在心头。"

【赏析】

是词写宫女怨。前阕写得宠,后阕写失宠。前后两种际遇,形成鲜明的对比。

"昭阳记得神仙侣,独自承恩。"多么得意的回忆,昭阳宫中的日子,自己与皇上好像神仙伴侣一般,她独自一人来承受君皇的幸宠。这是概写。"水殿灯昏,罗幕轻寒夜正春。"这是具体描述,水上的殿宇里,灯光昏暗,华丽的罗幕轻盈垂地,寒夜却像春天般温暖宜人。

后阕写如今之宫女。"如今别馆添萧索,满面啼痕。"现在自己被抛在别馆,平添萧条冷落,终日满面都是啼哭的痕迹。这两句从句法、用字、意思等方面都与前阕首二句相对。"别馆"对"昭阳",所处不同,地位不同;"满面啼痕"对"独自承恩",景状对比,天壤之别。结拍"旧约犹存,忍把金环别与人"。这是宫女的悲惨结局。旧时的约盟还在,而他却忍心将金环另赠别人。

词作描述了宫女被弃的全过程:由昭阳独承恩、水馆夜正春之得宠,变成别馆萧索、满面啼痕,最后君皇违背旧约、金环另与人。"与人"者又岂止"金环",整个宠爱都移于他人了,宫女惨遭离弃。《全唐五代词释注》评道:"本词写宫怨……可能作者是借以抒写自己遭受排挤的苦闷心情。"窃以为"可能"的猜测,无须花气力去深究。

◉集评

刘永济《唐五代两宋词简析》:"此托宫怨之词也。前半阕言昔日之恩情,后半阕言今日幽怨,末句猜疑嫉妒之语也。"

采桑子

微风帘幕清明近,花落春残。尊酒留欢,添尽罗衣怯夜寒①。 愁颜恰似烧残烛,珠泪阑干②。也欲高拌,争奈相逢情万般③。

【注释】

①怯:害怕。顾敻《甘州子》:"山枕上,长是怯晨钟。"

②阑干:纵横散乱貌,此指泪流纵横交错状。温庭筠《菩萨蛮》:"人远泪阑干,燕飞春又残。"

③"也欲"两句:也想分手算了,怎奈相逢以来培养的情感万般总是放不下。 拌:分开,通"判"。《吕氏春秋·古乐》:"瞽叟乃拌五弦之瑟,作以为十五弦之瑟,命之曰大章。"争奈:怎奈、无奈。白居易《琵琶》:"赖是心无惆怅事,不然争奈子弦声。"

【赏析】

是词写失恋之痛。前阕首二句写时近清明节的春景。“微风帘幕”，春风徐徐，吹动帘幕，或许轻轻晃动、或许扑扑作响，主人公心中的感情也随之涌动：“清明近”。啊！原来清明节快到了。主人公为什么对清明时节如此敏感？清明节到即是暮春，言外之意是，好不容易才度过这春天。“尊酒留欢”，正是主人公度春的写照，以酒遣愁，企图将欢乐留下来，但是借酒浇愁，愁更愁；心中犯愁，酒气一过，人就更抵挡不了春寒，“添尽罗衣怯夜寒”。主人公将所有的罗衣都穿上了，都害怕春夜里的寒冷。前阕后二句，描写伤感人以酒排解愁绪的行动，伤心情状达到“怯夜寒”的田地，其形象已经显露出病态。

“愁颜恰似烧残烛，珠泪阑干。”这是病态的具体描画，整日愁眉苦面，珠泪纵横，就像燃烧着的残烛，蜡脂融化、流淌着的烛泪。主人公内心伤痛，无人可以诉说，夜里只是以烛为伴。“残烛”，写出夜深，人与烛相伴时间已长，聚堆的蜡脂与垂泪形似，腊烛在替自己垂泪，自己亦对烛垂泪。结尾两句，“也欲高拌，争那相逢情万般。”剖析主人公矛盾的心理，也是痛苦之根由。情人将其抛弃，自己亦曾经想过分手就分手吧，可是，怎奈相逢以来培养的情感万千总放不下。“也欲”、“争那”正是矛盾心理的表述，失恋已经教人伤痛了，自己依然还沉浸在“情万千”之中，那种伤感，的确折磨人。

采桑子

画堂昨夜愁无睡，风雨凄凄①。林鹊单栖②，落尽灯花鸡未啼③。　年光往事如流水④，休说情迷⑤。玉箸双垂⑥，只是金笼鹦鹉知。

【注释】

①凄凄：寒凉。《诗·郑风·风雨》：“风雨凄凄，鸡鸣喈喈。”

②林鹊：林中的鸟鹊。　单栖：独宿。原本作此，别作“争栖”。

③灯花：灯芯的余烬，爆成花形。古人以灯花为吉兆。　鸡未啼：公鸡还没啼叫，指天未亮。

④年光：时光，年华。白居易《新秋病起》：“一叶落梧桐，年光半又空。”　流水：流动的水。《诗·小雅·沔水》：“沔彼流水，其流汤汤。”

⑤情迷：痴情。

⑥玉箸：玉制的筷子，此比喻眼泪。或依冯贽《记事珠》说：“鲛人之泪，圆者成明珠，长者成玉箸。”李白《闺情》：“玉箸夜垂流，双双落朱颜。”

【赏析】

是词写雨夜怀人。《全唐五代词释注》所评正是：“本词写对昔日恋人的一往情深，在凄风苦雨的长夜里，这种感情越发变得强烈而深挚。”但是，亦有评论家联系冯正中所历，去作考证式的分析探索，如孙人和在《阳春集校证》说：“此殆《诗·郑风·风雨》之思乎？‘愁无寐’者，忧思难眠也；‘风雨凄凄’者，浊乱之世也；‘林鹊争栖’者，小人当道也；‘落尽灯花’者，国垂亡也；‘鸡未鸣’者，不见君子也；‘年光往事如流水’者，前功尽弃也；‘情迷’者，忠君之诚也；‘玉箸双垂’者，志未遂而悲伤也；‘只是金笼鹦鹉知’者，国人莫我知也。可谓自信而不疑矣。”窃以为，有牵强附会之弊。从词的气脉，可以看到，词作的抒情主体是女性，主人公是女子，亦是花间词人“男代闺音”常用的形式。如果是抒发词人自己对时世的感怀，就不必再沿用“男代闺音”的形式了。

词作从昨夜写起，“画堂昨夜愁无睡，风雨凄凄。”自己虽然住华丽的居所，昨天夜里因为愁闷而无法入睡，风雨交加，寒凉透骨。这两句，说出主人公“无睡”的原因，一是

"愁",二是"风雨凄凄",将情——"愁"、感受——"凄凄"与景——"风雨"三者紧扣一起,交融一处。"林鹊单栖",树林里的鸟鹊孤眠独宿,比喻主人公只身独处,对情人更加怀念。"落尽灯花鸡未啼",古人认为见灯花为"吉兆",主人公夜里见灯花,心中不禁欣喜,情人可能会来到自己跟前。但是一直等到灯花完全消失、雄鸡还未啼叫的黎明之前,还没有"吉兆"出现,她彻夜白白苦等。

过片转入往事回忆,"年光往事如流水,休说情迷。"时光与往事多像那东流逝水,不要再说痴情一类的话了。流水一去不复回,自己再"情迷",日夜相思又有何用,话语里饱含凄凉痛苦。想下想下,泪水如一双玉箸垂流。结句,"只是金笼鹦鹉知。"自己心中的想念只有金笼里的鹦鹉晓得。因情人的远离,主人公终日与鹦鹉为伴,或许它已成知己。思念情人而奇想鹦鹉是知己,其心之凄楚,也只是希望读者能知。

正中词受"花间词"影响非浅,其用字叠彩错金可见一斑。正如陈秋帆《阳春集笺》所评:"温庭筠喜欢用金、玉等字,如'手里金鹦鹉'、'双双金鹧鸪'、'画屏金鹧鸪'、'绿檀金凤凰'、'玉钗头上凤'、'玉钩搴翠幕'、'玉炉香'、'玉连环'之类,西昆习尚。《阳春》亦善用之。此阕'玉箸双'、'金笼鹦鹉',即金玉并用。此例集中屡见。"

采桑子

寒蝉欲报三秋候①,寂静幽斋②。叶落闲阶,月透帘栊远梦回③。　昭阳旧恨依前在,休说当时。玉笛才吹,满袖猩猩血又垂④。

【注释】

①寒蝉:蝉的一种,也称寒蜇、寒蜩。《礼记·月令》:"凉风至,白露降,寒蝉鸣。"亦指寒天的蝉。蝉到秋深天寒而不再鸣,故把有所顾虑而不作声比作寒蝉。如成语"噤若寒蝉"。　三秋:此指秋季第三个月,即农历九月。王勃《滕王阁序》:"时维九月,序属三秋。"　候:时令,一候为五天,以鸟兽草木生长发展证验月令变化。一年分为七十二候。

②幽斋:僻静的屋舍,此指宫女居所。

③梦回:梦醒。

④猩猩:兽名。　猩猩血:即猩血,指红色。此指红泪。

【赏析】

是词写宫女怨,却与本调之其三、其八不同,撮取梦醒吹笛这一典型细节,折射宫女的怨恨。

"寒蝉欲报三秋候,寂静幽斋。"秋天萧瑟,悲秋是古人常抒之情,然而,是词是失宠宫女之悲秋"闺音",词人代之而发,自然要合于抒情主体的角色要求。"三秋",农历九月,中秋过矣,寒蝉之叫已近尾声,"欲"字正好摹之,亦为拟人写法。寒蝉冒着秋凉鸣叫,想把三秋来到的物候信息,传递到寂静的宫女住处。"寂静幽斋",居所环境寂静清幽,暗示宫女的失宠。"叶落闲阶,月透帘栊远梦回。"秋风扫落叶,散布闲置的庭阶;月光穿透窗帘,她悠悠美梦被扰醒。树叶零落,主人公也被失落;"闲阶",人到庭阶慢步、遣兴也少了,自然显其"闲",宫女处于"幽斋",亦"闲"也。"远梦",或许是美梦,梦到像当年昭阳那样得宠,然而一"远"字,说明宫女与君皇已非过去亲近,早已疏远,要见君皇只能是在梦中。前阕运用"寒蝉"、"三秋候"、"幽斋"、"落叶"、"闲庭"、月光、远梦等等意像,通过凄凉的词境,反映宫女的怨恨。

寒秋寂夜,月色胧明,远梦醒来,宫女甚怨,"昭阳旧恨依前在,休说当时",昭阳殿里的旧恨依然历历眼前,不要诉说当时了。可见,宫女当年在昭阳就已经有恨,现在,这恨就更深、更难解了。"玉笛才吹，满袖猩猩血又垂。"她怨恨填膺，手把玉笛吹奏乐曲，刚刚一吹，红得似猩猩血的泪水再度垂流下来，沾湿了整个衣袖。"才"字，点明伤心至极，一开始就经受不住了；"又"字，点明此种情形已不只一次，常常是反复地、不间断地出现。词作的结尾，绘画了一幅"宫女和泪把笛图"，读者可以从那呜咽泣诉的笛声、从那两行猩血的红泪，形象地感受到宫女心中的怨恨。

采桑子

洞房深夜笙歌散①，帘幕重重，斜月朦胧，雨过残花落地红。　昔年无限伤心事，依旧东风。独倚梧桐②，闲思闲想到晓钟③。

【注释】

①洞房：此指幽深的居室。温庭筠《酒泉子》："近来音信两疏索，洞房空寂寞。"

②梧桐：木名。《诗·大雅·卷阿》："梧桐生矣，于彼朝阳。"

③晓钟：早晨报时的钟声，此指天明。

【赏析】

是词写春宵忆昔。起首句"洞房深夜笙歌散"，歌舞娱乐至夜深，人们散去，主人公回到幽深的房间。"深夜"，可以说是尽兴了；"笙歌"，当然是热闹、放纵；"散"，尽情遣兴一过，人已归去，自己处在幽房，心情是很难马上归于闲静的。"帘幕重重"，与主人公相伴的是重重的帘幕，室内环境单调、压抑。主人公也许走出洞房，漫步庭院，"斜月朦胧，雨过残花落地红"，举头望见天边上悬挂的月亮，大地洒满朦胧的银光，刚才的一场夜雨骤过，残花纷纷而落，满地鲜红，真是"夜来风雨声，花落知多少?? 前阕通过时空、场景的转换，逐步为"忆昔"铺垫。一是时间：深夜——斜月（临近天光）。二是地点：笙歌场——洞房——庭院。三是环境氛围：热闹（笙歌）——清静（人散、深夜）——孤寂（洞房、帘幕）——伤感（斜月、雨过、花落）。

过片，承接伤感，"昔年无限伤心事，依旧东风。"过往的岁月经历了无数的伤心事情，春风却仍然如故吹拂着。历经"无限伤心"，"依旧东风"，春天依然回来，总给人一种欣慰。主人公的心境虽有痛楚亦带岁慰，这是忆昔的情感基调。结拍，"独倚梧桐，闲思闲想到晓钟。"主人公的心情是沉重的，所以"独倚"，然而随着忆昔的深入、拓展，却也找到了令其欢愉之处，两个"闲"字连用，既思又想，不知不觉之中，天亮了，晨钟将其从回忆里拉了回来。忆昔心情是复杂的，甜酸苦辣会从心田喷涌而出，这就是人生滋味。

采桑子

花前失却游春侣，独自寻芳①。满目悲伤，纵有笙歌亦断肠。　林间戏蝶帘间燕②，各自双双。忍更思量，绿树青苔半夕阳③。

【注释】

①寻芳：探赏春景。毛文锡《甘州遍》："寻芳逐胜欢宴，红缨锦襜出长楸。"

②戏蝶：戏，有歌舞之意义；戏蝶，指飞舞的蝴蝶。

③半夕阳：半，整体中分，各为半。夕阳西下，只见半边。

【赏析】

是词写春日愁情。"花前失却游春侣，独自寻芳。"花丛前边没有游春的同伴，独自一个人来观赏春光。清明游春，古之风俗，往往结伴而行，主人公失伴独寻，与游春活动形式很不协调，有“已不如人”的伤感。《东京梦华录》描述清明节：“四野如市，往往就芳树之下，或园囿之间，罗列杯盘，互相劝酬。都城之歌儿舞女，遍满园亭，抵暮而归。”游春盛况如市，但是，在主人公看来，是“满目悲伤，纵有笙歌亦断肠”。春景虽好，主人公心中是明白的，只是无伴而独赏，使其觉得悲伤；再退一步，纵然有笙歌，也是令人断肠痛苦，因为不能与游春伴共享笙歌欢乐。

过片更将“失侣”的悲伤、断肠情绪，深入一层。“林间戏蝶帘间燕，各自双双。”树林里飞舞的蝴蝶、帘子间来回的燕子，各自都是出双入对，正好与主人公的“独”形成反比，伤感就从“已不如人”推进了“已不如蝶燕”。

结尾两句“忍更思量，绿树青苔半夕阳”。本来要忍耐着、想开点，但是越忍就越思量，排解不了愁情，一直到黄昏：绿树青苔含着半边夕阳。“半”字，用得出神，不仅夕阳是“半”，自己游春也是“半”——失却游春侣；青绿的背景之上，衬着半圆的夕阳，色彩对比强烈，将痛苦的心情融入孤寂的意境之中。

冯正中的词作“出花间而更花间”，陈秋帆在《阳春集笺》小结冯词《采桑子》诸首说：“按诸阕情采足媲花间，然玩其词旨，流丽中有沉着气象，实轶过之。王静安所谓‘冯词虽不失五代风格，而堂庑特大，在花间范围外’，不其然与！又按所作多得力于温，能随意括其意以入词，限‘时节欲黄昏，无聊独倚门’句，演为‘无语凭只自知’；取‘停梭垂泪忆征人’句，演为‘独背寒屏理旧眉’；取‘翠钿金压脸，寂寞香闺掩’句，演为‘回倚孤屏，不语含情’；取‘泪流玉箸千条’句，演为‘玉箸双垂’；取‘离别橹声空萧索’句，演为‘如今孤馆添萧索’，浑无痕迹，是善于模减免税效者。”

◉集评

陈廷焯《词则·别调集》：“缠绵沉著。”

唐圭璋《唐宋词简释》：“此首触景感怀，文字疏隽。”

酒泉子

庭下花飞①，月照妆楼春事晚②。珠帘风，兰烛烬③，怨空闺。　迢迢何处寄相思？玉箸零零肠断④。屏帏深，更漏永⑤，梦魂迷。

【注释】

①庭下：厅堂前面之院地。

②春事：农事，春季耕作之事。李白《寄东鲁二雅子》：“春事已不及，江行复茫然。”

③兰烛：以兰脂作材料制成的蜡烛。李贺《荣华乐》：“金蟾呀呀兰烛香”。 烬：燃烧后的残留物，即灰烬。

④零零：零，下雨。《诗·鄘风·定之方中》：“灵雨既零。”亦比喻如雨一般的落下。如感激涕零。此“零零”叠用，为加强语气，比喻泪如雨下。

⑤永：长。

【赏析】

是词写闺妇相思。前阕头两句写月夜妆楼周围景色，“庭下花飞，月照妆楼春事晚”。厅堂前的落花纷飞，月儿照耀着妆楼，正是春季农事的后期。月色胧明，飞花绕妆楼，春事已晚，大好春光就这样轻易过去了，眼前一片零落夜色，闺妇自然愁怨。于是，她将目光投向闺房之内：“珠帘风，兰烛烬”，垂着的珠帘晃来晃去，扇动起微风，兰膏烛灯燃烧残留下灰烬；烛昏帘动、帘风吹烛，烛焰跳跃，忽明忽暗，更添孤寂。"怨空闺"，这句阕结，点出她独守空闺的处境，"怨"字初阐题旨，其空闺便相思，相思至极而生怨，在情理之中。

过片接以问句："迢迢相思何以寄？"心上人地处遥远，相思情结怎样才能寄达呢？这一设问，奇特的联想，要将相思远寄。相思寄不得，亦寄不达。她"玉箸零零肠断"，如玉箸的泪水像雨下，肝肠欲绝。"屏帏深"，她独自在幽深的屏帏后面，词作将主人公活动的空间由庭下转到妆楼，再转到闺房，再转到屏帏后面，一步一步的压缩变小，正好烘托了她内心世界因相思而感到的压抑。"更漏永"，她独处屏后一隅，孤听更漏声声，春夜是如此的漫长。"梦魂迷"，三字作结，与开头处的纷飞落花相呼应，与"珠帘风，兰烛烬"的空闺环境相映衬，将相思之情融化在暮春夜色和凄婉的空闺之中。正中词结拍九字三句，抵得上温庭筠《归国谣·香玉》后阕："画堂照帘残烛，梦余更漏促。谢娘无限心曲，晓屏山断续。"

酒泉子

云散更深，堂上孤灯阶下月。早梅香，残雪白，夜沉沉①。　阑边偷唱击瑶簪②，前事总堪惆怅③。寒风生，罗衣薄，万般心④。

【注释】

①沉沉：深沉的样子。令孤楚《宫中乐五首》之四："仙漏夜沉沉。"

②瑶簪：瑶，美玉。瑶簪，用玉作材料制成的簪子。

③前事：往事，此犹"前欢"，指恋情。

④万般心：形容心情复杂。

【赏析】

是词写闺怨。前阕以意象的组合，构造早春寒夜的冷寂氛围，为闺妇之怨情造势。"云散更深，堂上孤灯阶下月。"天上的云彩渐渐散去，更深夜长，厅堂之上一盏孤灯独明，庭阶下边月影移动。"散"字写云，暗寓人亦离别；"孤"字写灯，暗寓人亦孤独。"早梅香，残雪白，夜沉沉。"早开的梅花散发出幽香，残雪在月光辉映下白皑皑，夜是那样的深沉、寂静。整阕将"云、更、堂、灯、阶、月、梅、雪"等八个意象汇集，写出凄凉的词境，表现主人公寂寞的心境。

过片两句，写主人公的行动与心理，"阑边偷唱击瑶簪，前事总堪惆怅。"她躲在阑干边沿，偷偷地低声吟唱、轻击着瑶簪按打拍子，心里想以往的欢情总是那么令人惆怅。"偷"字，写行动不敢公开，暗地里去做；其所唱之词曲内容应该不离相思，那就更要"偷唱"。"击瑶簪"，将头上的珍贵玉簪取下来击拍，写出唱得投入。或许主人公过去正是这样与心上人"击簪和唱"，也即后面所言之"前事"也。结尾处，词作将春夜寒风、衣薄晓冷和主人公的情感巧妙地糅合在一起，"寒风生"，大概是五更了，寒冷的北风忽然吹过来，自然环境寒凉迫人；"罗衣薄"，主人公经风一吹，觉得身上的罗衣太单薄了，身体对气温变化作出的本能反应——"寒"，其实身体之"寒"，乃来自内心之"寒"；"万般心"，主人公情思万千，怨恨悠悠。词作结尾情景交融，景语皆情语。

酒泉子

庭树霜凋①，一夜愁人窗下睡。绣帏风，兰烛焰，梦遥遥。　金笼鹦鹉怨长宵②，笼畔玉筝弦断。陇头云③，桃源路④，两魂消⑤。

【注释】

①凋:凋零。温庭筠《玉蝴蝶》:"芙蓉凋嫩脸,杨柳堕新眉。"

②长宵:漫长的夜晚。

③陇:陇山,跨今陕西省陇县甘肃省清水县。 陇头云:陇山的云彩。孙光宪《酒泉子》:"马萧萧,人去去,陇云愁。"

④桃源:晋人陶潜虚构的与世隔绝的乐土。后称世外桃源。杜甫《北征》:"缅思桃源内,益叹身世拙。" 桃源路:通向桃花源之路。《桃花源记》篇末写人们欲寻桃花源,"遂迷,不复得路"。

⑤两魂:相思人双方的魂魄。

【赏析】

是词写秋夜相思。前阕写主人公秋夜遥梦。"庭树霜凋",庭院里的树木经霜而凋零了,表面是写深秋霜降树凋,其实暗示主人公相思而愁闷。"一夜愁人窗下睡",一整夜在犯愁的主人公这时才草草地就着窗下睡去。"绣帏风,兰烛焰",绣花帏幕被风儿轻轻吹动,兰膏烛焰跃跃摇曳。这两句可看作对"睡"环境氛围的描写,亦可看作是提前描写梦境;"梦遥遥",主人公的梦魂遥遥而去……

后阕写梦醒所见所感。"金笼鹦鹉怨长宵,笼畔玉筝弦断。"金笼里的鹦鹉怨恨漫长的夜晚,"金笼鹦鹉"与主人公的际遇相似,鹦鹉被锁金笼,自己也独守居所,主人公心中有怨,亦言鹦鹉有怨。金笼旁边放着的玉筝断了弦线,这是特定镜头,补述"一夜愁人"因愁而将筝弦也弹断了,表现出主人公相思之痛苦。陈秋帆在《阳春集笺》评说"玉筝弦断","本温诗'钿筝弦断雁行稀'句。"粗看相近,似脱自温诗。囿我所阅,温助教诗词写相思或怨恨,往往用音信稀疏作为诱因。此句后三字"雁行稀",说的是音信往来稀少。这种表述入选《花间集》的温词屡见,如《菩萨蛮》调之"玉关音信稀"、"音信不归来"、"画楼音信断",《酒泉子》调之"近来音信两疏索",《定西番》调之"肠断塞门消息,雁来稀",《诉衷情》调之"辽阳音信稀,梦中归",《蕃女怨》调之"雁门消息不归来"。温诗"钿筝弦断雁行稀"句与正中词"笼畔玉筝弦断"句比较,窃以为联系上下文看,正中词句的意境要胜,其境建立在前句"鹦鹉怨"之上,而温句仅建立在雁来稀之上。如果要找正中词模仿温诗词,我觉得正中此词之"绣帏风,兰烛焰,梦遥遥" 倒有点儿"本"温庭筠《更漏子》调之"红烛背,绣帘垂,梦长君不知"。

结尾三句,词人走出室帏,"陇头云,桃源路,两魂消。"相思虽苦,而情意缠绕。那陇山峰头的云彩、桃源仙境的路径,两者都是难以寻觅得到的,但是两个相思人的魂魄是同样的迷惘惆怅。"两魂消",两心相爱、相通,相思之情当然迫切感人。

酒泉子

芳草长川①,柳映危桥桥下路②。归鸿飞,行人去,碧山边。 风微烟淡雨萧然③,隔岸马嘶何处?九回肠④,双脸泪,夕阳天⑤。

【注释】

①川:水道、河流。《论语》:"子在川上曰:'逝者如斯乎。'"

②危桥:高桥。

③萧然:冷静的样子。李白《同族侄评事黯游昌禅师山池》:"萧然松石下,何异清凉山。"

④九回肠:肠屡为之回转,形容内心忧虑至极。陈少女《寄夫诗》:"安得一樽酒,慰妾

九回肠。”

⑤夕阳天:黄昏时分。

【赏析】

是词写离别。首句,“芳草长川”,芳草茂盛沿着长长的江岸延伸开去,此已隐言离别。《楚辞·招隐士》:“王孙游不悔,春草生兮凄凄。”芳草,春天萌生之草,游子见之不免思归。杜牧《池州春送前进士蒯希逸》诗曰:“芳草复芳草,断肠还断肠。”第二句,“柳映危桥桥下路”,柳树掩映着高高的江桥、柳条低垂遮荫桥下边的道路;或许送别过了柳桥,走在柳荫路上。“柳”也是暗写离别,古人离别常常折柳相赠,汪遵《杨柳》:“攀折赠君还有意,翠眉轻嫩怕春风。”该是分手的时候了。“归鸿飞,远人去,碧山边。”天上的归雁飞回,但是情人却要在这青山脚下,分手远行。“归”与“去”相对比,暗写两人由合而离、从逢到别,依依不舍,直送到碧山之下的江畔桥边。前阕将送别情节与场景描写糅在一起,以景物寓送行,而送行在景中、离情寓景里。

过片写离别高潮。“风微烟淡雨萧然,隔岸马嘶何处?”风儿轻轻、江烟淡淡、雨丝冷冷,对岸的马儿在哪里嘶叫?“远人”乘风踏烟冒雨、策马过桥飞驰而去,不见人踪影,只闻马嘶叫。“九回肠,双脸泪,夕阳天。”三句九字,句句泪,字字情。内心痛苦至极,柔肠回旋;双脸流淌泪水,木然伫立直到黄昏。主人公伤离痛别的情感是这样深切、感人。

酒泉子

春色融融①,飞燕乍来莺未语②。小桃寒,垂杨晚,玉楼空③。　天长烟远恨重重,消息燕鸿归去④。枕前灯,窗外月,闭朱栊⑤。

【注释】

①融融:和悦的样子。《左传·隐公元年》:“其乐也融融。”

②乍来:刚刚来。

③玉楼:闺楼美称。温庭筠《菩萨蛮》:“玉楼明月长相忆。”

④消息:音信。温庭筠《定西蕃》:“肠断塞门消息,雁来稀。”　燕鸿:燕子、鸿雁,在古典诗常以之代指传书的使者。

⑤朱栊:红色的窗子门扇。

【赏析】

是词写离别。首二句描写春色和悦,“春色融融,飞燕乍来莺未语”,春天景色和悦温馨,飞燕刚刚回到旧巢,黄莺还未开始啼唱。这是早春物候特征,“乍来”、“未语”可见,也点出春天来得这样的快,说到就到了“乍来”;黄莺还未准备好,所以“未语”。春天来到,万物复苏,使人感奋。但是,早春天气变化莫测,“小桃寒,垂杨晚,玉楼空”,倒春寒袭来,娇小的桃花打着冷颤,杨柳推迟了萌芽抽条,主人公感到玉楼里空空而也。“寒”、“晚”、“空”三字,连上三者,以桃花、杨柳遇到倒春寒,比喻主人公与心上人离别,胸中满是离愁别绪。早春乍暖还寒,正是主人公短暂相逢又匆匆离别的生动写照。

过片,“天长烟远恨重重,消息燕鸿归去。”心上人去了那天长水远的地方,燕子与鸿雁都归去了,消息难互通,怨恨重重。“枕前灯,窗外月,闭朱栊。”春夜漫漫,主人公面对枕前孤灯,凝望窗边明月,猛然关上朱栊。“闭朱栊”,这是内心活动转化成行为外露,离别之痛、相思之苦,教主人公见月伤怀,不敢再看。

酒泉子

深院空帏，廊下风帘惊宿燕。香印灰，兰烛小，觉来时。　月明人自捣寒衣①，刚爱无端惆怅②。阶前行，阑畔立，欲鸡啼。

【注释】

①捣(dǎo)：捶，搐。庾信《夜听捣衣声》："秋夜捣衣声，飞度长门城。"

②刚：偏，硬是。白居易《惜花》："可怜夭艳正当时，刚被狂风一夜吹。"陈允平《雪》："可笑世情刚道冷，不知片片是阳春。"　爱：喜欢、爱好、偏爱。《诗·小雅·隰桑》："心乎爱矣，遐不谓矣。"

【赏析】

是词抒发惆怅情感。前阕写睡觉醒来时的见到的、听到的和联想开去的。"深院空帏，廊下风帘惊宿燕。"深夜里，幽静的大院，帏幕后面空荡荡，写由远而近看见的。庭廊之下风儿吹动帘子，写近处看见的、听闻的：见风吹帘动、听风声帘声，惊扰着双双栖宿的雕梁巢燕。写看见的和联想到的：见宿燕，想象其可能被惊扰。首二句是第一层，运用"动静结合、内外移步"的手法，写院、帏、廊、风、帘、燕种景物，创造了夜深风动扰人的环境。"香印灰，兰烛小"，是第二层，写室内看见的：刻着印记计时的香已经变成了灰烬，兰膏灯焰越来越小。独宿之人睡觉醒来，更深室静，何其寂寞难熬，写室内景，为的是衬托主人公的心境。前阕的"空"、"惊"二字是关键。居所环境"空"、无伴独处"空"、夜深风吹使人更感到"空"；夜风"惊"帘、"惊"燕，也更"惊"人——酣睡中被"惊"醒，醒来所见所闻所感所想，样样都教人"惊"。

过片，"月明人自捣寒衣，刚爱无端惆怅。"月色胧明，忽然间，远处传来捣捶寒衣的声音，啊！人们正趁着月光在洗涤寒衣，而自己却硬是偏爱困惑在无端的惆怅里不能自拔。将自己与捣衣人相比，暗示自己想捣衣而不得，只有无端的惆怅。"阶前行，阑畔立，欲鸡啼。"结尾处，写主人公所为：一会儿绕着庭阶漫步，一会儿倚着畔伫立，盼望雄鸡啼唱报晓。词作通过对主人公百无聊赖行为的描写，形象地将惆怅情感抒发出来，给读者留下充分的想象余地。

临江仙

秣陵江上多离别①。雨晴芳草烟深，路遥人去马嘶沉。青帘斜挂②，新柳万枝金。　隔江何处吹横笛？沙头惊起双禽，徘徊一晌几般心③。天长烟远，凝恨独沾襟④。

【注释】

①秣(mò)陵：地名，在今江苏省江宁县。

②青帘：古时酒店的青布招子。郑谷《旅舍洛南村》："白鸟窥鱼网，青帘认酒家。"

③几般心：形容心情复杂。牛峤《菩萨蛮》："朝暮几般心，向他情漫深。"

④凝恨：心中凝聚怨恨。张泌《浣溪沙》："燕飞莺语隔帘栊，杏花凝恨倚东风。"

【赏析】

是词写离别。开头即点出离别之地，"秣陵江上多离别"，秣陵江畔多少人在道别分手远行。秣陵，古县名，三国吴，孙权建都于此，改名建业。“雨晴芳草烟深，路遥人去马嘶沉”，雨停了，芳草显得更加碧绿，烟雾浓重弥漫。路途遥远，人分离而去，马儿嘶叫，声声低沉。“青帘斜挂，新柳万枝金”，酒家旌旗招子斜挂，迎风猎猎。新抽柳条绒牙像披挂着万枝金线。前阕紧紧围绕“多”字，组合“雨晴”、“芳草”、“烟深”、“路遥”、“人去”、“马嘶”、“青帘”、“新柳”等八个意象，以“万枝金”结阕，离别的环境明丽。

过片笔锋一转，“隔江何处吹横笛？”对面江岸什么地方，有人吹奏横笛？古人常以管弦声乐惜别，如白居易《早发赴洞庭舟中作》写道：“棹举影摇灯烛动，舟移声拽管弦长。渐看海树红生日，遥见包山白带霜。出郭已行十五里，唯消一曲慢霓裳。”又如张祜《横吹曲辞·折杨柳》末两句“横吹凡几曲，独自最愁人。”主人公听横笛之声，不免凄然。“沙头惊起双禽，徘徊一晌几般心。”笛声惊动沙岸，飞起双禽，俩俩徘徊一会儿，表达出多少依依深情。词人借双禽徘徊而飞，比喻离人惜别情深。结拍，情感生发进入高潮，“天长烟远”，远行之人凝神望前方，碧空高远，烟霭幽远。“凝恨独沾襟”，离愁别绪在心中凝聚、涌动，独自流泪，沾湿了衣襟。

◉集评

俞陛云《唐五代两宋词选释》：“寻常离索之思，而能手写之，自有高浑之处。”

临江仙

冷红飘起桃花片①，青春意绪阑柵②。画楼帘幕卷轻寒。酒余人散后③，独自凭阑干。　夕阳千里连芳草，萋萋愁煞王孙。裴回飞尽碧天云④。凤笙何处，明月照黄昏。

【注释】

①“冷红”句：令人凄楚心寒的红色被风吹起，正是桃花花瓣片儿。

②“青春”句：意思是，春天将要残尽了。 青春：指春季，因春天草木青葱，故称“青春”。杜甫《闻官军收河南河北》：“白日放歌须纵酒，青春作伴好还乡。” 意绪：思想脉络。此指迹象、脉象。 阑珊：将残，将尽。白居易《咏怀》：“白发满头紧得也，诗情酒兴渐阑珊。”

③酒余：此指酒宴结束。

④裴回：同“徘徊”。 碧天云：碧空晴天上彩云。韦庄《应天长》：“碧天云，无定处，空有梦魂来去。”

【赏析】

是词写春日的孤寂与别情。“冷”字带出春日乍暖还寒的气候特征。“冷红飘起桃花片，青春意绪阑珊。”令人感到凄冷的红色被风儿吹起飘荡，正是桃花的花瓣片儿，看起来春天将要残尽了。春寒摧落桃花，主人公见之伤感，叹春天将残，心中凄凉，睹物皆“冷”。“画楼帘幕卷轻寒”，画楼上的帘幕斜挂，仿佛卷住了轻微的寒气，“寒”字呼应开头的“冷”。“酒余人散后，独自凭阑干。”酒宴结束了，人们渐渐散去，剩下一人独自倚靠着栏干，孤寂难受。前阕写主人公既伤感春天快尽，又叹惜酒余人散，精神上双重情感压抑叠加在一块，孤寂与无奈笼罩着心田。

过片，“夕阳千里连芳草，萋萋愁煞王孙。”夕阳辉映着千里芳草，茂盛青绿，令王孙发愁到极。《楚辞·招隐士》：“王孙游兮不归，春草生兮萋萋。”芳草萋萋牵动王孙的怀人之情、归思之情。因此，主人公联想：“裴回飞尽碧天云。”要徘徊飞翔寻遍碧空晴天的彩云，形象写出归思心切。韦庄《应天长》曰："碧天云，无定处，空有梦魂来去。"韦词说的是碧空晴天的彩云来去，没有固定的地点，徒有梦魂来去寻觅，而正中词却认定只要来回寻找，碧天云那有找不到之理。"凤笙何处，明月照黄昏。"凤笙在哪里？明月已经早早就升了起来，照耀着黄昏大地。明月不照凤笙在处、不照王子归去，却照黄昏大地，主人公的别情见夕阳而更甚，以景物结尾，抒情含而不露，婉约地营造了词作的意境。

◉**集评**

俞陛云《唐五代两宋词选释》："凡词家言情之作，如韦端己之忆宠姬，吴梦窗之怀遣妾，周清真之赋柳枝娘，皆有其人。冯词未能证实，殆寄托之辞。南唐末造，冯蒿目时艰，姑以愁罗恨绮之词寓忧盛危明之意耳。"

临江仙

南园池馆花如雪[①]，小塘春水涟漪[②]。夕阳楼上绣帘垂，酒醒无寐[③]，独自倚阑时。　绿杨风静凝闲恨[④]，千言万语黄鹂。旧欢前事杳难追，高唐暮雨，空只觉相思。

【注释】

①南园：泛指园圃。温庭筠《菩萨蛮》："南园满地堆轻絮，愁闻一霎清明雨。"

②涟漪：水面细微的波纹。顾况《欹松漪》："湛湛碧涟漪。"

③原作此处缺一字。据吴本、萧本、旧抄本作"酒醒无寐"四字句。

④闲恨：此指愁怨。

【赏析】

是词写相思。前阕首两句写美丽如图画的庭院春景。"南园池馆花如雪，小塘春水涟漪。"园圃里池畔馆舍四周，白花盛开如雪；小塘里桃花水泛滥，荡起层层涟漪。"春水"，即桃花汛，农历二三月，桃花盛开时节，冰化雨积，黄河等处水猛涨，故称。简称桃汛、春汛，又称桃花水。"夕阳楼上绣帘垂，酒醒未寐，独自倚栏时"，西沉的太阳映照楼上低垂的绣花锦帘。酒醉醒了未能入睡，独自一个人正在倚靠着栏干。"日出而作，日入而息。"黄昏时分，万物都归宿处歇息，而主人公只是"独自"归家，凭栏而望。

"绿杨风静凝闲恨，千言万语黄鹂。"心中烦忧，自然所见皆愁、所听皆怨。绿荫杨树，风静止而显得更加浓密，看起来就像凝聚了怨恨一般；黄鹂晚叫千言万语，听起来就像诉说怨言。"旧欢前事杳难追，高唐暮雨，空只觉相思。"旧时的欢愉乐事，而今已经杳无痕迹，难以追寻了，高唐云雨之事，徒然只有相思而已。结尾"相思"二字，依托上文建立的场景与情调基础，画龙点睛地揣破题旨，其相思之情更见深切。

清平乐

深冬寒月，庭户凝霜雪。风雁过时魂断绝，塞管数声呜咽。　披衣独立披香[①]，流苏乱结愁肠[②]。往事总堪惆怅，前欢休要思量。

【注释】

①披香：指披香殿，一是汉时后宫的殿名，在长安。二是六朝殿名，在台城（今江苏南京）后宫。此泛指后宫。

②“流苏”句：流苏穗子盘结就像愁肠似的。流苏：以五彩羽毛或丝线编织成的穗子，作车马、帷帐垂饰。毛文锡《柳含烟》：“因梦江南春景好，一路流苏羽葆。”

【赏析】

是词写宫女怨。词作勾勒宫中冬夜景色开头：“深冬寒月，庭户凝霜雪。”严冬的夜空挂着寒冷的月亮，庭院窗户凝聚霜雪；寒月照霜雪，月光与霜雪相互辉映，天上地面成为白皑皑的世界，本来就寒冷的天气，更加增添寒冻感觉。天地严寒，主人公心中亦“寒”，“庭户凝霜雪”，主人公亦遇到霜雪相逼。“风雁过时魂断绝，塞管数声呜咽。”主人公触景生情，乘风飞翔的鸿雁经过上空，魂儿都要断尽；远处又传来几声羌笛怨音……

后阕写主人公的行动，“披衣独立披香”，她无法入睡，冒着严寒，披衣起身，独立在披香殿里。“独立”，孤独一人无侣而伫立着。“流苏乱结愁肠”，流苏穗子编织的结儿令人眼乱，仿佛是愁肠千结，以流苏结儿比喻心中的愁怨。她“愁”什么呢？“往事总堪惆怅，前欢休要思量。”往事、前欢，自然是当年得宠之事、得宠之欢，而今回想起来，只有惆怅，不要再去想念了。

词作以严寒的冬天环境氛围，衬托宫女失宠的痛苦心境。

清平乐

雨晴烟晚，绿水新池满。双燕飞来垂柳院，小阁画帘高卷①。　黄昏独倚朱阑，西南新月眉弯。砌下落花风起②，罗衣特地春寒③。

【注释】

①画帘：美称门帘、窗帘。温庭筠《思帝乡》：“罗袖画帘肠断，卓香车。”

②砌：台阶。

③特地：特别地。

【赏析】

是词抒发惜春情感。前阕写明媚春光。春雨停了，天空放晴，轻烟慢慢升腾而起，清澈的流水将新池泛满。一双燕子飞来长着柳的庭院落户，或许是寻回旧巢，小阁上画帘高高卷起。词作的视野由远而近，由静而动，层层展开，将一幅雨后春景画图呈现给读者；同时，将抒情的基础夯实。

“黄昏独倚朱阑”，黄昏愁人时分，主人公独自倚靠着红色的栏干，时间的选择、行动的特别，其中定有情由。“西南新月眉弯”，主人公延立了许久，天上西南方，一弯如眉新月升起来。“新月眉弯”，一语双关，既实写新之状，也写主人公的双眉如弯月。“砌下落花风起，罗衣特地春寒。”台阶下边的花儿飘落、夜风乍起，身上的罗衣单薄特别经不住春夜的寒凉。后阕从黄昏写到新月上、再写到夜深风起，主人公的行动由倚栏到看月、看花，其情绪由烦闷到伤感、凄凉，逐层深入地探视主人公的心曲，自然而然地表达惜春情感。

◉**集评**

俞陛云《唐五代两宋词选释》：“纯写春晚之景。‘花落春寒’句，论词则秀韵珊珊。窥词意或自忧谗自警之思乎？”

唐圭璋《唐宋词简释》：“此首纯写景物，然景中见人，娇贵可思……通篇俱以景物烘托人情，写法极高妙。”

清平乐

西园春早[①],夹径抽新草[②]。冰散漪澜一碧沼[③],寒在梅花先老[④]。　与君同饮金杯,饮余相取徘徊[⑤]。次第小桃将发,轩车莫厌频来[⑥]。

【注释】

①西园:汉宫禁园名。借指友人聚会的园苑。欧阳炯《花间集叙》:"庶使西园英哲,用资羽盖之欢。"

②夹径:道路两旁。

③冰散:结冰解冻、融化。　漪澜:水面微波。

④"寒在"句:冬去春来,梅花开放于冰雪之天,预报春天即将来临,严寒要先于梅花衰老。

⑤相取:共同、一起。

⑥轩:特指古代一种车厢前顶较高、有帏幕的车子,供大夫以上乘坐。也可用作车子的通称。　轩车:此为车子的美称。　厌:此指拒绝。

【赏析】

是词写友情。首句"西园春早",西园的春天好像来得特别早,言语中带着欢欣。西园,是汉宫禁园名。杨雄《羽猎赋》:"入西园,切神光。望平乐,径竹林。"曾是魏文帝曹丕集文学侍从之臣游宴、赏月之地。曹植诗云:"清夜游西园,飞盖相追随。"正中将园名借用,指友人聚会游宴之地。"夹径抽新草",小径两旁萌发出绿绿的新草。"冰散漪澜一碧沼",冰冻已解涟漪荡漾,现出一池碧水。"寒在梅花先老",严寒早在梅花开放之时就衰老而去了。词作通过"新草"、解冻、碧水、梅开等四个典型物候,表现春早。"梅花"乃岁寒三友之一,卢仝《有所思》:"相思一夜梅花发,忽到窗前疑是君。"这里是用梅花比喻友人。

友人相聚,"与君同饮金杯,饮余相取徘徊"。大家高举金杯一同痛饮,饮罢美酒,一直往返回旋。"相取徘徊",不是平常意义的徘徊,或许是借用宋玉《风赋》所说"徘徊于桂椒之间,翱翔于激水之上"的含义。"次第小桃将发,轩车莫厌频来。"转眼之间,桃花就要开了,驾着轩车,不要拒绝频繁相聚。结拍,颇具豪气,要趁大好春光,频频相聚,不许拒绝。语言浅白,而情意深厚,读来沁人心脾。

◉集评

丁寿田、丁亦飞《唐五代四大名家词》:"此词语淡而情意恳切,大有古诗风味。"

醉花间

独立阶前星又月,帘栊偏皎洁[①]。霜树尽空枝,肠断丁香结。　夜深寒不寐,凝恨何曾歇[②]。凭阑干欲折[③]。两条玉箸为君垂,此宵情,谁共说[④]。

【注释】

①偏:通"徧",普遍、到处。　皎洁:光白的样子。张九龄《感遇》:"兰叶春葳蕤,桂华秋皎洁。"

②歇:停止。温庭筠《更漏子》:"星斗稀,钟鼓歇。"

③"凭闻干"句;倚靠阑干好久,阑干快要折断。

唐宋花间廿四家词赏析

④谁共说：与谁人去说，亦即无人可以倾诉。

【赏析】

是词写秋夜怀人。首两句描写秋夜皎洁的月光，营造怀人的氛围。“独立阶前星又月”，主人公独自伫立庭阶观夜空，只见繁星与明月相互辉映。“帘栊偏皎洁”，帘栊到处洒满亮白的银光。“皎洁”，古人以此喻情感之纯洁、意念之执着。李白《怨情》诗：“花性飘扬不自持，玉心皎洁终不移。”又如顾况《悲歌之五》诗：“我心皎洁君不知，辘轳一转一惆怅。”主人公见皎洁星月之光，亦期望心上人能见自己皎洁之心。“霜树尽空枝”，秋天的典型景象，经霜的树木全都落尽了叶子，变成空枝。“肠断丁香结”，睹物伤情，秋景凄凉、丁香百结，令人肠断。这大概就是主人公此时、此地、此场景之中的“皎洁”之心吧。

主人公的心境随着秋夜渐深而怀人之情亦渐深。“夜深寒不寐，凝恨何曾歇。”夜深本是催人入眠之时，但主人公说“寒不寐”，“寒”，是人对自然气候的感知，秋寒迫人是事实，但“不寐”的真正原因呢？聚结在一起的怨恨那里曾经停止过。这两句表明主人公的怀人思绪进入到“恨”的程度而无法化解。所以，“凭栏干欲折”，凭倚的力量之重、时间长久，栏干好像被凭靠得快要折断了似的。这夸张手法的运用，极言主人公愁苦深重，行动不能自我控制，“凭栏”之举，已非常人之为，所凭靠的力度、姿势、用时都令栏干承受不住。“两条玉箸为君垂，此宵情，谁共说？”结尾三句，一气呵成，和泪诉说，抒发对心上人的思念苦情。两条如玉箸一样的泪水，在为你垂流，这样的秋夜思情，跟谁说去？

是词可找到花间词的影子，首句“独立阶前星又月”与张泌《浣溪沙》首句的“独立寒阶望月华”，第四句“肠断丁香结”、第八句“两条玉箸为君垂”与牛峤《感恩多》的“自从南浦别，愁见丁香结”及“两条红粉泪，多少香闺意”，“此宵情，谁共说”与顾敻《河传》的“天涯离恨江声咽，啼猿切，此意向谁说”，有暗合痕迹。

◉**集评**

陈秋帆《阳春集笺》：“《阳春》与《浣花词》合者多，此阕结句‘此宵情，谁共说’，即与《浣花集·应天长》‘暗相思，无处说’同意。而与牛给事词亦有暗合者。如‘肠断丁香结’、‘两条玉筯为君垂’，与牛词《感恩多》‘自从南浦别，愁见丁香结’、‘两条红粉泪，多少香闺意’，情致绝相似。万红友云：‘冯此词与他作起结俱异。”

醉花间

月落霜繁深院闭①，洞房人正睡。桐树倚雕檐②，金井临瑶砌③。　晓风寒不啻④，独立成憔悴。闲愁浑未已。人心情绪自无端⑤，莫思量，休退悔⑥。

【注释】

①霜繁：霜冰浓重。
②雕檐：美称屋檐。
③瑶砌：玉雕装饰的台阶。
④啻(chì)：仅仅，只有。常与“不”、“岂”连用，不异，不仅，不只。
⑤无端：没有理由。
⑥休退悔：不要退缩、后悔。

【赏析】

是词写宫女怨。起首写秋天拂晓，宫女仍在睡觉。“月落霜繁深院闭，洞房人正睡。”

月亮落在天边，晨霜更重，幽深的庭院没有开启；幽静辟远的房间里，人还在熟睡。什么人、住所是何处？“桐树倚雕檐，金井临雕砌。”高大的梧桐树紧紧地依傍着雕饰的屋檐，金井临靠玉雕装饰的台阶。何其豪华的屋宇庭院，分明是宫中，“金井”，古时通常是指宫殿园林里的井。那么，正睡之人，乃宫女也。前阕以秋晨“霜繁深院闭”五字含蓄地写出宫女的失宠，“霜繁”，比喻宫女受到冷遇，“深院闭”，宫女被弃深院，暗寓与禁闭无异。

过片按时间顺序接写。“晓风寒不啻，独立成憔悴，闲愁浑未已。”三句写宫女的所感、所为，清晨的秋风不仅使觉得寒冷，独自站立经风一吹，人变得憔悴起来，看似闲来的愁怨完全没有停止住。温庭筠《杨柳枝·御柳如丝映九重》写的宫女怨，词的结尾两句为“景阳楼畔千条路，一面新妆待晓风”。宫女清晨梳洗饰新妆等待着“晓风”，暗寓得宠。其妙处在一个“待”字，“待”，可能是一辈子的“待”。如正中笔下，写宫女待到的“晓风寒不啻”，也没有待到宫女们所期待的“晓风”。于是，宫女只能自找排解安慰，“人心情绪自无端，莫思量，休退悔”。人，当指君皇，君皇心里该怎样去想，是没有理由的。不要想念，不要退缩，不要后悔。宫女的心中还是存着希望，还要再“待”下去……

醉花间

晴雪小园春未到，池边梅自早。高树鹊衔巢，斜月明寒草。　山川风景好，自古金陵道①。少年看却老②。相逢莫厌醉金杯，别离多，欢会少。

【注释】

①金陵：今江苏省镇江市唐时称为金陵。

②“少年”句：少年时就已领略，而今已到老年。　却：语气助词。

【赏析】

是词写友情。前阕一个“晴”带起，可作双关语读，既言天晴雪霁，亦言友人聚会之情。雪终于停了，虽然小园里的春天还未来到，但池边的梅花却独自早早就开放了。高大树木上的喜鹊整理巢窝，天边上斜挂的月儿照着寒风中抖动的草丛。词作点到“梅”，暗示友人到来；点到“鹊”，亦是暗示因友人来而喜事临门；“明寒草”，给人温暖、热情的感觉。

过片，以三句作转折。“山川风景好，自古金陵道，少年看却老。”因为那大好的山川风景，从古到今就在金陵道上，少年时早就领略够了，何况现在已经到了暮年。言外之意，这次友人相聚，不在游山玩水。那要做甚？“相逢莫厌醉金杯”，要一醉方休，正所谓酒逢知已千杯少，显出喜悦与豪气。结尾两句“别离多，欢会少”，这是补述原因，表达出主人公对友情的珍惜，旷达之中透露出淡淡的哀伤。

◉集评

王国维《人间词话》：“正中词除《鹊踏枝》、《菩萨蛮》十数阕最煊赫外，如《醉花间》之‘高树鹊衔巢，斜月明寒草’，余谓韦苏州之‘流萤渡高阁’，孟襄阳之‘疏雨滴梧桐’，不能过也。”

醉花间

林雀归栖撩乱语①，阶前还日暮。屏掩画堂深，帘卷萧萧雨。　玉人何处去②？鹊喜浑无据③。双眉愁几许。漏声看却夜将阑，点寒灯，扃绣户④。

【注释】

①"林雀"句:林中鸟雀归巢噪叫。 撩乱:纷乱,同"缭乱"。王昌龄《从军行七首》之三:"撩乱边愁弹不尽,高高秋月照长城。"

②玉人:比喻容颜如玉之美人。一般指女子,如温庭筠《杨柳枝》:"正是玉人肠断处,一渠春水赤栏桥。"亦可指男子,如《世说新语·容止》:"(裴楷)粗头乱服皆好,时人以为玉人。"此处指男子。

③无据:没有道理。

④扃(jiōng):原指从外边关门的闩。《礼记·曲礼》:"将入户,必视下,入户奉扃,视瞻毋回。"用若动词,关门、闭门。顾敻《醉公子》:"枕倚小山屏,金铺向晚扃。"

【赏析】

是词写闺妇整夜盼归。前阕全是摹写黄昏景色,暗喻闺妇盼归。"林雀归栖撩乱语,阶前还日暮。"树木子里的鸟雀归巢了,纷纷乱乱的唱着叫着,庭阶前面正升腾起斜日的暮霭。"归"字是引,鸟雀日暮知归,人或许也应如此。闺妇正是这种心态,这是第一层:见鸟雀归巢而勾起盼心上人归来。

"屏掩画堂深,帘卷萧萧雨。"闺妇早早就将屏风掩起,画堂显得更为宽深;帘儿高卷起,听着那萧萧夜雨滴声。入夜了,闺妇还不盼到人归,心情自然不爽,"深"字折射出闺妇因盼人未归,从视觉到感觉的孤寂;"萧萧雨",苦燥之情如夜雨凄凉,这是第二层。

"玉人何处去?鹊喜浑无据,双眉愁几许。"这是第三层。夜越来越深了,闺妇不禁问道,他到那里去了?难道鹊儿报喜完全没有理由!思来想去,双眉紧皱,愁怨有多少。

第四层,"漏声看却夜将阑,点寒灯,扃绣户。"闺妇听着漏声更点,看来夜快要过去了,他还没有到来。只好将昏暗不明的兰灯挑亮,关闭上闺房……

应天长

石城山下桃花绽①,宿雨初收云未散。南去棹②,北归雁,水阔天遥肠欲断。 倚楼情绪懒③,惆怅春心无限④。忍泪蒹葭风晚⑤,欲归愁满面。

【注释】

①石城:石头城之简称,亦称石首城,故址在南京市西石头山后。

②棹:船桨,借指船只。温庭筠《河传》:"荡子天涯归棹远。"

③情绪:指缠绵的情意,有如丝絮。韩偓《春闺》:"醒来情绪恶,帘外正黄昏。"

④春心:指男女情爱。顾敻《诉衷情》:"断肠无处寻,负春心。"

⑤蒹葭(jiānjiā):没有长穗的芦苇。《诗·秦风·蒹葭》:"蒹葭苍苍,白露为霜。" 风晚:倒装,即晚风。

【赏析】

是词写相思。石城山下的桃花开得灿烂,昨天夜里的雨刚刚停住,乌云还未散去。显而易见,首二句描写春天桃花盛开,一夜春雨,抖落桃花多少?这里暗含伤感。天上"云未散",比喻伤感如云一样,聚在一起,久久没有散去,可见词作寓情于景手法运用的娴熟。"南去棹,北归雁,水阔天遥肠欲断。"南去的船只、北来的大雁,暗示人世间的悲欢离合;辽阔的江水、高远的天空,暗示离人相逢之难。所有这一切,都令人感到痛苦、肠断难受。"肠欲断"正好与"云未散"对应,使词作的感情脉络清晰显见。

"倚楼情绪懒,惆怅春心无限。"原来前阕所写,均是主人公倚楼之所见、所感,"情绪懒”,应是“肠欲断”的具体表现,情意缠绵,而又懒慵、散怠。怀念意中人而触发的春心,无限惆怅。顾敻《临江仙·月夜穿帘风入竹》结尾两句:“几多惆怅,情绪在天涯。”可与此参阅。

“忍泪蒹葭风晚,欲归愁满面。”强忍泪水看着晚风吹拂那一望无际的芦苇,心中催促着归去,脸上露出深深的愁容。词作于结尾处,活用《诗·秦风·蒹葭》篇之义,点明相思的主题。我们来看看“蒹葭”诗:“蒹葭苍苍,白露为霜。所谓伊人,在水一方。溯洄从之,道阻且长。溯游从之,宛在水中央。蒹葭凄凄,白露未晞。所谓伊人,在水之湄。溯洄从之,道阻且跻。溯游从之,宛在水中坻。蒹葭采采,白露未已。所谓伊人,在水之涘。溯洄从之,道阻且右。溯游从之,宛在水中沚。”“伊人”,这人,即意中人。不管伊人在水中央、水中滩、水中洲,道路险阻、曲折、遥远,主人公都要溯水顺水而寻找,表现了对意中人的相思之情。作者活用,早于前阕有所准备,“水阔天遥”就是,即使其“伊人”——意中人在“水阔天遥”之处,仍然要相思、追寻。联系前后气脉,词作写相思之情含蓄有度,不落隐晦艰涩之窠。

应天长

朱颜日日惊憔悴①,多少离愁谁得会②?人事改③,空追悔④,枕上夜长只如岁⑤。　红绡三尺泪⑥,双结解时心醉⑦。魂梦万重云水,觉来还不睡。

【注释】

①“朱颜”句:容颜一日一日地消瘦孱弱、萎靡不振,令自己吃惊。　惊:马因受到惊吓而行动失常。引申为惊恐、骇怪。《史记·淮阴侯列传》:“至拜大将,乃韩信也,一军皆惊。”

②谁得会:谁能知晓、理解。

③人事:人世上各种事情。杜甫《小至》:“天时人事日相催,冬至阳生春又来。”此指两人的情事。

④追悔:追念、后悔。

⑤“枕上”句:因失眠而觉得夜长就像过去了一年那样难捱。　枕上:枕着枕头躺睡。杨衡《长门怨》:“万遍凝愁枕上听,千回候命花间立。”

⑥“红绡”句:三尺红纱手帕上沾满泪渍。

⑦双结:即同心结,男女相爱的象征。　心醉:心倾,意迷。

【赏析】

是词写离愁。词作开头便突现一个相思成病的形象,“朱颜日日惊憔悴”,健康的容颜一日一日地消瘦、孱弱,精神萎靡,令自己也感到惊骇。“多少离愁谁得知?”心中隐藏的离愁有多少,谁人能够知晓、理解?“离愁”二字道出憔悴的原因,离愁折磨人,内心困苦不堪。接着往深处写。“人事改,空追悔,枕上夜长只如岁。”两人的情事发生变化,心上人别离而去,只有白白地追念,晚上躺着不能入睡,一夜就像一年那样漫长。

过片在前阕别后相思积聚“离愁”的基础上,插入两人分别时的回忆:“红绡三尺泪,双结解时心醉。”两人挥泪而别,三尺红纱香帕都沾满了泪水,解开同心双结的时候,心醉意迷。可见两情至诚,自别以来,想念不绝,日渐憔悴,只有梦中追随:“梦魂万重云水,觉来还不睡。”梦魂冲破万重云水阻隔去会意中人,梦醒过来就更加难以入睡。

词作由表及里,逐层深入,先写人的憔悴体征,再说心中的离愁;从“人事改”的客观事实,到“空追悔”的主观感受;从“枕上”无眠,到心里觉得夜同年长;从挥泪惜别,到梦魂相萦;从梦中到梦醒,写出了主人公对心上人的思念情深,对爱情的坚贞与执着。

应天长

古城花落江楼雨，云隔长洲兰芷暮①。芳草岸，和烟雾，谁在绿杨深处住？　旧游时事故②，岁晚离人何处？杳杳兰舟西去③，魂归巫峡路④。

【注释】

①长洲：在姑苏南、太湖北。孙光宪《思越人》："渚莲枯，宫树老，长洲废苑萧条。"

②时事：当时的事情。白居易《过温尚书旧庄》："村人都不知时事，犹自呼为处士庄。"此指旧时交游情事。

③杳杳：远貌。孙光宪《临江仙》："杳杳征轮何处去？离愁别恨千般。"

④魂归：魂魄归去。　巫峡：长江三峡之一，因巫山得名，一称大峡，包括金盔银甲峡和铁棺峡。《水经注·江水》："江水又东径巫峡，杜宇所凿，以通江水也。……其间首尾百六十里，谓之巫峡。"著名的巫山十二峰并列江边，以神女峰最奇。孙光宪《女冠子》："品流巫峡外，名籍紫微中。"

【赏析】

是词抒发怀人情绪。前阕描写黄昏雨景。"古城花落江楼雨，云隔长洲兰芷暮。"古城的春花零落，江楼笼罩在细雨之中，云彩低将阻隔长洲，兰芷香草沐浴着暮霭。"芳草岸，和烟雾，谁在绿杨深处住？"芳草萋萋的江岸，融和在烟雾之中，谁在那绿杨浓荫深处居住？词作调用了古城、江楼、长洲、江岸、杨荫等空间环境，配以落花、兰芷、芳草、绿杨等植物，衬以细雨、云彩、暮霭、烟雾等自然气候现象，描绘了一幅江南古城水乡的春天烟雨风光图画，将怀人的情调融化在缥缈的氛围之中。阕末的问句，是主人公被春景感染、想念起古城的旧友而发问。绿杨之旁，往往是友人、情人居住之所，如顾夐《醉公子》："家住绿杨边，往来多少年。"说的就是与绿杨旁边居住的情人往来相好多年。正中词将友人的住所推测为"绿杨深处"或许更有诗情画意，其居所更为幽雅。但是现在"谁人住"，是旧友还在住，还是他人在住？这些疑问，饱含了主人公对旧友的关心与怀念，情深感人。

"旧游时事故，岁晚离人何处？"这是回忆旧游与友人相遇、相知、离别。旧日羁旅游历的当时情事已经过去，而今接近年底了，你在哪里？"每逢佳节倍思亲"，主人公却是临近佳节倍思友。"何处？"问句，显然是承上的句而来，在绿杨深处住的可能已不是旧友，那旧友到了哪里？主人公到了旧游之地古城，想念起旧友，往绿杨深处去找，旧友却不知所踪，失望之中，更是怀想旧友，一定要找到，于是，主人公萌发奇想："杳杳兰舟西去"，要驾上兰舟往西而去，直奔那遥远的地方，假如寻不着，那就"魂归巫峡路"，让魂儿踏上回归巫峡的路途。"魂归"，何其怆然，旧友行踪飘忽不定，只有魂归才能与其再会了。

应天长

当时心事偷相许①，宴罢兰堂肠断处②。挑银灯，扃珠户，绣被微寒值秋雨。　枕前和泪语，惊觉玉笼鹦鹉③。一夜万般情绪，朦胧天欲曙。

【注释】

①"当时"句：当年将心事暗地里相许。　相：表示一方对另一方有所动作。　许：认可、应许。　相许：向对方应允了心事即情爱。

②兰堂：美称厅堂。顾夐《酒泉子》："锦鳞无处传幽意，海燕兰堂春又去。"

③惊觉：惊动弄醒。

【赏析】

是词写闺妇怀人。前阕首两句,“当时心事偷相许,宴罢兰堂断肠处”,应倒过来理解,欢宴散了,闺妇回到兰堂,睹物伤怀,或许兰堂正是他们过去的相聚、分别之处,所以感到格外的伤心痛苦,回想起当时,将自己的爱慕之情暗暗地相许予他。闺妇带着愁怨,挑亮银灯,关上珠户,屋外秋雨淅淅的下,她盖着绣被感到阵阵的寒凉,“微寒”,正是肠断心境遇上秋夜冷雨环境,体肤感觉和心灵感受同时迸发而出。

“枕前和泪语,惊觉玉笼鹦鹉。”主人公心感微寒而要排解郁闷,后阕转入回忆当年离别。“枕前”此方位的交代,可见两人情笃,亦回应开头“心事偷相许”,流着泪水诉说衷情,凄切的离别情状,惊动吵醒了玉笼里的鹦鹉。离情多么凄惨,连鹦鹉也被感动了,读者,你为之感动吗?“一夜万般情绪,朦胧天欲曙。”闺妇一夜追忆思念,思绪万千,心情久久不能平静,天色朦胧,快天亮了。

词作通过典型细节,写闺妇怀人之情,“枕前和泪语,惊觉玉笼鹦鹉”两句,写离别情节,奇特而典型,传神而生动。通过典型场景,烘托闺妇怀人之情,抓住“秋夜冷雨”产生的“微寒”特定氛围,“秋雨”与“和泪语”相衬,雨水与泪水、雨声与泣声、雨声与语声、和泪语与鹦鹉语等交叠在一起,多层面地丰富了场景的形象性。

应天长

兰房一宿还归去[①],底死谩生留不住[②]。枕前语,记得否?说尽从来两心素[③]。　同心牢记取[④],切莫等闲相许[⑤]。后会不知何处,双栖人莫妒。

【注释】

①兰房:美称女子卧室。韦庄《江城子》:“出兰房,别檀郎。”　一宿:一夜。《左传·僖二十四年》:“蒲城之役,君命一宿。”

②底死谩生:竭力拚死,尽全力。

③两心:两人的内心。欧阳炯《三字令》:“彩笺书,红粉泪,两心知。”　素:通“愫”,诚、真。白居易《村中留李三固言宿》:“勿嫌村酒薄,聊酌论心素。”

④同心:指有锦带编织成的连环回文结。表示男女相爱。韦庄《清平乐》:“罗带结同心,独凭朱栏思深。”　牢:坚固。

⑤等闲:随便。

【赏析】

是词写闺妇深情。词作从离别在即写起。“兰房一宿还归去,底死谩生留不住。”兰房一宿之后,心上人正要归去,闺妇竭力拚死挽留,留不住。接下来,全是闺妇的独白:“枕前语,记得否?说尽从来两心素。”刚才两人的枕前私语,还记得吗?我们都说尽了、表白了相识以来的内心世界。“同心牢记取,切莫等闲相许。”同心相爱的誓言要牢牢记住,千万不要随便地将此情应允别人。“后会不知何处,双栖人莫妒。”这句好像在安慰心上人,后会 不知在什么时候、什么地方,就算双栖双宿,别人也不会嫉妒的。

谒金门

圣明世[①],独折一枝丹桂[②]。学着荷衣还可喜[③],□春狂不啻[④]。　年少都来有几[⑤]?自古闲愁无际。满盏劝君休惜醉[⑥]。愿君千万岁。

【注释】

①圣明世:指太平盛世。

②“独折”句:单独折取一枝红色桂枝,比喻科举及第。丹桂:桂树的一种,其花红,故名。

③着:穿上。荷衣:古代进士及第时穿绿袍,故以荷衣称之。

④据吴文灿本、星风阁抄本,“春”字前空缺一字。

⑤都来:总共。

⑥休惜醉:不要顾忌喝醉。

【赏析】

是词写恭贺。太平盛世,你独占鳌头折得丹桂一枝,高中科举。仿效礼教要求穿上绿袍,真是值得可喜可贺,恰如春风得意不减。年少得志总共能有几个?自古以来无端愁绪没有边际。满满斟上一盏,劝你一饮而尽,不要担心喝醉。祝愿你千岁万岁!

谒金门

杨柳陌,宝马嘶空无迹[①]。新着荷衣人未识,年年江海客[②]。梦觉巫山春色[③],醉眼花飞狼籍[④]。起舞不辞无气力[⑤],爱君吹玉笛[⑥]。

【注释】

①“宝马”句:骏马向着长空嘶叫,飞驰而去,一瞬间就无影无踪。

②江海客:飘泊于江河湖海的羁旅行客。

③巫山春色:用巫山云雨典故。

④“醉眼”句:沉醉在欢情之中,像喝醉后眼花缭乱、狼狈不堪。狼籍:同“狼藉”,散乱不整齐的样子。

⑤不辞:不推却。

⑥玉笛:美称笛子。皇甫松《杨柳枝》:“如今柳向空城绿,玉笛何人更把吹?”

【赏析】

是词写闺妇恋情。前阕首两句,写目送:“杨柳陌,宝马嘶空无迹。”杨柳陌,告别之道路。如白居易《离别难》:“绿杨陌上送行人,马去车回一望尘。”温庭筠《菩萨蛮》:“杏花含露团香雪,杨柳陌上多离别。”毛文锡《柳含烟》:“河桥柳,占芳春。映水含烟拂路,几回攀折赠行人,暗伤神。”离别的人们在绿杨柳道上,跨上马儿,登上车子,扬尘远行。本词以宝马作借代,它昂头长嘶、撒蹄飞驰,眨眼已无影无踪了。“无迹”,行人策骑上路,主人公极目,直至看不到,其情甚深;人虽远去暂无踪影,但心中却不会没有踪影。

第三四句,写重逢:“新着荷衣人未识,年年江海客。”心上人新穿上绿袍回来了,还不知道新科及第,仍当成年年飘泊江河湖海的他乡客看待。字里行间透露出,主人公与心上人的相识,相知相爱是纯真的,并不在意他“新作荷衣”与否。

过片两句,写回忆:“梦觉巫山春色,醉眼花飞狼籍。”自从离别之后,相思不断,梦魂萦绕。梦中常见巫山春色,梦醒之后,仍然沉醉在欢愉之中,像喝醉后那样眼花缭乱,一片狼藉不堪。

结尾两句,写目前:“起舞不辞无气力,爱君吹玉笛。”主人公或许因长期相思成病,体乏无力,但不以此推却,坚持要翩翩起舞,为爱君吹奏玉笛。词作结得含蓄、深蕴,却可窥见主人公对心上人的狂热与痴情。

◉集评

夏承焘《唐宋词欣赏》："'起舞不辞无气力'两句，极写她对他的爱慕，造句十分雅健。这两句可能是寄托'士为知己者死'的意思，是士大夫阶层的思想感情。词到南唐一般文人手中，就多多少少表现一些士大夫的思想感情，这就超出于花间词的艳科绮语。冯延巳这首词正是一个例子。"

谒金门

风乍起[①]，吹皱一池春水。闲引鸳鸯香径里[②]，手挼红杏蕊[③]。　斗鸭阑干独倚[④]，碧玉搔头斜坠[⑤]。终日望君君不至，举头闻鹊喜。

【注释】

①乍：忽然间。

②闲：随便。　香径：植满花卉、遍散花香的小路。

③挼：揉搓。顾夐《荷叶杯》："满院长莓苔，手挼裙带独徘徊。"

④斗鸭：古代以鸭相斗的游戏，相传起于汉代，以消闲、取乐。　斗鸭阑干：即斗鸭阑，栅栏内乃鸭子相斗之范围，人立于栅栏外观赏。

⑤碧玉搔头：即玉搔头，前冠"碧"字，意为其色青翠。张泌《浣溪沙》："照花淹竹小溪流，钿筝罗幕玉搔头。"

【赏析】

是词写闺情。起首便佳。"风乍起，吹皱一池春水。"风忽然而起，吹皱了一池春水。桃花春水泛满池塘，春天里生机盎然，暖风一吹，涟漪荡漾，更添活力，更添妩媚。正中词《临江仙》"小塘春水涟漪"句及《鹊踏枝》"碧池波皱鸳鸯浴"句，与此意境相近或相同，但"鸳鸯浴"三字之语有象征寓意。而在本词之中，这个象征寓意放在了第三四句。春水波皱，惹起主人公的春情："闲引鸳鸯香径里，手挼红杏蕊。"随便就逗引起"鸳鸯"情思，不禁漫步香径，手里揉搓着红杏花蕊。前阕写风乍起，不仅吹皱了满池春水，亦惹引了闺妇的春情。

"斗鸭阑干独倚，碧玉搔头斜坠。"她独自倚靠着斗鸭阑干，碧玉搔头首饰斜斜的好像快要坠落下来。传神又形象地写出她情困而痴呆的动作与神态。

"终日望君君不至，举头闻鹊喜。"整日在期望着心上人的到来，但他却不来。在凝情之中，她猛一抬头，听见鹊鸟叫，心里欢喜油然而生。其实"闻鹊喜"，也只是空喜一场。正中词《鹊踏枝》："只喜墙头灵鹊语，不知青鸟全相误。"应该也是主人公的结局吧。

◉集评

马令《南唐书》："元宗乐府辞云'小楼吹彻玉笙寒'，延巳有'风乍起，吹皱一池春水'之句，皆为警策。元宗尝戏延巳曰：'吹皱一池春水'，关卿何事？延巳曰：'未若陛下'小楼吹彻玉笙寒。'元宗悦。"

王世贞《艺苑卮言》："花间犹伤促碎，至南唐李王父子而妙矣。'风乍起，吹皱一池春水'，关卿何事？与'未若小楼吹彻玉笙寒'，此语不可闻邻国，然是词林本色佳话。'云破月来花弄影'郎中、'红杏枝头春意闹'尚书，意似祖述之，而句小不逮，然亦佳。"

沈际飞《草堂诗余正集》："起语与前词同一况味。闻鹊报喜，须知喜中还有疑在。无非望泽希宠之心，而语自清隽。"

茅暎《词的》："此词亦平耳，不知何以得名。"

贺裳《皱水轩词筌》："'无凭谙鹊语，犹觉暂心宽。'韩偓语也。冯延巳去偓不多时，用其语曰：'终日望君君不至。举头闻鹊喜。'虽窃其意，而语加蕴藉。"

陈廷焯《词则·闲情集》："结二语若离若合，密意痴情，宛转如见。"

俞陛云《唐五代两宋词选释》："'风乍起'二句破空而来，在有意无意间。如絮浮水，似沾非著，宜后主盛加称赏。此在南唐全盛时作。'喜闻鹊报'，及'为君起舞'句，殆有束带弹冠之庆及效忠尽瘁之思也。"

王闿运《湘绮楼词选》："言情之始，故其来无端。"

刘永济《唐五代两宋词简析》："此闺情词也……盖讽刺之作，往往意在言外，所谓'言在此而意在彼也'。但必须明了作者之地位、行为与其时代背景之后，方能证明其言外之意，否则必同于猜谜矣。"

虞美人

画堂新霁情萧索①，深夜垂珠箔②。洞房人睡月婵娟③，梧桐双影上朱轩④，立阶前。　高楼何处连宵宴，塞管吹幽怨。一声已断别离心，旧欢抛弃杳难寻，恨沉沉。

【注释】

①"画堂"句：身处画堂，雨停之后，心情更为萧索。霁(jì)：雨雪停，云雾散，天放晴。李白《避地司空原言怀》："雪霁万里月。"

②珠箔：珠帘，用珍珠组成或饰有珍珠的帘子。雍陶《秋露》："痕沾珠箔重。"

③婵娟：形态美好。孟郊《婵娟篇》："花婵娟，泛春泉；竹婵娟，笼晓烟；妓婵娟，不长妍；月婵娟，真可怜。"

④朱轩：红色的房舍。白居易《悟真寺》："回首寺门望，青崖夹朱轩。"

【赏析】

是词写相思。前阕先写萧索夜色，营造相思场景。"画堂新霁情萧索，深夜垂珠箔。"主人公处于画堂之中，看着雨停了，心情更萧索。惆怅之人与淅淅的夜雨相伴，还可看雨、听雨，多少可以排解心中的郁闷，但是，雨霁了，夜里又恢复了寂静，教人不堪沉闷。主人公见夜已深沉，无奈垂下珠箔。

"洞房人睡月婵娟，梧桐双影上朱轩，立阶前。"主人公步出画堂，漫步庭院，伫立阶前，环视四周，只见幽深的房间里人们已经睡去，又圆又大的皎月真是太可爱了，梧桐树的双影投映在红色的房舍之上。"月婵娟"、"双影上"，反衬主人公的孤单只身，对恋人思念有加。

"高楼何处连宵宴，塞管吹幽怨。"高楼那边的宵宴还在继续，羌笛吹奏出幽怨的乐曲。"一声已断别离心"，只是听到一声已经令别离的心痛苦欲绝。高楼宵宴，豪饮欢歌，何等热闹，与主人公这厢形成强烈的反差。幽怨的乐声，正是主人公心境的写照。一反一正的渲染烘托，场景与心境形成一个统一体，表现了相思人的情感。

"旧欢抛弃杳难寻，恨沉沉。"旧时的欢愉已经杳无踪迹，难以寻找回来，心中的忧怨恨绪沉甸甸的。

◉集评

陈秋帆《阳春集笺》："'旧欢抛弃杳难寻'，与《临江仙》'前事杳难追'同一感喟。"

虞美人

碧波帘幕垂朱户①，帘下莺莺语。薄罗依旧泣青春②，野花芳草逐年新③，事难论。　凤笙何处高楼月，幽怨凭谁说？须臾残照上梧桐，一时弹泪与东风④，恨重重。

【注释】

①碧波：比喻如春水一般的绿色。　朱户：以朱红所漆之门，"九锡"物品之一。《韩诗外传》："诸侯之有德，天子锡之。一锡车马六锡朱户。"后泛指贵族豪门。李绅《过吴门二十四韵》："朱户千家室，丹楹百处楼。"

②薄罗：细纱薄软织物做的衣服。

③逐年：每年。

④一时：即时。《世说新语·容止》："始入门，诸客望其神姿，一时退匿。"　弹（tán）泪：弹洒眼泪，形容心情悲痛。

【赏析】

是词抒发对人生况味的感喟。"碧波帘幕垂朱户，帘下莺莺语。"春水一样碧绿颜色的帘幕悬挂在贵族豪门，帘下传出阵阵的黄莺叫声。"薄罗依旧泣青春，野花芳草逐年新，事难论。"身穿薄薄的罗衣依然伤感春天的到来，野花芳草年年新鲜不一样，世事很难去论说。前阕是第一层感喟，春天来到，即使朱门人家亦会"泣青春"，因为世间事物"逐年新"，世事难料，人生无常。

"凤笙何处高楼月，幽怨凭谁说？"后阕议论与抒情结合，进一步抒发感喟。凤笙那里不在演奏，高楼虽有明月相照，但是其中的幽怨，又有谁去说破呢？"须臾残照上梧桐，一时弹泪与东风，恨重重。"忽然之间，月亮的余辉照耀着梧桐，令人即时对着春风，挥洒热泪。伤感之怨恨，千重万重。"一时弹泪与东风"是"泣青春"的具体形象表现。

◉集评

陈秋帆《阳春集笺》："此阕似别有悲凉滋味。《阳春》类此者多，蒿庵所谓'《黍离》、《麦秀》，周遗所伤；美人香草，楚累所托'者非欤？"

虞美人

玉钩鸾柱调鹦鹉①，宛转留春语②。云屏冷落画堂空③，薄晚春寒无奈④，落花风。　搴帘燕子低飞去，拂镜尘鸾舞⑤。不知今夜月眉弯，谁佩同心双结，倚阑干。

【注释】

①玉钩鸾柱：指鸟雀笼中的用具物品。玉钩，玉作的笼钩，此为美称。鸾柱，雕刻鸾凤纹饰的笼柱。　调：调教。此指逗弄。

②宛转：形容清脆柔和的音色。

③云屏：以云母装饰的屏风。

④薄晚：黄昏向晚时分。

⑤镜尘：妆镜经久不用而积聚的灰尘。顾敻《酒泉子》："镜尘生，珠泪滴，损仪容。"

鸾舞：此指镜上所刻的鸾凤起舞图案。

【赏析】

是词写相思。"玉钩鸾柱调鹦鹉，宛转留春语。"用玉钩鸾柱来调教鹦鹉，学习那宛转能将挽留春天的话儿。"留春语"，用语含蓄，实际上是留住心上人的话语，主人公思念情人，无人可以诉说，只有通过调教鹦鹉，将自己心中的"留春语"说出，会觉得心情稍为舒坦些。"云屏冷落画堂空"，云母装饰的屏风被冷落放置一旁，画堂里更是空空荡荡。"冷落"者，又何止云屏；"空"者，又何止画堂。两者是一种暗示，主人公自比"云屏"、"画堂"，感到孤寂、空虚。"薄晚春寒无奈，落花风。"向晚的春寒叫人无奈得很，再加上吹起了阵阵的落花晚风。主人公多愁善感，傍晚的微寒微风，竟是如此的伤情，感叹无可奈何春去也。

"搴帘燕子低飞去"，卷挂起帘子，燕子双双飞去，此比喻主人公的心上人离别远行。"拂镜尘鸾舞"，轻轻拂去妆镜蒙上的灰尘，只见一双鸾凤在双双起舞。妆镜本已弃置多时而蒙尘，主人公无心妆扮久矣，而今拂尘见鸾舞，更刺痛了孤独一人的她。"不知今夜月眉弯，谁佩同心双结，倚阑干。"这里含嗔地埋怨心上人：不知道咧，今夜的月儿像柳眉似的弯弯，哪个佩带着同心双结，倚靠栏干。充分体现了对心上人的炽热恋情。

◉集评

陈廷焯《词则·闲情集》："风神蕴藉，自是正中本色。"

刘永济《唐五代两宋词简析》："此亦妒词也，而托之闺情。上半阕言所居之凄寂，下半阕以帘燕、镜鸾，形其孤单。末二句则猜疑之词也。"

虞美人

春山拂拂横秋水①，掩映遥相对②。只知长作碧窗期③，谁信东风吹散，彩云飞。　银屏梦与飞鸾远④，只有珠帘卷。杨花零落月溶溶⑤，尘掩玉筝弦柱，画堂空。

【注释】

①春山：春天的山色。如："春山如笑。"　拂拂：通"茀茀"，繁密、茂盛的样子。《广雅·释训》："茀茀，茂也。"《诗·大雅·皇矣》："临冲茀茀，崇墉仡仡。"　秋水：秋日之水。王勃《滕王阁序》："落霞与孤鹜齐飞，秋水共长天一色。"此指春水如秋水般明净清澈。

②掩映：遮掩映衬。

③长：同"常"，经常。　碧窗：即绿绮窗，华贵的窗户。此指闺人居室。　期：邀约，会合。屈原《离骚》："路不周以左转兮，指西海以为期。"

④银屏：银饰的屏风。尹鹗《临江仙》："红烛半条焰短，依稀暗背银屏。"

⑤零落：凋谢，脱落。屈原《离骚》"惟草木之零落兮。"王逸注："零落皆坠也。草曰零，木曰落。"　溶溶：水流动貌，亦用来形容月光荡漾。许浑《冬日宣城开元寺赠无乎上人》："林疏霜摵摵，波静月溶溶。"

【赏析】

是词写相思。"春山拂拂横秋水，掩映遥相对。"春天的山色草木繁茂，郁郁葱葱，前面横亘一潭如秋水般明净清澈的春水。山与水遮掩映衬、遥遥相对。春山如笑，春水如练，美景惹相思。"秋水"，这里暗含望穿秋水，望眼欲穿地希望能与情人相会。"只知长作碧窗期"，只晓得常常有碧窗的邀约。"谁信东风吹散"，有谁相信春风会将希望吹散。"彩云飞"

比喻句，道出了主人公的失落感，如今真的像彩云飞去一样无消息。

后阕续写主人公心中的凄切。“银屏梦与飞鸾远，只有珠帘卷。”银屏后边的美梦与飞去的鸾鸟一样遥远，跟前只剩下珠帘高卷。“珠帘卷”，即无用之必要。“杨花零落月溶溶”，杨花凋谢飘落了，月光如水般荡漾。落花与孤月来相伴，何其萧索。“尘掩玉筝弦柱，画堂空。”尘封的玉筝弦柱，画堂上一片空寂。

词作运用比喻象征手法写相思之情：春山与秋水，遥相对，象征两离别之后的遥远；彩云飞，比喻希望的落空；飞鸾，比喻心上人；杨花零落，比喻象征春天将要过去，主人公的青春亦会因离别不期而白白逝去；尘封玉筝，暗示主人公内心的萧索。

◉集评

俞陛云《唐五代两宋词选释》：“结句凄韵欲绝。”

舞春风

严妆才罢怨春风[①]，粉墙画壁宋家东[②]。蕙兰有恨枝犹绿[③]，桃李无言花自红。　燕燕巢时帘幕卷，莺莺啼处凤楼空。少年薄幸知何处[④]，每夜归来春梦中[⑤]。

【注释】

①严妆：精心妆扮。

②粉墙画壁：言墙壁装饰之华美。粉墙，饰以白色的墙；画壁，饰以图画的墙壁。宋家东：指宋玉家东边邻居美女。用宋玉《登徒子好色赋》典故。

③蕙兰：皆是香草，比喻女子纯美的情思。

④薄幸：薄情、有负于情义。

⑤春梦：春天的梦。温庭筠《菩萨蛮》：“春梦正关情，镜中蝉鬓轻。”

【赏析】

是词写闺妇怨情。“严妆才罢怨春风，粉墙画壁宋家东。”认认真真地妆扮好了，心里却迁怨于春风，粉墙画壁围绕的美如宋玉东邻女的她。这两句倒了次序，为的是突出主人公的“怨”。妆扮认真，妆容必定艳丽，为什么“怨”呢，为什么“怨春风”呢？

其怨之一：“蕙兰有恨枝犹绿”。蕙兰有恨枝叶还是那么碧绿。蕙、兰，香草，常用作比喻女子纯美的情思、贤淑的品格。《易·系辞》：“同心之言，其臭如兰。”《离骚》：“岂维纫夫蕙茝”、“纫秋兰以为佩。”孙光宪《更漏子》：“云雨态，蕙兰心，此情江海深。”毛熙震《酒泉子》：“蕙兰心，魂梦役，敛蛾眉。”她的怨是建立在爱的基础上。

其怨之二：“桃李无言花自红”。春风吹红桃李，但桃李无言，花儿独自艳红。没有人欣赏。

其怨之三：“燕燕巢时帘幕卷”。听着燕子亲昵私语的时候，那帘幕仍然是卷着的。

其怨之四：“莺莺啼处凤楼空”。黄莺关关啼叫的地方——凤楼却空空如也。

其怨之五：“少年薄幸知何处，每夜归来春梦中”。年轻人薄幸，懂得什么要紧之处呢，每天夜里回来时候，人家正在春梦之中。

以上五怨，总括起来是一个“怨”，正如顾敻《浣溪沙》：“春色迷人恨正赊，可堪荡子不还家”所写。

归自谣

何处笛，终夜梦魂情脉脉[①]，竹风檐雨寒窗滴。　离人数岁无消息。今头白，不眠特地重相忆。

【注释】

①终夜：整夜，通宵。脉脉(mòmò)：凝视貌。后多用以形容情意，有含情欲吐之意。

【赏析】

是词写相忆。“何处笛”，那里传来笛声。幽怨的笛声划破深夜的寂静，叩开人们的心扉，触到情思。“终夜梦魂情脉脉”，整夜梦魂缭绕，含情脉脉。情脉脉的幽梦，自是相忆所致。“竹风檐雨寒窗滴”，风摇绿竹、雨水注檐、寒凉敲窗。梦醒见风雨交加，思绪向谁边？后阕接上。

“离人数岁无消息”，主人公想到了阔别数年的离人，至今尚无消息。“离人”，联系上文“梦魂情脉脉”，很可能是指情人，数年不见并无消息，一梦得见，当然梦长达“整夜”，脉脉含情。“今头白，不眠特地重相忆。”现在头发都已经白了，在无法入睡的时候，就特别的会陷入深深的相忆。

归自谣

春艳艳[①]，江上晚山三四点，柳丝如剪花如染。香闺寂寂门半掩[②]。　愁眉敛，泪珠滴破燕脂脸[③]。

【注释】

①艳艳：鲜丽。

②寂寂：清静无声，冷落寂寞。秦嘉《赠妇诗》：“寂寂独居。”

③“泪珠”句：泪水流落滴掉脸上的胭脂妆粉。燕(yān)脂：颜料名，多用于妆饰，亦作“臙脂”、“姻脂”。张泌《蝴蝶儿》：“无端和泪拭燕脂，惹教双翅垂。”

【赏析】

是词写春愁。前阕写春光明丽，反衬主人公的愁。“春艳艳，江上晚山三四点，柳丝如剪花如染。”春光艳丽无比，碧绿的江水倒映出晚霞辉映的青山三四座，柳丝好像经过了精心剪裁、花色鲜艳好像经过了渲染似的。词作以先总述，再分述的手法，抓住江水、青山、晚霞三者的联系支撑点——倒影，写出了水乡春天傍晚丽景；抓住柳丝、花色等典型景物，将春天拟人化，春之巧手将柳丝剪、将花色染。

后阕写闺愁。“香闺寂寂门半掩。”香闺里静寂无声，房门半掩。闺妇没有去春游，而是独守闺房。“寂寂”对应开头的“艳艳”，与外界生机勃勃、朝气蓬勃的春光，形成反衬。“愁眉敛，泪珠滴破燕脂脸。”这两句写她的神态，剖析“愁”情。愁绪凝聚，双眉紧皱，泪如珠下，一点一点地滴湿冲破燕脂妆脸。

后阕写主人公的冷落寂寞与前阕写春天的生机盎然，形成强烈的对比，突出了她的春愁。

◉**集评**

陈秋帆《阳春集笺》：“‘愁眉敛，泪珠滴破胭脂脸’，与韦庄‘恨重重，泪界莲腮两线红’

同一风韵。较后主‘多少泪，断脸复横颐’为隽。”

归自谣

江水碧，江上何人吹玉笛？扁舟远远潇湘客①。　芦花千里霜月白。伤行色②，来朝便是关山隔。

【注释】

①潇湘：潇水和湘江之总称，皆在今湖南省境内，此泛指湘江流域。温庭筠《遐方怨》：“未得君书，肠断，潇湘春雁飞。”　潇湘客：客居潇湘的人。

②行色：犹行旅。指出行，旅行。白居易《西湖留别》：“征途行色惨风烟，祖帐离声咽管弦。”

【赏析】

是词写行旅。

“江水碧”，江水清澈如碧玉，江河秋天之景色。天青江碧，令人心旷神怡。“江上何人吹玉笛？扁舟远远潇湘客。”江面之上谁人把笛吹奏出缠绕悱恻的乐曲？一叶扁舟远远载着漂泊潇湘行客。词作选择了“水上”这一特定的地理环境，组合起水色、笛声、扁舟、行客等要素，刻画了“碧水扁舟听江笛”行旅图，图画意境深邃开阔、空灵缥缈。

“芦花千里霜月白”，江滨芦花蔓生延绵，霜月照千里，眼前白皑皑。芦花，白色；霜月之光，白色；秋江，银白色，好不萧瑟。因此，主人公“伤行色”，令人伤感的行旅。心里想，“来朝便是关山隔”，明日将要被关隘山川阻隔，行旅之路途就更遥远，与家乡亲人相隔亦更遥远了。后阕仿佛一幅“霜月船头赏芦千里白”伤感图。

◉集评

陈廷焯《词则·别调集》：“结得苍凉。”

俞陛云《唐五代两宋词选释》：“挥毫直书，不用回折之笔，而情意自见。格高气盛，嗣响唐贤。”

南乡子

细雨湿流光①，芳草年年与恨长。烟锁凤楼无限事，茫茫，鸾镜鸳衾两断肠②。　魂梦任悠扬，睡起杨花满绣床。薄幸不来门半掩，斜阳，负你残春泪几行③。

【注释】

①流光：此指闪动的光泽。

②“鸾镜”句：看到鸾镜和鸳被，使人肝肠欲断。　鸾镜：饰有鸾鸟图案的妆镜。温庭筠《菩萨蛮》：“鸾镜与花枝，此情谁得知？”　鸳衾：古代诗词常以之比男女欢合。此指绣着鸳鸯图案的绵被。温庭筠《南歌子》：“欹枕覆鸳衾，隔帘莺百啭，感君心。”

③“负你”句：辜负了你一直守候到暮春时节所流的多少眼泪。

【赏析】

是词写春怨。

首句“细雨湿流光”，细雨霏霏，沾湿了(芳草绿叶)闪闪流动的光泽。王国维评说：“人知和靖《点绛唇》、圣俞《苏幕遮》、永叔《少年游》三阕为咏春草绝调。不知先有正中‘细雨湿流光’五字，皆能摄春草之魂者也。”认为此句要比和靖、圣俞、永叔的咏春草绝调，时间上要早，句意上要佳。而陈秋帆《阳春集笺》又从渊源上及影响上去评：“按‘细雨湿流光’，昔人多激赏之，周方泉、王荆公均极赞其妙。余谓冯此语，实本温庭筠《荷叶杯》‘细雨湿愁红’、皇甫松《怨回纥》‘江路湿红蕉’而来。又陈鹄《耆旧续闻》称‘赵彦端《谒金门》‘波底夕阳红湿’，盖用‘湿’字，《阳春》则承先启后耳。”

“芳草年年恨与长”，芳草逢春而荣，年年岁岁如此，而怨恨亦同芳草一样萌发生长。芳草，是惹人情思的意象，如孙光宪《清平乐》：“掩镜无语眉低，思随芳草凄凄。”所以，词人将芳草与愁怨联系起来，顾敻《虞美人》：“深闺春色劳思想，恨共春芜长。”正中词句与其何其相似，抓住春雨连绵的气候特征，芳草疯长的物候特征，运用比喻和象征手法，将抽象的怨恨，形象而具体表达出来。“烟锁凤楼无限事，茫茫，鸾镜鸳衾两断肠。”烟霭茫茫笼罩着凤楼里无穷无尽的情事，一看到鸾镜、鸳衾这两样物品，就叫人肠断。鸾镜、鸳衾是象征男女情事的语象，主人公的怨恨不同一般，所以见之而肠断。

“魂梦任悠扬，睡起杨花满绣床。”魂魄任凭梦境飘忽悠扬而去，入睡而见杨花堆满了华美的卧床。这里将飘忽的杨花比喻悠扬的魂梦，春怨亦深了一层。“薄幸不来门半掩，斜阳，负你残春泪几行。”薄情人还不见到来，闺门半掩起。都快黄昏了，斜阳好像在说，辜负了你守到暮春而流下的几多眼泪呀。

◉集评

俞陛云《唐五代两宋词选释》：“起二句，情景并美。下阕梦与杨花迷离一片。结句何幽怨乃尔。”

刘永济《唐五代两宋词简析》：“此亦托为闺情以自抒己怨望之情。”

南乡子

细雨泣秋风，金凤花残满地红①。闲蹙黛眉慵不语，情结，寂寞相思知几许。　玉枕拥孤衾，挹恨还同岁月深②。帘卷曲房谁共醉③，憔悴，惆怅秦楼弹粉泪④。

【注释】

①金凤花：凤仙花之别名，其花多为红、白两色，形似张开之凤翅。

②“挹恨”句：梳理心中的怨恨竟然与岁月那样深远。 挹：舀，酌取，此指收拾、梳理。

③曲房：内室、密室。李颀《缓歌行》：“美酒清歌曲房下。”

④秦楼：旧指吃喝玩乐之所。李白《忆秦娥》：“箫声咽，秦娥梦断秦楼月。”此代称女主人公的住处。

【赏析】

是词写秋怨。与前首同是以“细雨”起，细雨微微；“泣秋风”，秋风乃金风，干燥之季风，细雨润之，但于主人公看来是“泣”，向秋风哭诉。词作起首便不同凡响，遣情写景，雨和风，都被拟人化了。“金凤花残满地红”，金凤花被摧残凋谢，满地都是红色。风雨摧花，主人公见之又会如何呢？“闲蹙黛眉慵不语，情结，寂寞相思知几许。”她紧皱黛眉懒得言语，情绪寂寞，相思怀人知晓多少？由神态深入内心世界，写其寂寞相思。

“玉枕拥孤衾，挹恨还同岁月深。”独个儿枕着玉枕，孤零地盖着衾被，思量起来，那怨恨真同岁月一样深沉。“孤”字，点出独处，徒有玉枕鸳衾相伴。“帘卷曲房谁共醉，憔悴，惆怅秦楼弹粉泪。”帘儿卷起，曲房里谁人与其同醉。憔悴。惆怅呀，秦楼人洒落和着脂粉的泪水。

长命女

春日宴，绿酒一杯歌一遍。再拜陈三愿①：一愿郎君千岁，二愿妾身常健②，三愿如同梁上燕，岁岁长相见③。

【注释】

①再拜：拜两次。 陈：陈述。

②妾身：女子谦称自己。

③按此“三愿”，冯延巳本之白居易《赠梦得》诗：“为我尽一杯，与君发三愿：一愿世清平，二愿身强健，三愿临老头，数与君相见。”

【赏析】

是词写追求。“春日宴，绿酒一杯歌一遍。”在春日的宴会上，喝一杯绿酒，唱一首歌。宴会的气氛喜庆、快乐。女主人公要“歌”了。

拜了两拜，陈述自己的三个愿望：第一愿，郎君你长命千岁。第二愿，妾身我身体永远健康。第三愿，郎君与妾身就像雕梁上的双燕，年年岁岁长久相见。三愿，表达了主人公对幸福美满生活的向往和追求，刻画了朴实、纯真的个性形象。词作语言质朴无华之中亦见活泼可爱。

◉集评

吴曾《能改斋漫录》：“南唐宰相冯延巳，有乐府一章，名《长命女》云云……其后有以其词意改为《雨中花》云：‘我有五重深深愿。第一愿且图久远。二愿恰如雕梁双燕，岁岁长相见。三愿薄情相顾恋。第四愿永不分散，五愿奴哥收因结果，做个大宅院。’味冯公之词，典雅丰容，虽置古乐府，可以无愧。一遭俗子窜易，不惟句意重复，而鄙恶甚矣。”

喜迁莺

宿莺啼①，乡梦断②，春树晓朦胧。残灯和烬闭朱栊，人语隔屏风。 香已寒，灯已绝，忽忆去年离别。石城花雨倚江楼，波上木兰舟。

【注释】

①宿：住所。《周礼·地官·遗人》：“三十里有宿，宿有路室。”

②乡梦：思乡的梦。

【赏析】

是词写离愁。起头三句，写春晓莺啼惊乡梦。住所外面黄莺啼叫不休，打断了思乡美梦。青绿的树木，在春晓里朦朦胧胧，看不真切。接着两句，写住所内的环境，“残灯和烬闭朱栊，人语隔屏风。”残灯剩下的燃料已经和灰烬混在一起了，红色的窗棂关闭着。人们的说话声从隔着的屏风外面传过来。前阕由外而内，写春晓嘈杂的环境，莺啼人语，惋惜乡梦被惊扰，心情烦闷。

过片由“香”、“灯”接上，香已经燃尽，灯已经熄灭，暗写思乡历时久矣。“忽忆去年离别”，忽然回忆起去年这个时候的离别。为什么会从思乡而忽然想起离别的事情呢。从前阕所写的环境氛围看，主人公很可能是在旅途，而去年的离别应是在故乡，所以由思乡而自然而然地忆起离别。“石城花雨倚江楼，波上木兰舟。”这是去年离别的情景，石头城里繁花似锦，春雨绵绵，倚靠着江楼话别；乘上木兰舟，踏浪而远行。离别环境，绚丽中隐藏忧伤；离别过程，豪放中隐藏凄楚。结尾，将人物的复杂心境，真实自然地表现出来。

喜迁莺

雾濛濛①，风淅淅②，杨柳带疏烟③。飘飘轻絮满南园④，墙下草叶肝眠⑤。　燕初飞，莺已老，拂面春风长好⑥。相逢携手且高歌，人生得几何。

【注释】

①濛濛：迷离，迷茫。白居易《江夜舟行》：“烟淡月濛濛，舟行夜色中。”

②淅淅：象声词，形容风声。杜甫《秋风二首》之二：“秋风淅淅吹我衣，东流之外西日微。”

③疏烟：轻烟。

④飘飘：飞貌。李白《赠瑕丘王少府》：“飘飘神仙气。”　南园：园名，五代时吴越广陵王钱元璙治苏州所建，旧址在江苏苏州市旧府学旁。此泛指园圃。毛文锡《虞美人》：“夕阳低映小窗明，南园绿树语莺莺。”

⑤肝眠：通“芊绵”，草木繁茂貌。

⑥拂面：扑面。　长好：《说文解字》释“艳”：“好而长也。”“长”、“好”同义叠用，美好。

【赏析】

是词写相逢。主人公与友人相逢在春风春雨之中。春雾迷离，春风淅淅，杨柳摇曳带动着薄薄的烟霭。轻絮飞飘满南园，墙边芳草绿叶疯长。前阕写风淅淅、雨潇潇、雾濛濛、絮飘飘、草齐齐，没有惆怅，情调开朗，读起来，真有“好雨知时节，当春乃发生。随风潜入夜，润物细无声”的感觉。

“燕初飞，莺已老，拂面春风长好。”暮春到了，燕子刚刚飞走，黄莺好像也老了，然而拂面的春风却是如此的美好。“相逢携手且高歌，人生得几何。”友人相聚一堂，携手又高声歌唱，人生一世能有几多回。结尾两句，喜悦之情溢于言表。

芳草渡

梧桐落，蓼花秋①。烟初冷，雨才收，萧条风物正堪愁②。人去后，多少恨，在心头。　燕鸿远，羌笛怨，渺渺澄江一片③。山如黛，月如钩。笙歌散，魂梦断，倚高楼。

【注释】

①蓼花：一年生草本植物，多长于水中，味苦，可入药，花淡红色或白色。

②风物：风光、景物。　正堪愁：正令人忧愁。

③渺渺：辽远貌。顾敻《河传》：“棹举，舟去，波光渺渺。”

【赏析】

是词写秋思。“梧桐落”,梧桐树落叶了,“一叶知秋”,秋天悄然而至。“蓼花秋”,蓼花是一年生草本植物,到了秋天开始枯黄。薛昭蕴《浣溪沙·红蓼渡头秋正雨》写闺妇秋雨渡头盼郎归,表达怀人的主题,开头一句“红蓼渡头秋正雨”就以“红蓼”修饰渡头,或可证蓼花与相思怀人有关。起首以梧桐、蓼花两个意象,表现秋天的萧瑟,衬托主人公的秋思情绪。“烟初冷,雨才收,萧条风物正堪愁。”以烟、雨作为萧条景物的典型,带出“愁”。烟雾逐渐寒冷,雨水开始结束。那萧条的景象实在令人发愁。萧条风物是“愁”的外因,而“愁”的内因是——“人去后,多少恨,在心头。”这是主人公内心悲凉的表白。

后阕运用铺陈手法,一气用了燕子、鸿雁、羌笛、澄江、黛眉、钩月、笙歌、魂魄、梦断、高楼等十种意象,将主人公的内心感慨形象化、具体化。“散”,寓“人去后”;“远”、“渺渺”,写“人去后”距离之遥;“怨”、“断”,写心头恨;“如黛”、“如钩”写心头有恨之所见所感。“倚高楼”写所为,三字结得深沉有力,耐人寻味。

沈际飞《草堂诗余别集》评此词:“悲促之音象花间《三字令》。”“花间《三字令》”当指欧阳炯的《三字令》:春欲尽,日迟迟,牡丹时。罗幌卷,翠帘垂。彩笺书,红粉泪,两心知。人不在,燕空归,负佳期。香烬落,枕函欹。月分明,花淡薄,惹相思。欧阳炯词写相思。“春日迟迟牡丹开,彩笺红泪两心知。人去燕归负佳期,明月花淡惹相思。”在沈看来欧阳词所写相思,与正中词一样,达到“悲促之音”的艺术效果,这是主导性的“象”。其实在艺术形式上看,也有点儿“象”。《三字令》,顾名思义,由三字句组成的小令,因句短,读之语调急促,当然适宜于抒发悲促情感内容。正中词用《芳草渡》词调,在形式上颇为相像,十六句,其中十四句“三字句”;再者,正中词的三字句,句式也与欧阳词相近。

◉集评

陈廷焯《词则·别调集》:“语短韵长,音节绵邈。”

陈秋帆《阳春集笺》:“按‘多少恨,在心头’与李煜‘别是一般滋味在心头’,同一凄惋。”

更漏子

金剪刀①,青丝发②,香墨蛮笺亲札③。和粉泪,一时封,此情千万重。　垂蓬鬓,尘青镜,已分今生薄命④。将远恨,上高楼,寒江天外流。

【注释】

①金剪刀:美称剪刀。

②青丝发:比喻黑而柔软的头发,多指女人的头发。白居易《陵园妾》:“青丝发落丛鬓疏,红玉肌销系裙缦。”

③蛮笺:即蜀笺。韩浦《以蜀笺寄弟洎》:“十样蛮笺出益州,寄来新自浣花头。”亲札:亲自写信。

④分(fèn):甘愿。薄命:谓命运不好。常指女子的痛苦遭遇。

【赏析】

是词写相思。首两句,情节感人。“金剪刀,青丝发。”女主人公拿起金剪刀,剪下一绺青丝乌发。头发之于古人,是不能随便剪得的,她作出如此行动,已是万般不得已,人既然不能前去与心上人相会,以青丝代替,其相思之情可见。“香墨蛮笺亲札”,研好香墨,展开彩笺,亲自写好书信,一切准备停当。“和粉泪,一时封,此情千万重。”她一边流着泪水,一边将书信与青丝一起缄封,心里想,这情义够得上千万钧重了吧。前阕由剪发、研墨、写信、缄封到想象,逐一展开,描写人物的连贯细节,充分表现出女主人公对爱情的忠贞。

过片以罢弄妆梳洗,进层深入。“垂蓬鬓,尘青镜,已分今生薄命。”她任由蓬乱的鬓发低垂,灰尘蒙盖青铜镜,已经默默地甘愿承受一辈子的痛苦遭遇,她是这样的执着,矢志不渝。“将远恨,上高楼,寒江天外流。”带着离别的远恨,登上高楼,只见寒冷的江水远远地向着天外流逝而去。结尾,景色辽阔、空旷,正好与“远恨”溶合,情景交融,艺术效果感人。

更漏子

秋水平,黄叶晚,落日渡头云散。卷朱箔,挂金钩,暮潮人倚楼①。 欢娱地②,思前事,歌罢不胜沉醉③。消息远,梦魂狂④,酒醒空断肠。

【注释】

①暮潮:指傍晚涌动而起的江河汐浪。

②欢娱地:遣兴、娱乐场所。

③不胜:经受不了、承受不住。

④狂:迷乱。

【赏析】

是词忆往昔。“秋水平,黄叶晚,落日渡头云散。”首三句描写秋天黄昏景色,清澈的秋水风平浪静,晚风拂摸着黄叶,圆圆的落日照着江河渡头,天上云彩消散。长河渡头,水碧波平,晚风徐徐,黄叶灿灿,夕阳似火,天高云淡,萧瑟之中亦见明丽。春华秋实,春种秋收,秋天是收获的季节,亦比喻人生盛年。秋天的黄昏,或许比喻词作的抒情主体是处于快过盛年而向暮年迈进之人。

“卷朱箔,挂金钩,暮潮人倚楼。”卷起红色的珠箔,挂好金色的帘钩,主人公倚靠在楼上观看着傍晚涨起的汐浪。江海的潮起潮落是自然规律,人生的升降沉浮飘忽不定,观潮汐,容易勾起人们对往事的回忆。

后阕,以前阕的铺垫为厚实的基础,展开回忆。“欢娱地,思前事,歌罢不胜沉醉。”身处遣兴娱乐场所,去追忆那往昔的事情,就像是歌筵散去,经受不住沉醉似的。“消息远,梦魂狂,酒醒空断肠。”音信消息勾通是那么的遥远,梦魂迷茫难以追寻,酒醒过来只有白白地肠断,痛苦难过。主人公没有拘泥于对具体往事的回忆,以“前事”、“歌散”、“消息”、“梦魂”抽象、概括而又带象征地回首往昔的种种经历,使词境更为广阔、深远。

更漏子

风带寒,秋正好①,蕙兰无端先老。云杳杳,树依依②,离人殊未归③。 搴罗幕,凭朱阁,不独堪悲寥落④。月东出,雁南飞,谁家夜捣衣?

【注释】

①正好:恰好。

②依依:茂盛的样子。《诗·小雅·采薇》:“昔我往矣,杨柳依依。”一说,轻盈的样子。

③殊:超过,此指过了相约之期。

④不独：不仅仅是。堪：能够承担或忍受。寥落：寂寞。陶潜《和胡西曹示顾贼曹》："悠悠待秋稼，廖落将赊迟。"

【赏析】

是词写闺妇离情。闺妇的离情萌生于秋。"风带寒，秋正好，蕙兰无端先老。"风儿带着寒意在劲吹，秋天正好来到了。蕙花兰叶无端端的早早就枯黄显老了。"蕙兰无端先老"，双关语，自然界的蕙兰遇秋先老，蕙兰比喻的闺妇也先老了。"云杳杳，树依依，离人殊未归。"天上的云彩飘渺不定，树木仍然茂盛葱茏，离我而去的人儿却过了佳期未归。歇拍点出离情，所以，蕙兰先老。

"搴罗幕，凭朱阁，不独堪悲寥落。"卷挂起罗幕，凭着红色阁门，不仅仅是承受悲凉与寂寞。言外之音，离人虽爽了期，但还盼其归来，所以倚门远望，期盼心上人归来。

"月东出，雁南飞，谁家夜捣衣？"月儿从东方升起了，大雁往南飞去，谁家有夜里捣洗衣裳？主人公凭朱阁，足足等了一夜，未见离人归，却听闻捣衣声，这就更加深了对离人的怀想之情。别人家都在为自家的亲人拆洗过冬的衣裳了，而自己却在等人归来。结尾句，问得平淡，却见深情，韵味特醇。

更漏子

雁孤飞，人独坐，看却一秋空过[①]。瑶草短，菊花残，萧条渐向寒。　帘幕里，青苔地，谁信闲愁如醉[②]。星移后[③]，月圆时，风摇夜合枝。

【注释】

①空过：白白地度过。

②如：相同，好像。《诗·王风·采葛》："一日不见，如三秋兮。"

③"星移"句：星星移动了位置，夜已深沉。

【赏析】

是词闺妇秋思。前阕起首，直写闺妇睹物伤情。"雁孤飞，人独坐，看却一秋空过。"大雁孤独地飞翔，人儿我独自静坐，看上去这个秋天就白白地度过了。"孤飞"、"独坐"、"空过"，写出主人公的寂寥、孤单、虚度。"瑶草短，菊花残，萧条渐向寒。"庭院的瑶草枯萎而变短了，菊花开过后残败了，萧条的景色里天气斩渐的趋向寒冷。"短"、"残"是"萧条"的具体表现，"渐向寒"既写景象、气象，亦写"心象"，主人公的秋思，日渐觉得寒颤而悲凉。

"帘幕里，青苔地，谁信闲愁如醉。"主人公白天独处帘幕里，或者踱步青苔地，都不止地反问，谁个相信愁怨会令人如痴如醉，不能自拔。动作与心理活动结合在一起，表现"闲愁如醉"心境。"星移后，月圆时，风摇夜合枝。"主人公到了夜里，见星斗移，明月升，夜深沉，清风抚摸着夜合花枝。夜合花是情之象征，"风摇"，景语喻感伤。

◉集评

俞陛云《唐五代两宋词选释》："结句善用萧索之景，寓怅怏之怀，令人揽撷不尽。"

更漏子

夜初长[①]，人近别[②]，梦断一窗残月。鹦鹉睡，蟪蛄鸣[③]，西风寒未成。　红蜡烛，半棋局[④]，床上画屏山绿[⑤]。搴绣幌，倚瑶琴[⑥]，前欢泪满襟。

【注释】

①夜初长：夜晚开始变得漫长。

②人近别：情人不久前才离去。

③蟪蛄：昆虫名，形状似蝉，紫青色，初秋鸣叫，鸣声"吱—吱吱"。

④半棋局：下棋到半途，还没结局。

⑤"床上"句：床头上的屏风所画群山苍翠。

⑥瑶琴：饰玉的琴。此美称琴。

【赏析】

是词写"近别"伤感。"夜初长，人近别"，夜晚开始变得漫长起来，情人才刚刚别去。"梦断一窗残月。"梦醒过来，只见残月照耀着窗户。人近别而梦，可见两情的深厚。"鹦鹉睡，蟪蛄鸣"，一静止、一动态，一宁静、一噪响，表现夜之深沉，人之孤寂。"西风寒未成"，西风在吹着，寒冷还未生成，一是近秋时节，蟪蛄尚鸣而西风吹，所以"寒未成"；二是人近别而梦，心中尚存温暖，所以"寒未成"。

"红蜡烛，半棋局，床上画屏山绿"，红色的蜡烛在亮着，半局棋在摆着，床头的屏风画面清楚可见群山碧绿。这里以所见，写刚才相聚的环境、气氛和所为，而今人去矣，无人再与其下完这半局棋，真有点儿凄楚。"褰绣幌，倚瑶琴，前欢泪满襟"，将绣幌提卷，凭倚着瑶琴，回忆过往的欢愉乐事，泪水洒落湿渍衣襟。

◉集评

陈秋帆《阳春集笺》："诸阕多凄楚之音，亦似别有寄托者。"

抛球乐

酒罢歌余兴未阑，小桥秋水共盘桓。波摇梅蕊当心白①，风入罗衣贴体寒②。且莫思归去③，须尽笙歌此夕欢。

【注释】

①波摇：水波映照之倒影晃动。 当心：留意。白居易《琵琶行》："曲终收拨当心画，四弦一声如裂帛。"

②"风入"句：风儿吹动，令罗衣紧紧贴着身体，看着替其感到寒意。 贴体：紧紧地贴着身体。

③思归：杜鹃鸟啼声似"不如归去"。元稹《思归乐》："山中思归乐，尽作思归鸣。"

【赏析】

是词写酒阑歌余会佳人。前阕首句"酒罢歌余兴未阑"，酒宴歌筵结束了，人已散了，但是还觉得没有尽兴。"兴未阑"，卖个关子，引起后文。

"小桥秋水共盘桓。"踏上小桥与美人一起盘桓。"秋水"，古人常用来比喻美人清澈的眼波，如白居易《筝》"双眸剪秋水，十指剥春葱"，李贺《唐儿歌》"一双瞳人剪秋水"，袁桷《题美人图》"望幸眸凝秋水，倚愁眉簇春山"，此以眼波指代美人。一个"共"亦可见主人公不是一人独自盘桓。这美人或许就是歌女，这从"歌余"可见。

"波摇梅蕊当心白"，小桥下的流水，隐隐约约地倒映出美人如梅花般的美丽容颜，留意观看才会见到白白的一点儿。此句可作两解释，皆通。一是以梅比喻美人。韦庄《浣溪沙》"暗想玉容何所似？一枝春雪冻梅花，满身香雾簇朝霞"。二是"梅蕊"指梅花妆（落梅妆、梅妆）。李商隐《对雪》“侵夜可能争桂魄，忍寒应欲试梅妆”，牛峤《酒泉子》“凤钗低袅翠鬟上，落梅妆”，《红蔷薇》“若缀寿阳公主额，六宫争肯学梅妆”，和凝《望梅花》“超越岭寒枝香自折，冷艳奇芳堪惜。何事寿阳无处觅，吹入谁家横笛？”寿阳公主落梅妆典故见《太平广记》：南朝宋武帝之女寿阳公主，人日卧含章殿檐下，梅花飘落着其额，成五出之花，拂之不去，因仿之为梅花妆。“波摇”写的是倒影人像，所以在“当心”才能隐约看到，平添了几分缥缈、空灵。

“风入罗衣贴体寒。”风儿吹拂罗衣紧紧贴玲珑的身体，看上去令人感到几分寒意。这句进一步证实与主人公“共盘桓”者乃美女，“罗衣”，是女子所穿。韦庄《小重山》“卧思陈事暗消魂，罗衣湿，红袂有啼痕”，毛熙震《女冠子》“蝉鬓低含绿，罗衣淡拂黄”，牛希济《中兴乐》“东风寂寞，恨郎抛掷，泪湿罗衣”，李珣《浣溪沙》“入夏偏宜淡薄妆，超越罗衣褪郁金黄”，皆是例子。“贴体”，风儿吹，罗衣紧紧贴着美人的身体，这是一种视觉感观的美之享受，主人公欣赏之余，不禁为之所动，担心其在寒风中受凉，所以于句末着一个感情色彩强烈的“寒”字。“且莫思归去，须尽笙歌此夕欢。”这两句是主人公的内心独白。且慢，不要想着归去，今晚须尽情娱乐歌舞去遣兴欢乐。杜鹃鸟啼声似“不如归去”，白居易《和思归乐》“山中独宿鸟，夜半声嘤嘤，似道思归乐，行人掩泣听”。《文选》石季伦《思归引序》：“困于人间烦黩，常思归而永叹，寻览乐篇有《思归引》，倘古人之情，有同于今，故制此曲。”正中词此用“思归”，或是“困于人间烦黩”，所以想到要与美人豪放而歌，换取“今夕欢”。

《花间集》有的作品亦写酒阑歌余与美人续会，如牛峤《应天长·玉楼春望晴烟灭》写歌伎舞女歌余后，与“王孙”“鸳鸯对含罗结，两情深夜月”。毛文锡《恋情深》两首都是写宴余歌罢，“宴余香殿会鸳衾，荡春心”、“酒阑歌罢两沉沉，一笑动君心。永愿作鸳鸯伴，恋情深。”魏承班《菩萨蛮》：“罗裾薄薄秋波染，眉间画得山两点。相见绮筵时，深情暗共知。翠翘云鬓动敛态弹金凤，宴罢入兰房，邀人解佩珰。”以上例证，都写得外露而显俗。而正中此词却含蓄、深沉。

抛球乐

逐胜归来雨未晴①，楼前风重草烟轻②。谷莺语软花边过③，水调声长醉里听。款举金觥劝④，谁是当年最有情？

【注释】

①逐胜：游览胜景。毛文锡《甘州遍》：“寻芳逐胜欢宴，丝竹不曾休。”

②草烟轻：芳草之上弥漫的烟霭逐渐淡薄。

③语软：形容声音柔和悦耳。

④款：诚恳、热情地。 觥：盛酒的容器。

【赏析】

是词抒发陶醉春景的感情。“逐胜归来雨未晴”，春游观赏胜景才归来，天上下着雨，还没有转晴。主人公逐胜或许是在雨前，归来才下的雨；或许是游赏之中下的雨，而不得不归来；或许是趁着春雨去游赏，归来了，雨还在下着。不管怎样主人公逐胜过程是赏心悦目的，所以，归来之后，仍在注意雨下未晴。“楼前风重草烟轻”，风重，言春风的强劲。楼前风劲吹散了芳草上笼罩的烟霭渐渐淡薄。描写的环境，应是雨霁时，眼前的景物逐渐变得明朗清晰。

“谷莺语软花边过”，谷莺啼叫声音柔和动听，越过花边传递向远处。雨止天晴，鸟叫花边，画面充满生气。谷莺，即黄莺。词作在此不称黄莺、莺，而称“谷莺”，很可能另有寓意。《诗·小雅·伐木》：“伐木丁丁，鸟鸣嘤嘤。出自幽谷，迁于乔木。”《禽经》中有“莺鸣嘤嘤”之语，唐人省试亦有莺出谷诗，于是，后人将莺迁于乔木，比喻高中科举；将由困而亨、由卑而贵，称为“莺迁”。元好问《与宗秀才》“莺迁高树音容改”，正中词言“语软花边过”，正是音改也。可见，此句暗寓，有人春风得意莺迁，这也是一种“逐胜”之景。

“水调声长醉里听”，与上句“对仗工整，造语生新，堪称妙手偶得之佳句”（《全唐五代词释注》）。水调，曲调名。相传隋炀帝开汴渠成，自作水调。杜牧《扬州》有句“谁家唱水调，明月满扬州。”当然，这里的水调是泛指唱歌所用的曲调。水调歌唱声韵悠长最适合在酒醉时聆听欣赏。

“款举金觥劝，谁是当年最有情？”结尾处，主人公的思绪感情达到高潮，热情地高举金色的杯觥，诚心地劝酒：谁个是当年最有情的？在春光明媚、莺语软婉、丝竹水调的气氛里，主人公最忆的当然是“当年最有情”者。其所以陶醉于春景之中，正因为心里头常常怀揣着、寻找着这么一个目标——“最有情”。

抛球乐

梅落新春入后庭①，眼前风物可无情？曲池波晚冰还合②，芳草迎船绿未成③。且上高楼望，相共凭栏看月生。

【注释】

①“梅落”句：梅花凋谢了，新来的春天到后院。

②曲池：四周曲折有致的池塘，

③绿未成：绿叶还未萌发。

【赏析】

是词写早春景色。“梅落新春入后庭”，梅，亦称寒梅，往往在冰天雪地时开花而后叶，待到花儿凋谢脱落、欲吐新叶之时，新春进入到了幽深的后庭。所以，主人公问道：“眼前风物可无情？”眼前的风光景物，莫非一点儿也没有感觉得到？主人公表面是问“风物”，实质上也是问观赏风物的人们。这一问，饱含了词人对人生况味的体验。

“曲池波晚冰还合，芳草迎船绿未成”，那曲池里的水波涌动起来还晚着咧，冰仍然凝聚结块合在一起。岸边的芳草虽然能迎送往来的行船，但是绿叶没有长成。这里所写，紧紧抓住了早春景色的特征。崔日用《奉和人日重宴大明宫恩赐彩缕胜应制》有句曰“曲池苔色冰前液，上苑梅香雪里娇”，可与此景参阅。

“且上高楼望，相共凭栏看月生”，还是登上高楼远望，相随着新春，一起凭栏观看明月照临。

◉集评

陈廷焯《词则·别调集》：“‘入’字妙。‘芳草’七字，秀炼有余味，对句稍逊。”

抛球乐

年少王孙有俊才①，登高欢醉夜忘回②。歌阑赏尽珊瑚树③，情厚重斟琥珀杯④。但愿千千岁，金菊年年秋解开。

【注释】

①俊才：卓越的才智。

②登高：升上高处。此指九月九日，重阳登高的风俗。 忘回：忘返，忘记归去。

③珊瑚树：即珊瑚，热带海洋中的腔肠动物，骨形像树枝，故名珊瑚树。此以珊瑚树形容歌宴的奢华。《汉书·石崇传》载，石崇与王恺斗富，武帝助恺，赐一高二尺之珊瑚树。恺示以崇。崇以铁如意击碎之。命取出六七支高三四尺珊瑚树。《世说新语·汰侈》："石崇与王恺争豪，并穷绮丽以饰舆服。武帝，恺之甥也，每助恺，尝以一珊瑚树高二尺许赐恺，枝柯扶疏，世罕其比。恺以示崇，崇视讫，以铁如意击之，应手而碎。恺既惋惜，又以为疾己之宝，声色甚厉。崇曰："不足恨，今还卿。"乃命左右悉取珊瑚树，有三尺、四尺，条干绝世，光彩溢目者六七枚，如恺许比甚众。恺惘然自失。"

④琥珀：松柏树脂的化石，色黄褐或红褐。

【赏析】

是词写秋日登高畅饮。年轻的王孙有着卓越的才智，重阳登高畅饮大醉，直至夜里忘却归去。"登高"，《续齐谐记》有载："汝南桓景随费长房游学累年。长房谓曰：'九月九日汝家中当有灾，宜急去，令家人各作绛囊盛茱萸以系臂，登高饮菊花酒，此祸可除。'景如言，齐家登山。夕还，见鸡犬牛羊一时暴死。长房闻之，曰：'此可代也。'今世人九日登高饮酒，妇人带茱萸囊，盖始于此。"后渐失避灾之意，而有夏历九月九日登高的风俗。古人登高，不限于九月九日，如隋文帝曾于正月十五日，与近臣登高，韩愈有人日城南登高诗。这里的"登高"当指循九月九日登高风俗。

"歌阑赏尽珊瑚树，情厚重斟琥珀杯。"娱乐歌唱在兴头时将珊瑚树欣赏尽，情义深厚再重新斟满琥珀酒杯。珊瑚树、琥珀杯，是极言王孙们的富贵罢了。

"但愿千千岁，金菊年年秋解开。"只求大家长寿千千岁，金色菊花年年逢秋，知道为我们而盛开。

抛球乐

霜积秋山万树红，倚岩楼上挂朱栊。白云天远重重恨，黄草烟深淅淅风。仿佛梁州曲①，吹在谁家玉笛中？

【注释】

①梁州曲：唐代乐曲名。 梁州：本作"凉州"，即今甘肃武威市。

【赏析】

是词写秋景。"霜积秋山万树红，倚岩楼上挂朱栊"，霜雪积聚，秋山上的万树红遍；偎倚山岩的高楼上，挂着朱栊。两句以热烈的色彩、平视的角度，描写深秋景色，秋山的红叶与高楼的朱栊，亮丽而耀眼，这是秋光的中景。

"白云天远重重恨"，这里转换成仰视角度，描写天空，作为秋光的背景。白云游动在碧天远空，仿佛离人的重重怨恨。将碧天白云与愁怨联系在一起，如温庭筠《梦江南》："山月不知心里事，水风空落眼前花，摇曳碧云斜。"韦庄《应天长》："碧云天，无定处，空有梦魂来去。""黄草烟深淅淅风"，从俯视角度描写，原野上的黄草烟雾深深伴着淅淅的风声。这是秋光的前景。

"仿佛梁州曲，吹在谁家玉笛中？""以虚代实，低回婉转。令人吟味不绝。"（《全唐五代词释注》）陈秋帆的《阳春集笺》说："'吹在谁家玉笛中'，似本皇甫松《杨柳枝》'如今柳向空城绿，玉笛何人更把吹'脱化而成。"如说脱化，还有例子：和凝《望梅花》："超越岭寒枝香自拆，冷艳奇芳堪惜。何事寿阳无处觅，吹入谁家横笛？"

◉**集评**

陈廷焯《词则·别调集》："起句恣肆。'白云'十四字颇近中唐名句。"

抛球乐

莫厌登高白玉杯，茱萸微绽菊花开①。池塘水冷鸳鸯起，帘幕烟寒翡翠来②。重待烧红烛，留取笙歌莫放回。

【注释】

①茱萸：植物名，有浓郁香味，可入药。王维《九月九日忆山东兄弟》："遥知兄弟登高处，遍插茱萸少一人。"

②翡翠：鸟名，羽毛绿色。孙光宪《菩萨蛮》："扣船惊翡翠，嫩玉抬香臂。"

【赏析】

是词抒发莫怨深秋的豁达感情。词作首联"莫厌登高白玉杯，茱萸微绽菊花开。"通过人们重阳登高活动，再抓住特征景物，描写秋色。九月九日登高人们高举白玉杯饮酒，臂上带着的茱萸初初绽放，而遍地的菊花盛开。"莫厌"，带感情色彩，不要厌恶。时序进入深秋，意味着寒冷的冬天要来到，容易使人感到好景不长而悲秋，这是古诗词常咏的主题，主人公一反前人的悲秋，以劝说的口吻道出"莫厌"，表现出豁达的心态。

"池塘水冷鸳鸯起，帘幕烟寒翡翠来。"深秋虽然寒意袭人，但是仍有令人心头发热而兴奋的景色。池塘里的水有点儿冷了，但是还有鸳鸯起来戏水；帘幕上的烟霭透着寒气，但是还有翡翠飞来。"鸳鸯"是爱情、幸福的意象；"翡翠"是吉祥、富贵的意象，两者在深秋里出现，还有什么可以埋怨的呢。

"重待烧红烛，留取笙歌莫放回。"重新收拾起心情，作好准备，点燃那红蜡烛，留住笙歌的欢愉，不要轻易放弃忘掉。"烧红烛"，应是事情值得祝贺、喜悦之所为也。"莫放回"呼应"莫厌"，人生在世，不要厌这厌那，要学会将美好的事物牢记在心。当然，主人公的豁达心态，也隐含着几分无可奈何的凄凉与孤独。

抛球乐

尽日登高兴未残，红楼人散独盘桓。一钩冷露悬珠箔，满面西风凭玉阑。归去须沉醉，小院新池月乍寒。

【赏析】

是词写深秋的萧索。"尽日登高兴未残，红楼人散独盘桓。"经过整整一天的登高活动，兴趣还未尽。红楼里欢娱的人们已经散去，独自一个人还在盘桓。主人公的"兴"，不是一般的"兴"，久久未尽，即便是人散了，还要"独盘桓"。"一钩冷露悬珠箔，满面西风凭玉阑。"这是主人公盘桓之所见、所感。结着冰冷凝露的帘钩悬挂起珠箔，迎着扑面而来的西风凭倚玉栏干。"珠箔"、"玉阑"，本来就给人寒凉的质感，再加上"冷露"、"西风"，觉其更为寒冷。"归去须沉醉，小院新池月乍寒。"曲终人散归去要大醉，徘徊小院，临近新池，倒影的月亮忽然间寒冷了许多。酒醉临池赏月，池水冷、月光银白亦冷，冷上加冷，所以"乍寒"，深秋的萧索景象，使主人公的心情更加凄凉。

词作通过主人公“独盘桓”的所见、所感，紧扣“冷”、“寒”写景状物，所描写的深秋萧索景象，令读者有一种亲历其境的真实感。

◉**集评**

陈廷焯《白雨斋词话》："极凄婉之致。"

抛球乐

坐对高楼千万山，雁飞秋色满阑干。烧残红烛暮云合，飘尽碧梧金井寒。咫尺人千里，犹忆笙歌昨夜欢。

【**赏析**】

是词写秋色。词作由“坐对”总起，表现出一种闲逸情调。

“坐对高楼千万山，雁飞秋色满阑干。”闲坐着面向高楼，千千万万座山，逶迤连绵；碧空上，大雁飞翔而过；秋色满目，尽在倚栏干处。词作由近及远、由下而上地转换角度描写远眺之秋景。

“烧残红烛暮云合，飘尽碧梧金井寒。”“烧残红烛”，比喻落日，“暮云合”，黄昏的云彩与落日融合在一起，而成漫天红霞，这是深秋辐射降温的天气特征。飘落的梧桐黄叶堆积在金井旁边，透出寒意，这是深秋落叶乔木的物象特征。这两句从天气、物象，描写出深秋景色的特征，以一个“寒”字总括，展现萧索景象。

“咫尺人千里，犹忆笙歌昨夜欢。”与友人(情人)相隔咫尺，却像远在千里之外。时逢深秋，又遇离别。更加使人记得笙歌娱乐的昨夜欢愉。结尾两句抒情，情深意切，颇为感人。

◉**集评**

陈廷焯《白雨斋词话》："'烧残红烛暮云合，飘尽碧梧金井寒。'冯正中《抛球乐》词也，拗一字，更觉宫商一片，知音者原不拘于调。"

俞陛云《唐五代两宋词选释》："前三首听歌对月，纪欢娱之情。后三首人散酒阑，写离索之感，能于劲气直达中含情寄慨，故不嫌坦直。此五代气格之高也。"

鹤冲天

晓月坠，宿云披，银烛锦屏帏。建章钟动玉绳低①，宫漏出花迟②。　春态浅，来双燕，红日初长一线。严妆欲罢啭黄鹂，飞上万年枝③。

【**注释**】

①建章：汉宫名，汉武帝太初元年建，位于未央宫西。故址在今陕西长安县西。后泛指宫阙。 玉绳：位在北斗第五星玉衡的北面，天乙、大乙二星的共名。 玉绳低：玉绳自西北转，逐渐下沉，指深夜或拂晓。温庭筠《更漏子》："银烛尽，玉绳低，一声村落鸡。"

②“宫漏”句：宫漏计时器的流水缓慢，轻溅水花。

③万年枝：树名，即冬青。一说橖树。

【**赏析**】

是词写宫女怨。前阕写宫阙拂晓的宁静，衬托宫女的孤寂。“晓月坠，宿云披”，拂晓时分，月亮落下去，夜里的云儿披散而去。月落云散，天空清亮，拂晓宁静。“银烛锦屏帏”，蜡烛燃烧，银白的亮光照耀华美的屏风和幕布。视觉转入室内。“银”、“锦”形容宫女用具的华贵。“建章钟动玉绳低，宫漏出花迟”，宫阙里的晨钟已经敲响，玉绳两星也在北移沉去。宫漏的流水缓慢，轻溅水花。

过片以“春态浅”接上，宫阙里春意尚浅，正值早春时节。“来双燕”，燕子双双飞临。“红日初长一线”，鲜红的太阳刚刚升起，地平面上露出一线日唇。双燕，反衬宫女处境的孤独；红日，反衬宫女心情的凄凉。“严妆欲罢啭黄鹂，飞上万年枝”，宫女刚想停止严妆的梳洗，黄鹂婉啭地鸣叫着，飞上了万年树的枝头。黄鹂飞鸣，多么的自由自在，而宫女呢？词作结得沉重，令人喘不过气来。

◉集评

沈际飞《草堂诗余正集》：“句新。”

陈秋帆《阳春集笺》：“周介存以毛嫱、西施评温韦词，飞卿严妆，端己淡妆。余谓《阳春》淡妆也，然类此诸阕，又是严妆。延巳洵淡妆浓抹，无施不宜矣。”

醉桃源

南园春半踏青时①，风和闻马嘶。青梅如豆柳如眉，日长蝴蝶飞。　花露重，草烟低，人家帘幕垂。秋千慵困解罗衣，画梁双燕归。

【注释】

①春半：指仲春二月。张若虚《春江花月夜》：“昨夜闲潭梦落花，可怜春半不还家。”踏青：春天到郊外游览。杜甫《绝句》：“江边踏青罢，回首见旌旗。”秦味芸《月令萃编》三处提到，一是卷四引冯应京《月令广义》：“蜀俗正月初八日，踏青游冶。”卷五引费著《岁华纪丽谱》：“二月二日踏青节，初郡人游赏，散在四郊。”卷六引李淖《秦中岁时记》：“上巳(三月初三)赐宴曲江，都人于江头禊饮，践踏青草，谓之踏青履。”旧时风俗，以清明节为踏青节。

【赏析】

是词写春思。“南园春半踏青时，风和闻马嘶。”南园正逢仲春二月踏青的时节，风儿徐徐，听闻马儿嘶叫声。身处园囿，盼到仲春，可以想见主人公在春天里白白等了许多日子。踏青节到了，本来希望能走出南园去郊游的，但是未能实现，只是听闻踏青人们乘骑的骏马嘶叫声。“风和”春景赏不成，心中几分失落，一个“闻”字透出怨声。“青梅如豆柳如眉，日长蝴蝶飞。”主人公皱着柳叶样的眉头在猜想，那青梅该长到豆子般大小了吧。春日是如此的漫长，蝴蝶在飞来飞去。前阕写人们踏青去了，主人公却困于南园，只有蝴蝶作伴，无聊至极，心感“日长”难挨。

“花露重，草烟低，人家帘幕垂。”春花沾着重重的露水，芳草笼着低迷的烟雾，别人家的帘幕也低垂着。主人公见春光烟景，羡慕别人得以享受。“秋千慵困解罗衣，画梁双燕归。”庭院里秋千闲立，亦懒得解下罗衣去蹬踏。眼前却又见画梁上双燕飞回，反衬出主人公的孤单。词作至此而结，留下想象余地，韵味犹长。

◉集评

沈际飞《草堂诗余正集》：“景物闲远。”

黄蓼园《蓼园词选》：“是人是物，无非化日舒长之景，望而知治世之音，词家胜象。”

醉桃源

角声吹断陇梅枝[①],孤窗月影低。塞鸿无限欲惊飞[②],城乌休夜啼[③]。　寻断梦[④],掩香闺,行人去路迷。门前杨柳绿荫齐[⑤],何时闻马嘶。

【注释】

①"角声"句:号角声声,震断了边地的梅花树枝,极言声音之响。 角:古代乐器。用作军号、报时。 角声:吹奏角的乐声。温庭筠《更漏子》:"背江楼,临海月,城上角声呜咽。"

②"塞鸿"句:塞上的鸿雁感到无限惊恐,要飞向远方。

③"城乌"句:城头的乌鸦停止了夜间的鸣叫。

④寻断梦:追逐寻找被惊醒而还未做完的梦。

⑤齐:浓密。

【赏析】

是词写征眷怨。前阕运用夸张手法,写边塞角声的威力。"角声吹断陇梅枝,孤窗月影低。塞鸿无限欲惊飞,城乌休夜啼。"号角声吹断了陇头的梅树枝头,孤窗外的月亮影子低低的。边塞鸿雁仿佛感到了惊慌而要飞向远处,城头乌鸦也被吓得停止了夜间的鸣叫。征妇在家联想夫君,想象号角吹起,边士又投入新的军事行动,她的心一样"惊"。

"寻断梦,掩香闺,行人去路迷。"她在寻找被"角声"打断了还未完的梦境,关闭上闺房,征人所去的边塞,道路迷茫,能找得着吗?"门前杨柳绿荫齐,何时闻马嘶。"家门前的杨柳新长的绿荫都这样浓密了,什么时候才能听见夫君归来的马嘶声。

是词与温庭筠《更漏子·柳丝长》写漏声及闺妇的相思,颇为相近:"柳丝长,春雨细,花外漏声迢递。惊塞雁,起城乌,画屏金鹧鸪。 香雾薄,透帘幕,惆怅谢家池阁。红烛背,绣帘垂,梦长君不知。"

菩萨蛮

金波远逐行人去[①],疏星时作银河渡。花影卧秋千[②],更长人不眠。　玉筝弹未彻[③],凤髻鸾钗脱。忆梦翠蛾低[④],微风凉绣衣。

【注释】

①"金波"句:明月远远地追随行人而去。 金波:形容月光浮动,亦指月光。《汉书·礼乐志》"月穆穆以金波。"颜师古注:"言月光穆穆,若金之波流也。"

②"花影"句:斑驳的花影照映在秋千上。

③彻:通"撤",撤除、撤掉。此有结束义。

④翠娥:指女子双眉。古代妇女以青黑色颜料,将眉画成蚕蛾触须状,弯曲而细长。牛峤《西溪子》:"弹到昭君怨处,翠娥愁,不抬头。"

【赏析】

是词写相思。"金波远逐行人去,疏星时作银河渡。"描写月夜景色,明月好像追逐着远行之人而去,稀疏的星星偶而飞驰过银河。主人公的眼中,明月似乎懂得自己的相思之苦,也在同自己一起去追逐着远方之人,星辰甚至连银河也敢于飞渡过去。这种拟人手法,写出了主人公怀念情感的炽热。

“花影卧秋千，更长人不眠。”主人公的视角由天上转到地面，只见斑斑驳驳的花影静静地映照在秋千之上，更长夜深，人儿难以入睡。“玉筝弹未彻”，她未能入睡，便理筝，“弹未彻”，弹奏并没有停止结束。“凤髻鸾钗脱”，鸾钗从凤髻脱落掉下，写出她弹筝的激动，内心的痛苦通过过度的动作发泄。凤髻，凤凰展翅形状的髻发；鸾钗，鸾鸟形状的首饰。凤、鸾，传说中的神鸟，象征男女情爱的语象。主人公原先梳成凤髻、簪以鸾钗，或许是表示对心上人的想念，而今更长夜深，独处的她与成双成对的凤髻、鸾钗比较，心中更为孤寂。

结拍，“忆梦翠蛾低，微风凉绣衣”，就更凄清了。回想起时时做的梦境，她低下眉头，沉默不语……一阵阵微风吹来，凉透绣罗衣。其实是凉透心田。其心凄楚，其情缠绵。

菩萨蛮

画堂昨夜西风过，绣帘时拂朱门锁[①]。惊梦不成云[②]，双蛾枕上颦[③]。　金炉烟袅袅，烛暗纱窗晓。残月尚弯环[④]，玉筝和泪弹。

【注释】

①时拂：不时地触碰。

②“惊梦”句：梦被惊醒，难成云雨之欢。　云：“云雨”之省称。

③双蛾：双眉。

④弯环：形容弧形弯月。牛希济《临江仙》：“箫鼓声稀香烬冷，月娥敛尽弯环。”

【赏析】

是词写闺妇惊梦弹筝，寄托相思之情。前阕开头写闺妇回想昨夜所见所闻。“画堂昨夜西风过，绣帘时拂朱门锁。”画堂里昨夜的西风劲吹，绣绵帘幕不时地撞触、碰响朱门的金锁。画堂、朱门，显示闺妇是豪门之妇。夜里西风吹，拂动绣帘，碰响门锁，她听得如此真切，一个“时”字，说明她在受到时断时续的响声干扰，难以入睡。环境的干扰是客观原因，内心的惆怅、失落，才是主观原因。本来入睡了，并做成了梦，忽而响声又起，“惊梦不成云，双蛾枕上颦。”她的梦被惊醒，与心上人相会不成云雨，那枕上的双眉紧锁。

后阕写梦醒拂晓所见所为。“金炉烟袅袅，烛暗纱窗晓。”室内的香炉熏烟袅袅升腾，蜡烛的火焰变得昏暗，纱窗透进拂晓的亮光。闺妇是何其的孤独，只冷炉、熏烟、暗烛、晓光伴随着。“残月尚弯环，玉筝和泪弹。”晨空的残月还可以看到弯曲的环形，弯环的残月相照，冷清的氛围，她禁不住泪流，饮泣着调理玉筝，弹奏起幽怨的乐曲。人物在特定环境的动作细节，揭示了主人公的衷情，感人至深。

◉集评

陈廷焯《白雨斋词话》：“正中《菩萨蛮》、《罗敷艳歌》诸篇，温厚不逮飞卿。然如‘凭仗东流，将取离心过橘州’，又‘残月尚弯环，玉筝和泪弹’，又‘玉露不成圆，宝筝悲断弦’，又‘红烛泪阑干，翠屏烟浪寒’，又‘云雨已荒凉，江南春草长’，亦极凄婉之致。”

俞陛云《唐五代两宋词选释》：“梨云入梦，诗词恒用之。此词不言梦醒，而言‘梦不成云’，造句颇新。”

菩萨蛮

梅花吹入谁家笛[①]，行云半夜凝空碧。欹枕不成眠[②]，关山人未还。　声随幽怨绝，云断澄霜月。月影下重帘，轻风花满帘。

【注释】

①梅花：指《梅花落》曲调。《乐府诗集》卷二十四《横吹曲辞》："《梅花落》，本笛中曲也。"

②攲：通"倚"，靠着。

【赏析】

是词写征眷听笛而怀念征人。起首两句，写征眷"听笛望夜空"。"梅花吹入谁家笛，行云半夜凝空碧。"《梅花落》之类的曲调吹入了谁家的横笛，令得行云半夜里凝结在碧空。乐府横吹曲中除了《梅花落》外，唐大角曲亦有《大梅花》、《小梅花》等，此类曲应多是笛吹曲，曲调幽怨，表现怀念情感。张正见《赋得柳映斜谿》："不分梅花落，还同横笛吹。"李白《与史郎中钦听黄鹤楼上吹笛》："黄鹤楼中吹玉笛，江城五月落梅花。"白居易《杨柳枝》亦有句"六幺水调家家唱，白雪梅花处处吹。"折梅花寄远，亦表达思念之情，《荆州记》："宋陆凯与范晔善，自江南寄梅一枝，并曾诗曰：'折梅逢驿使，寄与陇头人。江南无所有，聊赠一枝春。'"主人公听到梅花落横笛而遥望星空，"攲枕不成眠，关山人未还"，斜靠着枕头，思念远在关山的夫君，人还没有回来。

"声随幽怨绝，云断澄霜月。"笛声随着越来越哀怨的曲调而停止了，云彩也散去，天上悬着皎洁的霜月。"月影下重帘，轻风花满帘。"月影照着重帘，轻风吹落花儿铺满屋檐下的走廊。后阕，全是写景，却饱含了浓重的怀远之情。

花间派词人孙光宪有《望梅花》一首，录之与正中词参读："数枝开与短墙平，见雪萼红跗相映，引起谁人边塞情？帘外欲三更，吹断离愁月正明，空听隔江声。"孙词以梅花引出"边塞情"。后阕写雪夜月亮高挂，天空显得更加明亮，三更时分，隔江传来梅花小曲乐声，时断时续……以乐声比喻离愁——边塞情，意境深沉。

◉集评

俞陛云《唐五代两宋词选释》："通首言闻笛怀人，寻常蹊径也。末二句以轻笔写幽情，便觉情思悠然。"

菩萨蛮

回廊远砌生秋草①，梦魂千里青门道②。鹦鹉怨长更，碧笼金锁横。　罗帏中夜起，霜月清如水。玉露不成圆，宝筝悲断弦。

【注释】

①回廊：曲折迂回的走廊。

②青门：汉代长安城东南有霸城门，因其色青，而称"青门"。

【赏析】

是词写闺妇秋夜怀远。"回廊远砌生秋草"，迂回曲折的走廊乃至延伸开去的远处石阶上生满了黄黄的秋草。"梦魂千里青门道"，梦魂由此出发去到了千里之外的青门路上。"回廊"、"远砌"，暗示梦境所经的迂回曲折，表达怀远的"无限心曲"；"千里青门道"，梦长，表达怀远情长。"鹦鹉怨长更，碧笼金锁横"，词作以拟人手法写鹦鹉，它好像也在抱怨长夜难明，抱怨自己被金锁横锁，困于碧笼。鹦鹉是主人公的写照，比拟被困香闺、独处。

"罗帏中夜起，霜月清如水。玉露不成圆"，罗帏内开始进入半夜，室外的霜月清冷如水，如玉的露水凝聚不到一块，不成圆珠。"清"，直说主人公身处凄清环境，"不成圆"，暗示她与远人不得团圆。于是，她设法排解心中的怨恨，想到了弹筝，“宝筝悲断弦”，无奈连筝弦也断了。“悲”，是其情感发展的高潮，词作亦于此而结，留下无尽的空间，让读者去回味。

菩萨蛮

娇鬟堆枕钗横凤[①]，溶溶春水杨花梦。红烛泪阑干，翠屏烟浪寒[②]。　锦壶催画箭[③]，玉佩天涯远[④]。和泪试严妆，落梅飞晓霜。

【注释】

①娇鬟：娇媚美丽的发髻。　横凤：凤形的首饰横陈。

②烟浪寒：烟水波浪景色透着寒气。

③“锦壶”句：时光流逝就像那豪华漏壶里的蓄水驱动着画箭刻录计时一样。古代以“壶”与“箭”合成计时装置。

④玉佩：玉饰，常用作信物。此代指郎君。

【赏析】

是词写相思。首句“娇鬟堆枕钗横凤”，写美人春睡，娇美的云鬟堆着枕头，凤凰宝钗横斜，睡得深沉。“溶溶春水杨花梦”，梦见溶溶的春水、杨花飞舞，梦境是甜蜜的。

“红烛泪阑干，翠屏烟浪寒”，两句写梦醒的凄痛情状，红色蜡烛在燃烧，蜡脂融流凝成泪阑干似的；翠屏上的烟浪风景图画透出阵阵寒气。主人公梦醒所见，红烛垂泪，屏画寒冷，与梦中景致，形成强烈反差，她的心，也如红烛、屏画一般。

“锦壶催画箭”，滴漏里的流水在催促着计时的画箭，时间在一刻一刻的过去，她带着深切的相思之情、在忍受着长夜的煎熬。

“玉佩天涯远”，携着玉佩信物的人儿远在天涯。赠佩，《诗·秦风·渭阳》有吟：“我送舅氏，悠悠我思，何以赠之，琼瑰玉佩。”《列仙传》亦有载：“江妃二女者，不知何所人也。出游于江汉之湄，逢郑交甫。见而悦之，不知其神人也。谓其仆曰‘我欲下请其佩。’仆曰：‘此间之人皆习于辞，不得，恐罹悔焉。’交甫不听，遂下，与之言曰：‘二女劳矣。’二女曰：‘客子有劳，妾何劳之有。’交甫曰：‘桔是柚也，我盛之以笥，令浮汉水，将流而下，我遵其傍，采其芝而茹之，以知吾为不逊也，愿请子之佩。’二女曰：‘桔是柚也，我盛之以管，令浮汉水，将流而下，我遵其傍，采其芝乏而茹之。’遂手解佩与交甫。悦受而怀之中当心，趋走数十步视佩，空怀无佩，顾二女，忽然不见。”佩，即玉佩。白居易《酬刘和州戏赠》：“双蛾解佩啼相送，五马鸣珂笑却回。”“和泪试严妆”，好不容易捱到天将亮，她一边流泪，一边精心、严谨地妆扮。远人不归，主人公还坚持“严妆”，其心坚可见。“落梅飞晓霜”，零落的梅花与早晨的霜花一起飞舞着，结尾处寓情于景，情景交融。

◉集评

王国维《人间词话》：“正中词品，若欲于其词句中求之，则‘和泪试严妆’，殆近之欤？”

菩萨蛮

西风袅袅凌歌扇[①]，秋期正与行人远[②]。花叶脱霜红，流莺残月中[③]。　兰闺人在否？千里重楼暮。翠被已消香[④]，梦随寒漏长[⑤]。

【注释】

①袅袅：微风轻吹貌。 凌：压、压着。

②"秋期"句：约定秋天相见的佳期正同心上人路途遥远一样，无法实现。

③流莺：莺之叫声流丽婉啭，故称。张泌《河传》："斜阳似共春光语，蝶争舞，更引流莺妒。"

④消香：消散了香气。

⑤寒漏：寒夜里的更漏。

【赏析】

是词写男女相思。

前阕的主人公是女子。"西风袅袅凌歌扇"，凛冽的秋风袅袅不绝，欺凌着歌扇。歌扇，是借用歌女歌舞时用的扇子，泛指团扇。"西风……歌扇"，可看作是暗用"秋风团扇"典故，希望男子不要将她看作歌扇，到秋便将其遗弃。班婕妤的《怨歌行》吟道："裁为合欢扇，团团似明月。出入君怀袖，动摇微风发。常恐秋节至，凉飙夺炎热。弃捐箧笥中，恩情中道绝。"诗的大意是，如明月的团扇，常在君怀中，但一到秋来，便弃笥中。女子的担心不是没有根据的，"秋期正与行人远"，原来定下秋天相见的佳期，好像与远行之人一样，希望越越遥远了。"花叶脱霜红，流莺残月中"，你看花儿的叶子脱落经霜而发红，黄莺默然对着残月不再歌唱。

后阕的主人公是男子。"兰闺人在否？千里重楼暮"，兰闺里的心上人儿还安好吗？千里之外的重楼，此时或许正是黄昏。人于千里之外，时近黄昏，处于重楼，男子的思念更为迫切。"翠被已消香，梦随寒漏长"，翠被里的熏香已经消散殆尽，梦魂随着寒夜的更漏，漫长不止。

◉集评

俞陛云《唐五代两宋词选释》："上首'杨花梦'七字情韵特佳。'严妆'句悦己无人，而犹施膏沐，有带宽不悔之心。次首'花叶'二句饶有韵致，用'夺'字颇新颖。"

菩萨蛮

沉沉朱户横金锁①，纱窗月影随花过。烛泪欲阑干，落梅生晚寒。 宝钗横翠凤②，千里香屏梦③。云雨已荒凉，江南春草长。

【注释】

①沉沉：沉寂。

②宝钗：首饰之一种，美称。

③"千里"句：在芳香的屏风后面，做梦去到了千里之外。

【赏析】

是词写闺妇春思。"沉沉朱户横金锁"，首句点明闺妇的生活环境。沉寂的朱门大户横着金锁。"纱窗月影随花过"，纱窗外的月儿光影跟着花儿移动。闺妇被困深院大宅，寂寞无聊，只有目睹月移花动。

"烛泪欲阑干，落梅生晚寒"，蜡烛燃烧而垂泪，快要成为纵横交错的阑干形状了。飘落的梅花，散发着倒春寒的冷气。"泪"、"寒"，表面上写物，实质上是写人、写人的心情。

"宝钗横翠凤"，宝钗横簪，翠凤飞翔。"千里香屏梦"，香屏后面的美梦到了千里之遥。

"云雨已荒凉,江南春草长",云雨之事早已荒凉许久,江南那边的春草繁茂浓密。

◉集评

俞陛云《唐五代两宋词选释》:"江南繁华之地,作者青紫登朝,而言云雨荒凉,江南草长。满纸萧索之音,殆近降幡去国时矣。"

菩萨蛮

敧鬟堕髻摇双桨[①],采莲晚出清江上。顾影约流萍[②],楚歌娇未成[③]。 相逢颦翠黛[④],笑把珠珰解[⑤]。家住柳阴中,画桥东复东。

【注释】

①敧鬟堕髻:倾斜着鬟、偏垂着髻,犹如倭堕髻之发式。 敧:倾斜貌。 堕:偏垂貌。

②"顾影"句:回过头来看着身影掠过长着浮萍的水面。 顾:回头观看。 约:掠过。

③楚歌:楚地之歌。

④颦:皱着。

⑤珰:古代妇女耳饰。薛昭蕴《浣溪沙》:"越女淘金春水上,步摇云鬟佩鸣珰。"

【赏析】

是词描写采莲女。"敧鬟堕髻摇双桨",肖像描写与动作描写结合,她摇动双桨时,斜着鬟发、偏垂着倭堕髻。"采莲晚出清江上",指出所做的活儿和时间地点,晚上去清江水面采莲。"顾影约流萍",她不时回过头来,看着自己划船的倒影掠过长着浮萍的江面,划船技能是如此的娴熟,心情是开朗的。"楚歌娇未成",唱起楚地的民歌,音色娇美虽然说不上,但却别有韵味。前阕初步刻画了一位勤劳能干、开朗活泼的采莲女形象。

"相逢颦翠黛,笑把珠珰解",她在清江上与情人相逢,起初还皱着双眉,转而含笑地把珠珰解下来送给他。两句、十个字,却写出了采莲女与情人相会的表情、心情、行为、动作的变化过程,生动传神。解珠珰,与"解佩"一样,同是将饰物赠给心上人,作为爱情的信物。

"家住柳阴中,画桥东复东。"结尾这两句,应该是采莲女回答情人的问话,自己就住在柳树绿阴之中,画桥的东边再往东。这个居所,颇为清丽、幽美,然而却没有具体的地址,有点不好找。采莲女的含蓄答语,留下无尽的余韵。花间派词人韦庄有一首《清平乐》写游女自道家门,用的也是这种手法,"住在绿槐阴里,门临春水桥边",正中词与此何其相似耳。

◉集评

陈廷焯《词则·闲情集》:"似子夜一流人物,结二句若关合若不关合,妙甚。较'家住绿杨边,往来多少年'高出数倍。"

浣溪沙

春到青门柳色黄,一梢红杏出低墙[①]。莺窗人起未梳妆[②]。 绣帏已阑离别梦[③],玉炉空袅寂寥香[④]。闺中红日奈何长[⑤]。

【注释】

①"一梢"句:一枝红色的杏花探出低墙外面。

②莺窗:黄莺叫声从窗口传进来。

③"绣帏"句:绣帏后面的人已经做完了离别之梦。

④"玉炉"句:玉制香炉袅袅升腾寂寞冷落的香烟。

⑤奈何长:难以忍受的漫长。

【赏析】

是词写春思。以"春"总起。"春到青门柳色黄,一梢红杏出低墙。"春天来到了,长安青门的柳树绽出了鹅黄的浅绿色,一枝红杏花从低矮的围墙内伸出来。春天景色是如此的绚丽多彩,"柳树"、"红杏"是最能察觉春之信息的,而主人公呢?"莺窗人起未梳妆",黄莺的叫声从窗外传进来,人是起身了,却还没有梳洗打扮。这正与温庭筠《菩萨蛮》所写相似:"懒起画娥眉,弄妆梳洗迟。"真有点儿春困、人更困的感觉。

后阕再将笔触直描闺妇。"绣帏已阑离别梦,玉炉空袅寂寥香。闺中红日奈何长。""绣帏",指代帏幕后边的闺妇,沉醉在将离别的梦做尽,玉制香炉在白白地升腾起寂寞寥静的香烟。她的心里在想,闺房里的红日怎就这么令人难以忍受的漫长呢。

词作以艳丽喧闹的春光外景比照寂寥冷清的闺房内景、双照慵慵孤寂的闺妇心境,表现出主人公对情人眷恋的感情以及因离别所造成的千般无奈与感叹。

浣溪沙

醉忆春山独倚楼①,远山回合暮云收②。波间隐隐仞归舟③。 早是出门长带月④,可堪分袂又经秋⑤。晚风斜日不胜愁。

【注释】

①春山:谓春日之山容,其色如黛,比喻妇女的眉毛。牛峤《酒泉子》:"钿车纤手卷帘望,眉学春山样。"在此代指情人。

②"远山"句:远山纡回开合,一直延伸到天边的暮云下才止住。 回合:环绕曲折、开合回旋。 收:止息,结束。

③隐隐:隐约,不分明。张旭《桃花溪》:"隐隐飞桥隔野烟,石矶西畔问渔船。" 仞:通"认",辨别。

④早是出门长带月:从前经常带月外出。

⑤可堪:哪能忍受。 分袂:分别,离别。 袂:衣袖。韦庄《小重山》:"罗衣湿,红袂有啼痕。"

【赏析】

是词写相思,主人公是男子。前阕"醉忆"起,开头便不同凡响,主人公喝醉了,带着醉意,陷入回忆之中。"春山独倚楼",那画着春山样美眉的她,或许正在独自倚靠高楼之上;"远山回合暮云收",眺望远山迂回曲折、回旋开合,极目到天边晚霞才止住。"波间隐隐仞归舟",凝视江上波浪之间的隐约之处,辨认情人的归舟。主人公的醉忆,想象情人独倚楼、望远山、认归舟,饱含深情。

过片接着写"忆","早是出门长带月,可堪分袂又经秋",从前总是披星戴月出远门,那能忍受分别又经过了一个秋天。结句"晚风斜日不胜愁",主人公从醉中醒来,发出感慨,眼前日暮斜阳,晚风萧瑟,更经不住愁绪困扰了。

正中此词的后阕与花间派词人张泌《浣溪沙·马上凝情忆旧游》的后阕完全一样（张词后阕“早是出门长带月，可堪分袂又经秋，晚风斜日不胜愁。”）。然而，张词是写行旅，前阕写主人公策马春游回忆起旧游，在影照鲜花、簇拥青竹的小溪流水遇到美人抱筝演奏。后阕写分别美人已经一年，仍然难以忘怀，难以忍受离别的痛苦。

浣溪沙

转烛飘蓬一梦归①，欲寻陈迹怅人非②。天教心愿与身违③。　待月池台空逝水，荫花楼阁漫斜晖④。登临不惜更沾衣。

【注释】

①转烛飘蓬：形容世事无常，如同风中之烛、蓬蒿遇风。

②陈迹：过往的事情。 怅：感慨、悲叹。 人非：人事已经改变。

③“天教”句：上天的安排，总是使人的心意与身体力行相违。

④漫：以前句的“空（只、仅）”相对，满，遍及。

【赏析】

是词感叹人生如梦。“转烛飘蓬一梦归”，如同风中转烛、秋后飘蓬似的经历了一场梦，归来旧地。“欲寻陈迹怅人非”，要寻觅过往的陈事旧迹，却引人感叹人事已是今非昔比。“天教心愿与身违”，上天的安排，总是那样令人的心意与所做的事情相违背。前阕，感谓人世的飘忽不定、变幻无穷，十之八九不如意。这种感慨，非一般阅历不能道出。

后阕描写旧地所见的景物。“待月池台空逝水，荫花楼阁漫斜晖。”等待月亮的池边台榭仅仅剩下逝水，绿荫花绕的楼阁满洒夕阳余辉。故地的一切没有天翻地覆的变化，池台依旧伴着逝水待明月，楼阁仍然缭绕荫花对斜辉。巨变，给人惊喜、欣慰；不变，给人哀痛、惋惜；然而，变与不变，心愿与身违。所以，主人公“登临不惜更沾衣”，登山临水游览，不吝惜那泪水，而更让它沾湿衣衫。

相见欢

晓窗梦到昭华①，阿琼家②。敧枕残妆一朵，卧枝花。　情极处③，却无语，玉钗斜。翠阁银屏回首，已天涯。

【注释】

①昭华：玉名。此比喻意中人的容颜。

②阿琼：昵称西王母侍女许飞琼。此代指意中人。

③情极处：感情极度投入的时候。

【赏析】

是词写情人梦会。主人公是男子。“晓窗梦到昭华，阿琼家。”晓色照临窗户，主人公发梦，到了美玉容颜的阿琼家中。“敧枕残妆一朵，卧枝花。”她斜靠着枕头，颜面上留着昨夜的宿妆，俨然是一朵躺卧着的花枝。前阕写梦见阿琼。过片接着写相会情景，“情极处，却无语，玉钗斜。”俩人到了感情极度投入的时候，却没有说一句话，她的玉钗斜斜簪着。寥寥九字，含蓄写尽千万种柔情蜜意，何其婉约。“翠阁银屏回首，已天涯。”梦醒过来，回顾翠阁之中、银屏之后，觉得好像是遥在天涯一般。

三台令

春色，春色，依旧青门紫陌①。日斜柳暗花嫣②，醉卧谁家少年。年少，年少，行乐直须及早③。

【注释】

①紫陌：京城的道路。

②嫣(yān)：美。《玉篇》："长美貌。"宋玉《登徒子好色赋序》："嫣然一笑，惑阳城，迷下蔡。"

③直须：必须。

【赏析】

是词抒发及时行乐感情。开头"春色"叠用，强调春天大好终于回归，"依旧青门紫陌"，仍旧回到京城青门的大道。"依旧"，春去春回，这是改变不了的自然规律；同样地，春到人添岁，也是改变不了的。这里暗示，人生短暂，青春难再的意味。"日斜柳暗花嫣，醉卧谁家少年。"太阳西下了柳树绿得发暗，花儿鲜丽无比，喝醉了睡着的是谁家的少年郎。"日斜"，写出喝酒时间之长。"柳暗花嫣"，写出行乐环境之美，亦可理解为与之为伴娱乐的是"柳"、"花"。"醉卧"，行乐遣兴的程度深到沉迷。少年，自然是英姿勃勃，洒脱豪放，给京城"春色"增添了生气。"年少，年少，行乐直须及早。"年轻人啊年轻人，行乐必须要及早。词作所抒发的情感，表面上看，脱不了颓唐、放诞情调。但是，作者亦在依恋那美好的青春时光，流露出自伤迟暮的感慨。

◉集评

丁寿田等《唐五代四大名家词》："此词伤春迟暮之情，均在言外。'依旧'两字，含无限感慨。末句劝人及早行乐，正自伤迟暮也。"

三台令

明月，明月，照得离人愁绝。更深影入空床，不道帏屏夜长。长夜，长夜，梦到庭花阴下。

【赏析】

是词写月明之夜闺妇情思。"明月，明月，照得离人愁绝。"开头直截了当，"明月，明月"，好像是主人公的呼唤，隐藏着她的怨情，照得我——离人，心里发愁到了极点。天上月儿圆，惹起地上多少望人的情思，月圆人团聚，自然是喜，"鸳枕映屏山，月明三五夜，对芳颜。"(温庭筠《南歌子》)"鸳鸯对含罗结，两情深夜月。"(牛峤《应天长》)月圆人离别，当然发愁，主人公属于后者。所以，"明月"，在古代词人的笔下，便成了表述闺妇心迹的意象。温庭筠《菩萨蛮》"心事竟谁知？月明花满枝"，"夜来皓月才当午，重帘悄悄无人语"，《更漏子》"城上月，白如雪，蝉鬓美人愁绝"，《定西番》"楼上月明三五，琐窗中"，《梦江南》"千万恨，恨极在天涯。山月不知心里事，水风空落眼前花，摇曳碧云斜"，《荷叶杯》"镜水夜来秋月，如雪。采莲时，小娘红粉对寒浪，惆怅。正思维。"皆是例证。"更深影入空床，不道帏屏夜长。"转入具体描写闺妇的"愁"态。夜半更深了，月儿影照入了空床，更不要说罗幕、屏风后边的人难以入眠，夜晚漫长着咧。"入空床"的是月影，而不是闺妇所希望的人儿，该有多么的失落与孤寂。"长夜，长夜，梦到庭花阴下。"闺妇在叹息，夜好长好长啊……梦中来到了庭院的花阴之下。闺妇的慰藉只有梦境才能得到，相思何等的痛苦。

◉集评

陈廷焯《词则·别调集》："'不道'一语，中含无限曲折。"

三台令

南浦[1]，南浦，翠鬟离人何处？当时携手高楼，依旧楼前水流。流水，流水，中有伤心双泪。

【注释】

①南浦(pǔ)：泛指南面的水边。屈原《河伯》："子交手兮东行，送美人兮南浦。"后来多指送别之地。温庭筠《清平乐》："上马争劝离觞，南浦莺声断肠。"

【赏析】

是词写怀人。主人公是男子。"南浦，南浦，翠鬟离人何处？"当年分手之地是南浦，翠鬟高耸的美人而今在哪里？"翠鬟"，心上人的特征一直刻印在主人公的心中，抹不掉。"当时携手高楼，依旧楼前水流。"两人相好之时携手在高楼，如今，楼前的碧水依旧在流淌。"依旧……流"，其实主人公对情人的相思情绪亦如水一样在不停地流淌"思随流水去茫茫"(孙光宪《浣溪沙》)。"流水，流水，中有伤心双泪。"主人公盘桓于高楼前后，看着流水不止，忽然联想，流水啊流水，其中有着我的伤心双泪。

◉集评

陈廷焯《词则·别调集》："此有'当时'一语，则首章'依旧'二字，不过平衍耳。"

陈秋帆《阳春集笺》："情至文生，缠绵流露，延巳词实多类是。"

唐圭璋《唐宋词简释》："此首怀人词。南浦别离之处，今空见其处，而人则不知何往矣……末句，即流水而抒写真情，语极沉着。"

点绛唇

荫绿围红[1]，梦琼家在桃源住[2]。画桥当路，临水双朱户。　柳径春深，行到关情处[3]，颦不语，意凭风絮，吹向郎边去[4]。

【注释】

①荫绿围红：被绿荫遮盖着、被红花包围着。

②桃源：指陶渊明《桃花源记》所写圣境。

③关情：牵惹情怀。温庭筠《菩萨蛮》："春恨正关情，画楼残点声。"

④意凭风絮，吹向郎边去：爱意凭借风儿扬起柳絮，吹向情郎那边去。

【赏析】

是词通过梦境描写美丽多情的少女。首句描写少女居住环境的美，"荫绿围红"，被绿荫遮盖着、被红花包围着的环境。绿红相映，色彩绚丽，仿如仙景一般。所以，"梦琼家在桃源住"，梦里梦见少女阿琼，总觉得她的家就在桃源里住。"桃源"，是晋陶渊明《桃花源记》里所刻画的仙景世界，以此比喻阿琼的住所，衬托其如仙女也。"画桥当路，临水双朱户。”两扇红色的大门，滨临江水，对着画桥道路。前阕描写阿琼的居住环境如桃源般美，从侧面烘托她的美。

后阕描写阿琼与情郎相会。“柳径春深，行到关情处，颦不语，意凭风絮，吹向郎边去。”柳荫小径里春色更浓，行到牵惹情思的境界，她皱着眉头不说话，忽然间，她很有创意地，凭借风力，将吹来的柳絮，吹向情郎那边。这一细节的刻画，富有生活气息，表现阿琼热情开朗的性格。词作刻画的少女人物形象，清新亮丽、活泼可爱，没有一点儿脂粉味。

上行杯

落梅着雨消残粉[①]，云重烟轻寒食近。罗幕遮香，柳外秋千出画墙。　春山颠倒钗横凤，飞絮入檐春睡重[②]。梦里佳期，只许庭花与月知。

【注释】

①着雨：经过雨水冲洗。　消残粉：消褪了残余粉色。

②重：此指睡得很沉。

【赏析】

是词写春思。起首两句描写春景。“落梅着雨消残粉，云重烟轻寒食近。”脱落的梅花经雨水的冲洗，消褪了残余的粉色。天上的云彩浓重，烟雾轻盈，时节接近寒食节。在这朦胧的春光里，“罗幕遮香，柳外秋千出画墙”。罗幕遮住了香烟，但是柳树旁边的秋千忽然越过了画墙。两句一静一动，将春色写活了。一个“出”字，的确用活了，秋千不会自己飘荡，荡秋千之人，一般是女子，她能将秋千荡起，而且荡得好高，高“出”画墙。前阕以静衬动，活生生地勾勒了一个充满青春活力的女子形象。

过片则从静去描写，“春山颠倒钗横凤，飞絮入檐春睡重。”两句描写女主人公的睡态，她所描画的春山样式眉妆已经变得模糊不清了，鬓髻上簪着的金钗横列双凤。纷飞的柳絮飘进屋檐，春睡正酣。“梦里佳期，只许庭花与月知。”梦中两人约定的佳期，只允许庭院的花儿和天上的月儿知道。结尾，不对梦境作具体的描写，只说梦中相约定佳期，婉约含蓄，意味犹远。

正中遣字造语，不忌在一首词里重复使用相同的字眼，如本词就用了两个“重”、“春”字，分别组成“云重”、“睡重”，“春山”、“春睡”，颇具新意。

◉集评

王国维《人间词话》：“欧九《浣溪沙》词‘绿杨楼外出秋千’，晁补之谓只一‘出’字，便后人所不能道。余谓此本于正中《上行杯》‘柳外秋千出画墙’，但欧语尤工耳。”

贺圣朝

金丝帐暖牙床稳[①]，怀香方寸[②]。轻颦轻笑[③]，汗珠微透，柳沾花润。　云鬟斜坠[④]，春应未已[⑤]，不胜娇困。半欹犀枕[⑥]，乱缠珠被[⑦]，转羞人问[⑧]。

【注释】

①金丝帐：金色丝缕织成的帐幔，此为美称。　牙床：象牙材料制作的床。

②怀香：怀藏着少女的情意。　香：常用以形容女子的事物。此指少女的情思。　方寸：指心。储光羲《汉阳即事》：“孰知方寸违。”

③轻颦轻笑：微微皱眉、微笑。

④云鬟：如浓云卷曲的发鬟。

⑤“春应”句：春天应该没有结束。

⑥犀枕：用犀牛皮做成的枕头。

⑦乱缠：乱裹着。 珠被；点缀着珍珠的被子，此为美称。

⑧“转羞”句：转过身子，害羞得怕被人寻问。

【赏析】

是词写怀春。“金丝帐暖牙床稳，怀香方寸。”金色丝缕织成的帐幔暖烘烘的，象牙床稳当当的，仿佛包藏着少女心中的情思。“轻颦轻笑，汗珠微透，柳沾花润。”一会轻微的颦眉，一会轻盈的微笑；汗珠儿从雪肌隐隐透出，活像柳丝沾露、花儿润雨。“云鬟斜坠，春应未已，不胜娇困。”绿云鬟发斜斜的堕倭着，好像春色没有退尽，经不住娇娆所困似的。“半欹犀枕，乱缠珠被，转羞人问。”半个身子斜靠犀牛皮枕头，将珠被胡乱的缠着，转过身去，羞涩地怕人询问为何这般。词作通过铺陈少女的肖像、动作、心理，表现怀春，亦入木三分。

如梦令

尘拂玉台鸾镜①，凤髻不堪重整。绡帐泣流苏，愁掩玉屏人静②。多病，多病，自是行云无定③。

【注释】

①玉台：美称镜台。

②“愁掩”句：心中悲愁躲在屏风后面悄然无声。 玉屏：美称屏风。

③“自是”句：应当是郎君行踪如行云般飘忽不定。 自是：自然是，应当是。杜甫《送孔巢父谢病归游江东兼呈李白》：“自是君身有仙骨，世人那得知其故。”

【赏析】

是词刻画相思成病的闺妇形象。“尘拂玉台鸾镜，凤髻不堪重整。”灰尘落满了妆台，蒙满了鸾镜。凤髻也不值得去好好重新整理。“女为悦己者容。”但是，主人公已经罢妆许久了，妆台、鸾镜不向、不用，蒙尘积灰。“绡帐泣流苏，愁掩玉屏人静。”她终日躲在绡帐里向着流苏哭泣，忧愁地关掩起玉屏风，闺妇更觉寂静。“多病，多病”，重复叠用，加强语气，说明相思成病，病至沉重。“自是行云无定”，她的多病，自然是因为夫君像行云那样飘忽不定。词人对闺妇的不幸，表现了一定的同情。

忆秦娥

风淅淅，夜雨连云黑①。滴滴，窗外芭蕉灯下客。 除非魂梦到乡国，免被关山隔②。忆忆③，一句枕前争忘得④。

【注释】

①“夜雨”句：夜晚的雨幕缀连着乌云。

②“除非”两句：除了梦魂回到故乡，才能避免被关山阻隔。 乡国：犹故国，故乡。

③忆忆：连接不间断地想念。

④“一句”句：那句枕边俩人说的话，怎么会忘记呢。 争：同“怎”，怎么。

【赏析】

是词写远人思乡思亲。“风淅淅，夜雨连云黑。”起风了，淅淅地吹个不断，夜雨下个不停，雨幕连着乌云。乌云密布、风雨交加的夜晚，往往令人萌发怀念的情绪。“滴滴，窗外芭蕉灯下客。”雨声滴滴，敲打着窗外的芭蕉树，亦滴到了灯下远方客人的心上。“除非魂梦到乡国，免被关山隔。”除了梦魂回到故乡，才能避除被关山阻隔，而不再思念。“忆忆，一句枕前争忘得。”想来想去，最使人不能忘记的是那枕边两人说的一句话儿。

◉集评

万树《词律》：“通篇一韵，而李词各异，‘忘’字音望。”

陈廷焯《词则·别调集》：“此《忆秦娥》别调也，意极芊婉，语极深至。”

忆江南

去岁迎春楼上月，正是西窗，夜凉时节。玉人贪睡坠钗云[①]，粉消妆薄见天真[②]。　人非风月长依旧[③]，破镜尘筝[④]，一梦经年瘦[⑤]。今宵帘幕飏花阴，空余枕泪独伤心[⑥]。

【注释】

①贪睡：无节制地爱好睡觉。　贪：没有节制地爱好、沉迷。　坠钗云：头饰从密云般的髻发中滑落。

②“粉消”句：脂粉消去妆容薄薄，更显出于自然的真纯。　天真：心地真纯，出于自然。

③“人非”句：人不像清风明月，能够长久不变。　风月：清风明月，指美好的景色。杜甫《日暮》：“风月自清夜，江山非故园。”

④破镜：比喻夫妻分离。《太平御览·神异经》：“昔有夫妇将别，破镜各执半以为信。”此指离别。

⑤经年：一年。李珣《菩萨蛮》：“楚天云外路，动便经年去。”

⑥空：徒然，无效果。《汉书·匈奴传上》：“兵不空出。”

【赏析】

是词写相思。前阕开头，“去岁迎春楼上月，正是西窗，夜凉时节”，回忆去年寒夜与心上人的幽会。迎春楼上明月皎洁，照到了西窗前，秋夜里透出微微的寒意。一幅春夜月照琼楼图，环境氛围或许有点儿清凉，然而主人公的心是热乎乎的。迎春楼“迎春”，明月相照，暗喻两人得以相逢，自然是感情炽热；秋夜的凉寂，增添了幽会的静谧，免去喧闹的干扰，这种风月夜色，是惬意的。接着两句，描写心上人的睡态：“玉人贪睡坠钗云，粉消妆薄见天真。”她睡得很沉很沉，头上的金钗也从云鬟松脱滑落掉在一旁，脂粉消去，妆容薄薄，更显出于自然的真纯。“贪睡”是她感情投入的结果，“粉消”是两人亲热的结果，含而不露地写出了幽会的欢愉与狂热。“见天真”，主人公对她的评价，如此纯情之人，当是刻骨铭心的。

过片，“人非风月长依旧”句议论。人并不会像风月那样长久依旧不变的，所以有相聚，亦有离别；有欢乐，亦有悲情。寥寥七言，“字里行间，浸染着深深的人世沧桑之感，这也可说是正中词与一般言情词的明显区别之一。”（《全唐五代词释注》）“破镜尘筝，一梦经年瘦。”两人的分别就像“破镜”似的，那宝筝上亦蒙上了厚厚的尘灰，活像发梦一场，一年过去了，令人消瘦。心灵上的郁闷，往往摧损肉体。结拍“今宵帘幕飏花阴，空余枕泪独伤心”，以景写情，情景交融。今天夜里帘幕轻轻飘动，仿佛要往花阴里去。这里好像是拟人手法，连帘幕都知道春的到来，要飏到那花阴去。可是人不及它，只能是空余一人在枕上落泪，独自伤心。

忆江南

今日相逢花未发，正是去年，别离时节。东风次第有花开，凭时须约却重来[①]。　重来不怕花堪折，只怕明年，花发人离别。别离若向百花时[②]，东风弹泪有谁知？

【注释】

①凭时：依据时节。　须约：本应约定。

②向：正当，恰逢。

【赏析】

是词写重逢的喜悦与忧伤。前阕首三句形成鲜明对比，突出喜悦之情。“今日相逢花未发，正是去年，别离时节。”今日与去年，同是花儿未开，却是两种情形。去年是别离，人儿别，花未开，心境与环境是一致的；今日是重逢，人儿聚，花未开，心境与环境是不一样的，朋友久别重逢，心情喜悦，花未开的环境能有好心情，那就更不同一般了。“东风次第有花开，凭时须约却重来。”这两句进一层与出主人公心中的喜悦之情。春风吹拂大地，花信很快就会到来，一定会有花开的，只不过是依据时节，按照原先的约定才会重来的。而今，花未开，人相聚，一点儿预兆都没有，这真是突然而来之喜。

过片用“重来”二字顺连而接，“重来不怕花堪折”，春天重回，不要害怕花经不起摘折。那害怕什么呢？“只怕明年，花发人离别。”是的，花开花落，春去秋来，都是“凭时须约”的。人们的相聚与离别，亦是如此，说不定明年花开时节，亲朋戚友又会遇上离别。这种担忧，正好体现了主人公对亲情友情的真诚与珍视。“别离若向百花时，东风弹泪有谁知？”这两句将情感推向了高潮，别离如果正好是在百花齐放的时候，在春风里伤心掉泪，这有谁可以知道吗？这一问，真令人亦要弹泪而答了。

◉集评

俞陛云《唐五代两宋词选释》：“二词连缀相应，次首尤一气写出，在《阳春集》别具风调。”

思越人

酒醒情怀恶[①]，金缕褪[②]，玉肌如削[③]。寒食过却，海棠零落。　乍倚阑干，烟淡薄，翠幕帘栊笼画阁。春睡着，觉来失秋千期约[④]。

【注释】

①情怀：心情。　恶：不好。

②金缕褪：将华贵的金缕衣脱掉。

③玉肌如削：如玉的肌肤像刀削过一般消瘦。张泌《生查子》：“可惜玉肌肤，消成慵懒。”

④失：此指错过。

【赏析】

是词刻画富家少女的空虚。起首三句,活灵活现地刻画了一个以酒消愁成酒殢的病态少女形象。"酒醒情怀恶",酒要喝至醉才罢手,到醒时,心情更不好。"金缕褪",真像醉时一般发癫,将华贵的金缕衣脱掉,这一动作对少女来说有那么点儿出格了。"玉肌如削",本来如玉的肌体,却是像刀削过一样消瘦。词作从心理世界、行动形体去描写,多角度地深入挖掘少女的空虚。"寒食过却,海棠零落。"两句表面写时间、景物,寒食节刚过去,海棠凋谢了,此好像是在惋惜海棠的过早零落,实质上是以零落的海棠比喻词中的少女。"乍倚阑干,烟淡薄,翠幕帘栊笼画阁。"三句写少女倚栏观春景。刚刚靠着栏干,只见烟雾淡淡的薄如轻纱,青翠的帷幕帘子笼住了美丽的闺阁。春天的烟景,使人容易愁闷;幕帘笼画阁的居住环境,使人透不过气。她只有倚栏干排解心中的郁闷与生活的无聊。"春睡着,觉来失秋千期约。"她的确空虚,只好睡觉去了。等她醒过来,却错过了与人荡秋千的约定。她的生活就是如此的过,何其孤寂。词作到此而结,留下余韵。

长相思

红满枝,绿满枝,宿雨厌厌睡起迟①。闲庭花影移。　忆归期,数归期,梦见虽多相见稀。相逢知几时②。

【注释】

①厌厌(yānyān):同"懕懕"、"奄奄",微弱。《汉书·李寻传》:"列星皆失色,厌厌如灭。"

②几时:何时。

【赏析】

是词写春思。开头描绘春景,"红满枝",红花开满枝头。"绿满枝",绿叶缀满枝头。绿树红花,春天的典型景致,给人清新明丽的感觉。"宿雨厌厌睡起迟。"主人公在夜雨微弱之中睡得沉,早上却迟起了,"春眠不觉晓"嘛。"闲庭花影移。"这是主人公起床后所见,静静的庭院里处处是花影移动。前阕以清丽的笔触,道出春雨润物细无声,百花千树竞争荣的春光。因此,勾起了"睡起迟"主人公的春思。"忆归期",回想起远行人的归期;"数归期",计算着远行人的归期。为什么"忆"、"数"?"梦见虽多相见稀",梦里相逢虽然很多,但是实际相见却很少。一"多"一"稀",一虚一实,形成对比,能不"忆"不"数"?最后,她的春思结在"相逢知几时?"相逢知道在何时呢?这一平白如话的结语,读之使人落泪。

◉集评

李廷机《草堂诗余评林》:"梦多见稀,正是闺中之语;'相逢知几时'又发相思之意。""值此春光满目,而怀人会晤难期,不能不戚戚也。"

沈际飞《草堂诗余正集》:"哀而不伤。"

莫思归

花满名园酒满觞①,且开笑口对秾芳②。秋千风暖鸾钗亸③,绮陌春深翠袖香④。莫惜黄金贵,日日须教贳酒尝⑤。

【注释】

①觞(shāng):酒器。《礼记·投壶》:"请行觞。"

②秾(nóng)芳：盛美的花朵。依文意当指代美酒。

③鸾钗：鸾鸟状首饰。 亸(duǒ)：下垂。杜甫《醉为马所坠诸公携酒相看》："江村野堂争入眼，垂鞭亸鞚凌紫陌。"

④绮陌：繁华的街道。 翠袖：绿色的衣袖，此指代倡伎。

⑤贳(shì)：赊。《史记·汲黯列传》："县官无钱，从民贳马。"

【赏析】

是词写酗酒成癖的倡伎。"花满名园酒满觞"，鲜花开遍了名园，美酒酌满了金觞。一句连用两个"满"字，写环境写气氛，为刻画人物铺垫。"且开笑口对秾芳"，她张开笑口对着美酒，一饮而尽。"秋千风暖鸾钗亸，绮陌春深翠袖香。"描写主人公两个典型的行为细节。秋千高高荡起，感受春风的和暖，那鬓髻上别着的鸾钗也向下垂坠了。她大摇大摆地走在繁华的街道上，显得春意盎然，绿色衣袖飘散出阵阵幽香。"莫惜黄金贵，日日须教贳酒尝。"此时，她好像是到酒肆。不要吝惜黄金的珍贵，天天得给我赊酒来赏喝。酗酒成癖的形象跃然纸上。

金错刀

日融融①，草芊芊②，黄莺求友啼林前。柳条袅袅拖金线③，花蕊茸茸簇锦毡④。 鸠逐妇，燕穿帘，狂蜂浪蝶相翩翩⑤。春光堪赏还堪玩，恼煞东风误少年。

【注释】

①融融：和畅的样子。杜牧《阿房宫赋》："春光融融。"

②芊芊：草木繁茂的样子。《列子·力命》："美哉国乎！郁郁芊芊。"李珣《渔歌子》："草芊芊，花簇簇，渔艇棹歌相续。"

③袅袅：摇曳。常建《戏题湖上》："竹竿袅袅波无际。"

④茸茸：柔密丛生的样子。卢仝《喜逢郑三游山》："相逢之处花茸茸，石壁攒峰千万重。"

⑤翩翩：轻快飞舞的样子。白居易《燕诗示刘叟》："梁上有双燕，翩翩雄与雌。"

【赏析】

是词写春景。"日融融"，阳光明媚，暖暖的。严寒冷酷的冬天已经过去，温和宜人的春天重回大地，这是从感觉上去描写，突出春之暖和。"草芊芊"，芳草繁茂，青青的。"离离原上草，一岁一枯荣。野火烧不尽，春风吹又生。"春天的力量就是这样的奇妙。这是从视觉上去写，突出春之碧绿。"黄莺求友啼林前"，黄莺寻找朋友啼唱在林前。春天更是唤醒了动物，"求友"道出了生物本能的复苏。这是从听觉和想象的结合上去写，突出春之活力。"柳条袅袅拖金线，花蕊茸茸簇锦毡。"这对对子，抓住柳条、花蕊两个典型景物，刻画柳条柔软细长如飘曳的金线，花蕊茸茸如彩色的锦毡一般。以比喻手法的运用，本身就融进了作者的主观感受，而去联想比拟。

"鸠逐妇，燕穿帘，狂蜂浪蝶相翩翩。"三句以鸠鸟、燕子、狂蜂、浪蝶的活动，"逐"、"穿"，写动作；"狂"、"浪"，写情态，共同表现了春天的勃勃生机。结尾两句，水到渠成，抒情议论自然而然："春光堪赏还堪玩，恼煞东风误少年。"春天的风光真值得欣赏，更值得玩味。从而懊恼太甚，反而怨恨春风耽误了青春少年。词作结处，似乎流露出春光虽好反累年少的人生感慨。

一首短短的小令，运用了"日、草、莺、林、柳条、金线、花蕊、锦毡、鸠、妇、燕、帘、蜂、蝶、东风、少年"等十六个意象，用了"融融"、"芊芊"、"袅袅"、"茸茸"、"翩翩"等五组叠字，亦为一大特色。

金错刀

双玉斗[①]，百琼壶[②]，佳人欢饮笑喧呼[③]。麒麟欲画时难偶[④]，鸥鹭何猜兴不孤[⑤]。　歌宛转[⑥]，醉模糊，高烧银烛卧流苏。只销几觉懵腾睡[⑦]，身外功名任有无。

【注释】

①玉斗：口小底大的酒器。《史记·项羽本纪》："（沛公）曰：'……玉斗一只，欲与亚父。'"

②琼壶：玉制酒壶。

③喧呼：喧闹呼喊。李白《玩月金陵城西……》："谑浪棹海客，喧呼傲阳侯。"

④"麒麟"句：画登麒麟阁的机遇难以再度重复。《汉书·苏武传》"甘露三年，单于始入朝。上思股肱之美，乃图画其人于麒麟阁，法其形貌，署其官爵姓名……"三国魏张晏注："武帝获麒麟时作此阁，图画其像于阁，遂以为名。"

⑤"鸥鹭"句：对待鸥鹭不存在猜忌，就感觉不孤单。《列子·黄帝》："海上之人有好沤（鸥）鸟者，每旦之海上，从沤（鸥）鸟游，沤（鸥）鸟之至者百往而不止。其父曰：'吾闻沤（鸥）鸟皆从汝游，汝取来，吾玩之。明月之海上，沤（鸥）鸟舞而不下也。'"

⑥宛转：亦作"婉转"，指歌声委婉动听。

⑦"只销"句：只须几觉迷迷糊糊的沉睡。

【赏析】

是词写借酒色排伤感。前阕起首三句，"双玉斗，百琼壶，佳人欢饮笑喧呼"，勾画出尽情痛饮的场面，一双双玉斗满上，直至一百壶美酒，与佳人们欢饮不已，嬉笑喧哗不止。主人公为何如此？接着两句以"麒麟欲画"和"鸥鹭何猜"的典故，暗喻自己身处生不逢时的社会环境和同僚猜疑的人际氛围，只有如此排解了。过片进层。"歌宛转，醉模糊，高烧银烛卧流苏。"歌声宛转动听，酒醉神志模糊，高烛燃烧，银光明亮，卧睡流苏帐内。可见其纵情酒色的迷恋程度是何其的深。"只销几觉懵腾睡，身外功名任有无。"结尾这两句，看似豁达，其实是无可奈何的慨叹罢了。

玉楼春

雪云乍变春云簇[①]，渐觉年华堪纵目[②]。北枝梅蕊犯寒开[③]，南浦波纹如酒绿。　芳菲次第长相续，自是情多无处足[④]。尊前百计见春归，莫为伤春眉黛蹙。

【注释】

①簇：聚集。韦庄《听赵秀才弹琴》："蜂簇野花吟细韵。"

②年华：年岁，时光。　纵目：放眼远望。杜甫《登兖州城楼》："东郡趋庭日，南楼纵目初。"

③犯：冒着。

④“自是”句：原来是感情太投入而觉得没有满足感。

【赏析】

是词抒发春回大地的欣喜之情。“雪云乍变春云簇，渐觉年华堪纵目。”词作一开头，便以对比的手法，道出了春天重回的喜悦。冬日的雪云突变成春云簇拥，慢慢地感觉得到风光真的可以尽情欣赏了。“北枝梅蕊犯寒开，南浦波纹如酒绿。”你看北边梅枝的花蕊已经冒着寒冷绽放了，南面水边的波纹如同烧酒一般翠绿。梅花绽放，春水泛绿，这是早春的物候，宣告春天实实在在的回来了。“芳菲次第长相续，自是情多无处足。”春光的大好时节会在不久就长期相续的，不要用情太多而觉得没有满足感。“尊前百计见春归，莫为伤春眉黛蹙。”痛饮起来千方百计地要见到春天的归来，不要为伤而紧锁眉头。结句是那么的潇洒达观，或许还有深一层意思。

◉**集评**

俞陛云《唐五代两宋词选释》：“词借春光以托讽，‘足’字韵戒贪求之无厌。‘尊前’二句既盼春来，又伤春去，患得患失之心，宁有尽时耶？”

王国维《人间词话》：“……余谓冯正中《玉楼春》词：‘芳菲次第长相续，自是情多无处足。尊前百计得春归，莫为伤春眉黛蹙。’永叔一生似专学此种。”

丁寿田等《唐五代四大名家词》：“此词初读似觉平淡，但愈吟诵愈觉其意味隽永。”

寿山曲

铜壶滴漏初尽①，高阁鸡鸣半空②。催启五门金锁③，犹垂三殿帘栊④。阶前御柳摇绿⑤，仗下宫花散红⑥。鸳瓦数行晓日⑦，鸾旗百尺春风⑧。侍臣舞蹈重拜⑨，圣寿南山永同⑩。

【注释】

①“铜壶”句：铜制漏壶中的水刚刚滴尽，指天刚刚亮。

②“高阁”句：高楼上的雄鸡在空中啼叫。

③五门：古传天子有五门。自内而外，为路门、应门、皋门、雉门、库门。《周礼·天官·阍人》“掌守王宫之中门之禁。”郑玄注：“郑司农云：‘王有五门，外曰皋门，二曰雉门，三曰库门，四曰应门，五曰路门。路门，一曰毕门。’玄谓雉门，三门也。”

④三殿：唐代麟德殿的别名。《玉海·唐三殿》：“一殿而有三面，故名。亦名三院。”多作宴会之用。此泛指皇宫的宴会殿堂。

⑤御柳：皇宫中的柳树。温庭筠《杨柳枝》：“御柳如丝映九重。” 摇绿：摇曳着绿色枝叶。

⑥仗：仪卫。 散红：绽放、布缀成一片红色。

⑦鸳瓦：即鸳鸯瓦，上下成对吻合的瓦。

⑧鸾旗：皇帝仪仗中的旗。《汉书·贾捐之传》“鸾旗在前，属车在后。”颜师古注：“鸾旗，编以羽毛，列系幢旁，载于车上，大驾出，则陈于道而先行。” 百尺：此极言旗帜之大。

⑨重拜：拜两次。

⑩圣寿：皇帝寿龄。 南山永同：永远像南山一样安康。

【赏析】

是词写皇家寿宴。词作以时间为序,从天亮写起。“铜壶滴漏初尽,高阁鸡鸣半空。催启五门金锁,犹垂三殿帘栊。”铜壶滴漏滴尽了,高楼里的雄鸡在半空中啼叫。催促着开五门的金锁,垂放下一殿里的帘子。“阶前御柳摇绿,仗下官花散红。鸳瓦数行晓日,鸾旗百尺春风。”四句写皇宫庆寿布置的华美庄严。阶前绿柳,仪仗列队,官花红艳,鸳瓦映日,鸾旗迎风。“侍臣舞蹈重拜,圣寿南山永同。”两句写祝寿。

◉集评

刘毓盘《词史》:“按《蓉城集》云:‘鸳瓦’二句殊有元和气象。堪与李氏齐驱。’即指此也。”

晏殊《珠玉词》

【小传】

晏殊(991—1055),字同叔,江西抚州临川人。景德二年(1005)以神童召试,赐同进士出身。事仁宗,尤加信爱。历居显宦要职,官拜集贤殿学士,同中书门下,平章事,兼枢密史。卒谥元献。范仲淹、欧阳修等,皆出其门。赋性刚峻,遇人以诚,一生自奉如寒士。为文赡丽,尤工风雅,诗属“西昆体”,词风承袭五代冯延巳。有《珠玉词》。

◉集评

吴曾《能改斋漫录》:“晁无咎评本朝乐章……晏元献不蹈袭人语,而风调闲雅。如‘舞低杨柳楼心月,歌尽桃花扇底风’,知此人不住三家村也。”

刘攽《中山诗话》:“晏元献尤喜江南冯延巳歌词,其所自作,亦不减延巳。”

尹觉《题坦庵词》:“词,古诗流也,吟咏情性,莫工于词。临淄、六一,当代文伯。其乐府犹有怜景泥情之偏。岂情之所钟,不能自已于言耶?”

王灼《碧鸡漫志》:“晏元献公、欧阳文忠公,风流蕴藉,一时莫及,而温润秀洁,亦无其比。”

王世贞《艺苑卮言》:“之诗而词,非词也;之词而诗,非诗也。言其业,李氏、晏氏父子、耆卿、子野、美成、少游、易安至矣,词之正宗也。”

严沆《古今词选序》:“同叔、永叔、方回、子野,咸本《花间》,而渐近流畅。”

汪懋麟《棠村词序》:“予尝论宋词有三派:欧、晏正其始,秦、黄、周、柳、姜、史、李清照之徒备其盛,东坡、稼轩放乎其言之矣。其馀子,非无单词只句,可喜可诵,苟求其继,难矣哉。”

郭麐《灵芬馆词话》:“词之为体,大略有四:风流华美,浑然天成,如美人临妆,却扇一顾,《花间》诸人是也。晏元献、欧阳永叔诸人继之。”

周济《宋四家词选目录序论》:“晏氏父子,仍步温、韦。小晏精力尤胜。”

蒋敦复《芬陀利室词话》:“(词)若入李氏、晏氏父子手中,则不期厚而自厚,此种当于神味别之。”

刘熙载《词概》:“冯延巳词,晏同叔得其俊,欧阳永叔得其深。”

谢章铤《赌棋山庄词话》:“北宋多工短调,南宋多工长调。北宋多工软语,南宋多工硬语。然二者偏至,终非全才。欧阳、晏、秦,北宋之正宗也。”

冯煦《蒿庵词话》:“晏同叔去五代未远,馨烈所扇,得之最先,故左宫右徵,和婉而明丽,为北宋倚声家初祖。”“宋初大臣之为词者,寇莱公、晏元献、宋景文、范蜀公,与欧阳文忠,并有声艺林。然数公或一时兴到之作,未为专诣。独文忠与元献,学之既至,为之亦勤,翔双鹄于交衢,驭二龙于天路。且文忠家庐陵,而元献家临川,词家遂有西江一派。其词与元献同出南唐,而深刻则过之。”

陈廷焯《云韶集》:“元献词,风神婉约,骨格自高,不流俗秽,与延巳相伯仲也。”《白雨斋词话》:“北宋词,沿五代之旧,才力较工,古意渐远。晏、欧著名一时,然并无甚强人意处。即以艳体论,亦非高境。”“晏、欧词雅近正中,然貌合神离,所失甚远。盖正中意馀于词,体用兼备,不当作艳词读,若晏、欧不过极力为艳词耳,尚安足重!”

况周颐《蕙风词话》:“晏同叔赋性刚峻,而词语特婉丽。”

王国维《人间词话序》:“珠玉所以逊六一,小山所以愧淮海者,意境异也。”

谒金门

秋露坠,滴尽楚兰红泪①。往事旧欢何限意,思量如梦寐。　人貌老于前岁,风月宛然无异。座有嘉宾樽有桂②,莫辞终夕醉③。

【注释】

①楚兰：即兰花。《楚辞》中较早写及，故称。屈原《离骚》："余既滋兰之九畹兮，又树蕙之百亩。"

②尊有桂：酒杯里盛满桂花酒。 尊：通"樽"。 桂：桂花酒之简。

③终夕：整夜。

【赏析】

是词抒写旷达之情。前阕遣情写秋景，首两句抓住早晨露珠与泪珠形似的特征，作比喻。"秋露坠，滴尽楚兰红泪。"秋晨的露珠坠落，滴到兰花叶上，好像美人的泪珠，描述之中满含凄楚之情，触景生情。"往事旧欢何限意，思量如梦寐。"往事旧欢，虽令人品尝过不尽的意味，但思来想去，这些都真如同在睡梦之中一样。往事既逝，旧欢亦去，而且都是"梦寐"，何必去纠缠那虚幻，而伤心落泪呢。

过片顺接，"人貌老于前岁，风月宛然无异。"人的容颜是比去年显老了，但清风明月宛然没有什么差别。"人貌"与"风月"作对比，说明人生是短暂的，而自然风物是永恒的，因此，要利用有限的时间，去及时享受。结尾两句，"座有嘉宾樽有桂，莫辞终夕醉。"日常生活之中常有嘉宾相伴，酒杯之中常有美酒，不要推辞呀，终夜沉醉好了。

◉集评

赵尊岳《珠玉词选评》："此夜宴既终、无聊感怅之作，不须经心构思，不须炼字琢句，自然浑成有致，后人以浑金璞玉称晏词者，正是此等佳制。……直道心中事，眼前情，不假雕饰，不用比衬，直起直落，是固具有大力量者。"

破阵子

海上蟠桃易熟[①]，人间好月长圆。惟有掰钗分钿侣[②]，离别常多会面难[③]。此情须问天。 蜡烛到明垂泪[④]，熏炉尽日生烟。一点凄凉愁绝意，谩道秦筝有剩弦[⑤]。何曾为细传？

【注释】

①蟠桃：神话传说中的仙桃。王充《论衡·订鬼》引《山海经》："沧海之中，有度朔之山，上有大桃木，其屈蟠三千里。"《汉武帝内传》谓西王母给汉武帝所食之仙桃"三千年一生实"。

②掰（bāi）钗分钿侣：指分离的情侣。白居易《长恨歌》："惟将旧物表深情，钿合金钗寄将去。钗留一股合一扇，钗掰黄金合分钿。"

③"离别"句：别易会难。曹植《苦短篇》："别易会难，各尽杯觞。"

④"蜡烛"句：化用杜牧《赠别》"蜡烛有心还惜别，替人垂泪到天明"诗句。

⑤谩道：空道，枉道。

【赏析】

是词写离别苦情。起首抒写人们的美好愿望，蟠桃易熟，好月长圆，反衬人们"离别常多会面难"的现实，"此情须问天"，这种愿望与现实相矛盾的情况，只有老天才能解答，其之怨在天。后阕以"蜡烛泪垂"、"熏炉生烟"等具象，比拟离情之苦。结尾用空叹秦筝剩弦，未曾传情，其之怨在筝。怨天怨筝，由于离情太折磨人，无可奈何之怨也。

破阵子

燕子欲归时节，高楼昨夜西风。求得人间成小会，试把金尊傍菊丛。歌长粉面红①。　斜日更穿帘幕，微凉渐入梧桐。多少襟怀言不尽②，写向蛮笺曲调中③。此情千万重。

【注释】

①"歌长"句：歌唱接续不停而致脸庞发红。

②襟怀：情怀，此指心里话。

③蛮笺：即蜀笺，唐代蜀地所产的彩色花纸。亦别称唐代高丽纸。

【赏析】

是词写歌姬柔情。先以时序入词，正是燕子要南飞的时节，高楼昨夜劲吹西风。"求得人间成小会，试把金尊傍菊丛。"二句写歌姬的追求，自己能够好似常人一样，在这秋天里找到意中人相聚畅饮。"歌长粉面红"，为了实现这一愿望，她在筵席上长时间的接连唱歌，粉面都弄得胀红了。过片顺接写景，斜照的阳光穿过帷幕，稀微的凉意渐渐侵袭梧桐。结尾三句，"多少襟怀言不尽，写向蛮笺曲调中。此情千万重。"心中的甜言蜜语说不尽，全在这彩笺填写的词曲调里面。这柔情悠长千万重，与情人依依惜别的情状，历历在目。

破阵子

忆得去年今日，黄花已满东篱①。曾与玉人临小槛②，共折香英泛酒卮③。长条插鬓垂④。　人貌不应迁换，珍丛又睹芳菲⑤。重把一尊寻旧径，所惜光阴去似飞。风飘露冷时。

【注释】

①黄花：菊花。

②玉人：此指美女。崔莺莺《答张生》："拂墙花影动，疑是玉人来。"

③香英：香花，此指菊花。

④鬓垂：鬓边。

⑤珍丛：此指花丛。

【赏析】

是词写相思。以忆昔开头，记得去年今日，东篱上开满菊花。曾经和玉人一起临槛，一同摘菊放在酒杯里畅饮，并折得花枝插到鬓边。前阕回忆，道出浪漫的温情。过片转到写目前。"人貌不应迁换，珍丛又睹芳菲。"玉人的容颜不应当随时光的流逝而改变吧，而今面向花丛，又在观赏花儿。"重把一尊寻旧径，所惜光阴去似飞。"独自把持酒杯去找寻旧时走过的路径，所感可惜的是光阴逝去就像飞的一样快。结句，"风飘露冷时"，目前正是金风飘飏，晨露清凉的时候。词作以悲凉之景作结，更见哀伤之情悠长。

破阵子

湖上西风斜日，荷花落尽残英。金菊满丛珠颗细，海燕辞巢翅羽轻，年年岁岁情。　美酒一杯新熟，高歌数阕堪听①。不向尊前同一醉，可奈光阴似水声[2],迢迢去未停。

【注释】

①数阕(què):几首曲子。阕,指乐曲终了,故亦称乐曲一首为一阕。

②可奈:岂奈,怎奈。

【赏析】

是词写秋宴,抒感慨。前阕写秋景,列举典型之景物:湖面、西风、斜日、残荷、金菊、燕子,组成秋宴之背景。"年年岁岁情",既是收束,亦是转折之语,带出后阕抒情。"美酒"、"高歌",秋宴盛况,结尾三句,"不向尊前同一醉,可奈光阴似水声,迢迢去未停",不醉无归,岂奈那光阴如同江水,向着遥远的地方永不停留的流逝。言下之意是,光阴易逝、要及时行乐。

浣溪沙

阆苑瑶台风露秋[1],整鬟凝思捧觥筹[2],欲归临别强迟留[3]。　月好谩成孤枕梦[4],酒阑空得两眉愁[5],此时情绪悔风流[6]。

【注释】

①阆(làng)苑:传说中的仙境。《神仙传》:"昆仑阆风苑有玉楼十二层,左瑶池,右翠水。"后常用以指宫苑。苏轼《次韵赵德麟雪中惜梅且饷柑酒》:"阆苑千葩映玉宸,人间只有此花新。"亦为唐代宫苑名。《舆地纪胜·利东路·阆州》:"唐初鲁王灵夔、滕王元婴,以衙宇卑陋,乃修饰宏大之,拟于宫苑,由是谓之隆苑;后避明皇讳,改为阆苑。"故址在今四川阆中县西。

②鬟(huán):古代妇女的一种环形发式。　觥(gōng):酒杯。　筹:记数和计算的用具,此指行酒令计算输赢的记数用具。

③强:坚决。《战国策》"谢病强辞。"《注》:"强犹固。"　迟:晚。

④谩:多音字,此读(màn),通"慢",空泛。《庄子·天道》:"孔子……于是繙十二经以说,老聃中其说,曰:'大谩,愿闻其要。'"

⑤阑(lán):残,尽。

⑥风流:此指两人的幽会。

【赏析】

是词写相思,主人公是男子。

前阕回忆与女子的相会。"阆苑瑶台风露秋",在美如阆苑瑶台的仙境,趁着秋天的风光甘露。点明幽会的地点与时间,环境优雅,烘托幽会氛围。气候宜人,暗示幽会心情。"整鬟凝思捧觥筹",鬟髻庄正,若有所思地捧托酒杯、筹码。这句写女子的妆扮、神态与动作,刻画美艳、庄重,可赏而不可及的美女形象。"欲归临别强迟留",直到要归去临别的时候,才下定决心挽留。这句写男子的心理变化,由起初见美女的庄重,感到可望不可即,到"强迟留",亦从侧面描写了美女对男子由"凝思"到爱慕的心理活动过程。

后阕写相思。"月好谩成孤枕梦",秋月皎洁,而徒然孤枕梦见。月夜怀人成孤梦,此相思之一层。"月好"与"孤枕"形成反衬对比,天上月圆,人间离别,只身孤枕。"酒阑空得两眉愁",美酒残尽了也是空有双眉紧皱,人发愁,将"借酒浇愁愁更愁"形象化。酒阑怀人愁上愁,此相思之二层。"此时情绪悔风流",此时此刻,思绪万千,猛然悔恨当初的相会。

"悔"字,饱含分别以来的凄苦与孤寂,此相思之三层。

词作以男子为抒情主体,笔调雅洁而哀婉,情感真挚动人。

◉**集评**

俞陛云《唐五代两宋词选释》:"瑶台阆苑,言地之高华;凝思整鬟,言人之庄重,虽捧觥筹,可望而不可即。明知徒费迟留,迨酒阑人散,独自成愁,始知追悔当时,固何益耶?既已悔之,而复孤梦愁眉,低回不置,姑寄其无聊之思耳。元献生平不作妮子语,此词或有所指,非述绮怀也。"

浣溪沙

三月和风满上林①,牡丹娇艳直千金②。恼人天气又春阴。　为我转回红脸面,向谁分付紫檀心③。有情须殢酒杯深④。

【注释】

①和风:春风。　上林:苑名,秦旧苑,汉武帝扩建,周围至三百里,有离宫七十二所。其地在今陕西西安、周至、户县一带。东汉有上林苑,在今河南洛阳市东。南朝宋大明三年筑,初名西苑,梁改名上林,在今江苏南京市。此借指北宋都城开封(今属河南)的皇家园林。

②直:通"值"。　直千金:言花之贵重。罗邺《春日偶题城南韦曲》:"韦曲城南锦绣堆,千金不惜买花栽。"

③紫檀:檀香的一种。亦称旃(zhān)檀,梵语为旃檀那,赤即紫檀之类,白谓白檀之属。

④殢(tì):滞留,此指沉湎。　殢酒:沉湎于酒,即困酒,病酒。

【赏析】

是词咏牡丹。前阕首句写京城皇家园林春色。"三月和风满上林",阳春三月,和煦的春风吹拂皇家园林。写牡丹得京城之盛、皇家之荫、春光之先而显其珍贵,"满"字,极言春风所及之范围与威力。"牡丹娇艳直千金",赞美牡丹,其之珍贵直千金,全在"娇艳"两字。"恼人天气又春阴",当有两个含义,一是牡丹即便遇到春阴也在盛开;二是当春阴天气恼人之时,牡丹晓懂人情,娇艳而开,以驱赶人们心中的烦恼。

过片两句承前而来,"为我转回红脸面,向谁分付紫檀心"。牡丹就是多情多姿的美女,为我转过红红娇脸,向他交付紫檀芳心,传神生动地描写牡丹的形态美与内在美。"有情须殢酒杯深",牡丹如此有情,一定要为它沉醉痛饮,满满地将酒杯斟满。

另,将词旨解为以牡丹比喻京城歌姬,亦可。

◉**集评**

宛敏灏《二晏及其词》:"今读其词,如《浣溪沙》之'为我转回红粉面,向谁分付紫檀心。'《采桑子》之'时光只解催人老。'乃以牡丹及时光拟人也。"

浣溪沙

青杏园林煮酒香①,佳人初试薄罗裳。柳丝无力燕飞忙。　乍雨乍晴花自落②,闲愁闲闷日偏长③。为谁消瘦减容光④。

【注释】

①"青杏"句：春末夏初，于园林之中采青梅煮酒，散发出香气。青杏，此指青梅，为合律将平声"梅"换为仄声"杏"。

②乍：忽，忽然。

③偏：副词，表程度，相当于"很"、"最"。

④"为谁"句：崔莺莺《寄诗》："自从消瘦减容光，万转千回懒下床。"

【赏析】

是词写闺妇的闲愁闲闷。前阕抓住四个典型的细节描写，概述春末夏初景色。人们到园林里去采摘青杏煮酒，以求增进食欲；闺阁美人都初着穿上了薄薄的罗衣，以求凉爽宜人；柳树枝条长满了绿叶，显得无力再轻盈飘飏；燕子寻食哺乳，飞来飞去，显得格外的忙碌。"忙"字，情景的关键语，高度概括时节的特点，为下文抒情造势。

后阕言情。"乍雨乍晴花自落，闲愁闲闷日偏长。"忽雨忽晴，忽凉忽热，日子显得很长，在这种特定的时节和气候环境之中，人容易产生"闲愁闲闷"的情绪，两个"闲"字正好与上文的"忙"相对，烘托出主人公的幽愁。结句"为谁消瘦减容光"乃隐括唐人崔莺莺诗："自从消瘦减容光，万转千回懒下床。不为旁人羞不起，为郎憔悴却羞郎。"这"闲愁闲闷"直至消瘦减容光，都是为郎憔悴的结果。

◉集评

俞陛云《唐五代两宋词选释》："前半虽未见精湛，后三句则纯以轻笔写幽情，若风拂柳丝，曼绿柔美，留人顾盼，差近五代风格。"

浣溪沙

一曲新词酒一杯①，去年天气旧亭台②，夕阳西下几时回？　无可奈何花落去③，似曾相识燕归来，小园香径独徘徊④。

【注释】

①"一曲"句：写边喝酒，边听歌。

②"去年"句：天气、旧亭台没有变化，仍和去年一样。

③无可奈何：没有办法，无能为力。

④香径：从词境分析，此指落花铺满的小路。　徘徊：往返回旋的样子。宋玉《风赋》："徘徊于桂椒之间，翱翔于激水之上。"

【赏析】

是词可作哲理诗看待。为晏殊代表作，宋词名篇。

前阕首两句，"一曲新词酒一杯，去年天气旧亭台"，由听歌品酒而起，听着新歌，品着美酒，心中自然觉得惬意、遣兴。但听着听着，品着品着，蓦然感到，眼前的氛围，包括那天气、亭台，甚至歌筵的一切，都跟去年没有什么差别。"新"、"旧"二字对应，用意似乎不在对比，而是由"新"而引起联想，因为"新"，才钩起对去年同样气候、一样亭台所发生的人事变化、人生经历的回顾；因为"旧"，才感觉到眼前歌之"新"，酒之美。新旧反复循环无穷，旧的去了，新的会来，新的来了，也令人怀念旧的，但无论怎样的怀念，也挡不住旧的消逝，这就是宇宙万物不可逆转的常理。"夕阳西下几时回？"太阳逐渐西坠，时光在流逝，一天又将结束，但是夕阳往往有其灿烂之处，值得留恋，所以要问"几时回"？太阳即将落下，朝阳亦会在新的一天出现，夕阳会在新的一天快要结束的时候回来。

过片，承前而写，“无可奈何花落去，似曾相识燕归来。”“去”、“来”两字是关键。春来花开，春去花落，季节转换，光阴流逝，总是如此的令人叹惜，感到无可奈何。花“去”，燕“来”，当时词作的花与燕都是一种比喻，可以理解为好景、好事。如果将上文的“新”“旧”联系起来，当可组成“新去”、“旧来”或者“新来”、“旧去”。可见，词作要抒发的感情并不局限于惆怅与感叹，似乎思索成分要大于抒情成分，抒情之中有一种对人生的理性思维，超越了伤感失落的局限，赋予了深厚的思想内蕴。结句，“小园香径独徘徊”，颇有思绪情结得以解脱之后，显露出来的心情舒畅，踏着小园铺满鲜花的小径，独自徘徊，去进一步感悟人生的哲理。

◉**集评**

卓人月汇选、徐士俊参评《古今词统》：“（“无可”二句）实处易工，虚处难工，对法之妙无两。”

沈际飞《草堂诗余正集》：“‘无可奈何花落去’六句，律诗俊语也。然自是天成一段词，着诗不得。”

王士禛《花草蒙拾》：“或问诗词、词曲分界，予曰：‘无可奈何花落去，似曾相识燕归来’定非《香奁》诗，‘良辰美景奈何天，赏心乐事谁家院’定非《草堂》词也。”

张宗橚《词林纪事》：“元献尚有《示张寺丞王校勘》七律一首：‘元已清明假未开，小园幽径独徘徊。春寒不定斑斑雨，宿醉难禁滟滟杯。无可奈何花落去，似曾相识燕归来。游梁赋客多风味，莫惜青钱万选才。’中三句与此词同，只易一字。细玩‘无可奈何’一联，情致缠绵，音调谐婉，的是倚声家语。若作七律，未免软弱矣。并录于此，以谂知言之君子。”

刘熙载《艺概·词曲概》：“词中句与字，有似触着者，所谓极炼如不炼也。晏元献‘无可奈何花落去’二句，触着之句也。”

浣溪沙

红蓼花香夹岸稠①，绿波春水向东流。小船轻舫好追游②。　渔父酒醒重拨棹，鸳鸯飞去却回头。一杯销尽两眉愁。

【注释】

①红蓼（liǎo）：草本植物，又称水蓼，叶呈针形，花色淡红。　夹岸：两岸。

②舫（fǎng）：船。

【赏析】

是词写渔父。前阕首两句写春水，“红蓼花香夹岸稠，绿波春水向东流。”蓼草盛开红花，香气溢满江岸；大江涨满桃花春水，碧绿波浪荡漾，滚滚向东流去。景色鲜丽，笔调明快，好一幅春江美景图画。阕结写泛舟游览。“小船轻舫好追游”，小船轻舫载着游人在江上竞逐畅游。

后阕写渔父。“渔父酒醒重拨棹，鸳鸯飞去却回头。”渔父酒醒过来，急忙拨动船桨起航；惊动了鸳鸯飞起，却回过头来好像要与渔父说话儿。鸳鸯被拟人化了，增添了渔父生活的情趣。“一杯消尽两眉愁”，渔父又饮尽一杯酒，仿佛要将双眉紧皱的愁绪全然消除净尽。

词作将闲逸无忧的游人与借酒浇愁的渔父作对比，表现了两种不同的生活状况，主人公或许亦会似鸳鸯一般，要与渔父共诉愁绪？透过表层的清新轻松，却可以窥见内蕴的那分深沉，自己平时轻辄就说有闲愁轻恨，而与渔父相比，孰重孰轻？

◉集评

宛敏灏《二晏及其词》："同叔词无强烈的色彩，无凄厉的音调，但出以平淡之笔，和婉之节，而声调自然，意境清新，形成一种闲雅的特殊风格。"

浣溪沙

淡淡梳妆薄薄衣，天仙模样好容仪①。旧欢前事入颦眉。　闲役梦魂孤烛暗②，恨无消息画帘垂，且留双泪说相思。

【注释】

①容仪：容貌与仪态。

②闲役梦魂：徒劳梦魂。韦庄《应天长》："碧天云，无定处，空有梦魂来去。"　役：驱使。

【赏析】

是词写相思。前阕起首写闺妇的肖像，淡妆薄衣，长有天仙模样的姣好容颜与仪态，刻画了一位素妆淡雅的美女形象。第三句则将内心与神态糅合在一起来描写，"旧欢前事入颦眉"，忆起旧时的欢愉成为前事，这种愁绪好像渗入了紧皱的眉头。

后阕写闺妇的相思表现。"闲役梦魂孤烛暗，恨无消息画帘垂"，梦醒过来面对昏暗的孤烛和低垂的画帘，怨恨远行人一点消息也没有。"孤烛暗"、"画帘垂"，环境的寂静幽清，形象衬托出主人公的愁情哀怨。结句"且留双泪说相思"，明明是有泪，却不肯轻弹，要强忍，姑且留住，到那相逢之时，当着心上人的面流出来，让它去诉说相思。立意颇具匠心，巧妙地表现了相思之痛苦。

◉集评

吴梅《词学通论》："《浣溪沙》之'淡淡梳妆薄薄衣，天仙模样好容仪'……诸语，庸劣可鄙。已开山谷、三变俳语之体，余甚无取也。"

浣溪沙

小阁重帘有燕过①，晚花红片落庭莎②。曲阑干影入凉波。　一霎好风生翠幕，几回疏雨滴圆荷。酒醒人散得愁多。

【注释】

①过（guō）：飞过。过读平声。

②晚花：暮春之花。　红片：指落花的花瓣。　莎（suō）：草本植物，叶条形，有光泽，夏季开黄褐色小花。

【赏析】

是词写初夏小景。词作选取了五个场景，表现初夏景色：飞燕掠重帘，红花落庭莎，曲阑景凉池，好风生翠幕，疏雨滴圆荷。"过"、"落"、"入"、"生"、"滴"，五个动词，从动态描写景物，"过"，是倾斜方向的动态；"落"是垂直方向的动态；"入"是旁边方向的动态；"生"是前后方向摆动；“滴”是动作力度的动态。这一系列的动态情景，调动了视觉听觉，共同构成了初夏时节，楼阁庭院池沼周边的生动景象，充满勃勃生机。结句却笔峰逆转，“酒醒人散得愁多”，酒醒了却发现人们已经散去，主人公增添了更多的愁绪，与上面的动态景色形成反衬，突出孤寂。

◉集评

赵尊岳《珠玉词选评》：“晏素用闲雅从容之笔，写从容骀荡之情，即以眼前所见，信手入词，绝不施以雕琢，而自见天趣，此所以开一代之风气，树词林之典范也。”

浣溪沙

宿酒才醒厌玉卮①，水沉香冷懒熏衣②。早梅先绽日边枝。　寒雪寂寥初散后，春风悠扬欲来时。小屏闲放画帘垂。

【注释】

①厌：讨厌、厌恶。《史记·主父偃列传》：“诸公宾客多厌之。”

②水沉香：香名，用沉香木之心材所制，又名沉香，沉水香。《梁书·林邑国传》：“沉木者，土人斫断之，积以岁年，朽烂而心节独在，置水中则沉，故名沉香。”

【赏析】

是词写冬春之交的日常事。取材平常而词境深邃，乃其特色。“宿酒才醒厌玉卮”，参加酒宴是日常之事，宿酒，昨晚喝醉，情节的开始；“才醒”，可见其醉得不轻，刚刚才醒来。第一感受讨厌酒杯，不想再饮。“沉水香冷懒熏衣”，还发着酒寒，加之天寒而觉沉水香跟天气一样的“冷”，懒得去熏衣，心慵体乏，行动无力。然而，“早梅先绽日边枝”，主人公的精神或许为之一振，向日的梅枝上先绽开了花朵，梅开报春，心中自然比前开朗。

过片承上。“寒雪寂寥初散后，春风悠扬欲来时。”寒冷的冰雪正在静静地开始散解，春风悠扬吹拂欲来，寒冬即将过去。于是乎，心境归于宁静。“小屏闲放画帘垂”，一切好像又回到了从前的安闲优雅。

词作逐层剥茧地曲折委婉表现主人公的情感变化，通过平常之事，折射出深邃的内蕴。

◉集评

赵尊岳《珠玉词选评》：“此首写十月阳春之景物，叙事细致，吐属雅淡。合人事、天时、景物于六句中而一之，不为描头画角之言，纯出天趣，大晏之工力，于此征之。词中用字似极寻常，然试一辨省每字，不特尽合分际，且处处已尽挥发之能事，且更一波三折，显见深约之美。……填词秘要不外于此，无馀师矣。”

浣溪沙

绿叶红花媚晓渐，黄蜂金蕊欲披莲①。水风深处懒回船。　可惜异香珠箔外，不辞清唱玉尊前②。使星归觐九重天③。

【注释】

①披莲：绽开的莲花。 披：绽裂。

②清唱：不用音乐伴奏的歌唱。

③"使星"句：使者归去宫廷朝见皇帝。使星：即天节星。《宋史·天文志四》："天节八星，在毕、附耳南，主使臣持节宣威四方。"因称皇帝使者为使星。觐(jìn)：朝见。

【赏析】

是词赠别之作。前阕写饯别筵席。"绿叶红花媚晓渐，黄蜂金蕊欲披莲。"清晨的雾霭渐渐散去，可见水面上的荷花，绿叶婷婷，红花艳艳，妩媚亮丽，黄蜂飞舞于莲花绽开而微微显露的金色花蕊之间。时节显然是盛夏的清晨，地点当是江滨码头之侧，暗示了筵席的时间地点，环境宜人，景物浓丽，呈现热烈氛围，可见饯别筵席被接待者，非一般之人。"水风深处懒回船"，意思是渡船还在江对岸没有过来，然而词作将渡船拟人化，说其"懒"，可谓形象传神，船之"懒"，正好给送别的人们献"勤"的机会，以表依依不舍之情。

过片以两句写筵席。"可惜异香珠箔外，不辞清唱玉尊前。"奇异的香气穿透珠箔，飘散于江面上；歌姬清唱一曲为筵席助兴遣情。"可惜"，暗寓送别时的惜别之情；"不辞"，被送者不因此而推辞不受，表明相互间只为礼仪而已。末句"天星归觐九重天"，道出饯别，点明题旨。

词作写官场赠别，地方官员饯别朝廷使者，情意表达恰到好处，环境设色较为浓重，体现了饯别的热烈与主人的盛情，礼到情至即可也。

浣溪沙

湖上西风急暮蝉，夜来清露湿红莲。少留归骑促歌筵[①]。为别莫辞金盏酒[②]，入朝须近玉炉烟。不知重会是何年。

【注释】

①少留：短暂的停留。归骑(jì)：指将要归来的人。促：就，近。陶潜《停云》："安得促席，说彼平生。"

②朝：朝廷。玉炉烟：指帝王御用香炉燃起的香烟。

【赏析】

是词写饯别友人入朝。前阕以写景起首，"湖上西风急暮蝉，夜来清露湿红莲。"湖面上的西风急速劲吹，仿佛听到暮秋寒蝉鸣叫，入夜清凉的露水打湿红莲。与上首(其九)比较，一热一冷：上首写夏日早晨，场景艳丽热烈，表示对使者的尊重，应酬意味明显；本篇写秋天夜晚，场景萧瑟苍凉，表示对友人的情深，发自内心的惜别。"少留归骑促歌筵"，这是主人公主动提出要友人暂且停留片刻参加饯别的歌筵。与上首"水风深处懒回船"比较，一浅一深：前者款待使者，只在礼节，并不想时间过长，但偏偏是"懒回船"，不得不为之罢了；本首却是主动提出邀请，可见情深。

后阕写离别的惆怅与赠言。"为别莫辞金盏酒，入朝须近玉炉烟。"酒逢知己千杯少，"莫辞金盏酒"，尽情地喝。入得朝庭一定要亲近帝王。这与上首也很不相同，一淡一浓：前者"不辞清歌"，只是表示一种体面、气派、规格罢了，其情如"清歌"之淡；本篇则是以酒为主，情深酒杯深，表示友人的真情实意，如酒之浓烈。结句"不知重会是何年"，友人"入朝"是好事，值得祝贺与高兴，但从此别过，相会又是那年那月的事情呢，充满了惆怅与伤感，比较上首的恭维，本篇是由衷的诉说。

浣溪沙

杨柳阴中驻彩旌[①],芰荷香里劝金觥。小词流入管弦声[②]。 只有醉吟宽别恨,不须朝暮促归程。雨条烟叶系人情[③]。

【注释】

①彩旌:插于车上的彩色旗子。此代指车辆。

②"小词"句:所填小令通过管弦演奏歌唱。

③"雨条"句:形如雨线、密如烟的柳条,仿佛要系住人的离情。 烟叶:如烟的浓密枝条树叶。

【赏析】

是词赠别之作。前阕写柳阴宴别。杨柳绿阴深处,停驻车辆,荷花芳香之中举杯畅饮,筵席上吟词配曲歌唱。"杨柳",赠别之象征物,开头便暗点题旨。"驻彩旌",中途驻车设宴饯别。

后阕写深情话别。只有喝醉了吟词,才能排解心中的别恨。不要以时间的早晚,催促我踏上归程。那密如雨丝的烟叶柔条已经牵系住了人们的离情别绪。

浣溪沙

一向年光有限身[①],等闲离别易销魂。酒筵歌席莫辞频。 满目山河空念远,落花风雨更伤春。不如怜取眼前人[②]。

【注释】

①一向:即一晌(shǎng),片刻、片时之意。 年光:时光。 有限:指有条件的、在时空上都有一定限制的、有始有终的事物。

②怜:爱。崔莺莺《告绝诗》:"还将旧来意,怜取眼前人。"

【赏析】

是词抒写及时行乐的情感。前阕以议论起首,初步抒发了时光身命短促,离别易伤情,要及时行乐的情感。"一向年光有恨身,等闲离别易销魂。"短暂的时光,有限的身命,随便的离别就这么容易使人魂飞魄散。接着劝解人们"酒筵歌席莫辞频",不要因为酒筵歌席频频而来,而推却不参与。

过片承上进层,面对满目江山,却白白地念远;眼见风雨摧落花,更伤感春天。与其如此,不如去爱惜眼前的一切。词作的内蕴旷达超脱,如果只是囿于有形的"酒筵歌席"去及时行乐,那是片面的。要真正摆脱"离别销魂"、"念远"、"伤春"的愁苦,"怜取眼前人"是理性明智的抉择。

◉集评

吴梅《词学通论》:"惟'满目山河空念远,落花风雨更伤春'二语,较'无可奈何',胜过十倍。而人未之知,何也?"

俞陛云《唐五代两宋词选释》:"此词前半首笔意回曲,如石梁瀑布,作三折而下。言年光易尽,而此身有限,自嗟过客光阴,每值分离,即寻常判袂,亦不免魂消黯然。三句言消魂无益，不若歌筵频醉，借酒浇愁，半首中无一平笔。后半转头处言浩莽山河，飘摇风雨，气象恢宏。而'念远'句承上'离别'而言，'伤春'句承上'年光'而言，欲开仍合，虽小令而具长调章法。结句言伤春念远，只恼人怀，而眼前之人，岂能常聚，与其落月停云，他日徒劳相忆，不若怜取眼前，乐其晨夕，勿追悔蹉跎，串足第三句'歌席莫辞'之意也。"

唐圭璋《唐宋词简释》："此首为伤别之作。起句，叹浮生有限；次句，伤别离可哀；第三句，说出借酒自遣，及时行乐之意。换头，承别离说，嘹亮入云。意亦从李峤'山川满目泪沾衣'句化出。'落花'句，就眼前景物，说明怀念之深。末句，用唐诗意，忽作转语，亦极沉痛。"

赵尊岳《珠玉词选评》："此词感慨特深，堂庑更大，忽尔拓之使远，又复收之使近，诚有拗铁为枝之幻。亦惟如此，始益见其沉郁。"

浣溪沙

玉碗冰寒滴露华①，粉融香雪透轻纱②。晚来妆面胜荷花③。　鬓亸欲迎眉际月④，酒红初上脸边霞。一场春梦日西斜。

【注释】

①冰寒：古时富贵人家冬天把冰块藏于地窖中，夏天取用，以消暑气。

②香雪：比喻女子肌肤洁白又芳香。

③妆面胜荷花：妆成之容颜赛过美艳的荷花。

④鬓亸(duǒ)：鬓发下垂。　眉际月：即额黄，古时女子以黄粉涂额成月形，故称。

【赏析】

是词刻画美女形象。前阕写女子夏日晚妆。起首两句，"玉碗冰寒滴露华，粉融香雪透轻纱"，分时是玉碗盛着的夏天家藏冰块一般，沁滴出露珠的光华；身穿薄薄的轻纱衣裳，透显脂粉融进肌肤的芳香雪白。"晚来妆面胜荷花"，晚妆既成，那容颜美艳胜过荷花。

后阕写微醉春梦。"鬓亸欲迎眉际月，酒红初上脸边霞"，工整的对偶，描画美人醉态，鬓发垂下好像要去迎接那眉际额黄弯月，酒醉的晕红刚刚上来，好像脸颊边上升起云霞。结句，"一场春梦日西斜"似在感叹时光的流逝，美人好景会长久吗？

◉集评

宛敏灏《二晏及其词》："同叔《浣溪沙》云：'玉椀冰寒滴露华……''妆面胜荷花'为明喻；'眉际月，脸边霞'为隐喻；而'香雪'则借喻也。是譬喻三种格式，已备此一词中。"

更漏子

蕣华浓①，山翠浅，一寸秋波如剪。红日永，绮筵开，暗随仙驭来②。　遏云声，回雪袖③，占断晓莺春柳。才送目，又颦眉，此情谁得知？

【注释】

①蕣(shùn)华：木槿花，夏秋开花，有红、白、紫等多种，朝开暮敛。此比喻女子容颜。《诗·郑风·有女同车》："有女同车，颜如蕣华。"

②仙驭：本指仙人所乘的白鹤，此指侍女。

③回雪袖：舞动袖子，有如飞雪飘拂。

【赏析】

是词写歌姬舞女。前阕起首以三个比喻的排比句，描写肖像：容颜如蕣华花，双眉似翠山浅，眼神若秋波荡漾。接着三句，由“仙驭”引领到宴会，以示其之不凡。后阕写歌姬的表演，遏云之歌声，如晓莺啼唱；回雪之舞袖，如春柳摇曳；“才送目，又颦眉”，表现了歌姬复杂的心理活动变化。“此情谁得知？”作为旁观者的词人，发此感慨，仿佛寄托了少许的同情之意。

更漏子

塞鸿高，仙露满[1]，秋入银河清浅。逢好客，且开眉，盛年能几时？　宝筝调，罗袖软，拍碎画堂檀板。须尽醉，莫推辞，人生多别离。

【注释】

①仙露：美称秋天的露水。用汉武帝铸铜仙人擎盘承接露水的典故。

【赏析】

是词写显贵行乐。在秋夜，盛大的筵席，歌舞助兴，款待客人，席间“拍碎檀板”，“尽醉”不辞，好不奢华，纵情于乐事。达官贵人的这些行为，正是感怀“盛年能几时”、“人生多离别”心理的一种宣泄与外露。

更漏子

雪藏梅，烟著柳，依约上春时候[1]。初送雁，欲闻莺，绿池波浪生。　探花开[2]，留客醉，忆得去年情味。金盏酒，玉炉香，任他红日长。

【注释】

①“雪藏梅”二句：写冬去春来景色，梅花冒雪而开，柳条含烟而发。　著：同“着”，附着。　依约：依稀，仿佛。　上春：农历正月。亦泛指初春。江淹《别赋》：“珠与玉兮艳暮秋，罗与绮兮娇上春。”

②探花开：唐朝新科进士在长安曲江杏园举行宴会，称探花宴。此指盛宴。

【赏析】

是词写初春忆旧怀人。前阕以细腻的笔触，描画初春景色，梅花傲雪怒放，柳条含烟抽叶，仿佛在告诉人们，严冬即将过去，初春已经来临。“藏”、“著”二字，颇传神，正如唐朝马怀素《正月七日宴大明殿》诗所吟“就暖风光偏着柳，辞寒雪影半藏梅”。再看那刚刚送走的鸿雁人，快要听闻的黄莺啼声，绿池水面泛起层层微波细浪。“初”、“欲”二字，写春天已经一天天临近。可见，所写的春景是动态的，主人公的心境是欢愉的。过片，回忆去年的一次盛宴，与客同醉，那份情味，依然记得。时隔一年，事不重复，人也难聚，主人公唯有举起金杯的美酒，和着玉炉的香烟，任凭他红日长。词作排解心中的惆怅的方式，反映了大晏的旷达情怀。

◉集评

赵尊岳《珠玉词选评》：“此词主旨在当前景色之撩人怀旧，其着眼处，在上春时候，而无聊之旨，但有任其红日自长而已，即此琐琐之节物，缀为小词，使以妙绪，便觉春意盎然。……惟沉郁其情以出之，斯情愈深。……晏以情深之人，当显达之位，乃有此闲思，有此妙笔，其轩冕北宋宜矣。”

更漏子

菊花残，梨叶坠，可惜良辰虚过。新酒熟，绮筵开，不辞红玉杯。　蜀弦高[①]，羌管脆，慢飐舞蛾香袂。君莫笑，醉乡人[②]，熙熙长似春[③]。

【注释】

①蜀弦：《古今乐录》：“张永《元嘉技录》有四弦一曲，蜀国四弦是也。居相和之末，三调之首。”刘禹锡《伤秦姝行》：“蜀弦筝纵指如玉。”此泛指弦乐器。

②醉乡人：沉溺于酒醉状态的人。

③熙熙：和乐的样子。

【赏析】

是词写秋日酒宴。见菊残、叶坠而感叹虚度良辰，流露失落情感，于是沉迷歌筵酒席行乐，当个醉乡人，长醉不醒。由此可见应歌之作的粗制滥造。

鹊踏枝

槛菊愁烟兰泣露[①]，罗幕轻寒，燕子双飞去。明月不谙离别苦[②]，斜光到晓穿朱户。　昨夜西风凋碧树，独上高楼，望尽天涯路。欲寄彩笺兼尺素[③]，山长水阔知何处？

【注释】

①愁烟：雾烟笼罩，好像菊花在含着愁绪。　兰泣露：露水沾聚，好像兰花在哭泣。

②谙(ān)：熟知，此指知道、理解。

③彩笺：供书写题咏的彩绘的纸张。　尺素：供写信用的绢帛。彩笺、尺素，均指书信。

【赏析】

是词写离情，大晏名篇。前阕写秋晨景色，先写室外，“槛菊愁烟兰泣露”，槛栏边的菊花发愁似的被烟雾笼罩着，兰花哭泣似的沾满露珠，一“愁”字、“泣”字拟人化，主人公移情于景。“罗幕轻寒，燕子双飞去”，由室内转到室外，罗幕好像透出轻轻的寒气，燕子一双飞去。“寒”字是主人公典型环境中的感受，“双飞去”，与独处的处境形成反衬。“明月不谙离别苦，斜光到晓穿朱户。”又由室外转到室内，两句带着怨恨，埋怨明月不懂得人处于离别时的痛苦心情，将月光斜斜地照过来，穿透红色窗户，一直到拂晓，此暗写主人公因相思而彻夜不眠，突出一个“苦”字。

后阕写登楼远眺与感受。“昨夜西风凋碧树，独上高楼，望尽天涯路。”先补述一句，昨日秋风劲吹，使碧绿的庭树凋零；独自登上高楼，极目望尽向着天涯的道路。“独”字，呼应“双飞”、“离别”；“望尽”二字，呼应“苦”。独上高楼望天涯的行动描写，“尽”抒了离愁别绪。结拍“欲寄彩笺兼尺素，山长水阔知何处？”描写心理活动，亦即登楼之感受，“知何处？”相思本就痛苦，天涯路远，又不知心上人在何处，真是相思无寄处，饱受相思折磨的人其之归宿又“知何处？”结得苦楚凄怆。

◉**集评**

王国维《人间词话》:“《诗·蒹葭》一篇,最得风人深致。晏同叔之‘昨夜西风凋碧树,独上高楼,望尽天涯路,’意颇近之,但一洒落,一悲壮耳。又‘我瞻四方,蹙蹙靡所骋,’诗人之忧生也。‘昨夜西风凋碧树,独上高楼,望尽天涯路’似之。又:古今之成大事业、大学问者,必经过三种之境界:‘昨夜西风凋碧树,独上高楼,望尽天涯路’,此第一境也。‘衣带渐宽终不悔,为伊消得人憔悴’,此第二境也。‘众里寻他千百度,回头蓦见,那人正在,灯火阑珊处’,此第三境也。此等语皆非大词人不能道。然遽以此意解释诸词,恐晏、欧诸公所不许也。”

鹊踏枝

紫府群仙名籍秘①,五色斑龙②,暂降人间世。海变桑田都不记③,蟠桃一熟三千岁。　露滴彩旌云绕袂,谁信壶中④,别有笙歌地。门外落花随水逝,相看莫惜尊前醉。

【注释】

①紫府:道家称仙人居所。庾信《道士步虚词》:“五香芬紫府,千灯照赤城。”

②五色斑龙:神话传说中仙人所乘的龙。《汉武帝内传》:“惟见王母乘紫云之辇,驾五色斑龙。”

③海变桑田:李芬《送吴将军元瑜》:“东西日月秋复春,海变桑田更几人。”后因以喻世间巨变。

④壶中:《后汉书·费长房传》载:汝南市中一个卖药翁“悬一壶于肆头,及市罢,辄入壶中。”费长房见而异之,与翁俱入壶中,“惟见玉堂华丽,旨酒甘肴,盈衍其中,共饮毕而出。”

【赏析】

是词祝寿,较之同类题材词作不同之处在于:寿主当是高寿者,以道教传说和典故、词汇,将其塑造成为暂降人间的神仙,形象表达祝福长生不老,多少回避了应酬之平庸与客套。

点绛唇

露下风高,井梧宫簟生秋意①。画堂筵启②,一曲呈珠缀③。　天外行云④,欲去凝香袂⑤。炉烟起,断肠声里,敛尽双蛾翠⑥。

【注释】

①井梧:天井里的梧桐树。　簟(diàn):凉席。顾敻《虞美人》:“露清枕簟藕花香,恨悠悠。”　宫簟:美称凉席。　秋意:秋天的凉意。

②画堂:华丽的厅堂,此美称。温庭筠《归国谣》:“画堂照帘残烛,梦余更漏促。”　筵:酒席歌筵。皇甫松《摘得新》:“锦筵红蜡烛,莫来迟。”

③珠缀:形容歌声如珍珠连缀成串。

④“天外”两句:用《列子》秦青善歌、响遏行云的典故,夸张地说听了歌女的歌声,天上的云彩本想飘动离去,却又聚集在她的熏香衣袖之上。

⑤凝:聚到一起。顾敻《酒泉子》:“罗带缕金,兰麝烟凝魂断。”　袂(mèi):衣袖。毛文

锡《应天长》:“罗袂从风轻举,愁煞采莲女。”

⑥敛:收敛。紧皱。牛希济《临江仙》:“箫鼓声稀香烬冷,月娥敛尽弯环。”双蛾:双眉。蛾的触须弯曲而细长,古代常以之比喻女子眉毛。顾敻《虞美人》:“凭栏愁立双蛾细,柳影斜摇砌。”

【赏析】

是词写歌女。前阕首二句,描写天气。“露下风高,井梧宫簟生秋意。”露雾之下,风儿吹着,庭院井边的梧桐树,凉席之上的人们感到了秋意的微寒。这一“冷”调的天气,作为歌女出场的铺垫。“画堂筵启”,华丽修饰的厅堂里,筵席开始了。歌女登场,“一曲呈珠缀”。她唱歌“声如贯珠”,浑圆滋润,如连珠成串不绝于耳,美妙动人。过片,“天外行云,欲去凝香袂”接上,用“响遏行云”的典故,夸张描写歌女的演唱。那天外的行云,听到如此美妙的歌唱,想要离开,却被吸引住了,都聚集到了她的衣袖。“炉烟起,断肠声里,敛尽双蛾翠。”歌女的演唱,感情非常投入。她一边唱着,一边看着香炉上方的烟气袅袅升腾,一边品味着断肠的歌声,渐渐的收紧了双眉。

词作由时令、天气开始,写到歌女的活动场所——画堂筵席,接着写歌女的歌声,最后写歌女的表情以揭示心理。由景到声,由声到貌,由貌到心,刻画了一位多情歌女的形象。

◉集评

赵尊岳《珠玉词选评》:“凡使用成语,往往为成语所限制,今能深入,则用成语而不为成语所用,信非高手莫办。”

凤衔杯

青蘋昨夜秋风起,无限个、露莲相倚。独凭朱栏、愁望晴天际。空目断、遥山翠。　彩笺长,锦书细。谁信道①、两情难寄。可惜良辰好景、欢娱地,只恁空憔悴。

【注释】

①谁信道:谁料到。

【赏析】

是词写秋愁。前阕写秋日“愁望”。昨夜,秋风从青蘋之末吹起,多少露莲被弄得紧紧相偎而倚。独自凭栏,带着愁绪凝望晴朗的天际。“空目断,遥山翠”作阕歇,写出起时节萌发的怀人念远之情,题材内容并无什么新颖之处,从章法上看,也无非是上景眺望的失落,“空”,只是徒劳,任凭极目,所及者,皆是遥远青翠的山峦。后阕写相思。“彩笺长,锦书细。谁信道、两情难寄。”假设情书与音信可以寄达,或许可以开解相思了吧,但是谁能想得到,两人心中的情意却难以寄达。所以相思之苦在于不能重逢相见。不是吗,每遇良辰美景、欢娱乐地,就更加思念,只能如此憔悴。

◉集评

赵尊岳《珠玉词选评》:“此词前阕言秋景,未尝及于怀人,后阕言怀人,又不及于景色,乍即之,似两不相涉,细辨之,则正以‘目断遥山翠’五字为机括。……词中往往言音信不通,以示情深,此独言音信可通,不如晤聚,是又深入一层之作法。”

凤衔杯

留花不住怨花飞，向南园、情绪依依。可惜倒红斜白、一枝枝。经宿雨、又离披[①]。　凭朱槛，把金卮。对芳丛、惆怅多时。何况旧欢新恨、阻心期[②]。空满眼、是相思。

【注释】

①离披：花朵又再繁茂而开。宋玉《九辨》："白露既下百草兮，奄离披此梧楸。"

②心期：心愿。

【赏析】

是词写相思。前阕伤春，首三句写"怨"："留花不住怨花飞，向南园、情绪依依。"主人公面对南园，叹息无力将春花留住，伤春情绪依依，愁怨落花漫天飞舞。"依依"的怨情，真如飞花般撩乱。"可惜"直白抒情，"倒红斜白"，红花倒伏，白花歪斜，一片狼藉；"一枝枝"，数不清，全都这样，满目惨状。经昨夜的一场风雨，再次受到摧残，零落凋谢的样子，目不忍睹。"依依"言情绪；"枝枝"言规模；"倒"、"斜"言惨状；"经"、"又"言反复，将"怨"情融入落花场景，充分表达了伤春情怀。后阕抒相思之情。主人公凭靠朱栏，手举金杯，面对花残叶败的芳丛，惆怅经久不止。感情发展的脉络清楚，"惆怅多时"呼应"情绪依依"，渐进、发展到结尾，涌流而出："何况旧欢新恨、阻心期。空满眼、是相思。"由暮春的落花起兴，言伤春之怀，言怀人之愁，结于相思之情。

凤衔杯

柳条花颣恼青春[①]，更那堪、飞絮纷纷。一曲细丝清脆、倚朱唇。斟绿酒、掩红巾。　追往事，惜芳辰。暂时间、留住行云[②]。端的自家心下[③]、眼中人，到处里、觉尖新[④]。

【注释】

①花颣(lèi)：花蕊。颣，本指生丝结节。

②行云：此指情人。用宋玉《高唐赋序》典故。

③端的：确实，到底。

④尖新：别致新颖。

【赏析】

是词写乐伎恋情。前阕写春情之烦恼。开头以春花柳絮起兴，"恼青春"，一是恼春日，二是恼心中青春的骚动，表达主人公春情萌动的烦恼。"飞絮纷纷"，似在比喻"恼"的纷繁杂乱。"一曲"句描写技艺，暗点身份，是位吹笛的乐伎。"斟绿酒，掩红巾。"斟酒而暗自拭泪，心中的隐痛由"恼"发展而来。后阕回放恋情。"追往事，惜芳辰。暂时间、留住行云。"她得到了短暂的爱情，情人合于理想，"端的自家心下、眼中人，到处里、觉尖新。"既然如此，本应欣喜才是，甚的要"掩红巾"呢？"暂时间"的得到，所以烦恼失落，而伤心落泪。

清平乐

春花秋草，只是催人老[①]。总把千山眉黛扫，未抵别愁多少[②]。　劝君绿酒金杯，莫嫌丝管声催。兔走乌飞不住[3]，人生几度三台[4]。

【注释】

①只是：总是，尽是。

②"总把"二句：即使能将千山眉黛扫尽，也未能抵消多少怨恨。李商隐《代赠》："总把春山扫眉黛，不知供得几多愁。" 总：纵然，即使。

③兔走乌飞：月亮落下，太阳升起，此指时光流。 兔：代指月亮。 乌：代指太阳。

④三台：星座名，代指官高要位。《晋书·天文志上》："三台六星……一曰天柱，三公之位也。在人曰三公，在天曰三台，主开德宣符也。"古代以星象征人事，称三公为三台。又，汉因秦制，设置尚书为中台，御史为宪台，谒者为外台，合称三台。

【赏析】

是词述身世，感罢相，抒情的主体乃词人自己。前阕写"别愁"。开头便直抒胸臆，"春花秋草，只是催人老。"春花与秋草，这些美好的事物，别人看来心旷神怡，而在我看来全是催促人渐向衰老之因由。"总把千山眉黛扫，未抵别愁多少。"现在，即使让我扫尽千山的眉黛，亦抵消不了多少怨恨。主人公的"别愁"可谓无穷无尽。

后阕写自我解脱。承上之首二句，"劝君绿酒金杯，莫嫌丝管声催"，主人公用另一方式，排解愁怨，饮酒、赏乐，以求消愁忘忧，受伤的心灵得到暂时的愉悦。结尾二句，写无可奈何处境的自我安慰。"兔走乌飞不住，人生几度三台。"月亮落下，太阳升起，这是抵挡不住的常规定律，人的一生又有几回登得上"三台"之高位呢？词人曾被誉为"太平宰相"，可以说是身居"三台"了，而且亦有政绩，但也曾几度罢相、外任州郡，尝尽浮沉升降之苦。本篇当是罢相放外任之时所作，故发出如此之感叹，才会有如此之精神解脱过程。

词作的抒情主体即词人本身的作品，在大宴词中不多见。本篇所抒发的自我感受，真实感人。

◉集评

赵尊岳《珠玉词选评》："此首直抒胸臆，放胆写来，已由感慨而入于沉痛之途，故商音激楚，已非向者可比，此于晏词应视之为'别裁'。…… 晏虽雅士达人，于留守外官之职犹不能无所慊然，故不免寄慨云尔。此词全用跳脱之笔，句句就侧面立言，正反相衬，以见沉痛之切，直说三台，不嫌其俗，则晏诚居是官，所谓真则质，质则不伤于庸，不伤于俗，非矫揉者所可比矣。"

清平乐

秋光向晚[1]，小阁初开宴。林叶殷红犹未遍，雨后青苔满院。 萧娘劝我金卮[2]，殷勤更唱新词。算去朝来即老，人生不饮何为？

【注释】

①向：临近，趋向。

②萧娘：此泛指美女。

【赏析】

是词感慨人生易老，何不及时行乐。秋天的傍晚，小阁上的宴席刚刚开始。视觉移向室外，树林的叶子红了一大半，雨后的青苔长满了庭院。秋光晚景，红绿相衬，明丽而热烈,与宴席气氛亦融洽。萧娘殷勤的劝酒,还唱起了新词。宴席有美人相伴,亦为乐事。但是,眼前的一切,使主人公忽然感到,人生在夕去朝来的变换之中,逐渐衰老,不喝酒饮醉,又能有什么可做的呢。

清平乐

春来秋去,往事知何处。燕子归飞兰泣露,光景千留不住[①]。 酒阑人散忡忡[②],闲阶独倚梧桐。记得去年今日,依前黄叶西风。

【注释】

①千留:无数次地挽留。

②酒阑:酒尽,此指宴席结束。 忡忡(chōngchōng):忧虑不安的样子。

【赏析】

是词写秋愁。前阕感慨"往事"千留不住。首句言季节变换如此之快,春来又秋去,"往事"却不知到何处寻觅。"燕子归飞兰泣露,光景千留不住。"燕子于秋而飞归了,兰叶上凝聚露珠如泣泪,美好的光景即使千百次的挽留也牵不住。主人公深切地怀念"往事",或许是佳人见不得,"燕子归飞"形象的比喻;深情地挽留秋光,时光更是留不得。那份怅恨与无奈,仿佛跟"兰泣露"似的。挽留"秋光",正是要留住"往事",留住"燕子",期盼再与佳人相会。然而这一切都成空,能不愁吗?过片,特写镜头:"酒阑人散忡忡,闲阶独倚梧桐。"酒宴已经结束,热闹的场面不复,令人忧愁不安,无可奈何地倚靠着台阶旁的梧桐树发呆。这一孤独情景,既感慨从酒宴上得到的暂时慰藉,竟如此快就没了,反而加重了愁怨;使自己忆起"往事",陷于深深的忧虑不安之中。于是,结尾直接抒写:"记得去年今日,依前黄叶西风。"脑子里清楚地记得,也是去年的今日,依然是秋季,西风劲吹,黄叶凋零的时候,与佳人相会分别,点出"秋愁"——惆怅情怀,是因忆旧怀人的缘故。

清平乐

金风细细,叶叶梧桐坠。绿酒初尝人易醉,一枕小窗浓睡。 紫薇朱槿花残,斜阳却照阑干。双燕欲归时节,银屏昨夜微寒。

【赏析】

是词抒写秋情。前阕写初秋品酒沉睡的舒适。起首两句写秋景,秋风和缓地吹着,梧桐树叶一片一片地掉落下来。"细细",经夏日酷热之后,初秋的凉风给人快意,以情去写景;"叶叶",从动态上抓住初秋的特征。两组叠字,不仅从韵律上增加美感,而且从画面上增强了动感。趁着秋天的凉意,"绿酒初尝人易醉,一枕小窗浓睡",打开自家酿制的土酒坛子,第一次品尝,会喝到醉了为止,在小窗之侧一觉沉睡,多么的惬意,全然不见悲秋之情,只有淡雅的闲情溢于字里行间。

后阕写黄昏酒醒所见所感。所见者,"紫薇朱槿花残,斜阳却照阑干"。紫薇与朱槿花开始凋谢了,黄昏的夕阳正好照到栏干之上。与前阕的金风、梧桐呼应,构成清静的境界。结尾二句,"双燕欲归时节,银屏昨夜微寒",双双燕子将要南飞的时节,昨夜处在银屏之后,感到轻轻的寒意。"微寒",除了肢体的感觉之外,更是心灵的感受,于凉寂之中,抒发一种淡淡的秋寂之情。

词作一反古来久矣的悲秋情调,营造闲雅安逸为主,兼带淡淡愁思的复杂意境,而成就了名篇。

◉**集评**

先著、程洪《词洁》:“情景相副,宛转关生,不求工而自合。宋初所以不可及也。”

俞陛云《唐五代两宋词选释》:“纯写秋来景色,惟结句略含清寂之思,情味于言外求之,宋初之高格也。”

唐圭璋《唐宋词简释》:“此首以景纬情,妙在不着意为之,而自然温婉。‘双燕’两句,既惜燕归,又伤人独,语不说尽,而韵特胜。”

赵尊岳《珠玉词选评》:“此词抒写静中情味,雅韵欲流。……事外远致,于风光婉约中见出无聊之情思,时光之易过,所谓静中情味也。”

清平乐

红笺小字①,说尽平生意。鸿雁在云鱼在水②,惆怅此情难寄。 斜阳独倚西楼,遥山恰对帘钩③。人面不知何处,绿波依旧东流。

【注释】

①红笺:一种精美的小幅红纸。白居易《江楼夜吟元九律诗成三十韵》:“斜行题粉壁,短卷写红笺。”

②“鸿雁”句:鸿雁高飞云天、鱼儿畅游水中,言寄书之渠道。

③“遥山”句:遥远的青山正对着窗户的帘钩。

【赏析】

是词抒发惆怅之情。前阕抒情。红笺上写满小小的字儿,要将一生的情意全部表达出来。“小”,真有点纸短情长之意,“笺”本是小幅的纸片,所载有限,只好以“小字”书写,可见情人的深情。“尽”字,将所有的情意都写上。信写好便要寄,主人公想象,鸿雁带着书信飞翔云天、鱼儿畅游水中把情书带给远人。但想想反而惆怅起来,书信难以传递出自己的深情。

过片两句,“斜阳独倚西楼,遥山恰对帘钩”,写黄昏时人物的行动,将景色与人物融为一体,传达人物的情感。夕阳映照西楼,主人公独自站在楼上;遥远的青山正好对着窗户的帘钩,主人公倚在窗前眺望远山。此是承上“惆怅”而来,具体描写人物的惆怅举止,将情感具象化。结拍,活化唐朝诗人崔护的《题都城南庄》诗意,崔诗曰“人面不知何处去,桃花依旧笑春风。”而大晏却将对句改为“绿波依旧东流”,绿水长流,这是常理。“依旧”,明确说出不为人的意志为转移,将崔诗的意境,创新了、深化了。词作抒发的“惆怅”之情,亦由单纯的儿女怨情,升华到人生与自然的思维层面。

◉**集评**

陈廷焯《词则·闲情集》:“低回婉曲。”

俞陛云《唐五代两宋词选释》:“言情深密处全在‘红笺小字’。既鱼沉雁杳,欲寄无由,剩有流水斜阳,供人愁望耳。以景中之情作结束,词格甚高。”

唐圭璋《唐宋词简释》:“此首上片抒情,下片写景,一气舒卷,语浅情深。‘红笺’两句,述思念衷曲。‘鸿雁’两句,怅无从寄笺。下片,但写遥山绿波,而相思相望之情,其何能已。‘人面’句,从崔护诗化出。”

赵尊岳《珠玉词选评》:“此词说离情之深,莫与伦比,用笔之妙,更匪夷所思。……立意绝妙,运笔绝精,十馀字间……用反笔倍写其意,是古文家手法,以之入词。在在暗转,不见些许生硬,是何等力量耶?凡治词者,咸尚暗转,北宋初行此法者犹少,晏开其端矣。”

红窗听

淡薄梳妆轻结束[①]，天意与[②]、脸红眉绿。断环书素传情久[③]，许双飞同宿。　一饷无端分比目[④]，谁知道、风前月底，相看未足。此心终拟，觅鸾弦重续[⑤]。

【注释】

①结束：装束，打扮。韦应物《送别李儋》："翩翩四五骑，结束向并州。"

②天意与：天意赋予，天然生成。

③断环：玉环截分两半，男女各半，以作定情信物。

④无端：无缘无故，没因由。　分比目：指情侣分离。古时认为，比目鱼须两两相并才能游行，故以比目鱼喻男女相爱不离。

⑤鸾弦重续：古时以琴瑟比喻男女欢情，情断为弦断，重续旧情则为续弦。　鸾：此为"鸾胶"之简称。《海内十洲记》载，西海中的凤麟洲上多凤凰和麒麟，"仙家煮凤喙及麟角，合煎作膏，名之为续弦胶，或名连金泥。此胶能续弓弩已断之弦。"续弦胶又称鸾胶。

【赏析】

是词写妓女。先写其容貌美艳，得男人欢心，"断环"定情，许愿娶她。然而，妓女心里明白，男人转眼就会无端反悔，将她抛弃。谁知道，他在风月场中，"相看未足"，要"重续"，那是没有希望的。妓女对男性的怀疑，正好反映了封建社会妓女的悲惨命运。

红窗听

记得香闺临别语，彼此有、万重心诉。淡云轻霭知多少，隔桃源无处。　梦觉相思天欲曙，依前是、银屏画烛，宵长岁暮。此时何计，托鸳鸯飞去。

【赏析】

是词写相思。情节由回忆而展开：惹梦，梦醒，联想。首两句写与香闺离别赠言，有万重心事诉说。接两句写梦境，淡云轻霭隔着桃源，终不见也。后阕接写梦醒，再回忆旧事，相思之情更切。结尾写其想象，不如将自己的相思托付给鸳鸯吧。

采桑子

春风不负东君信[①]，遍拆群芳[②]。燕子双双，依旧衔泥入杏梁[③]。　须知一盏花前酒，占得韶光[④]。莫话匆忙，梦里浮生足断肠[⑤]！

【注释】

①东君：司春之神。成彦雄《柳枝词》："东君爱惜与先春，草泽无人处也新。"

②拆：把合在一起的物件掰开，此指花开。　群芳：犹百花。

③杏梁：以杏木所制的雕花画饰的屋梁。代指华丽屋宇。谢朓《烛》："杏梁宾未散，桂宫明欲沉。"

④韶光：美好时光。白居易《早春独游曲江》："闲地心俱静，韵光眼共明。"

⑤浮生：《庄子·刻意》："其生若浮，其死若休。"老庄哲学认为人生在世，虚浮无定。后称短暂无定的人生。

【赏析】

是词写春茗抒怀。前阕写春光美好。春风不辜负司春神所望,令普天下的百花齐放。燕子一双双,还像以往一样,忙着衔泥飞到杏梁之上筑巢。百花开,燕筑巢,典型的春光景象,为后面的抒情做好铺垫。过片顺势而接,“须知一盏花前酒,占得韶光”,能在花前饮上一杯美酒,都可以说是享受了美好的春光,这是欢愉之事。前加“须知”二字,便有夹叙夹议成分,将写景、叙事、议论融化在一起。结尾的两句,则以议论为主,直抒胸臆。“莫话匆忙,梦里浮生足断肠!”宴饮之中,你我杯上杯落,匆忙应酬对饮。对此,词人似有感慨,不要说这一切都是如此匆匆忙忙,如同梦中的浮生,足以让人断肠的了。言外之音,是主张趁此大好春光,及时行乐。

采桑子

红英一树春来早[①],独占芳时。我有心期[②],把酒攀条惜绛蕤[③]。　无端一夜狂风雨,暗落繁枝。蝶怨莺悲,满眼春愁说向谁。

【注释】

①红英:红花。

②心期:心愿。

③绛蕤(ruí):深红色的花朵。　蕤:花草茂盛的样子。

【赏析】

是词写春愁。前阕写春色。“红英一树春来早,独占芳时。我有心期,把酒攀条惜绛蕤。”一树红花开满枝头,报道春天已经早早来临,独占着美好的时光。举起酒杯面对花枝,诉说心中疼爱紫红花儿的美好愿望。“我有心期”,巧妙地由写景转入抒情,表达春到人间的欣喜,表达对春光的热爱,表达对“芳时”美好事物的追求,为下文情感的变化发展作好铺垫。

过片逆转,写春光被摧残的凄惨景象。“无端一夜狂风雨,暗落繁枝。”无端端的一夜急风暴雨,发暗恨将花儿从繁枝摧落。主人公的“心期”被撕碎了。“无端”,言风雨无情、狠心;“暗”,言风雨阴毒、不地道,充分表达了主人公对风雨摧花的极度忿恨与憎恶。“蝶怨莺悲”,就连蝴蝶黄莺都在怨恨、悲伤,拟人的手法以,表面上将情感移至蝶莺,让其代言,实质是说本无人性的蝶莺都为之怨悲,而感情丰富的人,岂不更为怨悲?结句,“满眼春愁说向谁”,满眼的惨状,满腹的愁恨,满怀的无奈,跟谁说呢?跟人说,管用吗?这一反诘,问得悲凉、凄楚,这是“心期”破灭的哀鸣。

采桑子

阳和二月芳菲遍[①],暖景溶溶[②]。戏蝶游蜂,深入千花粉艳中[③]。　何人解系天边日,占取春风。免使繁红,一片西飞一片东。

【注释】

①阳和:阳春和暖。《史记·秦始皇本纪》:“时在中春,阳和方起。”

②溶溶:本为水流动的样子,此形容阳光明媚。

③“戏蝶”二句:言百花丛中蝶飞蜂恋。岑参《山房春事二首》之一:“风恬日暖荡春光,戏蝶游蜂乱入房。”

【赏析】

是词写惜春，前阕景，后阕情。阳春二月，和风遍吹，花草芳香繁茂满原野，暖暖的景色，溶溶的阳光。蝴蝶蜜蜂忙个不停，在千花百卉深丛、粉香艳丽之中飞来飞去。春景美不胜收，春日生机勃勃，人们何尝不是如戏蝶游蜂般，于美景之中尽情享受，而乐而忘返呢？景之越美，物之愈善，人之热爱越深。

“何人解系天边日，占取春风。”主人公以奇特的想象，要将天边的太阳挽留住，让季节停止更迭，永远定格在春天。晋朝时的傅玄曾作《九曲歌》，吟出“岁暮景迈群光绝，安得长绳系白日”之句，想象能用长绳将太阳绑住，而大晏将其更新成“解系”，尔既能“系”，吾就不能“解”吗？其实，都是一个意思，要留住时光。结尾两句，“免使繁红，一片西飞一片东”，补述留住春光的目的，不要让繁密的百花，西飞一片东飞一片地凋谢摇落。这是以个别概括总体的说法，期望春光永驻，百花常开，抒发出惜春爱春之情。

采桑子

时光只解催人老①，不信多情②。长恨离亭③，泪滴春衫酒易醒。　梧桐昨夜西风急，淡月胧明④。好梦频惊，何处高楼雁一声。

【注释】

①只解：只知道，只懂得。

②多情：情感丰富，易于动情。

③离亭：古时驿道旁边亭子。远者曰离亭，近者曰都亭。人远行，一般在离亭送别。骆宾王《送刘少府游越州》：“离亭分鹤盖，别岸指龙川。”

④胧明：月光稀明。元稹《使东川·嘉陵驿二首》之一：“仍对墙南满山树，野花撩乱月胧明。”

【赏析】

是词写相思。前阕抚今忆昔。首两句抚今，“时光只解催人老，不信多情”，春天这么快又到了，真是时光只懂得催促人们走向衰老，就不相信人的多情。主人公的思想被极度的哀愁包裹着：一别又到春，时间过得好快，而人活在苦中而显老了；久别难逢，相思更甚；多情难忘，折磨愈甚。三四句忆昔，“长恨离亭，泪滴春衫酒易醒”，当时离别送行，留下长久的怨恨，泪洒千行湿衣衫，酒醉之人也为之感动，清醒过来。离别场面之凄然，跃然纸上。

过片从回忆转到现实。“梧桐昨夜西风急，淡月胧明。”写悲凉的秋夜氛围，昨日夜里，月色朦胧，西风急促，梧桐沙沙，落叶片片。“好梦频惊”，急风之声、树摇之声、落叶之声，响着一团，频繁惊醒好梦。结句，“何处高楼雁一声”，惊梦后，主人公虽处于失落寂寞之中，但却期盼听到，秋雁一声，不管是从那里的高楼传递过来都好。鸿雁传书，闻雁叫而盼书信、盼重逢。其相思之情深切感人。

◉集评

赵尊岳《珠玉词选评》：“此词独惊秋梦，寄慨遥深，然用笔灵活，肆应开展，极其能事，其于梦中所接，则述离亭；于梦后所闻，则迷雁声，前后均以梦为枢纽，而梦之所以醒者，则由于梦中之泪滴春衫，层次可谓分明，说理可谓详尽。然信笔直书，毫不见诘曲钩勒之迹，此即所谓浑成矣。……晏虽只作小令，然所以开词法者，固已多矣。”

采桑子

林间摘遍双双叶，寄与相思。朱槿开时，尚有山榴一两枝①。　荷花欲绽金莲子，半落红衣②。晚雨微微，待得空梁宿燕归③。

【注释】

①山榴：当指长在山野的石榴。

②红衣：指红色的莲花花瓣。赵嘏《长安秋望》："红衣落尽渚莲愁。"

③宿燕：寄宿于屋梁上的燕子。温庭筠《七夕》："银烛有花妨宿燕，画屏无睡待牵牛。"

【赏析】

是词盼归。前阕起首两句，写主人公的动作行为，在树林里面将成双结对而长的树叶摘尽，寄托心中的相思意。可见，词作由相思发端。"摘遍"，即摘尽，既夸张又写实，不是所有的树叶都摘，而有选择，所摘者仅是"双双叶"，凡是者，皆摘之，能不"遍"！接着两句"朱槿开时，尚有山榴一两枝"。朱槿花盛开的时候，旁边还有一二枝石榴花未谢。以典型的物候，既点明时间是夏天，亦寓意即使花开花落，心中的相思之情也不会改变。

过片，"荷花欲绽金莲子，半落红衣"。手法如前，时光飞逝，转眼到了初秋，如同裹着红衣的荷花花瓣脱落了大半，将要露出金色的莲籽。"莲子"，谐音双关语，即"怜子"，惦记着心上人，这是具体地说相思。因此，自然而然地便产生"盼归"之情。"晚雨微微，待得空梁宿燕归。"傍晚细雨微微，怀人心切，杳梁空巢等待着宿燕双双飞归。"归"字，遥遥呼应开头的"双双叶"，乃全词之旨，相思也罢，"怜子"也罢，最后是要落脚到"归"字上。

采桑子

樱桃谢了梨花发，红白相催。燕子归来，几度风帘绣户开①。　人间乐事知多少，且酹金杯②。管咽弦哀③，慢引萧娘舞袖回④。

【注释】

①绣户：华美如绣的房屋。

②酹(lèi)：酒洒于地表示祭奠或立誓。《后汉书·张奂传》："(奂)召主簿于诸羌前，以酒酹地。"

③"管咽"句：丝竹管弦演奏起来有点儿哀怨。

④"慢引"句：随着慢引乐曲的旋律，萧娘舞蹈起来，长袖旋转飘动。　慢：唐宋杂曲曲调名，以曲词舒缓而得名。如《声声慢》。　引：乐曲体裁的一种，有序曲之意。欧阳炯《花间集叙》："南国婵娟，休唱莲舟之引。"　回：环绕、旋转。《诗·大雅·云汉》："倬彼云汉，昭回于天。"

【赏析】

是词抒发达观之情。前阕描写春天美丽景色。"樱桃谢了梨花发，红白相催。"樱桃花凋谢了梨花跟着又开，嫣红与亮白在互相追逐。"谢"、"发"、"催"三个字，活现百花次第开放的动态，呈现春天的勃勃生机；"红"、"白"，突出花色的热冷对比，再现百花争奇斗艳，展现春天的绚丽多彩。"燕子归来，几度风帘绣户开。"春来燕归寻旧垒，多少回风帘启动、绣户洞开相迎，暗寓人们畅开怀抱热烈欢迎春天的重回，充满明亮、欢愉的氛围与情调。

过片以"人间乐事知多少，且酹金杯"两句接上，把春天来到这一自然季节的更换，扩展开去，触及到人世间，开拓了词的意境。人间的欢乐事情又岂止是春回大地，谁能计算得出有多少，暂且举起金杯来祭奠、畅饮一番。“管咽弦哀，慢引萧娘舞袖回。”两句结尾，主人公的豪情尽抒，即使管弦演奏起来好像有点儿哀怨，但是“慢引”的旋律，总会让萧娘按拍而舞，那长袖自然飘曳旋转起来。词作虽叹惜时光易逝，但亦含豁达、洒脱之情。

◉**集评**

赵尊岳《珠玉词选评》：“此首以‘人生乐事’句为主旨，由前缕述景色以为之证，由后缕述行乐之方，以为之解，结以歌舞之妙，是重视歌舞，为画龙最后点睛之法，其置‘人间’句于换头，正在词之过变处，是固又一新作法。景物主静，情绪主动，词既主于抒情，则必于景中出以生动之笔，方见有情，此不易之法也。”

采桑子　石竹[①]

古罗衣上金针样，绣出芳妍[②]。玉砌朱栏，紫艳红英照日鲜。佳人画阁新妆了[③]，对立丛边。试摘婵娟，贴向眉心学翠钿[④]。

【注释】

①石竹：草名。亦名石竹子，有节，叶似小竹叶，细而窄，开红白小花中钱。常植于庭院供观赏用。王建《题花子赠渭州陈判官》：“点绿斜蒿新叶嫩，添红石竹晚花鲜。”

②芳妍：芬芳艳丽。孟郊《送魏端公入朝》：“东洛尚淹玩，西京足芳妍。”

③画阁：装饰华丽的女子卧房。

④学：似，像。　翠钿：翠玉饰物。杜牧《代吴兴妓春初寄薛军事》：“雾冷侵红粉，春阴扑翠钿。”

【赏析】

是词咏物与写人兼而有之。

前阕首两句，石竹入衣饰，间接描写的手法。“古罗衣上金针样，绣出芳妍。”在六朝至唐朝，相当长的时期，流行将石竹作为图案，绣在妇女衣裳上作装饰，李白《宫中行乐词》有“山花插宝髻，石竹绣罗衣”句，可证。故此，本篇曰“古”，即古时候，当指前说的朝代，点明美人之爱石竹，绝非一时片刻之雅兴，而是来由已久之传统；“金针样”，“绣出”亦与李白诗句合。“芳妍”，赞美之辞，喜爱之物。接下两句“玉砌朱栏，紫艳红英照日鲜”，具体描写两种石竹花：一是沿用间接描写手法，通过写刺绣之石竹花赞美真实的石竹花，美人穿上绣有石竹花的衣裳，站立在玉阶之前，倚靠雕栏之侧，受日光映照，花娇人美，何等鲜活。二是直接描写真实的石竹花，深红色的石竹花盛开在玉阶之前、雕栏之侧，沐浴骄阳，更见鲜艳无比。石竹花无论是作衣饰配美人，还是近贴玉阶雕栏，都是相得益彰，更见其美艳，更显其高贵。

后阕描写佳人妆成摘取石竹花贴上眉心当作面饰的行动，提升了石竹花及佳人的美感。

喜迁莺

风转蕙[①]，露催莲，莺语尚绵蛮[②]。尧蓂随月欲团圆[③]，真驭降荷兰[④]。　褰油幕[⑤]，调清乐，四海一家同乐。千官心在玉炉香，圣寿祝天长。

【注释】

①风转蕙：风儿摇动着蕙兰。蕙，即蕙兰，一种多年生草本植物，开淡黄绿色花，气味浓香。《楚辞·招魂》："光风转蕙。"

②绵蛮：本指纹彩美丽的样子，《诗·小雅·绵蛮》："绵蛮黄鸟，止于丘阿。"朱熹集传训绵蛮为鸟声。

③尧蓂(míng)：传说尧帝统治时，生出的嘉草。据《竹书纪年》载，这种草"夹阶而生，月朔始生一荚，月半而生十五荚，十六日以后，日落一荚，及晦而尽，月小则一荚不落。名曰蓂荚，一曰历荚。"

④真驭：道教所称真人的车驾。此借指皇室的车驾。

⑤油幕：古时用以迎宾或供歇息的青油布帐篷。王仁裕《开元天宝遗事》卷下："长安贵家子弟，每至春时，游宴供帐于园圃中，随行载以油幕，或遇阴雨，以幕覆之，尽欢而归。"

【赏析】

是词庆贺皇帝生辰。据前辈考：词作祝颂的对象是宋仁宗赵祯。《宋史》卷九《仁宗本纪》，仁宗皇帝生于宋真宗大中祥符三年(1010)夏历四月十四日，正是月圆的前一天，与词中所写"风转蕙，露催莲"和"月欲团圆"吻合。本篇应酬之作，应时应景，辞藻富丽，恭维到位，十分得体。

喜迁莺

歌敛黛①，舞萦风，迟日象筵中。分行珠翠簇繁红②，云髻袅珑璁③。　金炉暖，龙香远④，共祝尧龄万万⑤。曲终休解画罗衣，留伴彩云飞⑥。

【注释】

①敛黛：皱眉头。

②繁红：繁花。施肩吾《惜花词》："千树繁红绕碧泉，正宜尊酒对芳年。"

③珑璁(lóngcōng)：即玉珑璁，玉饰名。温庭筠《握柘词》："绣衫金騕褭，花髻玉珑璁。"

④龙香：即龙涎香，一种香料。

⑤尧龄：《史记·五帝本纪》载，尧寿逾百岁。后因作祝颂帝王长寿的套语。

⑥"留伴"句：留着伴随彩云一起飘飞。李白《宫中行乐词》："只愁歌舞散，化作彩云飞。"

【赏析】

是词万寿节祝辞。古时称皇帝生日为万寿节，写庆节祝寿盛宴详略得当。以歌舞为重点，客观描述春日盛宴的场景，歌姬的表情"敛黛"，舞姬的旋姿"萦风"；歌姬舞姬的行状，"珠翠簇繁红"，"云髻袅珑璁"，于结尾处，才写轻歌曼舞，仿佛与彩云一起飞扬飘荡，以寓吉祥。在选材上具皇家特色，选"金炉"写其暖，显示皇家殿堂陈设；选"龙香"写其远，显示皇家才能享用的珍贵香料；选祝辞，言"舜龄万万"，显示这是皇帝的生日寿宴。

喜迁莺

花不尽，柳无穷，应与我情同。觥船一棹百分空①，何处不相逢。　朱弦悄，知音少，天若有情应老②。劝君看取利名场③，今古梦茫茫。

【注释】

①"觥船"句:犹言举起盛满美酒的觥船大杯,一饮而尽。杜牧《题禅院》:"觥船一棹百分空,十岁青春不负公。" 觥船:大酒杯。 一棹:原指船桨划动一次,此代指饮酒一次。 百分:杯子斟满酒。 空:尽。

②"天若"句:天公如果富有情感的话,亦会变老。李贺《金铜仙人辞汉歌》:"衰兰送客咸阳道,天若有情天亦老。"

③利名场:争名逐利的场所。

【赏析】

是词抒写失意者抉择回归自然的情愫。前阕写花柳为伴、美酒交友。"花不尽,柳无穷,应与我情同。"百花开不尽,柳条绿无穷,它们的情感意向应该和我一样。夹叙夹议,议论抒情结合一块,百花与杨柳都是自然界里美好事物的象征,"与我情同",实质是我与它们情同,要亲近自然,要寄情自然,要与自然界的美好事物为伴。另一方面,主人公不忘的是美酒,因为美酒可交友。"觥船一棹百分空,何处不相逢。"其实主人公觉得可以与之"相逢"的理想对象,仍然是"花"、"柳"那样"情同"的、可以由衷地交心之人。

后阕写失意孤寂的反思。"朱弦悄,知音少,天若有情应老。"主人公何其孤独,听乐赏曲悄然无味,知心朋友交往也少了,天公假如富有情感的话目睹此状,也会变老的。主人公的感慨是有原因的。"劝君看取利名场,今古梦茫茫。"两句道出了仕途官场中的失意,功名富贵无非是大梦一场。大晏十三岁就以"神童"入仕,是官场中的"贵人","太平宰相",都发此论,可以推断本篇当作于晚年宦途受挫、罢相放外任之后。所以,主人公要面对现实,藐视名利,寻求新的及时行乐方式。这就是大晏的"情中有思"、"理性操持"。

喜迁莺

烛飘花,香掩烬,中夜酒初醒。画楼残点两三声①,窗外月胧明②。 晓帘垂,惊鹊去,好梦不知何处。南园春色已归来,庭树有寒梅③。

【注释】

①残点:五更时分的报更声。

②胧明:月光微明。温庭筠《菩萨蛮》:"灯在月胧明,觉来闻晓莺。"

③庭树:庭院中的树木,古时以之比喻闺中女子的相思之情。《古诗十九首·庭中有奇树》:"庭中有奇树,绿叶发华滋。攀条折其荣,将以遗所思。"

【赏析】

是词写春日念远。前阕写夜半酒醒。"烛飘花,香掩烬,中夜酒初醒。"蜡烛火焰像飘动的火花,炉子里的香料燃尽,酒醉直至半夜才醒过来。闺中美人喝酒,醉至半夜方醒,此行为便有点儿不正常。"初",仍然带着酒意,没有完全清醒。但主人公却再也睡不着。"画楼残点两三声,窗外月胧明。"单身处于画楼香闺之中,听到五更报晓的两三下更声,望窗外月色朦胧。借酒浇愁而醉,睡至半夜,可能得到了短暂的解脱,但是清醒了,却更加陷入孤寂的包裹,不能自拔。后阕写梦醒怀人,点出相思念远的离情。过片,写梦醒,拂晓时分,窗帘低垂,"惊鹊去,好梦不知何处",被飞过来的喜鹊惊动驱散,好梦却不知道去了哪里。梦中或许与情人相会,不免惆怅。"南园春色已归来,庭树有寒梅。"这是梦醒所见,春色的归来,没有给主人公带来欣喜,反而增添了愁怨。结尾两句,一是言春归而远人未归,二是庭院的寒梅树正在盛开,暗示主人公的相思在涌动流淌。

词作写相思,不着愁怨之字,却尽见愁怨;不画"颦眉红泪",却哀伤满纸。其之情,尽在景物之中,全在环境氛围之中,含蓄委曲道来,更觉韵味无穷。

喜迁莺

曙河低①,斜月淡,帘外早凉天。玉楼清唱倚朱弦,余韵入疏烟。　脸霞轻②,眉翠重,欲舞钗钿摇动。人人如意祝炉香,万寿百千长。

【注释】

①曙河低:曙色渐见,银河移低,天快亮。王湾《闰七日织女》:"耿耿曙河微。"

②脸霞:女子脸颊经妆如云霞般美丽。韩偓《咏手》:"背人细捻垂烟鬓,向镜轻匀衬脸霞。"

【赏析】

是词乃赠歌姬的祝寿辞。前阕开头三句,写歌姬晨起,可以见其欣喜的心情。"玉楼清唱倚朱弦,余韵入疏烟"二句,一是交替了歌姬为家蓄的身分,二是进层表现喜悦之情,三是写其歌声之妙,流露出词人对歌姬的器重与喜爱之情。后阕写歌姬的在宴席的表演,没有太多的特色,结尾写祝词,带着主人的一分真情。

撼庭秋

别来音信千里,怅此情难寄。碧纱秋月①,梧桐夜雨②,几回无寐。　楼高目断,天遥云黯,只堪憔悴③。念兰堂红烛,心长焰短,向人垂泪④。

【注释】

①碧纱:即碧色的纱窗。

②梧桐夜雨:比喻离情正苦。温庭筠《更漏子》:"梧桐树,三更雨,不道离情正苦。一叶叶,一声声,空阶滴到明。"

③憔悴:瘦弱萎靡的样子。韦庄《浣溪沙》:"玉容憔悴惹微红。"

④向人垂泪:对着人流泪。杜牧《赠别》:"蜡烛有心还惜别,替人垂泪到天明。"

【赏析】

是词写相思。前阕起首二句,直奔主题,"别来音信千里,怅此情难寄","别"字领篇,直说离情。"千里",言相隔遥远,故有所思念。"怅"字,由胸臆而生,惆怅满怀。虽然音信尚可通,但"情难寄",这是念远之苦情,是书信表达不的。紧接着短促的三个四字句,似深秋夜雨滴声、梧桐落叶坠声,诉说相思难眠的煎熬。后阕写登高远眺,"天遥云黯",极目所见,与"千里"、"夜雨"呼应,"憔悴"是相思折磨所至,相思成病的体征表现。结尾以拟人、双关手法,借物抒情。蜡烛垂泪,拟人化,蜡垂泪,人亦垂泪;"心"字,双关语,既是烛心,亦是人心。

◉集评

赵尊岳《珠玉词选评》:"此词以'怅此情难寄'为言,凡全词前后均由是阐发,描绘极其难寄之致,诚有绘水绘风之妙。……凡作小令,不可以文简而失其理脉。晏最工此,允为百世不祧之祖。"

少年游

重阳过后，西风渐紧，庭树叶纷纷。朱阑向晓，芙蓉妖艳，特地斗芳新[①]。　霜前月下，斜红淡蕊，明媚欲回春。莫将琼萼等闲分[②]，留赠意中人。

【注释】

①特地：特意。戴叔伦《题黄司直园》："为忆去年梅，凌寒特地来。"

②琼萼：美称花萼。 等闲：轻易，随便。孟云卿《途中寄友人》："昔时闻远路，谓是等闲行。"

【赏析】

是词咏木芙蓉。前阕写木芙蓉重阳过后盛开。"西风渐紧，"冷风凛冽强劲，晚秋气候环境恶劣，表现木芙蓉的倔强抗争精神；"庭树叶纷纷"，对比手法，突出木芙蓉强劲的生命力。接着三句具体描写木芙蓉的娇艳。临近拂晓，天边朝霞，红色雕栏，木芙蓉的红花娇艳，好像特地走到一起来争芳斗新似的。过片顺接续写，秋月下、霜露前，木芙蓉斜枝疏影，披红花、吐淡蕊，那种明媚亮色，好像要将深秋倒回到春天一样。结尾两句，水到渠成，由赞扬木芙蓉的美艳，而诉说对其之爱惜。"莫将琼萼等闲分，留赠意中人。"不仅期望像木芙蓉花般美好的事物长开不败，而且亦期望意中人也能像自己一样，享受美好事物给予的欢愉快乐。

少年游

霜华满树，兰凋蕙惨，秋艳入芙蓉。胭脂嫩脸，金黄轻蕊，犹自怨西风。　前欢往事，当歌对酒，无限到心中。更凭朱槛忆芳容，肠断一枝红。

【赏析】

是词借木芙蓉形象，写相思。前阕写花，木芙蓉在"霜华满树，兰凋蕙惨"的氛围之中绽放，增添了深秋的艳色，如同美人的胭脂嫩脸般娇美。"犹自怨西风"，既是主人公的"怨"，也是木芙蓉花的"怨"。后阕写情，"当歌对酒"赏花，不禁回忆起"前欢旧事"，无边无际的思绪涌动心头。斜靠红色槛栏，深情回忆芳容，怎不令人对着那木芙蓉红花断肠呢。

少年游

芙蓉花发去年枝，双燕欲归飞。兰堂风软，金炉香暖，新曲动帘帷。　家人拜上千春寿，深意满琼卮[①]。绿鬓朱颜[②]，道家装束[③]，长似少年时。

【注释】

①琼卮：玉制酒杯，此为美称酒杯。

②绿鬓朱颜：指青春少年。

③道家装束：唐宋时，年轻人以道家打扮为时髦。吴潜《贺新郎·寓言》："小帘栊、轻匀淡泞，道家装束。"

【赏析】

是词祝寿，寿主为大晏夫人。开头写木芙蓉花开，此有比喻寿主之意，"发去年枝"，暗含寿主又过生日,年年有今日,岁岁有今天。接着写祝寿的喜庆热烈气氛,“千春寿”,或许寿主是位中年妇女,但仍然未显老,“绿鬓朱颜”配以道家装束,“长似少年时”。因为是给家人的祝寿词,以流露亲情为宜,所以词作不见套话,而感亲切。

少年游

谢家庭槛晓无尘,芳宴祝良辰。风流妙舞,樱桃清唱,依约驻行云。　榴花一盏浓香满[1],为寿丰千春。岁岁年年,共欢同乐,嘉庆与时新。

【注释】

①榴花:指榴花浸泡的酒。

【赏析】

是词祝寿,寿主为显贵闺妇。开头言“谢家庭槛”,当泛指达官贵人之家,因此,本篇应酬色彩明显,不见了上篇的亲情,读之如嚼蜡。

酒泉子

三月暖风,开却好花无限了。当年丛下落纷纷[1],最愁人。　长安多少利名身[2]。若有一杯香桂酒[3],莫辞花下醉芳茵,且留春。

【注释】

①当年:壮盛之年。此指花开正盛之时。

②利名身:追名逐利之人。

③香桂酒:醇香的桂花美酒。

【赏析】

是词述怀。前阕写春愁。“三月暖风,开却好花无限了。”阳春三月,和暖的东风,催开了所有的好花,好像没完没了似的。“当年丛下落纷纷,最愁人。”但是正是开得最盛之时,却纷纷凋谢零落了,这是最令人发愁的了。流露出惜春、伤春的感慨,为后面的述怀作铺垫。

过片,由眼前春景之易逝,联想到京城名利场,“长安多少利名身”,怎样呢?没有明说,自有许多酸甜苦辣难以细说,不说更能体现对名利场的淡薄心态,这是从春愁转化而来的超脱与旷达。结尾三句,以痛饮香桂酒、醉卧花下为象征,表述淡泊名利,归于自然的情怀。

酒泉子

春色初来,遍折红芳千万树[1]。流莺粉蝶斗翻飞,恋香枝。　劝君莫惜缕金衣[2]。把酒看花须强饮,明朝后日渐离披[3],惜芳时。

【注释】

①遍折:遍开。

②缕金衣:即金缕衣,为合平仄而将前二字调换。

③离披:散乱的样子,此指花朵凋谢。

【赏析】

是词写惜春。前阕写初春的生机，开篇即点时间，以“春色”领起，千千万万枝花树齐放，蔚为壮观。流莺雀跃、粉蝶飞舞其间，依恋着芳香的枝头。“遍”字，道出规模之盛；“斗”字，表现热闹之趣；“恋”字，赋莺蝶以人情，暗示人们不要对春光过分留恋。为什么？词作先卖个关子。

后阕化用唐诗发议论，“劝君莫惜缕金衣”，唐时无名氏《金缕衣》诗曰：“劝君莫惜金缕衣，劝君惜取少年时。有花堪折直须折，莫待无花空折枝。”此处突出强调的是要惜时行乐，其行乐之具象仍是“把酒看花”。结尾二句，“明朝后日渐离披，惜芳时”，仿佛是一位饱历风霜、涉世弥深之人，在预见“春色初来”，快到明朝后天便会消失散去，提醒人们不要“恋香枝”，要“惜芳时”，该干啥就干啥。这就是词作惜春的具体含义吧。

木兰花

东风昨夜回梁苑①，日脚依稀添一线②。旋开杨柳绿娥眉，暗拆海棠红粉面。 无情一去云中雁，有意归来梁上燕。有情无意且休论，莫向酒杯容易散③。

【注释】

①梁苑：《史记·梁孝王世家》载，汉梁孝王刘武建造梁苑（又名梁园、兔园），用以招延四方文士宴饮游乐。后世常借指贵家园林。

②日脚：穿过云层下射的阳光。 添一线：古时以线测量日影，冬至后每日添长一线。

③容易：轻易，随意。

【赏析】

宋朝杨湜《古今词话》：“庆历癸未（1043）十二月二十九日立春，甲申元日，丞相晏元献公会两禁于私第。丞相席上自作《木兰花》以侑觞。于时坐客皆和，亦不敢改首句‘东风昨夜’四字。”一时传为词坛佳话。

是词咏节令元日。此类词作有“不独措辞精粹，又且见时序风物之盛，人家宴乐之同”（张炎《词源》）的标准，但即席应歌之作却也难达此范要求。大晏此作，后阕议论抒情就显平淡、空泛，唯前阕有点儿可读性。“日脚依稀添一线”，形象写出春日后阳光的变化，并与“东风昨夜”呼应，从整体上述说春回大地的生机。精彩的只是歇拍一联：“旋开杨柳绿娥眉，暗拆海棠红粉面。”描写两种场景：一是写春景，春风旋即绽开了杨柳的绿色娥眉，暗中催开了海棠的红色粉脸。二是写宴席，以杨柳绿娥眉、海棠红粉脸，比喻筵席上表演歌舞的歌姬们中沐春风，在狂歌劲舞。

◉集评

赵尊岳《珠玉词选评》：“《珠玉词》中自多尊前所作，此其一也。论词之造诣者，每好言寄托，寄托自是词之极致，然平易冲淡之音，出于自然，而无所寄托者，于词尤属隽品，此所以北宋之高于南宋也。一任自然，一尚功力，天性所遣，诸名家如《珠玉》、《六一》诸词，最为上乘。……《珠玉》此等词，又宁可实以政事耶？此词用笔，融景入情，以景之开柳、拆棠，度之于蛾颦粉面，是花是人，混之于一，足见情致也。雁去燕归，不必问其有无情意，且尽当前之欢。挽二不同者而糅合之，使读者低回不已，而出以直率之笔，是见工力也。”

木兰花

帘旌浪卷金泥凤①，宿醉醒来长瞢松②。海棠开后晓寒轻，柳絮飞时春睡重。　美酒一杯谁与共？往事旧欢时节动。不如怜取眼前人，免使劳魂兼役梦。

【注释】

①金泥凤：帘旌上以金粉涂绘的凤凰纹饰。

②瞢(méng)松：迷迷糊糊的样子。

【赏析】

是词春日抒怀。前阕写宿醉初醒。首两句，清晨，主人公从宿醉中醒来，醉眼瞢松地看见，“帘旌浪卷金泥凤”，帘帷被风吹得像浪卷似的、金色彩粉涂绘的凤凰纹饰随之飞舞。“浪卷”二字，描写春风之劲，动感强烈。“海棠开后晓寒轻，柳絮飞时春睡重。”两句既是写实的春景，也是以海棠暗喻春睡、柳絮暗喻春梦。后阕借邀友品酒，回忆旧欢，理性地选择“怜取眼前人”，抒发旷达情怀。

◉**集评**

赵尊岳《珠玉词选评》：“通于此法，则一切陈言均可濯之使新，且新者不必贵生，若必求生，斯新有时转或流入拙涩之途。其能不生而新，斯见作者之智慧，足以驱使一切，琢磨一切，其力量固胜于独造戛戛者为尤难。……盖词中能以浅字达至理者，最属不易，视南宋梦窗之必择生字以用之，更高一等。”

木兰花

燕鸿过后莺归去，细算浮生千万绪。长于春梦几多时，散似秋云无觅处。　闻琴解佩神仙侣①，挽断罗衣留不住。劝君莫作独醒人②，烂醉花间应有数③。

【注释】

①闻琴：《史记·司马相如列传》载，卓文君新寡，司马相如以琴心挑之，奏求凰之曲，文君闻琴心动，夜奔相如，二人结为夫妇。　神仙侣：神仙一般的伴侣，指幸福美满的情人。

②独醒人：指不合时流、不与世俗同流合污的清高之人。屈原《渔父》：“举世皆浊我独清，众人皆醉我独醒。”

③有数：有宿缘。白居易《村中留李三固言宿》：“如我与君心，相知应有数。”

【赏析】

是词慨叹浮生，主张行乐须及时，而亦要随缘。前阕写“忧”，开头首句便以燕、鸿、莺三种具象的归来过往，比喻时光的流逝，季节的更迭，感叹光景短暂。二句以“细算浮生”感叹人事乖离。两句从两个侧面，表现主人公的忧思。接着一联，“长于春梦几多时，散似秋云无觅处”，用唐朝白居易《花非花》“来如春梦几多时，去似朝云无觅处”之意境，对上述之忧，作具体形象的描述，人生仿佛于瞬间的美梦之中，分手亦如秋云散后无影无踪，何其短暂，何其飘忽不定。

后阕写“解”。从“闻琴”典故、“解佩”传说，感悟人生，就是神仙侣，即使是挽断罗衣，最终也是留不住的。这是精神境界上的“解”。结尾两句，“劝君”，劝别人，也劝自己；不要那么清高了，“醉卧花间应有数”，一切随缘吧。

木兰花

池塘水绿风微暖，记得玉真初见面①。重头歌韵响铮琮②，入破舞腰红乱旋③。　玉钩阑下香阶畔④，醉后不知斜日晚。当时共我赏花人，检点如今无一半⑤。

【注释】

①玉真：原指道家玉女真人，此代指美人。

②重头：唐宋乐曲的术语，词之前后阕完全相同者、曲中前后数首同调者称为重头。铮琮：金属、玉器碰击之声，此指美妙的歌声。

③入破：唐宋乐曲的术语，大曲每套都有十多遍，分为散序、中序、破三大段，破段的第一遍称为“入破”，大曲音乐演奏进入曲破之后，曲度由缓转急，节拍急促繁碎，舞蹈节奏也随之加快。　乱旋(xuàn)：指舞姿回旋。

④玉钩：美称帘钩。李璟《浣溪沙》：“手卷真珠上玉钩。”　香阶：美称台阶。李煜《菩萨蛮》：“刬袜步香阶，手提金缕鞋。”

⑤点检：查点。

【赏析】

是词怀人，大晏的名篇。前阕写昔，追忆美人。首两句写春暖水绿池塘畔，重游旧地，触景思人，回想起第一次与美人见面。场景是“热”的氛围。“重头歌韵响铮琮，入破舞腰红乱旋”，从歌唱、舞蹈两方面描写美人。唱起歌来，把握住“重头”的韵律，声妙如金玉铮琮之美；跳起舞来，踏准“入破”的节奏，姿如红云回旋之美。好一个色艺双绝的“玉真”，好一个通晓管弦韵律的知音。

后阕写今。场景是“冷”的氛围，与前阕形成对比。“玉钩阑下香阶畔，醉后不知斜日晚”，而今，与主人公相伴的只剩玉钩、阑干、香阶、美酒，整天醉醺醺，不知日之将落，多么的孤单寂寞。结尾更为悲怆：“当时共我赏花人，检点如今无一半。”当年与自己一起赏花的人们，逐个点查也只剩下一半了。主人公抚今忆昔，包含了对人生思考的痛楚感慨，读者为之凄然。

◉集评

刘攽《中山诗话》：“晏元献尤喜江南冯延巳歌词，其所自作，亦不减延巳。乐府《木兰花》皆七言诗，有云：‘重头歌咏响璁琤，入破舞腰红乱旋。’‘重头’、‘入破’，皆弦管家语也。”

张宗橚《词林纪事》：“东坡诗‘尊前点检几人非’，与此词结句同意。往事关心，人生如梦，每读一过，不禁怅然。”

俞陛云《唐五代两宋词选释》：“极美满之风光，事后回思，都成陈迹。元献生当盛世，雍容台阁，而重醉花前，尚有旧人零落之感。若生逢叔季，衣冠第宅转眼都非，宁止何戡感旧耶？”

木兰花

玉楼朱阁横金锁①，寒食清明春欲破②。窗间斜月两眉愁，帘外落花双泪堕。　朝云聚散真无那③，百岁相看能几个。别来将为不牵情④，万转千回思想过。

【注释】

①玉楼朱阁：华贵的楼阁。 金锁：铜制的锁

②春欲破：春天将尽。

③无那(nuò)：无可奈何。“那”同“奈”。

④将为：以为，表测度和推断。

【赏析】

是词写相思。前阕写“愁”。首句“玉楼朱阁横金锁”，写闺人的孤寂，“横”，形象写出玉楼香阁的静寂，与外界的隔绝。二句写春将暮，虽然没有明写春天景色，但足以衬托首句的孤寂。“窗间斜月两眉愁，帘外落花双泪堕。”两句均将室外之春景与室内之闺人揉合一起来描写，形成了鲜明的反衬效果。对着窗间的斜月，双眉紧锁发愁；看着帘外的落花双泪垂流。“愁”字是前阕的关键语。

后阕写“哀”。“朝云聚散真无那，百岁相看能几个。”以丰富的人生阅历，道出“哀”的二层含义：一是对人生聚散无常，感到“哀”；二是人们面对自然规律而无力抗拒而无可奈何，感到“哀”。结尾两句“别来将为不牵情，万转千回思想过。”离别的时候，觉得不会牵肠挂肚，过后却万千次的想念。这就是离别相思之情，乃又一“哀”也。

◉集评

宛敏灏《二晏及其词》：“（晏殊词）无病呻吟……：‘朝云聚散真无那，百岁相看能几个。’（《玉楼春》）‘时光只解催人老……浮生岂得长年少。’（《渔家傲》）‘所惜光阴去似飞。’（《破阵子》）此类词句，在《珠玉集》中，随处可见。皆无沉挚的情感，实与真正叹光阴易逝、伤聚散无常者有异，盖同叔于富贵得意之馀，念百年之易尽，欢愉之难再，偶生愁绪，辄见之于词。但究系一瞬的感觉，不能久占心灵，故表现于文学上者亦不充实，不深刻，徒令人读之生厌，故可谓之无病呻吟也。”

木兰花

朱帘半下香销印①，二月东风催柳信②。琵琶旁畔且寻思，鹦鹉前头休借问。　惊鸿去后生离恨，红日长时添酒困。未知心在阿谁边③？满眼泪珠言不尽。

【注释】

①香销印：香炷上刻的印记被燃烧尽，言时间久。 印，此指刻在香炷上的记号，据燃烧掉的印记计算时间。 销：消失，此指烧掉。

②柳信：二十花信之一，此花信的物候为柳树发芽。

③阿谁：谁，何人。《古诗十五从军征》：“羹饭一时熟，不知贻阿谁？”“阿”，发语词。

【赏析】

是词写春思，主人公是歌姬。前阕起首两句写独处，红色的窗帘子下了一半，香炷早已燃烧尽，而主人公独处闺房无心再点燃新的香炷。时节已经是二月的柳信，春风浩荡。这春景正好与她的深居闺房、孤独一人，形成反衬效果。“琵琶旁畔且寻思，鹦鹉前头休借问。”这里点明主人公的身份是个歌姬。唐朝白居易的《琵琶行》其中有四句写道：“弦弦掩抑声声思，似诉平生不得志。低眉信手续续弹，说尽心中无限事。”而大晏在此以“无为”写“有为”，她呆坐在琵琶旁边，陷入深深的思索之中，亦另有一种情味。唐朝朱庆馀的《宫词》有联“含情欲说宫中事，鹦鹉前头不敢言。”写的是宫女愁怨，欲说又罢，闷在心中的情形，是对自已。而大晏却说“休借问”，不要问，是对另一方而言。这两句通过典型的细节与心理描写，表现歌姬的苦闷。

后阕写离恨。“惊鸿去后生离恨”一句接上，道出词作关键词语——“离恨”。“惊鸿”，双关语，比喻恋人，曹植《洛神赋》有句“翩若惊鸿”，是其证；亦指传递音信者，犹言书信往来。句意是，去年秋天与恋人分别之后，而今未有音信，叫人萌生离恨。“红日长时添酒困”，于是，主人公在红日长时，独酙自酌，直至醉了为止。结尾两句，写主人公的推测与心境。“未知心阿谁边？满眼泪珠言不尽。”不知道是不是恋人已经心向别人，移情于他。想到这一层，满眼的泪珠含不住，不断地落下。其猜测，更见相思之情深意切；其泪落，更见相思之悲苦凄楚。

木兰花

杏梁归燕双同首①，黄蜀葵花开应候。画堂元是降生辰，玉盏更斟长命酒。　炉中百和添香兽②，帘外青蛾回舞袖。此时红粉感恩人，拜向月宫千岁寿。

木兰花

紫薇朱槿繁开后，枕簟微凉生玉漏。玳筵初启日穿帘③，檀板欲开香满袖④。　红衫侍女频倾酒，龟鹤仙人来献寿⑤。声喜气逐时新，青鬓玉颜长似旧。

【注释】

①杏梁：华丽的屋梁。

②百和：当指香料。杜甫《即事》：“花气浑如百和香。”

③玳(dài)筵：华美丰盛的筵席。江总《今日乐相乐》：“绮殿文雅遒，玳筵欢趣密。”

④檀板：檀木制作用以打拍子的板。杜牧《自宣州赴官入京路逢裴坦判官归宣州因题赠》：“画堂檀板秋拍碎，一引有时联十觥。”

⑤龟鹤仙人：古代传说龟鹤寿千年，故称长生不老的仙人为龟鹤仙人。郭璞《游仙》：“借问蜉蝣辈，宁知龟鹤年。”

【赏析】

是调两词皆祝寿。“杏梁归燕双同首”章，乃大晏为夫人所作。二词平庸不足道。

木兰花

春葱指甲轻拢捻①，五彩条垂双袖卷。雪香浓透紫檀槽②，胡语急随红玉腕[3]。　当头一曲情无限，入破铮琮金凤战。百分芳酒祝长春，再拜敛容抬粉面[4]。

【注释】

①春葱：比喻女子纤细洁白的手指。白居易《筝》："双眸剪秋水，十指剥春葱。"　拢捻(niǎn)：两者皆弹奏琵琶的指法。白居易《琵琶行》："轻拢慢捻抹复挑。"

②紫檀槽：琵琶上架弦的紫檀木格。

③胡语：琵琶声。杜甫《咏怀古迹五首》之三："千载琵琶作胡语，分明怨恨曲中论。"

④敛容：面容严肃。白居易《琵琶行》："沉吟放拨插弦中，整顿衣裳起敛容。"

【赏析】

是词写琵琶女在寿宴上的表演。首两句，直接描写弹奏，卷起五彩条垂的双袖，春葱样的指甲轻轻地拢、慢慢地捻。怀抱着琵琶，好像要将雪白肌肤的体香浓浸到紫檀架弦槽上似的。红玉手腕急促地转动，胡语乐音好像是从那里传出来似的。"当头"时弹的一曲，寄托着无限的情思。"入破"时乐曲铮琮激越，头上的金凤钗也跟着颤动起来。结尾写她献酒、再拜祝寿，"敛容抬粉面"，神情严肃，与演奏时大不相同，表现大方得体、晓懂礼仪的性格。

木兰花

红绦约束琼肌稳[1]，拍碎香檀催急衮[2]。垅头呜咽水声繁[3]，叶下间关莺语近[4]。　美人才子传芳信，明月清风伤别恨。未知何处有知音，长为此情言不尽。

【注释】

①红绦(tāo)：红丝线织成的衣带。　绦：丝质织物。　琼肌：像玉一样细腻洁白的肌肤。　琼：美玉。

②急："急遍"之简，乐曲中节拍加快的乐段。　衮(gǔn)：即"衮遍"、"杀衮"，唐宋大曲乐段的名称。

③"垅头"句：言奏乐声音如垅头之流水般呜咽。垅头，亦作陇头。车毂《陇头水》："陇头征人，水流声咽。"

④"叶下"句：言奏乐声音如叶下黄莺的鸣叫。　间关：鸟鸣声。

【赏析】

是词抒写未遇知音的失落感慨。前阕写乐伎，首句描写肖像。红色绦带扎着如丝样的细腰，美玉肌肤身段稳稳坐定。好像要将香檀拍碎而奏出急衮的乐段。乐章韵味如垅头的流水呜咽不绝，像叶下的黄莺间关啼叫。后阕抒写感慨。以听乐感受上，"美人才子传芳信，明月清风伤别恨"，是美人向才子传递美好的芳意？或是在诉说明月清风下伤感离别？歇拍是感慨，词的主旨，"未知何处有知音，长为此情言不尽"。不知那里能找到知音，常常聚在一起，围绕此情说之不尽。乐伎之感慨耶？词人之感慨耶？

迎春乐

长安紫陌春归早[1]，亸垂杨、染芳草。被啼莺语燕催清晓。正好梦、频惊觉。　当此际、青楼临大道②。幽会处、两情多少。莫惜明珠百琲③，占取长年少。

【注释】

①紫陌：京城郊野道路。李白《南都行》："高楼对紫陌，甲第连青山。"

②青楼：指富贵人家的闺阁。亦用以指妓院。

③琲（bèi）：贯珠。珠十贯为一琲，一琲共有珠五百枚。百琲，极言明珠之多。

【赏析】

是词写冶游。客观而直白地叙述京城春日青楼寻欢的经过和感想，反映当时显贵生活的一个侧面。词作用字讲究，用"辨"、"染"，春景全出；"催"、"频"字，心态昭然。

诉衷情

青梅煮酒斗时新①，天气欲残春。东城南陌花下，逢着意中人。　回绣袂②，展香茵，叙情亲。此时拚作③，千尺游丝④，惹住朝云⑤。

【注释】

①斗：趁。时新：应时的新异物品。司空曙《御制雨后出城观览，敕朝臣已下属和》："时新荐玄祖，岁足富苍生。"

②绣袂：绣花衣袖。

③拚（pàn）：豁出去。

④游丝：蜘蛛、青虫等吐出的飘荡在空中的丝。

⑤惹：牵扯住。朝云：此比喻意中人。

【赏析】

是词写恋情。前阕写邂逅。"青梅煮酒斗时新，天气欲残春。"时间是暮春时节，青梅煮酒追逐时尚，天气转热。言时间却以典型之习俗说出，颇为通俗、形象；言"斗"而不言趁，颇为新颖。"东城南陌花下，逢着意中人。"先说地点，再说人；说人时，更说情。郊游到东城南边的路边花下，遇着了心里期待的人。"花下"二字，增添了浪漫氛围。前阕几句，直白道来，合于主人公身份，合于情节发展。

后阕写欢会。"回绣袂，展香茵，叙情亲。"寥寥九字，可见恋情之炽热。结尾三句，"此时拚作，千尺游丝，惹住朝云。"由实转虚，含蓄而宛转地表达出恋情的缠绵。

◉集评

吴梅《词学通论》："《诉衷情》之'东城南陌花下，逢着意中人'……诸语，庸劣可鄙，已开山谷、三变俳语之体，余甚无取也。"

赵尊岳《珠玉词选评》："作文字于结处，必另立新意，方见工力，且叙事后，必间以抒情，始能相映成趣。今以行云喻歌，而欲惹住之，其流连向往之诚，可谓极深。即在运笔行文之道言，即属另立新意。读者不可轻以为寻常点缀之语，始能尽其妙处。"

诉衷情

东风杨柳欲青青，烟淡雨初晴。恼他香阁浓睡，撩乱有啼莺。　眉叶细①，舞腰轻，宿妆成②。一春芳意③，三月和风，牵系人情。

【注释】

①眉叶细:眉毛描画得像柳叶一般细长。

②宿妆:昨夜的妆扮。薛能《吴姬十首》之二:"何人画得天生态,枕破施朱隔宿妆。"

③芳意:美好的心意、心愿。

【赏析】

是词写春怨。主人公当是一位歌舞妓。前阕首两句写春景。"东风杨柳欲青青,烟淡雨初晴。"春风浩荡,杨柳快要青绿成荫了,轻烟笼罩,雨过初晴。场景清淡如水墨画。春日的景致,却引主人公的愁怀。"恼他香阁浓睡,撩乱有啼莺。"两句语序有点儿乱,暗示主人公的心绪也乱,当为"恼他有啼莺,撩乱香阁浓睡"。此是化用唐代金昌绪之《春怨》诗意,金诗云:"打起黄莺儿,莫教枝上啼。啼时惊妾梦,不得到辽西。"春日"浓睡",表现出百无聊赖,希望能在沉睡之中做成美梦。

后阕写怨情。先状主人公的妆扮、身腰,描画美人形象。结尾三句,"一春芳意,三月和风,牵系人情",只是泛泛而言,未见个性,结得平平。

诉衷情

芙蓉金菊斗馨香①,天气欲重阳。远村秋色如画,红树间疏黄②。　流水淡,碧天长,路茫茫。凭高目断③,鸿雁来时,无限思量。

【注释】

①芙蓉:此指木芙蓉。　斗:比,争。

②红树:树木叶子经秋天霜气而变红,如枫树、乌柏树等。　间:夹杂。

③目断:眼睛所能望到之处。

【赏析】

是词写秋景,据夏承焘《唐宋词人年谱·二晏年谱》考证,宋仁宗宝元元年(1038),晏殊四十八岁,自陈州召还京城,担任御史中丞三司使,秋天,于开封登高远望。当为其时所作。

前阕写郊野秋景。"芙蓉金菊斗馨香,天气欲重阳。"时序近重阳,芙蓉与金菊争相竞逐,散发芳香。这是近景,从视觉与嗅觉的结合,体现景物美感。"远村秋色如画,红树间疏黄。"这是远景,经霜的红树间杂着疏疏的黄色。红黄相间,色彩浓烈,词人以浓丽的笔触描绘秋色,慨叹其瑰丽如画。这正好是大晏得以入朝愉悦心境的反映。

后阕写登高望远。"流水淡,碧天长,路茫茫。"流水淡白如线,碧天高远空旷,道路茫茫透迤。这三句遣情写景,景中蕴情,情景交融。于高朗澹荡之中,或许有着幽幽的情结。结尾三句,"凭高目断,鸿雁来时,无限思量",正是这种情愫的体现,主人公的思量,难道仅仅是"鸿雁来时"吗?他的"情中有思",没有道破,留有余地,也许是让读者自己去联想。

◉集评

赵尊岳《珠玉词选评》:"此写秋景之词,题材似极浅近,然作结仍极精严,非浅人所易着笔。北宋词以抒情为主,然非有景物,不足衬出情绪,故往往情景兼写,惟其时尚少以情景虚实杂糅间用者,故又辄于前阕写景,后阕写情……呼应之际自尤重于过变,必假过变,以由景入情,方无斧凿痕迹。……今治词者人人知水穷云起之说,然其所以穷,所以起者,多不易言,若以此首验之,则按图正不难索骥。"

诉衷情

数枝金菊对芙蓉，摇落意重重[①]。不知多少幽怨，和露泣西风。　人散后，月明中，夜寒浓。谢娘愁卧[②]，潘令闲眠[③]，心事无穷。

【注释】

①摇落：凋谢，零落。宋玉《九辩》："悲哉秋之为气也，萧瑟兮草木摇落而变衰。"

②谢娘：泛指闺中女子。温庭筠《归国遥》："谢娘无限心曲，晓屏山断续。"

③潘令：即晋代美男子潘岳，曾任河阳令，故称。此代指男主人公。

【赏析】

是词写相思。前阕状秋景，写幽怨。"数枝金菊对芙蓉，摇落意重重。"几枝金菊与木芙蓉开始凋谢，看情形仍会接连继续下去。秋景的萧然，具象征意义，作为起兴，适合抒发怨情。"意重重"，语带双关，既写金菊芙蓉，亦是写人；花木尚如此，何况人呢？于是，由景及人、由物及人，顺畅地转入写人的"意重重"——"不知多少幽怨，和露泣西风。"主人公秋天"幽怨"如涌泉喷发，遏制不住，和着秋露、对着秋风洒泪。

后阕写别后思念。"人散后，月明中，夜寒浓。"三句写分别后的现状，自从离别之后，朗朗秋月之下，经受秋夜浓重寒冷的煎熬。"谢娘愁卧，潘令闲眠，心事无穷。"谢娘我带着愁怨躺卧，潘郎你和着闲闷睡觉，大家都怀着无穷无尽的相思心事。

词作以零落的秋景起兴，缘景引情，由感秋景之悲，转入感事之怨，再深入怀人之愁，揭示相思的主题，艺术效果凄婉而忧伤。

诉衷情

露莲双脸远山眉[①]，偏与淡妆宜。小庭帘幕春晚，闲共柳丝垂。　人别后，月圆时，信迟迟[②]。心心念念，说尽无凭，只是相思。

【注释】

①露莲：带着露水的莲花，比喻美人的脸。

②迟迟：犹很久很久。

【赏析】

是词写春怨。前阕开头写主人公肖像。"露莲双脸远山眉，偏与淡妆宜。"凝聚露珠的莲花是双脸，黛绿的远山是双眉，特别适宜配与淡雅的妆扮。"淡妆宜"，是对自然美的追求，本来就天生丽质，何必施粉。三四句转到环境描写。"小庭帘幕春晚，闲共柳丝垂。"暮春时节，小庭院里的帘幕，好像闲静地与柳丝一起低垂着。美人淡妆与庭院寂静，构成了幽静、孤寂的意境，主人公的幽怨无聊情怀，自然而然而生。

后阕直抒相思。先说离别后，久候音信不得。"心心念念，说尽无凭，只是相思。"语自心出，平白如话，其之情真，其之意切，其之愁浓，颇能撼动读者之心。

◉**集评**

吴梅《词学通论》："细读全词，颇有可议者，如《诉衷情》之'心心念念，说尽无凭，只是相思'诸语，庸劣可鄙，已开山谷、三变俳语之体，余甚无取也。"

诉衷情

秋风吹绽北池莲，曙云楼阁鲜[①]。画堂今日嘉会，齐拜玉炉烟。 斟美酒，祝芳筵，奉觥船[②]。宜春耐夏，多福庄严。富贵长年[③]。

诉衷情

世间荣贵月中人[④]，嘉庆在今辰[⑤]。兰堂帘幕高卷，清唱遏行云。 持玉盏，敛红巾，祝千春[⑥]。榴花寿酒，金鸭炉香，岁岁长新。

【注释】

①曙云：曙光与彩霞。

②觥船：大酒杯。

③长年：长寿。

④月中人：月中神仙，此比喻寿主。

⑤今辰：今天。辰，通"晨"。《诗·齐风·东方未明》："不能辰夜，不夙则莫。"

⑥千春：千年，指长寿。

【赏析】

是调两词皆祝寿，应酬味十足，一堆谀颂语，俗不可耐。唯"秋风吹绽北池莲"章，前阕首句写祥瑞之景，还可读。"秋风吹绽北池莲，曙云楼阁鲜。"金风吹开了北池的莲花，曙光与彩霞映照楼阁，景色鲜丽。秋晨美景，成为寿筵的环境氛围，烘托喜庆与祥和。

诉衷情

海棠珠缀一重重[①]，清晓近帘栊。胭脂谁与匀淡，偏向脸边浓。 看叶嫩，惜花红，意无穷。如花似叶，岁岁年年，共占春风。

【注释】

①珠缀：海棠花带上一串串露水，如同珍珠。

【赏析】

是词咏海棠。"海棠珠缀一重重，清晓近帘栊。"海棠花儿凝聚着串串露珠，迎着清晨阳光婷婷而立的盛开窗前，这是总述，置其于"清晓"，抓住了花开的最佳时段，更能体现美艳。"胭脂谁与匀淡，偏向脸边浓。"二句是分述，写花色，是谁给它涂抹上均匀而淡淡的胭脂？并且特地在脸颊上加浓少许。后阕接以三句再分述叶、花、意，"看叶嫩，惜花红，意无穷"。结尾三句，见花美，而爱之，不禁发了由衷的祝愿。"如花似叶，岁岁年年，共占春风。"表达了爱美情怀。

是词亦可理解为以海棠喻美人。首两句写美人临窗观海棠，既写花，亦喻人；既赞清晨海棠凝露之美，亦喻青春美女之活泼朝气。接下的文字，简直是海棠与美人合二为一，分不清彼此，海棠即美人，美人即海棠。淡浓得当的脸妆，娇嫩的叶子，鲜红的花色，无尽的情意，构成了美的化身。结尾三句，是美好的祝愿：愿她像海棠的嫩叶、红花，永远鲜活，年年岁岁一同占尽春风。

词作描写细腻，比喻贴切，意境清新，设色亮丽，语言亲近，堪称佳作。

胡捣练

小桃花与早梅花，尽是芳妍品格。未上东风先折，分付春消息[①]。　佳人钗上玉尊前，朵朵秾香堪惜。谁把彩毫描得，免恁轻抛掷[②]。

【注释】

①分付：付给，此言都付给了春消息。顾况《梁广画花歌》："紫书分付与青鸟，却向人间求好花。"

②恁(nèn)：这样，如此。

【赏析】

是词咏桃梅。前阕起首，以议论方式赞美桃梅二花，"尽是芳妍品格"，全是青春美艳之品格，亲花拟人，富有人的品格。接二句，言其品格，是不为张扬自身的美丽才开放，而是将自己付给春天，早早将春消息报道人间。后阕写人们对桃梅的摧残，装点佳人的头钗，点缀宴席，"朵朵秾香堪惜"，惜花之情，溢于言表。结尾处，主人公热切希望："谁把彩毫描得，免恁轻抛掷。"赶紧用彩笔描画下来，免得就这样被轻薄地抛弃，而致春光消逝。词作以桃花和梅花高尚品格，抒发满腔的爱惜春光、爱恋美好事物的热情。

殢人娇[①]

二月春风，正是杨花满路。那堪更、别离情绪。罗巾掩泪，任粉泪霑污[②]。争奈向[③]、千留万留不住。　玉酒频倾，宿眉愁聚[④]。空肠断、宝筝弦柱。人间后会，又不知何处。梦魂里、也须时时飞去。

【注释】

①殢(tì)：困扰、沉溺。

②霑污：沾湿，污染。

③争奈向：怎奈，怎奈何。向，语助词，无实义。

④宿眉：昨夜梳妆时画的眉。这里暗示一夜没睡觉。

【赏析】

是词写春闺相思。前阕起首以二月春风，杨花满路，带出离愁别绪。接着回忆分手之情状，罗巾拭泪，泪洗铅华。无可奈何，"千留万留不住"，依依惜别，终须别，离情更沉重。后阕写眼前，昨夜大醉，发愁了一个夜晚。独自一人守着宝筝，令人肠断。以后的相会，更不知是何处。即使如此，那梦魂还是要飞去。"不知何处"，仍要前去，真是痴人一个。

◉集评

赵尊岳《珠玉词选评》："此词主旨在后会不知何处，而作者层层抒叙，抑扬宛转，由浅入深。……所谓情之痴，有不可理解者在，转为理趣，其此之谓乎？但非笔力纯厚者，不足胜此。若漫作无理之语，往往易迷歧途，学者不可不慎者。"

殢人娇

玉树微凉，渐觉银河影转。林叶静、疏红欲遍。朱帘细雨，尚迟留归燕。嘉庆日、多少世人良愿。　楚竹惊鸾[1],秦筝起雁[2]。萦舞袖、急翻罗荐[3]。云回一曲[4],更轻栊檀板[5]。香炷远,同祝寿期无限。

【注释】

①楚竹惊鸾:指用楚地所产筱竹制作的排箫。孟郊《楚竹吟酬卢虔端公见和湘弦怨》:"握中有新声,楚竹人未闻。识音者谓谁?清夜吹赠君。……一叫凤改听,再惊鹤失群。"排箫乃编排竹管为之,大者二十三管,小者十六管,长短不同,状如鸟翼,故吹奏排箫称为"惊鸾"。

②秦筝起雁:筝柱斜列如雁行,故又名雁柱,起雁即指弹奏筝。

③罗荐:用轻软丝织品做的卧席或垫子。卢照邻《观妓》:"南国佳人至,北堂罗荐开。"

④云回:即"响遏行云",形容歌声美妙。

⑤栊:疑为"拢"之误。拢,用手握住。

殢人娇

一叶秋高[1],向夕红兰露坠。风月好、乍凉天气。长生此日,见人中喜瑞[2]。斟寿酒、重唱妙声缀。　凤笎移宫[3],钿衫回袂[4]。帘影动、鹊炉香细[5]。南真宝篆[6],赐玉京千岁[7]。良会永、莫惜流霞同醉。

【注释】

①一叶秋高:《淮南子·说山训》:"以小明大,见一叶落,而知岁之将暮。"

②嘉瑞:祥瑞,这里指人长寿。

③凤笎:笙。笎,同"管"。　移宫:变换乐调,另奏新曲。

④钿衫:装饰着金花的衣衫。

⑤鹊炉:喜鹊形状的香炉。

⑥南真:道教神仙中的南真夫人。陶弘景《真诰·运象篇第一》:"真妃又曰:'君师南真夫人,司命秉权,道高妙备,实良德之宗也。……'"　宝箓:道家符箓。

⑦玉京:道教神话传说中的天帝居所。

【赏析】

是调二词皆祝寿。"玉树微凉"章,所写秋景及歌舞表演还可。"一叶秋高"章,寿主是一位享年较高的女性老人。

踏莎行

细草愁烟,幽花怯露,凭阑总是销魂处[1]。日高深院静无人,时时海燕双飞去。　带缓罗衣[2],香残蕙炷[3],天长不禁迢迢路[4]。垂杨只解惹春风,何曾系得行人住。

【注释】

①销魂:此解作愁苦伤神至极,仿佛魂魄离体。

②带缓罗衣:身体瘦损,衣带渐宽。　缓:松弛,宽松。《古诗十九首·行行重行行》:"相去日已远,衣带日已缓。"

③蕙炷:用蕙草制作的香炷。

④“天长”句：犹言天长敌不过迢迢的路远绵长。

【赏析】

是词写闺情。前阕遣情写春景，“愁”、“怯”二字，将细草、幽花拟人化，移人情于景物。细草笼轻烟，幽花沾晨露，本是清新明丽之景，而在主人公看来，却令人发愁、心怯。“凭阑总是销魂处”，凭栏远眺，所见皆为愁苦伤心的景色。“日高”二句，红日高照幽深的庭，寂静无人，却见双双春燕不时地飞来飞去，“静无人”与“燕双飞”，一“静”一“飞”，“无人”与“双飞”恰好是强烈的对比，成为反衬，闺妇深静院，无人相伴，孤独寂寞。

后阕写苦情。接处的“带缓”三句，形象地描写相思损人之状，闺妇身体瘦损，衣带渐宽，就像“香残蕙炷”一般；心上人远行之处，路程要比天远。结拍“垂杨只解惹春风，何曾系得行人住。”将心中的愁怨迁于杨柳只知道惹引春风，那里能将行人牵系得住。温庭筠《杨柳枝》词有“系得王孙归意切，不关芳草绿萋萋”，“春来幸自长如线，可惜牵缠荡子心”等句，寄望于杨柳能系住远行之人，能敦促其早归。而大晏似从另一角度，言系不住行人，从而表达出深切的念远怀人之闺情。

◉集评

沈际飞《草堂诗馀别集》：“娇怨。”

李调元《雨村词话》：“晏殊《珠玉词》极流丽，能以翻用成语见长。如‘垂杨只解惹春风，何曾系得行人住’，又‘春风不解禁杨花，蒙蒙乱扑行人面’等句是也。翻覆用之，各尽其致。”

赵尊岳《珠玉词选评》：“此词由眼前之秋景，追忆残春之欢悰，感慨甚深，句意至韵，而用笔质朴。”

刘永济《唐五代两宋词简析》：“表面皆写闺情，而言外寄托之意固甚为分明。”

踏莎行

祖席离歌，长亭别宴，香尘已隔犹回面。居人匹马映林嘶①，行人去棹依波转。　画阁魂消，高楼目断，斜阳只送平波远。无穷无尽是离愁，天涯地角寻思遍。

【注释】

①居人：留居家中的人，指送行之人。与下句“行人”相对。

【赏析】

是词写送行，大晏名篇。读之要破阕段之隔，循其饯别、惜别、思念之脉络，方可见送行过程之完整，画面之感人，情意之绵长，词境之深远。首两句写饯别。信手拈来四个具像：祖席别宴、离歌、长亭，组成了一幅完整的饯行送别画面。“香尘”以下三句写惜别。此又分三个场景来描述，一是“回面”，远行人起行了，车子卷起的香尘将行人与“居人”隔开了，但他们还不时地回过头来相望。将远行人与送行人糅在一起来写。二是“居人”，单人匹马驻足继续目送，马嘶声回响林间。三是“居人”想象“行人”，由陆路转水路，暗示相隔渐远，相思更深。后阕写思念，分二层。“画阁魂消，高楼目断，斜阳只送平波远”，身处画阁怀想而然悲伤，独上高楼，极目远望，斜阳将金辉洒落浩淼的江波之上，“只送”，道出凭借斜阳把思念传达过去的深情，从心理、行动、景色、情感四个层面落笔，寄托思念之情；结尾两句，抒发离愁，“无穷无尽”，抽象，“天涯地角”，形象，构成完美的深广空间意境。

◉集评

王世贞《艺苑卮言》："'斜阳只送平波远'，又'春来依旧生芳草'，淡语之有致者也。"

唐圭璋《唐宋词简释》："此首为送行之作，足抵一篇《别赋》……通体自送别至别后，以次描摹，历历如画。"

赵尊岳《珠玉词选评》："此录别之词，前人每以行者为言，少及居者，此作乃并举居者、行者兼言之，各系一言叙事，而情味隽永。"

踏莎行

碧海无波，瑶台有路，思量便合双飞去①。当时轻别意中人，山长水远知何处。　绮席凝尘②，香闺掩雾，红笺小字凭谁附。高楼目尽欲黄昏，梧桐叶上萧萧雨③。

【注释】

①思量：考虑。 合：应当。

②绮席：织有花纹的席子。古人席地而坐，指席位。皇甫松《天仙子》："刘郎此日别天仙，登绮席。"

③萧萧：象声，此指雨声。李商隐《明日》："池阔雨萧萧。"

【赏析】

是词写思念。前阕写别后痛苦。"碧海无波，瑶台有路，思量便合双飞去"，碧海风平浪静，神仙居所瑶台有路相通，想起来就应当双双飞渡同去。"当时轻别意中人，山长水远知何处"，可惜的是当时轻率地告别了意中人，而今山长水远，都不知道到了哪里。"无波"、"有路"，本来相见是没有困难的；"双飞去"，多么美妙的盼想；"知何处"，人都不知在哪里，如何可以"双飞"，心中的苦情正是因此而起。

后阕写思念。"绮席"两句用夸张的手法，别后不得相见，连绮席也被尘封，闺房也被雾霭掩藏。"红笺小字凭谁附"，主人公心理活动，即使写下相思的情书，又依托谁去传递呢。在前阕的想见而不得的基础 ，进一层想以书信勾通，亦不可能。末两句"高楼目尽欲黄昏，梧桐叶上萧萧雨"，写将近黄昏，登高极目去寄寓相思之情，晚上孤单一人听着雨打梧桐。这萧萧滴答的响声，就是她如泣如诉的心声，情景交融而结，思念情绪绵绵。

◉集评

陈廷焯《词则·闲情集》："起三句妙，是凭空结撰。"

赵尊岳《珠玉词选评》："词贵回旋，斯有风度。今作追忆离筵之词，乃先之以别后之情，由'碧海'、'瑶台'入手，再一转，始云'当时轻别意中人'，有意前后易位，即于体制中特见生色。所谓'凝尘'，所谓'掩雾'，是别后之景之情也，因别情之深而作书，此深入一层也。继称'凭谁附'，则情不得达，又深一层，亦即沉郁之笔也。且用此三字以呼应前文之'知何处'，尤见一字不苟，理脉井然。结句以无可消遣，遣之'叶上潇潇雨'，悠然意远，牵情惹恨，不言自喻。"

踏莎行

绿树归莺，雕梁别燕，春光一去如流电①。当歌对酒莫沉吟，人生有限情无限。　弱袂萦春②，修蛾写怨③，秦筝宝柱频移雁④。尊中绿醑意中人⑤，花朝月夜长相见。

【注释】

①流电：犹闪电。陶潜《饮酒二十首》之四："人生复能几，倏如流电惊。"

②弱袂(mèi)：女子轻盈的衣袖。

③修蛾：女子修长的眉毛。蛾，指蛾眉，细长的画眉。萦春：惹引、萦绕起春情。陈宓《和赵仲白》："高吟出轴茧丝富，雅思萦春柳絮香。"

④移雁：移动筝上的音柱。雁，指形似雁斜飞的音柱。

⑤绿醑(xǔ)：绿酒。醑，美酒。

【赏析】

是词情中有思，所思者乃"人生有限情无限"。前阕起首"绿树归莺"三句通过形象的描写寓意春光如闪电、人生有限。一"归"一"别"，自然界的物候，亦同人生的际遇，"一去如流电"，多么的易逝，多么的短暂。"当歌对酒莫沉吟，人生有限情无限。"听歌、饮酒，当然不可犹疑。但是人生有限，而情却无限，如果仅仅如此，又怎么能以"有限"之时间之内去领略得到"情无限"呢？

过片"弱袂萦春"三句，列举人生享乐之事，说明及时行乐并未能"情无限"。结尾处两句"尊中绿醑意中人，花朝月夜长相见"，深入一层，以美酒佳人为例，说明这些都没有跳出儿女情的范畴，而应当还有"花朝月夜"，言外之意显见，面对人生有限，又岂能局限于儿女之情，将"情无限"抛却？正如叶嘉莹所评："因为大晏所唤起人的只是一份深挚的情意，而此一份情意虽然或者乃因儿女之情而发，然而却并不为儿女之情所限，较之一些言外无物的浅露淫亵之作，自然有高下、雅鄙的分别。"

踏莎行

小径红稀，芳郊绿遍，高台树色阴阴见①。春风不解禁杨花②，蒙蒙乱扑行人面③。　翠叶藏莺，朱帘隔燕，炉香静逐游丝转。一场愁梦酒醒时，斜阳却照深深院。

【注释】

①阴阴：浓密重叠的样子，形容绿叶稠密幽暗情状。　见：同"现"。

②不解：不懂得，不理会。

③蒙蒙：雨点细密的样子，此形容漫天飘飏。

【赏析】

是词写春愁，大晏名篇，脍炙人口抒情佳作。前阕写郊野春景。小径路旁开头稀疏的红花，而郊野的大地已经被绿色所遮盖，高楼台上也被稠密的树叶所掩映。开头三句从小径扩展到郊野，再转到楼台，通过颜色的红绿映衬，空间调度，传达春的气息。紧接二句，春风不懂得去抑制杨花，让它像蒙蒙细雨那样去乱扑到行人的脸上，"不解"，写出了春的活力与生机，因此而令人禁不住要怨春风、恼杨花。

后阕写闲愁。以"翠叶"、"朱帘"、"炉香"、"莺"、"燕"、"游丝"等具象，归结于一个"静"字，写出环境的萧寂，衬托主人公的孤寂。结尾二句"一场愁梦酒醒时，斜阳却照深深院"，酒醉过来，回想"愁梦"之境，目睹眼前黄昏之景，是何滋味，不言而喻。

词作造语讲究也是特色。如形容词用惹动词，"红"、"绿"；如叠字，"阴阴"、"蒙蒙"、

“深深”；如动词，“见”、“禁”、“藏”、“隔”、“转”；如动词词组“不解”、“乱扑”、“静逐”、“却照”；等等，都用得贴切准确、生动形象。

◉**集评**

沈际飞《草堂诗馀正集》：“景物不殊，运掉能离奇夭矫。‘深深’妙，换不得实字。”

沈谦《填词杂说》：“‘夕阳如有意，偏傍小窗明’不若晏同叔‘一场愁梦酒醒时，斜阳却照深深院’更自神到。”

李调元《雨村词话》：“晏殊《珠玉词》极流丽，能以翻用成语见长。如‘垂杨只解惹春风，何曾系得行人住’，又‘春风不解禁杨花，蒙蒙乱扑行人面’等句是也。翻覆用之，各尽其致。”

张惠言《词选》：“此词亦有所兴，其欧公《蝶恋花》之流乎？”

黄蓼园《蓼园词选》：“首三句言花稀而叶盛，喻君子少而小人多也。‘高台’指帝阍，‘东风’二句，小人如杨花之轻薄，易动摇君心也。‘翠叶’二句，喻事多阻隔。‘炉香’句，喻己心之郁纡也。‘斜阳却照深深院’，言不明之日难照此渊衷也。臣心与闺意双关，写去细思，自得之耳。”

俞陛云《唐五代两宋词选释》：“此词或有白氏讽谏之意。杨花乱扑，喻谗人之高张；燕隔莺藏，喻堂帘之远隔，宜结句之日暮兴嗟也。”

唐圭璋《唐宋词简释》：“此首通体写景，但于景中见情。”

张伯驹《丛碧词话》：“晏元献《踏莎行·小径红稀》此为伤春之作，而结句尤深妙有禅境。”

赵尊岳《珠玉词选评》：“此词得一静字，词中惟以写静为最难。……然所以寄其感慨者，始终不曾明言，即于静景中烘托以出，此盖又一作法之难能者。”

渔家傲

画鼓声中昏又晓①，时光只解催人老。求得浅饮风日好，齐揭调②，神仙一曲渔家傲③。 绿水悠悠天杳杳④，浮生岂得长年少。莫惜醉来开口笑，须信道⑤，人间万事何时了。

【注释】

①画鼓：绘画彩色纹饰的乐鼓。张祜《感王将军柘枝妓殁》：“画鼓不闻招节拍，锦靴空想挫腰肢。”

②揭调：依照谱调唱歌。高骈《赠歌者二首》之二：“公子邀欢月满楼，双成揭调唱伊州。”

③渔家傲：始见晏殊《珠玉词》，因“神仙一曲渔家傲”句，遂取“渔家傲”为调名，为双调小令，六十二字，上、下片各五句五仄韵，后行于北宋。

④杳(yǎo)杳：深远幽暗的样子，此偏言深远、高远。

⑤须信道：须知道。

【赏析】

大晏共填此调十四章，为“联章体”，均为咏荷，抒发青春易老，及时行乐的人生感慨。此首为总述，基本概括了这一主题，类似引言。前阕首句“画鼓声中昏又晓”，人们在一片画鼓声中，由黄昏而达旦，真有点儿快乐不知时间过。“昏又晓”，黑夜与白天的更迭，形象表达时间的消逝。然而，“时光只解催人老”，时光不管你快乐与忧愁，只懂得催促人走向衰老。所以要“求得浅饮风日好”,及时地行乐,莫负光阴。后阕的“浮生岂得长年少”、“莫惜醉来开口笑”再一次反复强调,抒发时光易逝、行乐须及时的感慨。

◉集评

宛敏灏《二晏及其词》:“同叔少年居富贵,性豪俊,所至延宾客,文采风流,一时罕偶。……至其旷达之情见于词者尤多,如‘绿水悠悠天杳杳,浮生岂得长年少。莫惜醉来开口笑,须信道,人间万事何时了。’……此类词,《珠玉集》中颇多,盖同叔深能了解人生如梦,富贵浮云,而主张及时行乐也。”

渔家傲

荷叶荷花相间斗,红骄绿掩新妆就。昨日小池疏雨后,铺锦绣,行人过去频回首。　倚遍朱阑凝望久,鸳鸯浴处波文皱。谁唤谢娘斟美酒?萦舞袖,当筵劝我千长寿。

【赏析】

是词乃咏荷之开篇。前阕首两句从局部到整体去刻画荷花。荷叶婷婷,荷花灼灼,相互比美争艳,“斗”字,寓情趣于荷。花儿红得自豪自信,令人折服;绿叶遮掩,恰到好处,共同描画出一幅美人新妆的画图。红绿相衬,色彩绚丽;美人新妆,艳丽迫人。接着三句,追补昨日的一场细雨,小池荷花盛开,像铺开的锦绣那样灿烂夺目。连行人走过去了,都要频频回头再看看,用侧面描写的手法,表现荷花之美丽。

后阕写赏荷。由旁人的观赏转入主人公的观赏,倚遍了红色雕栏的每一个角度,集中精神观赏了许久,只见那双双鸳鸯戏浴的水面,泛起水波的皱纹。鸳鸯浴荷塘,多么美妙的景色。“遍”、“久”,从空间、时间,写出喜爱的情感。结尾三句,勾勒“五美”:美人(“谢娘”)、美酒、美舞(“萦舞袖”)、美景、美愿(“劝我千长寿”)。是词由赏荷而爱荷,最后唤来美人斟酒,歌舞遣兴,通过行为描写,将如此美景,何不及时行乐的题旨形象表达。

渔家傲

荷叶初开犹半卷,荷花欲拆犹微绽。此叶此花真可羡,秋水畔,青凉伞映红妆面。　美酒一杯留客宴,拈花摘叶情无限。争奈世人多聚散,频祝愿,如花似叶长相见。

【赏析】

是词咏荷叶与荷花相映、相依的情景,表达对世人“如花似叶长相见”的美好祝愿。

前阕写荷叶、荷花相依相映。荷叶刚刚探出水面,还有一半紧紧地卷着。荷花要开放的时候,蓓苞稍微的绽开些儿。“半卷”、“微绽”,抓住特征分述叶、花,相互映衬,摹状生动美态,合成完美的整体,可见观察之细微。“此叶此花真可羡,秋水畔,青凉伞映红妆面”三句,“真可羡”,喜爱之情不能自禁,赞美之词脱口而出。一泓清澈的秋水之上,青凉大伞下掩映着红妆容颜。“伞映”,形象描写了荷叶对花花呵护有加,表达相依生息的深情厚谊。

后阕议论抒情。“情无限”,与“真可羡”对应,赞美叶花的情谊。结尾三句,由叶花而联想到人世间的悲欢离合,从心底迸发出“如花似叶长相见”的美好祝愿,真挚感人。

渔家傲

杨柳风前香百步，盘心碎点真珠露①。凝是水仙开洞府，妆景趣，红幢绿盖朝天路②。　小鸭飞来稠闹处③，三三两两能言语。饮散短亭人欲去，留不住，黄昏更下萧萧雨。

【注释】

①盘心：形容荷叶底部的形状。 真珠：比喻露珠。

②"红幢"句：仙人驾驶红帷绿盖的车子，飞驰在朝天路上。 幢(chuáng)：车子的帷幕。 盖：车子的上盖。 朝天路：传说通往天上，进见天帝的路。

③稠闹处：茂密而可作嬉戏之处。

【赏析】

是词咏荷塘，塑造幽美意境。前阕间接描写荷塘。先写荷香，杨柳清风送来清香，百步之外就能闻到，不言荷花盛开，而言其幽香远送。再特写荷叶，露水凝聚成滴，滚动到盘心，仿佛碎细的珍珠，不言荷叶，而言露珠。从嗅觉到视觉，从远到近，写出荷塘的幽香、清纯。接下来三句，以丰富的想象，生动的比喻，写荷塘美如仙境。怀疑这是水仙打开了洞府，才有如此装饰的美雅景致，红的是车帷、绿的是车盖，正驰驶在朝天路上。过片以动态相接，一群小鸭飞来荷塘茂密深处嬉戏，不时发出三两声欢叫，仿佛人们交谈似的。结尾处，黄昏时候，宴罢了，人要归去，却下起了萧萧雨，荷塘的景色，更添几分扑索迷离的仙气，人们对荷塘美景，更加依依不舍。

渔家傲

粉笔丹青描未得①，金针彩线功难敌。谁傍暗香轻采摘，风淅淅，船头触散双鸂鶒。　夜雨染成天水碧，朝阳借出胭脂色②。欲落又开人共惜，秋气逼，盘中已见新莲菂。

【注释】

①粉笔：绘画的笔。 丹青：绘画用的丹砂和空青两种颜料，引申指绘画。沈约《长歌行》："丹青有馀绚。"

②"朝阳"句：太阳向荷花借出胭脂红色的光彩。

【赏析】

是词虚实结合咏荷。"粉笔丹青描未得，金针彩线功难敌。"任凭多么高明的画师都描画不来，任凭多么高超的绣娘都刺绣不了。这是虚笔赞美。"谁傍暗香轻采摘，风淅淅，船头触散双鸂鶒。"人们依循着淡淡的幽香，轻轻地采摘，风儿舒缓，船头驶到触动驱散了一对鸂鶒。这是从人们的采莲、鸂鶒双宿荷塘的行为，侧面描写荷花因为美丽而受到普遍欢迎。

过片正面描写荷叶荷花接上，夜雨染成的碧天绿水般的荷叶，朝阳借以胭脂红色的荷花。这是通过形状与色彩实写。结拍写莲蓬结成莲子，"人共惜"，与"谁傍"呼应，人人喜爱它，赞美之词。

渔家傲

叶下䴔䴖眠未稳，风翻露飐香成阵。仙女出游知远近，羞借问，饶将绿扇遮红粉①。　一掬蕊黄露雨润②，天人乞与金英嫩③。试折乱条醒酒困，应有恨，芳心拗尽丝无尽。

【注释】

①饶：又，增添。

②一掬(jū)：一捧，一丛。

③乞与：给予，赐与。　金英：金色的花，此指黄色花蕊。

【赏析】

是词咏荷，却以"叶下䴔䴖眠未稳"开头，荷叶下的水鸟睡得不安稳，给人悬念，为什么睡不稳？带出了清晨风中的荷塘景色："风翻露飐香成阵。"风吹叶动声响、露水坠，香气阵阵。"仙女出游知远近，羞借问，饶将绿扇遮红粉。"三句将荷花比喻为出游的仙女，忘却了路之远近，又害羞不敢问人，又将荷叶作为绿扇遮掩住红粉美脸。

后阕接写花蕊带露凝珠，娇色嫩黄天给予。结尾写荷茎叶柄，颇有新意。"试折乱条醒酒困，应有恨，芳心拗尽丝无尽。""试"字，表示假设。假如想折摘茎条来消除酒醒后困倦的话，你应该感到悔恨，茎条的芳心即使被拗折了，丝却没有尽。同音双关，丝(思)无尽，荷有情，人呢？更应有情。

渔家傲

罨画溪边停彩舫①，仙娥绣被呈新样。飒飒风声来一饷②，愁四望，残红片片随波浪。　琼脸丽人青步障③，风牵一袖低相向。应有锦鳞闲倚傍④，秋水上，时时绿柄轻摇扬⑤。

【注释】

①罨(yǎn)画：杂色的彩画。白居易《草词毕遇芍药初开……》："凝香熏罨画，似泪着胭脂。"

②飒(sà)飒：象声，风声。

③青步障：青布制作的遮避风尘的帷屏。

④锦鳞：美称鱼。李白《赠汉阳辅录事二首》之二："汉口双鱼白锦鳞，令传尺素报情人。"

⑤绿柄：指荷叶柄。

【赏析】

是词咏荷，感叹美景难久。前阕写秋风乍过之荷塘。起首两句，写荷塘的亮丽，"罨画溪边停彩舫，仙娥绣被呈新样。"踏上依靠在如彩画般美丽溪边的彩船，远望过去，那荷塘就像仙娥的用新样绣成的锦被。笔锋一转，"飒飒风声来一饷，愁四望，残红片片随波浪"三句写秋风摧荷塘，飒飒的秋风忽然吹过来，只一阵子，四望皆是愁，吹落的红花，瓣儿一片片随着波浪而去。两者形成鲜明的对比，"愁四望"，主人公为之伤感；"来一饷"，时间过得好快，暗寓叹惜美景怎么如此这般就消失殆尽。

过片，正面详写风过花残。“琼脸丽人青步障，风牵一袖低相向。”比喻手法，玉脸丽人，风过之荷花，失去了先前的红润；青步障，风过侧倾之荷叶；“风牵”句，美人迎风掩袖低首对向愁立的姿态，比喻荷花荷叶的残败情态。“应有锦鳞闲倚傍，秋水上，时时绿柄轻摇扬。”结尾的三句，写荷塘上下景物，锦鳞在水中闲游；水面上，荷叶绿柄时而轻轻摇曳、晃动。荷柄“轻摇扬”，仿佛拨动着主人公的心弦愁丝，发出沉重的惋惜之音。

渔家傲

宿蕊斗攒金粉闹[①]，青房暗结蜂儿小[②]。敛面似啼还似笑，天与貌，人间不是铅华少。　叶软香清无限好，风头日脚干催老。待得玉京仙子到[③]，凭向道[④]，红颜只合长年少。

【注释】

①宿蕊：昨夜绽开花。　斗攒(cuán)：纷纷聚集。　闹：繁盛。

②青房：指莲蓬。

③玉京仙子：天宫的仙子。

④凭向道：靠……向……说。

【赏析】

是词咏荷花莲蓬。前阕写荷花由盛开而结莲蓬。“宿蕊斗攒金粉闹”，荷花盛开时节，连昨夜开放的花儿都特别的繁盛，像搽抹了金粉似的聚集在一起。“青房暗结蜂儿小”，但是其中亦有不少已经暗暗地结成了莲蓬，活像那蜂儿小小的巢窝。“敛面似啼还似笑，天与貌，人间不是铅华少。”荷花敛起脸好像在哭泣，又好像在笑。这是老天爷给予的容貌，不是人世间没有铅华去妆扮它。

后阕抒发惜荷之情。“叶软香清无限好，风头日脚干催老。”荷花叶软香清，无限美好。但是风儿与太阳却相互催促，使它衰老。“风头”句对应“天与貌”，其之貌“老”，自然规律——“天”使然。“待得玉京仙子到，凭向道，红颜只合长年少。”等到天上的仙子来到，让荷花向她说，红颜应当永远像年少那样。抒发出对青春红颜不能久驻的惋惜情感。

渔家傲

脸傅朝霞衣剪翠[①]，重重占断秋江水[②]。一曲采莲风细细[③]，人未醉，鸳鸯不合惊飞起。　欲摘嫩条嫌绿刺，闲敲画扇偷金蕊。半夜月明珠露坠，多少意，红腮点点相思泪。

【注释】

①傅：涂抹。

②占断：占尽，全部占据。秦韬玉《牡丹》：“图把一春皆占断，故留三月始教开。”

③一曲采莲：指古乐府清商曲辞《采莲曲》。

【赏析】

是词写采莲女采莲，间接咏荷。时间由清晨到半夜，情节白天采莲、半夜感怀。“脸傅朝霞衣剪翠，重重占断秋江水”，两句既写荷花，亦写采莲女。脸上像傅上朝霞一样，身穿青翠色衣裳，一重重的排满在秋水之上。“一曲采莲风细细，人未醉，鸳鸯不合惊飞起。”晨风微拂，送来一阵阵采莲曲歌声。人儿没有沉醉，鸳鸯却被驱散，惊慌地飞走。后阕以采莲动作相接。“欲摘嫩条嫌绿刺，闲敲画扇偷金蕊。”要摘嫩条又怕绿刺扎伤纤纤玉手，于是触撞画扇般的绿叶，偷偷地摘取金黄的花蕊。结尾三句，“半夜月明珠露坠，多少意，红腮点点相思泪”，半夜时分，明月当空，珠露下坠，采莲女心中情意涌动，红润的脸庞上挂着点点相思泪（将此三句析为荷塘夜景，亦通）。含蕴地表现出采莲女的一种爱美情感。

渔家傲

越女采莲江北岸①，轻桡短棹随风便②。人貌与花相斗艳。流水慢，时时照影看妆面。　莲叶层层张绿伞，莲房个个垂金盏。一把藕丝牵不断③。红日晚，回头欲去心撩乱④。

【注释】

①越女：原指越（今浙江一带）地美女，后泛指美女。

②桡（ráo）：船桨。

③藕丝：谐音“偶思”，双关语，思念佳偶（情侣）之意。

④撩乱：纷乱。同“缭乱”。王昌龄《从军行七首》之三：“撩乱边愁弹不尽，高高秋月照长城。”

【赏析】

是词写采莲女。前阕写荷花与采莲女之美。越女在江之北岸采莲，划动船桨，乘风而驶。“随风便”，三字写出采莲女驾舟娴熟，姿态优美。“人貌与花相斗艳”，写容颜面美丽如荷花，相互竞艳。“流水慢，时时照影看妆面。”流水缓慢流淌，时时从倒影观赏自己荷花般的妆面。以采莲女之美，写荷花之美。

过片，以荷叶莲蓬之美，衬托采莲女之美。荷叶婷立，一层层的像撑开的绿伞；莲蓬一个个的像低垂的金盏。句式对偶工整。“一把藕丝牵不断”，描述采莲摘藕，藕断丝连，比喻采莲女心中的情思悠长。结尾，“红日晚，回头欲去心撩乱”，红日西坠，要归去了，采莲女心里头，思绪纷乱。“心撩乱”，正是“牵不断”所致，准确生动地表现了采莲不仅有荷花般外在美，更有藕丝般缠绵多情的内在美。

渔家傲

粉面啼红腰束素①，当年拾翠曾相遇②。密意深情谁与诉，空怨慕。西池夜夜风兼露。　池上夕阳笼碧树，池中短棹惊微雨。水泛落英何处去③。人不语，东流到了无停住。

【注释】

①啼红：啼哭落泪。　束素：即束帛，小捆的白色丝织品，此比喻女子细腰。

②拾翠：原指拾取翠鸟羽毛以为首饰。曹植《洛神赋》：“或采明珠，或拾翠羽。”后以指女子春日嬉游活动。杜甫《秋兴八首》之八：“佳人拾翠春相问，仙侣同舟晚更移。”

③泛：漂浮。

【赏析】

是词写睹荷凋而怀想情人。前阕首句，“粉面啼红束腰素”，主人公来到荷塘，见到凋谢的荷花,粉色的花瓣沾着露珠似在啼哭,如束丝的细腰婷婷而立。"当年拾翠曾相遇",想起当年遇见的拾翠细腰美人恰以这般模样。写荷即写人,写荷之凋谢即写当年佳人之不可再见。"密意深情谁与诉,空怨慕。西池夜夜风兼露。"三句写自那次相遇之后的相思,自己的密意深情向谁去诉说呢,留下的是白白地愁怨与倾慕。只有夜夜在西池之滨,栉风浴露,独自徘徊。过片接写荷塘黄昏,"池上夕阳笼碧树,池中短棹惊微雨。水泛落英何处去。"池上夕阳相照,烟霞笼罩着绿树;池面短棹划动冒着细雨前行。流水上飘浮的落荷究竟流向何处?"笼"、"惊"二字,带感情色彩,暗寓心中的遐想与思绪;"落英",直写荷花之凋谢,一片惋惜深情。"人不语,东流到了无停住。"回答"何处去",人不说话,向着东边飘流而去,好像没有停止的意思。"无停住",呼应开头,"曾相遇",相遇而离别,那段密意深情的恋情,就像这落英东流,无停住地逝去了。

渔家傲

幽鹭慢来窥品格①,双鱼岂解传消息。绿柄嫩香频采摘,心似织,条条不断谁牵役?　粉泪暗和清露滴,罗衣染就秋江色。对面不言情脉脉。烟水隔,无人说似长相忆。

【注释】

①慢:枉,徒然。　品格:品质。李中《庭苇》:"品格清于竹,诗家景最幽。"

【赏析】

是词以拟人手法咏荷。前阕开头两句,"幽鹭慢来窥品格,双鱼岂解传消息",幽闲的白鹭徒然往来窥探荷花的品格,双鱼游于水而不懂得去传送信息。通过间接描写手法写荷花,寓其风度比白鹭优美,暗怨双鱼不懂传递其心声,荷花宛如品高心怨的美人。"绿柄嫩香频采摘,心似织,条条不断谁牵役?"碧绿的荷柄、娇嫩的香花,虽然不断地被采摘,但是她的心就像是织丝,一条条地相连不断,谁将情思牵引,怕也要不可免以被缠绕劳役。"粉泪暗和清露滴,罗衣染就秋江色。对面不言情脉脉"三句,既写荷花,又写美人。粉面上流淌的泪水偷偷地和着清露在滴落,罗衣染成秋天碧江颜色。对着面不说话却含情脉脉。"烟水隔,无人说似长相忆。"烟水阻隔,但没有人说好像长久的思忆。

渔家傲

楚国细腰元自瘦①,文君腻脸谁描就②。日夜声声催箭漏,昏复昼,红颜岂得长依旧?　醉折嫩房和蕊嗅③,天丝不断清香透。却傍小阑凝望久。风满袖,西池月上人归后。

【注释】

①"楚国"句:用楚灵王喜爱细腰美人之典故,比喻荷花婀娜。

②"文君"句:用卓文君典故,比喻荷花。

③嫩房:柔嫩的莲房。

【赏析】

是词咏荷,抒发爱美情怀。起首二句,用楚灵王和文君的典故,赞美荷花的美艳。第三四句,以漏箭之催声、昏昼之交替,时光流逝,道出红颜易老,美景难久的感慨。

后阕写赏荷。“醉折嫩房和蕊嗅，天丝不断清香透。”边饮美酒，边赏荷花，醉了折下嫩嫩的莲蓬与花蕊来嗅，天生的丝儿连着不断透出阵阵清香。“却傍小阑凝望久”，不由得使人傍着栏干凝坐而久久地望着荷塘沉思。“风满袖，西池月上人归后。”主人公顶着晚风吹拂，一直到月上人归之后，亦不想离去。结尾写得婉转、缠绵，爱美之情何等深沉。

◉**集评**

杨慎《词品》：“古今莲词第一也。”

沈际飞《草堂诗余别集》：“言下神领意得。”

渔家傲

嫩绿堪裁红欲绽，蜻蜓点水鱼游畔。一霎雨声香四散。风飐乱，高低掩映千千万。　总是凋零终有恨，能无眼下生留恋。何似折来妆粉面。勤看玩，胜如落尽秋江岸。

【赏析】

是词乃咏荷联章之结。前阕写荷花初开，经风雨而见其美，化用杜甫《曲江二首》之二“点水蜻蜓款款飞”诗句，表现荷塘的生机美感。“一霎雨声香四散”，表现荷花的幽香美感，化用柳宗元《登柳州城楼寄漳、汀、封、连四州刺史》“惊风乱飐芙蓉水”之诗句，表现荷花高低有致的层次美感。赞美之词，饱含对荷花的无限爱惜情感。过片以“总是凋零终有恨，能无眼下生留恋”二句逆接。荷花的美艳总是要凋零的，始终令人感到怨恨，岂能没有萌生留恋之深情呢。那该怎么办？“何似折来妆粉面”，为何不像妇人们似的，摘来盛开之荷花妆扮自己的粉面，供人“勤看玩，胜如落尽秋江岸”。

雨中花

剪翠妆红欲就[①]，折得清香满袖。一对鸳鸯眠未足，叶下长相守。　莫傍细条寻嫩藕，怕绿刺、罥衣伤手[②]。可惜许[③]、月明风露好，恰在人归后。

【注释】

①剪翠妆红：指女子妆扮，画眉、涂脂之类。

②罥(juàn)：高挂。此指挂住、钩住。

③许：语气助词，无实际意义。王衍《自制词》：“可惜许，沦落在风尘。”

【赏析】

是词写采莲女。前阕写采莲女在充满浪漫色彩的环境中采莲。“剪翠妆红欲就，折得清香满袖。”将女子的妆扮动作移来，描写采莲动作，其之细心与轻盈，宛如梳妆一般，采得莲蓬，如同折得满袖清香，比喻颇为新鲜。“一对鸳鸯眠未足，叶下长相守。”实景与寄情结合，一对对鸳鸯眠睡在莲叶之下，好像永远也睡不够似的，长相厮守。

过片，采莲女劳作间的提醒语，一语双关，表面上说不要沿着细条去寻那嫩藕，那条上有刺，会挂衣伤手的。其实是说，不要急于去“寻偶”，谈情说爱，那样是很容易伤着自己的。“可惜”带出结拍二句，月明风露正好时，恰好是采莲女归去之后，留下无限空间，给人联想的余地。

◉集评

曾季貍《艇斋诗话》："予家空青（曾纡）喜晏元献词：'可惜许、月明风露好，恰在人归后。'每作郡处燕客，多令歌者以此为汤词。亦取其说得客散后风景佳故也。"

赵尊岳《珠玉词选评》："此采莲词也。采莲词自六朝以来，作者甚多，所述多景物之美，姿容之艳，采撷之妙，乃至于采莲女之情思，大都自正面入手。晏此作别辟蹊径，独自旁观立言，于是一切不犯及正面，其才思遂高人一等，可为后人于旧题立新意之。"

瑞鹧鸪　咏红梅

越娥红泪泣朝云①，越梅从此学妖嚬②，腊月初头、庾岭繁开后③，特染妍华赠世人④。　前溪昨夜深深雪，朱颜不掩天真⑤。何时驿使西归，寄与相思客，一枝新。报道江南别样春。

【注释】

①越娥：指春秋时越国美女西施。

②妖嚬：指美女（西施）皱眉。妖，妖女，美女，指西施。嚬：同"颦"，皱眉。

③庾岭：即大庾岭，又名梅岭，位于今江西大庾县。此地多植梅树。《白孔六帖》："庾岭上梅花，南枝已落，北枝方开，寒暖之候异也。"

④妍华：美丽的花。指梅花。

⑤天真：天生的自然的姿容。

瑞鹧鸪　咏红梅

江南残腊欲归时①，有梅红亚雪中枝②。一夜前村、间破瑶英拆③，端的千花冷未知④。　丹青改样匀朱粉，雕梁欲画犹疑。何妨与向冬深⑤，密种秦人路，夹仙溪，不待夭桃客自迷⑥。

【注释】

①残腊：腊月的尽头，指残冬。

②亚：通"压"，低垂的样子。杜甫《上巳日徐司录林园宴集》："花蕊亚枝红。"

③瑶英：美玉，此指雪。

④端的：的确，真的。

⑤与：拟辞，含"使"、"请"义。

⑥"密种"三句：用陶渊明《桃花源记》典故。

【赏析】

是调两词皆咏梅。"越娥红泪泣朝云"章，以西施之病态美喻之，本已值得商榷。至后阕连用两个诗人之句，就显类同，没有新意。"江南残腊欲归时"章之新意，在于想象。"密种秦人路，夹仙溪，不待夭桃客自迷。"主人公把梅花视作桃花，要将梅花广种于桃源，以免来客因赏桃而迷路。

望仙门

紫薇枝上露浓，起秋风，管弦声细出帘栊，象筵中①。　仙酒斟云液②，仙歌转绕梁虹③。此时佳会庆相逢。庆相逢，欢醉且从容。

【注释】

①象筵:丰盛豪华的筵席。颜延之《皇太子释奠会作》之七:“堂设象筵,庭宿金悬。”

②云液:美酒名。白居易《对酒闲吟赠同老者》诗:“云液洒六腑,阳和生四肢。”

③绕梁:形容歌声美妙悠扬,令人难忘。

【赏析】

是词当为即席应酬之作,写达官贵人佳会庆相逢。“紫薇”二字起首,紫薇者,亦称百日红,落叶小乔木,夏季开花,有淡红、紫或白诸种花色。唐朝开元元年改中书省为紫微省、中书令为紫微令,中书舍人为紫微舍人。不久,省中种植紫薇花,故又有紫薇省之称。白居易诗《紫薇花》有句曰:“独坐黄昏谁是伴,紫薇花对紫微郎。”当然,词作并非实指紫微省设象筵,但言当时社会上层官员聚会,那是无疑的。作为应酬词,艺术上并无甚特色,但作认识封建社会上层官员生活的一份材料来读吧。

望仙门

玉壶清漏起微凉,好秋光。金杯重满琼浆①。会仙乡。　新曲调丝管,新声更飐霓裳。博山炉暖泛浓香。泛浓香,为寿百千长。

【注释】

①琼浆:仙酒;此比喻美酒。《楚辞·招魂》:“华酌既陈,有琼浆些。”杜甫《寄韩谏议》:“星宫之君醉琼浆,羽人稀少不在旁。”

【赏析】

是词写达官贵人之寿宴,以“玉壶清漏”、“金杯”、“琼浆”、“会仙乡”、“新曲”、“丝管”,“新声”、“霓裳”、“博山炉暖”等等富丽之语堆砌之,亦当循应酬之惯例看。

望仙门

玉池波浪碧如鳞①,露莲新。清歌一曲翠眉颦,舞华茵②。　满酌兰英酒③,须知献寿千春。太平无事荷君恩④。荷君恩,齐唱望仙门。

【注释】

①玉池:美称池塘。施荣泰《杂诗》:“锵佩玉池边。”

②华茵:华丽的地毯。

③兰英酒:像兰花一样香美的酒。王筠《游望二首》之一:“谁酌兰英酒。”

④荷:承,承受。

【赏析】

是词亦祝寿颂辞。前阕选择歌姬舞女表演这一典型情景写寿宴,尚有可读之处,“翠眉颦”,歌姬的表情,有点特别。“太平无事”,大晏曾被誉为太平宰相,在此却不忘感谢皇恩,说是自然而然的抒情亦可,说其近乎献媚也不为过。

长生乐

玉露金风月正圆,台榭早凉天。画堂嘉会,组绣列芳筵。洞府星辰龟鹤,来添福寿。欢声喜色,同入金炉泛浓烟。　清歌妙舞,急管繁弦①,榴花满酌觥船。人尽寿、富贵又长年。莫教红日西晚,留着醉神仙。

【注释】

①急管繁弦:形容乐曲的节拍急促、音色丰富。白居易《忆旧游》:"修蛾慢脸灯下醉,急管繁弦头上催。"

长生乐

阆苑神仙平地见,碧海架蓬瀛。洞门相向,倚金铺微明。处处天花撩乱①,飘散歌声。装真筵寿②,赐与流霞满瑶觥。　红鸾翠节③,紫凤银笙④,玉女双来近彩云。随步朝夕拜三清⑤,为传王母金篆,祝千岁长生。

【注释】

①天花撩乱:佛教传说,佛祖说法,感动天神,诸天雨各色香花,在虚空中缤纷乱坠。《心地观经》卷一《序品偈》:"六欲诸天来供养,天华乱坠遍虚空。"华,同"花"。

②装真:挂上寿主的画像。 真,写真,指人物肖像。

③红鸾:神话传说红色仙鸟。杜光庭《题都庆观》:"三仙一一驾红鸾,仙去云闲绕古坛。" 翠节:用翠鸟的羽毛为装饰的符节。

④紫凤:紫色凤凰。王昌龄《萧驸马宅花烛》:"青鸾飞入合欢宫,紫凤衔花出禁中。"

⑤三清:道教所奉三神,即上清太上老君、玉清元始天尊、上清天上道君,并设三像,称为三清。

【赏析】

是调两词皆祝寿。"阆苑神仙"章,寿主当是宰相夫人,通篇道家语,目的是营造超越凡俗的境界。

蝶恋花

一霎秋风惊画扇,艳粉娇红①,尚折荷花面。草际露垂虫响遍,珠帘不下留归燕。　扫掠亭台开小院②,四坐清欢③,莫放金杯浅。龟鹤长松寿远,阳春一曲情千万。

【注释】

①艳粉娇红:指代各色娇艳的花卉。

②扫掠:打扫。

③四坐:满坐,指四围在座的众人。曹丕《善哉行》:"弦歌感人肠,四坐皆欢悦。"

【赏析】

是词写秋日清欢。前阕写初秋景色。一阵秋风吹过,即便惊动了手中画扇、娇艳绚丽的花儿,但还有绽开的荷花。秋草聚着露珠,蛩虫鸣叫声响遍草丛。帘帷卷起,燕子还未南飞。"惊"的,不仅仅是画扇、花卉,也包括主人公在内,所"惊"者乃四序交替,暑去秋来;时光流逝,人生短暂,景中寓情。

后阕写清欢。打扫庭院亭台,在小院里设宴,让满坐的朋友清欢。"莫放金杯浅",不要将金杯的酒斟得太浅了，言下之意是要趁着初秋还剩下的一点儿丽景，尽情的享受一番。结尾两句“龟鹤长松寿远，阳春一曲情千万”，更进一层，将期盼长寿是遥远的与享受眼前的欢乐却有欢情千万种，作比较，劝人及时行乐。

蝶恋花

紫菊初生朱槿坠，月好风清，渐有中秋意。更漏乍长天似水，银屏展尽遥山翠。　绣幕卷波香引穗①，急管繁弦，共庆人间瑞。满酌玉杯萦舞袂，南春祝寿千千岁②。

【注释】

①穗：祝寿所点红烛流融成花。韩偓《生查子》：“时复见残灯，如烟坠金穗。”

②南春：南山之寿。《诗·小雅·天保》：“如南山之寿，不骞不崩；如松柏之茂，无不尔或承。”

【赏析】

是词中秋祝寿。前阕之秋景颇为清新，乃可赏之处，后阕写寿宴场景及祝词便跳不出应酬之囿。

蝶恋花

帘幕风轻双语燕，午醉醒来，柳絮飞撩乱。心事一春犹未见，余花落尽青苔院。　百尺朱楼闲倚遍，薄雨浓云，抵死遮人面①。消息未知归早晚，斜阳只送平波远②。

【注释】

①抵死：总是，老是。

②平波：平缓而广漠的水流。李商隐《病中早访招国李十将军遇挈家游曲江》：“十顷平波溢岸清，病来惟梦此中行。”

【赏析】

是词写春愁。前阕写暮春。先写午醉醒来所见之景色。“帘幕风轻双语燕，午醉醒来，柳絮飞撩乱。”帘幕被轻风吹动，窗外双双燕子飞舞，柳絮纷乱飘扬。此乃见燕双飞而感己之孤独，见柳絮之撩乱而感心之烦乱。遣情写景，造景凄婉，言情深切，顿起愁思。“心事一春犹未见，余花落尽青苔院。”写烦乱之由，相思怀人的心事，已经历整个春天却还没有得到实现，眼看着残留的花儿落尽，青苔长满了庭院。先言情，再写景，情景交融，其情绵绵。

后阕写愁思。以登楼远眺的行动接，“闲倚遍”，不是一二次，而是整个春天都来凭栏；每次不是暂留的，而是久留的凭栏。“薄雨浓云，抵死遮人面。”两句似在发泄，怨恨于薄雨浓云，有点不可理喻，而无理却成趣。“消息未知归早晚，斜阳只送平波远。”因远人没有确实的归期，只好白白地看着斜阳照耀下的浩淼江水烟波。结尾两句景物描写，将怀人的愁思形象化。

◉集评

卓人月汇选，徐士俊参评《古今词统》：“末句与‘斜阳却照深深院’、‘斜阳只与黄昏近'各有佳境。"

黄蓼园《蓼园词选》:"按'心事'二句,言心事未见有春意怡人处,而春已阑矣。'消息'二句,言春归未知早晚,而斜照'平波',已是送春归模样矣。确是暮春。看此词似有寄托,不独因时即事已也。"

俞陛云《唐五代两宋词选释》:"此词殆有寄慨,非作月露泛辞。……韩魏公咏雪诗'老松擎重玉龙寒',隐然以天下为己任。公之词,其亦有忧盛危明之意乎?"

蝶恋花

玉碗冰寒消暑气,碧簟纱厨①,晌午朦胧睡。莺舌惺松如会意②,无端画扇惊飞起。 雨后初凉生水际,人面荷花,的的遥相似③。眼看红芳犹抱蕊,丛中已结新莲子。

【注释】

①碧簟:碧绿色的竹席。

②惺松:轻快,灵活。

③的的:清晰明亮的样子。《淮南子·说林训》"的的者获,提提者射。"高诱注:"的的,明也。"杜甫《宿白沙驿》:"随波无限月,的的近南溟。"

【赏析】

是词写夏日闲情。前阕写夏日午睡。"玉碗"三句,用玉碗盛来窖藏的冰块,消除暑气。放下纱窗,展开碧绿竹席,晌午蒙胧睡去。确是富足、优闲之生活。"莺舌"二句,午觉醒来,黄莺轻快灵活的啼叫,好像知晓人意,随便看着主人轻摇画扇,忽的受惊飞去。后阕写漫步荷池。一场骤雨过后,清凉便起,凉风掠水面。"人面荷花,的的遥相似。"美人的娇面与荷花的艳丽,遥遥相衬,真是人面如荷,荷如人面。末二句"眼看红芳犹抱蕊,丛中已结新莲子",细看红荷虽然还抱着花蕊,而荷花丛中已有新结的莲子。词作信手拈来闲事,道出闲情,寄托对优闲安逸生活的追求。

蝶恋花

梨叶疏红蝉韵歇,银汉风高①,玉管声凄切②。枕簟乍凉铜漏咽,谁教社燕轻离别③。 草际蛩吟珠露结④,宿酒醒来,不记归时节。多少衷肠犹未说⑤,朱帘一夜朦胧月。

【注释】

①银汉:银河,此代指天空。

②玉管:美称管乐。白居易《听歌六绝句·想夫怜》:"玉管朱弦莫急催,容听歌送十分杯。"

③社燕:燕子春社(立春后第五个戊日为春社日,祭土神祈丰年)飞来,秋社(立秋后第五个戊日为秋社日,酬祭土神)飞去,故名社燕。

④蛩(qióng):蟋蟀。

⑤衷肠:内心的感情。韩偓《天鉴》:"神依正道终潜卫,天鉴衷肠竟不违。"

【赏析】

是词写相思。前阕以红叶、蝉韵、夜空、凉风、管乐、枕头、竹席、铜漏、社燕等九个具象，分别配“疏”、“歇”、“高”、“凄切”、“乍凉”、“咽”、“谁教”、“轻”、“离别”等等字眼，描绘秋夜之凄清景色，营造悲切氛围。社燕之别，喻人之离，夜里这样就离别了，心里怅然。后阕回忆相聚。“草际”三句承接，说宿酒晨醒，耳听蛩啼，眼见露珠，已经记不起归来是什么时候了。“多少衷肠犹未说，朱帘一夜朦胧月。”唯有记得是，昨夜还有多少发自内心的情感没有表达，那红色帘幕里整夜的朦胧月色多么令人难忘怀，相思之情真如朦胧月。

蝶恋花

南雁依稀回侧阵，雪霁墙阴，偏觉兰芽嫩[①]。中夜梦余消酒困，炉香卷穗灯生晕。　急景流年都一瞬，往事前欢，未免萦方寸[②]。腊后花期知渐近[③]，寒梅已作东风信。

【注释】

①偏觉：最觉。

②萦：缠绕，牵挂。　方寸：心。

③腊后：腊日之后。古时以夏历十二月八日为岁终，称腊日，祭祀百神之日。

【赏析】

是词写雪梅报春。前阕起首三句，写冬春交替景色，南飞的大雁回来了，依稀可见斜斜的列阵。雪停放晴，只剩下向北墙角积雪；最易让人发觉的是兰花新萌的嫩芽。抓住雁回、融雪、兰芽三样典型景物，“依稀”、“霁”、“嫩”，用来表达形象；“偏觉”，主人公的敏锐，道出对冬去春来的喜悦之情。“中夜梦余消酒困，炉香卷穗灯生晕。”二句写午夜梦觉、酒醒，“消”字，不仅是对冬天的“困”言，而且亦是对内心的“困”言，主人公的心情开朗，所以室内气氛也是悦目的。

过片三句“急景流年都一瞬，往事前欢，未免萦方寸”，抒写感慨，急去光景流年都只在一瞬之间，但是往事前欢，不免缠绕着胸中。末二句，写梅开报春，抒写欢欣喜悦的心境。

拂霓裳

庆生辰，庆生辰是日千春。开雅宴，画堂高会有诸亲。钿函封大国[①]，玉色受丝纶[②]。感皇恩，望九重、天上拜尧云[③]。　今朝祝寿，祝寿数，比松椿[④]。斟美酒，至心如对月中人[⑤]。一声檀板动，一炷蕙香焚。祷仙真，愿年年今日、喜长新。

【注释】

①钿函：即钿轴，以金花嵌饰的诰命诏书。白居易《妻初授邑号告身》：“弘农旧邑受新封，钿轴金泥诰一通。”　封大国：被封为国夫人。唐宋时制度，文武官一品及国公的母亲、妻子封国夫人，相当于古诸侯国君的母、妻，是最高封号。

②玉色：坚定而严肃的脸色。《礼记·玉藻》孔疏：“军尚严肃，故色不变动，常使如玉也。”　丝纶：《礼记·缁衣》：“子曰：王言如丝，其出如纶。”后遂称天子诏书为“丝纶”。

③尧云：《史记·五帝本纪》“帝尧者，放勋。其仁如天，其知如神，就之如日，望之如

云。”司马贞《索隐》：“如云之覆渥，言德化广大而浸润生人，人咸仰望之，故曰如百谷之仰膏雨也。”后遂称皇帝的恩泽为尧云。

④松椿：松树经冬不凋；椿指大椿，《庄子·逍遥游》：“以八千岁为春，以八千岁为秋。”松椿连用，喻长生不老。贾岛《灵准上人院》诗：“掩扉当太白，腊数等松椿。”

⑤至心：佛家语，至诚之心。曹植《精微篇》：“至心动神旺。” 月中人：月中仙人，此处代指寿主。

拂霓裳

喜秋成，见千门万户乐升平。金风细，玉池波浪縠文生①。宿露霑罗幕，微凉入画屏。张绮宴，傍熏炉蕙炷、和新声。 神仙雅会，会此日，象蓬瀛。管弦清，旋翻红袖学飞琼②。光阴无暂住，欢醉有闲情。祝辰星，愿百千为寿、献瑶觥。

【注释】

①玉池：美称池塘。 縠文：即“縠纹”，指水面的波纹。

②飞琼：即许飞琼，仙女名。班固《汉武帝内传》：“王母又命侍女……许飞琼鼓震灵之簧。”

【赏析】

是调两词皆祝寿。“庆生辰”章，“细函封大国，玉色受丝纶”和“至心如对月中人”等句，当是为大晏夫人王氏祝寿。大晏时为宰相，皇帝下诏封其夫人为国夫人，又恰逢生日。于是，设宴庆贺。词作含着真挚的亲情，用佛家语祝愿寿主，亦另有韵味。“喜秋成”章，纯应酬，落入俗套。

拂霓裳

乐秋风，晚荷花缀露珠圆。风日好，数行新雁贴寒烟。银簧调脆管，琼柱拨清弦。捧觥船，一声声、齐唱太平年。 人生百岁，离别易，会逢难。无事日，剩呼宾友启芳筵。星霜催绿鬓，风露损朱颜。惜清欢，又何妨、沉醉玉樽前。

【赏析】

是词写秋光，抒感慨。前阕写秋景，妙处在“晚荷花缀露珠圆”、“数地新雁贴寒烟”两句。后阕抒情，由人生离易聚难、星移霜飞鬓白、风吹露打颜损，而感悟到要惜时光、惜清欢，尽沉醉。

菩萨蛮

芳莲九蕊开新艳①，轻红淡白匀双脸。一朵近华堂，学人宫样妆。 看时斟美酒，共祝千年寿。销得曲中夸②，世间无此花。

【注释】

①宫样妆：宫女梳妆的样式。刘禹锡《赠李司空妓》：“高髻云鬟宫样妆，春风一曲杜韦娘。”

②销得：同“消得”，值得。 曲：指乐府《采莲曲》之类咏莲花的作品。

【赏析】

是词以咏荷花祝寿。前阕写荷花，开头“芳莲”二字点出。荷花开了露出九蕊，好为新鲜美艳；浅浅的红、淡淡的白宛如妆成的双脸。摘来一朵插瓶供在华堂之上，仿佛是模仿宫女梳妆的样式的美人。后阕写祝寿。一边观赏荷花，一边品尝美酒，共同祝愿长寿千岁。结尾两句是赞语，通过写唱咏荷花之曲，比喻世间没有这般漂亮的鲜花。

菩萨蛮

秋花最是黄葵好①，天然嫩态迎秋早。染得道家衣，淡妆梳洗时。 晓来清露滴，一一金杯侧②。插向绿云鬟，便随王母仙。

【注释】

①黄葵：即黄蜀葵，秋葵。

②金杯侧：摹写黄蜀葵花的颜色和形状。《本草纲目》：“(黄蜀葵)六月开花，大如碗，鹅黄色，紫心，六瓣而侧。旦开，午收，暮落。人亦呼为侧金盏花。”故本篇及下篇有“金杯侧”、“承金盏”等语。

【赏析】

是词咏黄蜀葵花。前阕具体描写黄蜀葵的“嫩态”、“淡妆”。唐代薛能有《黄蜀葵》诗写道：“娇黄新嫩欲题诗，尽日含毫有所思。记得玉人初病起，道家装束厌禳时。”将黄蜀葵花比喻为道家装束的美人，其意着重写淡雅的风采。词作虽有明显的化用痕迹，但亦有创新之处，“天然嫩态”，突出了“嫩”与“淡”的美自天然。

过片，将葵花置于清晨环境，写其含着珠露，像一个个倾侧了的金盏，比喻葵花淡雅风韵的珍贵。结尾处，突发奇想，如果将花插到美人的绿云髻上，岂不成了像西王母一样的神仙，好花配美人，赛过神仙美。

菩萨蛮

人人尽道黄葵淡，侬家解说黄葵艳①。可喜万般宜，不劳朱粉施。 摘取承金盏②，劝我千长寿。擎作女真冠③，试伊娇面看。

【注释】

①侬家：自称，犹言我。 解：会，得，能。

②金盏：比喻黄葵花。

③擎(qíng)：向上托。 女真冠：女道士戴的黄冠。

【赏析】

是词亦咏黄蜀葵。以议论开头，人人都评说黄葵花淡雅，我却认为它美艳。其可爱之处在于，不用涂朱抹粉。陈说它的艳是天生的，没有人工的娇柔造作之态，所以随和得“万般宜”。

后阕接“可喜”而发，进一层议论抒情。假如将它摘取，你会把它当作金杯，斟上美酒，祝福自己长寿安康；你会把它当作女冠子头上的黄冠，跃跃欲试地与娇美的颜面比比看。

本篇与上篇比较，前者只是直观的描写，后者却是主观的抒发；前者侧重于赞美，后者却突出喜爱,程度进深一层。

菩萨蛮

高梧叶下秋光晚,珍丛化出黄金盏①。还似去年时,傍阑三两枝。　人情须耐久,花面长依旧。莫学蜜蜂儿,等闲悠飏飞②。

【注释】

①珍丛:花丛。　黄金盏:比喻黄葵花。

②等闲:随便,轻易。

【赏析】

是词借咏黄蜀葵以抒情。前阕改变前两首的写法,不具体描述黄葵的局部,而是写它在深秋时分呈现的勃勃生机与专一深情。高大的梧桐萧萧叶下正是深秋光景,而花丛之中却幻化出黄金盏来。深秋时分,萧瑟苍凉,万物凋零,连高大的梧桐也叶下了,而黄葵却绽开艳的花朵,一个叶下,一个花开,相比之下,可见黄葵的生机盎然。"还似去年时,傍阑三两枝。"它还像去年这个时候,依傍栏干攀上三两枝藤蔓。"还似"、"傍栏",暗寓黄葵的始终如一。

过片顺接,触景生情,感物抒情,从正反两方面,去表达爱情、友情要持久的意念。"人情须耐久,花面长依旧。"人的情感必须持久,就像花面长依旧一样。"莫学蜜蜂儿,等闲悠飏飞。"不要学那蜜蜂采蜜,悠扬飘忽的兜几个圈,就轻易地飞走。

本调三篇咏黄葵,主题虽各异,但本篇当是写景造意抒情结合得最紧密的,其胜于此耳。

◉集评

赵尊岳《珠玉词选评》:"此为寻常感怅,出于信口,不待刻意经心而自成佳作者。"

秋蕊香

梅蕊雪残香瘦①,罗幕轻寒微透。多情只似春杨柳,占断可怜时候。　萧娘劝我杯中酒,翻红袖。金乌玉兔长飞走②,争得朱颜依旧③。

【注释】

①香瘦:犹言香气如人之由胖转瘦,逐渐由浓烈变得淡薄。

②金乌:指太阳。　玉兔:指月亮。

③争得:怎得,怎能够。　争:同"怎"。

【赏析】

是词由梅花的蕊残香消切入,伤春怜时,故寻美人歌宴释愁,抒道出"金乌玉兔长飞走,争得朱颜依旧"的感慨,劝人及时行乐。

秋蕊香

向晓雪花呈瑞,飞遍玉城瑶砌①,何人剪碎天边桂②?散作瑶田琼蕊③。　萧娘敛尽双蛾翠,回香袂。今朝有酒今朝醉,遮莫更长无睡④。

【注释】

①瑶砌：美玉镶嵌的台阶。美称台阶。

②天边桂：指月宫中的桂花。

③瑶田：即玉田。干宝《搜神记》载，杨伯雍种玉之地名玉田。 琼蕊：指雪花莹洁如玉。

④遮莫：唐宋时俗语，尽教，任随他之意。杜甫《书堂饮既，夜复邀李尚书下马，月下赋绝句》："久拚野鹤如双鬓，遮莫邻鸡下五更。"

【赏析】

是词感慨光阴易逝，主张及时行乐。其前阕写雪景，"何人剪碎天边桂？散作瑶田琼蕊"两句尚可读。结尾照搬唐朝罗隐的《自遣》诗句"今朝有酒今朝醉"，便见其应酬敷衍了事。

相思儿令

昨夜探春消息[1]，湖上绿波平。无奈绕堤芳草，还向旧痕生[2]。 有酒且醉瑶觥，更何妨、檀板新声。谁教杨柳千丝，就中牵系人情[3]。

【注释】

①探春：唐宋风俗，京城士女在正月十五日收灯后，争先到郊外宴游，叫探春。

②旧痕：花草经冬而萎留下的痕迹，故称旧痕。

③就中：其中。白居易《五凤楼晚望》："自入秋来风景好，就中最好是今朝。"

【赏析】

是词写探春宴游。以时空转换的方式构思，前阕回想昨日在湖上所见到的"探春"情景，春水绿波，涨平湖面；萦绕蔓延堤坝的芳草就着过冬的枯萎痕迹而生。后阕却以眼前情景衔接，有酒的时候，就着玉杯痛饮，再加上的檀板和拍而唱新歌的助兴呢。结尾处，又回写昨日所感，最为动人的是那湖边的柳条千丝。

相思儿令

春色渐芳菲也，迟日满烟波[1]。正好艳阳时节，争奈落花何。 醉杀拟恣狂歌[2]，断肠中、赢得愁多。不如傍纱窗，有人重画双蛾[3]。

【注释】

①迟日：春日。杜审言《渡湘江》："迟日园林悲昔游，今春花鸟作边愁。"

②恣(zì)：放纵，无拘束地。

③双蛾：指女子细长美丽的眉毛。

【赏析】

是词抒写伤春情绪。前阕写"二春"景色：初春，春色日渐美艳，太阳照耀着烟波，用"渐"字言色，"满"字言日，表达了春色浓烈的演变过程。暮春，艳阳高照，落花纷纷。"争奈何"三字，含着惋惜之情，初步抒发了伤感情绪。

后阕写排解伤情。主人公以"醉来狂歌"的方式，企图抚慰伤春之怀，赢得的是"断肠"之中徒增的愁怨痛苦。正好应了"借酒浇愁愁更愁"之说。酒与歌，都开解不了，不如回去。

有人在那儿依傍纱窗,重新描画双眉。言外之意是,让美人来慰藉伤痛的心灵。结尾只是一种假设,真会有效吗?大概也不行吧。

◉**集评**

赵尊岳《珠玉词选评》:"此词言春色用一'渐'字以开其先,然后用一'也'字,以结束此春色将殷之小段落,一收一放,始见情趣,…………于数十字之小令中,屡收屡放,波澜壮阔,使读者只见其起伏之势,而不觉其句语之短,此叠假山、造园林之结构,备极匠心。"

滴滴金

梅花漏泄春消息,柳丝长,草芽碧。不觉星霜鬓边白①,念时光堪惜。　兰堂把酒留嘉客,对离筵,驻行色②。千里音尘便疏隔,合有人相忆③。

【注释】

①星霜:星星点点的霜雪,形容头发斑白。

②行色:本指出行的神态,此指行人。

③合:应当,应该。

【赏析】

是词写离别。前阕写春景,惜时光。梅开报春,柳条长长,草牙碧绿。概括了早春到仲春的转换,因时光消逝,不觉发现自己已经两鬓星霜,时过春自深,人亦老矣,此时离别,更为伤情。后阕写离宴,依依惜别。结尾两句:"千里音尘便疏隔,合有人相忆。"伤离惜别,令人愁者,令人怨者,在离别之后的音尘疏隔;令人惜者,令人念者,在于人们的相互挂记。

山亭柳　赠歌者

家住西秦①,赌博艺随身②。花柳上、斗尖新③。偶学念奴声调④,有时高遏行云。蜀锦缠头无数⑤,不负辛勤。　数年来往咸京道⑥,残杯冷炙谩消魂。衷肠事、托何人。若有知音见采,不辞遍唱阳春。一曲当筵落泪,重掩罗巾。

【注释】

①西秦:今陕西一带,古为秦国之地,故称西秦,多歌唱家。曹植《侍太子坐》:"歌者出西秦。"

②赌博:一种掷采较胜负的游戏。

③尖新:奇巧新颖。

④念奴:唐玄宗天宝年间著名歌妓。元稹《连昌宫词》自注:"念奴,天宝中名倡,善歌。"

⑤蜀锦:蜀地(今四川)出产的织锦。此指名贵锦缎。　缠头:古时歌妓演唱时以锦缠头作为装饰,后因把赠送给歌妓的锦帛之类称为缠头。白居易《琵琶行》:"五陵年少争缠头,一曲红绡不知数。"

⑥咸京:指秦都咸阳,在今陕西西安市西北。

【赏析】

是词题《赠歌者》,以歌伎自述方式叙事抒情。词作平白如话,首句说籍贯,西秦自古出善歌者,受到地域环境的熏陶。接着陈述成长成名的经历,起初熟习赌博技艺,在竞斗场上时时玩出奇巧新颖的花样。后来学得念奴歌唱风格,达到响遏行云的境界,赢得无数蜀绵缠头,没有辜负自己的辛勤努力。

后阕叙述成名之后,年老色衰被遗弃的悲惨遭遇。"残杯冷炙",四字高度概括,"消魂",写出悲凉的情景。自己心中的情事,没有可以寄托之人,遇到知音,亦只是尽情地表演阳春之曲,能和者寡也。结拍,"一曲当筵落泪,重掩罗巾",这是词人在听歌场对西秦歌者的描述。"当筵落泪","重掩罗巾",歌伎的悲惨形象,栩栩如生,见者亦为之落泪。

读是词,仿佛在读白居易之《琵琶行》。大晏被罢相之后,外放知永兴军(今陕西西安市),晚年"流落"于"西秦",此词当作于此时期,借赠歌者,寄寓感情,"同是天涯沦落人,相逢何必曾相识",感叹流落之悲。

◉集评

胡云翼《宋词选》:"这首词写一个红歌女因年老色衰被上层社会的公子哥儿所遗弃而没落的悲剧。在《珠玉词》中这是比较具有现实意义的作品之一。"

睿恩新

芙蓉一朵霜秋色①,迎晓露、依依先拆。似佳人、独立倾城②,傍朱槛、暗传消息。　静对西风脉脉③,金蕊绽、纷红如滴。向兰堂、莫厌重深,免清夜、微寒渐逼。

【注释】

①芙蓉:此指木芙蓉。

②"似佳人"句:木芙蓉像倾城倾国的美女。

③脉脉:含情不语的样子。

【赏析】

是词咏木芙蓉,抒发爱美情怀。前阕写木芙蓉带露开放的美姿。首句"芙蓉一朵霜秋色",词人满怀赞美之情,写芙蓉傲霜,占尽秋色。接着两句,写其迎着清晨的寒露,逐点逐点地抢先于其他花木先开。"依依",写花开的动态。并把它比作倾城倾国之美人,暗暗地向人们传递秋色的浓丽消息。过片,进层赞美芙蓉的沉静多情的品格,"静对西风脉脉",沉着冷静、含情脉脉地对着秋风;赞美它的娇艳,"金蕊绽、纷红如滴",彩金涂红,娇嫩欲滴水灵灵。结尾处,写主人公的行动。"向兰堂、莫厌重深,免清夜、微寒渐逼。"将它移向兰堂,免得受到深夜的寒凉侵袭,表现了爱美的情感。

睿恩新

红丝一曲傍阶砌,珠露下、独呈纤丽。剪鲛绡、碎作香英①,分彩线、簇成娇蕊。　向晚群花欲悴②,放朵朵、似延秋意。待佳人、插向钗头,更袅袅、低头凤髻③。

【注释】

①鲛绡:相传为南海水底鲛人所织的丝纱。此比喻花瓣。

②悴:衰落,凋谢。曹植《朔风》:"繁华将茂,秋霜悴之。"

③凤髻：古时女子的一种发饰，以其高翘似凤舞，故名。杜牧《为人题赠二首》之二："和簪抛凤髻，将泪入鸳衾。"

【赏析】

是词咏红花木芙蓉。"红丝一曲"，从色彩与质感两个角度去比拟描写。"剪鲛绡、碎作香英，分彩线、簇成娇蕊。"这是想象，它是用剪碎的鲛绡做成了芳香花朵，然后再经彩线联缀成的娇美花蕊。它在众花凋零的时候，傲霜而开，是为了延续秋天的意境。词人构想，最好是将它插向佳人的头上，就显得更美了。

玉堂春

帝城春暖①，御柳暗遮空苑②。海燕双双，拂扬帘栊。女伴相携、共绕林间路，折得樱桃插髻红。　昨夜临明微雨，新英遍旧丛。宝马香车、欲傍西池看③，触处杨花满袖风④。

【注释】

①帝城：京城，此指北宋都城汴京（今河南开封市）。

②御柳：宫苑中的柳树。

③西池：指汴京金明池。吴曾《能改斋漫录》："少游词云'忆昔西池会，鹓鹭同飞盖'，亦为……叙其为金明池之游耳。"李濂《汴京遗迹志》："金明池在城西郑门外西北。"因以称为"西池"。

④触处：处处。

【赏析】

是词写京城贵妇踏青。起首四句，描绘京城春色，"帝城春暖"，总领，京城春光融融，和暖宜人。"御柳暗遮空苑"，宫里柳树成阴，遮掩宛囿，"暗"字，写出柳阴的浓重。"海燕双双，拂扬簾栊"，燕子双双，飞进飞出，轻拂扬动簾栊。"双双"叠字，春情萌动；"拂扬"二字，动态十足，生机勃勃。前阕歇三句，"女伴相携、共绕林间路，折得樱桃插髻红"，妇女们结伴春游踏青，手拉着手，一起环绕林间路径而行，摘下樱桃花，插到头上，发髻堆满红色。过片，"昨夜临明微雨，新英遍旧丛"两句，倒叙昨夜的春雨催开新花，为今天的春游增添生气。"宝马香车"，以"女伴"呼应，补述富贵身份。"欲傍西池看"，游览之地乃京城名胜西池。"触处杨花满袖风"，处处是杨花，处处是满袖春风。春光旖旎，游者兴浓，乐而忘返。

玉堂春

后园春早，残雪尚蒙烟草。数树寒梅，欲绽香英。小妹无端、折尽钗头朵①，满把金尊细细倾。　忆得往年同伴，沉吟无限情②。恼乱东风③、莫便吹零落，惜取芳菲眼下明。

【注释】

①钗头朵：比喻梅花花蕾形状似钗头。

②沉吟：沉思默想。

③恼乱：形容心情烦恼紊乱。白居易《和微之十七与君别及陇月花枝之咏》："别时十七今头白，恼乱君心三十年。"

【赏析】

是词写“小妹”春情。前阕首四句写早春景色，后园里春天来得特别的早，点点残雪蒙在绿绿的草丛间。几棵寒梅，枝头上就要绽开芳香的花儿。接着三句，主人公“小妹”，泛指少女；以“无端”二字，写尽小妹赏花的复杂心态，无缘无故？随便轻易？说不清到底是那一种。“折尽钗头朵”，摘下形如钗头的梅花花蕾。“满把金尊细细倾”，把持着满盛美酒的金杯，滴滴细品、慢慢赏花。小妹的系列典型细节描写，是心海情感涌动的表露。过片以回忆接上，记起往年与自己一起赏花的同伴，冥思苦想中寄托着无限的深情。“沉吟”，小妹多愁善感，多情伤感。那“无限情”又集中到一点：“恼乱东风、莫便吹零落，惜取芳菲眼下明。”使人心情烦恼紊乱的春风呀，不要随便去吹拂零落百花，爱惜她，让她在人们的眼前明丽地开放吧。这种希冀，也暗喻自己能与往年同伴相逢。词作依据赏花、惜春、怀人主线，刻画小妹的心理活动、动作细节，由小妹的“春情”，开挖出惜花怀人的主题，表达出词人对人生的感慨，体现出大晏“情中有思”的一贯风格。

玉堂春

斗城池馆[①]，二月和风烟暖。绣户珠帘，日影初长。玉辔金鞍、缭绕沙堤路[②]，几处行人映绿杨。　小槛朱阑回倚，千花浓露香。脆管清弦、欲奏新翻曲，依约林间坐夕阳[③]。

【注释】

①斗城：原指汉长安故城。《三辅黄图·汉长安故城》：“城南为南斗形，北为北斗形，至今人呼汉京城为斗城。”此借指宋都城汴京。

②沙堤路：通往宰相府的路。李肇《国史补》载，唐代天宝三载（744），京兆尹萧炅请于长安要路筑甬道以通车骑，覆沙于道上，称为沙堤。凡拜相，府县令民众载沙铺路，从宰相私邸铺到子城东街，成为故事。

③依约：表估量，大概，大约。白居易《答苏庶子》：“蓬山闲气味，依约似龙楼。”

【赏析】

是词抒情主体是作者本人，写春游宴饮之乐，可作为认识封建士大夫生活的材料来读。其住处有“绣户珠帘”、“ 小槛朱阑”，环境“千花浓露香”；出行有“沙堤路”相通、有“玉辔金鞍”为乘；宴会有“脆管清弦”。

临江仙

资善堂中三十载[①]，旧人多是凋零。与君相见最伤情。一尊如旧，聊且话平生。　此别要知须强饮，雪残风细长亭。待君归觐九重城。帝宸思旧[②]，朝夕奉皇明。

【注释】

①“资善堂中”句：宋仁宗赵祯为皇太子时读书讲学及习政事之所。《宋会要》：“资善堂，在元符观南，大中祥符八年（1015）置。”《宋史》卷九《仁宗本纪》：“（大中祥符）八年（1015）封寿春郡王，讲学于资善堂。……（天禧二年，1018）九月丁卯，册为皇太子……四年，诏五日一开资善堂，太子秉笏南乡立，听辅臣参决诸司事。”又，晏殊于宋真宗天禧二年（1018）八月以户部员外郎充太子舍人。

②帝宸(chén):皇帝的居所。代指皇帝。

【赏析】

据载,宋真宗天禧二年(1018)八月,大晏二十八岁任太子舍人,一个月后,太子赵祯册立为皇太子,大晏成为东宫属官、"资善堂"辅佐太子的主要成员。赵祯登位是为宋仁宗,重用东宫旧人,大晏遂能为宰相。是词怀旧。怀念担任太子舍人时的同僚,因旧人"凋零"而伤感,而祝友人安康,情深感人。

◉集评

郑骞《成府谈词》:"大晏《临江仙》云:'资善堂中三十载'……小晏《临江仙》云:'东野亡来无丽句……'此两词,予初读二晏词时即甚喜之,惜后半首皆少逊耳。两词不仅牌调相同,情感意境亦同;论其风调,则前者雍容,后者潇洒,父子身份性情之异,亦可于此中见之。"

燕归梁

双燕归飞绕画堂,似留恋虹梁①,清风明月好时光,更何况、绮筵张。云衫侍女②,频倾寿酒,加意动笙簧③。人人心在玉炉香。庆佳会、祝延长。

【注释】

①虹梁:如彩虹艳丽的雕梁。

②云衫:飘如白云的衣衫。李贺《神弦别曲》:"南山桂树为君死,云衫浅污红脂花。"

③加意:注意,特意。白居易《妇人苦》:"蝉鬓加意梳。"

燕归梁

金鸭香炉起瑞烟,呈妙舞开筵。阳春一曲动朱弦,斟美酒、泛觥船。　中秋五日,风清露爽,犹是早凉天。蟠桃花发一千年,祝长寿、比神仙。

【赏析】

此调二词皆为祝寿。大晏这样的大家,也难免因应酬而平庸。

望汉月

千缕万条堪结,占断好风良月。谢娘春晚先多愁,更撩乱、絮飞如雪。短亭相送处,长忆得、醉中攀折。年年岁岁好时节。怎奈尚、有人离别。

【赏析】

是词咏柳。前阕以柳条、以柳絮为具象象征离愁。后阕回忆长亭饯别,醉折柳条相赠。结尾感叹,年年岁岁的好时节,怎么有人离别呢?词作咏柳只是借其为意象,来抒发离别是人世间常有之事的人生感悟,这比一般空泛的只言离别愁怨之作要高明几分。

连理枝

玉宇秋风至①,帘幕生凉气。朱槿犹开,红莲尚折,芙蓉含蕊。送旧巢燕拂高檐,见梧桐叶坠。　嘉宴凌晨启,金鸭飘香细②。凤竹鸾丝③,清歌妙舞,尽呈游艺。愿百千遐寿比神仙④,有年年岁岁。

连理枝

绿树莺声老,金井生秋早⑤。不寒不暖,裁衣按曲,天时正好。况兰堂逢著寿筵开,见炉香缥缈。　组绣呈纤巧⑥,歌舞夸妍妙。玉酒频倾,朱弦翠管⑦,移宫易调⑧。献金盏重叠祝长生,永逍遥奉道。

【注释】

①玉宇:美称天空。刘铄《拟明月何皎皎》:“玉宇来清风,罗帐延秋月。”

②金鸭:指鸭形的铜香炉。

③凤竹鸾丝:凤竹指管乐器,鸾丝指弦乐器;竹丝连称,泛指乐器。

④遐(xiá)寿:高寿,长寿。

⑤金井:围有雕栏之井,多美称宫廷或贵家园林中之井。费昶《行路难五首》之四:“唯闻哑哑城上乌,玉阑金井牵辘轳。”

⑥组绣:华丽的编织刺绣物。此指歌妓华丽的衣服。罗邺《曲江春望》:“瑞影玉楼开组绣,欢声丹禁奏云韶。”

⑦朱弦翠管:泛指管弦乐器。

⑧移宫易调:意同“移宫换羽”,指演奏乐曲时变换乐调。

【赏析】

是调两词皆祝寿。“玉宇秋风至”章,写秋景颇为生动,“犹开”写朱槿,“尚拆”状荷花,“含蕊”说芙蓉。“绿树莺声老”章,可读之处仍是写景。

破阵子　春景

燕子来时新社①,梨花落后清明。池上碧苔三四点,叶底黄鹂一两声。日长飞絮轻。巧笑东邻女伴②,采桑径里逢迎。疑怪昨宵春梦好③,元是今朝斗草赢。笑从双脸生。

【注释】

①新社:新一年的春社到来。古时祭祀土地神的日子分为春社、秋社,新社指春社,在立春后的第五个戊日。

②巧笑:形容笑的姿态美。《诗·卫风·硕人》:“巧笑倩兮,美目盼兮。”

③疑怪:难怪,怪不得。

【赏析】

是词所写如题,为大晏名篇。前阕全是写暮春景色:新社,燕子飞归,清明,梨花盛开。“池上碧苔三四点,叶底黄鹂一两声。”对偶工整的联对,以特写手法,写出动态之暮春,池边的绿色苔藓三四点的成为一小丛;树叶底下黄鹂偶尔啼唱一两声。白天渐渐变长,柳絮轻盈地飘扬。春天充满生机活力,而最具青春活力者谁?过片接写美丽的村姑们欢声朗笑,姿态姣美,迎聚在采桑的小路上。难怪昨夜的春梦如此美好,原来是预兆今天斗草能赢。斗草,即斗百草,一种游戏。以草为比赛对象,或斗草名,或斗草之多寡、韧脆等。结句“笑从双脸生。”形象乐观娇美、亲切可爱,充满欢乐,伤春愁怨全然不见。

词作如同“东邻女伴”一样，没有一点儿做作与雕琢，质朴无华，一洗以往的“富贵气”，别具一格地透出泥土的芬香。

◉**集评**

卓人月汇选、徐士俊参评《古今词统》：“小倩香奁中笔。”

许昂霄《词综偶评》：“‘疑怪昨宵春梦好’三句，如闻香口，如见冶容。”

刘永济《唐五代两宋词简析》：“此乃纯用旁观者之言描写春日游女戏乐之情景，因见游女斗草得胜之笑，而代写其心情。言今朝斗草得胜，乃昨宵好梦之验，可谓能深入人物之内心者。此种词虽无寄托，而描绘人情物态极其新鲜生动，使读者如亲见其人、其事，而与作者同感其乐，单就艺术性说来，亦有可采之处也。”

胡云翼《宋词选》：“用轻淡的笔触，刻画暮春接近初夏的景色。后段写得特别生动，采桑少女斗草的兴高采烈和她的天真无邪的笑声，划破了寂静的春的田野，格外使人感到生活的温馨和美丽。”

玉楼春　春恨

绿杨芳草长亭路，年少抛人容易去[①]。楼头残梦五更钟，花底离情三月雨。　无情不似多情苦，一寸还成千万缕[②]。天涯地角有穷时，只有相思无尽处。

【注释】

①年少：少年人，指女子之恋人。

②一寸：指愁肠，即愁心。韦庄《应天长》：“别来半岁音书绝，一寸离肠千万结。”

【赏析】

是词写相思，大晏之名篇。前阕开头，即营造春日离别的氛围。“绿杨芳草长亭路”，三个象征别离的意象，连缀组合在一起，寓有说不尽的离情别意，以具体可感之具象，将情感形象化，既含蓄，亦直言。“年少抛人容易去”，从女子的角度，独白心理感受，少年恋人抛人而去，是这么的容易，由爱生怨，生怨而更见其爱，于含蕴之中见直言。紧接的一联，更是栩栩如生、即之可及的形象——“离情”：“楼头残梦五更钟，花底离情三月雨。”五更的晨钟惊破楼头春梦，三月的绵雨正是花底的离情。相思何其苦，离情何等深。蕴藏的情感平日不见，到应宣泄时便宣泄，这就是“含”与“露”的辩证关系。

后阕议论抒情。“无情不似多情苦，一寸还成千万缕”，先是以口语化的字句，将无情与多情作比较，说明自己是个多情种，所以“苦”，接着一个比喻，语意好像深邃了，但读者从上一句，仍可明白比喻的含义，这是“含蕴”与“爽快”的结合。而结尾处，就直抒胸臆了，因为情感到了不吐不快之时，能“含蓄”得了？

由上可见，词作并不是一味的追求“清雅含蓄”、“含蕴无穷”；亦不是一味的追求“直说”、“爽快决绝”，而是兼而有之，正所谓“该出手时便出手”，完全是根据营造词境之需要。鉴赏之时，岂可以偏概全。

◉**集评**

赵与时《宾退录》引《诗眼》：“晏叔原见蒲传正云：‘先公平日小词虽多，未尝作妇人语也。’传正云：‘绿杨芳草长亭路，年少抛人容易去，岂非妇人语乎？’晏曰：‘公谓年少为何语？’传正曰：‘岂不谓其所欢乎？’晏曰：‘因公之言，遂晓乐天诗两句，盖欲留所欢待富贵，富贵不来所欢去。'传正笑而悟。余按全篇云云，盖真谓'所欢'者，与乐天'欲留年少待富贵，富贵不来年少去'之句不同，叔原之言失之。"

李攀龙《草堂诗馀隽》："春景春情，句句逼真，当压倒白玉楼矣。"

沈际飞《草堂诗馀正集》："爽快决绝，他人含糊不是。"

黄蓼园《蓼园词选》："言近指远者，善言也。'年少抛人'，凡罗雀之门，枯鱼之泣，皆可作如是观。'楼头'二语，意致凄然，挈起多情苦来。末二句总见多情之苦耳。妙在意思忠厚，无怨怼口角。"

陈廷焯《白雨斋词话》："晏元献之'楼头残梦五更钟，花底离情三月雨'……婉转缠绵，情深一往，丽而有则，耐人玩味。"

俞陛云《唐五代两宋词选释》："夏闰庵谓后半阕惟极写'离愁'二字，若南宋人为之，必别出一意，断不如此直说。此等处正宜着眼。"

唐圭璋《唐宋词简释》："此首述相思之情。起句点春景。次句言人去。'楼头'两句，写人去后之处境，凄楚不堪，而缀语亦精炼无匹。下片，纯用白描，直抒胸臆，作意自后主'一片芳心千万绪，人间没个安排处'来。但觉忠厚之至，而无丝毫怨怼。"

诉衷情　寿

幕天席地斗豪奢[①]，歌妓捧红牙[②]。从他醉醒醒醉[③]，斜插满头花。　车载酒，解貂贳[④]，尽繁华。儿孙贤俊，家道荣昌，祝寿无涯。

【注释】

①幕天席地：苍天为幕，大地作席。刘伶《酒德颂》："行无辙迹，居无室庐，幕天席地，纵意所如。"　豪奢：豪华奢侈。

②红牙：调节乐曲节拍的拍板。多用檀木做成，色红，故称。亦称檀板。司马光诗："红牙板急弦声咽，白玉舟横酒量宽。"亦泛指檀木制作的乐器。《宋史·钱俶传》："俶贡白金五万两，钱万万，银饰箜篌方响羯鼓各四、红牙乐器二十二事。"

③从：任随，任由。

④解貂贳："貂裘换酒"典故之简。刘歆《西京杂记》载司马相如与卓文君还成都，以鹔鹴裘向市人贳酒。《晋书·阮孚传》载：阮孚"尝以金貂换酒，复为所司弹劾"。貂裘，达官贵人之服，以之换酒，形容贵人或名士的风流放诞。　贳(shì)：本指赊欠，此指换取。

【赏析】

是词祝寿。重点写寿主。起首便写其豪气，"幕天席地斗豪奢"，寿筵露天而设，以此来跟人家斗豪华奢侈。为的是回归大自然，无拘无束，纵意尽情，寿主真是特别之人。"歌妓捧红牙"，一句带过寿筵的内容。余下之篇幅，均是续写寿主。"从他醉醒醒醉，斜插满头花。""车载酒，解貂贳，尽繁华。"任由他醉了醒，醒了还醉，头上还插满了鲜花，活灵活现一个豪饮之人。酒不够，车载来；还不够，就解貂去换，即使散了繁华，也不在乎。"斗豪奢"、"解貂贳"两个典故的运用，刻画寿主既具刘伶放浪形骸的酒人风度，又具石崇夸豪斗富的霸蛮气概。结尾三句，循祝词之例。

诉衷情　寿

喧天丝竹韵融融[①]，歌唱画堂中。玲女世间希有[②]，烛影夜摇红。　一同笑，饮千钟，兴何穷。功成名遂，富足年康，祝寿如松。

【注释】

①喧天:形容声音大。 丝竹:泛指乐器。 融融:和暖的样子。此形容乐曲声融洽和谐。

②玲女:即唐代杭州名妓商玲珑。白居易为杭州刺史,官妓商玲珑巧于应对,善歌舞,很受白居易及其友人元稹喜爱。元稹《重赠》:“休遣玲珑唱我诗,我诗多是别君词。”题下自注:“乐人商玲珑能歌,歌予数十诗。”此代指歌女。 希有:稀有。“希”同“稀”。

【赏析】

是词亦祝寿。前阕写寿筵场面宏大,“喧天丝竹韵融融”,显其排场;写歌女稀有,“玲女世间希有”,显其富有与权贵;写寿筵时长,“烛影夜摇红”,显其影响。多角度、多层面地表现寿主的身份、地位和排场。

欧阳修《六一词》

【小传】

欧阳修(1007-1072),字永叔,号醉翁,又号六一居士。庐陵(今属江西吉安)人。宋仁宗天圣八年(1030)进士。累任馆阁校勘、龙图阁直学士、翰林学士、参知政事(副相)、金紫光禄大夫、刑部尚书、兵部尚书,以太子少师致仕。熙宁五年(1072)闰七月,病逝于颍州(治所汝阴,今安徽阜阳)。谥文忠,追封兖国公。政治上曾支持范仲淹等改革,文学上极力主张"明道"、"致用",为北宋诗文革新运动的领袖,"唐宋八大家"之一。著有《新五代史》、《集古集》、《欧阳文忠集》,《六一词》,其词风继花间,"冯延巳词……欧阳永叔得其深"(刘熙载《艺概》)。

◉集评

李之仪《姑溪居士集·跋吴思道小诗》:"长短句于遣词中最为难工,自有一种风格稍不如格,便觉龃龉。……晏元献、欧阳文忠、宋景文则以其馀力游戏,而风流闲雅超出意表,又非其类也。谛味研究,字字皆有据,而其妙见于卒章,语尽而意不尽,意尽而情不尽,岂平平可得仿佛哉!"

胡仔《苕溪渔隐丛话》引李清照《词论》:"至晏元献、欧阳永叔、苏子瞻,学际天人,作为小歌词,直如酌蠡水于大海,然皆句读不葺之诗尔,又往往不协音律。"

曾慥《乐府雅词序》:"欧公一代儒宗,风流自命,词章幼眇,世所矜式。当时小人或作艳曲,谬为公词。今悉删除。"

王灼《碧鸡漫志》:"晏元献公、欧阳文忠公(长短句)风流蕴藉,一时莫及,而温润秀洁亦无其比。""欧阳永叔所集歌词,自作者三之一耳。其间他人数章,群小因指为永叔,起暧昧之谤。"

罗大经《鹤林玉露》:"杨东山尝谓余曰:'文章各有体,欧阳公所以为一代文章冠冕者……虽游戏作小词,亦无愧唐人《花间集》。'"

陈振孙《直斋书录解题》:"《六一词》一卷,欧阳文忠公修撰。其间多有与《花间》、《阳春》相混者,亦有鄙亵之语一二厕其中,当是仇人无名子所为也。"

吴师道《吴礼部词话》:"欧公小词间见诸词集,陈氏《书录》云一卷……近有《醉翁琴趣外篇》凡六卷二百馀首,所谓鄙亵之语,往往而是,不止一二也。前题《东坡居士序》,近八九语,所云'散落酒尊间,盛为人所爱,尚犹小技,其上有取焉者。'词气卑陋,不类坡作,益可以证词之伪。"

毛晋《隐湖题跋》:"(《跋六一词》)庐陵旧刻三卷,且载乐语于首。……然集中更有浮艳伤雅不似公笔者。先辈云,疑以传疑可也。"

尤侗《西堂全集》之《西堂杂俎》:"以寇平仲之刚,而曰:'柔情不断如春水。'范希文之正,而曰:'眉间心上,无计相回避。'欧阳永叔之忠,而曰:'无人其白璧。由斯说与相思,近日带围宽尽。'三公名垂宇宙,不以以谭,岂惟词不能穷人,殆达而后工者也。"《白香词谱笺》:"六一婉丽,实妙于苏。"

徐釚《词苑丛谈》:"华亭宋尚木征璧曰:'吾于宋词得七人焉:曰永叔,其词秀逸;曰子瞻,其词放诞;曰少游,其词清华;曰子野,其词娟洁;曰方回,其词新鲜;曰小山,其词聪俊;曰易安,其词妍婉。'"

田同之《西圃词说》:"小调不学《花间》,则当学欧、晏、秦、黄。欧、晏蕴藉,秦、黄生动。一唱三叹,总以不尽为佳。""北宋秦少游妙矣,而尚少刻肌入骨之语,去韦庄、欧阳修诸家尚隔一尘。"

郭麐《灵芬馆词话》:"词之为体,大略有四:风流华美,浑然天成,如美郭人临妆,却扇一顾,《花间》诸人是也,晏元献、欧阳永叔诸人继之。"

周济《介存斋论词杂著》:"永叔词只如无意,而沉著在和平中见。"《宋四家词选·目录序论》"韩、范诸巨公，偶一染翰，意盛足举其文，虽足树帜，故非专家。若欧公则当行矣。""词笔不外顺逆反正，尤妙在复、在脱。复处无垂不缩，故脱处如望海上，三山妙发。温、韦、晏、周、欧、柳，推演尽致。南渡诸公，罕复从事矣。"

刘熙载《艺概·词曲概》："冯延巳词，晏同叔得其俊，欧阳永叔得其深。"

谢章铤《赌棋山庄词话》："宋人亦何尝不尚艳词？功业如范文正，文章如欧阳文忠，检其集，艳词不少。盖曼衍绮靡，词之正宗，安能尽以铁板铜琶相律？""北宋多工短调，南宋多工长调；北宋多工软语，南宋多工硬语。然二者偏至，终非全才。欧阳、晏、秦，北宋之正宗也。"

冯煦《嵩庵论词》："宋初大臣之为词者，寇莱公、晏元献、宋景文、范蜀公与欧阳文忠，并有声艺林。然数公或一时兴到之作，未为专诣。独文忠与元献学之既至，为之亦勤，翔双鹄于交衢，驭二龙于天路。且文忠家庐陵，而元献家临川，词家遂有西江一派。其词与元献同出南唐，而深致则过之。宋至文忠，文始复古，天下翕然师尊之，风尚为之一变。即以词言，亦疏隽开子瞻，深婉开少游。本传云超然独骛，众莫能及。独其文乎哉！独其文乎哉！"

陈廷焯《词坛丛话》："欧阳公词，飞卿之流亚也。其香艳之作，大率皆年少时笔墨，亦非尽后人伪作也。但家数近小，未尽脱五代风气。"

沈曾植《菌阁琐谈》："醉翁《琴趣》颇多通俗俚语，故往往与乐章相混。山谷俚语，欧公先之矣。……殆所谓小人谬作，托为公词，所谓浅近之词，刘辉伪作者，厕其间欤？"

况周颐《蕙风词话》："王文简《倚声集序》：……有诗人之词，唐、蜀、五代诸人是也。有文人之词，晏、欧、秦、李诸君子是也。有词人之词，柳永、周美成、康与之之属是也。有英雄之词，苏、陆、辛、刘是也。至是，声音之道乃臻极致，而诗之为工，虽百变而不穷。"

王国维《人间词话》："词之雅郑，在神不在貌。永叔、少游虽作艳语，终有品格。方之美成，便有淑女与娼妓之别。"《人间词话删稿》："诗至唐中叶以后，殆为羔雁之具矣。故五代北宋之诗，佳者绝少，而词则为其极盛时代。即诗词兼擅如永叔、少游者，词胜于诗远甚。以其写之于诗者，不若写之于词者之真也。""词之最工者，实推后主、正中、永叔、少游、美成，而后此南宋诸公不与焉。""唐、五代之词，有句而无篇。南宋名家之词，有篇而无句。有篇有句，唯李后主降宋后之作，及永叔、子瞻、少游、美成、稼轩数人而已。""美成词多作态，故不是大家气象。若同叔、永叔，虽不作态，而一笑百媚生矣。此天才与人力之别也。"

西湖念语①

昔者王子猷之爱竹，造门不问于主人；陶渊明之卧舆，遇酒便留于道上②。况西湖之胜概，擅东颍之佳名③。虽美景良辰，固多于高会；而清风明月，幸属于闲人④。并游或结于良朋，乘胜有时而独往⑤。鸣蛙暂听，安问属官而属私；曲水临流⑥，自可一觞而一咏。至欢然而会意⑦，亦傍若无人。乃知偶来常胜于特来⑧，前言可信；所有虽非于己有，其得已多。因翻旧阕之辞⑨，写以新声之调，敢陈薄伎⑩，聊佐清欢。

【注释】

①西湖：此为颍州西湖（治所在今安徽阜阳），是颍河与诸水会流之处，长三里、宽十里。作者晚年退居颍州。　念语：又称"乐语"、"致语"，北宋时酒宴歌筵盛行在演唱之前，由歌伎中的一人朗诵骈文一段，作为开场道白，接着才开始独唱或合唱。

②王子猷：即王徽之，王羲之之子。性爱竹。《晋书·王徽之传》："时吴中有一士大夫家，有好竹，欲观之，便坐舆造竹下，讽啸良久。主人洒扫请坐，徽之不顾。将出，主人乃闭门。徽之每以此赏之，尽欢而去。"　卧舆：可以躺卧的轿子。《晋书·陶渊明传》："江州刺

史王弘欲识之(陶渊明),不能致也。渊明尝往庐山,弘令渊明故人庞通之赍酒具,于半道栗里之间邀之。渊明有脚疾,使一门生二儿轝篮舆,既至,欣然便共饮酌。俄顷弘至,亦无忤也。"

③况:譬如,比方。 胜概:胜景,美丽的景色。李咸用《和人游东林》:"胜概谁人更解寻。" 擅:犹独享。 东颍:颍河以东地区。 佳名:美名。

④虽:通"唯"。 美景良辰:美好的景物与节令。 高会:盛宴。 幸:指心情舒畅的心境。 闲人:懂得清闲安逸生活情调人们。

⑤并游:一同游览。

⑥暂听:暂且听取青蛙的鸣叫。 安:表示疑问,怎么。 属官或属私:《晋书·惠帝纪》载,晋惠帝(司马衷)为人痴愚,尝在华林园闻虾蟆声,谓左右侍臣贾曰:"此鸣者,为官乎?私乎?"对曰:"在官地为官虾蟆,在私地为私虾蟆。"

⑦曲水临流:古人以三月上巳日(魏晋始固定为三月三日)修禊,有曲水流觞的习俗。王羲之《兰亭集序》:"又有清流激湍,映带左右,引以为流觞曲水。列坐其次。虽无丝竹管弦之盛,一觞一咏,亦足以畅叙幽情。"

⑧欢然:喜悦欢乐悠然。 会意:领悟。陶潜《五柳先生传》:"好读书,而不求甚解,每有会意,便欣然忘食。"

⑨偶来:偶尔而来。 特来:特意而来。

⑩旧阕:犹言旧作。 阕:乐章一曲终了,称一阕。

【赏析】

此篇念语,是《采桑子》十首联章咏唱颍州西湖的开场骈文。

第一层,由王猷之爱竹与陶潜遇酒两个典故说起,说明先贤均独有所好,暗寓欧阳氏亦独有所好。

第二层,描写游历西湖。颍州西湖是与杭州西湖、扬州瘦西湖并著的名胜。在州城西北,唐宋时为游宴胜地。欧阳修于宋仁宗皇祐元年(1049)自扬州移知颍州,作《西湖戏作示同游者》:"菡萏香清画舸浮,使君宁复忆扬州。都将二十四桥月,换得西湖十顷秋。"欧阳修辞官退居颍滨,戏言成真意。《采桑子》词自此以下至"平生为爱西湖好"共十首,均以"西湖好"起句,为连章鼓子词(鼓子词,宋代以同一词调重复演唱的说唱艺术,内容多叙事写景),咏歌颍州西湖风物之美好与自己流连光景的愉悦心情。篇中提到"闲人",又提到"旧阕之辞",应是作者晚年归隐颍州(宋神宗熙宁四年,即公元 1071 年)之后,整理旧作并稍加补充而成。

◉集评

王国维《宋元戏曲史·宋之乐曲》:"宋人宴集,无不歌以侑觞,然大率徒歌而不舞,其歌亦以一阕为率。其有连续歌此一曲者,为欧阳公之《采桑子》凡十一首;赵德麟《商调蝶恋花》,凡十首,一述两胜之胜,一述会真之事,皆徒歌而不舞,其所以异于普通之词者,不过重叠此曲,以咏一事而已。"

采桑子

轻舟短棹西湖好①,绿水逶迤②。芳草长堤。隐隐笙歌处处随③。 无风水面琉璃滑④,不觉船移。微动涟漪⑤。惊起沙禽掠岸飞⑥。

【注释】

①轻舟:小艇。李白《朝发白帝城》:"两岸猿声啼不绝,轻舟已过万重山。" 短棹:短小的船桨。或指扁舟。

②逶迤:曲折绵长的样子,形容水流、道路、山脉。

③隐隐:隐约依稀。 笙歌:指代音乐、歌唱。 处处:到处。

④琉璃:天然的各种有光宝石。唐代称为玻璃,宋元以来称为宝石。此比喻湖水清澈透明像琉璃一般平滑。

⑤涟漪:水波纹。

⑥掠:拂过。韩愈《戏题牡丹》:"双燕无机还拂掠,游蜂多思正经营。"

【赏析】

此联章之一,写轻舟短棹游湖。起首"轻舟短棹西湖好,绿水逶迤。"驾起小船,摇动短棹去游,不禁令人赞美西湖的好,那绿水曲折绵长。"芳草长堤",放眼望去,芳草蔓生铺长堤。隐隐约约传来的笙歌到处与你相随。没有风儿的水面如同玻璃般平滑,简直感觉不到船是移动的。只要涟漪微微泛动,就会惊动沙鸥掠岸飞去。

词作通过游船,从主观意念上写出颍州西湖的幽静,确是高超。轻舟短棹于"绿水逶迤"、"无风水面琉璃滑"的空旷湖面,船虽动而感觉不到其动,这是运动中见静止;"芳草长堤",对比行进间的轻舟,只觉得它是静静地卧在湖边,这是见静止而察觉不到运动;游船上传出的笙歌之声,因为静,才可到处隐隐听见,这是闹中写静;涟漪微动,本是小动,却会惊飞禽鸟,可见其静也,这是小动引出的大动,更见幽静。

◉集评

许昂霄《词综偶评》:"闲雅处,自不可及。"

俞陛云《唐五代两宋词选释》:"下阕四句,极肖湖上行舟,波平如镜之状。'不觉船移'四字,下语尤妙。"

采桑子

春深雨过西湖好,百卉争妍。蝶乱蜂喧。晴日催花暖欲然①。 兰桡画舸悠悠去②,疑是神仙。返照波间。水阔风高扬管弦③。

【注释】

①然:同"燃",燃烧。刘禹锡《韩十八侍御……》:"红袖花欲然。"

②兰桡:木兰材质造的船桨。温庭筠《菩萨蛮》:"谢娘惆怅倚兰桡,泪流玉箸千条。" 画舸:油漆彩绘的大船。 悠悠:安闲的样子。《诗·小雅·车攻》:"萧萧马鸣,悠悠旆旌。"

③管弦:管乐与弦乐器具。或泛指音乐。皇甫松《摘得新》:"管弦兼美酒,最关人。"

【赏析】

此联章之二,写暮春雨后游湖。"春深雨过",以"春深"言暮春,"深"字,突出春色之浓丽,其之"深"是在雨后,所以赞许"西湖好"。杜甫诗曰:"好雨知时节,当春乃发生。随风潜入夜,润物细无声。"春雨过后,"百卉争妍",百花齐放,争奇斗艳。蝴蝶飞舞,蜂儿喧鸣。天空放晴,阳光普照,催开花卉,白居易《忆江南·江南好,风景旧曾谙》词有句"日出江花红似火,春来江水绿如蓝。"而欧词却将此意境,具体化了。"暖欲然",一语三说,一是花儿趁着和暖竞放,红得要燃烧起来似的;二是红花怒放,给春天带来暖和丽色,春光之暖,似在燃烧；三是人们陶醉于春光之中，暖融融的，激情亦欲燃。

后阕写画舸游湖。"悠悠去"，安闲自在的，平稳航行，更可平心静气的欣赏湖光美景，怀疑自己是神仙一般快乐。"返照波间"，夕阳西下了，阳光反照湖面，"水阔风高扬管弦"，水面显得更加开阔，风儿吹拂，音乐美声飘荡开去。春深雨后的西湖，呈现的是热闹之美。

采桑子

画船载酒西湖好，急管繁弦[①]。玉盏催传[②]。稳泛平波任醉眠。　行云却在行舟下[③]，空水澄鲜[④]。俯仰留连[⑤]。疑是湖中别有天。

【注释】

①急管繁弦：管弦演奏出急促繁杂乐曲。

②玉盏催传：玉制酒杯催促着传递。

③"行云"句：天上飘忽流动的云彩倒影湖面，仿佛在船下飘移。

④空水：水清见底。　澄鲜：清澈鲜亮。

⑤俯仰：低头与抬头，比喻一上一下。《左传·定十五年》："将左右周旋，进退俯仰，于是乎取之。"　留连：舍不得离去。曹丕《燕歌行》："仰戴星月观云间，飞鸟晨鸣，声气可怜，留连顾怀不自存。"

【赏析】

此联章之三，写画船载酒游湖。前两首所写西湖景色已经够醉人的了，如果载酒游湖又如何呢？"画船载酒西湖好，急管繁弦。玉盏催传。"乘着华美的船只，带上美酒，听着节拍紧凑的乐曲，欣赏欢快的歌唱，频频举起玉杯畅饮。真可谓船美、酒美、湖美、乐美、歌美，似乎世间的"美"都汇集在一起了，令人陶醉。果然，游人们醉了，"稳泛平波任醉眠"，风平浪静，行船稳妥，随便饮醉去睡吧。在美丽如画的西湖上游览，在急管繁弦中豪饮，那有不醉之理。当然，美酒醉人，而美景亦更醉人。

后阕写醉游。"行云却在行舟下，空水澄鲜。"两句状写的实际景物，是行云倒影在湖面，照实而摹写也可以。如果写实，那就不是带着醉意所见之景了。正因为醉意，便更有诗意；有诗意，便会驰骋想象；想象所至，便实景虚写，以虚作实。行云不是在天上，而是在行船下面飘游；当然，湖上的舟船不是在水上，而是在云中行驶。为什么呢？天空与湖水清澈如镜，简直融为一体了。"俯仰流连"一句，接上而来，游人俯看绿湖云影，仰看碧空白云，一俯一仰，总是看不够，流连不舍地看呀看。"疑是湖中别有天"，在俯仰之间，游人忽然觉得湖中好像别有一个天空似的，或许这也是"醉"之所致吧。

◉集评

俞陛云《唐五代两宋词选释》："湖水澄澈时，如在镜中，云影天光，上下一色，'行云'数语，能道出之。"

采桑子

群芳过后西湖好[①]，狼籍残红[②]。飞絮濛濛[③]。垂柳阑干尽日风[④]。　笙歌散尽游人去[⑤]，始觉春空[⑥]。垂下帘栊[⑦]。双燕归来细雨中。

【注释】

①群芳：比喻众多的春花。

②狼籍残红：落花纷纷散乱。狼籍：形容纵横散乱情状。

③飞絮濛濛：漫天飞扬的柳絮如濛濛细雨。张先《一丛花》："离愁正引千丝乱，更东陌、飞絮濛濛。"濛濛：细雨纷扬的样子。

④阑干：纵横交错的样子。尽日风：整日在和风中。

⑤笙歌：原指吹笙伴奏，此泛指音乐歌筵。

⑥春空：春意全无。

⑦帘栊：窗帘。栊，窗棂，指代窗户。张先《一丛花》："梯横画阁黄昏后，又还是、斜月帘栊。"

【赏析】

此联章之四，写群芳过后之西湖。前阕描写暮春西湖景色，"群芳过后"，百花开过之后，春天即将过去。此时，西湖"狼籍残红。飞絮濛濛。垂柳阑干尽日风。"地上是残花败蕊，柳絮如濛濛细雨在空中飞舞，东风整日摇动着杨柳垂枝拂过栏干。

后阕写游湖观感，"笙歌散尽游人去"，音乐歌筵结束，散席了，游人都已归去。"散尽"二字连用，"去"字句结，从人的活动角度去反映暮春西湖的寂寥。人类活动之景与前阕的自然物候之景组合，"始觉春空"，顿时感觉到春天空空如也。"垂下帘栊"，又是人的活动，面对"春空"，人们选择呆在家中，欣赏那"双燕归来细雨中"，心境何等的平淡恬静。

其实，"群芳过后西湖好"，其之所以好，就好在淡静之美。

◉集评

先著、程洪《词洁》："'始觉春空'，语拙，宋人每以'春'字，替人与事，用极不妥。"

陈廷焯《词则·别调集》："'始觉春空'，四字猛省。"

谭献《谭评词辨》："'群芳过后'句，埽处即生。'笙歌散尽游人去'二句，悟语是恋语。"

刘永济《唐五代两宋词简析》："此词虽意在写暮春景物，而作者胸怀恬适之趣，同时表达出之。作者此词，皆从世俗繁华生活之中渗透一层着眼。盖世俗之人，多在群芳正盛之时游观西湖，作者却于飞花、飞絮之外，得出寂静之境。世俗之游人皆随笙歌散去，作者却于人散春、空之后，领略自然之趣。"

唐圭璋《唐宋词简释》："此首上片言游冶之盛，下片言人去之静。通篇于景中见情，文字极疏隽。风光之好，太守之适，并可想象而知也。"

采桑子

何人解赏西湖好①，佳景无时。飞盖相追②。贪向花间醉玉卮③。　谁知闲凭阑干处，芳草斜晖。水远烟微。一点沧洲白鹭飞④。

【注释】

①解赏：懂得欣赏。李颀《呵安万善吹觱篥歌》："世人解听不解赏，长飙风中自来往。"

②飞盖：奔驰的车子。曹植《公宴》："清夜游西园，飞盖相追随。"盖：车盖，指代车。

③"贪向"句：求无厌足地在花丛中醉酒。玉卮：玉杯，此指代卮中之酒。

④沧洲：此指滨水的地方。

【赏析】

此联章之五，写余晖鹭飞之西湖。前阕首句设问，什么样的人才算得上懂得欣赏西湖的"好"呢？主人公先虚拟一个答案"佳景无时"，美景无时不在。答案没有错，但太泛了，不具体。接着再举出一个答案"飞盖相追。贪向花间醉玉卮。"车水马龙,游人不绝;花间催杯,畅饮至醉,这是繁华热闹的"好",也没有错。两个答案分别从概貌述说、典型例说,赞美西湖的"好",这算解赏到"西湖好"的真谛了吗?

后阕写静观西湖。"谁知"回应"何人",针对前阕两个答案。"闲凭阑干处,芳草斜晖。水远烟微。一点沧洲白鹭飞。"以一气呵成之势,道出独特的见解。黄昏时分,一个人静静地凭倚栏干,欣赏余辉照耀的芳草,湖上波光烁烁,水面旷阔淼淼,烟霞稀微,前边的滨水之处忽然现出一点白色,啊,原来是白鹭飞起。

词人通过对比,情有独钟于这黄昏美景,与上首对淡静美的追求是一致的。

采桑子

清明上巳西湖好①,满目繁华②。争道谁家。绿柳朱轮走钿车③。 游人日暮相将去④,醒醉喧哗⑤。路转堤斜。直到城头总是花。

【注释】

①清明上巳:古时农历三月上旬巳日为上巳节,魏晋以后改为三月三日。

②繁华:兴旺热闹。韦应物《拟古诗十二首》之三:"京城繁华地,轩盖凌晨出。"

③朱轮:古制太守乘车,以朱漆绘车轮。陆机《长安有狭路邪行》:"伊洛有歧路,歧路交朱轮。" 钿车:以金丝花纹装饰的车子。杜牧《街西长句》:"银鞦騕袅嘶宛马,绣鞅璁珑走钿车。"

④相将:相随。

⑤喧哗:声大而嘈杂。张华《轻薄篇》:"坐席咸喧哗。"

【赏析】

此联章之六,写清明上巳之西湖。以清明上巳节为题材的诗,最早见诸《诗·郑风》和《诗·溱洧》两篇,描写男女春游。晋朝王羲之的《兰亭集序》"又有清流激湍,映带左右,引以为流觞曲水",写过节习俗。是词则通过清明上巳节活动,反映西湖风光之繁华热闹。

前阕起首即赞美:清明上巳节的西湖真好,"满目繁华",这是词的题旨,开门见山。热闹繁华到什么情况?"争道谁家",道路上人来车往,争先恐后赶往西湖,争道夺路之人,具体说不清是哪一家。"绿柳朱轮走钿车",绿柳堤岸上朱轮钿车在奔驰。唐朝杜甫的《丽人行》却说"三月三日天气新,长安水边多丽人",诗的主题是讽刺权贵。欧词以华贵彩车指代游人,似乎没有讥讽之意,写显贵人家参与节日活动,表明节日的西湖繁华,人人可赏,个个可享。后阕写傍晚春游归去。词人写"群芳过后"之西湖是"笙歌散尽游人去,始觉春空"。而节日的西湖呢,"游人日暮相将去,醒醉喧哗",一"静"一"闹",形成鲜明的对比。"路转堤斜。直到城头总是花。"沿着曲折的路途、高低的堤岸望去,一直到城门那边,都是花儿。刘克庄的《上巳》诗云:"暮归尚有清狂态,乱插山花满角巾。"特写簪花之人,笑其清狂;而欧词写场面广阔的大景,使用摇镜头,摄下一路归人一路花的盛况,赞其繁华。

采桑子

荷花开后西湖好,载酒来时。不用旌旗①。前后红幢绿盖随②。 画船撑入花深处,香泛金卮。烟雨微微。一片笙歌醉里归。

【注释】

① "不用"句:莲塘之中,无须使用旌旗。

②“前后”句：前后都是如幢的红莲，如盖的绿叶相随。

【赏析】

此联章之七，写荷花开后之西湖。前阕写西湖夏日荷花盛开。这次游湖，亦像往常一样，载酒而来。不同之处是，“不用旌旗”。为什么？是词当写于宋仁宗皇祐元年(1049)，词人时知颍州，太守游湖当然要旌旗仪仗的，此次“不用”，正如《西湖念语》所说，是“乘胜有时而独往”，“属私”性质；再者，来到荷塘一看，觉得“不用”是对的：“前后红幢绿盖随”，满塘的红荷绿叶，前呼后拥，这景象比起仪仗队来要威风得多了。词作的景物，循情而写，可谓比喻贴切、生动鲜活。以荷花、荷叶比喻仪仗，使人想起屈原《离骚》的“制芰荷以为衣兮，集芙蓉以为裳。”想起周敦颐《爱莲说》的“予独爱莲之出污泥而不染，濯清涟而不妖，中通外直，不蔓不枝。……莲，花之君子也。”欧阳修于此，亦或暗寓高洁。

后阕写荷塘游船。“画船撑入花深处，香泛金卮。”画船入得荷塘深处，荷花芳香侵入酒杯，当然是和香而饮了。“烟雨微微。”如烟之细雨，微微的下着，荷塘笼罩在朦胧之中。“一片笙歌醉里归。”何止是一片笙歌相随，更有醉酒、“醉景”相随而归。

采桑子

天容水色西湖好，云物俱鲜①。鸥鹭闲眠。应惯寻常听管弦②。　风清月白偏宜夜，一片琼田③。谁羡骖鸾④。人在舟中便是仙。

【注释】

①云物：云霞景物。　鲜：好，美丽。

②寻常：普通，平常。杜甫《曲江》之二：“酒债寻常行处有，人生七十古来稀。”

③“一片”句：湖面如一片玉田。

④骖鸾：仙人乘鸾在天上遨游。　骖：驾，乘。　鸾：传说中凤凰一类的神鸟。

【赏析】

此联章之八，写天空水色之西湖。长天与湖水共一色，云霞景物都是如此的美丽。鸥鸟与白鹭安闲的睡眠，好像是习以为常似的听惯了那管弦乐声。前阕描写和谐之景：天与水，是和谐的——“天容水色”；云与物，是和谐的——“俱鲜”；鸥鹭与管弦，也是和谐的，鸥鹭能在喧闹的管弦声里安闲睡去。此四种和谐，仿佛构成了人与大自然的“和平共处”，各得其乐，和谐协调。

后阕写夜景。“偏宜”，突现西湖夜景之美。“一片琼田”，西湖在风清月白之夜宛如美玉。面对美景，还有谁去羡慕那乘鸾遨游的仙人，“人在舟中便是仙”。

采桑子

残霞夕照西湖好，花坞蘋汀①。十顷波平。野岸无人舟自横②。　西南月上浮云散③，轩槛凉生④。莲芰香清⑤。水面风来酒面醒。

【注释】

①花坞：四周高起而中间低、能御风的花圃。严维《酬刘员外见寄》：“柳塘春水漫，花坞夕阳迟。”　蘋汀：长着蘋草的水边小洲。

②“野岸”句：田野湖岸没人，船只自横着。韦应物《滁州西涧》：“春潮带雨晚来急，野渡无人舟自横。”

③浮云：浮动在天空的云。

④轩：有窗的长廊或小室。 槛：栏杆。

⑤芰：菱，俗称菱角。

【赏析】

此联章之九，写残霞夕照之西湖，选择的观赏角度与本调“其五”后阕相同——静观。首两句，由上而下，天上是残霞散布，夕阳斜照花坞蘋汀。“十顷波平”，角度转为平视，写其壮阔水面的平静。接着取个中景，“野岸无人舟自横”，静中益静，与韦应物诗句“春潮带雨晚来急，野渡无人舟自横”的动中取静不同。后阕写夜景，以动衬静。月上云散，是动；轩槛凉生，是动；莲芰香清，是动；水面风来，是动；酒面醒，更是动。然而，西湖夜晚的“动”，催人酒醒，就更让人回到了谧静之中。

采桑子

平生为爱西湖好，来拥朱轮。富贵浮云①。俯仰流年二十春②。 归来恰似辽东鹤③，城郭人民。触目皆新。谁识当年旧主人。

【注释】

①富贵浮云：此用《论语·述而》：“不义而富且贵，于我如浮云。”

②俯仰：转瞬之间，比喻时间过得甚快。王羲之《兰亭集序》，“向之所欣，俯仰之间已为陈迹。” 二十春：作者自宋仁宗皇祐二年（1050）秋离颍州知州任，改知应天府；到宋神宗熙宁四年（1071）退休归颍州，恰为二十个春天。

③辽东鹤：旧题陶潜撰《搜神后记》：“丁令威，本辽东人，学道于灵虚山。后化鹤归辽，集城门华表柱。时有少年举弓欲射之，鹤乃飞，徘徊空中而言曰：‘有鸟有鸟丁令威，去家千年今始归。城郭如故人民非，何不学仙冢垒垒。’遂高上冲天。”

【赏析】

此为联章之十，是为“总结”。首两句，道出热爱西湖，才“来拥朱轮”，来此任太守。古时制度，太守所乘之车，以朱漆绘车轮，此词人指代在颍州任太守一职。欧阳修在《思颍诗后序》说：“宋皇祐元年（1049）春，予自广陵得请来颍，爱其民淳讼简而物产美，土厚水甘而风气和，于时慨然已有终焉之意也。迩来俯仰二十年，历事三朝，窃位二府，宠荣已极，而忧患随之，心志索然而筋骸惫矣。其思颍之念，未尝一日少忘于心；而意之所存，亦时时见于文字也。”“富贵浮云”，将富贵与西湖相比。“俯仰流年二十春”，转眼之间，二十年回到颍州。后阕写归感。用丁令威化鹤归辽的典故，喻己之归来。城郭之中，所见之人，都是新面孔。“谁识当年旧主人？”词人的感叹并非悲观。二十年前因为“平生为爱西湖好，来拥朱轮”；如今，年逾六旬，亦可以为爱西湖好，而重新开始，让城郭人民认识自己。

◉集评

黄畬《欧阳修词笺注》：“作者自皇祐二年（1050）秋离颍州知州改知应天府（今河南商丘），到熙宁四年（1071）退休归颍，恰好二十个春天。”

龙榆生《唐宋名家词选》引夏敬观：“此颍州西湖词。公昔知颍，此晚居颍州所作也，十词无一重复之意。”

采桑子

画楼钟动君休唱①，往事无踪。聚散匆匆。今日欢娱几客同。　去年绿鬓今年白②，不觉衰容③。明月清风。把酒何人忆谢公④。

【注释】

①画楼：装饰华美的楼房。　钟：古击乐器。青铜制，悬挂于架上，以鎚击叩发音。　钟动：击钟奏乐。张叔良《长至日上公献寿》，“凤阙晴钟动。”

②绿鬓：犹青鬓，而有光泽的黑鬓发。

③衰容：衰老容颜。

④谢公：谢安、谢灵运、谢朓，均被称谢公，此指谢朓。谢朓（464—499），字玄晖，南朝齐诗人。与谢灵运并举，称小谢。曾任宣城（宣城郡治所在今安徽宣州）太守，筑楼城北，称北楼，又称谢公楼、谢楼。李白《秋登宣城谢朓北楼》：“谁念北楼上，临风忆谢公。”

【赏析】

是词怀念旧友。前阕写画楼听乐的感怀。钟鸣乐起，我却停止歌唱。“君”，主人公自称。为什么？“往事无踪。聚散匆匆。今日欢娱几客同。”往事如烟一点踪影全无，聚会与分手都来得这样快。今日的欢娱，没剩下几个能共同来分享的了。人事变迁，知己没几人，主人公当然无心唱。后阕写年事已高，忆起旧友。“去年绿鬓今年白，不觉衰容。”去年的乌黑鬓发，今年就变白，不知不觉中容颜已经衰老。由己之容衰，念及友人。“明月清风。把酒何人忆谢公。”对着明月清风之夜，举起酒杯，还有谁人忆得起谢公？别人不忆，词人忆。据载，欧阳修的旧友，如谢绛（994—1039）、石延年（994—1041）、尹洙（1001—1047）、苏舜钦（1008—1048）、梅尧臣（1002—1060）等人，其中苏、梅二人与欧公甚密。梅尧臣于宋仁宗嘉祐五年（1060）谢世，欧五十四岁，其《哭圣俞（尧臣）》诗云：“三十年间如转眸，屈指十九归山丘，凋零所馀身百忧。”或许所怀念者即是这些人，词人将他们比作六朝著名诗人“谢公”，赞美之意、怀念之情可见。

采桑子

十年一别流光速①，白首相逢②。莫话衰翁。但斗尊前语笑同③。　劝君满酌君须醉，尽日从容④。画鹢牵风⑤。即去朝天沃舜聪⑥。

【注释】

①流光：时光易逝，故称光阴为流光。李白《古风》之十二：“逝川与流光，飘忽不相待。”

②白首：人老发白。江洪《胡笳曲》：“红颜征戍儿，白首边城将。”

③斗：享用。张相《诗词曲语辞汇释》卷二：“斗，喜乐戏耍之辞。牛僧孺《席上赠刘梦得》诗：‘休论世上升沉事，且斗樽前见在身。’斗者，受用之义。”

④从容：舒缓，不急促。《史记·留侯世家》：“（张）良尝间从容步游下邳圯上。”

⑤画鹢（yì）：画船。古代船头多画鹢鸟，鹢鸟，古代鸟名，一种像鹭鸶的水鸟，能高飞。沈佺期《三日梨园侍宴》：“画鹢中流动，青龙上苑来。”　牵风：被风驱动。杜甫《曲江对雨》：“水荇牵风翠带长。”

⑥朝天：朝见天子。　沃舜聪：向圣明的皇帝进言，以拓宽其视听。李觏《寄史屯田》：“早晚嘉谋沃舜聪。”　沃：灌溉，灌输。《尚书·说命上》，“启乃心，沃朕心。”　舜：虞舜，古

代圣君。 聪:听。

【赏析】

是词写送别。前阕首两句开门见山,说明所送别的友人非同一般:"十年一别流光速,白首相逢。"十年的分别,时光易逝,流光迅速,等到白了头,才得重逢。如今又要分别了。"莫说衰翁",不要说那些今天已是衰翁的话儿。"但斗尊前语笑同。"只管一同享用美酒,一齐以欢声笑语庆团聚。久别重逢,今又别,主人公为什么这样高兴?

后阕写赠言。"劝君满酌君须醉,尽日从容。"这两句字面是说饯别时劝酒,但有深一层的意思,当是劝旧友,要从容应对处事。"画鹢牵风。即去朝天沃舜聪。"结尾处,希望朋友进京后一帆风顺,以自己的才能,辅助皇上,多进良言,以拓宽其视听。

采桑子

十年前是尊前客,月白风清。忧患凋零①。老去光阴速可惊。 鬓华虽改心无改②,试把金觥③。旧曲重听。犹似当年醉里声。

【注释】

①忧患:犹患难。《孟子·告子》下:"然后知生于忧患而死于安乐也。" 凋零:凋谢、零落,亦指人事衰落。

②鬓华:两鬓斑白。

③把:持。 金觥(gōng):美称酒器。

【赏析】

是词怀旧抒情。前阕忆旧。"十年前是尊前客,月白风清。"十年以前朋友们都是诗酒高会的常客,每到在月明风清之夜,诗友旧朋歌筵酬唱,举觞畅饮。尔后,"忧患凋零",不仅有忧患,而且目睹"凋零",谢绛、石延年、苏舜钦等朋友先后谢世。"老去光阴速可惊",人老去,时间快得令人震惊。后阕抒情。"鬓华虽改心无改,试把金觥。"面对"忧患凋零",主人公仍然是那样的豪放,鬓发颜色虽然变成了花白,但那份情感丝毫未改,还是"尊前客",把酒临风,"旧曲重听。犹似当年醉里声",重听那些与朋友们一起欣赏过的旧曲,更加感到与当年同醉共享的美妙乐韵歌声没有什么两样。

朝中措 送刘仲原甫出守维扬①

平山阑槛倚晴空②。山色有无中。手种堂前垂柳③,别来几度春风。 文章太守④,挥毫万字,一饮千钟。行乐直须年少,尊前看取衰翁⑤。

【注释】

①刘仲原甫:即刘敞(1019—1069),字原甫,或作原父。新喻(今江西新余)人。宋仁宗庆历六年(1046)进士。历官知制诰、集贤院学士等。《六一居士集》有《和原甫平山堂见寄》一首。 维扬:指扬州。

②平山:堂名,在扬州城西北蜀冈山上。作者守扬州时所建,至今尚存。 倚晴空:言槛高凭天空。

③垂柳:张邦基《墨庄漫录》卷二:"扬州蜀冈上大明寺平山堂,欧阳文忠手植柳一株,人谓欧公柳。"

④文章太守:作者自负而称己。

⑤衰翁：犹言老翁。屈原《涉江》："年既老而不衰。"

【赏析】

是词赠别。徐釚《词苑丛谈》说："刘原父出守扬州，(欧)公作《朝中措》饯之。"欧阳修在扬州时，亲自筹建平山堂，植柳树，而刘又出守该地，所以词作便以介绍扬州风物起首。"平山阑槛倚晴空，山色有无中。"平山堂的栏干雕槛高倚晴空，登临而极目，壮丽的山色，在若有若无之中。我手植在堂前的那棵柳树，自离开之后，经已多少回春风了呢？这一问，既带有深情的怀念之意，亦含有友人到后见柳，即如见我之意。后阕写饯别。"文章太守，挥毫万字，一饮千钟。"您和我一样是文章太守，到了扬州，要施展才华与豪气。"行乐直须年少，尊前看取衰翁。"行文人之乐事，一定要在年少之时，不信，请看看眼前的"衰翁"，既没了豪气，又没了才气。为晚辈送别，词作能准确地把握住身份特点，抒发感情亲切而豁达，勉励之语令受者感到温愉而欣然。

◉集评

黄蓼园《蓼园词评》："按君子进德修业，欲及时也。无事不须在少年努力者，现身说法，神采奕奕动人。"

沈祥龙《论词随笔》："用成语，贵浑成，脱化如出诸己。……欧阳永叔'平山栏槛倚晴空，山色有无中。'用王摩诘句，均妙。"

长相思

蘋满溪，柳绕堤，相送行人溪水西。回时陇月低①。　烟霏霏②，风凄凄③，重倚朱门听马嘶。寒鸥相对飞。

【注释】

①陇：通"垄"，田埂。《史记·陈涉世家》："辍耕之垄上。"亦指高地。　月低：月亮低垂接近陇上。

②霏霏：形容云气烟霞浓重。

③凄凄：寒凉。《诗·郑风·风雨》："风雨凄凄，鸡鸣喈喈。"

【赏析】

是词写送别。前阕写相送。"蘋满溪，柳绕堤，相送行人溪水西。"远行人离家出门，女主人公相送，过了长满蘋草的溪河，又到了柳树环绕的堤边，依依不舍，一直送到了溪水的西岸。"回时陇月低"，回到来的时候，陇上月儿低垂。后阕写别后。"烟霏霏，风凄凄，重倚朱门听马嘶。"烟雾霏霏笼罩，晚风呼啸寒冷，主人公又再次倚凭着红色的大门，仿佛在遥听那远去的马嘶声。"寒鸥相对飞。"眼前只见寒鸥成双结对地飞翔。"相对飞"，与主人公的孤独形成对比，离情又添几分。

长相思

花似伊①，柳似伊。花柳青春人别离②，低头双泪垂。　长江东③，长江西。两岸鸳鸯两处飞，相逢知几时？

【注释】

①伊：她。

②青春:春季。因春季草木青翠,故称“青春”。《楚辞·大招》“青春受谢,白日昭只。”王逸注云,“青,东方春位,其色青也。”又指青年时期。司空曙《送曹同椅》:“青春三十余,众艺尽无如。”

③长江:此指大江,非扬子江(长江)。

【赏析】

是词写相思,主人公是男子。前阕忆别。“花似伊,柳似伊。”她美丽如花,柔情似柳。“花柳青春人别离,低头双泪垂。”想起两人在花开柳绿的春天别离,难过得低着头,双泪流淌。后阕抒发相思之情。“长江东,长江西。”恋人被大江分隔,一个河东,一个河西。“两岸鸳鸯两处飞,相逢知几时?”仿佛是两岸的鸳鸯两处飞,相逢机会知道等到什么时候?绵绵相思之情,尽在结句的设问之中。

长相思

深花枝,浅花枝。深浅花枝相并时①,花枝难似伊。　玉如肌,柳如眉。爱著鹅黄金缕衣②,啼妆更为谁③。

【注释】

①相并:相挨。

②鹅黄:像幼鹅绒毛的添黄色。　金缕衣:以金丝线绣织的衣服。

③啼妆:依泪痕之状,以薄粉涂眼下的一种面妆。《后汉书·五行志一》:“啼妆者,薄拭目下若啼处。”

【赏析】

是词或题《美人》,刻画美人形象。前阕运用排比手法,反复将美人比喻为“花枝”。即使是深色的花枝,浅色的花枝,还是深色浅色的花枝簇聚在一起的时候,色彩纷呈的花枝,都难以跟她媲美。美人之美,在乎淡妆浓抹总相宜。后阕直接描写美人。“玉如肌,柳如眉。”两个比喻,乃古代诗词常用之譬,未见新意。“爱著鹅黄金缕衣”,这倒有点儿特别,衣着质地华贵、颜色鲜丽。“啼妆更为谁”,打扮入时的啼妆,含情脉脉,到底是为了谁?

◉集评

金圣叹《金圣叹全集》批欧阳永叔词:“只看前半阕,不用一字,只是一笔写去,却成异样绝调。后半阕,偏有许多‘玉肌’、‘柳眉’、‘鹅黄’、‘金缕’、‘啼妆’等字,偏觉丑拙不可耐。然则作词之法,固可得而悟也。‘深花枝……花枝难似伊。’四句十八字一气注下,中间更读不下,真是妙手!”

陈廷焯《词则·闲情集》:“连用四‘花枝’,二‘深浅’字,姿态甚足。后半殊逊。”

诉衷情　眉意

清晨帘幕卷轻霜。呵手试梅妆①。都缘自有离恨,故画作远山长②。　思往事,惜流芳③,易成伤。拟歌先敛④,欲笑还颦⑤,最断人肠。

【注释】

①呵手:呵气暖手。　梅妆:梅花妆之简,妇女面部化妆的一种样式。

②远山：远山眉。

③流芳：如流水逝去的青春年华、美好时光。

④拟：想要，准备。　敛：眉头轻皱。

⑤颦：皱眉，形容愁闷。

【赏析】

是词题《眉意》，乃以“眉”写情。前阕写画眉。首句“清晨帘幕卷轻霜”，点时间，深秋早晨，主人公见帘幕上结了薄薄的白霜。“呵手试梅妆。”传神之笔，口就着双手轻轻呵出暖气，然后才开始画梅花妆。“都缘自有离恨，故画作远山长。”都是因为心里边有着离愁别恨，特地画了个远山眉式。面妆是梅花，颇为入时，而眉式却是远山，“故”字，不是所以，是有意、特地，以表达心中的“离恨”，由此可见，画眉之时便带情。后阕写皱眉。过片“思往事，惜流芳，易成伤”三句，作为铺垫，回想往事，惋惜时光流逝，轻易伤情。“拟歌先敛”，准备想要放歌一曲发泄之时，先是紧了紧眉头；“欲笑还颦”，想露出笑容的时候，却眉目莫展。两句进层，“先敛”、“还颦”，写皱眉动作表情的自然、连续，绝无矫揉造作之态，而显丰富细腻的心理活动渐变过程。结句“最断人肠”，含蕴深沉，断肠之“人”，岂止主人公一人，自有当场之目睹者，更有后来之读词者。

◉集评

金圣叹《金圣叹全集》批欧阳永叔词：“即有恨，亦何与画眉事？以画眉作使性事，真是儿女性格也。”

陈廷焯《词则·闲情集》：“纵画长眉，能解离恨否？笔妙，能于无理中传出痴女子心肠。”

踏莎行

候馆梅残①，溪桥柳细。草薰风暖摇征辔②。离愁渐远渐无穷，迢迢不断如春水③。　寸寸柔肠④，盈盈粉泪⑤。楼高莫近危阑倚⑥。平芜尽处是春山⑦，行人更在春山外。

【注释】

①候馆：旅舍。《周礼·地官·遗人》“五十里有市，市有候馆。”注：“候馆，楼可观望者也。”

②草熏风暖：江淹《别赋》：“闺中风暖，陌上草熏。”曹组《蓦山溪》：“草熏风暖，楼阁笼轻雾。”　摇征辔：当指整个远行事件。　征，远行。　辔：马缰。

③迢迢：遥远。　春水：春汛，桃花汛。韦庄《菩萨蛮》：“桃花春水绿，水上鸳鸯浴。”

④危阑：高楼上的栏杆。　阑：栏干。

⑤“寸寸” 句：形容伤心至极。

⑥盈盈：形容眼泪充积目眶。　粉泪：和着脂粉流淌的泪水。

⑦平芜：开阔坦平的草木丛生之地。　春山：春天的山色。

【赏析】

是词写离情。前阕写远行惹起双方的离愁。首二句写行人旅途所见。“候馆梅残，溪桥柳细。”旅馆庭院的寒梅开得差不多了，只留下一些残花；溪边河桥的柳树正在抽条萌芽，看上去细细长长的。第三至五句，合写行人与思妇。“草薰风暖摇征辔。离愁渐远渐无穷，迢迢不断如春水。”江淹诗曰“闺中风暖，陌上草熏”，欧词化用，分指“闺中”即思妇，“陌上”即指途中的行人。“摇征辔”，不必逐字解之，而应作为整体去解，当暗寓整个远行事件。无论是行人，还是思妇，都想着远行之事，感到离愁随着行程的逐渐遥远，也逐渐扩展至无穷无尽，就像那连绵开去，接连不断的春水一般。

后阕写思妇。“寸寸柔肠，盈盈粉泪。”对偶工整，叠字连绵，歌之读之皆觉凄然。“楼高莫近危栏倚。”思妇要登楼远望，因为肠断心伤，却时时提醒自己，不要在那高栏倚靠。但是，不倚危栏，又岂能望远呢。一句词，写出了思妇复杂的心理状态。结尾“平芜尽处是春山，行人更在春山外”两句，写思妇的所见所想。所见者，一望无际的平芜尽头是充满春天气息的山色；所想者，行人更是到达了春山之外的远处。

◉集评

杨慎《艺林伐山》：“佛经云：‘奇草芳花能逆风闻薰。’江淹《别赋》：‘闺中风暖，陌上草薰。’正用佛经语。《六一词》云：‘草薰风暖摇征辔 。’又用江淹语。”

金圣叹《金圣叹全集》批欧阳永叔词：“前半是自叙，后半是代家里叙，章法极奇。杜诗‘今夜鄜州月，闺中只独看。’此便脱化出‘楼高’句。‘遥怜小儿女，未解忆长安。’此便脱化出‘平芜’二句。从一个人心里，想出两个人相思，幻绝妙绝。”

王士禛《花草拾蒙》：“‘平芜尽处是春山，行人更在春山外。’升庵（杨慎）以拟石曼卿‘水尽天不尽，人在天尽头。’未免河汉。盖意近而工拙悬殊，不啻霄壤。且此等入词为本色，入诗即失古雅，可与知者道耳。”

陈廷焯《词则·大雅集》：“‘离愁渐远渐无穷，迢迢不断如春水。’较后主‘离恨恰如芳草’二语更绵远有致。”

黄蓼园《蓼园词评》：“按，此词特为赠别作耳。首阕，言时物暄妍，征辔之去，自是得意，其如我之离愁不断何！次阕，言不敢远望，愈望愈远也。”

俞陛云《唐五代两宋词选释》：“唐宋人诗词中送别怀人者，或从居者着想，或从行者着想，能言情婉挚，便称佳构。此词则两面兼写，前半首言征人驻马回头，愈行愈远，如春水迢迢，却望长亭，正隔万重云树。后半首为送行者设想，倚阑凝睇，心倒肠回，望青山无际，遥想斜日鞭丝，当已出青山之外。如鸳鸯之烟岛分飞，互相回首也。”

俞平伯《唐宋词选释》：“上片征人，下片思妇。结尾两句又从居者心眼中说到行人。似乎可画，却画不到。”

踏莎行

雨霁风光，春分天气[①]。千花百卉争明媚[②]。画梁新燕一双双，玉笼鹦鹉愁孤睡。　薜荔依墙[③]，莓苔满地[④]。青楼几处歌声丽[⑤]。蓦然旧事上心来[⑥]，无言敛皱眉山翠[⑦]。

【注释】

①春分：农历二十四节气之一，是日昼夜长短平均，正当春季九十日之半，故称“春分”。

②明媚：光净美好，妍丽悦目。杜甫《数陪章梓州泛江有女乐在诸舫戏为艳曲二首·赠章》之一：“竞将明媚色，偷眼艳阳年。”

③薜荔：常绿藤本攀爬植物。屈原《离骚》“贯薜荔之落蕊。”朱熹《楚辞集注》：“薜荔，香草也，缘木而生。”

④莓苔：青苔。

⑤青楼:本指以青漆涂饰的楼房。此指妓院。

⑥蓦然:忽然。

⑦眉山:言女子双眉如远山黛色。

【赏析】

是词写春愁。前阕写春景。春雨过后,天空放晴,春分天气,一派好风光。百花盛开,万紫千红,争奇斗艳。画梁之上,刚归来的燕子,出双入对。玉笼里的鹦鹉却在发愁自己孤独眠睡。歇拍之双飞燕与孤鹦鹉,成为对比强烈的两个具象,象征主人公的孤独。后阕写闺妇。过片特写居所周围的春天景色。“薜荔依墙,莓苔满地。”薜荔香草爬上了墙面,莓苔绿藓铺满了地面。“青楼几处歌声丽”,远处的青楼断断续续地传过来清丽的歌声。“蓦然旧事上心来,无言敛皱眉山翠。”青楼的歌声,勾起了主人公对旧事的回忆,不禁沉默无言,眉头紧皱,远山眉色变成了青绿。“旧事”,既有甜蜜的,亦有苦涩的,这里当指苦涩的,指心上人沉迷于游冶,不时到青楼寻欢作乐,感慨自己正如“玉笼鹦鹉愁孤睡”。

望江南

江南蝶,斜日一双双。身似何郎全傅粉[①],心如韩寿爱偷香[②]。天赋与轻狂。　微雨后,薄翅腻烟光[③]。才伴游蜂来小院,又随飞絮过东墙。长是为花忙。

【注释】

①何郎:何晏,字平叔,南阳宛(今河南南阳)人。三国魏玄学家,好老庄言,开清谈之风。《三国志·曹爽传》注引:“晏性自喜,动静粉白不去手,行步顾影。”《世说新语·容止》:“何平叔美姿态而绝白,魏明帝疑其傅粉,正夏月,与热汤饼,既啖,大汗出,以朱衣自拭,色转皎然。”因称傅粉何郎。　傅粉:颜之推《颜氏家训·勉学》:“梁朝全盛时,贵游子弟,无不衣剃面,傅倭施朱。”毛熙震《南歌子》:“暗想为云女,应怜傅粉郎。”

②韩寿:西晋大臣贾充之部属。《晋书·贾充传》:“韩寿美姿貌,贾充女见而悦之,潜通音问。时西域贡奇香,一着人则经月不歇,魏明帝惟赐充,充女密盗以遗寿。”事发,贾充不得已,“以女妻寿”。后人因以“偷香”,言私通偷情。

③“薄翅”句:薄薄的翅膀在烟霭霞光照映下显得润泽滑腻。

【赏析】

是词咏蝶,嘲讽轻薄少年。起首写蝶飞,“江南蝶,斜日一双双”,江南蝴蝶,迎着阳光,一双双地飞舞。这是客观摹写,暗喻浮薄的少年。接着两句比喻,“身似……”、“心如……”用两典故,由表及里写蝶的劣品恶行。歇拍“天赋轻狂”,饱含痛恨之情,大声谴责,无情嘲讽。后阕写蝶。“腻”字,用得准;“才……又……”,形象地写轻薄举止。“长”字,与“天赋”呼应,是其本性的外露。

减字木兰花

留春不住,燕老莺慵无觅处[①]。说似残春,一老应无却少人[②]。　风和月好,办得黄金须买笑[③]。爱惜芳时,莫待无花空折枝[④]。

【注释】

①燕老莺慵:比拟暮春时节。　慵:困倦,怠懒。

②“一老”句：一旦到了年老就没有再返少年时代的可能。 却：返，退回。

③“办得”句：筹措到黄金，就去买笑。 办：筹措，置办。 买笑：《贾氏说林》：“武帝与丽娟看花时，蔷薇始开，态若含笑。帝曰：‘经花绝胜佳人笑也。’丽娟曰：‘笑可买乎？’帝曰：‘可。’丽娟遂取黄金百斤，作买笑钱，奉帝为一日之欢。蔷薇名买笑，自丽娟始。”刘禹锡《怀妓四首》之二：“情知点污投泥玉，犹自经营买笑钱。”

④莫待：杜秋娘《金缕词》：“劝君莫惜金缕衣，劝君须惜少年时。有花堪折直须折，莫待无花空折枝。”

【赏析】

是词写游冶。前阕写残春，春天留不住，燕老莺慵，大好春光已经寻找不回了。歇拍感叹，自己就像这残春一样，一旦到了年老就没有再返少年时代的可能。后阕写游冶。眼前还是“风和月好”，赶快去黄金买笑，寻欢作乐。此首可作为认识北宋官妓制度的材料去读。

减字木兰花

伤怀离抱[1]，天若有情天亦老[2]。此意如何，细似轻丝渺似波。 扁舟岸侧。枫叶荻花秋索索[3]。细想前欢。须著人间比梦间[4]。

【注释】

①离抱：别离时的怀抱。韦应物《寄中书刘舍人》：“晨露方怆怆，离抱更忡忡。” 抱：胸腹之间，怀抱。

②“天若”句：老天爷如果有情，也会因此而衰老。李贺《金铜仙人辞汉歌》：“衰兰送客咸阳道，天若有情天亦老。”

③荻花：芦花，色白。 索索：犹“瑟瑟”。白居易《琵琶行》：“浔阳江头夜送客，枫叶荻花秋瑟瑟。”

④著(zhaó)：使。

【赏析】

是词写离愁。前阕议论抒情。首句“伤怀离抱”，开门见山直奔主题。伤感是离别的情绪。诗人李贺曾吟道“天若有情天亦老”，抒发对国家兴亡的悲凉痛苦情感，两者比对，这种离愁怎么样？“细似轻丝渺似波”，细软得像轻丝那样缠绕不清，缥渺得像微波那样延续不断。后阕回忆离别。一叶轻舟靠在岸边，红色的枫叶，白色的芦花，金风萧萧，行人告别远去。“细想前欢”，慢慢地回忆起以前相聚的欢乐，能再失而复得吗？“须著人间比梦间”，必须要让人世间改变成梦间啰。

减字木兰花

楼台向晓[1]，淡月低云天气好。翠幕风微[2]，宛转梁州入破时[3]。 香生舞袂，楚女腰肢天与细[4]。汗粉重匀。酒后轻寒不著人[5]。

【注释】

①向晓：临近拂晓时分。

②翠幕：青绿色的帘幕。

③梁州：唐代教坊曲名，有《菩萨蛮梁州》、《小梁州》等名。 破：唐宋大曲术语。每套

大曲分为散序、中序、破三大段。 入破：即用破这一段的第一遍，音乐由宛转过渡到繁碎。白居易《卧听法曲霓裳》："宛转柔声入破时。"

④楚女：楚国女子。

⑤著：附着，触及。

【赏析】

是词描写歌姬。前阕写歌筵至拂晓。"楼台向晓，淡月低云天气好。"楼台的歌筵一直到拂晓时分，淡淡的月色，低低的云头，天气格外的好。清晨的微风吹动着翠幕，"宛转梁州入破时"，一首梁州曲已经唱到"破"的大段。后阕写人。"香生舞袂，楚女腰肢天与细"，香气从舞衣长袖飘散而出，像楚女的纤细腰肢是上天给予的。"汗粉重匀。酒后轻寒不著人。"汗湿了妆，重新傅粉妆扮，饮酒过后，那轻轻的寒冷好像不能侵袭她似的。歌姬经通宵达旦的歌舞，没有一点倦意，仍然活力十足，不惧清晨的轻寒，词作透露出同情的韵味。

减字木兰花

画堂雅宴。一抹朱弦初入遍①。慢捻轻拢②，玉指纤纤嫩剥葱③。 拨头憁利④，怨月愁花无限意。红粉轻盈⑤。倚暖香檀曲未成⑥。

【注释】

①抹：弹奏弦乐器的一种技法。 朱弦：红色的弦丝。王仁裕《荆南席上咏胡琴妓二首》之一："红装齐抱紫檀槽，一抹朱弦四十条。" 遍：古代音乐术语，相当于歌曲中的一章，唐宋大曲由十多"遍"组成，一遍即一解，一解相当于一章。白居易《霓裳羽衣歌》"繁音急节十二遍，跳珠撼玉何铿铮。"自注云："《霓裳曲》十二遍而终。"王灼《碧鸡漫志》卷三："凡大曲有散序、靸、排遍、攧、正攧、入破、虚催、实催、衮遍、歇指、杀衮，始成一曲，此谓大遍。而《凉州》排遍，予曾见一本，有二十四段。" 入遍：即奏大曲中的一解。

②慢捻轻拢：捻，揉弦；拢，抚弦，皆弹奏琵琶的手法。白居易《琵琶行》："轻拢慢捻抹复挑。"

③"玉指"句：美人的手指如嫩白的剥葱。

④拨头：舞蹈名。《文献通考·乐考》："《拨头》出西域，胡人为猛兽所噬，其子求兽杀之，为此舞以象也。" 憁(zǒng)利：不得志的样子。

⑤红粉：妇女化妆用的胭脂与白粉。代指美女。李商隐《马嵬》："冀马燕犀动地来，自埋红粉自成灰。" 轻盈：女子美好的样子。

⑥香檀：指弦乐器上架弦的檀槽。贺铸《木兰花》："银篝雁柱香檀拨。"

【赏析】

是词写琵琶女。首句点明弦乐演奏的环境，"画堂雅宴"，她能在"雅宴"上演奏，暗示技高。后面的文字，展开演奏的描写。一轮"抹"法技巧弹奏，乐曲初初入"遍"。只见慢慢的"捻"，轻轻的"拢"，那玉指纤纤嫩得像刚刚剥开的青葱。当她弹奏到表现失意的"拨头"舞曲时，连天上的月也被感染得怨恨起来，地上的花儿也跟着愁恨起来，这种愁怨还是无穷无尽的咧。忽然，一个停顿，人们望着那姣美的容颜，她紧紧地抱着琵琶，仿佛要将香檀偎暖，"曲未成"，乐曲没有继续弹下去，真是"此时无声胜有声"。

减字木兰花

歌檀敛袂①。缭绕雕梁尘暗起②。柔润清圆，百琲明珠一线穿③。 樱唇玉齿④,天上仙音心下事。留住行云⑤,满坐迷魂酒半醺。

【注释】

①歌檀:合着檀板的节拍而歌唱。 敛袂:挽卷衣袖。

②“缭绕”句:《列子·汤问》:“昔韩娥东之齐,匮粮,过雍门,鬻歌假食。既去,而馀音绕梁欐,三日不绝。”刘向《别录》:“善歌者鲁人虞公发声清哀,歌动梁尘。”

③琲(bèi):珍珠五百枚或十贯为一琲。王嘉《拾遗记》:“石崇屑沉水香为塵布象席上,使所爱妾践之,无迹,则赠真珠百琲。”

④樱唇玉齿:形容美人的唇齿美丽。

⑤留住行云:《列子·汤问》:“薛谭学讴于秦青,未穷青之技,自谓尽之;遂辞归。秦青弗止,饯于郊衢,抚节悲歌,声振林木,响遏行云。薛谭乃谢求反,终身不敢言归。”

【赏析】

是词写歌姬。前阕起首平平,赞美之语未脱旧窠,“柔润清圆,百琲明珠一线穿”,两句描写歌唱,才见生动贴切,百琲明珠的响声不同凡响。“天上仙音心下事”,她是在用仙音唱着心中的歌,音色何等美妙,感情何其投入,充分抒发出心中的情事;美妙的歌韵将行云留住,令满座宾客的魂魄被歌唱迷住,就像是畅饮美酒到了半醉的感觉。

◉集评

金圣叹《金圣叹全集》批欧阳永叔词:“‘柔润清圆,百琲明珠一线穿。’用累累贯珠,又用‘百琲明珠’字,谓之半借法。……‘留住行云’此只用遏云事,又用‘行云’字,盖用字略略影借,便可化陈为新也。”

生查子

去年元夜时①,花市灯如昼②。月到柳梢头,人约黄昏后。 今年元夜时,月与灯依旧。不见去年人,泪满春衫袖。

【注释】

①元夜:元宵节之夜。农历正月十五日为元宵节,亦称上元节。

②花市:卖花的街市。王观《芍药谱》载,扬州与西京洛阳之人,“无贵贱皆喜戴花。故开明桥之间,方春之月,拂旦有花市焉。”

【赏析】

是词写相思。前阕回忆去年元宵夜。情调是轻快的,“花市灯如昼”,一片欢乐喜庆氛围。“月到柳梢头,人约黄昏后。”含蓄写主人公与恋人约会。后阕写今年元宵夜。元宵还是那元宵,月亮还那个月亮,灯饰还是那个灯饰,主人公也还是那个主人公。所不同的是,“不见去年人”,近乎口语的一句,说得何等之沉重,长达一年的相思,本想可以在此与情人相逢,没想到结果如此。“泪满春衫袖”,满腹的相思苦水,泪洒顿作泉水涌,浸湿了春衫衣袖。

◉集评

金圣叹《金圣叹全集》批欧阳永叔词:“看他又说‘去年’,又说‘今年’,又追叙旧欢,又告诉新怨,中间凡叙两‘元夜’,两番‘灯’,两番‘月’,又衬许多‘花市’字,‘如昼’字,‘柳梢'字,'黄昏'字,'泪'字,'衫袖'字;而读之者只谓其清空一气如活。盖其笔法高妙,非人之所及也。"

况周颐《蕙风词话》:"《生查子》词,今载《庐陵集》第一百三十一卷。宋曾慥《乐府雅词》、明陈耀文《花草粹编》并作永叔。慥录欧词特慎,《雅词》序云:'当时或作艳曲,谬为公词,今悉删除。'此阕适在选中,其为欧词甚明。"

生查子

含羞整翠鬟①,得意频相顾②。雁柱十三弦③,一一春莺语④。　娇云容易飞⑤,梦断知何处。深院锁黄昏,阵阵芭蕉雨。

【注释】

①翠鬟:青而闪亮的环形发髻。

②得意:称心如意。孟郊《登科后》:"春风得意马蹄疾,一日看尽长安花。"

③雁柱十三弦:筝柱斜列而有序,如雁行,故曰雁柱。筝,弦乐器,古十二弦,后人为十三弦。李商隐《昨日》:"十三弦柱雁行斜。"白居易《夜闻筝中弹潇湘送神曲感旧》:"殷勤湘水曲,留在十三弦。"

④春莺语:比喻弹奏乐韵。韦庄《菩萨蛮》:"琵琶金翠羽,弦上春莺语。"

⑤娇云:娇柔美丽的云彩。杜牧《茶山下作》,"娇云光占岫 ,健水鸣分溪。"　容易:犹轻易。

【赏析】

是词写妇怨。前阕写梳妆弹筝,表现得意之情。首两句梳妆,"含羞整翠鬟,得意频相顾。"含羞对镜梳整鬟发,暗暗地为自己的容颜得意,不停地左顾右盼,看个不够。"雁柱十三弦,一一春莺语。"两句写弹筝,曲调从十三筝弦发出,一声声都是春天的黄莺在歌唱。后阕写愁怨。过片转折,"娇云容易飞",心上人像那云儿般娇嫚放纵,轻而易举的就飞走去了。"娇云"暗喻轻薄情郎。梦里追寻亦不知所踪。结尾写景寓情,含蕴耐玩,"深院锁黄昏,阵阵芭蕉雨"幽深的庭院将黄昏锁定,外面传来一阵阵雨打芭蕉的单调响声。

词作的前后阕,对比鲜明,"得意"对比惆怅,艺术效果强烈。

清商怨

关河愁思望处满①,渐素秋向晚②。雁过南云③,行人回泪眼。　双鸾衾裯悔展④,夜又永、枕孤人远。梦未成归,梅花闻塞管⑤。

【注释】

①关河:关山河川。又可具体地指函谷等关隘与黄河。

②素秋:秋天。古人以五行与方位、颜色等相配,西方庚辛金,其色白,在时为秋。　向晚:近黄昏。

③南云:南天的云。

④双鸾衾裯:绣着双鸾的衾被和床帐。

⑤梅花:指笛曲《梅花落》,亦称《梅花曲》。　李白《从军行》:"笛奏梅花曲,刀开明白环。"　塞管:塞上羌笛一类的管乐器。冯延巳《虞美人》:"塞管吹幽怨。"

【赏析】

是词写行人怀念家乡。前阕写南望。“关河愁思望处满，渐素秋向晚。”季节日渐入秋，天色向晚。主人公在关河边塞，所望之处皆是满目的愁思。“雁过南云，行人回泪眼。”天上的大雁飞过，向着南方的云彩而去。行人不忍再望，回过头来，泪水盈眶。后阕写思家。过片，主人公想象家中的妻子，“双鸾衾裯悔展，夜又永、枕孤人远”，铺开那绣着双双鸾凤的衾被，夜是那么的长，而你却是孤枕而眠，而我却人在远方。结尾又回到写主人公，“梦未成归，梅花闻塞管”，想着家人，连梦也没有做成，一曲羌笛吹奏的梅花落乐曲，听来，是那么的令人悲伤。

◉集评

陈岩肖《庚溪诗话》："诗词中多用‘南云’……尝见江总诗云：‘心逐南云去，身随北雁来。故园篱下菊，今日几花开？’恐出于此耳。"

卓人月汇选、徐士俊参评《古今词统》："音节之间，如有所咽而不得舒。"

阮郎归

刘郎何日是来时①。无心云胜伊。行云犹解傍山飞。郎行去不归。　强匀画，又芳菲。春深轻薄衣。桃花无语伴相思，阴阴月上时②。

【注释】

①刘郎：指刘晨，东汉人，与阮肇入天台山采药遇二仙女。

②阴阴：幽暗不明的样子。

【赏析】

是词写妇怨。前阕写怨，“刘郎何日是来时”，含怨而问，刘郎呀刘郎，你那一天才是回来的时候？刘郎，闺妇所怨之人。“无心云胜伊。行云犹解傍山飞。”无心的天上云儿比你强好多，他都懂得傍绕着青山飞旋。“郎行去不归。”郎呀，离开了却不知道回来。以闺妇口吻，口语化道来，将行云与“刘郎”比较，郎不如云，怨“刘郎”一去不返。过片两句，“强匀画，又芳菲”，闺妇勉强草草匀粉画眉，心里想，又是到了春天芳菲时节。“强”字，表现出闺妇心中的郁闷，“刘郎”未归，“容”有何用，只好“强”而为之。“春深轻薄衣”，春色已深，穿起轻而薄的春衫。结拍情景交融，寓情于景中。“桃花无语伴相思，阴阴月上时。”闺妇的怨恨，没有可诉说的对象，只有天上“阴阴月”、地上“无语”桃花，与自己一起“伴相思”。

阮郎归

落花浮水树临池。年前心眼期①。见来无事去还思②。而今花又飞。　浅螺黛③，淡燕脂④。闲妆取次宜⑤。隔帘风雨闭门时。此情风月知⑥。

【注释】

①心眼期：心里想着、眼中盼着的约会。

②见来：见到。

③螺黛：螺子黛，用以画眉的青黑色矿物颜料。李石《海山堂》："澄波汲引入，螺黛叠甃成。"

④燕脂：胭脂。

⑤取次：随心任意而为。

⑥风月：清风明月。

【赏析】

是词写闺妇春愁。前阕回忆。“落花浮水树临池。年前心眼期。”去年的暮春时节，实现心中时刻期望着的约会，首句，写出时间、地点、环境，落花飘浮水面，绿树临近池边，春天将尽的物候，约会环境是花树缭绕的池边。“见来无事去还思。”相逢见过了，好像不当一回事似的，但是离别了却使人思念挂记。歇拍由回忆转到眼前，“而今花又飞”，现在又到了落花纷飞的时候，“又”字，含着多少“还思”之情呀。

后阕描写闺妇。过片写梳妆，浅浅的黛眉，淡淡的胭脂，“浅”、“淡”二字，是心理驱使的行动，相思怀人而无浓妆之必要，所以主人公将其视作“闲妆”，随便的妆扮，“取次宜”，随心任意而为就适合的了。妆成了，主人公更是百无聊赖，“隔帘风雨闭门时”，关起门来，隔着帘帷，静听那风雨之声。“此情风月知”，她这种愁怨之情只有清风明月才能知晓。

蝶恋花

帘幕东风寒料峭①。雪里香梅，先报春来早。红蜡枝头双燕小②，金刀剪彩呈纤巧③。　旋暖金炉薰蕙藻④，酒入横波⑤，困不禁烦恼⑥。绣被五更春睡好，罗帏不觉纱窗晓。

【注释】

①料峭：寒意。
②双燕：指所剪的双双彩燕。
③纤巧：细致精巧。薛能《吴姬十首》：“因将素手夸纤巧。”
④旋：随即。　薰蕙藻：点燃蕙草香炷。　蕙藻：蕙草，一种香草。
⑤横波：眼波。
⑥烦恼：愁苦。

【赏析】

是词写春思。首三句，描写早春景色，春风吹动帘幕，使人感到有几分寒意。风雪中送来一阵阵梅花幽香，首先报道了春来早的信息。春来了的消息，是鼓舞人心的，闺中女子或许也受到了感染。红色蜡烛枝头上的小小双燕，栩栩如生，是她手拿金剪，用彩绢纤巧制作而成的。“红蜡双燕”，是闺中女子春天里将对爱情的追求，化作的具象。过片续写，过一会儿，她就着暖炉点燃香草，“酒入横波，困不禁烦恼”，饮过酒，眼波流动，心中顿时烦恼起来，觉得困倦。结拍“绣被五更春睡好，罗帏不觉纱窗晓”，一夜里，她安稳地睡了个好觉，醒过来已是清晨。或许又是一个令她快活而但亦有淡淡幽思的一天，在等待着她。

蝶恋花

南雁依稀回侧阵①。雪霁墙阴②，遍觉兰芽嫩③。中夜梦馀消酒困。炉香卷穗灯生晕④。　急景流年都一瞬⑤。往事前欢，未免萦方寸⑥。腊后花期知渐近。东风已作寒梅信。

【注释】

①“南雁”句：南方的大雁仿佛要列成斜斜的阵势飞回。　依稀：仿佛，不清晰。谢灵运

《行田登海口盘屿山》:“依稀采菱歌,仿佛含嚬容。” 侧阵:大雁列成斜斜的阵势飞行。李世民《秋日翠微宫》诗:“侧阵移鸿影,圆花钉菊丛。”

②雪霁:雪停了天放晴。

③兰芽:兰花的嫩芽。

④“炉香”句:炉香燃烧,卷起像禾穗的轻烟;油灯发出像月晕的光彩。

⑤急景:急促而过的日光。 流年:流水般逝去的年华。

⑥方寸:指心。

【赏析】

是词写早春景色。前阕重点写早春景物,首句描写天空的雁阵,南飞之雁“回侧阵”,“回”字带感情色彩,“侧阵”,写气势,一群一群的;“依稀”,隐隐约约可以看到,突出雁阵初见时,忽然发现之喜悦。接着二句,一组特写,“雪霁墙阴,遍觉兰芽嫩”,连墙角处的积雪在阳光的照耀下都在慢慢地消融,到处可以见到兰花的嫩芽在破土而出。歇拍两句,写春之午夜,梦醒酒亦醒所见的室内景物,炉香燃烧,卷起像禾穗的轻烟;油灯发出像月晕的光彩。主人公此时也许亦感觉到春天的来临。后阕议论抒情。过片“急景流年都一瞬”,时光流逝仿佛是一瞬间的事情。“往事前欢,未免萦寸心。”过往之事、前欢之乐,萦绕心头,欲放不能。结尾两句,写出豁达的心态,“腊后花期知渐近。东风已作寒梅信”,腊冬即将过去,春天的花信逐渐临近,寒梅盛开正是春风莅临的信息。

蝶恋花

腊雪初销梅蕊绽[①]。梅雪相和[②],喜鹊穿花转。睡起夕阳迷醉眼。新愁长向东风乱。 瘦觉玉肌罗带缓[③]。红杏梢头,二月春犹浅。望极不来芳信断[④]。音书纵有争如见[⑤]。

【注释】

①梅蕊绽:梅花开放。

②相和:相互调和。雪消而梅开,此比喻相反相成以为和。

③罗带缓:人消而腰带显得宽松。 缓:宽松。《古诗十九首·行行重行行》:“相去日已远,衣带日已缓。”

④芳信:美称来信。或指花信。苏轼《谢关景仁送红梅栽二首》之一:“年年芳信负红梅,江畔垂垂又欲开。”

⑤争如:怎如。

【赏析】

是词写相思。前阕写仲春景色,冰雪开始融化,梅花绽开。梅与雪相互映衬,春景更加协调,喜鹊在花丛中飞来飞去。雪融、梅绽、鹊飞,画面充满动感,反差对比的色彩却显得调和统一。歇拍两句,以春光为背景,写人的活动和心情。午睡醒来已是夕阳相照,醉眼迷糊,新添的愁绪悠悠,面对春风更加缭乱难理。相思使她肌体渐渐消瘦,衣带渐渐宽松。红杏开满枝头,二月虽然是春意浅浅,但是企望到极却不见到来这种花信。她又想,纵然是有了音信,又怎能与见面相比呢。

蝶恋花

海燕双来归画栋[①]。帘影无风,花影频移动。半醉腾腾春睡重[②]。绿鬓堆枕香云拥[3]。　翠被双盘金缕凤[4]。忆得前春，有个人人共[5]。花里黄莺时一弄[6]，日斜惊起相思梦。

【注释】

①画栋：美称房屋栋梁。

②腾腾：犹言迷迷糊糊，懵懵懂懂。韩偓《三忆》："忆眠时，春梦困腾腾。"

③香云：比喻头发。

④双盘：双双相向盘着。　金缕凤：以金线绣成的凤凰。

⑤人人：犹言人儿。

⑥弄：奏乐一曲。此比喻黄莺鸣叫如奏乐一曲。

【赏析】

是词写闺妇相思。前阕写闺妇春睡。先写春景，燕子双双归来画梁筑巢。"双来"，对比反衬闺妇之独。风儿不起，帘影静止；花影却不断地移动。一静一动也是对比，表现庭院的幽深宁静。"半醉腾腾春睡重。绿鬟堆枕香云拥。"春日惆怅，饮酒半醉而沉睡。"腾腾"，写醉态，其之伤心可见。"绿鬟"句写睡态。后阕过片"翠被双盘金缕凤"呼应"海燕双来"，是双凤盘绣衾被盖住的却是独个身儿，再一次的反衬。"忆得前春，有个人人共。"这两句当是醒后所想，前一个春天，还有个人儿与自己共盖。结尾处补述，"花里黄莺时一弄，日斜惊起相思梦"，日斜向晚时候，花丛里黄莺的啼鸣好像乐曲一弄，将她吵醒，打断了相思梦境。

◉集评

潘游龙《古今诗馀醉》："前以惊梦起，以伤春转，后以伤春起，惊梦转，大概一机局，而笔性远过之。"

金圣叹《金圣叹全集》批欧阳永叔词："盖人徒知'帘影无风'是静，'花影频移'是动，而殊不知花影移动，只是无情，正为静极；而'帘影无风'四字，却从女儿芳心中仔细看出，乃是极动也。"

蝶恋花

面旋落花风荡漾[1]。柳重烟深，雪絮飞来往[2]。雨后轻寒犹未放。春愁酒病成惆怅[3]。　枕畔屏山围碧浪[4]。翠被华灯，夜夜空相向。寂寞起来褰绣幌[5]月明正在梨花上。

【注释】

①面旋落花：面前旋转着落花。　荡漾：飘落不可捉摸。欧阳修《丰乐亭游春三首》之一："绿树交加山鸟鸣，晴风荡漾落花飞。"

②雪絮：雪白色的柳絮。

③酒病：饮酒过多，因酒成病。

④屏山：屏风。温庭筠《菩萨蛮》："无言匀睡脸，枕上屏山掩。"　碧浪：屏风上绘画的波浪图画。

⑤搴(qi)：揭起；挂起。《诗·郑风·搴裳》："搴裳涉秦，褰裳涉洧。"　绣幌：绣花帘子。

【赏析】

是词写春怨。前阕写春景，氛围萧条，面前飞旋的落花，随着风势飘荡散去。“柳重烟深，雪絮飞来往。”柳色浓深，烟雾浓重，雪白的柳絮飘来飞去。春雨带来的轻微寒意还没有消散尽。歇拍，“春愁酒病成惆怅”，写主人公之心怨与酒病堆积，感到惆怅。过片转入室内，“枕畔屏山围碧浪”，写屏风上的风景，似暗寓主人公的心境如碧浪翻滚。“翠被华灯，夜夜空相向。”写孤寂。“寂寞起来褰绣幌，月明正在梨花上。”无法入睡，起身去卷起绣幌，只见月光照在梨花之上，月光如霜白、梨花如雪白，意境虚无迷茫，以景结拍，其情亦在。

◉集评

王国维《人间词话·附录》：“欧公《蝶恋花》‘面旋落花’云云，字字沉响，殊不可及。”

蝶恋花

帘幕风轻双语燕。午后醒来，柳絮飞撩乱①。心事一春犹未见②，红英落尽青苔院。　百尺朱楼闲倚遍。薄雨浓云，抵死遮人面③。羌管不须吹别怨④，无肠更为新声断⑤。

【注释】

①撩乱：纷乱。同“缭乱”。皎然《古别离》：“使我归梦兮撩乱。”

②心事：心中所思虑或期待的事。谢朓《新亭渚别范零陵云诗》：“心事俱已矣，江上徒离忧。”

③抵死：总是，老是。

④别怨：离愁别恨。

⑤无肠：神话国名。《山海经·海外北经》：“无肠之国在深目东，其为人长而无肠。”没有心肠，犹不感兴趣。白居易《山游示小妓》：“莫唱杨柳枝，无肠与君断。”

【赏析】

是词写离恨。前阕写午睡醒来。眼前见到的春景及感触。春风轻轻吹动帘幕，一双呢喃的燕子。柳絮缭乱飞舞。自己心中的期望，自入春以来一直未能向心上人倾诉。如今，红花落尽了，青苔长满了庭院。愁绪压抑了许久，时光却一日一日地过去。后阕，写登楼。在百尺高楼之上，将所有的栏干倚遍，但那细雨之浓云，总是将视线遮挡。抱怨于“薄雨浓云”与自己过不去，真有点儿怨无怨处之叹。“羌管不须吹别怨，无肠更为新声断。”看不见，却听见了呜咽的羌管乐声，本来就怨恨的了，不要再吹奏那别怨了。已经被离恨折磨得一点兴趣都没有了，难道要再用新声来让人断肠吗。

◉集评

陈廷焯《词则·别调集》：“情有所至，凄婉沉至。”

蝶恋花

永日环堤乘彩舫①。烟草萧疏②，恰似晴江上。水浸碧天风皱浪。菱花荇蔓随双桨③。　红粉佳人翻丽唱。惊起鸳鸯，两两飞相向④。且把金尊倾美酿⑤。休思往事成惆怅。

【注释】

①永日：漫长的白天，此指一整天。 彩舫：犹画船。李珣《南乡子》："乘彩舫，过莲塘。"

②萧疏：稀稀落落。杜甫《除架》："束薪已零落，瓠叶转萧疏。"

③菱花：菱角的花。 菱：植物名，一名"芰"，俗称"菱角"。夏天开白或淡红色花。花受精后，没入水中，长成果实，即一般所称之菱；萼片发育成硬角。

④相向：相对。

⑤美酿：美酒。

【赏析】

是词写游湖。前阕开门见山，一整天环绕堤坝乘着彩舫游湖。烟雾水气笼住稀稀疏疏的绿草，宛如在澄碧的大江之上。湖水好像侵上了蓝天，微风吹皱起波浪。菱花与荇草的蔓枝也在随着船桨而行。后阕写船上歌筵。红粉佳人演唱的美妙乐韵歌声，惊动了鸳鸯，一双双的相向飞起。主人公触景生感，但又故作矜持之态，"且把"二字可见。一边举起酒杯喝酒，一边说不要去思忆那些往事，免得心情惆怅，扫了游湖之雅兴。

◉集评

金圣叹《金圣叹全集》批欧阳永叔词："从来词家，多以前半不堪，生出后半不堪之情。此独前半写得萧然天成。后半陡然因'丽唱'转出'鸳鸯'，因'鸳鸯'转出'往事'，又是一样身分也。'烟草萧疏，恰似晴江上。'天成妙景，天成妙句。"

蝶恋花

越女采莲秋水畔[1]。窄袖轻罗[2]，暗露双金钏[3]。照影摘花花似面。芳心只共丝争乱[4]。 鸂鶒滩头风浪晚。雾重烟轻，不见来时伴。隐隐歌声归棹远[5]，离愁引著江南岸。

【注释】

①越女：越地的少女。

②窄袖轻罗：窄窄的衣袖，轻薄的罗衣。 罗：一种质薄透气的丝织品。

③钏：手镯。

④芳心：妙龄少女的美好心愿。

⑤归棹：归船。温庭筠《河传》："荡子天涯归棹远，春已晚，莺语空肠断。"

【赏析】

是词写采莲女。前阕写采莲。越女驾舟来到秋水畔采莲，窄窄的轻罗衣袖，隐约露出一双金手镯。一会儿自我陶醉地看着水中的倒影，一会儿熟练地摘着荷花；看看荷花、看看倒影，花似人美，人似花美。看着看着，她的芳心仿佛跟那藕丝在竞比，谁个紊乱一些。

后阕写晚归。天色向晚，风起浪涌，鸂鶒在滩头游嬉。雾气渐重，烟霭渐起，采莲女不见了来时的同伴。她隐隐约约听到歌声，原来她们已经驾舟归去了好远的一段路。她随后归去吗？没有，"离愁牵着江南岸"，或许她要在这静思江南的心上人；或许干脆摇起船儿过江南去。

◉**集评**

金圣叹《金圣叹全集》批欧阳永叔词："'窄袖轻罗，暗露双金钏。'九个字，只写得上句中一个'采'字耳。却亦只须写一'采'字，便活画出越女全身。此顾虎头所谓'须向阿堵中落笔'也。"

陈廷焯《词则·闲情集》："与元献作同一缠绵，而语更婉雅。"

蝶恋花

水浸秋天风皱浪①。缥缈仙舟②，只似秋江上。和露采莲愁一饷③。看花却是啼妆样。　折得莲茎丝未放④。莲断丝牵，特地成惆怅⑤。归棹莫随花荡漾，江头有个人相望。

【注释】

①水浸秋天：水波倒影着秋季的晴空。

②缥缈：远望看不清的样子。

③一饷：一会儿，片刻。

④丝未放：丝还未吐放出来。

⑤特地：特别。

【赏析】

是词写采莲女，与上首比较，此首重点写愁绪。起首之景，就暗示主人公的心绪不平静，这是正面衬托。秋水倒影晴空，风儿吹皱水面起波浪。虽然采莲之舟仿佛是天上的仙舟行驶在秋江之上，但是，采莲女的心情并不与之协调，形成反衬。"和露采莲愁一饷。看花却是啼妆样。"采下带着露珠莲花，发愁了好一会儿：看那荷花上的露珠痕迹，多像女子啼妆的样子。

过片，运用谐音双关手法。"折得莲茎丝未放。"字面上说，摘下莲茎来的时候，丝未吐放出来。谐音双关，"莲"——怜，"丝"——思，句子暗寓的意思是，自己与心上人的爱虽然断了，但思念未断，"莲断丝牵，特地成惆怅"。结尾处，写采莲女矛盾的心境。"归棹莫随花荡漾，江头有个人相望。"她划着归棹回家，但心里却老是叮嘱"莫随花荡漾"，不要回家，江的那边有一个人在相望着呢。

蝶恋花

梨叶初红蝉韵歇①。银汉风高②，玉管声凄切③。枕簟乍凉铜漏彻④。谁教社燕轻离别⑤。　草际虫吟秋露结。宿酒醒来⑥，不记归时节。多少衷肠犹未说⑦，珠帘夜夜朦胧月⑧。

【注释】

①初红：初次经霜变红。　蝉韵：寒蝉的鸣叫声韵。刘禹锡《始闻蝉有怀白宾客……》："蝉韵极清切，始闻何处悲。"　歇：停止。温庭筠《酒泉子》："绿阴浓，芳草歇，柳花狂。"

②银汉：银河。泛指天空。

③玉管：玉制的管乐器，如玉箫、玉笛等。杨亿《宣曲二十二韵》："雷响金车度，梅残玉管清。"　凄切：凄凉哀伤。

④铜漏：铜壶滴漏，古代计时器具。

⑤社燕:《格物总论》:"燕,春社来,秋社去,故谓之社燕。" 社:社日,古代祭祀社神的日子。有春秋两社,春社在立春的第五个戊日,秋社在立秋后第一个戊日。《荆楚岁时记》:"社日,四邻并结宗会社,牲醪,为屋于树下,先祭神,然后享其胙。"

⑥宿酒:昨夜的酒醉。

⑦衷肠:犹言衷情。韩偓《天鉴》:"天鉴衷肠竟不违。"

⑧珠帘:用珍珠镶缀的帘,此指精美的帘。《初学记·器物部》:"戴明宝历朝宠幸,家累千金,大儿骄淫,为五彩珠帘,明宝不能禁。"《汉武帝故事》:"上起神屋,以白珠为帘箔,玳瑁押之,象牙为篾。"李世民《冬宵各为四韵》:"珠帘烛焰动,绣柱水光浮。" 朦胧:此指情状模糊不清。李峤《早发苦竹馆》:"合沓岩嶂深,朦胧烟雾晓。"

【赏析】

是词写离情。首句写自然界的萧瑟秋景,梨树叶子刚刚变红,蝉儿停止了鸣啾。接着三句写人物心中的秋景:银河璀灿,夜风正急,远处传来的玉管乐声分外的凄切;枕头簟席忽然间变凉,铜壶漏声将尽。歇拍"谁教社燕轻离别",在这凄清的秋夜,孤寂之人不禁感叹社燕归去,就像恋人之间的轻率别离一样。

后阕写宿酒醒来。清晨了,草丛上结满露珠,虫儿在低吟浅唱,隔夜的酒醒过来,已经记不清自己夜里是什么时候归来的。想起来,多少的衷肠心事,还没有诉说咧。以后,自己只能在珠帘之内,夜夜去独对那朦胧月色了。

◉集评

陈霆《渚山堂词话》:"李世英《蝶恋花》句云,'朦胧淡月云来去。'欧公《蝶恋花》句云,'珠帘夜夜朦胧月。'二语一律,不知者疑欧出李下,予细较之,状夜景,则李为高妙;道幽怨,则欧为蕴藉。盖各适其趣,各擅其极,殆未易优劣也。"

蝶恋花

独倚危楼风细细①。望极离愁,黯黯生天际。草色山光残照里,无人会得凭栏意②。 也拟疏狂图一醉③。对酒当歌④,强饮还无味。衣带渐宽都不悔,况伊销得人憔悴⑤。

【注释】

①危楼:高楼。

②会得:懂得,理解。

③疏狂:狂放不羁的样子。

④对酒当歌:曹操《短歌行》:"对酒当歌,人生几何?譬如朝露,去日无多。"

⑤销得:值得。

【赏析】

是词写登楼抒怀。前阕写登楼极目。独自一人登上高楼,风儿细细。极目之处都是离愁,黯黯然萌生在天际。芳草凄凄景色、青山苍苍风光融合在残阳夕照之中。没有人能够懂得此时凭栏的意味。

后阕抒情。自己曾经想过,也来疏狂一番,图个酩酊大醉。对酒当歌嘛,但是强饮,又有什么兴趣?"对酒当歌",曹操所言;"何以解忧,唯有杜康。"亦曹操所言。前阕说"望极离愁",这回又说强饮还无味,其之离愁真是太深沉了。结拍道出主人公的另一排忧之法:

“衣带渐宽都不悔，况伊销得人憔悴。”那就是永不言悔，为“伊”值得去憔悴消瘦，当然此“伊”已经远远超出了“离愁”的范畴，或许是指一种理念、一种境界吧。

◉集评

王国维《人间词话》：“古今之成大事业、大学问者，必经过三种之境界：‘昨夜西风凋碧树，独上高楼，望尽天涯路。’此第一境也。‘衣带渐宽终不悔，为伊销得人憔悴。’此第二境也。‘众里寻他千百度，回头蓦见，那人正在、灯火阑珊处。’此第三境也。此等语皆非大词人不能道。然遽以此意解释诸词，恐为晏、欧诸公所不许也。”

蝶恋花

帘下清歌帘外宴。虽爱新声①，不见如花面。牙板数敲珠一串②。梁尘暗落琉璃盏③。　桐树花深孤凤怨。渐遏遥天，不放行云散④。坐上少年听未惯。玉山将倒肠先断⑤。

【注释】

①新声：新翻的乐章。

②牙板：象牙制的拍板。　珠一串：比喻歌声清脆圆润如串珠。白居易《寄明州于驸马使君三绝句》之三：“何郎小妓歌喉好，严老呼为一串珠。”

③“梁尘”句：用余音绕梁典故。　盏：酒盏。

④“渐遏”二句：用“响遏行云”典故。

⑤玉山：比喻人之仪容俊美。刘义庆《世说新语·容止》：“嵇叔夜（嵇康）之为人也，岩岩若孤松之独立；其醉也，傀峨若玉山之将崩。”

【赏析】

是词写歌女。一幅帘布将唱歌人与听歌人隔开，所以想象唱新声者，一定是如花之美人。接着正面描写，象牙拍板敲打几下，如串珠之歌声飘荡而来，震落的梁尘掉在玻璃盏里。

过片间接描写，歌声感动了梧桐树花深处的孤凤。又转入直接描写，歌声响彻云霄，仿佛不让行云散去。结拍，又一个间接描写，少年还没有听惯如此美妙的歌唱，玉山未倒，其肠已断。

蝶恋花

翠苑红芳晴满目①。绮席流莺②，上下长相逐。紫陌闲随金轫辘③，马蹄踏遍春郊绿。　一觉年华春梦促④。往事悠悠，百种寻思足。烟雨满楼山断续⑤，人闲倚遍栏干曲。

【注释】

①翠苑：绿色的园林。

②绮席：华美的席。皇甫松《天仙子》：“刘郎此日别天仙，登绮席。”

③金轫辘：以金属镶嵌的车辘行驶时发出的声响。此指代车子。

④春梦：春天的梦。雍陶《春怀旧游》：“别来长似见，春梦入关多。”

⑤断续：犹言连绵不断。温庭筠《归国遥》：“谢娘无限心曲，晓屏山断续。”

【赏析】

是词写春日的感怀。前阕描写明丽春光带来的满足感。首句总写春景,翠绿的园林里,红花怒放,明丽的风光满目。春日摆开歌筵酒席,黄莺欢叫着上下翻飞互相追逐。华贵的车子优悠地辆辘驶过京城大道,矫健的马蹄踏遍郊野的绿草。“踏遍”二字,表达尽兴,流露出满足感。后阕所写却另是一番情景。忽然之间,感觉到时光竟如同春梦一样短暂。多少往事涌上心头,细细品味它,却是“烟雨满楼山断续,人闲倚遍栏干曲”般的感受,叫人郁闷不乐。

词作以两种截然不同的景色与感受,并列放到一起,似无评优论劣之意,读者当然也会是“青菜萝卜各有所爱”吧。

蝶恋花

小院深深门掩亚[①]。寂寞珠帘,画阁重重下[②]。欲近禁烟微雨罢[③],绿杨深处秋千挂。　傅粉狂游犹未舍[④]。不念芳时,眉黛无人画。薄幸未归春去也[⑤],杏花零落香红谢[⑥]。

【注释】

①掩亚:言门斜斜虚掩。

②画阁:华美的内室。“阁”,内室。

③禁烟:寒食节在清明节前一日或两日,禁烟火,寒食。此指寒食节。

④傅粉:傅粉何郎。此借指所怨之人。

⑤薄幸:薄情负心的人。杜牧《遣怀》:“十年一觉扬州梦,赢得青楼薄幸名。”

⑥香红:指花。

【赏析】

是词写春怨。前阕写庭院的寂静。深深的小院,关闭起大门。画阁上珠帘一重一重的放下低垂。要到寒食节了,微微的春雨停了,那绿杨深处的秋千直直的悬挂着,纹丝不动。庭院冷寂怕人,没有点儿生气,主人公寂寞孤独。

后阕写怨恨。直指“薄幸”,“傅粉狂游犹未舍”,这个傅粉人发狂似的去游冶,还未舍得放弃呢。“不念芳时,眉黛无人画”,就是不想想在这大好春光时节,没有人为我画眉。“薄幸未归春去也,杏花零落香红谢”,薄幸郎不归来,整个春天都过去了,你看杏花已经零落,香花亦在凋谢。

◉集评

陈廷焯《词则·大雅集》:“清雅芊丽,正中之匹也。”

蝶恋花

欲过清明烟雨细。小槛临窗,点点残花坠。梁燕语多惊晓睡,银屏一半堆香被[①]。　新岁风光如旧岁。所恨征轮[②],渐渐程迢递[③]。纵有远情难写寄,何妨解有相思泪。

【注释】

①银屏:靠床头的银饰屏风。

②征轮：指远行乘坐的车子。王维《观别者》："挥涕逐前侣，含凄动征轮。"
③程：路程。指两人相距的路程。 迢递：遥远。

【赏析】

是词写闺妇相思。起首三句写清明季节景色，纷纷细雨飘洒，临窗的小槛旁残花飘落。紧接写清晨，她被梁间的燕子叫声吵醒，床上屏风后面，堆着一半的香被，可见主人公是孤身独眠。后阕写离愁。"新岁风光如旧岁"，新一年的风光和去年没有两样，自己怨不得时光的流逝。接下四句，一气呵成，"所恨征轮，渐渐程迢递。纵有远情难写寄，何妨解有相思泪"，所怨恨的是那载人远行的车子，使两人相隔的路程越越遥远。纵然萌生了怀远之情也很难写信寄达，更何妨那相思的泪水呢。

蝶恋花

画阁归来春又晚。燕子双飞，柳软桃花浅。细雨满天风满院，愁眉敛尽无人见。　独倚阑干心绪乱。芳草芊绵①，尚忆江南岸。风月无情人暗换②，旧游如梦空肠断。

【注释】

①芊绵：草木茂盛。刘禹锡《省试风光草际浮》："乍疑芊绵里，稍动丰茸际。"
②暗换：不知不觉之中被改变过来。

【赏析】

是词写春愁。前阕写归来，"画阁归来春又晚"，主人公从画阁回来，又是春晚时节。"燕子双飞，柳软桃花浅。"从这两句可见归者是独归，所以用此景反衬孤独。真是，燕子双飞人独归，柳枝柔弱、桃花才开。"细雨满天风满院，愁眉敛尽无人见。"细雨满天飞洒，微风满院吹拂，愁眉紧锁没有人看见。"无人见"，愁苦的心情无人知晓、无人安慰。

过片，"独倚阑干心绪乱"，写行动与心理，独自靠在栏干之侧，心事重重。"芳草芊绵，尚忆江南岸。"目睹芳草繁茂，姑且去回忆身处江南岸时往事。"风月无情人暗换，旧游如梦空肠断。"那清风明月太无情，时光流逝如此迅速，自己青春不再，旧游就像梦境一般，想起来叫人断肠。

蝶恋花

尝爱西湖春色早。腊雪方销，已见桃开小。顷刻光阴都过了，如今绿暗红英少。　且趁馀花谋一笑。况有笙歌，艳态相萦绕①。老去风情应不到②，凭君剩把芳尊倒③。

【注释】

①艳态：美妙姿态。 萦绕：缭绕。
②风情：风月的情怀、趣味。
③剩：尽。 芳尊：华贵的酒杯。

【赏析】

是词写春景，抒感慨。从起首句，可见是写西湖春景。冬雪开始消融，已经可以看见桃花绽开了小小的花朵。顷刻之间，光阴都过去了，现在草木已经绿透，红花渐渐稀少。过片，接以"且趁"三句，写伤春情怀的排解。趁着枝头上还有馀花，谋划一笑。况且有美人艳态、笙歌美酒。结尾"老去"两句，人老难以激发风雅情怀，来吧，任凭你尽将美酒斟上。

渔家傲

一派潺湲流碧涨①。新亭四面山相向。翠竹岭头明月上，迷俯仰。月轮正在泉中漾。　更待高秋天气爽。菊花香里开新酿，酒美宾嘉真胜赏②。红粉唱，山深分外歌声响。

【注释】

①潺湲：水流不断的样子。屈原《湘夫人》："荒忽兮远望，观流水兮潺湲。"　碧涨：绿水涨升。

②胜赏：盛美快意的游赏。孟郊《城南联句》："韶曙迟胜赏。"

【赏析】

是词写胜游。前阕写春天山景。首句写春来山溪碧涨，流水不断。写溪流之数不用条而用"派"，形象写出桃花春水之盛。溪边的新亭四周，青山环抱；翠竹岭头升起明月。俯仰美景，令人沉迷。圆月正倒影清泉之上，月光与水光一起。后阕写秋景。"更待"二字过片，秋高气爽的时候，在散发着菊花芳香的氛围里带上新酿的美酒，与嘉宾们同游此地，红粉佳人一曲清唱，歌声在山谷里回荡，分外的响亮。词作没有伤春悲秋，与欧阳修于宋庆历六、七年(1046—1047)被谪滁州期间，《醉翁亭记》、《丰乐亭记》、《游琅琊山》、《丰乐亭小饮》、《题滁州翁亭》、《丰乐亭游春三首》、《游琅琊山六题》等散文和诗歌，所表现的乐山乐水、陶醉自然的豁达情怀正好吻合。

渔家傲　与赵康靖公①

四纪才名天下重②。三朝构厦为梁栋③。定册功成身退勇④。辞荣宠。归来白首笙歌拥。　顾我薄才无可用。君恩近许归田垄⑤。今日一觞难得共。聊对捧。官奴为我高歌送⑥。

【注释】

①赵康靖公：赵槩，字叔平，南京虞城(今河南虞城)人。宋仁宗天圣间进士。官至枢密使、参知政事。以太子少师致仕。卒谥康靖。《蔡宽夫诗话》："欧公与赵靖公同在政府，相得欢甚，康靖先告老归睢阳。文忠相继谢事归汝阴。康靖一日单车特往过之，时年已八十矣。留饮踰月，纵游汝阴而后返。"

②四纪：十二年为一纪，四纪为四十八年。或曰，十年为一纪。

③三朝：指仁宗(赵祯)、英宗(赵曙)、神宗(赵顼)。　构厦：建构大厦。此比喻治国立业。

④定册：亦作"定策"，指大臣拥立天子。如仁宗无子，以濮安王懿之子为皇子，养于宫中，但无太子名义。仁宗死，宰相韩安琦、参知政事欧阳修等全力扶持皇子即位(即英宗)，稳定了大局。是即定策之功。此时赵槩同为参政，或亦参与其事。

⑤归田垄：告老还乡归耕。

⑥官奴：官妓。　送：以歌舞或劝饮助兴侍候官员宴集。

【赏析】

是词宴宾。所宴宾客是与词人共事定策的老朋友，前阕是称颂其功绩。后阕感怀，“今日一觞难得共”，要老朋友捧杯共饮。

渔家傲

暖日迟迟花袅袅[①]。人将红粉争花好[②]。花不能言惟解笑。金壶倒。花开未老人年少。　车马九门来扰扰[③]。行人莫羡长安道[④]。丹禁漏声衢鼓报[⑤]。催昏晓。长安城里人先老。

【注释】

①迟迟：舒缓的样子。《诗·豳风·七月》：“春日迟迟。”　袅袅：花枝柔弱的样子。

②将：把；带领。　争：较量。

③九门：古代宫室制度，天子设九门。此指帝京。　扰扰：纷乱的样子。

④长安道：来往于长安的大路。长安，此借代北宋都城汴京（今河南开封）。

⑤丹禁：禁，天子所居曰禁；以红色涂宫墙，故曰丹禁，亦称紫禁。　衢鼓：街巷中报时的更鼓。

【赏析】

是词抒写对京城生活的感受。前阕写京城春日。春光融融，百花齐放。青年们带上美人去赏花，花美还是人美，美人仿佛在与百花争艳。百花不会说话只能博取人们的欢笑。畅饮吧，趁花开了还未凋谢，人正少年。后阕写身处京城的忧患。车马进出京城，纷纷乱乱的。行人啊，不要羡慕长安。“莫羡”，饱含词人对京城生活的忧患。紫禁城里的更漏与街鼓报时之声，催促着黄昏早晨的更迭。长安城里的人们要比别人先老。

渔家傲

红粉墙头花几树[①]。落花片片和惊絮[②]。墙外有楼花有主。寻花去。隔墙遥见秋千侣。　绿索红旗双彩柱[③]。行人只得偷回顾。肠断楼南金锁户[④]。天欲暮。流莺飞到秋千处。

【注释】

①红粉：此指桃花花瓣。庾信《奉和赵王途中五韵诗》：“村桃拂红粉，岸柳被青丝。”

②和：连带，混合。　惊絮：指纷乱飞舞的柳絮。

③“绿索”句：绘画绿色的秋千索，顶上插红旗，一双彩色的秋千立柱。

④金锁户：饰以金色的门窗，指富贵人家、豪华门户。

【赏析】

是词通过游春者的目光，写出闺妇春愁。前阕写游春偶见。几枝桃花树高出墙头，枝头上开满红色的花瓣。落花片片与柳絮一起纷乱地飞舞。墙外面的小楼，花有主。暗示楼中女主人是个闺妇。踏春看花去。忽然间，隔墙远远的看见有人与秋千作伴。过片，“绿索红旗双彩柱”，这是对秋千的描述，暗示这个美人只是旁立于秋千下，并没有去荡起秋千。游春者只好偷偷地回头看着。啊，原来她是小楼南边的肠断“金锁户”。天向晚时，只有黄莺飞到了秋千上与她作伴。

渔家傲

妾本钱塘苏小妹[①]。芙蓉花共门相对[②]。昨日为逢青伞盖[③]。慵不采。今朝斗觉凋零㬠[④]。　愁倚画楼无计奈[⑤]。乱红飘过秋塘外[⑥]。料得明年秋色在。香可爱。其如镜里花颜改。

【注释】

①苏小妹:苏小小,或称苏小,南齐时钱塘(今杭州)名妓,才空士类,容华绝世。

②芙蓉:荷花。

③伞盖:比喻荷叶。

④斗:通"陡",陡然。㬠(shà):同"煞",很,甚。

⑤无计奈:无计可施。

⑥乱红:落花。

【赏析】

是词咏苏小小。前阕起首自我介绍,我是钱塘的苏小妹。家门正对着荷塘,与荷花朝夕为伴。她既有才华又有美貌,如荷花般出污泥而不染。"昨日"、"今朝"两句,昨天看见青绿的荷叶伞盖,因懒怠而未采,今朝陡然觉得它凋零了许多。昨日与今朝的对比,或许寓意美好事物消逝之迅速。后阕写"愁"。愁闷地倚着画楼无计可施,落花被风吹卷,飘过秋色沉重的荷塘外边。可以想象得到,明年的秋色将更加美丽,荷花更加芳香。只可惜自己镜里的朱颜面已经改变。词作由一天之变化之快,而感悟一年变化之巨,慨叹时光飞逝的愁绪。

渔家傲

花底忽闻敲两桨。逡巡女伴来寻访[①]。酒盏旋将荷叶当[②]。莲舟荡。时时盏里生红浪[③]。　花气酒香清厮酿[④]。花腮酒面红相向[⑤]。醉倚绿阴眠一饷。惊起望,船头阁在沙滩上[⑥]。

【注释】

①逡巡:顷刻之间。任华《寄杜拾遗》:"曹刘俯仰惭大敌,沈谢逡巡称小儿。"

②旋:现,随时就地。当:替代,当做。

③"时时"句:杯里的酒不时地倒影出红莲及酒后的红粉脸,好像在泛起红色的波浪。

④"花气"句:花气与酒香相互混合,好像美醪酿成发出的芬芳。厮:互相。

⑤"花腮"句:红荷花朵与醉红的脸儿相对映衬。

⑥阁:通"搁",搁浅。

【赏析】

是词写少女游赏。起首仿如仙境,花底里忽然听到两声击棹响,顷刻之间,女伴们就寻访而来了。"花底",荷花繁密,见不到对方,只能闻到响声,写环境之美。"忽闻"、"逡巡",表时间极快。接着三句,"酒盏旋将荷叶当。莲舟荡。时时盏里生红浪",将荷叶旋成酒杯。边荡舟边喝酒,不时地酒盏里泛起红浪,忽而是红莲花倒影,忽而是喝过酒后少女的红脸倒影。过片,荷花的芬芳与美酒的醇香,混合成特有的清幽之气;如少女美貌般的荷花与酒后的红脸相互辉映。喝醉了干脆在绿荷阴里睡一上一会。结句，联想新奇，惊醒过来一望，那船头已经搁浅在滩头上。

渔家傲

叶有清风花有露。叶笼花罩鸳鸯侣①。白锦顶丝红锦羽②。莲女妒。惊飞不许长相聚。　日脚沉红天色暮③。青凉伞上微微雨④。早是水寒无宿处。须回步，枉教雨里分飞去⑤。

【注释】

①鸳鸯侣：鸳鸯雌雄形影不离，故称鸳鸯侣。

②"白顶"句：白色锦缎般的头顶丝毛、红色锦缎般的翅毛。顶丝：禽鸟头顶上的羽毛。雍陶《咏双白鹭》："双鹭应怜水满池，风飘不动顶丝垂。"

③日脚：云缝里穿透下射的阳光。杜甫《羌村三首》之一："峥嵘赤云西，日脚下平地。"

④青凉伞：碧绿的荷叶像清凉的遮阳伞。

⑤枉教：犹言委屈让……。李商隐《蜀桐》："枉教紫凤无栖处，斫作秋琴弹坏陵。"

【赏析】

是词写采莲女由嫉妒到后悔的心理过程。前阕写嫉妒。荷叶随着风势摇曳，荷花承接如珠的露水。绿叶遮掩荷花笼罩上有一对鸳鸯侣。白色锦缎般的头顶丝毛、红色锦缎般的翅毛，真是太美了，太温馨了。采莲女忽然心中萌发嫉妒，惊扰它们，赶飞它们，不让它们这样长相厮守。后阕写采莲女后悔。云层里射下太阳微光，天快傍晚了。采莲女借青凉的荷叶当伞，遮住微微细雨。此时，她心里想，早就是秋寒水冷了，叫它们怎么过夜呢？或许它们已经回到原处了吧，真不该委屈它们纷飞而散呀。采莲女的内心活动，曲折有致，形象生动。

渔家傲

荷叶田田青照水①。孤舟挽在花阴底②。昨夜萧萧疏雨坠。愁不寐。朝来又觉西风起。　雨摆风摇金蕊碎③。合欢枝上香房翠④。莲子与人长厮类。无好意，年年苦在中心里⑤。

【注释】

①田田：形容茂密的莲叶浮于水面。《乐府诗集·江南》："江南可采莲，莲叶何田田。"

②挽：系住，拴住。

③金蕊：金色的莲花花蕊。晏殊《浣溪沙》："绿叶红花媚晓烟，黄蜂金蕊欲披莲。"

④"合欢句"：并蒂莲活像合欢花，枝头结出清香的莲房。香房：指清香的莲蓬。

⑤"莲子"三句：莲子与人常常是那么的相似，没有什么好意想，年年都是苦闷在心中。

【赏析】

是词写采莲女的孤苦。开头写荷塘，荷叶茂密，一片青绿映照水面。孤舟一叶系在荷花阴下。"孤"字入题，暗点采莲女愁苦之因。昨夜疏雨萧萧，夜不能眠；今朝又起了西风。这风风雨雨，怎不使她发愁呢。秋雨秋风，摧残着金色的莲花，花蕊破碎了，并蒂莲的枝头上结出了青青的莲蓬。结尾三句,以莲房喻人生。莲子跟人常常是类似的,没有什么好的意想,只是年年苦在心里头。

渔家傲

叶重如将青玉亚①。花轻疑是红绡挂②。颜色清新香脱洒③。堪长价④。牡丹怎得称王者⑤。　雨笔露笺匀彩画。日炉风炭薰兰麝⑥。天与多情丝一把⑦。谁厮惹⑧。千条万缕萦心下⑨。

【注释】

①"叶重"句:荷叶厚重活像青玉被低压着一样。亚:压,低压。"亚,有纵横二方面之二义。自其纵者而言,犹低也;俯也。"(张相《诗词曲语辞汇释》)。杜甫《上巳日徐司录林园宴集》:"鬓毛垂领白,花蕊亚枝红。"

②红绡:红色的鲛绡。

③脱洒:潇洒超脱。陈淳《警滞》:"直须要脱洒,为披霁月轮。"

④长:领先,第一。价:句末语气助词。

⑤"牡丹"句:这样看来,牡丹怎么能够称花之王者呢?

⑥"雨笔"两句:雨作笔、露作笺绘画而成的彩画;日为炉、风为炭熏焗生成的兰麝香气。兰麝:兰花和麝脐的香气。

⑦"天与"句:老天爷还给予它多情的丝儿一把。

⑧厮惹:相惹。如言厮守。

⑨萦:牵系,萦绕。

【赏析】

是词咏荷花。先写叶,厚重如青玉被低压着一样;次写花,轻盈得不敢相信是红绡挂着;一重一轻,一低一挂,一青一红,错落有致,对比鲜明。再总写,花叶颜色"清新",香气"脱洒",因其出污泥而不染,故超凡脱俗。"堪长价",堪称第一啊,情感丰富的赞美。牡丹怎能与她媲美而可称花中之王呢。

后阕写荷花天造之美。雨作笔、露为笺画成的彩画;日是炉、风当炭,兰麝熏成的清香。老天爷更赋予多情的丝一把,谁相惹动,千丝万缕缭绕心中?结尾写出荷花的多情,谁也不能与她相比。

◉集评

沈际飞《草堂诗馀别集》:"奇丽谛详,莲词允推永叔。"

渔家傲　七夕

喜鹊填河仙浪浅①。云軿早在星桥畔②。街鼓黄昏霞尾暗③。炎光敛。金钩侧倒天西面④。　一别经年今始见。新欢往恨知何限。天上佳期贪眷恋⑤。良宵短⑥。人间不合催银箭⑦。

【注释】

①喜鹊填河:民间传说,牛郎、织女每年七月七夕相会,群鹊衔接为桥以渡银河,称喜鹊填河。徐夤《鹊》:"香闺报喜行人至,碧汉填河织女回。"

②云軿：神仙所乘的云车。此指织女所乘。李德裕《桂花曲》："云軿往往到人间。"

③霞尾：犹斜霞。

④金钩：比喻七夕之月，其形如钩。

⑤眷恋：深切思念，依依不舍。陈子昂《鸳鸯篇》："音容相眷恋。"

⑥良宵：犹良夜，美好的夜晚。

⑦银箭：箭漏之美称。李白《乌栖曲》："银箭金壶漏水多，起看秋月坠江波。"

【赏析】

是词写牛郎织女相会。牛郎织女的传说早见《诗·小雅·大东》："跂彼织女"、"睆彼牵牛"。牛郎织女只能一年一度的七月七日相会，前阕写相会的环境，喜鹊在银河上搭起桥梁，仙浪轻腾，织女驾着云车来到河边。街鼓才报时黄昏，一抹晚霞照空，一弯金钩月悬挂在天空西边。后阕写相会。"新欢往恨知何限。"一句颇有新意，新欢与往恨交织，没有谁能知道其之界限，意即充塞整个空间。"良宵短"，美好的夜晚却如此的短，又将要承受一年离别的痛苦。结拍"人间不合催银箭"，人世间不应该使用银箭这些计时器来报更，含蓄地表达了牛郎织女对人间生活的依恋。

渔家傲

乞巧楼头云幔卷①。浮花催洗严妆面②。花上蛛丝寻得遍③。颦笑浅。双眸望月牵红线④。　奕奕天河光不断。有人正在长生殿。暗付金钗清夜半⑤。千秋愿。年年此会长相见。

【注释】

①乞巧楼：七夕，为妇女向织女乞求智巧时所搭的彩楼。孟元老《东京梦华录·七夕》："至初六日七日晚，贵家多结彩楼于庭，谓之乞巧楼。"　云幔：绣着云霞的幔幕。

②"浮花"句：窃以为，以水泡花洗面后作严妆，表虔诚之意。　严妆：妆束严谨整齐。《古诗十九首·焦仲卿妻》："鸡鸣外欲曙，新妇起严妆。"

③蛛丝：王仁裕《开元天宝遗事》："七月七日，宫女各捉蜘蛛于小合中，至晚开视，蛛网密者，言得巧多，稀者言得巧少。民间亦效之。"

④牵红线：《开元天宝遗事》载，嫔妃各以九孔针、五色线，向月穿之，过者为得巧之候。此为乞巧。

⑤"奕奕"三句：咏唐明皇与杨贵妃事。　奕奕：此言天河光辉闪亮。　长生殿：在骊山华清宫内，唐代帝后之寝殿。白居易《长恨歌》："七月七日长生殿，夜半无人私语时。"

【赏析】

是词记七夕节。前阕写七夕民间乞巧活动。搭建乞巧楼、以浸花水洗面严妆、比蛛丝、巧穿线。过片写唐明皇与杨贵妃过七夕。结尾回到借乞巧祈福，祝愿人们，千秋岁，年年相会长相见，表达追求吉祥幸福的情怀。

渔家傲

别恨长长欢计短。疏钟促漏真堪怨①。此会此情都未半②。星初转③。鸾琴凤乐匆匆卷④。　河鼓无言西北盼⑤。香娥有恨东南远⑥。脉脉横波珠泪满。归心乱。离肠便逐星桥断。

【注释】

①疏钟促漏：言夜已深。钟声稀疏，漏声短促。李嘉祐《远寺钟》："疏钟何处来，度竹兼拂水。"晏殊《实秋宿直》："促漏声来夜唱闲。"

②未半：还没有过半。

③星初转：北斗星开始转动，言天之将明。

④"鸾琴"句：优美动听的音乐匆匆而过。 鸾琴：凤琴。

⑤河鼓：即牵牛星。《尔雅》："河鼓谓之牵牛。" 西北盼：牵牛星在银河之东，向着西北望织女星。

⑥香蛾：指代美人。此指代织女。 东南远：织女星在西北，故望东南之牵牛星而觉其远。

【赏析】

是词写牛郎织女相会将别。首句概说牛郎织女的"恨"与"欢"，恨长长，而欢却"短"，离别要一年之久，相会才一夕之短。第二句写"怨"，具体描写欢之短，"此会此情都未半"，能不堪怨吗？后阕写别，一个无言，表示无言的反抗；一个有恨，表示深情的怀想。"脉脉横波珠泪满。归心乱。离肠便逐星桥断"，离别时的痛苦表情。

◉集评

龙榆生《唐宋名家词选》引夏敬观评："七夕词三阕，意皆不复，此词选韵尤新。"

渔家傲

九日欢游何处好①。黄花万蕊雕阑绕②。通体清香无俗调。天气好。烟滋露结功多少③。 日脚清寒高下照。宝钉密缀圆斜小④。落叶西园风袅袅⑤。催秋老。丛边莫厌金尊倒。

【注释】

①九日：指农历九月九日重阳节。

②黄花：指菊花。

③烟滋露结：烟雾滋润，露水育就。

④"宝钉"句：菊花花瓣像宝钉密缀而成圆圆拱起的小斜面。

⑤"落叶"句：落叶飘飞西园，秋风袅袅。屈原《湘夫人》："袅袅兮秋风，洞庭波兮木叶下。"

【赏析】

是词记重阳节活动。起首设问，重阳节到哪里欢游最好？第二句答，在环绕雕栏的万朵菊花坛边吧。接下的句子都是描写菊花：赞其清香无俗调，是高洁的象征；赞其得天地之灵气，烟雾滋润，露水育就；赞其形态姣美，"宝钉密缀圆斜小。落叶西园风袅袅"，赞其在百花之后，不惧霜风而怒放，生命力强，品格坚毅。结拍，回应开头，在菊丛旁边开怀畅饮，就是最好的欢游了。

渔家傲

青女霜前催得绽①。金钿乱散枝头遍②。落帽台高开雅宴③。芳尊满。挼花吹在流霞面[4]。　桃李三春虽可美[5]。莺来蝶去芳心乱。争似仙潭秋水岸[6]。香不断。年年自作茱萸伴。

【注释】

①青女:即霜神。《淮南子·天文训》"至秋三月,青女乃出,以降霜雪。"注:"青女,天神青霄玉女,主霜雪也。"　霜前催得绽:待到霜雪来时而绽放。

②金釦(kòu):同"金钿",镶嵌金花的一种妇女首饰。此借指黄菊。釦,现代汉语简化为"扣"。

③落帽台:《晋书·孟嘉传》:"嘉字万年,为桓温参军。九月九日温游龙山,寮佐吏並著戎服,有风至吹嘉帽堕落,嘉不之觉,温命孙盛作文嘲嘉。嘉即答之,其文甚美,四坐嗟叹。"后以此作为重九登高的佳话。李白《九日龙山饮》,"九日龙山饮,黄花笑逐臣。醉看风落帽,舞爱月留人。"

④挼:抚弄;搓揉。　流霞面:醉脸。　流霞:神话中的仙酒名。李商隐《武夷山》:"只得流霞酒一杯,空中箫鼓几时回。"

⑤三春:春季的三个月。

⑥仙潭:或指菊潭。《明一统志》:"菊潭在河南府内乡县西……其水重于诸水,傍生甘菊,水极甘馨,有数十家惟饮此水,寿多至百岁以上。"

【赏析】

是词咏菊。前阕起首二句,霜神青女在霜前让菊花开放,金色的如首饰的花瓣遍布枝头。菊花不畏惧寒霜而怒放,品格自高。接着写登高饮菊花酒,"挼花吹在流霞面",可见雅兴甚高。过片,以桃李反衬菊花,突出菊花的高洁。桃李只合与蜂蝶为伴,令人烦恼;菊花身处清潭秋水之畔与茱萸为侣,何等的清雅。

渔家傲

露裛娇黄风摆翠[1]。人间晚秀非无意[2]。仙格淡妆天与丽。谁可比。女真装束真相似。　筵上佳人牵翠袂。纤纤玉手挼新蕊。美酒一杯花影腻。邀客醉。红琼共作熏熏媚[3]。

【注释】

①裛:沾湿。陶潜《饮酒二十首》之七:"秋菊有佳色,裛露掇其英。"
②晚秀:意谓菊花开在诸花之后。韩维《游龙兴寺》:"菊烟凄晚秀。"或指在岁晚开放。
③红琼:言醉颜。亦解红颜美女。　熏熏:通"醺醺",醉态。

【赏析】

是词写赏菊宴。前阕写黄菊。秋露滋润育成娇黄花儿,秋风摇摆它青翠的叶子。人世间的晚秀,不是没有用意的。神仙淡妆风格、天生丽质。谁可以匹敌?仙子的装束才与它相似。后阕写菊宴。"纤纤玉手挼新蕊。美酒一杯花影腻。"佳人制作菊花酒,美酒里带着浑厚的菊花芳香。人们喝醉了,呈现熏熏的美态。

渔家傲

对酒当歌劳客劝。惜花只惜年华晚。寒艳冷香秋不管。情眷眷[1]。凭栏尽日愁无限。 思抱芳期随塞雁[2]。悔无深意传双燕[3]。怅望一枝难寄远。人不见。楼头望断相思眼。

【注释】

①眷眷:犹依依。

②思抱:思念怀想。 芳期:犹言开花季节。此特指菊花开放的秋季。 随塞雁:托雁寄书。

③"悔无"句:悔不托双燕寄诗达意。《天宝遗事》载,长安任宗为贾湘中,数年不归。其妻绍兰,托燕子寄诗与夫,夫得诗感泣,次年归。

【赏析】

是词写秋思。前阕首二句由酒宴而感怀岁月的流逝。"寒艳冷香"暗喻闺中女子,秋天不管她的愁绪,又来到人间。她情怀眷念心上人,整日凭栏愁怨无限。后阕写相思。心里想着佳期,要托鸿雁送达;又懊悔自己没有表达心中深意的勇气,托付双燕带去。"怅望一枝难寄远",只好学那陆机寄梅一枝来表达了。"人不见。楼头望断相思眼。"见不到心上人,只有站立在高楼之上,望断 相思眼了。

玉楼春　题上林后亭[1]

风迟日媚烟光好,绿树依依芳意早。年华容易即凋零[2],春色只宜长恨少。 池塘隐隐惊雷晓[3],柳眼未开梅萼小[4]。尊前贪爱物华新[5],不道物新人渐老。

【注释】

①上林:秦代皇家园林,汉武帝予以扩建,故址在今西安西南及周至、户县界,周广数百里,离宫七十所。此借指汴京皇家园林。

②容易:犹言轻易。

③隐隐惊雷:隐约的惊蛰雷声。

④柳眼:柳叶初展如眼,古人叫做柳眼。元稹《生春二十首》之九:"春生柳眼中。"萼:花萼,花瓣下部的一圈绿色托片。

⑤物华:美好的春天景物。

【赏析】

是词春日抒怀。前阕起首二句写早春,春风舒缓,日光和暖,烟霭云霞风光好。绿树依依,春意盎然,春色绚丽。接着抒情议论,年华容易消逝,万物随即凋零;希望春色能够应该长留,所以总是恨其太过短促。后阕写法与前阕无异,过片写早春,池塘上空隐隐地响过阵阵雷声,划破清晨的宁静;柳眼似开未开,细小的梅萼却绽开了花瓣。结拍,议论抒情,人们在杯上杯落地饮酒时,总是喜爱万物的更新,却不说万物更新之时,人却逐渐地衰老去。

词作前后阕结构相同,目的是反复强调,抒发时光流逝,人生易老的感慨。词人于宋仁宗嘉祐至英宗治平年间,由翰林学士升至枢密副使与参知政事,身居高位,"皎皎心虽在,萧萧发已疏。未知论报效,安得遂樵渔。"(《和武平学士岁晚禁直书怀五言二十韵》)"报国无功嗟已老,归田有约一何稽。"(《下直》)"时平容窃禄,岁晚叹衰翁。买地淮山北,垂竿颍水东。"(《下直呈同行三公》)反映出一种嗟叹老病、恐难报国、渴望退休的心理。然而，这种心理反映于词作中，就比诗作要形象得多了。

玉楼春

西亭饮散清歌阕①，花外迟迟宫漏发②。涂金烛引紫骝嘶③，柳曲西头归路别。　佳辰只恐幽期阔④，密赠殷勤衣上结⑤。翠屏魂梦莫相寻，禁断六街清夜月⑥。

【注释】

①西亭：在京城汴梁（开封）。

②宫漏：宫中漏壶。　漏：漏壶，计时器。

③涂金烛：涂金绘彩的蜡烛。　紫骝：紫色毛的良马。杨炯《紫骝马》："侠客重周游，金鞭控紫骝。"

④"佳辰"句：相会的良辰只怕要在久别之后的幽会期约。　阔：久别。

⑤衣上结：指同心结。以锦带编成连环回文式，寓相爱。

⑥禁断：禁卒巡警于街上巡逻。《宋史·魏丕传》："初六街巡警，皆用禁卒。"　六街：指京城繁华的中心大街。

【赏析】

是词写离情。前阕写别离。西亭的聚会宴饮散了，清歌一曲也到了尾声。花丛之外传来了宫禁漏壶发出的缓慢滴声。相聚时间直至深夜。涂金绘彩的蜡烛引路，紫骝骏马在嘶鸣，柳曲西头，踏上归途话别。后阕过片写女子心理与行动，美好的时光怕要等到阔别之后的约会了，赠上同心结，表达对爱情的愿望。结拍写男子临别之言，你不要辗转反侧于银屏之后，魂牵梦绕地想念，折磨自己。在那明月清夜的良宵，即使是禁断六街，也会想法过来与你相会。

玉楼春

春山敛黛低歌扇①。暂解吴钩登祖宴②。画楼钟动已魂销，何况马嘶芳草岸。　青门柳色随人远③。望欲断时肠已断。洛城春色待君来，莫到落花飞似霰④。

【注释】

①春山：美女之画眉。

②吴钩：宝刀名，春秋时吴地人铸。沈括《梦溪笔谈》："唐人多有言吴钩者，吴钩，宝刀名也，今南蛮用之，谓之葛党刀。"李贺《南园》："男儿何不带吴钩，收取关山五十州。"后指利剑、名剑。　祖宴：祖，祭路神，因称饯别的筵席为祖宴。韩休《奉和圣制送张说巡边》："祖宴初留赏，宸章更宠行。"

③青门：汉代长安城东南门，本名灞城门。因其涂青色，故俗称为青门。此指汴都城门。

④霰：颗粒状的冰雪。

【赏析】

是词写美女与壮士之别。前阕首句写美女临别伤心之状，春山样的黛眉紧锁，将歌扇低垂。第二句写壮士，暂时解下吴钩宝剑，入到送别的宴席。歇拍二句，写离别的氛围，画楼上的钟声频频响起，叫人的魂儿飘飘；更何况芳草岸边拴着的马儿在嘶鸣，仿佛催促离人启程。后阕过片，眼看行人渐去渐远，好像青门的柳色亦随之渐去渐远。送行人极目望去，快要望不见的时候，真是肝肠欲断呀。写双方的情怀与心愿。结拍"洛城春色待君来，莫到落花飞似霰"，写美人对重逢的祈祷，洛阳城里烂熳的春色在等待你的归来，千万不要在那春尽落花似冰雪霰粒凋零的时候才来。美人在此含蓄表达出，壮士要尽早归来，不要到了她青春已逝，残若落花的时候才能见面。

玉楼春

尊前拟把归期说。未语春容先惨咽。人生自是有情痴，此恨不关风与月①。　离歌且莫翻新阕②。一曲能教肠寸结③。直须看尽洛城花④，始共春风容易别。

【注释】

①风与月：犹言风月情。指男女间情爱。

②新阕：新曲。

③肠寸结：形容极度悲伤。韦庄《应天长》："别来半岁音书绝，一寸离肠千万结。"

④洛城花：特指牡丹花。洛阳牡丹甲天下，故以花指牡丹。李格非《洛阳名园记》："洛中花甚多种，而独名牡丹曰花。"王象晋《群芳谱》："唐宋时，洛阳花冠天下，故牡丹竟名洛阳花。"

【赏析】

是词惜别洛阳。欧阳修中进士后，于宋仁宗天圣九年(1031)至宋景祐元年(1034)，在西京洛阳任职三年，任满归东京开封，此词当作于离开洛阳之时。

前阕写离情。饯别饮酒的时候，就打算将归期告诉大家，但是话儿还未出口，大家原先欢悦的面容就已现出惨然、伤心哽咽。"拟"字，想说又说不出，不说好像又不行，心理矛盾。"未语……先……"，主人公观察细微，体味到席上友人的深情。歇拍二句，"人生自是有情痴，此恨不关风与月"，似在安慰众人，亦在说明此次离开洛阳，不是一般的儿女私情的离别。自己对洛阳来说，是个"情痴"。此情，自然有男女之情，亦有洛阳山水之情，更有诗文革新运动对人生感悟的豪情。后阕写对洛阳的深情。过片二句，依依惜别的离歌不要再翻成新曲，一曲已经够人肠断的了，表现出一种豪迈之气。"直须看尽洛城花，始共春风容易别"，我没有那么快就离开洛阳的，一直等我看尽了洛阳的牡丹花，才会与春风一同与你们道别。虽然如此，读者还是从豁达峻朗之中，看到了惆怅与无奈。

◉集评

王国维《人间词话》："永叔'人间自是有情痴，此恨不关风与月。''直须看尽洛城花，始与东风容易别。'于豪放之中有沉着之致，所以尤高。"

玉楼春

洛阳正值芳菲节①，秾艳清香相间发②。游丝有意苦相萦，垂柳无端争赠别。　杏花红处青山缺，山畔行人山下歇。今宵谁肯远相随，惟有寂寥孤馆月③。

【注释】

①芳菲节:花香草绿的春天时节。于濆《戍卒伤春》:"连年戍边塞,过却芳菲节。"

②相间:相互隔开并相互连续,不间断接替着。

③寂寥:空虚,《老子》:"寂兮寥兮。"王弼注:"寂寥,无形体也。"《楚辞·九叹·惜贤》:"声嗷嗷以寂寥兮,顾仆夫之憔悴。"

【赏析】

是词惜别洛阳。前阕首二句写春光,以反衬离情。洛阳正是春光明媚时节,秾艳清香的百花相接不断地竞放。歇拍写离情,那离愁就像游丝苦苦地相绕,垂柳无端端的争相赠别。后阕写别离。过片写遥望离开洛阳的必经之地:红杏花盛开、青山缺口之处,山畔是行人,山下是歇脚的行人,暗寓自己将要启程离开。结尾二句"今宵谁肯远相随,惟有寂寥孤馆月",主人公的想象,今宵离宴,谁愿意与自己相随远行?只有空虚孤独地对着那馆舍的月儿。

玉楼春

残春一夜狂风雨。断送红飞花落树。人心花意待留春,春色无情容易去。　高楼把酒愁独语①。借问春归何处所②。暮云空阔不知音,惟有绿杨芳草路。

【注释】

①把酒:持杯饮酒。孟浩然《过故人庄》:"把酒话桑麻。"

②借问:询问。刘长卿《上巳日越中与鲍侍郎泛舟耶溪》:"君见渔船时借问,前洲几路入烟花。"

【赏析】

是词写惜春。前阕写残春景象。暮春到了,一夜狂风暴雨风雨,断送了百花,红花飞舞,绿树落红。人心与花意都要将春天留住,但是春天却如此无情地轻易离去。"待留春",写出爱春惜春之情;怨春之"无情",更见惜春情切;"容易去",饱含依依惜别之情。后阕写伤春。过片写主人公独自在高楼持杯喝酒,愁闷而无言。春要归去,但归何处?关心之至,所以要"借问",然而跟前没有可问的对象,可以问"暮云"吗?不行,它空阔不知道音信。"惟有绿杨芳草路",绿杨芳草不是春归之路吗,去问它好了。

玉楼春

常忆洛阳风景媚。烟暖风和添酒味。莺啼宴席似留人,花出墙头如有意。　别来已隔千山翠。望断危楼斜日坠。关心只为牡丹红,一片春愁来梦里。

【赏析】

是词缅怀洛阳。起首直入,"常忆"二字,可见离开之后,经常回忆,一往情深。"风景媚",赞美之词,风景妩媚,总说洛阳印象。接着回忆在洛阳的生活。每当烟霞向暖,和风吹拂之时,知己良朋聚会,或以诗文会、或以歌酒会,黄莺在席旁鸣唱,似乎要将友人留住;鲜花探出墙外,好像要表达情意。后阕写洛阳牡丹。过片两句,写凭楼远望,"别来已隔千山翠。望断危楼斜日坠”，离别洛阳之后虽然已经被千山的翠色所隔，但时时登楼远眺，极目洛阳，直至斜日西坠，进一层写怀念。结拍，“关心只为牡丹红，一片春愁来梦里”，自己最关心的是牡丹花，常常惹起梦中的春愁一片。

玉楼春

两翁相遇逢佳节。正值柳绵飞似雪①。便须豪饮敌青春②，莫对新花羞白发。　人生聚散如弦筈③。老去风情尤惜别。大家金盏倒垂莲④，一任西楼低晓月。

【注释】

①柳绵：柳絮。

②敌：匹敌。　青春：青年时期，少壮年纪。司空曙《送同椅》：“青春三十余，众艺尽无知。”

③弦筈(kuò)：箭末端扣于弓弦后开张满而发箭，弦与筈分离，箭便射出。比喻离合聚散之无常。陆机《为顾彦先赠妇》“离合未有常，譬彼弦与筈。”注引《释名》：“矢末曰筈。”释正觉《颂古一百则》：“弦筈相衔，网蛛相对。”

④倒垂莲：指干杯。古时有一种金莲杯。

【赏析】

是词写老翁聚会。两位老人相逢在佳节，正好是柳絮如雪飞舞时候。便要豪放地痛饮与青春年少时比比，不要在新花面前羞耻是白发之人。人生的聚散多像那箭与筈。虽然是年老了，但要相互珍惜这份情怀。大家一起举杯，一饮而尽，管他什么西楼低垂的晓月。词作字里行间不见悲老伤怀，而见豪迈之气。

玉楼春

西湖南北烟波阔①。风里丝簧声韵咽②。舞馀裙带绿双垂，酒入香腮红一抹③。　杯深不觉琉璃滑④，贪看六幺花十八⑤。明朝车马各西东，惆怅画桥风与月。

【注释】

①阔：宽广。

②丝簧：琴瑟、笙竽之类的弦管乐器。马融《长笛赋》“漂凌丝簧，复冒鼓钟。”注：“向曰：‘丝，琴瑟也。簧，笙也。’”

③香腮：形容美人双脸。温庭筠《菩萨蛮》：“小山重叠金明灭，鬓云欲度香腮雪。”

④琉璃滑：比喻绿酒。

⑤六幺：又名绿腰，录要。唐时琵琶曲名。《乐谱》：“琵琶曲有六幺，唐僧善本弹六幺曲，下拨一声，如雷发，妙绝入神。”　花十八：舞曲名。王灼《碧鸡漫志》“欧阳永叔云‘贪看六幺花十八’，此曲内一叠，名花十八，前后十八拍，又四花拍，共二十二拍。乐家者流所谓花拍，盖非其正也。曲折抑扬可喜，舞亦随之，而舞筑球六幺至花十八益奇。”俞樾《茶香室丛钞》卷十八引朱鼎昌：“欧阳文忠词‘杯深不觉琉璃滑，贪看六幺花十八。’不曰听，而曰看，其为舞曲无疑。”

【赏析】

是词写西湖歌筵。首句写歌筵地点，颍州西湖南北宽广，烟波浩淼。风中送过来的丝簧乐声韵，感人肺腑，令人伤情。舞姬狂舞过后，绿带双垂，美酒一盅，香腮红一抹。酒兴上来，不觉杯杯绿酒满上，入迷了那六幺十八花之韵乐歌舞。结尾，写歌筵之心情，眼前是尽兴欢愉，但是，明朝又要车马各奔东西了，看着画桥的风月，心中惆怅起来。

玉楼春

蝶飞芳草花飞路，把酒已嗟春色暮。当时枝上落残花，今日水流何处去。　楼前独绕鸣蝉树，忆把芳条吹暖絮①。红莲绿芰亦芳菲，不奈金风兼玉露。

【注释】

①芳条：芬芳的柳条。《乐府诗集·读曲歌》七十四："春风扇芳条，常念花落去。" 吹暖絮：春风吹柳絮时天已暖。

【赏析】

是词写春秋更迭，叹年华流逝。前阕写春景，首二句，蝴蝶翻飞于芳草之上，落花飞舞于道路之上，拿起酒杯要喝的时候忽然嗟叹春色就快尽了。首句的二个"飞"字，成为对比，前一"飞"是充满生机活力的，后一个"飞"是凋零逝去的。接着二句进一层，"当时"句言春天，那里枝头掉落着残花，"今日"句言秋天，现在，江水流向哪里。落花与流水，不为人的主观为转移，时光如白驹过隙。后阕写秋景。过片"楼前独绕鸣蝉树"，独自一人在楼前绕树盘桓听着蝉鸣，秋天真的来了。不禁又忆起春风吹暖柳条抽绿飞絮的景色。结拍"红莲绿芰亦芳菲，不奈金风兼玉露"，秋色中的红莲绿芰虽不失为一种芳菲美景，可是终经不起金风玉露的摧折。

词作运用众多的具象，构成典型的春秋景色。如蝶飞、花飞、芳草、残花、芳条、暖絮言春景；如鸣蝉、红莲、绿芰、金风、玉露言秋景。通过人的动作描写、心理活动，议论抒情。"把酒已嗟"、"忆"，抒发春将尽，辜负春光而遗憾的情感；"楼前独绕" 动作描写，"亦芳菲"、"不奈"心理活动，写出了对秋光的感受。

玉楼春

别后不知君远近。触目凄凉多少闷。渐行渐远渐无书，水阔鱼沉何处问①。　夜深风竹敲秋韵②。万叶千声皆是恨。故欹单枕梦中寻③，梦又不成灯又烬④。

【注释】

①水阔鱼沉：古代传说，鱼雁可传递书信。此言音信不通。

②"夜深"句：夜深了，风吹动竹树，发出的响声好像在奏着秋天的声韵。

③单枕：孤枕。

④灯又烬：灯芯烧成灰烬，即灯将要熄灭。亦言天将亮。

【赏析】

是词写思妇离恨。前阕写思妇登楼远眺。首句"别后不知君远近"，离别以来，不知道你走了多远，身在何处。“远近”，推测行程距离，偏重于“远”字，同时亦有指代哪里的意义。“触目凄凉多少闷。”思妇或许白天登上高楼远眺，所见景物尽凄凉，心中堆积无穷的烦闷。“渐行渐远渐无书，水阔鱼沉何处问。”三“渐”字，回应开头，时间从“别后”算起，越行越远越无书信，山长水远的没了音信，到哪里打听去。

后阕写思妇秋夜怀人。过片以秋夜景色烘托离恨，夜深了，风儿吹动摇曳竹树敲响秋声，万叶相擦出千声，诉说的都是心中怨恨。结拍描写思妇动作，特地倚靠单枕想在梦中寻找日夜怀想的行人，可是，梦又做不成，灯芯烧尽，天快亮了。

◉集评

唐圭璋《唐宋词简释》：“此首写别恨，两句一意，次第显然。分别是一恨。无书是一恨。夜闻风竹，又揽起一番离恨。而梦中难寻，恨更深矣。层次深入，句句沉着。”

玉楼春

檀槽碎响金丝拨①。露湿浔阳江上月②。不知商妇为谁愁③，一曲行人留夜发。 画堂花月新声别。红蕊调长弹未彻④。暗将深意祝胶弦，唯愿弦无断绝。

【注释】

①“檀槽”句：拨动金弦，奏出令人心碎的乐曲。 檀槽：檀木制成的用以乐器架弦的槽格。李煜《书琵琶背》：“天香留凤尾，馀暖在檀槽。” 碎：因极度忧伤而感到心痛难忍。刘长卿《早春赠别赵居士还江左，时长卿下第归嵩阳旧居》：“逆旅乡梦频，春风客心碎。” 响：响声，此指乐曲声音。 金丝：美称弦乐的弦线。梁元帝萧绎《和弹筝人诗二首》之二：“琼柱动金丝，秦声发赵曲。”

②浔阳江：长江支流，于今江南省九江市汇入长江。戴复古《琵琶行》：“浔阳江头秋月明，黄芦叶底秋风声。”

③商妇：商人的妻子。董嗣杲《泊江城下》，“失笑白司马，曾与商妇遇。”

④红蕊调：当指宫中之曲。各凝《宫词百首》：“金鸾双立紫檀槽，暖殿无风韵自高。含笑试弹红蕊调，君王宣赐酪桃。” 未彻：没完，未停。冯延巳《菩萨蛮·金波逐行云去》：“玉筝弹未彻，凤有髻黄钗脱。”

【赏析】

是词写听琵琶曲。前阕写听“愁”曲。琵琶女拨动金丝样的弦线，振动檀槽，弱奏出令人心碎的乐韵，好像在叙说白居易的《琵琶行》。“露湿浔阳江上月”，概括白诗的：“浔阳江头夜送客，枫叶荻花秋索索。主人下马客在船，举酒欲饮无管弦。醉不成欢惨将别，别时茫茫江浸月。忽闻水上琵琶声，主人忘归客不发。寻声暗问弹者谁，琵琶声停欲语迟。”“不知商妇为谁愁”，概括白诗的“自言本是京城女，家在虾蟆陵下注。十三学得琵琶成，名属教坊第一部。……老大嫁作商人妇。商人重利轻别离，前月浮梁买茶去。去来江口守空船，绕船月明江水寒。夜深忽梦少年事，梦啼妆泪红阑干。”“一曲行人留夜发”，概括白诗的“莫辞更坐弹一曲，为君翻作琵琶行。感我此言良久立，却坐促弦弦转急。凄凄不似向前声，满座重闻皆掩泣。座中泣下谁最多，江州司马青衫湿。”商妇之“愁”，一是愁自己嫁与商人，“轻别离”；二是愁江州司马被贬，远离故土，与乡亲别离。“为谁愁”，有点明知故问，但目的是提醒人们，商妇与司马两人的“愁”联系在一起，就包括了人世间大部分的愁。后阕写听“新声”。华堂之上，花月之下。在优美的环境中，琵琶女弹奏新曲别调。主人公听来，好像是宫中的“红蕊调”。和凝有诗《宫词百首》云：“含笑试弹红蕊调”，可见，红蕊调是欢快之曲，当时只是宫中“试弹”。到宋时，或许传到了民间，广为弹奏，所以说“长弹未彻”。主人公好像忘记了刚才听“愁”曲而引发的忧烦，听到了乐曲传递出的美好祝愿：“弦弦无断绝。”

词作通过两首表达不同情感的琵琶曲的鲜明对比，向世人致以美好的祝愿。

张先《木兰花·晏观文画堂席上》与欧阳词大体相同，录此备考：“檀槽碎响金丝拨。露湿浔阳江上月。不知商妇为谁愁，一曲行人留晚发。　画堂花入新声别。红蕊调高弹未彻。暗将深意语胶弦，长愿弦丝无断绝。”

玉楼春

金花盏面红烟透[①]。舞急香茵随步皱[②]。青春才子有新词，红粉佳人重劝酒。　也知自为伤春瘦。归骑休交银烛候[③]。拟将沉醉为清欢，无奈醒来还感旧。

【注释】

①“金花”句：举起金花酒，可见酒面上透射出红蜡光影与熏炉香烟。　金花盏：金花饰纹的酒杯。　红烟：红烛之光影与熏炉香烟。

②随步皱：随着急促的舞步，席子也起皱纹。李煜《浣溪沙》：“红锦地衣随步皱。”

③交：通“教”，让，使。

【赏析】

是词写歌筵。以举杯起首，举起金花纹饰的酒杯，可见满溢的酒面上透射出红烟。第二句写舞蹈，舞步急促，香垫亦随之起了皱纹。歇拍二句，歌女演唱年青才子填写的新词，青春美人再三过来劝酒。后阕写歌筵的感受。明明知道自己为伤春而消瘦，却又偏来参加歌筵，并且吩咐家人不要银烛等待我——“归骑”。“拟将沉醉为清欢，无奈醒来还感旧。”本打算用沉醉来换取清欢，怎知酒醒过来还是念念不忘往事。

玉楼春[①]

雪云乍变春云簇。渐觉年华堪送目[②]。北枝梅蕊犯寒开，南浦波纹如酒绿[③]。　芳菲次第还相续[④]。不奈情多无处足。尊前百计得春归，莫为伤春歌黛蹙。

【注释】

①本篇，《尊前集》别作冯延巳词，而《阳春集》不录。

②年华：一年里的大好时光，此指春天。唐彦谦《曲江春望》：“杏艳桃光夺晚霞，乐游无庙有年华。”送目：犹放眼。

③南浦：此用原义，南边水滨。

④次第：依次。

【赏析】

是词写春色。前阕写早春。“雪云”句，雪云忽然变作簇拥的春云。“乍变”，言冬去春来，季节转换之快。“渐觉”句，从主观感受写景，渐渐感到一年之中的大好时光——春天，已经到来，值得放眼观赏，好好享受一番。歇拍二句“北枝梅蕊犯寒开，南浦波纹如酒绿”，抓住典型景物，具体描写春色。北面枝头的梅蕊冒着余寒开放，南边水滨波纹像酒一样泛起绿色。后阕过片续写春景。“芳菲次第还相续。”百花依次相续怒放。“不奈情多无处足”，无奈自己的情太多了，即使能够次第相续地欣赏百花的开放，还是感到难以满足。结拍二句劝解人们，既然春天归来了，就尽情地畅饮吧，不要去伤春感怀，吟唱那皱眉的歌儿。

词作咏春，热情奔放，强烈地表现出对美好事物的热爱情怀。

玉楼春

黄金弄色轻于粉[①]。濯濯春条如水嫩[②]。为缘力薄未禁风，不奈多娇长似困。　腰柔乍怯人相近[③]。眉小未知春有恨[④]。劝君著意惜芳菲，莫待行人攀折尽。

【注释】

①黄金弄色：比喻柳条初长之浅黄色乃黄金弄成的颜色。

②濯濯：干净明亮的样子。乔知之《折杨柳》：“可怜濯濯春杨柳，攀折将来就纤手。”

③怯：胆怯，畏缩。

④眉：指新展的柳叶。

【赏析】

是词咏柳。轻盈的黄金粉染成的颜色，明亮的如水娇嫩的柳条。因为力薄而不禁风，无奈多娇常常好像困倦似的。腰儿纤细柔软，害怕人们接近它；柳叶如眉小，却不知道有怨恨。你呀要留意爱惜芳菲美时，不要待到行人将枝条攀折尽了，而落后于人。

玉楼春

沉沉庭院莺吟弄[①]。日暖烟和春气重。绿杨娇眼为谁回[②]，芳草深心空自动[③]。　倚阑无语伤离凤[④]。一片风情无处用。寻思还有旧家心，蝴蝶时时来役梦[⑤]。

【注释】

①吟弄：犹吟唱，此指黄莺啼叫。

②娇眼：指柳眼，柳叶初展，如眼睁开。

③芳草深心：言见芳草之凄凄而惹引思归之心。

④离凤：比喻夫妇离散。

⑤“蝴蝶”句：《庄子·齐物论》：“昔者庄周梦为胡蝶，栩栩然胡蝶也。……俄然觉，则蘧蘧然周也。不知周之梦为胡蝶与？胡蝶之梦为周与？”　役梦：牵动引发成梦。

【赏析】

是词写闺妇思夫。前阕写春景，沉沉寂寂的庭院，黄莺在啼叫吟唱，阳光暖和，烟气氤氲，到处是一片浓丽的春光。歇拍两句，寓情于景，绿杨娇眼眸子为谁而顾盼，芳草内心深处徒然动情。“娇眼”、“深心”，其实亦是闺妇之娇眼、之深心。过片写闺妇凭栏伤离，倚靠着栏干，沉默无言地伤心与夫君的离散，对于一切的赏春活动都没了兴趣。结拍是闺妇的自我安慰，心里想着，他或许还有旧家的念想，要不，蝴蝶怎么会时时来牵动自己的梦魂呢。

玉楼春

去时梅萼初凝粉[①]。不觉小桃风力损[②]。梨花最晚又凋零，何事归期无定准。　阑干倚遍重来凭。泪粉偷将红袖印。蜘蛛喜鹊误人多[③]，似此无凭安足信。

【注释】

①初凝粉：刚刚凝结一点儿粉色的花苞。

②小桃：桃花的一种，元宵前后开花，形状似垂丝海棠。

③"蜘蛛喜鹊"句：古时有梦蜘蛛而其日有喜事，喜鹊噪而行人归的说法。此指行人未归，也无喜事。

【赏析】

是词写闺妇春恨。前阕写闺妇恨归期不准。首句写行人离家时的花信是梅开，即冬阑春来之际。接着连写两个花信，桃花开与梨花落，表明时间由初春到春末。"不觉"、"最晚"，主人公对时间逝去的敏感。"何事归期无定准"，设问，原先已定了归期的，为什么事情不按时呢？表达闺妇的怨恨。后阕写闺妇行动。过片，栏干的每个角落都倚遍了，还要重来凭栏远望。"倚遍重来"，可见盼归之切，而每次来，都令人失望。"泪粉偷将红袖印"，泪水融洗脸上的脂粉，暗暗地拭去，把红袖印上泪痕。结拍写心理，能怨恨他吗，只好埋怨那蜘蛛与喜鹊老是误导人太多了。看来似这样无凭的现象，那里是可信的。那么，行人的"归期"也是不足信的。闺妇之怨，转移于蜘蛛喜鹊，是解脱不了盼归的困扰的。

◉集评

俞平伯《唐宋词选释》："上片三折而下，作一句读。"

陈新、杜维沫《欧阳修选集》："……转而嗔怪蜘蛛、喜鹊报喜之无信，可见其思之深，盼之切。类似写法在诗词中颇常见，如敦煌曲子词《鹊踏枝》：'叵耐灵鹊多谩语，送喜何曾有凭据。'"

玉楼春

酒美春浓花世界。得意人人千万态。莫教辜负艳阳天[①]，过了堆金何处买[②]。　已去少年无计奈。且愿芳心长恁在[③]。闲愁一点上心来，算得东风吹不解[④]。

【注释】

①艳阳天：明媚的春天。张泌《虞美人》："庭前闲立画秋千，艳阳天。"

②堆金：美好时光。

③恁：如此，这样。

④算得：预料，设想。

【赏析】

是词写闲愁。前阕写春光美好，众人欢乐。带上美酒去享受春光浓烈的花一样的世界，得意的人们，欢欣忘形而千姿百态。不要让自己辜负了明媚的春光，如果错过了大好时光，那就是要买，也买不回来的了。过片，写感受，自己虽然已经过青春年少的时候，无计奈何之。只是希望能够保持那一份年轻的心态，青春常在。结拍“闲愁一点上心来，算得东风吹不解”，来一个转折，想是如上所想，但是自己并不能像年少那样，“闲愁”会时时地一点点地涌上心头，预料那春风是吹不散的。主人公的愁，当然不是“闲愁”那样简单，其中定有更深层面的忧患。

玉楼春

湖边柳外楼高处。望断云山多少路。阑干倚遍使人愁，又是天涯初日暮。　轻无管系狂无数[1]。水畔花飞风里絮。算伊浑似薄情郎[2]，去便不来来便去。

【注释】

①管系：管束。

②浑似：简直是。戴叔纶《过柳溪道院》：“溪上谁家掩竹扉，鸟啼浑似惜春晖。”

【赏析】

是词写闺妇离愁。前阕写闺妇登楼倚栏。在那湖边柳外的画楼高处，闺妇极目烟云之中的远山与迢迢远路。她倚遍了栏干，心中发愁，又是一个从太阳初升至日落的天涯远眺。后阕过片写所见，眼前是无数的无管束的轻狂——水边的飞花与风里的飘絮。“算伊浑似薄情郎。”想来你简直就是那薄情郎，这个比喻行人，贴切准确。一去就不再来，一来就说要去。结句回到离别，其愁颇深。

玉楼春

南园粉蝶能无数[1]。度翠穿红来复去。倡条冶叶恣留连[2]，飘荡轻于花上絮。　朱阑夜夜风兼露。宿粉栖香无定所。多情翻却似无情，赢得百花无限妒。

【注释】

①南园：园名，此泛指园圃。张协《杂诗十首》之八：“借问此何时，蝴蝶飞南园。”

②倡条冶叶：轻盈的柳条，妖冶的柳叶。

【赏析】

是词咏蝶，题旨与《望江南·江南蝶》相同。白天，园圃里无数粉蝶飞舞，“度翠穿红”，往来反复。恣意留连于倡条冶叶之间，飘来荡去的，比那花上的柳絮还要轻。夜里，朱阑风露重，它就宿花栖香没有一个固定的地点。看来它很多情，却反而变得无情，引来百花的无限嫉妒。

玉楼春　子规

江南三月春光老。月落禽啼天未晓。露和啼血染花红[1]，恨过千家烟树杪。　云垂玉枕屏山小。梦欲成时惊觉了。人心应不似伊心，若解思归归合早。

【注释】

①啼血:杜鹃鸟啼叫,吐出的血。传说上古蜀王杜宇冤死,化为杜鹃,鸣声至哀。

【赏析】

是词写闺妇相思。前阕写闺妇闻子规啼。首句言江南三月已是暮春,“春光老”是也。子规从傍晚一直啼叫到月落天未晓,露水和着啼血染红了花瓣,那含着怨恨的哀啼飘过千家万户,越过烟笼的树梢。过片写闺妇梦醒。鬓云飘落玉枕之上,屏风上的小山之前。梦刚要成时却被子规啼叫惊醒了。结拍二句,“人心应不似伊心,若解思归归合早”,写闺妇内心的痛苦与不安:子规呀,行人的心应该不像你的心,如果他懂得想家的话,早就归来了。

玉楼春

东风本是开花信[①]。及至花时风更紧。吹开吹谢苦匆匆,春意到头无处问。　把酒临风千万恨。欲扫残红犹未忍。夜来风雨转离披,满眼凄凉愁不尽。

【注释】

①花信:二十四番花信风。叶秉敬《书肆说铃》:“花信风自小寒起至谷雨,合八气得四个月,每气管十五日,每五日一候,计八气分得二十四候,每候以一花之风信应之。”

【赏析】

是词写春愁。东风本来是春天来临,催开百花的信使,但是等到花开的时候,风却更急促。吹开百花,吹落百花,开开落落也太匆忙了。春意到了尽头,竟然没了问询之处。把酒临风,使人产生千千万万种怨恨。要将残花扫除,却又不忍心。夜里的风雨更使花落衰残,满眼的凄凉景象,愁怨无穷无尽。

玉楼春

阴阴树色笼晴昼。清淡园林春过后。杏腮轻粉日催红[①],池面绿罗风卷皱[②]。　佳人向晚新妆就。圆腻歌喉珠欲溜。当筵莫放酒杯迟,乐事良辰难入手[③]。

【注释】

①杏腮:以美人之脸喻花。

②绿罗:绿色的罗绮,比喻池水。张祐《题于越亭》:“山衔落照欹红盖,水蹙斜文卷绿罗。”

③入手:到手,得到了。白居易《闻杨十二新拜省郎,遥以诗贺》:“官职声名俱入手,近来诗客似君稀。”

【赏析】

是词写赏春歌筵。前阕写春景。所写当为春末景色,树木枝繁叶茂了,阴阴的树色遮掩了白日的阳光。清淡的园林景色,随着春天的走过而呈现。如美人香腮薄粉的杏花,一日一日地变成红色。池塘里的春水如绿罗一般,经风儿吹过荡起皱纹。后阕写歌筵。美人们在傍晚化好新妆。圆润的歌喉好像宝珠溜流滚动。面对当筵的美景,不要停杯,畅饮吧。赏心、乐事、良辰、美景,是不易到手的。

玉楼春

芙蓉斗晕燕支浅[1]。留着晚花开小宴。画船红日晚风清,柳色溪光晴照暖。　美人争劝梨花盏[2]。舞困玉腰裙缕慢。莫交银烛促归期,已祝斜阳休更晚。

【注释】

①晕:光影、色泽周围模糊的部分,此指花的色影。 燕支:同"胭脂"。

②梨花盏:酒杯名,此指代酒。

【赏析】

是词写画船歌筵。前阕写荷塘景色。荷花竞放,争相斗艳,胭脂淡彩纷呈。好像老天爷有意安排,专门为这小宴席而迟开似的。红红的太阳照耀画船,傍晚的风儿清凉爽快。柳色倒映清溪,水光潾潾,在阳光的映照下,暖意融融。后阕写歌筵。美人们争着劝酒,舞姬累了,玉腰扭动缓了,裙带飘动慢了。或许此时天色已暗,要点亮蜡烛了。而主人公却说:"莫交银烛促归期,已祝斜阳休更晚。"不是点起蜡烛来就催促大家归去,已经吩咐过斜阳今天要晚一点儿休息了。

渔家傲

正月斗杓初转势[1]。金刀剪彩功夫异[2]。称庆高堂欢幼稚[3]。看柳意[4]。偏从东面春风至。　十四新蟾圆尚未[5]。楼前乍看红灯试[6]。冰散绿池泉细细。鱼欲戏。园林已是花天气[7]。

【注释】

①斗杓(biāo):北斗星座中的玉衡、开阳、摇光三颗星排列成斗柄状。

②"金刀"句:正月人日,妇女们手持剪刀,显露拿手功夫,剪出各异的人胜。《荆楚岁时记》:"正月七日为人日,以七种菜为羹,剪彩为人,或镂金箔为人,以贴屏风,亦戴之头鬓。"

③高堂:父母。李白《送张秀才参军》:"抱剑辞高堂,将投崔冠军。"

④柳意:柳树抽条,已经呈现出春意。李商隐《向晚》:"花情羞脉脉,柳意怅微微。"

⑤新蟾:新月。传说月中有蟾蜍,故以蟾指代月亮。

⑥红灯试:正月十五元宵节,古时于节前点灯,故言"试"。

⑦花天气:春暖花开的天气。

【赏析】

此调由"正月斗杓初转势"章至"十二月严凝天地闭"章,共一十二首为联章鼓子词,分别咏唱一年十二个月份。是词为第一组联章之第一首,咏正月。前阕写人日(正月初七)风俗。正月里,北斗星座的斗柄旋转,刚刚成向东之势,喻示春天来了。初七人日那天,妇女们的金刀剪彩,巧出心思,功夫各异。人们欢聚一起,称庆父母长辈,哄着子女欢心。看看柳树抽条,全在东边春风吹到之处。后阕写元宵节。十四之夜,月亮还不是十分的圆,各家各户的楼前已经在试灯。残冰在绿里溶化,好像泉水细流。池鱼要戏水了,园林里充满了春天花开景象。

◉集评

李调元《雨村词话》:"公此词名《渔家傲》,按十二月作,如其数,皆工腻熨贴,不独'五彩丝'佳也。荆公以不可得为恨,而选词家多不采。"

渔家傲

二月春耕昌杏密[1]。百花次第争先出。惟有海棠梨第一[2]。深浅拂[3]。天生红粉真无匹[4]。　画栋归来巢未失[5]。双双款语怜飞乙[6]。留客醉花迎晓日。金盏溢。却忧风雨飘零疾[7]。

【注释】

①春耕:春季作物播种或栽植前对土地进行耕作。 昌:通"菖",菖蒲。《吕氏春秋》:"冬至后五旬七日,菖始生。菖者百草之先者也,于是始耕。"

②海棠梨:即海棠果,二月开粉红色花,八月果实成熟。《荆楚岁时记》:"惊蛰后花信,一候桃花,二候棠梨。"温庭筠《菩萨蛮》:"池上海棠梨,雨晴花满枝。"

③深浅拂:深红浅红的鲜花受着春风的抚拂。

④无匹:没有可以匹敌的。

⑤"画栋"句:燕子飞回梁栋上的旧巢没有失掉。

⑥款语:亲切交谈。拟人化写燕子呢喃。 飞乙:即飞燕。《字汇》:"燕乙字亦甲乙之乙,亦云燕鸟。"

⑦飘零:犹飘泊,流落无依。杜甫《衡州送李大夫七丈赴广州》:"王孙丈人行,垂老见飘零。" 疾:快,急促。

【赏析】

是词联章之二,咏二月。二月正是春耕季节,菖蒲茂密,杏花繁密,百花随之依次争相而开。只有海棠梨为第一,深红浅红的花儿在春风吹拂下摇曳。天生自然的粉红无花与它匹敌。燕子归来画栋旧巢还在,一双双一对对在亲热呢喃,令人怜爱。诚恳地留住客人,醉卧花丛直至太阳东升。结句,"却忧风雨飘零疾",主人公担心风雨来得快,百花飘零,流露出淡淡的忧愁。

渔家傲

三月清明天婉娩[1]。晴川祓禊归来晚[2]。况是踏青来处远[3]。犹不倦。秋千别闭深庭院。　更值牡丹开欲遍。酴醿压架清香散[4]。花底一尊谁解劝。增眷恋。东风回晚无情绊[5]。

【注释】

①清明:清明节,旧称三月节,有踏青扫墓的习俗。 婉娩:温柔和顺。《周礼·天宫·九嫔》:"妇言谓辞令,妇容谓婉娩。"

②祓禊:祓除修禊,古时上巳节(三月三日)于水边设祭洗沐,以祓除不祥。

③踏青:出游郊野。

④酴醿：荼蘼花，落叶灌木，春末开白花。

⑤无情绊：言不留情将人牵住。

【赏析】

是词联章之三，咏三月。三月有清明节，天气温暖，人们到晴川去设祭、洗沐，兴之所至，回来得很晚，尤其是去到远处踏青者；并不觉得疲倦，秋千别这样闭在深院里，让它荡起来吧。更有那牡丹就要盛开了，荼蘼花亦爬满了棚架，散出阵阵清香。花荫之下喝着美酒，谁能懂得安慰我那忽然间增添的眷恋春天的心灵？东风回到已是晚春，毫不留情地要将春光挽留住。

渔家傲

四月园林春去后。深深密幄阴初茂①。折得花枝犹在手。香满袖。叶间梅子青如豆。　风雨时时添气候②。成行新笋霜筠厚③。题就送春诗几首。聊对酒。樱桃色照银盘溜④。

【注释】

①密幄：茂密阴浓如帐篷。沈说《闺词》："密幄香烧锦瑟横。"

②"风雨"句：时风时雨，增添了气候的多变。谢灵运《石壁精舍还湖中作诗》："昏旦变气候，山水含清辉。"

③霜筠：带着厚厚白霜的竹皮。筠：竹皮。

④"樱桃"句：如樱桃颜色的醉脸照着光溜的银盘。

【赏析】

是词联章之四，咏四月。春天过去后的四月，园林处处是深深的绿色，像密密的帏幕，树木成荫初初繁茂。摘下花枝还把握手上，芳香满袖。叶子间的青梅如豆子大小。一回风一回雨的，气候多变，成行排列的竹笋仿佛瞬间长出新竹的霜白筠皮。姑且把酒，赋成送春诗数首。樱桃红色映照银盘，光泽溜溜的。

渔家傲

五月榴花妖艳烘①。绿杨带雨垂垂重。五色新丝缠角粽②。金盘送。生绡画扇盘双凤。　正是浴兰时节动③。菖蒲酒美清尊共④。叶里黄鹂时一弄⑤。犹鬖松⑥，等闲惊破纱窗梦。

【注释】

①榴花：石榴花。妖艳烘：妖艳得像火烘烘燃烧。妖艳：美丽妩媚。

②角粽：粽子。端午节所备物，相传为纪念屈原。

③浴兰：旧时风俗，端午节以兰草汤洗沐，以祓不祥。屈原《云中君》："浴兰汤兮沐芳。"《大戴礼》："五月五日蓄兰为沐浴。"

④菖蒲酒：旧时风俗，端午节人们饮菖蒲所浸制的酒，以祛邪去疾。孙思邈《千金月令》："端午以菖蒲或缕或屑以泛酒。"

⑤弄：同哢，此解啼叫。

⑥鬖松（méngsòng）：似醒非醒的朦胧状态，如言睡眼惺鬆。

【赏析】

是词联章之五，咏五月。五月石榴花开妖艳如火似的烘烘燃烧，绿杨枝条带着雨水重重地低垂。五色染成新丝包缠扎成角粽，盛放在金盘奉上。生绡制作的画扇盘着金色的彩绘双凤。正是兰花香草汤浴时节，大家共饮菖蒲美酒。绿叶间里黄莺时断时续的鸣叫，睡眼星松的，呀，如此轻易就被惊破纱窗梦。

渔家傲

六月炎天时霎雨①。行云涌出奇峰露②。沼上嫩莲腰束素③。风兼露。梁王宫阙无烦暑④。　畏日亭亭残蕙炷⑤。傍帘乳燕双飞去。碧碗敲冰倾玉处⑥。朝与暮。故人风快凉轻度⑦。

【注释】

①霎雨：阵雨。

②奇峰：形容云状。顾恺之《神情诗》："夏云多奇峰。"

③腰束素：以美女细腰比喻莲花出水的姿态。宋玉《登徒子好色赋》："腰如束素。"形容女子细腰。

④梁王宫阙：汉代梁孝王宫苑。故址在今河南商丘，称梁园，亦称兔园。

⑤畏日：夏日的太阳，炙热可畏，故称。李端《同苗发慈恩寺避暑》："日望璇题畏。"亭亭：此形容炉烟升腾的样子。蕙炷：用蕙草制作的炉香。

⑥敲冰倾玉：古代冬天藏冰，夏天取用。敲破倒出如玉的冰块。玉：比喻冰决晶莹如玉。

⑦故人：老朋友。风快：夏风清爽畅快。

【赏析】

是词联章之六，咏六月。六月天气炎热多阵雨，天上行云涌动常常变幻成奇峰突现。池面上嫩嫩的莲茎像美人的束腰。日风夜露，驱走炎热。就像梁王宫阙里没有烦人的暑气一样。令人生畏的夏日相照，那袅袅的香蕙炷香炉烟一动也不动。帘帷旁的乳燕双双飞去寻找阴凉之处。将冰块敲碎装在青玉碗里，早晨傍晚都如此。老朋友感到如沐风般凉快。

渔家傲

七月新秋风露早。渚莲尚拆庭梧老①。是处瓜华时节好②。金尊倒。人间彩缕争祈巧③。　万叶敲声凉乍到。百虫啼晚烟如扫④。箭漏初长天杳杳⑤。人语悄。那堪夜雨催清晓。

【注释】

①渚莲：池中小洲的莲花。赵嘏《长安晚秋》："紫艳半开篱菊净，红衣落尽渚莲愁。"

②是处：到处，处处。瓜华时节：指七月七日。《东京梦华录》："京师七月七日以瓜雕刻成花样，谓之花瓜。"华，同花。

③彩缕：五色丝线。《西京杂记》："戚夫人七夕以五色缕相羁，谓为相连爱。"祈巧：乞巧。

④烟如扫：烟霞如像被扫过一样消无踪迹。

⑤箭漏初长：秋后日渐短而夜渐长。杳杳：言幽暗情状。

【赏析】

是词联章之七，咏七月。七月正是新秋，金风寒露会早到。池塘小洲的荷花虽然还在开放，但庭院里的梧桐树叶“老”了。到处在制作瓜华过七夕。金杯斟满美酒，人间搭起彩楼向织女乞巧祈福。树木的枝叶在秋风中的瑟瑟响声，告示人们，秋凉来了。众多的虫鸣唧唧，天上的烟霞像被扫过一样。秋夜变长，箭漏变逐渐长，天色早早昏暗。人语悄悄，在等待夜雨之后的清晨。

渔家傲

八月秋高风历乱①。衰兰败芷红莲岸②。皓月十分光正满③。清光畔。年年常愿琼筵看④。　社近愁看归去燕⑤。江天空阔云容漫。宋玉当时情不浅⑥。成幽怨。乡关千里危肠断⑦。

【注释】

①历乱：纷乱。状秋风乱刮。

②衰兰败芷：兰芷等香草逐渐衰败。

③皓月：皎洁明亮的月儿。温庭筠《菩萨蛮》：“夜来皓月才当午，重帘悄悄无人语。”

④琼筵：华贵的宴席。

⑤社近：古时分春秋二社，此指秋社临近了。归去燕：燕子在春社来，秋社去。

⑥宋玉：战国时楚国人，有代表作《九辩》。韦庄《天仙子》：“眉目眼细，鬟云垂，唯有多情宋玉知。”

⑦乡关：家乡。崔颢《黄鹤楼》：“日暮乡关何处是，烟波江上使人愁。”　危：忧惧不安。

【赏析】

是词联章之八，咏八月中秋。八月份进入中秋，金风乱刮，红莲池塘岸边的兰花、白芷开始枯萎衰败。天上的皓月十分圆，清光洒满人间。年年常愿家人团圆，开筵赏月。秋社临近了，带着愁绪看着燕子归去。江天长空高远寂寥，云容漫漫。宋玉那时的悲秋情绪很深沉，郁结成幽怨，家乡在千里之外，忧愁不安使人肠断。

渔家傲

九月霜秋秋已尽。烘林败叶红相映①。惟有东篱黄菊盛。遗金粉②。人家帘幕重阳近。　晓日阴阴晴未定。授衣时节轻寒嫩③。新雁一声风又劲。云欲凝④。雁来应有吾乡信。

【注释】

①“烘林”句：像火烘过树林，枯黄的树叶红艳相映衬。

②遗金粉：遗留下金黄色的花蕊。

③授衣时节：指九月。《诗·豳风·七月》“七月流火，九月授衣。”传：“九霜始降，妇功成，可以授冬衣矣。”

④凝：读去声。凝聚。颜延之《还至梁城作》：“故国多乔木，空城凝寒云。”

【赏析】

是词联章之九，咏九月。九月开始霜降，秋天去到尽头。树木像被烘过似的，枯黄的败叶与红艳的枫叶相映衬。只有东篱菊花盛开，给人间遗下金粉。家家户户做好准备，迎接重阳节。清晨的太阳阴沉沉，忽明忽暗，授衣时节轻轻寒气来临。南飞的新雁一声掠过，风儿更劲了，云头聚结，变得凝重。雁儿飞过可有家乡的音信？

渔家傲

十月小春梅蕊绽①。红炉画阁新装遍。鸳帐美人贪睡暖②。梳洗懒。玉壶一夜轻澌满③。　楼上四垂帘不卷。天寒山色偏宜远。风急雁行吹字断④。红日晚。江天雪意云撩乱。

【注释】

①小春：《荆楚岁时记》："十月天气和暖如春，故曰小春。"又，陈元靓《岁时广记》："冬月之阳，万物归之，以其温暖如春，谓之小春，亦云小阳春。"

②鸳帐：绣着鸳鸯图案的帷帐。

③轻澌：薄薄的冰凌。

④字：指雁字，大雁飞行成阵，一会"人"字，一会"一"字。

【赏析】

是词联章之十，咏十月。十月是小阳春，梅花绽蕊。红炉画阁用梅蕊点缀，仿佛全换了新装似的。鸳鸯帐里美人贪睡恋着暖暖的被窝，梳洗也迟懒了。玉壶子一夜之间结了薄薄的冰凌。楼上四垂的帘幕不卷，天寒气清，一目千里，观赏山色的视野更加开阔深远。风急促，雁阵散。红日向晚，江天云势撩乱，可能要下雪了。

◉集评

沈际飞《草堂诗馀正集》："山不近而远，而风致犹可掬。作诗词者那能舍却山水。"

俞陛云《唐五代两宋词选释》："后阕状江山寒色，足为'清远'二字。此调旧刻凡三十二首，以《珠玉词》搀入，汲古阁定为二十首，此首最为擅胜。"

渔家傲

十一月新阳排寿宴①。黄钟应管添宫线②。猎猎寒威云不卷③。风头转。时看雪霰吹人面。　南至迎长知漏箭④。书云纪候冰生研⑤。腊近探春春尚远⑥。闲庭院。梅花落尽千千片。

【注释】

①新阳：《周易·复卦》孔疏："冬至一阳生，是阳动用而阴复于静也。"故冬至谓新阳。

②黄钟应管：黄钟，十二乐律之一。意即仲冬(或冬至)来临。《礼记·月令》："仲冬之月……其音羽，律中黄钟。"应：迎合，符合。管：律管。古人以十二管之数与十二个月相配合。黄钟为十二管之一，配合农历十一月。添宫线：《古今事文类聚》前集卷十二引《岁时记》"晋魏间宫中以红线量日影，冬至后，日添长一线。"引《唐杂录》："唐宫中以女功揆日之长短，冬至后，比常日增一线之功。"

③猎猎：风声。

④南至：即冬至。

⑤书云纪候：古人冬至日观云占岁，以判断来岁吉凶。《易通卦验》："冬至日初阳，云出箕如树木之状。……谨候见云，送迎从其乡，来岁美民和。"

⑥腊：腊月，十二月。

【赏析】

是词联章之十一，咏十一月。十一月新阳冬至，举办祝福君师尊长的寿宴。黄钟乐律合十一月，日长一线。朔风猎猎张显寒冷之威，连云儿也凝聚而不卷。风势一转，不时吹过来雪霰打向行人的脸上。冬至日渐长，可以从漏箭得知。要做书云纪候的记录，得破砚上的结冰。腊月虽然近了但探春却还远着。此时，庭院里梅花已经开始凋谢。

渔家傲

十二月严凝天地闭[①]。莫嫌台榭无花卉。惟有酒能欺雪意[②]。增豪气。直教耳热笙歌沸[③]。　陇上雕鞍惟数骑。猎围半合新霜里[④]。霜重鼓声寒不起[⑤]。千人指。马前一雁寒空坠。

【注释】

①天地闭：《礼记·月令》："孟冬之月……天气上腾，地气下降，天地不通，闭塞而成冬。"

②欺：压。

③耳热：指喝酒至耳朵感到热，酒酣。张华《轻薄篇》："耳热眼中花。"

④猎围：打猎的围场。庾信《和宇文内史春日游山诗》："戍楼侵岭路，山村落猎围。"

⑤"霜重"句：霜雪凝重，鼓声沉沉，好像被寒气所封，响不起来。李贺《雁门太守行》："半卷红旗临易水，霜重鼓寒声不起。"

【赏析】

是词联章之十二，咏十二月。写冬季饮酒御寒与观猎。十二月严冬天地，天地运行之气好像被凝闭了一样。不要嫌台榭之上没有花卉可供欣赏；只要有酒就可以将寒气压下去，增添豪气。直喝到面红耳热，笙歌遣兴就更加热闹了。田陇之上数骑奔驰，狩猎在新降的霜雪天气，寒气好像将鼓声冻住，响声沉沉。千人齐指，欢呼马前射中的飞雁从空中坠落下来。

渔家傲[①]

正月新阳生翠琯[②]。花苞柳线春犹浅[③]。帘幕千重方半卷。池冰泮。东风吹水琉璃软。　渐好凭阑醒醉眼。陇梅暗落芳英断[④]。初日已知长一线。清宵短。梦魂怎奈珠宫远[⑤]。

【注释】

①宋本《近体乐府》注："京本《时贤本事曲子后集》云：'欧阳文忠公，文章之宗师也。其于小词，尤脍炙人口。有十二月词，寄《渔家傲》调中，本集亦未尝载，今列之于此。前已有十二篇鼓子词，此未知果公作否。'"《时贤本事曲子后集》，宋杨绘编辑，分前后集，元代即失传。梁启超录其佚文五则。收入唐圭璋《词话丛编》第一册。杨绘，字元素，四川绵竹人，仁宗时进士，官至翰林学士。能诗文，与苏轼友善，多唱和。

②翠琯：琯(gǔang)，同管。指与节气应合的律管。

③花苞：花含苞而未放。 柳线：柳条如细线。

④陇梅：田陇上的梅花。

⑤珠宫：指神仙宫阙。屈原《河伯》："鱼鳞屋兮龙堂，紫贝阙兮珠宫。"

【赏析】

是调之"正月新阳生翠琯"章至"腊月年光如激浪"章共一十二首为联章鼓子调，分咏一年十二月，与前一组联章鼓子调比较，本组的抒情色彩要浓烈一些。

此词咏正月。从花苞柳线的物候看，春意浅浅的，千家万户帘幕卷起了一半，池塘的冰开始融化，东风吹过，水面仿佛玻璃变软了一样，层层波动。人们渐渐的凭栏远望，醒一醒醉眼。田垄上的梅花静静地飘落，白昼又长了一线，夜晚却短了，神仙宫阙这么远，恐怕梦魂难以去到了。

渔家傲

二月春期看已半。江边春色青犹短。天气养花红日暖①。深深院。真珠帘额初飞燕。 渐觉衔杯心绪懒②。酒侵花脸娇波慢③。一捻闲愁无处遣④。牵不断。游丝百尺随风远。

【注释】

①天气养花：适宜花卉生长的天气。释仲林《花品》："每至牡丹开月，多有轻雨微云，谓之养花天。"郑文宝《送曹纬刘鼎二秀才》："小舟闻笛夜，微雨养花天。"

②衔杯：饮酒。孔欣《置酒高堂上》："举觞发湛露，衔杯咏鹿鸣。"

③花脸：如花之美貌。元稹《恨妆成》："凝翠晕蛾眉，轻红拂花脸。" 娇波：美人的眼波。 慢：通"曼"，美好，妩媚。阎选《虞美人》："脸动双波慢。"

④遣：排解。

【赏析】

是词联章之二，咏二月。二月是仲春，"三春"已过了一半。江边呈现春色，那芳草虽然还短，但已青青。微雨轻云，再有暖阳相照，花卉茁壮生长。幽深庭院，珍珠帘额，双燕刚刚飞归。品尝美酒，欣赏春光，不免渐渐感到有点疲倦，酒力上面，那娇眼波横妩媚。手里捻着的一捻闲愁无处排解，就像是牵着不断的百尺游丝，随风飘向远方。

渔家傲

三月芳菲看欲暮，胭脂泪洒梨花雨①。宝马绣轩南陌路②，笙歌举，踏青斗草人无数③。 强欲留春春不住，东皇肯信韶容故④。安得此身如柳絮，随风去，穿帘透幕寻朱户。

【注释】

①"胭脂"句：混合着胭脂的红色泪水洒落犹如梨花带雨。白居易《长恨歌》："玉容寂寞泪阑干，梨花一枝春带雨。"

②绣轩：绘画图案、以绣为饰的车子。

③斗草：古时的一种游戏。以草的数量品种以及韧性较输赢。白居易《观儿戏》："弄尘

复斗草，尽日乐嬉嬉。”晏殊《破阵子》：“疑怪昨宵春梦好，元是今朝斗草赢。”

④“东皇”句：司春之神哪里肯为了春光的美好而将春留下呢。东皇：司春之神，亦称青帝。古人将季节、方位与五行相配，如东方、春季与木相配，色为青。岂信：哪里肯。韶容：此指美好的春光。

【赏析】

是词联章之三，咏三月。三月里春天将暮，风雨摧落百花，仿佛美人胭脂泪洒梨花雨。南边的道路上，宝马香车络绎不绝，笙歌处处，踏春斗草的人数也数不清。人们多么想把春天留住，但春天留不住，司春之神哪里就肯永远留下去美好的时光呢。既然如此，怎么能够将自身变成柳絮，跟着春风去，穿帘过幕，寻朱门绣户似的追寻春天。

渔家傲

四月芳林何悄悄①。绿阴满地青梅小。南陌采桑何窈窕②。争语笑。乱丝满腹吴蚕老③。　宿酒半醒新睡觉。雏莺相语匆匆晓。惹得此情萦寸抱④。休临眺。楼头一望皆芳草。

【注释】

①芳林：春天的花树。梁元帝《纂要》：“春木曰华树，亦曰芳林。”

②南陌采桑：指南边路上采桑的女子。

③吴蚕：吴地的良种蚕。李白《寄东鲁二稚子》：“吴地桑叶绿，吴蚕已三眠。”

④寸抱：心中的情怀、抱负。

【赏析】

是词联章之四，咏四月。四月的花树多么寂静，绿阴满地，青梅小小。南陌采桑姑娘好窈窕，欢声笑语不绝，但是，她们的内心可能像那老成吴蚕一样满腹的乱丝。昨晚的酒醉方醒一半，刚刚睡醒过来，看见雏莺在清晨欢语，匆匆的飞来飞去。这种情景，使得她感到孤寂，内心惆怅。不要去登楼远眺了，望眼前都是萋萋的芳草。

渔家傲

五月薰风才一信①。初荷出水清香嫩。乳燕学飞帘额峻。谁借问。东邻期约尝佳酝。　漏短日长人乍困。裙腰减尽柔肌损。一撮眉尖千叠恨。慵整顿。黄梅雨细多闲闷②。

【注释】

①一信：即二十四番花信风中的一信。

②黄梅雨：江南夏初梅子熟时的雨。周祈《名义考·天部》引《风土记》：“夏至前雨为黄梅雨，沾衣服皆败涴。”陈岩肖《庚溪诗话》：“江南五月梅熟时，霖雨连旬，谓之黄梅雨。”

【赏析】

是词联章之五，咏五月。五月吹着和风，只有一个花信。初长荷茎嫩嫩的，散发出清香。乳燕会飞，飞翔在于阁楼帘额之上的空中。谁来询问，是东邻美女相约尝美酒吗？夜短日长人们感到困倦，身体容易消瘦。眉头紧皱成一撮，聚结千层愁恨。懒得梳洗，梅子初熟，细雨绵绵，好郁闷。

渔家傲

六月炎蒸何太盛。海榴灼灼红相映①。天外奇峰千掌迥②。风影定。汉宫圆扇初成咏③。　珠箔初褰深院静。绛绡衣窄冰肤莹④。睡起日高堆酒兴。厌厌病⑤。宿酲和梦何时醒⑥。

【注释】

①海榴：即安石榴，原产古安息国，其土在"西海"之外，又称海榴。江总《山庭春日》："岸绿开河柳，池红照海榴。"　灼灼：明丽的样子。《诗·周南·桃夭》："桃之夭夭，灼灼其华。"

②"天外"句：天边远处的夏云汇聚如千座指掌形状的奇特山峰。

③汉宫圆扇：用班婕妤典故。

④绛绡：红色的丝帛。　绛：红色。　莹：光洁的样子。

⑤厌厌：同"恹恹"，精神不振，困顿成病。韩偓《春尽日》："把酒送春惆怅在，年年三月病恹恹。"

⑥宿酲(chéng)：宿醉而病酒。白居易《和杨同州……知予与工部有宿酲》："宿酲无兴味，先是肺神知。"

【赏析】

是词联章之六，咏六月。六月炎热像被蒸焖，暑气太盛了。近处的石榴花开红灼灼，远处天边的云彩堆成手掌状的奇峰林立。风儿静，万物定。闺妇摇扇，仿佛是汉宫圆扇诗所吟咏的情形一样。深院里的珠帘刚刚卷起，显得格外的幽静。窄窄的红色绡衣，透显玉莹的肌肤，睡醒起来已是日高三竿，脸上还堆叠着酒醉过后的红晕，好一个日积月累的恹恹成病体征，宿醉病酒混和着梦意，何时能真醒过来。

渔家傲

七月芙蓉生翠水①。明霞拂脸新妆媚。疑是楚宫歌舞妓②。争宠丽。临风起舞夸腰细。　乌鹊桥边新雨霁。长河清水冰无地③。此夕有人千里外。经年岁。犹嗟不及牵牛会④。

【注释】

①翠水：绿水。

②楚宫：楚王宫。

③长河：指银河。　冰：清凉。

④牵牛会：指七月七日牛郎会织女。

【赏析】

是词联章之七，咏七月。七月荷花挺出青绿的水面，在明亮的霞光照耀下，新妆成妩媚的脸妆。活像楚王宫中的歌姬舞女，争相竞美，迎风起舞，在夸耀自己的细腰。七夕那天，天上鹊桥边新雨刚过，银河清水冰凉透了。这个晚上，却有人在千里之外，经年了，还在嗟叹自己比不了牵牛，能够与情人相会。

渔家傲

八月微凉生枕簟。金盘露洗秋光淡[①]。池上月华开宝鉴[②]。波潋滟[③]。故人千里应凭槛。　蝉树无情风苒苒[④]。燕归碧海珠帘掩。沈臂冒霜潘鬓减[⑤]。愁黯黯。年年此夕多悲感。

【注释】

①金盘:此比喻圆月。

②月华:月的光华。沈约《应王中丞思远咏月诗》:"月华临静夜。"

③潋滟:水波涌动的样子。何逊《行经范仆射故宅》:"潋滟故池水,苍茫落日晖。"

④苒苒:轻柔的样子。

⑤沈臂:用沈约体质瘦弱典故。 冒霜:当指臂白而无血色。 潘鬓:潘安的鬓发早白。

【赏析】

是词联章之八,咏八月。八月的微凉从枕头凉席而生,月亮仿佛经露水洗涤过,光色淡淡的,月华照耀池塘水面活像一张打开的宝镜,波光潋滟。友人远在千里,或许此时也在凭槛欣赏。秋风轻柔,寒蝉没有热情去鸣叫了。燕子好像也回到碧海去了,珠帘低垂。沈臂月减半分霜白无血,潘安鬓发早白。愁绪满腹,年年到了这个季节都会萌发悲秋之感。

渔家傲

九月重阳还又到。东篱菊放金钱小[①]。月下风前愁不少。谁语笑。吴娘捣练腰肢袅[②]。　槁叶半轩慵更扫[③]。凭阑岂是闲临眺。欲向南云新雁道[④]。休草草。来时觅取伊消耗[⑤]。

【注释】

①金钱:此比喻菊花初放时的形状。一说,黄菊另名金钱菊。《本草》集解:"李时珍曰:花状如金钱菊。"

②吴娘:吴二娘,杭州名妓。白居易《寄殷协律》:"吴娘暮雨潇潇曲,自别江南久不闻。"此当指吴地之美人。 捣练:将黄缣用杵捶打,漂洗成洁白。

③轩:此指有窗户的长廊。

④南云:向南飘移的云彩。

⑤消耗:音信,消息。

【赏析】

是词联章之九,咏九月。九月重阳又到了,东离下的菊花开放,花盏宛如小金钱。月下花前愁怨许多。是谁在发出欢声笑语?吴地的美女正在捣练,那腰肢袅娜摆动。枯槁了树叶堆了满半个长廊,也懒得去打扫。凭栏,那里是闲情所致而远眺。她要告诉南飞的大雁,不要那么草草了事,回来的时候,你带给我他的行路信息。

渔家傲

十月轻寒生晚暮。霜华暗卷楼南树[①]。十二阑干堪倚处[②]。聊一顾。乱山衰草还家路。　悔别情怀多感慕。胡笳不管离心苦③。犹喜清宵长数鼓④。双绣户⑤。梦魂尽远还须去。

【注释】

①霜华:霜花。

②十二阑干:十二,非实数,言其曲折之多,指曲折回环的栏杆。一说,十二,即十二楼,神仙居处,此借指多层重叠的高楼;十二阑干,犹言高楼上的栏杆。李商隐《碧城三首》之一:"碧城十二曲阑干,犀辟尘埃玉辟寒。"文静玉《碧城曲》:"碧城十二阑干曲。"

③胡笳:传说胡人卷芦叶吹之为笳。流行于西北少数民族中,其声悲怆。岑参《胡笳歌,送颜真卿使赴河陇》:"君不闻胡笳声最悲,紫髯绿眼胡人吹。吹之一曲犹未了,愁煞楼兰征戍儿。"

④数鼓:计数更鼓。

⑤绣户:闺妇房屋。

【赏析】

是词联章之十,咏十月。十月的傍晚,轻寒阵阵,霜花聚积在楼南的树上,曲曲折折的栏干都倚遍了,姑且一回头,那乱山衰草正是回家的路途。正当后悔远行而产生许多伤感情怀之际,远处传来胡笳声声,似乎是不管他人离别的内心痛苦。然而,还有少许的喜悦,清宵里常常数着鼓点,双绣户的闺中人,梦中极尽远路也还是要归家。

渔家傲

律应黄钟寒气苦。冰生玉水云如絮①。千里乡关空倚慕。无尺素②。双鱼不食南鸿渡③。　把酒遣愁愁已去。风摧酒力愁还聚。却忆兽炉追旧处④。头懒举。炉灰剔尽痕无数。

【注释】

①玉水:犹冰水清莹。白居易《寄崔少监》:"玉水寒泠泠。"

②尺素:书信。

③南鸿:南来大雁。

④兽炉:兽形香炉。邓深《内集阁》:"兽炉香雾辟寒气。"

【赏析】

是词联章之十一,咏十一月。十一月正合黄钟乐律。好苦寒呀,玉水结成了冰,云如白絮。千里家乡归不得,空有思念。没有书信,连双鱼也不敢去食,大雁向南飞去。举杯喝酒驱赶愁怨,好像愁已渐去,而经风一吹,酒力上来,愁绪又聚集一起。却回忆起旧时相聚之处,大家围着兽炉……至今,自己低头剔着炉灰,留下划痕无数。

渔家傲

腊月年光如激浪①。冻云欲折寒根向②。谢女雪诗真绝唱③。无比况④。长堤柳絮飞来往⑤。　便好开尊夸酒量。酒阑莫遣笙歌放。此去青春都一饷。休怅望。瑶林即日堪寻访⑥。

【注释】

①腊月：十二月初八腊祭，故称。

②冻云欲折：云被冻住可以折断。夸张寒冷。

③谢女：谢道蕴，谢安侄女，王凝之妻。《世说新语·贤媛》："谢太傅（安）寒雪日内集，与兄女讲论文义。俄而雪骤，公欣然曰：'白雪纷纷何所似。'兄子胡儿（谢朗）曰：'撒盐空中差可拟。'兄女（道蕴）曰：'未若柳絮因风起。'公大笑乐。"

④比况：相比，伦比。

⑤柳絮：比喻飞雪。

⑥瑶林：雪积树上，望之如玉树。韦应物《雨夜宿清都观》："微雨洒瑶林。"

【赏析】

是词联章之十二，咏十二月。腊月到了，就意味着年光如激浪一样，整年很快就过去。树木的寒根对着天上的冻云，两者好像都要被折断似的。谢女的咏雪诗可以称得上是绝唱，无人可以伦比。大雪就像长堤的柳絮飞舞，飘来荡去的。此时正好开尊痛饮夸海量，即使酒尽了，笙歌也不要停。这个严冬一过，大好春天的到来，只是一阵子的了。不要惆怅，眼前的瑶林就够你去欣赏的了。

南歌子

凤髻金泥带①，龙纹玉掌梳②。走来窗下笑相扶。爱道画眉深浅、入时无③。　弄笔偎人久④，描花试手初⑤，等闲妨了绣功夫。笑问双鸳鸯字、怎生书⑥。

【注释】

①金泥带：以泥金为饰的束髻带子。

②龙纹玉掌梳：雕刻龙纹的掌形玉梳子。

③爱道：喜欢评说议论。

④弄笔：此犹抓着把玩画笔。元稹《闺晚》："调弦不成曲，学书徒弄笔。"　偎人：紧靠爱人。

⑤描花：描画绣花图样。　试手初：犹第一次尝试。

⑥怎生：怎样，怎么。

【赏析】

是词写新婚夫妇。前阕首二句写女主人——新娘，金泥丝带束扎起飞凤高髻，簪着雕刻龙纹的掌形玉梳子。言"龙"、"凤"，表明两人新婚。第三句写俩口子，"走来窗下笑相扶"，新娘走来，到了窗下；新郎见了赶忙走出去，笑着扶她进来。"笑"，写出心中的喜悦，"扶"，含着恩爱之情。"爱道"，喜欢别人评论，这里是要新郎来评论，"画眉深浅、入时无？"直接用朱庆馀的《闺意献张水部》诗句："妆罢低声问夫婿，画眉深浅入时无？"朱诗原意是暗喻，问自己的文章如何。欧词用来，只作字面意思解，画眉深浅得当吗，时尚吗？新娘其实是要新郎欣赏自己的美貌。后阕写恩爱。"弄笔偎人久，描花试手初，等闲妨了绣功夫"，新娘偎依着新郎许久，才拿起笔来，初次试着描画绣花样，轻易妨碍了下一步的绣花工夫。结句"笑问双鸳鸯字、怎生书？""笑问"与"笑相扶"呼应，新娘娇态尽现，新郎情意可见。言"双鸳鸯字"，不言"鸳鸯两字"，表明新娘的心迹，两人要像鸳鸯一样成双成对永不分离。

◉集评

先著、程洪《词洁》:"公老成名德,而小词当行乃尔。"

许昂霄《词综偶评》:"真觉娉娉袅袅。"

谢章铤《赌棋山庄词话》:"纯写闺情,不独词格之卑,抑亦靡薄无味,可厌之甚也;然其中却有毫厘之辨。作情语,勿作绮语。绮语设为淫思,坏人心术;情语则热血所钟,缠绵恻悱。而即近知远,即微知著,其人一生大节,可于此得其端倪。'笑问双鸳鸯字、怎生书',出自欧阳文忠;'残灯明灭枕头攲,谙尽孤眠滋味',出自范文正。是皆一代名德,慎勿谓曲子相公皆轻薄者。"

贺裳《皱水轩词筌》:"词家须使读者如身履其地,亲见其人,方为蓬山顶上。如和鲁公'几度试香纤手暖,一回尝酒绛唇光。'欧阳公'弄笔偎人久,描花试手初。'真觉俨然如在目前,疑于化工之笔"。

御街行①

夭非华艳轻非雾②。来夜半、天明去。来如春梦不多时,去似朝云何处。乳鸡酒燕③,落星沉月,紞紞城头鼓④。　参差渐辨西池树。朱阁斜欹户。绿苔深径少人行,苔上屐痕无数。遗香馀粉,剩衾闲枕,天把多情赋。

【注释】

①此首别见吴讷本、侯文灿本《张子野词》。《全宋词》入欧词,从之。

②夭:美而盛的样子。《诗·周南·桃夭》:"桃之夭夭,灼灼其华。"

③乳鸡酒燕:烹乳鸡设酒宴。应劭《风俗通》录百里奚妻《琴歌》曰:"百里奚,初娶我时为羊皮,临相别时烹乳鸡。"　燕:通"宴"。

④紞紞(dǎndǎn):击鼓声。陆游《燕堂春夜》:"南楼紞紞下疏更。"

【赏析】

是词写艳情。前阕首四句,写与女子来往。女子之美,不是那种华艳之美;轻盈得来,却不是云雾之缥缈。常是半夜来,天明走。来时是"春梦"不多久,去时是"朝云"不知何处。歇拍三句写小宴至天明,两人以乳鸡小酌,直到落星沉月的黎明,城头上的更鼓紞紞敲响。后阕写男子。渐渐的可以看见西池岸边的参差绿树,倚着朱阁的窗户外望。长满绿苔的幽深小径,平时就少人行踏,而绿苔上留下他昨晚迎候佳人的许多屐痕。屋里还充满佳人的遗香馀粉气味,床上是剩衾闲枕,他心中惆怅,老天把多情之种赋予了自己,又能有什么法子呢。

桃源忆故人

梅梢弄粉香犹嫩①。欲寄江南春信②。别后寸肠萦损③。说与伊争稳④。小炉独守寒灰烬。忍泪低头画尽⑤。眉上万重新恨。竟日无人问。

【注释】

①嫩:此言轻淡。

②"欲寄"句:用陆凯寄梅典故。

③寸肠:犹寸心。韩偓《感旧》:"指座深恩刻寸肠。"

④争稳:怎忍,怎得安稳。

⑤画尽:在炉灰上画尽心中的怨恨。

【赏析】

是词写离恨。前阕写早春之时,闺妇的思念。梅花的枝梢上开放粉色的花儿,透出阵阵清香。想到不如将它去江南,报告春天的信息。自从别后,寸心萦绕着你而伤心,但是将这个也说给你听,又怎能安心呢。过片写动作,独自守在小炉旁边,香料燃烧过成了灰烬,忍着泪水低头在上面不停地画划。眉头上增添了万重新恨,整日无人过问她、安慰她。

桃源忆故人

莺愁燕苦春归去。寂寂花飘红雨①。碧草绿杨歧路②。况是长亭暮③。少年行客情难诉。泣对东风无语。目断两三烟树④。翠隔江淹浦⑤。

【注释】

①歧路:岔道。

②寂寂:清静无声,冷落寂寞。 红雨:落花。李贺《将进酒》:"桃花乱落如红雨。"

③长亭:大道旁供歇脚休息之所,各亭之间距离有所不同,故有长亭短亭之称。王昌龄《少年行二首》之一:"送客短长亭。"

④目断:极目所至,犹言望断。

⑤江淹浦:即南浦,指代分手之处。江淹,字文通,南朝诗人。官至金紫光禄大夫。其《别赋》有句:"送君南浦,伤如之何。"

【赏析】

是词写旅愁。前阕写暮春景色。黄莺发愁、燕子痛苦的都在于春天已去。言莺燕"愁"、"苦",暗寓主人公。落花如红雨洒落,一片寂寥凄清。岔道上的碧草绿杨,况且又是长亭春暮。后阕写少年行客。他的行旅离情,难以向人诉说,只好含泪面对东风而默默无言。放眼开去,只见烟雾笼罩着三两棵树木,而当时分袂之处南浦又在哪里?

临江仙

柳外轻雷池上雨①,雨声滴碎荷声。小楼西角断虹明。阑干倚处,待得月华生。 燕子飞来窥画栋②,玉钩垂下帘旌③。凉波不动簟纹平。水精双枕④,傍有堕钗横。

【注释】

①轻雷:微弱的雷声。

②画栋:绘画之栋梁。

③帘旌:帘额。帘子上部作装饰之软帘。李商隐《正月崇让宅》:"蝙拂帘旌终展转,鼠翻窗网小惊猜。"

④水精:即水晶。温庭筠《菩萨蛮》:"水精帘里玻璃枕,暖香惹梦鸳鸯浦。"

【赏析】

是词写闺情。前阕写夏雨初霁,闺妇倚栏。柳外响起轻雷,池面就见雨下,雨声滴滴掩盖了风过荷叶的瑟瑟响声。首两句以"雨"字拈连,写出雨来得骤。"滴碎",写雨点之大之重。"小楼"句写骤雨停了，彩虹悬挂在楼西的天边。歇拍，写闺妇倚栏，直到月儿初上时分。后阕写闺妇午睡。通过燕子窥视表达。过片交代燕子因帘旌下垂，归不得画栋而"窥"之。只见凉席的纹饰平直，如水波不动，水晶双枕的旁边，横着坠下金钗。这与李商隐的《偶题》诗句"水文簟上琥珀枕，旁有堕钗双翠翘"，十分相似。

是词之本事见钱世昭《钱氏私志》："欧文忠任河南推官，亲一妓。时先文僖（钱惟演，谥文僖）罢政为西京留守，梅圣俞、谢希深、尹师鲁同在幕下，惜欧有才无行，共白于公，屡微讽而不之恤。一日，宴于后园，客集而欧与妓俱不至，移时方来，在坐相视以目。公责妓曰：'未至何也？'妓云：'中暑往凉堂睡著，觉，失金钗，犹未见。'公曰：'若得欧推官一词，当为汝偿。'欧即席云"柳外……"坐皆称善，遂命妓满酌赏欧，而令公库偿钗，戒欧当少戢。"

◉集评

王楙《野客丛书》："仆观此词，正视李商隐《偶题》诗云：'小亭闲眠微醉消，石榴海柏枝相交。水纹簟上琥珀枕，旁有堕钗双翠翘。'又'池外轻雷'，亦用商隐'芙蓉塘外有轻雷'之语。"

沈际飞《草堂诗馀正集》："雨忽虹，虹忽月，夏景尔尔，拈笔不同。玩末句风韵，直当凌厉秦、黄，一金钗曷足以偿之。"

许昂霄《词综偶评》："不假雕饰，自成绝唱。"

陈廷焯《词则·闲情集》："遣词大雅，宜为文僖所赏。"

俞陛云《唐五代两宋词选释》："后三句善写丽情，未乖贞则，自是雅奏。"

俞平伯《唐宋词选释》："下片只写景，不言人物情致，和晚唐韩偓诗《已凉》一篇写法亦相似。"

临江仙

记得金銮同唱第①，春风上国繁华②。如今薄宦老天涯③。十年歧路，空负曲江花④。　闻说阆山通阆苑⑤，楼高不见君家。孤城寒日等闲斜⑥，离愁难尽，红树远连霞。

【注释】

①金銮。殿名。《新唐书·李白传》："天宝中，贺知章言之，召见金銮殿，论当世事。"后常以指代皇宫正殿。　同唱第：同一年考进士及第。　唱第：考进士及第，朝廷按名册点呼其名，亦谓胪唱、唱胪。

②上国：指京都。

③薄宦：低卑的官员。《南史·陶潜传》："弱年薄宦，不挈去就之迹。"

④曲江：即曲江池，在今陕西西安。唐代考进士放榜，进士集于此大宴，谓之曲江宴。

⑤阆山：神话中的山名，位于昆仑之巅。　阆苑：神话传说的仙人住处，在昆仑山之巅。李商隐《郑州献从叔舍人褒》："蓬岛烟霞阆苑钟。"此指宋代阆州，治所在今四川阆中。

【赏析】

是词写送别。前阕头两句回忆。记得当年金銮殿上，同科进士及第，春风得意，领略京城繁华。"如今"三句，概述仕途艰难。现在还是官职低微，而且年纪已老，身在远离京城的天涯。十年过去了，自己走上了歧路？白白辜负了曲江宴上的抱负。主人公所送之友人，身分特殊，是同科进士，而仕途经历大致相同。后阕写赠别。"闻说"二句过片，友人莅任四川阆州,词作巧将其与阆山阆苑联系起来,说是神仙世界;住在仙山上的高楼,而看不你的家,这是安慰朋友。结尾三句,写眼前。孤城的寒日无缘无故这么快就西斜落下,离愁悠长,难以言尽,宛如霜雪染红的树林连着天边的晚霞。离愁是景,景是离愁,当是言之尽。

圣无忧

世路风波险①,十年一别须臾②。人生聚散长如此,相见且欢娱。　好酒能消光景③,春风不染髭须④。为公一醉花前倒,红袖莫来扶⑤。

【注释】

①"世路"句:宦途险恶,多风波。

②"十年"句:作者自宋仁宗庆历五年(1045)贬谪滁州,至仁宗至和元年(1055)返回汴京充任史馆修撰止,整好十年。

③消:排遣。　光景:时间,日子。

④"春风"句:春风不能将已白之髭须染黑。

【赏析】

是词写故人重逢。前阕首二句写别来十年的经历,"世路风波险",高度概述,词人在仕途世路上,经历了风险。欧阳修在宋仁宗景祐三年(1036)为范仲淹辩护,贬官峡州夷陵令,其之《回丁判官书》说:"且为政者之惩有罪也,若不鞭肤刑肉以痛切其身,则必择恶地而斥之,使其奔走颠蹶窘苦,左山右壑,前虺虎而后蒺藜,动不逢偶吉而辄奇凶,其状可为闵笑。所以深困辱之者,欲其知自悔而改为善也,此亦为政者之仁也。故修得罪也,与之一邑,使载其老母寡妹,浮五千五百之江湖,冒大热而履深险,一有风波之危,则叫号神明以乞须臾之命……"宋庆历五年(1045),支持范仲淹等人的改革,又贬知滁州,前后正好十年,"十年一别如须臾",十年之久如顷刻之间。歇拍二句议论,人生的聚散经常如此,既然相聚了,就尽情欢娱一番。后阕写欢娱。好酒能将时光排遣,春光却不能将黑了的髭须染白。结拍二句,颇豪气,"为公一醉花前倒,红袖莫来扶。"要为你一醉方休,即使醉倒花前。这样的话,别叫美人过来扶我。

浪淘沙

把酒祝东风①,且共从容②。垂杨紫陌洛城东③,总是当时携手处,游遍芳丛。　聚散苦匆匆,此恨无穷。今年花胜去年红,可惜明年花更好,知与谁同。

【注释】

①祝东风:请求春风。

②且共从容:暂且在一起,不要那么快就过去。　从容:舒缓,不急迫。

③洛城:洛阳城,北宋之西京。

【赏析】

是词抒写人生无常之感。前阕写旧时相聚之欢。起首二句是全词基调,举起酒杯,向春风祈祷,你姑且从容一些,不要走得太快了。表达历练与聚散的人生况味之后,希望春光长在。接着三句具体回忆京城与友人的相处。春游时节,大家常携手在洛阳城东的紫阳大道，游遍花丛。后阕写现在离散之恨。

过片二句，人生聚散何匆匆，无限遗恨。今年的春花红过去年，只可惜明年春花更好，却不知道能和那一个来同赏了。

词作通过前后阕的对比，感叹人事难测、人生无常，抒发伤感情怀。

◉**集评**

沈际飞《草堂馀集正集》："末三句虽少含蕴，不失为情语。"

沈雄《古今词话·词话》："《柳塘词话》曰：欧阳公云：'把酒祝东风，且共从容。'与东坡《虞美人》云：'持杯邀劝天边月，愿月圆无缺。'同一意致。"

许昂霄《词综偶评》："司空图：'黄昏把酒祝东风，且从容。'欧公《浪淘沙》起语本此。然删去'黄昏'二字，便觉寡味。"

黄蓼园《蓼园词评》："按末二句，忧盛危明之意，持盈保泰之心，在天道则亏盈益谦之理，俱可悟得。大有理趣，却不庸腐。粹然儒者之言，令人玩味不尽。"

陈廷焯《词则·别调集》："'可惜明年花更好'，想到明年，真乃匪夷所思，非有心人如何道得？"

俞陛云《唐五代两宋词选释》："因惜花而怀友，前欢寂寂，后会悠悠。至情语以一气挥写，可谓深情如水，行气如虹矣。"

浪淘沙

花外倒金翘[①]。饮散无聊[②]。柔桑蔽日柳迷条。此地年时曾一醉，还是春朝。　今日举轻桡[③]。帆影飘飘。长亭回首短亭遥。过尽长亭人更远，特地魂销[④]。

【注释】

①金翘：妇女首饰，形状如鸟尾。毛熙震《浣溪沙》："绿鬟云散袅金翘。"

②无聊：如言百无聊赖。

③轻桡：犹轻舟。　桡：船桨，指代船。

④特地：格外。陆龟蒙《庭前》："萋萋特地愁。"　魂销：魂魄销散。

【赏析】

是词写相思。前阕主人公为闺妇。花丛旁边的她，低首沉思，髻上簪的金翘首饰倒竖；酒宴人散，百无聊赖。忽然，抬头见到，桑树繁茂遮日，杨柳浓绿迷条。啊，这里正是去年曾经共醉之地，还是在春朝时候呢。后阕写远行，主人公是男子。远行之途，先写水路，他登上船只，飘然而去。再写陆路，来到长亭，回望短亭，已经走了老远了；再望前面，如果过尽了长亭，岂不是走得更加遥远了吗，他感到格外的伤感。

词作以男女为主人公分述，共同抒写相思之情，构成了统一的艺术整体。

浪淘沙

五岭麦秋残[①]。荔子初丹[②]，绛纱囊里水晶丸[③]。可惜天教生处远，不近长安。　往事忆开元[④]，妃子偏怜[⑤]，一从魂散马嵬关[⑥]。只有红尘无驿使[⑦]，满眼骊山[⑧]。

【注释】

①五岭：总称越城、都庞、萌渚、骑田、大庾等五大山脉。

②荔子：即荔枝。

③水晶丸：比喻荔枝的肉食部分。宋徽宗、刘贡父咏荔枝均沿用此比喻。

④开元：唐玄宗年号(713—741)。

⑤妃子：指杨玉环。李肇《唐国史补》："杨贵妃生于蜀，好食荔枝，南海所生尤胜蜀者，故每岁飞驰以进，然方暑而熟，经宿则败，后人皆不知之。"

⑥马嵬关：马嵬驿，在今陕西兴平县西。唐天宝十四载(755)安禄山反，次年六月，潼关失守，玄宗奔蜀，行至马嵬驿，杨贵妃被缢杀。

⑦"只有"句：用杜牧《过华清宫绝句》"一骑红尘妃子笑，无人知是荔枝来"诗句意。

⑧骊山：在陕西临潼城东南。有唐华清宫故址，相传为杨贵妃沐浴处。

【赏析】

是词吊古。前阕写荔枝。首句说岭南一带的小麦成熟时候，荔枝也红了。荔枝外壳似红色的纱罗，囊里是水晶样的丸子。只可惜老天爷让它长在偏远之处，不近长安京城。后阕将荔枝、杨贵妃、安史之乱联系在一起，"往事忆开元，妃子偏怜，一从魂散马嵬关。"更合咏史题材之要。结句，翻新杜牧《过华清宫绝句》诗意："长安回望绣成堆，山顶千门次第开。一骑红尘妃子笑，无人知是荔枝来。"紫陌大道上红尘依然，却看不到快马传送荔枝的驿使，这就是骊山的满眼风光，将杜诗的暗讽，变为平叙，含蓄的批判，更使人深思。

◉集评

冯金伯辑《词苑萃编》："诗馀荔子之咏，作者既少，遂无擅长。独欧阳公《浪淘沙》一首，稍存感慨悲凉耳。"

浪淘沙

万恨苦绵绵①。旧约前欢②。桃花溪畔柳阴间。几度日高春垂重，绣户深关。　楼外夕阳闲。独自凭阑。一重水隔一重山。水阔山高人不见，有泪无言。

【注释】

①绵绵：连续不断的样子。白居易《长恨歌》："天长地久有时尽，此恨绵绵无绝期。"

②旧约：旧时定下的盟约。

【赏析】

是词写离恨。起首直说离恨，心中的万种怨恨连续不断，记得旧时的山盟海誓，想起从前的欢愉，因为"约"而带来"欢"："桃花溪畔柳阴间"，或许是两人定约与欢娱之处。歇拍回到现时，多少回的日高三竿还在沉睡，绣户闭，将关在自己幽深之处。后阕写伴夕阳凭栏。画楼外夕阳静静，独自一人凭栏远眺，只一重水隔着一重山，水是辽阔的，山是高的，而心上人呢，却不见，眼中有泪而口中无言。

浪淘沙

今日北池游。漾漾轻舟①。波光潋滟柳条柔。如此春来春又去，白了人头。　好妓好歌喉[2]。不醉难休。劝君满满酌金瓯[3]。纵使花时常病酒[4]，也是风流。

【注释】

①漾漾：犹荡漾。

②妓：指歌舞姬。

③金瓯：美称酒杯。

④病酒：因醉酒而身心不适，如病之症。

【赏析】

是词写游春。前阕写北池泛舟。今天来到北池游春，轻舟漾漾而行，池面波光潋滟，岸堤柳条摇曳。歇拍感慨，如此这般的春来春去，弄得人也白了头。后阕写歌筵。面前是姣好的歌姬，耳边是美妙的歌声，不醉是不可能罢休的。你呀，满满地斟上痛饮。即使"花时"常常因酒而病，亦算风流咧。花时病酒亦风流，其味苦涩也。

定风波

把酒花前欲问他。对花何吝醉颜酡[1]。春到几人能烂赏[2]。何况。无情风雨等闲多[3]。　艳树香丛都几许。朝暮。惜红愁粉奈情何。好是金船浮玉浪[4]。相向。十分深送一声歌。

【注释】

①"对花"句：言对着花，不惜醉后容颜泛起红色。　酡（tuó）：酒后脸上泛起红晕。《楚辞·招魂》："美人既醉，朱颜酡些。"

②烂赏：尽情玩赏。

③金船：容量大的盛酒器。孙光宪《上行杯》："金船满捧，绮罗愁，丝管咽。"　玉浪：比喻美酒。

定风波

把酒花前欲问伊。忍嫌金盏负春时。红艳不能旬日看[1]。宜算。须知开谢只相随。　蝶去蝶来犹解恋。难见。回头还是度年期。莫候饮阑花已尽。方信。无人堪与补残枝。

【注释】

①红艳：以色、质指代花。

定风波

把酒花前欲问公。对花何事诉金钟[1]。为问去年春甚处[2]。虚度。莺声撩乱一场空。　今岁春来须爱惜。难得。须知花面不长红[3]。待得酒醒君不见。千片。不随流水即随风。

【注释】

①金钟：美称酒杯。

②处:处置,对待。

③花面:花容。李端《春游乐》:"理鬓回花面。"

定风波

把酒花前欲问君。世间何计可留春。纵使青春留得住。虚语。无情花对有情人。　任是好花须落去。自古。红颜能得几时新。暗想浮生何时好。唯有。清歌一曲倒金尊。

定风波

过尽韶华不可添。小楼红日下层檐。春睡觉来情绪恶。寂寞。杨花缭乱拂珠帘。　早是闲愁依旧在。无奈。那堪更被宿酲兼。把酒送春惆怅甚。长恁。年年三月病厌厌。

定风波

对酒追欢莫负春。春光归去可饶人①? 昨日红芳今绿树②。已暮。残花飞絮两纷纷。　粉面丽姝歌窈窕③。清妙。尊前信任醉醺醺。不是狂心贪燕乐④。自觉。年来白发满头新。

【注释】

①饶人:让人。

②红芳:红花。

③丽姝:美女。 歌窈窕:此指美妙的歌。

④燕乐:燕地的音乐。

【赏析】

是调六首为联章组词,题旨相同,都是抒发时光流逝,青春易过,要及时行乐的情怀。

"把酒花前欲问他"章,以"春到几人能烂赏"的议论,劝人赏春应是"金船浮玉浪","十分深送一声歌"。

"把酒花前欲问伊"章,因为"红艳不能旬日看",所以"莫候饮阑花已尽",劝人及时行乐。

"把酒花前欲问公"章,疾呼"今岁春来须爱惜",要惜春,不要虚度春光。

"把酒花前欲问君"章,既知春之不可留,设问:那浮生什么事最好?答案:"唯有。情歌一曲倒金尊。"

"过尽韶华不可添"章,因为"过尽韶华不可添",主张及时行乐至酒病以何妨。

"对酒追欢莫负春"章,面对春光,要及时赏春,饮酒追欢,不可迟疑。

蓦山溪

新正初破①,三五银蟾满②。纤手染香罗,剪红莲、满城开遍③。楼台上下,歌管咽春风,驾香轮④,停宝马,只待金乌晚⑤。　帝城今夜,罗绮谁为伴⑥。应卜紫姑神⑦,问归期、相思望断。天涯情绪,对酒且开颜⑧。春宵短,春寒浅,莫待金杯暖。

【注释】

①新正：农历新年正月。李商隐《和友人戏赠》之二："子夜休歌团扇掩，新正未破剪刀闲。" 初破：犹言刚刚开始。

②三五：十五日，此特指元宵节。温庭筠《更漏子》："楼上月明三五，琐窗中。" 银蟾：月亮。 满：圆。

③"纤手"三句：妇女们染好香罗，裁剪扎成莲花形状的花灯。 纤手：妇女的手，此指代妇女。

④香轮：香车。

⑤金乌：传说太阳中有三足乌，后因称太阳为金乌。韩愈《李花赠张十一署》："金乌海底初飞来，朱辉散射青霞开。"

⑥罗绮：身穿罗绮之人，指代想望的人。

⑦紫姑神：紫姑，传说唐代李景之妾，为大妇所妒，正月十五日被杀于厕中，天帝命为厕神。旧俗于元宵迎祭，卜问吉凶等事。《荆楚岁时记》："正月十五日，其夕迎紫姑以卜将来蚕桑，并占众事。"

⑧开颜：破颜而乐笑。韩愈《记梦》："神官见我开颜笑。"

【赏析】

是词写庆元宵。前阕写人们准备过节。新正月刚刚到，元宵很快要到了，十五的月亮会是满圆当空。妇女们的纤纤素手，正忙着染画香罗、裁剪制作莲花灯，如今那莲花灯如红莲开遍全城。家家户户的楼台上下，乐声歌声宛如春风满城。驾着香车、备好骏马，只等太阳落山、月儿升起。

过片二句，"帝城今夜，罗绮谁为伴"，京城元宵，这个罗绮人——闺妇，谁与作伴？言下之意是无人为伴。她没有到街上去观灯闹节。只是孤单一人在家"卜紫姑神，问归期、相思望断"，向紫姑神卜问心上人的归期。"天涯情绪，对酒且开颜。"想念天涯远处的相思愁绪，喝酒可以令自己开颜而笑吧。春宵短暂，春寒轻轻，赶快喝吧，"莫待金杯暖"，不要让已经温好的酒，放凉后再温热它。闺妇的独处问卜、自斟自饮，与京城里热闹的元宵节形成鲜明的对比，真是有人欢乐，有人愁。

浣溪沙

云曳香绵彩柱高。绛旗风飐出花梢[①]。一梭红带往来抛[②]。 束素美人羞不打，却嫌裙慢褪纤腰。日斜深院影空摇。

【注释】

①"云曳"两句：云彩轻如香绵飘荡，秋千彩柱高耸；花梢之上红旗迎风招展。

②"一梭"句：打起秋千高低来回，美人的裙带如穿梭。

【赏析】

是词写荡秋千。前阕首二句描写秋千，天上的云彩如香绵飘荡过高耸的秋千彩柱，红旗迎风招展于花梢之上。歇拍句写荡秋千，"一梭红带往来抛"，一位女子将秋千越荡越高，飞快的来回，观赏者看到的，只是裙带像织布的梭子那样飘来飘去。比喻生动，情态全出。后阕写束素美人。她"羞不打"，是害羞不愿荡。"却嫌裙慢褪纤腰"，心里犯疑：身穿的裙子太宽了，荡起秋千来，风儿将裙子鼓起，褪露出纤腰，可怎么办？结拍，"日斜深院影空摇"，斜阳照着幽深的庭院，只留下秋千往返的影子在静静地摆动。

◉**集评**

沈际飞《草堂诗馀续集》："实粘秋千，纡回换眩。"

陈霆《清山堂词话》："欧公旧有春日词云：'绿杨楼外出秋千。'前辈叹赏，谓止一'出'字，是人着力道不到处。他日咏秋千作《浣溪沙》云：'云曳香绵彩柱高，绛旗风飐出花梢。'予谓虽同用'出'字，然视前句，其风致大段不牟。"

浣溪沙

堤上游人逐画船。拍堤春水四垂天①。绿杨楼外出秋千②。　白发戴花君莫笑③。六幺催拍盏频传④。人生何处似尊前。

【注释】

①四垂天：天幕从四方下垂着地。韩偓《有忆》："愁肠泥酒人千里，泪眼倚楼天四垂。"

②"绿杨"句：掩映楼台的绿杨树梢外，忽然露出女子荡高的秋千。王维《寒食城东即事》："秋千竞出绿杨里。"

③白发戴花：于满头白发之上簪花。

④催拍：催促歌的节拍跟上舞曲。

【赏析】

是词写游春。前阕首句写游人众多。"堤上游人逐画船。"主人公是乘船游，堤上游人如鲫，看过去就像在追逐着自己一样。"逐"字是主观感觉，可见寓情写景，为热闹的春游气氛所感染。"拍堤春水四垂天"，桃花春水涨起，轻拍堤岸；湛蓝的天空像帷幕四围垂罩湖面，环视四周，碧水蓝天上下一色，连为一体。歇拍"绿杨楼外出秋千"，掩映楼台的绿杨树梢上方，突然出现女子荡高的秋千倩影。"出"字，写其出现的突然，给游人带来意外的欣喜，表现出春游活动的另一种活泼生机，情趣横生。

后阕写歌筵。过片"白发戴花君莫笑。"欧阳修《洛阳牡丹记·风俗记第三》说："洛阳之俗，大抵好花。春时，城中无贵贱，皆插花，虽负担者亦然。"可见春游戴花，是当时风俗。无论贵贱皆插花，但并不等于无论长少皆插花。所以说，主人公白发戴花，大家不要取笑我。心情并不是十分的好，主人公年迈，在游春、歌筵的场合，采取这种独特的方式，透露出欢乐之中的苦涩。"六幺催拍盏频传"，画船上一会轻歌曼舞，一会高歌急舞，在热烈的氛围中，不停地举杯碰盏。结拍，抒写感慨，人生那里好像"尊前"这般！

◉**集评**

晁补之《魏庆之词话》引《复斋漫录》："欧阳永叔《浣溪沙》云：'堤上行人逐画船，拍堤春水四垂天，绿杨楼外出秋千。'要皆绝妙。然只一'出'字，自是后人道不到处。"

吴曾《能改斋漫录》："晁无咎评乐章：欧阳永叔《浣溪沙》云……要皆绝妙，然只一出字，自是后人道不到处。余按，唐王摩诘《寒食城东即事》诗云：'蹴踘屡过飞鸟上，秋千竞出垂杨里。'欧阳公用出字，盖本此。"

何孟春《馀冬叙录》："欧阳永叔词'绿杨楼外出秋千'，妙在'出'字。"

杨慎《草堂诗馀》："不惟调句宛藻，而造理甚微，足唤醒人。"

王士禛《花草蒙拾》："'楼上晴天碧四垂'，本韩侍郎'泪眼倚楼天四垂'，不妨并佳。欧文忠'拍堤春水四垂天'，柳员外'目断四天垂'，皆本韩句，而意致少减。"

陈廷焯《词则·别调集》："'白发戴花君莫笑，六幺催拍盏频传。'风流自赏。"

黄蓼园《蓼园词评》："按，第一阕写世上儿女多少得意欢娱。第二阕'白发'句写老成意趣，自在众人喧嚣之外。末句写得无限凄怆沉郁，妙在含蓄不尽。”

王国维《人间词话》：“欧九《浣溪沙》词：‘绿杨楼外出秋千。’晁补之谓只一‘出’字，便后人所不能道。余谓此本于正中《上行杯》词‘柳外秋千出画墙’，但欧语尤工耳。”

俞陛云《唐五代两宋词选释》：“……黄鲁直云：‘六一翁曲子，余所见及百首，或谓音律偶有不谐。’余谓：如《浣溪沙》词，横放杰出，是曲子中缚不住者。”

唐圭璋《唐宋词简释》：“此首记泛舟之乐。起记堤上游人之众；次记堤下春水之盛；‘绿杨’句记临水人家之富丽。下片，触景生感，寓有及时行乐之意。”

浣溪沙

湖上朱桥响画轮①，溶溶春水浸春云②。碧琉璃滑净无尘③。　当路游丝萦醉客，隔花啼鸟唤行人。日斜归去奈何春④。

【注释】

①画轮：绘画描彩的车轮。指代华丽的车子。

②溶溶：水流盛大、水面宽广。杜牧《阿房宫赋》：“二川溶溶，流入宫墙。”春水浸春云：春云倒影在春水中如同浸入一般。

③“碧琉璃”句：形容湖水如碧绿的琉璃那样平滑明净无尘。

④奈何春：无可奈何，春天终归要过去。

【赏析】

是词写游春。前阕写湖水。湖上的朱桥不断驶过华丽的车子。浩淼的春水映照天上的春云，如同碧绿的琉璃明净无尘。后阕写游春。挡路的游丝将醉客萦绕，隔着花丛啼叫的鸟儿在呼唤行人。太阳要落山了，要归去了；无可奈何呀，春天也终须要归去。表达出对春天的依依眷恋之情。

◉集评

杨慎《草堂诗馀》：“‘奈何春’三字，新而远。”

王世贞《弇州词评》：“永叔、长公，极不能作丽语，而亦有之。”

黄蓼园《蓼园词评》：“沈际飞曰：人谓永叔不能作丽语，如‘隔花’句，‘海棠经’两句，非丽语耶。按‘奈何春’三字，从‘萦’字‘唤’字生来。‘萦’字‘唤’字，下得有情。而‘奈何’字，自然脱口而出，不拘是比是赋，读之情长。”

俞陛云《唐五代两宋词选释》：“上阕写水畔春光明媚，风景宛然。下阕言嬉春之‘醉客’‘行人’，营营扰扰，而‘游丝’‘啼鸟’，复作意撩人，在冷眼观之，徒唤奈何，惟有‘日斜归去’耳。”

唐圭璋《唐宋词简析》：“此首写湖上景色。起记桥上车马之繁。‘溶溶’两句，写足湖水之美，一碧无尘，春云浸影，此景诚足令人忘返。下片，言游丝萦客，啼鸟唤人，更有无限情味。末句，点明日斜不得不归，又颇有惆怅之意。”

浣溪沙

叶底青青杏子垂，枝头薄薄柳绵飞。日高深院晚莺啼。　堪恨风流成薄幸，断无消息道归期。托腮无语翠眉低①。

【注释】

①托腮：以手撑着腮。唐彦谦《题虔僧室》："也嚬眉黛托腮愁。"

【赏析】

是词写春怨。前阕写暮春景色。绿叶下青青的杏果低垂，柳枝头薄薄轻轻的絮丝飘落飞扬。日高了庭院幽静，晚春的黄莺在啼叫。暮春景色的描写为抒情造势。后阕写春怨。过片写闺妇的心理，真恨他由风流变为负心的薄幸郎，远行以来，没有一点儿消息说到什么时候归来。"托腮无语翠眉低。"一副惆怅怨恨表情，纤手托着香腮，默默无言，愁眉不展。闺妇之"恨"，凝聚于人物形象之中。

浣溪沙

红粉佳人白玉杯。木兰船稳棹歌催[①]。绿荷风里笑声来。　细雨轻烟笼草树。斜桥曲水绕楼台[②]。夕阳高处画屏开[③]。

【注释】

①木兰船：以木兰树材制作的船，此美称船。欧阳炯《南乡子》："洞口谁家，木兰船系木兰花。"　棹歌：行船时所唱之歌。李珣《渔歌子》："草芊芊，花簇簇，渔艇棹歌相续。"

②斜桥：曲桥。韦庄《菩萨蛮》："骑马倚斜桥，满楼红袖招。"

③画屏：镶嵌彩画的屏风。温庭筠《更漏子》："惊塞雁，起城乌，画屏金鹧鸪。"

【赏析】

是词写夏日游湖。前阕写游湖歌筵。有红粉佳人，有美酒玉杯，有木兰画船，有棹歌渔唱，有徐徐清风，有绿荷莲香，有欢声笑语，真可谓良辰、美景、赏心、乐事"四美"齐全。后阕写夏日黄昏。细雨轻烟笼绕草树，斜桥曲水环绕楼台，雨霁见夕阳，余辉返照高高的楼台，射进闺房，照着床头展开的画屏。

欧阳修写有《西湖泛舟呈动使学士张掞》，诗曰："波光柳色碧溟濛，曲渚斜桥画舸通。更远更佳唯恐尽，渐深渐密似无穷。绮罗香里留佳客，弦管声来扬晚风。半醉回舟迷向背，楼台高下夕阳中。"所咏与此词相仿，可参阅。

浣溪沙

翠袖娇鬟舞石州[①]，两行红粉一时羞[②]。新声难逐管弦愁[③]。　白发主人年未老，清时贤相望偏优[④]。一尊风月为公留[⑤]。

【注释】

①翠袖娇鬟：翠色的衣袖，娇美的鬟髻。指代美女。　舞石州：舞曲名。郭茂倩《乐府诗集》第七十九卷引《乐苑》："石州，商调曲也。又有《舞石州》。"

②一时羞：犹自愧不如。

③"新声"句：依石州调所唱的新声难以消除心中的管弦愁思。

④贤相：一说指韩琦。韩琦（1008—1075），字稚圭，相州安阳（今属河南）人。官至同中书门下平章事、昭文殿大学士。《宋史·韩琦传》："琦早有盛名，识量英伟，临事喜愠勃，不见于色，论者以为重厚比周政事比姚崇。……嘉祐、治平间，再决大策，以安社稷。……与富弼齐名，人谓之'富韩'云。"韩琦，为欧阳同辈朋友，政治立场一致，交往密切。书信诗文往还极为频繁，聚谈饮宴亦是常事。此词当作于韩琦家宴。

⑤风月:指清风明月,美好景物。如杜甫《日暮》:"风月自清夜,江山非故园。"亦可指高雅绝好的文事。如欧阳修《赠王介甫》:"翰林风月三千首,吏部文章二百年。"

【赏析】

是词为朋友家宴应酬之作。前阕写家宴歌舞。舞姬随着石州舞曲的旋律起舞,令旁观的两行红粉自愧不如。"一时羞",侧面描写舞姬演出的美妙。歇拍"新声"句,我填写的新词,恐怕难与管弦感人的乐韵相配。此说目的,一是为表自谦,二是为表对主人的赞美。"愁"字,不表愁怨之义,而言管弦演奏的乐曲及具感染力,能震撼听众的心灵。后阕写主人。头发虽白而人不显老,太平时世的贤相,声望独高,无人可比。饮酒作诗,这是专门为你,准备的呀。

浣溪沙

灯烬垂花月似霜[①],薄帘映月两交光。酒醺红粉自生香。　双手舞馀拖翠袖,一声歌已釂金觞[②]。休回娇眼断人肠。

【注释】

①灯烬垂花:灯油燃烬而灯芯结花。　月似霜:月光如霜白。

②釂(jiāo):酒尽。

【赏析】

是词写歌筵。前阕写筵。首二句写环境,夜深了,帘内灯油将尽、结花如穗;帘帷外月光如霜,灯光与月光经薄帘的映射,交融在一起。歇拍句"酒醺红粉自生香",带着醉意的红粉佳人,自有活色生香。后阕写舞余歌已。过片"双手舞馀拖翠袖",舞蹈结束,舞女双手低垂拖曳着绿色长袖。"一声歌已釂金觞",一曲高歌结束,将金觞里的美酒饮尽。结拍,"休回娇眼断人肠。"观众已经被她们"断人肠"的表演打动了,不要再回娇眼了。

浣溪沙

十载相逢酒一卮,故人才见便开眉[①]。老来游旧更同谁。　浮世歌欢真易失[②],宦途离合信难期[③]。尊前莫惜醉如泥[④]。

【注释】

①开眉:犹言眉开眼笑。此指愁闷消解。

②浮世:虚浮不定的人世间。许浑《将赴京留赠僧院》:"空悲浮世云无定,多感流年水不还。"

③期:预测。

④醉如泥:《五色线》:"南海有虫无骨,名曰泥。在水中活,失水则醉如一堆泥然。"杜甫《将赴成都草堂途中有作先寄严郑公五首》之三:"岂藉荒庭春草色,先判一饮醉如泥。"

【赏析】

是词写老友重逢。前阕写重逢。"十载",分别了十年之久。相逢自要畅饮一卮。今天得见老友自然眉开眼笑。呀,大家都一把年纪了,能同游旧地的还有那些呢?后阕写感慨。浮世之中,歌声欢愉真容易失去,宦途和悲欢离合很难预测。对着面前的美酒,只有一醉烂如泥好了。

御带花

青春何处风光好，帝里偏爱元夕[1]。万重缯彩，构一屏峰岭，半空金碧[2]。宝檠银釭，耀绛幕、龙虎腾掷[3]。沙堤远，雕轮绣毂，争走五王宅[4]。　雍容熙熙作昼会[5]，乐府神姬[6]，海洞仙客[7]。拽香摇翠[8]，称执手行歌，锦街天陌[9]。月淡寒轻，渐向晓、漏声寂寂。当年少，狂心未已，不醉怎归得。

【注释】

①帝里：帝都，京城。此指汴京开封。　元夕：元宵之夜。

②"万重"三句：万重：一重重地，万，言其多。　缯彩：绣线彩绸。　构一屏峰岭：构思绣成一座屏风，上有峰岭连绵。　半空金碧：高耸半空，在灯光照映下金碧辉煌。

③"宝擎"三句：宝檠：珍贵的灯架。　银釭：银饰的灯盏。　耀绛幕、龙虎腾掷：照映着红色帷幕上所画的龙腾虎跃，生动逼真。

④"沙堤"三句：沙堤：宰相门前用白沙铺设的路面。《唐故事》："宰相初拜京兆，使人载沙填路，自私第至城东，街名沙堤。"　雕轮绣毂：指华美的车子。　毂：车轮中心的圆木，中空，用以插轴。　五王宅：《新唐书·让皇帝宪传》："初，帝五子列第东都积善坊，号五王子宅，及赐第上都隆庆坊，亦号五子宅。"郑綮《开天传信录》："上（按，指唐玄宗）于诸王友爱特甚……于东都（洛阳）起五王宅，于上都制'花萼相辉'之楼，盖为诸王为会集宴乐之地。"五王，玄宗之兄弟宪、才为、范、业、隆悌。此借指汴京贵宅第或游宴之所。

⑤雍容：有威仪的情状。　熙熙：形容和乐。《老子》："众人熙熙，如享太平，如登春台。"　作昼会：将夜游当作昼会。

⑥乐府神姬：指代歌女。　乐府：汉代音乐官署，掌采制演奏乐曲歌辞。　神姬：神女。此指歌女。

⑦海洞：海上仙山洞府。

⑧拽香摇翠：形容载歌载舞。

⑨锦街天陌：繁华美丽的京城大道。

【赏析】

是词写汴京开封庆元宵。前阕写元宵灯饰。开头二句是总写，先是设问：春天到了，什么地方、什么时候，风光是最美好的？答道：京城最偏爱的是元宵节。接着描写元宵的灯饰之美。万重五彩丝绸构成一座座峰岭，高耸半空，金碧辉煌。宝檠银灯从里面透射红色帐幕，现出龙腾虎跃的图案。人们远从沙堤赶过来，华丽的车子络绎不绝，前前后后奔走于五王府邸之间，相互参观，赛华斗美。后阕写游乐狂欢。衣着雍容华贵的人们，简直将元宵夜当成了白昼游乐，你可以去听听神姬歌女的演唱，可以去观赏描述仙山来客的花灯神话故事。整个繁华京都大街，观灯的人群载歌载舞，执手欢歌。彩灯明亮高照，使元宵满月也显得淡朦；热情的狂欢，使人忘记了春夜的轻寒。天色渐渐向晓，更漏声寂寂。年青人兴意未尽，狂热未足，不喝醉，怎回家呢。

虞美人

炉香昼永龙烟白[1]。风动金鸾额[2]。画屏寒掩小山川。睡容初起枕痕圆。坠花钿[3]。　楼高不及烟霄半。望尽相思眼。艳阳刚爱挫愁人[4]。故生芳草碧连云。怨王孙[5]。

【注释】

①龙烟：炉香升腾蜿蜒如龙。王建《宫词》之三："龙烟日暖紫曈曈，宣政门当玉仗风。"

②金鸾额：有金鸾饰纹的帘额。

③花钿：用金、玉等制成的花形首饰。顾夐《荷叶杯》："小髻簇花钿，腰如细柳脸如莲。"

④挫：折磨。

⑤王孙：泛指游子。《楚辞·招隐士》："王孙游兮不归，春草生兮萋萋。"温庭筠《杨柳枝》："系得王孙归意切，不关芳草绿萋萋。"

【赏析】

是词写春思。前阕写闺中人春睡醒来。开头"炉香"三句描写春睡环境，春日的大白天，白色的炉香袅袅，如龙腾跃，风儿拂动绣有鸾凤图案的帘额，画屏上的山水好像笼罩着轻寒。接着写闺中人的睡容。醒来起身还带着睡意，脸上印着明显的枕痕，簪髻的花钿坠落在枕旁。后阕写登楼远望。楼高还不及烟雾云霄的一半，相思眼望尽了；春天艳阳偏偏折磨愁苦之人，有意长成萋萋芳草一直连着碧云天，怨恨游子不归。

鹤冲天

梅谢粉[①]，柳拖金[②]。香满旧园林。养花天气半晴阴。花好却愁深。　花无数，愁无数。花好却愁春去。戴花持酒祝东风。千万莫匆匆。

【注释】

①梅谢粉：梅花已谢。

②柳拖金：初抽的柳条浅黄、色如金。

【赏析】

是词抒发惜春之情。前阕写春景，梅花凋谢了，柳条染金。花香溢满旧园林。养花天气半晴半阴，花开得灿烂，人们的愁也越深。后阕抒情。花无数，愁亦无数。花好却发愁，担心春天将去。头戴鲜花，手擎酒杯，祈求东风，千万千万，不要匆匆离去。

夜行船

忆昔西都欢纵[①]。自别后、有谁能共。伊川山水洛川花[②]，细寻思、旧游如梦。　今日相逢情愈重。愁闻唱、画楼钟动。白发天涯逢此景，倒金尊、殢谁相送[③]。

【注释】

①西都：北宋以洛阳为西京，开封为东京。

②伊川：伊河，在河南，源出熊耳山。　洛川：洛水，东北流至洛阳合伊水东南至巩义，入黄河。

③殢：困倦。此指困酒。

【赏析】

是词怀旧。前阕忆旧。回忆旧时在西京欢会纵情，自从别后，有谁能够像那伊川的山水洛川的花，细细想来，旧时游历好像就在梦中。后阕写相聚。今日老友重聚，情意更重。愁的是听唱之际，又闻画楼报时钟声响起。人到老了，却在天涯之处碰上这种情形，痛饮吧，却又有谁来相送咱们呢？

夜行船

满眼东风飞絮，催行色[①]、短亭春暮。落花流水草连云，看看是、断肠南浦。　檀板未终人去去[②]，扁舟在、绿杨深处。手把金尊难为别，更那听[③]、乱莺疏雨。

【注释】

①行色：旅行的状况。《庄子·盗跖》："孔子说盗跖归，遇柳下季，季曰：'阙然数日不见，车马有行色。'"

②檀板：香檀木制成的拍板。此处指代演唱。

③那听：犹哪堪听，不堪听。

【赏析】

是词惜别。暮春时节，东风吹拂，眼前尽是飞舞的柳絮，好像在催人启程。远望开去，落花流水，芳草连天。看着看着，仿佛是肠断南浦。檀板一曲，歌声萦耳踏上行程。转眼间一叶扁舟已驶向绿杨深处。送行之人手把酒杯，伤情难以说送别；更哪堪听，黄莺乱啼，疏雨滴沥。

◉集评

陈廷焯《词则·别调集》："寻常意写得如许浓至。'看看是'三字，咄咄逼人，情景兼到。"

洛阳春

红纱未晓黄鹂语[①]。蕙炉销兰炷[②]。锦屏罗幕护春寒，昨夜三更雨。　绣帘闲倚吹轻絮。敛眉山无绪[③]。看花拭泪向归鸿，问来处、逢郎否。

【注释】

①红纱：红色的纱帐。

②"蕙炉"句：香炉里燃烧着蕙兰香炷。

③眉山：眉如春山。　无绪：没有情绪。

【赏析】

是词写离愁。前阕首二句写春晓，红纱帐里还未觉得天晓，黄鹂在欢唱，香炉里燃烧着蕙兰香炷。歇拍二句，补述昨晚的春雨。后阕写闺妇，过片句写动作，随便靠着绣帘，轻吹粘着的柳絮。紧敛眉头，毫无表情。看着花儿流泪，对着天上的飞鸿，边抹泪水边问：在你来的地方，见过我的郎君吗？

雨中花

千古都门行路[①]，能使离歌声苦[②]。送尽行人，花残春晚，又到君东去。

醉藉落花吹暖絮[3]，多少曲堤芳树。且携手留连[4]，良辰美景，留作相思处。

【注释】

①都门：京都城门。 行路：道路。

②离歌：离别时所唱之歌。韦庄《上行杯》："一曲离歌肠寸断。"

③暖絮：柳絮。

④留连：沉迷于游赏而不愿离去。

【赏析】

是词写送别。前阕由叙事议论，说到送君，点出题旨。千古的都城大道，最能使离别之歌变得凄苦，送尽了远行之人；在花残暮春的时候，又到了送你向远行。后阕安慰远行人。喝吧，可以带着醉意、踏着落花、迎着飘絮，并肩徜徉在曲堤芳树之间，携手留连于良辰美景之中，以作永远念想的记忆。

越溪春

三月十三寒食日，春色遍天涯。越溪阆苑繁华地[1]，傍禁垣[2]、珠翠烟霞[3]。红粉墙头，秋千影里，临水人家。 归来晚驻香车[4]，银箭透窗纱[5]。有时三点两点雨霁，朱门柳细风斜。沉麝不烧金鸭冷[6]，笼月照梨花。

【注释】

①越溪：亦称若耶溪，相传为春秋时西施浣纱之处，在越州城（今浙江绍兴）南。此非实指。温庭筠《菩萨蛮》："小园芳草绿，家住越溪曲。"

②禁垣：宫墙。

③珠翠：指代美女。 烟霞：云霞。

④香车：妇人乘坐的华丽车子。温庭筠《南歌子》："九衢尘欲暮，逐香车。"

⑤"银箭"句：银箭铜壶漏声传递到纱窗内。

⑥沉麝：沉香与麝脐，此美称香料。 金鸭：金属制的鸭形香炉。戴叔伦《春怨》："金鸭香销欲断魂。"

【赏析】

是词写过寒食节。前阕写京城寒食日盛况。三月十三日是寒食，绚丽春色遍及天涯。酷似当年"越溪阆苑"的都城繁华之地，依傍禁宫的城墙，伸展开去。满眼是珠翠，漫天是云霞。临水人家，墙头上红花盛开，不时飘出秋千的倩影。寒食节荡秋千或许在唐朝就成习俗。祝穆《古今事文类聚》前集卷八载："北方戎狄至寒食，为秋千戏，以习轻趫。后中国女子学之……"王仁裕《开元天宝遗事》卷下载："天宝宫中至寒食节，竞竖秋千，令宫嫔辈戏笑，以为宴乐。帝呼为'半仙之戏'。都中士民因而呼之。"唐朝诗人刘禹锡《寒食》诗云："莺娇燕黠弄风烟，士女儿童满野田。草色浅深围幄幕，花枝上下逐秋千。"

后阕写贵妇人归来。"归来晚驻香车。"寒食游赏，归来得晚，停止香车，走出来一位贵妇人了。"银箭透窗纱"，银箭滴漏之声穿透纱窗，暗示夜已深。夜里小雨时落时霁，三点二点雨声响响停停，暗示主人公心中的烦恼。"朱门柳细风斜"，朱门庭院柳树细条，被春风吹摆，斜斜的摇曳。寒食禁火，香炉里不烧沉香麝脐，金鸭炉冷冷的；"冷"字当然也是摹写贵妇人的心冷。透过帘笼外望，霜白的月光照着雪白的梨花，景色凄清，恰好与贵妇人的心境成为正衬，与前阕的热闹成为反衬。

贺圣朝影

白雪梨花红粉桃，露华高[①]。垂杨慢舞绿丝绦，草如袍[②]。　风过小池轻浪起，似江皋[③]。千金莫惜买香醪[④]，且陶陶[⑤]。

【注释】

①露华：露水珠。李白《清平调词三首》之一："春风拂槛露华浓。"

②草如袍：意谓官位尚低，服色如春草之青。唐代八九品官的官服为青色。白居易《和谈校书秋夜感怀呈朝中亲友》："春草如袍位尚卑。"此处仅用以指春草正如青袍，覆盖着大地。

③江皋：江河水边的高地。

④醪（láo）：醇酒。

⑤陶陶：和乐的样子。白居易《琴茶》："陶陶任性一生间。"

【赏析】

是词写春景。前阕首句言梨桃花开，梨花白如雪，桃花红粉如胭脂。"露华高"，清晨日出，不仅照见花草沾露水，而且树木枝梢也高高地沾着露珠。垂柳柔条曼舞的如绿色丝带，草色青青如绿袍覆盖大地。春景色彩绚丽，雪白的、粉红的、青绿的；动静相宜，充满生机活力，静的——露华高，动的——慢舞。后阕抒情。过片"风过小池轻浪起，似江皋"，春水涨，微风过，轻浪起，恍如江流。结尾两句，"千金莫惜买香醪，且陶陶"，即使花上千金去沽来醇酒，也是值得的，姑且欢快地度过美好的春天吧。

洞天春

莺啼绿树声早。槛外残红未扫。露点真珠遍芳草[①]。正帘帏清晓。　秋千宅院悄悄[②]。又是清明过了。燕蝶轻狂，柳丝撩乱，春心多少[③]。

【注释】

①真珠：珍珠。白居易《暮江吟》："可怜九月初三夜，露似真珠月似弓。"

②悄悄：寂静。

③春心：春天的情怀。《楚辞·招魂》："目极千里兮伤春心。"

【赏析】

是词写暮春。前阕写清晓。黄莺早早就在绿树密叶间鸣叫，槛外的落花还未有打扫，露水点点如珍珠一样沾满芳草，此时帘帷还在低垂，又是一个清晓来到。后阕过片接以庭院之景，秋千不动宅院寂静无声。"又是清明过了"句，点出时间在暮春。"燕蝶轻狂，柳丝撩乱，春心多少。"燕子、蝴蝶、杨柳都感到春之将尽了，有点儿按捺不住而"轻狂"、"撩乱"，忙碌起来。春天的情怀多多少少都会显露出来。

忆汉月

红艳几枝轻袅[①]。新被东风开了。倚烟啼露为谁娇[②]，故惹蝶怜蜂恼。　多情游赏处，留恋向、绿丛千绕。酒阑欢罢不成归[③]，肠断月斜春老。

【注释】

①"红艳"句:红花几枝被风吹得轻轻摆动。

②"倚烟"句:花儿在烟雾笼罩、露水滋润之中,为谁展现出如此妖艳的情态?

③不成归:难道就这样归去?含舍不得归去义。不成,表反诘。张相《诗词曲语辞汇释》卷四:"不成,犹云难道也。方岳《立春前一日雪》:'不成过腊全无雪,只隔明朝便是春。'"

【赏析】

是词留恋春色。前阕写景,红花几枝袅袅晃动,刚刚被春风吹开娇艳的花蕾。它仿佛倚着烟雾,面向露水啼泣,为谁展现出如此美妖的情态? 所以招来了蝴蝶的怜爱、蜜蜂的烦恼。后阕抒情。以行动描写过片,多情人踏春游赏之处,留恋那绿丛,千绕不离。结拍二句,酒尽欢罢了,仍然不愿归去。为什么?因为"肠断",爱春而赏之,欢兴尚在,却生伤春之情,月儿上来了,春天也老了。

清平乐

小庭春老。碧砌红萱草[1]。长忆小阑闲共绕。携手绿丛含笑[2]。　别来音信全乖[3]。旧期前事堪猜[4]。门掩日斜人静,落花愁点青苔。

【注释】

①萱草:传说能使人忘忧,又名忘忧,亦作谖草。多年生草本植物,叶细长,花呈漏斗状,红黄色。温庭筠《菩萨蛮》:"闲梦忆金堂,满庭萱草长。"

②含笑:花名。

③乖:隔绝。

④旧期:旧约,从前的盟约。

【赏析】

是词写离愁。前阕忆昔。起首衬以春景,小庭院里处处是春老的景色,青绿的台阶旁边萱草开红花。"萱草",情人意笃心坚的象征。歇拍"长忆小阑闲共绕。携手绿丛含笑。"常常忆起两人安闲无忧地盘桓小栏干,携手徜徉绿丛观赏含笑。"含笑",指人的笑容,当也;指花,亦当也。含笑"有四时花,惟夏中最盛"。但并不等于唯夏中开,而暮春不开。由此,窃以为,既指含笑花,又指人的笑容。

后阕写离愁。"别来音信全乖。旧期前事堪猜。"分别以来,音信隔绝。当初的海誓山盟,以前的欢愉情事,真值得怀疑。"堪猜",写闺中人的心理再也承受不起长期分别、音信全无的折磨,而产生疑心。"门掩日斜人静,落花愁点青苔。"直盼到日斜了,大门掩着人儿静。花儿仿佛还知道愁、懂得替人去愁,一瓣一瓣地坠落在青苔之上。"愁点"字,生动传神,写出落花像愁绪,逐片逐片、一点一点地轻轻坠落,堆积在青苔之上。

凉州令　东堂石榴

翠树芳条飐[1]。的的裙腰初染[2]。佳人携手弄芳菲,绿阴红影,共展双纹簟[3]。插花照影窥鸾鉴[4]。只恐芳容减。不堪零落春晚。青苔雨后深红点。　一去门闲掩。重来却寻朱槛。离离秋实弄轻霜[5],娇红脉脉,似见胭脂脸。人非事往眉空敛。谁把佳期赚[6]。芳心只愿长依旧,春风更放明年艳。

【注释】

①芳条：花枝。

②的的：光鲜明丽的样子。梁简文帝《咏栀子花诗》："素华偏可喜，的的半临池。"

③双纹簟：张敞《东宫旧事》载："太子纳妃有赤花双文簟。"

④鸾鉴：鸾镜。妆镜。

⑤离离：下垂的样子。《诗·小雅·湛露》："其桐其椅，其实离离。"

⑥赚：欺骗。牛峤《应天长》："莫信彩笺书里，赚人肠断字。"

【赏析】

是词咏石榴，抒离情，特点是将咏物对象与人的活动结合，达到"咏"与"抒"的有机结合。

前阕上片写携手赏石榴。石榴青翠的花枝被风儿吹得轻轻地摆动，好像美人初染的光鲜明丽之裙腰在摇曳。两人携手观赏、抚弄着艳丽的芳菲——石榴花；绿叶浓阴、红花丽影之下，一起铺开赤花双纹竹席，摘下石榴花插上她的发髻；拿来鸾镜照看，花面交相映。"只恐芳容减。"就怕美丽的容颜会改变。"只恐"，写两人心理活动，既担心石榴花的"芳容减"，亦担心人的"芳容减"。"不堪零落春晚。青苔雨后深红点。"这是"恐"产生的假设，眼看暮春将至，红花经受不住，会凋零的，一场春雨，那青苔之上会堆积起深红残瓣点点。这个假设，当然不仅仅是言花事，当然亦言人事，这是情浓之时的忧患。

后阕写离情。过片句"一去门闲掩"，他一去之后，她掩门不出。"闲"字，突出佳人的孤寂。"重来却寻朱槛"，她重来寻找朱槛。"离离秋实弄轻霜"，与首句的呼应，由春到秋，石榴树结出累累果实，不可"弄芳菲"了，只能"弄轻霜"。娇红的石榴果含情脉脉，仿佛看到了自己的胭脂脸。"人非事往眉空敛，谁把佳期赚？"石榴树结果，而人之情事并没有结果，"人非事往"令她愁眉紧锁，是谁用佳期来哄骗我。"芳心只愿长依旧，春风更放明年艳！"她的芳心，祈祷以往的柔情蜜意永远依旧，春风又绽出明年石榴花的艳丽。

南乡子

翠密红繁。水国凉生未是寒①。雨打荷花珠不定，轻翻。冷泼鸳鸯锦翅斑。　尽日凭阑。弄蕊拈花仔细看。偷得袅蹄新铸样②，无端。藏在红房艳粉间。

【注释】

①水国：水乡。王维《晓行巴峡》诗，"水国舟中市，山桥树杪行。"

②偷得袅(niǎo)蹄新样：荷花开放如新铸成的马蹄形黄金样。汉代铸金成马蹄形，谓马蹄金。

【赏析】

是词咏莲。前阕写荷。绿叶茂密、红花繁多；水乡清凉顿生，而感觉不到寒意。雨点打着荷花，水珠不定的跳动，阵阵的翻滚，冷不防滴落鸳鸯锦绣斑斓的翅膀之上。后阕写赏莲。过片"尽日"二句，整天凭栏观赏还觉不够，便弄蕊拈花，或许闻香，仔细把赏。"偷得"句，是谁偷得新铸造马蹄金，平白无故地藏在红房艳粉之中，状莲十分形象。

南乡子

雨后斜阳。细细风来细细香。风定波平花映水，休藏。照出轻盈半面妆①。　路隔秋江。莲子深深隐翠房②。意在莲心无问处，难忘。泪裛红腮不记行。

【注释】

①半面妆：《南史·元帝徐妃传》："妃以帝眇一目，每知帝将至，必以为半面妆以俟。帝见则大怒而去。"李商隐《南朝》："休夸此地分天下，只得徐妃半面妆。"

②翠房：莲房。

【赏析】

是词咏莲。前阕选择两个典型环境描写荷花。一是"风来"环境。骤雨过后，天空放晴，夕阳斜照；一阵阵微风吹拂，送来一阵阵荷花幽香。两个"细细"，分别描写夏日雨后之风，描写经雨沐光照而散发之荷花香，抓住了荷塘环境、自然气候的特点，流露出对荷花的喜爱之情。二是"风定"环境。风止了，荷塘波平水静宛如明净之镜，荷花影倒映水面。不要躲藏了，早就照出了轻盈美艳的"半面妆"。"休藏"，用意当是写荷花轻轻摇曳的动感，风虽止，而人感觉不到的空气流动，仍能使荷花颤动，其倒影时隐时现，像是在跟人在躲迷藏，所以说"休藏"。"半面妆"，原是徐妃企图取悦梁元帝的妆扮，用典已非原意，着重描写荷花的侧面之娇美艳丽之态。两种典型环境，分别描写了荷花的幽香与美姿，构成荷花的整体美。

后阕写莲子，寄托秋思。过片"路隔秋江"句，暗寓别离。荷塘通往外边的道路被秋江所隔，字面上说，路被秋江所隔。而人呢，或许也被秋江所隔，不能相聚；"隔"，不是一般的隔，应是远隔、久隔，空间远、时间久的隔离。"莲子"四句，先看字面意思，莲子深深地隐藏在绿色的莲房里，莲心也就无法寻访，难以忘怀。词作运用的是双关、比喻手法，"莲"谐音"怜"，表示怜爱、喜欢；"子"，指人；"莲心"味苦，比喻相思之苦。暗寓的意思是：爱你之情，在心的深处；相思之苦，亦在心的深处，无处诉说；这一切，不能忘。结拍，"泪裛红腮不记行"，从咏荷的题目看，这是以泪湿红腮的美人比喻荷花，红荷上沾着露水，凝成珠儿滚落而下，活像泪湿红腮的美人；从寄托秋思的角度看，这是直接描写美人的相思痛苦的神情动作，泪水在脸上流着，记不清流了几多行。

鹊桥仙

月波清霁①，烟容明淡②，灵汉旧期还至③。鹊迎桥路接天津④，映夹岸、星榆点缀⑤。　云屏未卷⑥，仙鸡催晓⑦，肠断去年情味。多应天意不教长，恁恐把、欢娱容易。

【注释】

①月波：月光如波。卢纶《秋夜同畅当宿潭上西亭》："梢梢寒叶坠，滟滟月波流。"

②烟容：烟云的状态。张祐《题陆敦礼山居伏牛潭》："日彩沉青壁，烟容静碧潭。"

③灵汉：天河。赵彦昭《奉和七夕两仪殿会宴应制》："今宵望灵汉，应得见蛾眉。"

④天津：《晋书·天文志上》，"天津九星，横河中，一曰天汉，一曰天江。"星名。此指鹊桥接通银河处。

⑤星榆：以榆树之花比喻繁星。榆花形状似钱而小，色白成串，因以喻星星。王初《即夕》："风幌凉生白袷衣，星榆才乱绛河低。"

⑥云屏：绘画云饰图案的屏风，此指代闺中人。鹿虔扆《临江仙》："手挼裙带，无语倚云屏。"

⑦仙鸡：葛洪《神仙传》："淮南王安好道。白日升天，时药置庭中，鸡犬舐之，皆得上升，故鸡鸣天上，犬吠云中。"

【赏析】

是词咏七夕。前阕写牛郎织女相会。起首二句写七夕天上的景色，月光如波，好像雨后初般清澈；云雾明净清淡。"灵汉旧期还至"，天河上的佳期又到。"鹊迎桥路接天津，映夹岸、星榆点缀。"乌鹊成群结队搭桥，联结起天津九星，像榆钱般的繁星夹岸。后阕写人间。过片三句，写闺中人七夕之夜，通宵未眠，她倚着云屏，不卷帘幕，直到鸡鸣报晓，回想起去年七夕相会、今年七夕孤独一人，痛苦不堪，心碎肠断。"多应天意不教长，恁恐把、欢娱容易。"想来，多数应该是天意不让长久，如此这般，只怕要将欢娱轻易抛却了。

词作前后对比强烈，委婉地表达，人世间的恋人倒没有天上的牛郎织女幸运。

圣无忧

珠帘卷，暮云愁。垂杨暗锁青楼①。烟雨濛濛如画，轻风吹旋收。　香断锦屏新别②，人闲玉簟初秋。多少旧欢新恨，书杳杳、梦悠悠。

【注释】

①青楼：此指饰以青漆的精致楼舍。牛峤《菩萨蛮》："今宵求梦想，难到青楼上。"

②锦屏：锦绣的屏风。魏承班《玉楼春》："愁倚锦屏低雪面，泪滴绣罗金缕线。"

【赏析】

是词写离愁。前阕写女主人公傍晚凭窗眺望。"珠帘卷，暮云愁。"珠帘卷起，眼前的暮云，好像在发愁。言云愁，其实是人愁，犯愁之人看云，而云亦愁；观景、写景，带着感情色彩。"垂杨暗锁青楼。"垂杨枝繁叶茂，深绿浓暗遮掩青楼；"锁"字，拟人手法，比掩、笼，要生动许多。"烟雨濛濛如画，轻风吹旋收。"烟水濛濛，眼前景物如图画，一阵轻风吹过，雨霁天朗，画卷即刻收起。词作描写了雨前、雨中、雨后景物的变化，由云暗、雨濛，到天晴，色调由暗淡、迷蒙到清朗，暗示主人公观景心情的变化，最后落脚到，"如画"，颇有诗情画意的景色，或许是回忆以往欢愉产生的欣喜；"旋收"，经风儿一吹，马上消失了。后阕写离情。"香断锦屏新别，人闲玉簟初秋。"炉香烧尽了，刚刚在锦屏道别，美人因别而慵懒，正像觉玉簟之清凉而感秋到一样，心中不免清冷孤独。"多少旧欢新恨"，多少往日的恩爱，多少新来的怨恨交织在一起。"书杳杳、梦悠悠。"他杳无音信，我悠悠思梦。

摸鱼儿

卷绣帘、梧桐秋院落，一霎雨添新绿。对小池闲立残妆浅，向晚水纹如縠①。凝远目。恨人去寂寂，凤枕孤难宿②。倚阑不足。看燕拂风檐，蝶翻露草，两两长相逐。　双眉促。可惜年华婉娩③，西风初弄庭菊。况伊家年少，多情未已难拘束。那堪更趁凉景，追寻甚处垂杨曲④。佳期过尽，但不说归来，多应忘了，云屏去时祝⑤。

【注释】

①縠:绉纱。杜牧《江上偶见绝句》:"水纹如縠燕差池。"

②凤枕:饰以凤凰图案的枕头。韦庄《江城子》:"移凤枕,枕潘郎。"

③婉娩:迟暮。韩愈《送湖南李正字归》:"孤游怀耿介,旅宿梦婉娩。"

④甚处:何处,什么地方。

⑤祝:通"嘱",嘱咐。

【赏析】

是词写闺妇秋思。前阕写闺妇三组动作:一是"卷帘"。闺妇卷起绣帘,梧桐到秋,落叶满庭院。一阵骤雨冲洗掉树枝叶上的灰尘,变得润泽光亮,好像添加了新绿一样。二是"闲立"。她对着小池闲立,脸上是残妆浅淡;天色向晚,池面水波如皱纱细纹。三是"远目"。凝情极目,恨人远行而音信寂寂,怨己凤枕孤宿失眠。四是"凭阑"。倚阑看不够,燕子掠过风动的檐帘,蝴蝶飞过沾露的草丛,出双入对常相随,与自己的"凤枕孤难宿"形成对比,的确孤凄。

后阕写秋思。过片"双眉促"句,总述闺妇之苦状。接着写闺妇。"可惜年华婉娩,西风弄庭菊。"她面对西风抚摸庭院的金菊,思绪万千,集结到一点:可惜自己年华迟暮,虽是如菊般坚贞,纯真用情,但青春年华已过。再推测"伊家",只怕对方年少,多情没有尽止,很难约束。又回到自己,既然这样,又加上秋凉的景象,怎么去追寻垂杨曲处的往事呢?昔日之欢爱,已不堪回首。结尾四句,平白如话,一气呵成。佳期全过了,却不说回来,肯定是忘了,离开云屏时的嘱咐了。

此为长调,能铺排有条,层层深入,写景、叙事、抒情溶为一体,具有强烈的艺术感染力。

少年游

去年秋晚此园中,携手玩芳丛①。拈花嗅蕊,恼烟撩雾②,拚醉倚西风。今年重对芳丛处,追往事、又成空。敲遍阑干③,向人无语,惆怅满枝红。

【注释】

①芳丛:花丛。

②"拈花"两句:状写游园美人情态。

③敲:拍打。

【赏析】

是词写秋愁。前阕回忆。"去年秋晚此园中,携手玩芳丛。"去年深秋在这个园林里,携手共赏花丛。两句说明时间、地点、事件;"携手",结伴同行;"玩",游园玩赏;"芳丛",环境氛围,赏心悦目。"拈花嗅蕊,恼烟撩雾,拚醉倚西风。"手把着花朵,就过去嗅花蕊;仿佛是在撩拨逗弄烟雾一般,仿佛是迎着秋风痛饮而大醉一般。生动地描画了一对恋人陶醉于芳丛美景、沉浸于浪漫温情之中的形象。后阕写离愁。"今年重对芳丛处,追往事、又成空。"今年晚秋,重新回到去年两人"玩"之花丛,追忆往昔携手,而今却全然不是。"又"字,含着感慨,含着失落。"敲遍阑干,向人无语,惆怅满枝红",独自一个人将所有栏干都敲拍过,面对满树红花,想着心上人,沉默无语,心中充满惆怅。词作将去年同游的欢愉与今年独游的惆怅,作对比,使愁怨更强烈,颇能打动读者。

少年游

肉红圆样浅心黄[①],枝上巧如装。雨轻烟重,无聊天气,啼破晓来妆。寒轻贴体风头冷[②],忍抛弃、向秋光。不会深心,为谁惆怅,回面恨斜阳。

【注释】

①肉红:肉样红色,此言花瓣。 浅心黄:浅黄色花蕊。

②寒轻贴体:轻寒浸入肌肤。

【赏析】

是词咏秋花。前阕写雨中花。"肉红圆样浅心黄,枝上巧如装。"肉红色花瓣,浑圆的、浅黄色的花蕊,点缀在枝头上,精巧美极,好像经过刻意装扮似的。"雨轻烟重,无聊天气,啼破晓来妆。"细雨轻轻,烟雾重重,这天气令人无聊生厌,那花儿带着雨水凝珠,就像清晨因哭泣被泪水弄破了的新妆一样。后阕续写,"寒轻贴体风头冷,忍抛弃、向秋光",它顶着风头,轻寒袭来,冷冻遍体,尽管如此,却不忍将秋光抛弃。"不会深心,为谁惆怅,回面恨斜阳",不懂得它内心深处的人们,还觉得它在为什么人惆怅,掉过头去怨恨斜阳咧。词作咏秋花,吾乃"不会深心"而浅尝者,此当咏物拟人,比拟情笃意深,却又不为人所理解的女子。

少年游

玉壶冰莹兽炉灰[①]。人起绣帘开。春丛一夜[②],六花开尽[③],不待剪刀催。 洛阳城阙中天起,高下遍楼台。絮乱风轻[④],拂鞍沾袖,归路似章街[⑤]。

【注释】

①玉壶冰莹:玉壶冰晶莹剔透。杜甫《赠特进汝阳王二十韵》:"研寒金井水,檐动玉壶冰。" 兽炉:兽形的香炉。

②春丛:春花,此指雪花。

③六花:六出花瓣。韩婴《韩诗外传》:"草木花多五出,雪花独六出,其数阴也。"贾岛《寄令狐绹相公》:"自著衣偏暖,谁忧雪六花。"

④絮乱:指飞雪。

⑤章街:章台街之简,汉代长安城中街名,街旁多植柳树。

【赏析】

是词咏雪。前阕写雪景。首句写两景,屋檐挂着晶莹剔透的玉壶冰,此室外之景;兽炉里香料烧成了灰烬,此室内之景。两景组合成寒冷氛围。闺中人起来了,卷帘外望。雪花飘了一夜,六出之瓣开尽,不须剪刀裁剪。后阕以柳絮喻雪花。过片二句写洛阳,城阙好像凌空而起,高低之处尽是楼台。轻风之中,雪花如乱飞的柳絮,拂过马鞍,沾人衣袖,这种景象真有点儿像章台街归途的感觉。以柳絮比喻雪花,《世说新语·贤媛》曾有载:"谢太傅寒雪日内集,与兄女讲论文义。俄而雪骤,公欣然曰:'白雪纷纷何所似。'兄子胡儿(谢朗)曰:'撒盐空中差可拟。'兄女(道蕴)曰:'未若柳絮因风起。'公大笑乐。"

鹧鸪天

学画宫眉细细长①。芙蓉出水斗新妆②。只知一笑能倾国③，不信相看有断肠。　双黄鹄④，两鸳鸯。迢迢云水恨难忘。早知今日长相忆，不及从初莫作双⑤。

【注释】

①宫眉：宫中流行的细长眉样。

②芙蓉出水：形容妇女容颜之美。

③黄鹄：即天鹅。

④从初：当初。

【赏析】

是词写相思。前阕写女主公貌美而自信。她学着宫中流行的式样，描画细细长长的蛾眉。她如出水芙蓉般的清丽，再加上新妆，就更美艳了。只知道自己一笑，美色足以令国人倾倒，却从来不相信，有肠断事情的存在。后阕写女主人公失"双"而痛苦。过片"双黄鹄，两鸳鸯"，以黄鹄、鸳鸯起兴，以"双"、"两"喻长相厮守。"迢迢云水恨难忘。"迢迢云水，漫漫路途，怨恨难以忘却。"早知今日长相忆，不及从初莫作双。"早知道今日要常常承受相思的痛苦，不如当初不作成双成对。

千秋岁

罗衫满袖，尽是忆伊泪。残妆粉，馀香被。手把金尊酒，未饮先如醉。但向道①，厌厌成病皆因你。　离思迢迢远，一似长江水。去不断，来无际。红笺著意写②，不尽相思意。为个甚③，相思只在心儿里。

【注释】

①向道：与……说。

②红笺：红色信笺。顾敻《荷叶杯》："红笺与寄表情深。"　著意：刻意。

③为个甚：为了什么。

【赏析】

是词写相思。前阕起首便写相思泪。"罗衫满袖，尽是忆伊泪。"我罗衫的衣袖，全都是想念你而流的泪水。"残妆粉，馀香被。"醒而未起，已哭成个泪人儿。"手把金尊酒，未饮先如醉。"起来了，手持着金杯美酒，未饮就先好像醉了一样。"但向道，厌厌成病皆因你。"我可是对你说呀，厌厌成病都全是因为你！过片接上继续"独白"。痛苦离别的思绪迢迢远去，一泻千里就像那长江水，奔流而去的滔滔不绝，滚滚而来的无穷无际。展开信笺，我刻意地去写，也写不尽那相思。因为什么？因为相思在我心里边，言语怎么表达得了呢？词作的抒情主体是女子，虽用自述式，叙事抒情，感情强烈，但"男代闺音"的痕迹明显。

千秋岁

画堂人静，翡翠帘前月①。鸾帷凤枕虚铺设②。风流难管束，一去音书歇。

到而今，高梧冷落西风切。　未语先垂泪，滴尽相思血[3]。魂欲断，情难绝。都来些子事[4]，更与何人说。为个甚，心头见底多离别[5]。

【注释】

①翡翠帘：饰以翡翠的帘子。

②鸾帷：绣鸾凤纹饰的帷幔。　虚铺设：白白地摆设。

③"未语"两句：话还未说，就先落泪。滴下来的全都是相思血。《韩非子·和氏》："（卞）和乃抱璞而哭，三日三夜，泪尽而继之以血。"

④都来：张相《诗词曲语辞汇释》卷三："都来，犹云统统也；不过也；算来也。"　些子：少许，一些。

⑤见底：透底，全部。

【赏析】

是词写相思。开头三句，写环境。画堂里静，人亦静；翡翠帘低垂，静静地对着冷月；鸾帷虚挂，凤枕虚设。环境是这般冷清寂静，主人公孤独无伴。他风流难以管束，一去就杳无音信。到现在，梧桐落叶，西风急切。后阕接上，"未语先垂泪，滴尽相思血。魂欲断，情难绝。"话儿要出口，却先落泪；泪儿流干了，便是相思血。魂儿要断了，而情却难断绝。"都来些儿事，更与何人说。"不过就这么一点点的事儿，连个倾诉的人都没有。为什么呢，因为心里边有数不清的离别苦楚啊。

醉蓬莱

见羞容敛翠[1]，嫩脸匀红，素腰袅娜[2]。红药阑边[3]，恼不教伊过。半掩娇羞，语声低颤，问道有人知么。强整罗裙，偷回波眼，佯行佯坐。　更问假如，事还成后，乱了云鬟，被娘猜破。我且归家，你而今休呵[4]。更为娘行，有些针线，诮未曾收啰[5]。却待更阑，庭花影下，重来则个[6]。

【注释】

①敛翠：绉眉。

②素腰：束素样的细腰。　袅娜：窈窕柔软的样子。温庭筠《菩萨蛮》："柳枝袅娜春无力。"

③红药：红色的芍药花。白居易《伤宅》："绕廊紫藤架，夹砌红药栏。"

④呵：呼唤，呵斥。

⑤诮：责问。　啰：句末语气词。

⑥则个：表示委婉或商量的语气。或为表示动作进行时的语气助词。

【赏析】

是词写男女约会。前阕三句，从男子角度写女子。看着她羞涩涩的皱眉而立，嫩嫩的娇脸搽上薄薄的脂粉，活像束素的腰肢，袅娜多姿。"红药"二句，写男子动作，红色芍药花开的阑干旁边，拦住了道，故意不让她过去。接下去的六句，写女子。她半掩着羞涩，说话声有点儿颤抖，问他："有人知道吗？"一边稍整罗裙，一边暗地里报以波眼，半推半就地同行同坐。过片，"更问"句接上，写矛盾心理。又问，假如这样亲热之后，弄乱发髻，被我娘猜想到了，可怎么办？"我且"五句，我暂且回家去，你不要这么大声说话。离开娘亲出来时，还有些针线活儿未做完。结尾三句，她主动再约：要不这样吧，等到更深人静的时候，庭院花影底下，你再来，怎么样？

于飞乐

宝奁开①，美鉴静②，一掬清蟾③。新妆脸，旋学花添④。蜀红衫⑤，双绣蝶、裙縩鹣鹣⑥。寻思前事，小屏风、仍画江南。　怎空教、草解宜男⑦。柔桑密、又过春蚕。正阴晴天气，更暝色相兼。佳期消息，曲房西⑧、碎月筛帘⑨。

【注释】

①奁：装梳妆用品的小箱子。

②鉴：镜。

③一掬：犹一捧。两手相合所捧的量。清蟾：清亮的月光。传说中月里有蟾蜍，因以蟾指月。

④花添：当指簪花。

⑤蜀红衫：当指蜀地出产的织物所制成的红衣。

⑥"裙縩"句：裙子的下摆绣着双双比翼鸟。縩：带子的末端，此当指裙子的下摆部分。鹣鹣：比翼鸟。《尔雅·释地》："南方有比翼鸟焉，不比不飞，其名谓之鹣鹣。"

⑦宜男：萱草异名。周处《风土记》："怀妊妇人佩其花则生男，故名宜男。"

⑧曲房：当指庭院深处的房子。

⑨碎月筛帘：月光透过帘照进来，如过筛子。

【赏析】

是词写待嫁女子。前阕写试嫁衣。从学妆写起，"宝奁开，美鉴静，一掬清蟾。新妆脸，旋学花添"，打开梳妆用具箱子，精美的镜子明净铮铮亮，像掬住清亮月光。接着"新"的——妇女妆式，很快就学会了，欢喜地将花簪上。"新妆脸"，当然不是未嫁姑娘的妆脸，妇女妆脸对她来说，才是"新"的。接着三句写试着嫁衣，蜀地织料裁剪的红色衣服，绣上双双飞舞的蝴蝶，裙摆下裾绣上一对比翼鸟。"寻思前事"，当指回忆相恋订婚之事。"小屏风、仍画江南。"字面上写屏风所画之景，暗示她将嫁往江南。后阕写心理活动。"怎空"两句，怎么凭空要人，生男就生男呢？"柔桑密、又过春蚕。"写她对出嫁江南的伤悲，《诗·豳风·七月》"春日载阳，有鸣仓庚。女执懿筐，遵彼微行，爰求柔桑。春日迟迟，采蘩祁祁。女心伤悲，殆及公子同归。"朱熹注："故其许嫁之女，预以将及公子同归而远其父母为悲也。"接着，写天气来衬托她心情，"正阴晴天气，更暝色相兼"，现在正是时阴时晴的天气，再加上黄昏天色。"佳期消息"，她心里老是想着出嫁的佳期，时间过得很快。"曲房西、碎月筛帘。"闺房西窗，月光射透帘子，地上是碎碎的月影，象被筛子筛过似的。

鼓笛慢

缕金裙窣轻纱①，透红莹玉真堪爱②。多情更把，眼儿斜盼，眉儿敛黛。舞态歌阑，困偎香脸，酒红微带。便直饶③、更有丹青妙手，应难写、天然态。　长恐有时不见，每饶伊、百般娇骏④。眼穿肠断，如今千种，思量无奈。花谢春归，梦回云散，欲寻难再。暗消魂，但觉鸳衾凤枕，有馀香在。

【注释】

①窣：下垂曳地。韦庄《清平乐》："云解有情花解语，窣地绣罗金缕。"

②透红莹玉：薄纱透露肌肤如红玉。

③直饶：纵使。王禹偁《战城南》："直饶侵到木叶山，争似垂衣施庙算。"

④娇騃：娇痴，憨态。

【赏析】

是词写相思，主人公是男子。前阕写记忆中的美艳女子。她穿着轻纱缕金线拖地长裙，薄纱隐约透出润莹如红玉的肌肤，真可爱。多情通过眼儿斜盼，眉儿微敛来表达。美妙的舞态、清脆的歌声，在结束的时候，困乏留在香脸，经酒力催起微微的红晕，更使人可怜。便是纵然高明的画家，应该难以摹写刻画天生丽质。后阕写思念。"长恐"二句，常常担心有时候见不着她，每每饶让，任由百般撒娇扮憨。而现在呢，无论怎样望双穿眼，痛苦肠断，千种思量，也是无可奈何了。花落春归去，梦回云雨散，要寻找呀，难上难。"暗消魂，但觉鸳衾凤枕，有馀香在。"暗地里魂飞魄散似的，只是觉得鸳衾凤枕，好像当时的余香还在。

看花回

晓色初透东窗，醉魂方觉①。恋恋绣衾半拥，动万感脉脉②，春思无托③。追想少年，何处青楼贪欢乐。当媚景④，恨月愁花，算伊全妄凤帏约⑤。 空泪滴、真珠暗落。又被谁、连宵留著。不晓高天甚意⑥，既付与风流，却恁情薄。细把身心自解，只与猛拚却⑦。又及至、见来了，怎生教人恶⑧。

【注释】

①醉魂：醉酒如梦的幻觉。韩愈《答张徹》："怪花醉魂馨。"

②万感：感触良多。谢灵运《入彭蠡湖口》："千念集日夜，万感盈朝昏。"

③春思：春天的情绪。

④媚景：喜人的风景。

⑤凤帏约：与情人约会。 凤帏：绣有凤凰图案的帏幕。妇女所居之处，此指代情人。

⑥高天：上天。杜甫《题郪县郭三十二明府茅屋壁》："频惊适小国，一拟问高天。"

⑦拚却：豁出去。"拚"亦写作"判"。晏几道《鹧鸪天》："彩袖殷勤捧玉钟，当年拚却醉颜红。"

⑧怎生：宋时口语，怎样。

【赏析】

是词写相思。前阕开头五句，写主人公醉魂初醒之春思。一大早，晓色晨光射透东边纱窗，她从醉酒如梦的幻觉中初醒过来。依恋不舍地、半身拥抱绣被躺着，心中涌动万般情绪，眼睛凝视含情脉脉，春日情思，没有可寄托之处。从动作、神情、心理刻画主人公形象。"追想少年，何处青楼贪欢乐。"回想起"少年"情人，却不知他又到哪一家青楼寻欢作乐去了。这是或许是"少年"日渐疏远了她，所以才有这种推测；现在，她孤单一人，独自伤情。"当媚景，恨月愁花，算伊全妄凤帏约。"面对美景，反而痛苦，见月恨月，看花愁花；我清楚明白了，你以往全是使用虚妄手法，编造"凤帏约"来诳骗人。

过片写伤心落泪。她暗自伤心流泪，就像断线珍珠似的滴落。"又被谁、连宵留著。"与前阕呼应，猜测"少年"的行踪，他可能又被谁，一宿接一宿地留下了。接着发泄对老天及"少年"的埋怨情绪，真不晓得老天爷什么用意，既然赋予他风流本性，但是又如此薄情！"细把身心自解，只与猛拚却。"反复仔细思量，只有将身心自我解脱了，痛下决心豁出去，割断这段情缘。“又及至、见来了，怎生教人恶。”但是，又想到假如他再回来，见了面，怎么能让人怨恨得起来呢。

蝶恋花

几度兰房听禁漏①。臂上残妆②，印得香盈袖。酒力融融香汗透，春娇入眼横波溜③。　不见些时眉已皱。水阔山遥，乍向分飞后④。大抵有情须感旧。肌肤拚为伊销瘦。

【注释】

①兰房：美称闺房。韦庄《江城子》：“髻鬟狼籍黛眉长，出兰房，别檀郎。”

②臂上残妆：胳臂上所留下的宿妆印痕。

③春娇：女子娇美的姿态。元稹《连昌宫词》：“春娇满眼睡红绡，掠削云鬟旋装束。”横波溜：眼波闪动。

④乍：张相《诗词曲语辞汇释》：“乍，犹恰也；正也。” 分飞：分别。孟浩然《送从弟邕下第后寻会稽》：“落羽更分飞，谁能不惊骨。”

【赏析】

是词相思，主人公是男子。前阕回忆。多少回两人在闺房里，听着宫中铜壶滴漏之声，度过不眠之夜；手臂胳膊上常常印上她残妆的脂粉，印痕堆积，满袖芳香。喝酒几杯，酒力上来，浑身和暖，浸出香汗，姿态娇美，眼眸溜转如秋水波横。后阕写怀念。过片，“不见些时眉已皱”，短暂的分别，就使人相思而皱眉。“水阔山遥，乍向分飞后。”进一层写离别，现在两人远隔千山万水，正好像劳燕分飞之后。“大抵有情须感旧。肌肤拚为伊消瘦。”大凡那些有情人都必然是念旧的。自己要舍以肌肤，为她消瘦。

蝶恋花　咏枕儿

宝琢珊瑚山样瘦①。缓髻轻拢②，一朵云生袖。昨夜佳人初命偶③，论情旋旋移相就④。　几叠鸳衾红浪皱。暗觉金钗，磔磔声相扣⑤。一自楚台人梦后⑥，凄凉暮雨沾茵绣⑦。

【注释】

①“宝琢”句：枕头，古人称“山枕”。将红珊瑚宝物雕琢成高而瘦的山枕。

②缓髻轻拢：动作缓缓地梳理髻发，轻轻地拨扰云鬓。

③命偶：正当好运相值。白居易《渭村退居……一百韵》：“命偶风云会。”此指婚配而言。

④旋旋：犹言缓缓。白居易《和韩秀才寻梅花同饮见赠》：“歌声怨处微微落，酒气醺时旋旋开。”

⑤磔磔：象声词。

⑥楚台：用宋玉《高唐赋序》“阳台”之意。

⑦茵绣：锦绣垫褥。

【赏析】

是词写初婚。前阕首句“宝琢珊瑚山样瘦”，写枕头之华贵，点题。“缓髻轻拢，一朵云生袖。”写女子清晨枕袖而卧，缓缓地轻轻地拨拢发髻，然后臂贴枕头躺卧，那乌黑发亮的鬓发如一朵云缭绕着衣袖。“昨夜佳人初命偶,论情旋旋移相就。”补述初婚之夜,昨夜是美人初婚,两人渐渐地情浓意切,慢慢地接受对方的爱意。后阕,以“红浪皱”、金钗“磔磔”叩击声、“楚台”、“暮雨”状写性爱。

蝶恋花

一掬天和金粉腻①。莲子心中,自有深深意。意密莲深秋正媚,将花寄恨无人会。　桥上少年桥下水。小棹归时,不语牵红袂。浪溅荷心圆又碎。无端欲伴相思泪。

【注释】

①天和:天然未加修饰的和谐统一。

【赏析】

是词咏莲,寄托相思之情。前阕写荷花。首句“一掬天和金粉腻”,赞美荷花的天然无雕饰的“金粉腻”之美。莲子长在莲房心中,自有深层的含意。而含意又周密地藏在莲房深处,秋光正明媚。如果光是将莲花作为怨恨寄去,是没有人能够知道理解的。但是词作运用比喻、双关的手法,将咏莲与写人紧密结合,如赞荷花之美,亦是赞主人公,“金粉腻”既指金黄色花瓣润泽而细腻,也是写美人的天生丽质。“莲子”的“莲”,谐音怜爱的“怜”;莲心比喻美人之心,怜爱的一片苦心。后阕写采莲女的情思。过片,“桥上少年桥下水”,写采莲女的偶然所见,桥上有一位少年,好像在看着桥下的荷塘秋水。也许这位少年与采莲女相识,也许这位少年的风采打动了采莲女的心……“小棹归时,不语牵红袂。”采莲女划动小船要归去的时候,荷叶荷花含情不语地牵住了她的红色衣袖。“浪溅荷心圆又碎,无端欲伴相思泪。”船头激起的浪花溅到荷叶盘心,汇成圆珠,一会散开,成为碎珠,滚落下来。好像无缘无故的要陪伴采莲女流下相思之泪。

蝶恋花

百种相思千种恨。早是伤春,那更春醪困①。薄幸辜人终不忿②,何时枕畔分明问。　懊恼风流心一寸③。强醉偷眠,也即依前闷④。此意为君君不信,泪珠滴尽愁难尽。

【注释】

①那更:张相《诗词曲语辞汇释》:“那更,犹云况更也,兼之也。”春醪:春天酿的浊酒。陶潜《停云》:“静寄东轩,春醪独抚。”

②不忿:不服气。嫉妒。“忿”同“愤”。牛峤《杨柳枝》:“不愤钱唐苏小小,引郎松下结同心。”

③懊恼:悔恨。皇甫松《天仙子》:“懊恼天仙应有以。”　心一寸:即寸心。

④依前:依旧,像以前一样。

【赏析】

是词伤春。前阕写伤春怨恨。首句抒情,百种相思与千种怨恨交织在一起。“早是伤春,那更春醪困。”早就有伤春之心,再加上被春酒所困而病酒恹恹。“薄幸辜人终不忿。何时枕畔分明问。”薄幸郎辜负了别人的行为,实在令人不满。什么时候要在枕边问明白。

"枕畔","不忿"中盼着重逢相。后阕诉愁。过片"懊恼风流心一寸",后悔为了情爱而劳役自己的身心。"强醉偷眠,也即依前闷。"强行将自己灌醉酒,以求得好入睡,也仍然像以前那样烦闷。"此意为君君不信。泪珠滴尽愁难尽。"这种爱恨交织的相思,全是因为你造成的,可是你却不相信。泪珠滴尽了,而愁怨却难以消尽。

武陵春

宝幄华灯相见夜[1],妆脸小桃红。斗帐香檀翡翠笼[2]。携手恨匆匆。　金泥双结同心带,留与记情浓。却望行云十二峰[3]。肠断月斜钟。

【注释】

①宝幄:贵重的帐子。李白《捣衣篇》:"横垂宝幄同心结。"

②斗帐:其形如斗的小帐。萧纪《晓思诗》:"炉烟入斗帐,屏风隐镜台。"　香檀:指枕头。　翡翠:指被。《楚辞·招魂》:"翡翠珠被,烂齐光些。"　笼:罩,掩。李商隐《无题》:"蜡照半笼金翡翠。"

③十二峰:巫山十二峰。陈耀文《天中记》:"巫山十二峰曰望霞、翠屏、朝云、松杏、集仙、聚鹤、净坛、上升、起云、飞凤、登龙、圣泉。"

【赏析】

是词写恋情。前阕写相会。首句写相见的环境、时间,夜里,华灯与宝幄相辉映。"妆脸小桃红",妆容美艳如小桃红。斗帐子里,香檀枕、翡翠被。"携手恨匆匆",携手渡爱河,只怨时间匆匆而过。后阕写临别。"金泥双结同心带,留与记情浓。"送他用金泥带、亲手织编的一对同心结,留给他,牢记浓情密意。"却望行云十二峰。"遥想他滞留行云十二峰。而我却"肠断月斜钟",痛苦难眠到天明。

梁州令

红杏墙头树,紫萼香心初吐[1]。新年花发旧时枝,徘徊千绕[2],独共东风语。阳台一梦如云雨,为问今何处。离情别恨多少,条条结向垂杨缕[3]。　此事难分付[4]。初心本谁先许。窃香解佩两沉沉,知他而今,记得当初否。谁教薄幸轻相误。不信道、相思苦。如今却恁空追悔,元来也会忆人去。

【注释】

①紫萼:紫色的花托。杜甫《花底》:"紫萼扶千蕊,黄须照万花。"

②徘徊:来回地行走。陶潜《饮酒二十首》之五:"徘徊无定止,夜夜声转悲。"

③缕:比喻下垂的柳条。

④分付:犹言发落。张相《诗词曲语辞汇释》:"石孝友《卜算子》词:'去也如何去,住也如何住,住也应难去也难,此际难分付。'言难发落也。"

【赏析】

是词写离恨。前阕由春景带出离愁。红杏花树墙头开,紫红花托刚刚吐露芳香花蕊。"新年花发旧时枝,徘徊千绕,独共东风语。"新年的花儿开在旧时的枝头之上。独自徘徊花丛千回,好像在和春风对话。"新年"与"旧时"对比,暗示花相似而时过境迁,今日之人已不同旧时之人,"独"字,正是。"阳台一梦如云雨,为问今何处。"阳台一梦就像云飘雨止，只剩下现在在哪里的诘问。“离情别恨多少，条条结向垂杨缕”，离情别恨有几多，一条条都凝结在垂柳柔枝的千丝万缕之上。后阕揭示内心。过片“此事难分付”，这件事情真难了结。“初心本谁先许。”当初是谁先以心相许的？“窃香解佩两沉沉，知他而今，记得当初否。”韩寿偷香与江妃解佩，男女双方情深意切，可知道他现在，记得当初的情景不？“谁教薄幸轻相误。”是谁让他薄幸，这么轻易就将事情耽误了。“不信道、相思苦。如今却恁空追悔，元来也会忆人去。”本来不相信人们说的，相思很痛苦。自己却这样去追悔，原来也会去想念别人。

渔家傲

为爱莲房都一柄[①]。双苞双蕊双红影[②]。雨势断来风色定。秋水静，仙郎彩女临鸾镜[③]。　妾有容华君不省[④]。花无恩爱犹相并。花却有情人薄幸。心耿耿[⑤]，因花又染相思病。

【注释】

①柄：指莲茎。

②“双苞”句：谓并蒂莲花。

③仙郎彩女：指青年男女。

④不省：不理会。

⑤耿耿：心神不安的样子。《诗·邺风·柏舟》：“耿耿不寐，如有隐忧。”

【赏析】

是词写采莲女追求美好婚姻的愿望。前阕描写并蒂莲。“为爱莲房都一柄。双苞双蕊双红影。”啊，美丽可爱的一柄莲花莲房，一双花苞、一双花蕊、一双红影。“都一柄”，都长在同一枝荷茎上，三个“双”字，所写正是并蒂莲。唐代大诗人如王勃的《采莲曲》“莲花复莲花，花叶何重叠。……牵花怜共蒂，折藕爱莲丝。”杜甫的《进艇》：“俱飞蛱蝶元相逐，并蒂芙蓉本自双。”都是咏并蒂莲的。并蒂莲，象征恩爱的夫妻、好合的男女，是对美好婚姻的比喻。“雨势断来风色定。秋水静，仙郎彩女临鸾镜。”雨势歇止，风停定，荷塘里秋水平静，并蒂莲活像仙郎彩女依偎相亲，临照鸾镜。后阕写相思。“妾有容华君不省”，我有美丽如花的容颜，而你一点也不察觉。“花无恩爱犹相并。花却有情人薄幸。”从两角度，将花与人作比较。如果说花儿不懂得恩爱，却像恩爱之人相依并蒂；这样看来，花儿却是有情的，但是有些人却薄幸负心。“心耿耿，因花又染相思病。”我的心神不安起来，因为花儿，又染上了相思病。

渔家傲

昨日采花花欲尽。隔花闻道潮来近[①]。风猎紫荷声又紧[②]。低难奔[③]。莲茎刺惹香腮损。　一缕艳痕红隐隐。新霞点破秋蟾晕[④]。罗袖挹残心不稳[⑤]。羞人问。归来剩把胭脂衬[⑥]。

【注释】

①潮：潮汐之潮。

②猎：风声。此指吹动。刘禹锡《观柘枝舞》：“神飙猎红蕖，龙烛映金枝。”

③奔：原指快跑。此指快驶。

④新霞点破：面部被划伤，出血染脸。 秋蟾晕：秋月有晕。比喻采莲女的脸。

⑤罗袖挹残：罗袖被扯破。

⑥"归来"句：归来之后，只是搽涂上胭脂将伤痕衬托，让人看不出来。

【赏析】

是词写采莲女。昨天采莲快要结束的时候，隔着荷花听闻涨潮响声渐来渐近，风儿吹动荷塘的响声越来越急，荷花荷叶低，船儿难快驶，不小心被莲茎的绿刺划破了香腮。脸上一道红艳艳的划痕，隐隐约约，活像一抹新霞点破了秋空的明月。唉呀，连罗纱衣袖也被扯破了，心里更不安起来，羞于有人问起。回到家，往脸上抹了一层厚厚的胭脂，将"艳痕"遮盖住，形象地描绘出少女的天真无邪。

渔家傲

一夜越溪秋水满。荷花开过溪南岸。贪采嫩香星眼慢[①]。疏回眄[②]，郎船不觉来身畔[③]。 罢采金英收玉腕[④]，回身急打船头转。荷叶又浓波又浅。无方便。教人只得抬娇面。

【注释】

①星眼：闪亮如星星的眼睛。阎选《虞美人》："月娥星眼笑微频。" 慢：通"曼"。妩媚，流盼。

②眄：顾盼。回头看。

③郎船：情郎驾驶的船。

④罢采：停手不再采摘。 金英：金黄色的荷花。 玉腕：如玉的手腕。温庭筠《河传》："红袖摇曳逐风暖，玉腕，肠向柳丝断。"

【赏析】

是词写采莲女与情郎相遇。一夜之间越溪秋水涨满，荷花盛开，一直开到了溪的南岸。采莲女"贪婪"地采摘嫩嫩的荷花，星眼闪光的流盼前方，疏忽了回头看。蓦然，情郎的小船不知不觉地来到身边。"不觉"二字：出乎意料，突然其来？明知他来，故作不知？原已有约，早在期盼？不管如何，他的出现，使她高兴。停住了采莲，收回玉手。回过身子，赶紧掉转船头。"急"字，应当是连接三个动作：停采、缩手、掉船。荷叶浓密，挡船道；溪水浅，搁小船。"这里不方便啊！"弄到她，只好抬起娇美的面对他说。

渔家傲

近日门前溪水涨。郎船几度偷相访。船小难开红斗帐。无计向。合欢影里空惆怅[①]。 愿妾身为红菡萏。年年生在秋江上。更愿郎为花底浪。无隔障。随风逐雨长来往。

【注释】

①合欢：此指合欢莲。柳宗元《礼部贺白龙青莲花合欢莲子黄瓜表》："伏见今月日……又出西内定礼池中青莲花并神龙寺前合欢莲子示百僚。"

【赏析】

是词写采莲女心愿。近日门前的溪河水涨,情郎的船只几次暗中来访。郎船太小,难以挂上小斗帐。无计可施,奈何不得。处在合欢莲的月影下,惆怅无限。后阕,是采莲女安慰情郎:希望我化为红莲花,年年生在秋江之上;愿你化为花底下的浪。这样就没有阻隔和障碍了,不管风吹雨打都可以常常来往了。

渔家傲

妾解清歌并巧笑①,郎多才俊兼年少。何事抛儿行远道②,无音耗③,江头又绿王孙草④。　昔日采花呈窈窕,玉容长笑花枝老⑤。今日采花添懊恼,伤怀抱,玉容不及花枝好。

【注释】

①巧笑:美好的笑。此指会心一笑。《诗·卫风·硕人》:"巧笑倩兮,美目盼兮。"

②儿:女子自指。

③音耗:音信。

④王孙草:多年生草本,五六月时,茎顶着一花,色淡黄,根供药用。

⑤玉容:形容女子美好的容貌。陆机《拟西北有高楼诗》:"玉容谁能顾,倾城在一弹。"

【赏析】

是词写采莲女的懊恼。我懂得清歌,我知道会心一笑,你年青英俊又有才华,为了什么事要离我而远行呢?而且一去无音信。现在,江边上王孙草已返绿。过去,我采莲花呈现出窈窕容貌与身段,玉容常笑莲花老;今日,我采莲花却增添懊恼,伤情感怀,玉容已经不及花枝姣好了。

是调五首,当为联章,从不同的角度和侧面刻画采莲女的形象,颇具花间风格。

一斛珠

今朝祖宴。可怜明夜孤灯馆①。酒醒明月空床满,翠被重重②,不似香肌暖。　愁肠恰似沉香篆③。千回万转萦还断。梦中若得相寻见。却愿春宵,一夜如年远。

【注释】

①明夜:半夜。许浑《送崔珦入朝》:"月斜松桂倚高阁,明夜江南江北人。"

②翠被:绣有翡翠鸟图案的被子。

③沉香篆:用沉香制的如篆字形的香。

【赏析】

是词写离愁,主人公为男子。前阕写夜半旅馆孤独。今朝的送行筵席告别了情人,当晚在旅馆投宿,很凄凉、可怜,半夜里孤灯相伴。酒醒过来,明月清辉照满床,翠被层层,不似香肌那样温暖。后阕写愁绪盼梦见。过片言离愁,愁肠好似篆字沉香炷,千回万转萦绕着,痛苦欲绝。"梦中若得寻相见。"梦境之中如果能寻找到,与情人相见,真的相见是没有可能的了,但求梦见,其相思确也逼切。梦见了,"却愿春宵,一夜如年远",却愿意当作春宵来过,这一夜能漫长如年。

惜芳时

因倚兰台翠云亸[1]。睡未足、双眉尚锁。潜身走向伊行坐[2]。孜孜地[3]、告他梳裹[4]。　发妆酒冷重温过[5]。道要饮、除非伴我。丁香嚼碎偎人睡[6]。犹记恨、夜来些个[7]。

【注释】

①兰台:台名。故址在今湖北钟祥。传说楚襄王曾游于此。此借指楼台。 翠云亸:美人乌黑长发下垂。 亸:下垂。

②孜孜:仔细地、不停地。

③梳裹:梳理头发,包裹头巾。

④伊行:她那里。行,指处所,这里,那里。

⑤发妆:犹言精心梳洗妆成。

⑥丁香:又名鸡舌香。古人常含口中,以去秽气。

⑦些个:义同"些子"、"些儿"。

【赏析】

是词写情爱。前阕写晨起。先写女子起床情状。女子起床,斜倚兰台,乌亮长发如云,披肩下垂;昨夜睡眠不足,双眉微锁,尚未展开。"潜身走向伊行坐。"写男子动作,捏手捏脚、偷偷地走近她、尾随她行行坐坐。"孜孜地、告他梳裹。"耐心细致、反复不断地劝她梳洗妆扮。后阕写女子撒娇作态。"发妆酒冷重温过。"她梳发化妆慢悠悠的,酒凉了再温,温了又凉,凉了重温……"道要饮、除非伴我。"你说要喝酒吗,除非你陪伴我一起饮。"丁香嚼碎偎人睡。犹记恨、夜来些个。"嘴里嚼着鸡舌香,两人依偎歇息,她似乎还记恨昨夜里的那点事儿。

洞仙歌令

楼前乱草,是离人方寸[1]。倚遍阑干意无尽。罗巾掩,宿粉残眉[2]、香未减,人与天涯共远。　香闺知人否,长是厌厌,拟写相思寄归信。未写了,泪成行、早满香笺。相思字、一时滴损。便直饶、伊家总无情[3],也拚了一生,为伊成病。

【注释】

①宿粉残眉:昨夜搽的脂粉,描画的眉毛。

②伊家:张相《诗词曲语辞汇释》:"伊,第二人称之辞,犹云'君'或'你',与普通用如'他'字者异。……亦作'伊家'。"

【赏析】

是词写离愁。比喻开头。"楼前乱草,是离人方寸。"画楼前的乱草丛,就是离人的心。"乱",言草乱,亦言心乱。"离人",受离愁别绪所困之人,女主人公自指。"倚遍阑干意无尽。"倚靠栏干远望,意绪无尽。这是对前二句的补述。"罗巾掩,宿粉残眉、香未减,人与天涯共远。"罗巾掩面抹泪,隔夜的剩粉残眉,芬香虽然未有减退,心上人却与天涯一样远。后阕过片"香闺知人否?"设问,是问心上人,你知道香闺中还有人不?意思是,你忘记了我没有？“长是厌厌，拟写相思寄归信。”相思长期折磨而精神不振，而今强作精神，打算将相思写下寄给你，劝归来。“未写了……一时滴损。”未写完，眼泪却已成行，早就滴湿香笺；那相思字句，一时间全被泪水浸损。“便直饶、伊家总无情，也拚了一生，为伊成病”，即使你这样无情无义，我也要拚此一生，为爱你成病，亦心甘情愿。

洞仙歌令

情知须病[1]，奈自家先肯。天甚教伊恁端正。忆年时、兰棹独倚春风[2]，相怜处[3]、月影花光相映。　别来凭谁诉，空寄香笺，拟问前欢甚时更[4]。后约与新期，易失难寻，空肠断、损风流心性[5]。除只把、芳尊强开颜，奈酒到愁肠，醉了还醒。

【注释】

①情知：感情到了交好、相契的程度。

②兰棹：木兰做的船桨。此以船桨指代船。

③甚时：什么时候。　更：再，重。

④心性：本心。杜甫《愁》：“盘涡鹭浴底心性，独树花发自分明。”

【赏析】

是词写相思。前阕写情知。“情知须病 ，奈自家先肯。”情到浓时一定会犯相思病，无奈呀，那是我自己首先情愿的。“情知”，情到交好、相契之深处，感情专注，态度坚定。“天甚教伊恁端正。”有什么办法呢，老天爷为什么将他塑造得如此端正？“忆年时、兰棹独倚春风，相怜处、月影花光相映。”回忆起那年这个时节，俩个儿同划木兰桨，仿佛是在独享和煦的春风，相互爱慕亲热之处，有月影花光相陪伴。后阕过片“别来凭谁诉”，离别之后，向谁倾诉呢。“空寄香笺，拟问前欢甚时更。”写信也是徒然，何必再问：以前的欢愉何时能再来？“后约与新期，易失难寻，空肠断、损风流心性。”别后的约定与最近的约期，容易消失，难以相寻，白白落个断肠痛苦，损害风流本性。“除只把、芳尊强开颜，奈酒到愁肠，醉了还醒。”惟有手把芳尊痛饮，强作欢颜；可是怎奈酒浇愁肠，醉了还醒，醒了又醉，再醉再醒……借酒浇愁，愁更愁。

鹊踏枝

一曲尊前开画扇。暂近还遥[1]，不语仍低面。直至情多缘少见。千金不直双回眄[2]。　苦恨行云容易散。过尽佳期，争向年芳晚[3]。百种寻思千万遍。愁肠不似情难断。

【注释】

①暂：与便相对，刚刚。白居易《和高仆射罢节度让尚书授少保分司喜遂游山水之作》：“暂辞八座罢双旌，便作登山临水行。”此与“还”相对，是“刚……又……”句式。

②直：通“值”。

③争向：怎奈。王建《酬赵侍御》：“别来衣马从胜旧，争向边尘满白头。”　年芳：美好的春色。李商隐《判春》：“一桃复一李，井上占年芳。”

【赏析】

是词写倾慕歌女，主人公是男子。前阕写歌女。她在酒宴上摇舞着画扇，清唱一曲。表演时刚到跟前，又退到后面，歌声忽近忽远地飘荡，听众仿佛进入缥缈的音乐境界；歌罢时低头不言语。“直至情多缘少见。千金不直双回眄。”她的表演令自己感情越来越投入，被深深地打动，而忘掉给她“缠头”，失去了再次见面的缘分。呀，千金也难换她那回眸媚笑。后阕写相思。痛苦地悔恨与她深交的机会就这样丢掉了，过尽了佳期，怎奈大好春光已经近晚。“百种寻思千万遍。”百种相思重复千万遍，亦徒劳。结句，“愁肠不似情难断”，心中愁苦断了肠，也要将这段深情永留。

品 令

渐素景[1]。金风劲。早是凄凉孤冷。那堪闻、蛩吟穿金井[2]。唤愁绪难整。　懊恼人人薄幸。负云期雨信[3]。终日望伊来，无凭准。闷损我、也不定[4]。

【注释】

①素景：秋景。古代五行学说以西方庚辛金配秋季，其色白，故称秋季为素秋，秋景为素景。

②蛩：蛩，蟋蟀。白居易《禁中闻蛩》：“西窗独暗坐，满耳新蛩声。”

③云期雨信：此言佳期的信息。

④不定：不住，不止。

【赏析】

是词写秋思。前阕写秋景。秋景渐渐的浓重了，金风劲吹，已经使人感到孤苦凄冷，又怎能经受得了那从金井里传出来的寒蛩鸣叫声，唤起了心中的愁绪，真叫人难以对付。后阕抒情。真恼恨那薄幸的人儿，辜负了多少佳期。整日盼归来，没有个准儿。不住地令自己心头愁闷，身子损伤。

燕归梁

风摆红藤卷绣帘[1]。宝鉴慵拈。日高梳洗几时忺[2]，金盆水、弄纤纤。　髻云谩亸残花淡[3]。和娇媚、瘦岩岩[4]。离情更被宿酲兼。空惹得、病厌厌。

【注释】

①红藤：藤木，茎可作手杖。

②忺(xiān)：惬意，高兴。《方言》：“青、齐呼意所欲为忺。”

③谩亸：长垂。　谩，通“漫”，长。

④岩岩：瘦削的样子。薛能《吴姬十首》：“夜锁重门昼亦监，眼波娇利瘦岩岩。”

【赏析】

是词写离愁。前阕写女主人公的慵怠。首句先勾勒环境，风儿吹动红藤，绣帘高卷。宝镜懒得去拈。日高三竿才起身，梳洗也难得有几回高兴的表情。金盆暖水，只是弄几弄纤纤玉手就算了。过片接写，髻发蓬乱，漫漫长垂，鬓边贴花残旧暗淡。“和娇媚、瘦岩岩。”来一个总述：娇媚而瘦削。她被离情所困，再加上常常是隔夜的酒醉所伤，才惹得如此病厌厌。

燕归梁

屏里金炉帐外灯。掩春睡腾腾①。绿云堆枕乱鬅鬙②,犹依约、那回曾。　人生少有,相怜到老,宁不被天憎。而今前事总无凭。空赢得、瘦棱棱③。

【注释】

①腾腾:迷迷糊糊。

②鬅鬙(péngsēng):头发散乱的样子。曾巩《看花》:"但知抖擞红尘去,莫问鬅鬙白发催。"

③棱棱:消瘦的样子。

【赏析】

是词写春怨。前阕写女主人公春睡。室内环境,画屏后边金炉点燃烟料,绣帐外边亮着兰灯。春夜里,点迷迷糊糊躺睡,黑发绿云散落枕上,乱蓬蓬的。忽然间,隐隐约约地回忆起那一回曾经发生过的事情……后阕过片,直抒怨恨。人世间很少能够相爱到老的,这些人不怕被老天憎恨吗?现在,以前的情事已没有了凭证,徒然弄得瘦骨棱棱的样子。

圣无忧

相别重相遇。恬如一梦须臾①。尊前今日欢娱事,放盏旋成虚②。　莫惜斗量珠玉,随他雪白髭须。人间长久身难得,斗在不如吾③。

【注释】

①放盏:放下酒杯。

②斗量珠玉:指韦太守以重金购买歌女泰娘事。刘禹锡《泰娘歌》:"斗量明珠鸟传意,绀幰迎入专城居。"

③斗在不如吾:享受眼前的欢乐,尔不及我。白居易《代梦得吟》:"世上争先从尽汝,人间斗在不如吾。"　斗:享受。　在:眼前,现在。

【赏析】

是词抒写对人生的感悟。前阕感慨离聚。相别之后再重逢。都只不过好像须臾一梦。"恬"字,恬然也,相别亦然,相聚也罢,皆应如此。"尊前今日欢娱事,放盏旋成虚。"尊前痛饮,庆贺今日相聚,这种看似欢娱之事,等到酒杯一放,很快就成为虚幻。后阕过片,用"斗量珠玉"的典故,不惜斗量珠玉,重金买欢,不管人已老,须已白。结尾用白居易诗意,人间是永久的而自身是难以永久的,享受现在的欢愉快乐,你不如我。

锦香囊

一寸相思无著处①。甚夜长难度。灯花前、几转寒更,桐叶上、数声秋雨。　真个此心终难负,况少年情绪。已交共、春茧缠绵②,终不学、钿筝移柱③。

【注释】

①"一寸"句:心中的相思没有着落之处。李商隐《无题》:"春心莫共花争发,一寸相思

一寸灰。” 著:归属。

②春茧缠绵:比喻情意缠绵。

③钿筝移柱:移动筝柱,调整音韵。此比喻变心。

【赏析】

是词写相思。前阕写相思难眠。起首说相思没有着落之处而感到痛苦。“甚夜长难度。”黑夜漫长十分难度。眼看着灯花爆开,耳听着寒更几次报时、秋雨滴落梧桐树叶的响声,震撼着心弦。后阕过片,“真个此心终难负”,表白心声,自己的心,始终不负人。“已交共、春茧缠绵,终不学、钿筝移柱。”自己的恋情已经让它变得同春蚕般缠绵;决不学钿筝玉柱那样可以随意移情易调的。以正反两方面的比喻,表现了对爱情的坚贞。

系裙腰

水轩檐幕透薰风[①]。银塘外[②]、柳烟浓。方床遍展鱼鳞簟[③],碧纱笼。小墀面[④]、对芙蓉。 玉人共处双鸳枕,和娇困、睡朦胧。起来意懒含羞态,汗香融。系裙腰,映酥胸[⑤]。

【注释】

①水轩:临水的房舍。

②银塘:清澈的池塘。梁简文帝《和武帝宴诗二首》之一:“银塘泻清渭,铜沟引直漪。”

③方床:大床。《南史·贺革传》:“革有六尺方床,思义未达则横卧其上。”

④墀面:台阶的地面。

⑤酥胸:白嫩如酥的胸脯。毛熙震《浣溪沙》:“绣罗红嫩抹酥胸。”

【赏析】

是词写情爱。前阕写环境。滨临水面的房舍,檐间帘幕沐浴着轻柔的薰风。清澈的池塘堤岸,杨柳笼烟翠色浓重。大床平展展铺开鱼鳞竹席,上挂碧纱帐。小阶墀正对池塘荷花。从外至内,又由近至远,写水轩、檐帘、薰风、银塘、柳烟、方床、竹席、纱帐、墀面、荷花,以“透”、“浓”、“遍展”、“笼”、“对”状物,勾画温馨浪漫的环境,描写春末初夏的和暖气氛。后阕过片,玉人共处双鸳枕,男女欢爱。女的“娇困”、“朦胧”。起床后“意懒羞态”、“汗香融”、“系裙腰,映酥胸”,艳而不淫。

阮郎归

浓香搓粉细腰肢[①]。青螺深画眉[②]。玉钗撩乱挽人衣。娇多常睡迟。 绣帘角,月痕低。仙郎东路归[③]。泪红满面湿胭脂。兰房怨别离。

【注释】

①搓粉:搽粉。

②青螺:即螺子黛,用以画眉。

③仙郎:美男子。女子称自己的情人。和凝《柳枝》:“鹊桥初就咽银河,今夜仙郎自姓和。”

【赏析】

是词写相聚。前阕写女子。先状体态妆扮,浓烈芳香的脂粉配上细细的腰肢,深重的青黛色画眉。“玉钗撩乱挽人衣。”磨鬓擦厮，把玉钗也弄得撩乱了，还紧紧拉着情郎的衣服。“娇多常睡迟”，娇憨多多的常常睡得很晚。这两句写女子投怀送抱、撒娇作态，表现情感炽烈。后阕过片，写明时间、环境，绣帘的一角，月色低低地透进来，入夜了，环境气氛优雅宜人。“仙郎东路归”，补叙情郎归来。“泪红满面湿胭脂。兰房怨别离。”喜怨交集的眼泪止不住，沾湿脂粉。然而，女子还怨恨别离得太久了。

阮郎归

去年今日落花时。依前又见伊。淡匀双脸浅匀眉①。青衫透玉肌。　才会面，便相思。相思无尽期。这回相见好相知。相知已是迟。

【注释】

①匀：涂抹。　双脸：双颊，两颊。和凝《天仙子》：“翠娥双脸正含情。”

【赏析】

是词写相思。前阕回忆。“去年今日”，时隔一年，记忆犹新，“落花时”，点时是暮春时节。“依前又见伊”，依然像以前那样，又见到了他。“依前又”，说明两人多次相见，而这次相见是最后的一次了。意味着这位女子和她的情人曾多次相聚，彼此的大体印象是不错的，留下的情感体验是温馨的。“淡匀双脸浅匀眉。青衫透玉肌。”写女子与他相见的妆扮。淡淡地涂抹脂粉在双脸，浅浅的画眉；薄薄的青衫透出雪白如玉的肌肤。后阕写分别。“才会面，便相思。”才刚刚会面，即别离；刚别离，就相思了。“相思无尽期。”相思真的无穷无尽。“这回相见好相知。相知已是迟。”“这回”，指的是去年今日的相见，相见之后彼此更相爱。“相知已是迟。”但是相爱已经太迟了。

阮郎归

玉肌花脸柳腰肢①。红妆浅黛眉②。翠鬟斜亸语声低。娇羞云雨时。　伊怜我，我怜伊。心儿与眼儿。绣屏深处说深期③。幽情谁得知。

【注释】

①花脸：如花的容颜。元稹《恨妆成》：“凝翠晕蛾眉，轻红拂花脸。”

②红妆：指妇女的盛妆。以色尚红，故称。《乐府诗集·木兰辞》：“阿姊闻妹来，当户理红妆。”

③深期：相约别后重逢的日期。杜甫《暮春江陵送马大卿公恩命追赴阙下》：“尊前江汉阔，后会且深期。”

【赏析】

是词写幽会。前阕起首两句，描写女子肖像，如玉的肌肤，如花的容貌，如柳枝的细腰，入时的“红妆”，浅浅的画眉。接着写神态动作。依偎时，翠鬟斜斜低垂，说着悄悄话；云雨时，撒娇含羞。后阕续写，你爱我，我爱你，内心的情意通过眼波传递。结拍，他们在绣屏的深处，亲热欢愉，说着什么时候再来幽会。这种幽情密意谁能知晓。

怨春郎

为伊家，终日闷。受尽恓惶谁问①。不知不觉上心头，悄一霎身心顿也没处顿②。 恼愁肠，成寸寸③。已恁莫把人萦损④。奈每每人前道著伊⑤，空把相思泪眼和衣揾⑥。

【注释】

①恓（xī）惶：烦恼不安的样子。宋之问《晚泊湘江》："五岭恓惶客。"

②悄：完全，简直。刘禹锡《送李策秀才还湖南》："悄如促柱弦，掩抑多不平。" 顿：安顿；排解。

③寸寸：指愁肠寸断。

④恁：这样，如此。

⑤每每：屡次。陶潜《杂诗十二首》之五："值欢无复娱，每每多忧虑。"

⑥揾：揩，拭。辛弃疾《水龙吟》："唤取盈盈翠袖，揾英雄泪。"

【赏析】

是词写苦恋。前阕诉说相思苦闷。心中思念你，整日苦闷。受尽烦恼又有谁过问？"不知不觉上心头，悄一霎身心顿也没处顿。"这种苦情总是在不知不觉之中涌上心头，简直使她一时一刻也没有办法安顿排解。过片三句，相思烦恼，愁肠寸断，已经这个样子了，可不要再将人折磨面病呀。结尾，怎么每当在人们面前提起你的时候，总是徒然伤心，以衣袖擦去相思泪。

滴滴金

尊前一把横波溜。彼此心儿有。曲屏深幌解香罗①，花灯微透。 偎人欲语眉先皱。红玉困春酒②。为问鸳衾这回后，几时重又。

【注释】

①曲屏：曲折展开的屏风。 香罗：罗的美称。指代衣服，杜甫《端午日赐衣》："细葛含风软，香罗叠雪轻。"

②红玉：比喻美人肤色。和凝《临江仙》："肌骨细匀红玉软，脸波微送春心。"

【赏析】

是词写欢会。前阕首二句写席间传情。歌筵畅饮的时候，两人眉目传情，一把媚眼横波溜转，彼此之间的心内就装着了对方。"一……"，相当于现代语的"一……就……"句式，生动描述了筵席上两人一见钟情。"曲屏深幌解香罗，花灯微透。"在曲折展开的屏风背后低垂帷幔深处，花灯透射出微亮，解开罗衣相欢。后阕写女子情状，依偎着要说话，却先皱了皱眉头，红玉般的肌肤被春酒泛起红潮。女子问这回鸳衾欢会之后，什么时候能再有。

卜算子

极得醉中眠，迤逦翻成病①。莫是前生负你来，今世里、教孤冷。 言约全无定，是谁先薄幸。不惯孤眠惯成双，奈奴子②、心肠硬。

【注释】

①迤逦：曲折连绵。亦指一路曲折行去。此当指连续不断地，而逐渐积酒成病。

②奴子:奴仆,奴才。指男方。

【赏析】

是词写闺怨。前阕首二句,写闺妇借酒浇愁反成病。"极得醉中眠,迤逦翻成病。"想方设法,尽力使自己酩酊大醉之后沉睡忘愁,可是长此以往却反而得了相思病。"极",竭力而为。"莫是前生负你来,今世里、教孤冷。"这不是自己前世曾经辜负了你,今生里让我孤苦伶仃,寂寞凄清。后阕承上,说好了期约却完全没有兑现。是谁先做出薄幸负心行动的呢。"不惯孤眠惯成双",弄到自己惯了成双眠之后,却不惯孤独而睡。"奈奴子、心肠硬。"无奈你这"奴才",心肠太硬。

感庭秋

红笺封了还重折。这添追忆。且教伊见我,别来翠减香销端的①。　渌波平远②。暮山重叠,算难凭鳞翼③。倚危楼极目,无情细草长天色。

【注释】

①翠减香销:形容女子容颜憔悴消瘦。　端的:确实,果然。晏殊《凤衔杯》:"端的自家心下、眼中人。到处里、觉尖新。"

②渌波:澄澈的水波。王肃之《兰亭诗二首》之二:"渌波转素鳞。"

③鳞翼:鳞指鱼,翼指雁。因以鱼、雁传书,此指代书信。

【赏析】

是词写相思。前阕写拆信添言。"红笺封了还重折。"写好了书信,封口要寄了,却拆开。"还重折",也许是封了拆,拆了封。这一细节描写,生动地表现了主人公相思怀人的内心活动。"这添追忆。"添上许多的追忆,将思念对方的话语都要写进去。"且教伊见我,别来翠减香销端的。"这是最要紧的,让他读信时,如同见到了我,自从分别以来果然是憔悴消瘦了。后阕过片,"渌波平远。暮山重叠,算难凭鳞翼",他在渌波平远、青山重叠之处,鱼雁能将书信传递过去吗?再者鱼雁传书也只不过是传说而已,将书信交付它们,可靠吗?自己的相思情绪真难以传达。结拍"倚危楼极目,无情细草长天色。"她只有登上高楼远眺,所见是细草直连天边,绿草与长天融为一色。"无情"二字,主人公恨草不解人意,在伤心人面前呈现勃勃生机。

满路花

铜荷融烛泪①,金兽啮扉环②。兰堂春夜疑③,惜更残④。落花风雨,向晓作轻寒。金龟朝早⑤,香衾馀暖,殢娇由自慵眠⑥。　小鬟无事须来唤,呵破点唇檀⑦。回身还、却背屏山。春禽飞下,帘外日三竿。起来云鬓乱⑧,不妆红粉,下阶且上秋千。

【注释】

①铜荷:铜制的荷形烛台。欧阳修《春日词五首》之五:"待晓铜荷剪蜡煤。"

②金兽:以兽作图案的门上装饰。　啮:衔。　扉环:门环。

③兰堂:指代闺妇。　春夜疑:春天深夜,狐疑着郎君怎么还不归来。

④惜更残:惜更残夜将尽。

⑤金龟朝早:郎君要上早朝了。 金龟:金饰的龟袋。《旧唐书·舆服志》载,唐代武后时改官员佩带之鱼袋为龟袋,三品以上官员以金饰龟袋。李商隐《为有》:"无端嫁得金龟婿,辜负香衾事早朝。"

⑥殢娇:娇柔。

⑦点唇:涂抹嘴唇。 檀:淡红色,画家七十二色中有檀色,浅赭所合。毛熙震《后庭花》:"歌声慢发开檀点,绣衫斜掩。"

⑧云鬓乱:鬓角紊乱。顾敻《酒泉子》:"画屏欹,云鬓乱,恨难任。"

【赏析】

是词写闺情。前阕写闺妇待夫归,至拂晓才慵眠。首二句写环境,荷形的铜烛台,承接着红烛燃烧流下的蜡脂融泪;兽形门饰静静地衔着环儿,一直没有人拍响。闺妇心中狐疑,夫君在春天深夜怎么还不归来。惋惜更漏残声,一夜将尽。风雨中落花知多少,天将拂晓,增添几分寒意。这个时候,金龟夫君要上早朝了。衾被余暖,由娇柔变成慵懒而睡去。后阕写晨起。过片写丫鬟被唤醒,张嘴打着呵欠。又回过身去,背向屏风再睡。春禽从巢里飞下,帘帷外的太阳升起三竿高了。"起来云鬓乱,不妆红粉,下阶且上秋千。"起床了,云鬓紊乱,不事梳妆,就走下台阶,踏上秋千,一副满腹心事的样子。

好女儿令

眼细眉长。宫样梳妆。靸鞋儿走向花下立着①,一身绣出,两同心字②,浅浅金黄。　早是肌肤轻渺,抱著了、暖仍香。姿姿媚媚端正好③,怎教人别后,从头仔细,断得思量。

【注释】

①靸鞋:陶宗仪《辍耕录》:"西浙之人以革为履而无跟,名曰靸鞋。"无后跟之鞋,犹今拖鞋。

②两同心字:当是两个一组排列的同心字图案。

③姿姿媚媚:当是"姿媚"的叠音,婉美媚人的姿态容貌。柳永《击梧桐》:"香靥深深,姿姿媚媚。"

【赏析】

是词写重逢。前阕写女子。细细的眼睛,长长的画眉,完全是宫中的梳妆打扮。穿着拖鞋走到花下迎待。只见一身衣衫上,绣满金灿灿的同心字。后阕续写。本来是苗条的身段,柔嫩的肌肤,相拥怀中,一股暖流涌起,一阵芳香扑面。妩媚的体态容颜,委实娇美动人。怎么不让人在分别之后,一直在仔细地思念呢。

南乡子

浅浅画双眉①。取次梳妆也便宜②。洒着胭脂红扑面,须知。更有何人得似伊。　宝帐烛残时。好个温柔模样儿③。月里仙郎清似玉④,相期。些子精神更与谁。

【注释】

①"浅浅"句:轻描淡画眉毛,言其淡妆。

②取次:随便。 便宜:便捷适宜。

③温柔:颜色湿润,性情和柔。

④月里仙郎:居于月宫里的神仙美男。指女子眼中的爱人。

【赏析】

是词写相会。前阕刻画少女。用浅浅的色调描画双眉,不经意的梳妆,既便捷,更适宜于她。借助酒力,薄施胭脂的两颊,分外红润。人们都知道是美人儿,世上还有谁可以和她媲美的呢?后阕写幽会。过片"宝帐烛残时",点明欢会的时间。多么娇美的温柔模样,与月里神仙般的美男子"相期"。这样的相会,一定精神得很,还可以与什么人分享呢。

南乡子

好个人人①,深点唇儿淡抹腮。花下相逢、忙走怕人猜。遗下弓弓小绣鞋②。 刬袜重来③,半亸乌云金凤钗。行笑行行连抱得④,相挨。一向娇痴不下怀⑤。

【注释】

①人人:犹人儿。昵称爱的女子。

②弓弓小绣鞋:即弓鞋。古时妇女缠足,穿弓形鞋。毛熙震《浣溪沙》:"缓移弓底绣罗鞋。"

③刬袜:只穿袜子。李煜《菩萨蛮》:"刬袜步香阶,手提金缕鞋。"

④行笑:边行边笑。 行行:走了又走。《古诗十九首·行行复行行》:"行行复行行,与君生别离。"

⑤一向:一味地,执意地。白居易《昭君怨》:"自是君恩薄如纸,不须一向恨丹青。"

【赏析】

是词幽会。前阕首二句写女子妆相。好一个美人儿,口红深深的,两腮脂粉浅浅的。接着写相会初时。她往花下与心上人相会,怕被人发觉,却慌忙跑了,留下了小小的弓鞋。后阕过片,写女子再次回来。"刬袜重来,半亸乌云金凤钗。"过一会儿,她只穿着袜子再回来,黑发低垂,金凤钗也歪着。结尾三句,状写幽会情状。

踏莎行

碧藓回廊①,绿杨深院。偷期夜入帘犹卷②。照人无奈月华明,潜身却恨花深浅。 密约如沉③,前欢未便。看看掷尽金壶箭④。阑干敲遍不应人,分明帘下闻裁剪⑤。

【注释】

①碧藓:绿苔。

②偷期:暗地里约会。

③密约:秘密的约会。韩偓《幽会》:"密约临行怯,私书欲报难。"

④看看:眼看着。 掷尽金壶箭:掷尽了铜壶里记时的箭,指天色将明。 金壶箭:古代计时器漏壶中的标尺。

⑤"阑干"两句:用韩偓《倚醉》:"分明窗下闻裁剪,敲遍阑干唤不应"诗意。

【赏析】

是词写偷期，主人公为男子。首二句既写环境，亦写偷期的行踪，他穿过绿藓的回廊，来到绿杨深院。“偷期夜入帘犹卷。”点明两人是暗地里夜间约会，可是帘儿还卷起。“照人无奈月华明，潜身却恨花深浅。”明亮的月光将人照得清清楚楚，好无奈；要找个地方隐藏起来，又恨那花丛太浅。后阕过片“密约如沉，前欢未便”，前次的秘密约会石沉大海，未可如愿。所以，这次一定要耐心等待。“看看掷尽金壶箭。”眼看着更漏声声，好像天将亮了。心里焦急起来。于是敲拍栏干，“不应人”，女子没有回应。他在帘下清楚地听到裁剪的声音。男子的行动，行动形象地表现出“偷”的特点，最后仍以“未便”而结，还会有第三回吗？

◉集评

王楙《野客丛书》：“欧公又曰：‘栏干敲遍不应人，分明窗下闻裁剪。’此语见韩偓《香奁集》。”

踏莎行

云母屏低，流苏帐小。矮床薄被秋将晓，乍凉天气未寒时，平明窗外闻啼鸟[①]。　困殢榴花[②]，香添蕙草。佳期须及朱颜好。莫言多病为多情，此身甘向情中老。

【注释】

①平明：天正亮。《楚辞·九叹·逢纷》：“平明发兮苍梧。”

②困殢：为……所困扰。

【赏析】

是词写秋思。前阕写闺妇秋夜不眠。以低低的屏风、小小的帐子、矮矮的睡床、薄薄的衾被等等用品，渲染气氛，烘托主人公的孤寂。或许，她一直未眠，到了秋夜拂晓，忽然感到一阵阵清凉微寒袭来，天亮了，窗外传来鸟鸣之声。过片二句，“困殢榴花，香添蕙草”，她为榴花美酒所困，于是点燃蕙草香炷。“佳期须及朱颜好。”婚姻佳期一定要趁青春美丽呀。“莫言多病为多情，此身甘向情中老”，不要说自己多病是由于多情所致，我愿意为情而老。

诉衷情

歌时眉黛舞时腰。无处不妖饶[①]。初剪菊、欲登高。天气怯鲛绡。　紫丝障[②]，绿杨桥。路迢迢。酒阑歌罢，一度归时，一度魂消。

【注释】

①娇饶：妩媚多姿。罗邺《闻友人入越幕因以诗赠》：“稽岭春生酒冻销，烟鬟红袖恃娇饶。”

②紫丝障：以紫丝作成的围屏。《世说新语·汰侈》：“君夫作紫丝布步障碧绫里四十里，石崇作锦步障五十里以敌之。”

【赏析】

是词刻画歌伎。前阕直接描写歌伎。“歌时眉黛舞时腰。无处不妖饶”，歌唱时眉目传情，舞蹈时柳腰轻盈。没有那一处不是妩媚多姿的。“初剪菊、欲登高”，点明这是在秋游登高的演出。“天气怯鲛绡。”天气已经寒凉，她还是穿着鲛绡薄衣。后阕间接描写歌伎。“紫丝障，绿杨桥。路迢迢”，写秋游之奢华盛况，这位歌伎能够参与，可见其身价非一般。结尾处，更通过归时的感受，侧面描写她的色艺俱佳。

词当作于初任洛阳时，秋游为官员或显贵所组织，所写歌伎为随行，可作为了解宋初官妓制度的参考材料读。

诉衷情

离怀酒病两忡忡[①]。攲枕梦无踪。可怜有人今夜，胆小怯房空。　杨柳绿，杏梢红。负春风。迢迢别恨，脉脉归心，付与征鸿[②]。

【注释】

①忡忡：忧虑不安的样子。《诗·召南·草虫》：“未见君子，忧心忡忡。”

②付与征鸿：托给远飞的鸿雁传递信息。张泌《边上》：“戍楼吹角起征鸿，猎猎寒旌背晚风。”

【赏析】

是词写怀人，主人公为男子，身处异乡。前阕起首“离怀酒病两忡忡。攲枕梦无踪。”满腹的离愁别绪与满身的酒病交织在一起，更使人忧虑不安。斜倚着枕头，辗转反侧，即使做梦也没有回乡的踪迹。“可怜有人今夜，胆小怯房空”，可怜有人，即自己的妻子在今夜里，又要因为胆小而惧怕空房孤独了。“可怜”，表达了深情与牵挂。后阕过片，“杨柳绿，杏梢红”，柳绿杏红，又是春天，多么美好的良辰美景。“负春风”，辜负了春风，不能与妻子共享，亦辜负了妻子。“迢迢别恨，脉脉归心，付与征鸿。”自己身处异乡，可以做的只能是将遥远的别恨，绵长的归心，一齐托付给征鸿雁，捎带给她了。

恨春迟

欲借江梅荐饮，望陇驿、音息沉沉[①]。住在柳州东，彼此相思，梦回云去难寻[②]。　归燕来时花期浸[③]。淡月坠、将晓还阴。争奈多情易感，风信无凭，如何消遣初心[④]。

【注释】

①“欲借”三句：用陆机“折梅逢驿，寄与陇头人”句，以言音信不通，不能将“荐饮”之信寄出。　荐饮：荐酒、佐酒。　陇驿：陇山的驿站。借指远地、远方。

②“住在柳州东”三句：借指贬官后怀念友人。　柳州：今广西柳州。柳宗元于唐宪宗元和十年(815)被贬为柳州刺史。

③花期浸：花期逐渐接近。

④初心：犹言初志。吴融《和杨侍郎》：“烟霄惭暮齿，麋鹿愧初心。”

【赏析】

是词赠友之作。据载，词人于宋仁宗景祐三年(1036)，贬夷陵，宋庆历五年(1045)贬滁州。词作有“住在柳州东”之句，当是借柳宗元被贬之事喻己，由此，可推测词作于被贬之地之时。起首两句，用南朝陆机寄梅典故，表达对友人音信不通的怀念。接着两句，用柳宗元事喻自己与友人的情义。后阕应是借“风信无凭”，抒发自己因“初心”而被贬，内心的不平与抑郁无以排解。

盐角儿

增之太长，减之太短，出群风格。施朱太赤，施粉太白，倾城颜色[①]。　慧多多[②]，娇的的[③]。天付与、教谁怜惜。除非我、偎着抱着，更有何人消得[④]。

【注释】

①“增之太长”五句：出自宋玉《登徒子好色赋》：“东家之子，增之一分则太长，减之一分则太短。著粉则太白，施朱则太赤。”　风格：此指仪容风采。李群玉《同郑相并歌姬小饮戏赠》：“风格只应天上有，歌声岂合世间闻。”

②多多：极多。

③娇的的：娇滴滴。

④消得：享受，受用。

【赏析】

是词写男子对美女的倾慕。前阕借用宋玉《登徒子好色赋》之意，描写美人，具出众倾城的仪容风采姿色。后阕写男子爱慕。她聪明伶俐，美丽动人，老天爷托付给谁，爱她怜她？除了我，可以与她相偎相抱之外，更有谁人可以受用的呢。结句，反映出封建社会男权对女性的占有欲。

盐角儿

人生最苦，少年不得，鸳帏相守。西风时节，那堪话别，双蛾频皱。　暗消魂[①]，重回首。奈心儿里、彼此皆有。后时我、两个相见，管取一双清瘦[②]。

【注释】

①消魂：灵魂离散。形容极度伤痛或欢乐，亦作“销魂”。毛熙震《清平乐》：“正是销魂时节，东风满树花飞。”

②管取：张相《诗词曲语辞汇释》卷一：“《江行七日阻风繁昌舍舟出陆》诗：‘管取如今遵陆了，云开风顺水东流。’管取，犹云包得定也。”

【赏析】

是词写相思。前阕写秋别。开头议论。“人生最苦，少年不得，鸳帏相守”，人生最苦痛的，青年不能在鸳帐内相守。“西风时节，那堪话别，双蛾频皱”，说自己正是在西风劲吹的时节，那里经得起离别，双眉紧皱。由一般说到具体，悲秋而更愁别离。后阕过片回顾，暗自消魂，重温以前的欢愉。“奈心儿里、彼此皆有”，内心里，大家彼此都有着你我。“后时我、两个相见，管取一双清瘦”，待到我俩重聚相见的时候，包得定是一对瘦损之人。

忆秦娥

十五六[①]，脱罗裳，长恁黛眉蹙[②]。红玉暖，入人怀，春困熟[③]。　展香茵，帐前明画烛。眼波长，斜浸鬓云绿[4]。看不足，苦残宵、更漏促。

【注释】

①十五六：十五六岁年纪。

②长恁：长期如此。

③春困：酒困而显疲倦。春：烧酒。

④"眼波长"两句：眼波流动，好像流入鬓角。

【赏析】

是词写欢会。起首明言年纪，十五六岁的少女，学着西施的蹙眉之美态。温存的红玉肌肤，相偎情人怀中，就像喝了烧酒那样熟睡。后阕写"展香茵"、燃画烛、送眼波等动作。"看不足"，从男子角度写少女之美。"苦残宵、更漏促。"直至尽更残，总觉未够，而心感苦闷。

少年游

绿云双亸插金翘[1]。年纪正妖饶。汉妃束素[2]，小蛮垂柳[3]，都占洛城腰[4]。　锦屏春过衣初减，香雪暖凝消。试问当筵眼波恨[5]，滴滴为谁娇。

【注释】

①金翘：犹金钗。毛熙震《浣溪沙》："晚起红房醉欲消，绿鬟云散袅金翘。"

②汉妃：即汉女。此指歌女。

③小蛮柳：白居易有家姬樊素善歌，家妓小蛮善舞。尝为诗云："樱桃樊素口，杨柳小蛮腰。"后世以小蛮柳喻女子细腰。

④洛城腰：东汉梁冀妻孙寿作"折腰步"，成为风气。东汉都洛阳，洛城腰当指此。

⑤当筵：面对筵席。

【赏析】

是词咏歌女。前阕写歌女的衣着、体态。绿云双髻低垂，插着金翘首饰，正是妖娆年纪，汉妃般束素、柳枝般的小蛮细腰，舞动起来，那种美艳，就活像当年占尽了洛阳风光的折腰步。后阕写酒后的美艳，锦屏前喝过烧酒，减衣而出，脸上的香雪脂粉好像被和暖的红晕消融而凝聚一处，面对筵席，眼波流长似乎带着恨怨，这是为了谁？

踏莎行慢

独自上孤舟，倚危樯目断[1]。难成暮雨，更朝云散。凉劲残叶乱。新月照、澄波浅。今夜里，厌厌离绪难销遣[2]。　强来就枕，灯残漏永，合相思眼。分明梦见如花面。依前是、旧庭院。新月照，罗幕挂，珠帘卷。渐向晓，脉然睡觉如天远[3]。

【注释】

①危樯：高耸的桅杆。杜甫《旅夜书怀》："细草微风岸，危樯独夜舟。"

②销遣：同"消遣"，排遣，消除。

③脉然：同"默然"，凝视而不语的样子。

【赏析】

是词写游子思乡。前阕写旅途。首句“独自上孤舟”,独自一个人乘坐孤舟,“独”、“孤”二字,突出旅途的孤苦寂寞。“倚危樯目断”,倚着桅杆极目远望家乡。“目断”,眺望目力所能及之处。由独乘孤舟到倚樯远望,自然想到妻室,“难成暮雨,更朝云散”,“目断”所想到的,用宋玉《高唐赋序》朝云暮雨典故,自己身处异乡,难与妻子相见,可谓两处孤独。“凉劲残叶乱”,凉风劲吹,残叶乱舞,一派凄凉的深秋景象。“新月照、澄波浅”,一弯新月初上,照耀着微波轻泛的澄江。“今夜里,厌厌离绪难销遣”,今天夜里,深沉的离愁别绪难以排解。后阕写梦境。过片,“强来就枕,灯残漏永,合相思眼”,无可奈何强迫自己睡下,灯火如豆漏声长长,合上相思眼。“分明梦见如花面。依前是、旧庭院。新月照,罗幕挂,珠帘卷”,直接描写梦境,清清楚楚地见到了妻子如花的面容。依然是旧时的庭院。新月照,罗幕高挂,珠帘卷起。“渐向晓,脉然睡觉如天远”,渐渐的天色将晓,睡觉醒来,默然惆怅,感到自己处在孤舟之上,与家乡妻子如隔天涯之远!前后阕以“新月照”对比,前后对照,眼前的新月,令人凄然;梦中的新月,令人欢愉。

蕙香囊

身作琵琶,调全宫羽①,佳人自然用意。宝檀槽在雪胸前,倚香脐、横枕琼臂②。　组带金钩③,背垂红绶④,纤指转弦韵细。愿伊只恁拨梁州⑤,且多时、得在怀里。

【注释】

①宫羽:五音为宫、商、角、徵、羽。宫,声大;羽,声细。褚遂良《奉和行经破薛举战地应诏》:“天声宫羽调。”

②“宝檀槽”三句:宝檀架弦的槽格那边对着胸前,靠近肚脐,玉臂横放其上。

③组带金钩:丝织的宽带上系着金钩。

④背垂红绶:背上垂下红色的丝带。

⑤只恁拨梁州:只管弹奏《梁州》。　梁州:唐代教坊乐曲名。或作《凉州》。王灼《碧鸡漫志》卷三:“《凉州曲》,唐史及传载,称天宝乐曲,皆以边地为名,若凉州、伊州、甘州之类。”

【赏析】

是词咏琵琶。前阕写琵琶与佳人的亲密无间,宫羽合于佳人自然用意。我身为琵琶,能弹出宫羽五音齐全的美妙旋律,合于佳人发自内心的情意。宝檀槽格靠在雪胸之前、倚在香脐之侧、横枕玉臂。写琵琶女怀中之琵琶的温馨感受。后阕写佳人弹奏琵琶。“组带金钩,背垂红绶,纤指转弦韵细”,琵琶女以组带金钩、背垂红绶的装束登场,纤纤玉指,转弹拨弦,乐韵精到优美而出。“愿伊只恁拨梁州,且多时、得在怀里”,琵琶只愿她,就这样弹奏《梁州曲》,能够长时间地依偎在她的怀抱里。表现了“琵琶”对琵琶高手佳人的深情。

玉楼春

艳冶风情天与措①。清瘦肌肤冰雪妒②。百年心事一宵同,愁听鸡声窗外度③。　信阻青禽云雨暮④。海月空惊人两处。强将离恨倚江楼,江水不能流恨去。

【注释】

①艳冶风情：艳冶的神韵。 天与措：上天所赋予的。

②冰雪妒：比冰雪洁白晶莹，令其妒也。

③"百年"两句：一夜恩爱等同于百年好合，但鸡鸣天亮即将告别。

④青禽：即青鸟。神话中为西王母传信的使者，后世喻信使。李白《寓言三首》之二："摇裔双彩凤，婉娈三青禽。"

【赏析】

是词写离愁，主人公为男子。前阕写相恋。首二句写美人，上天赋予她动人的娇艳神韵，清瘦苗条的身材，白嫩的肤肌，令冰雪嫉妒。"百年心事一宵同，愁听鸡声窗外度"，能够与她一个夜晚就遂了百年好合的心意，只愁听窗外的鸡鸣报晓。后阕写离愁。"信阻青禽云雨暮。海月空惊人两处"，音信被阻断绝，没有青鸟传递，不管是云雨的黄昏，还是海月的清夜，爱人分处两地，令人心惊。"强将离恨倚江楼，江水不能流恨去"，勉强带着离恨，登上江楼望远，江水呀，不能送愁恨归去。

◉集评

黄畬《欧阳修词笺注》引董其昌《便读草堂诗馀》："鸡既鸣则东方白矣。虽有迷花恋酒之情，不能久留。故用一'愁'字最巧。"

沈际飞《草堂诗馀正集》："'不能流恨'，想从天落。子瞻'流不到楚江东'、少游'为谁流下潇湘去'，识见略同。"

玉楼春　印眉①

半辐霜绡亲手剪②。香染青蛾和泪卷③。画时横接媚霞长④，印处双沾愁黛浅。　当时付我情何限。欲使妆痕长在眼。一回忆着一拈看，便似花前重见面。

【注释】

①印眉：即画眉。

②霜绡：白色的薄绢。鲍溶《萧史图歌》："霜绡数幅八月天。"

③青蛾：黛色蛾眉。

④媚霞：比喻眉色明媚如云霞。韩偓《席上有赠》："小雁斜侵眉柳去，媚霞横接眼波来。"

【赏析】

是词写相思。前阕写女子印眉。"半辐霜绡亲手剪"，她亲手剪好洁白的半幅绡绢来印眉。"香染青蛾和泪卷"，芳香的画眉颜料与眼泪混和在一起。"画时横接媚霞长，印处双沾愁黛浅"，画出的眉色如云霞漫天般明媚，印下的眉样双双都沾着愁情，黛青浅淡。后阕过片回忆。"当时付我情何限。"那时，你给我无限的深情。结尾三句，表白印眉的目的。"欲使妆痕长在眼"，印眉是要将妆痕长久地出现在你的眼前。"一回忆着一拈看，便似花前重见面"，能够一边回忆前欢，一边拿着观看，就好像如在花前重逢见面一样。

◉集评

沈曾植《菌阁琐谈》："《醉翁琴趣》《玉楼春·印眉》词细腻曲折，纪实而有风味。此情状他词罕见，唯《乐章集·洞仙歌》‘爱搵了双眉，索人重画。’足相印耳。”

玉楼春

红楼昨夜相将饮①。月近珠帘花近枕。银缸照客酒方酣，玉漏催人街已禁。　晚潮去棹浮清浸②。古岸平芜萧索甚。大都薄宦足离愁③，不放双鸳长恁恁④。

【注释】

①相将：相与、相共。令狐楚《春游曲三首》之三：“相将折杨柳，争取最长条。”

②浮清：浮于清冥之上的天界。《楚辞·九叹·远游》：“升虚凌冥，沛浊浮清入帝宫兮。”此指青天。

③薄宦：小官。李商隐《蝉》：“薄宦梗犹泛，故园芜已平。”

④恁恁：如此如此，这般这般。

【赏析】

是词写离愁，主人公为男子。前阕回忆昨夜。“红楼昨夜相将饮。月近珠帘花近枕。”红楼上昨夜里，两人相与共饮，饮到月光斜透窗帘，饮到花影投射枕上。两个“近”字连用，一说时间推移，二说月色明丽，三说相聚气氛美好。“银缸照客酒方酣，玉漏催人街已禁”，银缸明灯高照着客人，开怀痛饮至醉；玉漏声声相催，街上已是宵禁时候。后阕写离别。过片，“晚潮去棹浮清浸”，趁着晚潮涨起，乘船启程，只见平江之上倒影着青天，与昨夜的“相将饮”形成反衬；“古岸平芜萧索甚”，江边的古岸，一望无际的杂草特别的萧索，与昨夜的红楼、银缸、珠帘、花影枕，形成反衬，共同烘托离愁。结尾“大都薄宦足离愁，不放双鸳长恁恁”，二句，大多数人都是为了那一个微不足道的小官职而饱受离愁之苦，才使得双双鸳鸯不能长相厮守。

玉楼春

金雀双鬟年纪小①。学画娥眉红淡扫。尽人言语尽人怜，不解此情惟解笑。　稳着舞衣行动俏。走向绮筵呈曲妙。刘郎大有惜花心，只恨寻花来较早。

【注释】

①金雀：钗名，妇女首饰，形制如雀。温庭筠《更漏子》：“金雀钗，红粉面，花里暂时相见。”　双鬟：少女发妆，梳成两个环形的发式。李嘉祐《古兴》：“十五小家女，双鬟人不如。”

【赏析】

是词写少女歌手。小小的年纪，头发梳成双鬟，簪上金雀钗。学着大人画上蛾眉，涂抹淡淡的胭脂。“尽人言语尽人怜，不解此情惟解笑。”二句刻画她的天真无邪。任凭人家怎么说、任凭人家怎么爱怜，她对这一切情形，还不晓得，帷有报以一笑。后阕写歌舞。“稳着舞衣行动俏。走向绮筵呈曲妙”，身穿舞衣稳步出场，舞蹈动作优美俏丽；又走到筵席前面呈献妙歌一曲。“刘郎大有惜花心，只恨寻花来较早”，座中的“刘晨”，大多抱有爱美之心，只是抱怨，如果寻花就来得太早了。除了赞赏少女歌手如天仙般美丽之外，亦多少寄托了对她的同情。

玉楼春

夜来枕上争闲事。推倒屏山褰绣被①。尽人求守不应人②,走向碧纱窗下睡。　直到起来由自殢。向道夜来真个醉。大家恶发大家休③,毕竟到头谁不是。

【注释】

①屏山:置于床头的绘画山水景致的屏风。

②求守:请求就伴厮守。

③恶发:宋人口语,发怒生气。

【赏析】

是词写夫妻争执。前阕写"争闲事"。夜里,夫妻两人睡在床上为了一件闲事而争执。她一怒之下,推倒屏风,掀开被子;任凭他怎么乞求就伴而眠,都不理睬,还走到碧纱窗下,睡去了。后阕写和解。直到她一觉睡醒,起来才感到事情都由喝酒困扰所致,昨夜的事,有点过分。于是,对他说,昨夜真的喝醉了。大家生气动怒了,就大家和解了吧,说到底,毕竟谁都有错。取材富生活气息,女主人公性格鲜明,语言通俗,有民歌风味。

定风波

把酒花前欲问伊。问伊还记那回时。黯淡梨花笼月影①。人静。画堂东畔药阑西②。　及至如今都不认。难问。有情谁道不相思。何事碧窗春睡觉③。偷照。粉痕匀却湿胭脂④。

【注释】

①黯淡:同"暗淡",不明亮。王建《题台州隐静寺》:"峆峒黯淡碧琉璃。"

②药阑:芍药栏,泛指花栏。宋之问《独宿蓝田山庄》:"药阑听蝉噪,书幌见禽过。"

③却:用于动词之后,有了、去、着等义。杜甫《一百五日夜对月》:"斫却月中桂,清光应更多。"

【赏析】

是词写恋情。"把酒花前欲问伊。问伊还记那回时。"面对花前,把酒要问你,问你还记得那回吗?紧接着追忆那回:"黯淡梨花笼月影。人静。画堂东畔药阑西",黯淡的梨花丛中笼罩着月影,夜深人静了,画堂东边的花栏西边。三句均为写景,未见人物行动,万籁俱寂的深夜,月影花丛的氛围,幽深隐秘的环境,两人相见,充满诗情画意般的浪漫,烘托出欢会的幸福,令她永远难忘。后阕过片转折,"及至如今都不认。难问",直到现在他都不肯承认,难以发问是不是这样。"有情谁道不相思",有情之人自然会相思,自己是有情之人,而他呢至今不认,或许早已忘记了,不相思了。"何事碧窗春睡觉。偷照。粉痕匀却湿胭脂",自己为什么于碧窗春睡醒来,却去偷偷照镜,泪流沾湿铅粉胭脂呢?

减字木兰花

去年残腊①。曾折梅花相对插。人面而今,空有花开无处寻。　天天不远。把酒拈花重发愿。愿得和伊，偎雪眠香似旧时②。

【注释】

①残腊：将尽的腊月。

②"偎雪"句：就像旧时一样偎雪眠香。雪、香，指梅花。

【赏析】

是词写相思，主人公为男子。前阕起首两句回忆，去年腊月快过的时候，与她一直同折梅花，相对着互插簪花。情深意笃，相聚欢娱。接下二句，写离别。美人如今呢？徒有盛开的梅花而再也寻不到她了。相见不得，心中愁怨。后阕过片对天发誓，老天爷就在跟前，把酒"拈花"诚心重新发誓。"愿得和伊，偎雪眠香似旧时"，希望能够寻找得到，与她像旧时那样"偎雪眠香"，从归于好，表达对爱情的专一。

减字木兰花

年来方寸。十日幽欢千日恨①。未会此情。白尽人头可得平。　区区堪比②。水趁浮萍风趁水③。试望瑶京④。芳草随人上古城。

【注释】

①幽欢：幽会带来的欢愉。

②区区：即方寸。繁钦《定情诗》："何以致区区，耳中明月珠。"

③趁：追逐；驱赶。杜甫《题郑县亭子》："巢边野雀群欺燕，花底山蜂远趁人。"

④瑶京：指京城。

【赏析】

是词写游子离愁。前阕写离愁。近年来，心中只有十日的幽欢，却要承载千日的恨怨。不知道这种情形，是不是要延续到我白尽头发才可以休止。后阕写飘泊之苦。我的身心完全可以这样比喻，就像水追逐浮萍、风儿追逐水一样，飘泊无依，孤独无伴。试图遥望京城，寄托心中的思念，那芳草只是随着人的视野，一直连接到古城。

迎春乐

薄纱衫子裙腰匝①。步轻轻、小罗靸。人前爱把眼儿劄②。香汗透、胭脂蜡③。　良夜永④、幽期欢则洽。约重会、玉纤频插⑤。执手临归，犹且更待留时霎。

【注释】

①匝：围绕。

②眼儿劄：眼儿看透。

③"香汗"句：香汗浸出透罗纱，隐约可见如胭脂蜡的肌肤。

④良夜：美好的夜晚。杜甫《腊日》："纵酒欲谋良夜醉。"

⑤玉纤频插：女子以白玉纤手频频作揖。

【赏析】

是词写幽会。前阕写女子形象。先写衣着，上身是薄薄的衫子，紧紧的裙子围着细腰。写步履，脚穿拖鞋，步儿轻轻。写眼神，来到人前，眼睛一眨眨的，送着秋波。再写肌肤，或许是激动，香汗沁出，映见如胭脂蜡样的肌肤。后阕过片，写幽会，美好的夜晚，仿佛很长，幽会欢愉融洽。“约重会、玉纤频插。”两人相约日后的重会，她那玉纤双手频频作揖行礼。结尾写临归，离别越来越近，两人执手，她希望还能再待一会儿的时光。

一落索

小桃风撼香红碎[①]。满帘笼花气[②]。看花何事却成愁，悄不会[③]、春风意。　窗在梧桐叶底。更黄昏雨细。枕前前事上心来，独自个、怎生睡。

【注释】

①风撼：风吹摇动。韦庄《谒金门》：“一夜帘前风撼竹，梦魂相断续。”

②花气：花香。贾至《对酒曲二首》之一：“曲水浮花气，流风散舞衣。”

③悄不会：浑然不理解。

【赏析】

是词写春思。此首写女子的春愁。前阕二句“小桃风撼香红碎。满帘笼花气”，小小的桃花树经阵风吹过，撼落花瓣片片，窗帘满了花瓣的香气。接着写闺妇独白：“看花何事却成愁，悄不会、春风意。”自己观赏春花，为什么事却发了愁，全然不懂春风之意？对春风萌生恼恨，为什么人们感到孤独的时候，却要吹落桃花。过片“窗在梧桐叶底。更黄昏雨细”，写环境、时间、景色，自己住处的窗子就在梧桐树下，再加上近黄昏，下着细雨。这种天气，多么烦人。“枕前前事上心来，独自个、怎生睡”，这里所写是内心活动，躺在床上回想起前事，独自一个，怎么可以入睡？

夜行船

闲把鸳衾横枕。损眉尖、泪痕红沁[①]。花时良夜不归来，忍频听、漏移清禁[②]。　一饷无言都未寝。忆当初、是谁先恁。及至如今，教人成病，风流万般徒甚[③]。

【注释】

①“损眉尖”两句：愁绪侵扰眉梢，泪痕沁浸血红。夸张愁苦之状。

②漏移清禁：禁宫中的滴漏。

③“风流”句：风流万种徒然至极。

【赏析】

是词写闺妇也。前阕写夜深待归。“闲把鸳衾横枕。损眉尖、泪痕红沁。”百无聊赖的她拿过鸳鸯被当枕头横卧着。伤心的泪水损坏了眉尖，沾湿了胭脂。“花时良夜不归来，忍频听、漏移清禁”，百花盛开时节的美好夜晚，他不归来。忍耐地听着不断传来的宫禁漏声。后阕写怨。因相思而怨，怨中仍相思。“一饷无言都未寝”，她默默无言良久，不能入睡。“忆当初、是谁先恁”，回想起当初，是谁先这样？“恁”，当指原是他主动求爱，现在却成了“良夜不归”的薄幸人。“及至如今，教人成病，风流万般徒甚”，等到了今天，使人相思成病，即使万种风情，也是徒然至极。

夜行船

轻捧香腮低枕。眼波媚、向人相浸①。佯娇佯醉索如今②，这风情、怎教人禁③。　却与和衣推未寝。低声地、告人休恁④。月夕花朝，不成虚过，芳年嫁君徒甚。

【注释】

①向人相浸：对着人细看以眼波相侵。此言以眼波"电"人。

②"佯娇"句：假装娇醉直到现在。

③禁：自持；经受。杜甫《舍弟观赴蓝田取妻子到江陵喜寄》："巡檐索共梅花笑，冷蕊疏枝半不禁。"

④休恁：不要如此。

【赏析】

是词写新婚之夜。前阕写新娘子。"轻捧香腮低枕。"写卧姿，轻托双腮躺卧。"眼波媚、向人相浸。"眼波献媚，对着新郎专注地看。"佯娇佯醉索如今，这风情、怎教人禁。"新娘撒娇装醉直到刚才。这风流模样，怎么能使人不为动情呢。过片写新郎，"却与和衣推未寝"，却给了她和衣，推辞还未寝。"低声地、告人休恁"，新娘低声说，你不要这样。"月夕花朝，不成虚过，芳年嫁君徒甚"，月夕花朝，难道就让它虚过了；青春年华嫁你，难道就这样徒然一场。

望江南

江南柳，花柳两相柔①。花片落时黏酒盏，柳条低处拂人头。各自是风流。　江南月，如镜复如钩。似镜不侵红粉面，似钩不挂画帘头，长是照离愁。

【注释】

①相柔：相互安抚、抚慰。

【赏析】

是词咏江南，写离愁。前阕写江南花柳。开头总说江南"花柳两相柔"。接着分说："花片落时黏酒盏，柳条低处拂人头"，花片凋谢的时候，落在酒杯里；柳条低垂在抚摸行人的头。"各自是风流"，又总说，它们以各自的风流雅韵去慰人。后阕写江南月。月儿圆了又缺，月圆如"镜"，月缺如"钩"。如镜不照佳人面，如钩不挂画帘头。"长是照离愁"，不管月圆月缺，常常是照着人们的离愁。

望江南

江南柳，叶小未成阴。人为丝轻那忍折①，莺嫌枝嫩不胜吟②。留着待春深。　十四五，闲抱琵琶寻。阶上簸钱阶下走③，恁时相见早留心④，何况到如今。

【注释】

①折:攀折。

②不胜:禁不起。

③簸钱:一种以掷钱赌输赢的游戏。王建《宫词》:"暂向玉花阶上坐,簸钱赢得两三筹。"

④恁时:那时。冯延巳《忆江南》:"东风次第有花开,恁时须约却重来。"

【赏析】

是词写少女。前阕以柳起兴,比喻江南少女。"江南柳,叶小未成阴。"江南柳树,叶子小小的,还没有长成绿荫。"人为丝轻那忍折,莺嫌枝嫩不胜吟。留着待春深。"人们因为柳丝的轻盈,那里舍得忍心去攀折它;就连黄莺也觉得枝条太嫩,不忍心落在上面歌唱。留着等待春深,成阴再说。后阕写江南少女。她十四五岁,"闲抱琵琶寻",抱着琵琶学习弹奏,有时还挺认真的探寻技法。"阶上簸钱阶下走。"小女孩的,学琵琶久了,一会儿跑到阶上看看簸钱;一会儿又到阶下走走闲逛。少女的可爱形象,跃然纸上。"恁时相见早留心,何况到如今",那个时候见到就对她早有留意,何况到了现在更是关注着,难以忘怀,流露出"不忍折"、"不胜吟"的怜爱之情。

◉集评

钱世昭《钱氏私志》:"欧后为人言其盗甥表云:'丧厥夫而无托,携孤女以来归。张氏此时,年方七岁。'内翰伯见而笑曰:'年七岁,正是学簸钱时也。'欧词云:'江南柳,叶小未成阴……'"

王铚《默记》:"欧阳文忠庆历中为谏官……锐意言事……大忤权贵。乃诬以盗甥事,加以大恶。未得逞,但劫欧公用张氏资买田产立户事奏之。宰相大怒。欧既贬知滁州,诬劾者亦被黜。"

王士禛《花草蒙拾》:"'堂上簸钱堂下走',小人以蔑欧阳。'有情争似无情',忌者以诬司马。至'谙尽孤眠滋味'及'落花流水别离多',范、赵二钜公作如许语,又非但广平梅花之比矣。"

宋翔凤《乐府馀论》:"……此词极佳,当别有寄托。盖以尝为人口实,故编《集》去之。然缘情绮靡之作,必欲附会秽事,则凡在词人,皆无全行,正不必为欧公辩也。"

宴瑶池

恋眼哝心终未改①,向意间长在②。都缘为、颜色殊常,见馀花、尽无心爱。　都为是风流瞧③。至他人、强来厮坏④。从今后、若得相逢,绣帏里、痛惜娇态。

【注释】

①"恋眼"句:那眼神叫人迷恋而心中感到情深,自始至终都没有改过来。 哝:原指味浓,此指情浓。

②"向意"句:爱之之心常在。张相《诗词曲语辞汇释》卷三:"向,犹爱也。陆游《朝中措》词:'总是向人深处,当时枉道无情。'向人,爱人也。" 间长:犹言经常。

③瞧:同"煞"。

④厮坏:对……使坏。

【赏析】

是词写相思，主人公为男子。前阕写美人。依恋的眼神含着心内的深情，这种表情始终未变，使人对她的爱意常在。都因为她姿色特殊不平常，所以见了其他女性，全都无心追求。后阕，男子的表白，都因为她风流会招惹他人对她使坏。从今以后，如果能够与她相逢，在绣帷里，要痛惜娇态。

◉集评

沈曾植《菌阁琐谈》："《醉翁琴趣》颇多通俗俚语，故往往与《乐章》相混。山谷俚语，欧公先之矣……所用俗字，如《渔家傲》之'今朝斗觉凋零煞，花气酒香相厮酿'。《宴桃都》之'都为风流噉'。《减字木兰花》之'拨头憁利'。《玉楼春》之'艳冶风情天与措'。《迎春乐》之'人前爱把眼儿剳'。《宴瑶池》之'恋眼哝心'。《渔家傲》之'低难奔'。亦与山谷之用䠋尿俗字不殊。殆所谓'小人谬作，托为公词。'所谓'浅近之词，刘辉伪作'者厕其间与？""欧公词好用'厮'字。《渔家傲》之'花气酒香相厮酿'，'莲子与人长厮类'，'谁厮惹'皆是也。山谷亦好用此字。"

解仙佩

有个人人牵系①，泪成痕、滴尽罗衣。问海约山盟何时②，镇教人③、目断魂飞。　梦里似偎人睡，肌肤依旧骨香腻。觉来但堆鸳被，想忡忡、那里争知④。

【注释】

①牵系：牵情系心。

②海约山盟：男女恋爱，盟约坚定，永远不变。

③镇：张相《诗词曲语辞汇释》卷一："镇，犹常也，长也，尽也。唐太宗《咏烛》诗：'镇下千行泪，非是为思人。'言常下泪也。"

④争知：怎知，何从知道。

【赏析】

是词写相思，主人公为男子。有个人儿牵情系心，常常伤心流泪，泪痕满罗衣。或许在问，海誓山盟何时能实现。"镇教人，目断魂飞。"使得我，望断魂飞。做梦好像依偎着她睡，肌肤依然香腻。可是梦醒过来，只见鸳被一堆。我忧心忡忡，相思成梦，她怎会知道呢。

渔家傲(断章)

战胜归来飞捷奏。倾贺酒，玉阶遥献南山寿①。

【注释】

①玉阶：天子之阶。指代朝廷。岑参《和贾至舍人早朝大明宫之作》："金阙晓钟开万户，玉阶仙仗拥千官。"　南山寿：《诗·小雅·天保》："如南山之寿，不骞不崩。"后世沿用为祝寿之辞。

【赏析】

是词写送友赴边。《东轩笔录》云："范文正公守边日，作《渔家傲》乐歌数阕，皆以'塞下秋来'为首句，颇述边镇之劳苦。欧阳公尝呼为'穷塞主之词'。及王尚书素出守平凉，文忠亦作一词以送之，其断章曰：'战胜归来飞捷奏，倾贺酒，玉阶遥献南山寿。'顾谓王曰：'此真元帅之事也。'"

少年游①

阑干十二独凭春。晴碧远连云②。千里万里，二月三月，行色苦愁人。谢家池上③，江淹浦畔④，吟魄与离魂。那堪疏雨滴黄昏，更特地、忆王孙。

【注释】

①此首《词律》卷五作梅尧臣词。

②晴碧：指远山。

③谢家池：南朝宋代诗人谢灵运家的池塘。谢灵运《登池上楼诗》："池塘生春草，园柳变鸣禽。"为后人赞叹欣赏之名句。

④江淹浦：南朝梁代诗人江淹《别赋》中有句云"送君南浦，伤如之何！"后以南浦指代送别之处。

【赏析】

是词咏春草。词作开头的观景角度是高楼阑干，阳光下的碧草直接云天。"千里万里"，写空间之广；"二月三月"，写时间延续。"行色苦愁人"，行旅艰苦使人愁。后阕用谢家池上、江淹浦上、王孙等典故，将春草喻离愁。结尾二句，以景结情，黄昏疏雨，芳草萋萋，王孙远游思归。

◉集评

王奕清等《历代词话》引吴虎臣评："'阑干十二独凭春……'此欧阳公《少年游》咏草词也。不惟君复、圣俞二词不及，求诸唐人温、李集中，殆与之为一矣。"

先著、程洪《词洁》："拙处已是工处，与'金谷年年'一调又别。'千里万里，二月三月。'此数字甚不易下。"

许昂霄《词综偶评》："清劲。"

陈廷焯《词则·大雅集》："将'忆王孙'三字插在'疏雨'、'黄昏'之后，笔力既横，意味亦长，故应胜君复、圣俞作。"

王国维《人间词话》："人知和靖《点绛唇》、圣俞《苏幕遮》、永叔《少年游》三阕为咏春草绝调，不知先有正中'细雨湿流光'五字，皆能摄春草之魂者也。"

刘永济《唐五代两宋词简析》："此咏春草之词也。上半阕前四句言草生之地与时，结句联系行人。后半阕三用春草故事，吟魄指谢诗，离魂指江赋，以见谢池、江浦之草虽亦感人，不如疏雨黄昏中之草，使人更特别思念王孙，隐喻时衰思贤更切也。"

唐圭璋《唐宋词简释》："此首咏草词。吴虎臣谓'君复、圣俞二词皆不及也。'首从凭栏写起。'晴碧'一句，实写草色无际。'千里'句，就空间说；'二月'句，就时间说；'行色'句，点出愁人之意。换头，用谢灵运、江淹咏草故实。"那堪"两句，深入一层，添出黄昏疏雨，更令人苦忆王孙游冶也。"

桃源忆故人

碧纱影弄东风晓，一夜海棠开了。枝上数声啼鸟，妆点愁多少①。　妒云恨雨腰支袅②，眉黛不忺重扫③。薄幸不来春老，羞带宜男草。

【注释】

①妆点：点缀，渲染，装饰。

②妒云恨雨：犹言云愁雨恨、云愁雨怨。喻男女之间的伤别之情。

③忺（xiān）：高兴。

【赏析】

是词写离愁。前阕写春景，碧纱窗外花影摇曳，清晨东风吹拂，一夜之间，海棠花全开了。海棠花枝上鸟儿的几声啼叫，给主人公增添许多愁绪。过片承上，"妒云恨雨腰支袅"，那令云彩嫉妒、让春雨怨恨的腰肢袅娜多姿。因为不忺，连眉黛也不再描画。薄幸郎不来，春天将尽。真羞愧还带着寻宜男草作什么？

阮郎归

雪霜林际见依稀，清香已暗期。前村已遍倚南枝[1]，群花犹未知。　情似旧，赏休迟，看看陇上吹[2]。便从今日赏芳菲，韶华取次归。

【注释】

①南枝：向阳处的枝条。梁简文帝《双燕离》："衔花落北户，逐蝶上南枝。"

②看看：转眼间。　陇上吹：借指羌笛吹奏的梅花落，暗指落梅。

【赏析】

是词咏梅，不点梅花，力避相关字，为"白战"体。前阕首二句，雪霜在林间萌动，隐隐约约可以见到，阵阵暗香如期飘至。此用雪霜、清香比喻白梅。前村那边，向阳的枝头已经遍开，而群花还无知道什么时候开咧。后阕写赏梅。对梅花的情依旧，欣赏不要晚了。转眼间陇上的羌笛就会吹起梅花落。就从今日开始观赏吧，美好的时光会草草就归去的。

晏几道《小山词》

【小传】

晏几道(约 1040—约 1112),字叔原,号小山,临川(今江西抚州)人。晏殊第七子。曾任颍昌府许田镇临官。仕途连蹇,晚年家境中落。个性忠厚耿介、恃才傲物,不傍贵人之门。与其父合称"二晏",而成就超过乃父。词作仍继承花间词风,为此派的一位重要作家。有《小山词》传世。

◉集评

李清照《词论》:"乃知(词)别是一家,知之者少。后晏叔原、贺方回、秦少游、黄鲁直出,始能知之。又晏苦无铺叙。"

赵德麟《侯鲭录》:"晁无咎言:叔原不蹈袭人语,而风调闲雅,自成一家。"

王灼《碧鸡漫志》:"叔原词如金陵王、谢子弟,秀气胜韵,得之天然,殆不可学。"

王铚《默记》:"贺方回遍读唐人遗集,取其意以为诗词。然所得在善取唐人遗意也不如晏叔原尽见升平气象,所得为人情物态。叔原妙在得于妇人,方回妙在得词人遗意。"

陈振孙《直斋书录解题》:"其词在诸名胜中,独可追逼《花间》,高处或过之。"

毛晋《汲古阁书跋·小山词》:"诸名胜词集删选相半,独《小山集》直逼花间。字字娉娉袅袅,如揽嫱、施之袂,恨不能起莲、鸿、蘋、云按红牙板唱和一过。晏氏父子,真足追配李氏父子云。"

周济《介存斋论词杂著》:"晏氏父子,仍步温、韦,小晏精力尤胜。"

陈廷焯《白雨斋词话》:"《诗》三百篇,大旨归于无邪。北宋晏小山工于言情,出元献、文忠之右,然不免思涉于邪,有失风人之音,而措词婉妙,则一时独步。"

冯煦《宋六十一家词选·例言》:"淮海、小山,古之伤心人也。其淡语皆有味,浅语皆有致,求之两宋词人,实罕其匹。子晋欲以晏氏父子追配李氏父子,诚为知言。"

况周颐《蕙风词话》未刊稿:"小山词从珠玉出,而成就不同,体貌各具。珠玉比花中牡丹,小山其文杏乎?"

夏敬观《小山词跋尾》:"晏氏父子,嗣响南唐二主,才力相敌。盖不特词胜,尤有过人之情。叔原以贵人暮子,落拓一生,华屋山丘,身亲经历,衣丝豪竹,寓其微痛纤悲,宜其造诣又过于父。山谷谓为'狭邪之大雅,豪士之鼓吹',未足以尽之也。"

临江仙

斗草阶前初见①,穿针楼上曾逢②。罗裙香露玉钗风。靓妆眉沁绿③,羞脸粉生红。　流水便随春远④,行云终与谁同。酒醒长恨锦屏空。相寻梦里路,飞雨落花中。

【注释】

①斗草:即斗百草,游戏。《荆楚岁时记》:"五月五日,四民并蹋百草,又有斗百草之戏。"宋代,清明踏青斗草,柳永《木兰花慢》:"盈盈,斗草踏青。"

②穿针楼:《西京杂记》:"汉彩女尝以七月七日穿七于开襟楼。"《舆地志》:"(南朝)齐武帝起层城观,七月七日,宫女多登之穿针,世谓之穿针楼。"《荆楚岁时记》:"七月七日为牵牛织女聚会之夜。是夕,人家妇女结彩缕,穿七孔针,或以金银鍮石为针,陈瓜果于庭中以乞巧。"庾肩吾《奉使江州舟中七夕》:"莫言相送浦,不及穿针楼。"

③靓妆:妆饰打扮。《玉篇》:"靓,装饰也。"贾至《长门怨》:"繁花对靓妆,深情托瑶琴。"　沁:浸透。唐彦谦《咏竹诗》:"醉卧凉阴沁骨清,石床冰簟梦难成。"

④流水:游动的水。《诗·小雅·沔水》:"沔彼流水,其流汤汤。"

【赏析】

是词怀人,主人公为男子。前阕写初见与重逢。首二句概括两次相见。初见是“斗草阶前”。斗草是一种游戏,有清明踏青斗草的、有端午节斗草的,词作所指未明,或许是指平时少男少女们随时随地而玩,所以在“阶前”;初见之时,她还是一个天真烂漫的少女。重逢是“穿针楼上”,七月七日夜晚,妇女们登上开襟楼,对着牛郎织女双星穿针,以为乞巧,此时的她,或许比“斗草”时成熟多了。两次相见,她给他留下了深刻的印象:“罗裙香露玉钗风。靓妆眉沁绿,羞脸粉生红”,她穿着罗质裙子,散发出香露芬芳,头上的玉钗一颤颤的像是迎风飏动。梳扮起靓妆,眉间沁透出翠黛,微露羞涩的粉脸泛起淡淡的红晕。一个“羞”字,应是两次相见的表情:初见之羞,是天真害羞;重逢之羞,是含情之羞。含蓄地写出经两次相见而发展的情意渐深过程。

后阕写怀想。过片二句,“流水便随春远,行云终与谁同”,时光如流水,自己曾与她一起伴随春天,尔后分手远别;她的行踪如行云般飘忽,最终跟谁在一起,就不可知道了。“春”,象征两人的欢聚。“与谁同”,有想念,更有关注。“酒醒长恨锦屏空”,因为想念而借酒消愁,然而酒醒过来,更加想念,常常怨恨,自己面对锦屏而独处;“锦屏”,暗寓以前曾于锦屏相叙。结拍,“相寻梦里路,飞雨落花中”,现实中不能相见,他在梦里踏上寻找她的路途,然而自己总是处在漫天飞舞的细雨和落花之中……词作没有明说是否寻找到那女子,给读者留下想象的空间,对女子爱恋和思念之情,表达得深沉、婉转、含蓄。

临江仙

身外闲愁空满,眼中欢事常稀。明年应赋送君诗。细从今夜数,相会几多时。　浅酒欲邀谁劝?深情惟有君知。东溪春近好同归。柳垂江上影,梅谢雪中枝。

【赏析】

是词写朋友聚会。前阕首二句,身外的闲愁无端满胸,眼前的欢事经常稀少。“闲愁”与“欢事”对比衬托,说明过去相聚太少,而离别太多,从而定下词作的凄恻基调。接着,三句由此基调而进一层,“明年应赋送君诗。细从今夜数,相会几多时”,因此,要等到明年才能赋诗送给你了。从今夜开始,慢慢的细数,相会的时间还剩多少呢?要珍惜所剩无多的时间,大家将能放下之事,暂时放下,尽叙友情吧。

后阕写叙情道别。过片,“浅酒欲邀谁劝?深情惟有君知”,浅酌慢尝要请谁来劝呢?这深情款款只有你知晓。“浅酒”对“深情”,知己良朋才可领会。“东溪春近好同归”,写相会与离别的时间在春天将到之际,东溪的春天就快到了,你正好与她一同归去,一路上或许能欣赏大好的春光美景,这种安慰,看似豁达,其实是一种无奈。结拍,“柳垂江上影,梅谢雪中枝”,写景寓情。柳树低垂,只有江中的倒影;梅花亦凋谢了,只有傲立天冰雪中的枝杆。古人送别,要折柳,但是,现在柳条未抽,不能折以赠别;古人怀念远方的朋友,要折梅花寄相寄,但是,现在梅花也落了,不能寄梅予友。自己对朋友的深情厚谊,就只像那逐日浓烈的美好春光,陪伴着朋友同归。

◉**集评**

陈廷焯《白雨斋词话》:“小山词如‘明年应赋送君诗。细从今夜数,相会几多时!’浅处皆深。”

临江仙

淡水三年欢意[①],危弦几夜离情[②]。晓霜红叶舞归程。客情今古道,秋梦短长亭[③]。　绿酒尊前清泪,阳关叠里离声。少陵诗思旧才名[④]。云鸿相约处[⑤],烟雾九重城[⑥]。

【注释】

①淡水:含盐成分少的水。此比喻不因势利结合的交情。《庄子·山木》:"君子之交淡如水,小人之交甘若醴。"白居易《张十八员外……》:"淡水交情老始知。"

②危弦:高而急的弦调。王暕《咏舞诗》:"同情依促柱,共影赴危弦。"

③短长亭:即短亭长亭。李白《菩萨蛮》:"何处是归程,长亭更短亭。"

④少(shào)陵:汉宣帝许后之陵,因规模小于宣帝陵,故名。在陕西长安,其地因称小陵,或少陵原。杜甫曾居此,自号少陵野老。此指杜甫。

⑤"云鸿"句:通过飞云和鸿雁传送相约的地方。

⑥九重城:指皇城。卢纶《皇帝感词》:"山呼一万岁,直入九重城。"

【赏析】

是词写离情。前阕以强烈的对比起首。"淡水三年欢意,危弦几夜离情。"如淡水的君子之交已经三年了,相处得令人开心;急切的弦音就是再演奏几个夜晚,也诉说不完无限的离情。二句对偶工整,"三年"对"几夜",从时间上对比;"欢意"对"离别",从性质、程度上,表达浓厚与凄苦。"晓霜红叶舞归程。"这是深秋早晨送别,经清晨霜气的枫林红叶,飞舞弥漫着归程。悲秋情绪再加离别思绪,目睹红叶飞舞的路途,更为凄然。歇拍,"客情今古道,秋梦短长亭",作客情绪,从古到今都是相同的在道途中缠绵;送别短长亭,终须分手,就像秋梦一样萦绕。

过片"绿酒尊前清泪,阳关叠里离声",在凄楚的阳关三叠离声之中,把酒泣别。王维《送元二使安西》诗云,"渭城朝雨浥轻尘,客舍青青柳色新。劝君更尽一杯酒,西出阳关无故人。"后人就将它入乐歌唱,作为送别的曲子,叫"渭城曲",唱到阳关句反复三次,亦叫"阳关三叠曲"。"少陵诗思旧才名。"杜甫诗思旧才名,此时主人公想到,即使是有杜少陵那样的诗思才气,也难以将这离情抒写。离别悲切,自然会希冀重逢,结尾二句正是此意:"云鸿相约处,烟雾九重城。"可以通过飞云与鸿雁传送相约之处,就在那烟雾缭绕的京城吧。

◉集评

陈廷焯《白雨斋词话》:"小山词如'晓霜红叶舞归程。客情今古道,秋梦短长亭',又'少陵诗思旧才名。云鸿相约处,烟雾九重城',亦复情词兼胜。"

临江仙

浅浅余寒春半[①],雪消蕙草初长。烟迷柳岸旧池塘。风吹梅蕊闹,雨细杏花香。　月堕枝头欢意,从前虚梦高唐[②]。觉来何处放思量?如今不是梦,真个到伊行[③]。

【注释】

①春半：春天过半，即仲春。

②高唐：比喻男女欢情。用宋玉《高唐赋》典故。

③到伊行：到伊州去。伊州，古称昆吾，后属匈奴，隋大业六年，置伊吾郡。唐贞观四年改置伊州。故城在今新疆哈密。

【赏析】

是词伤春。前阕写春景。首二句“浅浅余寒春半，雪消蕙草初长”，先从人体感觉去写，仲春时节，残存的冬寒逐渐浅淡；再转到物候、视觉去写，积雪消融，香草萌发。“烟迷柳岸旧池塘。”烟雨迷茫笼罩池塘岸边的柳林。歇拍，“风吹梅蕊闹，雨细杏花香”，通过两个风信物候，描述春天的绚丽。寒风吹拂，梅花在枝头颤动，仿佛在嬉戏打闹；细雨滋润，杏花怒放散发出阵阵芳香。“闹”字用得活，但充其量也只是对梅花开放的动态摹写，断不可与“红杏枝头春意闹”匹比，“红杏尚书”的“闹”是“境界全出”之“闹”，非一般状物写景之字。后阕抒情。过片两句，“月堕枝头欢意，从前虚梦高唐”，将现时与从前联系起来，春夜里明月西坠映照枝头时的欢情愉意，随着夜阑更深而消逝，就像以前的高唐虚梦一场。那么，再美好的春光，也应视为虚梦一场。“觉来何处放思量？”虚梦醒来，“思量”往那里摆放呢？结拍“如今不是梦，真个到伊行。”又进一层，现在不是在梦中，真的放到伊州去吧。

临江仙

长爱碧阑干影，芙蓉秋水开时①。脸红凝露学娇啼。霞觞熏冷艳②，云髻袅纤枝。　烟雨依前时候，霜丛如旧芳菲③。与谁同醉采香归？去年花下客，今似燕双飞。

【注释】

①芙蓉：荷花。

②冷艳：形容耐寒的花。丘为《左掖梨花》：“冷艳全欺雪，余香乍入衣。”

③霜丛：比喻白莲花。 芳菲：美好时节。温庭筠《菩萨蛮》：“青琐对芳菲，玉关正关情。”

【赏析】

是词咏荷。开头二句总写荷塘，青绿的雕栏干围着池边，当荷花盛开之时，绚丽的花色、婀娜的花姿、精美的栏干，一齐倒影在秋水之上，荷塘秋景如此美妙，叫人久久不能忘怀，一直喜爱。“长爱”二字，抒写对荷花的热爱之情。接下三句，特写荷花，清晨，那沾露的红莲如美人娇艳的啼妆。傍晚，那彩霞倒影池面，仿佛是杯中装满了美酒，熏染着荷花，显得冷艳无比；欲开的花骨儿如美人云髻，在荷梗纤枝上袅袅颤动。过片，烟雨依前笼罩，正是白莲芳菲。“与谁同醉采香归？”这一问，流露出伤感，喝酒，无人同醉；采香，亦无人同行；所以自己心中对荷花的眷恋之情，更没有归处。结拍“去年花下客，今似蝶分飞”，不是吗，去年的那些花下客，现在已经是彩蝶分飞东西了。一年时光，人事已如此变迁，令人感慨系之。

临江仙

旖旎仙花解语①，轻盈春柳能眠。玉楼深处绮窗前。梦回芳草夜，歌罢落梅天②。　沉水浓熏绣被③，流霞浅酌金船④。绿娇红小正堪怜⑤。莫如云易散，须似月频圆。

【注释】

①旖旎：轻盈柔美的样子。《楚辞·七谏·谬谏》："苦李旖旎。" 仙花解语：用《开元天宝遗事·解语花》事。比喻美人，此当亦此义。韦庄《清平乐》："云解有情花解语。"

②落梅天：《太平御览》："《风俗通》曰：'五月有落梅风，江淮以为信风。'"

③沉水：即沉香。

④流霞：神话中的仙酒。庾信《卫王赠桑落酒奉答》："愁人坐狭邪，喜得送流霞。" 金船：酒杯。孙光宪《上行杯》："金船满捧，绮罗愁，丝管咽。"

⑤绿娇红小：言春深花木叶绿而花稀。

【赏析】

是词写歌姬。前阕起首二句总写，将歌姬比喻为仙花、春柳。美人的多情如娇柔而又善解人意的仙花，美人睡姿如轻盈低垂的春柳。"玉楼深处绮窗前。"早晨，她靠在玉楼深处华美的窗前……歇拍"梦回芳草夜，歌罢落梅天"，补述主人公在什么情况下"绮窗前"：从"芳草夜"梦境里醒来时，从"落梅天"唱歌归来时。后阕文字当是顺接而写，她"歌罢"归来，倚窗之后，用浓烈的沉香薰过绣被，举起大酒杯喝下美酒，然后躺下。"绿娇红小正堪怜。莫如云易散，须似月频圆。"这是心理描写，表达对境况的不满足，对未来的渴望。自己正值绿娇红小得人喜爱的芳年，不要像行云似的那样容易就飘散而去，应该好像明月那样常常圆满。

临江仙

梦后楼台高锁，酒醒帘幕低垂。去年春恨却来时①。落花人独立，微雨燕双飞。 记得小蘋初见②，两重心字罗衣③。琵琶弦上说相思。当时明月在，曾照彩云归。

【注释】

①春恨：因情欲而惹发的怨恨。 却来时：正来时。

②小蘋：歌姬。《词林纪事》："楝案：《小山词》跋云，此词当是追忆蘋云而作。又按小山词尚有《玉楼春》两阕，一云小蘋若解春暮，一云小莲未解论心素，其人之娟姿态，一卒皆倾可想见矣。"

③心字罗衣：谓妇女将罗衣衿结成心字形的结。一说，"心字"即心字香，蒋捷《一剪梅》："何日归家洗客袍，银字笙调，心字香烧。"范致能《骖鸾录》："番禺人作心字香，用索馨末利半开者著净器，薄劈沉香，层层相间对，日一易，不待花蔫，花过香成。"范说，乃以"心字香"熏过的罗衣。

【赏析】

是词怀人，当为怀想歌姬小蘋而作，晏几道名篇。前阕写"春恨"。首二句描写梦后酒醒："梦后楼台高锁，酒醒帘幕低垂。"二句为互文，对偶工整，写眼前实景，意境浑融。深夜梦回，只见四周的楼台闭门深锁；宿酒方醒，重重帘幕低垂落地。"楼台"乃友人聚欢之所，深夜"高锁"，已是聚不得；"帘幕"当是情人幽会之所，如今独处一室，甚为孤寂。"梦"字，或许是真有所梦，或许是视眼前之一切皆如"梦"，如入佛家所言之"华严境界"。第三句"去年春恨却来时"，转入回忆，春恨不是忽然的、短暂的，而是由来已久的了。"落花人独立，微雨燕双飞。”面对纷纷落英，主人公独自一人久久站立；细雨之中，双双春燕飞去飞来。“落花”、“微雨”，春天将过的物候，易使人产生伤逝之情。“燕双飞”与“人独立”，形成鲜明的对比，构成凄美意境。

过片“记得小蘋初见”，小蘋，歌姬名，《小山词·自跋》中所说“莲、鸿、蘋、云”四人中的一位。“初见”，印象最为深刻，所以首先记起。“记得”，比“去年”更为遥远的回忆。“两重心字罗衣。”穿着薄罗衫子，衣衿上绣满双重“心”字。“两重心字”，暗寓一见钟情，心心相印。“琵琶弦上说相思。”写出感情日笃的过程：初见有情，因羞而借琵琶说；渐渐的，弹者脉脉含情，听者知音领悟。结拍“当时明月在，曾照彩云归。”当时，朗朗明月中天，她像彩云飘然归去。眼前之明月，犹如当时之明月，可是，彩云安在？

◉**集评**

杨万里《诚斋诗话》：“近世词人闲情之靡，如伯有所赋，赵武所不得闻者，有过之无不及焉。是得为好色而不淫乎？惟晏叔原云：‘落花人独立，微雨燕双飞’，可谓好色而不淫矣。”

谭献《谭评词辨》：“‘落花’两句，名句千古不能有二！末二句正以见其柔厚。”

沈祥龙《论词随笔》：“词中对句，贵整练工巧，流动脱化而不类于诗赋云云。晏叔原之‘落花人独立，微雨燕双飞’云云。非诗句也，然不工诗赋，亦不能为绝妙好词。”

陈廷焯《白雨斋词话》：“小山词如‘去年春恨却来时，落花人独立，微雨燕双飞’。又‘当时明月在，曾照彩云归。’既闲婉，又沉着，当时更无敌手。”

康有为：“起二句纯是《华严》境界。”

俞平伯《论诗词曲杂著》：“此词共说了四层：一、去年之春恨；二、去年与今年相同之恨；三、引起年来春恨之本事；四、抚今追昔之感慨。如环往复，互相呼应；如练纠缠，互相勾引：结构细密极矣。”

临江仙

东野亡来无丽句①，于君去后少交亲。追思往事好沾巾。白头王建在②，犹见咏诗人。　学道深山空自老，留名千载不干身③。酒筵歌席莫辞频。争如南陌上④，占取一年春。

【注释】

①东野：唐代诗人孟郊，字东野。

②王建：（约767—约830）字仲初，颍川人。大历十年进士。擅长乐府诗和宫词，有《王司马集》。此以王建自喻。王建《醉后忆山中故人》：“暗想山中伴，如今尽白头。”《故行宫》：“白头宫女在，闲坐说玄宗。”

③干身：关系自身。释智圆《冬日作》：“可怜万事不干身，凭栏且看千峰雪。”

④南陌：南郊的道路。卢照邻《长安古意》：“北堂夜夜人如月，南陌朝朝骑似云。”

【赏析】

是词感慨故旧丧亡，抒发不负春光之情。前阕脱自唐代诗人张籍《赠王建》七绝：“白君去后交游少，东野亡来箧笥贫。赖有白头王建在，眼前犹见咏诗人。”词作之意是由此而兴，“追思往事好沾巾”，追思前贤诗人老去而感慨。后阕过片，“学道深山空自老，留名千载不干身。”唐代诗人刘禹锡有句：“学道深山虚老人，留名万代不关身。”词作正是此意，一个人在深山学道终老一生，即使能留名千载，那也是不关自身之事了。这样的话，词人认为,“酒筵歌席莫辞频”。歌筵即使是频频的,也不要推辞。“争如南陌上,占取一年春。”怎么能够像在郊野南陌之上,去享受整个春天的美好时光。

蝶恋花

卷絮风头寒欲尽,坠粉飘红①,日日香成阵。新酒又添残酒困,今春不减前春恨。 蝶去莺飞无处问,隔水高楼,望断双鱼信②。恼乱层波横一寸③,斜阳只与黄昏近。

【注释】

①坠粉飘红:比喻落花,“粉”、“红”代指花。

②双鱼:指音信。杜甫《送梓州李使君之任》:“五马何时到,双鱼会早传。”

③恼乱:烦扰。白居易《和微之十七与君别及陇月花枝之咏》:“别时十七今头白,恼乱君心三十年。” 层波:比喻眼睛。刘禹锡《观柘枝舞》:“曲尽回身处,层波犹注人。”

【赏析】

是词写春恨。前阕写春景,带出“春恨”。首三句“卷絮风头寒欲尽,坠粉飘红,日日香成阵”,春风吹卷柳絮,寒气即将消去,纷纷坠下粉白红艳的花儿,每日都散发出阵阵芳香。“新酒又添残酒困,今春不减前春恨。”残存的酒困还未退去,却又添新的酒困,今年的春恨比起以前的春恨来,一点儿也不减少。因春恨而酒困,酒困却更添春恨,如此循环反复,春恨更深。

过片,“蝶去莺飞无处问,隔水高楼,望断双鱼信”,他就像蝶去莺飞似的,行无定踪,无处可以询问。登上隔岸的高楼遥望,想要得到往来的音信。结拍,“恼乱层波横一寸,斜阳只与黄昏近”,带着愁苦烦乱的眼神,呆呆地看着夕阳西下,等待黄昏的临近。词作以主人公的表情和景物结尾,形象地表达了妇人心中的春恨。

◉集评

陈远焯《词则·闲情集》:“宛转幽怨。”

蝶恋花

初捻霜纨生怅望①。隔叶莺声,似学秦娥唱。午睡醒来慵一饷,双纹翠簟铺寒浪②。 雨罢蘋风吹碧涨。脉脉荷花③,泪脸红相向。斜贴绿云新月上,弯环正是愁眉样④。

【注释】

①霜纨(wán):如霜般白的细绢制成的团扇。 怅望:怅然想望。韦庄《天仙子》:“怅望前回梦里期,看花不语苦寻思。”

②翠簟:青绿色的竹席。

③脉脉:含情欲吐。

④弯环:形容弧形弯月。牛希济《临江仙》:“箫鼓声稀香烬冷,月娥敛尽弯环。”

【赏析】

是词写闺妇慵怨。前阕首句勾勒形象。“初撚霜纨生怅望。”手执白绢团扇,轻轻搓转,迎着凉风伫立，怅然凝想。“捻”字，传神写出怅然无绪而把玩纨扇的情态细节。“初”、“生”二字，暗示时序变换，顿生新的怅望。或许念远，或许伤感时光流逝，或许惋惜青春易逝。“隔叶莺声，似学秦娥唱。”树木绿叶浓阴里的黄莺鸣叫，好像是在学着秦娥美女歌唱。莺声欢快，秦娥歌唱亦为欢声，反衬主人公怅恨。秦娥，亦是暗喻主人公，其之不同是秦娥有欢唱，而主人公只有怅望于胸。“午睡醒来慵一晌，双纹翠簟铺寒浪”，午睡醒来，娇困无力了好一阵子，床上的双纹翠席，好像翻滚起清凉的细浪。这二句既深一层写出闺妇的孤寂，也由“寒浪”引出过片场景：夏雨停了，和风吹拂新涨的碧水；含情脉脉的荷花，沾着雨珠，好像美人的泪脸相向。“碧涨”，呼应“寒浪”，词意脉络连续不断。“脉脉”二字，赋荷花以人的风情，有情有思。惆怅之人观之，黯然神伤，物与人浑然合一。结拍二句，“斜贴绿云新月上，弯环正是愁眉样。”“绿云”，夜空的浮云，暗喻主人公的乌黑鬓发；“新月”，月初之弯月，暗喻弯弯曲卷的鬓发；“弯环”亦新月，暗喻“愁眉”。既写月夜景色，亦喻美人情状，暗寓愁绪，达到人与景合，情与景融的艺术效果，体现词情婉丽、曲折深婉的特色。

蝶恋花

庭院碧苔红叶遍，金菊开时，已近重阳宴①。日日露荷凋绿扇②，粉塘烟水澄如练③。　试倚凉风醒酒面，雁字来时④，恰向层楼见。几点护霜云影转，谁家芦管吹愁怨⑤。

【注释】

①重阳：节令名。农历九月初九日叫“重阳”，又叫“重九”。

②绿扇：比喻荷叶。

③练：白色熟绢。谢灵运《晚登三山还望京邑》：“余霞散成绮，澄江静如练。”

④雁字：大雁飞行，时而成一字，时而成人字。

⑤芦管：《文献通考·乐考竹之属·胡部》：“芦管，胡人截芦为之，大概与觱筑相类，出于北国。”李益《夜上受降城闻笛》：“不知何处吹芦管，一夜征人尽望乡。”

【赏析】

是词写秋怨。前阕写秋景。庭院的绿苔上布满了红叶，到了金菊盛开的时候，已经很接近重阳饮宴了。每日的霜露打向荷花，凋谢了如绿扇的荷叶。荷塘笼罩在烟雾之中，池水清澈中白练。描写秋景色彩斑斓：碧苔、红叶、金菊、绿扇、粉塘、澄练。过片“试倚凉风醒酒面，雁字来时，恰向层楼见”，试图迎着凉风将醉酒吹醒，而恰好在高楼之上，忽然看见大雁南飞。结尾，“几点护霜云影转，谁家芦管吹愁怨”，几片预示霜降的云影在飘动，那家的芦管吹奏出愁怨的乐章。

◉集评

沈际飞《草堂诗余正集》：“七句深至，末说到秋怨。”

陈廷焯《词则·闲情集》：“出语必雅。北宋绝词，自以小山为冠，耆卿、少游皆不及也。”

蝶恋花

喜鹊桥成催凤驾①，天为欢迟，乞与初凉夜。乞巧双蛾加意画②，玉钩斜傍西南挂。　分钿擘钗凉叶下③，香袖凭肩，谁记当时话？路隔银河犹可借，世间离恨何能罢④？

【注释】

①喜鹊桥成:《淮南子》:"乌鸦填河成桥渡织女。" 凤驾:即凤凰车,古代帝王乘坐的车子。亦指仙车。许浑《骊山》:"凤驾北归山寂寂。"

②乞巧:旧时风俗。七月七日夜,天上牛郎织女相会,妇女穿针,称为乞巧。

③分钿擘钗:比喻分离。

④"路隔"两句:《荆楚岁时记》:"天河之东有织女,天帝之子也,云云。天帝怜其独处,许嫁河西牵牛郎。嫁后逐废织纴,天帝怒,责令归河东,使其一年一度相会。"

【赏析】

是词咏七夕。前阕三句写牛郎织女于七夕相会,喜鹊桥已经搭成,催促织女起驾赴会,上天可怜他们的欢会为迟,准许初凉之夜相会。歇拍,写人间七夕的活动。乞巧之夜,人们精心打扮,将双眉着意的画好,等待着玉钩似的新月从西南边升起。过片,写牛郎织女分别。分离就在凉叶下,香袖搭作肩头,相靠相偎,依依不舍,俩人谁也记不起临行当时说了些什么。结拍,牛郎织女隔着银河尚可借助鹊桥一年一聚,而人世间离恨何时才能消除呢?

◉集评

陈廷焯《词则·闲情集》:"留深意苦。"

夏敬观批语:"'借'字生而炼熟。"

蝶恋花

碧草池塘春又晚,小叶风娇,尚学娥妆浅①。双燕来时还念远,珠帘绣户杨花满。　绿柱频移弦易断②,细看秦筝。正似人情短。一曲啼乌心绪乱③,红颜暗与流年换④。

【注释】

①娥妆:古时妇女的一种眉妆。《妆台记》:"魏武帝令宫人扫青黛眉,连头眉,一画连心细长,谓之娥妆。齐梁间多效之。"

②绿柱:绿色的弦枕木。 柱:指乐器上的弦枕木,一柱架一弦,定弦时将其左右移动,调节音高低。

③啼乌:指歌曲名,当指《乌夜啼》。 心绪:犹心情。李煜《九月九日偶书》:"感时心绪杳难平。"

④流年:光阴,年华。因易逝如水,故称。杜甫《雨》:"悠悠边月破,郁郁流年度。"

【赏析】

是词写春怨。前阕写景。"碧草池塘春又晚,小叶风娇,尚学娥妆浅",芳草早已碧绿,池塘春色深矣;小小的荷叶,经风吹摆,另有一番娇美,恍如那初学娥妆未到家的少女。"双燕来时还念远,珠帘绣户杨花满",双燕飞归来时,正因为怀念遥远的旧巢;珠帘绣户到处都是飞扬柳絮。后阕写情。"绿柱频移弦易断",写主人公动作,频频的移动绿柱调音,很容易就将筝弦弄断了。"细看秦筝,正似人情短",凝视着短短的秦筝,正好像人情那样短。她终于弹奏了一曲《乌夜啼》,但是,心情却烦乱起来:红颜青春正与流年一起在暗暗地逝去。结句道出春愁的因由。

蝶恋花

碾玉钗头双凤小，倒晕工夫①，画得宫眉巧②。嫩曲罗裙胜凤草③，鸳鸯绣字春衫好。　三月露桃芳意早④，细看花枝，人面争多少。水调声长歌未了，掌中杯尽东池晓。

【注释】

①倒晕：古时妇女的一种眉妆。《妆台记》："妇人画眉，有倒晕妆。"

②宫眉：宫中的眉妆。《事文类聚》："汉明帝宫人扫青黛眉，魏武宫人扫连头眉，晋惠帝宫人扫黑墨眉。"《海录碎事》："唐明皇令画工画十眉图：一曰鸳鸯眉，二曰小山眉，三曰五岳眉，四曰三峰眉，五曰垂珠眉，六曰月棱眉，七曰分梢眉，八曰涵烟眉，九曰拂云眉，又曰横烟眉，十曰倒晕眉。"

③嫩曲：娇嫩的淡黄浅绿如酒曲相和颜色。

④露桃：蜜桃，承露而生。韦庄《天仙子》："露桃花里小腰肢。"

【赏析】

是词写歌女。前阕写妆扮，戴上玉雕的小小双凤纹饰头钗，运用倒晕手法技艺，画成宫样眉妆，显得精巧美艳。那嫩曲颜色的罗裙远远胜过凤草的本色，绣着鸳鸯的春衫，煞是好看。过片，总写歌女之美丽，像三月早开的蜜桃般美丽，仔细看看花枝与人面相差多少？"水调声长歌未了，掌中杯尽东池晓"，结拍点明主人公的歌女身份，那水调歌好像特别的长，歌未唱完，手中的酒刚刚喝下，东池那边已经拂晓了。写歌女通宵达旦地劳作，寄托了作者的同情。

蝶恋花

醉别西楼醒不记，春梦秋云①，聚散真容易。斜月半窗还少睡，画屏闲展吴山翠②。　衣上酒痕诗里字，点点行行，总是凄凉意③。红烛自怜无好计，夜寒空替人垂泪。

【注释】

①春梦：春日之梦。常比喻世事无常，繁荣易逝。刘禹锡《春日书怀……》："眼前名利同春梦，醉里风情敌少年。"

②吴山：又名胥山，以伍子胥而名。在浙江杭州市，春秋时为吴界，故名。

③凄凉：孤寂冷落。庾信《拟咏怀诗二十七首》之十一："摇落秋为气，凄凉多怨情。"

【赏析】

是词写离怨。前阕首句，"醉别西楼醒不记"，道出寻找排解离愁的无奈之举，一醉方休，离开那伤心之地西楼，即使醒来，也断断不记起它。"醉别"，并非真实的喝醉了告别，这只是一种假设的排遣方式而已。为甚呢？"春梦秋云，聚散真容易。"世事无常就像春梦秋云似的，聚会与离散真的太容易了。"聚散"偏义于"散"。歇拍两句，"斜月半窗还少睡，画屏闲展吴山翠"，写眼前实境。斜月下到半窗，自己还没有入睡，只见床前画屏上闲静地展示出吴山翠色。主人公心中不能平静，辗转难寐，而画屏却如此闲静，反衬出郁闷伤感之情。过片承上，"衣上酒痕诗里字，点点行行，总是凄凉意"，衣裳上的酒痕，或许就是过去在西楼欢宴留下的；诗里字，或许就是筵席上题写的词章。一点点、一行行，都是凄凉意绪的写照。结拍两句，“红烛自怜无好计，夜寒空替人垂泪”，化用杜牧《赠别》“蜡烛有心还惜别，替人垂泪到天明”之意，红烛好像也在同情自己，但又自惜没有好的计策安慰人，那就只好在寒夜里空自替人为惜别而流泪。

◉集评

先著、程洪《词洁》：“为小山之父及德麟辈，用笔亦未尝不轻，但有厚薄浓淡之分。后人一再过，不复留余味。而古人隽永不已。”

蝶恋花

欲减罗衣寒未去。不卷珠帘，人在深深处。残杏枝头花几许，啼红正恨清明雨①。　尽日沉香烟一缕。宿酒醒迟，恼破春情绪。远信还因归燕误，小屏风上西江路②。

【注释】

①啼红：经雨淋之红杏。　清明雨：亦称杏花雨。《提要录》：“杏花开时，正值清明后，必有雨，谓之清明雨。”温庭筠《菩萨蛮》：“南园满地堆轻絮，愁闻一霎清明雨。”

②西江：指西来之大江。

【赏析】

是词写闺妇怨。前阕首句通过写人对气候的反应，表现心绪不宁，想减去身上的罗衣，但春寒却未消去。乍暖还寒的春天气候，很难令人适应，常常产生这也不是，那也不行的无可适从感觉。“不卷珠帘，人在深深处。”在这样的季节环境里，她干脆连珠帘也不卷起，处于深深的庭院里。歇拍二句写景，“残杏枝头花几许，啼红正恨清明雨”，残败的杏花枝头上，还有花儿多少？经雨淋的红杏正怨恨那清明雨。目睹雨淋的红杏少许残花，或许闺妇也在泪湿双脸，正所谓，杏花恨雨而泣，闺妇恨离别而泣，好凄凉的一对。

过片，转入室内景。“尽日沉香烟一缕。”整日燃着的沉香料升腾起一缕轻烟。“宿酒醒迟，恼破春情绪。”昨夜的酒醉醒得很迟，更使人烦恼引起伤春情绪。“远信还因归燕误，小屏风上西江路。”双双燕子归来，还误以为是带回远方的信息，小屏风画面上的西江路活像远行人经过的路途。

◉集评

卓人月汇选、徐士俊参评《古今词统》：“‘小屏’句殆欲走入杨国忠家屏上。”

夏敬观批语：“‘恨’字、‘迟’字妙极。熟字炼之使生，尤不易。”

蝶恋花

千叶早梅夸百媚，笑面凌寒①，内样妆先试②。月脸冰肌香细腻，风流新称东君意③。　一捻年光春有味，江北江南，更有谁相比。横玉声中吹满地④，好枝长恨无人寄。

【注释】

①凌寒：冒着寒冷。　凌：冒着。屈原《哀郢》：“凌阳侯之氾滥兮，忽翱翔之焉薄。”

②内样：宫内流行的式样，同“宫样”。

③东君：司春之神。成彦雄《柳枝词》：“东君爱惜与先春，草泽无人处也新。”

④横玉：横笛。

【赏析】

是词咏梅。首句突现千叶梅之早开报春，是春天的使者，所以人们夸它千娇百媚。“笑面凌寒”，突现它的品格精神，不惧严寒而怒放，笑面迎对冰雪。“内样妆先试”，运用寿阳公主的传说，写梅花精神化为时尚的“落梅妆”。歇拍二句“月脸冰肌香细腻，风流新称东君意”，却就平平了。过片，通过江北江南的地域空间比较、百花的品种比较，赞美梅花。结拍，“横玉声中吹满地，好枝长恨无人寄”，梅花在横笛吹奏的《落梅花》曲乐中纷纷凋谢，姣好的花枝留下深深的怨恨，怎么无人远寄呢？

◉集评

夏敬观批语：“‘笑面凌寒’，意生。‘内样’，字生。不觉碍眼者，炼熟之功也。”

蝶恋花

金剪刀头芳意动，彩蕊开时，不怕朝寒重。晴雪半消花鬖髿[①]，晓妆呵尽香酥冻。　十二楼中双翠凤。缥缈歌声[②]，记得江南弄[③]。醉舞春风谁可共？秦云已有鸳屏梦。

【注释】

①鬖髿（méngsōng）：比喻花蕊的茸毛。

②缥（piāo）缈：高远隐约的样子。李白《天门山》：“参差远天际，缥缈晴霞外。”

③江南弄：乐府清商曲名。南朝梁天监十一年，梁武帝改西曲制《江南上云乐》十四曲，其中《江南弄》七曲。

【赏析】

是词写歌女。前阕写春景。司春之神仿佛挥动了金剪刀，花儿的情意萌动，彩蕊开放，不惧怕早上的寒气浓重。天晴了，积雪消融了大半，花儿显出茸毛，晓妆那会，暖和口气呵尽了香酥上的冷冻。后阕过片，写歌女居处。接着二句，写唱歌。“缥缈歌声，记得江南弄。”歌声隐约不清，只记得表现男女情爱的江南弄。结拍写舞蹈。“醉舞春风谁可共？秦云已有鸳屏梦。”没有人与她们共舞，呆呆地看着鸳屏上的秦云，好像在梦寐之中。

◉集评

夏敬观批语：“‘金剪刀头’，用‘二月春风似剪刀’，接以‘芳意动’，意新。”

蝶恋花

笑艳秋莲生绿浦，红脸青腰[①]。旧识凌波女[②]，照影弄妆娇欲语，西风岂是繁华主[③]。　可恨良辰天不与，才过斜阳，又是黄昏雨。朝落暮开空自许，竟无人解知心苦[④]。

【注释】

①红脸青腰：比喻鲜红的莲花、青翠的莲茎。

②凌波女：荷花之异名。《搜神记》："无锡上湖陂，陂吏丁初，雨止，见一少妇人著青衣戴伞，呼之不得，自投陂中，是大苍獭，衣伞皆是荷花。"

③西风：秋风。 繁华：指兴旺热闹。白居易《游平泉宴浥涧宿香山石楼赠座客》："金谷太繁华，兰亭阙丝竹。"

④心苦：莲心味苦。

【赏析】

是词咏莲花。首句写秋莲的花叶。秋莲花儿似美人欢笑地盛开，好艳丽；莲叶展铺水面，浦池都变成了绿色的世界。花开与叶铺，蔚为壮观，表现荷塘的整体美；红花与绿叶，色彩搭配和谐鲜明，表现荷塘的色彩美；"笑艳"二字，拟人手法写灿烂情状，表现秋莲的形态美。"红脸青腰"，以美人的容颜体态比喻整枝莲花，如红粉佳人婷婷玉立。"旧识凌波女"，到如今才真正领悟了旧时将莲花喻为凌波女的妥帖。"照影弄妆娇欲语"，短短七字，写了五种情态，一是荷塘水清如澄练，当以为镜。二是"照影"：照见"笑艳"的"红脸"；顾盼纤纤的"青腰"。三是"弄妆"：梳妆，打扮。四是"娇"态：妆成之美，娇艳无比。五是"欲语"：既写表情，亦写心理；含情脉脉，更觉其"娇"。歇拍，"西风岂是繁华主"，词意急促逆转，为下文张目。秋风不是繁华的主宰，秋莲给世间带来的"繁华"，因"西风"而将不再。

过片顺接，真可惜，天公并不给予她美好的光景，刚刚是斜阳晚照，却又来黄昏骤雨。结拍，"朝落暮开空自许，竟无人解知心苦"，秋莲早晨落了，黄昏再开，只是徒然自许；毕竟没有人能够懂得秋莲结子的苦心。词作将秋莲之"繁华"与凋零乃至结子作为咏物的表象，联系小晏的时代与遭遇，显然寄意他对身世的伤感；如果作更深一层的剖析，或许是况味人生的思索。

蝶恋花

碧落秋风吹玉树①，翠节红旌②，晚过银河路。休笑星机停弄杼，凤帏已在云深处。 楼上金针穿绣缕③，谁管天边，隔岁分飞苦。试等夜阑寻别绪④，泪痕千点罗衣露⑤。

【注释】

①碧落：天空。许浑《寄殷尧藩先辈》："青山有雪谙松性，碧落无云称鹤心。"

②翠节红旌：以青竹、红色旗子作成的符节。《周礼·地官·掌节》："凡邦国之使节，山国用虎节，土国用人节，泽国用龙节……门关用符节，货贿用玺节，道路用旌节。"

③"楼上"句：指民间乞巧。

④夜阑：夜尽。即天晓。

⑤"泪痕"句：织女牛郎相会，互诉别离，流下相思泪，从天而降为雨。故民间说，七夕夜必雨。

【赏析】

是词咏七夕。前阕以丰富的想象，描写七夕牛郎织女相会。天空里秋风吹拂着玉树，青竹符节排开，红旗招展，夜晚间，喜鹊已经架起了跨越银河的途径。歇拍，以织女作为描写对象。"休笑星机停弄杼，凤帏已在云深处。"不要取笑天上星宿的织机停止了投梭织布，那覆以绣凤帷幕的车驾已经去到彩云深处。过片写人间七夕乞巧活动，穿针楼上，妇女们聚精会神地凝视金针穿绣线，谁也忘了去管天上分飞隔年的痛苦。天上的“隔年分飞苦”是“天条”定律，谁也改变不了，管亦无用；妇女乞巧，只是希望人间不要有“隔年分飞苦”。结拍“试等夜阑寻别绪，泪痕千点罗衣露”，将天上人间融为一体，联想奇特。等到夜尽、牛郎织女分别之时，洒泪为雨，滴落妇女罗衣，正是他俩的相思泪痕。

◉集评

夏敬观批语：“七夕词意新语新。”

蝶恋花

碧玉高楼临水住①，红杏开时，花底曾相遇。一曲阳春春已暮②，晓莺声断朝云去。　远水来从楼下路，过尽流波③，未得鱼中素。月细风尖垂柳渡，梦魂长在分襟处④。

【注释】

①碧玉：原指南朝宋汝南王之妾。庾信《结寄少年场行》：“定知刘碧玉，偷嫁汝南王。”后指婢妾，此指女子。

②阳春：古代名曲。《文选·对楚王问》，宋王回答楚玉时说：“客有歌于郢中者，其始曰下里巴人，国中属而和者数千人；其为阳阿薤露，国中属而和者数百人；其为阳春白雪，国中属而和者数十人；引商刻羽，杂以流徵，国中属而和者，不过数人而已。是其曲弥高，其和弥寡。”注：“翰曰：‘阳春白雪，高曲名也。’”

③流波：游动的水。

④分襟：分袂，分别。

【赏析】

是词写男子恋情。前阕写俩人情爱的发展。首句交代碧玉美女的居所，是临水的高楼。二三句写初次相会。红杏盛开的时节，曾与她在花下相会。会面环境优美，季节明丽，充满浪漫情调的幽会。歇拍，写暮春相会。“一曲阳春春已暮，晓莺声断朝云去。”点明了碧玉的歌女身份，写其歌艺高超。暮春的时候，她歌唱的一曲阳春，像莺声那样美妙，响遏朝云。后阕写离别后相思。过片三句，“远水来从楼下路，过尽流波，未得鱼中素”，主人公等待音信，远处流淌过来的江水从楼前而，过尽了流水，竟然得不到鱼儿带来的音信。结拍回忆离别。“月细风尖垂柳渡，梦魂长在分襟处。”离别的环境、氛围颇为凄凉：春夜里、新月下、寒风中、垂柳旁、渡口边，所以刻骨铭心，梦魂经常长系，可见恋情之深。

◉集评

厉鹗《论词绝句》：“鬼语分明爱赏多，小山小令擅清歌。世间不少分襟处，月细风尖唤奈何！”

陈廷焯《词则·闲情集》：“凄婉欲绝，仙耶？鬼耶？”

蝶恋花

梦入江南烟水路，行尽江南，不与离人遇。睡里销魂无说处①，觉来惆怅销魂误。　欲尽此情书尺素②，浮雁沉鱼③，终了无凭据。却倚缓弦歌别绪，断肠移破秦筝柱。

【注释】

①销魂：形容悲伤愁苦至极。韦庄《清平乐》："谁向桥边吹笛？驻马西望销魂。"

②尺素：书信。素，绢。古人为书，多书于绢。故称。

③浮雁沉鱼：指书信不通。

【赏析】

是词写离愁。前阕写梦境。起首三句，"梦入江南烟水路，行尽江南，不与离人遇"，做梦行走在江南的烟水路上，走遍了江南，始终没有遇上久别的心上人。"烟水"，抓住了江南景物特征，梦境优美。"行尽"，突出找寻范围之广、程度之难，突出离愁之重、思念之切、情谊之深。歇拍二句，"睡里销魂无说处，觉来惆怅销魂误"，"睡里"，总概了有梦与无梦，前边说梦入，"不与离人遇"，自然是无法将消魂的痛苦说，所以，有梦亦如无梦。醒过来就不胜惆怅，"消魂"误人呀！"江南"、"消魂"都是重复交替使用，起到强调、突出的修辞效果。"江南"叠用，加强了感情的力量。"消魂"重叠，有反跌之势，递进一层，倍增曲折与绵邈。过片，转写寄信。"欲尽此情书尺素，浮雁沉鱼，终了无凭据"，想尽将相思之情写成书信寄达，但是浮雁沉鱼，渺然没有凭证可以靠它们将信送到，道出了彼此音信无路可通、相思情怀无可表达的无奈之苦。结尾两句："却倚缓弦歌别绪，断肠移破秦筝柱。"又想倚仗缓弦来表达别绪，但断肠之调过于悲切，调弦正音幅度过大，连筝柱也弄断了。寄哀弦诉相思亦不能，可谓一筹莫展，其情愈哀。

◉集评

卓人月汇选、徐士俊参编《古今词统》："人必说梦中相会，何等陈腐。"

蝶恋花

黄菊开时伤聚散。曾记花前，共说深深愿。重见金英人未见，相思一夜天涯远。　罗带同心闲结遍①，带易成双，人恨成双晚。欲写彩笺书别怨②，泪痕早已先书满。

【注释】

①罗带同心：古人以锦带罗带绾成回文连环式，以寓相爱，美称同心结。韦庄《清平乐》："罗带悔结同心，独凭朱栏思深。"

②彩笺：彩色华贵的小幅纸张。古用以题诗写书信，故信札，亦言笺。牛峤《应天长》："莫信彩笺书里，赚人肠断字。"

【赏析】

是词写相思。起首句，议论聚离，突出说离别之伤感。秋天来，黄菊开，使人对相聚离别而伤感。"聚离"，偏义，侧重于"离"。接着回忆："曾记花前，共说深深愿。"曾经记得就在菊花丛前，两人都许下深深盟愿。歇拍写目前，"重见金英人未见，相思一夜天涯远"，而今重见菊花盛开，却不见人回。重见于花前，或许是深深愿之一，她足足期盼了整年，终于等到了菊花开时，结果却是事与愿违，"人未见"，希望变成了失望。此时，才真正懂得了相思，一夜之间感到心上人在天涯远处。

过片，她以平静的心态编织成罗带同心结，可是，罗带容易结成双，而自己却恨成双太迟。这是自我安慰的解脱。"欲写彩笺书别怨，泪痕早已先书满。"要写信想将别怨寄去，然而没有动笔，那泪痕早已将信笺写满。

◉集评

夏敬观批语："熟意炼新。"

俞陛云《唐五代两宋词选释》："叔原小令最工，直逼《花间》。"

鹧鸪天

彩袖殷勤捧玉钟[①]，当年拚却醉颜红[②]。舞低杨柳楼心月，歌尽桃花扇底风。　从别后，忆相逢，几回魂梦与君同。今宵剩把银釭照[③]，犹恐相逢是梦中。

【注释】

①彩袖：彩色的衣袖。借代美人。　殷勤：情意恳切深厚。卢象《赠程秘书》："殷勤拯黎庶。"　玉钟：玉制的钟形酒器。

②拚（pān）却：甘愿。

③剩把：尽把。

【赏析】

是词写恋情。前阕写相恋。首句写初逢，"彩袖殷勤捧玉钟，当年拚却醉颜红"，当年，佳人捧着玉钟，不停地殷勤劝酒。自己唯有心甘情愿地一醉方休了。歇拍写热恋，"舞低杨柳楼心月，歌尽桃花扇底风"，选取歌舞作为象征写情。共舞到月儿低于杨柳掩映的高楼之下，同歌到风儿尽于桃花扇底，两人是通宵达旦的尽情欢乐。"月"、"风"，暗寓"吟风弄月"。后阕过片写别后。"从别后，忆相逢，几回魂梦与君同。"自从离别以后，时常回忆起相逢时的日子，多少回梦魂同你在一起。结拍写重逢，"今宵剩把银釭照，犹恐相逢是梦中"，承前而写，梦寐以求"与君同"，而今梦已成真，两人相见，反疑是梦，只好拿过银灯仔细照看，验证真假。这一细节描写，集动作、心理活动于一起，写出了久别重逢，惊喜交集的情状。

◉集评

赵德麟《侯鲭录》："晁无咎言晏叔原不蹈袭人语，而风调闲雅，自是一家。如'舞低杨柳楼心月，歌尽桃花扇底风'，是知此人不生在三家村中也。"

胡仔《苕溪渔隐丛话》："《雪浪斋日记》谓晏叔原工于小词，'舞低杨柳楼心月，歌尽桃花扇底风'，不愧六朝宫掖体。"

刘体仁《七颂堂词绎》："'夜阑更秉烛，相对如梦寐'，'今宵剩把银釭照，犹恐相逢是梦中'，此诗与词之分疆也。"

王楙《野客丛书》："晏叔原'今宵剩把银釭照，犹恐相逢是梦中'，盖出于老杜'夜更秉烛，相对如梦寐'，戴叔伦'还作江南梦，翻疑梦里逢'，司空曙'乍见翻疑梦，相悲各间年'之意。"

陈廷焯《词则·闲情集》："仙乎丽矣。后半阕一片深情，低回往复，真不厌百回读也。言情之作，至斯已极。"

鹧鸪天

一梦醒来春又残，野棠梨雨泪阑干[①]。玉笙声里鸾空怨，罗幕香中燕未还。　终易散，且长闲，莫教离恨损朱颜。谁堪共展鸳鸯锦[②]，同过西楼此夜寒。

【注释】

①野棠:野生的海棠花。孙光宪《上行杯》:“野棠开,江草湿。” 泪阑干:泪流纵横交错状。温庭筠《菩萨蛮》:“人远阑泪干,燕飞春又残。”

②鸳鸯锦:绣着鸳鸯的织锦衾被。

【赏析】

此词写离愁别恨。前阕写一梦酒醒所见之残春景色。起句头四字“一梦醒来”,不同凡响,昨夜一番沉醉,今朝酒醒,可见其已是伤心人一个,眼前所见,凝成三个字:“春又残。”蓦然感到,春天又过去了。往日欢娱,美好情事就这样跟着春残而消失,不复再了。第二句,是伤心人眼中的残春景象:“野棠梨雨泪阑干。”白居易《长恨歌》有句:“玉容寂寞泪阑干,梨花一枝春带雨。”小晏从此化出,将带雨的棠梨暗喻流泪之人,情景交融。歇拍,写别后:“玉笙声里鸾空怨,罗幕香中燕未还。”玉笙乐声里,鸾凤空自怨艾;罗幕芳香中,燕子还未归来。表达出想念的情人的哀怨。过片,“终易散,且长闲,莫教离恨损朱颜。”既然已经知道终究是容易离散的,暂且偷闲而过吧,不要让离愁别恨折损青春容颜。这种自我排解之言,只是爱之愈深,恨之愈深,恨之愈深,宽之也愈广的无可奈何。结拍,“谁堪共展鸳鸯锦,同过西楼此夜寒。”但是,谁能共展鸳鸯绣被,一同度过西楼的今夜寒冷?!言下之意是,料峭春寒,漫漫长夜,孤寂难耐。

鹧鸪天

梅蕊新妆桂叶眉,小莲风韵同瑶池①。云随绿水歌声转②,雪绕红绡舞袖垂。 伤别易,恨欢迟,惜无红锦为裁诗③。行人莫便消魂去,汉渚星桥尚有期④。

【注释】

①小莲:指歌姬。 风韵:风度,韵致。后多指女子的神态。 瑶池:古代神话中神仙居所。《穆天子传》:“乙天子觞西王母于瑶池之上,西王母为天子谣。”此借代仙女。

②云:指歌姬。 绿水:古时琴曲名。高绍《晦日宴高氏林亭》:“葛弦调绿水。”

③“惜无”句:可惜没有红锦帛得以剪裁为笺来作诗。 裁诗:或解作诗。杜甫《江亭》:“排闷强裁诗。”

④汉渚:天河岸边。 汉,天河。《诗·天雅·大东》“维天有汉,监亦有光。” 渚:水边。

【赏析】

是词写歌姬小莲。前阕刻画形象。“梅蕊新妆桂叶眉,小莲风韵同瑶池。”化成落梅新妆,画上桂叶黛眉,“新”字,一改旧时妆为落梅妆,不画柳叶眉,而画桂叶眉,更显时尚,别有风情。小莲的风韵堪与瑶池的仙女媲美。歇拍,“云随绿水歌声转,雪绕红绡舞袖垂。”歌声婉转如行云追逐绿水,舞动长袖如白雪围绕红绡飞旋。二句以明亮的白、绿、红等色彩,以随、转、绕、舞、垂等动词,以云、水、雪、绡等具象,以工整的对偶句式,描写歌舞技艺超群,艺术效果强烈。后阕描写心理。过片,“伤别易,恨欢迟,惜无红锦为裁诗”,她伤感离别的容易,怨恨欢愉的迟到,惋惜无由寄赠予红锦书写的爱诗。“伤”、“恨”、“惜”三字,从三个角度和层面组成心理活动的总体情状。结拍,“行人莫便消魂去,汉渚星桥尚有期。”行人呀,不要就这样而痛苦难受,那牛郎织女尚且期盼一年一度的鹊桥相会咧。

鹧鸪天

守得莲开结伴游，约开萍叶上兰舟[①]。来时浦口云随棹[②]，采罢江边月满楼。　花不语，水空流，年年拚得为花愁。明朝万一西风劲[③]，争向朱颜不耐秋[④]。

【注释】

①约：张相《诗词曲语辞汇释》："约，犹掠也……言掠开萍叶也。"

②浦口：入江的河口。

③万一：犹倘或。

④争：通"怎"。怎么。 向：朝着，对着。引申为偏爱。

【赏析】

是词写采莲女。前阕写采莲女一天的劳作。首句起以"守得"二字，不是一般的守候，经长时的等候，莲花终于开了，写出了采莲女的喜悦心情。"结伴游"，相约成群而去，不说采，而说"游"，因为盼到了莲开，心情好，只将采莲当游赏。"约开萍叶上兰舟。"她们轻轻拨开浮萍，同上木兰船。回应"守得"，因为是第一次采莲，浮萍聚生，"航道"未通，所以要"约开"。"来时浦口云随棹，采罢江边月满楼。"二句以"来时"、"采罢"，总括一天的采莲经过，用语简约。唐人王昌龄《采莲曲》有联："来时浦口花迎入，采罢江头月送归。"情趣虽同，小晏此联似胜一筹。"云随棹"，清晨朝霞彩云倒影水面，好像是随着船桨划动而飘移。"月满楼"，回到江边，月儿初上，皎洁的月光照满楼台。彩云相随，明月作伴，从早到晚的采莲劳动都充满了诗情画意。

后阕写采莲女的忧愁。过片三句，"花不语，水空流，年年拚得为花愁。"花默默无言，水静静流淌，年年岁岁甘心情愿地为花发愁。时光如流水，花非百日好，她们爱惜莲花，为莲花的遭遇担忧；年年为花愁，青春亦年年流逝，好景不常。结拍"明朝万一西风劲，争向朱颜不耐秋。"明天万一西风骤然劲吹，如朱颜的莲花怎抵挡得住秋天的摧损。"朱颜"既指花，亦指采莲少女，莲花不耐秋，少女朱颜亦不耐秋。

词作体现了清新明净的民歌风格与隽雅含蓄的文人词风的结合，情韵动人，颇具特色。

鹧鸪天

斗鸭池南夜不归[①]，酒阑纨扇有新诗[②]。云随碧玉歌声转，雪绕红琼舞袖回。　今感旧，欲沾衣，可怜人似水东西[③]。回头满眼凄凉事，秋月春风岂得知[④]。

【注释】

①斗鸭：古代以鸭相斗的游戏，相传起于汉代，以消闲、取乐。《西京杂记》："鲁恭王好斗鸡鸭及鹅雁。"

②纨扇：细绢制作的团扇。江淹《班婕妤扇》："纨扇如团月，出自机中素。"

③水东西：各自向东方西方流的河水。

④秋月春风：比喻美景，亦可比喻岁月。白居易《强酒》："不然秋月春风夜，争那闲思往事何。"

【赏析】

是词感旧。前阕写昔。首两句昼夜相继。“斗鸭池南夜不归,酒阑纨扇有新诗。”写斗鸡、饮酒、赋诗。玩斗鸭游戏消闲取乐,通宵达旦;酒阑之后,兴犹未尽,在歌女的纨扇上题上新诗。歇拍,“云随碧玉歌声转,雪绕红琼舞袖回”,与同调之《梅蕊新妆桂叶眉》歇拍两句相仿。以往诗词写歌声都用“响遏行云”形容,而小晏却不说“遏”,而用“随”、“转”,亦算一变化也。

后阕写今。过片三句,“今感旧,欲沾衣,可怜人似水东西”,而今感怀旧事,真得泪流湿衣。最痛苦的莫过于两人像各自向东西流去的水,不能会合。“回头满眼凄凉事,秋月春风岂得知。”回头细想,满目都是凄凉之事,皎洁的秋月、温煦的春风,你们那里能够知晓?“岂得知”三字,反诘,问得绝望。

词作今昔对比强烈;蓄势抒情,深沉悲凉;伤时、感逝、怀旧的情感,扣人心弦。

鹧鸪天

当日佳期鹊误传①,至今犹作断肠仙。桥成汉渚星波外,人在莺歌凤舞前②。　欢尽夜,别经年③,别多欢少奈何天④。情知此会无长计,咫尺凉蟾亦未圆⑤。

【注释】

①佳期:原谓与佳人相约会,后通称欢聚之日。赵嘏《昔昔盐二十首·彩凤逐帷低》:“何年征戍客,传语报<u>佳期</u>。”　鹊误传:神话传说,织女自归牛郎,两情缠绻,致女废织,男荒耕。天帝怒,责令织女归河东,使不得与牛郎相会。后悔,令鹊传信,许二人七日得会一次。惟鹊误传为一年之七夕,使二人尝尽相思之苦。织女后知鹊误传,恨极,而髠鹊。鹊知己失言,故于七夕,群集河汉,架梁以渡织女。

②莺歌凤舞:比喻轻歌曼舞。

③经年:经过一年。

④奈何:怎么,怎么办。

⑤凉蟾:月亮。李商隐《燕台》:“月浪冲天天宇湿,<u>凉蟾</u>落尽疏星入。”

【赏析】

是词咏七夕。通过叙述牛郎织女的神话故事,对不合情理之悲剧,发出无可奈何的感叹。结拍“情知此会无长计,咫尺凉蟾亦未圆”,指出牛郎织女这出无法改变的悲剧,感天地、泣鬼神,就连近在咫尺的月亮于当天晚上也没有满圆,表达同情之心。不得不佩服小晏联想之奇特。

鹧鸪天

题破香笺小研红①,诗多远寄旧相逢。西楼酒面垂垂雪②,南苑春衫细细风。　花不尽,柳无穷,别来欢事少人同。凭谁问取归云信,今在巫山第几峰③?

【注释】

①香笺小研红:倒装结构,经打磨去掉了红色浮光的小幅开度的香笺。

②垂垂:渐渐地。司空曙《赠衡岳隐禅师》:“<u>垂垂</u>身老将传法,因下人间遂北游。”

③“今在”句：现在身处巫山的第几座山峰？强子容《巫山》：“朝云暮雨连天暗，神女知来第几峰？”

【赏析】

是词怀人。词作以大部分的篇幅回忆往日的欢事。以题诗远寄开头，表现出主人公回忆旧欢的满足与眷恋心情，不仅是自己独享，而且要寄给远方的旧友分享。“西楼酒面垂垂雪，南苑春衫细细风。”二句选取了典型的欢事，以极工之联道出。西楼南苑的畅饮、轻歌、曼舞、吟诗、填词，风（花）雪（月）何等悠闲，“垂垂”、“细细”四字，说尽快意。过片，“花不尽，柳无穷，别来欢事少人同。”总结这种欢愉是没有穷尽的，而且是无人可比的。结拍，“凭谁问取归云信，今在巫山第几峰？”凭借谁去询问归云的音信，现在处于巫山那座山峰之上？流露出深沉而蕴蓄的思念之情。

鹧鸪天

清颖尊前酒满衣[①]，十年风月旧相知[②]。凭谁细语当时事，肠断山长水远诗。　金凤阙[③]，玉龙墀[④]，看君来换锦袍时[⑤]。姮娥已有殷勤约[⑥]，留著蟾宫第一枝[⑦]。

【注释】

①清颖：明净颖秀。

②风月：清风明月。

③凤阙：汉代宫阙名。后用作通称皇宫。

④龙墀：宫殿上的涂以红丹的地或台阶。

⑤换袍：《隋唐嘉话》：“武后施龙门，命群官赋诗，先成者，赏锦袍。”

⑥殷勤约：盛情的邀请。

⑦“留着”句：就等着我去月宫折取第一枝桂枝吧。比喻登科第一名。

【赏析】

是词写送友赴考。前阕所述，颇见旧友情深，十年之交的知己，断肠章句的诗友，他要赶考了，两人畅饮至酒满衣。后阕，便是些预祝言语，字里行间似没了前阕的热情。

鹧鸪天

醉拍春衫惜旧香，天将离恨恼疏狂[①]。年年陌上生秋草，日日楼中到夕阳。　云渺渺，水茫茫，征人归路许多长。相思本是无凭语，莫向花笺费泪行[②]。

【注释】

①疏狂：疏远，轻狂。

②花笺：精致华美的笺纸。徐陵《玉台新咏序》：“五色花笺，河北胶东之纸。”

【赏析】

是词写离愁别恨。前阕首句，“醉拍春衫惜旧香”，描写细节。“醉”字，先交代动作细节的精神状况，古人常说，借酒浇愁愁更愁，酒醉而仍然作出后面的动作，可见非同平常。

"拍"字,正合于"醉"态。小晏用"拍",而不用"抚","抚",过于理智,是常态下的动作,力度轻、频率基本一致;但是"拍"就不同了,每一下,力度和频率都会不一致,是变化着的,窃以为,解为时而抚摸、时而轻拍,才能反映"醉"时动作之实况。这句不妨如此解读:喝醉了,在朦胧之中,反复不停地抚摸着轻拍着春衫,那留存的旧香,叫人珍惜。"天将离恨恼疏狂。"老天让离恨偏偏来烦恼疏狂之人,这是不得其解而怨恨于天。歇拍,"年年陌上生秋草,日日楼中到夕阳。""秋草"、"夕阳"都是衰颓的象征具象,见之易生哀愁,老天就安排年年道途上长满秋草,天天楼阁上照临夕阳。从时间空间的角度,极写离恨笼罩与缠绕的延续与扩展。

过片以形象的云水、归路,写出人在旅途的离恨。"云渺渺"、"水茫茫",上至天、下至地,渺茫一片,充塞整个空间,远行人的归路渺渺茫茫,是那么的绵长,看不到头。结拍,"相思本是无凭语,莫向花笺费泪行。"相思本来就是很难以言语去表述的,不要对着花笺浪费那相思泪行了。自我排解之语,更显相思之切,烦恼之深,沉痛之极。

◉集评

卓人月汇选、徐士俊参评《古今词统》:"'费'字本于学书纸费,学医人费。"

夏敬观批语:"'拍'字生而熟炼;'恼'字新。"

鹧鸪天

小令尊前见玉箫①,银灯一曲太妖娆②。歌中醉倒谁能恨,唱罢归来酒未消。　春悄悄,夜迢迢,碧云天共楚宫遥③。梦魂惯得无拘检④,又踏杨花过谢桥⑤。

【注释】

①小令:短调的词。宋武陵逸史辑《草堂诗余》以小令、中调、长调为目录,旧词谱即以此为例,五十八字内者,称小令;五十九至九十字者,称中调;九十一字以上者,称长调。玉箫:范摅《云溪友议》中的人物名。韦皋少游江夏,馆姜氏,与侍婢玉箫有情。韦归,一别七年,玉箫遂绝食死。后再世,为韦侍妾。小山词用此故事,指美人也。

②妖娆:娇艳妩媚。韦庄《谒金门》:"有个妖娆如玉,夜夜绣屏孤宿。"

③楚宫:楚国之宫。杜甫《咏怀古迹》:"最是楚宫俱泯灭,舟人指点到今疑。"

④惯得:纵容。　拘捡:检束。韦应物《南园陪王卿游瞩》:"形迹虽拘检,世事淡无心。"

⑤谢桥:谢邑之桥。　谢:古邑名。在今河南省唐河南。周朝申伯迁于此。《诗·大雅·崧高》:"亹亹申伯,王缵之事,于邑于谢,南国是式。"

【赏析】

是词写歌筵惊艳。前阕起笔二句"小令尊前见玉箫,银灯一曲太妖娆。"歌筵上把酒细品着小令清唱,认识了玉箫美人,银灯高照下的那一曲真是特别娇艳妩媚。"太"字,写出诧异、惊喜、倾慕之情,可谓"惊艳"。用玉箫之典,暗寓两人筵前眉目传情而心许。"歌中醉倒谁能恨,唱罢归来酒未消。"顺承"一曲"而来。在美妙的歌声中痛饮至醉,有谁又能遗恨的呢!唱完之后,余音萦耳;筵散归来,酒意未消。"歌中醉倒",边听歌边酣饮,直至酩酊大醉,此一;美妙的歌声令人陶醉,此二;美艳的歌者令人迷醉,此三。这一切,是心甘情愿的,无人能恨。"酒未消",醉得深沉,未消的何止是酒意,更有玉箫的绵绵情意。两句实中有虚,沉着深婉。过片,紧接写归来。"春悄悄,夜迢迢,碧云天共楚宫遥",春意冷寂,长夜迢迢,两人相隔恍如碧云天与楚宫那样遥远。"悄悄"与前阕的欢娱、"遥"与前阕"尊前"的亲近，都形成鲜明的对比，刚刚离别便是刻骨的相思，婉妙动人。结拍，“梦魂惯得无拘检，又踏杨花过谢桥”，梦魂一向以来都管束不住的，今夜里又要踏着满地杨花，走过谢桥，去会意中人了。张泌《寄人》诗句“别梦依依到谢家”，小晏拿来，意味更深。“又”字，表示多次反复，用意尤深。

◉**集评**

邵博《闻见后录》：“程叔微云：‘伊川闻诵晏叔原“梦魂惯得无拘检，又踏杨花过谢桥”长短句，笑曰：‘鬼语也！’意亦赏之。”

夏敬观批语：“伤心梦呓，昔人以为鬼话，余不谓然。”

鹧鸪天

楚女腰肢越女腮[①]，粉圆双蕊髻中开[②]。朱弦曲怨愁春尽，渌酒杯寒记夜来。　新掷果[③]，旧分钗[④]，冶游音信隔章台[⑤]。花间锦字空频寄[⑥]，月底金鞍竟未回。

【注释】

①楚女腰肢：楚国女子的细腰。《管子·七臣七子》：“楚王好细腰，而美人省食。”　越女腮：越国女子的艳丽之腮。李贺《南园十三首》之一：“小白长红越女腮。”

②双蕊：双朵花蕊。

③掷果：亦作“投果”。晋朝潘岳美姿容，每出门，妇人投之以果，遂满载而归。形容男子为女子所爱慕。李白《送族弟凝之滁求婚崔氏》：“遥知向前路，掷果定盈车。”

④分钗：比喻夫妻生死离别。陆罩《闺怨诗》：“自怜断带日，偏恨分钗时。”

⑤冶游：亦作游冶。　章台：宫名，战国时秦渭南离宫名。因宫内有章台而名，在陕西长安县故城西南隅。台下有街名章台。亦指汉代长安章台街，乃聚乐之地，后来便成为妓女居所的代称。

⑥锦字：“织锦回文”之简，也称《璇玑图》。牛峤《玉楼春》：“雁归不见报郎归，织成锦字封过与。”

【赏析】

是词写妓女。前阕首两句描写肖像，她拥有楚女的腰肢、越女的容颜，一双粉红浑圆的花蕊开放在髻发之上。歇拍以工整的对偶句子，写日常生活，拨弄朱弦、清唱怨曲、陪宴侑酒，一年到头，通宵达旦，“怨”、“愁”，暗寓其哀怨，“春尽”，或许她们的青春也将随着这种生活而时日不长。后阕写偶遇意中人而终不能持久而惆怅。词作寄托了对妓女的同情。

鹧鸪天

十里楼台倚翠微[①]，百花深处杜鹃啼[②]。殷勤自与行人语，不似流莺取次飞[③]。　惊梦觉，弄晴时，声声只道不如归[④]。天涯岂是无归意，争奈归期未可期[⑤]。

【注释】

①翠微：青翠掩映的山腰深处。李白《下终南同过斛斯山人宿置酒》：“却顾所来径，苍苍横翠微。”

②杜鹃：鸟名，又作子隽、子规、催归。别称杜宇、杜魄。白居易《琵琶行》："其间旦暮闻何物？杜鹃啼血猿哀鸣。"

③流莺：莺之叫声流丽婉啭，故称。张泌《河传》："斜阳似共春光语，蝶争舞，更引流莺妒。"取次：随便、草草。

④不如归：杜鹃啼声，不如归去。

⑤争奈：怎那，怎么。奈，同"那"。

【赏析】

是词写旅途中闻杜鹃啼声，触发思乡情感。前阕首二句写杜鹃啼叫的节令、环境。"十里楼台倚翠微，百花深处杜鹃啼。"背靠青山的十里楼台，迎来了春天，百花盛开，花从深处杜鹃啼叫。百花簇拥十里楼台，这是一种宜人的环境氛围，然而杜鹃的啼声凄切，听来揪心，所见与所闻，两种感受对比映衬，突出了愁苦。歇拍，"殷勤自与行人语，不似流莺取次飞。"杜鹃啼叫不已，仿佛是殷勤地与行人说话，不像流莺那样没有人情味，只在人前随便地飞来飞去。杜鹃与流莺比较，流莺啼声是流丽婉转悦耳的，而主人公却感其没有情味，倒觉得杜鹃对人的殷勤，似乎懂得行人的心绪。

后阕抒情。过片，"惊梦觉，弄晴时，声声只道不如归。"从梦中惊醒，正是春日放晴，听到声声都是"不如归去"，好像在催促行人归去，令人心烦意乱。韦庄《酒泉子·月落星沉》词有句"子规啼破相思梦，曙色东方才动。"说的都是杜鹃啼，惊醒梦人，当然，小晏所言应是思乡梦。结拍，"天涯岂是无归意，争奈归期未可期"，身处天涯，那里是没有归家的意头呢，怎奈是归期还未最后确定而已。人在旅途，身不由己，再催亦无用，表达对家乡的怀想的同时，亦表达对人生遭遇的愤慨。意境深远，耐人寻味。

鹧鸪天

陌上濛濛残絮飞①，杜鹃花里杜鹃啼②。年年底事不归去③，怨月愁烟长为谁。　梅雨细，晓风微，倚楼人听欲沾衣。故园三度群花谢④，曼倩天涯犹未归⑤。

【注释】

①濛濛：密布的样子。《楚辞·九思·悯上》："云濛濛兮电倏烁，孤雌惊兮鸣呴呴。"

②杜鹃花：又名映山红。春季开红花，先叶而后着花者，色丹如血。李白《宣城见杜鹃花》："蜀国曾闻子规鸟，宣城还见杜鹃花。"

③底事：何事，何以。白居易《放言》："朝真暮伪何人辨，古往今来底事无。"

④故园：旧家园，故乡。骆宾王《晚憩田家》："唯有寒潭菊，独似故园花。"

⑤曼倩：此指东方朔。东方朔字曼倩，汉武帝时侍诏金九门，官至太中大夫。因其以诙谐滑稽著名，后人传其异闻甚多，方士又附会其为神仙。或说，曼，美也；倩，男子的美称。美男子。

【赏析】

是词写思归。前阕首二句写春景，选取柳絮、杜鹃花开、杜鹃鸟啼作为典型，道路上的杨花残絮如微雨般纷乱迷蒙地飞飏，杜鹃花盛开杜鹃鸟啼叫。二句写景抒情结合，残絮飞，如心中思归的情绪；闻杜鹃啼而觉"不如归去"，景中暗寓思归之情。歇拍，"年年底事不归去，怨月愁烟长为谁"，将思归直接道出，年年因为什么事情不归去，自己常常见明月而怨，观烟景而愁，到底是为了谁呢？过片，联想到家中人，"梅雨细，晓风微，倚楼人听欲沾衣”，现在家乡的梅雨细细，晨风微吹，登楼远眺的家人如果听到杜鹃啼叫，一定是要泪湿衣衫的。思归之人对盼归之人的想像、体味，表现出更深沉的思归之情。结拍，“故园三度群花谢，曼倩天涯犹未归”，故乡的花儿三度开了又谢，就好像东方曼倩那样，处于天涯还没有归去。

◉集评

陈廷焯《词则·闲情集》："笔意亦俊爽，亦婉约。"

鹧鸪天

晓日迎长岁岁同①，太平箫鼓间歌钟。云高未有前村雪，梅小初开昨夜风。　罗幕翠，锦筵红，钗头罗胜写宜冬②。从今屈指春朝近③，莫使金尊对月空。

【注释】

①迎长：古时祭迎五帝，祈求丰年，亦称“迎气”。据《后汉书·祭祀》载，迎气，五郊之兆，四方之兆各依其位。……立秋之日，迎秋于西郊，祭白帝蓐收，车服皆白。立冬之日，迎冬于北郊，祭黑帝、玄冥，车服皆黑。

②胜：古时妇女的头饰。以剪彩为之。因形或质之不同，而称为“人胜”“花胜”、“华胜”、“幡胜”、“彩胜”等，小山词称“罗胜”，疑以轻罗剪之。

③屈指：弯曲手指计算数目。杜甫《甘林》："人衰易悲伤，屈指数贼围。"

【赏析】

是词咏冬至。首二句写官方“迎长”，清晨太阳刚出，迎长的仪式亦如往年一样举行，箫管与鼓乐齐奏，歌声与钟鸣共响，场面壮观，热闹无比。接着写冬至物候景色。过片写民间风俗，结拍，怀着希冀心情，为春天的即将到来而欣喜，而畅饮一番。

鹧鸪天

小玉楼中月上时①，夜来惟许月华知②。重帘有意藏私语，双烛无端恼暗期③。　伤别易，恨欢迟，归来何处验相思？沈郎春雪愁消臂④，谢女香膏懒画眉⑤。

【注释】

①小玉：吴王夫差之女名小玉。白居易《霓裳羽衣歌》："吴妖小玉飞作烟，越艳西施化为土。"泛指美女，此指相会之美女。

②月华：月光。

③暗期：暗地里的约会。

④“沈郎”句：用沈约消瘦事，比喻男子相思而日瘦。

⑤谢女：唐长庆中官妓谢好好，此指女妓。或谢女同谢娘、谢娥之类，指美人。　香膏：《南史·天竺国传》："大秦人采苏合，先榨其汁，以为香膏。"陈克《浣溪沙》："浅画香膏拂紫绵。"

【赏析】

是词写相思。美人呆坐楼中，月亮已经上来了，忽然从照进来的月光，才知道黑夜竟然来临了。“重帘有意藏私语，双烛无端恼暗期。”二句回忆与情人相会的情景，多少私语之后，约好暗期。过片，“伤别易，恨欢迟”，伤感别离，怨恨欢愉太迟。结拍，用沈郎消瘦典故，暗喻男子因相思而日瘦，美人因相思即使有香膏，而懒得画眉，正如《诗·卫风·伯兮》所唱：“自伯之东，首如飞蓬。岂无膏沐，谁适为容。”

◉集评

夏敬观批语：“‘验’字新。”

鹧鸪天

手捻香笺忆小莲[1]，欲将遗恨倩谁传[2]？归来独卧逍遥夜[3]，梦里相逢酩酊天[4]。　花易落，月难圆，只应花月似欢缘[5]。秦筝算有心情在，试写离声入旧弦。

【注释】

①捻(niǎn)：用手指搓揉。张泌《浣溪沙》：“闲折海棠看又捻，玉纤无力惹余香。”　小莲：歌姬。

②遗恨：犹余恨。　倩：请人替自己做事叫倩。

③逍遥：亦作“消摇”，优游自得的样子。《诗·郑风·清人》：“河上乎逍遥。”

④酩酊(mǐngdǐng)：大醉。韦庄《天仙子》：“深夜归来长酩酊，扶入流苏犹未醒。”

⑤欢缘：有得到男子相爱的缘分。欢，古时男女相爱，女称男子为欢。

【赏析】

是词忆小莲。首句，“手捻香笺”，写出凝想构思的情状。“忆小莲”，小莲是四位歌姬之一，过去，小晏“每得一解，即以草授诸儿。吾三人持酒听之，为一笑乐。”而今，小莲已经离去，“笑乐”没了，剩下的只有“忆”了。“忆”字，系情沉郁。第二句，“欲将遗恨倩谁传？”要请谁来把余恨传递出去呢？“遗恨”回应“忆”，心情沉痛。歇拍二句，写深沉的回忆，归来独卧，回想以往那逍遥的每一夜，希望在梦里相逢同享酩酊大醉的每一天。过片，浩叹欢缘如花之易落，再续如月之难圆。结拍，“秦筝算有心情在，试写离声入旧弦”，秦筝亦称哀弦，或许算是在情的，就试着谱写离声载入到旧弦去表达吧。

鹧鸪天

九日悲秋不到心[1]，凤城歌管有新音[2]。风凋碧柳愁眉淡，露染黄花笑靥深[3]。　初见雁，已闻砧，绮罗丛里胜登临。须教月户纤纤玉[4]，细捧霞觞滟滟金[5]。

【注释】

①九日：九月九日，重阳节。

②凤城：旧时京都的别称。杜甫《夜》：“步蟾倚杖看牛斗，银汉遥应接凤城。”

③黄花：菊花。　靥(yè)：酒窝。温庭筠《菩萨蛮》：“绣衫遮笑靥，烟草粘飞蝶。”

④纤纤玉：比喻美人的手。

⑤滟滟金：比喻酒于杯中泛起之色光如金色的波光。罗邺《题笙》："最宜轻动纤纤玉，醉送当欢滟滟金。"

【赏析】

是词咏重阳节。首句"九日悲秋不到心"，悲秋是古人常有的心态，小晏一反常人，直言重阳节里没有一点儿的悲秋感觉；有学者认为这句与后阕过片的"绮罗丛里胜登临"，是讽刺蔡京的，恐与王灼《碧鸡漫志》所载的"竟无一语及蔡者"不合。"及"既含依附，亦含讽刺，所以不必去坐实"及"与不及。重阳是我国的传统大节，当然登高是例行的，但是设酒畅饮，歌舞娱乐亦不失是一种过节的方式吧。

◉集评

夏敬观批语："重九词新意。"

鹧鸪天

碧藕花开水殿凉①，万年枝外转红阳②。升平歌管随天仗③，祥瑞封章满御床④。　金掌露⑤，玉炉香⑥，岁华方共圣恩长⑦。皇州又奏圜扉静⑧，十样宫眉捧寿觞⑨。

【注释】

①水殿：滨水之宫殿。刘长卿《昭阳曲》："杨柳风多水殿凉。"

②万年枝：木名，冬青木。

③天仗：皇帝的仪仗。韦应物《温泉行》："身骑厩马引天仗，直入华清列御前。"

④封章：即封事，臣奏事，皂囊封板，以防宣泄，谓之封事。　御床：御史床之简，汉末虞翻任孙策功曹，为策所重，特给床为坐。后来诗文遂用为礼贤的典故。

⑤金掌露：汉武帝好神仙，作承露盘以承甘露，以为服食之可以延年。

⑥玉炉：玉制的香炉，此指皇家香炉。

⑦岁华：年华，岁月。　圣恩：皇帝的恩义。

⑧皇州：帝都。　圜扉：狱户以圆木为扉，故称圜扉。刘长卿《罪所上御史惟则》："误因微禄滞南昌，幽系圜扉昼夜长。"

⑨寿觞：盛满祝寿酒的杯觞。

【赏析】

是词歌颂太平。《词林纪事》："黄花庵云：'庆历中，开封府与棘寺同日奏狱空。仁宗与宫中宴集，宣晏叔原作此，大称上意。'""狱空"，指监狱空无人，太平的表现。而庆历中，以夏承焘小晏约生于仁宗天圣八年(1030)为据，小晏亦只十多岁，未必能作出此等词；再者，庆历中未有"开封府与棘寺同日奏狱空"的记载。《宋会要》辑稿《刑法狱空》倒是有徽宗崇宁"五年(1106)十月三日开封府尹时彦奏：'开封府一岁内四次狱空，乞宣付史馆。'从之"的记载。此词当作于崇宁五年之后。

鹧鸪天

绿橘梢头几点春，似留香蕊送行人。明朝紫凤朝天路①，十二重城五碧云②。　歌渐咽，酒初醺，尽将红泪湿湘裙③。赣江西畔从今日④，明月清风忆使君⑤。

【注释】

①紫凤：原指公主，此比喻所送友人。 朝天：谒见帝王、天帝。杜甫《偪仄行》："东家蹇驴许借我，泥滑不敢骑朝天。"

②十二重城：指京城。 五碧云：五彩祥云。疑指"五色云"，喻为入京城之人才。

③湘裙：湘地所产布料作的衣裙。

④赣江：江西省最大河流，东西源会于赣州后称赣江，主流于星子县入鄱阳湖。

⑤使君：尊称奉命出使的人。

【赏析】

是词写送行。使者要离开江西回京，极尽歌颂之字，读来却感无味。

生查子

金鞭美少年①，去跃青骢马②。牵系玉楼人③，绣被春寒夜。 消息未归来，寒食梨花谢。无处说相思，背面秋千下。

【注释】

①金鞭：美称马鞭子。尹鹗《菩萨蛮》："上马出门时，金鞭莫与伊。"

②青骢马：白毛与青毛相间的马匹。

③玉楼：相传为仙人居所。此指装饰华丽的楼房。李白《宫中行乐词八首》之二："玉楼巢翡翠，金殿锁鸳鸯。"

【赏析】

是词写思妇。前阕写少年出游。首二句"金鞭美少年，去跃青骢马"，威武英俊的青年形象，思妇的对象。他扬鞭跃马，奔驰而去远游了。"牵系玉楼人，绣被春寒夜。"美少年出游之后，玉楼人挂念着，孤眠独宿，绣被经不住春天的寒夜。

过片两句"消息未归来，寒食梨花谢"，一点消息也没有送达回来，如今又到寒食节，梨花开了又谢了。结拍"无处说相思，背面秋千下"，相思之苦，无处诉说，也不想对人诉说；背对着秋千，在架下痴痴地站着，默默地承受着离恨。词作用白描手法，语言通俗，颇有古乐府韵味。

◉集评

曾季貍《艇斋诗话》："晏叔原小山词：'无处说相思，背面秋千下。'吕东莱极喜诵此词，以为有思致。然此本李义山诗云：'十五泣春风，背面秋千下。'"

沈际飞《草堂诗余正集》："味在言外。"

黄蓼园《蓼园词评》："'去跃'二字从妇人目中看出，深情挚语。末联'无处'二字，意致凄然，妙在含蓄。"

夏敬观批语："俊爽已极。"

生查子

轻匀两脸花①，淡扫双眉柳②。会写彩笺时，学弄朱弦后③。 今春玉钏宽④,昨夜罗裙皱。无计奈何情,且醉金杯酒。

【注释】

①“轻匀”句:轻轻地匀妆打扮,两脸如花般艳丽。

②“淡扫”句:淡淡地描画,双眉如柳叶般妩媚。

③朱弦:乐器上的红色丝弦。刘禹锡《令狐相公见示河中杨少君赠答,兼命继之》:“朱弦玉磬韵难和。”

④玉钏:玉制手镯。阎朝隐《采莲女》:“莲衣承玉钏。”

【赏析】

是词写少女春情。前阕首二句写肖像,轻轻地匀粉梳妆打扮,双脸如花般美艳,淡淡地扫画好柳叶双眉。接二句,概述成长,“会写彩笺时,学弄朱弦后”,学会了赋诗填词,学会了弹弄朱弦,“时”、“后”,概括了学习成长的过程。后阕写春情。过片,今年春天,她手臂上的玉钏逐渐变宽;昨天夜里,和衣而卧,罗裙皱皱的。“玉钏宽”的体征,说明人消瘦;“罗裙皱”的细节,说明有心事,这都是为那般?结拍将此归于“情”与酒。“无计奈何情,且醉金杯酒。”没有办法的了,无可奈何的了,都因为一个情字,姑且天天沉醉于杯中酒。

生查子

关山梦魂长①,鱼雁音尘少②。两鬓可怜青③,只为相思老。　归梦碧纱窗,说与人人道④。真个别离难,不似相逢好。

【注释】

①关山:原指关塞与山岳,此泛指边塞之地。温庭筠《菩萨蛮》:“满宫明月梨花白,故人万里关山隔。”

②鱼雁音尘:指音信、书信。

③可怜:可爱,值得怜爱。　青:黑色。

④人人:张相《诗词曲语辞汇释》:“人人,对于所昵者之称,多指彼言而言。”指可爱的人。

【赏析】

是词写征人思归。首二句写征人思乡之情苦,身处关山边塞,梦魂要回到家乡,路途遥远;往来的书信稀少。山长水远,梦归也难,音信稀少,更为挂念。歇拍进层,“两鬓可怜青,只为相思老”,来的时候,两鬓是可爱的发黑,而今皆因相思而斑白,人也显老了。后阕写梦境。归梦回到碧纱窗前,向心爱的人儿说,真个是离别难受呀,不像相逢这般好。

生查子

坠雨已辞云①,流水难归浦②。遗恨几时休,心抵秋莲苦③。　忍泪不能歌,试托哀弦语④。弦语愿相逢,知有相逢否?

【注释】

①坠雨:降雨。

②“流水”句:流水难以再返流回浦里。比喻时光流逝如流水般不可重回。

③秋莲苦:秋天荷花结成莲蓬,其子有心,苦也。比喻人心里的痛苦。

④弦语:丝弦弹奏的乐声。

【赏析】

是词写相思。开头两句比兴，雨离开云而降，不能再回到天上；水离开浦流去，亦难以再返来。人之离别与之何其相似耳，或许一别，是再也难相逢，会留下深深的遗恨。歇拍说破之，“遗恨几时休，心抵秋莲苦”，这种余恨什么时候才能休止，心里的痛苦相当于秋天的莲子一样。

后阕写排遣。“忍泪不能歌”，想通过放声高歌来解脱，但是歌未开口，泪却流，忍着也不行。“试托哀弦语”，那就试着托付给哀弦，让它去说吧。结拍，“弦语愿相逢，知有相逢否”，演奏的乐曲里寄托了相逢的希望，知道有相逢的可能吗？因相思而希望相逢，希望相逢而托付弦语，情至深沉。

◉集评

夏敬观批语：“齐梁新体诗之佳者，不能过之。”

生查子

一分残酒霞[①]，两点愁蛾晕[②]。罗幕夜犹寒，玉枕春先困[③]。　心情剪彩慵[④]，时节烧灯近[⑤]。见少别离多，还有人堪恨。

【注释】

①一分：指十分之一的程度。　残酒：将尽的酒。

②晕：眩晕。姚合《闲居》：“头风春饮苦，眼晕夜书多。”

③玉枕：玉枕头。或美称枕头。

④剪彩：《荆楚岁时记》：“正月七为人日，以七种菜为羹，剪彩为人，或镂金箔为人，以贴屏风，亦戴之头鬓。”

⑤时节烧灯：旧时风俗。《燕京岁时记·灯节》：“自十三以至十七，均谓之灯节，惟十五日谓之正灯耳。每至灯节，内廷筵宴放烟火，市肆张灯。”

【赏析】

是词写离恨。前阕写闺妇酒后。只饮了“一分”的酒，脸上就现出霞色红晕，两点愁眉双眼眩晕。春夜里，罗幕犹寒，玉枕先困。后阕过片写闺妇之慵态。心情不好，懒得去剪彩，即使灯节迫近。结拍点题，“见少别离多，还有人堪恨”，相见少，离别多，还有谁可以怨恨的呢。连“恨”也慵了。

生查子

轻轻制舞衣，小小裁歌扇。三月柳浓时，又向津亭见[①]。　垂泪送行人，湿破红妆面[②]。玉指袖中弹，一曲清商怨[③]。

【注释】

①津亭：渡口旁边的旗亭。

②红妆：指妇女的盛装，以色尚红，故称。

③清商怨：词调名。双调，有四十二字、四十三字两体，上下阕各四句，三仄韵。古乐府有《清商曲辞》，其音多哀怨，故取以为名。

【赏析】

是词写送别。前阕写歌女前往津亭与行人相见。她穿着轻盈的舞衣，手里拿着小小的歌扇。歇拍点明时节地点。三月柳色浓重时候，又在津亭相见。"又"字，言再次或好多次，看来，此地是过去相聚之处，如今却是送别之所，真是另一番心情了。过片，流着眼泪送别行人，泪水湿破了脸上的红妆。结拍，联想奇特，从送别时歌女的手颤袖动而发挥想象，"玉指袖中弹，一曲清商怨"，纤纤玉指颤抖，仿佛是在袖里弹奏着一曲清商怨。无声的清商怨，成了送行的阳关三叠。

生查子

红尘陌上游[①]，碧柳堤边住。才趁彩云来[②]，又逐飞花去[③]。　深深美酒家，曲曲幽香路[④]。风月有情时，总是相思处。

【注释】

①红尘：飞扬的尘土，形容繁华热闹。此指繁华热闹之处。徐陵《洛阳道二首》之一："绿柳三春暗，红尘百戏多。"

②趁：搭乘。

③飞花：落花。

④"曲曲"句：弯曲幽深的花径小路。

【赏析】

是词写春游。词作的特别之处通过意象的组合，描绘出绚丽的春景：红尘、陌上、碧柳、岸边、彩云、飞花、酒家、香路等等，以动词：游、住、来、去，形容词：深深、美、曲曲、幽等搭配写游历经过。结拍"风月有情时，总是相思处"，抒怀议论，这些美景似乎有情有意，总是惹人想念之处。

生查子

长恨涉江遥[①]，移近溪头住[②]。闲荡木兰舟，误入双鸳浦。　无端轻薄云，暗作帘纤雨[③]。翠袖不胜寒[④]，欲向荷花语。

【注释】

①"长恨"句：常恨怨离渡江采莲的路途遥远。涉江：步行渡水。《古诗十九首·涉江采芙蓉》："涉江采芙蓉，兰泽多芳草。"

②溪头：小河的河口。

③帘纤雨：细雨。

④不胜：经受不住。

【赏析】

是词写采莲女。首二句想象奇特。"长恨涉江遥，移近溪头住。"常埋怨离渡江采莲的路太远，便移家就近到溪头住。暗寓采莲女对水乡的热爱之情。歇拍写荡舟采莲。"闲荡木兰舟，误入双鸳浦。"悠闲地摇荡起木兰船往荷塘而去，却误入了双鸳浦。"木兰舟"，以香木制成的船只，泛指佳美的小船。芙蓉，即指荷花。她荡舟缘溪而去，可是却来到触动她孤独情怀之地"双鸳浦"，鸳鸯成双作对的水边。"误"字，无意之中，并非刻意。

过片，进入主情节。"无端轻薄云，暗作帘纤雨。"天上轻而薄的云彩，无端下起了微微细雨。所写当为采莲女荡舟采莲遇雨、娇不胜寒的故事。结拍“翠袖不胜寒,欲向荷花语”,翠袖指代衣衫,经雨淋湿,抵御不了寒气;娇美的荷花含情欲语,她多么想跟荷花对话呀。

◉**集评**

李调元《雨村词话》:“《小山词》似古乐府,余绝爱其《生查子》(指本首)。公自序云:‘《补亡》一篇,补乐府之亡也。’可以当之。”

夏敬观批语:“是六朝人《采莲赋》作法。”

生查子

远山眉黛长①,细柳腰肢袅②。妆罢立春风,一笑千金少③。　归去凤城时,说与青楼道④。遍看颍川花⑤,不似师师好⑥。

【注释】

①远山眉黛:韦庄《谒金门》:“闲抱琵琶寻旧曲,远山眉黛绿。”　长:好,美丽。
②“细柳”句:细柳般的腰段阿娜多姿。
③“一笑”句:用汉代丽娟黄金百斤买笑事。
④青楼:此指妓院。李白《在水军宴韦司马楼船观妓》:“舞对青楼妓,双鬟白玉童。”
⑤颍川花:指颍川当地的倡伎。
⑥师师:指京城名伎。

【赏析】

是词写妓女。前阕写美眉、美腰、立姿、笑态。后阕写京城之中唯其最美。

生查子

落梅庭榭香①,芳草池塘绿。春恨最关情,日过阑干曲。　几时花里闲,看得花枝足②。醉后莫思家,借取师师宿。

【注释】

①庭榭:庭院里的水榭。
②花枝:比喻美女。

【赏析】

是词写思归。前阕首二句写早春景色,落梅满庭院,幽香透房榭。芳草萌生,池塘春水绿。“芳草”,楚辞《招隐士》云:“王孙游兮不归,春草生兮萋萋。”暗寓游子思归。歇拍抒情,带出“春恨”。在这早春时节,最令人关注倾心的是春恨,日日经过栏干,在其曲处伫立凝望。“春恨”指因春天而牵连的归家情思。“关情”,涉及、牵连到的情思。温庭筠《菩萨蛮·竹风轻动庭除冷》有句“春恨正关情,画楼残点声”,所写是离开故国吴宫之宫女,而小晏拿来改用“最”字,写游子。

后阕所写的排遣之法,虽然并不会如此,但总觉确实有点儿荒唐。

生查子

狂花顷刻香①,晚蝶缠绕意②。天与短因缘③,聚散常容易④。　传唱入离声，恼乱双蛾翠。游子不堪闻，正是衷肠事[5]。

【注释】

①狂花：不依时序反常而开的花，或怒放盛开的花。亦作"狂华"。 顷刻：犹片刻，短时间。

②缠绕：犹萦绕。

③因缘：犹机缘。

④聚散：相聚离散。

⑤衷肠：犹言衷情。白居易《有感》："唯有衷肠断。"

【赏析】

是词写游子情。前阕写游子目睹怒放的春花，蝴蝶依恋花间，忽然感慨，天公给予的因缘是这样的短暂，令到人相聚离别经常很容易就发生。过片写游子听到离歌，看到愁态而自伤，触动离乡背井的断肠情绪。

生查子

官身几日闲[1]，世事何时足[2]。君貌不常红，我鬓无重绿。 榴花满琖香[3]，金缕多情曲[4]，且尽眼中欢[5]，莫叹时光促[6]。

【注释】

①官身：为官之人。

②世事：人世间的事务。

③榴花：指榴花酒。《花史》："崖州妇人以安石榴花著釜中，经旬成酒，其味香美。"

④金缕：曲名，指杜秋娘《金缕衣》。 多情：富于情感。杜牧《赠别二首》之二："多情却似总无情，惟觉尊前笑不成。"

⑤眼中欢：喻眼前或心中所期望的欢愉事情。

⑥促：急促，过得快。

【赏析】

是词劝人爱惜青春。为官之人那能有几日得闲的，世间的事务什么时候才能处理得完。你的容颜不会常红，我的鬓发无法再绿。榴花酒满杯香美，金缕曲真多情，姑且享尽眼前的欢娱，不要叹惜时光流逝得这么快。

生查子

春从何处归，试向溪边问：岸柳弄娇黄，陇麦回青润[1]。 多情美少年，屈指芳菲近。谁寄岭头梅？来报江南信。

【注释】

①"岸柳"两句：江岸的柳枝在摆弄炫耀它鲜艳可爱的浅黄嫩绿娇黄。田陇里的麦苗在恢复显现它的青葱润泽。

【赏析】

是词写春归喜悦之情。首二句，一问一答：春天从哪里归来了？试向溪问去："岸柳弄娇黄,陇麦回青润。”“弄”,字写袅娜姿态,“回”字,回复义,呼应“归”。歇拍对仗工整,勾勒出春回大地的勃勃生机。过片,春光令多情的美少年欣喜不已,美好的春天时光屈指可数了。谁寄岭头的梅枝?赶快将江南春早的信息告诉友人。

南乡子

渌水带青潮,水上朱阑小渡桥。桥上女儿双笑靥,妖娆,倚着阑干弄柳条。　月夜落花朝①,减字偷声按玉箫②。柳外行人回首处,迢迢③,若比银河路更遥。

【注释】

①花朝:旧俗以二月十五日为“百花生日”,故称此日为“花朝节”。

②减字偷声:唐宋词曲中的术语。唐代绝句多配乐歌唱。歌唱时为调节抑扬缓急的声调,多运用和声、散声、偷声等方法。偷声即在一句内偷去一字。又古人依谱填词,虽有一定格式,但作者在声腔方面可以自由伸缩,或减字、或变平仄韵,如《木兰花》被偷声后,另名《偷声木兰花》。

③迢迢:遥远。韦庄《诉衷情》:“鸳梦隔星桥,迢迢。”

【赏析】

是词写少女形象。前阕由下而上,先写环境,再写人物。清澈的春水带着青潮上涨,水上的朱栏连着小渡桥。桥上站立着双靥带笑的美丽少女,好妖娆,倚靠着栏干抚弄柳条。时间当是春天桃花水季节;环境优美,临水的朱栏、小桥、垂柳,绚丽多彩,青绿的潮水、朱红的栏干。这美景正衬托美人,婷婷玉立于桥上,笑靥迎人,款款含情倚栏弄柳条,迷人的风采。过片,续写美人的内在美:“月夜落花朝,减字偷声按玉箫。”月夜直到花朝,写勤奋;能够娴熟地按照“减字偷声”的变化吹奏玉箫,写技精。结尾处,侧面描写,柳外的行人回头顾盼,好遥远,仿佛比那天上的银河还要远。美人可望而不可即,留下无穷的余味。

南乡子

小蕊爱春风,日日宫花花树中①。恰向柳绵撩乱处,相逢,笑靥旁边心字浓。　归路草茸茸②,家在秦楼更近东③。醒去醉来无限事,谁同,说著西池满面红。

【注释】

①宫花:宫禁中的花树。王建《故行宫》:“寥落古行宫,宫花寂寞红。”

②茸茸:草茂盛的样子。

③秦楼:旧指城市中吃喝玩乐之所。

【赏析】

是词咏花。小小的花蕊喜欢沐浴春风,日日开放在宫花的花树之中。刚好在柳絮乱飞之处相逢,正像笑靥跟领旁的同心结一样情浓。归去的路上芳草茂盛,那家在秦楼的东边。醒了醉,醉了醒,经历了无限事,跟谁在一起?说着东风吹花落西池,满脸通红。

南乡子

花落未须悲，红蕊明年又满枝[①]。惟有花间人别后，无期，水阔山长雁字迟[②]。　今日最相思，记得攀条话别离[③]。共说春来春去事[④]，多时，一点愁心入翠眉[⑤]。

【注释】

①红蕊：红花花蕾。

②雁字：大雁往往排成“一”字、“人”字飞翔，指代书信。

③攀条：攀折杨柳枝条相赠别离。

④共说：一起诉说。

⑤愁心：愁怨的心绪。张说《广州江中作》：“愁心转不堪。”

【赏析】

是词写相思。前阕起首二句议论：花落未须可悲，艳红的花蕊明年还会开满枝头。旷达开朗。接着三句，写别后的惆怅，只是在花间里与情人告别之后，相逢好像遥遥无期，水阔山长，连书信也来得这么迟。后阕回忆离别情景。今日最令人相思的了，记起攀着柳条话别。一同说着“春来春去”情事，好久也说不完。愁情别绪涌上来，紧皱双眉。

南乡子

何处别时难？玉指偷将粉泪弹[①]。记得来时楼上烛，初残，待得清霜满画栏[②]。　不惯独眠寒，自解罗衣衬枕檀[③]。百媚也应愁不睡，更阑，恼乱心情半被闲。

【注释】

①玉指：美人的手指。　粉泪：融合了脂粉的泪水。

②待得：等到。

③枕檀：檀木枕头。

【赏析】

是词写相思。通过别归来的一系列行动描写，表现闺妇的相思之情。她弹泪送别归来，面对楼上的残烛，独坐至月光洒满画栏。不习惯一个人独自睡眠的寒凉，自己解下衣裳放在檀木枕头旁边作陪伴。百般妩媚，更发愁得睡不着，天快亮了，心情恼乱而眼看着半床的闲被。

南乡子

画鸭懒熏香[①]，绣茵犹展旧鸳鸯[②]。不似同衾愁易晓，空床，细剔银灯怨漏长。　几夜月波凉，梦魂随月到兰房。残睡觉来人又远，难忘，便是无情也断肠。

【注释】

①画鸭：画有纹饰的炉子。

②绣茵：绣有纹饰的席子。

【赏析】

是词写相思。前阕写闺妇独眠之苦。她连炉子也懒得点燃、懒得香薰。在绣茵之上铺开旧时的鸳鸯图案锦被。不像以往同衾之时，埋怨夜短天易光。而今空床独卧，一夜里几剔银灯，却埋怨更漏声长。对比鲜明，突出相思之苦。后阕写梦境。多少个月光如水的夜晚，梦魂追随着月儿来到兰房相会，梦醒过来，好像人已经去远了。令人难忘呀，即使是无情之人也要肠断。

南乡子

眼约也应虚[①]，昨夜归来凤枕孤[②]。且据如今情分里[③]，相于[④]，只恐多时不似初。　深意托双鱼，小剪蛮笺细字书[⑤]。更把此情重问得，何如，共结因缘久远无[⑥]？

【注释】

①"眼约"句：原先的约会之期，成不了现实。

②凤枕：绘画或隽刻着凤凰纹饰的枕头。

③情分：亲友间的情感。

④相于：相亲。

⑤蛮笺：蜀地所产的笺纸。

⑥因缘：此为佛教语。梵语"尼陀那"。指产生结果的直接原因及条件。

【赏析】

是词写恋情。前阕写爽约之后的心理活动。昨夜，他爽约了，回到来之后孤单地枕着凤枕。现在看来情分还是会趋于亲近的，就只怕再过一些时候就不如从前了。后阕写行动。赶快将自己的一片深情厚意托付给"双鱼"，裁剪好彩笺用细细的字写好信。再把彼此的情分重新问清楚。怎么样？两人共结因缘会很久远吗？反映了她对爱情的执着。

◉集评

俞陛云《唐五代两宋词选释》："反复诘问，惟恐历久寒盈，写情人深细处。人谓小山之词，'字字娉娉袅袅，如揽嫱、施之袂'，此等句足以当之。"

南乡子

新月又如眉，长笛谁教月下吹？楼倚暮云初见雁，南飞，漫道行人雁后归[①]。　意欲梦佳期，梦里关山路不知。却待短书来破恨[②]，应迟，还是凉生玉枕时。

【注释】

①漫：否定，犹言，空，不要。

②短书：短小的书信。《先秦汉魏晋南北朝诗》江淹《杂体·李都尉陵从军》："袖中有短书，愿寄双飞燕。"　破恨：解脱愁恨。

【赏析】

是词怀人。前阕首两句，写倚楼所见、所闻、所感。“新月又如眉，长笛谁教月下吹。”夏历每月初几之月，谓之新月，形状如眉，今晚又见一弯如眉月儿。谁人手持长笛在月下吹奏？黄昏新月，勾人离思。长笛怨曲，牵动别绪。“又”字，一是多次在月初见新月，二是月初连续几天都见新月。道出怀想远人已非一朝一夕。紧接“楼倚暮云初见雁，南飞，漫道行人雁后归”三句，倚楼仰望暮云，第一回看到大雁，向南飞去。见归雁而不见人归，白说了，远行人跟着大雁后面归来。这三句暗用薛道衡《人日思归》诗句“人归落雁后，思发花前”。

后阕写相思。过片，“意欲梦佳期，梦里关山路不知”，想要在梦里与心上人作佳期相会，但是梦中不知关山路途。可见梦有何用。沈约《别范安成诗》“梦中不识路，何以慰相思？”李善注：“《韩非子》曰：六国时，张敏与高惠二人为友，每相思不能得见，敏便于梦中往寻，但行至半道，即迷不知路，遂回，如此者三。”结尾三句：“却待短书来破恨，应迟，还是凉生玉枕时。”再想等他的短信寄来，以消除离恨，恐怕太迟了，现在又是寒凉生玉枕的清秋时节，仍然独处生愁。

◉集评

先著、程洪《词洁》：“小词之妙，如汉、魏五言诗。其风骨兴像，迥乎不同。苟徒求之色泽字句间，斯未已。”

清平乐

留人不住，醉解兰舟去。一棹碧涛春水路，过尽晓莺啼处。　渡头杨柳青青，枝枝叶叶离情。此后锦书休寄，画楼云雨无凭。

【赏析】

是词写离别。前阕起笔“留人不住”四字句，送者很不愿意行者离去，诚意挽留，结果留不住，作出让步；行者去意已定，任凭对方不愿意，也决意要走，结果如愿。“醉解兰舟去。”行者酒醉了也解舟而去。饯行酒宴，送行者当是吃不下，喝不上的；而行者却喝醉了，送者自然惆怅。歇拍，“一棹碧涛春水路，过尽晓莺啼处”，送者揣想行者舟行所过，一路春光，碧绿的江涛，融融的春水，宛啭的莺歌，到处赏心悦目的好景致。

过片二句，“渡头杨柳青青，枝枝叶叶离情”，送者在舟行之后所见之景，抒发之情。古人折柳赠别，在离别人的眼中，垂柳青青，那一枝一叶都带着离情。结拍，“此后锦书休寄，画楼云雨无凭”，词意转折。今后不必来信了，画楼中的彼此相爱，靠不住。送者的决绝之语，其实是负气之言，还是想得到锦书，再继续相爱下去的。结尾，因情而生怨，因怨而绝望，因绝望而更不忍割舍，爱恨交加。

词作善用对比：行者与送者；有情而挽留，无情而要别；春光美景与惆怅离情，一一对比，鲜明强烈。

◉集评

周济《宋四家词选》：“结句殊怨，然不忍别。”

陈廷焯《词则·闲情集》：“怨语，然自是凄绝。”

清平乐

千花百草，送得春归了。拾蕊人稀红渐少，叶底杏青梅小[1]。　小琼闲抱琵琶，雪香微透轻纱。正好一枝娇艳[2]，当筵独占韶华。

【注释】

①拾蕊：犹言游春。

②娇艳：形容女子娇美艳丽。

【赏析】

此词写小琼。前阕写春归景色。“千花百草，送得春归了。”千花开开谢谢，百草繁繁茂茂，将春天送归。歇拍，游春者稀，红花更少，绿叶掩映之中可见小小的杏果青梅。春天过去了，“红渐少”，难得见绚丽的鲜花盛开，为下文作铺垫、造势。过片，“小琼闲抱琵琶，雪香微透轻纱”，小琼登场，悠闲地抱着琵琶，身穿轻盈的薄纱衣裳，微透出雪白的芳香的肌肤。结拍，“正好一枝娇艳，当筵独占韶华”，真正是一朵娇艳的鲜花，在歌筵之上独占美好时光。赞美她是春归后的难得一见的娇艳之花，为歌筵增添春色。

清平乐

烟轻雨小，紫陌香尘少。谢客池塘生绿草，一夜红梅先老[1]。　旋题罗带新诗[2]，重寻杨柳佳期。强半春寒去后[3]，几番花信来时[4]。

【注释】

①红梅：《北户录》：“红梅，岭南之梅，小于江左。”《梅谱》：“红梅是梅，而叶如杏，与江梅同开，红白相间，园林初春绝景也。” 老：此指凋零。

②旋：快，此犹草草。

③强半：大半。

④番：花信风之名词，相当于“候”。 花信：《书肆·说令》：“花信自小寒起至谷雨，合八气，得四个月，每气管十五日，每日一候，计八气，分得二十四候，每候以一花之风信应之。”

【赏析】

此词写伤春。前阕写早春景色。烟雾轻笼，细雨霏霏，京城大道香尘不起。“少”字，感叹早春并没有给京城带来繁华景象。青楼谢馆的池塘四周萌生绿草，一夜之间，红梅凋谢了。“老”字，饱含惋惜之情。过片，“旋题罗带新诗，重寻杨柳佳期”，此时，只有草草在罗带上题写新诗，重拾杨柳绿荫里佳期相会的欢愉。结尾二句，“强半春寒去后，几番花信来时”，大半的春寒即将过去，然而，面对花信轮番接踵的光景，怎么不叫人惆怅呢。

清平乐

可怜娇小[1]，掌上承恩早[2]。把镜不知人易老[3]，欲占朱颜长好[4]。　画堂秋月佳期，藏钩赌酒归迟[5]。红烛泪前低语，绿笺花里新词[6]。

【注释】

①娇小:体态窈窕。李白《江夏行》:“忆昔娇小姿,春心亦自持。”

②掌上:“掌上明珠”之简。比喻得人珍重的女子。

③把镜:对镜。

④长好:即常好。

⑤藏钩:古代的一种游戏。《艺经》:“义阳腊月饮祭之后,叟妪儿童为藏钩之戏,分为二曹,以交(校)胜负。”

⑥绿笺:色笺之一种。《蜀笺谱》:“谢司封景初有十色笺:深红、粉红、杏红、明黄、深青、浅青、深绿、浅绿、铜绿、浅云,十色也。”

【赏析】

此词写歌姬。前阕写得意。可爱的娇小玲珑体态,早早就得到主人的恩宠。歇拍,写歌姬的得意心情,对着镜欣赏自己,并不知道人生易老,要想朱颜像现在一样,长久的保持不变。后阕写佳期之欢。画堂里秋月下的佳期幽会,尽情地玩着藏钩的游戏,开怀地赌酒狂饮,夜夜归迟。在流淌蜡泪的红烛之下,与人低低私语,吟读绿笺花间新词。娇小得主人恩宠而尽欢,恰恰是在赌青春。

清平乐

红英落尽①,未有相逢信。可恨流年凋绿鬓②,睡得春酲欲醒③。　钿筝曾醉西楼④,朱弦玉指梁州⑤。曲罢翠帘高卷,几回新月如钩。

【注释】

①红英:红花。

②绿鬓:乌亮的鬓发。李白《怨歌行》:“沉忧能伤人,绿鬓成霜蓬。”

③春酲:酒醉。春,指酒。

④钿筝:以金翠珠宝镶嵌装饰的筝。

⑤梁州:此指词曲名,本唐教坊曲名,即《凉州令》,宋以后称《梁州令》。

【赏析】

此词写离别。前阕写离情。首句写凄凉之景,春天将尽,红花凋谢殆尽。点明季节,烘托离情。第二句,至今还没有收到相逢聚会之约。重逢已经是无望了。令人发愁呀,流年似水,绿鬓褪色。醉酒醺醺而沉睡,醒来更觉愁苦。后阕回忆相聚。“曾醉西楼”,两人曾经陶醉在西楼,这是总说美好的回忆。玉指拨弄钿筝朱弦,演奏《梁州》乐曲,成为知音。结拍,“曲罢翠帘高卷,几回新月如钩”,意境幽静、绵远,韵味无穷。

清平乐

春云绿处,又见鸿归去。侧帽风前花满路①,冶叶倡条情绪②。　红楼桂酒新开③,曾携翠袖同来。醉弄影娥池水④,短箫吹落残梅⑤。

【注释】

①侧帽:《北史·独孤信传》:“周独孤信在秦州,曾因猎,日暮,驰马入城,其帽微侧,诘量,吏人有戴帽者,咸慕信而侧帽焉。”

②冶叶倡条:原比喻花草枝条,任人玩赏、攀折,后谓妓。

③桂酒：切桂于酒中浸泡之酒。

④"醉弄"句：趁着醉意起舞，池水映照出舞姿。

⑤"短笛"句：短笛吹奏起落梅曲。

【赏析】

是词写冶游。前阕写路上：首二句写妩媚春景，烘托冶游心境。歇拍，写冶游者的风采与情绪。后阕写饮酒、观舞、听曲之欢。结句"短箫吹落残梅"，透出淡淡的哀愁。

清平乐

波纹碧皱[①]，曲水清明后[②]。折得疏梅香满袖，暗喜春红依旧。　归来紫陌东头，金钗换酒消愁。柳影深深细路，花梢小小层楼[③]。

【注释】

①碧皱：碧绿的水纹。

②曲水："流觞曲水"之简，是古代的一种习俗。每年三月三日，举行修禊之礼，临水聚宴，执兰招魂，祓除不祥。引水环曲为渠，以流酒杯而行焉。

③层楼：犹高楼。

【赏析】

是词写"曲水"习俗。首二句写清明后参与修禊之礼。三月三日，古人修曲水而流觞，首句所写正是此情景，微风吹过，渠水荡漾，泛起波纹，盛满酒的杯盏随曲水而流止。歇拍，描写典型细节，抒发感情。"折得疏梅香满袖，暗喜春红依旧。"攀摘下枝头开着稀疏花朵的梅枝，那幽香沾满衣袖，心中暗自欢喜，春天的红花依旧美艳。"暗喜……依旧"，深情蕴蓄，感触良多，或许含着对世事沧桑的思索。过片，"归来紫陌东头，金钗换酒消愁"，进一步写春游兴致未尽，归来在京城大道的东边，用金钗去换酒消愁，这不由人想起李白的《将进酒》："五花马，千金裘，呼儿将出换美酒，与尔同销万古愁。"其豪气何其相似耳。结拍，"柳影深深细路，花梢小小层楼"，换酒消愁之地的景物描写，流露出伤春伤别之中间杂着的幽雅闲适之情。

清平乐

西池烟草，恨不寻芳早[①]。满路落花红不扫，春色渐随人老。　远山眉黛娇长[②]，清歌细逐霞觞[③]。正在十洲残梦[④]，水心宫殿斜阳[⑤]。

【注释】

①寻芳：探赏美景。

②娇长：娇艳美丽。　长：好，美丽。

③霞觞：酒杯。

④十洲：神仙居住之所，传说在八方大海之中，指祖洲、瀛洲、玄洲、炎洲、长洲、元洲、流洲、生洲、凤麟洲、聚窟洲。

⑤水心：水之中央。　水心宫殿：建在水中的宫殿。

【赏析】

是词写春游。前阕写暮春景色。首句感慨寻芳迟了，西池之畔烟雾笼罩，芳草萋萋，真后悔来迟了，错过了寻芳赏景的大好时节。歇拍“满路落花红不扫，春色渐随人老”，路途上堆满落花，无人清扫，绚丽春色也如人一样，渐渐的衰老去。由落花而感觉春天已过，由春暮而感叹人之易老；人易老而又错过寻芳时节，终是遗恨。后阕写歌筵。娇艳的美人清歌演唱，歌声仿佛在流霞美酒之上荡漾，真怀疑自己正在十洲神境的水心宫殿，沐着斜阳而梦。

清平乐

蕙心堪怨①，也逐春风转。丹杏墙东当日见②，幽会绿窗题遍。　眼中前事分明③，可怜如梦难凭。都把旧时薄幸，只消今日无情。

【注释】

①蕙心：比喻女子内心纯美。贺朝《孤兴》：“蕙心谁见珍。”

②墙东：用宋玉《登徒子好色赋》典，指东家之子登墙窥宋玉。

③分明：明明白白地。杜甫《历历》：“历历开元事，分明在眼前。”

【赏析】

是词写闺妇怨。前阕回忆。首二句，开门见山写“怨”，闺妇的蕙心能够承当的怨恨情绪，在追逐春风飞转回旋。歇拍以幽会为典型，写两人情深。当时，红杏墙东，继而相见，继而相约幽会，绿窗之中，处处题写下欢愉踪迹。后阕抒情。过片“眼中前事分明，可怜如梦难凭”，相爱的前事清清楚楚呈现眼前，可惜都像梦境一样，难以叫人相信为实。结拍，“都把旧时薄幸，只消今日无情”，细数旧时有过的薄幸行为，就可以推测得到今日的无情了。

清平乐

幺弦写意①，意密弦声碎。书得凤笺无限事②，犹恨春心难寄。　卧听疏雨梧桐，雨余淡月朦胧③。一夜梦魂何处，那回杨叶楼中。

【注释】

①幺弦：琵琶的第四弦。因其最细，故称。 写（xiè）意：表露心意。李白《扶风豪士歌》：“开心写意君所知。”

②凤笺：美称信笺。

③朦胧：模糊不清。李峤《早发苦竹馆》：“合沓岩嶂深，朦胧烟雾晓。”

【赏析】

是词写怀人。前阕写弄弦、写信寄托怀想。首二句写弄弦。抚弹琵琶，通过第四弦表达情意，然而情意重重，弦声细碎，难以表达。歇拍写信。用凤笺书写以往的无尽情事，亦忧愁自己的情爱之心难以寄达。后阕写夜思。独眠静卧，听着疏雨打梧桐。温庭筠《更漏子》词：“梧桐树，三更雨，不道离情正苦！一叶叶，一声声，空阶滴到明。”凄凉景，暗寓凄凉意。雨过月出，望着朦胧淡月。李冠词：“数点雨声风约住，朦胧淡月云来去。”月色暗淡，暗寓心情暗淡。结拍，“一夜梦魂何处，那回杨叶楼中”，一整夜的梦魂到了哪里？去到那回杨叶楼的幽会之中。

清平乐

笙歌宛转①，台上吴王宴②。宫女如花倚春殿③，舞绽缕金衣线④。 酒阑画烛低迷⑤，彩鸳惊起双栖。月底三千绣户⑥，云间十二琼梯⑦。

【注释】

①笙歌：借指音乐歌舞。毛文锡《柳含烟》"笙歌未尽起横流，锁春愁。" 笙：一种吹奏乐器。 宛转：指《宛转歌》，古乐府琴曲歌辞名，一名《神女宛转歌》。相传晋朝王敬伯过吴地，见一女郎名刘妙容，刘命婢弹箜篌伴奏而自唱此歌，有"一情歌宛转，宛转凄以哀，愿为星与汉，光影共徘徊"之句。歌共八首，仅存其二。唐朝李端仿作，名王敬伯歌。

②台：指姑苏台。 吴王：指吴王夫差。 此句意为在姑苏台上吴王设宴。

③春殿：春天的宫殿。

④"舞绽"句：舞蹈起来，尽将金缕衣线绽开。

⑤低迷：模糊不清。李贺《感讽五首》之三："低迷黄昏径。"

⑥月底：月光之下。 三千绣户：言宫中佳丽达数千之多。 绣户：华美的房舍，此指代居于其中之宫人。

⑦十二琼梯：十二层玉砌楼梯，言宫中楼宇之高与侈华。

【赏析】

是词咏史。前阕写吴王歌宴。首二句，"笙歌宛转，台上吴王宴"，管弦乐韵与清唱歌声，宛转悦耳。这就是吴王在高台上开设的歌筵。点明咏史题材，概述吴王宴的声色氛围。歇拍特写，宫女如花美艳，排满春殿侍候。舞女疯狂舞蹈，将身穿的金缕衣线舞开了绽。过片写宴后之吴王。结拍，"月底三千绣户，云间十二琼梯"，描写吴宫之侈华，其之夜景，亦有几分凄清、缥缈。李白绝句："越王勾践破吴归，义士还家尽锦衣。宫女如花满春殿，只见唯有鹧鸪飞。"直接写越王灭吴。小晏将李诗第三句之"满"字易为"倚"入词，当暗指吴灭。那么，吴王为什么会灭国呢？小晏通过吴王声色犬马、花天酒地、纸醉金迷的腐朽生活着笔去揭示，颇具形象性。

清平乐

暂来还去，轻似风头絮。纵得相逢留不住①，何况相逢无处。 去时约略黄昏②，月华却到朱门。别后几番明月，素娥应是消魂③。

【注释】

①纵得：即使。

②约略：大概。李端《寄畅当》："中林轻暂别，约略已经年。"

③素娥：月中女神嫦娥。月色白，故又称素娥。此指素衣美人。

【赏析】

是词写相思。前阕议论聚与别。首二句，暂时的"来"——相聚，还是要"去"——离别。轻易得就像风头上的飘絮。即便相逢了也是留不住的，更何况现在连相逢也没有处所。后阕写别后。分手离去的时候，大约是在黄昏，月光好像照耀着朱门。分别以来，经历了多少回明月的阴晴圆缺，好像感觉到月中嫦娥也同自己一样愁苦断肠。

◉集评

俞陛云《唐五代两宋词选释》:“先言无处相逢,似已说尽矣。后段话明月以见意,纵不相逢,而仍相思无既。真善写情者。”

清平乐

双纹彩袖,笑捧金船酒①。娇妙如花轻似柳②,劝客千春长寿。　艳歌更倚疏弦,有情须醉尊前。恰是可怜时候,玉娇今夜初圆③。

【注释】

①金船:酒杯。

②娇妙:娇艳美妙。

③玉娇:月亮。

【赏析】

是词写劝酒。歌女以重叠纹饰的彩绣衣袖,含笑捧起斟满美酒的金船杯。绽开娇妙如花的笑颜,舞动轻盈如柳的腰肢,好言劝客喝下这酒,千春长寿。现在艳歌和应合律着弦乐,有情的话,就拚个大醉。恰好是娱情遣兴时候,月亮今夜正圆。

清平乐

寒催酒醒,晓陌飞霜定。背照画帘残烛影,斜月光中人静。　锦衣才子西征①,万重云水初程。翠黛倚门相送,鸾肠断处离声。

【注释】

①锦衣:彩衣,贵显之服。《诗·秦风·终风》:“君子至止,锦衣狐裘。”

【赏析】

是词写征妇怨。拂晓时分,天未光将光,寒意催醒昨夜的酒醉,街道上飞霜风定。残烛照着画帘,投射过来背影,天边的斜月微光里,人儿孤独静立。后阕回忆送别。锦衣才子征去,刚刚踏上万重云水行程。翠眉闺妇倚着大门相送,鸾凤痛苦如肠断般难受的时候,却要诉说告别的话语。

清平乐

莲开欲遍,一夜秋声转。残绿断红香片片,长是西风堪怨。　莫愁家住溪边①,采莲心事年年。谁管水流花谢,月明昨夜兰船。

【注释】

①莫愁:金陵女子。《乐府诗集·莫愁乐》:“莫愁在何处,莫愁石城西,艇子打两桨,催送莫愁来。”或说洛阳女子。梁武帝《河中之水歌》:“河中之水向东流,洛阳女儿名莫愁。”此泛指女子。

【赏析】

此词写采莲女。莲花开遍荷塘,一夜之间,秋风劲吹,天气转变。荷叶残败,红花折断,弥漫着荷香阵阵。真叫人怨恨西风。后阕写采莲女莫愁。莫愁家住溪边,采莲心境年年相似。有哪一个去理睬这流水落花与昨夜明月下的兰船。词作写了昨夜的两种情景:风摧荷塘与月明兰船,形成两厢对比,写出采莲女心中的怨恨。

◉集评

夏敬观批语:“抵过六朝人一篇《采莲赋》。”

清平乐

沉思暗记①,几许无凭事。菊靥开残秋少味,闲却画阑风意。　梦云归处难寻,微凉暗入香襟。犹恨那回庭院,依前月浅灯深。

【注释】

①沉思:深深思念。陆机《拟涉江采芙微》:“沉思钟万里,踯躅独吟叹。”

【赏析】

此词写悲秋。深深地思索,默默地强记,都是些少许的无凭往事。菊花如笑靥,开残了,秋天就泛味而过,庭院画栏的风光寂聊。如云飘散的梦境归于何处,真难寻到。微细的寒凉偷袭香襟。特别感到怨恨的,是那回庭院的相会,依然月淡灯明。

清平乐

莺来燕去,宋玉墙东路①。草草幽欢能几度②?便有系人心处。　碧天秋月无端③,别来长照关山。一点恹恹谁会?依前凭暖阑干。

【注释】

①“宋玉”句:用宋玉《登徒子好色赋》典故。

②草草:草率,苟且。　幽欢:幽会欢愉。

③无端:没有起点,没有尽头。《庄子·达生》:“后竞争者上乎不淫之度,而藏乎无端之纪。”

【赏析】

此词写相思。黄莺飞来,燕子飞去,那无情似宋玉墙东路。草草的幽会欢愉,能有几回?但终有值得眷恋,牵惹人心之处。碧天的秋月,总是无缘无故地在人别后,照耀着远方的关山。怨秋月照关山,而不照自己,寓情于景,怨别后难逢。脸上流露出点点萎靡不振的病态,谁懂得呢,即使像以往那样将栏干凭暖了,又有何用。

清平乐

心期休问①,只有尊前分。勾引行人添别恨②,因是语低香近。　劝人满酌金钟,清歌唱彻还重。莫道后期无定,梦魂犹有相逢。

【注释】

①心期：谓两相期许。白居易《和梦得洛中早春见赠七韵》："何日同宴游，心期二月二。"

②勾引：挽留。姚合《送别友人》："独向山中觅紫芝，山人勾引住多时。"

【赏析】

此词写歌筵。两厢心许，不要明问了，只是在尊前就有那点缘分。那贴身的体香和窃窃私语，就足以将行人挽留，平添别恨。殷勤的劝酒，满酌金钟，清歌唱完了再重来。不要说后期没有定下，梦魂还会有相逢咧。

玉楼春

秋千院落重帘暮，彩笔闲来题绣户。墙头丹杏雨余花，门外绿杨风后絮。 朝云信断知何处，应作襄王春梦去①。紫骝认得旧游踪②，嘶过画桥东畔路。

【注释】

①"朝云"两句：用宋玉《高唐赋》典故。

②紫骝：又名枣骝。古时骏马，黑栗毛之马。李白《采莲曲》："紫骝嘶入落花去。"

【赏析】

是词忆旧游。前阕写暮色中重游旧地。首句写景，庭院里秋千静静，重帘低垂，暮色冥冥。不见佳人，唯见秋千，不免失落；"重帘暮"，幽邃昏暗、孤寂无聊可见。第二句回忆，当年闲来之时，在此挥动彩笔给佳人题诗。"彩笔"，即五色笔，江淹、李白都有梦笔生花、才思横溢的传说。题绣户，为佳人题诗，可见情深。歇拍，写景喻人。"墙头丹杏雨余花，门外绿杨风后絮。"墙头的红杏经雨而花更艳，门外的绿杨之花经风而飘絮。墙头红杏，暗喻佳人经受离别的困扰而憔悴；绿杨飘絮，暗喻佳人别后的漂泊行踪。此工整联句，写眼前景，抒胸中情，情意深远，韵致缠绵。

过片用宋玉的《高唐赋》里楚襄王梦遇巫山神女的典故，表达对佳人的怀念。结拍，"紫骝认得旧游踪，嘶过画桥东畔路"，紫骝骏马认得旧时的游踪——主人爱侣居所，嘶叫着奔驰过画桥，向着东边的大道前行。用拟人手法，骏马认得游踪，暗示它已不是一两次行走这条路。

◉集评

沈谦《填词杂说》："填词结句，或以动荡见奇，或以迷离称隽，着一实语，败矣。康伯可'正是销魂时候也，撩乱花飞'、晏叔原'紫骝认得旧游踪，嘶过画桥东畔路'、秦少游'放花无语对斜晖，此恨谁知'，深得此法。"

黄蓼园《蓼园词选》："前阕首二句别后，别后想其院宇深沉，门阑紧闭。接言墙内之人，如雨余之花，门外行踪，如风后之絮。次阕起二句，言此后杳无音信。末二句言重经其地，马尚有情，况于人乎？似为游冶思其旧好而言。然叔原尝言其先公不作妇人语，则叔原又岂肯为狭邪之事。或亦有所寄托言之也。"

玉楼春

小颦若解愁春暮[①]，一笑留春春也住。晚红初减谢池花[②]，新翠已遮琼苑路[③]。　湔裙曲水曾相遇[④]，挽断罗巾容易去[⑤]。啼珠弹尽又成行[⑥]，毕竟心情无会处[⑦]。

【注释】

①小颦：歌姬。

②谢池：指谢安家。江左谢家，为晋时豪门，后言富贵人家，亦曰谢家。

③琼苑路：指京城街道。

④湔(jīan)裙：本作湔裳，亦作湔衫。古俗元日至月底，士女酹酒洗衣于水边，祓除不祥。杜台卿《玉烛宝典》："元日到月晦，民并为酺食渡水，士女悉湔裳，酹酒于水湄，以为度厄。"

⑤挽：拉，牵扯。《庄子·天运》："今取猨狙而衣以周公之服，彼必龁啮挽裂，尽去而后慊。"　容易：轻易。

⑥啼珠：泪滴。元稹《月临花》："啼珠坠还结。"

⑦毕竟：到底，究竟。李商隐《早起》："莺啼花又笑，毕竟是谁春？"

【赏析】

是词写离恨。前阕写愁春。首二句，以小颦的留春稚想，抒写惜春。小颦如果懂得春暮之愁，就不会认为，凭自己的一笑挽留春天，春天也就留下了。歇拍写春暮景色。"晚红初减谢池花，新翠已遮琼苑路。"迟开的红花，比起谢池所开之花要逊色多了；新添的翠绿，已经遮掩住琼苑路途。春将去尽，再难觅春天踪影。春之离去，比喻心上人之离去。后阕回忆。过片写暂来还别。洗衣湔裳于曲水时曾经相聚，拉断罗巾亦留不住，就这样轻易地离去。结拍，"啼珠弹尽又成行，毕竟心情无会处"，啼哭之泪如珠落，弹抹不尽，又流成双行。自己痛苦的心情到底是无人知晓。

玉楼春

小莲未解论心素[①]，狂似钿筝弦底柱[②]。脸边霞散酒初醒，眉上月残人欲去[③]。　旧时家近章台住，尽日东风吹柳絮。生憎繁杏绿阴时，正碍粉墙偷眼觑[④]。

【注释】

①小莲：歌姬。　心素：心情、情愫，指感情。李白《寄远十一首》之八："空留锦字表心素。"

②钿筝：以金银介壳之类装饰的筝。

③"眉上"句：娥眉如残月，人将归去。

④正碍：刚好遮挡着。

【赏析】

是词写歌姬小莲。前阕首两句，"小莲未解论心素，狂似钿筝弦底柱"，小莲还未懂得谈论感情，性格奔放得像钿筝奏出的乐音。"未解"，突出天真幼稚，纯洁无邪。"狂"字，小晏喜爱使用之字:《鹧鸪天》"天将离恨恼疏狂",《泛清波摘遍》"尽有狂情斗春早",《阮郎归》"殷勤理旧狂"……而小莲的"狂"不入上述三种,她是由天真、纯洁而萌生,外表是率直、任性,显得无拘无束,无猜无忌。"钿筝弦底柱"比喻"狂",雁柱十三弦演奏的乐章虽然狂放,但总有其韵律可循,所以她的"狂"是中规中矩的。歇拍,"脸边霞散酒初醒,眉上月残人欲去",脸边的红晕如霞,渐渐消散,宿酒初醒;眉上的翠黛弯月有点儿消残,人将归去。写小莲歌姬生涯情景,通宵达旦地陪客侑酒遣兴,为客歌舞弹曲,"未解论心素",便受到辛酸生活的折磨。

后阕写小莲身世。旧时的家靠近章台居住,整日里春风吹拂柳絮。柳絮比喻飘零的身世及"狂"之性;小晏的《浣溪沙》语有句"行云飞絮共轻狂",或可参阅。末两句,"生憎繁杏绿阴时,正碍粉墙偷眼觑",当是写儿时的小莲,她最憎恨那杏树枝叶繁茂,绿阴满树的时候,正妨碍她在粉墙后边偷眼相窥。天真烂漫、妩媚狂放的少女形象,活灵活现;词人对小莲的怀念深情,真切流露。

玉楼春

风帘向晓寒成阵,来报东风消息近。试从梅蒂紫边寻①,更绕柳枝柔处问②。　来迟不是春无信,开晚却疑花有恨。又应添得几分愁,二十五弦弹未尽③。

【注释】

①梅蒂紫边:指紫色梅花。《西京杂记》:"汉初修上林苑,群臣各献名果异树。梅七:朱梅、紫花梅、紫蒂梅、同心梅、丽枝梅、燕梅、侯梅。"

②柔:嫩,初始新生。《诗·小雅·采薇》:"采薇采薇,薇亦柔止。"

③二十五弦:二十五弦的琴。钱起《归雁》:"二十五弦弹夜月,不胜清怨却飞来。"

【赏析】

是词写盼春。前阕写寻春、问春,抒写盼春心情的殷切。临近天亮,帘子晃动,吹过来阵阵寒风,这是报道春风来临的消息。不信,请试从梅蒂那紫色的花萼去找一找;再不,就围绕着柳条的柔嫩之处去问一问。过片,写盼春心情:来迟了,以为春天不守信;开晚了,却怀疑花有怨恨。结拍,笔锋一转,写春愁。春天来了又能怎么样?又平添上几分愁绪,那二十五弦也演绎不了呀。

玉楼春

念奴初唱离亭宴①,会作离声勾别怨。当时垂泪忆西楼,湿尽罗衣歌未遍。　难逢最是身强健,无定莫如人聚散②。已拚归袖醉相扶,更恼香檀珍重劝。

【注释】

①念奴:唐天宝年间著名女艺人,善歌,出入宫禁。元稹《连昌宫》"力士传呼觅念奴,念奴潜伴诸郎宿。"自注:"念奴,天宝中名倡,善歌,每岁楼下酺宴,累日之后,万象喧哗,众乐为之罢奏。玄宗遣高力士大呼于楼上曰:欲遣念奴唱歌,邠二十五郎吹小管,逐看人,能听否。未尝不悄然奉诏,其为当时所重如此。"此处指歌女。

②定:约定。《谷梁传·宣七年》:"来盟,前定也。"莫如:没有什么像……。

【赏析】

是词写相思。首二句，由听歌而议论。念奴刚刚唱过离亭宴，真懂得制作离声去引发别怨。歇拍，“当时垂泪忆西楼，湿尽罗衣歌未遍”，当时流着眼泪回忆西楼情况，罗衣已经全湿了，而歌还未唱完。过片，“难逢最是身强健，无定莫如人聚散”，人生最难遇到的，是身体强健；毫无定数的，没什么像聚散那样容易。这是对人生经历的感悟之言。结拍，“已拚归袖醉相扶，更恼香檀珍重劝”，已经甘心情愿地痛饮至醉，让归袖相扶回去，更加恼恼香檀枕边的要珍重的劝话。

玉楼春

玉真能唱朱帘静[①]，忆在双莲池上听[②]。百分蕉叶醉如泥[③]，却向断肠声里醒。　夜凉水月铺明镜，更看娇花闲弄影。曲终人意似流波，休问心期何处定。

【注释】

①玉真：此指歌姬。

②双莲：并蒂莲。《宋书·符瑞志》：“元嘉十六年七月壬申，华林池双莲同干。”《玉海》：“宋祥符元年，东封还，后苑产双莲，因建嘉瑞殿。”

③蕉叶：浅底之小酒杯。

【赏析】

是词写歌筵。前阕首二句，回忆听歌。那会，朱帘清静，玉真歌女真能唱；身在并蒂莲池旁，静静地听唱。手持蕉叶酒杯，喝了百分的分量，烂醉如泥，偏偏在断肠歌声中醒来。极言歌声的艺术震撼力。过片写观舞。夜深寒凉，月光洒落水面如平铺的镜子；再看娇花优悠地舞蹈。结拍，舞曲止了，人意似流水知音，不要去问她心期定在那里。

玉楼春

阿茸十五腰肢好[①]，天与怀春风味早[②]。画眉匀脸不知愁，殢酒熏香偏称小[③]。　东城杨柳西城草，月会花期如意少。思量心事薄轻云，绿镜台前还自笑。

【注释】

①阿茸：歌姬名。　阿：《陔余丛考》：“欲呼小儿名，辄曰阿某，此自古然。如汉武帝云：若得阿娇，常以金屋贮之。”

②怀春：谓少女思婚嫁。《诗·召南·野有死麕》：“有女怀春，吉氏诱之。”　风味：风采。孟郊《送淡公》：“风味我遥忆。”

③殢酒：病酒。

【赏析】

是词写歌女。阿茸十五岁年纪，生得好腰肢。上天赋予早熟的怀春风采。画眉匀脸，妆成不知道愁怨的模样。让她犯病酒，为人薰香，偏偏觉得太小了。过片，言其身不由己，如东城之柳、西城之草，月会花期，如意之事少。结拍，流露词人对她同情，想起心事还轻松如云，凭镜台前，照着镜子还独自发笑。“还自笑”，这是带泪的笑。

玉楼春

初心已恨花期晚①，别后相思长在眼。兰衾犹有旧时香②，每到梦回珠泪满。　多应不信人肠断，几夜夜寒谁共暖？欲将恩爱结来生③，只恐来生缘又短④。

【注释】

①初心：本意，本愿。张说《杂诗四首》之四："初心灭阳艳。"

②兰衾：兰草芳香的大被。

③恩爱：深切的恩谊、情爱。

④只恐：只是恐怕。

【赏析】

是词写相思。前阕首二句，写别后相思。本愿就恨花期来得太迟，别后相思常常呈现眼前。歇拍，具体描述相思情状。兰衾大被还留有旧时的遗香，每当梦后再醒，珠泪盈眶。过片，多数人不相信人会痛苦悲伤到极点，好像断肠一般。多少个夜晚寒气迫人，谁与自己共暖？想将恩爱再续来世，只怕是来世因缘又短。将恩爱寄托来生，本是希望；但如果来生的因缘注定短暂，那又会怎么样呢？希望变成失望。好绝望。

玉楼春

雕鞍好为莺花住①，占取东城南陌路。尽教春思乱如云②，莫管世情轻似絮③。　古来多被虚名误④，宁负虚名身莫负。劝君频入醉乡来⑤，此是无愁无恨处。

【注释】

①莺花：黄莺与花。

②春思：春天惹起的情思。

③世情：指人世的种种关系和人们的感情与态度。元稹《寄乐天》："荣辱升沉影与身，世情谁是旧雷陈。"

④虚名：表面上的声誉。杜甫《石笋行》："嗟尔石笋擅虚名。"

⑤醉乡：沉湎于美酒。白居易《不能忘情吟》："我与尔归醉乡去来。"

【赏析】

是词抒怀。前阕首二句写策马赏春。雕鞍应该在黄莺啼处与百花丛中驻足，占取东城南郊的道路。言下之意，是赏春要尽兴，饱览莺歌燕语、百花竞放的妩媚风光；走遍风光绚丽的地方。歇拍，尽管让春天的情思乱如云彩似的驰骋自如；不要管那如柳絮般轻薄的世情。过片，自古以来多数人被虚名所误，因此，要做到宁愿辜负虚名，也不要辜负了自己。结拍，劝人频频进入醉乡里去，认为这才是无愁无恨的归宿。其实，小晏自己也并没有做到，他蔑视世情的轻薄，感叹人事的变幻，常在"醉乡"、梦里，寻求自我安慰，然而仍无法摆脱"愁"与"恨"，被后人称为"古之伤心人"。

◉集评

夏敬观批语:“清真袭取‘人如风后过江云,情似雨余粘地絮’,较此尤妙。”

玉楼春

一尊相遇春风里,诗好似君人有几?吴姬十五语如弦①,能唱当时楼下水②。 良辰易去如弹指③,金盏十分须尽意④。明朝三丈日高时⑤,共拚醉头扶不起。

【注释】

①吴姬:吴地美女。张籍《江南曲》:“吴姬舟上织白纻。”

②楼下水:疑指当时流行歌曲名。

③良辰:美好之节令。 弹指:《维摩经》:“度百千劫,犹如弹指。”《翻译名义集》:“二十瞬为一弹指。”此言时间短促。

④金盏:美称酒杯。

⑤三丈日高时:即日高三竿,指大约早上9至10时。

【赏析】

是词写劝酒,劝酒者当是主人家。赞颂客人写得好诗,世上没几个比得过。请来的歌姬如吴娃般美艳,十五岁时便能以弦说语,能唱当时的《楼下水》歌。过片以良辰美景如弹指挥间易逝,所以要珍惜,金盏满上,尽情畅饮。一直喝到明朝日上三竿,一同醉得扶不起。

玉楼春

琼酥酒面风吹醒①,一缕斜红临晚镜②。小颦微笑尽妖娆③,浅注轻匀长淡净④。 手挼梅蕊寻香径⑤,正是佳期期未定。春来还为个般愁⑥,瘦损宫腰罗带賸⑦。

【注释】

①琼酥:即琼苏,酒名。《事物名录·饮食酒》:“谢华、启秀、流霞,酒也。又,琬液、琼苏,俱酒名。”

②斜红:斜阳染就之红霞,比喻酒醉之红脸。

③妖娆:妖艳妩媚。司马逸客《雅琴篇》:“妖娆歌舞出平阳。”

④浅注轻匀:以浅浅的檀红点唇,轻轻扫匀粉面,指化淡妆。

⑤挼:搓揉。

⑥个般:这个。此般。

⑦宫腰:犹细腰。 賸:同“剩”。

【赏析】

是词写小颦。首二句写酒后容颜。喝下美酒琼酥,泛红的双脸经风吹醒,仿佛一缕斜阳红霞飘到夜镜之上。小颦的微笑分外妖娆,浅浅点注薄薄匀粉,常常是淡净之妆。过片,写其动作,手把梅蕊在香径上徘徊寻觅,正是佳期之期未定。结拍,写她为此而消瘦。

玉楼春

清歌学得秦娥似[①],金屋瑶台知姓字[②]。可怜春恨一生心,长带粉痕双袖泪。　从来懒话低眉事[③],今日新声谁会意[④]?坐中应有赏音人[⑤],试问回肠断曾未?

【注释】

①秦娥似:即似秦娥。　秦娥:古时善歌者。陆机《拟古今日良辰会》:"齐僮梁甫吟,秦娥张女彈。"

②金屋:用汉胶东王典故。李商隐《茂陵》:"玉桃偷得怜方朔,金屋妆成贮阿娇。"

③低眉事:比喻伤心之事。

④会意:理解其中的意义。

⑤坐中:在坐的。　赏音人:犹言知音。胡仲弓《寄戴石屏》:"听琴谁见赏音人。"

【赏析】

是词写歌女。首二句写她小有名气。清歌唱艺学得像秦娥一般,在"金屋瑶台"那些地方都知道她的姓字。歇拍写心事,自怜春恨一经萌生心田,双袖常是脂粉和泪的渍痕。从来不向人前诉说低眉伤心事,只注重今日的新歌,谁是知音会意者。在座应有知音,请问回肠曾经断过没有。

玉楼春

旗亭西畔朝云住[①],沉水香烟长满路[②]。柳阴分到画眉边,花片飞来垂手处。　妆成尽任秋娘妒[③],袅袅盈盈当绣户[④]。临风一曲醉腾腾[⑤],陌上行人凝恨去[⑥]。

【注释】

①旗亭:市楼。李峤《市》:"旗亭起百寻。"　朝云:歌姬。

②沉水香:沉香异名。

③秋娘:即杜秋娘。此泛指美人。白居易《琵琶引》:"妆成每被秋娘妒。"

④袅袅:美也。左思《吴都赋》:"袅袅素女。"　盈盈:端丽的样子。《古诗十九首·青青河畔草》:"盈盈楼上女,皎皎当窗牖。"　当:对着。

⑤醉腾腾:醉意蒸腾而起。

⑥凝恨:凝聚着遗憾情绪。

【赏析】

是词写朝云歌姬。首二句写住处与环境。住在市楼西边近处,沉香烟尘弥漫道路。住处不具体,其路亦烟锁雾罩,颇为缥缈、奇幻。歇拍写容颜,以柳叶比喻双眉,花片比喻面容。柳叶分别贴到画好的双眉旁边,花瓣飞来垂手便成。过片,总写,妆成之美艳,尽让秋娘忌妒,美丽端庄地伫立面对绣帘窗户。结拍写歌艺,迎风一曲令听者陶醉。歌罢了,路上行人凝聚着遗憾的情绪离去。

◉**集评**

卓人月汇选、徐士俊参评《古今词统》:"极似'红豆啄残,碧梧栖老'一联,于此可参活句。"

玉楼春

离鸾照罢尘生镜[①],几点吴霜侵绿鬓[②]。琵琶弦上语无凭,豆蔻梢头春有信。　相思拚损朱颜尽,天若多情终欲问,雪窗休记夜来寒,桂酒已消人去恨。

【注释】

①"离鸾"句:久不照镜,镜上蒙尘。

②吴霜:白霜,比喻白发。李贺《还自会稽歌》:"吴霜点归鬓。"

【赏析】

是词写相思。首句写妇人罢照,镜尘生,第二句说,几点白霜侵入了绿鬓。伤离别而憔悴变老,鬓生白发,所以罢照镜。接写怨恨,当年弹奏琵琶寄托情爱的曲乐,兑现的凭证,一点儿没有。然而豆蔻梢头如期绽放,春天守信。后阕写排遣。相思必定会损尽朱颜,老天倘若多情的话,终然要问。雪窗里忘记夜来寒冷,桂花美酒已使人消解了"人去"之怨恨。

玉楼春

东风又作无情计[①],艳粉娇红吹满地[②]。碧楼帘影不遮愁,还似去年今日意。　谁知错管春残事,到处登临曾费泪。此时金盏直须深[③],看尽落花能几醉。

【注释】

①东风:春风。 作无情计:做那些无情的计划和事情。

②艳粉娇红:指花。

③直须:只应,只要。

【赏析】

是词写伤春。起首"东风又作无情计",春风又在作无情的打算了。东风无情,人却有情,对比烘衬,人心愁怨。"又"字,已非第一次,而是多次,更显其无情是反复不断。第二句,"艳粉娇红吹满地",正面描写落花,"无情计"实施的恶果。"艳"修饰"粉"、"娇"修饰"红",花色艳丽娇冶,花是如此之美,繁花似锦,却被"吹满地",转瞬即逝,惨状目不忍睹。"吹"字,承接"东风",再道东风无情。歇拍两句,"碧楼帘影不遮愁,还似去年今日意",碧色高楼帘影重重,可见残花满地,见了令人发愁,埋怨重重帘影不替人将愁怨遮住。今年今日仍然像去年今日一样,见落花而生愁。"还似"回应首句"又"字,年年如是,情意深厚,语气沉痛。过片,"谁知错管春残事,到处登临曾费泪",表面上自省自责,伤春惜春纯属多事,自己为春残而生愁,这是"错管";每到登临之处,都伤心洒泪,白白浪费感情。怨悔之中,饱含感伤。结拍"此时金盏直须深,看尽落花能几醉",崔敏童《宴城东庄》诗句"能向花前几回醉,十千沽酒莫辞频",与此意同。既是"错管",那就斟满金杯,自解自慰,痛饮美酒;赏花畅饮,到落花尽时,还能醉几回呢。反诘作结,留春不住、愁绪难平,语似旷达,情却沉痛。

◉集评

陈世宜《宋词举》:"小山学花间,妙在吞吐含蓄,全不说破。此词为爽利一派,已开慢曲门径矣。""首句破空而来,先怨东风之无情,着一'又'字,将第四五六几句元神提出,直贯篇末。""不说春去须惜,反以惜春为多事,登临之泪,遂嫌其费。末两句是得过且过之意,亦古人惜方阴之心。恐时不再来,而及时行乐,逆转不惜落花,而欲趁花未落尽以前,恣意玩赏。语似旷达,其沉痛则较婉惜为甚,实进一层主意也。"

玉楼春

斑骓路与阳台近①,前度无题初借问。暖风鞭袖尽闲垂②,微月帘栊曾暗认。　梅花未足凭芳信,弦语岂堪传素恨。翠眉饶似远山长,寄与此愁颦不尽。

【注释】

①阳台:用宋玉《高唐赋》典故。指男女会面之处。

②鞭袖:长袖。赵嘏《忆山阳》:"芰荷香绕垂鞭袖。"韩偓《初赴期集》:"慢垂鞭袖过街西。"

【赏析】

是词怀人。前阕回忆。首句写初次相见,他骑着斑骓骏马,靠近阳台,前次没有话题,便通过借问来找话题聊天。歇拍,写往来渐多而感情渐深。站立春风里优悠地着长袖,凭稀微的月光,隔着帘栊也能认出来。后阕写相思。过片以梅花守信而人不守信,丝弦亦不能传达心中的怨恨,表达对心上人的相思。结拍,翠眉酷似那远山悠长,亦难容纳得下离愁别绪。

玉楼春

红绡学舞腰肢软①,旋织舞衣宫样染。织成云外雁行斜,染作江南春水浅。　露桃宫里随歌管②,一曲霓裳红日晚。归来双袖酒成痕,小字香笺无意展。

【注释】

①红绡:红色薄绸。指代美人。或指唐朝裴铏《传奇》的人物歌舞妓红绡。此指代歌舞妓。

②露桃:一说,蜜桃,承雨露而生。又说,生长于露井边的桃树。韦庄《天仙子》:"露桃花里小腰肢。"

【赏析】

是词写歌姬舞女。红绡学舞之时腰肢柔软。将刚织就的舞衣按照官样的款式漂染。歇拍,"织成云外雁行斜,染作江南春水浅",与白居易《缭绫》诗句"织成云外秋雁行,染作江南春水色"试作比较:"秋雁行",只是一般性的叙述,改为"雁行斜",描述范围不限于秋雁,包括南飞、北飞之雁,并且写出雁阵飞行的具体形态,"斜"字,形象概括;"春水色",即绿色，没有深浅浓淡之分，“春水浅”之“春水”已含绿色之义，以“浅”字修饰，写出绿色的色阶变化，综上可见，小晏二句要比白诗生动形象。后阕精彩之处在结拍，“归来双袖酒成痕，小字香笺无意展”，歌舞归来，一双衣袖尽是沾酒而留下的痕印，那小字香笺也无心去展看。可以想见，酒痕一定杂有泪痕；社会地位低下的歌姬舞女生活辛酸，提不起精神去顾及对爱情的追求。小晏的同情，散见字里行间。

玉楼春

当年信道情无价[1]，桃叶尊前论别夜[2]。脸红心绪学梅妆[3]，眉翠工夫如月画。　来时醉倒旗亭下，知是阿谁扶上马[4]。忆曾挑尽五更灯，不记临分多少话[5]。

【注释】

①信：真。　情无价：言情之珍贵，不能以价论之。

②桃叶：晋朝书法家王献之的侍妾。曾作《桃叶歌》于渡头相赠。后指代妓妾一类不幸女性。此指歌姬。　论别夜：告别之夜，尽诉别情。

③梅妆：梅花妆。

④阿谁：谁，哪个。欧阳炯《浣溪沙》：“斜倚瑶枕髻鬟偏，此时心在阿谁边。”

⑤临分：临近分别之时。

【赏析】

是词忆旧惜别。首句回忆自己对“情”的理解：“当年信道情无价”，当年真真说过情是不能以价来论说的。第二句转入回忆别夜，在饯行晚宴当筵，与桃叶倾吐别情。歇拍一联写肖像。梅花妆面泛红晕，流露出惆怅情绪；花费工夫，将翠眉画成弯月。过片写醉别，回来时候醉倒地旗亭酒楼，知道是谁扶上马的吗？结拍写话别，想起来只记得曾经挑剔油灯直至五更时分，不记得临别说过多少情话了。惜别之情尽在“忆”与“不记”的真切与飘渺、清醒与朦胧之中。

◉**集评**

夏敬观批语：“清真袭取入《瑞鹤仙》词。”

玉楼春

采莲时候慵歌舞，永日闲从花里度[1]。暗随蘋末晓风来，直待柳梢斜月去。　停桡共说江头路，临水楼台苏小住。细思巫峡梦回时[2]，不减秦源肠断处。

【注释】

①永日：整日。

②巫峡梦回：用宋玉《高唐赋》典故，比喻男女欢情。

【赏析】

是词写采莲女。前阕写采莲劳动。采莲时候正忙碌着，顾不上学习歌舞了，整天优闲地在荷花丛中度过。天未光就追逐蘋草迎着晨风出发，一直到柳梢头挂上斜月才归去。后阕过片写休憩议论，停下桨来，大家一同说那江头路、苏小小的话题。结拍写采莲的心理，细细想来，巫峡梦醒，不会比桃花源的伤心断肠痛苦程度要轻多少吧。

◉集评

陈廷焯《词则·闲情集》："绵丽有致。"

玉楼春

芳年正是香英嫩①，天与娇波长入鬓②。蕊珠宫里旧承恩③，夜拂银屏朝把镜。　云情去住终难信④，花意有无休更问⑤。醉中同尽一杯欢，归后各成孤枕恨。

【注释】

①芳年：美好的年华。犹妙龄。刘铄《拟行行重行行》："芳年有华月，佳人无还期。" 香英嫩：如香花般娇嫩。

②娇波：娇媚的眼波。

③蕊珠宫：一指神仙居所。二指宋真宗时所建之蕊珠殿。此指宫殿。

④云情：比喻情爱。

⑤花意：比喻情爱。

【赏析】

是词写宫女怨。前阕首二句写宫女形象。青春年华正如香花般娇嫩美艳，老天赋予妩媚的眼波，直长至鬓边。歇拍写旧时得宠，蕊珠宫里曾经承受皇帝的恩宠，夜里拂抚银屏，早晨照镜。过片写逐渐失宠。云情的去与留终究难以为信，花意的有无亦不要去问。其中含着多少痛苦。结拍写现状，眼下只是醉里与宫女们同尽一杯酒的欢乐了，归去后就各自孤枕独眠，默默承受无穷无尽的怨恨折磨。

玉楼春

轻风拂柳冰初绽①，细雨消尘云未散。红窗青镜待妆梅，绿陌高楼催送雁。　华罗歌扇金蕉戋②，记得寻芳心绪惯。凤城寒尽又飞花，岁岁春光常有限。

【注释】

①初绽：初开。此指结冰刚刚融化。

②华罗：即花罗，美丽的绢。　金蕉戋：犹蕉叶杯。

【赏析】

是词写迎春。前阕写春光乍到。轻风吹拂杨柳，冰雪开始融化。细雨洗涤浮尘，云彩聚结。红窗里美人对着青镜在梳理梅花妆，返青回绿的郊野、高高的楼台在催促、欢送归雁北飞。　过片写人们为春天的到来载歌载舞、开怀痛饮、邀友寻芳。结拍，京城里寒冷消尽，飞花片片，年年的春光都是这么有限的。透露出一丝丝淡淡的忧愁情绪。

减字木兰花

长亭晚送，都似绿窗前日梦。小字还家[1]，恰应红灯昨夜花[2]。　良时易过，半镜流年春欲破。往事难忘，一枕高楼到夕阳。

【注释】

①小字：即小字书笺。李贺《湖中曲 》："越王娇郎小字书。"

②"恰应"句：恰恰应验了昨晚里的灯花爆笑。

【赏析】

是词写惜别。前阕首二句，写送别。长亭傍晚送别的情景，全部像绿窗前日的梦境一般。送别是悲凉的，一直深深地刻印在心中，所以常常梦之。歇拍，写收到远方来信的喜悦。小字书信寄回家来了，这真真应验了红灯昨夜爆发的灯花喜兆。过片，情绪逆转，只有来信，而人不归来，更为思念。良辰是很容易就过去的，忽然从半镜里感到青春流年仿佛像春天那样将要到尽头了。结拍，无可奈何，沉浸回忆那难忘的往事，静静地在高楼里倚枕，一直呆到夕阳斜照，总算又过了一天。

◉集评

先著、程洪《词洁》："轻而不浮，浅而不露，美而不艳，动而不流。字外盘旋，句中含吐。小词能事备矣。"

俞陛云《唐五代两宋词选释》："由相别而相逢，而又相别，窗前灯影，楼上斜阳，写悲欢离合，情景兼到。"

减字木兰花

留春不住，恰似年光无味处[1]。满眼飞英[2]，弹指东风太浅情。　筝弦未稳，学得新声难破恨。转枕花前，且伴香红一夜眠[3]。

【注释】

①年光：犹岁月时光。 无味：比喻极为平常。《老子》："道之出口，淡乎其无味。"

②飞英：飞舞的落花。

③香红：红艳芳香的花。温庭筠《菩萨蛮》："双鬓隔香红，玉钗头上风。"

【赏析】

是词惜春。首二句，春天难以挽留，恰好说明了年光岁月，平常度过。"无味处"，是指岁月流逝日月按平常规律过去。并非说，春天过去了，年光就变得没有趣味了。歇拍，满眼的乱飞的落花，一霎那即过的春风，太薄情了。"太"字，所怨很深。前阕写出对春去的两种感受，起初，觉得是平常事一桩，没什么特别的；但目睹飞花，便感到春风太薄情，生起愁怨来。过片联想，可惜自己还未把筝弦乐调校好，学到的新曲难将怨恨排解。结拍，再进一步设想，干脆这样吧，将枕头转到花前去，姑且相伴香红眠一夜。

减字木兰花

长杨辇路[1]，绿满当年携手处。试逐春风，重到宫花花树中。　芳菲绕遍[2],今日不如前日健。酒罢凄凉[3],新恨犹添旧恨长。

【注释】

①长杨:宫殿名。《三辅黄图·秦宫》:"长杨宫在今盩厔县东南三十里,本秦旧宫,至汉修饰之,以备行幸,宫中有垂杨数亩,故为宫名,门曰射熊馆。秦汉游猎之所。"

②芳菲:花草美盛芳芬。刘禹锡《春日书怀……》:"野草芳菲红锦地,游丝撩乱碧罗天。"亦指花草。陆龟蒙《阖闾城北有卖花翁》:"十亩芳菲为旧业。"

③凄凉:寂寞冷落。李贺《长歌续短歌》:"凄凉四月阑,千里一时绿。"

【赏析】

是词写重游新恨。长杨宫前的辇车道路,一片葱绿,那是当年与情人携手同游的地方。首二句,表面写旧重游,其关键字眼是"当年携手处",表明当年游历是欢愉的,而今是只身独游,已将旧恨新恨暗寓其中。歇拍,"试"字,不是试图,而是强打精神,追逐着春风,"重到宫花花树中"。过片总结旧游感受,游览过所有的美景,总感到今日不如以往那样精神振奋,游兴旺盛。结拍抒情,酒后更感凄凉,新恨叠加在旧恨之上疯长。

泛清波摘遍

催花雨小[1],着柳风柔,都似去年时候好。露红烟绿,尽有狂情斗春早[2]。长安道,秋千影里,丝管声中,谁放艳阳轻过了。倦客登临,暗惜光阴恨多少。　楚天渺,归思正如乱云,短梦未成芳草。空把吴霜鬓发,自悲清晓。帝城杳,双凤旧约渐虚,孤鸿后期难到。且趁朝花夜月,翠尊频倒。

【注释】

①催花:催促花儿快开。白居易《叹春风》:"树根雪尽催花发。"

②斗:趁。张相《诗词曲语辞汇释》:"斗,犹趁也。"

【赏析】

是词写游子思归。前阕写京城春色。细雨催促着花儿早发,柔风抚摸着杨柳萌绿,一切都像去年那个时候美好。露水沾满红花,烟雾笼罩绿原,全是趁着春光早早宣泄狂情。京城长安繁华道上,秋千来回飘荡影里,歌筵弦管丝竹声中,有谁撇下艳阳,草率度日的呢?歇拍,转写倦客,他登临此地,暗自伤感,惋惜光阴流逝,心中萌发多少怨恨。后阕以抒情为主。过片,场景转移,抒发思归情绪。楚天渺茫,思归情绪正如天上的云彩一样撩乱;短暂的梦境没有见到芳草。"未成芳草",补述思归并非是芳草所牵惹,而是因为:"空把吴霜鬓发,自悲清晓。"白白地让白霜长上了鬓发,清晓起来梳洗时自感悲哀。"帝城杳,双凤旧约渐虚,孤鸿后期难到。"京都离自己越来越远,杳杳而不可及,双凤的旧约渐渐成空,孤雁的后期怕亦以等到。结拍,暂且趁着朝花月夜良辰美景还在,频频倾倒翠尊,大醉一场算了。

洞仙歌

春残雨过,绿暗东池道。玉艳藏羞媚赪笑[1]。记当时,已恨飞镜欢疏[2],那至此,仍苦题花信少。　连环情未已[3],物是人非[4],月下疏梅似伊好。淡秀色,黯寒香,粲若春容[5],何心顾,闲花凡草。但莫使,情随岁华迁[6],便杳隔秦源，也须能到。

【注释】

①赪(chēng)：赤也。此当指脸颊泛起红晕。

②飞镜：比喻明月。李白《把酒问月诗》："皎如飞镜临丹阙。"

③连环情未已：比喻情结如连环一般环环相扣，难以解开。 连环：多环贯连而环无端。《战国策·齐策》："秦昭王尝遣使者遣君王后玉连环，曰：齐多智，而解此环否。君王后以示群臣，群臣不知解，君王后引椎椎破之，谢秦使曰：谨以解矣。"

④物是人非：景物依旧，人事已非。魏文帝《与吴质书》："节同时异，物是人非。"

⑤"粲若"句：美丽如春光明媚。

⑥"情随"句：情感随着岁月的流逝而变迁。王羲之《兰亭序集》："情随事迁，感慨系之矣。"

【赏析】

是词怀人。前阕首三句写春景。暮春时节，一场好雨，东池道路绿阴遮掩。娇艳的白花藏羞而开，妩媚的红花带笑而放。接着写"恨"，记得当时，早已恨怨圆月之夜欢愉过疏。直至现在，仍然痛苦地埋怨花信太少。后阕写怀想。过片，点出所思之人，连环一样的情没有停止，虽然物是人非，时光流逝，景物仍然，人事变迁，最难忘的是，明月下的疏梅跟她一样美好。以梅喻所思之人。接着三句写梅花，淡淡的秀色，暗暗飘浮的幽香，美丽如春光。"何心顾，闲花凡草"，进一步表明，爱梅如爱伊，那里有心思去光顾那些闲花凡草呢。结尾处，抒情发誓，绝不让情感随着岁月的流逝而思迁，即便是杳无踪迹、隔离人世的桃源，也一定能够去到。

菩萨蛮

来时杨柳东桥路，曲中暗有相期处①。明月好因缘，欲圆还未圆。 却寻芳草去②，画扇遮微雨。飞絮莫无情，闲花应笑人。

【注释】

①曲中：约会的地点，泛指幽深隐蔽之处。 相期：相约好的幽会。

②芳草：香草。牛峤《生查子》："记得绿罗裙，处处怜芳草。"

【赏析】

是词写赴约，主人公当是初恋少女。约会的时间，明月之夜，欲圆未圆，或许是暗寓他们还是初恋，有好因缘的预兆，但是"未圆"。约会的地点，"曲中"，暗中说好的地方，"暗"字，说明两人关系还不能公开，同时亦有初恋时的羞涩感。赴约路径：穿过柳阴，踱过东桥，踏着芳草，绕过曲径。动作，"画扇遮微雨"。或许她在路上遇到了下雨，慌忙之中，用画扇来挡雨，这一细节，为赴约增添了戏剧性的情节变化，颇有生活气息。心理，"飞絮莫无情，闲花应笑人"，飞舞的柳絮，不要无情呀；这似乎暗寓担忧，害怕情人无情，将自己抛弃。闲花，你可以取笑人家雨中赴约，如此多情。

◉集评

俞陛云《唐五代两宋词选释》："月未十分圆满，情味最长。取喻因缘，小山独能见到。"

菩萨蛮

个人轻似低飞燕①,春来绮陌时相见②。堪恨两横波③,恼人情绪多④。长留青鬓在⑤,莫放红颜去。占取艳阳天⑥,且教伊少年。

【注释】

①个人:犹这个人儿。

②绮陌:纵横交错的道路。元稹《羡醉》:"绮陌高楼竞醉眠,共期憔悴不相怜。"

③横波:眼波。王筠《秋夜二首》之二:"泪满横波目。"

④恼:引逗,撩拨。杜甫《奉陪郑驸马韦曲二首》之二:"韦曲花无赖,家家恼杀人。"

⑤青鬓:乌黑的鬓发。

⑥艳阳天:明媚的春天。毛文锡《虞美人》:"庭前闲立画秋千,艳阳天。"

【赏析】

是词写幽会。首二句写相会,这个人儿轻盈得像燕子,一路低飞过来,在春到绮陌的时候相见。歇拍写容颜美丽,很"恨"那横波流盼神态,流露逗人的情意许多。后阕,写两人的希冀,长久地留住黑发,不要让朱颜损去,且让他们少年,拥有艳阳天。

菩萨蛮

莺啼似作留春语,花飞斗学回风舞①。红日又平西,画帘遮燕泥。　烟花还自老②,绿镜人空好。香在去年衣,鱼笺音信稀。

【注释】

①回风:旋风。屈原《悲回风》"悲回风之摇蕙兮。"注:"回风为飘,飘风回邪。"

②烟花:泛指春景。杜甫《清明》:"秦城楼阁烟花里,汉主山河锦绣中。"

【赏析】

是词写闺妇幽怨。前阕写暮春,黄莺啼唱好像是说着挽留春天的话语,落花飞飘竞相比赛学着旋风的样子在起舞。歇拍写其百无聊赖地又过了一天,放下画帘来遮挡住燕子筑巢的新泥。后阕写幽情,美好的春光还会自然老去,绿镜里的人儿徒有美貌。芳香依然残留在去年薰过的衣裳上,但是音信却越来越少了。

菩萨蛮

春风未放花心吐,尊前不拟分明语。酒色上来迟,绿须红杏枝①。　今朝眉黛浅②,暗恨归时远。前夜月当楼③,相逢南陌头。

【注释】

①绿须:乌黑发亮的胡须。 红杏枝:比喻酒后微红的脸色。

②眉黛浅:眉色变得淡薄。

③月当楼:月亮照耀高楼。

【赏析】

是词写相思。前阕回忆。首二句,写初次见面,春风吹拂却未见花蕊吐放,酒筵上不把话语说分明。"未放花心吐",比喻对方没有说出心里话,"不拟",双方也就不肯将话挑明。歇拍,情节发展,"酒色上来迟,绿须红杏枝"。酒力慢慢的上来了,充满男子气的绿须脸上泛起红杏般的酒晕。二句虚实结合,酒力上面,是实写;酒后动情是虚写,红杏花开,花蕊会吐出绿须,这就回应开头之"吐",亦是暗喻两人心许了。过片写眼前,现在眉黛浅淡,无心慵画;暗暗怨恨行人归来的路途遥远。结拍,再转入回忆,"前夜月当楼,相逢南陌头"。前次明月照高楼的时候,两人相逢在南陌头……闺妇对远人的思念,只能靠回忆来"画饼充饥",也真怪可怜的,值得同情。

菩萨蛮

娇香淡染胭脂雪①,愁春细画弯弯月②。花月镜边人③,浅妆匀未成。 佳期应有在,试倚秋千待。满地落英红④,万条杨柳风。

【注释】

①娇香:妖艳幽香。此指美人之容颜。

②弯弯月:比喻眉毛。

③花月:如花似月。

④落英:落花。

【赏析】

是词写盼佳期。首句写面妆,娇嫩的香雪双脸淡淡染上胭脂颜色。第二句写画眉,精心细致地画好弯弯的月眉,似乎带着少许的愁绪。歇拍写照镜,镜中呈现出无边的花月情,浅妆匀抹总是表达不出来。过片点明题旨,相依佳期总会有的,而且一定会来到。想到这,她高兴地跑向庭院,倚着秋千等待。结拍,还是表达坚信佳期,目前即便是落花满地红,但是,不久的将来,又是春风杨柳万条,充满了希望与信心。

菩萨蛮

香莲烛下匀丹雪①,妆成笑弄金阶月②。娇面胜芙蓉,脸边天与红。 玳筵双揭鼓③,唤上华茵舞④。春浅未禁寒,暗嫌罗袖宽。

【注释】

①丹雪:口红与脂粉。

②金阶:美称砌台阶级。顾况《公子行》:"美人扶踏<u>金阶月</u>。"

③玳筵:玳瑁筵,指盛宴。 揭鼓:即羯鼓。

④华茵:华丽的褥子。

【赏析】

是词写舞姬香莲。前阕写晚妆。在烛光下擦抹脂粉,妆成笑着在金阶台级上欣赏月光下的倩影。歇拍,"娇面胜芙蓉,脸边天与红",娇艳的面容美过芙蓉,脸蛋上透出老天赋予的红艳。"胜芙蓉"对应"香莲"。过片写舞姿,"玳筵双揭鼓,唤上华茵舞",在玳筵的盛宴上,踏着华丽的裀垫,跳起双揭鼓舞。结拍,"春浅未禁寒,暗嫌罗袖宽",写观感,时节刚刚入春,未能经得住寒冷的侵袭,显得有点儿颤抖;暗里嫌她的罗袖过于宽阔了。"罗袖宽",

可能是她练舞太勤，亦可能是她通宵达旦地为生活忙碌，更可能是她为情所困，而瘦损了肌肤，致使原来合身的衣袖变得宽阔了，词作没有明言，留给读者想象的余地。

菩萨蛮

哀筝一弄湘江曲①，声声写尽湘波绿。纤指十三弦②，细将幽恨传。 当筵秋水慢③，玉柱斜飞雁④。弹到断肠时，春山眉黛低。

【注释】

①弄：表乐曲之数量，犹支、段。 湘江曲：当为曲调名。

②十三弦：唐时始改筝为十三弦。

③秋水：比喻女子眼波清澈。

④玉柱斜飞雁：筝上架弦的柱子其排列如雁斜飞状。李商隐《昨日》："十三弦柱雁行斜。"

【赏析】

是词写弹筝女。前阕叙述湘灵鼓瑟典故。首句写弹奏。"哀筝一弄湘江曲"，用筝弹奏一首湘江之曲。"哀筝"，带着感情色彩称谓筝，也含幽怨之意。点明曲名为"湘江曲"，说的湘灵鼓瑟，与舜及二妃的悲情。第二句"声声写尽湘波绿"，每一音符仿佛变成了文字彩绘，一点不漏地描画出湘水江波的清澈、碧绿。"绿"乃冷色，暗寓什么？这可以从李商隐《哀筝》诗句"湘波无限泪，蜀魂有余冤"，找到注脚，音乐形象暗喻"泪"与"冤"。歇拍，"纤指十三弦，细将幽恨传"，顺势道出"幽恨"，纤纤玉指拨弄筝弦，小心细致地弹奏，一点一滴地通过乐韵传达出幽恨之情。"细传"，摹写用心专注、动作娴熟、表演精细，技艺高超。后阕写筝女。过片补述登场情态，"当筵秋水慢，玉柱斜飞雁"，在歌筵之上，眼波慢慢的，专注着跟前那玉柱如斜飞雁阵的哀筝。"慢"字，指凝神，全神贯注。结拍，"弹到断肠时，春山眉黛低"，弹到令听众极度悲伤而感到肠断的乐章高潮，筝女如春山的双眉紧敛低垂。

◉集评

王世贞《弇州山人词评》："'弹到断肠时，春山眉翠低'，皆弹琴筝俊语也。"

沈际飞《草堂诗余正集》："'断肠'二句俊极，与'一一春莺语'比美。"

黄蓼园《蓼园词选》："写筝耶？寄托耶？意致却极凄惋。末句意浓而韵远，妙在能蕴藉"。

菩萨蛮

江南未雪梅花白，忆梅人是江南客。犹记旧相逢，淡烟微月中。 玉容长有信①，一笑归来近。怀远上楼时，晚云和雁低。

【注释】

①玉容：美好的容颜。陆机《西北有高楼诗》："玉容谁能顾，倾城在一弹。"此指美人。

【赏析】

是词以忆梅喻怀人。曾为江南客的主人公忆起江南赏梅，江南未见下雪，梅花却绽开了白花。还清楚记得，那是在淡淡的烟雾之中，微微的月光之下再次与梅相逢。"未雪"，既写出江南气候特征，亦点出江南客是北方来客，而白梅盛开，仿如雪花弥漫，与回到北国一般，暗寓对家乡的怀念。“淡烟微月中”，景色迷离，增添朦胧之美。过片，写梅花守约如期开放。那美人般的玉容守信绽放，一笑便知归来的日子近了。结拍，写傍晚登楼，点出怀远题旨。怀念远人情绪涌起，登上高楼远望的时候，只见暮云纷乱，大雁低飞。词作以大量的篇幅写梅，以梅喻人，“忆梅”即忆人，梅人合体，彼此如一，结束处点破“怀远”，回应“忆梅”，“晚云和雁低”，借景抒发怀人之情。

◉集评

俞陛云《唐五代两宋词选释》：“‘淡烟微月’句高雅绝尘，人与花合写也。‘晚云’句在空际写怀人，旨趣弥永。”

菩萨蛮

相逢欲话相思苦，浅情肯信相思否。还恐谩相思，浅情人不知①。　忆曾携手处，月满窗前路。长到月来时，不眠犹待伊。

【注释】

①浅情：犹薄情。

【赏析】

是词写相思。前阕共四句，三句有“相思”，二句有“薄情”，两者乃相左之情感，糅在一起，该如何理解？相逢的时候，自己要说相思好苦，但薄情的他能够相信自己是在苦苦相思吗？到头来还恐怕空相思，薄情人是不懂得的。说来说去，是主人公并不谴责对方的薄情，而是说自己相思已经很痛苦了，说了又怕对方不信不晓。过片回忆，忆起曾经携手的地方是那样的浪漫，月光洒满窗前的路径。结拍，回到现实，如今，常常等到月儿上来时候，就是不睡觉也在等待他。

阮郎归

粉痕闲印玉尖纤①，啼红傍晚奁②。旧寒新暖尚相兼③，梅疏待雪添。　春冉冉④，恨恹恹⑤，章台对卷帘。个人鞭影弄凉蟾⑥，楼前侧帽檐。

【注释】

①玉尖纤：比喻美人的手指。

②啼红：哭泣流泪。　奁(lián)：盛放梳妆用品的器具。此用若动词，指梳妆。

③相兼：兼而有之。

④冉冉：渐渐地。　春冉冉：春天悄悄地渐渐到来。

⑤恹恹：同“厌厌”，安静的样子。《诗·周颂·湛露》“厌厌夜饮。”毛传：“厌厌，安也。”此当指静静地。　恨恹恹：怨恨静静地滋长。

⑥凉蟾：冷月。

【赏析】

是词写春情。前阕写主人公感早春而动情。首二句写动情，粉痕轻易印在纤纤玉指尖上，傍着奁台晚妆时她伤心地哭泣，泪水和着脂粉成为红泪，流淌而下。现时正是旧寒与新暖交替、忽寒忽暖多变天气，疏枝梅树随时等待飞雪来临。“旧寒新暖”，当是她的感情生活的比喻,“疏梅待雪添”,当是她的担忧,害怕爱情会遇到挫折。过片,她整天守在闺房对帘帷,感到春天渐渐地到来,怨恨静静地萌生……结拍,她的希望成为现实,“个人鞭影弄凉蟾,楼前侧帽檐”。那个人儿终于出现了,低垂长袖地站立在冷月之下、高楼前面,还时尚地侧歪着帽檐咧。

阮郎归

来时红日弄窗纱,春红入睡霞[①]。去时庭树欲栖鸦,香屏掩月斜[②]。　收翠羽[③],整妆华,青骢信又差。玉笙犹恋碧桃花[④],今宵未忆家。

【注释】

①春红:当指春花,此喻美人。

②香屏:飘香的屏风。

③翠羽:此比喻翠色眉毛。傅玄《有女篇》:“蛾眉分翠羽,明目发清扬。”

④玉笙:饰玉的芦笙。此指代男子。

【赏析】

是词写幽怨。前阕回忆幽会。首二句写来时,他来的时候,正好是红日照临纱窗,美人正在霞光之中入睡。三四句写去时,虽以“去时”统领二句,但应作两个时段读。在鸦雀要飞回庭树栖息的黄昏,他要走而未走;一直到香屏掩斜月,天快亮的时候,才告别离开。后阕写怨恨。过片,那匹“青骢”诚信差矣,收拾起翠羽,整顿好妆华。心上人爽约,那有心情妆扮。结拍写猜疑与遗恨。恐怕他还是依恋着碧桃花,今夜没想“家”。

阮郎归

旧香残粉似当初,人情恨不如。一春犹有数行书,秋来书更疏。　衾凤冷[①],枕鸳孤[②],愁肠待酒舒[③]。梦魂纵有也成虚,那堪和梦无。

【注释】

①衾凤:绣于衾被上的凤凰图案。

②枕鸾:绣于枕头上的鸾凤图案。

③舒:舒缓,缓解。

【赏析】

是词写闺妇怨。前阕首二句运用比喻、对比手法,写远行人不如旧香残粉。旧时之薰香、残余的脂粉,依然如初;但是远行的离人,感情却好像不如当初,真可恨。歇拍两句,以事实说话。整个春天还寄回几行书信,可入秋以来,书信越来越少。“书更疏”,反映情愈疏,所以“恨不如”。后阕写相思之痛苦。过片写孤独而浇酒。衾被的绣凤冷寂,枕头的画鸯孤独,愁肠百结等待喝酒来舒缓。情侣分离,如凤凰失侣、鸳鸯成单,暗喻离别。相思入愁肠,烧酒不一定能舒缓愁绪,可能反便相思之情和幽怨之恨加重。结拍两句,语婉意悲。梦境里纵然与相思之人重逢,但一觉醒来却成空。即便如此,也胜于无,乍经得起梦见无从呢。连片刻的虚幻慰藉也得不到,满腔怨情,撼人心魄。

◉集评

张伯驹《丛碧词话》:“小山《阮郎归》词云云。情意凄婉,不在五代人之下。后结句,先与道君《燕山亭》词不期而同。惟道君《燕山亭》全阕尤悱哀可怜，因其境惨故也。”

阮郎归

天边金掌露成霜①，云随雁字长。绿杯红袖趁重阳②，人情似故乡。　兰佩紫，菊簪黄，殷勤理旧狂。欲将沉醉换悲凉，清歌莫断肠③。

【注释】

①金掌：手形的铜铸承露盘。 韩琮：《牡丹》："晓艳远分金掌露。"

②红袖：指代佳人。

③清歌：清唱。

【赏析】

是词咏重阳，抒感慨。起首两句写秋景。天边的金掌承接的露水变成了霜。行云悠悠，伴随南飞雁阵长长的"人"字"一"字。"金掌"，汉武帝长安建章宫建高二十丈的铜柱，上有铜人，掌托承露盘，以承武帝想饮以求长生的"玉露"。此暗指汴梁。"露成霜"、"雁字长"，意象鲜明，刻画秋气萧瑟，满目悲凉。结拍两句，与红袖佳人一起，共酌绿杯，只是重阳佳节趁兴随俗罢了，因为人情似故乡。"趁"字，传达出佳节难逢、盛情难却，那就参与进去，应景一番的心态。"似"非等闲字眼，暗含赞美故乡人情之美，贬评京城人情之薄，"似"在表面，不似在实质，京城是权力斗争之所，本无人情可言，热诚的背后，往往是尔虞我诈、追名逐利。所以，小晏即使是"仕宦连蹇，而不能一傍贵人之门。"

过片之"兰佩紫"句，出自屈原《离骚》"纫秋兰以为佩"；"菊簪黄"句，出自杜牧《九日齐山登高》"尘世难逢开口笑，菊花须插满头归"。这两句，或许是一组对比，前者喻自己，后者喻他人，写出自己与世人之差异。"殷勤理旧狂"，道出了主人公的理智，回应上文之"趁"，不要被"似故乡"的现象迷惑住，要"殷勤"——认真仔细地对付，"理"——理性，不能让"旧狂"完全释放，要有所节制。这或许是小晏于晚年对世事人情的深层思考。结拍两句，"欲将沉醉换悲凉，清歌莫断肠"，心中本来充满悲凉，就想通过沉醉来换掉悲凉，寻求解脱；然而清歌容易惹人愁，听到的时候千万不要为之悲伤过度而断肠。明知不可换而硬要"换"，明知断肠而告诫不要"断肠"，此真悲哀、真断肠。

◉集评

况周颐《蕙风词话》："'绿杯'二句，意已厚矣。'殷勤理旧狂'，五字三层意。'狂'者，所谓一肚皮不合时宜发现于外者也。狂已旧矣，而理之，而殷勤理之，其若有甚不得已者。'欲将沉醉换悲凉'是上句注脚。'清歌莫断肠'，仍含不尽之意。此词沉着厚重，得此结句，便觉竟体空灵。小晏神仙中人，重以名父之贻，师友相与沆瀣，其独造处，岂凡夫肉眼所能见及。'梦魂惯得无拘检，又逐杨花过谢桥'，以是为止，乌足与论小山词耶？"

阮郎归

晚妆长趁景阳钟①，双蛾着意浓②。舞腰浮动绿云秾③，樱桃半点红。　怜美景，惜芳容，沉思暗记中。春寒帘幕几重重，杨花尽日风。

【注释】

①景阳：楼名。《永元中童谣》："但看三八后，摧折景阳楼。"

②双蛾：双眉。 着意：此言刻意。

③绿云秾：形容美人发黑而浓密。李白《白头吟二首》之二："长吁不整绿云鬓。"

【赏析】

是词写宫中舞女。前阕写晚妆舞蹈。景阳钟声，常常催促晚妆，双眉刻意画得色彩浓重。舞动细腰，绿云长发如密云飘移，樱桃小嘴现出半点艳红。过片，写宫女喜爱美景，珍惜芳容，沉思过后要将此牢牢记在心中。春寒乍到，赶快放下重重帘幕。春风整日地吹，杨花飞飘，春天很快就要逝去。"几重重"，舞女被宫墙深苑所隔者，又岂止是帘幕呢？

归田乐

试把花期数，便早有，感春情绪。看即梅花吐，愿花更不谢，春且长住。只恐花飞又春去。　花开还不语，问此意，年年春还会否？绛唇青鬓[1]，渐少花前语。对花又记得，旧曾游处，门外垂杨未飘絮。

【注释】

①绛唇青鬓：红唇黑发。比喻年少。

【赏析】

是词写感春怀人。前阕首三句，"试把花期数"，盼望春天快到，就早有了感春情绪。"试"字、"早"字，盼春意切。接着三句，眼看梅花吐艳，希望花儿不谢，春天长住人间。歇拍，只怕花落又是春天要过去。感春情绪经历了盼、喜、愿、忧四个阶段。后阕抒情。过片紧承，花开了却默然无语，试问此意——愿花更不谢，春且长住，年年都来的春天还能懂得吗。"绛唇青鬓"二句，转而进入怀人的主题。当日花前一起快乐地游春的侣伴如今安？《小山词自序》说："追惟往昔过从饮酒之人，或垄木已长，或病不偶，考其篇中所记悲欢合离之事，如幻如电，如昨梦前尘，但能掩卷怃然，感光阴之易逝，叹境缘之无实也。""绛唇青鬓，渐少花前语"，当年的好友渐渐少了，花前的笑语也不多了。结尾三句收束。看到花开，又记得旧日曾游之地，而今门外垂杨还未飘落花絮，春色在浓咧。

浣溪沙

二月春花厌落梅，仙源归路碧桃催[1]。渭城丝雨劝离杯[2]。　欢意似云真薄幸，客鞭摇柳正多才。凤楼人待锦书来。

【注释】

①仙源：即陶潜《桃花源记》所写之桃花源。王维《桃源行》："春来遍是桃花水，不辨仙源何处寻。"

②渭城：《水经·渭水》注："太史化曰：故咸阳也，高帝更名新城，武帝开鼎三年，别名渭城。"

【赏析】

是词怀人。前阕写春景。二月春花盛开，而梅花静静地飘落。桃花源里的碧桃催人赶快踏上归途。渭城的丝丝细雨好像劝人在饯别时高举酒杯。王维《送元二使安西》云："渭城朝雨浥轻尘，客舍青青柳色新。劝君更进一杯酒，西出阳关无故人。"小晏词隐括王诗，写离情。过片，将曾经享受过的欢意比作行云忽忽，嗔怨远人之薄幸；远人欣赏大好春光，定会引发才思，写成锦书相寄，凤楼人我正等待着。结句，怀念情愫，脱口而出。

浣溪沙

卧鸭池头小苑开，喧风吹尽北枝梅①。柳长莎软路萦回②。　静避绿阴莺有意，漫随游骑絮多才。去年今日忆同来。

【注释】

①喧风：春风。元稹《谷雨三月中》："喧风引麦葶。"

②莎(suō)：莎草，即香附子。

【赏析】

是词写骑游赏春景。首二句，小宛池塘里，卧鸭畅游；春风劲吹，落尽了梅树北向枝头的花朵。"卧鸭池头"，春江水暖鸭先知，春日融融；"吹尽北枝梅"，梅花信风已过，春深矣，难免惋惜，暗寓惜春。歇拍，柳树抽出新枝，莎草长出柔柔嫩叶，春天的勃勃生机萦绕、充满路途。过片，黄莺有意识在绿阴里静静地安息，仿佛是躲避着喧闹的春天；正如多才的谢道蕴所吟，柳絮飘舞像雪花纷飞一样，追随着人们的坐骑漫游。结句，回忆去年今日是与友人同来，言外之意是今年今日却是独处游赏，不觉惆怅起来，抒发出深深的怀人情感。

浣溪沙

二月和风到碧城①，万条千缕绿相迎。舞烟眠雨过清明。　妆镜巧眉偷叶样②，歌楼妍曲借枝名③。晚秋霜霰莫无情。

【注释】

①和风：春风。　碧城：仙人居所。此指京城。

②"妆镜"句：对着妆镜巧妙地依照柳叶的样子画眉。

③借枝名：借用杨柳枝作歌曲名称。

【赏析】

是词咏柳。前阕写柳树风姿。二月春风来到了京城，柳树摇曳万条千缕的绿彩相迎。"绿"，青春的色彩，春风给杨柳绿色以蓬勃的青春活力；"迎"字，含情动人。"舞烟眠雨过清明"句，时间过去一个月，清明时节雨纷纷，杨柳在和风细雨里生长，在轻烟薄雾中舞动，在丝丝细雨中眠睡。"舞"字，写动态；"眠"字，写静态。一动一静：动者，写出遇到春风之得意情状；静者，写出恬静安闲情状。过片，将美人与杨柳结合于一体，描绘妩媚之美。美人对镜巧画双眉，常常偷来柳叶的形状；歌楼唱丽曲，借用柳枝命名。柳叶是古代佳人双眉的象征意象，《柳枝》是古代诗歌吟咏的曲名，"偷"字，"借"字，透露出才子佳人对"柳"的喜爱、歆羡之情。结句，"晚秋霜霰莫无情"，点明主题，情深意切，希望到了深秋，不要无情地降下霜霰，恣虐杨柳。表达了对柳的关心情怀。咏物之作，一般皆有寄托，是词当是以春天杨柳形象，比拟歌姬舞女形象，将自然物与社会人联系起来，借柳喻人，寄托对这一类女子被侮辱、被损害的不幸命运的深切同情与关注。

浣溪沙

白纻春衫杨柳鞭①，碧蹄骄马杏花鞯②。落英飞絮冶游天③。　南陌暖风吹舞榭，东城凉月照歌筵。赏心多是酒中仙④。

【注释】

①纻：纻麻。《诗·陈风·东门之池》："东门之池，可以沤纻。"亦指纻麻所织之粗布。白纻：吴地所产之纻布。张籍《白纻歌》："皎皎白纻白且鲜，将作春衫称少年。" 杨柳鞭：折杨柳为鞭。《乐府诗集》《折杨柳枝歌辞》："上马不捉鞭，反折杨柳枝。"

②骄：《说文》："马高六尺为骄。诗曰：我马维骄。" 鞯：衬托马鞍的垫子。 杏花鞯：雕绘杏花图案的马鞍垫子。

③冶游：本指少女春游。后指狎妓。

④赏心：心情欢畅。谢灵运《拟魏太子邺中集诗序》："天下良辰、美景、赏心、乐事，四者难并。" 酒中仙：酒中神仙。牟融《重赠张籍》："百杯疑是酒中仙。"

【赏析】

是词写春游。春风荡漾，策骑扬鞭，驰骋南陌，落花飞絮，东城歌筵，舞榭狂饮，胜过神仙。

浣溪沙

床上银屏几点山①，鸭炉香过琐窗寒②。小云双枕恨春闲。 惜别谩成良夜醉③，解愁时有翠笺还④。那回分袂月初残⑤。

【注释】

①银屏：银饰的屏风。

②鸭炉：鸭形的香炉。 琐窗：镂空为环形而相连图案纹饰的窗户。

③谩：徒，空。

④翠笺：青翠颜色的彩笺，指代书信。

⑤分袂：分别。

【赏析】

是词写相思。前阕写闺房摆设。床上的银屏画着几座远山，鸭炉的香料燃烧尽了，华丽的窗户内显得寒冷起来。小云独自枕着双枕因春闲而生发出怨恨。由寂静而觉寒，由独处而觉闲，由静、寒、闲而生恨，景物描写与心理活动糅在一起，归于春恨。过片，惜别之情缠绕，良宵徒然变成酒醉；能排解愁绪的，是时而偶尔有翠绿的信笺寄回。结句回忆，那回分别是在月儿西堕的拂晓时分。"月初残"，分别是此时，回忆亦在此时，又独自过了一个不眠之夜。

浣溪沙

绿柳藏乌静掩关，鸭炉香细锁窗闲。那回分袂月初残。 惜别漫成良夜醉，解愁时有翠笺还。欲寻双叶寄情难①。

【注释】

①"欲寻"句：用红叶题诗典故。唐僖宗时，于祐于御沟中拾一红叶题诗，祐亦题一叶，置沟上流，宫女韩夫人拾之。后帝放宫女三千人，祐娶韩，成礼，各于笥中取红叶相示，乃开宴曰："予二人可谢媒人。"韩氏曰："一联佳句随流水，十载幽思满素怀，今日却成鸾凤

友，方知红叶是良媒。”

【赏析】

是词与上首“床上银屏几点山”章基本一样，都是写相思，格调也一致。正如小晏《小山词自序》所言：“每得一解，即以草授诸儿，吾三人持酒听之，为一笑乐。”

浣溪沙

家近旗亭酒易酤①，花时长得醉工夫。伴人歌笑懒妆梳。　户外绿杨春系马，床头红烛夜呼卢②。相逢还解有情无。

【注释】

①酤：买酒。

②呼卢：“呼卢喝雉”之简。古代的一种赌博。亦叫樗蒲、五木。削木为子，共五枚，一子两面，一面涂黑，画牛犊；一面涂白，画鸡。五子都黑，叫卢，得头彩；四一白，叫雉，得彩次之。掷子时，高声大喊，希望得彩多，所以叫呼卢喝雉。李白《少年行》：“呼卢百万终不惜，报仇千里如咫尺。”

【赏析】

是词写歌妓伴客。前阕写歌姬居住环境与日常生活。家居靠近酒楼买酒挺方便的，春到花时常常有喝醉工夫。陪伴客人唱歌欢笑而懒得梳妆。过片，写陪客人赌博，门外的绿柳春色里系着骏马，床头的红烛下深夜呼喝卢雉。结句，再次相逢之时，还有没有如此的豪爽之情？

◉集评

陆游《老学庵笔记》：“唐韩翃诗云：‘门外碧潭春洗马，楼前红烛夜迎人。’近世晏叔原乐府词云：‘门外绿杨春系马，床前红烛夜呼卢。’气格乃过本句，不谓之剽可可也。”

吴曾《能改斋漫录》：“晏叔原长短句云：‘门外绿杨春系马，床前红烛夜呼卢’，盖用乐府《水调歌》云‘户外碧潭春洗马，楼前红烛夜迎人。’然叔原之辞甚工。”

沈际飞《草堂诗余续集》：“不恨无花，不恨无醉，恨无工夫耳。叔原可夸。”

浣溪沙

日日双眉斗画长，行云飞絮共轻狂①。不将心嫁冶游郎。　溅酒滴残歌扇字，弄花熏得舞衣香。一春弹泪说凄凉。

【注释】

①行云：指男女云雨之事。　轻狂：轻佻疏狂。

【赏析】

是词写妓女。首句，每天，她们精心描画一双“长眉”，好像在竞相比赛谁人画得美艳。“斗”字，与同伴争妍，为取怜于客人，真个辛酸。秦韬玉《贫女》云：“敢将十指夸纤巧，不把双眉斗画长。”写的一般女子对画眉的态度，与小晏所写显然不同。第二句，她们像行云般轻佻，像飞絮般疏狂。抓住身份特征，描写举止情态。“行云”者，用宋玉《高唐赋》“旦为朝云，暮为行雨”之意，暗喻妓女生涯。“飞絮”者，比喻女子飘流不定的行踪。杜甫《绝句漫兴》有句："颠狂柳絮随风舞，轻薄桃花逐水流。"身不由己，随人摆布，随风逐水，这是命运使然。歇拍，揭示内心世界，"不将心嫁冶游郎。"她们要与命运抗争，发誓不把真心交给浪荡男人。李商隐《无题》"不知身属冶游郎"，只反映了妓女"身属"的表层，而未触及内心。但小晏此句，挖掘至深层，境界更高，身可属，而心不可辱，不可侵犯。过片，续写筵前歌舞，放纵痛饮，酒水溅洒歌扇，滴残渍糊了扇上的字迹。持花把弄，芬芳之气侵熏舞衣透出阵阵幽香。于史良《春山夜月》有句："掬水月在手，弄花香满衣。"一经小晏化出，更合妓女身份。"溅酒"、"弄花"从行为动作，将"轻狂"具体形象化。结拍，"一春弹泪说凄凉"，整个春天，通过流泪去诉说心中的凄凉。

词作刻画了一位美艳，能歌善舞，"身属冶游郎"而"不将心嫁"的妓女形象，通过揭示内心的坚贞与精神的凄苦，表达出对被侮辱、被损害的下层妇女的同情。

◉集评

贺裳《皱水轩词筌》："词家须使读者如身履其地，亲见其人，方为蓬山顶上。……晏几道'溅酒滴残歌扇字，弄花熏得舞衣香'，直觉俨然如在目前，疑于化工之笔。"

刘永济《唐五代两宋词简析》："论者称其词顿挫，即从此等处看出也。"

浣溪沙

飞鹊台前晕翠蛾①，千金新换绛仙螺②。最难加意为颦多。　几处睡痕留醉袖，一春愁思近横波。远山低眉不成歌。

【注释】

①飞鹊台：犹梳妆台。　飞鹊：飞鹊纹饰的镜子。

②绛仙螺：以绛仙螺镶嵌的头饰。

【赏析】

是词写歌姬。首二句，写梳妆。坐在梳妆台前，对着飞鹊镜精心搽抹弄眉妆，戴上新近买来的价值千金的绛仙螺头饰。歇拍，"最难加意为颦多"，她感到最难的事情，就是刻意去仿效过分地紧皱眉头的神态表情。过片，脸上留下酒醉枕袖而眠的几处睡痕，整个春天的愁怨情绪差点儿将横波遮掩。结拍，"远山低眉不成歌"，远山美眉低低的，歌唱着不成歌的歌。歌姬"不成歌"，内心的苦楚可见。

浣溪沙

午醉西桥夕未醒，雨花凄断不堪听①。归时应减鬓边青②。　衣化客尘今古道③，柳含春意短长亭。凤楼争见路旁情④。

【注释】

①雨花：像微风吹落花絮一般的细雨。

②"归时"句：恐怕在归家的时候，自己的黑鬓发经已褪色，增添上的白发，衰老多了。

③衣化客尘：意为，衣裳被旅途的风尘所盖，言受尽风尘仆仆之苦。

④争：怎。

【赏析】

是词写游子思乡。首句写午醉，中午喝醉了，直到斜阳照西桥还未完全清醒过来，天上下起细雨，那雨声的确凄凉，不能听呀。歇拍，等到归家的时候，恐怕鬓发又添了许多白发。预测到归期还相当遥远，思乡情绪，会令自己越来越衰老。过片，古今旅途上作客之人，风尘仆仆，连衣衫都沾满灰尘；短亭长亭旁边的柳树泛绿带着春意，使人更加感到旅途的漫长，离家之遥远。“古今”与“短长”对应，从时间空间上拓展意境。结拍，“凤楼争见路旁情”，凤楼之中的闺妇又怎么看得见旅途之苦情呢。

浣溪沙

一样宫妆簇彩舟[①]，碧罗团扇自障羞[②]。水仙时在镜中游[③]。 腰自细来多态度[④]，脸因红处转风流[⑤]。年年相遇绿江头。

【注释】

①宫妆：宫中的妆扮。

②碧罗：青绿色的罗。 团扇：圆形扇子。古时宫内多用，故亦称宫扇。

③水仙：传说中的水神仙。

④态度：姿态、风情。

⑤风流：此指娇艳。

【赏析】

是词写彩舟歌舞。彩舟之上，满目都是宫样妆扮的佳丽，碧色罗纱团扇遮掩住羞涩姿态，仿佛是美艳的水仙在平静如镜的水面上游赏。腰肢纤细得来自有万种风情，脸上泛起红晕传递出风流娇艳。年年岁岁能够相遇在绿水江头，该多有看头。

浣溪沙

已拆秋千不奈闲，却随蝴蝶到花间。旋寻双叶插云鬟。 几褶湘裙烟缕细[①]，一钩罗袜素蟾弯[②]。绿笺红豆忆前欢。

【注释】

①湘裙：以湘地所产绢帛为裙。此美称所着之女裙。

②素蟾：月亮别称。

【赏析】

是词写少女游园。秋千拆了，少女们经不住闲，便另选节目，追随蝴蝶来到花间，急着将成双而长的花叶插到云鬟上。过片，描写衣着，身穿九褶的湘裙，显出细如烟缕的婀娜腰姿，薄罗丝袜配上弓型素鞋恰似一弯新月。“绿窗红豆忆前欢”结拍，点出少女心中的“秘密”，目睹绿笺、红豆想起了旧时的欢情。

浣溪沙

闲弄筝弦懒系裙，铅华消尽见天真[①]。眼波低处事还新。 怅恨不逢如意酒，寻思难值有情人。可怜虚度琐窗春。

【注释】

①铅华：脂粉也。 天真：人之本性。

【赏析】

是词写春情。闲遐无事抚弄筝弦弹奏一曲,懒得系衣裙,不施朱粉铅华,显出天然之美。歇拍,低头思想,觉得经历的事情,记忆犹新,历历在目。她惆怅自己没有碰上如意酒,寻思难以遇上有情人。结拍,叹惜在琐窗里虚度了美好春天时光。

浣溪沙

团扇初随碧箪收,画檐归燕尚迟留。靥朱眉翠喜清秋①。　风意未应迷狭路②,灯痕犹自记高楼。露花烟叶与人愁。

【注释】

①靥:脸颊上的酒窝。温庭筠《菩萨蛮》:"绣衫遮笑靥,烟草粘飞蝶。"靥朱:脸颊酒窝部位泛起的红晕。李贺《恼公》:"花合靥朱融。"

②狭路:窄路。迷狭路:处于窄路而迷茫不前。

【赏析】

是词写秋愁。首二句写,秋天至团扇与碧簟都收起来了,画梁上的归燕尚且挽留得太晚了。这些情景对女主人公来说,都是伤心之事,收团扇,暗寓女子被冷落;燕归去,暗寓女子孤独。歇拍,"靥朱眉翠喜清秋"。"喜"字怎解?窃以为解作寻找喜欢之事。过片所写,正是她风意地踏上不应迷茫不前的狭路,那高楼上灯影还暗自记得。结拍,又透露出淡淡的秋愁,带露的花儿,笼烟的绿叶,带给人愁绪。

浣溪沙

翠阁朱阑倚处危①,夜凉闲捻彩箫吹②。曲中双凤已分飞③。　绿酒细倾消别恨④,红笺小写问归期。月华风意似当时⑤。

【注释】

①危:高。

②捻:拈取。彩箫吹:即吹彩箫。杜牧《杜秋娘诗》:"金阶露新重,闲捻彩箫吹。"

③分飞:《玉台新咏·东飞伯劳歌》有"东飞伯劳西飞燕"句,后称离别为分飞,也叫"劳燕分飞"。李白《忆旧游客寄谯郡元参军》:"星离雨散不终朝,分飞楚关山水远。"

④绿酒:浊酒。李珣《南乡子》:"邀同宴,绿酒一卮红上面。"

⑤月华:一说指月光。二说见《月令广义》:月之有华,常出于中秋,或十三至十八夜,"月华之状如锦云捧珠,五色鲜荧,磊落匝月,如刺锦无异,华盛之时,其月如金盆枯赤,光彩不朗,移时始散。"或误以月晕为华,非也。张泌《浣溪沙》:"独立寒阶望月华,露浓香泛小庭花。"

【赏析】

是词写相思。寒夜里,倚着翠阁朱栏高处,手捻彩箫吹起乐曲,曲调奏出双凤分飞。细绿酒想排解别恨,展开红笺写信问归期。结拍回忆当时分别情景,月光如华,风意绵缠,就像当时一样。

◉集评

陈廷焯《词则·闲情集》:"小山诸词,无不闲雅。后人描写闺情,大半失之淫冶。此唐、五代、北宋所以犹为近古。”

浣溪沙

唱得红梅字字香[①]，柳枝桃叶尽深藏。遏云声里送雕觞[②]。 才听便拚衣袖湿，欲歌先倚黛眉长。曲终敲损燕钗梁[③]。

【注释】

①红梅：此指《梅花》曲。

②遏云：用《列子·汤问》“响遏行云”典故。 送雕觞：传递、敬送雕刻精美的酒杯。指相互敬酒畅饮。

③损：损坏。 燕钗：即玉燕钗。 梁：此指钗股。

【赏析】

是词写送别。前阕写歌唱《梅花》曲辞送别。将《梅花》曲辞唱得字字飘香。巧妙地利用曲名的暗合，把歌唱的整体艺术效果比喻为红梅，运用通感的修辞手法，“红”字写色彩，体现视觉美；“香”字写气味，听觉效果转化为嗅觉感受。第二句，“柳枝桃叶尽深藏”，反衬手法，进一步突出歌唱的效果。“柳枝”，古乐府曲名，亦称《杨柳枝》。“桃叶”，据《古今乐录》：晋王献之爱妾名桃叶，献之临江相别时作歌：“桃叶复桃叶，渡江不用楫。但渡无所苦，我自迎接汝。”后入乐府，名《桃叶歌》。《柳枝》、《桃叶》，都是著名曲辞，相比所唱的“红梅”，自愧不如，赶快深深躲藏起来。歇拍，“遏云声里送离觞”，用《列子·汤问》典故，写歌声高亢激越，使天上的行云为之而停止。“送离觞”，点出歌筵送别。过片，先写行者，一听这曲，索性让泪水流淌，把衣袖沾湿，悲情无法控制；再写歌者，想开口唱，先让眉黛舒展显长，尽量控制感情。“才听”、“欲歌”，行人与歌者心意相通，一是无法控制，二是有抑制。结句，“曲终敲损燕钗梁”，唱曲完结，竟然敲坏了玉燕钗的梁股。送别场面凄凉，两人情感共鸣，情节达到高潮，表达送别的凄绝感情；“敲损燕钗梁”，同时寓意诀别。小晏言“敲损燕钗梁”或是用《世说新语·豪爽》之曲。该篇载：“王仲处每酒后，辄咏‘老骥伏枥，志在千里。烈士暮年，壮心不已’，以如意打唾壶，壶口尽缺。”

◉集评

吴可《藏梅诗话》：“‘字字香’，下得巧。”

浣溪沙

小杏春声学浪仙[①]，疏梅清唱替哀弦。似花如雪绕琼筵。 腮粉月痕妆罢后，脸红莲艳酒醒前。今年水调得人怜。

【注释】

①浪仙：唐代诗人贾岛的字。《唐诗纪事》：“贾岛字浪仙。”

【赏析】

是词写小杏当筵唱歌。她模仿浪仙的风度，歌声像涌动的春潮；清唱像绽放的疏梅，替代秦筝的哀弦之音。琼筵之上，尽显似花如雪的美艳。过片，写小杏的美丽容颜，妆成之后，腮上的脂粉如月痕清淡；酒醒之前，脸上的红晕如莲艳丽。结句，今年唱的水调更是得人喜欢,写小杏歌美,令人怜爱。

浣溪沙

铜虎分符领外台①,五云深处彩旌来②。春随红旆过长淮③。　千里袴襦添旧暖④,万家桃李间新栽⑤。使星回首是三台⑥。

【注释】

①铜虎分符:铜铸的虎符。古代帝王授予兵权和调发军队的信物,用铜铸成虎形,背有铭文,分为两半,右半留存中央,左半发给地方官吏或统兵的将领。调发军队时,须由使臣持符验证,方能生效。盛行于战国、秦、汉。

②五云:青、白、赤、黑、黄五色瑞云。指仙人居所。张泌《临江仙》:"五云双鹤去无踪,几回魂断,凝望向长空。"此指京城。

③红旆(pèi):红色旗帜。旆:旗帜的统称。《诗·商颂·长发》:"武王载旆,有虔秉钺。"

④袴襦:裤子和短上衣。元稹《后湖》:"此实公所小,安用歌袴襦。"

⑤桃李:以桃李果实之多喻所栽培门生或所荐士之众。白居易《奉和令公绿野堂种花》:"令公桃李满天下,何用堂前更种花。"

⑥使星:指朝庭派出的使者。杜甫《秦州》:"稠叠多幽事,喧呼阅使星。"　三台:此指星名。谓上台、中台、下台,共六星,两两相对。起文昌,列抵太微。亦作三阶,又称泰阶。古代以星象征人事,称三公为三台。

【赏析】

是词当为应酬之作,写欢迎远征归来的将领,文学价值不高。

浣溪沙

浦口莲香夜不收①,水边风度欲生秋②。棹歌声细不惊鸥③。　凉月送归思往事,落英飘去起新愁。可堪题叶寄东楼④。

【注释】

①浦口:溪河入江海之处。

②风度:江风吹过。

③棹歌:船工行船所唱之歌。张志和《渔父歌》:"青草湖中月正圆,巴陵渔父棹歌连。"

④题叶:在树叶上题辞字或诗。此指写信。　东楼:相传为夏禹的后裔。周武王灭殷得禹后东楼公,封之于杞。复姓,东楼公之后。此当泛指心悦之人。

【赏析】

是词写采莲女月夜归来之"新愁"。前阕写夜归。浦口的莲花清香,到了夜里不仅不收敛,反而香得更浓、飘得更远;江风吹过水边,一阵凉意,使人感到已是入秋时节。她轻轻哼着棹歌,不去惊动那双双栖息的河鸥。过片,清凉的月儿伴随她归去,想起了往事;落花飘去,萌发了新愁。往事美好,却如落花飘去,不免生愁。结句,"可堪题叶寄东楼",怎样才能像宫女那样,红叶题诗寄达东楼呢?小晏用"红叶题诗"的典故,写采莲女追求爱情又难以实现的惆怅。

◉集评

夏敬观批语："托兴采莲，无不绝佳。"

浣溪沙

莫问逢春能几回，能歌能笑是多才。露花犹有好枝开①。　绿鬓旧人皆老大②，红梁新燕又归来。尽须珍重掌中杯。

【注释】

①露花：雨露滋润的花树。

②绿鬓：黑亮的鬓髻。此指美人。　老大：谓年老。《文选·古辞·长歌行》："少壮不努力，老大乃伤悲。"

【赏析】

是词隐括杜甫《绝句漫兴九首》之四："二月已破三月来，渐才逢春难几回。莫思向外无穷事，且尽生前有限杯。"杜诗的尾联以"无穷"对"有限"，应当是对人生际遇的深层思索，含着深刻的哲理。小晏隐括"张本"，相形见绌，所抒发的无非是年老渐衰，珍重掌中杯，及时行乐，词境平平，并无深意。

浣溪沙

楼上灯深欲闭门，梦云归去不留痕。几年芳草忆王孙。　向日栏干依旧绿，试将前事倚黄昏。记曾来处易消魂。

【赏析】

是词写相思。楼阁里灯深门闭，梦中的情境消失，不留一点痕迹。几年来，每当芳草萋萋的时候，都要深切地忆想王孙游子。白天里凭栏远眺，景色依然如旧，绿满大地，只好依靠回想往事的欢愉去排解心中的愁绪，一直呆到黄昏。曾经过往的处处事事，回忆得越清晰，越是使人痛苦消魂至极。

六幺令

绿阴春尽，飞絮绕香阁。晚来翠眉宫样，巧把远山学。一寸狂心未说，已向横波觉。画帘遮匝①，新翻曲妙，暗许闲人带偷掐②。　前度书多隐语③，意浅愁难答。昨夜诗有回纹④，韵险还慵押⑤。都待笙歌散了，记取留时霎。不消红蜡，闲云归后，月在庭花旧阑角。

【注释】

①遮帀：掩蔽遍，不留空隙。　匝：遍也。

②掐（qiā）：用指甲捏或截断，此喻取。

③隐语：谜语之古称。也叫隐或"庾辞"。不把本意直接说出而借用别的词语来暗示的话。

④回纹：诗词字句回旋往返，都能成义可诵的叫回文。

⑤韵险：以生僻字为诗词韵曰险韵。

【赏析】

是词写歌姬的恋情。前阕首二句写暮春景色和住所环境。春天尽了,树绿荫浓,飞舞的柳絮环绕着香阁。"晚来翠眉宫样,巧把远山学。"傍晚时,学着宫中眉样,精心描画远山眉。歌女"为悦己者容",宫样翠眉是画给她的情人看的。"一寸狂心未说,已向横波觉"。心里的狂喜之情虽然没有明说,但是已经让人从她的眼波可以察觉。"觉"字,掩饰不住的热切之心,会外露出来,心上人是会知道的。"画帘遮匝,新翻曲妙,暗许闲人带偷掐。"画帘虽然掩遮得严严实实,但是"闲人"可以从原先暗里偷得的新翻美曲乐拍,知道"暗许"。综上可见,歌姬以"眼波"、"妙曲"的方式向心上人表达爱慕的信息。

过片四句,补述两人书信来往,隐语传情,回文达意,而自己还没来得及回音。"都待笙歌散了,记取留时霎。"一切都要等到歌筵结束之后,你可要记得留下来一阵子。"不消红蜡,闲云归后,月在庭花旧阑角。"不要亮红烛,在闲云归去、月儿西坠的后半夜,还是庭院花丛里的旧时栏干拐角处。

◉集评

沈际飞《草堂诗余别集》:"十韵都可矜许。隐跃。""款密竭情。"

夏敬观批语:"此倒押韵之法,甚峭拔。"

六幺令

雪残风信①,悠飏春消息②。天涯倚楼新恨,杨柳几丝碧。还是南云雁少③,锦字无端的④。宝钗瑶席⑤,彩弦声里,拚作尊前未归客。　遥想疏梅此际,月底香英白　。别后谁绕前溪,手拣繁枝摘?莫道伤高恨远,付与临风笛。尽堪愁寂,花时往事,更有多情个人忆。

【注释】

①风信:风候。犹不同季节吹不同的风,因此而知道某季节的到来。

②悠飏:同"悠扬",飞扬,飘忽起伏。钱起《送钟评事应宏词下第东归》:"世事悠飏春梦里,年光寂寞旅愁中。"

③南云雁:自南飞回之雁。

④锦字:书信。 端的:真个,究竟。的确,凭准。此指凭准。

⑤瑶席:言席之华贵。一说以玉饰席。二说以瑶草(传说中的仙草)编织之席。屈原《东皇太一》:"瑶席兮玉瑱,盍将把兮琼芳。"

【赏析】

是词写客旅思归。前阕写作客他乡。雪快要化尽了,春天信息悠扬而至,天涯之处登楼增添新恨。杨柳抽出了几丝新绿。正是北飞回雁稀少,锦字书真的没有到。对着盛宴上的佳人,彩弦歌声乐韵里,姑且作个尊前未归之客吧。后阕以忆家乡的梅花,寄托思归之情。过片"遥想"领起。疏梅向枝,这个时候,映着月光,绽放白白的花,飘散幽幽清香。离家之后,谁人萦绕前溪,指点着专拣繁枝上花朵的采摘?不要说,伤心凭高处,怨恨别离遥远,这些都寄付与横笛迎风吹奏《落梅花》。经得住愁寂,花时的往事美好,还有这个多情之人值得忆念。

六幺令

日高春睡，唤起懒装束。年年落花时候，惯得娇眠足[①]。学唱宫梅便好，理暖银笙逐。翠蛾低绿，堪教人恨，却似江南旧时曲。　常记东楼夜雪，翠幕遮红烛。还是芳酒杯中，一醉光阴促[②]。曾笑阳台梦短[③]，无计怜香玉[④]。此欢难续，乞求歌罢，借取归云画堂宿。

【注释】

①惯：纵容。

②促：短促。

③阳台梦：用宋玉《高唐赋》典，指男女欢愉之梦。

④怜香玉：犹怜香惜玉。指爱好女色。

【赏析】

是词刻画歌女形象。前阕开头四句写“懒”、“娇”性格。首二句，春睡至日高三尺，要人叫唤才起床，起来了懒得梳妆打扮。“唤”、“懒”，写慵怠。每年的落花时节，习惯了要恣意放任地睡个够。“娇”，放任恣意。接着写弹唱。喜好学唱宫梅曲，合于吹暖的笙篁伴奏，达到美妙的演唱效果。翠眉紧皱，很让人怨恨，正好似当年演唱江南旧时曲调的心情。唱“宫梅”而有唱“江南旧时曲”之相同心境，可见愁恨非浅，旧愁未消，新愁又生。后阕回忆“江南旧时”，雪夜东楼，红烛明亮，畅饮芳酒，一醉方休，阳台美梦，香玉得怜，温馨浪漫。结尾，这样的欢情难以继续，请求在歌筵之后，“借取归云画堂宿”。

更漏子

槛花稀，池草遍，冷落吹笙庭院。人去日，燕西飞，燕归人未归。　数书期，寻梦意，弹指一年春事。新怅望，旧悲凉，不堪红日长。

【赏析】

是词写相思。槛边的花儿渐渐稀疏，池旁的绿草日日漫延。暮春好像偏偏冷落了吹笙庭院。去年秋天，人去那日，燕子西飞。而今春回日久，燕子归来而人却不归来。数计着日子，期望收到书信。追寻着梦境，打发时日。转眼间一年春事又将过去。新的怅望频生，旧的悲凉不消，经不起日子如此漫长。

更漏子

柳间眠，花里醉，不惜绣裙铺地。钗燕重，鬓蝉轻，一双梅子青。　粉笺书，罗袖泪，还有可怜新意。遮闷绿，掩羞红，晚来团扇风。

【赏析】

是词写游春。春日，她尽情游览，仿佛是在柳阴眠，在花间醉，华贵的绣裙铺地也全不惋惜。青玉贵重的燕钗、青黛轻巧的蝉鬓，仿佛是一双梅子青青。粉色笺的书信，沾渍罗袖的泪痕，蕴藏新添的怜悯情意。团扇遮面引来迟缓的风，好像遮住了呆闷的绿叶，掩盖了羞涩的红花。

◉集评

夏敬观批语:"'闷绿'字生。"

更漏子

柳丝长,桃叶小,深院断无人到。红日淡,绿烟晴[①],流莺三两声。　雪香浓[②],檀晕少[③],枕上卧枝花好。春思重,晓妆迟,寻思残梦时。

【注释】

①绿烟:傍晚时分的烟雾。

②雪香浓:言肌肤如雪透香。

③檀晕:妇女眉旁的晕色与檀色近似,故称檀晕。

【赏析】

是词写春思。前阕以轻倩妍秀的笔触,描写室外美好的春景。起首三句,柳丝长长,桃叶细细,庭院深深,人迹稀稀。庭院春日空寂、静谧。"断",语气肯定。歇拍三句:红日初升,阳光淡薄;绿烟笼罩,雾霭轻盈;流莺鸣啭,三两声脆。早晨的景物清丽,红绿相映,日烟共生,花鸟互衬;"淡"、"轻"二字,准确抓住春晨初阳的特点。空气湿度大,烟雾弥漫,朝阳弱光相照,阳光度浅淡,绿烟轻朦。流转的莺声,打破深院寂静,景物由"静"入"动"。过片,写美人起身。雪白肌肤透出了浓浓的芳香,檀红的晕色淡去;那绣枕头绘画的斜出花枝,花儿美妍,其实亦可当佳人睡姿解,不管怎样,此句是以花比喻佳人之美。结拍三句,"春思",点题。佳人因春日而牵动的情思,沉甸甸压心头。迟迟未作晓妆。仍然在寻思那甜蜜蜜的被破损了的残梦。

◉集评

陈廷焯《词则·闲情集》:"情余言外,不必用香泽字面。"

俞陛云《唐五代两宋词选释》:"前写景,后言情,景丽而情深,《金荃集》中绝妙词也。"

更漏子

露华高,风信远,宿醉画帘低卷。梳妆倦,冶游慵,绿窗春睡浓。　彩条轻,金缕重,昨日小桥相送。芳草恨,落花愁,去年同倚楼。

【赏析】

是词写别后相思。前阕写送别后的郁闷。露珠光华高闪,风信花期遥远。昨夜酒醉,画帘帷低垂。梳妆,觉得疲倦;春游,觉得慵怠。绿窗里春睡的意念浓重,却令人难眠。过片,回想昨日的分别。结尾,伤感,见芳草生恨,见落花生愁。去年的昨日,咱们还一同登楼来着。

◉集评

陈廷焯《词则·闲情集》:"曰'昨日',曰'去年',宛雅哀怨。"

更漏子

出墙花,当路柳[①],借问芳心谁有?红解笑[②],绿能颦[③],千般恼乱春。　北来人，南去客，朝暮等闲攀折[4]。怜晚秀，惜残阳，情知枉断肠。

【注释】

①墙花、路柳：喻娼妓。

②红：指“出墙杏”。

③绿：指“当路柳”。

④等闲：犹随便，无端。

【赏析】

是词妓女自述。出墙之花，当路之柳，请问那个有怜芳惜玉之心？红可以解笑，绿能够颦眉。北来之人，南去之客，从早到晚的随意攀折。可怜晚秀，惋惜残阳，自己明明知道，到那时是空断肠啊！

更漏子

欲论心，先掩泪，零落去年风味。闲卧处，不言时，愁多只自知。　到情深，俱是怨，惟有梦中相见。犹似旧，奈人禁，偎人说寸心。

【赏析】

是词写愁怨。想诉说心事，却先流泪，去年至今的零落意味。空闲睡处，默默无言的时候，愁多，只有自己知道。情到深处，都是怨，只能在梦中相见。假如可以像旧日那样，怎么让人经受得起，依偎着心上人诉说心声。

河满子

对镜偷匀玉箸[1]，背人学写银钩[2]。系谁红豆罗带角，心情正著春游[3]。那日杨花陌上，多时杏子墙头。　眼底关山无奈，梦中云雨空休。问看几许怜才意[4]，两蛾藏尽离愁。难拚此回肠断，终须锁定红楼。

【注释】

①玉箸：比喻泪。

②学银钩：学习书法。

③春游：古时仕女相邀踏青郊游。

④问看：试试看。

【赏析】

是词写闺妇怨。首二句写动作细节，对镜偷抹眼泪，背人暗学书法。闺妇对镜本是梳妆，而她却是匀泪；“偷”，悄悄地暗中，目的是不让人家知道。“学写银钩”，或许是一种排解。接着回忆以往的相处。将红豆系于罗带角儿，一同春游；杨花陌上携手，杏子墙头暗窥。两人的爱情日深。过片，分手之后。眼前关山阻隔真无奈，梦中云雨成虚。试试看，有几许是怜悯人的意思，双眉紧皱蕴藏所有的离恨。尽管自己情愿默默忍受肠断的痛苦，最终仍然难以摆脱被锁红楼的孤寂命运。

河满子

绿绮琴中心事，齐纨扇上时光[①]。五陵年少浑薄幸[②]，轻如曲水飘香。夜夜魂消梦峡[③]，年年泪尽啼湘[④]。　归雁行边远字，惊鸾舞处离肠。蕙楼多少铅华在[⑤]，从来错倚红妆。可羡邻姬十五，金钗早嫁王昌[⑥]。

【注释】

①齐纨扇：以齐所产之细绢裁成的扇。此用班婕妤《怨歌》典。

②五陵：汉代帝陵：高帝之长陵、惠帝之安陵、景帝之阳陵、武帝之茂陵、昭帝之平陵，总称五陵。汉时迁徙富人豪杰兼并之家于五陵，故五陵从富豪之家。五陵年少：指京城附近之富豪子弟。杜甫《秋兴》："同学少年多不贱，五陵衣马自轻肥。"

③梦峡：峡，当指巫峡。梦峡，用宋玉《高唐赋》典。

④啼湘：湘，当指湘水。啼湘，用娥皇、女英斑竹典。

⑤蕙楼：指妇女所居之楼。

⑥王昌：唐代崔颢、王维、李商隐诗多用，王昌其事不可考。《襄阳耆旧传》："王昌，字公伯，为散骑常侍，妇任城王子文女。"《碧溪漫志》："李义山绝句：'本来银汉是江墙，隔得卢家白玉堂。谁与王昌报消息，尽知三十六鸳鸯。'王昌事，世多不晓。古乐府一曰：'黄金为君门，白玉为君堂……恨不早嫁东家王。'所谓东家王，即王昌也。"王昌或为后汉人，或为唐人。

【赏析】

是词刻画歌姬形象。前阕起首两句概述，"绿绮琴中"、"齐纨扇上"，指代歌姬从事的职业，歌舞助侑。其所度"时光"，心事重重，充满幽怨。齐纨扇，即歌舞所持之团扇，秋来要被搁置，象征烟尘女子如团扇遇秋，终遭遗弃。"心事"，正是"齐纨扇"的感叹。接下二句，指斥那些公子哥儿们，全部都是薄幸年少。轻薄如水面的浮香，霎时即逝。"夜夜魂消梦峡，年年泪尽啼湘。"李商隐《无题》句"神女生涯原是梦"，小晏拿来，写歌姬，说明她们的生涯是梦。"啼湘"用舜二妃典故，写歌妓的精神痛苦。过片，归雁排序好像书写边远两字；惊鸾飞舞，一举一动都令人离肠寸断。"蕙楼多少铅华在，从来错倚红妆。"青楼多少铅华，从来错倚了红妆。所以应当尽早找到归宿。结拍，"可羡邻姬十五，金钗早嫁王昌"。崔颢《古意》："十五嫁王昌，盈盈入画堂。自矜年最少，复倚婿为郎。舞爱前溪绿，歌怜子夜长。闲来斗百草，度日不成妆。"早嫁贵人享荣华，反映了歌姬的希望，流露出词人的关切和同情。

于飞乐

晓日当帘，睡痕犹占香腮。轻盈笑倚鸾台[①]，晕残红，匀宿翠，满镜花开。娇蝉鬓畔，插一枝，淡蕊疏梅。　每到春深，多愁饶恨，妆成懒下香阶。意中人，从别后，萦系情怀。良辰好景，相思字，唤不归来。

【注释】

①鸾台：当指梳妆台。

【赏析】

是词写相思。闺妇清晨起来，睡痕还留在香腮上。倚着镜台露出轻盈的微笑。精心在晕匀脂粉，描画双眉，妆成仿佛是鲜花怒放。最后在娇美的蝉鬓旁，插上一枝淡色的疏梅。后阕写春怨。每每到了春深，多愁善感生恨，妆成之后，懒得到香阶上去，走动走动。意中人自从离别以来，时时萦绕情怀。等待良辰美景，但是相思的信儿，总是唤不归来。

愁倚栏令

凭江阁，看烟鸿[①]，恨春浓。还有当年闻笛泪，洒东风。　时候草绿花红，斜阳外，远水溶溶。浑似阿莲双枕畔[②]，画屏中。

【注释】

①烟鸿：飞翔于云烟的鸿雁。李世民《秋日即目》："迷路飞烟鸿。"

②阿莲：指作者友人家之歌姬。

【赏析】

是词写愁绪。在江楼之上凭栏，望见于云烟上飞翔的鸿雁，怨恨春色浓烈。自然联想起当年闻笛人落泪，迎着东风而洒。"闻笛"，用晋时向秀《感旧赋序》的典故，原是指友谊，此当指爱情。过片写景，草绿花红，斜阳相照，远水溶溶。完全是小莲双枕旁屏风上所画的景色。

愁倚栏令

花阴月，柳梢莺，近清明。长恨去年今夜雨，洒离亭。　枕上怀远诗成，红笺纸，小砑吴绫[①]。寄与征人教念远，莫无情。

【注释】

①砑吴绫：经砑碾工艺处理的吴地所产之绫。砑：碾，使物有光泽。

【赏析】

是词写闺妇念远。闺妇等到清明日近，明月照花阴，夜莺鸣柳梢。想起去年的今夜，下着细雨，泪洒离亭，与男人话别。过片写信。躺在枕上吟成怀远的诗歌，起来用红笺纸、小砑吴绫默写成书。寄给征人让他怀念远方的家人，不要无情。

愁倚栏令

春罗薄[①]，酒醒寒，梦初残。欹枕片时云雨事，已关山[②]。　楼上斜日阑干，楼前路，曾试雕鞍。拚却一襟怀远泪，倚阑看。

【注释】

①春罗：指罗所织的春衣。

②关山：原指关塞与山岳，此指远行人所往之地。

【赏析】

是词写闺妇念远。身穿薄薄的罗质春衫，宿酒刚刚梦醒。倚枕片刻到达关山，经历云雨情事。过片回忆，同在高楼栏干看斜阳，同试雕鞍，驰骋楼前大路。不管那么多了，洒下一襟怀念远人的泪水，倚栏远眺。

御街行

年光正似花梢露，弹指春还暮。翠眉仙子望归来，倚遍玉城珠树①。岂知别后，好风良月，往事无寻处。　狂情错向红尘住②，忘了瑶台路③。碧桃花蕊已应开，欲伴彩云飞去。回思十载，朱颜青鬓，枉被浮名误④。

【注释】

①玉城：指天界。　珠树：嘉树。

②红尘：此指繁华热闹之所。

③瑶台：美玉砌成的台。极言其华丽。屈原《离骚》："望瑶台之偃蹇兮，见有女戎之佚女。"

④浮名：虚名。

【赏析】

是词写仙女与凡人的恋情。首二句叹息时光流逝之促，表达相思之情。年华就像花梢上露水，弹指之间，春来却又暮。翠眉仙子企盼凡人归来，倚遍了玉城的琼树。怎么知道，离别之后，好风明月，往事无法追寻。狂情错向红尘中驻足，忘掉了瑶台仙路。碧桃花蕊应该开了，结伴一同陪伴彩云归去。回想十年来，朱颜青鬓，枉自被浮名所误。

御街行

街南绿树春饶絮，雪满游春路①。树头花艳杂娇云，树底人家朱户。北楼闲上，疏帘高卷，直见街南树。　栏干倚尽犹慵去，几度黄昏雨。晚春盘马踏青苔②，曾傍绿阴深驻。落花犹在，香屏空掩，人面知何处。

【注释】

①雪：晋代女诗人谢道蕴咏雪诗，以絮喻雪；此以雪喻絮。　游春：《开元天宝遗事》载："长安士子，春时斗花，以奇花多者为胜，皆以千金市名花，植于庭中，正月，各乘车马郊宴，为探春之游。"

②盘马：驭马使其回旋。

【赏析】

是词写恋旧。前阕起首四句，写街南朱户。街南的绿杨树，到了春天，好多花絮，如雪的飞絮纷纷扬扬弥漫游春之路。树顶处开遍鲜花，间杂娇艳的云彩；树阴里是显贵的朱户人家。"朱户"掩映在艳花娇云之中，寻它千百回，可见其在心中的地位重要。"北楼闲上，疏帘高卷，直见街南树。"登上北楼南望，疏帘高高卷起，可以很容易看见街南的柳树。过片，四句回忆，几度黄昏雨中，曾经在楼中凭栏还舍不得离去；晚春时节，曾经遛马盘桓踏踩青苔，依傍绿树驻足良久。结拍"落花犹在，香屏空掩，人面知何处。"落花还在，朱户重门深闭，那个如花之人而今在何处？唐朝诗人崔护《题都城南庄》诗云："去年今日此门中，人面桃花相映红。人面不知何处去，桃花依旧笑东风。”其有本事，说崔诗人于清明日游长安城南，过庄户，遇一女子倚桃而立。第二年往寻之，则户闭人去，怅然写下这首诗，直陈事件，寄托怀想。小晏词则由眼前景物起，联想回忆，含蓄有致地抒写故地重游，抒发恋旧情怀。

浪淘沙

高阁对横塘①，新燕年光。柳花残梦隔潇湘②。绿浦归帆看不见，还是斜阳。　一笑解愁肠，人会蛾妆，藕丝衫袖郁金香③。曳雪牵云留客醉，且伴春狂。

【注释】

①横塘：堤名。在江苏省南京市。

②潇湘：潇水与湘水之总称。此泛指湖南湘江流域。温庭筠《遐方怨》：“未得君书，肠断，潇湘春雁飞。”

③藕丝：颜色名，当指浅黄淡绿色。温庭筠《归国遥》：“舞衣无力风敛，藕丝秋色染。” 郁金香：香草。此指美酒。张泌《南歌子》：“绮疏飘雪北风狂，帘幕尽垂无事，郁金香。”

【赏析】

是词写歌筵。首二句明歌筵地点、季节，横塘堤上的高楼，初春新燕归来的时节。第三句，抓住春天的典型景物入词，柳絮纷纷扬扬，人处其中，仿佛刚刚梦醒，被阻隔潇湘似的。歇拍，绿浦上看不到归帆，只有斜阳晚照。过片，转入歌筵描写。有笑脸解愁、蛾妆相陪、佳丽劝酒。结拍，这样的氛围，好像曳雪牵云留住客人沉醉，姑且陪伴春天狂放一番。

浪淘沙

小绿间长红，露蕊烟丛。花开花落昔年同。惟恨花前携手处，往事成空。　山远水重重，一笑难逢，已拚长在别离中。霜鬓知他从此去，几度春风。

【赏析】

是词写闺妇念远。首二句写景，小小绿叶间着硕大的红花，花蕊沾露，绿丛笼烟。第三句写感受，花开花落与往年没有什么不同。歇拍，唯有不同是，怨恨花前携手同游的地方，往事欢愉成空了。过片，山远水茫茫，难得相逢一笑，已经甘心认同要长久处于别离的环境里了。结拍，看看花白的鬓发，就知道从他离别远行那时起，已经吹拂过多少回春风了。

浪淘沙

丽曲醉思仙①，十二哀弦②。秾蛾叠柳脸红莲③。多少雨条烟叶恨，红泪离筵④。　行子惜流年⑤，鶗鴂枝边⑥，吴堤春水舣兰船⑦。南去北来今渐老，难负尊前。

【注释】

①丽曲：美妙的乐曲。白居易《酬微之》："声声丽曲敲寒玉。"此指动人的乐曲。 思仙：曲名。鲍溶《宿茗村》："聊书越人意，此曲名思仙。"

②十二哀弦：《宋史·乐志》："十二弦琴者，如常琴之制，而增其弦。"

③"秾蛾"句：如柳叶重叠的浓妆蛾眉，如红莲绽放的姣好脸庞。

④红泪：妇人流下的眼泪。薛昭蕴《浣溪沙》："国城恨有余，几多红泪泣姑苏。" 离筵：为离别而设的筵席。

⑤行子：行旅之人。

⑥鶗鴂：即杜鹃。

⑦舣（yǐ）：船靠岸。 舣兰船：兰船泊岸边。

【赏析】

是词写相思。前阕写离筵。首二句写当筵歌曲助兴，抚拨十二筝弦，弹奏哀怨动人的思仙乐曲，令人沉醉。第三句，写弹筝者容颜，浓妆打扮，蛾眉如柳叶重叠，脸蛋如绽放的红莲。歇拍，情景交融，烟雨之中，数不胜数的柳条绿叶含着许多怨恨，离筵之上，她伤心流下红泪。过片，写行人登上兰船启程。结拍，写离别久远，南去北来的飘泊不定，如今已经老了，就不必辜负了尊前美酒，开怀畅饮吧。

浪淘沙

翠幕绮筵张①，淑景难忘②。阳关声巧绕雕梁③。美酒十分谁与共？玉指持觞。 晓枕梦高唐，略话衷肠，小山池院竹风凉。明夜月圆帘四卷，今夜思量。

【注释】

①绮筵：盛筵。

②淑景：美景。李世民《芳兰》："淑景媚兰场。"此指春景。

③阳关：指《阳关曲》，亦作《阳关三叠》。琴曲。 绕雕梁：用《列子·汤问》"余音绕梁"典。

【赏析】

是词写相思。前阕写饯别。翠幕盛筵开席，春景令人难忘。抒发离别之情的阳关琴曲歌声绕雕梁。美酒满满的上，谁人共饮？自有佳丽持杯陪伴。绮筵饯别，未见伤感，只是于《阳关三叠》声中，似乎感到，今后与谁共饮美酒？过片，写梦境。拂晓一枕美梦高唐，彼此诉说心声，园林假山庭院的竹风清凉。结拍，今天夜里思量着：明夜月儿满圆，四周的帘帷高卷……

丑奴儿

昭华凤管知名久，长闭帘栊。日日春慵，闲倚庭花晕脸红。 应说金谷无人后，此会相逢。三弄临风，送得当筵玉盏空。

【赏析】

是词刻画玉笛女乐手形象。前阕写"春慵"。她吹奏昭华凤管久负盛名，常常闭门关栊。渐渐感到孤寂，天天好像犯了春困，空虚地对着庭花，脸上泛起红晕。过片，写幽会。应允情人，在园林里无人之后来相会。结拍，写演奏效果，侧面烘托技艺高超。迎风吹奏了三曲，筵席上的酒杯空空而也，客人陶醉其中。

◉集评

夏敬观批语："此'说'字是唱作平声，一见便知。"

丑奴儿

日高庭院杨花转，闲淡春风。莺语惺忪，似笑金屏昨夜空。　娇慵未洗匀妆手，闲印斜红。新恨重重，都与年时旧意同。

【赏析】

是词写闺妇春慵。通过几个有典型意义的细节描写去刻画：贪睡，"日高庭院"，每天睡到日高三竿；麻木，对春光毫无兴趣，杨花转、春风淡，视而不见；迟钝，听莺语而沉惺忪，对金屏空而似笑。娇慵，妆后而不洗手，留下横七竖八的脂粉印迹。含恨，与往年一样，旧怨添新恨。结拍，交代其之娇慵由来已久，病因在相思。

丑奴儿

夜来酒醒清无梦，愁倚栏干。露滴轻寒，雨打芙蓉泪不干。　佳人别后音尘悄，瘦尽难拚。明月无端，已过红楼十二间。

【赏析】

是词写闺妇秋愁。入夜，酒醒之后，清醒得不能入睡，带着愁绪倚栏干。露水凝滴，轻寒袭人，仿佛是秋雨打荷花，泪流不绝。过片回想她在离别以来一直没有收到远人的音信，而今已经瘦得不能再瘦，很难再心甘情愿如此了。天上的明月，无缘无故的又过了红楼十二间，眼看要天亮了，今夜未眠。

诉衷情

种花人自蕊宫来①，牵衣问小梅：今年芳意何似②？应向旧枝开。　凭寄语，谢琼台③，客无才。粉香传信，玉盏开筵，莫待春回。

【注释】

①蕊宫：即蕊珠宫，神仙宫阙。柳泌《玉清行》："仰望蕊宫殿。"

②"今年"句：今年你的意思有什么不同。 芳意：花意，

③谢：告，问。古乐府《陌上桑》："使君谢罗敷，宁可共载不？" 琼台：夏帝癸的玉台。后泛指华美的楼台。

【赏析】

是词写仙官种花人与梅花的对话。前阕，仙官种花人牵衣问梅：今年你打算怎样开放？应当是在旧枝先开吧。后阕，梅花答：就依你的话题，告诉瑶台之人。我本人无才，只是以粉香传递花信，设筵宴，开酒盏的话，就不要等到春天回来之时了。"莫等春回"，梅花已经开了，随时都可以欣赏，为什么一定要专门等到春回去赏百花呢？也即是不要辜负时

光，及时赏花，及时行乐吧。

诉衷情

净揩妆脸浅匀眉[①]，衫子素梅儿[②]。苦无心绪梳洗，闲淡也相宜[③]。　云态度，柳腰肢，入相思。夜来月底[④]，今日尊前，未当佳期。

【注释】

①净揩：以清水摩拭。　浅匀眉：淡淡地画眉。

②"衫子"句：衫上绣着白色的梅花图案。

③"闲淡"句：随便而作的淡妆也挺适宜的。

④月底：犹月下。

【赏析】

是词写相思。前阕写肖像，净揩去宿妆残粉，淡淡地画眉。身穿绣着白梅的衣衫。心中苦闷而没有心情梳洗，随便而作的淡妆也相宜。"苦无心绪"，提示她是一个忧郁人。过片点破，表面悠闲的风度，柳枝般的细腰，折射出内心世界的相思苦状。夜里在明月之下，今日在宴席尊前，统统都不可以跟佳期相比。

诉衷情

渚莲霜晓坠残红[①]，依约旧秋同[②]。玉人团扇恩浅，一意恨西风[③]。　云去住，有朦胧，夜寒浓。此时还是，泪墨书成[④]，未有归鸿。

【注释】

①渚莲：长在江中小洲的莲花。

②依约：依稀。

③"玉人"句：用班婕妤作纨扇诗典故。　西风：秋风。

④泪墨书成：以泪研墨写成书信。

【赏析】

是词写闺妇秋怨。秋天到了，闺妇见莲花凋零、团扇被弃而自怜，恨西风，忧命运。过片，以云之飘忽、月之朦胧、夜之寒浓，比喻命运未可预见。结拍，以泪水研磨香墨，写成书信寄去，但是还没有归雁送来回信。

诉衷情

凭觞静忆去年秋，桐落故溪头。诗成自写红叶，和恨寄东流[①]。　人脉脉，水悠悠，几多愁。雁书不到，蝶梦无凭[②]，谩倚高楼。

【注释】

①东流：流水向东。屈原《天问》："东流不溢，孰知其故。"

②蝶梦：《庄子·齐物论》："昔者庄周，梦为蝴蝶，栩栩然蝴蝶也，自喻适志矣，不知周也。俄然觉，则蘧然周也，不知周之梦为蝴蝶与，蝴蝶之梦为庄周与。"

【赏析】

是词写相思。前阕回忆，持觞静静地回忆去年秋天，桐树叶落旧日相会的溪头。学那官女，红叶题诗，带上愁恨寄托东流水送去。后阕登楼。人儿凝情不语，流水悠悠不绝，可像说不清的多少愁。书信不到，庄梦无据，姑且倚栏排解了。

诉衷情

小梅风韵最妖娆[1]，开处雪初消。南枝欲附春信，长恨陇人遥[2]。 闲记忆，旧江皋[3]，路迢迢。暗香浮动，疏影横斜，几处溪桥。

【注释】

①风韵：风度，韵致。后多指女子神态。

②“南枝”两句：用陆凯寄范晔诗之意。

③江皋：江岸。屈原《湘夫人》：“朝驰余马兮江皋。”

【赏析】

是词咏梅。前阕先写梅花之妖娆。直呼梅为“小梅”，徒添几分亲切，赞美之情溢于言表。“最妖娆”，艳丽妩媚无比，将写人之字用于写梅。傲雪而开，南枝最先报道春天的信息。歇拍末句，隐括陆凯《寄范晔》：“折梅逢驿使，寄与陇头人。江南无所有，聊赠一枝春。”点明离别寓意。过片承前，写怀念。等闲回忆，旧时的江边，路途遥远。结尾三句，截取林逋《山园小梅》：“疏影横斜水清浅，暗香浮动月黄昏”两句句首四字，补以“几处溪桥”作结，与“旧江皋”呼应，恰到好处地将相思之情具像化。

诉衷情

长因蕙草忆罗裙[1]，绿腰沉水熏[2]。阑干曲处人静，曾共倚黄昏。 风有韵，月无痕，暗消魂。拟将幽恨，试写残花，寄与朝云[3]。

诉衷情

御纱新制石榴裙[4]，沉香慢火熏[5]。越罗双带宫样[6]，飞鹭碧波纹[7]。 随锦字，叠香芸[8]，寄文君[9]。系来花下，解向尊前，谁伴朝云？

【注释】

①蕙草：香草。

②绿腰：又作绿要、录要、乐世、六幺。唐时琵琶曲名。 沉水：即沉香。

③朝云：歌姬名。

④御纱：皇宫里的纱。 石榴裙：红色裙子。

⑤慢火：文火。

⑥越罗：越地产的罗。

⑦飞鹭碧波纹：带上的饰纹为飞鹭碧波。

⑧香芸：沈括《梦溪笔谈》：“古人藏书辟蠹，用芸香。芸，类豌豆，小，丛生，叶芳香。秋后，叶间微白似粉，今谓之七里香。”

⑨文君：《史记·司马相如列传》：“卓王孙有女文君，新寡，好音。故相如缪与令相重，而以琴心挑之。”后泛指美人。

【赏析】

是调两首词写相思,主人公为男子。春来芳草萋,忆及罗裙、绿腰、沉香,黄昏同倚曲栏("御纱新制石榴裙"章则换为,珍贵的御纱石榴裙、沉香、宫样罗带、飞鹭纹饰)。过片,相思使人消魂。结拍,写信寄幽恨予朝云。

诉衷情

都人离恨满歌筵①,清唱倚歌弦。星屏别后千里②,重见是何年? 骢骑稳,绣衣鲜,欲朝天③。北人欢笑④,南国悲凉⑤,迎送金鞭。

【注释】

①都人:美人。陆云《为顾彦先赠妇往返诗四首》之二:"京师多妖冶,粲粲都人子。"注:"济曰:都,亦美也;人子,士女也。"

②星屏:古时的一种屏风。

③朝(cháo)天:谒见帝王、天帝。温庭筠《张静婉采莲曲》:"麒麟公子朝天客。"

④北人:往北方的人。此指怀念之人。

⑤南国:江南。

【赏析】

是词写思乡。首二句写歌筵,美人的清歌和乐,仿佛将离恨布满了歌筵。因此,客人想起,自从星屏与家人别后,远隔千里,再次相见不知是何年的事情。过片,写客人与显贵的交往。北人欢笑接受迎送,而我这个南国之客却心感悲凉。

破阵子

柳下笙歌庭院,花间姊妹秋千。记得青楼当日事,写向红窗月前,凭谁寄小莲①? 绛蜡等闲陪泪②,吴茧到了缠绵。绿鬓能供多少恨?未肯无情比断弦,今年老去年。

【注释】

①小莲:作者友人家中的歌姬。

②绛蜡:红蜡烛。

【赏析】

是词怀念歌姬小莲。小晏在《小山词·自序》中写道:"始时,沈十二廉叔、陈十君宠,家有莲、鸿、蘋、云,品清讴娱客……已而君宠疾废卧家,廉叔下世,昔之狂篇醉句遂与两家歌儿酒使俱流转于人间。"这段文字,寄托了小晏深情的怀念,词作要表达的也是这个情感。首二句,追忆四个歌姬,庭院的柳阴下,吹笙按歌;花丛中、秋千上,姊妹们一起游戏。歇拍三句,每当明月临窗的夜晚,一边回忆、一边记下在那豪华精致楼房的往事,"凭谁寄小莲。"怀人之情如泉喷涌,小莲今在何方?美好的回忆、深情的思念无法寄达,怅然伤感。过片,红烛对人垂泪,成为等闲之事;吴蚕到头来要吐丝,那已经是缠绕不解的境地。结尾三句,感慨人老而情未断。绿鬓究竟能够承担多少的愁恨?自己又未肯这样无情地割断情爱,但是,今年又比去年老了。

◉集评

陈廷焯《词则·闲情集》:"对法话泼,措词亦婉媚。""凄咽芊绵。"

好女儿

绿遍西池,梅子青时①。尽无端,尽有东风恶,更霏微细雨,恼人离恨,满路春泥。　应是行云归路,有闲泪,洒相思。想旗亭,望断黄昏月,又依前误了,红笺香信,翠袖欢期。

【注释】

①梅子青时:暮春时节。

【赏析】

是词写离恨。前阕写春景恼人,萌生离恨。西池绿遍了,正是梅子青时候。无缘无故的,都是春风在作恶,下起霏霏微雨,惹起恼人的离恨,还有那满路的泥泞。过片,思归。应该踏上归家之路了,相思洒闲泪。遥想旗亭,极目黄昏月,依旧耽误了,红笺香信翠袖佳期。

好女儿

酌酒殷勤,尽更留春。忍无情,便赋馀花落,待花前细把,一春心事,问个人人。　莫似花开还谢,愿芳意,且长新。倚娇红,待得欢期定,向水沉烟底,金莲影下,睡过佳辰。

【赏析】

是词写春情。前阕写惜春,举杯酌酒,殷勤尽力要把春天留住。怎么忍心将残余的花儿吹落?好让我到花前去,详尽地把整个春天的心事,去问问那个人儿。后阕写"芳意"。不要像花开又凋谢,希望芳意能够长久而且常新。趁着娇红,盼得欢期确定,终于可以在沉香烟底、金莲灯影下,放心睡觉,等待美好的明天了。

点绛唇

花信来时,恨无人似花依旧。又成春瘦,折断门前柳。　天与多情,不与长相守。分飞后,泪痕和酒,占了双罗袖。

【赏析】

是词写闺妇怨。花信按时到来了,真恨没有人好像花一样依旧而开。又成伤春念人至瘦,"又"字,何止今年如此,或许年年皆如此。她见而想起离别,竟然攀折断门前的柳枝。李贺《致酒行》有句:"主父西游困不归,家人折断门柳。"过片,老天给予自己多情的性格,却不给予长相守的机缘。此怨天之言,"多情"为何不能与"相守"统一?分飞之后,以酒消愁,酒与泪将双袖沾满了渍痕。

◉集评

沈际飞《草堂诗余续集》:"句能铸新。"

陈廷焯《词则·闲情集》："淋漓沉致。"

点绛唇

明日征鞭，又将南陌垂杨折。自怜轻别，拚得音尘绝[1]。　杏子枝边，倚遍阑干月，依前缺。去年时节，旧事无人说。

【注释】

①音尘：音信。李白《忆秦娥》："咸阳古道音尘绝，音尘绝。"

【赏析】

是词写离别在即。明天就远行告别了，又一次要将南陌垂杨柳枝攀折。自怜这样容易离别，真情愿来音尘绝，以后不再互通音信算了。过片，回忆旧时相处，结着杏子的树下枝边，相倚栏干伴缺月。结拍，离别在即，去年那时的旧事却没有人提起。

◉集评

陈廷焯《词则·闲情集》："流连往复，情味自永。"

点绛唇

碧水东流，漫题凉叶津头寄[1]。谢娘春意[2]，临水颦双翠。　日日骊歌，空费行人泪。成何计，未如浓醉，闲掩红楼睡。

【注释】

①津头：渡头，渡口。

②谢娘：徐渭《南词叙录》："谢娘，本谓文女，如谢道蕴是也，今指妓。"亦指闺中女子。温庭筠《归国遥》："谢娘无限心曲，晓屏山断续。"

【赏析】

是词写春思。前阕写闺妇春意。首两句，站在碧江之滨，目睹东流逝水，随意题写秋叶，在渡口寄去。她怀着深沉的春意，临水紧皱双眉。过片，天天听着离歌，白白地浪费行人的泪水。结拍，前思后想不知何以为计。不如浓醉一场，掩起红门倒头大睡。

点绛唇

妆席相逢，旋匀红泪歌金缕[1]。意中曾许[2]，欲共吹花去[3]。　长爱荷香，柳色殷桥路[4]。留人住，淡烟微雨，好个双栖处。

【注释】

①旋匀：旋即抹去。金缕：《金缕衣》，歌曲名。相传为李锜妻杜秋娘所唱。

②意中：犹心中。

③吹花：此指赏花。

④殷：深。此指浓深。

【赏析】

是词写艳遇。起首便入情节，相逢。激动得流泪，马上擦去泪痕，歌唱《金缕曲》。客人从歌声中仿佛听到了“意中许”，要一同去赏花。后阕写“双栖处”，绮丽幽美，莲花荷香、殷桥柳色，淡烟微雨。好一个美景欢愉之处。

◉集评

陈廷焯《词则·闲情集》：“情景兼写，景生于情。”

点绛唇

湖上西风，露花啼处秋香老①。谢家春草②，唱得清商好③。　笑倚兰舟，转尽新声了④。烟波渺，暮云稀少，一点凉蟾小⑤。

【注释】

①秋香：秋花。

②谢家：原指唐李德裕之妾谢秋娘居所。后指佳人居所。温庭筠《更漏子》：“香雾薄，透帘幕，惆怅谢家池阁。”

③清商：中原旧曲、江南吴歌、荆楚四声，统称清商。

④转：宛转。

⑤凉蟾：指秋月。

【赏析】

是词写听歌。首二句写秋景，湖面上西风劲吹，快要凋谢的荷花沾露，好像是人在哭泣流泪。景色一片悲凉。此时，却有人兴致极高地以清商之音，唱起“谢家春草”之类的春光之曲。过片，听者笑倚着兰舟，发现转尽新声了。结尾，写出听后的空虚感叹。

两同心

楚乡春晚，似入仙源。拾翠处，闲随流水，踏青路，暗惹香尘。心心在，柳外青帘，花下朱门。　对景且醉芳尊，莫话消魂。好意思，曾同明月，恶滋味，最是黄昏。相思处，一纸红笺，无限啼痕。

【赏析】

是词写游赏。荆楚乡间，春天的晚景，好像来到了桃源仙境一般。春游拾翠，随流水悠闲而行；踏青路上，意想不到惹引香尘。令人特别用心留意的，有柳外的青帘，花下的朱门。后阕，写感慨。面对美景，姑且大醉，不要说消魂悲伤。值得回味的，只有曾经同处明月之下；让人讨厌的，倒是那黄昏时分。结尾，抒情。相思之处，收到一纸红笺，沾满了泪痕。

◉集评

卓人月汇选、徐士俊参评《古今词统》：“自家意味不同。”

沈际飞《草堂诗余别集》：“不是明月较可，还是自家儿意味不同。”

陈廷焯《词则·闲情集》：“清词丽句，为元曲滥觞。”

少年游

绿勾阑畔[1]，黄昏淡月，携手对残红。纱窗影里，朦腾春睡，繁杏小屏风。　须愁别后，天高海阔，何处更相逢。幸有花前，一杯芳酒[2]，欢计莫匆匆。

【注释】

①勾阑：阑干。后亦称妓馆为勾阑。《事物异名录·宫室·栏槛》："名义考，阶际木勾栏曰栏杆，亦作阑干。又妓宅亦名勾栏。"

②芳酒：美酒。

【赏析】

是词写幽会。黄昏月上，绿栏干旁，携手观赏落花。纱窗影里、繁杏屏后，朦胧春睡。过片，担忧离别。结尾处，珍惜眼前，不作忽忽别。

少年游

西溪丹杏[1]，波前媚脸，珠露与深匀。南楼翠柳，烟中愁黛，丝雨恼娇颦[2]。　当年此处，闻歌殢酒，曾对可怜人。今夜相思，水长山远，闲卧送残春。

【注释】

①丹杏：红杏。

②丝雨：细雨。

【赏析】

是词写相思。前阕写春景。西溪水边的红杏，微波上倒影出的妩媚花容，珠露均匀地沾满花蕊。南楼四周的绿柳，烟雾中笼着柳叶愁眉；丝雨引发娇美的皱眉。"媚脸"、"愁眉"、"娇颦"，暗喻主人公的烦恼。过片回忆，当年这里，曾经对着"可怜人"，听歌而得病酒。结拍，今夜相思，两人相距迢迢，水长山远，徒然独卧，将残春送走。

◉集评

夏敬观批语："前三句与次三句对，作法变幻。"

少年游

离多最是，东西流水，终解两相逢[1]。浅情终似，行云无定，犹到梦魂中。　可怜人意，薄于云水，佳会更难重。细想从来，断肠多处，不与者番同[2]。

【注释】

①终：犹纵也，虽也。

②者番：这番。这回。

【赏析】

是词写别怨。前阕首三句写水，离别最多的是东西流水，但终可以相逢，亦即汇于大海。浅情的呢，就算是云了，行云没有固定的踪影，还能来到梦中。过片，紧接进层，人情比云水。佳会更为难重。结拍，抒情。仔细想起来，痛苦肠断曾经多次，但不与这番相同。

◉集评

夏敬观批语：“云水意相对，上分述而又总之，作法变幻。”

少年游

西楼别后，风高露冷，无奈月分明。飞鸿影里，捣衣砧外，总是玉关情[①]。王孙此际，山重水远，何处赋西征[②]。金闺魂梦枉丁宁[③]，寻尽短长亭。

【注释】

①玉关：即玉门关，在今甘肃敦煌。温庭筠《菩萨蛮》：“青琐对芳菲，玉关音信稀。”玉关情：怀念遥在玉关远人之情。李白《子夜吴歌》：“秋风吹不尽，总是玉关情。”

②赋西征：《西征赋》潘岳作。《晋书》：“岳为长安令，作《西征赋》，述行历，论所经人物山水也。岳，荥阳中牟人，晋惠元康二年，岳因行役之感，而作此赋。”

③金闺：华丽堂皇之闺房。指代闺妇。

【赏析】

是词写闺妇念远。前阕以李白《子夜吴歌》“长安一片月，万户捣衣声。秋风吹不尽，总是玉关情”为本，拓展词境，抒写西楼别后的离情。通过秋风、晨露、明月、飞鸿、砧声等等意象，衬托闺妇的相思之情。过片，闺妇联想王孙，这时的他，处于山重水远之处，哪里才是西行的尽头？结尾以梦：金闺我魂梦里的叮咛话语，白白说了，而今令人寻遍了长亭短亭，都杳无踪影。

少年游

雕梁燕去，裁诗寄远[①]，庭院旧风流。黄花醉了，碧梧题罢，闲卧对高秋。　繁云破后，分明素月，凉影挂金钩。有人凝淡倚西楼，新样两眉愁。

【注释】

①裁诗：作诗。杜甫《江亭》：“故林归未得，排闷强裁诗。”

【赏析】

是词写闺妇愁思。秋来燕去，作诗缄寄，庭院风物如旧。菊花浸酒散发芬芳。碧绿梧桐叶题诗，闲卧对深秋。浓密的云彩散去，朗月分明，真是“守得云开见月明”。结拍，写闺妇妆扮，虽然是淡妆，新样的画眉，却依旧掩盖不了愁怨。

虞美人

闲敲玉镫隋堤路[①]，一笑开朱户。素云凝澹月婵娟[②]，门外鸭头春水木兰船[③]。　吹花拾蕊嬉游惯，天与相逢晚。一声长笛倚楼时[④]，应恨不题红叶寄相思。

【注释】

①玉镫:以玉装饰的马鞍两旁铁脚踏。张祐《少年乐》:“醉把金船掷,闲敲玉镫游。”隋堤:隋代开通济渠,沿渠筑堤,后称为隋堤。

②婵娟:姿态美好的样子。

③鸭头春水:如公鸭头绿色的春水。李白《襄阳歌》:“遥看汉水鸭头绿,恰似葡萄酦醅。”

④长笛:陈旸《乐书》:“昔人有吹笛而歌曰:长夜寂以清,长笛亮且鸣。长笛六孔,如尺八而长。蔡邕之所制也。”赵嘏《长安晚秋》:“长笛一声人倚楼。”

【赏析】

是词写艳遇。前阕写艳遇。男子骑着马沿江堤闲游。首句生动地写游赏的轻松,缓缓而行,两脚从容地敲着玉蹬。第二句,来到一户朱门前,大门忽然间打开,现出一张盈盈笑脸。第三句,正面描写,“素云凝澹月婵娟”,姿态美艳如白云簇拥着皎洁的明月。以环境描写作歇,大门外是绿如鸭头的一江春水,岸边系着木兰船。环境的优美,衬托了女子的姣美。后阕,写艳思。过片,将此次艳遇与过去的游历作比较,自己经历了许多“嬉游”,但是老天安排的这一次实在是太迟了。倚楼吹奏长笛表达爱慕思念,怨恨自己怎不效仿宫女,红叶题诗,将相思之情寄达?

虞美人

飞花自有牵情处①,不向枝边坠。随风飘荡已堪愁,更伴东流流水过秦楼②。　楼中翠黛含春怨,闲倚阑干遍。自弹双泪惜香红③,暗恨玉颜光景与花同。

【注释】

①牵情:系萦情思之处。

②秦楼:秦穆公为女儿弄玉修建的凤凰台,后弄玉与萧史结为夫妇。所居的楼台称为“秦楼”,后引申为夫妇同居之处。李白《忆秦娥》:“箫声咽,秦娥梦断秦楼月。”

③香红:指香花。

【赏析】

是词写春怨。前阕写暮春景色,衬托主人公的愁。落花飞舞要向心中认定的牵动情思之处而去,所以不从枝边坠落。“自牵情处”,暗喻理想追求;“不向枝边坠”,寓意不满现状。歇拍,描写飞花随风飘荡,过秦楼、伴着流水向东流逝。她“已堪愁”,非常愁恨。过片,以“楼”粘连,写“春怨”,结拍,洒泪怜惜落花,暗自生恨,玉颜的处境正与落花一样。春花易凋,红颜易消,落花的命运或许正是女子的命运。

虞美人

曲阑干外天如水,昨夜还曾倚。初将明月比佳期,长向月圆时候望人归①。　罗衣着破前香在,旧意谁教改②。一春离恨懒调弦,犹有两行闲泪宝筝前③。

【注释】

①长向:经常对着。 长:同“常”。

②谁教改:那能改。

③宝筝:美称筝。

【赏析】

是词写怀人。前阕写闺妇盼归。站在曲干雕栏旁,仰望夜空,如水般清澈明净,昨天夜里还曾经倚遍。“天如水”,暗喻心如水静、心如明月,孤贞可鉴。“昨夜曾倚”,其实曾倚者,又何止昨夜一晚。歇拍,自己月夜倚栏,与明月相伴,就像是与心上人过佳期;经常在月圆的晚上,盼望你归来。“比佳期”,时时想着佳期,希望早日团聚。“初将”、“长向”相对,把相思的整个过程连起来。“望”字,初亦望,长亦望,到头来,只落得个“望”,表现了主人公的痴情与怨绪。过片,罗衣穿破了,以前的芳香还在,旧时的情意谁能改变呢?比喻男女双方都应该这样。结拍,写离恨的沉重。“一春”,整个春天,说明离恨堆积时间之久长,“懒调弦”,愁到极致,无聊变懒怠。“两行闲泪宝筝前。”对着筝弦黯然神伤,流下两行珠泪。

虞美人

疏梅月下歌金缕,忆共文君语。更谁情浅似春风,一夜满枝新绿替残红。 蘋香已有莲开信,两桨佳期近。采莲时节定来无?醉后满身花影倩人扶①。

【注释】

①倩:请别人替自己做事。后称仆人为“倩”。陆龟蒙诗:“觉后不知明月上,满身花影倩人扶。”

【赏析】

是词写怀人。前阕回忆。今夜明月照疏梅,歌唱起《金缕曲》,回忆起与佳人相聚的话语。谁人好像春风那样浅情,一夜之间,布满枝头的新绿代替了残红。后阕盼聚。过片,蘋草发出芳香,好像是预报莲花要开的信息,双桨轻快的划动,心中企盼的佳期近了。结拍,采莲时候一定来吗?到那里,大醉之后,在花丛之中请人搀扶归去。

虞美人

玉箫吹遍烟花路①,小谢经年去②。更教谁画远山眉,又是陌头风细恼人时。 时光不解年年好,叶上秋声早。可怜蝴蝶易分飞,只有杏梁双燕每来归。

【注释】

①烟花路:犹烟花巷。 烟花:借指艺伎。

②小谢:本指南北朝时的南齐诗人谢朓。李白《宣州谢朓楼饯别校书叔云》:“蓬莱文章建安骨,中间小谢又清发。”此指怀念之男子。

【赏析】

是词怀人。玉箫吹奏的乐曲,幽怨弥漫笼罩着烟花路途。心中人离去已经一整年。还有谁来替自己画眉?现时,陌路上又吹拂着细细的春风,惹人萌起无限的愁怨。过片,时序进入秋天。结拍，可惜蝴蝶容易分飞；只有杏梁上的双燕，每每会在明年春天归来。目前两人如蝴蝶分飞，但是来春也一定会像燕子那样，双双飞归。“每归来”，重逢的希冀是如此坚定，情深意笃。

虞美人

秋风不似春风好，一夜金英老①。更谁来凭曲阑干？唯有雁边斜月照关山。　双星旧约年年在②，笑尽人情改。有期无定是无期，说与小云新恨也低眉。

【注释】

①金英：指黄菊。

②双星：指牛郎织女两星。

【赏析】

是词写相思。秋风不像春风那么好，一夜之间黄菊凋零。还有谁来倚靠曲栏，远眺只有大雁起飞之处的斜月照着关山。过片，相比牛郎织女，感叹人情改变。结拍，有期说不定，就是无期呢！说给你小云知道，也是新生怨恨，颦眉低首。

虞美人

小梅枝上东君信①，雪后花期近。南枝开尽北枝开，长被陇头游子寄春来。　年年衣袖年年泪，总为今朝意。问谁同是忆花人？赚得小鸿眉黛也低颦。

【注释】

①东君：春神。

【赏析】

是词写相思。前阕反用陆凯寄梅典故，说陇头反将梅花寄回，表达相思怀念之情。过片，年年见梅花而年年引发相思泪。结拍，如果问及谁是忆花相思人，亦使得小鸿颦眉发愁。

虞美人

湿红笺纸回纹字①，多少柔肠事。去年双燕欲归时，还是碧云千里锦书迟。　南楼风月长依旧，别恨无端有。倩谁横笛倚危阑②？今夜落梅声里怨关山③。

【注释】

①湿红笺纸：泪水滴湿红色彩笺纸。　回纹字：指书信。

②危阑：高楼上的阑干。

③落梅：指落梅花曲，常以横笛吹奏。

【赏析】

是词写闺妇别恨。前阕围绕书信展开。先说闺妇写信,红泪滴湿红彩笺,好不容易写成回文书信,尽把心中柔情说。歇拍定盼回信,现在,怕是去年的双燕归来寻旧垒的时候了,还是碧云长空不见燕归,那锦书也迟迟未到。过片,南楼风物长时间没有改变,依前一样;别恨却无缘无故的萌发。在无奈之中,请谁来凭栏高处吹奏横笛一曲?今夜里,好借助《落梅花》的曲音表达怨恨关山之情。

虞美人

一弦弹尽仙韶乐①,曾破千金学。玉楼银烛夜深深,愁见曲中双泪落香襟。　从来不奈离声怨,几度朱弦断。未知谁解赏新音,长是好风明月暗知心。

【注释】

①仙韶乐:乐曲名。《新唐书·礼乐志》:"文宗诏太常卿冯定,采开雅乐,制云韶法曲,乐成,改法曲为《仙韶曲》。"

【赏析】

是词写乐韵,抒发知心难觅的感慨。丝弦弹奏着《仙韶乐》,这是曾经用千金学习来的。玉楼上银烛明亮,夜已深沉。听闻曲中表达的愁怨,令人两行泪水滴落薰香衣襟。人们从来经受不住离声的愁怨,多少回将朱弦拨断。不知道有谁能够懂得欣赏这新音?常常只有好风明月暗里成为知心。

采桑子

秋千散后朦胧月,满院人闲。几处雕阑,一夜风吹杏粉残。　昭阳殿里春衣就①,金缕初干。莫信朝寒,明月花前试舞看。

【注释】

①昭阳殿:殿名,汉成帝时建。后指后宫。韦庄《小重山》:"一闭昭阳春又春,夜寒宫漏永,梦君恩。"

【赏析】

是词写宫女怨。荡过秋千人散去,整个院子里,所有人闲着无事。不少雕栏曲径,一夜风儿吹过,杏花都凋零了。空寂的院、残落的杏,暗喻宫女的孤苦与不幸。昭阳殿里的春衣做成了,那金缕丝线刚刚干透。不要相信春朝寒凉的说法,赶快穿上它,在明月之下、花丛之前,试着舞蹈一番。环境幽美,物质丰裕,氛围却是死寂的,精神却是空虚的,这就是宫女生活的写照。

采桑子

花前独占春风早,长爱江梅。秀艳清杯,芳意先愁风管催①。　寻香已落闲人后,此恨难裁。更晚须来,却恐初开胜未开。

【注释】

①风管:或风箫,或风笙。

【赏析】

是词咏梅。在百花之前盛开,独自早早占取春风,我从来就喜爱江梅。“长爱”二字,发自胸臆,褒奖脱口而出。秀美艳丽,清香盈杯,花意最为忧愁的是风管横笛的《梅花落曲》,好像催促它飘落似的。后阕写急于赏花的心理活动,抒发爱梅情感。整天害怕,品梅寻香已落人后,真是如此,那悔恨就难解了;即使是迟了,还是要去,但怕此时才刚刚开吧,然而初开总比未开要好。爱梅,不着墨写其姿色、品格;而花笔墨写赏梅的迫切心情,此用侧面描写之法,目标是一个“爱”字。

采桑子

芦鞭坠遍杨花陌,晚见珍珍①。凝是朝云,来作高唐梦里人。 应怜醉落楼中帽,长带歌尘。试拂香茵,留解金鞍睡过春。

【注释】

①珍珍:歌姬。

【赏析】

是词写幽会。芦秆为鞭低坠,行遍了杨花飘絮的陌路,迟迟才与珍珍见面。心中犯疑自己遇上了朝云,是来作高唐梦里的佳人。过片回忆,真个可惜了,那回醉后遗留在楼上的帽子,长时间蒙满了歌尘。结拍,相逢处有好去处。

采桑子

日高庭院杨花转,闲淡春风。昨夜匆匆,颦入遥山翠黛中①。 金盆水冷菱花净②,满面残红。欲洗犹慵,弦上啼乌此夜同。

【注释】

①遥山翠黛:即远山翠眉。

②金盆:铜盆。 菱花:菱花镜。

【赏析】

是词写恋情。朝阳高挂庭院,春风闲淡吹过,柳絮飞旋。昨夜里匆匆相聚,紧皱眉头发愁。金盆里的水已冷,菱花镜明净,照出宿妆满面残留脂粉。想洗掉而懒得动,弦曲弹起《乌夜啼》曲,哀愁幽怨的旋律,竟与此夜的感受相同。

采桑子

征人去日殷勤嘱,莫负心期。寒雁来时,第一传书慰别离。 轻风织就机中素,泪墨题诗。欲寄相思,日日高楼看雁飞。

【赏析】

是词写闺妇念远。前阕临别叮嘱。远行人离家的那天,殷勤地叮嘱,不要辜负了心中的期望。等到寒雁飞来的时候，第一件事就是要寄信回来安慰别离之人。后阕别后相思。乘着轻盈春风织成了素绢，以泪为水研墨题诗。要寄去相思，天天登上高楼，看看大雁飞过。

采桑子

花时恼得琼枝瘦①，半被残香。睡损梅妆②，红泪今春第一行。　风流笑伴相逢处，白马游韁。共折垂杨，手捻芳条说夜长。

【注释】

①琼枝：如玉的花枝。此比喻梅花。

②梅妆：即梅花妆。

【赏析】

是词写偶遇。前阕写女子伤春。百花开时，如玉的梅花变得清瘦，枝头上大半披挂着残花，仿佛是落梅妆因睡觉而破损，伤心得流下今春的第一行红泪。后阕写相遇。一日游春，与风流倜傥的白马游子相遇。分别的时候，两人一起攀折垂柳，手捻芳条说，那天的夜真长。

采桑子

春风不负年年信，长趁花期。小锦堂西，红杏初开第一枝。　碧箫度曲留人醉①，昨夜归迟。短恨凭谁，莺语殷勤月落时。

【注释】

①度曲：曲之节度，一说作曲。

【赏析】

是词写约会。前阕写春风有信，杏花依期而开，暗寓情人佳期重逢。后阕写幽会情状：有时，“碧箫度曲”，夜深迟归；有时，“莺语殷勤”到拂晓。

采桑子

秋来更觉消魂苦，小字还稀。坐想行思，怎得相看似旧时。　南楼把手凭肩处，风月应知。别后除非①，梦里时时得见伊。

【注释】

①除非：只有如此这般。

【赏析】

是词写相思。秋天来了，更加感到离恨消魂痛苦，连短小的书信来往也稀少了。“坐想行思”，四字生动描述忐忑不安的动作情态，坐也在想，行亦在思。怎样才可以相互恩爱像旧时一样。过片，回忆旧时，南楼之上，手把手、肩并肩地凭栏远望，风月应当知道这一切。离别之后，只有这般，希望在梦里时里能够见到他。

采桑子

谁将一点凄凉意，送入低眉。画箔闲垂①，多是今宵得睡迟。 夜痕记尽窗间月，曾误心期。准拟相思，还是窗间记月时。

【注释】

①画箔：画帘。

【赏析】

是词写相思。首两句摹写相思苦情，贴切形象，凄凉情绪全见愁眉。"谁"，什么人？凄苦无端，弄不明白，自己为何如此；"一点"，以少言多，集中体现，凝聚在一处，化解不去；"送入"，无可奈何，只好接受。后阕写相思失眠，用了两个"窗间"：前一个，"记尽窗间月"，是因情人误心期而生怨恨，注目"窗间"，记下明月走过的轨迹；后一个，"还是窗间记月时"，设问自己是否相思，那窗间记月的整个过程，就是最好的确认。

采桑子

宜春苑外楼堪倚①，雪意方浓。雁影冥濛②，正共银屏小景同。 可无人解相思处，昨夜东风。梅蕊应红，知在谁家锦字中。

【注释】

①宜春苑：苑名，宋时在河南开封东门外。温庭筠《杨柳枝》："宜春苑外最长条，闲袅春风伴舞腰。"

②冥濛：不明的样子。

【赏析】

是词写相思。前阕虚实结合，写冬日景色，再幻化为屏风景物，烘托人物的心境。"雁影冥濛"，暗喻期盼远人的音信。结句，"知在谁家锦字中"，回应一笔，把"解相思"，落到实处。

采桑子

白莲池上当时月，今夜重圆。曲水兰船，忆伴飞琼看月眠①。 黄花绿酒分携后，泪湿吟笺。旧事年年，时节南湖又采莲。

【注释】

①飞琼：仙女名。此指美人。

【赏析】

是词怀人。主人公的友人，有如飞琼仙女一样美丽，曾与她一起在曲水兰船之上，一同卧看赏月。两人如黄花绿酒分携，分别之后，洒泪赋诗，泪水湿笺。这样的旧事，年年记得，到了南湖又采莲的时节，能否相会呢？

采桑子

高吟烂醉淮西月①，诗酒相留。明日归舟，碧藕花中醉过秋②。　文姬赠别双团扇③，自写银钩④。散尽离愁，携得清风出画楼。

【注释】

①淮西：宋朝设置的路，辖淮水以西之地。

②碧藕：仙人所食莲根。《拾遗记》："西王母来，进万岁冰桃，千年碧藕。"

③文姬：《丽情集》："长安中有倡女文姬，尤工翰墨，为关中第一，时号书仙。"此指倡女。

④银钩：比喻书法之巧。

【赏析】

是词写赠别。前阕写饯别，淮西的月夜，朋友们尽情高声吟诵诗歌，尽量饮酒至醉，以劝酒赠诗话别。明天归舟启程，好让自己路上在碧荷莲花里醉倒度过今秋。如文姬的佳丽赠以一对团扇，亲自以银钩般的好书法题下诗歌。离愁顿时散尽，仿佛是携着清风那样轻松，走出画楼。

采桑子

前欢几处笙歌地，长负登临。月幌风襟，犹忆西楼着意深。　莺花见尽当时事，应笑如今。一寸愁心，日日寒蝉夜夜砧①。

【注释】

①寒蝉：蝉之一种，亦名寒蜇，秋深天寒，不鸣。　砧：捣衣石。　夜夜砧：每夜都听闻捣衣声。

【赏析】

是词写秋怨。前阕写"昔"，旧时好几处欢愉笙歌之地，已经很长时间没去了。那月朗风清的时候，更加令人刻意地回忆起西楼。具体情形，词作没有明说，留给读者去遐想。过片，黄莺与百花看尽了当年的情事，很应当笑我如今的情形。结拍，愁心一寸，日日白昼听寒蝉悲鸣，夜夜听捣衣砧声……

采桑子

无端恼破桃源梦①，明月青楼。玉腻花柔②，不学行云易去留。　应嫌衫袖前香冷，重傍金虬③。歌扇风流，遮尽归时翠黛愁。

【注释】

①无端：无故。　恼：犹撩。　桃源：比喻仙境。

②玉腻花柔：如玉般细滑，如花般温柔。

③金虬：金龙。此指代有龙纹饰的薰炉。

【赏析】

是词写妓女自述。首二句,引子。明月照青楼,客人无故被打破了桃源仙境美梦。接下是妓女的述说:有着玉腻花柔的姿色,不学那行云无定,容易去留。若是嫌弃人衫袖的余香太冷了,那就到金龙薰炉再重薰。如果又嫌我愁眉苦脸的,那就用歌扇遮尽它,再现风流美韵。

采桑子

年年此夕东城见,欢意匆匆。明日还重,却在楼台缥缈中。　垂螺拂黛清歌女[1],曾唱相逢。秋月春风[2],醉枕香衾一岁同。

【注释】

①垂螺拂黛:《丹铅总录》:"垂螺拂黛,盖当时角妓未破瓜时额饰。"

②秋月春风:指岁月。白居易《琵琶行》:"今年欢笑复明年,秋月春风等闲度。"

【赏析】

是词写人间的牛郎织女。这对情人年年只是这个晚上在东城相见,欢意去得忽忽。到了明天又重分别,处于楼台缥缈之中。过片,垂螺拂黛的歌女,曾在那天清唱相逢。然而,秋去春来,"醉枕香衾"苦度一整年。

采桑子

双螺未学同心绾[1],已占歌名。月白风清,长倚昭华笛里声[2]。　知音敲尽朱颜改,寂寞时情。一曲离亭,借与青楼忍泪听。

【注释】

①同心:同心结。　绾:系。

②昭华笛:管乐器名。《晋书·律历志》:"舜时,西王母献昭华之琯,以玉为之。"王诜《鹧鸪天》:"临风更听昭华笛。"

【赏析】

是词写歌女。她在"双鬟"年少,未学会系绾同心结,就已经名噪一时。月白风清之夜,常常倚着昭华玉笛的伴奏高歌。过片,写"朱颜改"的遭遇。昔日那些和着音乐节拍的知音们,随着她朱颜改,人老色消,寂寞成为现时的情景。一曲离亭,让与青楼,自己只好忍泪听。歌女由唱转变为听,其惨状可见,小晏的同情之心,正是于细微之处见。

采桑子

西楼月下当时见,泪粉偷匀[1]。歌罢还颦,恨隔炉烟看未真。　别来楼外垂杨缕,几换青春[2]。倦客红尘,长记楼中粉泪人。

【注释】

①偷匀:暗地里抹去。

②青春:春天。

【赏析】

是词写怀人。前阕回忆初见。首句交代时间地点:夜里、当时,西楼;渲染气氛,月下,朦胧、暗淡之中。“泪粉偷匀。”姑娘泪眼相见,初见印象甚为深刻,或许会终生不忘。“偷匀”二字,泪既流、妆亦损,怕别人察觉为她伤心,暗地里抹去泪痕,搽粉补妆。“歌罢还颦”,继续唱歌,唱完了还皱着眉头。“还颦”,说明余愁未消。“恨隔炉烟看未真。”真恨自己隔着袅袅炉烟,看得不够真切。“恨”字,遗憾的是,没有问清楚为什么流泪;遗憾的是,没有能够上前去安慰她。后阕写相思。过片,言分别多年,一直未见。结拍,直接抒情,红尘倦客,常常记着楼中你这位红粉泪眼人。“粉泪”与“泪粉”,首尾呼应,余韵萦绕。

◉集评

俞陛云《宋词选释》:“不过回忆从前,而能手写之,便觉当时凄怨之神,宛呈纸上。”

采桑子

非花非雾前时见,满眼娇春①。浅笑微颦,恨隔垂帘看未真。　殷勤借问家何处?不在红尘。若是朝云,宜作今宵梦里人②。

【注释】

①“非花非雾”二句:不是花不是雾,以前曾经见过,满眼如娇艳的春光一片。

②“若是”两句:用宋玉《高唐赋》典。

【赏析】

是词写美女。开头二句,描述别久骤见的情状。“前时见”,以前曾经见过这位佳丽,因时隔太久后再见到,一眼看去似曾相认,但又印象模糊,“非花非雾”的,感到眼前呈现出娇艳的春光。二个“非”,当是“雾里看花”的翻新,营造缥缈迷离的气氛。歇拍,写“隔帘”见,看不真切,只是“皱眉微笑”的一刹那,令人遗恨。过片,终于能近距离接触了,所以问道,家住何处,表达追求的迫切心情。回答说,不在红尘。那岂不是仙女?亦巧妙地回应开头。末二句,用宋玉《高唐赋》的故事结拍。白居易有《花非花》词:“花非花,雾非雾,夜半来,天明去,来如春梦几多时,去似朝云无觅处。”可与小晏词参阅。

采桑子

当时月下分飞处,依旧凄凉。也会思量,不道孤眠夜更长。　泪痕揾遍鸳鸯枕①,重绕回廊。月上东窗,长到如今欲断肠。

【注释】

①揾:手揩物。　鸳鸯枕:上有鸳鸯纹饰的枕头。

【赏析】

是词写相思。前阕回忆分别。当时在月下分别,使人感到非常的凄凉。别后自然想念,不说孤枕难眠而感夜长的痛苦。过片,写相思的行为表现,泪痕沾满鸳鸯枕,独自反复地绕行回廊寻找旧时相会之处。入夜回到屋里,月照东窗。结句抒情,离别至今,历时长久,叫人痛苦断肠。

采桑子

湘妃浦口莲开尽[①]，昨夜红稀。懒过前溪，闲舣扁舟看雁飞。　去年谢女池边醉，晚雨霏微[②]。记得归时，旋折新荷盖舞衣。

【注释】

①湘妃：《湘中记》："舜二妃，死为湘水神，故曰湘妃。"

②霏微：雨细微的样子。

【赏析】

是词写忆旧。前阕写秋景，湘妃河口的莲花开尽残败了，昨晚见到那花儿已经稀疏了许多，如今就懒得到前溪去了。"懒"字，表达惋惜之情，不忍目睹秋日荷塘的衰败景象。随便将小舟停靠岸边，去看大雁南飞。后阕回忆。去年，美人醉在池边。傍晚，忽然下起微微细雨。记得回来的时候，赶快摘下新长的荷叶当伞，盖住舞衣。

采桑子

别来长记西楼事，结遍兰襟[①]。遗恨重寻，弦断相如绿绮琴[②]。　何时一枕逍遥夜[③]，细话初心。若问如今，也似当时着意深。

【注释】

①兰襟：美称衣服。卢照邻《凌晨》："兰襟帐北蹙。"

②相如绿绮琴：《古琴疏》："司马相如作《玉如意赋》，梁王悦之，赐以绿倚之琴，文木之几，夫余之珠。"

③逍遥：无拘无束，心意自如。

【赏析】

是词写恋情。离别以来，常常沉浸在西楼欢事的回忆之中，每忆一回就在衣襟上打一个结，而今，结子已经没有地方打了。遗恨亦使人时时记起，弹断相如绿绮琴弦。什么时候才能同枕度过逍遥之夜，再细细诉说当年的心声。如果问现在，亦应该好似当时那样深情着意吗？

采桑子

红窗碧玉新名旧[①]，犹绾双螺。一寸秋波[②]，千斛明珠觉未多。　小来竹马同游客[③]，惯听清歌。今日蹉跎，恼乱工夫晕翠蛾。

【注释】

①碧玉：本指汝南王之妾，转喻贫家女。此指歌女。

②秋波：喻美人眼睛。张碧《鸿沟》："吴娃捧酒横秋波。"

③竹马：《博物志》："小儿五岁曰鸠车之戏，七岁曰竹马之戏。"

【赏析】

是词写歌女。碧玉歌女在歌坛的名气逐渐消退，再不如前，可是还梳束少女双螺鬟髻。"新"、"旧"对比，现在不如旧时，概述由红淡出的辛酸经历。歇拍写走红的得意，一寸秋波，能换来千斛明珠的奖赏，也不觉得多。过片，回忆童年时光，从小玩竹马游戏成为同游朋友，一起听着清歌长大。结拍，蹉跎岁月延续至今，容颜老矣，得恼乱地费时去用心晕画翠眉了。

采桑子

昭华凤管知名久，长闭帘栊。闻道春慵，闲倚庭花晕脸红。　可怜金谷无人后，此会相逢。三弄临风，送得当筵玉盏空。

【赏析】

是词写歌女。与《丑奴儿·昭华凤管知名久》比较，易"日日"为"闻道"，易"应说"为"可怜"。词意不变，可作重出作品看。《采桑子》，唐教坊大曲，宋以后始别名《丑奴儿》。

采桑子

金风玉露初凉夜[1]，秋草窗前。浅醉闲眠，一枕江风梦不圆。　长情短恨难凭寄，枉费红笺[2]。试拂幺弦，却恐琴心可暗传[3]。

【注释】

①金风：秋风。

②枉费：白白地浪费。

③"却恐"句：用司马如卓文君典。　却：犹还。

【赏析】

是词写恋情。首二句写秋景，金风劲吹，玉露凝珠，初凉乍至的秋夜，窗前的秋草初黄。歇拍，酒至浅醉，以为可以闲适而眠，却是辗转反侧，枕边听着江风呼啸，梦却难成。过片，长情短恨难以为寄，白白浪费那些红笺。试着去弹奏幺弦，又恐怕，如司马相如般的"琴心"可以暗自传送过去呢？

采桑子

心期昨夜寻思遍，犹负殷勤。齐斗堆金[1]，难买丹诚一寸真。　须知枕上尊前意，占得长春[2]。寄语东邻[3]，似此相看有几人[4]。

【注释】

①齐斗堆金：满满一斗的金子。

②长春：长期生活在如春的日子里。比喻青春常驻，幸福长在。

③东邻：用宋玉《登徒子好色赋》典。此指美女。

④相看：相待。

【赏析】

是词写年轻女子的追求。心上人呀，昨夜思前想后地考虑过，好像辜负了深情厚意。即使是堆满一斗黄金，也难买得到赤诚的一颗真心。一定要懂得枕上尊前美意，希望青春常驻、幸福长久。漂亮的东邻女，告诉你们，现在世间能有多少人能如此相待。

踏莎行

柳上烟归，池南雪尽，东风渐有繁华信。花开花谢蝶应知，春来春去莺能问。　梦意犹疑，心期欲近，云笺字字萦方寸。宿妆曾比杏腮红，忆人细把香英认。

【赏析】

是词写盼归。前阕写春景。柳树枝头轻烟笼罩，池塘南边白雪消融，东风逐渐依次送来繁华花信。花开花谢，蝴蝶是知道的；春去春来，黄莺可以问讯。过片，好像发梦似的，疑意顿生：自己内心相期盼望的事儿快近了？那云笺上的字字句句牵动人心。结拍，宿妆未整仍然是曾经的杏腮红，思念我的人儿，请仔细端详如香花的美人。

踏莎行

宿雨收尘，朝霞破暝[1]，风光暗许花期近。玉人呵手试妆时[2]，粉香帘幕阴阴静。　斜雁朱弦，孤鸾绿镜，伤春误了寻芳兴。去年今日杏墙西，啼莺唤得闲愁醒。

【注释】

①朝霞：《楚辞·远游》"漱正阳而含朝霞。"注："《陵阳子明经》言，春食朝霞。朝霞者，日始欲出赤黄气也。"韦庄《浣溪沙》："一枝春雪冻梅花，满身香雾簇朝霞。"

②呵：吹气。

【赏析】

是词写迎春。昨夜的一场春雨，洗尽浮尘，朝霞灿烂，划破晨昏。风光之中，暗暗透露花期已近。玉人呵气暖手梳妆，脂粉芳香静静地穿透帘幕向外扩散。弹斜雁阵列的朱弦，照孤鸾装饰的绿镜，容易伤情；伤春情绪太多会减弱寻芳的兴致。不是吗？去年今日在杏墙西，啼莺将人从闲愁中唤醒，才玩得那样尽兴。

踏莎行

绿径穿花，红楼压水，寻芳误到蓬莱地。玉颜人是蕊珠仙，相逢展尽双蛾翠。　梦草闲眠[1]，流觞浅醉，一春总见瀛洲事。别来双燕又西飞，无端不寄相思字。

踏莎行

雪尽寒轻，月斜烟重，清欢犹记前时共。迎风朱户背灯开，拂檐花影侵帘动。　绣枕双鸳，香苞翠凤[2]，从来往事都如梦。伤心最是醉归时，眼前少个人人送[3]。

【注释】

①梦草：草名。《洞冥记》："梦草，似蒲，红色，昼缩入地，夜则出，怀其叶，则知梦之吉凶。当武帝思李夫人，怀之果梦，因曰怀梦草。"

②香苞：即香包。苞，本或作包。

③人人：犹人儿。

【赏析】

是调两首都写冶游。"绿径穿花"章，前阕首三句写环境美如蓬莱仙境，歇拍，赞美妓女漂亮如仙，笑容可掬。过片写眠梦草，举流觞，醉瀛洲；结拍写深深的思念。"雪尽寒轻"章，前阕写天气、室内布置。过片写绣枕双鸳，香苞翠凤。结拍写感受，却带庸俗，唤妓作"人人"。两词手法上，先写环境氛围，写情事，皆含蓄。

满庭芳

南苑吹花①，西楼题叶，故园欢事重重。凭阑秋思，闲记旧相逢。几处歌云梦雨，可怜便、流水各西东。别来久，浅情未有，锦字系征鸿。　年光还少味，开残槛菊，落尽溪桐。漫留得，尊前淡月西风。此恨谁堪共说？清愁付、绿酒杯中。佳期在，归时待把，香袖看啼红。

【注释】

①吹花：重阳节赏花。祖珽《春日曲水诗》："吹花春满路。"

【赏析】

是词写忆旧怀人。前阕开头五句回忆故园欢事，南苑重阳赏花，西楼红叶题诗，欢娱之事重重。凭栏萌发秋思，还记得旧时相逢。接着写离别，只是几回歌筵，可惜就如流水分西东一样，再也没有相逢。歇拍，别后。真浅情，从未有音信相通。"浅情"，不是真的，没有音信倒是真的，所以更加怀念，而时时忆旧。后阕抒情。如此这般，时光乏味，雕槛残菊，溪桐落叶。空留得，尊前对冷月、孤寂迎西风。这种恨怨，可与谁人一同诉说，只有将清愁托付绿酒杯中。多么希望到了佳期，归去的时候，手把香袖，细看美人啼哭流泪的痕迹。

留春令

画屏天畔，梦回依约，十洲云水①。手拈红笺寄人书，写无限、伤春事。别浦高楼曾漫倚，对江南千里。楼下分流水声中，有当日、凭高泪。

【注释】

①十洲：仙人所居之岛。《海内十洲记》："汉武帝既闻西王母说：八方巨海之中，有祖洲、瀛洲、系洲、炎洲、长洲、元洲、流洲、生洲、凰麟洲、聚窟洲，有此十洲，乃人迹所罕绝处。"

【赏析】

是词写相思。前阕首三句，奇幻无穷。本是绘画天涯景致的小屏风，主人公身处画屏之侧做梦，自己走进了画里，来到天边，梦醒过来，又见画屏，依约是在十洲云水之中。一实一虚，一近一远，连缀交融，画屏惹情、梦境虚幻、醒后怅惘，表达出怀远情思。歇拍，写情态动作，手里轻轻撮着红笺那封寄人的书信，信里写进无穷无尽的伤春心事。后阕回忆。离别之地的浦口高楼，曾经倚遍，远眺江南千里风光。结拍，倚楼俯视，楼下是河道分流的水声，有当日凭栏伤心流下的泪水。"分流"二字，即古乐府《白头吟》所云"蹀躞御沟上，沟水东西流”之意，暗喻分别不会再相逢。晁元忠亦有诗：“安得龙山潮，驾回安河水。水从楼前来，中有美人泪。人生高唐观，有情何能已！”小晏化用晁诗作结拍。

留春令

采莲舟上，夜来陡觉①，十分秋意。懊恼寒花暂时看②，与情浅、人相似。

玉蕊歌清招晚醉③，恋小桥风细，水湿红裙酒初消，又记得、南溪事。

【注释】

①徒觉：忽然觉得。

②懊恼：悔恨，烦恼。《乐府诗集·懊侬歌》：“懊恼奈何许，夜闻家中论，不得侬与汝。”

③玉蕊：花名。唐人极重玉蕊花，歌咏者甚多。长安唐昌观玉蕊花犹著名。刘禹锡《和严给事闻唐昌观玉蕊花下有游仙二绝》之一：“玉女来看玉蕊花，异香先引七香车。”

【赏析】

是词写采莲女秋怨。夜驾采莲舟，忽然感到十分的秋凉寒意。寒凉之中的荷花，暂时还可看一看，心中产生烦恼情绪。“暂时看”，维持不了多久，就快凋谢，暗喻伤秋。老天给予的情感太浅薄了，正如那人一样。过片，玉蕊似的荷花像歌那样清丽，叫人留恋：小桥风细景致，露湿红裙，酒醉初醒的那一刻。再记起，南溪的往事。

留春令

海棠风横①，醉中吹落，香红强半②。小粉多情怨花飞，仔细把、残春看。

一抹浓檀秋水畔③，缕金衣新换。鹦鹉杯深艳歌迟④，更莫放⑤、人肠断。

【注释】

①海棠：蔷薇科，落叶乔木。春季开花，花未放时深红色，开后淡红色。温庭筠《遐方怨》：“海棠花谢也，雨菲菲。” 风横：风猛疾。

②强半：过半数。

③“一抹”句：以妆容及眼波，指代美人。 一抹红檀：写口红。 秋水畔：写眼睛及眼波。

④鹦鹉杯：《南州异物志》：“鹦鹉螺状如覆杯，头如鸟头，向其腹视，似鹦鹉，故以为名。”吴钧《赠别新林诗》：“去去归去来，还倾鹦鹉杯。”

⑤放：犹教，使，让。

【赏析】

是词写伤春。开头三句写落花。横风吹动海棠花枝，好像醉中被吹落了过半的花朵。“醉中”，写风横吹拂的海棠摇摆情景，生动逼真。歇拍，写小粉伤春，多情生春怨，可惜落花飞舞，仔细地观察残春景象。后阕，写小粉登场演唱。过片，装扮艳丽出场。拿举着盛满美酒的鹦鹉杯，要唱艳歌时，却迟缓一会，心里想，不要唱那些让人肠断的歌曲算了。

风入松

柳阴庭院杏梢墙，依旧巫阳①。凤箫已远青楼在，水沉谁复暖前香②。临镜舞鸾离照，倚筝飞雁辞行。 坠鞭人意自凄凉，泪眼回肠。断云残雨当年事[3]，到如今、几处难忘。两袖晓风花陌，一帘夜月兰堂。

【注释】

①巫阳：巫山之南。

②谁：当依《词谱》将谁作"烟"。

③断云残雨：片云余雨。

【赏析】

是词怀人。前阕写思妇所见、所想。庭院里柳树成阴，墙头上杏梢繁茂，巫阳依然如旧。风箫乐声远去，青楼还在。水沉之物，谁人可以恢复以前的暖香？临镜只有阴鸾独舞，照出离影。弹筝一曲，见弦柱如飞雁列阵，仿佛是与人辞行。过片，回忆离别情景。他离家时候，好凄凉，从带泪的双眼看出回肠千结，痛苦难言。当年的情事如断云残雨，到现在，还有多少难忘的呢？结拍：站立花陌，两袖迎待晓风；伫立兰堂，一帘静对夜月。

风入松

心心念念忆相逢，别恨谁浓？就中懊恼难拚处，是擘钗、分钿匆匆[1]。却似桃源路失，落花空记前踪。　彩笺画尽浣溪红，深意难通。强欢殢酒图消遣，到醒来、愁闷还重。若是初心未改，多应此意须同。

【注释】

①擘钗，分钿：比喻分离。

【赏析】

是词写相思。心里念着的、记得的是相逢。谁想到别恨之浓呢？首二句，一下一反，对比说法，突出别恨。就是其中懊恼、难排解的，是分擘钗分钿，来得那么快。好像在桃源里迷失了路途，落花白剩下记忆以前的踪迹。前阕，巧用叠字，"心心念念"、"忽忽"，前后照应，强调突出了别恨。后阕，写排解。浣溪红那样珍贵的彩笺，都写尽了，深切的意念难通。强带欢笑，喝酒得了病酒，图个消遣，愁闷却更重。结拍，如果大家是初衷还没有改变的话，多么应该像自己一样，有着同样的相思苦痛。

清商怨

庭花香信尚浅[1]，最玉楼先暖。梦觉春衾，江南依旧远。　回纹锦字暗剪，谩寄与[2]，也应归晚。要问相思，天涯犹自短。

【注释】

①香信：犹花信。

②谩：同"漫"。张相《诗词曲语辞汇释》："漫与云者，言即景即事，漫然对付也。"

【赏析】

是词写闺妇春怨。庭院里花枝虽然花信未到，玉楼人却最先感受到春天的和暖。"玉楼先暖"，写出玉楼的感觉敏锐。梦醒了，盖着春衾，心里想，江南依旧遥远。距离太远了，短时小梦，难以到达。含蓄地表现相思怀人感情。过片，暗地里剪好回文锦字，但又转而想,漫然这样寄出去,归期也一定是太迟了。结拍,自问自答形式。要问相思吗?天涯那样遥远,还自我感觉是短途。

◉集评

陈廷焯《词则·闲情集》:"梦生于情,'依旧'二字中,一波三折。艳词至小山,全以情胜。后人好作淫亵语,又小山之罪人也。"

秋蕊香

池苑清阴欲就,还傍送春时候。眼中人去难欢偶,谁共一杯芳酒? 朱阑碧砌皆如旧,记携手、有情不管别离久。情在相逢终有。

【赏析】

是词写相思。首二句写春去。池苑里很快就要清阴起来,正是接近送春的时节。歇拍,意中人离去,难成欢愉的一对,谁和自己喝一杯美酒?朱栏碧砌依旧,都没有改变,记得携手同游,都说不管离别多久,有情终是有情。只要情在一定有相逢之时。

秋蕊香

歌彻郎君秋草,别恨远山眉小。无情莫把多情恼,第一归来须早。 红尘自古长安道[1],故人少、相思不比相逢好。此别朱颜应老。

【注释】

①"红尘"句:自古以来,长安即为繁华热闹之地。

【赏析】

是词写送别。饯别宴上,为郎君唱遍了离歌,不要怨远山眉紧皱变小了。无情不要把多情增添烦恼。第一要紧的是归来要早。自古以来,长安道就是繁华之地,然而,知己太少,相思远远比不上相逢好。这次离别朱颜会变老的,知道吗?

词作语言平白如话,感情率真,读来一股清风扑面。

思远人

红叶黄花秋意晚,千里念行客。飞云过尽,归鸿无信,何处寄书得。 泪弹不尽当窗滴,就砚旋研墨。渐写到别来,此情深处,红笺为无色。

【赏析】

是词就词调名而发挥,情节是写信,怀念远人。起首两句,写悲秋怀远。枫叶红了,菊花黄了,大地一派深秋景象,怀念千里之外的远客。通过时令、环境,烘托悲秋感情。"晚"字,暗示别离时间已久;"千里",点明分隔空间遥远。两者从时间和空间角度造势。歇拍三句,"飞云过尽,归鸿无信,何处寄书得",主人公遥望远空,云彩飞飘过尽,归雁南飞归来,却没有带回音信,不知游子所踪,往那里投寄书信才行?"过尽",暗寓失望。歇拍句,在厚实的铺垫基础上,才开始"寄书"情节。

过片接上。"泪弹不尽当窗滴,就砚旋研墨。"两行珠泪弹不尽,当窗滴下,就着砚台接住，马上研磨香墨。"旋"字，写出迫切的心情。孟郊《归信吟》诗有句"泪墨洒为书"，与小晏相比，自见深浅高下。"渐写到别来，此情深处"，"渐"字，恰好对应"旋"字，从头至尾，逐一细写。"别来"，正是情深之处。"红笺为无色。"主人公边写信边流"红泪"，原来笺纸的红色完全被红泪替代，笺之红已不为其红了，没有了颜色。

词作手法夸张，用情真挚。主人公明知书信寄不得，却偏偏要伤心流泪而写，其之痴情，动人心弦。

◉**集评**

陈世宜《宋词举》："'渐'字极宛转，却激切。'写到别来，此情深处'，墨中纸上，情与泪粘合而为一，不辨何者为泪，何者为情。故不谓笺色之红，因泪而淡，却谓红笺之色因情深而无，语似无理，而实则有此想法。体会入微，神妙达秋毫颠矣。""此词纯用直笔朴语，不事藻饰，在小山为别一机杼。实则花间亦有质朴一派，特易涉浅露。小山则出以蕴藉，故终不堕恶趣也。欲入此法门，当求诸《古诗十九首》。"

碧牡丹

翠袖疏纨扇[①]，凉叶催归燕。一夜西风，几度伤高怀远。细菊枝头，开嫩香还遍，月痕依旧庭院。　事何限，怅望秋意晚，离人鬓花将换。静忆天涯路，比此情犹短！试约鸾笺[②]，传素期良愿[③]，南云应有新雁。

【注释】

①翠袖：青翠色的衣袖。此指代美人。　疏：疏远。

②鸾笺：即蛮笺，亦名蜀笺。《文房四谱·纸谱》："蜀人造十色笺，凡十幅为一榻……逐幅于文板之上研之，则隐起花木麟鸾，千状万态。"此指代书信，特指情书。

③素期：长久的期待。素，向来，一贯。

【赏析】

是词写怀人。首二句，写秋天来了，"疏纨扇"，闺妇担心长期的分别，会被抛弃；"催归燕"，燕子春来秋去，现在是燕子飞归的时节，心中期盼离人归来。"忧"与"盼"两种心理状态交织一起。接着写秋夜景色。一夜西风，引发几多的伤高怀远情绪，情融于景，点出题旨"怀远"。细细的菊花枝头上，开遍嫩嫩的香花，月光依旧照庭院，清幽的秋夜，惹人秋思。

过片，回应"伤高怀远"，心事重重，那里才是界限；失意地想呀望呀，一直想望到深秋，思念离人都快换成花白的鬓发了。静心一想，离人远走天涯，但是比起思念深情来，还是短多了。情比天涯之路长。结尾，试试写下鸾笺，来传送长久的期待、美好的愿望；往南的云彩应该有新过的大雁。秋已晚了，鸿雁传书，有多少把握，闺妇也是茫然的，所以要"试"，"应有新雁"要相信会出现南飞之雁，还得耐心地等。

长相思

长相思，长相思。若问相思甚了期，除非相见时。　长相思，长相思。欲把相思说似谁，浅情人不知。

【赏析】

是词意蕴如题，写相思。前阕写相思久而盼相见。"长相思，长相思。"反复叠出，感叹相思的长久。歇拍，自问自答，如果要问相思什么时候才会终止，除非到了相见的那天。“相见”才是解决“相思”的唯一办法。过片，以叠出“长相思”，反复强调长久相思的痛苦。结拍，要把相思说给什么人，浅情之人是不会体会得到的。词境拓展了一层，相思无处说，能相见当然可解脱痛苦，但是，最令人感到悲哀的，是那些浅情人根本就不晓得相思是什么滋味。小晏《菩萨蛮·相逢欲话相思苦》前阕，可与本首参照：“相逢欲话相思苦，浅情肯信相思否。还恐漫相思，浅情人不知。”

词作语言浅近，情感深厚，直中有曲。小令反复使用“相思”字眼达六次之多，“长相思”叠出四次，显得情意缠绵往复，荡气回肠，近乎于民歌，亦为特色。

醉落魄

满街斜月，垂鞭自唱阳关彻。断尽柔肠思归切，都为人人，不许多时别。　南桥昨夜风吹雪，短长亭下征尘歇[①]。归时定有梅堪折，欲把离愁，细捻花枝说[②]。

【注释】

①征尘：旅途风尘。

【赏析】

是词写思归。驿站满街铺洒斜月亮光，立马垂鞭独自唱遍了《阳关三叠》。忍受柔肠断尽般的痛苦，思归心情更为迫切，都是为了那个人人呀，不能承受长时间的离别。过片，写景抒情，昨夜里南桥那边，北风夹着大雪飞舞，短亭长亭，尘土不再飞扬。“征尘歇”，路上行人稀少，暗寓自己应该往回走了。结尾，归到家的时候，一定有梅花可以攀折，要轻轻地捻着花枝，把离愁一一细说。

醉落魄

鸾孤月缺[①]，两春惆怅音尘绝[②]。如今若负当时节，信道欢缘[③]，枉向衣襟结。　若问相思何处歇，相逢便把相思彻。尽饶别后留心别，也待相逢，细把相思说。

【注释】

①“鸾孤”句：比喻别离。

②两春：过了两春天，即两年。

③信道：犹知道。

【赏析】

是词写相思。分别两个春天，音信断绝，令人惆怅。既然相信当时定下的是美好姻缘，现在假如辜负了，那不是枉对了衣襟的同心结！如果要问相思何时停止，相逢就把相思了。都知让别后要留心记住眼前是处于离别之中，也等待着相逢，把相思细细诉说。

醉落魄

天教命薄，青楼占得声名恶。对酒当歌寻思着，月户星窗，多少旧期约。　相逢细语初心错，两行红泪尊前落。霞觞且共深深酌，恼乱春宵，翠被都闲却。

【赏析】

是词写妓女。首二句，发自心灵深处的愤慨，老天让红颜命薄，青楼给人恶名声。怨老天之不公，怨职业之低贱，怨世人之鄙视。每每在对酒当歌之际，在月星临窗之时，苦苦寻思，多少旧时希望与佳约，都全落空了。过片，希望能够与心上人相逢，能够一一说清，改变初心的错过，必然会两行红泪洒落尊前。结尾，自我排解，酌满美酒，深深喝下，在这恼乱的春宵，让翠被闲着吧。

醉落魄

休休莫莫①，离多还是因缘恶。有情无奈思量着，月夜佳期，近写青笺约。　心心口口长恨昨②，分飞容易当时错。后期休似前欢薄，买断青楼，莫放春闲却。

【注释】

①休休莫莫：原义为美大、众多的样子。此当指多得数不胜数。

②心心口口：心里头，口头上。

【赏析】

是词写相思。太多了太多了，离多正是姻缘太少太浅。有情人无可奈何地思念着，月夜的佳期，最近写来的青笺有约。心里想的，口头说的，那是经常怨恨昨天，分别就这样轻率，当时错了。以后希望，不要像从前那样欢情太薄，"买断青楼"算了，不要让春天如此闲着，白白过去。

望仙楼

小春花信日边来①，未上江梅先坼。今岁东君消息②，还自南枝得。　素衣染尽天香，玉酒添成国色③。一自故溪疏隔，肠断长相忆。

【注释】

①小春：《荆楚岁时记》、《岁时事要》"小春"皆指十月，而此首后又言"江梅先坼"、"东君消息"，时间上相悖。　日边：王城。《书言故事·都邑类》"问人自京回，曰：归自日边。"上官昭容《驾幸新丰温泉宫献诗三首》之二："迢迢御帐日边开。"

②东君：司春之神。成彦雄《柳枝辞九首》之三："东君爱惜与先春，草泽无人处也新。"

③素衣：白色衣服。《诗·唐风·扬之水》："素衣朱襮，从子于沃。"　国色天香：牡丹之异名。陈正封《赏牡丹》："天香夜染衣，国色朝酣酒。"

【赏析】

是词写春日思乡。前阕写自"小春"便盼春归，心情何其迫切。十月小春时，就盼花信从王城传来，但是还没有见到江梅首先绽放。终于东君消息，还是从南枝传来了。过片，写百花依次而开，素衣染尽了天香，玉酒添成了国色。结拍，回到相思，自从离乡之后，路途阻隔，疏远了故乡的山水，肠断般的痛苦，使人常常相忆。

凤孤飞

一曲画楼钟动，宛转歌声缓。绮席飞尘满，更少待，金蕉暖。　细雨轻寒今夜短，依前是，粉墙别馆。端的欢期应未晚，奈归云难管。

【赏析】

是词写思归。前阕描写驿站环境。画楼的钟声响起，仿佛一曲宛转和缓的清歌乐韵。茵席上积满尘土，帐中的金蕉炉慢热着。钟声悠扬而绮席尘满，旅途滋味难言。过片，续写。细雨带来轻寒，好像今夜特别的短暂，别馆的粉墙依旧。结拍，的确是，归去实现欢愉的期待还来得及，但无奈自己管不住自己，不是说归去就可以归去的。

西江月

愁黛颦成月浅①，啼妆印得花残。只消鸳枕夜来闲，晓镜心情便懒。醉帽檐头风细，征衫袖口香寒。绿江春水寄书难，携手佳期又晚。

【注释】

①愁黛，啼妆：愁黛，即愁眉。《后汉书·五行志》："恒帝元嘉中，京都妇女作愁眉、啼妆……所谓愁眉者，细而曲折。啼妆者，薄拭目下，若啼处。……始自大将军梁冀家所为，京都翕然，诸夏皆仿效。"

【赏析】

是词写相思。前阕写女子。愁眉紧皱像新月，啼妆洒泪如残花。鸳鸯枕在夜里闲置着，晓镜照出懒怠心情。后阕写男子。醉酒侧帽在檐底下迎着细风伫立；征衣袖口经不住轻寒。绿江春水涨，不见鱼儿，寄书也难，携手度佳期恐怕又要推迟了。

西江月

南苑垂鞭路冷，西楼把袂人稀。庭芳犹有鬓边枝，且插残红自醉。　画幕凉催燕去，香屏晓放云归。依前青枕梦回时，试问闲愁有几？

【赏析】

是词写相思。首二句写秋天萧条景象。南苑马车大道冷清，西楼携手人少。"冷"、"稀"概括环境气氛，烘托主人公冷寂的心境。庭院里还有可以插在鬓边的花枝，姑且插上残花自我陶醉一番。过片，转入室内，画幕寒凉好像催促燕子归去，香屏在清晨现出云彩归来。"燕去"、"云归"是眼前景，却暗寓心上人不归来。结拍，像往常一样，每当青枕梦醒时候，总要问一问自己，你到底有多少闲愁。

武陵春

绿蕙红兰芳信歇，金蕊正风流①。应为诗人多怨秋，花意与消愁。　梁王苑路香英密②，长记旧嬉游。曾看飞琼戴满头，浮动舞梁州③。

【注释】

①金蕊：菊花。

②梁王苑：园囿名。本名兔园，又名梁园、修竹园。在今河南商丘。汉梁孝王所建，为

宴集宾客处。

③梁州：乐曲名，本作《凉州》。

【赏析】

是词咏菊。首二句赞美秋菊风流。绿蕙红兰花信停止了，盛开的金菊独领风流。菊花于秋天经霜而开，不与百花争艳，品格自高。诗人们大多应是怨秋的，菊花此时开放的心意，正在于给他们消愁。后阕回忆秋游之乐。梁苑路上香花繁密，常常记起旧时的嬉戏游乐。曾经欣赏飞花载满头，伴着《梁州曲》，翩翩起舞。

武陵春

九日黄花如有意[1]，依旧满珍丛[2]。谁似龙山秋兴浓，吹帽落西风[3]。　年年岁岁登高节，欢事旋成空。几处佳人此会同，今在泪痕中。

【注释】

①九日：即农历九月九日重阳节，亦称登高节。

②珍丛：犹花丛。

③“谁似”两句：用桓温登高，孟嘉落帽典。

【赏析】

是词重阳抒怀。前阕写重阳节登高。重阳节，菊花好像有意似的依旧开满珍丛。谁能够像桓温那样，有浓浓的兴致秋游龙山，西风吹落帽。后阕抒怀。年年岁岁的登高节，欢愉之事很快就成空，丢得精光。天下间又有几处佳人会同此感慨，如今尽在泪痕当中？

武陵春

烟柳长堤知几曲，一曲一魂消。秋水无情天共遥，愁送木兰桡。　熏香绣被心情懒，期信转迢迢。记得来时倚画桥，红泪满鲛绡。

【赏析】

是词写怀人。前阕回忆送别。烟雨笼罩的长长柳堤，数不清有多少个曲折，每过一曲，就魂消悲伤一回。秋水无情仿佛像天一样遥远，带着愁绪送走木兰船。过片写别后，心情惆怅，懒得将绣被薰香薰暖，企盼收到音信，却遥遥无期。结拍，再写临行。倚在画桥，红泪沾满鲛绡手帕。

解佩令

玉阶愁感[1]，年华暗去。掩深宫，团扇无情绪。记得当时，自剪下，机中轻素，点丹青[2]，画成秦女[3]。　凉襟犹在，朱弦未改，忍霜纨，飘零何处。自古悲凉，是情事。轻如云雨，倚么绮，恨长难诉。

【注释】

①玉阶：玉砌台阶。

②丹青：丹，朱砂。青，青雘。绘画颜料。

③秦女：泛指美女。

【赏析】

是词写宫女怨。站立玉阶,心中生发悲秋感慨,年华悄悄逝去。被锁深宫,团扇没了当日的情绪。记得那会,自己剪下机中的轻丝,点着丹青,画成秦女,作为扇面。过片,叹息团扇飘零。"忍霜纨,飘零何处。"怎忍心团扇到处飘零呢。结句,发出"恨长难诉"的哀叹。小晏词可与班婕妤《怨歌行》参照:"新制齐纨素,皎洁如霜雪。裁成合欢扇,团圆似明月。出入君怀袖,动摇微风发。常恐秋节至,凉飙夺炎热。弃捐箧笥中,恩爱中道绝。"

行香子

晚绿寒红,芳意匆匆,惜年华今与谁同?碧云零落,数字征鸿。看渚莲凋,宫扇旧,怨秋风。　流波坠叶,佳期何在?想天教离恨无穷。试将前事,闲倚梧桐。有消魂处,明月夜,粉屏空[1]。

【注释】

①粉屏:白色屏风。

【赏析】

是词写离恨。晚秋的绿叶经寒霜变红,花意去匆匆,珍惜年华哦,如今与谁一同呢?蓝天白云零落飘散,飞翔几行大雁。看那池塘凋谢的莲花,残旧的宫扇,怨恨秋风。流水送去"红叶题诗",但佳期难以确定在何时。细想一番,是老天让离恨无穷无尽。试着优悠弹奏梧桐琴把前事诉说。有消魂悲苦之处,尽在明月之夜,空对粉屏。

庆春时

倚天楼殿,升平风月[1],彩仗春移。鸾丝凤竹[2],长生调里[3],迎得翠舆归。　雕鞍游罢,何处还心期。浓熏翠被,深停画烛,人约月西时。

【注释】

①升平:治世。　风月:清风明月。

②鸾丝凤竹:指乐器。

③长生调:即《长生乐》,乐曲名,近失传。

【赏析】

是词应酬之作。极写主人归府的盛况,妾妇服侍的恭顺。可作为了解当时达显贵生活的参考材料。

庆春时

梅梢已有,春来音信,风意犹寒。南楼暮雪,无人共赏,闲却玉阑干。　殷勤今夜,凉月还似眉弯。尊前为把,桃根丽曲[1],重倚四弦看[2]。

【注释】

①桃根:桃叶、桃根是两姊妹,都是晋代王献之的妾,皆善歌。此指代歌女。

②四弦:指琵琶。

【赏析】

是词写早春。梅梢上已经有春来音信，即使风意还寒。南楼晚雪，无人聚集去欣赏了，周围的玉栏干闲了。情深的今夜，冷月还像蛾眉，弯弯的。尊前来听桃根的妙歌，四弦琵琶的丽曲。

喜团圆

危楼静锁，窗中远岫，门外垂杨。珠帘不禁春风度，解偷送余香。　眠思梦想，不如双燕，得到兰房。别来只是，凭高泪眼，感旧离肠。

【赏析】

是词写相思。高楼静静地锁着，凭窗瞻望远处的青山，俯视门外的垂杨。珠帘禁不住春风吹度，破解而入暗暗地送来百花的余香。睡亦思，梦也想，自己真不如那双燕，到得兰房。别后只是，凭高远望而泪眼盈盈，感怀旧情人，离肠欲断。

忆闷令

取次临鸾匀画浅①，酒醒迟来晚。多情爱惹闲愁，长黛眉低敛。　月底相逢见，有深深良愿。愿期信，似月如花，须更教长远②。

【注释】

①取次：随便，草草。 临鸾：临镜。鸾，鸾镜。

②教：通“交”，解作得，能。

【赏析】

是词写闺妇闲愁。照镜随便地梳妆，浅画双眉，酒醒得太迟了。多情之人喜欢萌发闲愁，长长眉头低低紧皱。后阕写心愿，能在月底相逢，花下相见，这是早有的深深美好愿望。愿守信如期，好像月儿花儿那样，一定得长远的呀。

梁州令

莫唱阳关曲，泪湿当年金缕。离歌自古最消魂，于今更在魂消处。　南桥杨柳多情绪，不系行人住。人情却似飞絮，悠扬便逐春风去。

【赏析】

是词写闺妇怨。不要唱《阳关曲》了，让人泪湿当年的金缕衣。“当年”，暗示离别许久，本来已经稍为平静了，这离歌却又勾起伤感。离歌自古以来就是最销魂苦楚的，现在又在魂消之地听之，能不泪湿衣衫。南桥的杨柳好多情，却系不行人。人情就像飞舞的柳絮，悠扬追逐春风而去。

燕归梁

莲叶雨，蓼花风，秋恨几枝红。远烟收尽水溶溶，飞雁碧云中。　衷肠事，鱼笺字，情绪年年相似。凭高双袖晚寒浓，人在月桥东①。

【注释】

①月桥:月光映照之桥。

【赏析】

是词写秋恨。莲叶经雨,蓼花迎风;秋恨正因眼前几枝红蓼。远处烟霞收起,江水浩淼,飞雁在碧云之中。使用“莲叶”、“秋雨”、“蓼花”、“西风”、“远烟”、江“水”、“飞雁”、“碧云”等等具象,从近至远、由高及低,组成辽阔空旷而又清丽幽远的秋色画图,烘托出“秋恨”。过片,秋恨“情绪年年相似”,其恨真久矣。结句,“人在月桥东”,倒有几分扑朔迷离,那秋恨捉摸不透。

胡捣练

小亭初报一枝梅,惹起江南归兴①。遥想玉溪风景②,水漾横斜影③。异香直到醉乡中④,醉后还因香醒。好是玉容相并⑤,人与花争莹。

【注释】

①归兴:归去返乡的情绪。

②玉溪:美称家乡河溪。

③横斜:形容梅枝横申斜向情势。

④异香:梅花的幽香。

⑤玉容:美丽的容颜,此指美人。

【赏析】

是词写因梅思乡。收悉小亭旁梅花绽放的消息,惹起了归去江南赏梅的念头。遥想玉溪风景。歇拍句和过片,化用林逋《山园小梅》诗句“疏影横斜水清浅,暗香浮动月黄昏”,将“暗香”再拓展至酒中、醉乡、酒醒还因梅香,真羡慕小晏想得出。

扑蝴蝶

风梢雨叶,绿遍江南岸。思归倦客,寻芳来最晚。酒边红日初长,陌上飞花正满。凄凉数声弦管,怨春短。　玉人应在,明月楼中画眉懒。鱼笺锦字,多时音信断。恨如水去空长,事与行云渐远,罗衾旧香余暖。

【赏析】

是词写相思。前阕写游春。春风抚摸树梢,细雨滋润花叶,绿色布满江南两岸,可谓“春风又绿江南岸”。思归的天涯倦客,游春最晚。乘着醉意看,红日初长,飞花满天,忽然,几声凄凉的弦管乐音,好像是埋怨春天太短。因想念而思归,因思归无兴而赏春最迟,赏春而怨其短,怨其短而更思归。后阕写闺妇。玉人闲坐楼中对明月,懒慵画眉。鱼笺锦书那些音信,断了许久。恨离人好像东流逝水空有其长,情事好像行云渐行渐远,唯有罗衾里的旧香余暖留给自己一点点慰藉。

谒金门

溪声急,无数落花漂出。燕子分泥蜂酿蜜,迟迟艳风日。　须信芳菲随失,况复佳期难必。拟把此情书万一,愁多翻搁笔。

【赏析】

是词写春愁。溪水流响声急，无数的落花漂流而去。双双燕子衔泥筑巢飞进飞出，群蜂酿蜜忙个不停，暖融融的春风丽日。定要相信芳菲随时会失去，况且更有佳期难确。自然界的春光，生机勃勃，反衬主人公的孤寂，再加上时光的流逝，人事的困扰，就愁上愁了。打算把此情的三分之一写出来，但是，因为“愁”太多，反而就搁笔，写不下去了。

末篇，也算是“搁笔”，妙用二字结束词集，可见编者匠心。

附录

《花间集叙》注析

镂玉雕琼①，拟化工而迥巧②；裁花剪叶，夺春艳以争鲜③。

【注释】

①镂(lòu)：雕刻。《荀子·劝学》："锲而不舍，金石可镂。" 琼(qióng)：《说文》："琼，亦玉也。"《诗·卫风·木瓜》毛传："琼，玉之美者。"美玉。

②拟：摹仿、仿造。 化工：造化之力，创造化育之自然功力。 迥(jióng)：表程度，很。

③艳：本义，《说文》"好而长也"。《诗·小雅·十月之交》："艳妻煽方处。"《左传·桓公元年》："目逆而送之，曰，美而艳。"《楚辞·招魂》"艳陆离些"，注："艳，好貌也。"《玉台新咏·焦仲卿妻》："窈窕艳城郭。"引申为文辞华丽。《三国志》："信言不艳，贯居于好。"后指与男女有关之情事，如"艳史"、"艳科"、"艳词"。 以：表因果，因此。

【段落大意】

第一段：陈述花间派创作理念。

是以，唱云谣则金母词清①，挹霞醴则穆王心醉②。名高白雪③，声声而自合鸾歌④。响遏行云⑤，字字而偏谐凤律⑥。杨柳大堤之句⑦，乐府相传⑧；芙蓉曲渚之篇⑨，豪家自制。莫不争高门下，三千玳帽之簪⑩；竞富尊前，数十珊瑚之树⑪。则有绮筵公子⑫，锈幌佳人⑬。递叶叶之花笺⑭，文抽丽锦⑮；举纤纤之玉指⑯，拍按香檀⑰。不无清绝之辞，用助娇娆之态⑱。自南朝之宫体，扇北里之倡风⑲。何止言之不文，所谓秀而不实⑳。

【注释】

①云谣：指《白云谣》。《穆天子传》："乙丑，天子觞西王母瑶池之上。西王母为天子谣曰'白云在天，丘陵自出。道里悠远，山川间之。将子无死，尚复能来。'" 金母：即西王母。《太平广记》"西王母与东王公共理二气。男子得道，名隶木公，女子得道，名隶金母。"东属木，西属金。 清：好。《世说新语·言语第二》："诣门者皆俊才清称及中表亲戚乃通。"

②挹(yì)：酌、舀。《诗·小雅·大东》："维北有斗，不可以挹酒浆。" 霞醴(lǐ)：仙家美酒。 醴：甜酒。

③白雪：古曲名。《国语·楚语》："宋玉说楚王曰，昔有善歌者，王其闻与？始而曰下里巴人，国中属而和者数千人；中而曰阳阿薤露，国中属而和者数百人；既曰阳春白雪，国中属而和者不过数人。故其曲弥高，其和弥寡。"

④鸾(luán)歌：鸾鸣。《埤雅》："鸾入夜而歌，凤入朝而舞。天胜之也。"《艺文类聚·鸟类》："凡象凤者有五，多赤色者凤，多青色者鸾。"《山海经》"轩辕之国，在北穷山之际，其不寿者，八百岁鸾鸟自歌，凤鸟自舞。"

⑤响遏(è)行云：言行云因美妙之歌声而停止。《列子·问汤》："薛谭学讴于秦青，未穷青之技，自谓尽之；遂辞归。秦青弗止，饯于郊衢，抚节悲歌，声振林木，响遏行云。薛谭乃

谢而反,终身不敢言归。”

⑥偏:同遍。 凤律:《吕氏春秋·古乐》:“听凤皇之鸣,以别十二律。”故称音律为凤律。《汉书·律历志》:“制十二箫以听凤之鸣,其雄鸣为六,雌鸣亦六。比黄钟之宫,而皆可以生之。是为律本。”《隋书·律历志》:“淳古苇籥,创睹人籁之源,女娲笙簧,仍昭凤律之首。”

⑦杨柳:乐府曲名。《新唐书·乐志》:“梁乐府有胡吹歌云‘上马不捉鞭,反拗杨柳枝。下马吹横笛,愁杀行客儿。’” 大堤:乐府曲名。《乐府诗集》收《大堤》、《大堤曲》、《大堤行》三调名,作者自梁简文帝以下共六家。其引《古今乐》:“襄阳乐者,宋隋王诞之所作也。诞始为襄阳郡,仍为雍州刺史。夜闻诸女歌谣,因而作之。又有《大堤曲》,亦出于此。”刘诞诗:“朝发襄阳城,暮至大堤宿。大堤诸女儿,花艳惊郎目。”大堤原为襄阳附近之江堤,因襄阳乐而借为曲名。

⑧乐府:汉乐府与六朝乐府之总称,此指入乐的诗歌。

⑨芙蓉:指“涉江采芙蓉,兰泽多芳草”句。 曲渚:指“送别临曲渚,征人慕前侣”句,皆乐府诗所录名篇名句。

⑩玳瑁之簪:晋张华《轻薄篇》有“横簪刻玳瑁”句。 三千玳瑁之簪:形容来客众多且富有。《史记·春申君列传》:“平原君使人于春申君,春申君舍之于上舍。赵使欲夸楚,为瑇瑁簪、刀剑室,以珠玉饰之,请命春申君客。春申君客三千余人,其上客皆蹑珠履,以见赵使,赵使大惭。”

⑪《汉书·石崇传》载,石崇与王恺斗富,武帝助恺,赐一高二尺之珊瑚树。恺示以崇。崇以铁如意击碎之。命取出六七支高三四尺珊瑚树。

⑫绮席:富丽豪华的坐席。古人席地而坐,铺于底者为筵,设于上者为席,筵长而席短。此指席位。

⑬绣幌:彩绣的帷慢,此指华美的房间。

⑭递:传。 笺(jiān):供题诗写信用的纸页。 花笺:徐陵《玉台新咏序》:“五色花笺,河北胶东之纸。”

⑮抽:抽绎,引出头绪,引申为思绪、思路;文抽,文章的构思。

⑯纤纤:柔软而细长。

⑰“按拍”句:以檀板按其声而拍。

⑱妖娆:妍媚貌。

⑲宫体:宫体诗,指南朝梁“伤于轻艳”的诗风。《梁书·简文帝纪》:“余七岁有诗癖,长不倦,然伤于轻艳,当时号曰‘宫体’。” 扇:名词用作动词,扇起、扩散。 北里:《史记·殷本纪》“妲己之言是从,于是使师涓作新淫声,北里之舞,靡靡之乐。”孙内翰《北里志》一卷记录北里妓女之生活,《古今说海》收录。可见,北里乃游冶之所,又称平康里,在长安城北,故名。 倡风:歌妓演唱的风习。

⑳文:文雅。 不文:于雅正不合。《左传·襄二十五年》“仲尼曰,志有之,言以足志,文以足言。不言,谁知其志?言之不文,行而不远。” 不实:《论语》“子曰:苗而不秀者有矣夫!秀而不实者有矣夫!”

【段落大意】

第二段:概说曲子词启源的历史文化背景,说明曲子词的传承关系。第一层,“唱云谣”至“偏谐凤律”,概说上古酒筵歌席即席演唱的歌谣是曲子词的先渊。第二层,“杨柳大堤之句”至“用助妖娆之态”,概说合乐而唱的乐府是曲子词的近源。第三层,“自南朝之宫体”至段末,论说南朝宫体诗对曲子词的负面影响。

有唐已降[①]，率土之滨[②]，家家之香径春风，宁寻越艳[③]；处处之红楼夜月[④]，自锁嫦娥[⑤]。在明皇朝[⑥]，则有李太白之应制《清平乐》词四首[⑦]。近代温飞卿复有《金荃集》[⑧]。迩来[⑨]作者，无愧前人。

【注释】

①有：古文的名词词头，卒起下文。

②率土之滨：《诗·北山》："普天之下，莫非王土，率土之滨，莫非王臣。"全国的土地。

③越艳：古越国的西施，此泛指美女。

④红楼：指华美楼房。段成式《酉阳杂俎续集·寺塔记上》："长乐坊安国寺红楼，睿宗在藩时舞榭。"富贵人家女子之住房。唐代白居易《秦中吟》："红楼富家女，金缕绣罗襦。"后指妓女所居。清代袁枚《随园诗话》卷二："当时红楼中有某校书尤艳。"

⑤嫦娥：亦作常娥、姮娥。《搜神记》："羿请不死之药于西王母，嫦娥窃之以奔月。"

⑥明皇朝：指唐玄宗李隆基在位时期(712–756)。

⑦唐宋诗人题为应制者，皆受皇帝命而作。李太白应制《清平乐》词有五首见《尊前集》。此四首，青莲所作，非一时。《清平乐》词应与《清平》调异也。《松窗杂录》："开元中禁中木芍药盛开，明皇曰赏花，对妃子，焉用旧词？遂命李龟年持花笺宣赐李白，立进《清平乐》调三章。"即"云想花裳花想容"三绝句诗，今传《清平乐》词乃长短句，彼此殊异。

⑧温飞卿：即温庭筠，飞卿是他的字。词集有《握兰集》三卷、《金荃集》十卷，皆词家结集之始，已失散。

⑨迩来：那时以来。

【段落大意】

第三段：论述入唐以来至当代曲子词的发展。第一层，"有唐已降"至"自锁嫦娥"，概说入唐以来，燕乐杂曲盛行。第二层，"在明皇朝"至"《金荃集》"，概说"诗客曲子词"创作成果丰硕。欧阳氏先言李白创词，于此明言"应制"，李白有四篇，明言"诗客曲子词"之祖是诗仙，从两方面抬高其地位；"诗客曲子词"有《清平乐》等调名。温庭筠《金荃集》问世，是"花间鼻祖"，标志"诗客曲子词"已臻成熟。第三层，段末两句。迩来作者已作出"无愧前人"的业绩。

今卫尉少卿字弘基[①]，以拾翠洲边[②]，自得羽毛之异[③]；织绡泉底[④]，独殊机杼之功[⑤]。广会众宾，时延佳论[⑥]。因集近来诗客曲子词五百首[⑦]，分为十卷。以炯粗预知音[⑧]，辱请命题[⑨]，仍为叙引[⑩]。昔郢人有歌阳春者[⑪]，号为绝唱，乃命之为《花间集》。庶使西园英哲[⑫]，用资羽盖之欢[⑬]；南国婵娟[⑭]，休唱莲舟之引[⑮]。

【注释】

①《四库全书总目》一百九十九卷："《花间集》十卷，后蜀赵崇祚编。崇祚字宏基，事孟昶为卫尉少卿，而不详其里贯。《十国春秋》亦无传。按蜀有赵崇韬，是为中书令廷隐之子，崇祚疑即其兄弟行也。"

②拾翠：寻芳。曹植《洛神赋》："或拾明珠，或拾翠羽。"此指选集新词。

③自得羽毛之异：梁元帝《怀旧赋》："长安郡公，不其延誉，扶风长者，刷其羽毛。"此指佳作。

附录一

④织绡:《博物志》:"蛟人水居如鱼,不废织绩。时出家人买绡。"《述异记》:"南海出鲛绡纱,一名龙纱,其价百余金,以为服,入水不濡。"况顾《龙宫操》:"蛟人织绡采藕丝。"

⑤机杼之功:机杼,织机的杼柚。《诗·大东》"大东大东,杼柚其空。"杼,持纬;柚,受经。引申为编辑。

⑥时延:收纳、接引。

⑦诗客曲子词:龙沐勋《词体之演进》:"曲子词上加诗客二字,以别于淫哇鄙哩之曲。"孙光宪《北梦琐言》:"晋相和凝,少年时好为曲子词,布于汴洛。洎入相,专托人收拾焚不暇。"唐五代时,词之名称颇为不一致,有曲子词、今曲子、曲子、小词、诗余、长短句诸名。至宋,更为庞杂,如乐章、乐府、琴趣外篇、笛渔谱、语业、歌曲、别调,不一而足。

⑧以:因。 炯:本叙作者自称,姓欧阳,名炯,事蜀为中书舍人。预:通"与"。

⑨辱请:谦语。 命题:为斯集命名。

⑩仍:通乃,就。 叙引:叙言、引言。

⑪郢(yǐng):战国楚之国都,今湖北省江陵北边。 郢人:唱《阳春白雪》者。

⑫庶使:期望。 西园:汉宫禁园囿名。魏文帝曹丕也喜集文学侍从之臣游宴、赏月之地。扬雄《羽猎赋》:"入西园,切神光。望平乐,径竹林。",曹植诗:"清夜游西园,飞盖相追随。"此指文人骚客聚会游宴地。

⑬羽盖:以翠羽为饰的车盖。

⑭婵娟:泛指美貌女子。孟郊《婵娟篇》:"花娟婵,泛春泉;竹娟婵,笼晓烟;妓婵娟,不长妍,月婵娟,真可怜。"

⑮莲舟:《乐府诗集》收《采莲曲》数十首,为梁代习唱。陈子昂《观竞渡表》:"采鹢莲歌,乍起吴江之引;青龙桂楫,时呕越女之风。"此代指相对于"诗客曲子词"之民间曲子词。句意为,曲子,既有新声,何须更唱采莲旧曲。

【段落大意】

第四段:交待《花间集》编辑的经过及目的。第一层,"今卫尉少卿"至"分为十卷",先言赵崇祚认真选编,再言"广会宾客,时引延论",筛选出近来诗客曲子词五百首,分为十卷集成花间派的词作经典选集。第二层,说欧阳氏受"知音"所托,为集子作叙。第三层,说集子命名。第四层,说编集的目的,发挥诗客曲子词的功用。

广政三年夏四月大蜀欧阳炯叙①

【注释】

①广政三年:后蜀孟昶年号,公元940年。

【段落大意】

第五段:落款,作叙的具体时间及作者。

【综述】

《花间集叙》可以说是开中国词学专论的先河,可视为花间派的理论宣言。

一、初涉创作理论

创作态度:要将创作视作琢玉、裁剪那般,认真、精益求精。

创作手法:"镂、雕、裁、剪"四字,高度概括,一是善于探索自然造化的神功妙法融入创作之中,二是通过精雕细刻、裁花剪叶,塑造完美的艺术形象。

二、初探词体文学观

《叙》通过回顾曲子词的起源、发展历程，展示曲子词已臻成熟的现状，紧紧围绕曲子词的特性——音乐文学产品，提出花间派词体文学观的艺术标准与审美规范。其渊源，皆是合乐和唱的文辞，特点之一，歌词要合乐，“按拍香檀”而唱而舞。特点之二，通过宴隙席间演唱和公子佳人“花笺相递”两种途径得以传播。特点之三，即使清绝之辞，亦脱不了浓艳香软，“用助娇娆之态”，即生来便带“艳科”的因子。因此，花间派创作要坚持如下标准：

第一，以音乐为本位，以曲辞为表壳，达到“声声而自合鸾歌”，“字字而偏谐凤律”。

第二，突出娱乐功能，只作为唱本供佳人于歌筵酒席演唱，接受对象广泛，既有宫庭仕宦，亦有富人平民。因此，要走“侧艳”之路。

第三，“侧艳”非俗艳，“侧艳”的目的在达到娱宾遣兴的效用，在题材内容、文字音律、语言风格诸方面，要与乐曲、歌者、歌唱环境及接受者的文化素养和审美心态相适应。既要华美的形式，又要充实的内容，“言文”与“秀实”的统一。《叙》之结尾还力图划清“侧艳”与俗艳的界限，《花间集》刊行传世，“庶使西园英哲，用资羽盖之欢；南国婵娟，休唱莲舟之引”。

第四，以精品取胜，选材要如美玉般富丽，如鲜花般香丽，如绿叶般娇丽；布局谋篇、铺陈表达，要“镂、雕”，“拟化工”，要“裁、剪”，“夺春艳”，以使“迥巧”的精品能与人“争鲜”。

三、展示花间派业绩

有领军人物——温庭筠，其创作活动期在9世纪中叶，词作题材取向“侧艳”，风格趋向浓丽，独树一帜，开创词为“艳科”格局。温庭筠死后六十多年，《花间集》成，列其于首，选词作达六十六首，占全集之百分之十三多，表达群体认同、尊崇和效法温庭筠所创“侧艳”词体词风的宗派意向。

词派群体活跃，“迩来作者”——“诗客”，规模初具，成长为开宗立派的生力军，“无愧前人”。后蜀广政三年，卫尉少卿赵崇祚“广会众宾，时延佳论”，精选十八家“诗客曲子词”五百首，分为十卷，并请十八家之一的欧阳炯作叙贯于卷首，命名《花间集》。

《花间集》是我国第一部诗客曲子词诸家选集，是词史的一座重要里程碑，是继中唐以来“词体以立”后、唐末五代时期文人词创作成果的一次总结性展示。“侧艳”是花间派基本风格。“侧艳”，是新旧《唐书》对温庭筠所作的评价。《旧唐书》说温：“能逐弦吹之音，为侧艳之词。”《新唐书》说温：“又多作侧艳辞曲。”两书都说他的艳，只不过“侧”罢了。从目前所存的温词看，从比较敦煌曲子词看，新旧《唐书》评价是客观的。《花间集》将温庭筠视为领军、核心，再系韦庄等骨干人马，组成流派群体，十八家录选词人既是当时的仕人（只皇甫松及阎选二人未仕），又是“诗客”；且多数为蜀人或入蜀，反映了鲜明的地缘人文特色。他们冲破封建束缚，托词房帷，揭示女性“无限心曲”，反映女人的本性与情欲被扭曲，词作形成了一定规模，赵氏将其结集为《花间集》，反映出强烈的当代意识。在当时，它不仅为歌手提供了演唱辞本，亦为文人提供了吟读文本和创作范例，两者合力推进，对成熟词的传播、对词创作的繁荣，起到了重要作用。《花间集》追求“柔香婉丽”的美学价值，展现“侧艳”的基本风格，框定“词为艳科”的基本格局；集子中的五代词人显示了摆脱“男代闺音”应歌局限的勇气，努力寻找表现自我的抒情方式，以“无愧前人”的业绩，宣告词已步入成熟期，并从诗分离出来，“自是一家”，为宋词的繁荣奠定了基础。

“花间”，作为中国词史上第一个流派旗号，为中华韵文学巨库增添了瑰宝。至今经历了一千多年，它依然璨若明珠，其精华更是烨烨生辉，光彩夺目。明朝万历时，无瑕道人在《花间集·跋》中说，校雠完《花间集》后，“始知宇宙之精英，人情之机巧，包括殆尽”。让我们一起于“花间”享其美，悟其菁，得其妙，以充实自我，不断上进吧。

《小山词自序》注析

补亡一编，补乐府之亡也①。叔原往者，浮沉酒中②。病世之歌词不足以析酲解愠③。试续南部诸贤绪余，作五七字语，期以自娱④。不独叙其所怀，兼写一时酒间闻见，所同游者，意中事⑤。尝思感物之情，古今不易⑥。窃以谓篇中之意，昔人所不遗，第于今无传尔⑦。故今新创，通以补亡名之⑧。

【注释】

①《补亡》两句：这个集子是"补亡"性质的，补上当今词创作所遗弃缺失的。 补：弥补。 亡：遗失、丢失。成语"亡羊补牢"。 一编：汇编成一本集子。

②"叔原"二句：以往，我这个人，沉溺于酒，一直不改积习。 叔原：晏几道字叔原，号小山。 往者：以往这个人。 浮沉：犹沉湎，沉溺。

③"病世"句：不满当今世上创作的歌词，不能够醒酒醉，不能够消烦恼。 病：恨，憎恶。《左传·文十八年》"与刖其父而不能病者何如？"注："言不以父刖为病根。"。此表程度较轻，即不满意。 酲（chéng）：酒醉。 愠：恼怒。此指烦恼。

④"试续"三句：试图继承南部诸贤确立的词风，作五七字长短句，希望从中自己娱乐一番。 南部诸贤：当指西蜀、南唐时期的大词家们。 绪余：当指词风遗韵。 五七语：五言七言长短不一的句子，指词。

⑤"不独"四句：不仅叙述自己的情怀，而且抒写一时的歌筵见闻，以及一同游赏者情意之中的事情。

⑥"尝思"二句：曾经思考过，感慨事物的情感，古今以来都是不会改变的。

⑦"窃以谓"三句：我以为作品里表达的情意，以往的作者是不会遗失的。只不过是现在没有人去抒写罢了。

⑧"故今"二句：所以即使是新创作，也统统用"补亡"来概括它。

【段落大意】

此段回顾创作实践。说自己沉湎于酒，而不满当今的词创作，因为没有实现她的功能：醒酒解愁。当然，这只是一个比喻。接着说，自己词的创作是承传了南部诸贤的词风，即《花间》词风，目的是自娱自乐，或许是"析酲解愠"吧。词作的内容，是述怀、记事，抒发的是自古以来的感物之情，是"诸贤"所不遗的，是当今人们不去写的东西，所以说是"补亡"吧，说明编辑的目的与集子命名。

始时沈十二廉叔，陈十君龙家有莲、鸿、蘋、云，品清讴娱客①。每得一解，即以草授诸儿②。吾三人持酒听之，为一笑乐而已③。君龙疾废卧家，廉叔下世④。昔之狂篇醉句，遂与两家歌儿酒使俱流转于人间⑤。自尔邮传滋多，积有窜易⑥。七月己巳⑦，为高平公缀缉成编⑧。

【注释】

①"始时"三句:起初的时候,沈十二廉叔和陈十君龙家里有莲、鸿、蘋、云四位歌姬,演唱清歌,娱乐宾客。

②"每得"句:每每写好一首词,就将词稿给她们。解:乐曲的一段,此指一首。草:草稿,此指刚刚写成。

③"吾三人"句:我们三个人就持酒听她们唱,为了博得一笑罢了。

④下世:死亡。曹植《三良》:"秦穆先下世,三臣皆自残。"

⑤"昔之"三句:过去的"狂篇醉句",于是通过两家的歌姬和酒保们,都流行到人世间了。狂篇醉句:指词作。抒发狂放之情、作于醉酒之句。

⑥"自尔"二句:从那以后,邮寄传递、抄录流传,日渐多起来,串改的情况也越积越甚。

⑦七月己巳:七月的己巳日。

⑧高平公:一说指范纯仁,一说指蔡京。缀辑成篇:连缀成书。

【段落大意】

此段述说词作的流传情况。交代成书时间。

追惟往昔过从饮酒之人,或垅木已长,或病不偶①。考其篇中所记,悲欢离合之事,如幻如电,如昨梦前尘,但能掩卷怃然②,感光阴之易迁,叹境缘之无实也③。

【注释】

①"追惟"三句:追思往昔一起饮酒的朋友,有的已经去世多年,连垅木都已长成;有的病了,不能相见。

②怃然:惆怅悲伤的样子。

③境缘:境遇缘分。

【段落大意】

此段对词作的自我评介,并感叹人生际遇。

【综述】

晏几道,字叔原,号小山,以号命词集名:《小山词》,并自序之。"自序"方三百多字,却是对自己词创作实践的回顾,其中含有对词学理论的探索因子,"故今新创,通以补亡名之"。夸张一点说,小晏的"自序"填补了宋初的词学理论的空白。

继承了《花间集叙》的词体观。"试续南部诸贤绪余",明说自己是从词学理论到创作上,都在"试续";"作五七字语,期以自娱。"说明以令词为主,目的在"自娱",当然这是自谦之说,但"娱"字,却表露了其对词娱乐功能的理解,以此为"武器",对当时词坛作了批评,"病世之歌词不足以析酲解愠"。在实践上,他"每得一解,即以草授诸儿。吾三人持酒听之,为一笑乐而已"。这与《花间集叙》所说"庶使西园英哲,用资羽盖之欢;南国婵娟,休唱莲舟之引",何其相似耳。对小晏的创作实践,明代毛晋说:"独《小山集》直逼《花间》。"

晏几道在实践中,对词学理论有一些新的感悟,用他的话说,是"新创":

"新创" 之一:词要有强烈的主观色彩、抒情成分。他评论自己的词"叙其所怀",是抒写情怀的。所谓主观色彩,就是要将自己对客观事物、社会生活的真情实感,淋漓地抒发出来。“感物之情，古今不易。”这是小晏的思索结论，人们认识事物，必然会产生感知情感，这是古往今来一直没有改变的。所以，他特别强调词作的“篇中之意”，要体现主观之意，抒情之意，要主观化、情绪化，要有我之境，将词作为抒写伤心怀抱的工具，小晏被称为“古之伤心人”。

“新创”之二：词作要反映身边事。他说自己的词作写了“酒间闻见”、“所同游者，意中事”，常常写出眼前之事、筵中之人。男女歌酒宴乐，在当时是极平常之事，加上他“不能傍贵人之门，遂陆沉于下位”，所以“叔原往者，浮沉酒中”，以排解抑郁之怀，其酒间闻见、其与“莲、鸿、蘋、云”四位歌姬的悲欢离合，一旦写入词中，便是另一番情景，便是“狂篇醉句”、“鬼语也”，具有鲜明的个性。他认为，其词作有强烈的艺术感染力，“篇中所记，悲欢离合之事，如幻如电，如昨梦前尘，但能掩卷怃然，感光阴之易迁，叹境缘之无实也”。

“新创”之三：用专指，去泛指，改普泛化为主体化。小晏的好多词作，通过巧妙地嵌入“莲、鸿、蘋、云”四位歌姬的名字，作为词作特有的专指，这就改变了《花间集》中常用的一般泛指。这些专指，或作为歌唱者的自称，或作为怀想的对象，强调了令词的主体性，突出了言情的特点。

附录三

词谱辑录

为方便读者了解词调格律，现据《钦定词谱》辑录，以为例举。以代爱好者翻书寻找之劳。

○表平声，●表仄声，⊙表平可仄，◎表仄可平。

菩萨蛮 又名《子夜歌》（据南唐李煜词名）、《巫山一片云》、《重叠金》（据温庭筠词“小山重叠金明灭”句名），或据韩滤“新声休写花间意”名《花间意》、“风前觅得梅花句”名《梅花句》、“山城望断花溪碧”名《花溪碧》、“晚云烘日南枝北”名《晚云烘日》诸别称也。于燕乐二十八调中属夹钟宫；《尊前集》注、《宋史·乐志》皆为中吕宫；或属夹钟羽，或属中吕羽。

词调之创有二说：一、华钟彦认为李白所创，《尊前集》载李白词三首，即有此调。唐玄宗时崔令钦作《教坊记》载两院曲名，亦有此调。宋释文莹《湘山野录》：“魏泰得《古风集》于曾子宣家，始知鼎州沧水驿所题词（平林漠漠一首），为李白作。”二、唐苏鄂《杜阳杂编》：“大中初，女蛮国入贡，危髻金冠，缨络被体，号菩萨蛮队，当时倡优遂制《菩萨蛮》曲，文士亦往往声其词。”孙光宪《北梦琐言》：“唐宣宗爱唱《菩萨蛮》词，令狐绹命温庭筠新撰进之。”《碧鸡漫志》：“今《花间集》温词十四首是也。”四十四字。两句一韵，变亦四韵。末句以仄平平仄平句式为佳。

李白《菩萨蛮·平林漠漠》，双调四十四字，前后段各四句，两仄韵、两平韵。

⊙○◎●○○●仄韵⊙○◎●○○●韵◎●●○○平韵◎○⊙●○韵 ◎○○●
平林漠漠烟如织 寒山一带伤心碧 暝色入高楼 有人楼上愁 玉阶空伫

●换仄韵◎●⊙○●韵⊙●●○○换平韵⊙○⊙●○韵
立 宿鸟归飞急 何处是归程 长亭更短亭

更漏子 属“夷则商”，俗称林中宫、商调，《尊前集》注，大石调，又属商调。古之作者大多就题发挥，所咏皆更漏事也。共四十六字，始于温庭筠，唐宋词最多。一百四字者，只杜安世词一首。

温庭筠《更漏子·玉炉香》，双调四十六字，前段六句两仄韵、两平韵，后段六句三仄韵、两平韵。

⊙⊙○句⊙◎●仄韵⊙●◎○○●韵⊙◎●句●○○平韵◎○⊙●○韵 ○⊙●
玉炉香 红烛泪 偏照画堂秋思 眉翠薄 鬓云残 夜长衾枕寒 梧桐树

换仄韵⊙⊙●韵◎●⊙○◎●韵◎◎●句●○○换平韵⊙○◎●○韵
三更雨 不道离情正苦 一叶叶 一声声 空阶滴到明

归国遥　属夹钟商，俗称双调，始见《教坊记》，《词题标源》以为许穆夫人归国唁兄，采以名曲。唐教坊曲名。元颜奎词名《归平谣》。有三十四字、四十二字、四十三字诸体。《花间集》温词二首，皆四十二字。

温庭筠《归国谣·双脸》，双调四十二字，前后段各四句，四仄韵。

○●韵●●◎○○●●韵◎⊙⊙◎○●韵◎○○●●韵　◎●●○○●韵●○○
双脸　小凤战篦金飐艳　舞衣无力风软　藕丝秋色染　锦帐绣帏斜掩　露珠清

●●韵●⊙⊙◎○●韵●○○●●韵
晓簟　粉心黄蕊花靥　黛眉山两点

酒泉子　属林钟羽，俗称高平调、南宫调。始见《教坊记》。唐教坊曲名。

有四十字、四十一字、四十二字、四十三字、四十四字、四十五字、四十九字、五十二字诸体。温庭筠《酒泉子·花映柳条》双调四十字，前段五句两平韵、两仄韵，后段五句三仄韵、一平韵。

⊙●◎○平韵⊙●◎○⊙●仄韵◎⊙○句○◎●韵⊙○○平韵　◎○⊙●◎○●
花映柳条　闲向绿萍池上　凭阑干　窥细浪　雨潇潇　近来音信两疏索

换仄韵◎⊙○◎●韵◎⊙○句⊙◎●韵●○○平韵
洞房空寂寞　掩银屏　垂翠箔　度春宵

定西番　属林钟羽，俗称高平调、南宫调。始见《教坊记》。唐教坊曲名。三十五字。前后阕首句、后阕第三句，均叶仄韵，乃正体。其不叶韵者，变体，《花间集》温词第三首是也。

温庭筠《定西番·汉使》双调三十五字，前段四句一仄韵、两平韵，后段四句两仄韵、两平韵。

●●●○○●仄韵○●●句●○○平韵●○○韵　○●●○○●仄韵●○○●○
汉使昔年离别　攀弱柳　折寒梅　上高台　千里玉关春雪　雁来人不来

平韵○●●○○●仄韵●○○平韵
羌笛一声愁绝　月徘徊

杨柳枝　又名"柳枝"，属林钟羽，俗称高平调、南宫调。乐府横吹笛中有"折杨柳"，此调前身也。冯贽《南部烟花记》"炀帝树堤，诏民间有柳一株者，赏一缣。"何光远《金监戒录》载：炀帝《柳枝词》"柳枝歌，亡隋之曲也。"此调之始也。张佑诗："莫折宫前杨柳枝，玄宗曾向笛中吹。"可见，《杨柳枝》应是盛唐前之曲也。段安节《乐府杂录》谓《杨柳枝》为"白傅闲居洛邑时作，后入教坊"。白居易所作之《杨柳枝》，乃新翻之曲，非初创之调。此借旧曲名，另创新声。后遂入教坊耳。此本唐人七言绝句，有二十八字、四十字、四十四字诸体。温词皆二十八字，即七言绝句也。

顾敻词四十字体。平仄失粘不拘。此调作者极多，皆咏柳词也。不比竹枝泛用。温庭筠《杨柳枝·金缕毵毵》单调二十八字，四句三平韵。

○●○○●●○韵●○○●●○○韵●○●●○○●句●●○○●●○韵
金缕毵毵碧瓦沟　六宫眉黛惹香愁　晚来更带龙池雨　半拂阑干半入楼

南歌子　始见《教坊记》。唐教坊曲名。又名《南柯子》、《望秦川》、《风蝶令》。词有“恨春宵”句，名《春宵曲》。张泌词，本此添字，因词有“高卷水晶帘额”句，名《水晶帘》；又有“惊破碧窗残梦”句，名《碧窗梦》。周邦彦词，名《南柯子》。程垓词，名《望秦川》。田不伐词，有“帘风不动蝶交飞”句，名《风蝶令》。郑子聃有《我爱沂阳好》词十首，更名《十爱词》。属“夷则宫”，俗称仙吕宫；或属“夷则商”。此词有单调、双调。单调者，始自温庭筠词。双调者有平韵仄韵两体。平韵者，始自毛熙震词，周邦彦、杨无咎、僧挥五十四字体，无名氏五十三字体，俱本此添字。仄韵者，始自《乐府雅词》，惟石孝友词最为谐婉。有二十三字、二十六字、五十二字诸体（即双调者）。温词七首皆二十三字。

温庭筠《南歌子·手里金鹦鹉》单调二十三字，五句三平韵。

●●○○●句○○●●○韵○●●○○韵●○○●●句●○○韵
手里金鹦鹉　胸前绣凤凰　偷眼暗形相　不如从嫁与　作鸳鸯

河渎神　属夷则商，俗称仙吕宫，始见《教坊记》。《花庵词选》：“唐词多缘题所赋，《河渎神》之咏祠庙，亦其一也。”四十九字。

温庭筠《河渎神·河上望丛祠》双调四十九字，前段四句四平韵，后段四句四仄韵。

⊙●●○○平韵◎⊙○◎⊙○韵◎○⊙●●○○韵⊙◎⊙⊙◎○韵　⊙◎◎⊙○
河上望丛祠　庙前春雨来时　楚山无限鸟飞迟　兰棹空伤别离　何处杜鹃啼

◎●仄韵◎⊙○◎⊙●韵⊙●◎○⊙●韵◎○○●○●韵
不歇　艳红开尽如血　蝉鬓美人愁绝　百花芳草佳节

女冠子　属林钟商，俗称歇指调；或属夷则羽。始见《教坊记》。唐教坊曲名。作者颇多，皆就题发挥。小令始于温庭筠。长调始于柳永，一名《女冠子慢》。《乐章集》“淡烟飘薄”词，注仙吕调；“断烟残雨”词，注大石调；元高拭词，注黄钟宫。有四十一字、一百七字、一百十字、一百十二字、一百十四字诸体。《花间集》温词二首，皆四十一字。

温庭筠《女冠子·含娇含笑》双调四十一字，前段五句两仄韵、两平韵，后段四句两平韵。

⊙⊙⊙●仄韵◎◎⊙○◎●韵●○○平韵⊙●○○●句○○●●○韵　◎○○●
含娇含笑　宿翠残红窈窕　鬓如蝉　寒玉簪秋水　轻纱卷碧烟　雪胸鸾镜

●句⊙●●○○韵◎◎○⊙●句●○○韵
里　琪树凤楼前　寄语青娥伴　早求仙

玉蝴蝶　属夹钟调，俗称中吕宫；或属夹则羽、夹则商。创始无考。《词律》：“与张泌蝴蝶儿相近，决是一调。”《乐章集》注：仙吕调，一名《玉蝴蝶慢》。有四十一字、四十二字、九十八字、九十九字诸体。温词一首，四十一字。小令始于温庭筠。长调始于柳永。

温庭筠《玉蝴蝶·秋风凄切》双调四十一字，前段四句四平韵，后段四句三平韵。

○○○●○○韵⊙◎◎⊙○韵●●●○○韵○○●●○韵　○○○●●句○●●
秋风凄切伤离　行客未归时　塞外草先衰　江南雁到迟　芙蓉凋嫩脸　杨柳堕

○○韵○●●○○韵●○○●○韵
新眉　摇落使人悲　断肠谁得知

清平乐　又名《忆罗月》、《醉东风》，属无射商，《乐章集注》称越调；又有黄钟宫、黄钟商两音。李白所创，四十二字。第三句当拗。

李白《清平乐·禁闱清夜》双调四十六字，前段四句四仄韵，后段四句三平韵。

◎⊙⊙●仄韵◎●○○●韵◎●⊙○○⊙●韵⊙●⊙○⊙●韵　◎●◎●○○平
禁闱清夜　月探金窗罅　玉帐鸳鸯喷兰麝　时落银灯香灺　女伴莫话孤眠

韵◎⊙⊙●⊙○韵◎●⊙○◎●句⊙⊙⊙●○○韵
六宫罗绮三千　一笑皆生百媚　宸游教在谁边

遐方怨　属无射商，俗称越调。始见《教坊记》。唐教坊曲名。有三十二字、六十字（双调）二体。单调者始于温庭筠，双调者始于顾敻、孙光宪。唯《花间集》有之，宋人无填此者。第四句拗不拗均可。

温庭筠《遐方怨·凭绣栏》单调三十二字，七句四平韵。

○●●句●○○韵●●○○句●○○⊙○●○韵●○○●●○○韵●○○●●句●
凭绣栏　解罗帏　未得君书　断肠潇湘春雁飞　不知征马几时归　海棠花尽也　雨

○○韵
霏霏

诉衷情　又名"一丝风"，双调者名"桃花水"。属无射商，俗称越调。又属夷则商。始见《教坊记》。毛文锡词有"桃花流水漾纵横"句，又名《桃花水》。单调有三十二字、三十七字、四十一字，或间入一仄韵，或间入两仄韵。双调有四十一字、四十四字、四十五字诸体，全押平韵。

温庭筠《诉衷情·莺语》单调三十三字，十一句五仄韵、六平韵。起七字作三句，间入三仄韵。

○●仄韵○●韵○●●韵●○○平韵○●●换仄韵○●韵●○○平韵◎●●○○韵
莺语　花舞　春昼午　雨霏微　金带枕　宫锦　凤凰帷　柳弱蝶交飞

○○韵⊙○○●○韵●○○韵
依依　辽阳音信稀　梦中归

思帝乡　属无射商，俗称越调，见《教坊记》。有三十三字、三十四、三十六字诸体。此调创自温词，若韦作则本此减字者。

温庭筠《思帝乡·花花》单调三十六字，七句五平韵。

○○韵●○○●○韵⊙●●○○●句●○○韵⊙●◎○⊙●句◎○⊙●○韵⊙●●
花花 满枝红似霞 罗袖画屏肠断 卓金车 回面共人闲语 战篦金凤斜 惟有阮

○○●读●○○韵
郎春尽 不还家

梦江南 唐段安节《乐府杂录》,此词乃李德裕为谢秋娘作,故名《谢秋娘》,因白居易词更今名。又名《江南好》。又因刘禹锡词,有"春去也,多谢洛城人"句,名《春去也》。温庭筠词,有"梳洗罢,独倚望江楼"句,名《望江南》。皇甫松词,有"闲梦江南梅熟日"句,名《梦江南》。又名《梦江口》。李煜词名《望江梅》。此皆唐词单调。至宋词始为双调。王安中词,有"安阳好,曲水似山阴"句,名《安阳好》。张滋词,有"飞梦去,闲到玉京游"句,名《梦仙游》。蔡真人词,有"铿铁板,闲引步虚声"句,名《步虚声》。宋自逊词,名《壶山好》。丘第春词,名《望蓬莱》。《太平乐府》名《归塞北》,注大石调。属林钟宫,俗称南吕宫。宋王灼《碧鸡漫志》"此曲自唐至今,皆南吕宫,字句皆同,止是今曲两段,盖近世曲子,无单遍者。"有二十七字、五十四字、五十九字诸体。温庭筠词:"千万恨,恨极在天涯。山月不知心里事,水风空落眼前花,摇曳碧云斜。"与此同,平仄参之。

白居易《忆江南·江南好》,单调二十七字,五句三平韵。

○⊙●句⊙●●○○韵◎●⊙○○●●句⊙○⊙●●○○韵○●●○○韵
江南好 风景旧曾谙 日出江花红胜火 春来江水绿如蓝 能不忆江南

河传 属林钟宫,俗称南吕宫。又属黄钟商。隋唐时名为"水调河传",宋俗称歇指调。王灼《碧鸡漫志》引《脞说》:"水调河传,炀帝幸江都时所制,声韵悲切,帝喜之。乐工王令言谓弟子曰,不返矣,水调河传,但有去声。"《教坊记》不载此调。有五十一字、五十三字、五十四、五十五字、五十七字、五十八字、六十一字诸体。温词三首,皆五十五字。

温庭筠《河传·湖上》双调五十五字,前段七句两仄韵、五平韵,后段七句三仄韵、四平韵。

⊙●仄韵○●韵●○○平韵⊙●⊙⊙◎○韵◎⊙◎⊙⊙◎○韵⊙○韵◎○○●○韵
湖上 闲望 雨萧萧 烟浦花桥路遥 谢娘翠蛾愁不销 终朝 梦魂迷晚潮

◎◎⊙⊙⊙◎●换仄韵⊙◎●韵⊙●⊙○●韵●○○换平韵⊙◎○韵◎○韵●○○
荡子天涯归棹远 春已晚 莺语空肠断 若耶溪 溪水西 柳堤 不闻郎

●○韵
马嘶

蕃女怨 属林钟宫,俗称南吕宫。《教坊记》未收。万氏《词律》"此词起于温八叉,余鲜作者。"

温庭筠《蕃女怨·万枝香雪》,单调三十一字,七句四仄韵、两平韵。

●○○●○●●仄韵◎●○●韵●○○句○●●韵◎○○●韵●○○●●○○平韵
万枝香雪开已遍 细雨双燕 钿蝉筝 金雀扇 画梁相见 雁门消息不归来

●○○韵
又飞回

荷叶杯　属林钟宫、夹钟宫。始见《教坊记》。此词有单调双调。单调者有温庭筠、顾敻二体，双调者只韦庄一体。有二十三字、二十六字、五十字体。

温庭筠《荷叶杯·一点露珠》单调二十三字，六句四仄韵、两平韵。

●●●○○●仄韵○●韵●○○平韵●○○●●○●换仄韵○●韵●○○平韵
一点露珠凝冷　波影　满池塘　绿茎红艳两相乱　肠断　水风凉

天仙子　段安节《乐府杂录》：《天仙子》，本名《万斯年》，李德裕进，属龟兹部舞曲。因皇甫松词有"懊恼天仙应有以"句，取以为名。唐教坊曲名。属"林钟商"，俗称歇指调；又属"夹钟羽"。始见《教坊记》。就题发挥，咏天台神女事。此词有单调双调两体。单调始于唐人，或押五仄韵，或押四仄韵，或押两仄韵、三平韵，或押五平韵。双调始于宋人，两段俱押五仄韵。有三十四字、双调为六十八字诸体。斯集皇甫词二首，皆三十四字，协仄声韵。

皇甫松《天仙子·晴野鹭鸶》单调三十四字，六句五仄韵。

⊙●◎○○●●韵◎⊙○◎○○⊙●韵⊙○◎●●○○句⊙◎●韵◎⊙●韵◎●◎○○●●韵
晴野鹭鸶飞一只　水葓花发秋江碧　刘郎此日别天仙　登绮席　泪珠滴　十二晚峰高历历

浪淘沙　又名"过龙门"。属林钟商，俗称歌指调。始见《教坊记》。就题发挥。有二十八字、双调五十四字诸体；双调协平声韵者，名"卖花声"。皇甫词二首，皆二十八字，与七言绝句无异也。此与宋人《浪淘沙令》、《浪淘沙慢》不同，盖宋人借旧曲名，另倚新腔。此七言绝句也。按，《浪淘沙》词，创自刘、白，刘词九首与此同，唯白词六首皆拗体耳。

皇甫松《浪淘沙·蛮歌豆蔻》单调二十八字，四句三平韵。

○○●●●○○韵○●○○●●○韵●●○○○●●句○○●●●○○韵
蛮歌豆蔻北人愁　蒲雨杉风野艇秋　浪起鸡鹕眠不得　寒沙细细入江流

摘得新　宫调失传。始见《教坊记》。

皇甫松《摘得新·摘得新》单调二十六字，六句四平韵。

●●○韵○○●●○韵●○○●●句●○○韵○○⊙●◎◎●句●○○韵
摘得新　枝枝叶叶春　管弦兼美酒　最关人　平生都得几十度　展香茵

采莲子　属夹钟调，俗称双调。始见《教坊记》。共二十八字，亦七言绝句。其"举棹"、"年少"，乃歌时相和之声，与《竹枝》体同。但《竹枝》以"竹枝"二字和于句中，"女儿"二字和于句尾，此则一句一和声耳。

皇甫松《采莲子·菡萏香连》单调二十八字，四句三平韵。

●●○○●●○韵　●○○●●○○韵　●○●●○○●句　●●○○●●○
菡萏香连十里陂举棹　小姑贪戏采莲迟年少　晚来弄水船头湿举棹更脱红裙裹鸭儿

韵
年少

浣溪沙　属无射宫，俗称黄钟宫。始见《教坊记》。唐教坊曲名。张泌词，有“露浓香泛小庭花”句，名《小庭花》；贺铸名《减字浣溪沙》；韩淲词，有“芍药酴醾满院春”句，名《满院春》；有“东风拂栏露犹寒”句，名《东风寒》；有“一曲西风醉木犀”句，名《醉木犀》；有“霜后黄花菊自开”句，名《霜菊黄》；有“广寒曾折最高枝”句，名《广寒枝》；有“春风初试薄罗衫”句，名《试香罗》；有“清和风里绿荫初”句，名《清和风》；有“一番春事怨啼鹃”句，名《怨啼鹃》。共四十二字，分平仄二韵。

薛昭蕴《浣溪沙·红蓼渡头》双调四十二字，前后段各三句，两平韵。

○●●○○●●句●○○●●○○韵●○○●●○○韵　●●○○○●●句●○
红蓼渡头秋正雨　印沙鸥迹自成行　整鬟飘袖野风香　不语含颦深浦里　几回

○●●○○韵●○○●●○○韵
愁煞棹船郎　燕归帆尽水茫茫

应天长　属夹钟商，俗称双调。此调有令词、慢词。令词始于韦庄，又有顾敻、毛文锡两体。慢词始于柳永。有四十九字、五十字、九十四字、九八字诸体。

韦庄《应天长·绿槐阴里》双调五十字，前后段各五句，四仄韵。

◎⊙⊙◎○⊙●韵⊙●⊙○○●●韵◎○⊙句⊙◎●韵◎●◎○○●●韵　●○
绿槐阴里黄鹂语　深院无人春昼午　画帘垂　金凤舞　寂寞绣屏香一炷　碧天

○句○●●韵⊙●◎○○●韵◎●◎○⊙●韵◎⊙⊙◎●韵
云　无定处　空有梦魂来去　夜夜绿窗风雨　断肠君信否

望远行　此调属夹钟宫，俗称中吕宫。始见《教坊记》。有五十五字、六十字、一百六字诸体。此调前后阕两用平韵，后阕第五句拗。

韦庄《望远行·欲别无言》双调六十字，前段四句四平韵，后段七句五平韵。

●●○○●●○韵○●●○○韵●○○●●○○韵○●●○○韵　○●●韵●○
欲别无言倚画屏　含恨暗伤情　谢家庭树锦鸡鸣　残月落边城　人欲别　马频

○换韵●○○●○○韵●○○●●○○韵○●●○●○○韵●●●○●韵●●●○
嘶　绿槐千里长堤　出门芳草路萋萋　云雨别来易东西　不忍别君后　却入旧香

○韵
闺

谒金门　又名《花自落》、《垂杨碧》、《出塞》《春早湖山》、《空相忆》。属夹钟商，俗称双调。始见《教坊记》。唐教坊曲名。元高拭词注:商调。宋杨湜《古今词话》,因韦庄词起句,名《空相忆》。张辑词,有“无风花自落”句,名《花自落》;又有“楼外垂杨如此碧”句,名《垂杨碧》。李清照词,有“杨花落”句,名《杨花落》。李石名《出塞》。韩淲词,有“东风吹酒面”句,名《东风吹酒面》;又有“不怕醉,记取吟边滋味”句,名《不怕醉》;又有“人已醉,溪北溪南春意,击鼓吹箫花落未”句,名《醉花春》;又有“春尚早,春入湖山渐好”句,名《春早湖山》。

韦庄《谒金门·空相忆》双调四十五字,前后段各四句,四仄韵。

⊙⊙●韵⊙●◎○⊙●韵⊙●⊙○○●●韵◎⊙○◎●韵　⊙●◎○⊙●韵◎●
空相忆　无计得传消息　天上嫦娥人不识　寄书何处觅　新睡觉来无力　不忍

◎○⊙●韵◎●◎○○●●韵◎⊙○◎●韵
看伊书迹　满院落花春寂寂　断肠芳草碧

江城子　又名《江神子》、《水晶帘》。属林钟羽,俗称高平调,又称南吕调。《教坊记》未载其名,盖晚唐人之创制也。唐词单调,以韦庄词为主,余俱照韦词添字,至宋人始作双调。晁补之改名《江神子》,韩淲词有“腊后春前村意远”句,名《村意远》。有三十五字、三十六字、三十字、七十字(双调)诸体。

韦庄《江城子·髻鬟狼藉》单调三十五字,七句五平韵。

◎⊙○◎◎⊙○韵●○○韵◎⊙○韵◎⊙⊙◎读⊙●●○○韵◎●◎○⊙●●句⊙
髻鬟狼藉黛眉长　出兰房　别檀郎　角声呜咽　星斗渐微茫　露冷月残人未起　留

◎●句●○○韵
不住　泪千行

喜迁莺　又名《燕归来》、《鹤冲天》(韦词第二首末有“鹤冲天”故名之)。属无射宫,俗称黄钟宫。《太和正音谱》注:黄钟宫。始见《教坊记》。此调有小令、长调两体。小令起于唐人,长调起于宋人。有加“令”,名“喜迁莺令”。有四十六字、四十七字、一百三字(双调)、一百四十字诸体。韦词二首,皆四十七字;凡三换韵,唐词类皆此体。

韦庄《喜迁莺·街鼓动》双调四十七字,前段五句四平韵,后段五句两仄韵、两平韵。

⊙◎●句●○○平韵⊙●●○○韵◎○⊙●●○○韵○●●○○韵　⊙◎○句○
街鼓动　禁城开　天上探人回　凤衔金榜出云来　平地一声雷　莺已迁　龙

◎●仄韵◎●◎○⊙●韵⊙○⊙●●○○换平韵⊙◎●⊙○韵
已化　一夜满城车马　家家楼上簇神仙　争看鹤冲天

上行杯　属林钟商,俗称歇指调。始见《教坊记》。

韦庄《上行杯·芳草灞陵》单调四十一字,八句七仄韵。不换韵,又全用仄韵,与孙光宪词异。

⊙●●○○●韵●○○读◎⊙○●韵◎●⊙○○●●韵○●●○○●韵⊙●●○⊙
芳草灞陵春岸　柳烟深　满楼弦管　一曲离声肠欲断　今日送君千万　红缕玉盘金

◎●韵○●韵○●●句●○●韵
镂盏　须劝　珍重意　莫辞满

木兰花　又名木兰花令。属黄钟商，俗称大石调；或入夷则商、或入夹钟商。始见《教坊记》。有五十二字、五十五字、五十六字诸体。

韦庄《木兰花·独上小楼》双调五十五字，前段五句三仄韵，后段四句三仄韵。

●●●○○●●韵⊙●◎○○●●韵○●●句●○○句●◎◎⊙○○◎●韵　◎◎
独上小楼春欲暮　愁望玉关芳草路　消息断　不逢人　却敛细眉归绣户　坐看

●⊙○◎●换韵⊙●◎○○●●韵○○◎●●○○句⊙◎◎⊙○○◎●韵
落花空叹息　罗袂湿斑红泪滴　千山万水不曾行　魂梦欲教何处觅

小重山　属夹钟商，俗称双调。或属夹钟宫、中吕宫。《教坊记》不载此调。五十八字。

薛昭蕴《小重山·春到长门》双调五十八字，前后段各四句，四平韵。

⊙●○○⊙●○韵◎○○●●读●○○韵⊙○⊙●●○○韵⊙◎●读⊙●●○○韵
春到长门春草青　玉阶华露滴　月胧明　东风吹断玉箫声　宫漏促　帘外晓啼莺

⊙●●○○韵⊙○○●●读●○○韵◎○⊙●●○○韵⊙⊙●读⊙●●○○韵
愁起梦难成　红妆流宿泪　不胜情　手挼裙带绕阶行　思君切　罗幌暗尘生

相见欢　又名《乌夜啼》、《上西楼》、《忆真妃》、《西楼子》、《月上瓜州》、《秋夜月》。宫调不传。始见《教坊记》。

薛昭蕴《相见欢·罗襦绣袂》双调三十六字，前段三句三平韵，后段四句两仄韵、两平韵。

⊙○◎●○○平韵●○○韵◎●⊙○○⊙●读●○○韵　◎⊙●仄韵⊙⊙●韵●○
罗襦绣袂香红　画堂中　细草平沙蕃马　小屏风　卷罗幕　凭妆阁　思无

○平韵◎●⊙○○⊙●读●○○韵
穷　暮雨轻烟魂断　隔帘栊

醉公子　又名《四换韵》。始见《教坊记》。有四十字，昉自唐人；一百零六字，昉自宋人。

顾敻《醉公子·河汉秋云澹》双调四十字，前后段各四句，两仄韵、两平韵。

⊙◎○○⊙●仄韵⊙◎○○⊙●韵◎●●○○平韵⊙○○◎●○韵　◎◎○○⊙●换仄韵
河汉秋云澹　红藕香侵栏　枕倚小山屏　金铺向晚扃　睡起横波慢

◎◎○○⊙●韵⊙●●○○换平韵○○○◎●○韵
独坐情何限　衰柳数声蝉　魂销似去年

感恩多　始见《教坊记》。有三十九字、四十字二体。

牛峤《感恩多·两条红粉泪》双调三十九字，前段四句两仄韵、两平韵，后段五句两平韵、一迭韵。

●○○●●仄韵○●○○●韵●○○●○平韵●○○韵　●●○○●●句●○○
两条红粉泪　多少香闺意　强攀桃李枝　敛愁眉　陌上莺啼蝶舞　柳花飞

韵●○○迭●●○○句●○○●○韵
柳花飞　愿得郎心　忆家还早归

望江怨　始见《教坊记》。

牛峤《望江怨·东风急》单调三十五字，七句六仄韵。

○○●韵●●○○●○●韵○○○●●韵●○○●○○●韵●○●韵●●●○○句
东风急　惜别花时手频执　罗帏愁独入　马嘶残雨春芜湿　倚门立　寄语薄情郎

●○○●●韵
粉香和泪泣

玉楼春　此调乃《木兰花》之别名。

顾夐，《玉楼春·拂水双飞》，双调五十六字，前后段各四句，三仄韵。

◎●⊙○○●●韵◎●◎○○●●韵⊙○○●●○○句◎●◎○○●●韵　◎●
拂水双飞来去燕　曲槛小屏山六扇　春愁凝思结眉心　绿绮懒调红锦荐　话别

⊙○○●●韵◎●⊙○○●●韵◎○◎●●○○句◎●⊙○○●●韵
多情声欲战　玉箸痕留红粉面　镇长独立到黄昏　却怕良宵频梦见

西溪子　始见《教坊记》。有三十三字、三十五字两体。

牛峤《西溪子·捍拨双盘》单调三十三字，八句四仄韵、一迭韵、两平韵。

●●○○○●仄韵○●●○○●韵●○○句○●●换仄韵○●●迭○●○○●●韵
捍拨双盘金凤　蝉鬓玉钗摇动　画堂前　人不语　弦解语　弹到昭君怨处

●○○平韵●○○韵
翠娥愁　不抬头

临江仙　又名《谢新恩》。属林钟羽，俗称高平调，又称南吕调；或属夷则羽。始见《教坊记》。有五十四字、五十六字、五十八字、六十、六十二字、七十四字、九十三字诸体。

张泌《临江仙·烟消湘渚》双调五十八字，前后段各五句，三平韵。前后段两结，俱四字一句、五字一句。

⊙⊙○◎○⊙●句⊙○◎●○○韵◎○⊙●●○○韵◎○⊙●句⊙●●○○韵
烟消湘渚秋江静　蕉花露泣愁红　五云双鹤去无踪　几回魂断　凝望向长空

◎◎●⊙○○◎●句⊙○○◎●○○韵⊙○○◎●●○○韵◎○○⊙●句⊙●●○○韵
翠竹暗流烛泪怨　闲调宝瑟波中　花鬟月鬓绿云重　古祠深处　香冷雨和风

生查子　属夹钟商，俗称双调。始见《教坊记》。唐教坊曲名。《尊前集》注：双调。元高拭词注：南吕宫。朱希真词，有"遥望楚云深"句，名《楚云深》；韩淲词，有"山意入春晴，都是梅和柳"句，名《梅和柳》；又有《晴色入青山》句，名《晴色入青山》。有四十字、四十一字、四十二字诸体。

张泌《生查子·相见稀》双调四十二字，前后段各五句，三仄韵。

○●○句●○●韵○●○○○●韵○●●○○句○●○○●韵　○●○句○●●韵
相见稀　喜相见　相见还相远　檀画荔枝红　金蔓晴蜓软　鱼雁疏　芳信断

○●○○●韵●●●○○句○●○○●韵
花落庭阴晚　可怜玉肌肤　消瘦成慵懒

思越人　华钟彦说："此调宫调不传。《教坊记》载有思友人调，疑友越二字声转，当是一调。"有五十字、五十一字两体。

孙光宪《思越人·古台平》，双调五十一字，前段五句两平韵，后段四句四仄韵。

●○○句○●●句◎○⊙●○○平韵◎●⊙○○●●句⊙○○⊙●○○韵　◎○⊙
古台平　芳草远　馆娃宫外春深　翠黛空留千载恨　教人何处相寻　绮罗无

●○○●仄韵◎○◎●○●韵⊙●⊙○○◎●韵⊙○◎●○●韵
复当时事　露花点滴香泪　惆怅遥天横渌水　鸳鸯对对飞起

满宫花　华钟彦说："此调宫调不传。《教坊记》曲名中载有《满堂花》而无满宫花；《词谱》、《词律》、《历代诗余》诸书中有《满宫花》而无《满堂花》，窃疑二者，当是一调，宫堂意同。传抄之误也。"有五十字、五十一字两体。

张泌《满宫花·花正芳》双调五十一字，前段五句三仄韵，后段四句三仄韵。

○●○句○●●韵●●●○○●韵●○○●●○○句○●●○○●韵　○◎○⊙
花正芳　楼似绮　寂寞上阳宫里　钿笼金锁睡鸳鸯　帘冷露华珠翠　娇艳轻盈

○◎●韵●●○○○●韵○○○●●○○句○●○○○●韵
香雪腻　细雨黄莺双起　东风惆怅欲清明　公子桥边沉醉

蝴蝶儿　此调，宫调不传。创始无考。唐宋词人鲜用此调，所存只此一首。

张泌《蝴蝶儿·蝴蝶儿》双调四十字，前段四句四平韵，后段四句三平韵。

○●○韵●○○韵●○○●●○○韵●○●●○韵　○●○○●句○○●●○韵
蝴蝶儿　晚春时　阿娇初着淡黄衣　倚窗学画伊　还似花间见　双双对对飞

○○○●●○○韵●○○●○韵
无端和泪拭燕脂　惹教双翅垂

虞美人 属夹中羽,俗称中吕宫;属黄钟宫、中吕宫。见《教坊记》。唐教坊曲名。《碧鸡漫志》云:《虞美人》旧曲三,其一属中吕调,其一属中吕宫,近世又转入黄钟宫。属“夹中羽”,俗称中吕宫;属“黄钟宫”、“中吕宫”。见《教坊记》。唐教坊曲名。《碧鸡漫志》云:《虞美人》旧曲三,其一属中吕调,其一属中吕宫,近世又转入黄钟宫。有五十六字、五十八字两体。

毛文锡《虞美人·宝檀金缕》双调五十八字,前后段各五句,两仄韵、三平韵。

◎○⊙●○○●仄韵◎●○○●韵◎○⊙●●○○平韵⊙○◎●●○○读●○○韵
宝檀金缕鸳鸯枕　绶带盘宫锦　夕阳低映小窗明　南园绿树语莺莺　梦难成

◎○⊙●○○●换仄韵◎●○○●韵⊙○◎●●○○换平韵⊙○⊙●●○○韵●○
玉炉香暖频添炷　满地飘轻絮　珠帘不卷度沉烟　庭前闲立画秋千　艳阳

○韵
天

赞成功 华钟彦说:“此调宫调不传。创始无考。唐五代时作者甚少。”共六十二字,前后段同。

毛文锡《赞成功·海棠未坼》双调六十二字,前后段各七句四平韵。

●○●●句●●○○韵○○○●●○○韵●○○●句○●○○韵○○●●句●●○
海棠未坼　万点深红　香苞缄结一重重　似含羞态　邀勒春风　蜂来蝶去　任绕芳

○韵　●●○●句○●○○韵●○○●●○○韵●○○●句●●○○韵●○●●
丛　昨夜微雨　飘洒庭中　忽闻声滴井边桐　美人惊起　坐听晨钟　快教折取

句●●○○韵
戴玉珑璁

中兴乐 此调宫调不传。创始无考。有四十一字、四十二字、八十四字诸体。

毛文锡《中兴乐·豆蔻花繁》双调四十一字,前段五句三平韵、两仄韵,后段五句四仄韵、一平韵。

●●○○○●○平韵○○●●○○韵●○●仄韵○●韵●○○平韵　○○●●○
豆蔻花繁烟艳深　丁香软结同心　翠鬟女　相与　共淘金　红蕉叶里猩

○●仄韵○○●韵●○○●韵○●韵●●○○
猩语　鸳鸯浦　镜中鸾舞　丝雨　隔荔枝阴平韵

接贤宾 与《集贤宾》当为一调,此为单调,其合一而后迭耳。属夷则商,俗称林钟商,又称南调。此调有两体,五十九字者始于毛文锡词,一百十七字者始于柳永词。

毛文锡《接贤宾·香鞯镂襜》双调五十九字,前段四句三平韵,后段七句三平韵。

○○●●●○○韵●○●○○韵○○○●●●句●●○○韵　●○○●○○●句
香韉镂襜五花骢　值春景初融　流珠喷沫躞蹀　汗血流红　少年公子能乘驭

○○●●○○韵●●○○○●●句○○●●○○韵●○○句○●●句●●●○○韵
金镳玉辔珑璁　为惜珊瑚鞭不下　骄生百步千踪　信穿花　从拂柳　向九陌追风

赞浦子　始见《教坊记》,浦字作普,当是一调。仅存毛一首而已。共四十二字。

毛文锡《赞浦子·锦帐添香》双调四十二字,前后段各四句,两平韵。

●●○○●句○○●●○韵●●○○●句○○●●○韵　●●○○●●句●○●
锦帐添香睡　金炉换夕熏　懒结芙蓉带　慵拖翡翠裙　正是桃夭柳媚　那堪暮

●○○韵●●○○●句○○●●○韵
雨朝云　宋玉高唐意　裁琼欲赠君

甘州遍　名称甚多,如《甘州曲》、《甘州子》、《甘州遍》、《甘州令》、《八声甘州》等。《教坊记》仅载甘州之名。

毛文锡《甘州遍·春光好》双调六十三字,前段六句三平韵,后段八句五平韵。

○○●句○●●○○韵●○○韵○○●●句○○●●句○○●●●○○韵　○●
春光好　公子爱闲游　足风流　金鞍白马　雕弓宝剑　红缨锦襜出长楸　花蔽

●句●○○韵○○●●○●句⊙●●○○韵●○●读●●●○○韵●○○韵⊙○●
膝　玉衔头　寻芳逐胜欢宴　丝竹不曾休　美人唱　揭调是甘州　醉红楼　尧年舜

●句●●●○○韵
日　乐圣永无忧

纱窗恨　始见《教坊记》。唐教坊曲名。毛文锡词,有“月照纱窗,恨依依”句,取以为名。有四十一字、四十二字两体。

毛文锡《纱窗恨·新春燕子》双调四十一字,前段四句两仄韵、两平韵,后段四句两平韵。

○○●●○○●仄韵●○○平韵●○⊙●○○●仄韵●○○平韵　●○●读●◎
新春燕子还来至　一双飞　垒巢泥湿时时坠　涴人衣　后园里　看百

○●句⊙⊙◎读◎●○○韵●●○○句●○○韵
花发　香风拂　绣户金扉　月照纱窗　恨依依

柳含烟　属夹钟商,俗称双调。始见《教坊记》。四十五字。

毛文锡《柳含烟·河桥柳》双调四十五字,前段五句三平韵,后段四句两仄韵、两平韵。

⊙○●句●○○平韵◎●⊙○◎●句◎○⊙●●○○韵●○○韵　●●⊙○○●
河桥柳　占芳春　映水含烟拂露　几回攀折赠行人　暗伤神　乐府吹为横笛

●仄韵⊙●⊙○◎●韵◎○⊙●●○○平韵●○○韵
曲　能使离肠断续　不如移植在金门　近天恩

醉花间　属夹钟商，俗称双调。始见《教坊记》。有四十一字、五十一字两体。
毛文锡《醉花间·深相忆》双调四十一字，前段五句三仄韵、一迭韵，后段四句三仄韵。

○○●韵●○●迭○●○○●韵○●●○○句◎●○○●韵　⊙⊙⊙◎●韵◎◎
深相忆　莫相忆　相忆情难极　银汉是红墙　一带遥相隔　金盘珠露滴　两岸

○⊙●韵○⊙●◎○句⊙●○○●韵
榆花白　风摇玉佩轻　今夕为何夕

浣沙溪　华钟彦说："此调又名《南唐浣溪沙》、《添字浣溪沙》、《感恩多令》，《浣沙溪》、《摊破浣溪沙》、《山花子》。"始见《教坊记》。唐教坊曲名。
李璟《浣溪沙·菡萏香销翠叶残》，双调四十八字，前段四句三平韵，后段四句两平韵。

◎●○○●●○韵⊙○⊙●●○○韵⊙●⊙○◎⊙●句●○○韵　◎●◎○○●
菡萏香销翠叶残　西风愁起绿波间　还与韶光共憔悴　不堪看　细雨梦回难塞

●句◎○⊙●●○○韵⊙●◎○○●●句●○○韵
远　小楼吹彻玉笙寒　多少泪珠何限恨　倚阑干

月宫春　属中吕闰，俗称小石角。四十九字。
毛文锡《月宫春·水晶宫里》双调四十九字，前段四句四平韵，后段四句两平韵。

●○○●●○○韵⊙○◎●○韵⊙○○●●○○韵⊙○◎●○韵　◎●⊙○○●
水精宫里桂花开　神仙探几回　红芳金蕊绣重台　低倾玛瑙杯　玉兔银蟾争守

●句○○◎●●○○韵⊙●○○●●句●○○●○韵
护　姮娥姹女戏相偎　遥听钧天九奏　玉皇亲看来

恋情深　始见《教坊记》。共四十字。毛词二首，均以"恋情深"作结。
毛文锡《恋情深·滴滴铜壶》双调四十二字，前段四句两仄韵、两平韵，后段四句三平韵。

●●○○○●●仄韵●○○●韵◎○⊙●●○○平韵●○○韵　⊙○○●●○○
滴滴铜壶寒漏咽　醉红楼月　宴余香殿会鸳衾　荡春心　真珠帘下晓光侵

韵⊙●●○○韵●●●○○●句●○○韵
莺语隔琼林　宝帐欲开慵起　恋情深

何满子　一名《河满子》。属夹钟商，俗称双调。有三十六字、三十七字、七十四字诸体。
和凝《河满子·写得鱼笺》单调三十六字，六句三平韵。毛词一首，三十六字。

◎●⊙⊙⊙●句⊙○⊙●○○韵◎●○○○●句⊙○○●⊙○韵◎●⊙○◎●句◎
写得鱼笺无限　其如花锁春辉　目断巫山云雨　空教残梦依依　却爱熏香小鸭　羡

○⊙●○○韵
他长在屏帏

巫山一段云　属夹钟商，俗称双调。始见《教坊记》。有四十四字、四十六字两体。

毛文锡《巫山一段云·雨霁巫山》双调四十四字，前后段各四句，三平韵。

◎●○○●句○○●●○韵◎○⊙●●○○韵◎●●○○韵　　◎●○○●韵○○
雨霁巫山上　云轻映碧天　远峰吹散又相连　十二晚峰前　　暗湿啼猿树　高笼

◎●○句⊙○◎●●○○韵◎●●○○韵
过客船　朝朝暮暮楚江边　几度降神仙

三字令　宫调不传，创始无考。有四十八字、五十四字二体。每句三字，前后段同。此调始于此词。

欧阳炯《三字令·春欲尽》双调四十八字，前后段各八句，四平韵。

○●●句●○○韵●○○韵○●●句●○○韵●○○句○●●句●○○韵　○●
春欲尽　日迟迟　牡丹时　罗帐卷　翠帘垂　彩笺书　红粉泪两心知　　人不

●句●○○韵●○○韵○●●句●○○韵●○○句○●●句●○○韵
在　燕空归　负佳期　香烬落　枕函攲　月分明　花淡薄　惹相思

南乡子　属无射宫，俗称黄钟宫。或入中吕宫、夷则商。始见《教坊记》。有二十七字、二十八字、三十六字、五十六字（双调）诸体。

欧阳炯《南乡子·画舸停桡》，单调二十七字，五句两平韵、三仄韵。

●●○○平韵◎⊙⊙◎●⊙○韵◎●⊙○○◎●仄韵○●韵◎●⊙○⊙●●韵
画舸停桡　　槿花篱外竹横桥　水上游人沙上女　　回顾　笑指芭蕉林里住

献衷心　属夹钟商，俗称双调。《教坊记》收此调，“衷”本作“忠”。有六十四字、六十九字两体。

欧阳炯《献衷心·见好花》双调六十四字，前段九句四平韵，后段八句四平韵。

●◎○○⊙●句○●○○韵○●●句●○○韵●●○○●句○●○○韵○◎●句○●
见好花颜色　争笑东风　双脸上　晚妆同　闭小楼深阁　春景重重　三五夜　偏有

●句●○○韵　○●●句●○○韵●○○●●○○韵●◎○○●句○●○○韵○
恨　月明中　　情未已　信曾通　满衣犹自染檀红　恨不如双燕　飞舞帘栊　春

◎●句○●●句●○○韵
欲暮　残絮尽　柳条空

贺明朝 又名《贺圣朝》，属夹钟商，俗称双调。始见《教坊记》。有四十七字、四十八字、四十九字、六十一字诸体。

欧阳炯《贺明朝·忆昔花间》双调六十一字，前段七句五仄韵，后段六句四仄韵。

●●○○○●●韵●○○●韵◎○○●韵⊙○◎●句●○○◎句●⊙○●韵○●○

忆昔花间相见后　只凭纤手　暗抛红豆　人前不解　巧传心事　别来依旧　辜负春

●韵　●○○●◎○●韵◎●●⊙○句○●◎⊙●韵●○○○●韵○●●○句◎

昼　碧罗衣上蹙金绣　睹对对鸳鸯　空裛泪痕透　想韶颜非久　终是为伊　只

●○●韵

恁偷瘦

凤楼春 属夹钟商，俗称双调。始见《教坊记》。

欧阳炯《凤楼春·凤髻绿云丛》，双调七十七字，前段八句六平韵，后段九句五平韵。

●●●○○韵○●○○韵●○○韵●○○●●○○韵○●●句●○○韵○●●○○

凤髻绿云丛　深掩房栊　锦书通　梦中相见觉来慵　匀面泪　脸融珠　因想玉郎何

●●句●●●○○韵　●○○韵○●○○韵●○○●句●○○●句●○○●○○

处去　对淑景谁同　小楼中　春思无穷　倚阑凝望　暗牵愁绪　柳花飞起东风

韵○●●○句○●○●●○○韵●○○●句○●○○韵

斜日照帘　罗幌香冷粉屏空　海棠零落　莺语残红

临江仙 唐教坊曲名。《花庵词选》云：唐词多缘题所赋，《临江仙》之言水仙，亦其一也。宋柳永词注：仙吕调；元高拭词注：南吕调。李煜词名《谢新恩》；贺铸词，有"人归落雁后"句，名《雁后归》；韩淲词，有"罗帐画屏新梦悄"句，名《画屏春》；李清照词，有"庭院深深深几许"句，名《庭院深深》。《临江仙》前后段起句、结句辨体，其前后两起句七字、两结句七字者，和凝词。其前后两起句七字、两结句四字、五字者，张泌词。起句用韵者，牛希济词；结句添字者，顾夐词。

和凝《临江仙·海棠香老》，双调五十四字，前后段各四句，三平韵。

◎○⊙●○○●句◎⊙◎●○○韵●○○●●○○韵●○○●●○○韵　◎●⊙

海棠香老春江晚　小楼雾縠空蒙　翠鬟初出绣帘中　麝烟鸾佩惹苹风　碾玉钗

○○●●句●○○●○○韵○○⊙●●○○韵◎○○●●○○韵

摇㶉鶒战　雪肌云鬓将融　含情遥指碧波东　越王台殿蓼花红

薄命女 即《长命女》，又名《西河长命女》。属夷则羽，俗称仙吕调；或属中吕调。始见《教坊记》。唐教坊曲名。杜佑《理道要诀》：《长命女》在林钟羽，时号《平词》，今俗呼高平调。《碧鸡漫志》：《长命女令》，前七拍，后九拍，属仙吕调。按，仙吕调即夷则羽，皆羽声也。和凝词名《薄命女》。共三十九字。

冯延巳《长命女·春日宴》，双调三十九字，前段三句三仄韵，后段四句三仄韵。

○●●韵◎●◎○○●●韵◎●○○●韵　●◎○○⊙●句◎●◎○⊙●韵⊙●
春日宴　绿酒一杯歌一遍　再拜陈三愿　一愿郎君千岁　二愿妾身长健　三愿

⊙○○●●韵●●○○●韵
如同梁上燕　岁岁长相见

望梅花　始见《教坊记》。专咏梅花。共三十八字，分平仄韵两体。

和凝《望梅花·春草》单调三十八字，六句六仄韵。

○●○○○●韵●●○○○●韵●●○○○●●韵●●○○○●韵○●●○○●●
春草全无消息　腊雪犹余踪迹　越岭寒枝香自坼　冷艳奇芳堪惜　何事寿阳无处觅

韵○●○○○●韵
　吹入谁家横笛

春光好　又名《愁倚阑令》。属夹钟宫，俗称中吕宫。载于《教坊记》。唐教坊曲名。《碧鸡漫志·羯鼓录》云：明皇尤爱羯鼓玉笛，为八音之领袖。时春雨始晴，景色明丽，帝曰："对此岂可不为判断。"命取羯鼓，临轩纵击，曲名《春光好》。回顾柳杏，皆已微坼。上曰："此一事不唤我作天工乎？"今夹钟宫《春光好》，唐以来多有此曲，或曰：夹钟宫，属二月之律，明皇依月用律，故能判断如神。予曰：二月柳杏坼久矣，此必正月用二月律催之也。《羯鼓录》载《春光好》曲，入太簇宫，本正月律也，岂明皇所作，乃太簇宫。而和凝等词，入夹钟宫耶。今明皇词已不传，所传止《花间》、《尊前》集中词也。因晏几道词有"拚却一襟怀远泪，倚阑看"句，改名《愁倚阑令》，或名《愁倚阑》，或《倚阑令》。有四十字、四十一字、四十二字、四十八字诸体。

和凝《春光好·纱窗暖》双调四十字，前段五句三平韵，后段四句两平韵。

○○●句●○○韵●○○韵●●●○○●句●○○韵　●●●○○●句○○●●
纱窗暖　画屏闲　亸云鬟　睡起四肢无力　半春间　玉指剪裁罗胜　金盘点缀

○○韵○●○○○●●句●○○韵
酥山　窥宋深心无限事　小眉弯

采桑子　又名《丑奴儿》、《罗敷媚》、《罗敷艳歌》。属夹钟商，俗称双调。或属黄钟商。载于《教坊记》。共四十四字。

和凝《采桑子·蝤蛴领上》双调四十四字，前后段各四句，三平韵。

⊙⊙◎●○○●句◎●○○韵⊙●○○韵◎●○○○◎●○韵　⊙⊙⊙●○○●句
蝤蛴领上诃梨子　绣带双垂　椒户闲时　竞学摴蒱赌荔枝　丛头鞋子红编细

⊙●○○韵⊙●○○韵⊙●○○○◎●○韵
裙窣金丝　无事颦眉　春思翻教阿母疑

渔父　始见《教坊记》。唐教坊曲名。《新唐书·张志和传》："志和居江湖，自称'江波钓徒’，每垂钓不设饵，志不在鱼也。”宪宗图真求其人不能致，尝撰《渔歌》，即此词也。和凝词更名《渔父》。徐积词名《渔父乐》。又名《渔歌子》。属无射宫，俗称黄钟宫。

顾敻《渔父·晓风清》双调五十字，前后段各六句四仄韵。

●○○句○◎●韵◎○⊙●○⊙●韵◎⊙⊙句◎⊙●韵◎●⊙○◎●韵　●⊙○
晓风清　幽沼绿　倚阑凝望珍禽浴　画帘垂　翠屏曲　满袖荷香馥郁　好摅怀

句○●●韵⊙○⊙●○○●韵◎⊙⊙句⊙◎●韵⊙●⊙○◎●韵
堪寓目　身闲心静平生足　酒杯深　光影促　名利无心较逐

甘州子　即《甘州遍》。

顾敻《甘州子·一炉龙麝锦帷旁》，首句添作七字，为三十三字，六句五平韵。

◎○○●●○○韵○●●句●○○韵●○⊙●●○○韵⊙●●○○韵○●●读⊙●
一炉龙麝锦帷旁　屏掩映　烛荧煌　禁城刁斗喜初长　罗荐绣鸳鸯　山枕上　私语

●○○韵
口脂香

杨柳枝　此调《钦定词谱》名《添字杨柳枝》。《碧鸡漫志》云，黄钟商有《杨柳枝》曲，仍是七言四句诗，与刘、白及五代诸子所制并同，但每句下各添三字一句，乃唐时和声，如《竹枝》、《渔父》，今皆有和声也。旧词多侧字起头，第三句亦复侧字起，声度差稳耳。今名《添声杨柳枝》，欧阳修词名《贺圣朝影》，贺铸词名《太平时》。《宋史·乐志》：《太平时》，小石调。

顾敻《杨柳枝·秋夜香闺思寂寥》，双调四十字，前段四句四平韵，后段四句两仄韵、两平韵。

⊙●○○●●○平韵●○○韵⊙⊙○○◎●⊙○韵●○○韵　◎●◎○○●●仄韵
秋夜香闺思寂寥　漏迢迢　鸳帏罗幌麝香销　烛光摇　正忆王郎游荡去

○⊙●韵◎○⊙●●○○平韵●○○韵
无寻处　更闻帘外雨潇潇　滴芭蕉

后庭花　王灼疑《玉树》与《后庭花》是两曲：“诗家或称《玉树》，或称《后庭花》，少有连称者。后蜀时孙光宪、毛熙震、李珣有《后庭花》曲，皆赋后主故事，不著宫调，两段各四句，似令也。今曲两段各六句亦令也。”华钟彦认为此说近也。此调有四十四字、四十六字诸体。

毛熙震《后庭花·轻盈舞妓》双调四十四字，前后段各四句，四仄韵。

⊙○◎●○○●韵●○○●韵◎⊙○◎○⊙●韵●⊙○●韵　⊙○◎●○○●韵
轻盈舞妓含芳艳　竞妆新脸　步摇珠翠修娥敛　腻鬟云染　歌声慢发开檀点

●○○●韵⊙⊙⊙◎○○⊙●韵●⊙○●韵
绣衫斜掩　时将纤手匀红脸　笑拈金靥。

风流子 又名《内家娇》。属黄钟商，俗称大石调；或入夷则商。始见《教坊记》。有三十四字、一百一十二字（双调）两体。

孙光宪《风流子·楼依长衢》单调三十四字，八句六仄韵。

○●⊙○◎●韵◎●⊙○◎●韵○●●句●○○句◎●◎○⊙●韵○●韵○●韵◎
楼依长衢欲暮　瞥见神仙伴侣　微傅粉　拢梳头　隐映画帘开处　无语　无绪　慢

●⊙○○●韵
曳罗裙归去

八拍蛮 始见《教坊记》。共二十八字，即七言绝句也。

孙光宪词，所咏俱越中事，或即八拍之蛮歌也。孙光宪《八拍蛮·孔雀尾拖》单调二十八字，四句三平韵。

◎●●○○●○韵◎○○●●○○韵◎●⊙○○●●句○○⊙●●○○韵
孔雀尾拖金线长　怕人飞起入丁香　越女沙头争拾翠　相呼归去背斜阳

竹枝 唐教坊曲名。郭茂倩《乐府诗集》："竹枝本出于巴渝，唐贞元中，刘禹锡在沅、湘，以里歌鄙陋，乃依骚人九歌，作《竹枝新调》九章，教里中儿歌之。由是盛于贞元元和之间。"按《刘禹锡集》，与白居易唱和《竹枝》甚多，其自叙："竹枝，巴歌也。巴儿联歌，吹短笛击鼓以赴节，歌者扬袂睢舞。"其音协黄钟羽，但刘白词俱无和声，今以皇甫松、孙光宪词作谱，以有和声也。

孙光宪《竹枝·门前春水》，单调二十八字，四句三平韵。

○○○　　●●○○　　韵●●○○　　●●○　　韵○●○○　　○●●
门前春水竹枝白苹花女儿　岸上无人竹枝小艇斜女儿　商女经过竹枝　江欲暮女儿

句●○○●　　●○○　　韵
　散抛残食竹枝　饲神鸦女儿

黄钟乐 始见《教坊记》。共六十四字。

魏承班《黄钟乐·池塘烟暖》双调六十四字，前后段各五句，三平韵。

○○○●●○○韵○●○○○●句○●●○○韵○●●○○●●句○○○●●○○
池塘烟暖草萋萋　惆怅闲宵含恨　愁坐思堪迷　遥想玉人情事远　音容浑是隔桃溪

韵　○●○○○●○韵○●○○○●句○●●○○韵○●○○○●●句●○○●
　　偏记同欢秋月低　帘外论心花畔　和醉暗相携　何事春来君不见　梦魂长在

●○○韵
锦江西

杏园芳 属夹钟宫，俗称中吕宫。创始无考。四十五字。

尹鹗《杏园春·严妆嫩脸》双调四十五字，前段四句四平韵，后段四句三平韵。

○○●●○○韵○○●●○○韵○○●●●○○韵●○○韵　○○●●○○●句

严妆嫩脸花明　交人见了关情　含羞举步越罗轻　称娉婷　终朝咫尺窥香阁

○○●●○○韵○○○●●○○韵●○○韵

迢遥似隔层城　何时休遣梦相萦　入云屏

怨回纥　此调本五言律诗，见《尊前集》。皇甫词第一首云："白首南朝女，悉听异域歌。收兵颉利国，饮马胡卢河。"结二句云："雕窠城上宿，吹笛泪滂沱。"盖戍妇之怨词也。

皇甫松《怨回纥·祖席驻征棹》双调四十字，前后段各四句两平韵。

●●◎○●句○○●●○韵◎○⊙●●句⊙●◎○○韵　○●○○●句○○⊙●○韵◎○○●●句○●●○○韵

祖席驻征棹　开帆候信潮　隔筵桃叶泣　吹管杏花飘　船去鸥飞阁　人归尘上桥　别离惆怅泪　江路湿红蕉

解红　按，《宋史·乐志》：小儿舞队有解红。其曲失传。陈旸《乐书》，载和凝作，乃唐词也，若鸣鹤余音。有《解红儿慢》，系元人所制，与此不同。

和凝《解红·百戏罢》，单调二十七字，五句三平韵。

●●●句●○○韵●○●●○●○韵●●○○●○●句●○●●●○○韵

百戏罢　五音清　解红一曲新教成　两个瑶池小仙子　此时夺却柘枝名

赤枣子　唐教坊曲名。此调见《尊前集》。

欧阳炯《赤枣子·夜悄悄》，单调二十七字，五句三平韵。欧词别首，第一句"莲脸薄"，莲字平声；第三句"等闲无事莫思量"，等字仄声；第四句"每一见时明月夜"，每字仄声；第五句"损人情愿断人肠"，损字仄声，情字平声。余无别词可校，填者亦从之。

◎●●句●○○韵⊙○○●●○○韵⊙●●○○●●句⊙○◎●●○○韵

夜悄悄　烛荧荧　金炉香尽酒初醒　春睡起来回雪面　含羞不语倚云屏

捣练子　《太和正音谱》注：双调。一名《捣练子令》。因冯延巳词，起结有"深院静"及"数声和月到帘栊"句，更名"深院月"。

冯延巳《捣练子·深院静》，单调二十七字，五句三平韵。

⊙●●句●○○韵◎●○○◎●○韵⊙●◎○○●●句●○⊙●●○○韵

深院静　小庭空　断续寒砧断续风　无奈夜长人不寐　数声和月到帘栊

抛球乐　林钟商调。唐教坊曲名。《唐音癸签》云：《抛球乐》，酒筵中抛球为令，其所唱之词也。《宋史·乐志》：女弟子舞队，三曰抛球乐。此调三十字者，始于刘禹锡词，皇甫松本此填，多一和声。三十三字者，始于冯延巳词，因词有"且莫思归去"句，或名《莫思归》。皆五七言小律诗体。至宋柳永，则借旧曲名，别倚新声，始有两段一百八十七字体。

冯延巳，《抛球乐·霜积秋山万树红》，单调四十字，六句四平韵。此词唯第五句五字，余皆七字。《阳春集》冯词八首，皆然。其一首，起句"坐对高楼千万山"，坐字仄声，千字平声；第三句“烧残红烛暮云合”，烧字平声，暮字仄声；第四句“飘尽碧梧金井寒”，碧字仄声，金字平声。又一首，第二句“登高欢醉夜忘回”，登字平声；第三句“歌阑赏尽珊瑚树”，赏字仄声。又一首，第四句“满面西风凭玉阑”，满字仄声；第五句“归去须沉醉”，归字平声；结句“小院新池月乍寒”，小字仄声。又一首，结句“金菊年年秋解开”，秋字平声。谱内可平可仄据此。

⊙●○○◎●○韵◎○○●●○○韵◎○○⊙●⊙○○●句⊙●⊙○◎◎○韵◎●○○
霜积秋山万树红　倚岩楼上挂朱栊　白云天远重重恨　黄叶烟深渐渐风　仿佛凉州

●句⊙●○○◎●○韵
曲　吹在谁家玉笛中

长相思唐教坊曲名。林逋词有“吴山青”句，名《吴山青》；张辑词有“江南山渐青”句，名《山渐青》；王行词名《青山相送迎》；《乐府雅词》名《长相思令》，又名《相思令》。

晏几道《长相思·长相思》，双调三十六字，前后段各四句三平韵、一叠韵。此词前后段起叠用“长相思”四句，又与各家不同。

○○○韵○○○叠●●○○●●○韵○○○●○韵　○○○韵○○○叠●●○○
长相思　长相思　若问相思甚了期　除非相见时　长相思　长相思　欲把相思

●●○韵●○○○●○韵
说与谁　浅情人不知

点绛唇　元《太平乐府》注：仙吕宫。高拭词注：黄钟宫。《正音谱》注：仙吕调。宋王禹偁词，名《点樱桃》；王十朋词，名《十八香》；张辑词有“邀月过南浦”句，名《南浦月》；又有“遥隔沙头雨”句，名《沙头雨》；韩淲词有“更约寻瑶草”句，名《寻瑶草》。

冯延巳《点绛唇·荫绿围红》，双调四十一字，前段四句三仄韵，后段五句四仄韵。此调以此词为正体，若苏词之藏韵、韩词之添字，皆变格也。

◎●○○句⊙○○⊙●○○●韵◎○○⊙●韵⊙●○○○●韵　◎●⊙○句⊙●○○●
荫绿围红　飞琼家在桃源住　画桥当路　临水开朱户　柳径春深　行到关情处

韵⊙◎●韵◎○○⊙●韵⊙●○○○●韵
颦不语　意凭风絮　吹向郎边去

清商怨　古乐府有《清商曲辞》，其音多哀怨，故取以为名。周邦彦以晏词有“关河愁思”句，更名《关河令》，又名《伤情怨》。

晏殊《清商怨·关河愁里望处满》，双调四十三字，前后段各四句，三仄韵。

○○○●◎◎●韵●◎○○●韵◎●○○句⊙○○⊙◎●韵　⊙⊙⊙⊙◎●韵●◎
关河愁里望处满　渐素秋向晚　雁过南云　行人回泪眼　双鸾衾裯悔展　夜又

◎读◎⊙⊙●韵●●○○句○○○●●韵
永　枕孤人远　梦未成归　梅花闻塞管

减字木兰花 《乐章集》注:仙吕调。《梅苑》李子正词,名《减兰》;徐介轩词,名《木兰香》;《高丽史·乐志》,名《天下乐令》。《木兰花令》,始于韦庄,系五十五字,全用韵者。《花间集》魏承班有五十四字词一体,毛熙震有五十三字词一体,亦用仄韵,皆非减字也。自南唐冯延巳,制《偷声木兰花》,五十字,前后起两句,仍作仄韵七言,结处乃偷平声,作四字一句、七字一句,始有两仄两平四换头体。

欧阳修《减字木兰花·歌檀敛袂》,双调四十四字,前后段各四句,两仄韵、两平韵。四换韵,盖又就偷声词两起句,各减三字,自成一体也。

⊙○◎●仄韵⊙●⊙○○●●韵⊙●○○平韵◎●○○◎●○韵　⊙○◎●仄韵
歌檀敛袂　缭绕雕梁尘暗起　柔润清圆　百琲明珠一线穿　樱唇玉齿

⊙●⊙○○●●韵⊙●○○平韵◎●○○◎●○韵
天上仙音心下事　留住行云　满座迷魂酒半醺

一落索 一作“一络索”又名《洛阳春》、《玉连环》等。“一络索”,宋时俗语,犹言一大串。双调四十四字至五十字,仄韵。

欧阳修《一落索·红纱未晓黄鹂语》,双调五十字,前后段各四句,三仄韵。

○⊙◎◎○○⊙●韵●○○⊙●韵●○○●●○○句●●●读○○●韵　●○○●
红纱未晓黄鹂语　蕙炉消残炷　锦屏罗幕护春寒　昨夜里　三更雨　绣帘闲倚

○○●韵●⊙○○●韵○○●●●○○句●⊙●读○○●韵
吹轻絮　敛眉山无绪　看花拭泪向归鸿　问来处　逢郎否

忆闷令 调见《小山乐府》(即《小山词》)。

晏几道《忆闷令·取次临鸾匀画浅》,双调四十五字,前后段各四句,三仄韵。“酒醒迟来晚”,醒字作平声读,与后“有深深良愿”句法同。此调止此一词,无他作可校。

●●○○○●●韵●○○○●韵○○●●○○句○●○○●韵　●●○○●韵●
取次临鸾匀画浅　酒醒迟来晚　多情爱惹闲愁　长黛眉低敛　月底相逢见　有

○○○●韵●○◉读●●○○句○●○○●韵
深深良愿　愿期信　似月如花　须更教长远

好女儿 此调有两体。四十五字者,起于黄庭坚,因词有“懒系酥胸罗带,羞见绣鸳鸯”句,名《绣带儿》,《花草粹编》一作《绣带子》。六十二字者起于晏几道,与黄词迥别。

晏几道《好女儿·绿遍西池》,双调六十二字,前段六句三平韵,后段六句两平韵。

◎●○○韵⊙●○○韵●⊙○读●●○○●句●○○●●句◎○⊙●句◎●○○韵
绿遍西池　梅子青时　尽无端　尽日东风恶　更霏微细雨　恼人离恨　满路春泥

⊙●⊙○○●句◎○●读●○○韵●○○读●
应是行云归路　有闲泪　洒相思　想旗亭　望

●○○●句●⊙○◎●句⊙○⊙●句◎●○○韵
断黄昏月　又依前误了　红笺香信　翠袖欢期

望仙门　调见《珠玉词》，取词中结句为名。

晏殊《望仙门·玉池波浪碧如鳞》，双调四十六字，前段四句四平韵，后段五句三平韵、一叠韵。后结"荷君恩"三字，例用叠句。晏词别首"庆相逢"、"泛浓香"皆然。前段第三句，晏词别首"管弦声细出帘栊"，管字仄声，声字平声；后段第一句"仙酒斟云液"，仙字平声。谱内可平可仄据此。

●○○●●○○韵●○○韵⊙○◎●●○○韵●○○韵　◎●○○●句○○●●
玉池波浪碧如鳞　露莲新　清歌一曲翠眉颦　舞华茵　满酌兰英酒　须知献寿

○○韵●○○●●○○韵●○○叠○●●○○韵
千春　太平无事荷君恩　荷君恩　齐唱望仙门

乌夜啼　唐教坊曲名。《太和正音谱》注：南吕宫，又大石调。宋欧阳修词名《圣无忧》，赵令畤词名《锦堂春》。郭茂倩《乐府诗集》有清商曲《乌夜啼》，乃六朝及唐人古今诗体，与此不同，此盖借旧曲名，另翻新声也。

李煜《乌夜啼·昨夜风兼雨》，双调四十七字，前后段各四句，两平韵。此词前段起句五字，欧阳修《圣无忧》词，前段第二句"十年一别须臾"，十字仄声。

●●○○●句⊙○●●○○韵◎○◎●○○●句◎●●○○韵　◎●◎○⊙●句
昨夜风兼雨　帘帏飒飒秋声　烛残漏断频欹枕　起坐不能平　世事漫随流水

◎○◎●○○韵◎○◎●○○●句◎●●○○韵
算来一梦浮生　醉乡路稳宜频到　此外不堪行

相思儿令　《花草粹编》名《相思令》。

晏殊《相思儿令·昨日探春消息》，双调四十七字，前段四句两平韵，后段四句三平韵。此调只晏殊一词，无别首可校。

●●●○○●句○●●○○韵○●●○○●句○●●○○韵　●●●●○○韵●
昨日探春消息　湖上绿波平　无奈绕堤芳草　还向旧痕生　有酒且醉瑶觞　更

○○读○●○○韵○○○●○○句○○○●○○韵
何妨　檀板新声　谁教杨柳千丝　就中牵系人情

阮郎归　宋丁持正词，有"碧桃春昼长"句，名《碧桃春》；李祁词名《醉桃源》；曹冠词名《宴桃源》；韩淲词，有"濯缨一曲可流行"句，名《濯缨曲》。

李煜《阮郎归·东风吹水日衔山》，双调四十七字，前段四句四平韵，后段五句四平韵。

⊙○⊙●●○○韵⊙○○⊙●○韵◎○⊙●●○○韵⊙○○◎●○韵　⊙◎●句●○
东风吹水日衔山　春来长自闲　落花狼藉酒阑珊　笙歌醉梦间　春睡觉　晚妆

○韵⊙○◎●○韵⊙○⊙●●○○韵⊙○◎●○韵

残　无人整翠鬟　留连光景惜朱颜　黄昏独倚阑

贺圣朝　唐教坊曲名。《花间集》有欧阳炯词，本名《贺明朝》，《词律》混入《贺圣朝》误。

冯延巳《贺圣朝·金丝帐暖牙床稳》，双调四十七字，前段五句三仄韵，后段六句两仄韵。

⊙○◎●○○●韵○○⊙●韵⊙○○●句●○○●句●○○●韵　⊙○⊙●句⊙

金丝帐暖牙床稳　怀香方寸　轻颦轻笑　汗珠微透　柳沾花润　云鬟斜坠　春

○●●句●○○●韵●○○●句◎○⊙●句⊙⊙○●韵

应未已　不胜娇困　半欹犀枕　乱缠珠被　转羞人问

珠帘卷　调见欧阳修词，因词有"珠帘卷"句，取以为名。

欧阳修《珠帘卷·珠帘卷》，双调四十七字，前段五句三平韵，后段四句两平韵。

○○●句●○○韵○○●●○○韵○●○○○●句○○○●○韵　○●●○○●

珠帘卷　暮云愁　垂杨暗锁青楼　烟雨濛濛如画　轻风吹旋收　香断锦屏新别

句○○●●○○韵○●●○○●句○●●　●○○韵

人间玉簟初秋　多少旧欢新恨　书杳杳句梦悠悠

秋蕊香　此调有两体，四十八字者始于晏殊，九十七字者始于赵以夫，两词迥别。

晏殊《秋蕊香·梅蕊雪残香瘦》，双调四十八字，前后段各四句，四仄韵。

⊙●◎○○●韵⊙●⊙○○●韵⊙○◎●○○●韵◎●◎○○●韵　⊙○◎●○

梅蕊雪残香瘦　罗幕轻寒微透　多情只是春杨柳　占断可怜时候　萧娘劝我杯

○●韵⊙○●韵⊙○◎●○○●韵⊙●⊙○○●韵

中酒　翻红袖　金乌玉兔长飞走　争得朱颜依旧

胡捣练　此调与《捣练子》异，或云似《桃源忆故人》，但前后段起句，有押韵不押韵之分。唯《望仙楼》调本此此减字，观《梅苑》刻《望仙楼》仍名《胡捣练》，可知矣。

晏殊《胡捣练·夜来江上见寒梅》，双调四十八字，前后段各四句，三仄韵。

●○⊙●●○○句●●○○○●韵◎●⊙○○●韵⊙●○○●韵　⊙○⊙●●○

夜来江上见寒梅　自逞芳妍标格　为甚东风先拆　分付春消息　佳人钗上玉尊

○句●●○○⊙●韵⊙●●○○●韵◎●○○●韵

前　朵朵浓香堪惜　谁把彩毫描得　免恁轻抛掷

桃源忆故人　一名《虞美人影》；张先词，或名《胡捣练》；陆游词名《桃源忆故人》；赵鼎词名《醉桃园》；韩淲词，有"杏花风里东风峭"，名《杏花风》。

欧阳修《桃源忆故人·梅梢弄粉香犹嫩》,双调四十八字,前后段各四句,四仄韵。

⊙○◎●○○●韵◎●⊙○⊙●韵◎●⊙○⊙●韵◎●○○●韵　◎○◎●○○
梅梢弄粉香犹嫩　欲寄江南春信　别后愁肠萦损　说与伊争稳　小炉独守寒灰

●韵◎●⊙○◎●韵⊙●◎○⊙●韵◎●○○●韵
烬　忍泪低头画尽　眉上万重新恨　竟日无人问

撼庭秋　唐教坊曲名。一作《感庭秋》。

晏殊《撼庭秋·别来音信千里》双调四十八字,前段五句三仄韵,后段六句两仄韵。

●○○●○●韵●●○○●韵●○○●句○○●●句●○○●韵　○○●●句○
别来音信千里　恨此情难寄　碧纱秋月　梧桐夜雨　几回无寐　高楼目断　天

○○●句●○○●韵●○○○●句○○●●句●○○●韵
涯云黯　只堪憔悴　念兰堂红烛　心长焰短　向人垂泪

朝中措　《宋史·乐志》;属黄钟宫。李祁词有"初见照江梅"句,名《照江梅》;韩淲词名《芙蓉曲》,又有"香动梅梢圆月"句,名《梅月圆》。

欧阳修《朝中措·平山阑槛倚情空》,双调四十八字,前段四句三平韵,后段五句两平韵。

⊙○⊙●●○○韵⊙●●○○韵◎●⊙○⊙●句◎○◎●○○韵　⊙○◎●句⊙
平山阑槛倚情空　山色有无中　手种堂前垂柳　别来几度春风　文章太守　挥

○◎●句◎●○○韵⊙●◎○⊙●句⊙○◎●○○韵
毫万字　一饮千钟　行乐直须年少　尊前看取衰翁

洞天春　调见《六一词》,盖赋院落之春景如洞天也。此调宋人填者绝少,无从校对平仄。

欧阳修《洞天春·莺啼绿树声早》,双调四十八字,前段四句四仄韵,后段五句三仄韵。

○○●●○●韵●●○○●●韵●●○○●○●韵●○○○●韵　○○●●●●
莺啼绿树声早　槛外残红未扫　露点真珠遍芳草　正帘帏清晓　秋千宅院悄悄

韵●●○○●●韵●●○○句●○○●句○○○●韵
又是清明过了　燕蝶轻狂　柳丝撩乱　春心多少

庆春时调见《小山乐府》,凡二首,俱庆赏春时宴乐之词。晏词二首,平仄略同,惟别首起句"梅梢已有",梅字平声,已字仄声;第三句"风意犹寒",风字平声。

晏几道《庆春时·倚天楼殿》,双调四十八字,前段六句两平韵,后段五句两平韵。

◎○⊙●句○○○●句◎●○○韵○○●●句○○●●句○●●○○韵　○○○
倚天楼殿　升平风月　彩仗春移　鸾丝凤竹　长生调里　迎得翠舆归　雕鞍游

●句○●○●○○韵○○●●句○○●●句○●●○○韵
罢　何处还有心期　浓熏翠被　深停画烛　人约月西时

喜团圆　调见《小山乐府》。《花草粹编》无名氏词,有“与个团圆”句,更名《与团圆》。晏几道《喜团圆·危楼静锁》,双调四十八字,前段五句两平韵,后段六句两平韵。

○○●●句○○●●句⊙●○○韵○○●●○○●句●○●○○韵　⊙⊙◎◎句
危楼静锁　窗中远岫　门外垂杨　珠帘不禁春风度　解偷送余香　眠思梦想

◎○⊙●句◎●○○韵◎○●●句○○◎●句●●○○韵
不如双燕　得到兰房　别来只是　凭高泪眼　感旧离肠

凤孤飞　调见《小山乐府》。此词平仄,无别首可校。
晏几道《凤孤飞·一曲画楼钟动》,双调四十九字,前段四句三仄韵,后段四句四仄韵。

●●●○○●句●●○○●韵●●○○●●韵●●●读○○●韵　●●○○○●
一曲画楼钟动　宛转歌声缓　绮席飞尘座满　更小待　金蕉暖　细雨轻寒今夜

●韵○○●读●○●●韵○●○○○●●韵●○○○●韵
短　依前是　粉墙别馆　端的欢期应未晚　奈归云难管

少年游　调见《珠玉集》,因词有“长似少年时”句,取以为名。《乐章集》注:林钟商调。韩淲词,有“明窗玉蜡梅枝好”句,更名《玉蜡梅枝》;萨都剌词,名《小阑干》。此调最为参差,今分七体,其源俱出于晏词。或添一字,摊破前后段起句,作四字两句者;或减一字,摊破前后段第三、四句,作七字一句者;或于前后段第二句,添一字者;或于两结句,添字、减字者。悉为类列,以便按谱查填。

晏殊《少年游·芙蓉花发去年枝》,双调五十字,前段五句三平韵,后段五句两平韵。

⊙○⊙●●○○韵⊙●●○○韵⊙⊙⊙◎句⊙○⊙●句○●●○○韵　⊙⊙◎◎
芙蓉花发去年枝　双燕欲归飞　兰堂风软　金炉香暖　新曲动帘帷　家人并上

○⊙●句⊙●●○○韵◎◎⊙⊙句●○⊙●句⊙●●○○韵
千春寿　深意满琼卮　绿鬓朱颜　道家装束　长似少年时

偷声木兰花　此调亦本于《木兰花令》,前后段第三句,减去三字,另偷平声,故云偷声。若《减字木兰花》,前后段起句四字,则又从此调减去三字耳。此调只此一体,《阳春集》刻《上行杯》,从张先集改定。

冯延巳《偷声木兰花·落梅著雨消残粉》,双调五十字,前后段各四句,两仄韵、两平韵。

◎○◎●○○●仄韵⊙●○○○●●韵⊙●○○平韵●●○○●●○韵　○○⊙
落梅著雨消残粉　云重烟深寒食近　罗幕遮香　柳外秋千出画墙　春山颠

●○○●换仄韵⊙●◎○○●●韵◎●○○换平韵◎●⊙○◎●○韵
倒钗横风　　飞絮入帘春睡重　梦里佳期　　只许庭花与月知

滴滴金蒋氏《九宫谱目》,入黄钟宫。
晏殊《滴滴金·梅花漏泄春消息》又一体,双调五十字,前后段各四句,四仄韵。

○○●●○○●韵●○○读●○●韵●●○○●○●韵●○○○●韵　○○●●
梅花漏泄春消息　柳丝长　草芽碧　不觉星霜鬓边白　念时光堪惜　兰堂把酒

○○●韵●○○读●○●韵○●○○●○●韵●●○○●韵
留佳客　对离筵　驻行色　千里音尘便疏隔　合有人相忆

忆汉月　唐教坊曲名。柳永词名《望汉月》,《乐章集》注:正平调。
欧阳修《忆汉月·红艳几枝轻袅》,双调五十字,前段四句三仄韵,后段四句两仄韵。

○●●○○●韵●●○○○●韵●○○●●○○句●●●○○●韵　○○○●●
红艳几枝轻袅　早被东风开了　倚烟啼露为谁娇　故惹蝶恋蜂恼

句○●●读●○○●韵●○○●●○○句○●●○○●韵
多情游赏处　留恋向　绿丛千绕　酒阑欢罢不成归　肠断月斜人老

留春令　调见《小山乐府》。
晏几道《留春令·画屏天畔》,双调五十字,前段五句两仄韵,后段四句三仄韵。

●○○●句●○⊙●句◎○○●韵●●○○●○○句●⊙●读○○●韵　●●○
画屏天畔　梦回依约　十洲云水　手撚红笺寄人书　写无限　伤春事　别浦高

○○◎●韵●⊙○○●韵○●○○●○○句●⊙●读○○●韵
楼曾漫倚　对江南千里　楼下分流水声中　有当日　凭高泪

梁州令　唐教坊曲名,一名《凉州令》。晁补之词名《梁州令叠韵》,盖合两首为一首也。《碧鸡漫志》云:《凉州》即《梁州》,有七宫曲。柳永《乐章集》注:中吕宫。
晏几道《梁州令·莫唱阳关曲》,双调五十字,前段四句三仄韵,后段四句四仄韵。

●●○○●韵●●○○○●韵○○●●●○○句○○●●○○●韵　○○○●○
莫唱阳关曲　泪湿当年金缕　离歌自古最销魂　于今更在魂销处　南桥杨柳多

○●韵●●○○●韵○○●●○●句○○●●○○●韵
情绪　不系行人住　人情却似飞絮　悠扬便逐春风去

归田乐　黄庭坚词,名《归田乐引》。
晏几道《归田乐·试把花期数》, 双调七十一字,前段六句五仄韵,后段七句五仄韵。

●●○○●韵●◎◎读●○⊙●韵⊙◎⊙○●韵●⊙●●●句⊙●⊙●韵●●○○
试把花期数　便早有　感春情绪　看即梅花吐　愿花更不谢　春且长住　只恐花飞

●○●韵　　○○⊙●●韵●●●读⊙○○●●韵●○⊙●句◎●○○●韵●⊙●
又春去　　花开还不语　问此意　年年春会否　绛唇青鬓　渐少花前侣　对花又

●●句●⊙○●韵⊙●○○●○●韵
记得　旧曾游处　门外垂杨未飘絮

燕归梁　调见《珠玉词》,因词有“双燕归飞绕画堂,似留恋虹梁”句,取以为名。柳永“织锦裁篇”词,注正平调;“轻蹑罗鞋”词,注中吕调。此调始于晏词。

晏殊《燕归梁·双燕归飞绕画堂》,双调五十一字,前段四句四平韵,后段五句三平韵。

⊙●○○●●○韵◎⊙●○○韵⊙○⊙●●○○韵◎⊙●读●○○韵　⊙○◎●
双燕归飞绕画堂　似留恋虹梁　清风明月好时光　更何况　绮筵张　　云衫侍女

句○○◎●句⊙●●○○韵⊙○⊙●●○○韵⊙⊙●读●○○韵
频倾桂醑　加意动笙簧　人人心在玉炉香　逢佳会　祝延长

雨中花令　王观词,名《送将归》。按,《雨中花》调,与《夜行船》调最易相混,宋人集中,每多误刻。今照《花草粹编》所编,以两结句五字者,为《雨中花》;两结句六字、七字者,为《夜行船》。

晏殊《雨中花令·剪翠妆红欲就》,双调五十一字,前后段各四句,三仄韵。

◎●⊙○◎●韵◎◎⊙○◎●韵◎●○○○●●句◎●○○●韵　◎●◎○○●
剪翠妆红欲就　折得清香满袖　一对鸳鸯眠未足　叶下长相守　　莫傍条细寻嫩

●韵●◎●读●○○●韵●●●读●○○●●句◎●○○●韵
藕　怕绿刺　罥衣伤手　可惜许　月明风露好　恰在人归后

迎春乐　宋柳永词注:林钟商。元王行词注:夹钟商。

晏殊《迎春乐·长安紫陌春归早》,双调五十三字,前段四句四仄韵,后段四句三仄韵。

○○●●○○●韵●○○读●○●韵●○○读●●○○●韵●●●读○○○韵
长安紫陌春归早　亸垂杨　染芳草　被啼莺　语燕催清晓　正好梦　频惊觉

○●●读○○○●●韵○●●读●○○●韵●●○○●●句●●○○●韵
当此际　青楼临大道　幽会处　两情多少　莫惜明珠百琲　占取长年少

思远人　调见《小山乐府》,因词有“千里念行客”句,取其意以为名。此词亦无别首宋词可校。

晏几道《思远人·红叶黄花秋意晚》,双调五十二字,前段五句两仄韵,后段五句三仄韵。

○●○○○●●句○●●○●韵●○○●●句○○○●句○●●○●韵　○○●
红叶黄花秋意晚　千里念行客　看飞云过尽　归鸿无信　何处寄书得　泪弹不

●○○●韵●●●○●韵●●●●○句●○○●句○○●○●韵
尽临窗滴　就枕旋研墨　渐写到别来　此情深处　红笺为无色

红窗听　柳永词注:仙吕调。一名《红窗睡》。

晏殊《红窗听·淡薄梳妆轻结束》,双调五十三字,前段四句三仄韵,后段五句三仄韵。

◎●○○○●●韵⊙●●读●○○●韵⊙○○●○○●句●○○○●韵　●●○
淡薄梳妆轻结束　天付与　脸红眉绿　连环书素传情久　许双飞同宿　一晌无

○○●●韵○○●读○○●●句○○●●韵●○○●句●○○⊙●韵
端分比目　谁知道　风前月底　相看未足　此心终拟　觅鸾弦重续

浪淘沙令　《乐章集》注:歇指调。蒋氏《九宫谱目》:越调。《唐书·礼乐志》:歇指调,乃林钟律之商声;越调,乃无射律之商声也。贺铸词,名《曲入冥》;李清照词,名《卖花声》;史达祖词,名《过龙门》;马钰词,名《炼丹砂》。唐人《浪淘沙》,本七言断句,至南唐李煜,始制两段令词,虽每段尚存七言诗两句,其实因旧曲名,另创新声也。至柳永、周邦彦别作慢词,与此截然不同,盖调长拍缓,即古曼声之意也。

李煜《浪淘沙令·帘外雨潺潺》,双调五十四字,前后段各五句,四平韵。

⊙●●○○韵⊙●○○韵⊙○◎●●○○韵◎●◎○○●●句◎●○○韵　◎●
帘外雨潺潺　春意阑珊　罗衾不耐五更寒　梦里不知身是客　一晌贪欢　独自

●○○韵⊙●○○韵◎○⊙●●○○韵⊙●◎○○●●句⊙●○○韵
莫凭阑　无限江山　别时容易见时难　流水落花春去也　天上人间

金错刀　汉张衡诗"美人赠我金错刀",调名本此。

冯延巳《金错刀·日融融》,双调五十四字,前后段各五句,三平韵、一叶韵。

●○○句●○○韵○○○●○○○韵●○●●○○●叶○●○○●●○韵　○●
日融融　草芊芊　黄莺求友啼林前　柳条袅袅拖金线　花蕊茸茸簇锦毯　鸠逐

●句●○○韵○○●●○○○韵○○○●○○●叶●●○○●●○韵
妇　燕穿帘　狂蜂浪蝶相翩翩　春光堪赏还堪玩　恼杀东风误少年

芳草渡　此调有两体。令词始自欧阳修,慢词始自周邦彦。

欧阳修《芳草渡·梧桐落》,双调五十五字,前段八句四平韵,后段八句五仄韵、两平韵。

○○●句●○○平韵○○●句●○○韵○○○●●○○韵○●●句○●●句●○○
梧桐落　蓼花秋　烟初冷　雨才收　萧条风物正堪愁　人去后　多少恨　在心头

韵　○○●仄韵○●●韵●●○○●●韵○○●句●○○平韵○○●仄韵○●●
燕鸿远　羌笛怨　渺渺澄波一片　山如黛　月如钩　笙歌散　魂梦断

韵●○○平韵
倚高楼

夜行船　《太平乐府》、《中原音韵》、元高拭词，俱注双调。黄公绍词，名《明月棹孤舟》。

欧阳修《夜行船·忆昔西都欢纵》，双调五十五字，前后段各四句，三仄韵。

◎●⊙○○●韵●◎◎读●○○●韵⊙○○●●○○句◎⊙⊙读●○⊙●韵　○
忆昔西都欢纵　自别后　有谁能共　伊川山水洛川花　细寻思　旧游如梦　今

●○○○●●韵○○●读●○⊙●韵◎◎⊙⊙⊙◎◎句●⊙⊙读●○⊙●韵
日相逢情愈重　愁闻唱　画楼钟动　白发天涯逢此景　倒金尊　殢谁相送

鹧鸪天　《乐章集》注：正平调；《太和正音谱》注：大石调；蒋氏《九宫谱目》入仙吕引子。赵令畤词名《思越人》；李元膺词名《思佳客》；贺铸词，有"剪刻朝霞钉露盘"句，名《剪朝霞》；韩淲词，有"只唱骊歌一叠休"句，名《骊歌一叠》；卢祖皋词，有"人醉梅花卧未醒"句，名《醉梅花》。

晏几道《鹧鸪天·彩袖殷勤捧玉钟》，双调五十五字，前段四句三平韵，后段五句三平韵。

◎◎⊙⊙◎◎○韵⊙○⊙●●○○韵◎○⊙●⊙○●句⊙●○○◎●○韵　⊙◎
彩袖殷勤捧玉钟　当年拚却醉颜红　舞低杨柳楼心月　歌尽桃花扇影风　从别

●句●○○韵◎○⊙●●○○韵⊙○◎●○○●句⊙●○○◎●○韵
后　忆相逢　几回魂梦与君同　今宵剩把银釭照　犹恐相逢是梦中

瑞鹧鸪　《宋史·乐志》：中吕调。元高拭词注：仙吕调。《苕溪词话》云：唐初歌词，多五言诗，或七言诗，今存者止《瑞鹧鸪》七言八句诗，犹依字易歌也。《瑞鹧鸪》，原本七言律诗，因唐人歌之，遂成词调。冯延巳词，名《舞春风》；陈彭年词，名《桃花落》；尤袤词，名《鹧鸪词》；元丘长春词，名《拾菜娘》；《乐府纪闻》，名《天下乐》；《梁溪漫录》词，有"行听新声太平乐"句，名《太平乐》，有"犹传五拍到人间"句，名《五拍》。此皆七言八句也。至柳永有添字体，自注般涉调，有慢词体，自注南吕宫，皆与七言八句者不同。

冯延巳《瑞鹧鸪·才罢严妆怨晓风》，双调五十六字，前段四句三平韵，后段四句两平韵。

○●○○●●○韵●○●●●○○韵●○●●○○●句○●○○○●○韵　●●
才罢严妆怨晓风　粉墙画壁宋家东　蕙兰有恨枝犹绿　桃李无言花自红　燕燕

○○○●●句○○○●●○○韵●○●●○○●句●●○○○●○韵
巢时罗幕卷　莺莺啼处凤楼空　少年薄幸知何处　每夜归来春梦中

凤衔杯 此调有平韵、仄韵两体，仄韵者，《乐章集》注：大石调。

晏殊《凤衔杯·青苹昨夜秋风起》，双调五十六字，前段四句四仄韵，后段五句四仄韵。

○○●●○○●韵○●●读●○○●韵●●○○读○●○○●韵○●●读○○●韵
青蘋昨夜秋风起　无限个　露莲相倚　独凭朱阑　愁放晴天际　空目断　遥山翠

●○○句●○●韵○●●读●○○●韵●●○○●●读○○●韵●●○○●韵
彩笺长　锦书细　谁信道　两情难寄　可惜良辰好景　欢娱地　只恁空憔悴

鹊桥仙 此调有两体，五十六字者始自欧阳修，因词中有“鹊迎桥路接天津”句，取为调名。周邦彦词名《鹊桥仙令》，《梅苑》词名《忆人人》；韩淲词，取秦观词句，名《金风玉露相逢曲》；张辑词，有“天风吹送广寒秋”句，名《广寒秋》。元高拭词注：仙吕调。八十八字者始自柳永，《乐章集》注云：歇指调。

欧阳修《鹊桥仙·月波清霁》，双调五十六字，前后段各五句，两仄韵。

◎○⊙●句⊙○⊙●读⊙●◎○⊙●韵◎○⊙●●○○句◎◎●读⊙○⊙●韵
月波清霁　烟容明淡　灵汉旧期还至　鹊迎桥路接天津　映夹岸　星榆点缀

⊙○◎●句⊙○⊙●句⊙●◎○⊙●韵⊙○⊙●●○○句◎◎●读⊙○⊙●韵
云屏未卷　仙鸡催晓　肠断去年情味　多应天意不教长　恁恐把　欢娱容易

一斛珠 《宋史·乐志》，名《一斛夜明珠》，属中吕调；《尊前集》注：商调；《金词》注：仙吕调；蒋氏《九宫谱目》，入仙吕引子；晏几道词，名《醉落魄》；张先词，名《怨春风》；黄庭坚词，名《醉落拓》。

李煜《一斛珠·晚妆初过》，双调五十七字，前后段各五句，四仄韵。

◎○⊙●韵⊙○⊙●○○●韵◎○⊙●○○●韵●●○○句◎●○○●韵　⊙●
晚妆初过　沈檀轻注些儿个　向人微露丁香颗　一曲清歌　暂引樱桃破　罗袖

◎○○●●韵○○◎●○○●韵●○⊙●○○●韵●●○○句●●○○●韵
裛残殷色可　杯深旋被香醪涴　绣床斜凭娇无那　烂嚼红茸　笑向檀郎唾

踏莎行 《金词》注：中吕调；曹冠词，名《喜朝天》；越长卿词，名《柳长春》；《鸣鹤余音》词，名《踏雪行》；曾觌、陈亮词添字者，名《转调踏莎行》。

晏殊《踏莎行·细草愁烟》，双调五十八字，前后段各五句，三仄韵。

◎●○○句⊙○◎●韵⊙○◎●○○●韵◎○⊙●●○○句⊙○◎●○○●韵
细草愁烟　幽花怯露　凭阑总是消魂处　日高深院静无人　时时海燕双飞去

◎●○○句⊙○◎●韵⊙○◎●○○●韵⊙○◎●●○○句⊙○◎●○○●韵
带缓罗衣　香残蕙炷　天长不禁迢迢路　垂杨只解惹春风　何曾系得行人住

蝶恋花 唐教坊曲，本名《鹊踏枝》，宋晏殊词改今名。《乐章集》注：小石调；赵令畤词

注：商调；《太平乐府》注：双调。冯延巳词，有"杨柳风轻，展尽黄金缕"句，名《黄金缕》；赵令畤词，有"不卷珠帘，人在深深院"句，名《卷珠帘》；司马槱词，有"夜凉明月生南浦"句，名《明月生南浦》；韩淲词，有"细雨吹池沼"句，名《细雨吹池沼》；贺铸词，名《凤栖梧》；李石词，名《一箩金》；衷元吉词，名《鱼水同欢》；沈会宗词，名《转调蝶恋花》。

冯延巳《蝶恋花·六曲阑干偎碧树》，双调六十字，前后段各五句，四仄韵。

◎●⊙○○●●韵⊙●○○句◎●○○●韵⊙●◎○○●●韵⊙○◎●○○●韵
六曲阑干偎碧树　杨柳风轻　展尽黄金缕　谁把钿筝移玉柱　穿帘海燕双飞去

◎●⊙○○●●韵⊙●○○句◎●○○●韵⊙●◎○○●●韵⊙○◎●○○●韵
满眼游丝兼落絮　红杏开时　一霎清明雨　浓睡觉来莺乱语　惊残好梦无寻处

寿山曲　调见赵德麟《侯鲭录》，南唐冯延巳作，因词中有"圣寿南山永同"句，故名。

冯延巳《寿山曲·铜壶滴漏初尽》，单调六十字，十句五平韵。

○○●●○●句○●○○●○韵○●●○○●句○○○●○○韵○○●●○●句●
铜壶滴漏初尽　高阁鸡鸣半空　催启五门金锁　犹垂三殿帘栊　阶前御柳摇绿　仗

●○○●○韵○●●○●●句○○●●○○韵●○●●○●句●●○○●○韵
下宫花散红　鸳瓦数行晓日　鸾旗百尺春风　侍臣舞蹈重拜　圣寿南山永同

拨棹子　唐教坊曲名。

尹鹗《拨棹子·风切切》，双调六十一字，前段五句五仄韵，后段四句四仄韵。

○●●韵○⊙●韵◎●⊙○○●●韵○●●读◎○○●韵○○●读◎●○○○●●
风切切　深秋月　十朵芙蓉繁艳歇　凭小槛　细腰无力　空赢得　目断魂飞何处说

韵　◎○●●⊙○●韵⊙⊙●◎○⊙●韵○●●读●○○●韵⊙●●读●●○○
　　寸心恰似丁香结　看看瘦尽胸前雪　偏挂恨　少年抛掷　羞睹见　绣被堆红

⊙●●韵
闲不彻

玉堂春　调见《珠玉词》。

晏殊《玉堂春·斗城池馆》，双调六十一字，前段七句两仄韵、两平韵，后段五句两平韵。

●◎○●仄韵◎●⊙○○●韵●●○○句●●○○平韵●●○○句●●○○●句●
斗城池馆　二月春风烟暖　绣户珠帘　日影初长　玉辔金鞍　缭绕沙堤路　几
●○○●●○韵　●●⊙○○●句○○○●○韵●●○○句●●○○●句⊙●○
处行人映绿杨　小槛朱阑回倚　千花浓露香　脆管清弦　欲奏新翻曲　依约林

○●●○韵
间坐夕阳

破阵子　唐教坊曲名，一名《十拍子》。陈旸《乐书》云：唐《破阵子》乐，属龟兹部，秦王所制，舞用二千人，皆画衣甲，执旗旆，外藩镇春衣犒军设乐，亦舞此曲，兼马军引入场，尤壮观也。按，唐《破阵乐》，乃七言绝句，此盖因旧曲名，另度新声。元高拭词注：正宫。

晏殊《破阵子·海上蟠桃易熟》，双调六十二字，前后段各五句，三平韵。

◎●⊙○◎●句⊙○⊙●○○韵⊙●◎○○●●句⊙●○○◎●○韵◎○⊙●○韵
海上蟠桃易熟　人间秋月长圆　惟有擘钗分钿侣　离别常多会面难　此情须问天

◎●◎○⊙●句⊙○◎●○○韵◎●⊙○○●●句◎●○○◎●○韵⊙○◎●○韵
蜡烛到明垂泪　熏炉尽日生烟　一点凄凉愁绝　意　漫道秦筝有剩弦　何曾为细传

渔家傲　明蒋氏《九宫谱目》，入中吕引子。 按，此调始自晏殊，因词有"神仙一曲渔家傲"句，取以为名。如杜安世词三声叶韵，蔡伸词添字者，皆变体也。外有《十二个月鼓子词》，其十一月、十二月起句俱多一字，欧阳修词云："十一月，新阳排寿宴。十二月，严凝天地闭。"欧阳原功词云："十一月，都人居暖阁。十二月，都人供暖箑。"此皆因月令，故多一字，非添字体也。

晏殊《渔家傲·画鼓声中昏又晓》，双调六十二字，前后段各五句，五仄韵。

◎◎⊙⊙○◎●韵⊙○◎●⊙○●韵⊙●◎○○●●韵○◎●韵⊙⊙◎◎○○●韵
画鼓声中昏又晓　时光只解催人老　求得浅欢风日好　齐揭调　神仙一曲渔家傲

◎●⊙○○●●韵⊙○◎◎○○●韵◎●◎○○◎●韵⊙◎●韵⊙○◎●○○●韵
绿水悠悠天杳杳　浮生岂得长年少　莫惜醉来开口笑　须信道　人间万事何时了

解佩令　调见《小山乐府》。按，《楚辞》"捐予佩兮澧浦"，《韩诗外传》"郑交甫遇汉皋神女解佩"，调名取此。

晏几道《解佩令·玉阶秋感》，双调六十六字，前段六句四仄韵，后段六句三仄韵。

◎○⊙●句⊙⊙◎●韵⊙◎◎读○◎⊙●韵◎●○○句◎◎◎读⊙○○●韵◎○⊙
玉阶秋感　年华暗去　掩深宫　团扇无绪　记得当时　自剪下　机中轻素　点丹青

读◎○⊙●韵　　○○⊙●句⊙○◎●句●○○读⊙⊙⊙●韵◎●○○句●⊙◎读
尽成秦女　　凉襟犹在　朱弦未改　忍霜纨　飘零何处　自古悲凉　是情事

○○⊙●韵●○○读●⊙⊙●韵
轻如云雨　倚幺弦　恨长难诉

殢人娇　《乐章集》注：林钟商。

晏殊《殢人娇·二月春风》，双调六十八字，前后段各六句，四仄韵。

◎●⊙○句◎●⊙○◎●韵◎⊙◎读◎⊙⊙●韵⊙○◎●句●◎○⊙●韵⊙●●读
二月春风　正是杨花满路　那堪更　别离情绪　罗巾掩泪　任粉痕沾污　争奈向

⊙⊙●○◎●韵　◎●⊙○句◎○⊙●韵⊙⊙◎读◎○⊙●韵⊙○◎●句●◎○
千留万留不住　玉酒频倾　宿眉愁聚　空肠断　宝筝弦柱　人间后会　又不知

○●韵⊙◎●读◎⊙⊙⊙⊙●韵
何处　魂梦里　也须时时飞去

碧牡丹　《金词》注:中吕调。

晏几道《碧牡丹·翠袖疏纨扇》,双调七十四字,前段七句五仄韵,后段八句六仄韵。

●●○○●韵○●○○●韵●●○○句●●○○○●韵●●○○句○●○○●韵●
翠袖疏纨扇　凉叶催归燕　一夜西风　几处伤高怀远　细菊枝头开　嫩香还遍　月

○○●○●韵　●○●韵●●○●●韵○○●○○●韵●●○○句●●●○○●
痕依旧庭院　事何限　怅望秋色晚　离人鬓华将换　静忆天涯　路比此情还短

韵●●○○句○●○○●韵○○○●○●韵
试约鸾笺　传素期良愿　南云应有新雁

风入松　古琴曲有《风入松》,唐僧皎然有《风入松》歌,见《乐府诗集》,调名本此。《宋史·乐志》注:林钟商;元高拭词,注仙吕调,又双调;蒋氏十三调注:双调。亦名《风入松慢》,韩淲词,有"小楼春映远山横"句,名《远山横》。

晏几道《风入松·柳阴庭院杏梢墙》,双调七十四字,前后段各六句,四平韵。

◎○⊙●●○○韵⊙●○○韵◎○◎●○○●句◎⊙⊙读◎●○○韵⊙●◎○⊙●
柳阴庭院杏梢墙　依旧巫阳　凤箫已远青楼在　水沉烟　复暖前香　临镜舞鸾离照

句◎○⊙●○○韵　◎○○●●○○韵●●○○韵◎○⊙●○○●句◎○⊙读◎
倚筝飞雁辞行　坠鞭人意自凄凉　泪眼回肠　断云残雨当年事　到如今　几

●○○韵◎●◎○⊙●句◎○○●○○韵
度难忘　两袖晓风花陌　一帘夜月兰堂

越溪春　调见《六一词》,因词中有"春色遍天涯,越溪阆苑繁华地"句,取以为名,盖赋越溪春色也。

欧阳修《越溪春·三月十三寒食日》,双调七十五字,前段七句三平韵,后段六句四平韵。

○●●○○●●句○●●○○韵●○●●○○●句●●○读○●○○韵○●○○句
三月十三寒食日　春色遍天涯　越溪阆苑繁华地　傍禁垣　珠翠烟霞　红粉墙头
○○●●句○●○○韵　○○●●○○韵○●●○○韵●○○●●●●●句○○
秋千影里　临水人家　归来晚驻香车　银箭透窗纱　有时三点两点雨霁　朱门

●●○○韵○●●○○●●句○●●○○韵
柳细风斜　沉麝不烧金鸭冷　笼月照梨花

长生乐　调见《珠玉词》。

晏殊《长生乐·玉露金风月正圆》，双调七十五字，前段八句五平韵，后段六句四平韵。

●●○○●●○韵⊙●●○○韵●○○●句●●●○○韵●●○○○●句⊙●○○
玉露金风月正圆　台榭早凉天　画堂佳会　组绣列芳筵　洞府星辰龟鹤　福寿来添

韵○○◎●句⊙●○○●○○韵　○○●●●句●○○韵○○●●○○韵○●●
欢声喜色　同入金炉泛浓烟　清歌妙舞急　管繁弦　榴花满酌觥船　人尽祝

读●●●○○韵●○○●○●句⊙◎●○○韵
富贵又长年　莫教红日西晚　留著醉神仙

山亭柳　此调有平韵、仄韵两体，平韵者始自晏殊，仄韵者始自杜安世。
晏殊《山亭柳·家住西秦》，双调七十九字，前段八句五平韵，后段八句四平韵。

○●○○韵●●●○○韵○●●句●○○韵●●●○○●句●○○●○○韵●●○
家住西秦　赌博艺随身　花柳上　斗尖新　偶学念奴声调　有时高遏行云　蜀锦缠

○○●句●●○○韵　●○○●○○●句○○●●●○○韵○○●句●○○韵●
头无数　不负辛勤　数年来往咸京道　残杯冷炙漫消魂　衷肠事　托何人　若

●○○●●句●○●●○○韵●●○○●●句○●○○韵
有知音见采　不辞遍唱阳春　一曲当筵落泪　重掩罗巾

拂霓裳　唐教坊曲名。《碧鸡漫志》：拂霓裳，般涉调。《宋史·乐志》，女弟子舞队第五，有拂霓裳队。

晏殊《拂霓裳·乐秋天》，双调八十二字，前段八句六平韵，后段八句五平韵。

●○○韵●○○●●○○韵○◎●句●○○●●○○韵⊙⊙○◎●句⊙◎●⊙○韵
乐秋天　晚荷花缀露珠圆　风日好　数行新雁贴寒烟　银簧调脆管　琼柱拨清弦

●○○韵●⊙○读○●●○○韵　○○●●句⊙●●读●○○韵○●●句●○○
捧觥船　一声声　齐唱太平年　人生百岁　离别易　会逢难　无事日　剩呼宾

●●○○韵⊙○○●●句⊙●●○○韵●○○韵●○○读○●●○○韵
友启芳筵　星霜催绿鬓　风露损朱颜　惜清欢　又何妨　沉醉玉尊前

秋夜月　调见《尊前集》，因尹鹗词起结有"三秋佳节"及"夜深、窗透数条寒月"句，取以为名。《乐章集》注：夹钟商。

尹鹗《秋夜月·三秋佳节》，双调八十四字，前后段各十句，五仄韵。

○○○●韵●○○句○●●句⊙○○●韵●●○○○●句●○○●韵⊙○◎句○⊙
三秋佳节　罩晴空　凝碎露　茱萸千结　菊蕊和烟轻捻　酒浮金屑　徵云雨　调丝

●句◎○○⊙●韵⊙◎读◎●●○○●韵　○○○●●○○句○●●句◎○○●韵
竹　此时难辍　欢极　一片艳歌声揭　黄昏慵别炷沉烟　熏绣被　翠帷同歇

●●○○○●句●○○●韵◎○⊙句○◎●句⊙○○◎●韵◎⊙读⊙●●○○●韵
醉并鸳鸯双枕　暖偎春雪　语丁宁　情委曲　论心正切　夜深　窗透数条斜月

离别难　唐教坊曲名。按，段安节《乐府杂录》：天后朝，有士人妻，配入掖庭，善吹觱篥，乃撰此曲。盖五言八句诗也，《白居易集》亦有七言绝句诗。薛词见《花间集》，乃借旧曲名，另倚新声者，因词有"罗帏乍别情难"句，取以为名。宋柳永词，则又与薛词不同，《乐章集》注中吕调。

薛昭蕴《离别难·宝马晓鞴雕鞍》，双调八十七字，前段九句四平韵、四仄韵，后段十句四平韵、六仄韵。

●●●●○○平韵○○●●○○韵●○○●●仄韵●○○●●韵●○○●●句●○
宝马晓鞴雕鞍　罗帷乍别情难　那堪春景媚　送君千万里　半妆珠翠落　露华

○平韵○●●换仄韵○○●韵○○○●●○○平韵　○●●仄韵○○●韵○●○
寒　红蜡烛　青丝曲　偏能勾引泪阑干　良夜促　香尘绿　魂欲迷

换平韵○○●●○○韵●●○○●换仄韵●●○○●韵○●●读●○○平韵○●●
檀眉半敛愁低　未别心先咽　欲语情难说　出芳草　路东西　摇袖立

换仄韵○○●韵○○○●●○○平韵
春风急　樱花杨柳雨凄凄

满庭芳　此调有平韵、仄韵两体。平韵者，周邦彦词，名《锁阳台》；葛立方词，有"要看黄昏庭院，横斜映霜月朦胧"句，名《满庭霜》；晁补之词，有"堪与潇湘暮雨，图上画扁舟"句，名《潇湘夜雨》；韩淲词，有"甘棠遗爱，留与话桐乡"句，名《话桐乡》；吴文英词，因苏轼词有"江南好，千钟美酒，一曲满庭芳"句，名《江南好》；张埜词，名《满庭花》；《太平乐府》注中吕宫，高拭词注中吕调。仄韵者，《乐府雅词》名《转调满庭芳》。

晏几道《满庭芳·南苑吹花》，双调九十五字，前后段各十句，四平韵。

⊙●○○句⊙○⊙●句◎○⊙●○○韵⊙○⊙●句⊙●●○○韵◎●⊙○◎●句◎
南苑吹花　西楼题叶　故园欢事重重　凭阑秋思　闲记旧相逢　几处歌云梦雨　可

⊙●读⊙●○○韵◎○●句◎○◎●句◎●●○○韵　⊙○○●●句⊙○◎●句
怜便　流水西东　别来久　浅情未有　锦字系征鸿　年光还少味　开残槛菊
◎●○○韵●⊙◎句⊙○○◎●○○韵◎●⊙○○◎●句⊙○⊙●读◎●○○韵○○●句
落尽溪桐　漫留得　尊前淡月西风　此恨谁堪共说　清愁付　绿酒杯中　佳期在

⊙○◎●句⊙●●○○韵
归时待把　香袖看啼红

金浮图　调见《尊前集》。

尹鹗《金浮图·繁华地》，双调九十六字，前后段各十句，七仄韵。

○○●韵○○●●韵●●○○句●○○●韵●○○读●●○○●韵●●○○句●●
繁华地　王孙富贵　玳瑁筵开　下朝无事　压红裀　凤舞黄金翅　玉立纤腰　一片

●○○●韵●●●○○●韵○○●●句○●○○●韵　○○●韵○○●●韵●●
揭天歌吹　满目绮罗珠翠　和风淡荡　偷送沉檀气　堪判醉　艳迷人意　纵金

●○●○○●韵●○○●句●○○●○●韵○○●●○○韵○●○●韵●○●●句
张许史应难比　贪恋欢娱　不觉金乌西坠　还惜会难别易　韶光正媚　折尽牡丹

○○●●句●●○○●韵
金船更劝　勒住花骢辔

御带花　调见《六一词》。此调只有此词，无别首可校。

欧阳修《御带花·青春何处风光好》，双调一百字，前段九句四仄韵，后段十句四仄韵。

○○○●○○●句●●○●○●韵●○○●句●●○○●句●○○●韵●●○○句
青春何处风光好　帝里偏爱元夕　万重缯彩　搆一屏峰岭　半空金碧　宝檠银釭

●●●读○○●●韵○○●读○○●●句○●●○●韵　○○○○●●句●●●
耀绛幕　龙腾虎掷　沙堤远　雕轮绣毂　争走五侯宅　雍雍熙熙作昼　会乐府

○○句●●○●句●○○●句●●●○○句●○○●韵●●○○读●●●句●○●
神姬　海洞仙客　曳香摇翠　称执手行歌　锦街天陌　月淡寒轻　渐向晓　漏声寂

●韵○○●读○○●●句●●●○●韵
寂　当年少　狂心未已　不醉怎归得

泛清波　摘遍《宋史·乐志》有林钟商《泛清波》大曲。沈括《笔谈》：凡曲每解有数叠者，裁截用之，谓之摘遍。此盖摘《泛清波》曲之一遍也。此调只有此词，其平仄亦从之。

晏几道《泛清波摘遍·催花雨小》，双调一百六字，前段十一句五仄韵，后段十句六仄韵。

○○●●句●●○○句●●●○○●●韵●○○●句●●○○●○●韵○○●韵○
催花雨小　着柳风柔　都似去年时候好　露红烟绿　尽有狂情斗春早　长安道　秋

○●●句○●○○句○●●○○●●韵●●○○句●●○○●○●韵　●○●韵
千影里　丝管声中　谁放艳阳轻过了　倦客登临　暗惜光阴恨多少　楚天渺

○●●○●○句●●●○○●韵○●○○●●○句●○○●韵●○●韵○●●●●
归思正如乱云　短梦未成芳草　空把吴霜点鬓华　自悲清晓　帝城杳　双凤旧约渐

○句○○●○○●韵●●○○●●●句○○●韵
虚　孤鸿后期难到　且趁朝花夜月翠　尊频倒

摸鱼儿　一名《摸鱼子》，唐教坊曲名。晁补之词，有“买陂塘，旋栽杨柳”句，更名《买陂塘》，又名《陂塘柳》，或名《迈陂塘》；辛弃疾赋怪石词，名《山鬼谣》；李冶赋并蒂荷词，有“请君试听双蕖怨”句，名《双蕖怨》。

欧阳修《摸鱼儿·卷绣帘》，双调一百十七字，前段十一句六仄韵，后段十二句五仄韵。前段起句及第三句，多一衬字，又后段第四、五句，句读不同，备参考。

●●○读○○○●●句●●●○○●韵●●○读○●○○●句●●●○○●韵○●
卷绣帘　梧桐秋院落　一霎雨添新绿　对小池　闲理残妆浅　向晚水纹如縠　凝远

●韵●○●●●句●●○○●韵●○●●韵●●●○○句●○●●句●●○○●韵
目　恨人去寂寂　凤枕孤难宿　倚阑不足　看燕拂风檐　蝶翻露草　两两长相逐

○○●韵●●○○●●句○○○●○●韵●○○○●句○○●●○○●韵●○●读
双眉促　可惜年华晼晚　西风初弄庭菊　况伊家年少　多情未已难拘束　那堪更

●○●○○句●●○○●韵○○●●句●●●○○句○○○●句○○●○●韵
趁凉景追寻　甚处垂杨曲　佳期过尽　但不说归来　多应忘了　云屏去时嘱

六幺令　《碧鸡漫志》：《六幺》一名《绿腰》，一名《乐世》，一名《录要》。或云，此曲折无过六字者，故曰《六幺》。今《六幺》行于世者，曰黄钟羽，即俗呼般涉调；曰夹钟羽，即俗呼中吕调；曰林钟羽，即俗呼高平调；曰夷则羽，即俗呼仙吕调，皆羽调也。

晏几道《六幺令·日高春睡》，双调九十四字，前后段各九句，五仄韵。

◎○⊙●句⊙●⊙○●韵⊙◎⊙⊙●句⊙●◎○●韵◎●○○●●句◎●○○●
日高春睡　唤起懒装束　年年落花时候　惯得娇眠足　学唱宫梅便好　理暖银笙逐

韵⊙○○●韵⊙○◎●句◎●◎○●○●韵　●●○○○●句⊙●○○●韵⊙●
翠蛾低绿　堪教人恨　却似江南旧时曲　常记东楼夜雪　翠幕遮红烛　还是

⊙●○○句●●○◎●韵⊙●○○●●句◎●○○●韵◎○○●韵⊙○◎●句◎●
芳酒杯中　一醉光阴促　曾笑阳台梦短　无计怜香玉　此欢难续　乞求歌罢　借取

◎○●○●韵
归云画堂宿

醉蓬莱　《乐章集》注：林钟商。赵磻老词，有“璧月流光，雪消寒峭”句，名《雪月交光》；韩淲词，有“玉作山前，冰为水际，几多风月”句，名《冰玉风月》。

欧阳修《醉蓬莱》，双调九十七字，前段十一句四仄韵，后段十二句四仄韵。

●⊙○◎●句◎●○○句◎○○●韵⊙●○○句●⊙○○●韵◎●○○句◎○⊙●
见羞容敛翠　嫩脸匀红　素腰袅娜　红药阑边　恼不教伊过　半掩娇羞　语声低颤

句●◎○○◎●韵●○○◎句⊙○◎●句◎○○●韵　◎●○○句◎○⊙●句◎
问道有人知么　强整罗裙　偷回波眼　佯行佯坐　更问假如　事还成后　乱

●○○句●○○●韵⊙●○○句●◎○○●韵◎●○○句◎◎⊙●句●◎○○●韵
了云鬟　被娘猜破　我且归家　你而今休呵　更为娘行　有些针线　诮未曾收啰

●◎○⊙句⊙○⊙●句◎○○●韵
却待更阑　庭花影下　重来则个

附录三

附录四

读《花间集》

一

《花间集》是我国最早的文人词诸家选集，于五代十国时期后蜀的广政年间面世。

赵崇祚编选，录词人 18 家，选词作 500 首，以“数”组卷，匀之为十，喻之“十全十美”。

欧阳炯为叙，他在《花间集叙》中得意地说：“昔郢人有歌阳春者，号为绝唱，乃命之为《花间集》。”将《花间集》与阳春白雪相提并论，标榜为绝唱。不错，《花间集》应是“花间”的绝唱。

《花间集》简直是花的世界，词作涉“花”者有 339 首，占总数的 67.8%。所写花木有：牡丹花、海棠花、杜鹃花（踯躅花）、水荭花、夜合花、芍药花、石榴花、豆蔻花、梨花、杏花、梅花、桃花、樱花、芦花、荻花、柳花、榆花、桂花、蘋花、菊花、菱花、琼花、丁香、木兰、木棉、芭蕉、红蓼、梧桐、刺桐、木槿、蔷薇、荷藕、兰蕙等等，总共 33 种之多。

有概说的，如“花花，满枝红似霞”（温庭筠《思帝乡·花花》）。

有总说的，如“终日两相思，为君憔悴尽，百花时”（温庭筠《南歌子·倭堕低梳髻》），“蜂须轻惹百花心”（薛昭蕴《浣溪沙·握手河桥柳似金》）。

有盛开、尽坼的，如“池上海棠梨，雨晴红满枝”（温庭筠《菩萨蛮·翠翘金缕双鸂鶒》）；有初开、半坼的，如“指点牡丹初绽朵”（韦庄《浣溪沙·清晓妆成寒食天》）。

有零落、凋谢的，如“花落子规啼”（温庭筠《菩萨蛮·玉楼明月长相忆》），“牡丹花谢莺声歇”（温庭筠《菩萨蛮·牡丹花谢莺声歇》），“海棠零落，莺语残红”（欧阳炯《凤楼春·凤髻绿云丛》）。

写色彩的，如“满宫明月梨花白”（温庭筠《菩萨蛮·满宫明月梨花白》）；写质感的，如“隔墙梨雪又玲珑”（韦庄《浣溪沙·欲上秋千四体慵》）；写香味的，如“海棠香老春江晚”（和凝《临江仙·海棠香老春江晚》）。

集子词作所写的花，要数杏花为多。古代常以杏花比喻女性，如“一枝红杏出墙来”。

红杏、白杏枝繁叶茂、明丽飘香：

“杏枝如画倚轻烟，琐窗前。”——顾敻《虞美人·深闺春色劳思想》

“露花鲜，杏枝繁，莺啭。”——顾敻《河传·曲槛》

“萱草绿，杏花红，隔帘栊。”——温庭筠《定西番·海燕欲飞调羽》

“画楼离恨锦屏空，杏花红。”——温庭筠《蕃女怨·碛南沙上惊雁起》

“梁燕归红杏”——孙光宪《河传·花落》

“香阁掩，杏花红，月明杨柳风。”——牛峤《更漏子·星渐稀》

“红杏，交枝相映。”——张泌《河传·红杏》

“暖觉杏梢红。”——和凝《菩萨蛮·越梅半坼轻寒里》

“碧桃红杏”——毛熙震《女冠子·碧桃红杏》

“杏花含露团香雪”——温庭筠《菩萨蛮·杏花含露团香雪》

“药院杏花香”——牛峤《女冠子·星冠霞帔》

“醮坛风急杏花香”——顾敻《虞美人·少年艳质胜琼英》

“蘋叶软，杏花明。”——和凝《春光好·蘋叶软》

杏花零落、凋谢：

“雨后却斜阳，杏花零落香。”——温庭筠《菩萨蛮·南园满地堆轻絮》

“月孤明，风又起，杏花稀。”——温庭筠《酒泉子·楚女归》

“同伴，相唤，杏花稀。”——温庭筠《河传·同伴，相唤》

“春日游，杏花吹满头。”——韦庄《思帝乡·春日游》

“杏花飘尽龙山雪” ——牛峤《应天长·玉楼春望晴烟灭》

“隔帘零落杏花阴”——张泌《浣溪沙·偏戴花冠白玉簪》

“约砌杏花零”——鹿虔扆《临江仙·无赖晓莺惊梦断》

杏花被拟人化：

“杏花未肯无情思”——温庭筠《杨柳枝·南内墙东御路傍》

“杏花凝恨倚东风”——张泌《浣溪沙·翡翠屏开绣幄红》

“杏花明月始应知”——张泌《浣溪沙·枕幛熏炉隔绣帷》

“杏花愁，莺正语”——顾敻《酒泉子·杨柳舞风》

“交枝红杏笼烟泣”——牛峤《菩萨蛮·玉钗风动春幡急》

“杨柳只知伤怨别，杏花应信损娇羞。”——孙光宪《浣溪沙·揽镜无言泪欲流》

“杨柳杏花时节，几多情？”——毛熙震《南歌子·远山愁黛碧》

以花比喻美人。韦庄《菩萨蛮·红楼别夜堪惆怅》“劝我早归家，绿窗人似花”，孙光宪《河传·太平天子》“如花殿脚三千女”、《女冠子·淡花瘦玉》“淡花瘦玉，依约神仙妆束”，李珣《浣溪沙·红藕花香到槛频》“可堪闲忆似花人”，均为以花喻人的例子。

以花比喻美人容貌。顾敻《遐方怨·帘影细》“嫩红双脸似花明”、《荷叶杯·曲砌蝶飞烟暖》“花如双脸柳如腰”，毛熙震《何满子·无语残妆淡薄》“笑靥嫩疑花拆”，尹鹗《杏园芳·严妆嫩脸花明》“严妆嫩脸花明”。

以莲花比喻美人面容。欧阳炯《南乡子·二八花钿》“胸前如雪脸如莲”，顾敻《荷叶杯·金鸭香浓鸳被》“腰如细柳脸如莲”，鹿虔扆《临江仙·无赖晓莺惊梦断》“一自玉郎游冶去，莲凋月惨仪形”，李珣《临江仙·莺报帘前暖日红》“强整娇姿临宝镜，小池一朵芙蓉”。

但是，《花间集》中的“花”，是指植物花，还是指美人如花，还是它与她合二为一，有时真是令人难以分清。“照花前后镜，花面交相映”（温庭筠《菩萨蛮·小山重叠金明灭》）。“照花”的“花”，双关语。字面上是说以鲜花作头饰，“呵花满翠鬟”（温庭筠《南歌子·扑蕊添黄子》），以花作头饰，簪满鬟髻；“双鬓隔香红”（温庭筠《菩萨蛮·水精帘里玻璃枕》），香红，指花，以色味指代花，实际上是比喻照镜的妇人，人如花美，照花亦即照人，所以说“花面交相映”。

“花间”二字，在集子中出现四处：一处，欧阳炯《南乡子·袖敛鲛绡》“豆蔻花间趓晚日”；另一处，张泌《蝴蝶儿·蝴蝶儿》“还似花间见，双双对对飞”。其余二处，欧阳炯《贺明朝》两首词中，第一句的头四个字皆为：“忆昔花间”。

其一：忆昔花间初识面，红袖半遮妆脸，轻转石榴裙带，故将纤纤玉指，偷撚双凤金线。　碧梧桐锁深深院。谁料得，两情何日教缱绻？羡春来双燕，飞到玉楼，朝暮相见。

其二：忆昔花间相见后，只凭纤手，暗抛红豆。人前不解，巧传心事。别来依旧，辜负春昼。　碧罗衣上蹙金绣，睹对对鸳鸯，空裛泪痕透。想韶颜非久，终是为伊，只恁偷瘦。

欧阳炯两首词中的“花间”，是指谈情说爱的绚丽环境氛围。两首词叙述了谈情的两次经过，其一，说的是花间初次相见，女子示意与君相好，盼望俩人能像春天的双燕一般，双双对对，朝朝暮暮。其二，说的是再次花间相见，赠红豆，大胆地向心上人示爱定情，并誓言，为了他，可以任凭憔悴消瘦。

《花间集》有词调《醉花间》，此调属“夹钟商”，俗称“双调”，始见唐《教坊记》。毛文锡以此调填词二首，均41字，皆为言情之作，其一写征人眷妇之怨，其二写相思。沈初评说

"助教新词菩萨蛮,司徒绝调醉花间。晚唐风格无逾此,莫道诗家降格还。"

与"花间"同义、近义的有:

花里——

"花里暂时相见"——温庭筠《更漏子·金雀钗》

"花里暗相招"——温庭筠《南歌子·转盼波眼》

"小船摇漾入花里"——温庭筠《荷叶杯·楚女归南浦》

"露桃花里小楼深"——顾夐《甘州子·露桃花里小楼深》

"刺桐花里门斜闭"——李珣《菩萨蛮·回塘风起波纹细》

花丛、芳丛——

"翠屏金屈曲,醉入花丛宿"——韦庄《菩萨蛮·如今却忆江南乐》

"蕙风飘荡入芳丛"——张泌《酒泉子·绿树春深》

"蝶来蝶去,任绕芳丛。"——张泌《赞成功·海棠未坼》

花下——

"画画桥边春水,几年花下醉。"——韦庄《归国遥·金翡翠》

"绝代佳人难得,倾国,花下见无期。"——韦庄《荷叶杯·绝代佳人难得》

"记得那年花下,深夜,初识谢娘时。"——韦庄《荷叶杯·记得那年花下》

"海棠花下思朦胧,醉香风。"——张泌《酒泉子·绿树春深》

"刺桐花下越台前"——李珣《南歌子·相见处》

"想佳人花下,对明月春风,恨应同。"——李珣《河传·去去,何处》

花畔——

"偏记同欢秋月低,帘外论心,花畔和醉,暗相携。"——魏承班《黄钟乐·池塘烟暖草萋萋》

从以上分析,我们可以看到,《花间集》的花,既指植物世界的花,亦指人类社会的"花"——女性。《花间集》的花间(花里、花丛、芳丛、花下、花畔),即是花儿缭绕、簇拥的空间环境,女性活动的妍丽氛围,构成词集的词境基调。人活于花间,谈情说爱,构成词集的主要内容。《花间集》的命名,大体出于这些因由吧。

作品选集的命名,往往反映出编辑意图和选择作品的标准。华钟彦在《花间集注·前言》中指出"所选十八家,其中温庭筠、皇甫松、薛昭蕴皆唐人,早于后蜀数十年不等;张泌、和凝、孙光宪等亦非蜀人,这些词家的入选,显然是以气类相引。"《花间集》以"言情"气类相引,录选作家、选编作品。

欧阳炯《花间集叙》说:"在明皇朝,则有李太白之应制《清平乐》词四首。近代温飞卿复有《金筌集》"。《花间集》结集时,温庭筠已去世60多年,在欧阳炯的眼内,温庭筠词创作要盖过李太白。

温庭筠是个很"特别"的人物。太原人氏,又名庭云,字飞卿。貌寝陋,时号"温钟馗";才思敏捷,"工于小赋,每入试,押官韵作赋,凡八叉手而八韵成"(孙光宪《北梦琐言》),时称"温八叉";他"工为辞章,与李商隐皆有名,号温李"(《新唐书》)。但是,温庭筠屡举不第,仕途不得志,"士行尘杂,不修边幅"(《旧唐书》),显露出放荡不羁的个性,只是得了个国子助教的小官。温庭筠是推衍晚唐"词体以立"的主要人物之一,"其文窈深幽约,善达贤人君子恺恻怨悱不能自言之情,论者以庭筠为独至"(王丞《龙壁山房文集忏庵词序》)。清代陈廷焯《云韶集》评说"飞卿词以情胜"。

《花间集》从两个方面突出温庭筠这个"重量级"的词人的地位:一是集子录选温词最多,一共66首,占温庭筠现存词(近人刘毓盘辑温庭筠词为《金荃词》,共收词76首)的比例为86.84%;占《花间集》词作总数的13.2%,如果以十八家的平均值为对比基数,温词数量是对比基数的2.38倍。二是入选温词以言情为主,有61首,占92%多。从而,确立了

《花间集》"言情"的气类。

《花间集》编辑者据"言情"气类录选作品，有人统计过，集子中言情词作411首，占词总数的82%；温以外的其余十七家，入选词数为434四首，其中350首言情，占了80%多，《花间集》弥漫着脂粉香味。

一个集子以如此高的比例汇聚一方面的题材内容，这是不可忽略的现象。我们不可以用"道学家"的眼光，以思想内容不怎么样而否定它；不可以用"玩跳棋"的办法，避而不谈"言情"，或者轻描淡写地一带而过，或以其题材的多样性去替代题材的集中性。

对于"言情"问题，清代《词林纪事·序》颇有见地：

> 晚年辑是书，名纪事。纪事者何？有事则录之。否则，词虽工弗录；间有无事有前人评语，亦附入焉。窃惟词源于诗，诗源于《三百篇》。《三百篇》无非事者。故孔子以为可以兴，可以观，可以群，可以怨，且推诸事父事君之重。后代诗人，或仅以工声偶，务绮靡，降而倚声。则直以为弄月嘲风，供浅斟低唱以娱心而已。试取宋金元词考之，不尽然也。其事关伦纪者甚多，如苏东坡《水调歌头·琼楼玉宇》……凡此忠孝节义之事，可略举也。或谓终不敌迷花酒之事居多？窃以为何文缜尽节名臣也，而有赠妓惠柔之作；真西山作《大学衍义》人也，而有《蝶恋花》之词。盖古来孝节忠义之事，大抵发于情。情本于性，未有无情而能自立于天地间者。此双莲雁丘、鸟兽草木，亦以情而并垂不朽也。昔京山郝氏论诗曰："诗多男女之脉，何也？"曰："夫妇人道之始也。"故情欲莫甚于男女，廉耻莫大于中闺。礼义养于闺门者最深，而声音发于男女者易感。故凡托兴男女者，和动之音，性情之始，非尽男女之事也。得此意以读是书，则闺房琐屑之事，皆可作忠孝节义之事观。又岂特偎红倚翠，滴粉搓酥，供酒边花下低唱也哉！

这篇序言，给我们一个信息，"情"是人的本性，"情本于性，未有无情而能自立于天地间者。""闺房琐屑之事，皆可作忠孝节义之事观"，说得何等深刻。

《花间集》的言情题材和主题，不应只将其看着是"供酒边花下低唱"，而应该视为一个时代的产物，视为花间派词人对自然女性和社会女性之人性的诉求，对当时社会生活的缩影或聚焦。同时，其在文学创作上对言情的表达，也是开启时代的。

李国文曾劝世人：

> 读一读《花间集》，学一学古人怎样写爱，写情，写性，以及了解一下这派诗人之长长短短，或许不无裨益的。

二

（一）情之语象

为反映男女情爱，《花间集》词人承接前人或创新自造，形成丰富的象征符号体系，作为表达抒写情爱的语象。

有以动物作象征的：鸳鸯、双燕、双蝶、鹧鸪、凤凰、双飞金雁、鸂鶒、两两黄鹂、蝶交飞、鹭鸶、宿鹭眠鸥、鸡鹊、双鸾；与这些动物有关联的，如：鸳梦、（鸳鸯）交颈睡、鸳鸯春睡、鸳鸯睡、鸳寝等等。

有以植物作象征的：夜合花、萱草、红豆、莲子、芍药花、豆蔻绣连枝、同心苣。

有以用具作象征的：鸳鸯锦、锦衾、鸳衾、鸳枕（鸳鸯枕）、鸾镜、凤帐鸳被、金带枕、凤凰帷、凤枕、鸳鸯排宝帐、罗结、凤钗、凤屏、鸳帷。

有以自然物候，如"明月、鹊桥、云雨、春水"；与自然物候有关的，如"春情、春心、春思"等作为象征的。

词人运用这些象征符号体系——情之语象，表现男女恋情主题。比如毛文锡两首《虞美人》：

其一：鸳鸯对浴银塘暖，水面蒲梢短。垂杨低拂麴尘波，蛛丝结网露珠多，滴圆荷。遥思桃叶吴江碧，便是天河隔。锦鳞红鬣影沉沉，相思空有梦相寻，意难任。

其二：宝檀金缕鸳鸯枕，绶带盘宫锦。夕阳低映小窗明，南园绿树语莺莺，梦难成。玉炉香暖频添炷，满地飘轻絮。珠帘不卷度沉烟，庭前闲立画秋千，艳阳天。

其一，"鸳鸯对浴"是语象，鸳鸯，爱情象征，"对浴"比喻两人情已至深。主人公为男性，抒发对情人的思念之情。暖暖春水、短短蒲草、垂杨拂波、丝网聚露，珠滴圆荷等场景环境，烘托鸳鸯对浴。

其二，"鸳鸯枕"是语象，揭示词作主题的"眼"，使用这个语象，才可以理解词作抒发的是闺阁女子春日情思。

（二）情之缠绵

《花间集》写男女相恋相爱，情爱缠绵，有清新脱俗之作，比如张泌的《江城子》：

浣花溪上见卿卿，脸波明，黛眉轻。绿云高绾，金簇小蜻蜓。好是问他来得么？和笑道：莫多情。

是词写情人相会。地点是"浣花溪上"，"卿卿"点明两人关系已非一般。"脸波明，黛眉轻"可谓眉飞色舞，欢愉相见。男子问："来得么？"表达了对女子的爱慕臻于炽热；女子和笑道"莫多情。"没有直说可否，含蓄中又带暗示，表现了少女的矜持，和笑而答，是对男子问题作出的肯定回答。一问一答，颇像戏剧对白演示，表现了少男少女纯情，形象天真可爱。

"春女怀春"，指少女情窦初开，这是人的本性的萌发，是情爱缠绵的动因。张泌《蝴蝶儿》写的就是少女怀春：

蝴蝶儿，晚春时。阿娇初着淡黄衣，倚窗学画伊。 还似花间见，双双对对飞。无端和泪拭燕脂，惹教双翅垂。

晚春，阿娇穿着淡黄衣，倚在窗前观蝶写生，画作成。她欣赏画作上那双双对对在花间翩翩起舞的蝴蝶，无端端地落泪。语象"双蝶"，告诉读者，她在怀春。

理想爱情的追求、因缘好坏的选择，对女子来说，是极为重要的。牛峤有两首词描写了女子对好因缘的渴望：

《菩萨蛮》：玉钗风动春幡急，交枝红杏笼烟泣。楼上望卿卿，窗寒新雨晴。 熏炉蒙翠被，绣帐鸳鸯睡。何处有相知？羡他初画眉。

《梦江南》：含泥燕，飞到画堂前。占得杏梁安稳处，体轻唯有主人怜，堪羡好因缘。

男女大胆追求爱情，才有爱后的缠绵。韦庄《思帝乡》写女子的爱情表白：

春日游，杏花吹满头。陌上谁家年少，足风流。妾拟将身嫁与，一生休。纵被无情弃，不能羞。

牛峤《菩萨蛮》写男子对女子的追求：

柳花飞处莺声急，晴街春色香车立。金凤小帘开，脸波和恨来。 今宵求梦想，难到青楼上。赢得一场愁，鸳衾谁并头？

男女赠物定情示爱。皇甫松《采莲子》"贪看年少信船流，无端隔水抛莲子"。毛文锡《浣沙溪·春水轻波浸绿苔》"兰麝飘香初解佩，忘归来"。孙光宪《菩萨蛮·青岩碧洞经朝雨》"红日欲沉西，烟中遥解觿"，两人烟波中定情。李珣《南乡子·相见处》写女子遗双镯定情。

《花间集》通过写热恋中的忧虑，表现情笃。比如，女子怕男子薄情。如牛峤《梦江南》：

红绣被，两两间鸳鸯。不是鸟中偏爱尔，为缘交颈睡南塘，全胜薄情郎。

（三）情之离恨

《花间集》词人，称得上是"煽情"高手。他们不写聚首、团圆之喜，却写分手、别离之恨，通过"恨"去写"爱"。善于抓住人们送别时别离在即的那一刻，作为情节，抒写"离恨”,很能揪住人心,煽动人情,而富艺术感染力。

欲离别——含愁、含恨、伤情

指离别时将离未别。韦庄《清平乐》和《望远行》:

《清平乐》:莺啼残月,绣阁香灯灭。门外马嘶郎欲别,正是落花时节。 妆成不画蛾眉,含愁独倚金扉,云路香尘莫扫,扫则郎去归迟。

《望远行》:欲别无言倚画屏,含恨暗伤情。谢家庭树锦鸡鸣,残月落边城。 人欲别,马频嘶,绿槐千里长堤。出门芳草路萋萋,云雨别来东西。不忍别君后,却入旧香闺。

欢后别——留不住,泪千行

韦庄《江城子》:髻鬟狼藉黛眉长,出兰房,别檀郎。角声呜咽,星斗渐微茫。露冷月残人未起,留不住,泪千行。

宴筵别——肠寸断,珍重意

韦庄《上行杯》两首:

其一:芳草灞陵春岸。柳烟深,满楼弦管。一曲离歌肠寸断。 今日送君千万,红缕玉盘金镂盏,须劝珍重意,莫辞满。

其二:白马玉鞭金辔,少年郎,离别容易。迢递去程千万里。 惆怅异乡云水,满酌一杯劝和泪。须愧珍重意,莫辞醉。

和泪别——绿罗裙,怜芳草

温庭筠《清平乐·洛阳愁绝》、孙光宪《上行杯·草草离亭鞍马》、牛希济《谒金门·秋已暮》、李珣《河传·春暮,微雨》等都是写挥泪送别。而牛希济《生查子·春山烟欲收》写泪别赠言,却另有韵味:

春山烟欲收,天淡稀星小。残月脸边明,别泪临清晓。 语已多,情未了,回首犹重道:记得绿罗裙,处处怜芳草。

结尾两句“记得绿罗裙,处处怜芳草。”道出了女子的柔情,合于她的性格。

日暮别——沉醉、无语、倚楼

张泌《浣溪沙》:钿毂香车过柳堤,桦烟分处马频嘶,为他沉醉不成泥。 花满驿亭香露细,杜鹃声断玉蟾低,含情无语倚楼西。

离恨组词——渡头盼郎、闺房忖归、黄昏泣别、河桥握别、艳遇思念,夜宴饮别

薛昭蕴写了八首《浣溪沙》,前六首可以说是一组写离恨的组词。“红蓼渡头秋正雨”写女子站立渡头盼郎归,“钿匣菱花锦带垂”写算归期盼归,从盼归角度写离恨;“粉上依稀有泪痕”,回忆黄昏送别;“握手河桥柳似金”写河桥别;“帘下三间出寺墙”,写男子艳遇别后思念;“江馆清秋缆客船”,写夜宴送别。

(四)情之联章

从《花间集》词作,可以找到男女相恋相爱过程的连续、连贯踪影。胡国瑞《论温庭筠词的艺术风格》说:“《南歌子》七首,前后一贯,写一对青年男女从追慕而相思而欢合而又相思,辞藻乃极艳丽,但仍使读者感到新鲜活泼,乃是其中表现的男女感情非常坦率鲜明。”

其一:手里金鹦鹉,胸前绣凤凰。偷眼暗形相,不如从嫁与,作鸳鸯。

富家子弟手里托承着金色的鹦鹉鸟,穿着胸前绣有凤凰图案的上衣,暗喻少女追求的理想目标。“形相”即相形,大方与直率、大胆与细致,“偷”、“暗”,写她羞涩。“不如从嫁与,作鸳鸯”,少女大胆直言道出心声,性格直快,韵味隽永。

其二:似带如丝柳,团酥握雪花。帘卷玉钩斜,九衢尘欲暮,逐香车。

美女身段如柳轻盈婀娜,肤色如雪滋润洁白。她乘坐华丽车子,玉钩卷起车帘,车子驶过繁华道路,尘土飞扬;时近黄昏,男子的心,仍在跟随着香车而去,对女子倾慕之情,

缠绵不绝。

其三：倭堕低梳髻，连娟细扫眉。终日两相思，为君憔悴尽，百花时。

首二句写梳妆，女子梳就倭堕发髻，细心描画联娟微曲黛眉。“终日两相思”，两心相悦，爱已至深。“百花时”，忧人相思时节，她思君更加憔悴不堪。

其四：脸上金霞细，眉间翠钿深。欹枕覆鸳衾，隔帘莺百啭，感君心。

女子脸带金霞微光，容光满面；佩饰翠钿低到了眉心，显得打扮不同凡响；斜靠山枕，盖着鸳鸯锦被，非睡，含蓄表达寂寞无聊；隔帘听得黄莺百啭，勾起怀春，想念情人。

其五：扑蕊添黄子，呵花满翠鬟。鸳枕映屏山，月明三五夜，对芳颜。

写女子仔细妆扮，为悦己者容。“扑蕊”，轻轻点扑；“呵花”，樱桃嘴对着艳鲜花，小心翼翼地呵气，让花儿在慢慢绽开再簪到发髻上，“满”，她竟然忘掉了梳妆要点，翠鬟哪能簪满鲜花。相会。圆月中天之夜，鸳鸯绣枕与山水画屏相互映衬，情人对视芳容。

其六：转盼波眼，娉婷似柳腰，花里暗相招。忆君肠欲断，恨春宵。

聚后分别引发相思。男子追忆花里幽会，情笃而浪漫。后二句直抒相思。

其七：懒拂鸳鸯枕，休缝翡翠裙，罗帐罢炉熏。近来心更切，为思君。

写相思。缝衣裙罗帐，本是女红；拭抹枕具、燃熏香炉亦是当时女子份内事。但是，她“懒”、“休”、“罢”。为什么如此反常？后二句揭示因由：“近来心更切，为思君”。相思越来越烦人，陷入不能自拔之境地。

三

《花间集》的花儿开开落落，经风雨，傲霜雪，总有不如意、不顺心。写“花儿”的词作“类皆抑郁之音”（华钟彦语）。

刘熙载《艺概》说：“温飞卿词，精妙绝人，然类不出乎绮怨。”指出温庭筠词作精妙绝人，但始终没有超越“绮怨”这一门类，当然，也可以说，花间派的词作大多都“类不出乎绮怨”。绮，是浓艳、富丽。怨，总说是不满；其怨亦是多样的。这里着重分析三种“绮怨”。

（一）征眷怨，表达对“年年征战”的不满

征眷怨，是指征人家眷的怨，是指征人家眷因怀念出征人而产生的怨恨之情，这类词计有 21 首，占集子女性题材的比例接近 5%；温庭筠七首，占了三分之一，占其本人的女性题材比例为 11.5%；写女性征怨题材的词人有 9 人，占词家总数的 50%。这些征眷怨词，可与集子的边塞词参照阅读，或许可以从刚、柔两个方面，全面理解边塞词的美学意义。

温庭筠七首：

“玉关（一作“玉门”）音信稀”——《菩萨蛮·翠翘金缕双鸂鶒》

“故人万里关山隔”——《菩萨蛮·满宫明月梨花白》

“肠断塞门消息”——《定西番·细雨晓莺春晚》

“停梭泪忆征人，塞门三月犹萧索”——《杨柳枝·织锦机边莺语频》

“不知征马几时归”——《遐方怨·凭绣槛》

“辽阳音信稀”——《诉衷情·莺语花舞春昼午》

“雁门消息不归来”——《番女怨·万枝香雪开已遍》

韦庄二首：

“寂寞关山道”——《清平乐·野花芳草》

“愁望玉关芳草路”——《木兰花·独上小楼春欲暮》

薛昭蕴一首：

“细草平沙番马”——《相见欢·罗襦绣袂香红》

牛峤三首：

“何处轮台声怨”——《更漏子·星渐稀》

“卷征衣”——《更漏子·南浦情》

“何处是辽阳”——《菩萨蛮·舞裙香暖金泥凤》

毛文锡三首：

“偏忆戍楼人，久绝边庭信。”——《醉花间·休相问》

“思妇对心惊，想边庭。何时解佩掩云屏。”——《诉衷情·鸳鸯交颈绣衣轻》

“梦断辽阳音信”——《河满子·红粉楼前月照》

牛希济一首：

“重叠关山岐路”——《谒金门·秋已暮》

顾敻一首：

“辽塞音书绝”——《遐方怨·帘影细》

孙光宪二首：

《酒泉子·空碛无边》，全词描写边塞景物

“引起谁人边塞情”——《望梅花·数枝开与短墙平》

李珣一首：

“行客关山路遥”——《望远行·春日迟迟思寂寥》

以上词归入征眷怨，并不是以“征”字作为依据，“征”的字义，在古代有两解：既指与战争有关的；亦指远行。因此，孙光宪《临江仙·霜井梧干叶堕》虽有“杳杳征轮何处去”句，李□《菩萨蛮·回塘风起波纹细》有“征帆何处客”句、《菩萨蛮·隔帘微雨双飞燕》有“心随征棹遥”句，均未列入，词中的“征轮”指远去的车辆，“征帆”和“征棹”都指远航的船只。

“玉关”，玉门关。故址在今甘肃省敦煌西北。此处代指边关。

“关山”，原指关塞与山岳，此泛指边塞之地。

“塞门”，关名，在今山西代县西北。此处泛指边塞。

“征马”，军用或行旅之马，此指征军用马，此词指代征人。

“辽阳”，县名。故址在今辽宁省辽阳县西北。此处泛指边塞。

“细草平沙番马”，三者皆屏风上所画景物。细草，原上的绿草；平沙，平缓的沙丘；蕃马，吐蕃之马。

“轮台”，地名，今新疆维吾尔自治区米泉县。唐代属北庭都护府管辖。《新唐书·地理志》：“北庭大都护府有轮台县，大历六年置。”

二十一首征眷怨词中，孙光宪的《酒泉子·空碛无边》，最有韵味：

> 空碛无边，万里阳关道路。马萧萧，人去去，陇云愁。　香貂旧制戎衣窄，胡霜千里白。绮罗心，魂梦隔，上高楼。

闺妇想象征夫的边塞生活，一望无垠的沙漠，空旷辽阔；万里遥遥的阳关道路，“马萧萧”、“人去去”，来回反复出战，边塞上空的云彩使人愁。闺妇担心，冬天来了，旧日貂皮制作的征衣，着在外面会不会窄小了些，能抵得住胡地边疆千里霜雪吗？闺妇叹息，往日的欢娱及美好愿望，如今皆成梦境；只有登高楼远望消愁。

温庭筠《番女怨·碛南沙上惊雁起》，则将征人作为作品的主人公：

> 碛南沙上惊雁起，飞雪千里。玉连环、金镞箭，年年征战。画楼离恨锦屏空，杏花红。

沙漠浩瀚，狂风夹着黄沙白雪，受惊的鸿雁成群飞起，飘飞的大雪弥漫千里。征人就在此等恶劣环境中，每天身穿玉连环，手拿金镞箭在守边，有什么法子，“年年征战”。征战长期连续不间断，征人的思家亦年年、日日不间断。“画楼离恨锦屏空，杏花红”，征人想象：家里人因离恨而感画楼寂寞、锦屏冷空。春来了，红杏花开，但人却各一方。

如果说这首词阳刚中带着柔情，抒发了凄切的忆家感情，那么集子中以征眷为主人公的词作则是阴柔中带着炽烈，共同流露了怨恨年年征战的情绪。

（二）主妇怨，诉说对“北里倡风”的不满

主妇怨，指家庭主妇的怨，主要表现为对夫君不归家的抱怨情绪。顾夐就有三首词写主妇怨的表现：

“可堪荡子不还家”——《浣溪沙·春色迷人恨正赊》

“玉郎还是不还家”——《虞美人·深闺春色劳思想》

“堪憎荡子不还家”——《酒泉子·水碧风清》

《花间集》词作对产生主妇怨的原因作了披露：

一是，“惆怅少年游冶去”（顾夐《玉楼春·月照玉楼春日晚》），“一自玉郎游冶去，莲凋月惨仪形”（鹿虔扆《临江仙·无赖晓莺惊梦断》）。

二是，“恨郎何处纵疏狂”（顾夐《玉楼春·柳映露华窗影细》），“终是疏狂留不住，花暗柳浓何处……长恨朱门薄暮，绣鞍骢马空归”（孙光宪《清平乐·等闲无语》）。

三是，“无计留他狂耍婿”（顾夐《玉楼春·拂水双飞来去燕》）。

四是，“正忆玉郎游荡去”（顾夐《杨柳枝·秋夜香闺思寂寞》）。

五是，“玉郎何处狂饮？醉时想得纵风流”（魏承班《满宫花·雪霏霏》）。

六是，“何处贪欢乐”（魏承班《生查子·寂寞画堂空》）。

下面我们再简略分析三篇词作：

第一首，孙光宪的《浣溪沙·风递残香出绣帘》：

风递残香出绣帘，团窠金凤舞襜襜，落花微雨恨相兼。　何处去来狂太甚，空推宿酒睡无厌，怎教人不别猜嫌？

孙词先写暮春的晓景，风儿将残余的熏香味吹送出绣帘外面，也将帘上团绣的金凤凰飘舞起来，春花凋谢坠落、春雨滴落声声，令女主人公怨恨倍增。她对夫君猜嫌：都不知道去了那里轻狂才回转家来，只是一句说昨夜的酒未醒，便蒙头睡个不够，全然不顾她的温柔体贴与思念眷恋，怎么不使人心里猜疑呢？全词以含蓄的笔调，不满北里倡风里的夫君所为。

第二首，尹鹗的《醉公子·暮烟笼藓砌》：

暮烟笼藓切，戟门犹未闭。尽日醉寻春，归来月满身。　离鞍偎绣袂，坠巾花乱缀。何处恼佳人？檀痕衣上新。

尹词抓住贵公子纵酒寻春，戴月醉归的典型情节，写出主妇怨。词作开头直指醉公子之家：傍晚显贵人家的大门洞开，他终日在外花天酒地，寻芳作乐，归来时月光笼照着他。一下马鞍，他就栽倒在佳人怀里，坠落下围巾，却将包里的花儿散乱撒了一地。结尾处却出人意料，佳人最令其恼的是公子衣服上新沾上的檀色口红印痕迹。

第三首，尹鹗的《菩萨蛮·陇云暗合秋天白》：

陇云暗合秋天白，俯窗独坐窥烟陌。楼际角重吹，黄昏方醉归。　荒唐难共语，明日还应去。上马出门时，金鞭莫与伊。

主妇秋日俯窗独坐，凝神尘路，直至黄昏，等到夫君醉归。“荒唐难共语”，他行为放荡，很难谈到一块儿，劝说他，他却执意“明日还应去”。闺妇无奈，设想等明日他上马时，不给马鞭予他。结尾耐人寻味。

以上三首词都形象地反映了当时青楼业对男人的腐蚀，使主妇们怨恨日深，影响乃至破坏了和谐的家庭生活。

（三）宫女怨，反映对情欲被压抑的不满

宫女怨，指宫女们的怨恨，这是一个咏吟已久的主题，《花间集》只收录了 11 首，虽然数量不为多,但从一个侧面反映了社会生活。

温庭筠共有5首宫女怨词,一是《菩萨蛮·竹风轻动庭徐冷》,写一个宫女身在深宫,面对早春的夜风、庭除的冷意、玲珑的月影、山枕上的金凤凰,不仅勾起思乡,更惹起闺情,“春恨正关情”是对人性被压抑的凄凉诉说。二是《杨柳枝·宜春苑外最长条》,写宫女目睹杨柳袅娜长条,感己腰姿已失、皇宠亦失。三是《杨柳枝·金缕毵毵碧瓦沟》,写宫女目睹柳树逢春吐金缕而联想自己身处深宫不得宠。四是《杨柳枝·御柳如丝映九重》,以柳喻宫女,“一面新妆待晓风”,“待”字是宫女生活的真实写照。五是《清平乐·上阳宫晚》,写宫女希望在清平之世的新年,得到幸宠,在失望之中竟然想通过“黄金买赋”的方式,实现自己的愿望,反映了宫女在绝望中苦苦挣扎。

韦庄的《小重山·一闭昭阳春又春》,着重写宫女入宫后,长时间幽居的怨:“春又春”,如诉如泣;“宫漏永”,每个夜晚都很长很长;只能“梦君恩”,何其凄苦。

薛昭蕴则以《小重山》调写了两首宫怨,(春到长门春草青)和(秋到长门秋草黄)。长门宫是陈皇后失宠于汉武帝所居的地方,词人以此指代宫女的住处,其用意显见。“春到”一词,所写的宫女似乎入去不久,她觉得“宫漏促”,很快又听到“帘外晓啼莺”,一个夜晚又像以往一样过去了,“愁极梦难成”。她“思君切”,焦急得“手□裙带绕阶行”。“秋到”一词,写的是一个失宠的宫女,她只能回忆起在昭阳宫中的往事去自我安慰,“愁听漏更长。”

张泌的《满宫花·花正芳》,写的是最有反抗精神的宫女:

> 花正芳,楼似绮,寂寞上阳宫里。钿笼金锁睡鸳鸯,帘冷露华珠翠。　娇艳轻盈香雪腻,细雨黄莺双起。东风惆怅欲清明,公子桥边沉醉。

春花正在怒放,宫楼如丽锦,此处有两个暗示,一是比喻宫女,二是反衬宫中寂寞。接着,又以被困金笼的鸳鸯比喻宫女,以“冷露华珠翠”比喻宫女受到的冷遇。当她看到,春雨之中双双黄莺飞起,不禁萌发了念头:“东风惆怅欲清明,公子桥边沉醉。”这样结尾,真是大胆之笔,写出了叛逆性格。宫女寂寞难耐,要趁踏青之机,去找寻浪荡公子,桥边沉醉!

其他二首,尹鹗的《满宫花·月沉沉》,还有点儿意思,通过宫女一整夜的心理活动,表现其怨。孙光宪的《生查子·金井堕高梧》,比较起来,就显得苍白了。

四

《花间集叙》在中国词论史上,第一次阐发了较为系统的词体文学观,《花间集》编者亦努力践行之。词体的特色之一是娱乐性,特别是女性题材和女性主题为主要内容的选词集子,总要给人一种愉悦的、轻松的美学感观享受吧。

(一)南国女如凝露红荔,纯真质朴

《花间集》所写南国女性,大多为少女,且属劳动阶层。词人们带着喜爱的情感,带着欣赏的目光,带着赞许的笔调,去描写她们,营造成一道亮丽的风景。读后,使人如沐芬芳暖风,如见雨后芭蕉,如尝凝露红荔。

1. 采莲女——红袖摇曳逐风暖

南国女性“千呼万唤始出来”,直到卷第二,读者才终得见到采莲女形象,请看温庭筠的《河传·江畔,相唤》:

> 江畔,相唤,晓妆鲜。仙景个女采莲。请君莫向那岸边。少年,好花新满船。红袖摇曳逐风暖,垂玉腕,肠向柳丝断。浦南归,浦北归?莫知,晚来人已稀。

词作者还是不肯让她在开头出现,前三句七字,暗含四个意象,清早,江边,呼唤叫声,鲜艳晓妆的女子。第四句,“仙景个女采莲”,我们一直等待的采莲女,此时终于出现在

附录四

仙景般的荷塘。词作又卖关子，插进来船夫的三句提醒话语，你不要到岸边去，那班后生已经准备好了一船的花儿。傍晚，采莲女站立船上，晚来的暖风徐徐而过，摇曳着她那红色的衣袖，低垂的玉腕忽现忽隐。她肠断地向岸边的柳树绿丛眺望，心里在忖测，他往河浦的南边、还是北边归去。现在，行人已经稀少，问不到的了，留在采莲女心中的只是惆怅与失望。

皇甫松只入选了 12 首词，却有六分之一的词作是写采莲女的。《采莲子》，顾名思义是与采莲有关了，共两首：

其一：菡萏香莲十顷陂举棹，小姑贪戏采莲迟年少。晚来弄水船头湿举棹，更脱红裙裹鸭儿年少。

其二：船动湖光滟滟秋举棹，贪看年少信船流年少。无端隔水抛莲子举棹，遥被人知半日羞年少。

这两首词，历来得到好评，第一首刻画的采莲女天真可爱，憨态可掬；第二首刻画的采莲女情窦初开，热烈而卒直、大胆而娇羞，人物性格，生动、准确。

还有毛文锡的《应天长·平江波暖鸳鸯语》通过采莲女送别，写她的愁情，可惜一直读到结句，“愁杀采莲女”，才知道写的是采莲女，如果换成“愁杀渔家女”，似乎更为贴切，真是“毛词之所以为毛词”。

比毛词好点的，要算李□的《南乡子·兰棹举，水纹开》，刻画了一位勤劳能干、情窦初开而羞涩的采莲女。开头三句，描写采莲女划船娴熟有力，携笼轻盈敏捷，表现其勤劳能干之性格；后三句“回塘深处遥相见，邀同宴，绿酒一卮红上面”。她与情人相见于回塘深处，听到“邀同宴”，她脸庞马上像酒杯中的绿酒被塘中的红荷映衬泛起红色，生动写出娇姿中含着的羞涩。

2. 淘金女——春水烟艳镜鸾舞

《花间集》写淘金女的词作只有两首，值得一读。

薛昭蕴的《浣溪沙》是其中之一：

> 越女淘金春水上，步摇云鬓佩鸣珰，渚风江草又清香。　不为远山凝翠黛，只应含恨向斜阳，碧桃花谢忆刘郎。

是词通过淘金女思念情郎之述，抒写她对美好事物之追求。从两个角度塑造淘金女形象：一，以环境景物比喻淘金女，春水、渚风、江草、清香；二，肖像描写，饰物、头发。写淘金女内心表白，蹙眉、含恨，不关乎远山、斜阳、碧桃花谢，而在于想起心上人。“忆刘郎”三字，剖白心境，直率陈述，劳动妇女形象鲜明感人。

另一首是毛文锡的《中兴乐》：

> 豆蔻花繁烟艳深，丁香软结同心。翠鬟女，相与共淘金。　红蕉叶里猩猩语，鸳鸯浦，镜中鸾舞。丝雨隔，荔枝阴。

是词塑造了青春、活泼的淘金女形象。以豆蔻花、丁香结比喻少女之亮丽、纯洁。她们相约好，一起去淘金。芭蕉丛中猩猩啼叫，突出了南方景致个性；鸳鸯洲头，水平如镜，影照淘金女活动倩影，如鸾凤起舞。忽然间，天空下起细雨，她们急忙躲进荔枝树下。

3. 南乡花——木兰豆蔻看不足

组成南乡群芳形象的词作，主要是欧阳炯、李□的《南乡子》。

欧阳炯三首，均以“笑……”句式作结，写出了水乡少女在自给自足的经济环境中，生活无忧的欢快。

> 画舸亭桡，槿花篱外竹横桥。水上游人沙上女，回顾，笑指芭蕉林里住。

写沙上女。“回顾，笑指芭蕉林里住”，沙上女活泼有趣，人物形象亦南国水乡韵味十足。

> 洞口谁家？木兰船系木兰花。红袖女郎相引去，游南浦，笑倚春风相对语。

写春游女，洞口红袖少女相约游南浦，“笑倚春风相对语”，表现出朝气、欢乐。

二八花钿，胸前如雪脸如莲。耳坠金环穿瑟瑟，霞衣窄，笑倚江头招远客。

写多情女，从容貌、肌肤、衣着、装饰等刻画，“笑倚江头招远客”一句，何其多情。

李珣的6首写南乡少女词，又是另一番风韵(其中写采莲女的那首，上文已介绍)。

归路近，扣舷歌，采真珠处水风多。曲岸小桥山月过，烟深锁。豆蔻花垂千万朵。

乘彩舫，过莲塘，棹歌惊起睡鸳鸯。带香游女偎伴笑，争窈窕！竞折团荷遮晚照。

倾绿蚁，泛红螺，闲邀女伴簇笙歌。避暑信船轻浪里，闲游戏，夹岸荔枝红蘸水。

拢云髻，背犀梳，焦红衫映绿罗裾。越王台下春风暖，花盈岸，游赏每邀邻女伴。

第一首，采珠女集体采珠，乘夜色一路棹歌而归。第二首，写水乡少女集体游莲塘，“竞折团荷遮晚照”，群像栩栩如生。第三首，写水乡少女集体信船游，喝点绿酒，听着笙歌，信船漫游，玩着游戏，两岸荔枝熟了将江水都映红了，真是仙景养仙人。第四首，羊城少女春游，以写妆扮、衣着为主，点到风暖、岸花即止。四首词，少女群体像的总体性格特征是豁达、乐观。

沙月静，水烟轻，芰荷香里夜船行。绿鬟红脸谁家女？遥相顾，缓唱棹歌极浦去。

写水乡少女夜行舟，表现勤劳、勇敢、沉着的性格。

相见处，晚晴天，刺桐花下越台前。暗里回眸深属意，遗双翠，骑象背人先过水。

写水乡女子真情，她与意中人相会，送秋波，遗双镯，再骑象先过河，其对恋情的流露真是有点儿心计。

同样主题的，还有孙光宪《菩萨蛮·青岩碧洞经朝雨》，由早上结伴南溪写起，水乡女子驾木兰舟去与意中人相会，结尾两句“红日欲沉西，烟中遥解觿”，点出烟波中定情。

孙光宪另有《风流子·茅舍槿篱溪曲》，字面上看似写水乡风光，但从结尾处“听织，声促，轧轧鸣梭穿屋”，我们仿佛看到了织女正在默默地忙碌不停。

(二)道教女如凌空棋树，绰约艳质

《花间集》中的词作，多数是就题而写，词调就是题目，就是词作的内容。比如《女冠子》一词调，写的内容多数与女道士有关。集子中所录《女冠子》词调共19首，涉及9家词人，除去韦庄的两首《女冠子》所写不是女道士，剩下17首、8家，加上韦庄《天仙子·梦觉云屏依旧空》、顾敻《虞美人·少年艳质胜琼英》，女道士题材的共19首，10家。

牛峤《女冠子》4首：

其一：绿云高髻，点翠匀红时世。月如眉。浅笑含双靥，低声唱小词。眼看唯恐化，魂荡欲相随。玉趾回娇步，约佳期。

写一位貌美的女冠子约佳期，“眼看唯恐化，魂荡欲相随”。从男子口中道出，眼看着而内心却害怕她化仙，即使化了仙，魂魄亦要随她而去。

其二：锦江烟水，卓女烧春浓美。小檀霞。绣带芙蓉帐，金钗芍药花。额黄侵腻发，臂钏透红纱。柳暗莺啼处，认郎家。

将女道士作平常家女子来写，她跟卓文君一样浓美如酒，赴约相谑，接受了芍药花，临别时，叮嘱自己要记住“郎家”，多情人也。

其三：星冠霞帔，住在蕊珠宫里。佩玎珰。明翠摇蝉翼，纤圭理宿妆。醮坛春草绿，药院杏花香。青鸟传心事，寄刘郎。

写女道士，别后返回住处，想象着要通过青鸟为她传达思念情意。

其四：双飞双舞，春昼后园莺语。卷罗帷。锦字书封了，银河雁过迟。鸳鸯排宝帐，豆蔻绣连枝。不语匀珠泪，落花时。

春天来了，女道士心中泛起春情，回想起情书已经寄出，但还不见“刘郎”，不禁对着落花流泪。

牛峤的四首《女冠子》可作为组词读，描述以女道士与意中人从相约、赴约到相思、怀人的过程，组成四个情节，表现了人物对爱情的追求。

卓人月《古今词统》："徐士俊云：此等女冠，非鱼玄机、李冶辈乎？其实不必苛求，女道士还不是仙人，她有血有肉，有情有意，只不过是入了教罢了，而女性的本质并没有改变，女性自然具备固有的本性与欲望。"

李冰若《栩庄漫记》说道："唐自武后度女尼始，女冠甚众，其中不乏艳迹，如鱼玄机辈，多与文士往来。故唐人诗词咏女冠者类以情事入辞。薛（应为"牛"）氏四词虽题《女冠子》，亦情词也。插入道家语，以为点缀，盖风流若是，岂可与咏高僧同格耶？"

其余15首，内容及风格与牛词，相同或相近。

正如汤显祖所说："多属玉台艳体，忽插入道家语，岂为题目张本耶？"

（三）天仙女载妖娆于世，春愁谁共

我国神话传说或道教托说，长生不老者不乏女性，亦即天仙女，词调名中有《天仙子》、《临江仙》，以予词人咏之，《花间集》词人皇甫松《天仙子》2首，和凝《天仙子》2首；就《临江仙》题而咏者得9首，计有张泌一首、毛文锡一首、牛希济7首，毛文锡《巫山一段云》、《浣溪沙》咏仙女事，这样总计，《花间集》咏天仙女事词作共15首，咏天台神女、湘妃、牛郎织女。牛希济的《临江仙》7首，很有规模，咏唱巫山神女、谢女真人、弄玉萧史、湘妃、洛水神女、弄珠神女、洞庭帝女，赏析一下咏弄玉萧史那首吧：

渭阙宫城秦树凋，玉楼独上无聊。含情不语自吹箫，调清和恨，天路逐风飘。何事乘龙人忽降？似知深意相招，三清携手路非遥。世间屏障，彩笔画娇娆。

渭水河边的秦皇宫阙，树木凋黄零落，暗寓凄凉；弄玉独自一人登上玉楼，四望而更加无聊。她含情脉脉地，无言无语自个吹响玉箫，调子清幽，融和着怨恨，凄凉的箫声趁着风势在天路回旋。萧史听到玉箫声，过来相会。世人在流传着他们相恋的故事，那画屏上刻画着他们的妖娆姿容。仙人的恋情也像凡人一般，撩起罩在上面的神话面纱，乃艳词一首。

《花间集》中，自和凝以后，再无作《天仙子》调者（排其前之韦庄有《天仙子》5首却不咏天仙女）；用《临江仙》调者，亦全不咏"仙"，而只言"情"。神话故事与道教传说，成为词作的用典，这种现象大概与词作言情更趋向显露，无需借神话、宗教的外衣遮掩有关。

五

《花间集》这桌华筵，在当时不属于平民百姓，也不全归殷实小康。它是专门为达官显贵准备的，浓艳得有点儿像"人体宴"，很能满足官僚贵族的色情欲望，他们便从中得到充分的官能刺激享受。究其根源，已有不少专家学者论述过青楼业、商业对文化、文学的影响，在此不敢涉足，还是回到具体作品上来看。

（一）欢情幽会，让达官显贵以色洗眼

直接描写男女欢情幽会的词作，篇幅不少，随便列举：

韦庄《江城子·恩重娇多情易伤》：

恩重娇多情易伤，漏更长，解鸳鸯。朱唇未动，先觉口脂香。缓揭绣衾抽皓腕，移凤枕，枕潘郎。

这首词通过女子解鸳鸯、接吻、揭绣被、抽玉腕、移凤枕、枕潘郎等一系列细节动作，写出女子的"重娇多情"，含蓄而又浓烈地表现了男女欢情。再看：

玉楼冰簟鸳鸯锦，粉融香汗流山枕。帘外辘轳声，敛眉含笑惊。 柳阴烟漠漠，低鬓蝉钗落。须作一生拚，尽君今日欢。

——牛峤《菩萨蛮》

一炉龙麝锦帷旁，屏掩映，烛荧煌。禁楼刁斗喜初长，罗荐绣鸳鸯。山枕上，私语口脂香。

——顾夐《甘州子》

倡门游冶，是一种泄欲，《花间集》不予回避，录入集子。例如：

鹊桥初就咽银河，今夜仙郎自姓和。不是昔年攀桂树，岂能月里索姮娥？

——和凝《柳枝》

月华如水笼香砌，金环碎撼门初闭。寒影堕高檐，钩垂一面帘。 碧烟轻袅袅，红战灯花笑。即此是高唐，掩屏秋梦长。

——孙光宪《菩萨蛮》

金络玉衔嘶马，系向绿杨荫下。朱户掩，绣帘垂，曲院水流花谢。欢罢，归也，犹在九衢深夜。

——孙光宪《风流子》

这类词作的表达方式，一般将男主人公作为抒情主体，描写和抒情就更为显露，更能刺激达官显贵的眼球，满足意欲。

（二）非婚恋情，令达官显贵津津乐道

有些事情，颇令人费解，刘阮与天台神女的故事，其实就是非婚情，但是却在礼教社会得以流传。从这个角度去思考，《花间集》对非婚情的描写也就不奇怪了。因为在封建社会里，是男人特别是权贵们的天下，非婚情算不了什么，所以，他们就像走火入魔那样，为所欲为。对于反映非婚恋情的词作，特别是通过女主公之口诉说的非婚情，更会津津乐道，爱不释手。

阎选有一首《虞美人》直接写非婚情：

粉融红腻莲房绽，脸动双波慢。小鱼衔玉鬓钗横，石榴裙染象纱轻，转娉婷。

偷期锦浪荷深处，一梦云兼雨。臂留檀印齿痕香，深秋不寐漏初长，尽思量。

李珣的《虞美人·金笼莺报天将曙》抓住分手送别情节，刻画一对非婚恋情者：

金笼莺报天将曙，惊起分飞处。夜来潜与玉郎期，多情不觉酒醒迟，失归期。

映花避月遥相送，腻髻偏垂凤。却回娇步入香闺，倚屏无语撚云篦，翠眉低。

温庭筠《更漏子》写女子对情郎的思念：

星斗稀，钟鼓歇，帘外晓莺残月。兰露重，柳风斜，满庭堆落花。 虚阁上，倚栏望，还似去年惆怅。春欲暮，思无穷，旧欢如梦中。

词的结句可以窥见，写的是非婚情，越轨行为，称为寻欢作乐，“旧欢”显然不是夫妻之欢。一年不见，心中惆怅，往日的欢情只能留在梦里。

温庭筠又一首《更漏子》，抒发对负心情郎既爱又怨的感情：

金雀钗，红粉面，花里暂时相见。知我意，感君怜，此情须问天。 香作穗，蜡成泪，还似两人心意。山枕腻，锦衾寒，觉来更漏残。

魏承班《诉衷情》写男子对女子的相思：

金风轻透碧窗纱，银釭焰影斜。倚枕卧，恨何赊，山掩小屏霞。 云雨别吴娃，想容华。梦成几度绕天涯，到君家。

词作亦有反映男女对此“情悰”，而产生无可奈何的感觉。如孙光宪的《更漏子》：

今夜期，来日别，相对只堪愁绝。偎粉面，撚瑶簪，无言泪满襟。 银箭落，霜华薄，墙外晓鸡咿喔，听吩嘱，恶情悰，断肠西复东。

（三）管弦歌谊，合达官显贵附庸风雅

在那个年代，词与音乐、歌舞是密不可分的，特别是应歌方式的词作。达官显贵欣赏词，很多时候是通过“听”来实现的，无疑会结识歌伎舞女（家中的吴娃越艳不在此列），产生“情谊”。据学者考证，青楼歌阁中的佼者，与达官显贵相识后，会索诗词墨宝；达官显贵也不推辞。这样，她们会以此昭示自己高攀得手，以抬身价；达官显贵也以能给她们留下点东西而觉得光彩，因为他们相识了佼者。

孙光宪两首《浣溪沙》正是描述这种情形：

其一：桃杏风香帘幕闲，谢家门户约花关，画梁幽语燕初还。 绣阁数行题了壁，晓屏一枕酒醒山，却疑身是梦魂间。

其二：乌帽斜欹倒佩鱼，静街偷步访仙居。隔墙应认打门初。 将见客时微掩敛，得人怜处且生疏，低头羞问壁边书。

歌女妙唱，行令斗酒，王孙公子醉，娱乐遣兴情未已：

轻敛翠蛾呈皓齿，莺啭一枝花影里。声声清迥遏行云，寂寂画梁尘暗起。 玉斝满斟情未已，促坐王孙公子醉。春风筵上贯珠匀，艳色韶颜娇旖旎。

——魏承班《玉楼春》

筵席赏歌舞：

轻盈舞妓含芳艳，竞妆新脸。步摇珠翠修蛾敛，腻鬟云染。歌声慢发开檀点，绣衫斜掩。时将纤手匀红脸，笑拈金靥。 ——毛熙震《后庭花》

绮筵识佳人：

露桃花里小楼深，持玉盏，听瑶琴。醉归青琐入鸳衾。山枕上，翠钿镇眉心。

——顾敻《甘州子》

罗裙薄薄秋波染，眉间画时山两点。相见绮筵时，深情暗共知。 翠翘云鬓动，敛态弹金凤，宴罢入兰房，邀人解佩珰。 ——魏承班《菩萨蛮》

琴女相思，抚琴怀人：

烟雨晚晴天，零落花无语。难话此时心，梁燕双来去。 琴韵对熏风，有恨和情抚。肠断断弦频，泪滴黄金缕。 ——魏承班《生查子》

筝女爱问曲名，以传其情，真有点"欲得周郎顾，时时错弄弦"之翻版味：

远山愁黛碧，横波慢脸明，腻香红玉茜罗轻。深院晚堂人静，理银筝。 鬓动行云影，裙遮点屐声，娇羞爱问曲中名。杨柳杏花时节，几多情？ ——毛熙震《南歌子》

（四）宴筵酒友——助达官显贵娱乐遣兴

宴乐，唐末五代盛行的一种酒筵歌席形式，宴，必有酒，必有歌，有歌必有伎，有伎，必有词。宴乐实质上是伎乐，歌伎舞伎的表演来助宴劝酒，词的娱乐功能正好在此发挥，成为席间不可少的重要表演内容，以助达官显贵娱情遣兴。

毛文锡《西溪子》写的正是此情：

昨日西溪游赏，芳树奇花千样，锁春光。金樽满，听弦管，娇妓舞衫香暖。不觉到斜晖，马驮归。

下面三首，写女子醉态：

瑟瑟罗裙金缕腰，黛眉偎破未重描。醉来咬损新花子，拽住仙郎尽放娇。

——和凝《柳枝》

红炉深夜醉调笙，敲拍处，玉纤轻。小屏古画岸低平，烟月满闲庭。山枕上，灯背脸波横。 ——顾敻《甘州子》

罗衣隐约金泥画，玳筵一曲当秋夜。声战觑人娇，云鬓袅翠翘。 酒醺红玉软，眉翠秋山远。绣幌麝烟沉，谁人知两心？ ——魏承班《菩萨蛮》

女子都醉了，那男的就醉得更甚：

绿树藏莺莺正啼，柳丝斜拂白铜堤，弄珠江上草萋萋。 日暮饮归何处客？绣鞍骢马一声嘶，满身兰麝醉如泥。 ——韦庄《浣溪沙》

我们知道，《花间集》词人生活的年代为唐末五代。唐末，阶级矛盾不断加剧，终于爆发了黄巢农民起义，统治者虽然将起义镇压下去了，但却出现了藩镇割据的局面，社会走向祸乱，唐朝被朱全忠弑唐哀帝灭亡，朱自立为王称帝，引发了藩镇之间的你争我夺。结果，中原地区相继出现后梁、后唐、后晋、后汉、后周五个王朝，南方等地则有吴越、吴、南唐、闽、南汉、楚、荆南、前蜀、后蜀、北汉等十国，此外，还有许多地方政权的存在。分裂割治、契丹侵扰的五代十国是个久治不愈时期。然则，地处西南一隅、远离中原逐鹿的前蜀、后蜀，王氏、孟氏总共统治了60年，社会局势相对稳定，经济较为繁荣。然而，在国土分裂而治的乱世大环境中，人们要及时行乐，以寻求实现自我价值、生命之意义。韦庄《天仙子》：

深夜归来长酩酊，扶入流苏犹未醒，醺醺酒气麝兰和，惊睡觉，笑呵呵，长道人生能几何？

这首词正好反映了封建士大夫们醉生梦死的糜烂生活，为后人研究五代十六国时期众多小国的分崩离析，提供了颇有价值的批判参考材料。

六

（一）"一枝春艳浓"，审美趣尚——繁缛美

《花间集》刻画的女性，如繁花缤纷，千姿百态，烂熳繁缛，令人眼花目眩，春艳"一群群"，是"绝代佳人"，"倾国倾城"。她们是"神仙"，是"琪树"；她们个个"人如玉"、"人似月"。她们每个人"浓"得有鲜明的个性：有"一枝红牡丹"、有"一枝娇卧醉芙蓉"，有"一枝春雪冻梅花"，有"腰如细柳脸如莲"，"胸前如雪脸如莲"，"笑靥嫩疑花坼"，"粉融莲房绽"、"时呈笑容无限态，还如菡争芳"。她们"质艳胜琼英……画难成"，"春情满眼脸红绡，娇妒索人饶"，太惹人怜爱了。

春艳浓，不仅有形可观，更有香可闻，"谁家绣縠动香尘，隐映神仙客"，她们"满身香雾簇朝霞"，"满衣红藕细香清"，"嫩玉抬香臂"，"斜日倚栏风好，余香出绣衣"，"整鬟飘袖野风香"，"娇艳轻盈香雪腻"，" 鬓云欲度香腮雪"。"朱唇未动，先觉口脂香"，"宛风如舞透香肌"，"游女带香偎伴笑"。

春艳浓，不是徒有外表，还有"无限心曲"显其浓。她们"蕙兰心，此情江海深"。即使是"残香犹暖绣笼"，仍然是"蕙心无处与人同"。"藕花落尽见莲心"，艳丽的莲花凋谢了，却会结出莲房，看到莲心。她们多情而又善解人意，"春女多情"，"云解有情花解语"。相思之时表现得通情达理，"换我心为你心，始知相忆深"。装嗔时，"佯弄红丝蝇拂子，打檀郎"；真嗔时，"上马出门时，金鞭莫与伊"。

花间词人们运用多种手法、多层面、多角度去编织春艳浓之繁缛。运用比喻手法，在形、质两方面，从视觉效果上给人繁缛美感；调动嗅觉，从外到内，从观感、质感、味觉等方面，表现"浓"，给人美感。

花间词人为追求繁丽的美学效果，不仅创造了表现女性的一系列意象，而且每一个单体意象也是多样的。

先看"眉"：蛾眉、黛眉、眉黛远山绿、黛眉山两点、远山凝翠黛、柳如眉、柳叶眉、连娟细扫眉、杨柳堕新眉、愁蛾浅、翠蛾愁、翠蛾愁不消、一双愁黛远眉、远山眉黛绿、月如眉、敛愁眉、双眉淡薄、低翠黛、眉剪春山翠、愁眉敛翠、敛眉、恨翠（指眉）、半敛眉、欲敛细眉。

再看鬓鬟：云鬓、云鬟髻、云发、绿云髻、绿云倾、绿云高髻、绿云高绾、翠鬟、鬓如云、蝉鬓、鬓如蝉、蝉鬓轻、低鬓、云鬓欲度 云鬓堕、鬓云垂、倭堕低梳髻、睡觉绿云风乱、髻绾青丝发、髻盘珊、翠鬟抛掷一簪长、花鬟月鬓绿云重、鬓斜发交加。

在一首词里，为塑造一个意境，密集地使用意象。如温庭筠的《归国遥》：

双脸，小凤战篦金飐艳。舞衣无力风敛，藕丝秋色染。 锦帐绣帷斜掩，露珠清晓簟。粉心黄蕊花靥，黛眉山两点。

此词写人，密集了容貌、衣着、装饰等方面的意像，两颊、凤样篦形头饰、金光、舞衣、藕丝秋色、锦帐、绣帷、露珠、竹簟、粉心黄蕊面饰、黛眉，美女情态如画如绘。

温庭筠的《更漏子》：

背江楼，临海月，城上角声呜咽。堤柳动，岛烟昏，两行征雁分。 京口路，归帆渡，正是芳菲欲度。银烛尽，玉绳低，一声村落鸡。

全词才46字，就用了江河、月亮、楼房、城头、号角、江堤、柳树、小岛、烟雾、征雁、京口路、帆船、芳菲、银烛、玉绳星、村落、鸣鸡等17种有形的意象，还有角声、暮春时节、鸡叫声等3种无形的意象，更有人物的行动、视觉、听觉，景物的位置与运动变化、静态与动态等等，共同构成思妇登楼远望怀人图，抒发了主人公的离愁和相思感情。

俞平伯在《读词偶得》中评述温庭筠《菩萨蛮·水精帘里玻璃枕》说："通篇如缛绣繁弦，惑人耳目，悲愁深隐，几似无迹可求。""飞卿之词，每截取可以调和诸物象，而杂置一处，听其自然融合，在读者心眼中，仁者见仁，智者见智。""缛绣繁弦"，是一种繁缛之美。"诸物象"，应作意象理解。俞评说得确，应适合于花间词的大多数作品。而近代亦有人不解地说："'暖香惹梦'四句与'江上'二句均佳。但下阕又雕绘满眼，羌无情趣。所谓梦境，有柳烟残月之中，美人盛服之幻，而四句晦涩已甚。韦相便无此种笨笔。"(《栩庄漫记》)窃以为，此言差矣，看不见密集意象所创造之词境，看不到作品的繁缛美，指责为"羌无情趣"；理解不了密集意象的表现手法，说成"笨笔"，不免太可惜了。

(二)"新贴绣罗襦"，审美趣尚——新奇美

"夺春艳以争鲜"(《花间集叙》)，可以说是花间词人追求的美学境界，"鲜"者，新鲜、灵活、奇巧，活生生的新奇之美。

我们不妨从它的女性题材和女性主题，探究一下新奇美。

毛熙震《浣溪沙》写道：

> 云薄罗裙绶带长，满身新裛瑞龙香，翠钿斜映艳梅妆。 佯不觑人空婉约，笑和娇语太猖狂，忍教牵恨暗形相。

是词刻画一位性格颇为娇狂的美人。像云儿一样轻柔透薄的罗裙、前面的丝质绶带长长垂曳，她轻移玉步，满身散发出刚刚熏上的瑞龙芳香。她那翠绿的头饰斜簪云髻之上，映衬着艳丽的梅花面妆。她双眼假装不看人，表现出娇羞的样子；笑声和着娇声，使那话语显得放任而又无拘束。男人遇见她，都只能强制自己、强忍着，"恨"只能暗中偷偷观看、欣赏。沈际飞的《草堂诗余别集》评其"说风骚，千真万真"。

毛词笔下的这位娇狂之美人，颇能满足大男人们追新猎奇的心理，引起某种冲动，正好从一个侧面反映出当时仕大夫和文人的审美趣尚。

男子欣赏女性的艳丽，本无可非议，孟子说过"食色，性也"。文学领域通过女性形象的刻画，使人从中得到美的享受，即使是独尊儒学的汉代，也未能禁止得了，那时的"乐府艳歌"就是最好的证明。到了唐末五代，社会的动荡不安，思想的多元，特别是青楼业及商业文化的兴起，使得人的主体意识增强，官僚及家庭蓄艳歌筵的盛行，追求物欲、追求新鲜，成为一种审美趣尚。因而，文人诗客必然会冲破"温柔敦厚，兴观群怨"诗教的审美传统，向官僚士大夫们的审美趣尚靠拢，转向娱情遣兴，强调世俗性和娱乐性，适应时代需求，制造一款"新贴绣罗襦"。正如《花间集叙》所言：

> 则有绮筵公子，锈幌佳人。递叶叶之花笺，文抽丽锦；举纤纤之玉指，拍按香檀。不无清绝之辞，用助娇娆之态。有唐已降，率土之滨，家家之香径春风，宁寻越艳；处处之红楼夜月，自锁嫦娥。在明皇朝，则有李太白之应制《清平乐》词四首。近代温飞卿复有《金筌集》。迩来作者，无愧前人。

(三)"金似衣裳玉似身"，审美趣尚——华贵美

花间词里的女性，特征之一是华贵、富丽。下面是对女性妆容、居所所使用的词语。

妆容　蕊黄无限当山额、眉浅粉山横、宿翠残红、嫩红轻绿间浓妆、点翠匀红时世、额黄侵腻发、蕊黄香画贴金蝉、腻粉琼妆雪休夸……

饰物　翠钿、翠钿金缕镇眉心、金钿、斗钿花筐、柳球斜袅间花钿，步摇，花翘，玉搔头、金凤搔头，凤钗垂、金钗、蝉钗、钗重、玉钗、寒玉簪秋水，冠抽碧玉簪、金凤斜，白玉簪，金蝉坠，明翠摇蛾翼，飞金雀，金篦、小凤战篦，低珥，臂钏、金条脱，垂玉珮、佩玎珰、珮鸣珰，金蔓蜻蜓软，金族小蜻蜓……

衣着 轻纱卷碧烟、碧纱、红纱，鸳鸯（衣），绣衣金缕，金似衣裳，霞帔、霞裙月帔、黄罗帔，交带、锦带、芙蓉带、舞衣红绶带、绶带盘宫锦，越罗巴锦，越罗香暗消，云罗雾縠，罗衣金线，窣地绣罗金缕，绣罗轻，罗衣绣凤凰，罗袖，罗襦绣袂香红，罗袂，霓裳，舞衣罗薄，舞裙香暖金泥凤绣鸳鸯、翡翠裙，鸳鸯对含罗结，白玉冠、星冠、花冠（花冠白玉簪）……

居所 花洞，若耶溪溪水西，郡庭，凤楼，玉楼，翠槛红楼，画楼，小楼，高阁、珠阁、香阁、绣阁、妆阁，香闺，小园，画堂，绣槛，绣户，画梁，雕梁……

闺房装饰 绣帷、罗帷、凤凰帷、锦帷，罗幕，罗幌，绣幄红，水精帘、珠帘、画帘垂金凤舞，画屏、绣屏、翠屏金凤、绣屏、云屏、翡翠屏、小屏风、锦屏、翡翠屏，金扉……

卧具 凤帐、流苏帐、锦帐、绣帐、绣带芙蓉帐、鸳鸯排宝帐豆蔻绣连枝，鸳鸯锦、宫锦，锦衾、绣衾，鸳被、翠被、红绣被两两间鸳鸯，金带枕、凤枕、金枕、山枕、宝檀金缕鸳鸯枕，冰簟……

用具用品 鸾镜、钿镜、芙蓉（镜）、菱花（镜），钿筝、钿蝉筝，琵琶、琵琶金翠羽，玉笛，钿笼、玉笼，兰釭、香灯，博山（炉）、玉炉、金炉、熏炉，轻扇、金雀扇，香车……

对于花间词的华贵美，近代评论家中有人并没有深入研究之，反而稍有微词。《栩庄漫记》："飞卿惯用金鹧鸪、金鸂鶒、金凤凰、金翡翠诸字以表富丽，其实无非绣金耳。十四首中既累见之，何才俭若此！本欲借此以形容艳丽，乃徒彰其欲劣，正如小家碧玉初入绮罗丛中，只能识此数事，使矜羡不已也。"此言并未从美学上去分析，失之偏颇。

（四）"芙蓉凋嫩脸"，审美趣尚——凄苦美

封建社会的女性本来就"弱"，在多重压迫之下，其命运是悲惨的，《花间集》通过"词"这一文学形式，在一定程度上反映了当时女性的悲惨命运。因而，呈现出凄苦的美学艺术效果，发育成为南唐及宋初词作忧伤美的源头。

以温庭筠为例，看看他 66 首词作中，为达到凄苦美的美学效果在用语方面所作的努力。

使用"愁"字写凄苦味，13 处，比例为 13∶66。

"愁闻一霎清明雨"——《菩萨蛮·南园满地堆轻絮》

"两蛾愁黛浅"——《菩萨蛮·竹风轻动庭除冷》

"蝉鬓美人愁绝"——《更漏子·相见稀》

"六宫眉黛惹香愁"——《杨柳枝·金缕毵毵碧瓦沟》

"蝉鬓美人愁绝"——《河渎神·河上望丛祠》

"暮天愁听思归乐"——《河渎神·孤庙对寒潮》

"卷窗愁对珠阁"——《河渎神·铜鼓赛神来》

"画愁眉"——《女冠子·霞帔云发》

"宫女愁蛾浅"——《清平乐·上阳春晚》

"谢娘翠蛾愁不消"——《河传·湖上闲望》

"梦里每愁依违"——《河传·同伴相唤》

"湿愁红"——《荷叶杯·楚女欲归南浦》

使用"残"字写环境、场景，衬托凄苦，9 处，比例为 9∶66。

"雁飞残月天"——《菩萨蛮·水精帘里玻璃枕》

"绿窗残梦迷"——《菩萨蛮·玉楼明月长相忆》

"花落月明残"——《菩萨蛮·夜来皓月才当午》

"画楼残点声"——《菩萨蛮·竹风轻动庭除冷》

"帘外晓莺残月"——《更漏子·星斗稀》

"觉来更漏残"——《更漏子·金雀钗》

“眉黛薄，鬓云残”——《更漏子·玉炉香》

“画堂照帘残烛”——《归国遥·香玉》

“未卷珠帘，梦残。”——《遐方怨·花半坼》

使用“断肠”或“肠断”、“肠绝”，写凄苦感情，14处，比例为14∶66。

“金缕旧，断离肠。”——《酒泉子·罗带惹香》

“羌笛一声愁绝”——《定西番·汉使昔年离别》

“肠断塞门消息”——《定西番·细雨晓莺春晚》

“正是玉人肠绝处”——《杨柳枝·宜春苑外最长条》

“何事行人最断肠”——《杨柳枝·南内墙东御路旁》

“忆君肠欲断”——《南歌子·转□如波眼》

“断肠谁得知”——《玉蝴蝶·秋风凄切伤离》

“南浦莺声断肠”——《清平乐·洛阳愁绝》

“未得君书，肠断。”——《遐方怨·凭绣槛》

“罗袖画帘肠断”——《思帝乡·花花》

“肠断白蘋洲”——《梦江南·梳洗罢》

“肠向柳丝断”——《河传·江畔相唤》

“莺语空肠断”——《河传·湖上闲望》

“肠断，水风凉”——《荷叶杯·一点露珠凝冷》

“泪”，是凄苦内心的表露，最能表现悲情，牵动接受者的伤感神经，花间词作流淌着形形色色的“泪”，正是词人追求凄苦艺术效果的、所常常使用的具象：

泪流、泪沾、泪珠滴、泪珠、泪界连腮两线红、劝和泪、和泪辞、粉香和泪泣、无端和泪拭胭脂、罗袂湿斑红泪滴、几多红泪泣姑苏、红泪滴穿金线缕、珠泪、红粉泪、两条红粉泪、愁匀红粉泪、泪盈襟、收泪语、愁红流枕上、泪痕空满衣、宿泪、忍泪……

花间词作不乏表现凄苦美的佳作，集子的压轴篇，李珣《河传·春暮，微雨》就是代表：

春暮，微雨。送君南浦，愁敛双蛾。落花深处，啼鸟似逐离歌，粉檀珠泪和。　临流更把同心结，情哽咽，后会何时节？不堪回首，相望已隔汀洲，橹声幽。

词作通过暮春雨中送别、踏花啼鸟泪别、临流把“结”话别、听橹望远痛别四个画面，调动了人的视觉、听觉、感觉功能，写情人送别，写得声情皆怆，凄音袅袅不绝于耳，抒发离愁别绪。李冰若在《栩庄漫记》中评说：“昔阅片玉兰陵王词云‘回首迢递便数驿，望人在天北’。爱其能描摹别绪，入木三分，使人诵之黯然魂消。及阅李德润‘不堪回首，相望已隔汀洲，橹声幽’，正是一般写法，乃知阅词本此也。”

《花间集》的凄苦美，具有很强的艺术感染力。孙光宪《酒泉子·空碛无边》一词，就使明代的汤显祖大师“再读不禁鼻酸”。韦庄《河传·何处，烟雨》，汤显祖评说：“‘清淮月映’句，感慨一时，涕泣千古。”牛峤《望江怨·东风急》写离别苦情，结句“粉香和泪泣”，清代的词评家陈廷焯说：“结得凄苦，可怜。”

（五）“镜中一枝花”，审美趣尚——缥缈美

《花间集》所写女性虽然华贵、富丽，但词人们常将她们比作“镜中一枝花”。

集子的开篇之作——温庭筠的《菩萨蛮·小山重叠金明灭》，就暗喻所写美人是镜花，“照花前后镜”句里的“花”，是双关，既是说头饰“花”，亦是说照镜之人如“花”，两面镜子，终于照出了“花面交相映”的美人。

“明镜照新妆”——《菩萨蛮·凤凰相对盘金缕》

“鸾镜与花枝”——《菩萨蛮·宝函钿雀金鸂鶒》

“镜中花一枝”——《定西番·细雨晓莺春晚》

“雪胸鸾镜里”——《女冠子·含娇含笑》

"钿镜仙容似雪"——《女冠子·霞帔云发》

"约鬟鸾镜里,绣罗轻。"——《遐方怨·花半拆》

"鸳鸯浦,镜中鸾舞"——毛文锡《中兴乐·豆蔻花繁烟艳深》

"羞对菱花簪宝髻"——顾敻《玉楼春·月皎露华窗影细》

"镜奁长掩,无意对孤鸾。"——孙光宪《临江仙·霜拍井梧叶堕》

"玉纤淡拂眉山小,镜中嗔共照。"——孙光宪《酒泉子·敛态窗前》

"钿舞鸾,隐约艳红修眉。"——毛熙震《酒泉子·钿鸾》

"强整娇妆临宝镜"——李珣《临江仙·莺报帘前暖日红》

以上是词作明写女主人公照镜的摘录,如果将词中写到的"弄妆",即暗写照镜,算进去的话,温庭筠所言的"镜中花一枝"——空灵缥缈的美人形象,窃以为是成立的。

与镜中花对应的,集子常写"梦",共同组成虚无缥缈的词境。

鸳梦、春梦、新梦、闲梦、梦魂、梦归家、梦相随、梦见、梦回、梦里、知是梦、梦残、梦余、梦觉、梦初惊、魂梦、魂梦断、惊梦断、惊残梦、惊断绿窗残梦、惊梦、思梦笑、梦难凭、愁极梦难成……

审美趣尚走向"缥缈美",反映了当时士大夫和知识分子的心境。皇甫松的两首《摘得新》可佐证:

其一:酌一卮,须教玉笛吹。锦筵红蜡烛,莫来迟。繁红一夜经风雨,是空枝。

其二:摘得新,枝枝叶叶春。管弦兼美酒,最关人。平生都得几十度,展香茵。

两首词,写的是好景不常,好花不长,莫待空折枝的思想情感。

第一首,起首四句,以声乐佐酒,以佳肴度宵,"莫来迟",亦即行乐要及时。结束二句,繁花易凋,经不住一夜风雨,可就成为空枝。第二首,以鲜花、好花比喻管弦美酒,这是最能牵动人情之物。人生一世几十年,赶快铺展香褥,邀朋举觞,在管弦声浪中享受几十番。

两首词结合起来看,一共点出美酒、锦筵、音乐、繁红(繁花)、枝枝、叶叶、酒卮、香茵等意象,隐寓人们所追求的美景良辰,亦即 "物欲具象" 的总和;"风雨"是摧毁这些具象的内外因素的总汇,"空枝"即是后果,"平生",人的一生何其短暂,赶快去尽情享受它几十回吧。这首词正如警钟一样,"敲醒世人蕉梦,急当着眼"(汤显祖《玉茗堂评花间集》)。那么,"镜花",亦可看作是"物欲具象"总和的重要组成部份,对它也应该采取同样的态度,莫待空折枝。

七

"艳",本义是鲜艳、艳丽。《左传·桓公元年》"美而艳",同义粘连,两个字表示同一个意思。

《说文解字》:"艳,好而长也。《小雅》毛传曰:'美色曰艳。'《方言》:'艳,美也。宋卫晋郑之间曰艳。'美色为艳,按今人但训美好而已。《春秋》传曰:'美而艳。'许必云:'好而长者,为其从丰也。丰,大也。大与长义通。'《诗》言庄姜之美,必先言硕人颀颀。言鲁庄之美,必先言猗嗟昌兮,颀若长兮。所谓好而长也。《左传》两言美而艳,此艳进于美之义。人固有美而不丰满者也。《毛传》及《方言》皆浑言之也。从丰,丰大也。说从丰之意,丰之本义无当于艳。故举其引申之义。"(按,仿宋字为《说文》注)

中国的文字,除了本义,还会有引申义、比喻义、假借义等等,"艳"亦不例外,归纳起来有:指"美女",李白《经乱离后天恩流夜郎赠韦太守》:"吴娃与越艳。"由此也用以形容有关男女恋爱情事,如"艳事","艳史"等。指古代荆楚地区的歌曲,左思:《吴都赋》"荆艳楚舞。"谢灵运《彭城宫中直感岁暮》:"楚艳起于戚,吴趋绝归欢。"

"艳"的本义,适用于评价事物,所以,可以用来评价文辞,例如言辞华美者,可评说其

"艳"。如《榖梁传序》"《左氏》艳而富。"说的就是《左氏》的辞藻文采很漂亮、富丽。后来,"艳"就成为我国古代文论中用以文学批评的术语,并作为评价文学艺术的标准之一,"艳"有许多属目,比如:

绝艳 无疑是最高的了。刘勰《文心雕龙·辨骚》评价屈原"空气往轹古,辞来切今,惊采绝艳,难于并能"。

富艳 锺嵘《诗品序》:"元嘉初,有谢灵运,才高辞盛,富艳难踪,固已含跨刘郭,凌轹潘左。"刘禹锡《唐故衡州刺史吕君集序》:"始学左氏书,故其文微为富艳。"

华艳 《诗品》:"晋司空张华诗,其源出于王粲。其体华艳,兴托不奇,巧用文字,务为妍冶。"

雅艳 顾况《礼部员外郎陶氏集序》:"大抵文体十年一更,有体病而才赡,有言纡而事直,有文胜而理乖,雅艳殊致,云和之源,杳以无穷。"

素艳 皮日休《九讽系述(并序)》:"至若宋玉之《九辨》、王褒之《九怀》、刘向之《九叹》、王逸之《九思》,其为清怨素艳,幽抉古秀,皆得芝兰之芬芳,鸾凤之毛羽也。"

凄艳 沈亚之《送李胶秀才诗序》:"余故友李贺,善择南北朝乐府故词,其所赋亦多怨郁凄艳之巧。"

绮艳 《隋书·卷一十三·志第八·音乐上》:"及后主嗣位,耽荒于酒,视朝之外,多在宴筵。尤重声乐,遣宫女习北方箫鼓,谓之《代北》,酒酣则奏之。又于清乐中造《黄鹂留》及《玉树后庭花》、《金钗两臂垂》等曲,与幸臣等制其歌词,绮艳相高,极于轻薄。男女唱和,其音甚哀。"

浮艳 《陈书·卷二十七·列传第二十一》:"江总姚察总笃行义,宽和温裕。好学,能属文,于五言七言尤善;然伤于浮艳,故为后主所爱幸。多有侧篇,好事者相传讽玩,于今不绝。"

轻艳 《梁书·梁简文帝本纪》:"雅好题诗,其序云:'余七岁有诗癖,长而不倦。'然伤于轻艳,当时号曰'宫体'。"

淫艳 元稹《唐故工部员外郎杜君墓系铭》:"陵迟至于梁、陈,淫艳、刻饰、佻巧、小碎之词剧,又宋、齐之所不取也。"

不艳 陆机《文赋》曾概括一种作文之病为"雅而不艳"。

以上可见,古人认识到"艳"的多样性,也就是说,同属"艳"类的作品、作者,可以有不同的"艳"风格。那么《花间集》属于什么类型的"艳"呢?

属于"侧艳"。囿于所见,该语出于新旧《唐书》,都是评价温庭筠的。

《旧唐书》说温:"然士行尘杂,不修边幅。能逐弦吹之音,为侧艳之词。"

《新唐书》说温:"工为辞章,与李商隐皆有名,号温李。然薄于行,无检幅。又多作侧艳辞曲。"

上引两例均是史书所评,带有一定的权威性,并合于温庭筠之实际。《旧唐书》将温庭筠归入"侧艳",《新唐书》步其后而首肯,是有见地的。第一,温应归入"艳"的范畴。第二,有特色——"侧艳"。"侧",与"中"相对,不居其中,谓之侧,"旁"也。即不能言之正统意义上的"艳"。但其又有别于唐以前的"绮艳"、"浮艳",更不是"轻艳"、"淫艳";应该说是另一类,傍侧而生之艳类,乃创新立派之"艳"——"侧艳"。

"侧艳",首先表现在温庭筠将女性题材和女性主题作为词创作的主导,去孕育表现和体现其创作风格的重要基本元素。反映了作者的价值取向和审美情操。

晚唐的士林风俗变得奢靡,《旧唐书·穆宗纪》说:"前代名士,良辰宴聚,或清淡赋诗,投壶雅歌,以杯酌献酬,不至于乱。国家自天宝已后,风俗奢靡,宴席以喧哗沉湎为乐。而居重位、秉大权者,优杂倨肆于公吏之间,曾无愧耻。公私相效,渐以成俗。"文人亦脱不了受影响。

南宋鲖阳居士《复雅歌序略》:"迄于开元、天宝间,君臣相为淫乐,而明皇尤溺于夷音,天下天然成俗。于是才士始依乐工拍弹之声,被之以辞句;句之长短,各随曲度,而愈失古之声依永之理也。温、李之徒,率然抒一时情致,流为淫艳猥亵不可闻之语。"

清代谢章铤《赌棋山庄词话》:"有唐中叶,创始倚声。俎豆青莲,宗祧啰唝。温飞卿助教之年,社紫微制诰之日。易梵呗为艳曲,杂纥那于铙吹。双声单调,纲领之要可指。侧犯换头,情变之数易滥。迨至五代,风流弥劭。孟蜀花间,南唐兰畹,或沿波于初造,或寻条于后时。小楼吹彻,水殿风来,君臣闲作,互相嘈哄。以至深宫划袜之辞,秘监欹梳之作,莫不流播旗亭,传歌酒肆。"

温庭筠在女性题材和女性主题的挖掘上形成的创作个性、特色——"侧艳",被花间派词人尊为"祖训",努力遵循、践行,极力仿效,"气类"趋于一致,共同促成、呈现流派的基本风格。

"侧艳"的注脚,可以从《花间集叙》找到答案:"夺春艳以争鲜。"

华钟彦说"……遂构成以柔靡婉丽为主要风格的花间派。……花间词人当以温庭筠、韦庄为代表,他们的创作风格,基本都是婉丽香软的。"(《花间集注·前言》)

《花间集》是词创作迈入成熟的标志,所以其更具有词体固有的特征:内容,艳情为主;演唱,女音为主;语言,要求流转谐美;抒情主体,男代闺音。综合起来,我以为,花间派的基本创作风格可以用四个字概括,"柔香婉丽",四者是有机的统一体:

柔 指阴柔之美,相对于"刚"而言。班昭《女诫》认为:"阳以刚为德,阴以柔为用,男以强为贵,女以弱为美。"

香 指香艳,从题材内容上体现当时文人的审美趣尚。

婉 指婉约、含蓄。儿女之情本来就细腻含蓄,直接表达,不免太俗太粗太浅,只有以物喻之,以景寄之,委婉曲折、自然而然地流露,才不至于流向轻艳、浮艳,甚至淫艳。

丽 指富丽,显示富贵、雅致之气。体现花间派的"抑俗归雅"主张。

八

《花间集》以其鲜明的流派徽记,将词创作步入成熟期的丰硕成果作全面的展现。这实际上是向世人宣告:花间派已经成长为词坛流派,词亦已从诗析出,"自是一家"。

(一)批判继承,源正旨新

"艳歌"、"艳诗",在内容取材上,对"艳辞"、"艳曲"而言,"艳歌"是远渊,"艳诗"是近源。

汉乐府中的民歌上承《诗经·国风》,不乏表现男女爱情的作品。有"艳歌行"之题目,如《艳歌行·翩翩堂前燕》,内容陈述一个流浪汉遇一女主人为其补衣,而引起男主人猜疑,而感委屈,引起乡愁。《太平御览》卷六百八十九,有一篇题为《古艳歌》的诗,无作者名氏。这是一首弃妇诗,只有四句:

茕茕白兔,东走西顾。衣不如新,人不如故。

头两句说她被休弃,却依然衷情于故人;后两句企图说服故人应该念旧。

欧阳炯在《花间集叙》中说:"杨柳大堤之句,乐府相传;芙蓉曲渚之篇,豪家自制。"其所说意在点明花间词可以溯源到汉乐府。杨柳、大堤,乐府曲名。

《古今乐》说:"襄阳乐者,宋隋王诞之所作也。诞始为襄阳郡,仍为雍州刺史。夜闻诸女歌谣,因而作之。又有《大堤曲》,亦出于此。"

刘诞诗:"朝发襄阳城,暮至大堤宿。大堤诸女儿,花艳惊郎目。"

可见,"大堤"逐渐演变为吟风咏月了。"芙蓉"、"曲渚"皆出自乐府诗所录名篇之句。"芙蓉"出自《古诗涉江采芙蓉》。

涉江采芙蓉，兰泽多芳草。采之欲遗谁？所思在远道。还愿望归乡，长路漫浩浩。同心而离居，忧伤以终老。

这首诗写一位身处异乡的游子思念故乡的“同心”之人，此亦涉“情”之诗也。至于“曲渚”，亦为送别之作。

到了陈代，徐陵编撰《玉台新咏》，他在《序》中说：“捻指暝写，弄笔晨书，撰录艳歌，凡为十卷。”将入选作品称为“艳歌”。其实，到了梁陈之际，诗歌“转拘声韵，弥尚丽靡，复逾于往时”（《梁书·庾肩吾传》）。特别是梁简文帝好作“艳诗”，庾肩吾等人推之，产生“宫体诗”，“然伤于轻靡，时号宫体”（《梁书·简文帝纪》）。至于这种“传统”，欧阳炯另有看法，“自南朝之宫体，扇北里之倡风”（《花间集叙》）。何为“北里”？《史记·殷本纪》：“妲己之言是从，于是使师涓作新淫声，北里之舞，靡靡之乐。”孙内翰《北里志》一卷记录北里妓女之生活，《古今说海》收录。北里乃游冶之所。在欧阳炯看来，宫体“艳诗”使得游冶之地的歌妓演唱风习盛行，不能照搬。

自盛唐以来，“艳诗”亦曾盛行，元稹《叙诗寄乐天书》：“近世妇人，晕淡眉目，绾约头鬓，衣服修广之度及匹配色泽，尤极怪艳，因为艳诗百余首。”但同时，亦出现了敦煌词，这是词的初创期。敦煌词集中表现了“爱国”、“归化”和“爱情”三大主题。唐中叶，出现文人词，至刘禹锡、白居易，词体得以确立，“南歌”、“女思”为其特色，甚至片面到香艳，词体成为“艳科”。对于“艳诗（往往以“声诗”形式出现）”和“艳科”之盛行，欧阳炯在《花间集叙》有描述：“有唐已降，率土之滨，家家之香径春风，宁寻越艳；处处之红楼夜月，自锁嫦娥。”

艳歌艳诗及“艳科”，与儒家传统诗教主张背道而驰，或历久不衰，或应运而生，都足可证明，大凡追求人的生命存在价值和人的本性实现之诉求，是压抑不住的。《花间集》正是承传了这一人文观念，抛弃了反映社会生活而过于庞杂、宽阔的取材倾向，抛弃了儒家诗教的价值取向，“主打”反映男女情事题材，走“艳科”之路，“以窄求深”，“夺春艳以争鲜”（《花间集叙》）。

从被奉为“花间鼻祖”的温庭筠，我们可以看到这种批判继承的痕迹。

王拯《龙壁山房文集忏庵词序》指出：

唐之中叶，李白沿袭乐府遗音，为《菩萨蛮》、《忆秦娥》之阕，王建、韩偓、温庭筠诸人复推衍之同，而词体以立。其文窈深幽约，善达贤人君子恺恻怨悱不能自言之情，论者以庭筠为独至。

又如，《词统源流》说：

词之长短错落，发源于三百篇。温氏之词，极长短错落之致矣。言词者必以温氏为大宗。

再有，李冰若《栩庄漫记》评：

其词之艳丽处，正是晚唐诗风。

花间派词人步温庭筠之后，以内容的香艳、构思的精巧、描写的浓丽、抒情的强烈、挖掘的纵深，大胆地歌唱爱情，表现人性，提供娱悦遣兴之产品，为当时树立了旗帜，为后人提供了借鉴。

（二）群体不俗，时代产物

编书者是当朝的后蜀卫尉少卿赵崇祚。其父在后蜀任六军副使，封宋王。赵崇祚随父入蜀，门第显赫，生活富裕，喜与仕客交往，物质条件和社会名气诸方面都具备编纂《花间集》的条件。《花间集》收录词人 18 家，组成不俗的“花间派”群体，16 人为官；只有皇甫松、阎选未仕，但是，他们也不是陋俗之人。所以，集子对作者的称谓是姓氏加官职或尊称、科举头衔。再就是并将入选词作称为“诗客曲子词”，18 家皆“诗客”，其作品当然有别于民间曲子词，属于“雅”的范围。

在中国韵文学发展历史进程中，《花间集》上承唐诗鼎盛，下启宋词繁荣。花间词人 18

家，他们生活于世的时间相近或相同，延续的时代由唐末、五代至宋初。温庭筠活跃于唐宣宗、大中年间。皇甫松，生卒年不详，中唐工部侍郎皇甫□之子。其余16人，活跃于前后蜀时期，最晚者为孙光宪，历事三世，后归宋。文人词的创作走向成熟，得到世人的接受。在这种情势之下，文人词的创作成果要来一个总体展现，赵崇祚顺应潮流，于后蜀广政三年即公元940年编成《花间集》，录选词人当中仍有不少正处于活跃期，词作鲜鲜活活，而被选录归集，极富当代意识和时代气息。可见，《花间集》的编辑，旨在对唐末五代这一历史时期的文人词作来一个总结性的大展示，表明这是时代的产物，使世人目睹当代的“鲜活”佳作，令人耳目一新。

从花间派群体的地缘关系看，除温庭筠、皇甫松、和凝三人不在蜀外，其他15人或为蜀人，或为官蜀地。这也是一种暗示：《花间集》是大蜀之产物，令蜀人有自豪和亲切感。

（三）抑俗向雅，言文秀实

“言文秀实”，是花间派的主张。前蜀的文坛有俗气熏天的一面，前蜀主王衍爱好浮艳词作，他自己也作此类词，如《醉妆词》写道：“者边走，那边走，只是寻花柳。那边走，者边走，莫厌金杯酒。”此词不谓“绝俗”，真无他言可形容了。《花间集叙》说“何止言之不文，所谓秀而不实。”“不文”见于《左传·襄二十五年》：“仲尼曰，志有之，言以足志，文以足言。不言，谁知其志？言之不文，行而不远。”“不实”，见于《论语》：“子曰：苗而不秀者有矣夫！秀而不实者有矣夫！”欧阳炯拿来，表面上是批评南朝宫体诗，实际上也是批评前蜀的“俗词”，其言下之意是花间派要摆脱它，追求“文丽秀实”的统一，使词体朝着“大雅”之方向发展，达到娱情遣兴之效用，在题材内容、文字音律、语言风格诸方面，要与乐曲、歌者、歌唱环境及接受者之文化素养和审美心态相适应。既要华美之形式，又要充实之内容，“言文”与“秀实”之统一。

花间派群体，紧紧把握住曲子词的音乐文学特征，努力探索曲子词的格律声韵，改造创新敦煌曲子词、乐工曲子词，从调式、音律、平仄、语言、意境诸方面达到“言文秀实”，精化了词体这一音乐文学形式，完成了由敦煌曲子词、乐工曲子词（词的初创期）向文人曲子词（词的成熟期）的跨越式发展，《花间集》成为“倚声填词之祖”，为宋代词（词的繁荣期）的发展奠定了基础。

（四）词诗分道，自立一家

《花间集》的结集，可以说是词与诗分道扬镳的重要标志之一，因此，对词从诗歌（指现代意义的文学体裁）分离出来、自为一家的断代，应该是前蜀后蜀的70年间，而不是北宋。

晚唐的温庭筠，既填词亦写诗，《花间集叙》：“近代温飞卿复有《金荃集》。”但是，温并没有放弃诗的创作，他诗词作品皆丰，都有大量的艳情之作，清代词评家陈廷焯在《白雨斋词话》中说：“飞卿大半托词房帷，极其婉雅，而其规模自觉宏远。”这就说明，温所处年代，文人对诗词没有分家的概念，既写诗，亦填词；而且，诗与词两者都写艳情。温庭筠的诗歌创作数量远远多于词作，而其词作的影响却远远大于诗作。《花间集》将温词选录入集，置于“领军”地位，主要是借其影响，以振“花间”，树立起词与诗分道的标志具象。

前蜀时期，诗与词在创作题材内容的选择上，形成分工现象，最后成为定局。诗的创作主流可以说与艳情分手了，极少出现像唐末时期那样的“艳诗”。而词的创作，仍然是朝“艳”而行，而且越行越“艳”，“艳科”成为词的别称。

我们可以看看欧阳炯的《浣溪沙·相见休言有泪珠》：

> 相见休言有泪珠，酒阑重得叙欢娱，凤屏鸳枕宿金铺。　兰麝细香闻喘息，绮罗纤缕见肌肤，此时还恨薄情无。

词作以男主人公作为抒情主体，细致描写男女欢情，浓艳直白，难怪《蕙风词话》评其：“自有艳词以来，殆莫艳于此矣。半塘僧惊言曰：‘奚翅艳而已，真是大且重，苟无花间词笔，孰敢为斯语者。’”

牛希济就大力反对过诗歌的趋“艳”倾向，但是从录入《花间集》的11首词看，4首是明言艳情之作，7首《临江仙》就题而写，分别以巫山神女、谢真人、萧史弄玉、湘妃、洛神、弄珠神女、洞庭帝子为咏吟内容，表面上与言情无关，实质是暗写男女情事。牛希济这个典型，折射出普遍性的光芒，他对诗歌创作的见解与填词的实践，从主张与行动两方面，反映了诗歌与词在创作内容方面要有所侧重。

“曲子相公”和凝在处理诗歌与词的创作内容上，又是很好的例证。他现存诗歌109首，没有一首艳情之作，但录入《花间集》的词20首，除了二首《小重山》和一首《渔夫》外，全为艳词。其中有一首《柳枝·鹊桥初就咽银河》写游冶，有句“今夜仙郎自姓和”，可见其得意之甚。

前蜀后蜀，出现诗人只作诗，词人不写诗的现象。那时期，诗人虽众多，但大多诗人却不填词；词人虽没诗人多，但大多不写或少写诗，出现了“专业”词人。比如欧阳炯，可以说是专业词人，今存诗作只有6首，而录入集的词有17首，《十国春秋》“伪蜀欧阳炯，当应命作宫词，淫靡甚于韩偓。”

以上可见，诗与词在内容上的分工渐明，是其内部因子变化决定的，符合内因是事物发展的决定因素之规律。文人在诗与词创作的方向选择上也出现单一化或专事化的倾向，诗人之为写诗，词人之为填词；再加上词作不只在宴间合乐而唱，还有几案吟读，欧阳炯明确地说《花间集》刊行传世，是“庶使西园英哲，助资羽盖之欢；南国婵娟，休唱莲舟之引”；词作不单由文人创作，还向士大夫靠拢等等外在因素的助动，历时近三百年，曲子词再也不是诗歌的附庸产品，自立门户，“别是一家”，迈出了从诗歌析出的步伐。

以上谨将读《花间集》之思考，联缀成篇。谬误之处在所难免，欢迎批评指正。

林兆祥　于广州云山珠水间

2009年3月2日